U0510422

本书受河北大学中国曲学研究中心资助，
为教育部人文社会科学规划项目“中国画历代题画词整理与研究”
（项目号：18YJA760082）的阶段性成果。

# 歷代燕趙词全编

上卷

于广杰◎编著

中国社会科学出版社

**图书在版编目(CIP)数据**

历代燕赵词全编：全三卷 / 于广杰编著．—北京：中国社会科学出版社，2022.6

ISBN 978-7-5227-0125-7

Ⅰ.①历…　Ⅱ.①于…　Ⅲ.①词(文学)—作品集—中国　Ⅳ.①I222.8

中国版本图书馆 CIP 数据核字(2022)第 066718 号

---

出 版 人　赵剑英
责任编辑　李凯凯
特约编辑　赵　威
责任校对　胡新芳
责任印制　王　超

---

出　　版　中国社会科学出版社
社　　址　北京鼓楼西大街甲 158 号
邮　　编　100720
网　　址　http://www.csspw.cn
发 行 部　010-84083685
门 市 部　010-84029450
经　　销　新华书店及其他书店

---

印　　刷　北京明恒达印务有限公司
装　　订　廊坊市广阳区广增装订厂
版　　次　2022 年 6 月第 1 版
印　　次　2022 年 6 月第 1 次印刷

---

开　　本　710×1000　1/16
印　　张　102.75
字　　数　1684 千字
定　　价　539.00 元（全三卷）

---

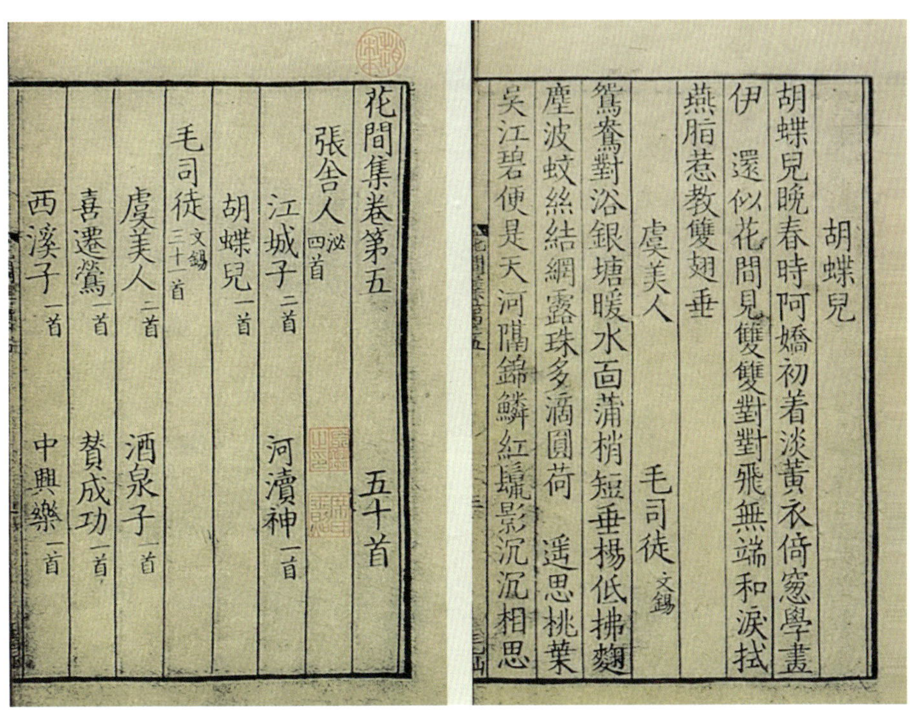

花間集卷第五　五十首
張舍人泌　四首
江城子二首　河瀆神一首
胡蝶兒一首
毛司徒文錫　三十一首
虞美人二首　酒泉子一首
喜遷鶯一首　贊成功一首
西溪子一首　中興樂一首

胡蝶兒
胡蝶兒晚春時阿嬌初着淡黃衣倚窻學畫
伊　還似花間見雙雙對對飛無端和淚拭
燕脂惹教雙翅垂
虞美人　毛司徒文錫
鴛鴦對浴銀塘暖水面蒲梢短垂楊低拂麴
塵波蛟絲結網露珠多滴圓荷　遥思桃葉
吴江碧便是天河隔錦鱗紅鬣影沉沉相思

宋绍兴十八年建康郡斋刻《花间集》（中华再造善本）书影

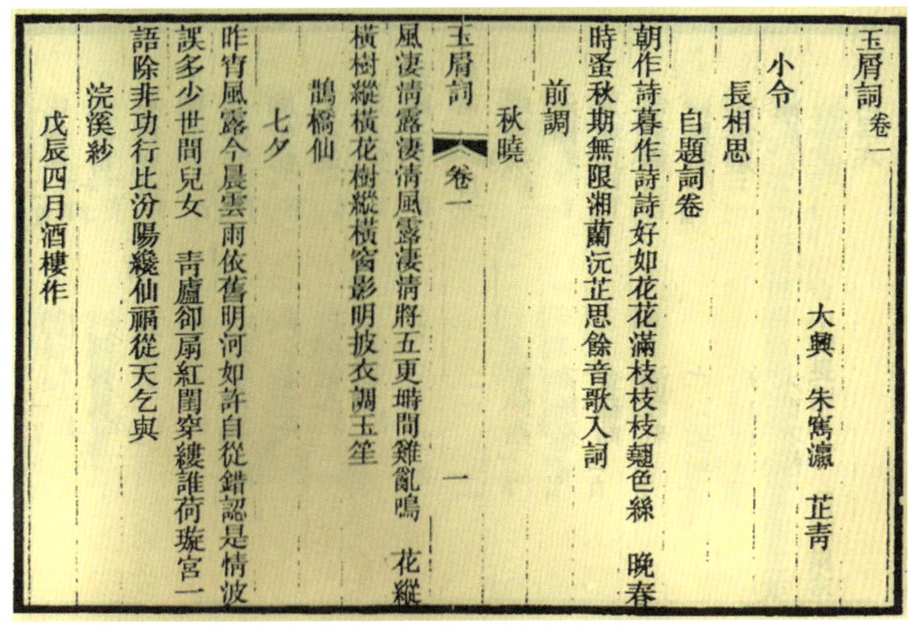

玉屑詞卷一
大興　朱寯瀛　芷青
小令
長相思
自題詞卷
朝作詩暮作詩詩好如花花滿枝枝枝麹色絲　晚春
時蚕秋期無限湘蘭沅芷思餘音歌入詞
前調
秋曉
風淒淒露淒淒清風露淒清將五更時聞雞亂鳴　花縱
橫樹縱橫花樹縱橫窗影明披衣調玉笙
鵲橋仙
七夕
昨宵風露今晨雲雨依舊明河如許自從錯認是情波
誤多少世間兒女　青廬卻扇紅閨穿縷誰荷璇宮一
語除非功行比汾陽纔仙福從天乞與
浣溪紗
戊辰四月酒樓作

玉屑詞　卷一　一

清光绪二十七年刊朱寯瀛《玉屑词》书影

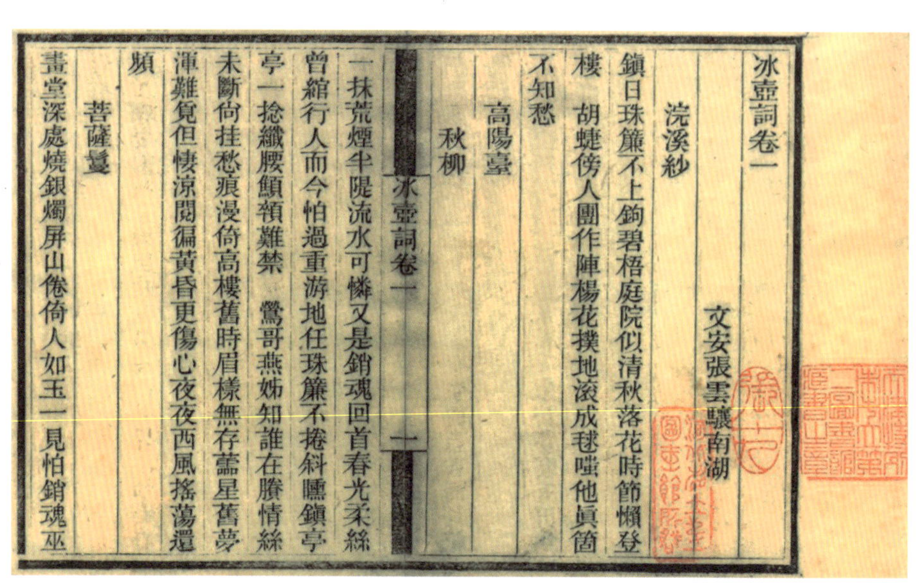

冰壺詞卷一

文安張雲驤南湖

浣溪紗

鎮日珠簾不上鉤碧梧庭院似清秋落花時節懶登樓　胡蝶傍人團作陣楊花撲地滚成毬嗤他眞箇不知愁

高陽臺

秋柳

一抹荒煙半隄流水可憐又是銷魂回首春光柔絲曾綰行人而今怕過重游地任珠簾不捲斜曛鎮亭亭一捻纖腰顦顇難禁　鶯哥燕姊知誰在賸情絲未斷倚挂愁痕漫倚高樓舊時眉樣無存藁星舊夢渾難覓但悽涼閱徧黃昏更傷心夜夜西風搖蕩還頻

菩薩蠻

畫堂深處燒銀燭屏山倦倚人如玉一見怕銷魂巫

冰壺詞卷一　一

清光绪十二年刊张云骧《冰壶词》书影

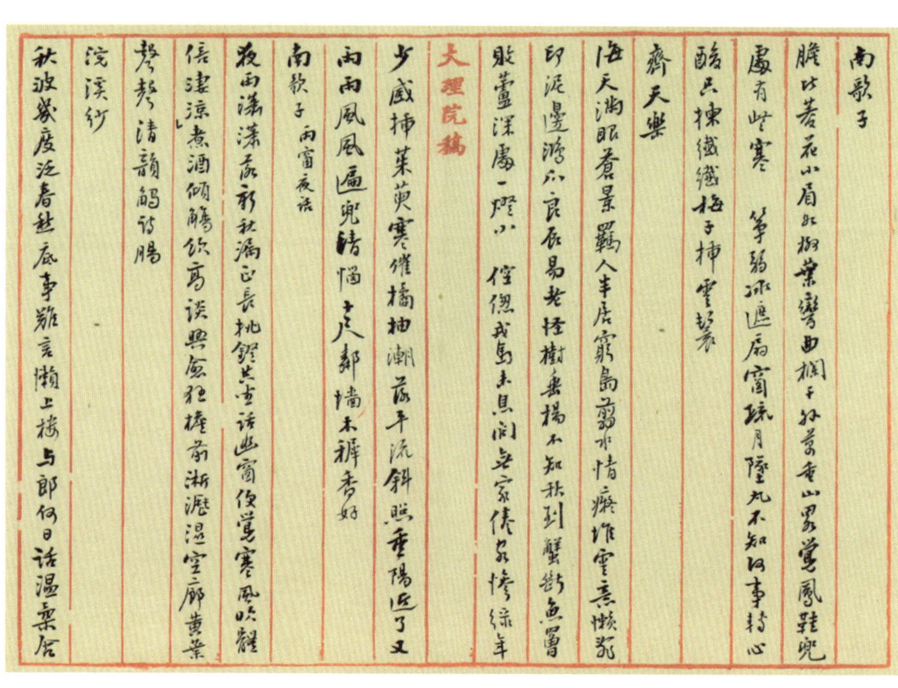

南歌子

齊天樂

大理院稿

南歌子　雨窗夜話

浣溪紗

民国刘世衡自书词札

潛公手稿

潛子词钞

民国稿本《潜子词钞》（《潜公手稿》影印本）书影

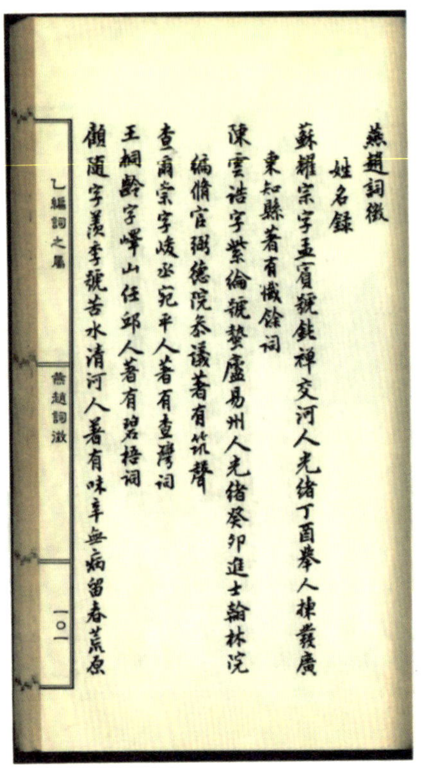

乙編詞之屬　燕趙詞徵　一〇一

燕趙詞徵

姓名錄

蘇耀宗字孟賓號鈍禪交河人光緒丁酉舉人揀發廣東知縣著有識餘詞

陳雲誥字紫綸號蟄廬易州人光緒癸卯進士翰林院編脩官弼德院參議著有筑聲

查爾崇字崚丞宛平人著有查灣詞

王桐齡字嶧山任邱人著有碧梧詞

顧隨字羨季號苦水清河人著有味辛無病留春荒原

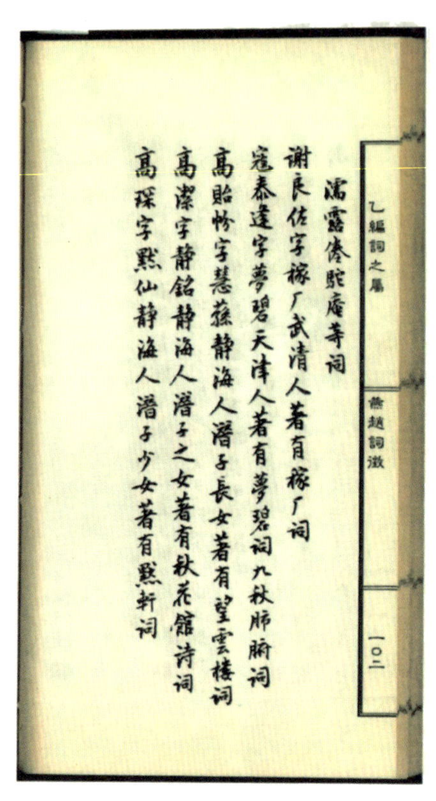

乙編詞之屬　燕趙詞徵　一〇二

濡露倦駝庵等詞

謝良佐字稼广武清人著有稼广詞

寇泰逢字夢碧天津人著有夢碧詞九秋肺腑詞

高貽怡字慧蓀靜海人潛子長女著有望雲樓詞

高潔字靜銘靜海人潛子之女著有秋花館詩詞

高琛字默仙靜海人潛子少女著有默軒詞

民国稿本《燕赵词征》（《潜公手稿》影印本）选目书影

# 编 委 会


**主　编：** 于广杰

**副主编：** 刘　瑶　张世斌

**编　委：** 张静阳　来晓辉　郭思萍　邱　硕
王振良　史宝莉　徐　宁

# 序

詹福瑞

“燕赵”原为地理概念，古属冀州，战国时为燕、赵，其属地主要为今河北、北京、天津等地，还包括辽宁、山西、河南等部分地区。但后来，“燕赵”逐渐由地理概念演化为文化概念，主要指一种北地重气任侠、悲歌慷慨的民风。《隋书·地理志》“自古言勇敢者，皆出幽并”、韩愈“燕赵多慷慨悲歌之士”、苏东坡“幽燕之地，自古多豪杰”，都是讲的燕赵独特文化。于广杰主编《历代燕赵词全编》，用的是地理概念，用指籍贯出自今河北、北京、天津等地的词人词作。实际上也内涵了文化，如广杰所论：“金元词人如蔡松年、王寂、赵秉文、刘秉忠、白朴、张之翰、刘因、胡祗遹、萨都剌等人的创作因地理环境、人文风俗、时代风气的影响，明显不同于江浙等南方词人婉约清绮的特质，而呈现出清新劲健、自然率性的北方文学风貌，论者称为词的‘北宗’或‘北派’。”这就是立足于文化的考察了。

近些年来，学术界有宋之后文化重心南移、江南乃成文化中心之说。故广杰告诉我要出版燕赵词全编，我内心不免嘀咕。诗文南移，更何况兴于北宋、盛于南宋的词！我虽然生于斯，长于斯，热爱故土，也要问燕赵词是否可观。然据《历代燕赵词全编》考察，北宋时燕赵地处边陲，词学可述者少，明代燕赵本土词人不足四十家。然金、元、清三朝及民国，燕赵为京师和畿辅重地，文人汇集，词学兴盛，多有名家，足可与江南词比肩。近些年来，颇兴地域文学。我以为地域文学如不置于大文学史中观照，则其毫无意义。按时下分类，燕赵词亦属于地域文学。但是北京自金朝建都后，历元、明、清数代皆为首都，北京及畿辅地区不仅是政治中心，也是文化重心，故燕赵词的文学史地位是地域文学无法涵盖的。由此可见，搜集整理燕赵词，自文学史观，有其重要的价值。《历代燕赵词全编》全面辑录校注整理燕赵词，在此基础上，撰写词人小传，介绍词人的生平仕历、词坛活动、创作风貌和词学思想，不仅为认识燕赵词风、词学提供了丰富的资料；而有此一编，也会吸引文学史家的目光，使其从更广阔的时空视野全面认识词人、词体，所以于广杰和他的团队做了一件很有意义的工作。

# 前　言

本书“燕赵词”中的“燕赵”，涵盖的地理区域指当代京津冀三省市的行政区域，是燕赵文化发生的核心区域。“燕赵词”这一范畴由核心到外延有三层意义：一是燕赵籍词人创作的词；二是叙写、描绘燕赵人物、风俗、地理、文化等的词；三是生活于燕赵地域的各地词人在燕赵词坛活动中创作的词。本编取第一个直接且核心的含义，即“燕赵词”是燕赵籍词人创作的词。其中郡望本为其他地域，入籍为京津冀，也视为燕赵籍；燕赵籍词人在全国词坛上创作的作品均属燕赵词范围。所以，“燕赵词”即燕赵籍词人在全国词坛上创作之词的总和。词兴起于隋唐，兴盛于两宋，演变于金元，明词中衰而清词复兴，至于民国绵延不绝，名家辈出。“历代燕赵词”辑录的时间范围上自隋唐，下迄近现代。分为唐五代宋、金元、明代、清代至现代四部分。

燕赵词的发生时间并不晚于全国其他地域，其创作实绩也可圈可点。五代燕赵词家毛文锡为花间词人群体的重要成员。他的词关心社会民生，题材广阔，超出了花间词的艳情主题，婉丽质直而温厚风雅，浸润着敦朴尚实的燕赵文化精神。郑振铎先生称赏其词为“花间别调”。燕赵地区是北宋王朝边陲，敦朴尚武，文化不振，词学可述者甚少，百余年间，仅李之仪、王安中堪称名家。金元以来，燕赵地域异属北朝，燕赵故地却成为北方政权的畿辅首善之区。南北各地的文人才士辐辏京师，燕赵文化慷慨尚气、朴茂贞刚的精神与尚正统、崇雅正、重功利的京都文化交融并行，使燕赵大地的文化风气浓厚起来。燕赵本土文学随之发展繁荣，千年来名家辈出，在当时全国的文坛格局中占有重要的地位。金元词人如蔡松年、王寂、赵秉文、刘秉忠、白朴、张之翰、刘因、胡祗遹、萨都剌等人的创作，因地理环境、人文风俗、时代风气的影响，明显不同于江浙等南方词人婉约清绮的特质，而呈现出清新劲健、自然率性的北方文学风貌，论者称为词的“北宗”或“北派”。虽然明代词学衰微，以京都为中心的畿辅地区却是南北文人辐辏聚集的地方，京都及畿辅词坛上南北文人的词学活动还是非常繁盛的。然明代近三百年间，燕赵本土词人不足四十，在当时词坛上声量较小，相对沉寂。可称述的词家如魏允中、王好问、孙承宗、刘荣嗣、申涵光作品数量不多，艺术水准难作深论。清代词学兴盛，燕赵词家辈出。如梁清标、傅燮詷、陈祥裔、查礼、刘锡嘏、纪逵宜、姚尚桂、刘濉年、舒位、边浴礼、边保枢、冯秀莹、张云骧、华长卿、王增年、赵国华、朱隽瀛、赵洁等人，无论从作品数量还是质量上看，都无愧当时名家。民国燕赵词坛也不沉寂，高毓浵、李叔同、王桐龄、谢良佐、顾随、寇梦碧等人均能参与词学主流而自成面目，允为当时名家。随着当代词学研究的不断深入，这些燕赵词家应该成为清代与民国词个案研究的重点，而对他们的研究也必然推进词学的整体发展。

宋元以来，文人开始注重编纂乡邦文献。此风所扇，遍及天下。其中尤其以编选地域性的诗歌总集或选本最为流行。就燕赵诗歌来说，清嘉庆间天津高继珩尝穷二十余年之力，辑《畿辅诗传》，得八百余家。清末献县纪钜维亦尝究心畿辅诗歌的整理，欲编纂《畿辅诗征》，后因年老力弱而作罢。当徐世昌开晚晴簃诗社，编选有清一代诗歌的时候，纪钜维因其畿辅诗学的宏富广博成为重要的成员，而《晚晴簃诗汇》也以畿辅诗家的搜集最为完备。词作为小道末技，清代以前尚未引起文人编选地域性词选的兴趣。清代以来，大江南北涌现了不少以词名家的文人，即使不专以词名家，文人们亦多以能词为士林风雅，论词、校词、选词之风方兴未艾。以地域为中心进行词集的编选起步较晚，至晚清民国也兴盛起来。如朱祖谋《湖州词征》、周庆云《东瓯词征》、薛钟斗《东瓯词征》、陈去病《笠泽词征》、夏承焘《永嘉词征》、夏令伟《佛山词征》、赵藩《滇词丛录》，等等。这些地域性词选，由词坛耆宿、词社巨擘主持编选，成为晚清民国以来词学繁荣的一个重要标志，也发展成寄托桑梓之情，表彰先贤，以见人杰地灵、文物之盛的新文化形式。晚清词人高毓浵尝因敬乡之情和阐幽表微之义编纂《燕赵词征》。此选篇幅不甚大，仅收燕赵词家10人。包括陈云诰、苏耀宗、查尔崇、谢良佐、王桐龄、顾随、寇泰逢、高贻枌、高洁、高琛（高姓三人为高毓浵女），不分卷。卷首列词家姓名，简要介绍生平仕履。卷中先注明词人词集，下注词人生平籍贯。小楷精写，清雅可观。高毓浵（1877—1956）字淞泉，本名令谦，字浣卿，号东岑，别号潜子，直隶静海人。光绪甲午（1894）举人，癸卯（1903）成进士。入翰林院为庶吉士，散馆授编修，兼任京师大学堂教习。1907 年赴日本早稻田大学留学，回国后讲授西方文化、历史。清亡后南游南京、上海等地二十余年，后任伪满洲国政府治安部参事。秉儒者之行，博学多才，诗词书法俱臻妙境。其词以咏物、题画、酬唱、闲情为主。从用调、结构、语言方面考察其学词门径，当从南宋诸家张炎、周密、吴文英、姜夔、李清照入手，上追周邦彦、苏轼、柳永，合南北宋词家之长，再上窥五代词之天真自然、婉约清丽。咏物词体物幽眇传神，不黏不滞，往往寄寓身世之感。格调清丽深婉，在梦窗、白石之间。著述丰硕，有《读左传随笔》一卷、《春秋大事表补》二卷、《潜子文钞》四卷、《潜子骈体文钞》四卷、《潜子诗钞》十六卷、《微波词》一卷。《燕赵词征》不见诸家著录，高毓浵遗集诸稿中也无相关记载。所以我们无从确考其编选的时间、背景等相关问题。从《潜子词话》来看，高毓浵记述的晚清民国词人不限地域，而以词坛前辈和词社唱酬的诸家为主。燕赵词人仅及陈云诰、顾随二人，《燕赵词征》中其余诸家均未提及。从《燕赵词征》所选的十人来看，陈云诰因其政治影响力和书法成就名传后世，其能词之名实少人瞩目。苏耀宗、查尔崇的词集散落不传。谢良佐《稼厂词》深藏图书馆中，流布不广，即其生平资料也难以查考。王桐龄以史学名家，史学著作丰硕。然除民国时期刊印的数种外，新时期以来并未再版。据隋树森先生所述，其诸多学术水平甚高的译稿，仍淹没于故纸堆中，没有得到重视，遑论其诗歌和小词。实则，王桐龄先生的词别有情趣，是民国词坛追求自然通俗、情致趣味一派的重要代表，而其以词学资料论证史学问题的多则词话，在民国词论中也别具一格。高毓浵先生的三个女儿，生平不详，《燕赵词征》著录的词集已无从查考。唯顾随、寇泰逢二位先生作为现代词学大家，受到学者的推重，其词集、词学著作相继出版，为燕赵词学在现代词坛上争得了一席之地。但是，不论是从高毓浵出于敬乡之情阐幽表微，还是出于师友亲情有意摘录，《燕赵词征》的编纂规模虽小，从中亦可窥见燕赵词风伉爽质朴、清丽雅健的风貌，对深入研究晚清民国词坛活动和词学思想具有重要价值，不失为一部可贵的燕赵词学文献。如今我们全面整理研究燕赵词，即是出于对燕赵大地这块桑梓热土的敬爱，对燕赵大地和燕赵文化所孕育词人的尊崇和阐扬，也是对如高毓浵这样的燕赵词学前辈的致敬。希望借此传承悠久深厚的燕赵文化，以之融入当代的文化建设，促进社会发展和文明进步。

燕赵风骨是表征燕赵文化特质的具有象寓风格的概念。它可以涵盖燕赵文化多个层面，如燕赵政治品格、社会风俗、学术思想、游艺之学等诸方面的神理和风格。当代诸多学者多将“燕赵风骨”作为观照三千年燕赵文学的主要线索，以凸显地域文化与文学的密切关系，及文学对燕赵文化精神凝练、形塑的文化意义。而以“燕赵风骨”为主线，观照燕赵词的整理，当代学者的研究已经为我们展开广阔的学术空间。谢嘉《燕赵文化史稿》描述了几千年燕赵文化的发展历程、地域特色、时代风貌及典型成就，为我们考察燕赵文化与词学的互动奠定了理论基础。王长华主编《河北文学通史》《河北古代文学史》两部著作描绘了三千年河北文学的发展历程，探讨了燕赵文化精神与河北文学（包括神话、诗歌、赋、散文、词、戏曲、小说）的内在关系，建构了一个特色鲜明的燕赵地域文学体系。他认为古今河北文学都属于燕赵文化圈，燕赵文化精神决定了河北文学的精神品格。燕赵文学的品格包括慷慨悲歌、尚侠任气的地域个性；以倡优立身、追求放荡游冶生活的民间风俗；朴质尚用，重经术、轻文艺的文化传统。“慷慨悲歌、尚侠任气”是燕赵文化精神的核心内容，它构成了河北文学的底色。辽金以降，随着燕赵地域成为畿辅重地，形成了与燕赵本土文化并行交融的尚正统、崇雅正、重功利的京畿文化，深刻影响了近古文学的发展。李建平《北京文化的特点——兼论北京文化与北京学》、于小植《论北京诗歌的“地方性”特征》、孙爱霞《明代天津文学发展概论》、张宜雷《天津近代文学与公共文化空间》这些文章虽不直接研究燕赵词学，但着眼于燕赵文化重要构成部分的北京文化、天津文化与文学的关系，为我们整理与研究燕赵词提供了重要的思路和方法。昝圣骞《论民国词人郭则沄与京津词坛》论述了郭则沄学梦窗词而雅丽哀婉的词风，“词以庀史”的词学思想及组织须社、刊印社集《烟沽渔唱》的词学活动。认为郭则沄在推动民初京津词坛繁荣的过程中起到重要作用，对民国词研究避开“重南轻北”和“重新轻旧”的误辙具有重要启示。谢燕的博士论文《近世京津词坛研究》认为京津文化中存在着地域族群和士人集团如何为政治中心服务，同时也受政治中心庇护与限制的文化特点。京津的文学，在文学史叙述中有时不仅是一种地域文学，更是一种“京师”的文化。其间的词社与雅集，既是“日下胜游”，又是“楚骚之遗”；既是风流清赏，又是互为朋党。而晚清的变局，近代学术思想与新的生存环境，为京津词坛词人群体革新与探索词学提供了时代契机。但她是将京津词坛作为全国词人活动的舞台，综览晚清民国各派、各区域词人的交游与活动、词学思想，以此勾勒晚清民国词史和词学。李桂芹《〈洺州唱和词〉：后期浙西词风于直隶的播扬》与其视角和方法相同。他们论述的中心既不是燕赵词人，涉及的燕赵词数量也有限，但当时名家在燕赵词坛交游唱和，既可绍述风雅，倡导一时一地的词学风气，也可以促进不同地域、流派间词学思想的交流，是晚清民国词学繁荣的重要因素。因此，以"燕赵风骨"为主线贯穿燕赵词的整理和研究，钩沉抉隐，将历代词家联系起来，贯注相同的文化血脉，构建成燕赵词一个全新的有机整体。如此，既可以深刻总结燕赵词的艺术精神和审美特质，也可以探讨历代燕赵词与当时全国词坛的互动融合，从而深化对词学活动与词学思想发生演变的历史真实及内在逻辑的认识和书写。

文献整理是词学研究的重要基础。五代赵崇祚编《花间集》，已收录燕赵词家毛文锡。宋元以来，燕赵词人作品除附于别集单刊流传外，亦尝被辑入词的选本或总集中，如《唐宋名贤百家词》《宋六十名家词》《历代诗余》等。清代词家注重对当代词的搜集整理，并推动了民国词学的蔚兴。傅燮詷《词觏》、王昶《国朝词综》、丁绍仪《国朝词综补》、叶恭绰《全清词钞》、林葆恒《词综补遗》、陈乃乾《清名家词》等大型词总集的编撰，保存了很多燕赵词人的作品，在后来很多词集散佚的情况下，这些选粹性质的词选集成了研究一些燕赵词人词艺的重要资料。中华人民共和国成立以来，大型断代词总集的整理成果丰硕，先后出版唐圭璋编《全宋词》《全金元词》、曾昭岷等编《全唐五代词》、杨镰编《全元词》、饶宗颐编《全明词》、周明初编《全明词补编》、程千帆编《全清词》（顺康卷）、张宏生编《全清词》（顺康卷补编、雍乾卷、嘉道卷）、杨子才编《民国五百家词钞》等。这些断代词总集基本上网罗了唐五代至民国燕赵词人作品。虽词人生平或有舛误，词作字词、断句偶有出入，但为我们辑录燕赵词人作品提供了方便。另外清史编纂委员会编《清代诗文集汇编》、陈红彦等编《清代诗文集珍本丛刊》收燕赵文人别集数十种，附词若干卷；张宏生主编《清词珍本丛刊》、朱惠国编《民国名家词集选刊》收清代燕赵词人别集珍本七种。这些大型影印珍本古籍，为我们校订清及民国燕赵词提供了版本依据和线索。唐圭璋《词话丛编》、朱崇才《词话丛编续编》、张璋等人《历代词话》《历代词话续编》、孙克强《唐宋词词话》、林玫仪《词话七种考佚》、汪梦川《民国诗词作法丛书》等词学资料的编纂，不仅推动了词学史料学的发展，开出了词话学研究新领域，也为我们整理研究历代燕赵词奠定了词学文献基础。近来学者为传承地方文化，整理了系列燕赵文人文集，如刘崇德辑校《边随园集》、庞坚校注《张之洞诗文集》、石向骞校注《史梦兰集》、郭长海整理《李叔同集》、赵林涛整理《顾随全集》，这些文集中均收词作；专门词集整理如李晓静的硕士论文《绳庵词笺释及研究》等；另有不少学者从事清词辑佚工作，成果显著。这些成果为我们辑录晚清民国燕赵词提供了重要资料。此次整理历代燕赵词是在前辈学者和当代学人研究基础上展开的一项词集编纂工作。

《历代燕赵词全编》是全面系统整理燕赵词的通贯性著作，展示了燕赵词学的实绩，为认识燕赵词风、词学与燕赵文化提供了丰富的资料与线索。此编在辑录校注燕赵词的基础上，搜集历代燕赵词人的生平、词学材料，撰写词人小传，描述燕赵词家的创作风貌、词坛活动，精练地概括其词学思想，以勾勒燕赵词史和燕赵词学。在具体整理过程中，以“燕赵风骨”观照燕赵词史和词学，试图构建一个特色鲜明的燕赵词学体系，探讨燕赵词史和词学在中国词学史上符合历史真实的位置和价值。然而，在项目进程的具体操作中，因资料的缺乏，项目结题时限的要求，有些地方尚未完全实现起初的规划和设想，实在是一个不小的遗憾。此编名为全编，正如罗忼烈先生对于唐圭璋先生编辑《全宋词》《全金元词》的感叹，“典籍浩如烟海，要一一钩沉索隐无所遗漏是绝不可能的”（《词学杂俎》）。虽然，燕赵词从总量上来说并非巨大，燕赵词家相较宋金元词家数量也少了一些，但一些珍本、钞本、零笺碎简或沉睡于各大图书馆，或藏家以为枕中密宝，加上编者水平有限、搜罗未广，难免有遗珠之憾。这些不足之处，也只好来日再进行弥补了。

一直以来，河北大学燕赵文化高等研究院着力推动燕赵文化基本理论和文献的整理研究工作。《历代燕赵词全编》即是河北大学燕赵文化高等研究院支持的重点项目。河北大学中国曲学研究中心在词曲学研究方面积淀深厚，成果丰硕，亦将《历代燕赵词全编》作为重点资助项目。在此，我们对河北大学燕赵文化高等研究院、河北大学中国曲学研究中心的领导、师长一直以来的关心、鼓励、支持表示衷心的感谢！在《历代燕赵词全编》整理过程中，廊坊师范学院许振东教授、天津美术学院张世斌教授、天津师范大学王振良教授在资料搜集、体例内容方面都曾给予无私的指导和帮助；本科生张伊哲、金自强、李沫瑶等十几位同学放弃课余休息，帮助我们录入词作，是保障此编能够按时完成的重要力量；著名书法家吴占良先生为本书题写了书签。对他们的热心帮助和所付出的艰辛劳动，在此一并表示感谢！

唐宋以来，词体兴于南方，北方词学不振，少有惊艳词坛的大家；燕赵文化敦朴尚实，经世的功利色彩较浓厚，河朔贞刚之气与小词幽微要渺的弱德之美不甚协调；近世拱卫帝都的燕赵大地从多元一体的燕赵文化向京畿文化转型，文化上崇正统、尚清切，重经术与诗文，于小词不免忽之不讲。但随着词学研究的深入，我们相信，燕赵词作为中国词学的重要组成部分，将会受到词学界的广泛重视。

由于整理者水平有限，疏漏之处在所难免。此编权当作引玉之砖，敬请方家批评指正。

# 凡　　例

（一）是编旨在汇辑历代燕赵词作，供研究者参考之资，故网罗散失，虽断句零章，亦加摭拾。编次以时代为序，分为唐代五代宋代、金代元代、明代、清代至现代四部分。

（二）是编严诗词之辨，凡五七言绝及古诗均不阑入。如《尔尔书屋诗草》所收史梦兰《竹枝》等实为诗体，皆不录入。

（三）所收词人处易代之际者，属上届下，论定为难。必有尺度以一之。凡前代词人已入仕者，入新朝，俱以为前代人。凡前朝亡时年未满二十者，俱以为新朝人。无确切年代可考，一仍旧说。

（四）是编以作者为经，以时代先后为序。凡生年可考者，以生年为序；生年不可考而卒年可考者，以卒年为参；生卒年不可考而知其登第年者，以登第年为序；三者俱无可考而知其交往酬和者，以所交往酬和者之时代为参。一无可考者，参其作品所出之书成书时代，无名氏词俱次于编末，亦以作品所出之书成书时代为序。

（五）所收词人时代、姓名、字号、里第、生卒年、仕履、著作，昔人考订舛误者，今就所知者重为考证厘正。另钩稽丛脞，正误补阙，撮为小传，著于词人姓名之下。并着重依据前人论述对词人作品略加评述，以见其词风源流、特征及对词坛的影响；有词学论著者，概括其精粹，以明其词学主张与渊源。无资料可参者，则以己意分析。

（六）词作编次，凡所据为现存词集，则悉仍其旧；凡搜辑所得，以所出书成书之先后为次，其同一书中之次序、调名、词题亦悉准原书。所用各家辑本词，原多据词调编次，今概依所出原书，径加调整。

（七）是编首先从现代整理的断代词总集中辑录，如《全唐五代词》《全宋词》《全金元词》《全元词》《全明词》《全明词补编》《全清词》（顺康、雍乾、嘉道卷），并作为底本，校以善本、足本。若词人作品有现代整理本则以此本为底本。凡于词人作品之末未注明版本出处者，皆依以上断代词总集。

（八）是编另辑录断代词总集未收之燕赵词别集、总集、选集，并从方志、宗谱、小说、笔记、报刊、信札、书画题跋、碑刻中搜集佚作。有别本者，一并参校，无别本可校者仍其旧观。

（九）是编采用简体横排，现代标点。正文使用标点以简明为主，叶韵处用句号，句用逗号，读用顿号。小传、校记、按语使用全部标点。

# 总目录

# 目　录

## 上　卷

### 唐代五代宋代编



### 金代元代编

# 明代编

## 清代至现代编

唐代五代宋代编

# 李德裕（1首）

李德裕（787—850），字文饶，赵郡赞皇（今属河北）人。少好学，以父荫补校书郎。德裕仕历六朝，出将入相，有政声于时。宣宗即位，出为荆南节度使，改东都留守，贬潮州司马，再贬崖州司户。善诗文。累任要职。多著作，存有《次柳氏旧闻》《会昌一品集》等，《全唐诗》存诗一卷。

## 桂殿秋

仙女侍，董双成。桂殿夜凉吹玉笙。曲终却从仙宫去，万户千门空月明。河汉女，玉炼颜。云軿往往到人间。九霄有路去无际，袅袅天风吹佩环。

# 封特卿（1首）

封特卿，生卒年不详，字亚公，渤海蓨（今河北景县）人，家于安邑（今山西运城）。进士及第，为湖州军倅，咸通后历位清显。卒于唐懿宗咸通以后。封特卿诗有“已负数条红密烛，更辜双带绒香球。白蘋洲上风烟好，扶病须拼到后筹”句，任二北先生认为描写了声乐化之舞曲《抛球乐》席间演奏、行酒令的场面。由此可见，封特卿公私生活浸淫词曲音乐之深。

## 离别难

佛许终生愿，心坚石也穿。今朝虽送别，会却有明年。月窗本《诗话总龟》前集卷二三

# 崔液（2首）

崔液，生卒年不详，字润甫，定州安喜（今河北定州）人。崔仁师之孙，崔湜弟。举进士第一。历任监察御史、殿中侍御史、吏部员外郎，袭封安平县男。玄宗先天二年（713）因兄湜谋逆罪连累，当流放，亡命郢州，作《幽征赋》以寄意，词甚典丽。遇赦还，病死途中。新、旧《唐书》有传。液有文名，尤工五言诗。有《崔液集》十卷，已佚。

## 踏歌词

彩女迎金屋，仙姬出画堂。鸳鸯裁锦袖，翡翠帖花黄。歌响舞分行，艳色动流光。

## 又

庭际花微落，楼前汉已横。金壶催夜尽，罗袖舞寒轻。乐笑畅欢情未半，着天明。以上明刻本《词品》卷一

# 张荐（1首）

张荐（744—804），字孝举，深州陆泽（今河北深州）人。张鹭孙。少精史传，聪颖能文。代宗大历中召充史馆修撰，德宗贞元中拜谏议大夫。以御史中丞持节使回纥，还，迁秘书监。二十年迁工部侍郎兼御史大夫，充入吐蕃吊祭使，卒于道，谥“宪”。笃志好学，博洽多闻。著述甚富，惜多失传。

## 字字双

床头锦衾斑复斑。架上朱衣殷复殷。空庭明月闲复闲。夜长路远山复

山。明刻本《词品》卷二

## 李端（1首）

李端（？—785?），字正己，赵州（今河北赵县）人。代宗大历五年(770）进士，授秘书省校书郎。以病辞官，居终南山草堂寺，出为杭州司马。为“大历十才子”之一。端为诗工捷，思致弥清，绰有风人之旨，尤妙于七言。有《李端诗集》三卷。其《拜新月》词用本调写闺情，语语幽细，隽不落佻，含情言外，结句以无情之北风衬托多情之人，点醒诗魂，得古乐府《子夜歌》之妙。

### 拜新月

开帘见新月，便即下阶拜。细语人不闻，北风吹裙带。内府本《词谱》卷一

## 张祜（4首）

张祜（782？—852?），字承吉，清河人。屡蒙方镇论荐，却未沾朝廷寸禄。长年浪迹江湖，或为外府从事，或为大僚幕宾。所历之地极广，北至塞北，南极岭南，西至襄汉、马嵬，东极于海，均有诗篇可考。性耿介不容物，数受召幕府，辄自劾去。故一生蹭蹬，以布衣终身。与李光颜、白居易、令狐楚等人交游，爱丹阳曲阿地，筑室隐居以终。以宫词著名，委婉多讽，艺术造诣之高或在元、白之上。

### 杨柳枝

莫折宫前杨柳枝。玄宗曾向笛中吹。伤心日暮烟霞起，无限春愁生翠眉。明刻本《唐词纪》卷二

## 又

凝碧池边敛翠眉。景阳楼下绾青丝。那胜妃子朝元阁，玉手和烟弄一枝。明刻本《唐词本》卷四

## 梦江南

行吟洞庭句，不见洞庭人。尽日碧江梦，江南红树春。明刻本《唐词本》卷三

## 小秦王

十指纤纤玉笋红。雁行轻度翠弦中。分明自说长城苦，水阔云寒一夜风。明刻本《古今词统》卷一

# 张希复（1首）

张希复，字善继，深州陆泽（今河北深州）人。进士及第。与段成式共官于秘书省。后历河南府土曹、集贤校理学士、员外郎。

## 闲中好

闲中好，幽磬度声迟。卷上论题笔，画中僧姓支。

# 高骈（1首）

高骈（？—887），字千里，幽州（今属北京）人。高崇文孙。累官神策军都虞侯、秦州刺史、安南都护、天平军节度观察使、剑南西川节度观察使、荆南节度观察使等职。僖宗乾符四年（877），进封燕国公。六年，进位扬州大都督府长史、兵马都统，又擢检校太尉，同平章事，负责全面

指挥镇压黄巢军。后慑于义军声势，又因内部倾轧，遂坐守扬州，割据一方。骈好文学，诗情挺拔，善为壮语。晚年属意神仙，信用方士与狂人，为部将毕师铎所杀。

### 步虚词

青溪道士人不识，上天下地鹤一只。洞门深锁碧窗寒，滴露研朱点《周易》。明刻本《唐词纪》卷一五

## 张格（1 首）

张格（？—927），字承之，又字义师，河间（今属河北）人。宰相张浚子。少负才俊迈，有父风。天复三年（903）其父被杨麟所杀，格逃入蜀依王建，累加右仆射、太傅，封赵国公。前蜀亡，入洛阳，仕后唐为太子宾客，充三司副使。有文章，明吏事，颇有时誉。

### 感皇恩

最好是，长街里，听喝相公来。董本《宋朝事实类范》卷六六引《杨文功谈苑》

## 毛文锡（32 首）

毛文锡，生卒年不详，字平珪，高阳（今属河北）人。年十四，登唐进士第。后仕前蜀为翰林学士承旨，累官司徒，判枢密院事。王建天汉时，因事贬茂州司马。后随王衍降后唐。未几，复事后蜀，以词为孟昶所赏。毛文锡政治上积极有为，有较强的社会责任感。其词能跳出绮靡的框框，表现了较为广阔的内容和健康的格调；即使写艳情题材，也寄寓个人真挚深沉的感情，而有讽喻的色彩。其词将温庭筠词的精工深美与韦庄词的清简劲直融为一体，形成了婉丽质直的词风。郑振铎先生谓毛文锡词是

"花间别调"。毛文锡词现存32首，用22个词调，在唐五代词人用调数量上仅次于孙光宪，列第二位，足见其选声择调之富，体现出喜欢自走新路，不愿依傍他人的求新思想。《钦定词谱》共收毛文锡词正体17调、又一体3调，取毛文锡词句为词调别名3调。又见出他在词调上的创调定体之雅。

## 虞美人

鸳鸯对浴银塘暖。水面蒲梢短。垂杨低拂曲尘波。蛟丝结网露珠多。滴圆荷。　　遥思桃叶吴江碧。便是天河隔。锦鳞红鬣影沉沉。相思空有梦相寻。意难任。

## 又

宝檀金缕鸳鸯枕。绶带盘宫锦。夕阳低映小窗明。南园绿树语莺莺。梦难成。　　玉炉香暖频添炷。满地飘轻絮。珠帘不卷度沉烟。庭前闲立画秋千。艳阳天。

## 酒泉子

绿树春深，燕语莺啼声断续。蕙风飘荡入芳丛。惹残红。　　柳丝无力袅烟空。金盏不辞须满酌。海棠花下思朦胧。醉香风。

## 喜迁莺

芳春景，暖晴烟。乔木见莺迁。传枝偎叶语关关。飞过绮丛间。
锦翼鲜，金毳软。百啭千娇相唤。碧纱窗晓怕闻声，惊破鸳鸯暖。

## 赞成功

海棠未坼，万点深红。香包缄结一重重。似含羞态，邀勒春风。蜂来蝶去，任绕芳丛。　　昨夜微雨，飘洒庭中。忽闻声滴井边桐。美人惊起，坐听晨钟。快教折取，戴玉珑璁。

## 西溪子

昨日西溪游赏。芳树奇花千样。琐春光，金尊满，听弦管。娇妓舞衫香暖。不觉到斜晖，马驮归。

## 中兴乐

豆蔻花繁烟艳深。丁香软结同心。翠鬟女。相与。共淘金。　　红蕉叶里猩猩语。鸳鸯浦。镜中鸾舞。丝雨。隔荔枝阴。

## 更漏子

春夜阑，春恨切。花外子规啼月。人不见，梦难凭。红纱一点灯。　偏怨别。是芳节。庭下丁香千结。宵雾散，晓霞辉。梁间双燕飞。

## 接贤宾

香鞯镂襜五花骢。值春景初融。流珠喷沫躞蹀，汗血流红。　　少年公子能乘驭，金镳玉辔珑璁。为惜珊瑚鞭不下，骄生百步千踪。信穿花，从拂柳，向九陌追风。

## 赞浦子

锦帐添香睡，金炉换夕熏。懒结芙蓉带，慵拖翡翠裙。　　正是柳夭桃媚，那堪暮雨朝云。宋玉高唐意，裁琼欲赠君。

## 甘州遍

春光好，公子爱闲游。足风流。金鞍白马，雕弓宝剑，红缨锦襜出长楸。　　花蔽膝，玉衔头。寻芳逐胜欢宴，丝竹不曾休。美人唱，揭调是甘州。醉红楼。尧年舜日，乐圣永无忧。

## 又

秋风紧，平碛雁行低。阵云齐。萧萧飒飒，边声四起，愁闻戍角与征鼙。　　青冢北，黑山西。沙飞聚散无定，往往路人迷。铁衣冷，战马血沾蹄。破蕃奚。凤皇诏下，步步蹑丹梯。

## 纱窗恨

新春燕子还来至。一双飞。垒巢泥湿时时坠。涴人衣。　　后园里、看百花发，香风拂、绣户金扉。月照纱窗，恨依依。

## 又

双双蝶翅涂铅粉。咂花心。绮窗绣户飞来稳。画堂阴。　　二三月、爱随飘絮，伴落花、来拂衣襟。更剪轻罗片，傅黄金。

## 柳含烟

隋堤柳，汴河旁。夹岸绿阴千里，龙舟凤舸木兰香。锦帆张。　　因梦江南春景好。一路流苏羽葆。笙歌未尽起横流。锁春愁。

## 又

河桥柳，占芳春。映水含烟拂路，几回攀折赠行人。暗伤神。　　乐府吹为横笛曲。能使离肠断续。不如移植在金门。近天恩。

## 又

章台柳，近垂旒。低拂往来冠盖，朦胧春色满皇州。瑞烟浮。　　直与路边江畔别。免被离人攀折。最怜京兆画蛾眉。叶纤时。

## 又

御沟柳，占春多。半出宫墙婀娜，有时倒影醮轻罗。曲尘波。　　昨日金銮巡上苑。风亚舞腰纤软。栽培得地近皇宫。瑞烟浓。

## 醉花间

休相问。怕相问。相问还添恨。春水满塘生，鸂鶒还相趁。　　昨夜雨霏霏，临明寒一阵。偏忆戍楼人，久绝边庭信。

## 又

深相忆。莫相忆。相忆情难极。银汉是红墙，一带遥相隔。　　金盘珠露滴。两岸榆花白。风摇玉佩清，今夕为何夕。

## 浣溪沙

春水轻波浸绿苔。枇杷洲上紫檀开。晴日眠沙鸂鶒稳，暖相偎。罗袜生尘游女过，有人逢着弄珠回。兰麝飘香初解佩，忘归来。

## 又

七夕年年信不违。银河清浅白云微。蟾光鹊影伯劳飞。　　每恨蟪蛄怜婺女，几回娇妒下鸳机。今宵嘉会两依依。

## 月宫春

水精宫里桂花开。神仙探几回。红芳金蕊绣重台。低倾玛瑙杯。玉兔银蟾争守护，姮娥姹女戏相偎。遥听钧天九奏，玉皇亲看来。

## 恋情深

滴滴铜壶寒漏咽。醉红楼月。宴余香殿会鸳衾。荡春心。真珠帘下晓光侵，莺语隔琼林。宝帐欲开慵起，恋情深。

## 又

玉殿春浓花烂熳。簇神仙伴。罗裙窣地缕黄金。奏清音。酒阑歌罢两沉沉，一笑动君心。永愿作鸳鸯伴，恋情深。

## 诉衷情

桃花流水漾纵横。春昼彩霞明。刘郎去，阮郎行。惆怅恨难平。愁坐对云屏。算归程。何时携手洞边迎。诉衷情。

## 又

鸳鸯交颈绣衣轻。碧沼藕花馨。偎藻荇，映兰汀。和雨浴浮萍。思妇对心惊。想边庭。何时解佩掩云屏。诉衷情。

## 应天长

平江波暖鸳鸯语。两两钓船归极浦。芦洲一夜风和雨。飞起浅沙翘雪鹭。　　渔灯明远渚，兰棹今宵何处。罗袂从风轻举。愁杀采莲女。

## 何满子

红粉楼前月照，碧纱窗外莺啼。梦断辽阳音信，那堪独守空闺。恨对百花时节，王孙绿草萋萋。

## 巫山一段云

雨霁巫山上，云轻映碧天。远风吹散又相连。十二晚峰前。　　暗湿啼猿树，高笼过客船。朝朝暮暮楚江边。几度降神仙。

## 临江仙

暮蝉声尽落斜阳。银蟾影挂潇湘。黄陵庙侧水茫茫。楚山红树，烟雨隔高唐。　　岸泊渔灯风飐碎，白蘋远散浓香。灵娥鼓瑟韵清商。朱弦凄切，云散碧天长。以上晁本《花间词》

## 巫山一段云

貌掩巫山色，才过濯锦波。阿谁提笔上银河。月里写嫦娥。　　薄薄施铅粉，盈盈挂绮罗。菖蒲花役梦魂多。年代属元和。朱本《尊前集》

# 贾昌朝（1首）

贾昌朝（998—1065），字子明，获鹿（今属河北石家庄）人。召试，赐同进士出身，除晋陵簿。庆历间，拜同中书门下平章事，兼侍中，封许国公。宋英宗即位，加左仆射，进封魏国公。卒谥“文元”。

## 木兰花令

都城水绿嬉游处。仙棹往来人笑语。红随远浪泛桃花，雪散平堤飞柳絮。　　东君欲共春归去。一阵狂风和骤雨。碧油红旆锦障泥，斜日画桥芳草路。

# 韩缜（1 首）

韩缜（1019—1097），字玉汝，灵寿（今属河北石家庄）人。庆历二年（1042）进士。英宗朝历淮南转运使，神宗朝累知枢密院士，哲宗朝拜尚书右仆射，兼中书侍郎。出知颍昌府，以太子太保致仕。卒谥“庄敏”，赠司空、崇国公。

## 凤箫吟

锁离愁，连绵无际，来时陌上初熏。绣帏人念远，暗垂珠泪，泣送征轮。长亭长在眼，更重重、远水孤云。但望极楼高，尽日目断王孙。
消魂。池塘别后，曾行处、绿妒轻裙。恁时携素手，乱花飞絮里，缓步香茵。朱颜空自改，向年年、芳意长新。遍绿野，嬉游醉眠，莫负青春。

# 李之仪（95 首）

李之仪（1035—1117），字端叔，号姑溪老农，沧州无棣人。登进士第，为枢密院编修官，通判原州。元祐末从苏轼于定州幕府，朝夕唱酬。元符中监内香药库，御史石豫参劾他曾为苏轼幕僚，不可以任京官，被停职。徽宗崇宁初提举河东常平。后因得罪权贵蔡京，除名编管太平州，终朝请大夫。有《姑溪词》，明毛晋有跋，称其“更长于淡语、景语、情语”。词作风格与柳永、秦观相近。

## 水龙吟

中秋

晚来轻拂，游云尽卷，霁色寒相射。银潢半掩，秋毫欲数，分明不夜。玉管传声，羽衣催舞，此欢难借。凛清辉，但觉圆光罩影，冰壶莹、真无价。　闻道水精宫殿，蕙炉熏、珠帘高挂。琼枝半倚，瑶觞更劝，莺娇燕姹。目断魂飞，翠萦红绕，空吟小砑。想归来醉里，鸾篦凤朵，倩何人卸。

## 蓦山溪

次韵徐明叔

神仙院宇，记得春归后。蜂蝶不胜闲，惹残香、萦纡深透。玉徽指稳，别是一般情，方永昼。因谁瘦。都为天然秀。　桐阴未减，独自携芳酎。再弄想前欢，拊金樽、何时似旧。凭谁说与，潘鬓转添霜，飞陇首。云将皱。应念相思久。

## 又

北观避暑次明叔韵

金柔火老，欲避几天地。谁借一檐风，锁幽香、愔愔清邃。瑶阶珠砌，如膜遇金篦，流水外，落花前，岂是人能致。　擘麟泛玉，笑语皆真类。惆怅月边人，驾云軿，何方适意。　么弦咽处，空感旧时声，兰易歇，恨偏长，魂断成何事。

## 又

采石值雪

蛾眉亭上，今日交冬至。已报一阳生，更佳雪、因时呈瑞。匀飞密舞，都是散天花，山不见，水如山，浑在冰壶里。　平生选胜，到此非容易。弄月与燃犀，漫劳神、徒能惊世。争如此际，天意巧相符，须痛饮，庆难逢，莫诉厌厌醉。

## 又

晚来寒甚，密雪穿庭户。如在广寒宫，惊满目、瑶林琼树。佳人乘兴，应是得欢多，泛新声，催金盏，别有留心处。　争知这里，没个人言语。拨尽火边灰，搅愁肠、飞花舞絮。凭谁子细，说与此时情，欢暂歇，酒微醺，还解相思否。

## 满庭芳

八月十六夜，景修咏东坡旧词，因韵成此。

一到江南，三逢此夜，举头羞见婵娟。黯然怀抱，特地遣谁宽。分外清光泼眼，迷滉漾、无计拘拦。天如洗，星河尽掩，全胜异时看。　佳人。还忆否，年时此际，相见方难。谩红绫偷寄，孤被添寒。何事佳期再睹，翻怅望、重叠关山。归来呵，休教独自，肠断对团圆。

## 又

有碾龙团为供求诗者，作长短句报之。

花陌千条，珠帘十里，梦中还是扬州。月斜河汉，曾记醉歌楼。谁赋红绫小砑，因飞絮、天与风流。春常在，仙源路隔，空自泛渔舟。　新秋。初雨过，龙团细碾，雪乳浮瓯。问殷勤何处，特地相留。应念长门赋罢，消渴甚、无物堪酬。情无尽，金扉玉榜，何日许重游。

## 玉蝴蝶

九月十日，将登黄山，遽为雨阻，遂饮弊止。陈君俞独不止，已而以三阕见寄，辄次其韵。

坐久灯花开尽，暗惊风叶，初报霜寒。冉冉年华催暮，颜色非丹。搅回肠、蛩吟似织，留恨意、月彩如摊。惨无欢。篆烟萦素，空转雕盘。　何难。别来几日，信沉鱼鸟，情满关山。耳边依约，常记巧语绵蛮。聚愁窠、蜂房未密，倾泪眼、海水犹悭。奄更阑。渐移银汉，低泛帘颜。

## 早梅芳

雪初销，斗觉寒将变。已报梅梢暖。日边霜外，迤逦枝条自柔软。嫩苞匀点缀，绿萼轻裁剪。隐深心，未许清香散。　渐融和，开欲遍。密处疑无间。天然标韵，不与群花斗深浅。夕阳波似动，曲水风犹懒。最销魂，弄影无人见。

## 谢池春

残寒销尽，疏雨过，清明后。花径敛余红，风沼萦新皱。乳燕穿庭户，飞絮沾襟袖。正佳时，仍晚昼。着人滋味，真个浓如酒。　　频移带眼，空只恁、厌厌瘦。不见又思量，见了还依旧。为问频相见，何似长相守。天不老，人未偶。且将此恨，分付庭前柳。

## 怨三三

登姑熟堂寄旧游，用贺方回韵。

清溪一派泻揉蓝。岸草毵毵。记得黄鹂语画檐。唤狂里、醉重三。　　春风不动垂帘。似三五、初圆素蟾。镇泪眼廉纤。何时歌舞，再和池南。

## 春光好

霜压晓，月收阴。斗寒深。看尽烛花金鸭冷，卷残衾。卯酒从谁细酌，余香无计重寻。空把夜来相见梦，写文琴。

## 千秋岁

咏畴昔胜会和人韵，后篇喜其归。

深帘静昼。绰约闺房秀。鲜衣楚制非文绣。凝脂肤理腻，削玉腰围瘦。闲舞袖。回身昵语凭肩久。　　眉压横波皱。歌断青青柳。钗遽擘，壶频叩。鬓凄清镜雪，泪涨芳樽酒。难再偶。沉沉梦峡雪归后。

## 又

柔肠寸折。解袂留清血。蓝桥动是经年别。掩门春絮乱，欹枕秋蛩咽。檀篆灭。鸳衾半拥空床月。　　妆镜分来缺。尘污菱花洁。嘶骑远，鸣机歇。密封书锦字，巧绾香囊结。芳信绝。东风半落梅梢雪。

## 又

再和前意

万红暄昼，占尽人间秀。怎生图画如何绣。宜推萧史伴，消得东阳瘦。垂窄袖。花前镇忆相携久。　　泪裛回纹皱，好在章台柳。洞户隔，凭谁叩。寄声虽有雁，会面难同酒。无计偶。萧萧暮雨黄昏后。

## 又

休嗟磨折。看取罗巾血。殷勤且话经年别。庭花番怅望，檐雨同呜咽。明半灭。灯光夜夜多如月。　　无复伤离缺。共保冰霜洁。不断梦，从今歇。收回书上絮，解尽眉头结。犹未绝。金徽泛处应能雪。

## 又

和人

中秋才过，又是重阳到。露乍冷，寒将报。绿香摧渚芰，黄密攒庭草。人未老。蓝桥谩促霜砧捣。　　照影兰缸晕，破户银蟾小。樽在眼，从谁倒。强铺同处被，愁卸欢时帽。须信道。狂心未歇情难老。

## 又

深秋庭院，残暑全消退。天幕迥，云容碎。地偏人罕到，风惨寒微带。初睡起，翩翩戏蝶飞成对。　　叹息谁能会。犹记逢倾盖。情暂遣，心常在。沉沉音信断，冉冉光阴改。红日晚，仙山路隔空云海。

## 临江仙

知有阆风花解语，从来只许传闻。光明休咏汉宫新。拥身疑有月，衬步恨无云。　　莫把金樽容易劝，坐来几度销魂。不知仙骨在何人。好将千岁日，占断四时春。

## 又

九十日春都过了，寻常偶到江皋。水容山态两相饶。草平天一色，风暖燕双高。　　酒病厌厌何计那，飞红更送无聊。莺声犹似耳边娇。难回巫峡梦，空恨武陵桃。

## 江神子

恼人天气雪消时。落梅飞。日初迟。小阁幽窗，时节听黄鹂。新洗头来娇困甚，才试着，夹罗衣。　　木梨花拂淡燕脂。翠云欹。敛双眉。月浅星深，天淡玉绳低。不道有人肠断也，浑不语，醉如痴。

## 又

今宵莫惜醉颜红。十分中。且从容。须信欢情，回首似旋风。流落天涯头白也，难得是，再相逢。　　十年南北感征鸿。恨应同。苦重重。休把愁怀，容易便书空。只有琴樽堪寄老，除此外，尽蒿蓬。

## 又

阑干掐遍等新红。酒频中。恨匆匆。投得花开，还报夜来风。惆怅春光留不住，又何似，莫相逢。　　月窗何处想归鸿。与谁同。意千重。婉思柔情，一旦总成空。仿佛么弦犹在耳，应为我，首如蓬。

## 清平乐

橘

西江霜后，万点暄晴昼。璀璨寄来光欲溜。正值文君病酒。　　画屏斜倚窗纱。睡痕犹带朝霞。为问清香绝韵，何如解语梅花。

## 又

萧萧风叶。似与更声接。欲寄明珰非为怯。梦断兰舟桂楫。　　学书只写鸳鸯。却应无奈愁肠。安得一双飞去，春风芳草池塘。

## 又

听杨姝琴

殷勤仙友。劝我千年酒。一曲履霜谁与奏。邂逅麻姑妙手。　　坐来休叹尘劳。相逢难似今朝。不待亲移玉指，自然痒处都消。

## 又

再和

当时命友。曾借邻家酒。旧曲不知何处奏。梦断空思纤手。　　却应去路非遥。今朝还有明朝。谩道人能化石，须知石被人消。

## 又

仙家庭院。红日看看晚。一朵梅花挨枕畔。玉指几回拈看。　　拥衾不比寻常。天涯无限思量。看了又还重嗅，分明不为清香。

## 浪淘沙

琴

霞卷与云舒。月淡星疏。摩徽转轸不曾虚。弹到当时留意处，谁是相如。　　魂断酒家垆。路隔云衢。舞鸾镜里早妆初。拟学画眉张内史，略借工夫。

## 卜算子

我住长江头，君住长江尾。日日思君不见君，共饮长江水。　　此水几时休，此恨何时已。只愿君心似我心，定不负相思意。

## 忆秦娥

用太白韵

清溪咽。霜风洗出山头月。山头月。迎得云归，还送云别。　　不知今是何时节。凌歊望断音尘绝。音尘绝。帆来帆去，天际双阙。

## 蝶恋花

天淡云闲晴昼永。庭户深沉，满地梧桐影。骨冷魂清如梦醒。梦回犹是前时景。　　取次杯盘催酩酊。醉帽频欹，又被风吹正。踏月归来人已静。恍疑身在蓬莱顶。

## 又

玉骨冰肌天所赋。似与神仙，来作烟霞侣。枕畔拈来亲手付。书窗终日常相顾。　　几度离披留不住。依旧清香，只欠能言语。再送神仙须爱护。他时却待亲来取。

## 又

万事都归一梦了。曾向邯郸，枕上教知道。百岁年光谁得到。其间忧患知多少。　　无事且频开口笑。纵酒狂歌，销遣闲烦恼。金谷繁花春正好。玉山一任樽前倒。

## 又

为爱梅花如粉面。天与工夫，不似人间见。几度拈来亲比看。工夫却是花枝浅。　　觅得归来临几砚。尽日相看，默默情无限。更不嗅时须百遍。分明销得人肠断。

## 浣溪沙

梅

剪水开头碧玉条。能令江汉客魂销。只应香信是春潮。　　戴了又羞缘我老，折来同嗅许谁招。凭将此意问妖娆。

## 又

玉室金堂不动尘。林梢绿遍已无春。清和佳思一番新。　　道骨仙风云外侣，烟鬟雾鬓月边人。何妨沉醉到黄昏。

## 又

再和

依旧琅玕不染尘。霜风吹断笑时春。一簪华发为谁新。　　白雪幽兰犹有韵，鹊桥星渚可无人。金莲移处任尘昏。

## 又

昨日霜风入绛帷。曲房深院绣帘垂。屏风几曲画生枝。　　酒韵渐浓欢渐密，罗衣初试漏初迟。已凉天气未寒时。

## 西江月

橘

昨夜十分霜重，晓来千里书传。吴山秀处洞庭边。不夜星垂初遍。　　好事寄来禅侣，多情将送琴仙。为怜佳果称婵娟。一笑聊回媚眼。

## 又

醉透香浓斗帐，灯深月浅回廊。当时背面两伥伥。何况临风怀想。

舞柳经春只瘦，游丝到地能长。鸳鸯半调已无肠。忍把么弦再上。

## 又

念念欲归未得，迢迢此去何求。都缘一点在心头。忘了霜朝雪后。要见有时有梦，相思无处无愁。小窗若得再绸缪。应记如今时候。

## 鹊桥仙

风清月莹，天然标韵，自是闺房之秀。情多无那不能禁，常是为、而今时候。　　绿云低拢，红潮微上，画幕梅寒初透。一般偏更恼人深，时更把、眉儿轻皱。

## 又

宿云收尽，纤尘不警，万里银河低挂。清冥风露不胜寒，无计学、双鸾并驾。　　玉徽声断，宝钗香远，空赋红绫小砑。瘦郎知有几多愁，怎奈向、月明今夜。

## 踏莎行

绿遍东山，寒归西渡。分明认得春来处。风轻雨细更愁人，高唐何在空朝暮。　　离恨相寻，酒狂无素。柳条又折年时数。一番情味有谁知，断魂还送征帆去。

## 又

还是归来，依前问渡。好风引到经行处。几声啼鸟又催耕，草长柳暗春将暮。　　潦倒无成，疏慵有素。且陪野老酬天数。多情惟有面前山，不随潮水来还去。

## 鹧鸪天

节是重阳却斗寒。可堪风雨累寻欢。虽辜早菊同高柳，聊楫残蕉共小栏。　　浮蚁嫩，炷烟盘。恨无莺唱舞催鸾。空惊绝韵天边落，不许韶颜梦里看。

## 又

浓丽妖妍不是妆。十分风艳夺韶光。牡丹开就应难比，繁富犹疑过海棠。　须仔细，更端相。烂霞梳晕带朝阳。千金未足酬真赏，一度相看一断肠。

## 又

避暑佳人不着妆。水晶冠子薄罗裳。摩绵扑粉飞琼屑，滤蜜调冰结绛霜。　随定我，小兰堂。金盆盛水绕牙床。时时浸手心头熨，受尽无人知处凉。

## 又

收尽微风不见江。分明天水共澄光。由来好处输闲地，堪叹人生有底忙。　心既远，味偏长。须知粗布胜无裳。从今认得归田乐，何必桃源是故乡。

## 朝中措

腊穷天际傍危栏。密雪舞初残。表里江山如画，分明不似人间。
功名何在，文章漫与，空叹流年。独恨归来已晚，半生孤负渔竿。

## 又

暮山环翠绕层栏。时节岁将残。远雁不传家信，空能嘹唳云间。
客程无尽，归心易感，谁与忘年。早晚临流凝望，饥帆催卸风竿。

## 又

翰林豪放绝勾栏。风月感凋残。一旦荆溪仙子，笔头唤聚时间。
锦袍如在，云山顿改，宛似当年。应笑溧阳衰尉，鲇鱼依旧悬竿。

## 阮郎归

朱唇玉羽下蓬莱。佳时近早梅。惜花情味久安排。枝头开未开。
魂欲断，恨难裁。香心休见猜。果知何逊是仙才。何妨入梦来。朱唇玉羽，湖湘间谓之倒挂子，岭南谓之梅花使，十二月半方出。

## 采桑子

席上送少游之金陵

相逢未几还相别，此恨难同。细雨蒙蒙。一片离愁醉眼中。　　明朝去路云霄外，欲见无从。满袂仙风。空托双凫作信鸿。

## 如梦令

回首芜城旧苑。还是翠深红浅。春意已无多，斜日满帘飞燕。不见。不见。门掩落花庭院。

## 临江仙

登凌歊台感怀

偶向凌歊台上望，春光已过三分。江山重叠倍销魂。风花飞有态，烟絮坠无痕。　　已是年来伤感甚，那堪旧恨仍存。清愁满眼共谁论。却应台下草，不解忆王孙。

## 又

景修席上再赋

难得今朝风日好，春光佳思平分。虽然公子暗招魂。其如抬眼看，都是旧时痕。　　酒到强寻欢日路，坐来谁为温存。落花流水不堪论。何时弦上意，重为拂桐孙。

## 丑奴儿

谢人寄蜡梅

春风似有灯前约，先报佳期。点缀相宜。天气犹寒蝶未知。　　嫩黄染就蜂须巧，香压团枝。淡注仙衣。方士临门未起时。

## 青玉案

用贺方回韵，有所祷而作。

小篷又泛曾行路。这身世、如何去。去了还来知几度。多情山色，有情江水，笑我归无处。　　夕阳杳杳还催暮。练净空吟谢郎句。试祷波神应见许。帆开风转，事谐心遂，直到明年雨。

## 更漏子

借陈君俞韵

暑方烦，人似愠。怅望林泉幽峻。情会处，景偏表。心清闻妙香。　　宝幢低，金锁碎。竹影桐阴窗外。新事旧，旧愁新。空嗟不见人。

## 渔家傲

洗尽秋容天似莹。星稀月淡人初静。策杖萦纡寻远径。披昏暝。堤边犊母闲相并。　　遥想去舟魂欲凝。一番佳思从谁咏。憔悴归来如独醒。知何境。沉沉但觉烟村迥。

## 南乡子

春后雨余天。娅姹黄鹂胜品弦。榴叶千灯初报暑，阶前。只有茶瓯味最便。　　身世几蹁跹。自觉年来更可怜。欲问此情何所似，缘延。看取窗间坠柳绵。

## 又

夏日作

绿水满池塘。点水蜻蜓避燕忙。杏子压枝黄半熟，邻墙。风送花花几阵香。　　角簟衬牙床。汗透鲛绡昼影长。点滴芭蕉疏雨过，微凉。画角悠悠送夕阳。

## 又

睡起绕回塘。不见衔泥燕子忙。前日花梢都绿遍，西墙。犹有轻风递暗香。　　步懒恰寻床。卧看游丝到地长。自恨无聊常病酒。凄凉。岂有才情似沉阳。

## 又

端午

小雨湿黄昏。重午佳辰独掩门。巢燕引雏浑去尽，销魂。空向梁间觅宿痕。　　客舍宛如村。好事无人载一樽。唯有莺声知此恨，殷勤。恰似当时枕上闻。

## 又

泪眼转天昏。去路迢迢隔九门。角黍满盘无意举，凝魂。不为当时泽畔痕。　　肠断武陵村。骨冷难同月下樽。强泛菖蒲酬令节，空勤。风叶萧萧不忍闻。

## 蓦山溪

少孙咏鲁直长沙旧词，因次韵。

青楼薄幸，已分终难偶。寻遍绮罗间，悄无个、眼中翘秀。江南春晓，花发乱莺飞，情渐透。休辞瘦。果有人相候。　　醉乡路稳，常是身偏后。谁谓正欢时，把相思、番成红豆。千言万语，毕竟总成虚，章台柳。青青否。魂梦空搔首。

## 减字木兰花

乱魂无据。黯黯只寻来处路。灯尽花残。不觉长更又向阑。　　几回枕上。那件不曾留梦想。变尽星星。一滴秋霖是一茎。

## 又

堤长春晚。冉冉浑如云外见。欲语无门。略许莺声隔岸闻。　　锦屏绣幌。犹待归来留一饷。何事迟迟。直恐游丝惹住伊。

## 又

次韵陈莹中题韦深道独乐堂

莹中词云：“世间拘碍。人不堪时渠不改。古有斯人。千载谁能继后尘。春风入手。乐事自应随处有。与众熙怡。何似幽居独乐时。”

触涂是碍。一任浮沉何必改。有个人人。自说居尘不染尘。　　谩夸千手。千物执持都是有。气候融怡。还取青天白日时。

## 又

次韵陈莹中题韦深道寄傲轩

莹中词云："结庐人境。万事醉来都不醒。鸟倦云飞。两得无心总是归。古人逝矣。旧日南窗何处是。莫负青春。即是升平寄傲人。"

莫非魔境。强向中间谈独醒。一叶才飞。便觉年华太半归。　　醉云可矣。认着依前还不是。虚过今春。有愧斜川得意人。

## 又

得金陵报，喜甚，从赵景修借酒。

揉花催柳。一夜阴风几破牖。平晓无云。依旧光明一片春。　　掀衣起走。欲助喜欢须是酒。惆怅空樽。拟就王孙借十分。

## 天门谣

次韵贺方回登采石峨眉亭

方回词云："牛渚天门险。限南北、七雄豪占。清雾敛。与闲人登览。　　待月上潮平、波滟滟。塞管轻吹新阿滥。风满槛。历历数、西州更点。"

天堑休论险。尽远目、与天俱占。山水敛。称霜晴披览。　　正风静云闲、平潋滟。想见高吟名不滥。频扣槛。杳杳落、沙鸥数点。

## 好事近

与黄鲁直于当涂花园石洞听杨姝弹《履霜操》，鲁直有词，因次韵。

鲁直词云："一弄醒心弦，情在两山斜叠。弹到古人愁处，有真珠承睫。　　使君来去本无心，休泪界红颊。自恨老来憎酒，负十分蕉叶。"

相见两无言，愁恨又还千叠。别有恼人深处，在懵腾双睫。　　七弦虽妙不须弹，惟愿醉香颊。只恐近来情绪，似风前秋叶。

## 又

春到雨初晴，正是小楼时节。柳眼向人微笑，傍阑干堪折。　暮山浓淡锁烟霏，梅杏半明灭。玉斝莫辞沉醉，待归时斜月。

## 又

再和

上尽玉梯云，还见一番佳节。惆怅旧时行处，把青青轻折。　倚阑人醉欲黄昏，飞鸟望中灭。天面碧琉璃上，印弯弯新月。

## 浣溪沙

和人喜雨

龟坼沟塍草压堤。三农终日望云霓。一番甘雨报佳时。　闻道醉乡新占断，更开诗社互排巇。此时空恨隔云泥。

## 又

雨暗轩窗昼易昏。强欹纤手浴金盆。却因凉思谢飞蚊。　酒量羡君如鹄举，寒乡怜我似鸱蹲。由来同是一乾坤。

## 又

声名自昔犹时鸟，日月何尝避覆盆。是非都付鬓边蚊。　邂逅风雷终有用，低回囊槛要深蹲。酒中聊复比乾坤。

## 菩萨蛮

五云深处蓬山杳。寒轻雾重银蟾小。枕上挹余香。春风归路长。雁来书不到。人静重门悄。一阵落花风。云山千万重。

## 又

青梅又是花时节。粉墙闲把青梅折。玉镫偶逢君。春情如乱云。藕丝牵不断。谁信朱颜换。莫厌十分斟。酒深情更深。

## 雨中花令

休把身心搁就。着便醉人如酒。富贵功名虽有味，毕竟因谁守。看取刀头切藕。厚薄都随他手。趁取日中归去好，莫待黄昏后。

## 又

王德循东斋瑞香花

点缀叶间如绣。开傍小春时候。莫把幽兰容易比，都占尽、人间秀。信是眼前稀有。消得千钟美酒。只有些儿堪恨处，管不似、人长久。

## 留春令

梦断难寻，酒醒犹困，那堪春暮。香阁深沉，红窗翠暗，莫羡颠狂絮。　　绿满当时携手路，懒见同欢处。何时却得，低帏昵枕，尽诉情千缕。

## 踏莎行

紫燕衔泥，黄莺唤友。可人春色暄晴昼。王孙一去杳无音，断肠最是黄昏后。　　宝髻慵梳，玉钗斜溜。凭阑目断空回首。薄情何事不归来。谩教折尽庭前柳。

## 又

一别芳容，五经寒暑。回文欲寄无鳞羽。多情犹自梦中来，向人粉泪流如雨。　　梦破南窗，愁肠万缕。那听角动城头鼓。人生弹指事成空，断魂惆怅无寻处。

## 南乡子

夜雨滴空阶。想见尊前赋咏才。更觉鸣蛙如鼓吹，安排。惆怅流光去不回。　　万事已成灰。只这些儿尚满怀。刚被北风吹晓角，相催。不许时间入梦来。

## 万年欢

暖律才中，正莺喉竞巧，燕语新成。万绿阴浓，全无一点芳尘。门巷朝来报喜，庆佳期、此日光荣。开华宴、交酌琼酥，共祝鹤算椿龄。
须知最难得处，双双凤翼，一对和鸣。造化无私，谁教特地多情。惟愿疏封大国，彩笺上、频易佳名。从此去、贤子才孙，岁岁长捧瑶觥。

## 朝中措

望新开湖有怀少游，用樊良道中韵。

新开湖水浸遥天。风叶响珊珊。记得昔游情味，浩歌不怕朝寒。
故人一去，高名万古，长对孱颜。惟有落霞孤鹜，晚年依旧争还。

## 朝中措

樊良道中

败荷枯苇夕阳天。时节渐阑珊。独泛扁舟归去，老来不耐霜寒。平生志气，消磨尽也，留得苍颜。寄语山中麋鹿，断云相次东还。

## 临江仙

江东人得早梅，见约探题，且访梅所在，因携笺管，就赋花下。

初破晓寒无限思，融融腊意全迷。春工从此被人知。不随蜂蝶，长伴玉蟾低。　　缥缈云间应好在，盈盈泪湿征衣。背人偷拗向东枝。清香满袖，犹记画堂西。

## 又

病中存之以长短句见调，因次其韵。

病里不知春早晚，惊心绿暗红稀。起来初试薄罗衣。多情海燕，还傍旧梁飞。　　瘦损休文谁记得，空将销臂频围。眼前都是去年时。不堪追想，魂断画楼西。

## 蝶恋花

席上代人送客，因载其语。

帘外飞花湖上语。不恨花飞，只恨人难住。多谢雨来留得住。看看却

恐晴催去。　　寸寸离肠须会取。今日宁宁，明日从谁诉。怎得此身如去路。迢迢长在君行处。以上《全宋词》

# 王安中（55 首）

王安中（1075—1134），字履道，号初寮。中山曲阳（今河北曲阳县）人。年轻时曾从苏轼、晁说之游。晁说之榜其室为“初寮”。哲宗元符三年（1100）进士。徽宗时历任翰林学士、尚书右丞。以谄事宦官梁师成、交结蔡攸获进，又附和宦官童贯、大臣王黼，赞成收复燕山之议，出镇燕山府。后又任建雄军节度使、大名府尹兼北京留守司公事。靖康初，被贬送象州安置。宋高宗继位，又内徙道州，复任左中大夫，不久去世。

## 虞美人

雁门作

千山青比妆眉浅。却奈眉峰远。玉人元自不禁秋。更算恼伊深处、月当楼。　　分携不见凭阑际。只料无红泪。万千应在锦回纹。嘱付断鸿西去、问行云。

## 浣溪沙

看雪作

慵整金钗缩指尖。晓霙犹自入疏帘。绿窗清冷脸红添。　　妒粉尽饶花六六，回风从斗玉纤纤。不成香暖也相兼。

## 玉楼春

秋鸿只向秦筝住。终寄青楼书不去。手因春梦有携时，眼到花开无着处。　　泥金小字蛮笺句。泪湿残妆今在否。欲寻巫峡旧时云，问取阳关西去路。

## 绿头鸭

大名岳宫作

魏都雄，凤皇飞观云间。佩麟符、荀池元老，暂辞西省仙班。憩甘棠、地澄远籁，咏华黍、河卷惊澜。碧草萋迷，丹毫冷落，圜扉铃索镇长闲。绣筵展、三台星近，锵玉韵珊珊。金尊滟、新醅方荐，薄暑初残。

政成时、欢余客散，后园朱户休关。度秋风、画阑枕水，挂夜月、雕槛骑山。锦帐笼香，鸾钗按曲，琵琶双转语绵蛮。劝行□[①]傍眉黄气，先报衮衣还。登庸际，应褒旧德，喜动天颜。

## 哨遍

北山移文[②]

孔德彰作《北山移文》以讥周彦伦，后之托隐求达，指终南、嵩少为仕宦捷径者，读而羞之，是足为勇退者之鼓吹。阳翟蔡侯原道，恬于仕进。其内吕夫人有林下风。相与营归欤之计而未果，则嘱予以此文度曲，且朝夕使家童歌之，亦可想见泉石之胜。其词曰：

世有达人，潇洒出尘，招隐青霄际。终始追。游览老山栖。藐千金、轻脱如屣。彼假容江皋，滥巾云岳，缨情好爵欺松桂。观向释谈空，寻真讲道，巢由何足相拟。待诏书来起便驺驰。席次早焚烈芰荷衣。敲朴喧喧，牒诉匆匆，抗颜自喜。　　嗟明月高霞，石径幽绝谁回睇。空帐猿惊处，凄凉孤鹤嘹唳。任列壑争讥。众蜂[③]竦诮，林惭涧愧移星岁。方浪枻神京，腾装魏阙，徘徊经过留憩。致草堂灵怒蒋侯麾。扃岫幌、驱烟勒新移。忍丹崖碧岭重滓。鸣湍声断深谷，逋客归何计。信知一逐浮荣，便丧素守，身成俗士。伯鸾家有孟光妻。岂逡巡、眷恋名利。

## 菩萨蛮

六军阅罢，犒饮兵将官。

中军玉帐旌旗绕。吴钩锦带明霜晓。铁马去追风。弓声惊塞鸿。

---

① 毛扆校汲古阁本《初寮词》云：“脱一字。”据补一空格。

② 明刻《宋名家词》本《初寮词》作“哨遍”，无“北山移文”四字。

③ “蜂”，明刻《宋名家词》本《初寮词》作“峰”；《全宋词》本作“蜂”，误。

分兵闲细柳。金字回飞奏。犒饮上恩浓。燕然思勒功。

## 御街行

赐衣袄子

清霜飞入蓬莱殿。别进云裘软。却回宸虑念多寒，诏语日边亲遣。冰蚕绵厚，金雕锦好，永夜缝宫线。　　红旌绛旆迎星传。喜气欢声远。庙堂勋旧使台贤，领袖坐中争绚。天香馥郁，君恩岁岁，一醉春生面。

## 鹧鸪天

百官传宣

蒨雾红云捧建章。鸣珂星使渡银潢。亲将圣主如丝语，传与陪都振鹭行。　　香袅袅，佩锵锵。升平歌管趁飞觞。明时玉帐恩相续，清夜钧天梦更长。

## 蝶恋花

六花冬词

### 长春花口号

露桃烟杏逐年新。回首东风迹已陈。顷刻开花公莫爱，四时俱好是长春。

曲径深丛枝袅袅。晕粉揉绵，破蕊烘清晓。十二番开寒最好。此花不惜春归早。　　青女飞来红翠少。特地芳菲，绝艳惊衰草。只殢东风终甚了。久长欲伴姮娥老。

### 山茶口号

无穷芳草度年华。尚有寒来几种花。好在朱朱兼白白，一天飞雪映山茶。

巧剪明霞成片片。欲笑还嚬，金蕊依稀见。拾翠人寒妆易浅。浓香别注唇膏点。竹雀喧喧烟岫远。晚色溟蒙，六出花飞遍。此际一枝红绿眩。画工谁写银屏面。

### 蜡梅口号

雪里园林玉作台。侵寒错认暗香回。化工清气先谁得，品格高奇是蜡梅。

剪蜡成梅天着意。黄色浓浓，对萼匀装缀。百和熏肌香旖旎。仙裳应渍蔷薇水。　雪径相逢人半醉。手折低枝，拥髻云争翠。嗅蕊捻枝无限思。玉真未洒梨花泪。

### 红梅口号

千林腊雪缀瑶瑰。晴日南枝暖独回。知有和羹寻鼎实，未春先发看红梅。

青玉一枝红类吐。粉颊愁寒，浓与胭脂傅。辨杏猜桃君莫误。天姿不到风尘处。云破月来花下住。要伴佳人，弄影参差舞。只有暗香穿绣户。昭华一曲惊吹去。

### 迎春口号

年年节物欲争新。玉颊朱颜一笑频。勾引东风到池馆，春前花发自迎春。

雪霁花梢春欲到。饯腊迎春，一夜花开早。青帝回舆云缥缈。鲜鲜金雀来飞绕。　绣阁纱窗人窈窕。翠缕红丝，斗剪幡儿小。戴在花枝争笑道。愿人常共春难老。

### 小桃口号

鸳瓦铺霜朔吹高。画堂歌管醉香醪。小春特地风光好，艳粉娇红看小桃。

秾艳夭桃春信漏。弄粉飘香，枫叶飞丹后。酒入冰肌红欲透。无言不许群芳斗。　楼外何人揎翠袖。剪落金刀，插处浓云覆。肯与刘郎仙去否。武陵回路相思瘦。

## 又

梁才甫席上次韵

翠袖盘花金捻线。晓炙银簧，劝饮随深浅。复幕重帘谁得见。余醺微觉红浮面。　别唤清商开绮宴。玉管双横，抹起梁州遍。白苎歌前寒莫怨。湘梅萼里春那远。

## 又

千古铜台今莫问。流水浮云，歌舞西陵近。烟柳有情开不尽。东风约定年年信。　天与麟符行乐分。带缓球纹，雅宴催云鬓。翠雾萦纡销篆印。筝声恰度秋鸿阵。

## 又

未帖宜春双彩胜。手点酥山，玉箸人争莹。节过日长心自准。迟留碧瓦看红影。　　楼外尖风吹鬓冷。一望平林，霅霅花相映。落粉筛云晴未定。朝酲只凭阑干醒。

## 一落索

梦破池塘杳杳。情随春草。尊前风味不胜清，赋白雪、幽兰调。
秀句银钩争妙。殷勤东道。蛮笺传与翠鬟歌，便买断、千金笑。

## 又

欲访瑶台蓬岛。烟云缥缈。清游却到凤皇池，听檀板、新声妙。
天上除书催早。人瞻元老。东风烟柳罩河堤，更何处、深春好。

## 木兰花

送耿太尉赴阙

尧天雨露承新诏。珂马风生趋急召。玉符曾将虎牙军，金殿还升龙尾道。　　征西镇北功成早。仗钺登坛今未老。樽前休更说燕然，且听《阳关三叠》了。

## 玉蝴蝶

和梁才甫游园作

御水縠纹风皱，画桥横处，沙路晴时。曲坞藏春，朱户翠竹参差。过墙花、娇无限思，笼槛柳、低不胜垂。海棠枝。为东君爱，未敢离披。
迟迟。日华融丽，悠扬丝管，掩冉旌旗。喜入繁红，坐来开尽不须吹。听莺迁、还思上苑，约凤浴、应展新池。促归期。燕飞蝶舞，特地熙熙。

## 水龙吟

游御河并过压沙寺作

魏台长乐坊西，画桥倒影烟堤远。东风与染，揉蓝春水，湾环清浅。浴鹭翘莎，戏鱼吹絮，落红漂卷。为游人盛踪，兰舟彩舫，飞轻棹、凌波面。　乐事年来乍见。趁旌旗、谷莺娇啭。追随况有，疏帘珠袖，浓香绀幰。萧寺高亭，茂林斜照，且留芳宴。看韶华烂向，尊前放手，作梨花晚。

## 临江仙

和梁才甫茶词

六六云从龙戏月，天颜带笑尝新。年年回首建溪春。香甘先玉食，珍宠在枫宸。　赐品暂醒歌里醉，延和行对台臣。宫瓯浮雪乳花匀。九重清昼永，宣坐议东巡。

## 小重山

汤

重举金猊多炷香。仙方调绛雪，坐初尝。醉鬟娇捧不成行。颜如玉，玉碗共争光。　飞盖莫催忙。歌檀临阅处，缓何妨。远山横翠为谁长。人归去，余梦绕高唐。

## 又

椽烛乘珠清漏长。醉痕衫袖湿，有余香。红牙双捧旋排行。将歌处，相向更催妆。　明月映东墙。海棠花径密，迸流光。迟留春笋缓催汤①。兰堂静，人已候虚廊。按此首别误作沈蔚词，见《历代词余》卷三十五。

## 江神子

韦城道中寄李祖武、翟淳老

荷花遮水水漫溪。柳低垂。乱蝉嘶。舍辔何妨，临水照征衣。一扇香风摇不尽，人念远，意凄迷。　骑鲸仙子已相知。数归期。赋新诗。更想翟公，门外雀罗稀。陶令此襟尘几许，聊欲向，北窗披。

## 徵招调中腔

天宁节

红云茜雾笼金阙。圣运叶、星虹佳节。紫禁晓风馥天香，奏九韶、帝

① “汤”原作“觞”，从紫芝漫抄本《初寮词》。

心悦。　　瑶阶万岁蟠桃结。睿算永、壶天风月。日观几时六龙来，金缕玉牒告功业。

## 清平乐

和晁倅

花时微雨。未减春分数。占取帘疏花密处。把酒听歌金缕。　　斜风轻度浓香。闲情正与春长。向晚红灯入坐，尝新青杏催觞。

## 又

花枝皲晚。过雨红珠转。欲共东君论缱绻。繁艳休将风卷。　　归来凝思闲窗。寒花莫□微觞。解慢不成幽梦，燕泥惊落雕梁。

## 安阳好

九首并口号破子

### 口号

赋尽三都左太冲。当年偏说邺都雄。如今别唱安阳好，胜日佳时一醉同。

### 一

安阳好，形胜魏西州。曼衍山河环故国，升平歌鼓沸高楼。和气镇飞浮。　　笼画陌，乔木几春秋。花外轩窗排远岫，竹间门巷带长流。风物更清幽。

### 二

安阳好，戟户府居雄。白昼锦衣清宴处，铁梁丹榭画图中。壁记旧三公。　　棠讼悄，池馆北园通。夏夜泉声来枕簟，春风花影透帘栊。行乐兴何穷。案以上二首别作韩琦词，见《能改斋漫录》卷十七。

### 三

安阳好，物外占天平。叠叠挼蓝烟岫色，淙淙鸣玉晚溪声。仙路驭风行。　　松路转，丹碧照飞甍。金界花开常烂熳，云根石秀小峥嵘。幽事不胜清。

### 四

安阳好，泮水盛儒宫。金字照碑光射斗，芸香书阁势凌空。肃肃采芹风。　　来劝学，乡究首文翁。岁岁青衿多振鹭，人人彩笔竞腾虹。九万奋飞同。

五

安阳好，耆旧迹依然。醉白垂杨低掠水，延松高桧老参天。曾映两貂蝉。　王谢族，兰玉秀当年。画隼朱轮人继踵，丹台碧落世多贤。簪绂看家传。

六

安阳好，负郭相君园。绿野移春花自老，平泉醒酒石空存。月馆对风轩。　人选胜，幽径破苔痕。拥砌翠筠侵坐冷，穿亭玉溜落池喧。归意黯重门。

七

安阳好，曲水似山阴。咽咽清泉岩溜细，弯弯碧甃篆痕深。永昼坐披襟。　红袖小，歌扇画泥金。鸭绿波随双叶转，鹅黄酒到十分斟。重听绕梁音。

八

安阳好，□□：御讳[①]又翚飞。拨垡旋栽花密密，着行重接柳依依。鸳瓦荡晴辉。　池面渺，相望是荣归。两世风流今可见，一门恩数古来稀。谁与赋缁衣。

九

安阳好，千古邺台都。穗帐歌人春不见，金楼梦凤夜相呼。辇路旧萦纡。　闲引望，漳水绕城隅。暗有渔樵收故物，谁将宫殿点新图。平野漫烟芜。

## 破子清平乐

烟云千里。一抹西山翠。碧瓦红楼山对起。楼下飞花流水。　锦堂风月依然。后池莲叶田田。缥缈贯珠歌里，从容倒玉尊前。

## 小重山

相州荣归池上作

碧藕花风入袖香。涓涓清露浥，玉肌凉。折花无语傍横塘。随折处，

---

① “御讳”二字为原注。

一寸万丝长。　　还更擘莲房。莲心真个苦，似离肠。凌波新恨尽难忘。分携也，触事着思量。按此首别误作沈蔚词，见《历代词余》卷三十五。

## 虞美人

星郎才思生琱管。四海声名满。尊前新唱更新妍。况有玉人相劝、拼酡颜。　　芙蓉幕下同时客。年少那重得。且寻幽梦赋高唐。莫为浮名容易、却相妨。

## 又

赠李士美

清商初入昭华管。宫叶秋声满。草麻初罢月婵娟。想见明朝喜色、动天颜。　　持杯满劝龙头客。荣遇时方得。词源三峡泻瞿塘。便是醉中宣去、也无妨。

## 又

和赵承之送权朝美接伴

文昌郎自文无比。风露行千里。试寻天上使星看。却见锦衣白昼、过乡关。　　边城落照孤鸿外。联璧人相对。应吟红叶送清秋。向我旧题诗处、更重游。

## 卜算子

往道山道中作

客舍两三花，并脸开清晓。一朵涓涓韵已高，一朵纤纤袅。　　谁与插斜红，拥髻争春好。此意遥知梦已传，月落前村悄。

## 一落索

送王伯绍帅庆

塞柳未传春信。霜花侵鬓。送君西去指秦关，看日近、长安近。　　玉帐同时英俊。合离无定。路逢新雁北来归，寄一字、燕山问。

## 临江仙

贺州刘帅忠家隔帘听琵琶

凤拨鹍弦鸣夜永，直疑人在浔阳。轻云薄雾隔新妆。但闻儿女语，倏忽变轩昂。　　且看金泥花那面，指痕微印红桑。几多余暖与真香。移船犹自可，卷箔又何妨。

## 浣溪沙

柳州作

宫缬悭裁翡翠轻。文犀松串水晶明。飐风新样称娉婷。　　带笑缓摇春笋细，障羞斜映远山横。玉肌无汗暗香清。

## 卜算子

柳州作

燕尾道冠儿，蝉翼生衫子。敧枕看书卧北窗，簟展潇湘水。　　团扇弄熏风，皓质添凉意。谁与文君作粉真，只此莲花是。以上景汲古阁抄本《初寮词》。按此下原有生查子“春纱蜂赶梅”一首，乃朱翌作，见《容斋四笔》卷十四、《耆旧续闻》卷一，今不录。

## 洞仙歌

深庭夜寂，但凉蟾如昼。鹊起高槐露华透。听曲楼玉管，吹彻伊州，金钏响，轧轧朱扉暗扣。　　迎人巧笑道，好个今宵，怎不相寻暂携手。见淡净晚妆残，对月偏宜，多情更、越饶纤瘦。早促分飞霎时休，便恰似阳台，梦云归后。《乐府雅词》卷中

## 失调名

笑时眼迷青意贴，行时鞋露绣旁相。张氏可书。按《能改斋漫录》卷十四“王履道诗文警策”条引“凤鞋微露绣帮相”句，疑即上第二句而稍有不同。

## 点绛唇

岘首亭空，劝君休堕羊碑泪。宦游如寄。且伴山翁醉。　　说与鲛

人，莫解江皋佩。将归思。晕红萦翠。细织回文字。《苕溪语隐丛话》后集卷四十

## 菩萨蛮

寄赵伯山四首

雨零花昼春杯举。举杯春昼花零雨。诗令酒行迟。迟行酒令诗。满斟犹换盏。盏换犹斟满。天转月光圆。圆光月转天。

## 又

绿笺长写新成曲。曲成新写长笺绿。豪句逞才高。高才逞句豪。美容歌皓齿。齿皓歌容美。香篆小花团。团花小篆香。

## 又

玉纤传酒浮香菊。菊香浮酒传纤玉。弦管沸欢筵。筵欢沸管弦。出帘珠袖薮。薮袖珠帘出。眉晕浅山低。低山浅晕眉。

## 又

浦烟迷处回莲步。步莲回处迷烟浦。罗绮媚横波。波横媚绮罗。细眉双拂翠。翠拂双眉细。歌意任情多。多情任意歌。《回文类聚》卷四

# 金代元代编

# 蔡松年（85首）

蔡松年（1107—1159），字伯坚，真定（今河北正定县）人。仕金由行台尚书省令史，至右丞相，封卫国公。所居镇阳别墅有萧闲堂，因自号萧闲老人。谥文简。蔡松年性豪奢，秉承家学，诗文俱佳，尤工词。其词步武苏轼，雄爽高健中有清丽婉约之致，开金元百年词坛风气。其词与吴激齐名，时号“吴蔡体”。有《明秀集》，魏道明曾为之注，惜不全。

## 水调歌头

送陈咏之归镇阳

东垣步秋水，几曲冷玻璃。沙鸥一点晴雪，知我老无机。共约经营五亩，卧看西山烟雨，窗户舞涟漪。雅志易华发，岁晚羡君归。　月边梅，湖底石，入新诗。飘然东晋奇韵，此道赏音稀。我有一峰明秀，尚恋三升春酒，辜负绿蓑衣。为写倦游兴，说与水云知。

## 又

曹侯浩然，人品高秀，玉立而冠，其问学文章，落尽贵骄之气，蔼然在寒士右。惜乎流离顿挫无以见于事业，身闲胜日，独对名酒，悠然得意，引满径醉。醉中出豪爽语，往往冰雪逼人，翰墨淋漓，殆与海岳并驱争先。虽其平生风味，可以想见，然流离顿挫之助，乃不为不多。东坡先生云，士践忧患，焉知非福，浩然有焉。老子于此，所谓兴复不浅者，闻其风而悦之。念方问舍于萧闲，阴求老伴，若加以数年，得相之。念方问舍于萧闲，阴求老伴，若加以数年，得相从乎林影水光之间，信足了此一生，犹恐君之嫌俗客也，作水调歌曲以访之。

云间贵公子，玉骨秀横秋。十年流落冰雪，香叆紫貂裘。灯火春城咫尺，晓梦梅花消息，茧纸写银钩。老矣黄尘眼，如对白蘋洲。　世间物，唯有酒，可忘忧。萧闲一段归计，佳处着君侯。翠竹江村月上，但要纶巾鹤氅，来往亦风流。醉墨蔷薇露，洒遍酒家楼。

## 又

闰八月望夕有作

空凉万家月，摇荡菊花期。飘飘六合清气，欲唤紫鸾骑。京洛花浮酒市，初把两螯风味，橙子半青时。莫话旧年梦，聊赋倦游诗。　　玉盘高，金靥小，笑相窥。市朝声利场里，谁肯略忘机。庾老南楼佳兴，陶令东篱高咏，千古赏音稀。手捻冷香碎，和月卷玻璃。

## 又

丙辰九日，从猎涿水道中。

星河淡城阙，疏柳转清流。黄云南卷千骑，晓猎冷貂裘。我欲幽寻节物，只有西风黄菊，香似故园秋。俯仰十年事，华屋几山邱。　　倦游客，一樽酒，便忘忧。拟穷醉眼何处，还有一层楼。不用悲凉今昔，好在西山寒碧，金屑酒光浮。老境玩清世，甘作醉乡侯。

## 又

仆以戊申之秋，始识吾季霑兄于燕市稠人中，轩昂简贵，使人神竦。既而过之，未尝不弥日忘归。至于一邱一壑，心通神解，殆不容声。自是朝夕与之期，邻里与之游者，盖十有二年。已未五月，复别于燕之传舍。及其得官汴梁，仆已去彼，怅然之情，日日往来乎心也。

西山六街碧，尝忆酒旗秋。神交一笑千载，冰玉洗双眸。自尔一觞一咏，领略人间奇胜，无此会心流。小驿高槐晚，绿酒照离忧。　　木犀开，玉溪冷，与谁游。酒前豪气千丈，不减昔时不。谁识昂藏野鹤，肯受华轩羁缚，清唳白蘋洲。会趁梅横月，同典锦宫裘。

## 又

镇阳北谭，追和老坡韵。

玻璃北潭面，十丈藕花秋。西楼爽气千仞，山障夕阳愁。谁谓弓刀塞北，忽有冷泉高竹，坐我泽南州。准备黄尘眼，管领白蘋洲。　　老生涯，向何处，觅菟裘。倦游岁晚一笑，端为野梅留。但得白衣青眼，不要问囚推按，此外百无忧。醉墨蔷薇露，洒遍酒家楼。

## 又

虎茵居士梁慎修生朝

丁年跨生马，玉节度流沙。春风北卷燕赵，无处不桑麻。一夜蓬莱清浅，却守平生黄卷，冰雪做生涯。惟有天南梦，时到曲江花。　瘦筇枝，轻鹤背，醉为家。倦游笑我黄尘，昏眼簿书遮。千古东坡良史，一段葛洪嘉处，莫种故侯瓜。赋就《五噫》曲，金狄看年华。

## 又

浩然生朝，作步虚语，为金石寿。

年时海山国，今日酒如川。思君领略风味，笙鹤渺三山。还喜绿阴清昼，薝卜香中为寿，彩翠羽衣斑。醉语嚼冰雪，樽酒玉浆寒。　世间乐，断无似，酒中闲。冷泉高竹幽栖，佳处约淇园。君有仙风道骨，会见神游八极，不假九还丹。玉佩碎空阔，碧雾翳苍鸾。

## 满江红

安乐岩夜酌，有怀恒阳家山。

半岭云根，溪光浅、冰轮新浴。谁幻出、故山邱壑，慰予心目。深樾不妨清吹度，野情自与游鱼熟。爱夜泉、徽外两三声，琅然曲。　人间世，争蛮触。万事付，金荷醁。老生涯、犹欠谢公丝竹。好在斜川三尺玉，暮凉白鸟归乔木。向水边、明秀倚高峰，平生足。

## 又

细君生朝

春色三分，壶觞为、生朝自劝。清梦断、岁华良是，此身流转。花底少逢如意酒，人生几日春风面。算古来、谁似五噫君，情高远。　年年约，常相见。但无事，身强健。老生涯、分付药炉经卷。闻道恒阳松雪好，游山服要新针线。但莫遣、雅志困黄尘，违人愿。

## 又

伯平舍人亲友得意西归

老境骎骎，归梦绕、白云茅屋。何处有、可人襟韵，慰子心目。犹喜平生佳友戚，一杯情话开幽独。爱夜阑、山月洗京尘，颓山玉。　天香近，清班肃。公衮裔，千钟禄。笑年来游戏，寄身糟曲。富贵寻人知不免，家园清夏聊休沐。向暮凉、风篁炯茶烟，眠修竹。

## 念奴娇

仆来京洛三年，未尝饱见春物。今岁江梅始开，复事远行。虎茵丹房东岫诸亲友折花酌酒于明秀峰下，仍借东坡先生《赤壁》词韵，出妙语以惜别。辄亦继作，致言叹不足之意。

倦游老眼，负梅花京洛，三年春物。明秀高峰人去后，冷落清辉绝壁。花底年光，山前爽气，别语挥冰雪。摩挲庭桧，耐寒好在霜杰。　人世长短亭中，此身流转，几花残花发。只有平生生处乐，一念犹难磨灭。放眼南枝，忘怀樽酒，及此青青发。从今归梦，暗香千里横月。

## 又

还都后诸公见追和《赤壁》词，用韵者凡六人，亦复重赋。

《离骚》痛饮，笑人生佳处，能消何物。夷甫当年成底事，空想岩岩玉壁。五亩苍烟，一丘寒碧，岁晚忧风雪。西州扶病，至今悲感前杰。　我梦卜筑萧闲，觉来岩桂，十里幽香发。嵬隗胸中冰与炭，一酌春风都灭。胜日神交，悠然得意，遗恨无毫发。古今同致，永和徒记年月。

## 又

吴杰者，无为人，辛酉之冬，惠然相过，颇能道退居之乐，临行乞言。

倦游老眼，看黄尘堆里，风波千尺。雕浦归心唯自许，明秀高峰相识。谁谓峰前，岁寒时节，忽遇知音客。紫芝仙骨，笑谈犹带山色。　君有河水洋洋，野梅高竹，我住涟漪宅。镜里流年春梦过，只有闲身难得。挥扫龙蛇，招呼风月，且尽杯中物。他年林下，会须千里相觅。

## 又

送范季霑远云门

范侯别久，爱孤松老节，癯而实茂。碧玉莲峰三岁主，添得无边鲜秀。月魄澄秋，花光炯夜，还共西风酒。酒前豪气，切云千丈依旧。

客舍老眼才明，凝神八表，不肯留风袖。留得惊人三昧语，珠璧腾辉宇宙。茅屋云门，苍官青士，岁晚风烟瘦。软红尘里，为予千里回首。

## 又

九日作

倦游老眼，放闲身、管领黄花三日。客子秋多茅舍外，满眼秋岚欲滴。泽国清霜，澄江爽气，染出千林赤。感时怀古，酒前一笑都释。
千古栗里高情，雄豪割据，戏马空陈迹。醉里谁能知许事，俯仰人间今昔。三弄胡床，九层飞观，唤取穿云笛。凉蟾有意，为人点破空碧。

## 又

田唐卿，九江人，人品高胜，落笔不凡，且妙于琴事。久在江湖云水间，襟韵飘爽，无复市朝气味。然甚穷，难忍时无料理之者。比罢熙和酒官，复为药局，与余有林下相从之约，作《念奴娇》以寄之。

九江秀色，看飘萧神气，长身玉立。放浪江南山水窟，笔下云岚堆积。药笼功名，酒垆身世，不得文章力。人间俗气，对君一笑都释。
畴昔得意忘形，野梅溪月，有酒还相觅。痛饮酣歌悲壮处，老骥谁能伏枥。争席樵渔，对床风雨，伴我为闲客。朱弦疏越，兴来一扫筝笛。

## 又

乙卯岁江上，为高德辉寿。

洞宫碧海，化神山玉立，东方仙窟。海色山光千万顷，都作巉巉玉骨。黄卷精神，黑头心力，虎帐多闲日。一杯为寿，酒肠先醉江橘。
南下禹穴涛江，要收奇秀，老去供诗笔。忧喜相寻皆物外，今古闲身难得。邱壑风流，稻粱卑辱，莫爱高官职。他年风雨，对床却话今夕。

## 雨中花

仆自幼刻意林壑，不耐俗事，懒慢之僻，殆与性成，每加责励，而不能自克。志复疏怯，嗜酒好睡。遇乘高履危，动辄有畏。道逢达官稠人，则便欲退缩。其与人交，无贤不肖，往往率情任实，不留机心。自惟至熟，使之久与世接，所谓不有外难，当有内病，故谋为早退闲居之乐。长大以来，遭时多故，一行作吏，从事于簿书鞍马间，违己交病，不堪其忧。求田问舍，遑遑于四方，殊未见会心处。闻山阳间，魏晋诸贤故居，风气清和，水竹葱蒨。方今天壤间，盖第一胜绝之境，有意卜筑于斯，雅咏玄虚，不谈世事，起其流风遗躅。故自丙辰丁巳以来，三求官河内，经营三径，遂将终焉。事与愿违，俯仰一纪，劳生愈甚，吊影自怜。然而触于事物，感今怀昔，考其见于赋咏者，实未始一日而忘。李君不愚，作掾天台，出佐是郡，因其行也，赋乐府长短句，以叙鄙怀。行春胜日，物彩照人，为予择稚秀者，以雨中花歌之，使清泉白石，闻我心曲，庶几他日，不为生客耳。

嗜酒偏怜风竹，晋客神清，多寄虚玄。有山阳遗迹，水石高寒。曾为幽栖起本，几求方外微官。谩蹉跎十载，还羡君侯，左驾朱幡。　　山村霰雪，竹外花明，瘦梅半树斓斑。溪路转、青帘佳处，便是萧闲。寄谢王君精爽，摩挲森碧琅玕。个中着我，储风养月，先报平安。

## 永遇乐

建安施明望，与余同僚，三年心期，最为相得。其政术文章，皆余之所畏仰，不复更言。独记异时，共论流俗鄙吝之态，令人短气。且谋早退，为闲居之乐。斯言未寒，又复再见秋物，念之惘然。辄用其语，为《永遇乐》长短句寄之，并以自警。

正始风流，气吞余子，此道如线。朝市心情，云翻雨覆，千丈堆冰炭。高人一笑，春风卷地，只有大江如练。忆当时，西山爽气，共君对持手版。　　山公鉴裁，水曹诗兴，功业行飞霄汉。华屋含秋，寒沙去梦，千里横青眼。古今都道，休官归去，但要此言能践。把人间、风烟好处，便分中半。

## 水龙吟

余始年二十余，岁在丁未，与故人东山吴季高父论求田问舍事。数为余言，怀卫间风气清淑，物产奇丽，相约他年为终焉之计。尔后事与愿违，遑遑未暇。故其晚年诗曰“梦想淇园上，春林布谷声”，又曰“故交半在青云上，乞取淇园作醉乡”，盖志此也。东山高情远韵，参之魏晋诸贤而无愧，天下共知之。不幸年逾五十，遂下世，今墓木将拱矣，雅志莫遂，令人短气。余既沉迷簿领，颜鬓苍然，倦游之心弥切。悠悠风尘，少遇会心者，道此真乐。然中年以来，宦游南北，闻客谈个中风物益详熟。顷因公事，亦一过之，盖其地居太行之麓，土温且沃，而无南州卑溽之患。际山多瘦梅修竹，石根沙缝，出泉无数，清莹秀澈若冰玉。稻塍莲荡，香气蒙蒙，连互数十里。又有幽兰瑞香，其他珍木奇卉。举目皆崇山峻岭，烟霏空翠，吞吐飞射，阴晴朝暮，变态百出，真所谓行山阴道中。癸酉岁，遂买田于苏门之下，孙公和邵尧夫之遗迹在焉。将营草堂，以寄余龄。巾车短艇，偶有清兴，往来不过三数百里，而前之佳境，悉为己有，岂不适哉。但空疏之迹，晚被宠荣，叨陪国论，上恩未报，未敢遽言乞骸。若僶勉驽力，加以数年，庶几早遂麋鹿之性。双清道人田唐卿，清真简秀，有林壑癖，与余作苍烟寂寞之友。而友人杨德茂，博学冲素，游心绘事，暇日商略新意，广远公莲社图，作卧披短轴。感念退休之意，作越调《水龙吟》以报之。

太行之麓清辉，地和气秀名天下。共山沐涧，济源盘谷，端如倒蔗。风物宜人，绿橙霜晓，紫兰清夏。望青帘尽是，长腰玉粒，君莫问、香醪价。　我已山前问舍。种溪梅、千株缟夜。风琴月笛，松窗竹径，须君命驾。佳世还丹，坐禅方丈，草堂莲社。拣云泉，巧与余心会处，托龙眠画。

## 石州慢

毛泽民尝九日以微疾不饮酒，唯煎小团，荐以菊叶，作侑茶乐府。卒章有“一杯菊叶小云团，满眼萧萧松竹晚”之语。仆顷在汴梁三年，每约会心二三客，登故苑之友云亭，或寓居之西岩，置酒高会，以酬佳节，酣觞赋诗，道早退闲居之乐。岁在庚子，有五字十章，其一云：“去年哦新诗，小山黄菊中。年年说归思，远目惊高鸿。”逮今已复三经，是日奔走尘泥，劳生愈甚，今岁先入都门，意谓得与平生故人，共一笑之乐，且辱子文兄有同醉佳招。而前此二日，左目忽病昏翳，不复敢近酒盏。痴坐亡聊，感念身世，无以自遣，乃用泽民故事，掇[①]菊烹茶，仍作长短句，以《石州》之音歌之。

---

① “掇”，《全金元词》本作“拟”。

京洛三年，花满酒家，浮动金碧。友云缥缈清游，春笋新橙初擘。天东今日，枕书两眼昏花，壶觞不果酬佳节。独咏竹萧萧，者云团风叶。　愁绝。此身蒲柳先秋，往事梦魂无迹。一寸归心，可忍年年形役。上园亲友，岁时陶写欢情，糟床晓溜东篱侧。手把一枝香，作箫闲闲客。

## 满庭芳

李虞卿见示乐府长短句，极言共山百泉，水竹奇胜，且为卜怜之招，欣然次韵。

森玉筠林，涌金泉眼，际山千丈寒辉。世间清境，冰鉴月来时。我久纷华战胜，求五亩、鹤骨应肥。青篷底，垂竿照影，都洗向来非。　千畦。收玉粒，糟邱刘阮，风味依稀。卷万珠甘滑，一吸玻璃。作个江村篱落，野梅炯、沙路无泥。金銮客，悬流勇退，开径待君归。

## 汉宫春

次高子文韵

雪与幽人，正一年佳处，清晓开门。萧然半华鬓发，相与销魂。披衣倚柱，向轻寒、醽渌微温。端好在、垂鞭信马，小桥南畔烟村。　呵手冻吟未了，烂银钩呼我，玉粒晨馈。六花做成蟹眼，风味香翻。小梅疏竹，际壁间、横出江天。那更有、青松怪石，一声鹤唳前轩。

## 望月婆罗门

送陈咏之自辽阳还汴水

妙龄秀发，韵清冰玉洗罗纨。文章桂窟高寒。晤语平生风味，如对好江山。向雪云辽海，笑里春还。　宦情久阑。道勇退、岂吾难。老境哦君好句，张我萧闲。一峰明秀，为传语、浮月碧琅玕。归意满、水际林间。

## 洞仙歌

甲寅岁，从师江堧，戏作竹庐。

竹篱茅舍，本是山家景。唤起兵前倦游兴。地床深稳坐，春入蒲团，天怜我，教养疏慵野性。　雪坡孤月上，冰谷悲鸣，松竹萧萧夜初静。

梦醒来，误喜收得闲身，不信有、俗物沉迷襟韵。待临水依山得生涯，要传取新规，再营幽胜。

## 又

戊辰岁，王无竞生朝。

六峰翠气，不减天台秀。满腹岚光杂山溜。扫雄文，驱巨笔，多艺多才，稽古力，方见青云步骤。　　奉常新礼乐，玉署金銮，绿发青春印如斗。正悬流勇退，收取闲身，归去好、林壑颐神养寿。待它日、相寻寿樽开，看野服黄冠，水前山后。

## 蓦山溪

和子文韵

人生寄耳，几许寒仍暑。东晋旧风流，叹此道、虽存如缕。黄尘堆里，玉树照光风，闲命驾，小开樽，林下歌奇语。　　萧闲老计，只有梅千树。明秀一峰寒，醉时眠、冷云幽处。君如早退，端可张吾军，唯莫遣，俗儿知，减却欢中趣。

## 又

中秋后三日，夜风大作林声如怒涛。已而雨至，空阶滴沥，夜分不绝。客怀展转不能寐，因借浩然韵作此。

霜林万籁，秋满人间世。客子旧山心，误西风、悲号涧水。茅檐夜久，仍送雨疏疏，焚香坐，对床眠，多少闲滋味。　　钓舡篷底，闲杀烟蓑辈。老眼倦纷华，宦情与、秋光似纸。幽栖归去，梧影小楼寒，看山眼，打窗声，莫放颓然醉。

## 渔家傲

和子文韵

浩浩春波朝复暮。悠悠倦客伤歧路。浑似故溪烟又雨。潇洒处。一樽溪友开心素。　　忘却闲身须急度。夕阳惯听渔歌举。只欠浦花三四树。闲中趣。春风何待鲈鱼去。

## 怕春归

秋山道中，中夜闻落叶声有作。

老去心情，乐在故园生处。客愁如隋堤乱絮。秋岚照水度黄衣，微雨。记篷窗、旧年吴楚。　　飘萧鬓绿，日日西风吹去。梦频频、萧闲风土。橙黄蟹紫醉琴书，容与。向他年、尚堪接武。

## 临江仙

故人自三韩回，作此寄之。

梦里秋江当眼碧，绿丛摘破睛澜。捣香鲈蟹劝加餐。木奴空妩媚，未许斗甘酸。　　闻道鸡林珍贡至，侯门玉指金盘。六年冰雪眼常寒。酒樽风味在，借我醉时看。

## 又

雪晴过邢岩夫，用旧韵。

谁信玉堂金马客，也随林下家风。三杯大道果能通。相逢开老眼，着我圣贤中。　　会意清言穷理窟，人间万事冥蒙。暮寒松雪照群峰。衰颜无处避，只可屡潮红。

## 一剪梅

送珪登第后，还镇阳。

白璧雄文冠玉京。桂月名香，能继家声。年年社燕与秋鸿，明日燕南又远行。　　老子初无游宦情。三径苍烟归未成。幅巾扶我醉谈玄，竹瘦溪寒，深寄余龄。

## 小重山

东晋风流雪样寒。市朝冰炭里，起波澜。得君如对好江山。幽栖约，湖海玉孱颜。　　梅月半斓斑。云根孤鹤唳，浅云滩。摩挲明秀酒中闲。浮香底，相对把渔竿。

## 减字木兰花

和丹房老人韵

山蟠酒绿。天上玉盘窥醉玉。倦客秋多。秋气还如酒盏何。　　松风度曲。风水飘飘承我足。蕲竹龙哦。落月徘徊待我歌。

## 又

中秋前一日，从赵子坚索酒。

春前雪夜。醉玉峥嵘花上下。几许悲欢。明夜秋河转玉盘。　　高楼远笛。光到东峰横眼碧。招我吟魂。教卷澄江入酒樽。

## 朝中措

玉屏松雪冷龙鳞。闲阅倦游人。耐久谁如溪水，破冰犹漱雪根。三年俗驾，千钟厚禄，心负天真。说与苍烟空翠，未忘藜杖纶巾。

## 又

癸丑岁，无竞生朝。

十年鳌禁谪仙人。冰骨冷无尘。紫诏十行宽大，白麻三代温淳。天开寿域，人逢寿日，小小阳春。要见神姿难老，六峰多少松筠。

## 又

玉霄琁榜陋凌云。龙跳九天门。不负平生稽古，仙卿躐拜恩纶。星明南极，天开太室，收拾殊勋。贺客晨香如雾，他年压倒平津。

## 南乡子

庚申仲秋，陪虎茵居士置酒小斜川。

霜籁入枯桐。山压江城秀蔼浓。谁着夜光松竹里，玲珑。十丈冰花射好风。　　物外蕊珠宫。几缕明霞玉镜中。银浪三江都一吸，春融。晓病眉尖翠扫空。

## 瑞鹧鸪

邢岩夫招游故宫之玉溪馆，壬戌人日。

东风岁月似斜川。萧散心情愧昔贤。人向道山群玉去，眼横春水瘦梅边。　但知有酒能无事，便是新年胜故年。明日相寻有佳处，野云堆外淡江天。

## 又

是日以事不克往，复用韵。

酬春当得酒如川。日典春衣也自贤。孤负风光忙有底，婆娑邱壑兴无边。　书生大抵少成事，老境尚堪加数年。重作梅花上元约，醉归星斗聚壶天。

## 千秋岁

起晋对菊小酌，有怀溪山酒隐。

碧轩清胜，俗物无由到。沧江半壁山传照。几窗黄菊媚，天北重阳早。金罍小。秋光秀色明霜晓。　手捻清香笑。今古闲身少。放醉眼，看云表。渊明千载意，松偃斜川道。谁会得，一樽唤取溪山老。

## 浣溪沙

季霑寿日

天上仙人亦读书。风麟形相不枯臞。十年傲雪气凌虚。　谁道邺侯功业晚，莫教文举酒樽疏。他年玉颊秀芙蕖。

## 又

寿骨云门白玉山。山光千丈落毫端。姓名先挂烂银盘。　编简馨香三万卷，未应造物放君闲。功成却恐退身难。

## 又

范季霑一夕小醉，乘月羽衣见过。仆时已被酒，顾窗间梨花清影，相视无言，乃携一枝径归。明日作《浣溪沙》见意，戏次其韵。

月下仙衣立玉山。雾云窗户木曾开。沉香诗思夜犹寒。　闲却春风千丈秀，只携玉蕊一枝还。夜香初到锦班残。

## 又

春津道中，和子文韵。

溪雨空蒙洒面凉。暮春初见柳梢黄。绿阴空忆送春忙。　芍药弄香红扑暖，酴醾趁雪翠绡长。梦为蝴蝶亦还乡。

## 人月圆

丙辰晚春即事

梨雪东城又回春。风物属闲身。不堪禁酒，百重堆按，满马京尘。　眼青独拄西山笏，本是个中人。一犁春雨，一篙春水，自乐天真。

## 西江月

己酉四月暇日，冒暑游太平寺，古松阴间，闻破茶声，意颇欣惬，晚归对月小酌，赋《西江月》记之。

古殿苍松偃蹇，孤云丈室清深。茶声破睡午风阴。不用凉泉石枕。　枯木人忘独坐，白莲意可相寻。归时团月印天心。更作逃禅小饮。

## 菩萨蛮

携酒过分定张子华

披云拨雪鹅儿酒。浇公枯燥谈天口。秋梦浪翻江。雨窗深炷香。　风烟公耐久。宜结神明友。醉里好微言。君平莫下帘。

## 点绛唇

同浩然赏崔白梅竹图

半幅生绡，便教风韵平生足。枕溪湖玉。数点梅横竹。　花露天香，香透金荷酥。明高烛。醉魂清淑。吸尽江山绿。

## 相见欢

九日种菊西岩云根石缝，金葩玉蕊遍之。夜置酒前轩花间，列蜜炬，风泉悲鸣，炉香蓊于岩穴。故人陈公辅坐石横琴，萧然有尘外趣，要余作数语，使清音者度之。

云闲晚溜琅琅。泛炉香。一段斜川松菊，瘦而芳。　人如鹄，琴如玉，月如霜。一曲清商人物，两相忘。

## 乌夜啼

留别赵粹文

一段江山秀气，风流故国王孙。三年不惯冰天雪，白璧借春温。宦路常难聚首，别期先已销魂。与君两鬓犹青在，梅竹老夷门。

## 水调歌头

高德辉生朝

年时海山路，寒碧乱清淮。客中寿酒，醉眼不见一枝梅。何似今年心事，千丈好云新雨，飞下玉妆台。晴雪洗佳气，河汉酒肠开。　九秋雕，千里马，出风埃。蓝桥得道，鹤骨端自见云来。我有云山后约，不得夜灯亲酌，倾倒好情怀。为写芳鲜句，扶起玉山颓。

## 又

乙卯高阳寒食，次岩夫韵。

寒食少天色，花柳各春风。身闲胜日，都在花影酒垆中。秀野碧城西畔，独有斗南温软，雪阵暖轻红。欲办酬春句，谁唤好情悰。　世间物，无一点，似情浓。心期偶得，一念千劫莫形容。好在轻烟暮雨，只有西厢红树，曾见月朦胧。醉眼尽空碧，风袖障归鸿。

## 满江红

虎茵老人去汴二十年，重醉蜡梅于明秀峰下，谓侑觞稚秀者，有宣和玉宇间风制，俾仆发扬其事。

端正楼空，琵琶冷、月高弦索。人换世、世间春在，几番花落。缥缈余情无处托，一枝梅绿横冰萼。对淡云、新月炯疏星，都如昨。　萧闲老，平生乐。借秀色，明杯杓。吐凌云好句，张吾邱壑。此乐莫教儿辈觉，微官束置高高阁。便归来、招我雪霜魂，春边着。

## 又

和高子文春津道中

梁苑当时，春如水、花明酒洌。寒食夜、翠屏入照，海棠红雪。底事年来常马上，不堪齿发行衰缺。解见人、幽独转寒江，樽前月。　平生友，中年别。恨无际，那容发。萧闲便归去，此图清绝。花径酒垆身自在，都凭细解丁香结。尽世间、臧否事如云，何须说。

## 又

舅氏丹房先生，方外伟人，轻财如粪土。常有轻举八表之志，故世莫能用之。时时出烟霞九天上语，醉墨淋漓，摆落人间俗学，自谓得三代鼎钟妙意。今年以书抵仆，言行年七十，精力愈强，贫愈甚，知大丹之旨愈明，意使早成明秀归计，以供其薪水之费也。作《满江红》长短句，以发千里一笑云。

玉斧云孙，自然有、仙风道骨。眉宇带、九秋清气，半山晴月。入手黄金还散尽，短蓑醉舞青冥窄。向大梁、城里觅丹砂，聊为客。　惊人字，蛟蛇活。借造物，驱春色。问别来挥洒，几多珠璧。合眼梦魂寻故里，摩挲明秀峰头碧。看归来、都卷五湖光，杯中吸。

## 又

辛亥三月，春事婉娩，土风熙然，东城杂花间，梨为最。去家六年，对花无好情悰，然得流坎有命，无不可者。古人谓人生安乐，孰知其他，屡诵此语，良用慨叹。插花把酒，偶记去年今日事，赋十数长短句遣意，非知心人，亦殆难明此意。以仙吕调《满江红》歌之，是月十五日，玩世酒狂。

翠扫山光，春江梦、蒲萄绿遍。人换世、岁华良是，此身流转。云破春阴花玉立，又逢故国春风面。记去年、晓月挂星河，香凌乱。　年年约，常相见。但无事，身强健。赖孙垆独有，酒乡温粲。老骥天山非我事，一蓑烟雨违人愿。识醉歌、悲壮一生心，狂嵇阮。

## 念奴娇

念奴玉立，记连昌宫里，春风相识。云海茫茫人换世，几度梨花寒食。花萼霓裳，沉香水调，一串骊珠湿。九天飞上，叫云遏断筝笛。
老子陶写平生，清音裂耳，觉庾愁都释。淡淡长空今古梦，只有此声难得。溢浦心情，落花时节，还对天涯客。春温玉碗，一声洗尽冰雪。

## 又

辛亥新正五日，天气晴暖，偶出，道逢卖灯者，晚至一人家，饮橙酒，以滴蜡黄梅侑樽。醉归感叹节物，顾念身世，殆无以为怀，作此自解。

小红破雪，又一灯香动，春城节物。春事新年独梦绕，江浦南枝横月。万户糟邱，西山爽气，差慰人岑寂。六年今古，只应花鸟相识。
老去嚼蜡心情，偶然流坎，岂悲欢人力。莫望家山桑海变，唯有孤云落日。玉色橙香，宫黄花露，一醉无南北。终焉此世，正尔犹是良策。

## 又

浩然胜友生朝

紫兰玉树，自琅霄分秀，悬知英物。万壑清冰抟爽气，老鹤凭虚仙骨。醉帖蛟腾，豪篇玉振，不受春埋没。蓬莱清浅，便安黄卷寒寂。
冰簟寿酒光风，宫衣缥缈，犹带婴香湿。老去浮沉唯是酒，同作萧闲闲客。耐久风烟，期君端似，明秀高峰碧。冷云幽处，月波无际都吸。

## 又

别仲亨

大江澄练，对一尊离合，春风江北。燕代三年谈笑间，初识芝兰白璧。桂窟高寒，铁衣英壮，早得文章力。峥嵘富贵，异时方见相逼。
明日相背关河，魏家宫阙，西望千山赤。我亦疏慵归计久，欲乞幽间松雪。千里相思，欣然命驾，醉倒张圆月。酒乡堪老，紫云莫笑狂客。

## 又

次许丹房韵，时将赴镇阳，闻北潭杂花已尽，独木芍药方开。

飞雪没马，转沙场叠鼓，三年寒食。闻道西州春漫漫，晓玉天香欹侧。华屋金盘，哀弦清瑟，一曲春风坼。酒乡堪老，紫云莫笑狂客。

我本方外闲身，西山爽气，未信兵尘逼。拄杖敲门寻水竹，不问禅坊幽宅。醉墨乌丝，新声翠袖，不可无吾一。殷勤红扑，好留姚魏颜色。

## 雨中花

仆将以穷腊去汴，平生亲友，零落殆尽，复作天东之别。数日来，腊梅风味颇已动，感念节物，无以为怀，于是招二三会心者，载酒小集于禅坊。而乐府有清音人雅善歌《雨中花》，坐客请赋此曲，以侑一觞。情之所钟，故不能已，以卒章记重游退闲之乐，庶以自宽云。

忆昔东山，王谢感慨，离情多在中年。正赖哀弦清唱，陶写余欢。两晋名流谁有，半生老眼常寒。梦回故国，酒前风味，一笑都还。　湖光玉骨，水秀山明，唤人妙思无边。吾老矣、不堪冰雪，换此萧闲。传语明年晓月，梅梢莫转银盘。后期好在，黄柑紫蟹，劝我休官。

## 又

送赵子坚再赴辽阳幕

化鹤城高，山蟠辽海，参天古木苍烟。有贤王豪爽，不减梁园。高会端思白雪，清澜远泛红莲。况男儿方壮，好为知音，重鼓冰弦。　香凝翠幕，月压溪楼，暮寒有酒如川。人半醉、竹西歌吹，催度新篇。顾我心情老矣，爱君风谊依然。倦游归去，羽衣相过，会约明年。

## 水龙吟

仆三年为郎外台，古人扬子能作广文博士，暇日每相寻为文字饮。其词章敏妙，临觞得纸，下笔不能自休。去岁收灯后，过扬于郑氏山亭，酣觞赋诗，最为快适。自此仆遂东来，比得其诗，颇道当时风味，戏作越调《水龙吟》以寄之。

乱山空翠寻人，短松路转风亭小。论文把酒，灯残月淡，春风最早。星斗撑肠，雾云翻纸，词源倾倒。自骑鲸人去，流年四百，知此乐、人间少。　别梦春江涨雪，记雨花、一声云杪。新诗寄我，垂天才气，凌波词调。传酒传歌，后来双秀，也应俱好。待明年，却向黄公垆下，觅萧闲老。

## 又

乙丑八月，得告上都，行李滞留，寄食于江堧村舍。晚雨新晴，江月炯然，秋涛有声，有万松哀鸣涧壑。时去中秋不数日，方遑遑于道路，宦游飘泊，节物如驰，此生余几春秋，而所谓乐以酬身者乃如此，谋生之拙，可不哀邪。幸终焉之有图，坐归欤之不早，慨焉兴感，无以为怀，因作长短句诗，极道萧闲退居之乐，歌以自宽，亦以自警，盖越调《水龙吟》也。与我同志幸各赋一首，为他日林下故事。

水村秋入江声，梦惊万壑松风冷。中秋几日，银盘今夜，八分端正。身似惊乌，半生飘荡，一枝难稳。夜慢慢只有，澄江霁月，应知我、倦游兴。　　好在萧闲桂影。射五湖、高峰玉润。木犀宜月，生香浮动，玻璃吸尽。准拟余年，个中心赏，追随名胜。看年年玉笛，新传秀句，约嫦娥听。

## 又

九秋白玉盘高，夜来冷射银河水。好风清露，碧梧高竹，骎骎凉气。女手香纤，一山黄菊，半青橙子。趁鹅儿新酒，笃云漉雪，一年好、君须记。　　我走天东万里。笑归来、山川良是。沙鸥远浦，野麋丰草，唯便适意。但愿当歌，月光常共，金樽摇曳。听穿云声里，惊人秀句，卷澄江醉。

## 又

甲寅岁，从师南还，赠赵肃之。

软红尘里西山，乱云晓马清相向。新年有喜，洗兵和气，春风千丈。青鬓何人，凤池墨客，虎头飞将。听前驱一夜，鸣珂碎月，催笳鼓、作清壮。　　红袖横斜醉眼，酒肠倾、九江银浪。小桃仙馆，霜筠萧寺，风光荡漾。我欲寻春，郡中谁有，国香宫样。待酒酣、妙续珠帘句法，作穿云唱。

## 又

梁虎茵家以绛绡作荔枝，戏作。

一山星月，长生殿里，端正人微笑。风枝玉骨，冰丸红雾，长安初到。小部清新，上尊甘冷，风流天宝。自蓬山仙去，人间月晓，遗芳满、汉宫草。　　闻道云窗玉指，化奇苞、天容纤妙。香通鼻观，春浮手藉，教人梦好。青琐窥韩，紫囊赌谢，属狂年少。但闲窗酒病，东风晓枕，个中时要。

## 好事近

天上赐金奁，不减壑源三月。午碗春风纤手，看一时如雪。　　幽人只惯茂林前，松风听清绝。无奈十年黄卷，向枯肠搜彻。

## 月华清

楼倚明河，山蟠乔木，故国秋光如水。常记别时，月冷半山环佩。到而今、桂影寻人，端好在、竹西歌吹。如醉。望白蘋风里，关山无际。　可惜琼瑶千里。有年少玉人，吟啸天外。脂粉清辉，冷射藕花冰蕊。念老去、镜里流年，空解道、人生适意。谁会。更微云疏雨，空庭鹤唳。

## 江神子慢

赋瑞香

紫云点枫叶。岩树小、婆娑岁寒节。占高洁。纤苞暖、酿出梅魂兰魄。照浓碧。茗碗添春花气重，芸窗晚、濛濛浮霁月。小眠鼻观先通，庐山梦旧清绝。　　萧闲平生淡泊。独芳温一念、犹未衰歇。总陈迹。而今老、但觅茶酒禅榻。寄闲寂。风外天花无梦也，鸳鸯债、从渠千万劫。夜寒回施，幽香与春愁客。

## 声声慢

凉陉寄内

青芜平野，小雨千峰，还成暮陉寒色。裁剪芸窗，忆得伴人良夕。遥怜几重眉黛，恨相逢、少于行役。梨花泪，正宫衣春瘦，晓红无力。
应怪浮云夫婿，不解趁新醅，醉眠凉月。怨入关河，西去又传音息。谁知倦游心事，向年来、苦思泉石。人未老，约闾峰、多占秀碧。

## 石州慢

高丽使还日作

云海蓬莱，风雾鬟鬟，不假梳掠。仙衣卷尽云霓，方见宫腰纤弱。心期得处，世间言语非真，海犀一点通寥廓。无物比情浓，觅无情相博。　离索。晓来一枕余香，酒病赖花医却。滟滟金尊，收拾新愁重酌。片帆云影，载将无际关山，梦魂应被杨花觉。梅子雨丝丝，满江干楼阁。

## 尉迟杯

紫云暖。恨翠雏珠树双栖晚。小花静院相逢，的的风流心眼。红潮照玉碗。午香重、草绿宫罗淡。喜银屏、小语私分，麝月春心一点。　华年共有好愿。何时定，妆鬟暮雨零乱。梦似花飞，人归月冷，一夜小山新怨。刘郎兴、寻常不浅。况不似、桃花春溪远。觉情随、晓马东风，病酒余香相伴。

## 蓦山溪

清明绿野，玉色明春酒。燕地雪如沙，为唤起、斗南温秀。鬟丝禅榻，梦觉古扬州，瑶台路，返魂香，好在啼妆瘦。　春前入眼，似是章台柳。欲典鹔鹴裘，误金车、香迎马首。绿阴青子，后日便东风，秋千散，暮寒生，月到西厢后。

## 鹧鸪天

解语宫花出画檐。酒尊风味为花甜。谁怜梦好春如水，可奈香余月入帘。　春漫漫，酒厌厌。曲终新恨到眉尖。此生愿化双琼柱，得近春风暖玉纤。

## 又

秀樾横塘十里香，水花晚色静年芳。胭脂雪瘦熏沉水，翡翠槃高走夜光。　山黛远，月波长，暮云秋影蘸潇湘。醉魂应逐凌波梦，分付西风此夜凉。

## 江城子

半年无梦到春温。可怜人。几黄昏。想见玉徽，风度更清新。翠射娉婷云八尺，谁为写，五湖春。　　好风归路软红尘。暖冰魂。缕金裙。唤取一天，星月入金尊。留取木樨花上露，挥醉墨，洒行云。公有诗“八尺五湖明秀峰”，又云“十丈琅玕倒冰玉，明年为写五湖真”，正用此意。魏道明作注，义有不通，故表出之。

## 水龙吟

自镇阳还兵府，赠离筵乞言者。

待人间觅个，无情心绪，着多情换。

## 失调名

归兴高于滟滪堆。

## 梅花引

春阴薄。花冥漠。金街三月初行乐。碧纻春。玉奁人。蝉飞雾鬓，风前立画裙。　　浮生酒浪分余沥。娇甚春愁生远碧。犀心通。暖芙蓉。此时不恨，蓬山千万重。

## 又

清阴陌。狂踪迹。朱门团扇香迎客。牡丹风。数苞红。水香扑蕊，新妆为谁容。　　蜡灯春酒风光夕。锦浪龙须花六尺。月波寒。玉琅玕。无情又是，华星送宝鞍。以上《全金元词》

# 郑子聃（1首）

郑子聃（1126—1180），字景纯，大定（今河北平泉市）人。正隆二年（1157）状元，累官吏部侍郎。

### 南歌子[1]

我爱沂阳好，民淳讼自稀。谁言珥笔混莱夷。行见离离秋草，鞠园扉。

## 蔡珪（1首）

蔡珪（？—1174），字正甫，松年子。天德三年（1151）进士，大定中，由礼部郎中，封真定县男，除滁州刺史。

### 江城子

王温季自北都归，过予三河，坐中赋此。

鹊声迎客到庭除。问谁欤。故人车。千里归来，尘色半征裾。珍重主人留客意，奴白饭，马青刍。　东城入眼杏千株。雪模糊。俯平湖。与子花间，随分倒金壶。归报东垣诗社友，曾念我，醉狂无。

## 王寂（34首）

王寂（1128—1194），字符老，王田（今河北玉田县）人，天德三年（1151）进士。历官中都路转运使。明昌中卒，年六十七，谥文肃。工诗文，诗境多清刻之美，古文博大疏畅。四库馆臣谓其论其词词境高厚、句深字警，并造语精练，具见气魄。可与遗山抗衡。有《拙轩集》。

### 昭君怨

江行

一曲清江环碧。两岸萧萧芦荻。烟雨暗西山。有无间。　有酒须当

① 原作“十爱词”，无调名，兹据词律补。

痛饮。百岁黄粱一枕。瞰莫放愁闲。上眉端。

## 点绛唇

上太夫人寿

阿母瑶池，梦回风露青冥晓。六宫仪表。曹大家风好。　满眼儿孙，大国金花诰。头如葆。未尝闻道。冷笑西河老。

## 又

闺思

疏雨池塘，一番雨过香成阵。海榴红褪。燕语低相问。　冰簟纱幮，玉骨凉生润。沉烟喷。日长人困。枕破斜红晕。

## 菩萨蛮

春闺

回文锦字殷勤织。归鸿点破晴空碧。上尽最高楼。阑干曲曲愁。黄昏犹伫立。何处砧声急。强欲醉乌程。醒时月满庭。

## 又

镇犀不动红炉窄。宿酲恼损金钗客。瑞鸭叆雕盘。白毫起鼻端。韩郎双鬓老。个里知音少。留取麝煤残。临鸾学远山。

## 又

回文题扇图

碧空寒露松枝滴。滴枝松露寒空碧。山远抱溪湾。湾溪抱远山。竹疏横岸曲。曲岸横疏竹。寒鹭宿平滩。滩平宿鹭寒。

## 采桑子

用司马才叔韵

西风吹破扬州梦，歇雨收云。密约深论。罗带香囊取次分。冷烟衰草长亭路，消黯离魂。羞对芳尊。刚道啼痕是酒痕。

## 又

马蹄如水朝天去，冷落朝云。心事休论。蘸甲从他酒百分。不须更听阳关彻，消尽冰魂。惆怅离尊。衣上余香臂上痕。

## 又

十年尘土湖州梦，依旧相逢。眼约心同。空有灵犀一点通。寻春自恨来何暮，春事成空。懊恼东风。绿尽疏阴落尽红。

## 减字木兰花

送春

羽书催去。落絮飞花萦不住。湖上流莺。欲别频啼三两声。　　刘郎未到。孤负东风何草草。今度重来。不放桃花取次开。

## 又

髻罗双绾。滟滟修眸秋水剪。笑靥颦眉。无限闲愁总未知。虚檐月转。一曲未终肠已断。百斛明珠。买得尊前一醉无。

## 又

湖山明秀。豆蔻梢头春欲透。学画鸦儿。多少闲愁总未知。　　新声皓齿。恼损苏州狂刺史。一斛骊珠。许我尊前醉也无。

## 酒泉子

夫人生朝

禊饮连宵。帘卷晓风香鸭喷，儿孙罗拜捧金荷。沸笙歌。　　赤霜袍软鬓嵯峨。名在仙班应不老，人间岁月尽飞梭。奈君和。

## 人月圆

再过真定赠蔡特夫

锦标彩鹢追行乐，管领镇阳春。而今重到，莺花应笑，老眼黄尘。凭君问舍雕丘侧，准拟乞闲身。北潭涨雨，西楼横月，藜杖纶巾。

## 鹧鸪天

秋后亭皋木叶稀。霜前关塞雁南归。晓云散去山腰瘦，宿雨来时水面肥。吾老矣，久忘机。沙鸥相对不惊飞。柳溪父老应怜我，荒却溪南旧钓矶。

## 又

千顷玻璃锦绣堆。弄妆人对影徘徊。香熏水麝芳姿瘦，酒晕朝霞笑脸开。娇倚扇，醉翻杯。莫随云雨下阳台。平生老子风流惯，消得冰魂入梦来。

## 南乡子

大定甲辰，驰驿过通州，贤守开东阁，出乐府缥缈人，作累累驻云新声，明眸皓齿，非妖歌嫚舞欺儿童者可比。怪期服色与哙等伍，或言占籍未久，不得峻陟上游。问之，云青其姓，小字梅儿，因感其事，拟其姓名，戏作长短句，以明日黄花蝶也愁歌之。

绰约玉为肌。宫额娇黄浅更宜。京洛风尘无远韵，心期。只有多情驿使知。翠羽剪春衣。林下风神固亦奇。辛苦半生谁挂齿，颦眉。似怨东君着子迟。

## 醉落魄

叹世

百年旋磨。等闲事莫教眉锁。功名画饼相谩我。冷暖人情，都在这些个。璠瑜不怕经三火。莲花未信淤泥涴。而今笑看浮生破。禅榻茶烟，随分与他过。

## 一剪梅

蔡州作

悬瓠城高百尺楼。荒烟村落，疏雨汀洲。天涯南去更无州。坐看儿童，蛮语吴讴。　过尽宾鸿过尽秋。归期杳杳，归计悠悠。阑干凭遍不胜愁。汝水多情，却解东流。

## 渔家傲

夫人生朝

前日河梁修禊罢。闲庭未拆秋千架。萱草堂深飞寿斝。香满把。彩衣兰玉森如画。　　海上麻姑亲命驾。玄霜乞得宜春夏。快约伯鸾冠早挂。筠窗下。团栾共说无生话。

## 又

瑞香

岩秀不随桃李伴。国香未许幽兰换。小睡最宜醒鼻观。檐月转。紫云娘拥青罗扇。　　半世庐山清梦断。天涯邂逅春风面。茗碗不来羞自荐。空恋恋。野芹炙背谁能献。

## 转调踏莎行

元旦

爆竹庭前，树桃门右。香汤□浴罢、五更后。高烧银烛，瑞烟喷金兽。萱堂次第了，相为寿。　　改岁宜新，应时纳佑。从今诸事愿、胜如旧。人生强健，喜一年入手。休辞最后余、酴酥酒。

## 感皇恩

漫兴

天地一浮萍，人生如寄。画饼功名竟何益。百年浑醉，三万六千而已。过了一日也、无一日。　　韶颜暗改，良辰易失。丝竹杯盘但随意。酴醾赏罢，更向牡丹丛里。戴花连夜饮、花前睡。

## 又

有赠

宝髻绾双螺，蹙金罗抹。红袖珍珠臂鞲帀。十三弦上，小小剥葱银甲。《阳关三叠》遍、花十八。　　雁行历历，莺声恰恰。洗尽歌腔旧呕哑。坐中狂客，不觉琉璃杯滑。缠头莫惜与、金钗插。

## 望月婆罗门

怀古

笑谈尊俎，坐中惊叹谪仙人。乌丝落笔如神。唤起小鬟风味，学按古阳春。对琼枝璧月，朝暮长新。　宦萍此身。叹别后、迹俱陈。独有芳温一念，红泪罗巾。凭谁妙手，为写寄、崔徽一幅真。聊慰我、老眼风尘。

## 又

元夕

小寒料峭，一番春意换年芳。蛾儿雪柳风光。开尽星桥铁锁，平地泻银潢。记当时行乐，年少如狂。　宦游异乡。对节物、只堪伤。冷落谯楼淡月，燕寝余香。快呼伯雅，要洗我、穷愁九曲肠。休更问、勋业行藏。

## 蓦山溪

退食感怀

山城块坐，空吊朋侪影。挝鼓放衙休，悄无人、日长门静。折腰五斗，所得不偿劳，松暗老，菊都荒，谁为开三径。　及瓜不代，归计浑无定。羁客奈愁何，尽消除、诗魔酒圣。儿童蛮语，生怕闰黄杨，争左角，梦南柯，万事从今省。

## 洞仙歌

自为寿

先生老矣，饱阅人间世。磨衲簪缨等游戏。趁余生强健，好赋归欤，收拾个，经卷药炉活计。　辟寒金剪碎，漉蚁浮香，恰近重阳好天气。有荆钗举案，彩服儿嬉，随分地，且贵人生适意。也不愿、堆金数中书，愿岁岁今朝，对花沉醉。

## 水调歌头

上南京留守

圣世贤公子，符节镇名邦。褰帷一见丰表，无语已心降。永日风流高会，佳夕文字清欢，香雾湿兰釭。四座皆豪逸，一饮百空缸。　指呼间，谈笑里，镇淮江。平安千里烽燧，卧听报云窗。高帝无忧西顾，姬公累接东征，勋业世无双。行捧紫泥诏，归拥碧油幢。

## 又

戊申季秋月十有九日，赏芙蓉于汝南佑德观，酒酣，为赋明月几时有，盖暮年游宦之情不能已也。

岸柳飘疏翠，篱菊减幽香。蝶愁蜂懒无赖，冷落过重阳。应为百花开尽，天公着意留与，尤物殿秋光。霁月炯疏影，晨露浥红妆。　奈无情，风共雨，送新霜。嫁晚还惊衰早，容易度年芳。只恐韶颜难驻，拟倩丹青写照，谁唤剑南昌。我亦伤流落，老泪不成行。

## 红袖扶

酌酒

风拂冰檐，镇犀动、翠帘珠箔。秘壶暖、宫黄破萼。宝熏闲却。玻璃瓮头，漉雪擘新橙，秀色浮杯杓。双蛾小，骊珠一串，梁尘惊落。　俗事何时了，便可束置之高阁。笑半纸功名，何物被人拘缚。青春等闲背我，趁良时、莫惜追行乐。玉山倒，从教唤起，红袖扶着。

## 大江东去

吊舍弟

长堤千里，过睢阳、隐约江山如故。忆昔斑衣为寿日，伯仲埙篪歌舞。博胜香囊，笑争瓜葛，膝上王文度。西城南浦，月明扶醉归路。　重来华发苍颜，故人应怪我，平生羁旅。仲也风流今已矣，俯仰人间今古。阏伯层台，六王双庙，尽是经行处。感时怀旧，一襟清泪如雨。

## 又

美人

破瓜年纪，黛螺垂、双髻珍珠罗抹。娅姹吴音娇滴滴，风里啼莺声怯。飞燕精神，惊鸿标致，初按梁州彻。舞裙微褪，汗香融透春雪。　少陵词客多情，当年曾烂赏，湖州风月。自恨寻春来已暮，子满芳枝空结。湘佩轻抛，韩香偷许，空想凌波袜。章台杨柳，可堪容易攀折。

### 瑞鹤仙

上高节度寿

辕门初射戟。看气压群雄，虹飞千尺。青云试长翮。拥牙旗金甲，掀髯横策。威行蛮貊。令万卒、纵横坐画。荡淮夷献凯，歌来斗印，命之方伯。

赫赫功名天壤，历事三朝，许身忠赤。寒陂湛碧。容卿辈、几千百。看皇家图旧，紫泥催去，莫忘尊前老客。愿年年满把黄花，寿君大白。以上《全金元词》

## 任询（1首）

任询，生卒年不详，字君谟，号南麓，易州军（今河北易县）人。正隆二年（1157）进士。历省掾，大名总幕，益都都司判官，北京盐使课殿，降为泰州节厅，致仕。大定中卒，年七十。为人慷慨有大节，工诗文，书法为当时第一，画亦入妙品。

### 永遇乐

中州乐府

月已中秋，菊还重九，夜久凉重。满地清霜，半天白晓，孤唱闻耕垅。萧萧窗儿，依然琴砚，但觉鼠窥风动。悔生平趋前猛甚，晚退却成无勇。　　兴衰更换，妍媸淆混，造物大相愚弄。三衅羞人，五交贾訾，侯伯宁无种。而今此念，消除都尽，惟有故山归梦。吾庐更，双溪清绕，万峰翠拥。《全金元词》

## 冯子翼（1首）

冯子翼，生卒年不详，字子美，定州中山人。正隆二年（1157）进士。以同知临海军节度使致仕，居真定。

## 江城子

中州乐府

胭脂坡上月如钩。问青楼。觅温柔。庭院深沉，窗户掩清秋。月下香云娇堕砌，花气重，酒光浮。　　清歌皓齿艳明眸。锦缠头。若为酬。门外三更，灯影立骅骝。结习未忘吾老矣。烦恼梦，赴东流。

# 赵秉文（12 首）

赵秉文（1159—1233），字周臣，号闲闲居士，滏阳（今河北磁县）人。大定二十五年（1185）进士。兴定中，拜礼部尚书，改翰林学士，兼修国史，封天水郡侯，仕五朝、官六卿，称名臣。有《滏水集》。诗词均得苏轼风格，或清丽自然，或放旷萧飒，颇有境界。

## 水调歌头

四明有狂客，呼我谪仙人。俗缘千劫不尽，回首落红尘。我欲骑鲸归去，只恐神仙官府，嫌我醉时真。笑拍群仙手，几度梦中身。　　倚长松，聊拂石，坐看云。忽然黑霓落手，醉舞紫毫春。寄语沧浪流水，曾识闲闲居士，好为濯冠巾。却返天台去，华发散麒麟。昔拟栩仙人王云鹤赠予诗云："寄与闲闲傲浪仙，枉随诗酒堕凡缘。黄尘遮断来时路，不到蓬山五百年。"其后玉龟山人云："子前身赤城子也。"予因以诗寄之云："玉龟山下古仙真，许我天台一化身。拟折玉莲骑白鹤，他年沧海看扬尘。"吾友赵礼部庭说，丹阳子谓予再世苏子美也，赤城子则吾岂敢，若子美则庶几焉。尚愧辞翰微不及耳，因作此以寄意焉。

## 青杏儿

风雨替花愁。风雨罢，花也应休。劝君莫惜花前醉，今年花谢，明年花谢，白了人头。　　乘兴两三瓯。拣溪山、好处追游。但教有酒身无事，有花也好，无花也好，选恁[①]春秋。

① "恁"，《全金元词》本作"甚"。

## 梅花引

过天门关作

山如峡。天如席。石颠树老冰崖坼。雪霏霏。水洄洄。先生此道，胡为乎来哉。石头路滑马蹄蹶。昂头贪看山奇绝。短童随。皱双眉。休说清寒，形容想更饥。　　□□□。□□□。□□□□□□□。□□□。□□□。□□□□，□□□□□。杖头倒挂一壶酒。为问人家何处有。捋冰髯。暖朝寒。何人画我，霜天晓过关。

## 大江东去

用东坡先生韵

秋光一片，问苍苍桂影，其中何物。一叶扁舟波万顷，四顾粘天无壁。叩枻长歌，嫦娥欲下，万里挥冰雪。京尘千丈，可能容此人杰。
回首赤壁矶边，骑鲸人去，几度山花发。澹澹长空千古梦，只有归鸿明灭。我欲从公，乘风归去，散此麒麟发。三山安在，玉箫吹断明月。

## 缺月挂疏桐

拟东坡作

乌鹊不多惊，贴贴风枝静。珠贝横空冷不收，半湿秋河影。　　缺月堕幽窗，推枕惊深省。落叶萧萧听雨声，帘外霜华冷。

## 秦楼月

箫声苦。箫声吹断夷山雨。夷山雨。人空不见，吹台歌舞。　　危楼[①]目极伤平楚。断霞落日怀千古。怀千古。一杯还酹，信陵坟土。以上《中州乐府》

## 满庭芳

天上殷韩，解羁官府，烂游舞榭歌楼。开花酿酒，来看帝王州。常见牡丹开候，独占断、谷雨风流。仙家好，霜天槁叶，秾艳破春柔。　　狂

① “楼”，《全金元词》本作“亭”。

僧谁借手，一杯唤起，绿怨红愁。看天香国色，梅菊替人羞。尽揭纱笼护日，容光动、玉骅琼舟。都人士，年年十月，常记遇仙游。

## 满江红

上清宫蜡梅

杰观雄楼，相照映、此花幽独。谁解识、蕊珠仙子，道家装束。蜡蒂紫苞融烛泪，檀心浅晕团金粟。渐蜂儿、展翅上南枝，风掀绿。　落落伴，湖心玉。萧萧映，坛边竹。记月痕、曾上小阑干曲。输与能诗潘道士，梦为蝴蝶花间宿。向夜深、霜重不胜寒，骑黄鹄。

## 水龙吟

寄友

半生浮宦京华，梦中犹记经行处。燕南赵北，风亭雪馆，几年羁[①]旅。广武山前，武昌城下，昔人怀古。到而今把酒，中原北望。人空老，关河阻。　回首秦宫汉苑，怅伤心、野烟生树。天涯地角，干戈摇荡，故人何许。抚剑悲歌，倚楼长啸，有时凝伫。但凭高一掬，英雄老泪，付长河去。

## 又

燕秦草木知名，汉家自有中兴将。龙韬豹略，金符熊旆，元戎虎帐。羽檄星驰，貔貅勇倍，犬羊心丧。望黄尘一骑，甘泉奏捷。天颜喜，谋猷壮。　诏赐飞龙八尺，晋康侯、宠光千丈。轻裘缓带，纶巾羽扇，投壶雅唱。了却功名，事归来到，凤凰池上。且等闲莫遣，髭须白了，认凌烟像。《永乐大典》卷一万四千三百八十一寄字韵，以上《赵秉文集》。

## 渔歌子

二首

一叶黄飞一叶舟。半竿落日半江秋。青草渡，白蘋洲。归路月明山上头。

---

① “羁”，原本作“覊”，误，径改。

白头波上白头人。黄叶渡西黄叶村。山几朵，酒盈尊。落日西风送到门。以上《全金元词》

# 许古（2首）

许古（1157—1230），字道真，河间（今河北河间市）人。明昌五年（1194）进士。曾任左拾遗、监察御史，多所补陈。后以左司谏致仕，隐于伊水之阳。性爽朗嗜酒，好为诗读书。

## 行香子

秋入鸣皋，爽气飘萧。挂衣冠、初脱尘劳。窗间岩岫，看尽昏朝。夜山低，晴山近，晓山高。细数闲来，几处村醪。醉模糊、信手挥毫。等闲陶写，问甚风骚。乐因循，能潦倒，也消摇。

## 眼儿媚

浊醪笃得玉为浆。风韵带橙香。持杯笑道，鹅黄似酒，酒似鹅黄。
世缘老矣不思量。沉醉又何妨。临风对月，山歌野调，尽我疏狂。

# 李天翼（1首）

李天翼，生卒年不详，字辅之，固安（今河北固安县）人。贞祐二年（1214）进士，历荥阳、长社、开封三县令。后辟济南漕司从事。

## 临江仙

和元遗山

南去北来人自老，落花飞絮悠悠。思君一度一登楼。无穷烟水里，何处认并州。　忽见姓名双泪落，新诗聊浣离愁。若为重醉绣江秋。芙蓉明月下，来往一扁舟。

## 赵摅（2首）

赵摅，生卒年不详，字子充，宛平（今河北蓟县）人。官翰林，自号醉拳道人。

### 南歌子

涧草萋萋绿，林莺恰恰啼。汀沙过雨便无泥。唤得芒鞋随意、到前溪。　浦溆浑堪画，云烟总是题。江湖老伴一蓑衣。真个斜风细雨、不须归。

### 虞美人

同孟利器寻春

春来日日风成阵。桃李飘零尽。树头树底觅残红。只有郭西梨雪、照晴空。　酬春须得如川酒。酒债寻常有。葛巾欹侧倩人扶。大似浣花溪上、醉骑驴。

## 李纯甫（1首）

李纯甫（1185—1231），字之纯，号屏山居士，襄阴（今河北阳原县）人。宣宗时，擢翰林。

### 水龙吟

几番冷笑三闾，算来枉向江心堕。和光混俗，随机达变，有何不可。清浊从他，醉醒由己，分明识破。待用时即进，舍时便退，虽无福，亦无祸。

你试回头觑我。怕不待峥嵘则个。功名半纸，风波千丈，图个甚么。云栈扬鞭，海涛摇棹，争如闲坐。但尊中有酒，心头无事，葫芦提过。

## 高永（1首）

高永，字信卿，初名夔，字舜卿。号应庵，渔阳（今河北蓟县）人。游李纯甫之门，累举不第。正大末，终于汴京，年四十六。

### 大江东去

滕王阁

闲登高阁，叹兴亡满目，风烟尘土。画栋珠帘当日事，不见朝云暮雨。秋水长天，落霞孤鹜，千载名如故。长空淡澹，去鸿嘹唳谁数。遥忆才子当年，如椽健笔，坐上题佳句。物换星移知几度，遗恨西山南浦。往事悠悠，昔人安在，何处寻歌舞。长江东注，为谁流尽今古。

## 李治（5首）

李治（1192—1279），字仁卿，号敬斋。真定栾城（今河北栾城）人。金正大七年（1230）进士，辟知钧州。蒙古军破城，微服出逃。忽必烈在藩邸，尝召问天下治理之道，颇嘉纳其言。晚家元氏县，学徒益众。忽必烈即位，复聘之，以老病辞请还山。至元二年（1265），再以学士召，就职期月，复辞去。卒于家。学优才赡，为人所称。有《敬斋文集》《敬斋古今黈》等。存词五首，附见于元好问《遗山乐府》。论者谓其词经纬绵密，语意浑厚，在晏殊父子之间。

### 摸鱼儿

和元遗山《雁丘》

雁双双、正飞汾水，回头生死殊路。天长地久相思债，何似眼前俱去。摧劲羽。倘万一幽冥，却有重逢处。诗翁感遇，把江北江南，风嘹月唳，并付一丘土。　　仍为汝，小草幽兰丽句。声声字字酸楚。拍江秋影今何在，宰木欲迷堤树。霜魂苦。算犹胜、王嫱青冢真娘[①]墓。凭谁说与[②]。叹鸟道[③]长空，龙艘古渡。马耳泪如雨。

## 摸鱼儿[④]

大名有男女，以私情不遂赴水者。后三日，二尸相携出水滨。是岁，陂荷俱并蒂。

为多情、和天也老，不应情遽如许。请君试听双蕖怨，方见此情真处。谁点注，香潋滟、银塘对抹胭脂露。藕丝几缕。绊玉骨春心，金沙晓泪，漠漠瑞红吐。连理树，一样骊山怀古。古今朝暮云雨。六郎夫妇三生梦，肠断目成眉语[⑤]。须唤取[⑥]，共鸳鸯翡翠，照影长相聚。西风不住。怅寂寞芳魂，轻烟北渚。凉月又南浦。

## 江梅引

陌头杨柳恨春迟。被寒欺。淡依依。瘦损王孙，青琐小腰围。墙外琼枝空照影，翠蛾敛，游丝百丈飞。　　燕归雁归书问寂。月细风尖供怨笛。王骨成灰圣得回。梦里音容，良是觉来非。多少江州司马泪，断肠曲，河声送落晖。

## 鹧鸪天

中秋同遗山饮倪文仲家，莲花白，醉中赋此。

太一沧波下酒星。露醽秘诀出仙扃。情知天上莲花白，压尽人间竹叶青。迷晚色，散秋馨。兵厨晓溜玉泠泠。楚江云锦三千顷，笑杀灵均话独醒。

---

① “真娘”，《全金元词》本作“贞娘”。

② “凭谁说与”，弘治高丽刊本《遗山乐府》作“无谁说与”。

③ “叹鸟道”，弘治高丽刊本《遗山乐府》、《四库全书》本《花草粹编》作“对鸟道”。

④ 《四库全书》本《花草粹编》题作“双连”。

⑤ “肠断目成眉语”，《四库全书》本《花草粹编》作“断幽恨从艰阻”，《词综》本作“幽恨从来艰阻”。

⑥ “须唤取”，《四库全书》本《花草粹编》作“须会取”，《词综》本作“须念取”。

## 鹧鸪天

十丈冰花太一峰。拍浮来赴酒船中。碧筒象鼻秋泉滑，泽国幽香笑卷空。云淡泞，月朦胧。醉乡千里鲤鱼风。冯夷击鼓休警客，罗袜生尘恐恼公。《全元词》

# 杨果（3首）

杨果（1197—1271），字正卿，号西庵，祁州蒲阴（今河北安国市）人。金正大元年（1224）进士，历任偃师、蒲城、陕县县令。入元为北京宣抚使，拜参知政事，出为怀孟路总管。卒谥文献。工文章、擅乐府，论者谓其词“如花柳芳妍”。有《西庵集》。

## 太常引

送商参政西行

一杯聊为送征鞍。落叶满长安。谁料一儒冠，直推上、淮阴将坛。西风旌旄，斜阳草树，雁影入高寒。且放酒肠宽，道蜀道、而今更难。

## 又

长渊西去接连昌。无日不花香。云雨楚山娘。自见了、教人断肠。弦中幽恨，曲中私语，孤凤怨离凰。刚待不思量。兀谁管、今宵夜长。

## 摸鱼儿

同遗山赋雁丘

怅年年。雁飞汾水，秋风依旧兰渚。网罗惊破双栖梦，孤影乱翻波素。还碎羽①。算古往今来，只有相思苦。朝朝暮暮。想塞北风沙，江南烟月，争忍自来去。　埋恨处。依约并门旧路。一丘寂寞寒雨。世间多

① “碎羽”原作“醉兴”，从《词综》改。

少风流事，天也有心相妒。休说与。还却怕、有情多被无情误。一杯会举。待细读悲歌，满倾清泪，为尔酹黄土。《全元词》

# 刘秉忠（82首）

刘秉忠（1216—1274），字仲晦，初名侃，又名子聪，号藏春散人。邢州（今河北邢台市）人。少为僧，后随海云禅师入见忽必烈，遂留藩邸，旋从征云南大理。至元初，拜光禄大夫，位太保，参领中书省事，为元朝开国定制勋臣，卒谥文贞。博学多才，长于吟咏，其词清疏真挚，自然平易，又颇有气势，清人王鹏运跋《藏春乐府》说刘秉忠的词“雄廓而不失之伧楚，酝藉而不流于侧媚”。有《藏春散人集》六卷。

## 木兰花慢

到闲人闲处，更何必，问穷通。但遣兴哦诗，洗心观易，散步携筇。浮云不堪攀慕，看长空、淡淡没孤鸿。今古渔樵话里，江山水墨图中。　千年事业一朝空。春梦晓闻钟。得史笔标名，云台画像，多少成功。归来富春山下，笑狂奴、何事傲三公。尘事休随夜雨，扁舟好待秋风。

## 又

既天生万物，自随分，有安排。看鸳鹭云霄，骅骝道路，斥鷃蒿莱。东君更相料理，着春风、吹处百花开。战马频投北望，宾鸿又自南来。　紫垣星月隔尘埃。千载拆[①]中台。叹麟出非时，凤归何日，草满金台。江山阅人多矣，计古来、英物总沉埋。镜里不堪看鬓，尊前且好开怀。

## 又

笑平生活计，渺浮海，一虚舟。任紫塞风沙，乌蛮瘴雾，即处林丘。天

① 李向军《〈全金元词·刘秉忠〉校正补遗》（《古籍整理研究学刊》2005年第1期）一文谓“拆”字疑“坼”字之误。

地几番朝暮，问夕阳、无语水东流。白首王家年少，梦魂正绕扬州。　　凤城歌舞酒家楼。肯管世闲愁。奈麋鹿疏情，烟霞痼疾，难与同游。桃花为春憔悴，念刘郎、双鬓也成秋。旧事十年夜雨，不堪重到心头。

## 又

混一后赋

望乾坤浩荡，曾际会，好风云。想汉鼎初成，唐基始建，生物如春。东风吹遍原野，但无言、红绿自纷纷。花月流连醉客，江山憔悴醒人。　　龙蛇一屈一还伸。未信丧斯文。复上古淳风，先王大典，不贵[①]经纶。天君几时挥手，倒银河、直下洗嚣尘。鼓舞五华鸑鷟，讴歌一角麒麟。

## 风流子

书帙省淹留，人间事，一笑不须愁。红日半窗，梦随蝴蝶，碧云千里，归骤骅骝。酒杯里、功名浑琐琐，今古两悠悠。汉代典刑，萧曹画一，晋朝人物，王谢风流。　　冠盖照神州。春风弄丝竹，胜处追游。诗兴笔摇牙管，字字银钩。遇美景良辰，寻芳上苑，赏心乐事，取醉南楼。好在五湖烟浪，谁识归舟。

## 永遇乐

山谷家风，萧[②]闲情味，只君能识。会友论文，哦诗遣兴，此乐谁消得。壶[③]中天地，目前今古，今日还明日。似南华蝶梦醒来，秋雨数声残滴。　　诗书有味，功名应小，云散碧空幽寂。北海洪尊，南山佳气，清赏今犹昔。一天明月，几行征雁[④]，楼上有人横笛。想醉中、八表神游，不劳凤翼。

## 望月婆罗门引

午眠正美，觉来风雨满红楼。卷帘情思悠悠。望断碧波烟渚，蘋蓼不

---

① 李向军《〈全金元词·刘秉忠〉校正补遗》（《古籍整理研究学刊》2005 年第 1 期）一文谓“贵”字应为“费”之误。

② “萧”，原作“潇”，据抄本改。

③ “壶”，《全元词》本作“室”。

④ “雁”，《藏春集点注》本作“鹰”，误，径改。

胜秋。但冥冥天际，难识归舟。　　大夫骨朽。算空把，汨罗投。谁辨浊泾清渭，一任东流。而今不醉，苦一日醒醒一日愁。薄薄酒、且放眉头。

## 又

年来懒看，古今文字纸千张。酒中悟得天常。闲杀阶前好月，不肯照西厢。任昏昏一醉，石枕藤床。　　名途利场。物与我，两相忘[①]。目断霜天鸿雁，沙漠牛羊。一庭秋草，教粉蝶黄蜂[②]自任忙。花老也、尚有余香。

## 洞仙歌

仓陈五斗，价重珠千斛。陶令家贫苦无畜。倦折腰闾里，弃印归来，门外柳、春至无言自绿。　　山明水秀，清胜宜茅屋。二顷田园一生足。乐琴书雅意，无个事，卧看北窗松竹。忽清风、吹梦破鸿荒，爱满院秋香，数丛黄菊。

## 江城子

平生行止懒编排。住蒿莱。走尘埃。社燕秋鸿，年去复年来。看尽好花春睡稳，红与紫，任他开。　　紫微天上列三台。问英才。几沉埋。沧海遗珠，当着在鸾台。与世浮沉惟酒可，如有酒，且开怀。

## 又

游琼华岛

琼华昔日贺新成。与苍生。乐升平。西望长山，东顾限沧溟。翠辇不来人换世，天上月，自虚盈。　　树分残照水边明。雨初晴。气还清。醉却兴亡，惟有酒多情。收取晋人腮上泪，千载后，几新亭。

## 又

松苍竹翠岁寒天。雁山前。凤城边。回首燕南，一别又三年。长爱故

① “忘”，《藏春集点注》本原本作“望”，据《全元词》本改。

② “蜂”，《藏春集点注》本原本作“峰”，据《全元词》本改。

人心似月，人不见，月还圆。　　小窗寂寂锁凝烟。一灯然。一诗联。诗若灯青，孤影伴无眠。明日酒中余思在，挥醉墨，洒云笺。

## 三莫子

念我行藏有命，烟水无涯。嗟去雁，羡归鸦。半生形[①]累影，一事鬓生华。东山客，西蜀道，且还家。　　壶中日月，洞里烟霞。春不老，景长嘉。功名眉上锁，富贵眼前花。三杯酒，一觉睡，一瓯茶。

## 玉楼春

闲云不肯狂驰骋。向晚自来栖峰顶。野人无事也关门，一炷古香焚小鼎。　　惊鸟有恨无人省。飞去飞来明月影。夜阑万籁寂中闻，破牖透风微觉冷。

## 又

翠微掩映农家住。水满玉溪花满树。青山随我入门来，黄鸟背人穿竹去。　　烟霞隔断红尘路。试问功名知此趣。一壶春酒醉春风，便是太平无事处。

## 临江仙

同是天涯流落客，君还先到襄城。云南关险梦犹惊。记曾明月底，高枕远江声。　　年去年来人渐老，不堪苦事功名。倾开怀抱酒多情。几时同一醉，挥手谢公卿。

## 又

满路红尘飞不去，春风弄我华颠。故园桃李酒尊前。赏心逢美景，此事古难全。　　若智若痴人总笑，夕阳空袅吟鞭。马头山色翠相连。不知山下客，何日是归年。

## 又

堂上箫韶人不奏，凤凰何处飞鸣。黄尘扰扰马纵横。谁能知乐毅，志

---

① “形”，原作“人”，据抄本改。

不在齐城。　　后辈谩搜前辈错，到头义重功轻。海隅四面尽苍生。东风吹绿草，布谷劝春耕。

## 又

梨花

冰雪肌肤香韵细，月明独倚阑干。游丝萦惹宿烟环。东风吹不散，应为护轻寒。　　素质不宜添彩色，定知造物非悭。杏花才思又凋残。玉容春寂寞，休向雨中看。

## 又

桃花

一别仙源无觅处，刘郎鬓欲成丝。兰昌千树碧参差。芳心应好在，时复问蜂儿。　　报到洞门长闭着，只今未有开时。杏花容冶没人司。东家深院宇，墙外有横枝。

## 又

海棠

十日狂风才是定，满园桃李纷纷。黄蜂粉蝶莫生嗔。海棠贪睡着，留得一枝春。　　便是徐熙相对染，丹青不到天真。雨余红色愈精神。夜眠清早起，应有惜花人。

## 小重山

诗酒休惊误一生。黄尘南北路、几功名。枝头乌鹊梦频惊。西州月，夜夜照人明。　　枕上数寒更。西风残漏滴、两三声。客中新感故园情。音书断，天晓雁孤鸣。

## 又

云去风来雨乍晴。断烟分远树、夕阳明。夕阳无处雁斜横。山重叠，山外更人行。　　千古短长亭。别离浑是苦、奈西征。欲凭双鲤寄幽情。东流水，几日到襄城。

## 又

晓起清愁酒盅空。清愁缘底事、别离中。登临无地与君同。青山色，山外更重重。　　落尽海棠红。蔷薇新破萼、露华浓。牡丹芳信一帘风。寻幽梦，曾到小园东。

## 又

漠北云南路九千。旧年鞍马上、又新年。玉梅寂寞老江边。东风软，杨柳得春先。　　斜月照吟鞭。可人难似月、缺还圆。桃花流水杏花天。欢娱地，谁斗酒尊前。

## 又

一片残阳树上明。百禽争啅噪、雨初晴。西风鸿雁落沙汀。归舟远，渔笛两三声。　　烟草逐人行。前山青未了、后山横。山川人物斗峥嵘。黄尘路，鞍马笑平生。

## 江月晃重山

芳草洲前道路，夕阳楼上阑[①]干。碧云何处望归鞍。从军客，耽乐不思还。　　洞里仙人种玉，江边楚客滋兰。鸳鸯沙暖鹡鸰寒。菱花镜，不奈鬓毛斑。

## 又

杜宇声中去住，蜗牛角上输赢。金瓯名字尽人争。秋鸿影，湖水镜般明。　　杨柳烟凝露重，莲花月冷风清。万年枝稳鹊休惊。邻家笛，夜夜故园情。

## 又

太白诗成对酒，仲宣赋就登楼。思乡怀古两悠悠。黄尘路，风雨鬓惊

① “阑”，《全元词》本作“栏”。

秋。　　三岛云随鹤驭，五湖月载归舟。青山西塞水东流。功名好，欢伯笑人愁。

## 又

红雨斜斜作阵，绿云碎碎成堆。武陵溪口几人迷。桃花水，流入不流回。　　夏日熏风殿阁，秋宵宝月楼台。仙凡境界隔尘埃。青鸾客，归去又归来。

## 南乡子

南北短长亭。行路无情客有情。年去年来鞍马上，何成。短鬓垂垂雪几茎。　　孤舍一檠灯。夜夜看书夜夜明。窗外几竿君子竹，凄清。时作西风散雨声。

## 又

翠袖捧离觞。济楚儿郎窈窕娘。别曲一声双泪落，悲凉。纵不关情也断肠。　　今古利名忙。谁信长安道路长。昔日去家年正少，还乡。故国惊嗟两鬓霜。

## 又

憔悴寄西州。赋得登楼懒上楼。魂梦不知关塞远，悠悠。疏雨梧桐客里秋。　　往事起新愁。九曲回肠不自由。见说世间离别苦，休休。一夜相思了白头。

## 又

游子绕天涯。才离蛮烟又塞沙。岁岁年年寒食里，无家。尚惜飘零看落花。　　闲客卧烟霞。应笑劳生鬓早华。惊破石泉槐火梦，啼鸦。扫地焚香自煮茶。

## 又

李杜放诗豪。万丈晴虹吸海涛。六义不传风雅变，离骚。金玉无言价自高。　　春日对春醪。短咏长歌慰寂寥。幽鸟落来花里语，从教。彩凤飘飘上九霄。

## 又

季子解纵横。六印累累拜上卿。凤鸟不来人渐老，谋生。二顷田园也易成。　　尊酒醉渊明。菊有幽香竹有声。吹破北窗千古梦，风清。小鸟喧啾噪晓晴。

## 又

夜户喜凉飙。秋入关山暑气消。句①引客情缘底物，鷓鴣。落日凄清叫树梢。　　古寺漏长宵。一点青灯照寂寥。暮雨夜深犹未住，芭蕉。残叶萧疏不奈敲。

## 又

檀板称歌喉。唱到消魂韵转幽。便觉丝簧难比似，风流。一串骊珠不断头。　　惟酒可忘忧。况复卢家有莫愁。醉倒不知天早晚，云收。花影侵窗月满楼。

## 鹧鸪天

垂柳风边拂万丝。春光照眼惜花枝。风城好景谁来赏，忙杀悠悠世上儿。　　歌近耳，酒盈卮。十分劝饮却②推辞。人生休听渔家曲，一日风波十二时。

## 又

酒

酒酌花开对月明。醒中醉了醉中醒。无花无酒仍无月，愁杀耽诗杜少陵。　　三品贵，一时名。众人争处不须争。流行坎止何忧喜，笑泣穷途阮步兵。

---

① 李向军《〈全金元词·刘秉忠〉校正补遗》（《古籍整理研究学刊》2005年第1期）一文谓“句”字应为“勾”。“勾”古字作“句”，此处显系笔误。

② “却”，《藏春集点注》本作“欲”，据王刻《藏春乐府》改。

## 又

花满尊前酒满卮。不开笑口是痴儿。山林钟鼎都休问，且听双蛾合一词。　　春烂处，夜晴时。玉壶香袅冷胭脂。海棠影转梧桐月，吟到梨花第一枝。

## 又

清夜哦诗对月明。诗魂偏向月边清。欲成小梦还惊破，无奈洋河聒枕声。　　红日晓，碧天晴。风沙扑面过鸡鸣。漯阳川里鱼龙混，四海青山拱一城。

## 又

水满青溪月满楼。客怀须赖酒消愁。风回玉宇三更夜，露滴金茎八月秋。　　情脉脉，思悠悠。星河织女隔牵牛。乘槎欲把仙郎问，也似浮生有白头。

## 又

柳映清溪漾玉流。火榴开罢芰荷秋。一声鱼笛烟波上，宜着蓑翁泛小舟。　　红蓼岸，白蘋洲。闲鸥闲鹭更优游。斜阳影里山偏好，独倚兰阑懒下楼。

## 又

残月低帘挂玉钩。东风帘幕思如秋。梦魂不被杨花搅，池面还添翠压稠。　　红叱拨，翠骅骝。青山隐隐水悠悠。行人更在青山外，不许朝朝不上楼。

## 太常引

长安三唱晓鸡声。谁不被，利名惊。揽镜照星星。都老却、当年后生。　　山林苍翠，江湖烟景，归去没人争。休望濯尘缨。几时得、沧浪水清。

## 又

衲衣藤杖是吾缘。好归去，旧林泉。富贵任争先。总不较、诸公着鞭。　　雁飞汾水，鹤归华表，人事又千年。沧海变桑田。谁知有、壶中洞天。

## 又

青山憔悴锁寒云。站路上，最伤神。破帽鬓沾尘。更谁是、阳关故人。　　颓波世道，浮云交态，一日一番新。无地觅松筠。看青草、红芳斗春。

## 又

桃花流水鳜鱼肥。青箬笠，绿蓑衣。风雨不须归。管甚做、人间是非。　　两肩云衲，一枝筇杖，尽日可忘机。之子欲何为。归去来、山猿怪迟。

## 又

鲁仲连

当时六国怯强秦。使群策，日纷纷。谈笑却三军。算自古、谁如此君。　　一心忠义，满怀冰雪，功就便抽身。富贵若浮云，本是个、江湖散人。

## 又

武侯

至人视有一如无。见义处，便相扶。三顾出茅庐。莫不是、先生有图。　　拯危当世，觉民斯道，佩玉已心枯。遗恨失吞吴。真个是、男儿丈夫。

## 秦楼月

杯休侧。为君送别城南陌。城南陌。芊芊芳草，万家春色。　　阳关一曲愁肠结。吟鞭斜袅黄昏月。黄昏月。长安古道，洛阳游客。

## 又

斜阳暮。西风落叶关山路。关山路。归鸿巢燕，笑人来去。　我歌一曲君听取。人生聚散如今古。如今古。湘江秋水，渭川春树。

## 又

调羹手。残枝莫折离亭柳。离亭柳。年年春尽，为谁消瘦。　海棠过雨愁红皱。行人驻马空搔首。空搔首。秦楼花月，凤城歌酒。

## 踏莎行

白日无停，青山有暮。功名两字将人误。褊怀先着酒浇开，放心又被书收住。一味闲情，十分幽趣。梦哦芳草池塘句。东风吹彻满城花，无人曾见春来处。

## 又

碧水东流，白云西去。旌旗卷尽西山雨。淡烟寒露月黄昏，伤怀又是别来处。双眼增明，青山如故。故人怪我来何暮。征鼙声震五更风，梦魂惊散无踪绪。

## 诉衷情

山河萦带九州横。深谷几为陵。千年万年兴废，花月洛阳城。　图富贵，论功名。我无能。一壶春酒，数首新诗，实诉衷情。

## 谒金门

春寒薄。睡起宿酲生恶。枕上家山都梦却。东风吹月落。　留客定知西阁。有酒兴谁同酌。别手临歧曾记握。君心真可托。

## 又

醪虽薄。再四劝君无恶。林到面前须饮却。莺啼花未落。　束置功名高阁。两日三朝留酌。绿柳来年无可握。春情凭底托。

## 好事近

桃李尽飘零，风雨更休怀恶。细把牡丹遮护，怕因循吹落。　　平芜望断更青山，楼外数峰削。野鸟不知归处，把行云随着。

## 又

酒醒梦回时，小鼎串烟初灭。留得瘦梅疏竹，弄窗间素[①]月。　　起来幽绪转清幽，幽处更难说。一曲竹枝歌罢，满襟[②]怀冰雪。

## 清平乐

月明风劲。花弄窗间影。一夜玉壶秋水冷。梧叶乍凋金井。　　世间日月如梭。人生会少离多。篱畔黄花开尽，相逢不醉如何。

## 又

夜来霜重。帘外寒风劲。横笛楼头才一弄。惊破绿窗幽梦。　　起来情绪如何。开门月色犹多。照我如常如旧，更谁能似姮娥。

## 又

渔舟横渡。云淡西山暮。岸草汀花谁作主。狼藉一江秋雨。　　随身箬笠蓑衣。斜风细雨休归。自任飞来飞去，伴他鸥鹭忘机。

## 又

彩云盘结。何处歌声噎。歌罢彩云归绛阙。掉下阶前明月。　　月华千古分明。照人一似无情。不道天涯离客，梦回愁对三更。

## 卜算子

晓角才初弄。惊觉幽人梦。珠压花梢的的圆，春露昨宵重。　　小鼎香浮动。闲把新诗诵。坐客同尝碧月团，擘破双飞凤。

---

① “素”，《全元词》本作“风”。

② “襟”，原作“腔”，据抄本改，《全元词》作“胸”。

## 浣溪沙

桃李无言一径深。客愁春恨莫相寻。看花酌酒且开襟。　　白雪浩歌真快意，朱弦未绝有知音。月明千里故人心。

## 朝中措

赋赠平①章仲一

衣冠零落暮春花。飘卷满天涯。好把中原麟凤，网来祥瑞皇家。　　白云丹嶂，青泉绿树，几换年华。认取随时达节，莫教系定匏瓜。

## 又

书怀

布衣蓝缕曳无裾。十载苦看书。别有照人光彩，骊龙吐出明珠。　　天人学业，风云气象，可困泥涂。随着傅岩霖雨，大家济润焦枯。

## 桃花曲

一川芳景，一壶春酒，一襟幽绪。今朝好天色，又无风无雨。　　水满清溪花满树。有闲鸥、伴人来去。行云望逾远，更青山无数。

## 又

青山千里，沧波千里，白云千里。行程问行客，更无穷山水。　　青史功名都半纸。念刘郎、鬓先如此。桃源觅无路，对溪花红紫。

## 又

茸茸芳草，漫漫长路，匆匆行李。佳人在何许，渺云山千里。　　莫惜千金沽一醉。道刘郎、不宜憔悴。春归寂寞语，恨桃花流水。

---

① 李向军《〈全金元词·刘秉忠〉校正补遗》（《古籍整理研究学刊》2005 年第 1 期）一文谓“赠”后疑脱一“平”字。考秉忠交游之中并无章姓之友人，但与平章政事张易（仲一）交往频繁。《藏春集》中以与此人赠答之作为最多。卷一有《别张平章仲一》；卷二有《途中寄张平章仲一》《因张平章就对东坡海棠诗二首遂赋一首》；卷三《寄张平章仲一》《六盘会仲一饮》。由此可见，副题当作“赋赠平章仲一”。

## 点绛唇

十载风霜，玉关紫塞都游遍。驿途方远。夜雨留孤馆。　　灯火青荧，莫把吴钩看。歌声软。酒斟宜浅。三盏清愁散。

## 又

古寺萧条，十年再到经行路。旧题新句。总是关心处。　　睡起西轩，转觉添幽趣。斜阳暮。淡烟疏雨。湿遍山前树。

## 又

客梦初惊，雪晴风冷千山晓。塞烟沙草。又上邮亭道。　　石窟萝龛，为我君应扫。何时到。放怀吟啸。相伴山间老。

## 又

寂寂珠帘，凤楼人去箫声住。断肠诗句。彩笔无题处。　　花褪残红，绿满西城树。蘅皋暮。客愁何许。梅子黄时雨。

## 又

天上春来，满前芳草迷归路。楚山湘浦。朝暮谁云雨。　　凤吹初听，认是吹箫侣。刘郎去。碧桃千树。世外无寻处。

## 又

梨花

立尽黄昏，袜尘不到凌波处。雪香凝树。懒作阳台雨。　　一水相悬，脉脉难为语。情何许。向人如诉。寂寞临江渚。

## 又

梅

策杖寻芳，小溪深雪前村路。暗香时度。更在清幽处。　　一见冰容，便有西湖趣。题新句。句成梅许。折得南枝去。

## 又

恰破黄昏，一湾新月稍稍共。玉溪流汞。时有香浮动。　别后清风，馥郁添多种。如相送。未忘珍重。已入幽人梦。

## 桃源忆故人

桃花乱落如红雨。闪下西城碧树。寂寞琐窗朱户。最是春深处。　一尊酒尽青山暮。楼外轻云犹渡。远水悠悠下住。流得年光去。以上《全金元词》

## 秦楼月

卢沟桥

琼花坞一作岛，卢沟残月西山晓。西山晓，龙盘虎踞，水围山绕。　昭王一去音尘杳，遥怜弓剑行人老。行人老。黄金台上，几番秋草。《藏春集点注》

# 白朴（114首）

白朴（1226—1312），字仁甫，一字太素，号蓝谷，真定（今河北正定县）人。蒙古大军破汴梁，白朴随父亲好友元好问辗转聊城、冠州一带。朴幼年受教于元好问，颇有时誉。晚年徙家金陵，放情山水。白朴长于诗词、散曲、杂剧，具有多方面的艺术才能。其词清隽婉逸、豪爽奔放，辞语遒丽质朴、音节谐畅、感情真挚深沉、用典熨帖无痕，兼有婉约、豪放之长，而以豪放为主。有《天籁集》。

## 春从天上来

至元四年，恭遇圣节，真定总府请作寿词。

枢电光旋。应九五飞龙，大造登乾。万国冠带，一气陶甄，天眷自古雄燕。喜光临弥月，香浮动、太液秋莲。凤楼前。看金盘承露，玉鼎霏烟。　梨园。太平妙选，赞虎拜兕觞，鹭序鹓班。九奏虞韶，三呼嵩岳，何用海上求仙。但岩廓高拱，瓜瓞衍、皇祚绵绵。万斯年。快康衢击壤，同戴尧天。

## 夺锦标

《夺锦标》曲，不知始自何时，世所传者，惟僧仲殊一篇而已。予每浩歌，寻绎音节，因欲效颦，恨未得佳趣耳。庚辰卜居建康，暇日访古，采陈后主、张贵妃事，以成素志。按后主既脱景阳井之厄，隋元帅府长史高颎竟就戮丽华于青溪，后人哀之，其地立小祠，祠中塑二女郎，次则孔贵嫔也。今遗搆荒凉，庙貌亦不存矣。感叹之余，作乐府《青溪怨》。

霜水明秋，霞天送晚，画出江南江北。满目山围故国，三阁余香，六朝陈迹。有庭花遗谱，□①哀音、令人嗟惜。想当时、天子无愁，自古佳人难得。　惆怅龙沉宫井，石上啼痕，犹点胭脂红湿。去去天荒地老，流水无情，落花狼藉。恨青溪留在，渺重城、烟波空碧。对西风、谁与招魂，梦里行云消息。

## 又

得友人王仲常、李文蔚书②。

孤影长嗟，凭高眺远，落日新亭西北。幸有山河在眼，风景留人，楚囚何泣。尽纷争蜗角，算都输、林泉闲适。澹悠悠、流水行云，任我平生踪迹。　谁念江州司马，沦落天涯，青衫未免沾湿。梦里封龙旧隐，经卷琴囊，酒樽诗笔。对中天凉月，且高歌、徘徊今夕。陇头人、应也相思，万里桃花消息。

## 水调歌头

咏月

银蟾吸清露，白兔捣玄霜。青天万古明月，中有物苍苍。想是临风丹桂，费尽斫云玉斧，秋蕊自芬芳。印透一轮影，吹下九天香。　怪霜

---

① “□”，《全元词》本作“惨”。

② 按：丁丙抄本《天籁集》题下注云：仲常名思廉，仕元至翰林学士承旨。

娥，才二八，减容光。蛾眉几画新样，晚镜为谁妆。见说开元天子，曾到清虚仙府，一曲听霓裳。何事便归去，空断舞鸾肠。

## 又

用前韵

明月复明月，天宇净新霜。霜中养就白兔，未觉玉容苍。照影来今往古，圆缺阴晴几度，丹桂俨然芳。遐想广寒露，谁得一枝香。　　恍瑶台，飞宝镜，散重光。嫦娥久饵灵药，点出淡云妆。闲与风姨相聚，不似天孙①独苦，终日织仙裳。脉脉望河鼓，萦损几柔肠。

## 又

初至金陵，诸公会饮，因用《北州集》咸阳怀古韵。

苍烟拥乔木，粉雉倚寒空。行人日暮回首，指点旧离宫。好在龙蟠虎踞，试问石城钟阜，形势为谁雄。慷慨一尊酒，南北几衰翁。　　赋朝云，歌夜月，醉春风。新亭何苦流涕，兴废古今同。朱雀桥边野草，白鹭洲边江水，遗恨几时终。唤起六朝梦，山色有无中。

## 又

诸公见赓前韵，复自和数章，戏呈施雪谷景悦。

楼船万艘下，钟阜一龙空。胭脂石井犹在，移出景阳宫。花草吴时幽径，禾黍陈家古殿，无复戍楼雄。更道子山赋，愁杀白头翁。　　记当年，南北恨，马牛风。降幡一片飞出，难与向来同。璧月琼枝新恨，结绮临春好梦，毕竟有时终。莫唱后庭曲，声在泪痕中。

## 水调歌头

感南唐故宫，就檃括后主词。

南郊旧坛在，北渡昔人空。残阳淡淡无语，零落故王宫。前日雕兰玉砌，今日遗台老树，尚想霸图雄。谁谓埋金地，都属卖柴翁。　　慨悲

---

① “天孙”，《全金元词》本作“夫孙”。《天籁集校注》本谓“原本作‘夫孙’，据《九金人集》《四印斋所刻词》及《四库全书》本改”。今从之。

歌，怀故国，又东风。不堪往事多少，回首梦魂同。借问春花秋月，几换朱颜绿鬓，荏苒岁华终。莫上小楼上，愁满月明中。

## 又

朝花几回谢，春草几回空。人生何苦奔竞，勘破大槐宫。不入麒麟画里，却喜鲈鱼江上，一宅了杨雄。且饮建业水，莫羡富家翁。　　玩青山，歌赤壁，想高风。两翁今在何许，唤起一樽同。系住天边白日，抱得山间明月，我亦[1]遂长终。何必翳鸾凤，游戏太虚中。

## 又

咸阳怀古，复用前韵。

鞭石下沧海，海内渐成空。君王日夜为乐，高枕望夷宫。方欢东门逐兔，又慨中原失鹿，草昧起英雄。不待素灵哭，已识斩蛇翁。　　笑重瞳，徒叱咤，凛生风。阿房三月焦土，有罪与秦同。秦固亡人六国，楚复绝秦三世，万世果谁终。我欲问天道，政在不言中。

## 又

拟游茂山，赠心远提点。

三峰足云气，万壑散秋声。茅君曾此成道，山与地俱灵。遥望苍松紫桧，疑是烟幢雾盖，冉冉下青冥。鸾鹤故山梦，香火几时情。　　洞天开，丹灶冷，有遗经。华阳自古招隐，飞炼得长生。惭愧山中宰相，便许纶巾鹤氅，相对听吹笙。何处沧浪水，吾亦濯尘缨。

## 又

冬至，同行台王子勉中丞、韩君美侍御、霍清夫治书，登周处读书台，过古鹿苑寺。

疏云黯雾树，秋潦净寒潭。徘徊子隐台下，不见旧书龛。鹿苑空余萧寺，蟒穴谁传郗氏，聊此问瞿昙。千古得欺罔，一笑莫穷探。　　俯秦

① “亦”，原本作“赤”。《天籁集校注》本谓“原本作‘亦’，据《九金人集》《四印斋所刻词》及《四库全书》本改”。今从之。

淮，山倒影，浴层岚。六朝城郭如故，江北到江南。三十六陂春水，二十四桥明月，好景入清谈。未醉更呼酒，欲去且停骖。

## 又

丙戌夏四月八日，夜梦有人以“三元秘秋水”五言谓予，请三元之义，曰：“上中下也。”恍惚玩味，可作《水调歌头》首句，恨秘字之义未详。后从相国史公欢游如平生，俾赋乐章，因道此句，但不知秘字何意。公曰“秘即封也”，甫一韵而寤，后三日成之，以识其异。

三元秘秋水，□□□□□[①]。天人点破消息，梦里悟南华。河伯徒□□□，□□□归毫末[②]，一笑井中蛙。试问漆园老，谁是大方家。□[③]黄钟，推甲子，定无差。悠悠天理人事，风外万飞沙。且弄空山明月，自荐寒泉秋菊，睡起漱朝霞。更欲辨齐物，银海眩生花。

## 又

予既赋前篇，一日举似京口郭义山，义山曰：“此词固佳，但详梦中所得之句，元者应谓水府，今止咏甲子及《秋水篇》事，恐未尽也。”因请再赋。

三元秘秋水，秋水一何多。江流滚滚无尽，淮汉入包罗。遥想灵官神府，坐阅潮头风怒，万里瞰沧波。浩荡没鸥鹭，喷薄出蛟鼍。　马当山，牛渚渡，几人过。金鳌下瞰京口，舟楫避盘涡。始信林生祷雨，一濯黄泥尽许，无奈旱苗河。我欲洗兵马，谁解挽天河。

## 又

予儿时在遗山家，阿姊尝教诵先叔“放言古今忽白首”，感念之余，赋此词云。

韩非死孤愤，虞叟坐穷愁。怀沙千古遗恨，郊岛两诗囚。堪笑井[④]蛙

① “□□□□□”，《全元词》本作“秋水□无涯”。

② “河伯徒□□□，□□□归毫末”，《全元词》本作“河伯徒夸浩浣，千里总归毫末”，《天籁集校注》本作“河伯徒夸秋水，□□□归毫末”。

③ 《全金元词》本阙一字，《全元词》作“按”，《天籁集校注》本依曹栋亭抄本补“自”。

④ “井”，原本作“并”，据《九金人集》《四印斋所刻词》及《四库全书》本改。

裤虱，不道人生能儿，肝肺自相仇。政有一朝乐，不抵百年忧。　　叹悠悠，江上水，自东流。红颜不暇一惜，白发忽盈头。我欲拂衣远行，直上崧山绝顶，把酒劝浮丘。藉此两黄鹄，浩荡看齐州。

## 又

北风下庭绿，客鬓入霜华。回首北望乡国，双泪落清笳。天地悠悠逆旅，岁月匆匆过客，吾也岂匏瓜。四海有知己，何地不为家。　　五溪鱼，千里菜，九江茶。从他造物留住，办作老生涯。不愿酒中有圣，但愿心头无事，高枕卧烟霞。晚节忆吹帽，篱菊渐开花。

## 又

至元戊寅为江西吕道山参政寿

香风万家晓，和气九江春。朝回冠盖得意，玉季和金昆。屈指登高旧节，侧耳称觞新语，采菊旧芳樽。南土爱王粲，东阁寿平津。　　节龙香，符虎重，印龟新。弓刀千骑如水，曾为下南闽。墙外阴阴桃李，庭下辉辉兰玉，一笑指庄椿。更看济时了，高卧道山云。

## 又

十月海棠

金盘荐华屋，银烛照红妆。欢游曾得多少，风雨送春忙。只道神仙渐远，争信情缘未断，自有返魂香。万木尽摇落，浓艳又芬芳。　　忆真妃，春睡足，按霓裳。马嵬西下回首，野日淡无光。不避山茶小雪，似爱江梅新月，疏影伴昏黄。谁唤阿娇①起，呵手染胭霜。

## 又

夜醉西楼为楚英作

双眸剪秋水，十指露春葱。仙姿不受尘污，缥缈玉芙蓉。舞遍柘枝遗谱，歌尽桃花团扇，无语到东风。此意复谁解，我辈正情钟。　　喜相从，诗卷里，酒杯中。缠头安用百万，自有海犀通。日日东山高兴，夜夜

① “阿娇”二字原本阙，据《九金人集》及《四库全书》本补。

西楼好梦，斜月小帘栊。何物写幽思，醉墨锦笺红。

## 水龙吟

丙午秋，到维扬，途中值雨，甚快然。

短亭休唱阳关，柳丝惹尽行人怨。鸳鸯只影，荷枯苇淡，沙寒水浅。红绶双衔，玉簪中断，苦难留恋。更黄花细雨，征鞍催上，青衫泪、一时溅。　　回首孤城不见，黯秋空、去鸿一线。情缘未了，谁教重赋，春风人面。斗草闲庭，采香幽径，旧曾行遍。谩今宵酒醒，无言有恨，恨天涯远。

## 又

么前三字用字用仄者，见田不伐《洋呕集》，《水龙吟》二首皆如此。田妙于音，盖仄无疑，或用平字，恐不堪协。云和署乐工宋奴伯妇王氏，以洞箫合曲，宛然有承平之意，乞词于予，故作以赠。会好事者为王氏写真，末章及之。

彩云萧史台空，洞天谁是骖鸾伴。伤心记得，开元游幸，连昌别馆。力士传呼，念奴供唱，阿郎吹莞。怅无情一枕，繁华梦觉，流年又、暗中换。　　邂逅京都儿女，欢游遍、画楼东畔。樽前一曲，余音袅袅，骊珠相贯。日落邯郸，月明燕市，尽堪肠断。倩丹青细染，风流图画，写崔徽半。

## 又

送史总帅镇西川，时未①混一。

壮怀千载风云，玉龙无计三冬卧。天教唤起，峥嵘才器，人称王佐。豹略深藏，虎符荣佩，君恩重荷。看旌旗动色，军容一变，鹏翼展、先声播。　　我望金陵王气，尽消磨、区区江左。楼船万舻，瞿塘东瞰，徒横铁锁。八阵名成，七擒功就，南夷胆破。待他年画像，麒麟阁上，为将军贺。

---

① “未”，原本作“方”，据《全元词》本改。

## 又

九月四日，为江州总管杨文卿寿。

雁门天下英雄，策勋宜在平吴后。金符佩虎，青云飘尽，名藩坐守。千里江皋，一时淮甸，扫清残寇。看人归厚德，天垂余庆，阶庭畔、芝兰秀。　　我望戟门如画，气佳哉、危亭新构。年年此席，风流长占，中秋重九。丹桂留香，绿橙供味，碧萸催酒。有庐山绝顶，苍苍五老，赞君侯寿。

## 又

登岳阳楼，感郑生龙女事，谱大曲薄媚。

洞庭春水如天，岳阳楼上谁开宴。飘零郑子，危栏倚遍，山长恨远。何处兰舟，彩霞浮漾，笙箫一片。有娥眉起舞，含嚬凝睇，分明是、旧仙媛。　　风起鱼龙浪卷，望行云、飘然不见。人生几许，悲欢离聚，情钟难遣。闻道当时，汜人能诵，《招魂》《九辩》。又何如乞我，轻绡数尺，写湘中怨。

## 又

九日同诸公会饮钟山望草堂有感

倚天钟阜龙蟠，四时青壁云烟润。陂陀十里，苍髯夹路，清风缓引。兰若西边，草堂别崦，遗基犹认。自猿惊鹤怨，山人去后，谁更向、此中隐。　　独爱丹崖碧岭，枕平川、人家相近。登临对酒，茱萸香细，莓苔坐稳。老计菟裘，故应来就，林泉佳遁。怕烟霞笑我，尘容俗状，把山英问。

## 又

送张大经御史，就用公九日韵，兼简卢处道副使，使宁国买[①]按察司时。卢号疏斋。

绣衣揽辔西行，慨然有志人知否。江山好处，留连光景，一杯别酒。

① “买”，丁抄本作“贾”。

世事无端，恼人方寸，十常八九。对霜松露菊，荒凉三径，等闲又、登高后。　　问讯宣城太守，几裁诗、画堂清昼。山长水阔，思君不见，踟蹰搔首。却羡行云，暂留还去，无心出岫。笑穷途岁晚，江头送客，唱青青柳。

## 又

遗山先生有醉乡一词，仆饮量素悭，不知其趣，独间居嗜睡有味，因为赋此。

醉乡千古人行，看来直到亡何地。如何物外，华胥境界，升平梦寐。鸾驭翩翩，蝶魂栩栩，俯观群蚁。恨周公不见，庄生一去，谁真解、黑甜味。　　闻道希夷高卧，占三峰、华山重翠。寻常羡杀，清风岭上，白云堆里。不负平生，算来惟有，日高春睡。有林间剥啄，忘机幽鸟，唤先生起。

## 又

用前韵，赠答光辅。

倚阑千里风烟，下临吴楚知无地。有人高枕，楼居长夏，昼眠夕寐。惊觉游仙，紫毫吐凤，玉觞吞蚁。更谁人似得，渊明太白，诗中趣、酒中味。　　惭愧东溪处士，待他年、好山分翠。人生何苦，红尘陌上，白头浪里。四壁窗明，雨盂粥罢，暂时打睡。尽闻鸡祖逖，中宵狂舞，蹴刘琨起。

## 又

予始赋睡词，诸公赓和三十余首。一日友人王文卿携肴来访，话及梁园旧游，因感其事，复用前韵。

万金不买青春，老来可惜欢娱地。有时记得，江楼深夜，解鞍留寐。兰焰喷虹，宝香熏麝，玉醅筲蚁。更谁能细说，当年风韵，江瑶柱、荔枝味。　　漂泊江湖万里，渺难寻、采菱拾翠。何心更到，折枝图上，卖花声里。蓬鬓刁骚，角巾欹堕，枕书聊睡。恨匆匆未办，莼鲈归棹，又秋风起。

## 念奴娇

题镇江多景楼，用坡仙韵。

江山信美，快平生、一览南州风物。落日金焦，浮绀宇、铁瓮独残城壁。云拥潮来，水随天去，几点沙鸥雪。消磨不尽，古今天宝人杰。
遥望石冢巉然，参军此葬，万劫谁能发。桑梓龙荒，惊叹后、几度生灵埋灭。往事休论，酒杯才近，照见星星发。一声长啸，海门飞上明月。

## 又

中秋效李敬斋体，每句用月字。

一轮月好，正人间、八月凉生襟袖。万古山河，归月影、表里月明光透。月桂婆娑，月香飘荡，修月香人手。深沉月殿，月蛾谁念消瘦。
今夕乘月登楼，天低月近，对月能无酒。把酒长歌邀月饮，明月正堪为友。月向人圆，月和人醉，月是承平旧。年年赏月，愿人如月长久。

## 又

题阙

江湖落魄，鬓成丝、遥忆扬州风物。十里楼台，帘半卷、玉女香车钿壁。后土祠寒，唐昌花尽，谁弄琼枝雪。山川良是，古来销尽雄杰。
落日烟水茫茫，孤城残角，怨入清笳发。岸舣扁舟人不寐，柳外渔灯明灭。半夜潮来，一帆风送，凛凛森毛发。乘流东下，玉箫吹落残月。

## 又

壬戌秋泊汉江鸳鸯滩，寄赠。

露团渐冷，又今年、孤负中秋明月。谁念江干、憔悴我，梦断芙蓉城阙。燕子东归，鸿宾南下，满眼芦花雪。行人何处，也应珠泪凝睫。
常记楼上歌声，一尊酒尽，默默无言别。恨杀鸳鸯滩下水，不寄题诗红叶。聚泪鲛绡，画眉螺黛，总在归时节。百年心事，等闲休向人说。

## 满江红

题吕仙祠飞吟亭壁，用冯经历韵。

云外孤亭，空怅望、烟霞仙客。还试问、飞吟诗句，为谁留别。三人岳阳人不识，浮生扰扰苍蝇血。道老精、知向树阴中，曾来歇。　松樨在，虬枝结。皮溜雨，根盘月。恨还丹不到，后来豪杰。尘世千年翻甲子，秋空一剑横霜雪。待他时、携酒赤城游，相逢说。

## 又

用前韵留别巴陵诸公，时至元十四年冬。

行遍江南，算只有、青山留客。亲友间、中年哀乐，几回离别。棋罢不知人换世，兵余犹见川留血。叹昔时、歌舞岳阳楼，繁华歇。　寒日短，愁云结。幽故垒，空残月。听阁阁谈笑，果谁雄杰。破枕才移孤馆雨，扁舟又泛长江雪。要烟花、三月到扬州，逢人说。

## 又

庚戌春别燕城

云鬓犀枕，谁似得、钱塘人物。还又喜、小窗虚幌，伴人幽独。荐枕恰疑巫峡梦，举杯忽听阳关曲。问泪痕、几度浥罗巾，长相续。　南浦远，归心促。春草碧，春波绿。黯销魂无际，后欢难卜。试手窗前机织锦，断肠石上簪磨玉。恨马头、斜月减清光，何时复。

## 又

重阳后二日王彦文并利用秦山甫相过小饮

过了重阳，寒惨惨、秋阴连日。尚何事、满城风雨，漏天如泣。点染一林红叶暗，飘萧三径黄花湿。听敲门、忽有客三人，来相觅。　时节好，夸橙橘。儿女喜，分梨栗。罄一樽聊慰，老怀岑寂。想象曾来神女赋，伤心似失文通笔。破残年、催酿酒如川，长鲸吸。

## 又

同郑都事复用前韵，退讫所租学田。

费尽长绳，系不住、西飞白日。客窗外、满庭秋草，露蛩寒泣。酒后看花空眼乱，花前把酒从衣湿。要一廛、归老作菟裘，何难觅。　仙客老，巴园橘。封万户，燕山栗。且栽培松竹，伴人孤寂。岂有梁鸿高世志，也无司马题桥笔。便与君、同访洞庭春，和云吸。

## 瑞鹤仙

登金陵乌衣园来燕台

夕阳王谢宅。对草树荒寒，亭台攲侧。乌衣旧时客。渺双飞万里，水云宽窄。东风羽翅，也迷却、当时巷陌。向寻常百姓人家，孤负几回春色。　凄恻。人空不见。画栋栖香，绣帘窥额。云兜雾隔。锦书至付谁拆。刘郎只见惯，金陵兴废，赠得行人鬓白。又争如复到玄都，兔葵燕麦。

## 沁园春

金陵凤凰台眺望

独上遗台，目断清秋，凤兮不还。怅吴宫幽径，埋深花草，晋时高冢，锁[①]尽衣冠。横吹声沉，骑鲸人去，月满空江雁影寒。登临处，且摩挲石刻，徒倚阑干。　青天半落三山。更白鹭洲横二水间。问谁能心比[②]，秋来水静，渐教身似，岭上云闲。扰扰人生，纷纷世事，就里何常不强颜。重回首、怕浮云蔽日，不见长安。

## 又

保宁佛殿即凤凰台，太白留题在焉。宋高宗南渡，尝驻跸寺中，有石刻御书王荆公赠僧诗云，纷纷扰扰十年间，世事何常不强颜，亦欲心如秋水静，应须身似岭云间。意者当时南北扰攘，国家荡析，磨盾鞍马间，有经营之志，百未一遂，此诗若有深契于心者以自况。予暇日来游，因演太白、荆公诗意，亦犹稼轩《水龙吟》用李延年、淳于髡语也。

我望山形，虎踞龙盘，壮哉建康。忆黄旗紫盖，中兴东晋，雕兰玉砌，下逮南唐。步步金莲，朝朝琼树，宫殿吴时花草香。今何日，尚寺留萧姓，人做梅妆。　长江。不管兴亡。漫流尽、英雄泪万行。问乌衣旧宅，谁家作主，白头老子，今日还乡。吊古愁浓，题诗人去，寂寞高楼无

---

① “锁”，《全元词》本作“销”。

② “比”，原本作“叱”，《全元词》本作“时”，均误，据《九金人集》《四印斋所刻词》及《四库全书》本改。

凤凰。斜阳外，正渔舟唱晚，一片鸣榔。

## 又

夜梦，就树摘桃啖之，于中一枚甘苦，觉而异之，因为之赋。

渺渺吟怀，望佳人兮，在天一方。问鲲鹏九万，扶摇何力，蜗牛两角，蛮触谁强。华表鹤来，铜盘人去，白日青天梦一场。俄然觉，正醯鸡舞瓮，野马飞窗。　徜徉。玩世何妨。更谁道、狂时不得狂。羡东方臣朔，从容帝所，西真阿母，唤作儿郎。一笑人间，三游海上，毕竟仙家日月长。相随去，想蟠桃熟后，也许偷尝。

## 又

监察师巨源将辟予为政，因读嵇康与山涛书，有契于予心者，就谱此词以谢。

自古贤能，壮岁飞腾，老来退闲。念一身九患，天教寂寞，百年孤愤，日就衰残。麋鹿难驯，金镳纵好，志在长林丰草间。唐虞世，也曾闻巢许，遁迹箕山。　越人无用殷冠。怕机事缠头不耐烦。对诗书满架，子孙可教，琴樽一室，亲旧相欢。况属清时，得延残喘，鱼鸟溪山任往还。还知否，有绝交书在，细与君看。

## 又

送按察司合道公赴浙东任

玉节星轺，十道监司，治称最优。甚惠风才到，豚鱼亦信，清霜未降，狐兔先愁。镇静洪都，澄清白下，又过东南第一州。云烟底，看千岩竞秀，万壑争流。　离筵无计相留。谩慷慨中年白发稠。记琼花照眼，忙催诗笔，松灯促座，笑递觥筹。放浪形骸，欣于所遇，负我兰亭共一游。心期在，想山阴兴尽，和月回舟。

## 又

十二月十四日为平章吕公寿

盖世名豪，壮岁鹰扬，拥兵上流。把金汤固守，精诚贯日，衣冠不改，意气横秋。北阙丝纶，南朝家世，好在云间建节楼。平章事，便急流勇退，黄阁难留。　　菟裘。喜遂归休。着宫锦、何妨万里游。似谢安笑傲，东山别墅，鸱夸放浪，西子扁舟。醉眼乾坤，歌鬟风雾，笑折梅花插满头。千秋岁，望寿星光彩，长照南州。

## 又

吕道山左丞觐回，过金陵别业。至元丙子，予识道山于九江，今十年矣。

流水高山，独许钟期，最知伯牙。愧我投木李，得酬琼玖，人惊玉树，肯倚蒹葭。风雨十年，江湖千里，望美人兮天一涯。重携手，似仲宣去国，江令还家。　　门前柳拂堤沙。便好系、天津泛斗槎。看金鞍闹簇，花边置酒，玉盂旋洗，竹里供茶。朱雀桥荒，乌衣巷古，莫笑斜阳野草花。寒食近，算人生行乐，少住为佳。

## 又

夜枕无梦感子陵、太白事，明日赋此。

千载寻盟，李白扁舟，严陵钓车。□故人偃蹇，足加帝腹，将军权幸，手脱公靴。星斗名高，江湖迹在，烂熳云山几处遮。山光里，有红鳞旋斫，白酒须赊。　　龙蛇。起陆曾嗟。且放我狂歌醉饮些。甚人生贫贱，刚求富贵，天教富贵，却骋骄奢。乘兴而来，造门即返，何必亲逢安道耶。儿童笑道，先生醉矣，风帽欹斜。

## 风入松

咏红梅，将橙子皮作酒杯。

使君高宴出红梅。腰鼓揭春雷。更将红酒浇浓艳，风流梦、不负花魁。千里江山吴楚，一时人物邹枚。　　软金杯衬硬金杯。香挽洞庭回。西溪不减东山兴，欢摇动、北海樽罍。老我天涯倦客，一杯醉玉先颓。

## 风流子

丁亥秋，复得仲常书，有楚星燕月，千里相望，何时会合，以副旧语之语。就谱此曲以寄之。

花月少年场。嬉游伴，底事不能忘。杨柳送歌，暗分春色，夭桃凝笑，烂赏天香。绮筵上，酒杯金潋滟，诗卷墨淋浪。闲袅玉鞭，管弦珂里，醉携红袖，灯火夜。　　回首事堪伤。温柔竟处，流落江乡。惆怅鬓丝禅榻，眉黛吟窗。甚社燕秋鸿，十年无定，楚星燕月，千里相望。何日故园行乐，重会风光。

## 烛影摇红

前事用吕东窗韵

三尺枯桐，古来长恨知音少。玉箫吹断凤楼云，此恨何时了。落日飞鸿声消。眄[①]长江、离魂浩渺。赠环留佩，宿粉楼香，此情谁表[②]。　　风雨红稀，梦回别院莺啼晓。一生孤负看花心，惆怅人空老。待访还丹瑞草。驾飙轮、蓬莱去好。又愁沧海，恍惚尘扬，难寻仙岛。

## 摸鱼子

七夕用严柔济韵

问双星、有情几许。消磨不尽今古。年年此夕风流会，香暖月窗云户。听笑语。知几处。彩楼瓜果祈牛女。蛛丝暗度。似抛掷金梭，萦回锦字，织就旧时句。　　愁云暮。漠漠苍烟挂树。人间心更谁诉。擘钗分钿蓬山远，一样绛河银浦。乌鹊渡。离别苦。啼妆洒尽新秋雨。云屏且驻。算犹胜姮娥，仓皇奔月，只有去时路。

## 又

真定城南异尘堂同诸公晚眺

敞青红、水边窗外，登临元有佳趣。熏风荡漾昆明锦，一片藕花无数。才欲语。香暗度。红尘不到苍烟渚。多情鸥鹭。尽翠盖摇残，红衣落尽，相与伴风雨。　　横塘路。好在吴儿越女。扁舟几度来去。采菱歌断三湘远，寂寞岸花汀树。天已暮。更留看，飘然月下凌波步。风流自许。待载酒重来，淋漓醉墨，为写《洛神赋》。

---

① “眄”，各本均阙，《全元词》本作“眄”，今从之。

② “赠环留佩，宿粉楼香，此情谁表”，《全金元词》本作“□□□□，□□□□，□□谁表”，《天籁集校注》本作“环能解结，合运同心，□□谁表”。据《全元词》本补。

## 又

秋仲一日，李具瞻待御偕予过天庆观，访蒲敬之都事。既而登冶城，藉草于苍苍万玉中，觞咏乐甚。道官王默堕者在焉，且盟其两柏森立间构亭，为游目骋怀之所。翌日赋此，记一时之概耳。

望参差、冶城烟树。故人知在琳宇。绣衣来就论文饮，随意割鸡炊黍。欢乐处。忘尔汝。清谈况有神仙侣。一杯缓举。放远目增明，遥岑出翠，俯[1]仰几今古。　红尘梦，不到丹台紫府。寻真偶得佳趣。两株翠柏参天起，千亩渭川烟雨。君已许。向此地结亭，为我开窗户。朝来暮去。待细揽烟霞，平分风月，挥洒锦囊句。

## 又

用前韵送敬之蒲君卜居淮上，敬之自翰苑□蕲黄道宣慰幕官。

听西风、细吟亭树。秋声先到衡宇。季鹰千里莼鲈兴，更喜范张鸡黍。倾盖处。惭愧汝。高楼不减烟霞侣。匏樽笑举。对得意江山，忘怀风月，醉眼玩今古。　鸾坡客，又向红莲幕府。田园何日成趣。九重闻道思贤佐，恐要济时霖雨。天若许。从所好结庐，相就开蓬户。山人休去。怕蕙帐空悬，猿惊鹤怨，贻笑草堂句。

## 又

复用前韵

问谁歌、六朝琼树。当年春满庭宇。歌残夜月西风起，吹动一川禾黍。愁绝处。谁念汝。[2] 姑苏麋鹿成群侣。清樽谩举。对淡淡长空，萧萧乔木，慷慨吊今古。　生平苦。走遍南州北府。年来颇得幽趣。绿蓑青笠浑无事，醉卧一天风雨。秋几许。沙渚上，渔樵小隐随编户。扁舟脱去。望绮散余霞，江澄净练，还爱谢公句。

## 木兰花慢

灯夕到维扬

壮东南形胜，淮吐浪、海吞潮。记此日江都，锦帆巡幸，汴水迢遥。

---

① “俯”，《全金元词》本作“府”，误，据《全元词》本、《天籁集校注》本改。

② “谁念”二字《全金元词》本阙，据《全元词》本补。

迷楼故应不见，见[1]琼花、底事也香消。兴废几更王霸，是非总付渔樵。谁能十万更缠腰。鹤驭尽飘飘。正绣陌珠帘，红灯闹影，三五良宵。春风竹西亭上，拌淋漓、一醉解金貂。二十四桥明月，玉人何处吹箫。

## 又

题阙

听鸣驺入谷，怕惊动、北山猿。且放浪形骸，支持岁月，点检田园。先生结庐人境，竟不知、门外市尘喧。醉后清风到枕，醒来明月当轩。伏波勋业照青编。薏苡又何冤。笑蕞尔倭奴，抗衡上国，挑祸中原。分明一盘棋势，谩教人、着眼看师言。为问鲲鹏瀚海，何如鸡犬桃源。

## 又

覃怀北赏梅，同参政西庵杨丈，和奥敦周卿府判韵。

记罗浮仙子，俨微步、过山村。正日暮天寒、明装淡抹，来伴清樽。行云黯然飞去，怅参横月落梦无痕。翠羽嘈嘈树杪，玉钿隐隐墙根。山阳一气变冬温。真实不须论。满竹外幽香，水边疏影，直彻苏门。仿佛对花终日，拌淋漓、襟袖醉昏昏。折得一枝在手，天涯几度销魂。

## 又

复用前韵，代友人宋子冶赋。

望丹东沁北，淡流水、绕孤村。对几树疏梅，十分素艳，一曲芳樽。谁堪岁寒为友，伴仙姿、孤瘦雪霜痕。翠竹森森抱节，苍松落落盘根。铜瓶水满玉肌温。此意与谁论。渐月冷芸窗，灯残纸帐，夜悄衡门。伤心杜陵老眼，细看来、只似雾中昏。赖有清风破鼻，少眠浮动吟魂。

## 又

王彦立所居南斋，榜真隐，庭中新作盘池，同诸公赋。

渺高情公子，得真隐、信悠哉。占上下壶天，中间隙地，凿破莓苔。移将鉴湖寒影，放微风、滟滟翠奁开。便有一番荷芰，都无半点尘埃。

---

[1] “见”字原缺，据丁抄本补。

夜深明月晃闲阶。不负小亭台。尽罗袖盛香，碧筒吸露，一洗胸怀。红莲故家幕府，看新诗、题咏满南斋。好听萧萧风雨，老夫从此须来。

## 又

丙子冬，寄隆兴吕道山左丞。

忆元龙湖海，樽俎地、笑谈间。尽画烛寒烧，红螺细卷，沉醉更阑。西风数声笳鼓，怅匡庐、山下送征鞍。秋水蘋花渐老，晓霜枫叶初丹。　滕王高阁倚江干。极目楚天间。想画栋朱帘，朝云南浦，暮雨西山。天涯倦游司马，更几时、携手一凭栏。别后相思何处，月明千里乡关。

## 又

戊子秋，送合道监司赴任秦中，兼简程介甫按察。

倦区区游宦，便回棹、谢山阴。算谁似君侯，莼鲈有味，富贵无心。匆匆又移玉节，恨相思、何处更相寻。渭北春天树边，江东日暮云深。　岸花樯燕动悲吟。把酒惜分襟。问玉井莲开，三峰绝顶，谁共登临。长安故人好在，忆元龙、名重古犹今。说与英雄湖海，应怜枯槁山林。

## 又

己丑送胡绍开、王仲谋两按察赴浙右、闽中任。时浙宪置司于平江，故有向吴亭句。

拥煌煌双节，九万里、入鹏程。爱人物邹枚，文章李杜[1]，海内声名。相逢广陵陌上，恨一樽、不尽故人情。岁月奔驰飞鸟，交游聚散浮萍。　出门一笑大江横。马首向吴亭。且[2]分路扬镳，七闽两浙，得意澄清。江山剩供诗□，想徘徊、南斗避文星。留着调元老手，却来同佐升平。

## 又

歌者樊娃索赋

爱人间尤物，信花月、与精神。听歌串骊珠，声匀象板，咽水萦云。风

---

① “杜”，《全金元词》本作“梅”，据《全元词》本改。

② “且”，《全元词》本作“看”。

流旧家樊素，记樱桃、名动洛阳春。千古东山高兴，一时北海清樽。　天公不禁自由身。放我醉红裙。想故国邯郸，荒台老树，尽赋招魂。青山几年无恙，但泪痕、差比向来新。莫要琵琶写恨，与君同是行人。

## 又

为乐府宋生赋。宋字寿香，燕城好事者为渠写真，手捻荼蘼一枝。

展春风图画，恍人世、有神仙。爱手捻荼蘼，香间韵远，亸袖垂肩。东邻几番亲见，意丹青、无地着婵娟。杏脸红生晓晕，柳眉翠点春妍。　舞衫歌扇绮罗筵。还我旧因缘。尽金缕新声，乌丝醉墨，共惜流年。年来茂陵多病，更玉琴、凄断凤鸾弦。时方丧偶留得一枝春在，不妨绝倒尊前。

## 又

题阙

快人生行乐，卷江海、入瑶觞。对满眼韶华，东城南陌，日日寻芳。吟鞭缓随骄马，殢春风、指点杏花墙。时听莺啼宛转，几回蝶梦悠扬。　行云早晚上巫阳。蓦地恼愁肠。待玉镜台边，银灯影里，细看浓妆。风情自怜韩寿，恨无缘、得佩贾充香。说兴殷勤青鸟，暂时相见何妨。

## 又

感香囊悼双文

览香囊无语，谩流泪、湿红纱。记恋恋成欢，匆匆解佩，不忍忘他。消残半襟兰麝，向绣茸、诗句映梅花。疏影横斜何处，暗香浮动谁家。　春霜底事扫浓华。埋玉向泥沙。叹物是人非，虚迎桃叶，谁偶匏瓜。西风楚词歌罢，料芳魂、飞作碧天霞。镜里舞鸾空在，人间后会无涯。

## 玉漏迟

题阙

故园风物好。芳樽日日，花前倾倒。南浦伤心，望断绿波春草。多少相思泪点，算只有、青衫知道。残梦觉。无人解我，厌厌怀抱。　懊恼。楚峡行云，便赋尽高唐，后期谁报。玉杵玄霜，着意且须重捣。转眼梅花过也，又屈指、春残灯闹。妆镜晓。应念画[1]眉人老。

## 又

段伯坚同予留滞九江，其归也，别侍儿睡香，予亦有感。

睡香花正吐。谁交付与，东君为主。梦觉庐山，一片彩云何所。惆怅留题在壁，麝墨染、无穷愁绪。常记取。徘徊顾影，灯前低语。　几许。欺密留情，系绊煞世间，□□儿女。沦落天涯，夜夜月明溢浦。连我青衫泪满，料不忍、孤帆东去。离思苦。休唱渭城朝雨。

## 又

题阙

碧梧深院悄。清明过也，秋千闲了。杨柳阴中，又是一番啼鸟。人去瑶台路远，孤负却、花前欢笑。音信杳。西楼尽日，凭栏凝眺。　缥缈。雾阁云窗，恨梦断青鸾，夜深寒悄。檐玉敲残，挨得五更风小。麝注金猊烬冷，画烛短、银屏空照。芳径晓。惆怅落红多少。

## 江梅引

题阙

一溪流水隔天台。小桃栽。为谁开。应念刘郎，早晚得重来。翠袖天寒憔悴损，倚修竹，□残红，堕绿苔。　怨极恨极愁更衰，甚连环，无计解。百劳分背燕飞去，云树苍崖。□□千里，何处托幽怀。温峤风流还自许，后期杳，□尘生，玉镜台。

## 秋色横空[2]

赠虞美人草

儿女情多。甚千秋万古，不易消磨。拔山力尽英雄困，垓下尚拥兵戈。含红泪，颦翠峨，拌血污游魂逐太阿。草也风流犹弄，舞态婆娑。　当时夜间楚歌。叹乌骓不逝，恨满山河。匆匆玉帐人东去，耿耿素志无他。黄陵

---

① “画”，原本作“尽”，据《天籁集校注》本改。

② 本名玉耳坠金环。“秋色横空”盖前人词首句，远山用以为名。

庙，湘水波。记染竹成斑泣舜娥。又岂止虞兮，无可奈何。

## 又

咏梅，顺天张侯毛氏以太母命题索赋。

摇落初冬。爱南枝迥绝，暖气潜通。含章睡起宫妆褪，新妆淡淡丰容。冰蕤瘦，蜡蒂融。便自有翛然林下风。肯羡蜂喧蝶闹，艳紫妖红。　何处对花兴浓。向藏春池馆，透月帘栊。一枝郑重天涯信，肠断驿使相逢。关山路，几万重。记昨夜筠筒和泪封。料马首幽香，先到梦中。

## 石州慢

丙寅九日，期扬翔卿不至，书怀用少陵诗语。

千古神州，一旦陆沉，高岸深谷。梦中鸡犬，新丰眼底，姑苏麋鹿。少陵野老，杖藜潜步江头，几回饮恨吞声哭。岁暮意何如，快秋风茅屋。　幽独。疗饥赖有，商芝暖老，尚须燕玉。白璧微瑕，谁把闲情拘束。草深门巷，故人车马萧条，等闲瓢弃樽无绿。风雨近重阳，满东篱黄菊。

## 凤凰台上忆吹箫

题阙

笳鼓秋风，旌旗落日，使君威震雄边。羡指麾貔虎，斗印腰悬。尽道多多益办，仗玉节、亳邑新迁。江淮地、三军耀武，万灶屯田。　戎轩。几回□□，□画戟门庭[①]，珠履宝筵。惯雅歌堂上，起舞樽前。况是称觞令节，望醉乡、有酒如川。明年看，平吴事了，图像凌烟。

## 满庭芳

屡欲作茶词，未暇也。近选宋名公乐府，黄、贺、陈三集中，凡载《满庭芳》四首，大概相类，互有得失。复杂用元[②]寒删先韵，而语意若有不伦。仆不揆，□[③]斐合三家奇句，试为一首，必有能辨之者。

---

① “几回□□，□画戟门庭”，《全元词》作“几回开宴，有画戟门庭”。

② “元”原作“无”，据丁抄本改。

③ “□”，《全元词》作“狂”。

雅燕飞觞，清谈挥麈，主人终夜留欢。密云双凤，碾破缕金团。□品香泉味好，须臾看、蟹眼汤翻。银瓶注，花浮兔碗，雪点鹧鸪斑。　　双鬟。微步稳，春纤擎露，翠袖生寒。觉清风扶我，醉玉颓山。照眼红纱画烛，吟鞭送、月满银鞍。归来晚，芸窗未寝，相伴小妆残。

## 绿头鸭

洞庭怀古

黯销凝，楚天风物凄清。过黄陵、山长水远，古今迁客伤情。渺澄波、聚鱼曲港，浣纱人去掩紫荆。洞庭晚、荻花风细，秋月照茅亭。一壶酒，浇平磊块，问甚功名。　　买扁舟、安排归去，五湖烟景谁争。等闲携、弄瓢西子，恍惚遇、鼓瑟湘灵。看尽娇颦，听残雅奏，暮云江上数峰青。舵楼底，香芹鲜鲫，还似越中行。闲身好、浮家泛宅，聊寄平生。

## 永遇乐

至元辛卯春二月三日，同李景安提举游杭州西湖。

一片西湖，四时烟景，谁暇游遍。红袖津楼，青旗柳市，几处帘争卷。六桥相望，兰桡不断，十里水晶宫殿。夕阳下、笙歌人散，唱彻采菱新怨。　　金明老眼，华胥春梦，肠断故都池苑。和靖祠前，苏公堤上，谩把梅花捻。青衫尽耐，蒙蒙雨湿，更着小蛮针线。觉平生、扁舟归兴，此中不浅。

## 贺新郎

题阙

喜气轩眉宇。看[①]卢郎、风流年少，玉堂平步。车骑雍容光华远，不似黄粱逆旅。抖擞尽、貂裘尘土。便就莫愁双桨去，待经过、苏小钱塘渡。画图里，看烟雨。　　一樽邂逅歌金缕。望晴川、炉峰瀑布，浪花溢浦。老我三年江湖客，几度登临吊古。怅日暮、家山何处。别后江头虹贯日，想君还东观图书府。天咫尺，听新语。

① “看”，原本阙，据《全元词》本补。

## 宴瑶池

《宴瑶池》本名《八声甘州》，乐府《八声甘州》名颇鄙俚，予爱其法雅健，因采东坡《戚氏》一篇，稍加檃括，使就新翻，仍改其名。

玉龟山、阿母统群仙。幽闲志萧然。有金城千里，琼楼十二，紫翠霏烟。穆满当时西狩，八骏戏芝田。驻跸瑶池上，命赐华筵。　天乐云璈鼎沸，看飞琼舞态，醉饮留连。渐月斜河汉，霞绮布晴天。望神州、东回玉辇，杏花风、数里响鸣鞭。长安近、依稀柳色，翠点秦川。

## 垂杨

壬子冬，薄游顺天，张侯毛氏之兄正卿，邀予往拜夫人。既而留饮，撰词一咏梅，以《玉耳坠金环》歌之，一送春，以《垂杨》歌之，词成，惠以罗绮四端。夫人大名路人，能道古今，雅好客。自言幼时，有老尼，年几八十，尝教以旧曲《垂杨》，音调至今了然，事与东坡补《洞仙歌》词相类。中统建元，寿春榷场中，得南方词编，有《垂杨》三首，其一乃向所传者，然后知夫人真承平家世之旧也。

关山杜宇。甚年年唤得，韶光归去。怕上高城望远，烟水迷南浦。卖花声动天街晓，总吹人、东风庭户。正纱窗、浓睡觉来，惊翠蛾愁聚。　一夜狂风横雨。恨西园、媚景匆匆难驻。试把芳菲点检，莺燕浑无语。玉纤空折梨花捻，对寒食、厌厌心绪。问东君，落花谁是主。

## 西江月

题阙

白石空销战骨，清泉不洗飞埃。五云多处望蓬莱。鞭石谁能过海。　一夕神游八表，众星光拱三台。天公元不弃非才。坐我金银世界。

## 又

郭祐之得雄渠即贾治中婿

天上灵椿未老，月中丹桂初花。充闾佳庆尽堪夸。圣善元来姓贾。　广座平分玉果，绛颀剩拂丹砂。从今人说细侯家。自有青衫竹马。

## 又

题阙

过隙光阴流转，还丹岁月绵延。几人青髻对长年。且斗时间康健。　　四海幸归英主，三山免化飞仙。大家有分占桑田。近日蓬莱水浅。

## 又

九江送刘牧之同知之杭

我自纫兰为佩，君方剖竹分符。才情风调有谁如。仿佛三生小杜。　　置酒昔登岘首，题诗今对匡庐。青衫恨不到西湖。共湿黄梅细雨。

## 又

李元让赴广东帅幕

皎皎风前玉树，煌煌腰下金符。陈琳檄草右军书。香满红莲幕府。　　政自雄心抚剑，不妨雅唱投壶。长缨系越在须臾。看扫蛮烟瘴雨。

## 又

渔父

世故重重厄网，生涯小小渔船。白鸥波底五湖天。别是秋光一片。　　竹叶醅浮绿酽，桃花浪溃红鲜。醉乡日月武陵边。管甚陵迁谷变。

## 浪淘沙

题阙

今古海山情。月牖云扃。潜教小玉报双成。整顿罗衣斜敛出，门外娇迎。　　灯暗酒微醒。鬓乱钗横。一春心事语叮咛。明夜闲衾容易冷，谁复卿卿。

## 又

题阙

青锁几窥容。带结心同。临鸾谁与画眉峰。自恨寻芳来较晚，孤负春红。　　无物此情浓。无计相从。殷勤心事若为通。留得青衫前日泪，弹满西风。

## 又

题阙

行路古来难。似得还山。山间终是胜人间。风月琴樽应不羡，尘土征鞍。　何处老来闲。白下长干。一番春事又阑珊。流水桃花天地外，老我鱼竿①。

## 又

题阙

燕忙莺乱斗寻芳。谁得一枝香。自是玉心皎洁，不随花柳飘扬。明朝去也，燕南赵北，水远山长。都把而今欢爱，留教后日思量。

## 又

题阙

娃儿十五得人怜。金雀髻垂肩。已爱盈盈翠袖，更堪小小花钿。江山在眼，宾朋满座，有酒如川。未便芙蓉帐底，且教玳瑁筵前。

## 又

题阙

田家秋熟办千仓。造物恨难量。可惜一川禾黍，不禁满地螟蝗。委填沟壑，流离道路，老幼堪伤。安得长安毒手，变教四海金穰。

## 又

题阙

苍松隐映竹交加。千树玉梨花。好个岁寒三友，更堪红白山茶。一时折得，铜瓶插看，相映乌纱。明日扁舟东去，梦魂江上人家。

## 又

题阙

东华门外软红尘。不到水边村。任是和羹傅鼎，争如漉酒陶巾。

---

① 《全金元词》本阙“流水桃花天地外，老我鱼竿”十一字，据《全元词》本补。

三年浪走，有心遁世，无地栖身。何日团栾儿女，小窗灯火相亲。

## 清平乐

咏木樨花

碧云叶底。万点黄金蕊。更看蔷薇清露洗。泽国秋光如水。　　余生牢落江南。幽香鼻观曾参。见说小山招隐，梦魂夜夜云岚。

## 又

咏水仙花

玉肌消瘦。彻骨熏香透。不是银台金盏酒。愁杀天寒翠袖。　　遗珠怅望江皋。饮浆梦到蓝桥。露下风清月惨，相思魂断谁招。

## 清平乐

李仁山槛中蟠桃梅

前村潇洒。雪径人回驾。一槛谁移春造化。郁郁香浮月下。　　青绫半护冰姿。宛然临水开时。说与绿毛幺凤，不妨倒挂虬枝。

## 又

题阙

篸簇朱字。梦觉参差是。不种仙家白玉子。着甚消□好事。　　桃花门外重重。一言半语相通。萦损题诗崔护，几回南陌春风。

## 又

题阙

朱颜渐老。白发添多少。桃李春风浑过了。留得桑榆残照。　　江南地迥无尘。老夫一片闲云。恋杀青山不去，青山未必留人。

## 又

同施景悦赌双陆，不胜戏作。

闲寻博弈。饱饭消长日。自笑家储无甔石。百万都教一掷。　　平生酒圣诗豪。韦娘局上相嘲。今日风流磨折，翠裘输与绳袍。

## 点绛唇

题阙

翠水瑶池，旧游曾记飞琼伴。玉笙吹断。总作空花观。　梦里关山，泪浥罗襟满。离魂乱。一灯幽幔。展转秋宵半。

## 踏莎行

咏雪

冻结南云，寒风朔吹。纷纷六出飞花坠。海仙剪水看施工，仙人种玉来呈瑞。梅萼清香，竹梢点地。画栏倚湿湖山翠。先生方喜就烹茶，销金帐里何人醉。

## 浣溪沙

酒间赠金禅师，年近六旬，头白如雪。

世事方艰便猛回。从筠佳处得栽培。花光别有一枝梅。　头似雪盔那复漆。心如风篆也无灰。生前相遇且衔杯。以上《全金元词》

# 胡祗遹（23首）

胡祗遹（1227—1295），字绍开，号紫山，磁州武安（今河北磁县）人。谥文靖。有《紫山大全集》。历任户部员外郎、右司员外郎、浙西提刑按察使等职，以精明干练著称。后召拜翰林学士，未赴，改任江南浙西按察使，卒谥文靖。祗遹学出宋儒，工诗文，朱权《太和正音谱》评其词"如秋潭孤月"，有《紫山大全集》。

## 点绛唇

赠妓

风度高闲，水仙花露幽香吐。等闲尊俎。细听黄金缕。　命薄秋娘，梦断霓裳舞。黄梅雨。燕俦莺侣。那解芳心苦。

## 太常引

寄王提刑仲谋

七年分袂一相逢，倏南北、又匆匆。白发两衰翁。纵握手、浑如梦中。　　共山如画，洹溪如练，空几度春风。觞咏几时同。休直待、功名景钟。

## 又

为汪奉御夫人寿日

庆门华胄几千秋。更名父、早封侯。天性自贞柔。立闺范、并州应州。　　一杯千岁，嫩凉时节，暑气雨前收。寿酒劝金瓯。记岁岁、西[①]风画楼。

## 西江月

读《通鉴》唐太宗掊魏征碑，有感而作。

晚食甘于粱肉，徐行稳似轩车。直须朝暮苦驰驱。指望凌烟高处。　　前日丰碑旌表，今朝贬窜妻孥。喜为正直怒奸谀。自古忠臣良苦。

## 南乡子

宿武安李仲威家[②]，因营葬事。

梦破五更头。万虑关心不可收。忧世忧身[③]无限事，多忧。自笑元龙百尺楼。寒叶雨声稠。百蛰无声已暮秋。一岁又从流水去，悠悠。明日田家酒百瓯。

## 又

咏李通甫秋扇

新样玉珑璁。遍赐轻凉满汉宫。记得班姬拈彩笔，恩隆。写人新诗字

---

① “西”，翰林院抄本作“金”。

② “李”，翰林院抄本作“留”。

③ “身”，原本作“心”，据翰林院抄本、文津阁本改。

字工。　　残暑又西风。动是经年篋笥封。只欠一枝霜后叶，殷红。点破团团璧月空。

## 鹧鸪天

甥孙以红叶扇索乐府

露冷霜寒百卉腓。容光来与菊花期。雪香睡足青春梦，晚节随时始衣绯。流水远，夕阳迟。秋山敛黛让晴晖。醉魂不逐西风散，璧月瑶宫晚更宜。

## 江城子

夜饮池上

摩诃池上水风情。露零零。月华明。玉簟铢衣，清影照闲情。一曲洞仙歌未阕，霜叶满，凤凰城。　　醉魂轻举上青冥。闷仙扃。堕沧溟。散作秋香，无语话三生。安得青莲同把酒，挥醉墨，问枯荣。

## 水调歌头

招友人饮

人处六函内，蚊睫一微尘。匆匆数十寒暑，驹隙等逡巡。礼乐衣冠缚束，文字功名汩没，辱宠万悲忻。雅意竟谁了，含恨入荒阓。　　笑缁黄，夸解脱，保天真。将心自游溟漠，屈蛰不生春。气化也应归尽，云影白衣苍狗，何处驻阳神。莫听三家语，来作醉乡民。

## 又

赏白莲招饮

妖娆厌红紫，来赏玉湖秋。亭亭水花凝伫，万斛冷香浮。初讶西风静婉，又似五湖西子，相对更风流。翠涧宝钗滑，重整玉搔头。　　泛云腴，歌白雪，卷琼瓯。尊前共花倾倒，一醉洗闲愁。屈指秋光能几，歌咏太平风景，佳处合迟留。更倩月为烛，散发弄扁舟。

## 又

宴乐

呜咽洞箫里，皓齿艳歌声。同声同气相应，双凤一时鸣。春昼沉香火底，凉月碧桃花下，握手共谁听。有酒且勿醉，细倩玉纤倾。　　白髭须，缘底事，为愁生。尊前怨思儿女，向我诉衷情。东第贵官鼓吹，北里市尘筝笛，适意各忻荣。老耳未聋聩，日日饮升平。

## 又

庆翰长生朝

千古大名下，五福几人全。相如妙龄词赋，一降冠群贤。姓字家传户说，丰表芒寒色正，星日丽青天。朱服赤墀里，绿发玉堂仙。　　忽西风，吹梦破，海成田。冥冥造物，云龙风虎又赍缘。两代斯文盟主，百载中朝元老，雅望更谁先。好藉金莲烛，寿酒要如川。

## 木兰花慢

赠歌妓

话兴亡千古，试听取，是和非。爱海雨江风，娇莺雏凤，相和相催。泠泠一声徐起，坠梁尘、不放彩云飞。按止玉纤牙拍，细倾万斛珠玑。　　又如辩士遇秦仪。六国等儿嬉。看捭阖纵横，东强西弱，一转危机。千人洗心倾耳，向花梢、不觉月阴移。日日新声妙语，人间何事颦眉。

## 又

酬宋炼师赠梅

爱清香疏影，问谁识，岁寒心。称月底溪桥，水边篱落，雪后园林。仙家亦怜幽独，羡玉堂、温水静相寻。写影华光醉墨，招魂和靖清吟。　　陶潜官罢杜门深。门客欲谁临。谢携酒扶花，敲门见过，一洗尘襟。挥毫径酬雅意，拼醉来、忘却雪盈簪。更结松筠高会，从渠桃李繁阴。

## 又

元夜宴王三舍人宅，有火塔松灯之乐。

爱玲珑红玉，光照夜，满庭春。更翠焰浮空，朱明射月，和气留人。河东上元佳节，念客怀、谁与作情亲。喜二三更雅集，清欢满意殷勤。　　人生元夜几番新。贤主亦佳宾。尽月转参横，香残烛烬，犹胜芳晨。团圞膝前儿女，放杯行、到手莫辞频。灯火家庭此夕，明朝世务红尘。

## 又

### 题倪都运南塘莲社

倚西风闲坐，谈清影，玉亭亭。问幽苦芳心，何时解语，脉脉盈盈。秋香欲无还有，似自怜、不嫁惜娉婷。好在芙蓉城阙，梦回罗袜尘生。　　多情争似总无情。残照又西倾。怕去去兰舟，露凉烟冷，月落参横。沙雁也能留客，倩溪光、相照晚妆明。缓按梁州丝竹，听番白苎新声。庐山社、兰亭会，后世图画题咏，至今传玩不绝也。乃知前代樽俎风流，犹为人永永景慕，其于善行名言、丰功懋烈，谁得而废之？去岁夏，仆以从百官后走上都，闻南塘白莲集，诸名公皆赋乐章，自以不得一继余韵为恨。今年秋，席上运使倪公复寻旧盟，仆忝与宾末，谨赘一阕，庶几异日得附南塘莲社之故事云。

## 又

### 春日独游西溪

爱西溪花柳，红灼灼，绿阴阴。更细水园池，修篁门巷，一径幽深。春风一声啼鸟，道韶华、一刻抵千金。　　飞絮游丝白日，忍教寂寞消沉。　　我来无伴独幽寻。高处更登临。但白发衰颜，羸骖倦仆，几度长吟。人生百年适意，喜今年、方始遂归心。醉引壶觞自酌，放歌残照清林。

## 又

### 留题济南北城水门

历雄都大邑，厌车马，市尘深。爱历下风烟，江湖郛郭，城市山林。人家水芝香里，看万屏、千嶂变晴①阴。无问买山高价，休论寸土千金。　　偶因王事惬闲心。佳处更登临。倩②万斛泉珠，四围岚翠，一洗尘襟。强齐霸图陈迹，但华山、平野耸孤岑。今夕高筵清赏，明朝驲③骑骎骎。

---

① “晴”，魏崇武等校点《胡祗遹集》作“清”，据翰林院抄本、文津阁本改。

② “倩”，魏崇武等校点《胡祗遹集》脱，据《永乐大典》残卷、翰林院抄本、文津阁本补。

③ “驲”，魏崇武等校点《胡祗遹集》作“驿”，据《永乐大典》残卷改。

## 又

般献臣伯德孝先奉使日本，索诗送行，得此三阕。

要深名洋溢，须涉险，卒奇功。尽万里苍溟，鱼龙吹浪，□□□□。□□□□□□，□□□□□□□□。□□□□海若，能如十万兵雄。明年春暖际天东。佳报定先通。看倭氏称藩，虾[①]夷稽颡，异服殊容。都人聚肩重足，喜归来、朝拜大明宫。寄语三吴百越，休夸江水连空。

状骊歌慷慨，望天际，送君行。眇月窟张骞，雪山殷侑，虚擅英名。忠肝落落如铁，要无穷、渤澥驱[②]长鲸。笑指扶桑去路，等闲风浪谁惊。士当一节了平生。羞狗苟蝇营。仗雷电神威，风云圣算，何往无成。佳声定随潮信，报东夷、重译觐来庭。好个皇朝盛事，毋忘纪石蓬瀛。

百年湖海气，得初效，处囊锥。更绿鬓朱颜，雄姿英发，光射征衣。大夫喜伸知己，感宸恩、深重此身微。虎节才辞北阙，丹诚已落东垂。中天雨露彻偏裨。只欠海诸夷。好敷悉丁宁，殷勤感悟，立[③]解疑危。旸隅普沾王化，更[④]洗心、怀德径来威。一降功名事了，清衔史册腾辉。

## 又

庆翰长八十

应飞熊佳兆，年共德，两俱高。论少日才名，遐龄劲节，合擅中朝。文章在公余事，快笔端、云海卷风涛。四海名卿奇士，百年齐入钧陶。笑将经济让儿曹。万事一秋毫。享内相尊荣，金莲画烛，宫锦朝袍。投壶雅歌文会，尽百杯、春色醉仙桃。好为升平强健，宾从东岱南郊。

## 摸鱼儿

玉簪

问秋香、都在何许。棠阴暮凉风露。空圆不费司花巧，玉立幽闲丰

---

① “虾”，翰林院抄本、文津阁本作“遐”。

② “驱”，魏崇武等校点《胡祗遹集》作“伛”，据翰林院抄本、文津阁本改。

③ “立”，魏崇武等校点《胡祗遹集》作“六”，据翰林院抄本、文津阁本改。

④ “更”，文津阁本作“便”。

度。如欲语。似含诉①。一襟清苦愁千缕。长门夜雨。更月暗灯昏，水沉烟烬，寂寞琐窗户。　　凭谁问，见弃宣和花谱。应为孤高自误。升平枕上温柔梦，不到琳宫仙府。仍为汝。待安排、软金罗幕重遮护。秋霜良苦。怕清夜无人，天寒翠袖，孤影更衰素。以上魏崇武等校点《胡祗遹集》

# 魏初（43首）

魏初（1232—1292），字太初，号青崖，弘州顺圣（今河北阳原县）人。少年勤奋好学，有文名。中统元年（1260）为中书省掾，兼长书记，以祖母老辞归，隐居教授。复起为国史院编修，拜监察御史。出佥陕西、四川按察司事。官至江南行御史台中丞。遇事敢言，疏陈时政，多见采纳。受学于元好问，好读书，尤长于《春秋》。为文简洁而有法度，诗歌创作亦重格律，词则气刚文劲，纵横合矩。有《青崖集》五卷。

## 木兰花慢

为安总管寿

记凤凰城下，走飞骑、扈龙舟。正春水生波，头鹅落雪，风偃貂裘。西南宪司高选，自并汾以去数君侯。处处随车有雨，行行白简生秋。
今年冠盖驻梁州。民物沸歌讴。看绿水平田，人家烟火，桑柘鸣鸠。辉辉虎头黄节，道看看、飞下日边头。尽把中原山色，与君同醉南楼。

## 又

为姜提刑寿

记当年分陕，拥飞盖、入长安。把渭北终南，秦宫汉阙，都入凭栏。追随大浑几日，又嘉陵山色上征鞍。杨柳离亭痛饮，梅花乐府新翻。
一封丹诏五云间。全晋动河山。看匹马横秋，弦轰霹雳，虎卧斓斑。生平

① 魏崇武等校点《胡祗遹集》阙“含诉”二字，翰林院抄本作“案：原本阙二字”，文津阁本则无按语，而径补“含诉”二字，今从文津阁本。

此心耿耿，道君恩、未报敢投闲。袖里升平长策，春风咫尺天颜。

## 又

为完颜振之寿

笑功名谩我，都几许、竞匆匆。记玉佩红鞓，长安陌上，人指青骢。归来买田故园，尽人间社燕与秋鸿。唤奴拿鱼溪上，看儿种豆村东。
算来何物是穷通。只有读书功。爱杖屦风流，崖西古石，舍北长松。宦尘千丈如海，更何心、鞍马避奴童。万古醉中天地，井蛙湖海元龙。

## 又

为冯副使寿

记春风门巷，骑竹马、舞青衫。笑我拙何堪，君才十倍，头角巉巉。读书故都乔木，更含香兰省并归骖。醉听滦河夜雨，清吟太液秋蝉。
别来何物是新添。霜入鬓毛尖。正渭北江东，莫云春树，得共新衔。人生别离居半，但公余、有酒且醺酣。几日邻村桑柘，梦中烟雨江南。

## 又

宋汉臣墨梅并叙

嘉议宋公于予为世契兄，向过洛阳，吾兄适宰是郡，尊酒留连者累日，迩后讣音至长安，余不胜惊悼。今年以事来京师[①]，其弟义甫秘监会余于东溪，出示嘉议墨梅横幅，因作长短句一章，兼致区区追挽之意云。

爱笔端造化，春不尽、思无边。看诗意精神，不求颜色，物外神仙。回头水南水北，觉冰姿玉骨却凄然。一片肝肠铁石，三年雪月情缘。
洛阳尊俎记留连。慷慨正华年。恨鞍马匆匆，长亭老树，芳草离筵。西风雁来何处，忽传将、幽恨到重泉。昨日东溪再过，不堪尘满冰弦。

## 又

次韵奉答刘雪溪[②]兄

记汉皋亭上，从别后、几秋风。爱诗酒追随，衣冠雅重，车骑雍容。回

① “师”，《全金元词》本作“都”。
② 《全金元词》本无“雪溪”二字。

头白云汾水，又传将、淮海避青骢。官府年来有禁，音书未易相通。　　肝肠如铁气如虹。佳句入清雄。问渭北江东，莫[①]云春树，此意谁同。虚名百年惭愧，赖吾乡、风味近河东。几日凤凰山下，鸡豚社酒迎逢。

## 又

赠阆州扬宣抚

问高城铁瓮，缘底事、净妖氛。道霜落长安，元戎阃令，万骑云屯。人人知自有用，望金汤、直上撼乾坤。海陆鲸鳌掀舞，秋风怒卷孤豚。　　将军却恐炽炎熏。玉石到俱焚。便立马城头，扶伤吊病，不侈奇勋。区区虿锋螳臂，算从今、都合□平吞。一片旌旗闲暇，梦魂常绕夔门。

## 又

送张梦符治书赴召

正江南二月，春色里、送君行。对芳草晴烟，海棠细雨，不尽离情。思量汉皋城上，共当时、飞盖入青冥。醉后嘉陵山色，马头杨柳秦亭。　　十年一别鬓星星。慷慨只平生。爱激浊扬清，排纷解难，肝胆峥嵘。此心一忠自信，更太平、丞相旧知名。寄谢草堂猿鹤，移山未要山灵。

## 石州慢

留别雷御史

才得相从，还有此行，难合交错。公余颇喜新凉，杖屦频承谈益。白衣苍狗，不如付与无心，到头谁是真功业。天地尽知音，足清风明月。　　应惜。枯罢未脱，疮痍鞍马，不嫌驱役。笔底清霜，隐隐已沾鬓发。秋风万里，飘飖老鹘抟空，鸲鹆尺鷃甘沉没。开岁待君来，满江南春色。

## 又

次高郎中道凝韵

千古汗青，勋业几人，能是雄杰。麒麟画像当年，转首许多除折。前村月底，一壶春酒追随，梅花解软肝肠铁。万事尽悠悠，只固吾穷节。　　愁

---

① “莫”，《全金元词》本作“暮”。

绝。倦游岁莫[1]，栖迟风雨，一枝鸠拙。意广才疏，事与古先殊别。梦中乡国，闲时独上城楼，角声旗影供凄切。醉里倚阑干，满西山晴雪。

## 满江红

寄何侍御

少日肝肠，云梦地、气吞八九。今老去、才疏计拙，百居人后。倦处收回行路脚，懒来噤却吟诗口。算从前、四十九年非，如回首。　风与月，须长久。谁放我，成三友。笑官仓红腐，可堪痴守。倒凤颠鸾吾已矣，淋漓醉墨蛟虬吼。尽都门、冠盖拥红尘，青青柳。

## 又

寄何继先御史

落日何山，人好在、凤凰城阙。还记否、长安城下，一杯离别。芳草连空春欲暮，落红千片飘香雪。忆使君、昨日出潼关，今三月。　吾有意，从君说。君为我，能周折。想台中评议，正劳提挈。走马秦川尘土里，离愁一似年时节。问白头老母倚门心，何时歇。

## 又

为书史王慥甫寿

年少才华，文字里、已曾相识。还又喜、柏台高选，我承飞檄。笔底辉辉多古意，幕中隐隐当勍敌。更今年、相从入川来，良多[2]益。　心与胆，当如石。须不负，文章力。要他年事业，轰腾霹雳。自觉空疏成底事，爱君文雅吾平昔。把清江、都与酿成春，如鲸吸。

## 又

为双溪丞相寿

借问中朝，谁得似、相公勋旧。记前日、风云惨淡，雷霆奔走。万里野烟空绿树，旌旗莫卷熊罴吼。更挺身、飞出虎狼群，人能否。　元自

---

① “莫”，《全金元词》本作“暮”。
② “多”，《全金元词》本作“可”。

有，谈天口。初不负，经纶手。更诗书万卷，文章星斗。乐圣衔杯应暂耳，不妨桐院闲清昼。愿寿杯、青与北山松，俱长久。

## 又

为张右丞寿二首

梁甫孤吟，已认得、真龙头角。记当日、江山如画，一时英略。立马便谈天下事，凤池十倍扬州鹤。更诗书、万卷豁心胸，无丘壑。　活国手，千金诺。自不负，麒麟阁。算点鞭余事，不妨清酌。今日文昌虚八座，鬓毛莫遣星星却。要袖中、霖雨洗乾坤，浸寒廓。

天造云雷，问谁是、中原豪杰。人尽道、青钱万选，使君高节。自有胸中兵十万，不须更事张仪舌。看千秋、金镜一编书，心如铁。　天下利，君能说。天下病，君能切。要十分做满，黑头勋业。乐府新诗三百首，篇篇落纸挥冰雪。更醉来、鲸吸卷秋波，杯中月。

## 又

登汪师展江楼次张周卿韵

落日江楼，山不尽、乱云横碧。还又见、人家烟火，倚天青壁。貔虎夜攒分远近，鱼龙入海无南北。道军门、昨夜有人来，传佳檄。　歌慷慨，余平昔。今潦倒，嗟何及。幸此身膏沐，太平文德。方喜诗坛逢老手，却愁酒阵当强敌。便从今、都与卷降幡，知吾必。

## 水龙吟

为祖母太夫人九十之庆

玉峰千古高寒，浮花细叶难相称。风流不减，谢家林下，蔼然辉映。最关心处[①]，岁时伏腊，蘋蘩荐敬。笑人间儿女，那知许事，空脂粉、香成阵。　惭愧儿郎草草。满金杯、绿浮春莹。此心但愿，旁沾亲旧，年年康胜。一曲龙吟，又传佳语，尊前试听。道期颐未老[②]，十年今日，再安排庆。

---

① “最关心处”，《全金元词》本作“最□关心”，注曰：“原作最关心处，据赵校本改。”
② “老”，《全金元词》本作“劳”，误。

## 又

予诞日，不得与儿子必复相会聚者凡六寒暑矣。今年是日，必复以诗上寿，有“勇退神仙今不远”之句，因以此曲示之。

平生翰墨箕裘，误蒙獬豸分司早。登车揽辔，风烟万壑，连云鸟道。五载归来，中台无事，江南芳草。记钱塘门外，西湖湖上，登临处，知多少。　　梦里五云楼阁。正瞻依、玉墀春好。南海阴风，越台暑瘴，不禁怀抱。白粥青齑，平心养气，万缘俱扫。便从今收拾，黄牛十角，只闲中老。

## 念奴娇

为王约斋绍明寿

《离骚》痛饮，问世上功名，毕竟何物。[①] 眼底谁能知许事，只有双凫仙客。一局残棋，两窗疏翠，谈笑挥冰雪。红尘千丈，定知不到雄杰。　　昨日黄菊篱边，渊明招我，逸兴悠然发。今日秋香犹好在，请对玉芝仙骨。富贵谩人，云翻雨覆，枉换青青发。不如高卧，浩歌且醉明月。

## 沁园春

留别次张周卿韵

自揣平生，百无一能，此心拙诚。甚年来行役，交情契阔，东奔西走，水送山迎。遥望神州，故人千里，何意[②]今年共此行。潇潇雨，算几番茅屋，灯火残更。　　从教长路欹倾，拼一醉，都浇磊磈平。向白云直上，君吟我和，绿波江畔，我唱君赓。恰到相逢，又还相别，惭愧人间功与名。长亭外，望野烟春草，不尽离情。

## 沁园春

送霍国瑞

鸡舌浓香，朝马晨钟，十载禁廷。恰行春绿野，从容冠盖，人家烟

① “问世上功名，毕竟何物”，《全金元词》本作“问毕竟、世上功名何物”。

② “意”，《全金元词》本作“幸”。

火，相望升平。一夕霜台，又颁新宠，白璧青钱到姓名。人争道，看春风袖里，霹雳抨轰。　　谁怜汉水孤征。得旗旆，相从有此行。爱风流凝远，长歌细饮，青灯夜语，款曲交情。恨煞文书，官程未了，又到殷勤唱渭城。百年里，算悲欢离合，几度长亭。

## 又

次张可与郎中韵。可与郎中与晋卿、德昌以乐府相唱酬。初[①]不揆奉次。

三子追随，文笔峥嵘，相如上林。正遥山雨过，岚光涌翠，平湖风起，天气行金。老我何堪，颓然于上，得共停舟赏此音。高歌罢，似千山月冷，万壑龙吟。　　玻璃莫厌杯深。尽尘土、机关苦用心。对湖山如此，安能不醉，交亲知己，何处重寻。慷慨中流，阑干拍遍，离合悲欢一古今。明朝去，向滕王阁上，暮两孤斟。

## 水调歌头

送张梦符

一代橘轩老，胸次浩无穷。当年比度元李，气象郁相同。况是文章翰墨，濈濈龙拿虎跃，又得复斋公。俯仰想前辈，风采照区中。　　羡君侯，三尺剑，六钧弓。风雨堕地奔走，龌龊笑田翁。今日衣冠华选，前日龙门桃李，歌咏入清雄。看取次[②]回去，奏论大明宫。

## 又

喜雪

南国昼多雾，大是写真诗。今年何许风色，吹作雪花飞。人道使车刚节，我道使车和气，此语未应非。簿案尽丛杂，梅竹复参差。　　钓鱼君，今老矣，复何之。人传日边消息，四海入皇威。况是髯张癯霍，偶有相逢今日，时更[③]吐奇辞。朱子有佳酒，连为倒琼卮。

---

① “初”，原本无，据《全金元词》本补。
② “次”，《全金元词》本作“此”。
③ “更”，《全金元词》本作“复”。

## 感皇恩

次商参政韵

睡起独登临，不禁残酒。楼上阑干压晴柳。好山凝望，良是慰余心友。风烟春近也，平安否。　　画戟朱门，谁堪炙手。茶社诗盟要长久。年来和梦，无复东奔西走。麒麟新画像，从渠有。

## 鹧鸪天

次姜御史韵

雨过鸡窗觉梦清。文书一束五更灯。愁于饥鹄痴于鹤，闲爱孤云静爱僧。　　人似月，酒如渑。几时别墅醉秋灯。高情千古闲居赋，世故驱人不易能。

## 又

九日晋溪

何处龙山事不偏。晋王祠下水浮天。参空铁树三千丈，刻石名臣五百年。　　歌浩荡，酒如川。暂陪珠履对风烟。自怜白发无能事，只有丹心在日边。

## 又

霍国瑞母八十之寿

少日教儿苦读书。只今骢马到亨衢。镜中双鬓秋难染，膝上诸孙玉不如。　　花澹澹，竹疏疏。风流好个寿星图。平安日月从今数，百岁平头尽有余。

## 又

赠王敬之御史、耿伯玉台掾

去岁新秋别凤城。今年春早会秦京。人生离合知难定，客里相逢重有情。　　花淡淡，柳青青。半风半雨若为平。清明得暇还相觅，醉倒沙头碧玉瓶。

## 又

室人降日以此奉寄

去岁今辰却到家。今年相望又天涯。一春心事闲无处，两鬓秋霜细有华。山接水，水明霞。满林残照见归鸦。几时收拾田园了，儿女团圞夜煮茶。

## 江城子

为祖母夫人八十之寿

如儿花额粉香匀。点妆新。看来真。八十风流，都属太平人。长日篆烟琴一曲，瓶水暖，麝煤熏。　酒烘仙颊晕微醺。洞庭春。要平分。儿女团圞，语笑重情亲。更看蓝襂红袖舞，歌娅姹，小诸孙。

## 南乡子

赠友人

一别五云城。惭愧朝阳有凤鸣。奔走几年成潦倒，堪惊。底事能传万古名。犹记少年行。可惯清樽独自倾。昨日东冈欢笑处，谁醒。吸尽人间竹叶青[①]。

## 定风波

长日身边一事无。放痴儿女走相扶。不道牵衣缘底事。笑指。杖藜门外看平湖。　好借西邻霜羽鹤。更着。青松和月两三株。一片春风千古意。倩取。龙眠作个寿星图。

## 朝中措

为寒仲山佥司寿

五年宪府记相看。秋水净门阑。一曲骊歌别后，眼前万里河关。爱君佳处，文书堆积，意思安闲。看取清秋射虎，短衣匹马南山。

---

① “青”，《全金元词》本作“清”。

## 清平乐

祖母夫人寿

珠围翠绕，尘土知音少。一曲清琴松月晓。儿女肝肠容了。　　歌声不用琵琶，银杯细斟[①]流霞。岁岁而今时候，小溪晴雪梅花。

## 太常引

党氏园亭红梅，次徐子方韵。

亭亭清瘦阿谁邻。合占了、百花春。蜂蝶漫成群。只山烟[②]、淡月[③]最亲。　　旧家窗户，精神好在，红簇麝香新。有酒到吾唇。便拼作、花边醉人。

## 人月圆

为细君寿

冷云冻雪褒斜路，泥滑似登天。年来又到，吴头楚尾，风雨江船。　　但教康健，心头过得，莫论无钱。从今只望，儿婚女嫁，鸡犬山田。

## 点绛唇

次商台符韵，送何侍御。

昨日邮亭，树头一带青山晚。绿波清浅。人与天涯远。　　今日相逢，绿蚁新醅满。歌声断。落红零乱。梦逐春来雁。

## 又

为孙叔庸寿

月底秋吟，爱君星斗银河句。拍江风雨。认得回舟处。　　十角黄牛，曾是生平语。相将去。绿云千树。作个菟裘计[④]。

---

① “斟”，《全金元词》本作“卷”，注曰：“原作斟，据赵校本改。”

② “烟”，《全金元词》本作“月”。

③ “月”，《全金元词》本作“烟”。

④ “计”，《全金元词》本作“处”。

## 浣溪沙

为刘归愚寿

前辈风流有几人。拼教诗酒百年身。小红灯影近新春。　　醉里看花城外寺，闲来课种水南村。人间百伪不如真。

## 又

心地宽平见寿征。鬓鸦匀薄只青青。从今却是数松龄。　　除却弄孙无一事，闲时针线困时行。小儿新语唤文苓。

## 又

灯火看儿夜煮茶。琴丝香饼伴生涯。秋霜原不点宫鸦。　　十月好风吹雪霁，一天春意入梅花。寿星人指是仙家。以上《全元词》

# 张之翰（70首）

张之翰（1243—1296），字周卿，号西岩，邯郸（今河北邯郸市）人。至元十三年（1276）除真定路知事，历监察御史、户部郎中、翰林侍讲学士。敢作敢为，有古循吏风。尝常与赵孟頫、卢挚等人唱和。其词写叹世之感、闲适之情，艺术上追求新意，描写颇为细腻，但由于他的词内容上比较狭窄，只是偶有新语出现。四库馆臣谓其词“词气疏旷”，受元好问影响较深，潇洒冲远，时有粗犷之气。有《西岩集》。

## 万年春①

一夜东风，满城和气先吹彻。问春来也，几点梅花雪。　　心事蹉跎，羞对东君说。长为客。去年时节。走马铜台陌。

① 按此即《点绛唇》调。

## 又

立春日宫前对雪

断送余寒，舜韶声里春风度。九重金户。催进宜春句。　　道是春来，又候春将去。朝天处。柳花无数。飞满宫前路。

## 南乡子

元夜嘉陵江观放灯后作

灯夕在江阴。绿酒红螺不厌深。醉眼清江江上看，更沉。放尽春风万炬金。　　流到碧波心。水竹连舟尽自禁。此夜此情谁会得，如今。都付青崖马上吟。

## 又

十六夜待灯不见作

帘幕卷春阴。坐守江灯正夜深。两岸人家楼阁暗，消沉。笑道良宵直万金。　　负煞来年心。多病情怀难更禁。肠断一江春水碧，从今。着甚垂鞭带月吟。

## 又

谢王秋岩元帅重阳送糕果

霜冷雁来天。甓社重阳又一年。多病文园扶未起，挛拳。节物关心正自怜。　　照眼菊花鲜。盘果旗糕簇满前。知是秋岩人送似，欣然。便带新词到枕边。

## 又

和秋岩重阳

红树挂斜阳。秋满淮南甓社乡。古往今来多少恨，萦肠。写作诗词四五行。　　酒熟胜鹅黄。直待西风醉一场。说与多情篱畔菊，留芳。青女能悭几夜霜。

## 江城子

瓶梅

隔帘风动玉娉娉。见来曾。眼偏明。手拣芳枝，自插古铜瓶。六载乌台饥欲倒，犹为汝，未忘情。　　幽姿芳意正盈盈。可怜生。欲卿卿。更取青松为友竹为朋。今夜黄昏新月底，还却怕，太孤清。

## 又

游孙园

丹青画出小亭台。巧安排。绝尘埃。二十年间，成此亦奇哉。借问主人凡几醉，直到老，不曾来。　　来莺去燕莫相猜。水平阶。径生苔。倚遍阑干，堪爱也堪哀。柳外春风都不管，依旧遣，百花开。

## 又

寄庐副使处道

去年雪里送君时。马迟迟。思依依。及至金陵，还却值君归。独抱此情谁与语，空三复，草堂诗。　　年来双鬓欲成丝。惜暌离。喜追随。四海而今，浑有几相知。上到庐山高绝处，曾为我，一支颐。

## 又

博文归意有未尽，又以《江城子》为赠，兼简吴中诸士夫。

闲中自合故人疏。五湖居。二年余。郑重君家，远寄数封书。昨日相逢还忆不，只记得，旧清癯。　　留君无计住须臾。便[①]归吴。重踌躇。曾挂风帆，三度过姑苏。为问台前双白鹭，烟景似，向来无。

## 又

和韵姜中丞，兼寄赵侍御明叔。

黄金台下识行骖。着朝衫。宦情酣。不料维扬，留住老曹参。旧说长江千里外，今只在，小楼南。　　金焦倒影碧潭潭。送飞岚。要奇探。看

---

① “使”，翰林院抄本、《校辑宋金元人词》本作“使”。

取尊前，醉袖旋分柑。一曲高歌春未老，官里事，且休谈。

## 又

道途急急莫留骖。敝尘衫。困如酣。二载齐州，刚唤作髯参。长记秋风吹别酒，君向北，我来南前岁与明叔别于长清门外。　来时霜未落寒潭。正山岚。便平探。尝遍闽中新荔不论柑。留着归囊三百首，都直待，见君谈。

## 菩萨蛮

暮春即事

梁间双燕呢喃语。想曾知得春归处。问着不应人。芹泥香正匀。
翠阴庭院悄。手摘青梅小。天气恰清和。越衫犹薄罗。

## 朝中措①

十六夜月

夜来三五月初圆。歌吹竞喧阗。二八婵娟更好，便无人对樽前。
可怜浮世，只争一夕，如许心偏。玉色何尝喜愠，年年岁岁依然。

## 临江仙

须信人生皆有命，只②途造物由他。年光时事苦相磨。一从居冗剧，两度见新禾。　枉着黄尘三万丈，等闲换却沧波。别来谁与晒渔蓑。不知同钓者，时复谓余何。

## 太常引

寄乡中诸友

一书除得海边头。怅无地、着羁愁。何处望吾州。漫斜日、高城倚楼。　东湖湖上，锦云十里，政好藕花秋。日日醉扁舟。也曾念、山东旧游。

---

① 《张之翰集》本作《谒金门》，《校辑宋金元人词》本作《朝中措》，小字案“原本作谒金门，据律正”。

② “只”，《校辑宋金元人词》本作“前”。

## 木兰花慢

听姜惠甫摘阮

羡黄台公子，能办此、淡中清。看璧月当胸，松风应手，一洗秦筝。都来四条弦上，有几家乐府几般声。秋水孤鸣老雁，春风百啭娇莺。
嫩凉窗户酒初醒。特地为渠听。写江南江北，无穷意思，字字分明。悠扬博山烟底，把满怀、幽恨一时平。长记曲终时候，钱塘暮雨潮生。

## 又

同济南府学诸公泛大明湖

唤扁舟载酒，直转过、水门东。正十里平湖，烟光淡淡，雨气濛濛。回头二三名老，望衣冠、如在画图中。但得城头晚翠，何须席上春红。
清樽旋拆白泥封。呼作白头翁。要与汝忘情，高歌一曲，痛饮千钟。夕阳醉归扶路，尽从渠[①]、拍手笑儿童。官事无穷未了，人生适意难逢。

## 又

自中年以去，觉岁月、疾如流。渐鬓影萧萧，人情草草，世事悠悠。言归几曾归去[②]，向高沙、又度一年秋。未要清云着脚，且簪黄菊盈头。　　五湖烟月一扁舟。仿佛凤麟洲。但乘兴而吟，吟而须醉，醉则才休。余生本来疏懒，更忘机、鸥鸟苦相留。不是旧游情厚，梦魂不到南州。

## 木兰花慢

送赵治中

见平蛮诗卷，都道是、胆包躯。听细话平生，辞虽慷慨，气却舒徐。春风忽然吹兴，正琼花时节别江都。恨煞楼头双鹤，不能留住须臾。
轻烟细雨湿平芜。一舸下东吴。想拄杖寻梅，敲门看竹，多在西湖[③]。行

---

① “渠”，《张之翰集》本作“梁”，据《校辑宋金元人词》本改。

② “言归几曾归去”，《张之翰集》本作“言归几曾归”，据《校辑宋金元人词》本改。

③ “湖”，翰林院抄本作“河”。

装不须多办，把锦囊、分付小奚奴。怕过孤山山下，一杯先酹林逋。

## 踏莎行

和张梦符

踏月才归，戴星还起。客怀苦似当途李。旧时曾钓细鳞鱼，新醅旋酦浮香蚁。　　此兴茫然，于今已矣。朝朝暮暮奔忙里。淮春楼下有吾舟，挂帆又过桃花水。

## 蝶恋花

往岁相从今几许。今岁逢君，愈见真诚处。除却交情无别语。匆匆忍上归舟去。　　醉里犹歌长短句。醒后轩窗，历历余音度。销尽炉熏三两炷。片帆风送寒江暮。

## 唐多令

和刘改之

何处是沧洲。寒波不尽流。恰登舟、便过城楼。一片锦云三万顷，常记得、藕花秋。　　渔父雪蒙头。此情知道否。说生来、不识闲愁。青笠绿蓑烟雨里，吾与汝、可同游。

## 又

怀高沙

往事水东流。槐根春梦休。被长淮、隔断中州。三十六湖湖上住，却又过[①]、一年秋。　　佳处总堪游。同盟只数鸥。把功名、且付扁舟。天上故人知己者，休笑我、太迟留。

## 又

静有读书缘。贫无使鬼钱。尽虚斋、尽日萧然。鲸海波涛三万丈，元不到、此山前。　　梦蝶正翩翩。香匜飘篆烟。更何心、敢怨青天。若论闲居多少兴，风与月、浩无边。

---

① “却又过”，《张之翰集》本作“又过却”，据翰林院抄本、《校辑宋金元人词》本改。

## 又

不是强辞荣。风波实可惊。算平生、耐久交情。走遍天涯依旧好，都不似、一灯青。　　世路自欹倾。湖天方晦明。也休将、文字争鸣。一曲渔歌无别调，烟雨外、两三声。

## 又

怨思入清笳。斜阳鸣乱鸦。正开尊、细酌流霞。北里南庄今岁熟，全不觉、米难赊。　　笔砚淡生涯。胸中气自华。看凋零、野草闲花。事不相关收脚坐，吾便是、贵人家。

## 又

冠上满尘埃。未弹君莫猜。有诸公、暮省朝台。醉后狂歌歌后醉，能办此、竭吾才。　　可以慰幽怀。此时何有哉。道寒梅、又欲新开。碧玉枝头今几蕾，须一一、寄书来。

## 感皇恩

庚寅立春

日日苦思春，春来何处。积雪层冰正无路。春风吹面，万里故人相遇。来年离别恨，从头诉。　　鬓发清霜，形容槁①树。渐觉人生不如故。唯春最好，底用一年一度。有心当不放，春归去。

## 又

立春日，次赵疏堂大中韵。

何处鸟飞来，一声清晓。报我东君已来了。青阳歌罢，又是一番春早。冷官庭户里，才知道。　　千里归心，六年愁抱。不觉朱颜镜中老。故园茅屋，依旧白云深绕。有谁曾占却，西岩好。

① “槁”，《校辑宋金元人词》本作“枯”。

## 婆罗门引

赋赵相宅红梨花

冰姿玉骨，东风着意换天真。软红妆束全新。好在调脂纤手，满脸试轻匀。为洗妆来晚，便带微嗔。　　香肌麝熏。直羞煞海棠春。不殢数卮芳酒，谁慰黄昏。只愁睡醒，悄不见惜花贤主人。枝上雨、都是啼痕。

## 又

病中对菊

当轩有菊，几年不共结清欢。偶然乘兴南还。却念都城手种，谁兴护霜寒。正闰余秋晚，曾未开残。　　宦游最难。算长在别离间。不是未逢蓓蕾，早已阑珊。今年好处，恰花近重阳慰病颜。微雨后、一笑相看。

## 又

自公去后，曲栏荒径老孤芳。公来花亦生光。一阵朝来细雨，开作十分黄。甚厌厌抱疾，却误重阳。　　曾吟短章。也曾见醉衔觞。但得翛然相慰，欹枕何妨。燕山已远，且莫问园亭此际霜。人意足、处处花香。

## 又

辛卯中秋望月

宦游南北，月明何处不相随。十年九赋新词。今夜清光如许，无以侑金卮。想叨居此职，着甚推辞。　　临风再思。是有句欲来时。除却广寒人见，尘世谁知。天香一阵，恰飘动婆娑桂树枝。秋影里、醉写乌丝。

## 满江红

送刘叔谦御史

满酌离杯，留不住、绣衣行客。还正是、登车揽辔，慨然时节。白简才辞乌府去，红尘旋被青山隔。看弓刀千骑拥秋风，涂阳陌。　　自不负，心如铁。着甚语，堪为别。道太柔则废，太刚则折。任外岂非经济手，得中便是澄清策。待功成、随诏早归来，从头说。

## 又

益都时习阁睡起

六月青州，何处是、此身堪着。都不似、素王宫里，倚云高阁。万里风来无隔处，睡余常觉衣裳薄。把暑天如水昼如年，消磨却。　心地上，何轩豁。眼界外，犹寥廓。被野烟高鸟，劝予清酌。一片青山知客意，冷光堆满栏干角。恨偃然、不肯入城来，难相约。

## 又

登汪师展江楼

山压长江，流不尽、滔滔深碧。形胜地、以江为堑，以山为壁。兵府旧分城上下，人家新住洲南北。说当年、天马入川时，皆传檄。　市不易，居如昔。龙已去，攀何及。问人人能道，圣朝恩德。蕞尔南州成底事，宛然上将劳吾敌。看红尘一骑捷书来，来春必。

## 又

眼底交游，十载被、江湖相隔。尝记得、道庵人静，纵谈朝夕。纸上云烟随散落，毫端风雨何休息。甚这回相见便苍颜，都非昔。　中年别，真堪惜。生辰会，谁曾必。看西风摇动，可人词笔。天上桂华香近也，此杯再要和君吸。恨抗尘走俗太忙生，无闲日。

## 又

寄张蓝山

古木寒藤，高岸底、萧然舟宿。一夜雨、朔风吹浪，浪高于屋。梦觉蓬窗无共语，此时正自怜幽独。道蓝山老子送诗来，挑灯读。　辞与理，俱能足。从别后，情尤笃。想鬓毛如鹤，目睛如鹘。四海如公知己少，有心日日相追逐。恨濯缨亭远水萦纡，山重复。

## 念奴娇

九日，同府学诸君饮王氏园。

二年重九，算都向、江北江南虚度。鸿雁来时秋最好，底用千愁万绪。九朵青山，几尖白塔，何限登临处。今朝乘兴，也和诗客凝伫。正是雨洗芙蓉，风翻野菊，霜染江枫树。一片天开图画里，留着天然佳句。收拾方来，安排未定，试问云间路。三杯才尽，笔头疑有神助。

## 酹江月

人间良夜，是年年、八月中秋时节。万古青天当此际，正要十分澄澈。何处浮云，微茫黯淡，便把清光隔。凭栏三叹，恨无长笛吹裂。　　坐看蜡烛争辉，青灯吐焰，负煞尊前客。待到谯楼初鼓后，不觉衣裳凉彻。试草新词，凭风吹去，教向嫦娥说。须臾知道，广寒推出明月。

## 又

赋济南风景和东坡韵

南山北济，算难尽、十二全齐风物。平地华峰天一柱，鹊倚岩岩青壁。金线横波，真珠出水，趵突喷寒雪。无穷潇洒，品题宜有才杰。遥忆工部来时，谪仙游处，兴自云间发。翠琰高名千古在，不逐兵尘磨灭。细嚼遗篇，高歌雅句，风动萧萧发。英灵何许，画船独醉明月。

## 水龙吟

张大经寓第牡丹

旧时来往燕都，为花常向花前醉。十年一梦，鬓丝如许，尚余情味。曾见君家，后园深处，满栽姚魏。恨匆匆过了，寻芳时候，又早是、春归际。　　只想十分憔悴。说两株、吐花犹未。曲栏干凭，朝酣不语，为谁凝思。拟合金笺，清平妙曲，与渠相慰。怕今宵，便有无情风雨，作遮藏计。

## 又

留别

别来几度秋风，数千里外还重遇。虚斋昼掩，厌厌多病，赖君看护。鹅鸭比邻，鱼虾市井，拟留余住。被催人天上，除书一纸，又催过、江南去。　　一夜扁舟风雨。问谁知、此时情绪。明朝回首，荒城古塔，离亭高树。点检囊中，锦笺半是，秋岩佳句。待从今，且把新词阁起，共何人赋。

## 又

伯庸近以乐府贺余新居，未及裁答。伯庸复有辽阳省掾之行，相爱之情，不能无语。仆因用前韵奉饯，且为后凯还日把杯一笑也。

去年鞍马东来，为余尝说辽阳好。而今风物，战尘低暗，阵云高绕。幕府抡材，纵横健笔，似君元少。看灯前草就，捷书一纸，飞奏入、龙楼晓。遥望蓬莱晻霭，问何如、日边琼岛。雁来时候，霜风凄紧，应思归早。万里西州，双亲虽健，众雏犹小。怕区区，但了平日心事，约山间老。

## 又

送程达之万户还宣城

我从年少知君，胸中气与秋天杳。天戈南下，几番屯戍，几番征讨。笔砚从戎，诗书为将，世间元少。想何如静处，求田问舍，便辞得、功名了。　　兵府水围山绕。尽雄深、不妨吟稿。秋高时候，羽书催急，渡江须早。号令重明，角声风冷，剑华霜晓。要从今，做取十分事业，恰归来好。

## 又

寄郭安道御史

一杯未尽分携，匆匆争似休相遇。方余病起，不禁同醉，只须将护。万里淮天，数行征雁，雨晴风住。趁瓜州古渡，东来潮水，便高卧、孤帆去。　　卧听江声如雨。渐消磨、满怀愁绪。丹青写出，金山烟塔，焦山霜树。如此江山，发挥正要，雄章奇句。仗何人唤取，青骢御史，看挥毫赋。

## 又

秋岩既别，是日晚，又访予龙城外。复以前韵寄谢。

中年怕见离筵，恶怀易感欢难遇。愁城百丈，旧时全仰，酒兵遮护。不饮而今，如何禁得，欲行还住。与元戎已别，弓刀小队，能为我、年来年去。　　一阵黄昏细雨。正心头、万丝千绪。几家灯火，烟迷湖水，风号堤树。咫尺重闉，故人千里，可能无句。听谯楼，更鼓寒声历历，倚篷窗赋。

## 沁园春

寄刘光裔都事

有手拿云，有背摩空，相期昔年。记南方初下，送君硬语，东曹未满，寄我奇篇。二十年间，数千里外，底事曾无人所怜。青青鬓，但一回相见，一度苍然。　　此心宁逐时迁。且同醉金波药玉船。要诗之悟处，深如学佛，词之妙处，绝似谈仙。匹马江都，片帆甓社，又别西风落照边。沉吟久，写离情不尽，雁字联翩。

## 沁园春

送刘牧之同知归江南

昨日送春，今日送君，难禁别离。正桃花水满，远归江浙，楝花风起，轻出京师。早把功名，置之身外，世上何愁可皱眉。从今去，但求田问舍，此意谁知。　　当年交友全稀。试屈指诸君更有谁。说郭髯磊落，犹居判府，许翁清健，已谢签司。回首南关，怅然如梦，几度凭栏费所思。烦传语，甚孤怀索莫，不寄新诗。

## 又

送赵彦伯御史

君按西秦，我走东秦，一尊共开。恨匆匆行色，无多款曲，区区别语，未易安排。百二关河，三千道路，前岁如今曾往回。但休问，过潼关北去，都是诗材。　　公余应见青崖。怕念我、兹游无好怀。也知巧宦，常居要地，其如公论，不用非材。北渚光中，华峰影里，放得婆娑亦快哉。三年里，尽平分烟景，抖擞尘埃。

## 又

至元戊子冬，国子司业李君两山以春官小宗伯，奉命使交趾。故作此，以壮其行。

国子先生，博带峨冠，胡为此行。正蛮烟瘴雾，远趋象郡，祥云瑞霭，近别龙庭。率土之滨，际天所覆，何处而令不太平。安南者，彼地方多少，敢抗吾衡。　　一封天诏丁宁。要老子胸中百万兵。看健如马援，精神矍铄，辨如陆贾，谈舌纵横。奉职称藩，功成事定，更放文星分外明。归来尽，不妨诗笔，颠倒南溟。

## 又

不肖掾内台，时西溪王公为侍御史，遵晦韩兄为监察御史，恕斋霍兄为前台掾。其后柳溪耶律公提刑河北，颐轩李兄都司台幕，皆平昔所敬慕者。至元甲申春，不肖以南台里行求去，退居高沙。又二年冬十月，迫以北归，由维扬至金陵，别行台诸公。适西溪、柳溪拜中丞，遵晦擢侍御，颐轩、恕斋授治书。越二十有五日，会饮颐轩寓第。时风雨间作，以助清兴。西溪草书风雨会饮之句，柳溪复出燕脂井阑之制，遵晦、恕斋道古今之事，颐轩歌乐府之章。某虽不才，亦尝浮钟举白，鼓噪其旁，一谈一笑，不觉竟醉。窃尝谓人生同僚为难，同僚相知为难，相知久敬为尤难。今欢会若此，可谓一台盛事，因作《沁园春》歌之。

四海交亲，别离尽多，会合最难。见西溪老子，情怀乐易，柳溪公子，风度高闲。铁石心肠，风霜面目，更着中朝霍与韩。知音者，有颐轩待御，收拾清欢。　　不才自顾何颜。也置在诸公酬酢间。似蒹葭依倚，琼林玉树，萧蒿隐映，春蕙秋兰。南北乌台，当时年少，双鬓而今半欲斑。明朝去，向德星多处，遥望钟山。

## 又

谢王巨川侍郎以澹游所书扇见惠

四海黄花，文采风流，于今尚存。看澹翁诗句，大羹玄酒，名家书法，流水行云。泗上青山，枫林丹叶，书破晴空月一轮。余尝见，把君髯摇动，特地精神。　　谢君雅意殷勤。便付与同僚更可人。爱紫筠真节，柄才到手，轻罗缟面，影不离身。纵使当年，石城风起，不怕庾公千丈尘。难忘处，正午天如火，凉满衣巾。

## 又

送鹤寄可与郎中

鹤汝前来，与余相从，近乎一年。每座隅举目，看挥大字，窗前侧耳，听诵佳篇。月白风清，天高露下，不肯飞腾亦可怜。鸡群里，见雪衣丹顶，空自昂然。　　星郎明日南迁。待送上秋风千里船。莫因其所好，乘轩受禄，启其所欲，学道升仙。渠是而今，经纶大手，早取征书下日边。长鸣罢，似知余雅意，两翅翩翩。

## 又

鹤答和寄可与郎中

昔自九皋，慕翁而来，何期岁年。记初为翁客，献千百寿，后为翁友，得两三篇。夜夜飞鸣，朝朝起舞，不是赏音谁见怜。追随久，尽人多怨者，我独欣然。　　翁今犹未高迁。便离却交游载月船。想西岩梦我，大纲坡老，绣江畜我，小样逋仙。二老风流，他时相约，须到西湖烟水边。孤山路，看云间来迓，秋影翩翩。

## 又

用送鹤乐府韵，寄可与亦督和之。

自别君来，日如三秋，夜如一年。想小金山下，笙歌促席，横江楼上，乐府连篇。世故相驱，欢情未已，遽尔归来只自怜。空回首，望南州城郭，烟水茫然。　　思君便欲移迁。更共泛西湖湖上船。但杯中有酒，何分贤圣，心头无事，便是神仙。鹤去多时，甚无一语，回到高沙烟雨边。吾知矣，正挑灯和韵，笔势翩翩。

## 又

游孤山寺寄姜中丞

若论西湖，颍川汝阴，俱难似之。正涌金门外，天开罨画，钱塘岸侧，城展玻璃。曾借扁舟，晚凉一棹，先向孤山近处嬉。回头望，是吴山楼阁，烟霭参差。　　淡妆浓抹相宜。道不独晴奇雨亦奇。访欧公遗像，仍存古井，逋仙旧隐，犹有荒祠。泉若通灵，梅如解语，应也怪公题咏迟。从今后，怕公余无事，准备新诗。

## 摸鱼子

辛卯清明日，尝以《金缕曲》侑觞，今年独无可乎？因作《摸鱼子》一阕以寄意。

问谁知此时情绪。匆匆寒食相遇。东风可是无闲暇，开尽白红千树。春几许。还又怕、转头风雨留难住。浮生浪苦。且携酒重寻，去年花下，歌我旧金缕。　　尊前友，惟有青山如故。至今面目无妒。冷光晴色三千丈，斜照夕阳窗户。堪讶处。被几叶风帆，催上江南路。无人自语。想五载居京，一朝得郡，却甚也能去。

## 金缕曲

送可与即用其韵

乐府宁无路。彼区区、斜门枉径，少人知处。从得君词惊且讶，醉里坡仙曾遇。是梦里、稼翁教汝。玉尺金刀俱在手，把天机、云锦裁成句。才落纸，便传去。　　笔头不用空豪怒。也应须、梨花缟夜，海棠红雨。一曲离歌悲壮处，不觉人间三鼓。有幽壑潜蛟起舞。休道此情天不管，怕余音袅袅无人许。风送入，渡江橹。

## 又

送茅山倪道人并寄山中诸道友

回首茅山路。渺滔滔、长江南畔，碧山无数。曾被天风吹醉梦，直到华阳深处。也亲见、鸾骖鹤驭。觉后分明空记省，怅丹坡、踪迹今何许。还又被，世缘误。　　几番自咏山中句。觉霏霏、云烟秀色，去来眉宇。曾共三峰重有约，已办清秋杖屦。看能与群仙相遇。君去丁宁无别语，怕山灵怪我来何暮。才有伴，便同去。

## 又

送德昌

走遍江南路。看天公、何时还我，故山深处。君处钱塘余甓社，千里不期而遇。更分甚、主宾吾汝。一片湖光浓似酒，待发挥、我辈清新句。

几鱼鸟，不惊去。　　醉中不怕波神怒。尽人间、纷纷轻薄，翻云覆雨。灯火归来才半醒，月夜谯楼初鼓。正老鹤迎门飞舞。此乐人生能有几，怅后期好在知何许。明日又，送柔橹。

## 又

中秋夜不寐枕上作以自遣

未过松江去。被高沙、同盟鸥鹭，暂时留住。曾共中秋心期定，再上江船容与。待满载、淮歌楚舞。岂料桂花香雾底，正河鱼、作祟深相苦。尊有酒，不忺举。　　梦中似听嫦娥语。道人生、百年才半，未为衰暮。江北江南行欲遍，几见月明三五。尝烂赏通宵达曙。可是今年情思懒，便临风误却清新句。聊援笔，为渠赋。

## 又

双陆

此博谁名汝。想当年、波罗塞戏，《涅槃经》语。天竺传来双采好，幺六四三二五。要随喝随呼随数。从得三郎绯衣了，再曾逢、潘彦知音侣。同入海，亦良苦。　　雄拿豪攫争鸣杵。正关河、疏星残月，几声秋雨。却是驱驰玄黄马，脚底踏燕蹴楚。甚一涧一梁能阻。翻覆输赢须臾耳，算人间万事都如许。且一笑，看君赌。

## 又

乙未清明

风雨惊春暮。恨天涯、留春未办，却留余住。时序匆匆催老大，又早飞花落絮。算禁得清明几度。试倚危栏西北望，但接天、烟水无重数。空目断，故山路。　　先茔松柏谁看护。想东风、杯盘萧索，饥乌啼树。便做松江都变酒，醉里眉头休聚。向醒后安排何处。万里南来缘底事，也何须、杜宇声声诉。千百计，不如去。

## 太常引

红梅

幽香拍塞满比邻。问开到、几层春。谢绝蝶蜂群。只幺风、和渠意亲。　　醉红肌骨，艳红妆束，能有许时新。也待不摇唇。忍孤负、风流玉人。

## 又

两株如玉瘦相邻。尽红复、抱芳春。看到不同群。比问白、寻黄更亲。　　出尘态度，倚风标格，消得一词新。谁解按歌唇。教唱与、青崖故人。

## 贺新郎

余家古瓶腊梅忽开，清香可爱，质之范石湖《梅谱》，乃宿叶而佳者也。且云："素难题咏，山谷、简斋但作小诗而已。"在简斋，余作且勿论，偶不及东坡长句，何耶？因以乐府《贺新郎》见意。

不受铅朱污。问娇黄、当初着甚，染成如许。便做采从真蜡国，特地朝匀暮注。也无此、宫妆风度。长记方壶春半贮，只萧然、尽慰人情苦。谁更望、暗香吐。　　为渠细检梅花谱。以芳馨与梅相近，故梅名汝。底是石湖堪怪处，说道涪翁曾赋。还忘却、东坡佳句。从被二仙题评了，到而今、傲然吟诗似。吾试与，下斯语。

## 水调歌头

翰林诸公相饯齐化门外，因用不肖与诸公倡和水调韵寄意。

烟柳绿阴底，祖席国门东。旧时沙上鸥鹭，此地别鹓鸿。几载备员苟禄，一日分符剖竹，谁道不遭逢。回望九重阙，高出五云中。　　重殷勤，深眷恋，谢诸公。佳篇继之以酒，情与礼俱通。渺渺松江烟水，斗郡若无多事，其孰可相从。杖屦放鹤叟，蓑笠钓鱼翁。

## 摸鱼子

送李元谦南行

怅交游晓星堪数，今朝君又南去。独留倥偬奔忙里，尽耐风波尘土。私自言也自笑，一毫于世曾何补。欲归未许，谩缩首随人。强颜苟禄，此意亦良苦。　　扬州路，总是曾经行处。梦中淮岸江浦。年来事事多更变，犹有旧时乌府。君莫住，说正赖两三，吾辈相撑拄。恨自无羽，趁万

里秋风，云间孤鹤，落日下平楚。以上《张之翰集》

# 何失（1首）

何失（1247？—1327），字得之，昌平（今属北京）人，负才气，能诗文，与高克恭、鲜于枢为友。家善织纱縠，常日出买纱，骑驴歌吟道中，旨意良远。至正间，名公交荐，以亲老不就。揭傒斯论其文行“心事巢由以上，文章陶阮之间”。

## 天香

南国蜚声，三鳌孕米辛，中兴循吏称首。官在中都，班参玉笋，妙简帝心应久。长材已试，名字向、金瓯先覆。貂冕蝉冠载服，鸾台凤池荣簉。　　年年桂觞介寿。正江梅、犯寒时候。料想舞僮歌女，翠鬟依旧。富贵人间罕有。任鼎沸的生箫对尊□。稳步堤沙，高攀禁柳。《全元词》

# 刘元（1首）

刘元，生卒年不详，字秉元，宝坻（今天津市宝坻区）人。始为黄冠，善塑佛像。

## 木兰花慢

和陈思济

问神仙何处，寻溪路，水声寒。此福地灵岩，西南天柱，洞府名山。翠蛟对谁或舞，更岩飞、龙凤骇人看。见说丹成仙去，当年跨鹤乘鸾。　　浮生贪胜似棋残。一着省时难。便采药眠云，吟风对月，醉酒长安。一任流行坎止，又何须、汩汩利名间。试与林泉相约，几时容我投闲。《全金元词》

# 卢挚（22首）

卢挚（1235—1300），字处道，号疏斋，涿郡（今河北省涿州市）人。至元五年（1268）进士。大德初，授集贤学士，大中大夫，后迁江东访道廉使，仕至翰林学士承旨。博洽有文思，与刘因齐名。诗宗《三百篇》与《离骚》，言多关世教，义必存于比兴，清新飘逸，生风凛然。

## 摸鱼子

乐府《摸鱼子》奉题雪楼先生鄂宪公馆岁寒亭诗卷[①]

为君歌岁寒亭子，无烦洲畔鹦鹉。江山胜概风霜地，要近鲁东家住。丘壑趣。应素爱、昂霄老柏孤松树。登高作赋。想白云阳春，碧云日暮，别有倚楼处。　　金闺彦，尚忆西清接武。年来乔木如许。团茅时复羲皇上，我醉欲眠卿去。歌欲举。还自悟君亭，琢就琼瑶句。疏斋试与。倩倚竹佳人，湘弦赴节。凉满北窗雨。

## 春从天上来

至元二十九年八月二十八日

姑射乘龙。与少皞行秋，佳气葱葱。天上万岁声中。想见玉立神嵩。更川妃微步，恰[②]便似、户外昭容。建章宫。正鸡人唱晓，风吹腾空。　　风流太平礼乐，是鼓腹康衢，白叟黄童。说向周公，声容文物，歌舞帝力神功。幸天公不禁，人间酒醉得西风。此心同。有黄河为带，江汉朝宗。

## 清平乐

元贞元旦

元贞更号。日月开黄道。试看韶华何处好。击壤康衢父老。　　相将

---

① 词题，《全金元词》本无“乐府《摸鱼子》”五字。

② “恰”字赵辑原缺，据汲古阁抄本《疏斋词》补。

竹马儿童。崧高万岁声中。洛浦海花香里，人间第一春风。

## 鹧鸪天

元贞元年九月初五日

青女飞来汗漫游。素娥相赏玉为舟。三千年也蟠桃熟，万岁山高锦树秋。　　开寿域，望神州。日华云影思悠悠。愿将江汉清风颂，镌向崧崖最上头。

## 木兰花慢

大德六年正旦

问东风何似，早吹绿、洞庭波。要催起江头，梅妆的皪，柳态婆娑。遥知玉墀鹓鹭，对青阳、紫禁郁嵯峨。欢动云间阊阖，应收雪外蓬婆。　　谁将瑶瑟托湘娥。颖客播弦歌。向执法森然，寿星明处，陟顿春多。衡君也能三呼，更双成度曲奏云和。如许升平文物，仍逢混一山河。

## 六州歌头

题万里江山图

诗成雪岭，画里见岷峨。浮锦水，历滟滪，灭坡陀。汇江沱。唤醒高唐残梦，动奇思，闻巴唱，观楚舞，邀宋玉，访巫娥。拟赋《招魂》《九辩》，空目断云树烟萝。渺湘灵不见，木落洞庭波。抚卷长哦。重摩娑。　　问南楼月，痴老子，兴不浅，意如何。千载后，多少恨，付渔蓑。醉时歌。日暮天门远，愁欲滴，两青螺。曾一舸。奇绝处，半经过。万古金焦伟观，鲸鳌背，尽意婆娑。更乘槎欲就，织女看飞梭。直到银河。

## 梅花引

和赵平原催梅

绿华缥缈玉无痕。托清尘。拟招魂。放着篮舆，懒倦到前村。笑抚高斋新树子，晚妆未，悠悠学梦云。　　竟日含情何所似，似佳人。望夫君。寒香细月空江上，会有春温。羞涩冰蕤，寂寞掩重门。交下横枝消息动，肯虚负，风流竹外尊。

## 蝶恋花

鄱江舟夜，有怀余干诸士，兼寄熊东采甫。

越水涵秋光似镜。泛我扁舟，照我纶巾影。野鹤闲云知此兴。无人说与沙鸥省。　　回首天涯江路永。远树孤村，数点青山暝。梦过煮茶岩下听。石泉呜咽松风冷。

## 菩萨蛮

寄江西米理问信父

市桥烟柳春如画。小楼明月吴山下。把酒听君歌。可人良夜何。旧游新梦断。月落西江远。江上数峰青。寄声徐孺亭。

## 清平乐

送张都事子敬秩满北归

朱弦三叹。宝瑟凝尘满。更奈芙蓉秋思晚。湘浦离歌欲断。　　往年尊俎风流。忆君送客江楼。此日江楼送客，忘怀赖有沙鸥。

## 又

行郡歙城寒食日伤逝有作

年时寒食。直到清明日。草草杯盘聊自适。不管家徒四壁。　　今年寒食无家。东风恨满天涯。早是海棠睡去，莫教醉了梨花。

## 又

歙郡清明

海棠痴绝。忙甚都开彻。不是芜菁花上蝶。谁为清明作节。　　溪山今日无尘。绣衣却待禁春。莫遣鸣驺多事，老夫也是游人。

## 贺新郎

赋拒霜

观物聊宾戏。问花枝、能红能白，如痴如醉。翠被香消行云断，约略幽闺睡起。甚却有、溪娘风致。木末芙蓉都如许，笑人间、不解灵均意。

歌晚色，赋秋水。　　而今老子婆娑地。更何须，齐奴步障，谢公携妓。徒倚西楼澄江远，日暮霞城绮帐。楚泽荷衣芰制。篱菊难忘平生约，共小山、丛桂相料理。吾与汝，有知己。

## 鹊桥仙

浙省李参政燕予杭之白塔寺南庑。乐府赐春宴者，引喉赴节尊俎之间，遂醺然而归。翌日，载酒西湖，春宴已伺于舟中矣。大参公谓予不可无言，饮后赋长短句以赠。

江山图画，楼台烟雨。满意云间金缕。饶他苏小更风流，便怎似、贞元旧谱。　　西湖载酒，熏南清暑。弭棹芙蓉多处。醉扶红袖听新声，莫惊起、同盟鸥鹭。

## 蝶恋花

春正月八日，借榻刘氏楼居，翌日早起，赋瓶中红梅，以《蝶恋花》歌之。

冰褪铅华临雪径。竹外清谿，拂晓开妆镜。银烛铜壶斜照影。小楼遮断江云冷。　　香透罗帏春睡醒。如许才情，肯到枯枝杏。客子新声谁听莹。孤山快唤林和靖。

## 天仙子

用韵和赵平远折赠黄香梅之作并序

致政宣慰平远赵公园馆，黄香梅始华，折枝走伻，仍赋乐府《天仙子》，藉以见饷，用韵和之，聊答盛意。

半额淡妆鸾影翠。约略玉人新病起。碧彝金雀暗香来，凭竹几。薰沉水。诗在静华春梦里。　　羞涩蜡痕无意味。尽纵绛英争妩媚。中州风韵到南枝，归颍计。纫兰佩。日暮对花愁欲醉。

## 行香子

潭名士黄古山，名其北郭别业曰尘外江村，属予赋词，与里中樵渔歌之。

社里诗人，尘外江村。甚终朝、关定柴门。酾泉行药，钓月耕云。问是谁欤，今隐者，古山君。　　老子虽贫，尽办清尊，但休嫌、俗壮轮囷。他时有暇，准去寻春。把竹边梅，松下石，可平分。

## 黑漆弩

晚泊采石，醉歌田不伐《黑漆弩》，因次其韵，寄蒋长卿佥司、刘芜湖巨川。

湘南长忆崧南住。只怕失约了巢父。舣归舟、唤醒湖光，听我蓬窗春雨。　　故人倾倒襟期，我亦载愁东去。记朝来、黯别江滨，又弭棹、蛾眉晚处。

## 南乡子

寄广东肃政使者钦公兼赠别赵景山知事

岭峤荔枝新。前岁曾逢旧使君。下足扶胥江上雨，南熏。吹散蛮烟瘴海云。　　去去幕中宾。恰及梅开寂寞滨。载酒随车应共赏，殷勤。要识寒花别有春。

## 蝶恋花

登封马叟飞卿寿席即事赋词为马卿祝且俾山倡歌以侑尊

种竹山分浇稻水。箕颍田园，菘少屏风里。玉树芝兰谁可比。堂前索甚栽桃李。　　薄劣莺儿来报喜。似说朝来，麦秀蚕眠起。快唤巢由同一醉。君家好个人间世。

## 又

予将南迈席间赠合曲张氏夫妇

前度归田菘下住。野店荒村，抚掌琵琶女。忽听梨园新乐府，离鸾别鹤清如许。　　歌管声残弦解语。玉笋春泉，心手相忘处。明日扁舟人欲去，晓风吹作潇湘雨。

## 最高楼

智郎中席上即事并序

予谢病北归，鄂省郎智仲谦为具见召，席间左辖龙川李公、鄂牧安侯思诚索诗，为赋《最高楼》兼贻仲谦郎中。

长沙客，宁食武昌鱼。未觉故人疏。归舟唤醒乡关梦，宾筵容揽使君须。听民谣，今五绔，昔无襦。　　待留与、南州谈盛事，更恰好、南楼逢老子。明月夜，古来无。江头春草迷鹦鹉，幕中秋水映芙蕖。绿尊倾，红袖舞，醉时扶。

## 踏莎行

《尧山堂外纪》记其本事云，杜妙隆、金陵佳丽人也，庐疏斋欲见不果，因题《踏莎行》于壁。

雪暗山明，溪深花藻。行人马上诗成了。归来闻说妙隆歌，金陵却比蓬莱渺。　　宝镜慵窥，玉容空好。梁尘不动歌声悄。无人知我此时情，春风一枕松窗晓。

## 水调歌头

峨眉亭

亭榭踞雄胜，杖屦踏烟霏。山灵听足春雨，忙遣暮云归。我欲天门平步，消尽江涛余怨。尝试问，冯夷何物。儿女子，刚道似峨眉。　　雁行斜，松影碧，橹声微。一齐约下，风景莫是为湘累。政有玉台温峤，未暇燃犀下照。贪着芰荷衣，好在初明观，重与故人期。以上《全元词》

# 张弘范（34首）

张弘范（1238—1280），字仲畴，易州定兴（今河北定兴县）人。张柔第九子。世祖中统初，授御用局总管。三年，改行军总管，从征济南李璮。至元初，授顺天路管民总管，调大名。后为都元帅攻宋海上，执文天祥，破张世杰、陆秀夫，因以亡宋。封淮阳王，谥献武。善马槊，能歌诗，幼尝学于郝经。观书大略，率意吐辞，往往踔厉奇伟，颇类楚汉烈士语。有《淮阳乐府》。

## 木兰花慢

题亳州武津关

忆谯都风物，飞一梦，过千年。羡百里溪程，两行堤柳，数万人烟。伤心旧家遗迹，谩斜阳，流①水接长天。冷落故祠香火，白云泪眼潸然。　行藏好向故人传，椽笔舞蛮笺。总纠纠貔貅，秋风江上，高卧南边。功名笑谈尊俎，问锦江、何必上楼船。他日武津关下，春风骄马金鞭。

## 木兰花慢

征南三首

混鱼龙人海，快一夕，起鹍鹏。驾万里长风，高掀北海，直入南溟。生平许身报国，等人间、生死一毫轻。落日旌旗万马，秋风鼓角连营。　炎方灰冷已如冰，余烬淡孤星。爱铜柱新功，玉关奇节，特请高缨。胸中凛然冰雪，任蛮烟瘴雾不须惊。整顿乾坤事了，归来虎拜龙庭。

功名归堕甑，便拂袖，不须惊。且书剑蹉跎，林泉笑傲，诗酒飘零。人间事、良可笑，似长空、云影弄阴晴。莫泣穷途老泪，休怜儿女新亭。　浩歌一曲饭牛声。天际暮烟冥，正百二河山，一时冠带，老却升平。英雄亦应无用，拟风尘、万里奋鹏程。谁忆青春富贵，为怜四海苍生。

乾坤秋更老，听鼓角，壮边声。纵马蹙重山，舟横沧海，戮虎诛鲸。笑入蛮烟瘴雾，看旌麾、一举要澄清。仰报九重圣德，俯怜四海苍生。　一尊别后短长亭。寒日促行程。甚翠袖停杯。红裙住舞，有语君听。鹏翼岂从高举，卷天南地北日升平。记取归来时候，海棠风里相迎。

## 满江红

襄阳寄顺天友人

奔驿南来，拥貔貅，且趋江右。良自愧、劣才微渺，圣恩洪厚。万里长江今我有，百年坚壁非他守。看虎牙，飞上万山头，诛群丑。　风雨

① “流”，原本作“柳”，据《全金元词》本改。

梦，乡关友。南北事，君知否。寄一缄梅信，小春时候。夜静戟门严鼓角，月明莲幕闲诗酒。怕故人、相忆问归期，平蛮后。

## 临江仙

千古武陵溪上路，桃花流水潺潺。可怜仙契剩浓欢，黄鹂惊梦破，青鸟唤春还。　回首旧游浑不见，苍烟一片荒山。玉人何处倚阑干，紫箫明月底，翠袖暮天寒。

## 又

爱煞林泉风物好，羡他归去来兮。世缘相挽又还思，功名当壮岁，疏懒记当时。　肝胆自知尘辈异，凤池麟阁须期。风云满目任时宜，东山高卧处，丝竹醉吴姬。

## 点绛唇

咏海棠

醉脸匀红，向人无语夸颜色。一枝春雪，犹染嵬坡血。　庭院黄昏，燕子来时节。芳心折，露垂香颊，羞对开元月。

## 又

庭院黄昏，子规啼破开元梦。晚风吹动，似舞霓裳弄。　有色无香，好着诗人讽。和谁共，月廊烟重，烧彻兰膏凤。

## 又

星斗文章，词源落落倾胸臆。十年南北，几度空相忆。　把酒留君，后会知何夕。愁如织，一鞭行色，春雪梅花驿。

## 又

赋梅

春日前村，一枝香彻江头路。月明风度，清煞西湖句。　昨夜幽欢，梦里谁呼去。愁如许，觉来无语，青鸟啼芳树。

## 又

独上高楼，恨随春长[①]连天去。乱山无数，隔断巫阳路。　　信断梅花，惆怅人何处。愁无语，野鸦烟树，一点斜阳暮。

## 南乡子

深院日初长。万卷诗书一炷香。竹掩茅斋人不到，清凉。茶罢西轩读老庄。　　世事莫论量。今古都输梦一场。笑煞利名途上客，干忙。千丈红尘两鬓霜。

## 又

送刘仲泽寿

天地萃英灵。秀出人龙间世生。不只文章为第一，峥嵘。气吐虹霓万丈横。　　白褐黑头卿。埋灭黄尘气未平。昨夜长庚高似月，分明。光照乾坤彻五更。

## 又

赠歌妓

浅淡汉宫妆。扇底春风玉有香。特地向人歌一曲，非常。纵使无情也断肠。　　宝髻绣霓裳。云雨巫山窈窕娘。好着千金携得去，何妨。丝竹东山醉玉觞。

## 又

送友人刘仲泽北归

烟草入重城。马首关山接去程。几度留君留不住，伤情。一片秋蝉雨后声。　　无语泪纵横。别酒和愁且强倾。后会有期须记取，叮咛。莫负中秋夜月明。

---

① “长”，《全金元词》本作“春”。

## 又

寄刘仲泽

音信怪来稀。世态时情固自宜。莫比红尘儿女辈，须知。义士交情死不移。　　应是占花期。箫鼓东城醉玉姬。谁念书生寒屋底，伤悲。忍泪窗前听子规。

## 太常引

晚凉庭院锁黄昏。鼓角静谯门。酒兴恋诗魂。清绕断、梅梢月痕。　　胸中豪气，壶中春色，醉眼小乾坤。今古不须论。且更尽，花前几尊。

## 浣溪沙

山掩人家水绕坡。野猿①岩鸟太平歌。黄鸡白酒兴偏多。　　幸自琴书消日月，尽教名利走风波。钓台麟阁竟如何。

## 又

一片西风画不成。无人来此结茅亭。野猿山鸟乐升平。　　名利着人浓似酒，肝肠熟醉不能醒。黄尘奔走过浮生。

## 又

新卜西山崦下庄。疏篱编竹草苫堂。门前流水柳成行。满目烟岚诗酒地，十年鞍马是非场。虚名半纸几多忙。

## 青玉案

寄刘仲泽

西风天际征鸿去。问曾过、燕山路，叶落虚庭空绿树。一川秋意，满怀愁绪。楼外潇潇雨。　　天涯望断行云暮。好着蛮笺寄情句。底是相思断肠处。吟风赋月，论文说剑，无个知音侣。

---

① “猿”，《全元词》本作“狼”，据《全金元词》本改。

## 清平乐

四首

关河南北，有雁无消息，落日楼头人正忆，啼鸟一声山碧。　莺莺燕燕争春，红尘马足车轮，惟有新丰豪客，东风老泪沾巾。

## 又

高眠窗北。偃卧喧雷息。依约关山归路忆。梦绕池塘春碧。　功名负我青春。匆匆日月奔轮。且把琴书归去，山林道发儒巾。

## 又

天南地北。何日兵尘息。四海升平归老忆。凤远岐山空碧。　衣冠滚滚争春。谁能卧辙攀轮。一剑风云未遂，几回怒发冲巾。

## 又

穷冬冷落。客思添萧索。浊酒沽来须强酌。要把闲愁推却。　时间荣辱何惊。胸中气象休更。且匣风云长剑，天容两鬓青青。

## 喜春来

金装宝剑藏龙口，玉带红绒挂虎头。旌旗影里骤骅骝，得志秋，喧满凤凰楼。

## 殿前欢

襄阳战

鬼门关。朝中宰相五更寒。锦衣绣袄兵十万，拔剑摇环。定输赢此阵间。无辞惮。舍性命争功汗。将军战敌，宰相清闲。

## 鹧鸪天

围襄阳

铁甲珊珊渡汉江。南蛮犹自不归降。东西势列千层厚，南北军屯百万长。　弓扣月，剑磨霜。征鞍遥日下襄阳。鬼门今日功劳了，好去临江醉一场。

## 天净沙

梅梢月

黄昏低映梅枝。照人两处相思。那的是愁肠断时。弯弯何似，浑如弓样眉儿。

## 又

西风落叶长安。夕阳老雁关山，今古别离最难。故人何处，玉箫明月空闲。

## 临江仙

稽首吾门诸道友，降心向外休寻。等闲容易费光阴。修行何是苦，不了我人心。　　减取无明三孽火，勿令境上相侵。本来一点没升沉。真闲如得得，步步上高岑。

## 又

得得全真真妙理，无为无作无修。自然清净行动周。祥烟围绛阙，瑞气绕琼楼。　　心似闲云无挂碍，身同古渡横舟。真空空界可相酬。白牛眠露地，明月照山头。

## 又

虚幻浮华休苦恋，南辰北斗频移。暗更绿鬓尽成丝。百年浑似梦，七十古来稀。　　奉劝人人须醒悟，轮回限到谁知。修行宜早不宜迟。从前冤孽罪，要免速修持。以上《全元词》

# 梁曾（1首）

梁曾（1242—1322），字贡父，燕（今北京市）人。至元中用累考及格，授都事，历迁知南阳府，召为兵部尚书，使安南。仁宗朝，拜集贤侍讲学士。

### 木兰花慢

西湖送春

问花花不语，为谁落，为谁开。算春色三分，半随流水，半入尘埃。人生能几欢笑，但相逢、尊酒莫相推。千古幕天席地，一春翠绕珠围。　彩云回首暗高台。烟树渺吟怀。拚一醉留春，留春不住，醉里春归。西楼半帘斜日，怪衔春、燕子却飞来。一枕青楼好梦，又教风雨惊回。《全元词》

## 刘因（34 首）

刘因（1249—1293），字梦吉，号静修，容城（今河北容城县）人。元世祖至元十九年（1282）以才学荐于朝，拜承德郎，右赞善大夫。不久因母疾辞归。后再以集贤学士征召，坚不赴。仁宗延祐年中追赠翰林学士、容城郡公，谥文清。刘因天资聪颖，学宗宋儒以理学名世。兼工诗文，善绘画。其诗多咏怀之作，全祖望在《宋元学案》中认为他“南悲临安，北怅蔡州，集贤虽勉受命，终敝屣去之”，① 表现了儒士文化操守。词多写隐逸之作，风格澹宕清逸，多山林味。有《静修先生集》二十二卷，附《樵庵词》一卷。

### 水调歌头

同诸公饮王丈利夫饮山亭，索赋长短句，效晦翁体。

一诺与金重，一笑对河清。风花不遇真赏，终古未全平。前日青春归去，今日尊前笑语，春意满西城。花鸟喜相对，宾主眼俱明。　平生事，千古意，两忘情。我醉眠卿且去，扶我有门生。窗下烟江白鸟，窗外浮云苍狗，未肯便寒盟。从此洛阳社，休厌小车行。

---

① 黄宗羲著，全祖望补修：《宋元学案》，中华书局 1986 年版，第 3026 页。

## 念奴娇

饮山亭月夕

广寒宫殿，想幽深、不觉升沉圆缺。天上人间心共远，如在琼楼玉阙。厚地微茫，高天凉冷，此际红尘歇。翠阴高枕，并教毛骨清澈。
为问此世，从来几人吟望，转首俱湮没。虮虱区区尤可笑，几许肝肠如铁。八表神游，一槎高泛，逸兴方超绝。嫦娥留待，桂花且莫开彻。

## 念奴娇

忆仲良

中原形势，壮东南①、梦里谯城秋色。万水千山收拾就，一片空梁落月。烟雨松楸，风尘泪眼，滴尽青青血。平生不信，人间更有离别。
旧约把臂燕南，乘槎天上，曾对河山说。前日后期今日近，怅望转添愁绝。双阙红云，三江白浪，应负肝肠铁。旧游新恨，一时都付长铗。

## 玉漏迟

泛舟东溪

故园平似掌。人生何必，武陵溪上。三尺蓑衣，遮断红尘千丈。不学东山高卧，也不似、鹿门长往。君试望。远山颦处，白云无恙。　　自唱。一曲渔歌，觉无复当年，缺壶悲壮。老境羲皇，换尽平生豪爽。天设四时佳兴，要留待、幽人清赏。花又放。满意一篙春浪。

## 鹊桥仙

喜雨

纥干生处。几时飞去。欲去被天留住。野人得饱更无求，看②满意、一犁春雨。　　田家作苦。浊醪酿黍。准备岁时歌舞。不妨分我一豚蹄，更试听、今秋社鼓。

---

① “壮东南”，原作“东南壮”，据《百家词》本《静修词》改。

② “看”字原无，据《百家词》本《静修词》补。

## 鹊桥仙

悠悠万古。茫茫天宇。自笑平生豪举。元龙尽意卧床高，浑占得、乾坤几许。　　公家租赋。私家鸡黍。学种东皋烟雨。有时抱膝看青山，却不是、长吟梁甫。

## 木兰花

未开常探花开未。又恐开时风雨至。花开风雨不相妨，说甚不来花下醉。　　百年枉作千年计。今日不知明日事。春风欲劝座中人，一片落红当眼坠。

## 木兰花

西山不似庞公傲。城府有楼山便到。欲将华发染晴岚，千里青青浓可扫。　　人言华发因愁早。劝我消愁惟酒好。夜来一饮尽千钟，今日醒来依旧老。

## 木兰花

锦云十里川妃供。一棹晚凉风款送。只愁无处着清香，满载月明船已重。　　冰壶水鉴元空洞。天意似嫌红翠拥。并教风露入吟尊，不惜秋光浑减动。

## 菩萨蛮

为王太利夫寿

吾乡先友今谁健。西邻王老时相见。每见忆先公。音容在眼中。
今朝故人子。为寿无多事。惟愿岁长丰。年年社酒同。

## 菩萨蛮

饮山亭感旧

种花人去花应道。花枝正好人先老。一笑问花枝。花枝得几时。
人生行乐耳。今古都如此。急欲醉莓苔。前村酒未来。

## 菩萨蛮

元龙未减当年气。呼山卧向高楼底。今日到山村。青山故意昏。商歌聊一振。千里浮云尽。老子气犹豪。山灵未可骄。

## 菩萨蛮

回文

水围山影红围翠。翠围红影山围水。西近小桥溪。溪桥小近西。隐人谁与问。问与谁人隐。孤鹤对言无。无言对鹤孤。

## 清平乐

青松偃蹇。不受春风管。松下幽人心自远。惊怪人间日短。　　微茫云海蓬莱。千年一度春来。争信门前桃李，年年花落花开。

## 清平乐

青天仰面。卧看浮云卷。苍狗白云千万变。都被幽人窥见。　　偶然梦到华胥。觉来花影扶疏。窗下《鲁论》谁诵，呼来共咏风雩。

## 清平乐

贺雨

雨晴箫鼓。四野欢声举。平昔饮山今饮雨。来就老农歌舞。　　半生负郭无田。寸心万国丰年。谁识山翁乐处，野花啼鸟欣然。

## 清平乐

围棋

棋声清美。盘薄青松底。门外行人遥指似。好个烂柯仙子。　　输赢都付欣然。兴阑依旧高眠。山鸟山花相语，翁心不在棋边。

## 人月圆

自从谢病修花史，天意不容闲。今年新授，平章风月，检校云山。　　门前报道，曲生来谒，子墨相看。先生正尔，天张翠幕，山拥云鬟。

## 人月圆

茫茫大块洪炉里，何物不寒灰。古今多少，荒烟废垒，老树遗台。　太行如砺，黄河如带，等是尘埃。不须更叹，花开花落，春去春来。

## 太常引

男儿勋业古来难。叹人世，几千般。一梦觉邯郸。好看得、浮生等闲。红尘尽处，白云堆里，高卧对青山。风味似陈抟。休错比、当年谢安。

## 太常引

临流相唤百东坡。君试舞，我当歌。不乐欲如何。看白发、今年渐多。青天白日，斜风细雨，尽付一渔蓑。天地作行窝。把万物、都名太和。

## 太常引

冥鸿有意避云罗。问何处，是行窝。今古一渔蓑。收揽了、闲人最多。求田问舍，君休笑我，两鬓已成皤。髀肉尽消磨。浑换得、功名几何。

## 风中柳

饮山亭留宿

我本渔樵，不是白驹空谷。对西山、悠然自足。北窗疏竹。南窗丛菊。爱村居、数间茅屋。　风烟草屦，满意一川平绿。问前溪、今朝酒熟。幽禽歌曲。清泉琴筑。欲归来、故人留宿。

## 西江月

送张大经

留在平生落落，休嗟世事滔滔。青云底柱本来高。立向颓波更好。　一片花飞春减，可堪万点红飘。江花江月可怜宵。莫赋《招魂》便了。

## 西江月

饮山亭留饮

看竹何须问主，寻村遥认松萝。小车到处是行窝。门外云山属我。　张叟腊醅藏久，王家红药开多。相留一醉意如何。老子掀髯曰可。

## 南乡子

题外舅郭氏留耕堂壁上①

方寸足留耕。大胜良田万顷平。阴理不随陵谷变，分明。霜落西山满意青。　　千载董生行。鸡犬升平画不成。终日相看天与我，高情。身外浮云自古轻。

## 南乡子

张彦通寿

窗下络车声。窗外儿童课六经。自种墙东新菜荚，青青。随分杯盘老幼情。

千古董生行。鸡犬升平画不成。应笑刘家刘老子，无能。纵饮狂歌不治生。

## 朝中措

贺廉侯举儿子

金张家世费貂蝉。七叶侍中冠。若就诗家攀例，生儿合唤添官。凭谁寄语廉泉，父老斗酒相欢。今岁孙枝新长，甘棠消息平安。

## 临江仙

贺廉侯举次儿子

四海荆州吾所爱，虎贲谁似中郎。小孙今拟唤甘棠。添官前有例，簪笏看堆床。　　明日乃公归旧隐，后园乔木苍苍。青衫竹马雁成行。当年廉孟子，应有读书堂。

## 临江仙

送王从事②

行色匆匆缘底事，山阳梅信相催。梅花香底有新醅。南州今乐土，得

---

① “舅”原误作“曰”，兹从《百家词》本《静修词》改。四印斋本及《彊村丛书》本《樵庵词》，“舅”误作“甥”。

② “王”，原误作“二”，兹从《彊村丛书》本《樵庵乐府》改。

意即衔杯。　　君见太行凭寄语，云间苍壁崔嵬。平生遮眼厌黄埃。高楼吾有兴，无惜送君来。

## 喜迁莺

乙亥元日

春风满面。是胸中春意，与春相见。不醉陶然，无人也笑，况是一年清宴。宁儿挽须学语，嫠妇举杯重劝。道惟愿。贫常圆聚，老常康健。　　□□□□□[①]，二十七年，世事经千变。今是昨非，春风[②]花柳，消尽冰霜残怨。门外晓寒犹浅。门上垂帘休卷。灯花软。酒香浓趁歌声[③]，试轻轻咽。

## 西江月

赠赵提学酒

买得鸡泉新酿，病中无容同斟。遣人持送旅窝深。呼取毛翁共饮。　　少个散花天女，维摩憔悴难禁。安排走马杏花阴。咫尺春风似锦。

## 菩萨蛮

湖上即事

楼前曲浪归桡急。楼中细雨春风泾。终日倚危阑。故人湖上山。　　高情浑似旧。只在东风瘦。薄晚去来休。装成一段愁。

## 玉楼春

柳梢绿小梅如印。乍暖还寒犹未定。惜花长是为花愁，殢酒却嫌添酒病。　　蝇头蜗角都休竞。万古豪华同一尽。东君晓夜促归期，三十六番花递信。以上《全金元词》

---

① 原无五空格，兹从《彊村丛书》本《樵庵乐府》补。

② “风”，原作“思”，兹从《百家词》本《樵庵词》改。

③ “声”，原作“舞”，兹从《彊村丛书》本《樵庵乐府》改。

# 鲜于枢（4 首）

鲜于枢（1246—1302），字伯机，号困学山民，又号西溪子，渔阳（今天津市蓟州区）人。元世祖时曾官两浙转运使经历。辞归，居钱塘西溪，筑困学斋。起为江浙行省都事，以太常寺典簿致仕。善诗文，工书画、词赋、散曲，善鉴定法书名画及古器物，尤工草书，酒酣吟诗作字，奇态横生，赵孟頫极推重之。有《困学斋集》。

## 念奴娇

八咏楼

长溪西注，似延平双剑，千年初合。溪上千峰明紫翠，放出群龙头角。潇洒云林，微茫烟草，极目春洲阔。城高楼迥，恍然身在寥廓。我来阴雨兼旬，滩声怒起，日日东风恶。须待青天明月夜，一试严维佳作。风景不殊，溪山信美，处处堪行乐。休文何事，年年多病如削。

## 满江红

诗酒名场，人都羡、紫髯如戟。今已矣，星星满颔，不堪重摘。衰老自知来有渐，穷愁谁道寻无迹。笑刘郎、辛苦觅仙方，终无益。　　东逝水，西飞日。年易失，时难得。赖此身健在，寸阴须惜。生死百年朝有暮，盛衰一理今犹昔。问人间、谁是鲁阳戈，杯中物。近览镜，白发渐多，戏作《满江红》长短句，绣江先生拜求一见，敢录呈丑，幸乞一笑，鲜于枢顿首。

## 鹊桥仙

青天无数。白天无数。绿水绕湾无数。灞陵桥上望西川，动不动、八千里路。　　来时春暮。去时秋暮。归去又还春暮。人生七十古来稀，好相看、能得几度。

## 水龙吟

拱北楼呈汉臣学士

倚空金碧崔嵬，凤山直下如拳小。仰瞻天阙，北辰不动，众星环绕。唤起群聋，铜龙警夜，灵鼍催晓。自鸱夷去后，狂澜未息，从此压，潮头倒。　　回睨讶然双璧，问遗踪，劫灰如扫。三吴形胜，千年壮观，地灵天巧。航海梯山，献琛效贡，每繇斯道。惜无人健笔，载歌谣事，诧东南好。以上《全元词》

# 王沂（7首）

王沂，字思鲁，先世云中人，后徙真定（今河北正定县）。延祐元年（1314）进士，尝为临淮县尹。至顺三年（1332），为国史院编修馆。元统三年（1335），为国子学博士。至元六年（1340），为翰林待制。至正二年（1342）尚辗转兵戈间。有《尹滨集》。

## 清平乐

春去

宿酲初醒。袅袅吟鞭影。蜀道秦川行路永。罗袖残香消尽。　　清明寒食匆匆。能消几日东风。蝴蝶不知春去，画桥贪趁流红。

## 菩萨蛮

题李溉之词卷

大明湖上秋容暮。风烟杖屦时来去。说与病维摩。可人秋水呵。　　自书盘谷序。和了停云句。把酒为君歌。济南名士多。

## 青玉案

送温叔刚之解州军司幕官

东风扑面飘红雨。正杜宇，催春去。马首西山青半缕。汾阴箫鼓。晋阳烟树。总是消魂处。　　芙蓉绿水佳宾主。赌酒金钱更数。若见东皋烦寄语。山林真味，醉乡天趣。待我平分取。

## 满江红

寿张良卿学士

九万扶摇，试看取、垂天鹏翼。追往事，星辰剑履，玉陛山立。为问宝香黄阁梦，何如仙阙丹台籍。写风流、杖屦入耆英，今犹昔。　　诗酒部，笙歌席。松菊社，烟云屐。早东风为报，日边消息。虎节貂蝉端旧物，分封准拟如椽笔。对西山、一笑五千年，髯如戟。

## 水龙吟

和郑彦章韵

画檐疏雨才收，酒醒凝掩篷窗卧。熏炉火冷，余香犹在，拥衾清坐。点鬓霜明，窥人月小，短檠花堕。想吴山越水，楼台缥缈，应曾有，飞鸿过。　　寂寞文园病后，旧心情、苦无些个。多君调我，幽兰新句，纹笺玉唾。花落元都，鹤归华表，梦谁擎破。待莼鲈江上，高歌小梅，扣舷相和。

## 御街行

送王君冕二首

烟中列岫青无数。遮不断、长安路。杜鹃谁道等闲啼，迤逦得人归去。陇云秦树，周台汉苑，满眼相思处。　　停杯莫放离歌举。至剪烛、西窗语。元都燕麦又东风，自是刘郎迟暮。纫兰结佩，裁冰斫句，细和闲情赋。

## 御街行

君行广武山前路。是阮籍、回车处。问他儒子竟何成，落日大河东注。无人说与，遥岑远目，也会修眉妩。　　离宫别馆空禾黍。啸木魅、啼苍鼠。悠悠往事不经心，只有闲云来去。停云得句，归云洞府，领取渊明趣。以上《全元词》

# 安熙（5首）

安熙（1270—1311），字敬仲，号默庵，真定藁城（今河北石家庄）人。性至孝。少承祖父之学，闻容城刘因名，将往从之游，未行而刘卒，走往拜其墓，录其遗书而还。北方之学，于是乎益振。学者称默庵先生，门人苏天爵辑其遗文为《默庵集》。谓其文章以理为主，皆有为而作。诗学渊明晦翁，第以吟咏性情、陶写造化而已。

## 酹江月

登古容城有感，城阴即静修刘先生故居。

天山巨网，尽牢笼、多少中原人物。赵际燕陲，空老却、千仞岩岩苍壁。古柏萧森，高松偃蹇，不管飞冰雪。慕膻群蚁，问君谁是豪杰。
重念禹迹茫茫，兔狐荆棘，感慨悲歌发。累世兴亡何足道，等是轰蚊飞灭。湖海襟怀，风云壮志，莫遣生华发。中天佳气，会须重见明月。

## 酹江月

前日归途，偶记和仲欲把锄犁门人愿助之语，甚恨不获请其详，而亦窃喜其先得我心之所同也。中夕不寐，率尔成章，写寄和仲，可为后日相见一笑。大德乙巳上元日神峰野客书。

世途艰阻，正堪悲、万里清秋摇落。况复乾坤还闭物，奚啻切床肤剥。消长盈虚，循环反复，夜半惊孤鹤。东君着意，惠风先到岩壑。悦亲原有清欢，箪瓢食饮，不害贫家乐。多病留侯空自苦，惭愧长身诸葛。素手躬耕，卧龙冈上，准备丰年获。豚蹄社鼓，几时同醉寥廓。吾家桑梓在卧龙冈之阳

## 太常引

和王治书仲安

求田问舍欲婆娑。算无地、不风波。胸次尽嵯峨。世间事、知能几

多。　　登山临水，傍花随柳，独此未消磨。便拟借行窝。正霁月、光风气和。

## 石州慢

寄题龙首峰

虎踞龙蟠，朝楚暮秦，世路艰蹇。夕阳淡淡余晖，阊阖九重天远。千秋万古，先天消长图深，何人解识兴亡本。夜鹤渺翩翩，尽平林鸦满。　　萧散。不须黄鹤遗书，不用洪崖相挽。苍狗浮云，平日惯开青眼。拟将书剑，西山采蕨食薇，自应不属春风管。只恐汝山灵，怪先生来晚。

## 鹊桥仙

徘徊尊俎。徜徉笑语。俯仰乾坤今古。世间豪杰数元龙，想未识、圣门风度。　　也非学圃。也非怀土。静看落花风雨。安排便买钓鱼蓑，□底是、沧浪深处。以上《彊村丛书》用善本书室藏钞《默庵文集》本

# 王结（13 首）

王结（1275—1336），字仪伯，易州定兴人，徙中山。从太史董朴受经，深研性命道德之学。成宗时以荐充宿卫。至治初累拜吏部尚书。泰定间以集贤侍读学士，出为辽阳参政。元统初拜翰林学士知制诰，同修国史，进中书左丞。卒谥“文忠”。有《文忠集》十五卷。

## 忆江南

戏题梅图

江上路，春意到横枝。洛浦神仙临水立，巫山处子入宫时。皎皎淡丰姿。

东阁兴，几度误佳期。万里卢龙今见画，玉容还似减些儿。无语慰相思。以上《永乐大典》卷二千八百十三梅字韵引王结词

## 木兰花慢

送李公敏

渺平芜千里，烟树远、淡斜晖。正秋色横空，西风浩荡，一雁南飞。长安两年行客，更登山临水送将归。可奈离怀惨惨，还令远思依依。当年寥廓与君期。尘满芰荷衣。把千古高情，传将瑶瑟，付与湘妃。栽培海隅桃李，洗蛮烟瘴雨布春辉。鹦鹉洲前夜月，醉来倾写珠玑。

## 水调歌头

送俞时□

众里识中散，野鹤自昂藏。萤窗雪屋十载，南国秀孤芳。河汉胸中九策，风雨笔头千字，画省姓名香。文采黑头掾，辉映汉星郎。　怕山间，猿鹤怨，理归艎。人生几度欢聚，且莫诉离肠。休恋江湖风月，忘却云霄阊阖，鸿鹄本高翔。笑我漫浪者，丘壑可徜徉。

## 江城子

送赵致堂

嫩黄初上远林端。饯征鞍。驻江干。满袖春风，乔木旧衣冠。怎么禁持离别恨，倾浊酒，助清欢。　夫君家世几鹓鸾。珥貂蝉。侍金銮。管库而今，谁着屈微官。鹏翼垂天聊税驾，抟九万，看他年。

## 沁园春

忆故人

盖世英雄，谷口躬耕，商山采芝。甚野情自爱，山林枯槁，臞儒那有，廓庙英姿。落魄狂游，故人不见，蔼蔼停云酒一卮。青山外，渺无穷烟水，两地相思。　滦京着个分司。是鸣凤朝阳此一时。想朝行惊避，豸冠绣服，都人争看，玉树琼枝。燕寝凝香，江湖载酒，谁识三生杜牧之。凝情处，望龙沙万里，暮雨丝丝。

## 临江仙

次韵答曹子贞

寄语蓬莱山下客，飘然俯瞰尘寰。寥寥神境倚高寒。步虚仙语妙，凌雾佩声间。　笑我年来浑潦倒，多情风月相关。临流结屋两三间。虚弦惊落雁，倚杖看青山。

## 南乡子

秋日旅怀

秋气入帘栊。矮榻虚轩睡思浓。梦觉黄粱初未熟，相逢。都在邯郸逆旅中。　扰扰正愁侬。雨霁西山翠几重。更上层楼闲徙倚，晴空。目送冥飞万里鸿。

## 贺新郎

子昭见和再用韵

挟策干明主。望天门、九重幽夐，周旋谁与。斗酒新丰当日事，万里风云掀举。叹碌碌、因人如许。昨日山中书来报，道鸟能歌曲花能舞。行迈远，共谁伍。　临风抚掌痴儿女。问人生、几多恩怨，肝肠深阻。腐鼠饥鸢徒劳，回首鹓雏何处。记千古南华妙语。夜鹤朝猿烦寄谢，坑尘容、俗态多惭汝。应笑我，谩劳苦。

## 贺新郎

次范君铎诏后喜雨韵

露下天如洗。正新晴、明河如练，月华如水。独据胡床秋夜永，耿耿佳人千里。空怅望、丰容旖旎。万斛清愁萦怀抱，更萧萧、蘋末西风起。聊遣兴，吐清气。　凤衔丹诏从天至。仰天衢、前星炳耀，私情还喜。鸿鹄高飞横四海，何藉区区围绮。□绳武升平文治。自笑飘零成底事，裂荷衣、肮脏尘埃地。逢大庆，且沉醉。

## 贺新郎

赠张子昭

久坐林泉主。更忘机、结盟鸥鹭，逍遥容与。蕙帐当年谁唤起，黄鹄轩然高举。渺万里、云霄何许。鹤爽怜君今犹在，正悲歌、夜半鸡鸣舞。嗟若辈，岂予伍。　华如桃李倾城女。怅灵奇、芳心未会，媒劳恩阻。梦里神游湘江上，竟觅重华无处。谁为湘娥传语。我相君非终穷者，看他年、麟阁丹青汝。聊痛饮，缓愁苦。

## 摸鱼儿

秋日旅怀

快秋风飒然来此，可能消尽残暑。辞巢燕子呢喃语，唤起满怀离苦。来又去。定笑我、两年京洛长羁旅。此时愁绪。更门掩苍苔，黄昏人静，闲听打窗雨。　　英雄事，谩说闻鸡起舞。幽怀感念今古。金张七叶貂蝉贵，寂寞子云谁数。痴绝处。又划地、欲操朱墨趋官府。瑶琴独抚。惟流水高山，遗音三叹，犹冀伤心遇。

## 满江红

咏鹤

华表归来，犹记得、旧时城郭。还自叹，昂藏野态，几番前却。饮露岂能令我病，窥鱼正自妨人乐。被天风、吹梦落樊笼，情怀恶。　　缑岭事，青田约。空怅望，成离索。但玄裳缟袂，宛然如昨。何日重逢王子晋，玉笙凄断归寥廓。尽侬家、丹凤入云中，巢阿阁。

## 蝶恋花

雨中客至

久客幽燕怀故里。野鹤孤云，笑我京尘底。郑重佳宾劳玉趾。清谈亹亹消愁思。　　细雨斜风聊尔耳。病怯轻寒，莫卷疏帘起。燕燕于飞应有喜。泥融香径营新垒。

## 蝶恋花

赠李公敏

老鹤轩轩心万里。却被天风，吹入樊笼里。野态昂藏犹可喜。九皋宵唳流清泚。宿鹭窥鱼痴计耳。整整丰标，谩说佳公子。月白风清天似水。青田回首生愁思。以上《彊村丛书》用韩氏玉雨堂藏钞《王文忠集》本

# 张埜（65首）

张埜，生卒年不详，1294年前在世，字野夫，号古山，邯郸（今属河北）人。张之翰子。家世文儒，曾任翰林修撰。诗词清丽，尤以词名，为元人中之佼佼者。词风清劲明爽，有苏辛意味，时露道学气。有《古山乐府》二卷。

## 八声甘州

戊申再到西湖

忆湖光，醉别几经春，千里每神驰[1]。恨无穷烟水，无情岁月，无限相思。万里风沙梦觉，山色碧参差。忙对玻璃镜，照我尘姿。　欲写从前离阔，便安排画舸，准备新诗。见六桥遗构，烟雨强撑支。怨东风、红消翠减，比向来、浑是老西施。如何得、刘郎双鬓，长似当时。

## 青玉案

戊戌元宵客京师赋[2]

千门夜色霏香雾。又春满、朝天路。回首旧游谁与语。金波影里，水晶帘下，总是关心处。　征衫着破愁成缕。留滞京尘甚时去。旅馆萧条情最苦。灯无人点，酒无人举。睡也无人觑。

## 水龙吟

咏游丝

落花天气初晴，随风几缕来何处。飘飘冉冉，悠悠扬扬，欲留还去。雪茧新抽，青虫暗坠，檐蛛轻度。看垂虹百尺，萦回不下，似欲系、春光

---

① 《全元词》本校曰："醉别几经春，千里每神驰。"《十名家词集》本《古山乐府》作"醉别几春秋，漂泊京师"，脱一字。

② 《全元词》本校曰："戊戌元宵客京师赋。"《十名家词集》本《古山乐府》"戊戌元宵客京师"。

住。　　凭仗何人收取。付天孙、云霄机杼。浮踪浪迹，忍教长伴，章台飞絮。惹起闲愁，织成离恨，万头千绪。望天涯、尽日柔情不断，又闲庭暮。

## 水龙吟

题湖山胜概亭

翠微曾共登临，冷光潋滟三千顷。玉京佳处，景虽天造，地因人胜。若把西施，淡妆浓抹，两相比并。道此间如对，姮娥仙子，慵梳掠、临鸾镜。　　满意曲阑芳径。早安排、雨篷烟艇。茶瓯雪卷，纹楸雹碎，醉魂初醒。湖海高情，林泉清意，几人能领。算知音、只有中宵凉月，浸蓬莱影。

## 水龙吟

送侍御安公陕西行台用马西麓韵

瘦筇携得风烟，归来拟待闲吟啸。济时人物，天公又早，安排都了。凤诏泥封，乌台霜凛，好音新报。见西山一带，浮岚滴翠，晚色又、添多少。　　千里威声先到。正秋风、渭波寒早。袖中霹雳，何须直把，世间惊倒。激浊扬清，提纲振纪，要归中道。但从今、剩把救民长策，向灯前草。

## 水龙吟

为何相寿

中原几许奇才，乾坤一担都担起。人人都让，庙堂师表，吾儒元气。报国丹诚，匡时手段，荐贤心地。这中间妙理，无人知道，公自有、胸中易。　　眉宇阴功无际。看阶前、紫芝丹桂。且休回首，明波春绿，聪山晚翠。盛旦欣逢，寿杯重举，祝公千岁。要年年、霖雨变为醇酎，共苍生醉。

## 水龙吟

游钱塘西山

一鞭空翠烟霏，笑谈已到山深处。丹崖翠壁，野猿幽鸟，冷泉高树。

兜率天中，蓬壶境内，偶成佳遇。正扪参历井，穷探未了，回首早、疏钟暮。　　画舸亭亭横渡。醉归来、被谁留住。云窗雾阁，群仙应笑，尘缘相误。白雪歌残，青鸾梦觉，满身风露。料明年、却向古台高处，忆桃源路。

## 水龙吟

戊戌中秋，同西麓经历、佑之提举诸公饮于太清道院。时佑之浩歌古调数曲，音韵清壮，座中莫不击节赏叹。予亦效颦作此侑觞①。若曰乐府，则吾岂敢？姑就其协律云耳。

一年好景君须记。桂子天香飘坠。蟾光自古，几番圆缺，几番明晦。何况人生，祸中藏福，进中隐退。向是非乡里，功名场上，百无事、苦萦系。　　便得侯封万里。到头来、虚名何济。人间最好，闲中岁月，酒中身世。一炷龙香，数声水调，几多清致。且今朝、拼取陶陶醉了，又陶陶醉。

## 水龙吟

和马西麓韵

故人邂逅相逢，满怀和气无边际。别来一载，光阴回首，水流星坠。白雪歌词，青云人物，知音有几。把沧溟倒卷，天瓢满吸，须拼了、为君醉。　　醉眼瞢腾不寐。直望断、长空万里。风清露冷，乾坤似昼，月华如洗。梦里遨游，蕊珠宫殿，飘然得意。到醒来、有句且休拈出，怕惊尘世。

## 水龙吟

为中和提点寿

袖中携得新诗，今朝来祝吾师寿。吾师何似，一生清净，淡然笃守。丹骨通明，霜髯潇洒，竹坚松瘦。更不须展放，寿星图画，自是个、希夷叟。　　忿欲贪痴那有。把玄关、近来参透。黄芽白雪，玉炉金鼎，龙蟠

① 《全元词》本校曰：“予亦效颦作此侑觞。”《十名家词集》本《古山乐府》作“仆亦效颦作《水龙吟》一阕以佐觞”。

虎走。九转功成，不妨笑傲，人间长久。待从师、杖屦八千余岁，肯相容否。

## 水龙吟

为阎静轩寿

仙翁家住蓬壶，骑麟来自祥云表。琼琚玉佩，月裳霞袂，炯然相照。道出羲黄，才过迁固，文如盘诰。向紫霄高处，遨翔容与，知此贵、世间少。　万里江湖浩渺。驾风霆、有时曾到。斯文谁主，大谟谁决，君归能早。铃索声中，金莲影里，鬓华未老。看九重、早晚天恩飞下，历中书考。

## 水龙吟

咏玉簪花

素娥宴罢瑶池，醉簪误堕庭深窈。花神爱护，绀罗轻衬，绿云低绕。秋意重缄，芳心半吐，有香多少。把幽轩好梦，等闲熏破，凉月转、人初悄。　冷沁冰壶风袅。肯轻与、铅华相照。湘兰标致，水仙风度，也应同调。钗凤香分，鬓蝉影动，此情云渺。问何时、分付一庭寒玉，对妆台晓。

## 水龙吟

登滕王阁

画檐丛翠凌霄，暮云还送西山雨。千年陈迹，一时胜概，东南宾主。佩玉鸣銮，西风吹入，江声柔橹。漫登临赢得，征鞍倦客，离思乱、乡心苦。　一梦繁华何许。空留得、悲凉今古。雄文健笔，星辉日映，鬼呵神护。倚遍阑干，有心也待，留题新句。见一双、白鸟苍烟影里，背人飞去。

## 水龙吟

暇日过田学士村居，乃父为司徒。

翠微冷浸清溪，洞天惟许仙家住。主人新葺，柳亭梅坞，竹轩松户。绿野风烟，东山泉石，少人知处。怕椿翁早晚，急流勇退，田园计、已成趣。　　不恋銮坡玉署。要管领、东皋朝暮。君应解得，风波何限，功名良苦。琥珀醅浓，玻璃盏大，醉扶归路。料沙头、鸥鹭也应笑我，却匆匆去。

## 水龙吟

饮刘氏野春亭用前韵

梦回花露沾衣，夜来酩酊谁留住。依稀犹记，春风亭槛，野云窗户。物外仙姿，一声白雪，翠微深处。要风流陶写，等闲莫遣，儿童辈、识真趣。　　四海知音难遇。尽疏林、暝烟催暮。一杯未举，两眉长皱，人生何苦。只恐明朝，玉骢迷却，武陵溪路。倘刘郎、不厌醒时来访，醉时归去。

## 水龙吟

出郭

太行千里新晴，青山也喜归来好。一鞭秋色，半帆云影，去如飞鸟。桂玉情怀，尘埃面目，鬓华空老。道本无伎俩，颠鸾倒凤，时自把、平生笑。　　万里江湖浩渺。便安排、雨蓑烟棹。闲时哦句，醉时歌曲，醒时垂钓。十载鹓行，孤忠却念，君恩难报。倚篷窗、时向夕阳明处，认琼华岛。

## 水龙吟

为王少傅寿

画堂佳气匆匆，玉梅迎腊香初度。人生可庆，官居极品，年登上寿。一代风流，三公仪范，四朝耆旧。算世间除却，东山谢傅，问谁是、调元手。　　眉宇阴功何厚。看富贵、荣华长久。金章照眼，彩衣戏舞，桂枝联秀。尚父规模，武公勋业，亨衢尽有。愿年年、剩把普天霖雨，酿长生酒。

## 水龙吟

皇庆癸丑重九，登南高峰，寄柳汤佐同知。

重阳何处登临，玉骢惯识南山路。秋空绝顶，西风两鬓，白云双屐。

浙浦寒潮，苏堤画舸，吴宫烟树。不一尊琼露，数声金缕，将此景、成虚负。　　试觅旧题诗句。早斓斑、雨苔无数。琼台宝瑟，不堪重记，泛觞流羽。笑捻黄花，闲寻红叶，故人何处。倚危阑、北望燕云晚霭，又征鸿暮。

## 水龙吟

戊午春咏杏花

雪香飞尽江梅，上林桃李寒犹揩。墙头惊见，枯枝闹簇，生红初喷。嫩绿亭台，新晴巷陌，清明相近。甚等闲句引，狂蜂戏蝶，早不管、人春困。　　不怕蜡痕轻褪。怕东风、乱飘残粉。琐窗犹记，双鹅细剪，一簪幽恨。骏马如飞，流光似箭，归期难准。料黄昏、微雨盈盈泪眼，把燕脂揾。

## 水龙吟

酹辛稼轩墓，在分水岭下。

岭头一片青山，可能埋得凌云气。遐方异域，当年滴尽，英雄清泪。星斗撑肠，云烟盈纸，纵横游戏。漫人间留得，阳春白雪，千载下、无人继。　　不见戟门华第。见萧萧、竹枯松悴。问谁料理，带湖烟景，瓢泉风味。万里中原，不堪回首，人生如寄。且临风、高唱逍遥旧曲，为先生酹。

## 满江红

卢沟桥

半世干忙，漫走遍、燕南代北。凡几度、马蹄平踏，卧虹千尺。眼底关河仍似旧，鬓边岁月还非昔。并阑干、惟有石狻猊，曾相识。　　桥下水、东流急。桥上客，纷如织。把英雄老尽，有谁知得。金斗未悬苏季印，绿苔空渍相如笔。又平明、冲雨入京门，情何极。

## 满江红

寄磁下诸公

枫落衡漳，犹记得、离觞鲸吸。惊又见、宫槐禁柳，绿阴如织。行止难穷天素定，功名有分谁能必。任近来、参透妙中玄，床头易。　　梅雨过，芹池碧。松月上，丹房寂。问此时曾念，京尘踪迹。七碗波涛翻白雪，一枰冰雹消长日。向德星、多处望麋山，空相忆。

## 满江红

秋日

风雨潇潇，便酿出、新凉庭院。人乍起、一簪楸叶，不堪裁剪。翠幄渐凋槐影瘦，红衣半老蕖香浅。到秋来、何止沉休文，难消遣。　　鸿雁杳，音尘断。空极目，烟波满。想故人此际，画阑凭遍。别久几将情做梦，归迟一向恩成怨。对西风、无语黯消魂，行云远。

## 满江红

用李廷弼留别韵

一梦黄粱，邯郸道、几人曾觉。空怨杀、津亭叠鼓，戍楼残角。往岁相逢淮口渡，今年同向钱塘泊。叹飘零、俱为出山忙，平生错。　　青青鬓，长如昨。纷纷事，轻抛却。道功名何必，凤池麟阁。老境尚期游汗漫，壮心不用伤离索。恨明朝、相望越山重，吴江阔。

## 满江红

和吴此民送春韵

九十韶光，惊又见、刺桐花落。春去也、愁人情绪，不禁离索。桃坞霏霏红雨暗，柳堤漠漠香绵薄。恨东风、一夜太无情，都吹却。　　功名念，平生错。尘土梦，今朝觉。有一尊分甚，圣清贤浊。听我高歌如不饮，何人绿鬓长如昨。况东君、动是再相逢，经年约。

## 石州慢

忆别①

红雨西园，香雪东风，还又春暮。当时双桨悠悠，送客绿波南浦。阳关一阕，至今隐隐余音，眼前浑是分携处。此恨有谁知，倚阑干无语。　　凝

① 《全金元词》本词题为“忆别”，《全元词》本无词题，依《全金元词》本改。

伫。天涯几许离情，化作暮云千缕。过尽征鸿，依旧归期无据。京尘染袂，故人应念飘零，岂知翻被功名误。无处着羁愁，满春城烟雨。

## 念奴娇

赋白莲用仲殊韵

水风清暑，记平湖十里，寒生纨素。罗袜尘轻云冉冉，仿佛凌波仙女。雪艳明秋，琼肌沁露，香满西陵浦。兰舟一叶，月明曾到深处。
谁念玉佩飘零，翠房凄冷，几度相思苦。异地相看浑是梦，忍把荷觞深注。碧藕多丝，翠茎有刺，脉脉愁烟雨。江云撩乱，倚阑终日凝伫。

## 念奴娇

和金直卿冬日述怀

冻云垂野，乍乾坤惨淡，冰花飞落。卷地朔风寒彻骨，且把貂裘重着。美酒千钟，清歌一曲，未用伤飘泊。君看席上，玉人娇胜花萼。
自笑老矣元龙，黄尘两鬓，镜里今非昨。不愿腰间悬斗印，不愿身骑黄鹤。非俗非仙，半醒半醉，只恐人猜却。钟期安在，为谁重理弦索。

## 念奴娇

题钓台

钓台千尺，问谁曾占断，一江新绿。试拜先生眉宇看，何地可容荣辱。遥想当年，故人邂逅，以足加其腹。书生常事，可怜惊骇流俗。
应恨惹起虚名，平生正坐，误识刘文叔。笑杀君房痴到底，燕雀焉知鸿鹄。万叠云山，一丝烟雨，比得三公禄。高风千古，冷香聊荐秋菊。君房，侯霸字也。子陵有《勖君房书》。

## 念奴娇

登石头城清凉寺翠微亭

翠微秋晚，试闲登绝顶，徘徊凝伫。一片清凉兜率界，几度风雷貔虎。钟阜盘空，石城瞰水，形势相吞吐。江山依旧，故宫遗迹何处。
遥想霸略雄图，蚁封蜗角，毕竟无人悟。六代兴亡都是梦，一样金陵怀古。宫井朱阑，庭花玉树，偏费骚人句。此情谁会，橹声摇月东去。

## 满庭芳

夏日饮王氏园亭

珠箔含风，琐窗凝雾，柳溪别是仙乡。一枝绝艳，袅袅动波光。消尽人间烦暑，冰纨腻、玉骨初凉。肠应断，清商一曲，余韵惹蕖香。　　幽情还解否，冰莲数合，碧藕丝长。要满斟芳醑，亲举荷觞。耳畔向人微道，便为侬、一醉何妨。归来晚，新愁几许，山雨夜浪浪。

## 风流子

离思满春江，当时事、争忍不思量。记芳径月斜，凭肩私语，兰舟风软，携手寻芳。回首处，青山遮望眼，绿柳系柔肠。云落雨零，燕愁莺恨，宝钗留股，鸾镜分光。　　天涯飘零客，情缘向何处，最是难忘。犹剩满襟清泪，半臂余香。□心似雨花，一枝寂寞，梦随风絮，万里悠扬。谁信觉来依旧，烟水茫茫。

## 夺锦标

七夕

凉月横舟，银横浸练，万里秋容如拭。冉冉鸾骖鹤驭，桥倚高寒，鹊飞空碧。问欢情几许，早收拾、新愁重织。怅人间、会少离多，万古千秋今夕。　　谁念文园病客。夜色沉沉，独抱一天岑寂。忍记穿针亭榭，金鸭香寒，玉徽尘积。凭新凉半枕，又依稀、行云消息。听窗前、泪雨潇潇，梦里檐声犹滴。

## 木兰花慢

陪安参政宴吴山盛氏楼

爱吴山佳处，凝望际、眼增明。正帘卷江涛，屏开罨画，境接蓬瀛。中朝相君宽厚，领太平歌吹宴簪缨。巧啭雏莺锦字，哀弹小雁银筝。
人生乐事古难并。清兴卷沧溟。恨老矣刘郎，病余司马，慵举瑶觥。登临不留一语，怕风烟笑我太无情。收拾新诗未了，钱塘落日潮生。

## 木兰花慢

端午发松江

恨无情画舸，载离思、各西东。正佳节惊心，故人回首，应念匆匆。殷勤彩丝系臂，问如何不系片帆风。醉里阳关历历，望中烟树濛濛。

驿亭榴火照尘容。依约舞裙红。纵旋采香蒲，自斟芳酒，酒薄愁浓。功名事浑几许，甚半生长在别离中。不似东来潮信，日斜还过吴淞。

## 木兰花慢

饯佟伯起赴江西参政任

算青云人物，名已著、绣衣时。见湖海襟期，诗书气味，鸾鹤丰姿。十年五居廉省，便衣官拜相复何疑。早岁曾同几砚，至今亲若埙篪。

相逢未久遽相辞。忍写饯行诗。早隐隐征帆，湖光潋滟，山翠参差。雄藩笑谈余事，倘兰舟、开宴举金卮。寄语桥边鸥鹭，刘郎尘鬓如丝。

## 木兰花慢

为李廷弼再举孙雏之庆

正一阳道长，见佳气、拥青骢。是桐树生孙，桂枝结子，喜庆重重。东床几多痴福，算平生乃祖积阴功。敢望成吾宅相，但休坠汝家风。

今朝何必问穷通。满引紫金钟。看掌上擎来，玉明五岳，漆点双瞳。他年与君归老，向麋山南北水西东。不怕斜阳醉倒，有人扶两衰翁。

## 木兰花慢

送柳汤佐之覃怀总管任

羡春风五马，恨无计、驻征鞍。想胶漆真情，云烟高兴，诗酒清欢。当时与君年少，到而今双鬓总成斑。几度批风抹月，几番临水登山。

驿途吟袖尚轻寒。珍重且加餐。怕到郡之时，民须加爱，事要从宽。风流赏音人去，纵朱弦有曲为谁弹。明日倚楼凝望，雁回早寄平安。

## 木兰花慢

送居仁之淮南转运使任

羡秋空一鹗，便得意、脱尘鞲。有道义高情，经纶大手，每事优游。

中朝共推雅望，问如何不肯少迟留。莲幕三年帝里，白云几梦扬州。威名久矣播吴头。地上看钱流。喜鞭算之余，琼花未老，萱草忘忧。依依送君南去，笑竿头戏技几时收。寄语西楼双鹤，春风来迓吾舟。

## 沁园春

送吴此民江州教本任瓜洲官，前长景星白鹿书院。

前日庐山，今日庐山，岂偶然哉。喜青衫旧梦，轻车熟路，白云清兴，翠壁丹崖。石镜光寒，香炉烟暖，晴雪飞空玉峡开。天公意，欲先生健笔，洗尽尘埃。　　三年握手金台。任意气、相期隘九垓。恨征帆缥缈，秋风南浦，书灯冷落，夜雨西斋。莲社香中，琵琶亭上，我念京尘无好怀。君须记，怕雁回时节，早寄诗来。

## 沁园春

宿瓜洲城

瓜步城闉，烟树西津，几回往来。尽洪涛千丈，鱼龙出没，苍颜十载，鸥鹭惊猜。驿馆荒凉，征鞍牢落，寄语楼船且莫开。今宵里，要江声一枕，洗涤羁怀。　　侵晨风定潮回。便挂起、云帆亦快哉。爱金山东畔，天开罨画，银山南下，地涌诗材。冲破晴岚，拂开苍藓，欲纪兹行百尺崖。还停笔，怕吟鞭犹带，京国尘埃。

## 沁园春

和人韵

世路崎岖，世事纷更，年来饱谙。叹都城十载，霜侵老鬓，江湖万里，尘满征衫。应物才疏，谋身计拙，桂玉生涯岂久堪。干忙甚，向是非丛里，不要穷探。　　禅机已悟三三。又何用、天庭似老蚕。羡养生有道，将从子隐，于时无补，只益吾惭。归去来兮，与君同醉，醉后扶持有小男。平生乐，在山前山后，溪北溪南。

## 沁园春

止酒效稼轩体

半世游从，到处逢迎，惟尔曲生。喜一尊乘兴，时居乐土，三杯有力，能破愁城。岂料前欢，俱成后患，深悔从来见不明。�轩下，抱厌厌病枕，恨与谁评。　　请生亟退休停。更说甚、浊贤与圣清。论伐人心性，蛾眉非惨，烁人骨髓，鸩毒犹轻。裂爵焚觞，弃壶毁榼，交绝何须出恶声。生再拜，道苦无大故，遽忍忘情。

## 沁园春

壬子和人为寿用止酒韵

身世飘零，勋业何成，鬓华渐生。记去年欢笑，遨游帝里，今年憔悴，卧病江城。直道难行，浮名识破，正要生平两眼明。心无歉，但世间公论，自有人评。　　竹风萧飒初停。算何境、能如梦境清。问命之穷达，三杯酒软，身之去就，一叶舟轻。毁誉从他，醉醒在我，赢得篷窗听雨声。秋江上，更莼鲈无限，鸥鹭多情。

## 沁园春

为王彦博尚书寿

佳气葱葱，喜事重重，福禄鼎来。记秋官重任，去年显擢，春闱宠渥，今岁安排。寿算绵绵，班资衮衮，迤逦相随到上台。人都道，不调和鼎鼐，岂尽其才。　　眉间阴德纹开，应只为、惟刑之恤哉。看门闾高大，堪容驷马，儿孙昌盛，已种三槐。唤起琼姬，满斟玉露，官事无多且放怀。年年醉，对春回柳眼，雪晕梅腮。

## 沁园春

为杜左丞寿

勇退归来，一担乾坤，十年息肩。奈东山安石，岂容高卧，洛中司马，须再调元。车拥蒲轮，杖扶灵寿，琴瑟更张为解弦。人都道，果功成霖雨，泽润无边。　　河汾闲气生贤。算甲子、才同绛县年。更太公八十，出膺熊虎，武公九十，入戴貂蝉。梅信春香，槐阶日暖，数到庄椿岁八千。持杯寿，寿文章宰相，廊庙神仙。

## 沁园春

泉南作

自入闽关，形势山川，天开两边。见长溪漱玉，千瓴倒建，群峰泼黛，万马回旋。石磴盘空，大梯架壑，驿骑蹒跚鞭不前。心无那，恰鹧鸪声里，又听啼鹃。　　区区仕宦谁怜。道有志、从来铁石坚。但长存一片，忠肝义胆，何愁半点，瘴雨蛮烟。尽卷南溟，不供杯杓，得逐斯游岂偶然。天公意，要淋漓醉墨，海外流传。

## 贺新郎

淮上中秋

晚蛛收残雨。喜晴空、冰轮飞上，月明三五。前岁钱塘江上看，去岁京华容与。今岁又、秋风淮浦。料得嫦[1]娥应笑我，笑星星、鬓影今如许。空浪走，竟何补。　　此生此夜还知否。问几人、浪苍抖擞，衣裾尘土。独倚篷窗谁共饮，万象不分宾主。恍疑在、玉霄高处。击碎珊瑚未彻，见洪涛、千丈鱼龙舞。舟一叶，任掀举。

## 贺新郎

九日同柳汤佐梁平章弟总管携歌酒登古台，乃金之七园也。

九日西城路。滟平川、黄云万顷，碧山无数。百尺危楼堪眺望，抖擞征衫尘土。又惹起、悲凉今古。佩玉鸣銮春梦断，赖高情、且作风烟主。嗟往事，向谁语。　　人生适意真难遇。对西风、满浮大白，狂歌起舞。便得腰悬黄金印，于世涓埃何补。愈想起、渊明高趣。莫唱当年朝士曲，怕黄花、红叶俱凄楚。愁正在，雁飞处。

## 蓦山溪

和卢彦威应奉食柑韵

洞庭珍味。唤起愁千里。万颗晓霜余，记当时、小园秋霁。玉纤分露，半醉对黄花，惊昨梦，渺前欢，岁月如弹指。　　天涯牢落，无计论心事。冉冉驿尘红，尚依然、袭人芳气。帕罗轻护，不忍破金苞，香簌簌，露霏霏，总是相思泪。

## 鹊桥仙

无穷前古，无穷后世。分得中间百岁。人生七十古来稀，况八九、不

---

① “嫦”，《全元词》本作“常”，误，径改。

如人意。　　荣枯梦幻，功名儿戏。争甚一时闲气。劝君从此更休痴，且拚却、花前沉醉。

## 鹊桥仙

咏梅赠人

琼枝纤弱，瑶英娇小。占得江南春早。前村雪里欲开时，料未必、东君知道。　　芳心一点，幽香多少。几度被花相恼。陇头人去早归来，莫直待、春残莺老。

## 鹊桥仙

寿王赵公时八十

鸾台钟吕，瀛州房杜。荣贵康宁天付。三公勋业四朝臣，不胜似、磻溪渔父。　　朝廷尊敬，君王知遇。香满春风玉树。十分寿比老彭年，恰喜庆、筵开一度。

## 清平乐

到洪寄新斋和前韵

别离心软。争似交情浅。去路愁肠千百转。回首高城天远。　　断云零雨西楼。落霞孤鹜南州。应把归期约定，忍教划损搔头。

## 清平乐

和李御史春寒

日长亭馆。尚问寒深浅。底事今年花信晚。柳外东风未软。　　韶光已近春分。小桃犹揹霜痕。天意因怜病起，故教迟吐清芬。

## 蝶恋花

和王瓠山韵①

狼藉春衫愁万点。半是征尘，半是啼痕染。别久流光空冉冉。料想病颊成双靥。　　罗带同心香未敛。甚日兰舟，重把归装检。极目画楼烟雾掩。凭谁剪却吴江险。

---

① “和王瓠山韵”，据《全金元词》本补。

## 江城子

和元复初赋玄圃梅花

雪迷幽径月迷津。水南村。竹间门。惟有天寒，翠袖伴朝昏。玄圃移根来万里，空怨杀，楚江云。　　玉堂深处护仙真。怕京尘。染芳魂。一种清香，占断百花春。只恐东君偏爱惜，桃与李，却生嗔。

## 望月婆罗门引

和李廷弼韵就庆初度

井梧叶下，西风正喜洗尘颜。犹然火甑之间。谁酿一天霖雨，爽气满河关。甚忧民老子，顿觉心宽。　　风亭月轩。更何用、种琅玕。自有平生节操，未老投闲。群鸟声里，又惊觉、黄粱梦一番。沉醉后、处处麋山。

## 玉漏迟

和人中秋韵

桂香浮绿酒。持杯邀月，何愁佳友。欲写秋光，钝笔近来如帚。空对珠宫贝阙，恍夜色、明于晴昼。休忆旧。人情节意，年年同否。　　浪走紫陌红尘，笑底用腰间，印金悬斗。鹭约鸥盟，江上怪余应久。便有拿云好手，向此夕、何妨深袖。沉醉后。忘却镜中白首。

## 临江仙

戊午九月二十一日宴罢直省和徐工部韵

帘暮酒阑人散后，满庭松竹萧森。捣残秋思是邻砧。翠屏惊旧梦，白发入新吟。　　盖世勋名将底用，悠悠往古来今。一灯孤恨夜窗深。筝间纤笋玉，杯冷软橙金。

## 太常引

赠歌者妙音居士

前身应是散花仙。一念堕尘缘。参透曲中禅。比一串、摩尼更圆。　　林莺巧啭，玉冰飞韵，三昧有谁传。休惜遏云篇。早医得、维摩病痊。

## 太常引

寿高右丞自上都分省回

巍然勋业历台司。一柱尽能支。报国与忧时。怎瞒得、星星鬓丝。　龙门山色，滦河云影，添入介眉诗。沉醉莫推辞。趁秋满、天香桂枝。

## 南乡子

赠歌者怡云和卢处道韵

霭霭度春空。长妒花阴月影中①。曾为清歌还少驻，匆匆。变作春前喜气浓。　　一笑为谁容。只许幽人出处同。却恐等闲为雨后，东风。吹过巫山第几峰。

## 阮郎归

题秋山草堂图

青山重叠水萦纡。扁舟隔岸呼。依稀绿野辋川图。又疑陶令居。　　红树晚，白云孤。乾坤别一壶。草堂潇洒竹窗虚。个中容我无。以上《全元词》

# 宋褧（40首）

宋褧（1294—1346），字显夫，大都宛平（今北京）人。泰定元年(1324）进士，除秘书监校书郎，先后任翰林国史院编修、御史台掾、翰林修撰。顺帝至元初，擢监察御史，出佥山廉访司事，改陕西行台都事。至正初，拜翰林待制，迁国子司业，与修宋、辽、金三史；进翰林直学士，兼任经筵讲官。卒，赠范阳郡侯，谥文清。褧博览群籍，与兄本先后入馆阁，以文学齐名，人称“二宋”。其文温润洁净，不失体裁。其诗以燕人凌云不羁之气，慷慨赴节之音，务去陈言，清新飘逸，间出奇古。其

① 《全元词》本校曰：“长妒花阴月影中”，《十名家词集》本《古山乐府》作“花影长如月影中”。

词音调铿锵，清丽超逸，表现出一种昂扬的格调。论者谓其词“融润和洁，语意晓畅，然细读之，带有刚气，则又北人制雅词者之本质也”①。有《燕石集》。

## 满庭芳

汴中寒食

雨意愔愔，养花天气，卖饧何处春箫。清明上巳，车马正连朝。对酒唱、归时多忘，惜花心、醉后偏饶。凝云暮，青楼帘卷，几度对魂销。
无聊。空怅望，东阑雪剩，北郭香飘。梦江南行乐，水远山遥。深院宇、绿窗啼鸟，明寒食、宝月良宵。秋千外，柳风柔小，无力着春娇。

## 满庭芳

寒食伤先兄正献公

魂黯云山，泪零风野，转头三度清明。感今怀旧，何事不伤情。文史共、梁园书几，枭卢对、湓浦灯檠。经行处，洞庭彭蠡，同载赴瑶京。
才名人尽羡，朝家大宋，陆氏难兄。但驽骀小季，少后鹏程。丹桂树、何论高下，紫荆花、早变枯荣。微衷苦，乱峰如树，幽恨几时平。正献与予尝同寓汴中朝元宫一年，又尝客九江，值除夕，共博而守岁，后同归京师赴举。

## 穆护砂

烛泪

底事兰心苦。便凄然、泣下如雨。倚金台独立，搵香无主，肠断封家相妒。乱扑簌、骊珠愁有许。向卜夜、铜盘倾注。便不似、红冰缀颊，也湿透、仙人烟树。罗绮筵前，海棠花下，淫淫尝怕凤脂枯。比洛阳年少，江州司马，多少定谁如。　　照破别离心绪。学人生、有情酸楚。想洞房佳会，而今寥落，谁能暗收玉箸。算只有金钗曾巧补。轻湿尽、粉痕如故。愁思减、舞腰纤细，清血尽、媚脸肤腴。又恐娇羞，绛纱笼却，绿窗伴我检诗书。更休教、邻壁偷窥，幽兰啼晓露。

---

① 孙克强、岳淑珍编著：《金元明人词话》，南开大学出版社2012年版，第253页。

## 木兰花慢

题蛾眉亭

唤山灵一问，螺子黛、是谁供。画婉娈双蛾，蝉联八字，雨淡烟浓。澄江婵娟玉镜，尽朝朝暮暮照娇容。只为古今陈迹，几回愁损渠侬。千年颦蹙谩情钟。惨绿带云封。忆赏月天仙，然犀老将，此恨难穷。持杯与、山为寿，便展开、修翠恣疏慵。要似绛仙妩媚，更须岚霭空蒙。吴绛仙，炀帝宫人，凤舸殿脚女，善作眉妩。

## 望海潮

海子岸暮归金城坊

山含烟素，波明霞绮，西风太液池头。马似游龙，车如流水，归人何暇夷犹。丛薄拥金沟。更萧萧宫树，调弄新秋。十[①]里烟波，几双鸥鹭两渔舟。　　暮云楼阁深幽。政砧杵丁东，弦管啁啾。淡淡星河，荧荧灯火，一时清景难酬。马上试冥搜。填入耆卿谱，模写风流。明日重来柳下，携酒教名讴。

## 人月圆

中秋小酌

红螺香滟金茎露，清兴溢璇霄。玉盘光冷，云鬟雾湿，丹阙烟消。此生[②]此夜，明年明月，何似今宵。西风唤我，瑶阶折桂，绮槛吹箫。

## 又

诚夫兄生子名京华儿

神州佳丽明光锦，生出玉麒麟。四筵都爱，西山眉翠，太液瞳人。他年应是，斗鸡走马，紫陌红尘。这回休更，燕秦树栗，江浦垂纶。

## 菩萨蛮

送辽西宪椽孙还司延祐己未乐亭县作

紫髯如戟霜台掾。风生采笔来行县。邂逅海天涯。盍簪能几时。

---

① “十”，《全金元词》本作“千”。

② “此生”，《全元词》本作“□□”，按曰：“□□”，据词律补。今依《全金元词》本改。

柳梢春尚冷。无物堪持赠。为谢幕中莲。殷勤寄短篇。许可用时在宪幕

## 又

丹阳道中

西风落日丹阳道。竹冈松阪相环抱。何处最多情。练湖秋水明。驿城那惮远。佳句初开卷。寒雁任相呼。羁愁一点无。

## 又

卫州道中。至元四年十月，与八儿思不花御史同行，按行河南四道。

两岐流水清如酒。草根风蹙冰皮皱。雪净太行青。联镳看画屏。按行多雅致。解起澄清志。回首五云天。东华尘似烟。

## 又

偃师道中

北邙古冢纷无数。崔嵬罗列城山阜。何处断碑横。无人知姓名。今坟如蚁垤。回首成磨灭。今古两堪哀。停骖酹绿苔。

## 春从天上来

寿张惟健五月十六日

帝敕朱明。拥丹穴仙雏，表瑞升平。天上公子，齐岱精英。玉树照映神京。渺翩翩纨绔，有谁似、间气玄成。妙才情，擅钟王笔意，韦杜诗声。　　熏风黑头初度，笑时世纷纭，舞雪歌莺。燕子帘栊，葵榴庭院，天壤至乐难名。邈轩裳奕世，青云步、紫绶华缨。八千龄。看缁衣父子，赤舄公卿。自号至乐斋

## 又

至元六年庚辰元日立春，将为山南佥宪，按部至应城县，作此词奉寄许可用大参、陈景议宪副。

旭日暾暾。烂春饼堆盘，寿酒盈尊。玉帛交错，襟佩翩翻。想象虎豹天门。霭蓬莱云气，布淑景、渐遍乾坤。黯销魂。杳洋洋韶濩，赳赳橐

鞬。　　升平万方元会，念去国孤怀，盛事谁论。黄阁儒臣，乌台旧客，会[①]是执法调元。望蒲骚小邑，才咫尺、寂寞山村。抚婵娟。料梅边倾倒，回拜天恩。

## 贺新凉

寿刘时中五月廿又八日

绣陌经新雨。致升平、五弦琴里，熏风吹户。夏馆深沉晨容好，宝鼎红云香雾。还又是、逋仙初度。畴昔骖鸾骑赤凤，溯西清、佳致凌霄步。天壤外，快豪举。　　遨游又作湖山主。百千回、笑谈诗酒，盘桓容与。未信星星能侵鬓，青镜流年如许。毕竟到、广寒天府。多少文章真事业，鹤南飞、自愧无佳语。弦宝瑟，劝霞醑。

## 又

徐复初池亭听雨轩，至治辛酉，时予将之湖南。

银竹能宫羽。向荷盘、跳珠腷膊，花奴羯鼓。浏浏泠泠春泉泻[②]，滴尽槽头香醑。爱徽外、遗音太古。暗度松筠时淅沥，恍吴娃、低[③]枕传私语。君试听，有佳趣。　　主人未解离愁苦。对凉秋、芭蕉巨叶，梧桐高树。梦断罗裙天如漆，一寸乡心凄楚。点点是、寂寥情绪。明日孤舟成独往，更难堪、长夜潇湘浦。凭曲槛，且容与。

## 虞美人

寄寿周子善二月十一日

暖风金鼎香醽醁。想象人如玉。天南地北两心期。尔汝忘形如愿定何时。　　夫君政似章台柳。寿相人稀有。吟余时复饮丹砂。何求必仙远访稚川家。武陵城中有丹砂井，里又相传饮之有寿。周，武陵人也。

## 虞美人

福州北还雨中观梅

十年久共梅花别。乍见殊佳绝。腊前风景雨中天。翠竹青松恰好映清

① “会”，《全金元词》本作“曾”。
② “泻”，《全元词》本阙，据《全金元词》本补。
③ “低”，《全元词》本阙，据《全金元词》本补。

妍。　　繁枝开遍香成阵。触目忘离恨。玉人谁使似冰肌。酒罢歌阑一向又相思。

## 绿头鸭

送张仲容过维扬，复之钱塘结婚，正月二十日出京，是其寿日也。

缓摇鞭，销魂桥上留连。恰春波、鸭头新绿，仓皇便买吴船。就华堂、溶溶寿酒，作绣陌、草草离筵。倾盖论交，分襟怨别，春风秋月仅经年。都门道、纷纷轻薄，余子政堪怜。　　夫君妙，心期湖海，意气云天。便明朝、拂衣径去，天涯幽恨无边。暮维舟、沙鸥飏雪，春市酒，淮柳垂烟。绿水迢迢，青山隐隐，浙江云拥洞房仙。对西湖、烟浓雨淡，少少占芳妍。归来好，扶摇九万，水击三千。

## 望月婆罗门引

江上晚泊

短衣乌帽，京尘眯目强钻头。梦中八表神游。今日江山佳处，便欲贾胡留。爱峰岚滴翠，天水涵秋。　　断霞渐收。见隐隐两蛾愁。好在九华烟树，秋浦沙鸥。相看依旧，但憔悴潘郎俗状羞。孤负却、笑傲林丘。

## 水调歌头

寄诚夫兄，在江南作，时兄在史馆校雠先朝实录。

登车就长路，晓日照皇州。风吹紫荆花落，那更别离忧。咫尺天南地北，想象云窗雾阁，人在古瀛洲。粉笔校书罢，乌帽拂尘游。　　出银台，心浩浩，思悠悠。人间万事姑置，食邑素封侯。收拾金銮遗事，记取玉壶清话，此外复何求。勋业好看镜，绿鬓不禁秋。

## 蝶恋花

青田舟中

无数好山攒碧树。山下邮亭，亭下牵舟路。山色娱人相指顾。时时又被滩声妒。　　寒日光阴容易度。云去云来，那更商量雨。强把羁愁排遣去。一尊酒尽青山暮。

## 又

河内王干臣号竹溪

门外红尘溪上竹。竹似琅玕，溪水清如玉。溪上主人情不俗。多应每食能无肉。　　千载高标成倏忽。六逸飘然，君为追遐躅。莫向溪边闲濯足。我知孺子歌难续。

## 清平乐

武陵客舍小酌，与田父相对酬酢，闻农师子嘉诸人，方饮他所，欢甚。

花台竹坞。对雨罗樽俎。邂逅田翁同笑语。问讯村墟禾黍。　　酒徒咫尺高阳。粉营狎坐飞觞。一种曲生风味，不知谁弱谁强。

## 又

车厩道中

青松乌桕。寒食来车厩。满目山明仍水秀。忍听玉骢驰骤。　　红[①]桥掩映山庄。酒旗摇曳林塘。好在莺湖春色，笑人不暇飞觞。村舍酒帘书“莺湖春色”，盖酒名也

## 如梦令

题杨补之施蓬墨梅。卷中他诗，有“忍寒背蓬立”之句。

常记剡溪前度。坐拓船窗窥觑。棹进任舟移，行尽粉香千树。佳趣。佳趣。篷背诗人何处。

## 浣溪沙

昆山州城西小寺晚憩

落日吴江驻画桡。招提佳处暂逍遥。海风吹面酒全消。　　曲沼芙蓉秋的的，小山丛桂晚萧萧。几时容我夜吹箫。

## 又

寿南阳周文卿八十

生长升平鹤发翁。儿郎衣彩照方瞳。晨昏甘旨凤城中。　　缓步不须鸠杖策，酡颜时藉蚁杯烘。懒将身世应非熊。

---

① “红”，《全元词》本校曰：底本阙，据文渊阁《四库全书》本补。

## 又

冬日喜晴

万瓦轻霜爱日明。游丝来往似春晴。幽禽弄暖百般声。　　斑竹乍翻经夏箨，绿池犹泛过秋萍。溪桥谁共探梅行。

## 风流子

至元四年七月廿又二日，苏伯修侍郎举一儿子。以予同年久交，且三子名梯云、拿云、步云者方成童就傅，乃求仿吾儿制名。遂命之曰乘云。继征词以纪笔，赋此以赠。儿已满弥月矣，侍郎作汤饼会，并书呈席上诸公。

绀宇瑞烟浮。仙童小，高举觅真游。□霞绚九光，徘徊若木，日宣五色，照耀瀛洲。人争睹，翱翔趋绛阙①，夭矫上昆丘。几度骖鸾，蛾眉东畔，有时跨凤，恒岳南头。　　何事暂夷犹。尽青冥远揽，碧落奇搜。不数薰香妩媚，傅粉娇羞。笑襁褓襜褕，人间羊祜，桑弧蓬矢，地上齐州。剩费通家小字，衮衮公侯。

## 行香子

京山道中

竹院松庭，犬吠鸡鸣。被田家、画出升平。园林掩映，鞍马经行。怅暮天低，寒日淡，晓风轻。　　浮世浮名。役使神形。霎时间、鬓变星星。不忧不惧，无辱无荣。爱水边渔，林下隐，陇头耕。

## 又

暮抵应城宿县斋后园

槲叶风干，柏叶霜殷。浅坡坨、路径回环。喜投公馆，暂卸征鞍。对竹萧森，松夭矫，菊斓斑。　　岁晏天寒，谁共清欢，过黄昏、愁恨多端。烛花渐暗，炉火将残。更雁声哀，砧声急，雨声繁。

---

① 《全元词》本校曰："翱翔趋绛阙。"底本作"翱趣绛阙"，据《彊村丛书》本改，《四库全书》本作"翱翔绛阙"。

## 减字木兰花

宪掾黄君美弄璋，援苏伯修侍郎例，乞名其子。命之曰升云。时二月六日，寿席醉赋。

春空靄靄。儿解飞腾窥五彩。我制佳名。异姓他年叙弟兄。　我须白早。亦愿儿年如我老。缓步徐行。终到蓬莱近上层。

## 南乡子

观云

绀碧峙晴空。态度分明巧不同。檑具神君三四辈，乘龙。冠佩翱翔赴紫宫。楼观远玲珑。舞凤蹲猊刻镂工。一笑斜川痴老子，奇峰。便入南窗诗句中。

## 又

二月廿又八日，君美弄第二雏，仍前例，名之曰凌云。赋此以赠。

头玉太硗硗。江夏无双世胄遥。好是三生仙骨重，丛霄。曾侍元君绛节朝。　咫尺趁扶摇。直上鹏程挹斗杓。他日挥毫能作赋，飘飘。学取成都驷马桥。

## 又

至元六年九月十四日，李重山宪副寿日。是日适台使赍玺书，奖谕风宪至山南，遂大宴合乐。重山号梅庭主人，所居官舍，即旧木犀亭，久扁香宇。

桂宇散秋香。咫尺梅庭十月阳。红叶黄花风致好，华堂。不比寻常进寿觞。　褒诏灿龙光。百丈苍官□丈霜。信是天恩宽似海，徜徉。就趁笙歌入醉乡。

## 踏莎行

早春景陵道中兼旬阴雨

野烧回青，溪梅褪粉。路傍新柳鹅黄嫩。连阴未放碧波明，峭寒尚阻东风信。　咿轧肩舆，飘萧蓬鬓。病余怀抱无风韵。彩笺何暇写闲情，绿尊无分排孤闷。

## 点绛唇

沔阳道中

泽国春生，葑田青接重湖浅。鸳凫弄暖。得意烟波远。　阴遇元宵，晴望花朝转。和风扇。群芳开遍。应过京山县。

## 鹧鸪天

题应山县城内渡蚁桥。桥东数步法兴寺，即二宋读书处。

十万玄驹过雨堤。一双丹凤上天池。科名已向生前定，阴德仍从暗里窥。　龙虎榜，鹡鸰诗。同胞同甲照当时。同宗盛事嗟微异，后折蟾宫向下枝。先兄正献公，至治辛酉状元。予则泰定甲子第三甲十三名。

## 摸鱼子

至元六年二月望日，登安陆白云楼。楼今为分宪公廨。城中有楚大夫宋玉故宅与池，其井名琉璃井，有兰台故基。

屹危阑、郢都西北，滔滔汉水南去。兰台陈迹何从访，废宅芳池凝伫。愁绝处。空只有、琉璃眢井蛙声聚。千年遗绪。邈白雪宫商，雄风襟量，恍惚可神遇。　英灵在，应念诸孙卤莽。斯文徼福如许。蕙肴兰藉椒浆奠，屈景幽魂同赴。惊节序。却邂逅春深，不识悲秋苦。抚今怀古。谩醉墨淋漓，狂歌凄惋，和者应无数。

## 西江月

王伯修赠别

乌石驿中长夜，小金山下新年。淮堧萧寺麦秋天。十载三回相见。　今日汉南官舍，光阴不得留连。何时文酒再团圆。莫待白头皱面。以上《全元词》

# 苏大年（1首）

苏大年（1296—1364），字昌龄，号西坡，真定（今河北正定县）人。曾官翰林编修。

### 踏莎行

题《巫峡云涛图》用王国器韵

烟外斜阳，云中远岫。翠眉轻补胭脂漏。回波都是断肠声，断肠更听哀猿吼。　暮雨凝愁，朝云殢酒。余怀远寄湓江口。世间木石本无情，如何也似离人瘦。

## 王利用（1首）

王利用，字国宾，号山木老人，通州潞县（今北京通州区）人。幼聪悟，弱冠与魏初同学，遂齐名。初事忽必烈于潜邸。中统年间，历太府内藏官，累迁监察御史，擢翰林待制，升直学士，与耶律铸同修实录。出为河东、陕西、燕南三道提刑按察副使、四川提刑按察使。大德二年（1298）改安西、兴元两路总管。致仕居汉中。武宗立，起为太子宾客，曾以改革时政十七事上疏。卒于官，年七十七。

### 木兰花慢

题李氏牡丹园

擅花王尊号，许独步，蕊珠宫。更露叶烟苞，天香国艳，占断春风。青州越州名品，借风流不与洛京同。千字示与赋雅，五言白傅诗工。
谁移仙种到秦中。青帘瑞云红。似天宝繁华，沉香槛北，兴庆池东。年年至人高宴，恐无情风雨又成空。回谢姚黄魏紫，污颜脱落芳丛。《全元词》

## 孟昉（13首）

孟昉，字天纬，一作天晔。本西域人，回族，寓居北京。由乡举入仕，典国子监簿。至正十二年（1352）为翰林待制，官至江南行台监察御史。入明不仕，隐居镜湖。其诗文词曲皆善，学博而识敏，气清而文奇，当世重之。

## 天净沙

十二月乐词并序

凡文章之有韵者，皆可歌也。第时有升降，言有雅俗，调有古今，声有清浊。原其所自，无非发人心之和，非六德之外，别有一律吕也。汉魏晋宋之有乐府，人多不能晓；唐始有词，而宋因之，其知之者亦罕见其人焉。今之歌曲，比于古词，有名同而言简者；时亦复有与古相同者，此皆世变之所致，非故求异乖诸古而强合于今也。使今之曲歌于古，犹古之曲也。古之词歌于今，犹今之词也。其所以和人之心养情性者，奚古今之异哉！先哲有言："今之乐，犹古之乐。"不其然欤？尝读李长吉《十二月乐词》，其意新而不蹈袭，句丽而不慆淫，长短不一，音节亦异，傍谴冥思，朝涵夕咏，谐五声以摊其腔，和八音以符其调，寻绎日久，竟无所得，遂辍其学，以待知音者出而予承其教焉，因增损其语而隐括为《天净沙》，如其首数。不惟于尊席之间便于宛转之喉，且以发长吉之蕴藉，使不掩其声者，慎勿曰"侮贤者之言"云。

上楼迎得春归，暗黄着柳依依。弄野轻寒似水，锦床鸳被，梦回初日迟迟。正月

劳劳胡燕酣春，逗烟薇帐生尘。蛾髻佳人瘦损，暖云如困，不堪起舞缃裙。二月

夹城曲水飘香，扫蛾云髻新妆。落尽梨花欲赏，不胜惆怅，东风萦损柔肠。三月

依微香雨青氛，金塘闲水生蘋。数点残芳堕粉，绿莎轻衬，月明空照黄昏。四月

沿华水汲青尊，含风轻縠虚门。舞困腮融汗粉，翠罗香润，鸳鸯扇织回文。五月

疏疏拂柳生裁，炎炎红镜初开。暑困天低寡色，火轮飞盖，晖晖日上蓬莱。六月

星依云渚溅溅，露零玉液涓涓。宝砌衰兰剪剪，碧天如练，光摇北斗阑干。七月

吴姬鬓拥双鸦，玉人梦里归家。风弄虚檐铁马，天高露下，月明丹桂生华。八月

鸡鸣晓色珑璁，鸦啼金井梧桐。月坠茎寒露涌，广寒霜重，方池冷悴芙蓉。九月

玉壶银箭难倾，缸花凝笑幽明。霜碎虚庭月冷，绣帏人静，夜长鸳梦难成。十月

高城回冷严光，白天碎堕琼芳。高饮挝钟日赏，流苏金帐，琐窗睡杀鸳鸯。十一月

日光洒洒生红，琼葩碎碎迷空。寒夜漫漫漏永，串销金凤，兽炉香霭春融。十二月

七十二候环催，葭灰玉琯重飞。莫道光阴似水，羲和迂辔，金鞭懒着龙媒。闰月。《全元词》。

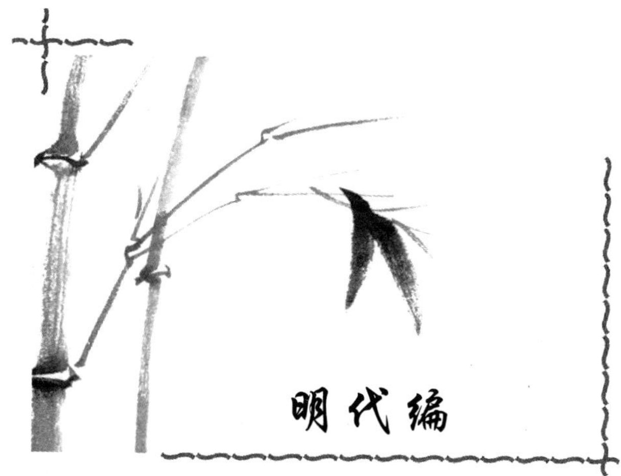

# 明代编

# 傅珪（1首）

傅珪（1459—1515），字邦瑞，清苑人。成化二十三年（1487）进士，授编修，预修《会典》与《孝宗实录》。累进礼部尚书，赠太子少保。忤权幸，致仕归，卒于家，谥文毅。有《北谭傅文毅公集》八卷。

## 千秋岁

寿克温学士乃尊

蒲香清昼。又是悬弧后[①]。珠履集，笙歌奏。皇恩日渐新，野兴恒如旧。行乐处，荆山一棹春波皱。　　梧竹森森茂。庭阶翻彩袖。醽旨酒，介梅寿。才登七秩初，直到千年后。蓬岛上，大郎夜夜瞻庚宿。以上《全明词》

# 孙绪（3首）

孙绪，生卒年不详，字诚甫，号沙溪，故城人。弘治十二年（1499）进士，授户部主事。火筛入侵，遣将往讨，绪为参谋转吏部郎中，为中官张雄诬事褫职。嘉靖初起太仆卿，旋致仕。有《沙溪集》二十三卷。时人论其著作，目为近代宗匠。

## 满江红

送赵十松赴杭州府学教授

雨楫风帆，强载我、美人南去。重把手、盈盈清泪，漳河东注。孤剑自怜乡国远，振衣不踏尘埃路。就宓琴、点瑟较亏盈，竟谁误。　　西湖水，清无际。浙江潮，来无计。问青衫曾会，道如斯逝。万里浮云双眼

① “后”，《傅文毅公集》为“候”。

白，一天化雨千山丽。漫回头、一笑古瀛洲，心谁俪。

## 八声甘州

贺邑大夫俭菴李侯膺奖

中丞使夜发古常山，一骑路尘红。道古来守令，循良有传，今见于公。好辨笙箫樽俎，为我宠良工。尚历鹰鹯志，不日横空。　　试问公家何有，但一帘明月，万斛清风。对福星一点，漳水碧流东。念水滨、泥涂沟壑，凭谁去、万里问重瞳。吏民曰、惟我公在，自有帡幪。

## 蝶恋花

赠陆明府入觐

短剑孤囊朝天阙。马蹄瑟缩，怯彼燕山雪。冻云布冷天寥泬。敝裘其奈刚风折。　　瀛南谁复坚贞节。漳水东流，千里同澄澈。明月抱琴清梦澈。梅花香映彭城月。以上《全明词》

# 苏志皋（9首）

苏志皋，生卒年不详，字德明，后号寒村，固安人。嘉靖十一年（1532）进士，官至副都御史，有《寒村集》《抱罕集》。其词写北方边塞风光，慷慨沉郁，颇有特色。

## 瑞鹤仙

《海天一鹤图》，为廖东雩作。

海曙明霜晓。乍飞来，羽翮荡摩天表。万里沧溟小。看墨染，裳玄雪凝衣缟。曾随清献锦城西，惯见白蘋红蓼。是何年、来向江干，又伴云阳年少。　　窈窕。竹间引步，华表昂霄，孤标皎皎。维扬路远，钱塘山杳。梦魂缭绕。待明年、携取坡仙，直上五云缥缈。应夸鹓鹭同群，颉颃青鸟。

## 如梦令

夏日留题省中葡萄

弱干千条万缕。细蔓牵风斗雨。蛟女弄玄珠，蓦地几回吞吐。记取。记取。谁到秋来做主。

## 浣溪沙

狱神祠前葵花

艳冶花传巴蜀名。号风泣雨送悲声。闲开闲落总伤情。　　密叶谁烹供午饷，孤芳自摘信平生。楚囚相对泪如倾。

## 天仙子

登玉皇阁

嘉靖甲辰秋，虏犯紫荆，予以督饷至蔚州，且趣兵进薄广昌。乘月登陴，环视群山，如有列仙者，骖鸾跨凤，翱翔其间。乃作小词一阕以寄遐思云。

青帝祠前赤帝祠。步虚声里梦回时。羽轮归去鹤书迟。山吐月，水平堤。泠泠玉露湿仙衣。

## 菩萨蛮

游女图

画桥西去垂杨陌。桃花嫩染胭脂色。花下见娉婷，双眸带晓星。　　欲去重回首。背立斜阳久。含笑折花枝。芳心不自持。

## 前调

暮秋登眺有怀

满城风雨重阳近。乡心一片谁曾问。木叶下汀洲。家家砧杵秋。　　记得当时别。相思频向说。目断送归鸿。云山千万重。

## 前调

贬所春日登镇边楼望雪山

玉门关外生春草。莫到天涯人易老。含笑问春风。春风处处同。

惟有南山雪。四时光皎洁。登楼指顾中。白雪映轻松。

### 浣溪沙

秋日登镇边楼感怀

镇边楼上慢凝眸。漠漠黄沙澹澹秋。风林无奈搅乡愁。　雁字不来书又断，君恩未报笔仍投。时时魂梦绕皇州。

### 长相思

送何将军淮迁秩赴凉州

东河州。西凉州。陇树秦云欲变秋。相看万里侯。　花满头。酒满瓯。客中送客转生愁。天涯人倚楼。以上《全明词》

## 史褒善（2首）

史褒善，生卒年不详，号沱村，大名县人。嘉靖十一年（1532）进士。历官侍御史。按楚地，有平麻阳盗功，以论守陵珰骄横忤旨。旋与杨继盛同官，日以国事相砥勉。有《沱村文集》。其词豪迈慷慨，寄寓直臣忠悫之气。

### 桂枝香

冬初登君山阅操，赓和水南学士。

萧萧落水，看东注大江，万里归幅。瞬息舳舻千艘，旌旗如簇。杀气腾腾催黠虏，眼见他、电奔星逐。凯歌驰奏，天颜有喜，苍生春育。　叹平生、志虑千斛。遇明时附骥，奋翼江澳。帷幄运筹，汛扫鲸膻污辱。仗义匡时胆气粗，建功勋、彝鼎堪读。翻愧谫拙，难图恐负，报主心曲。

### 满江红

登金山

翠削芙蓉，凌碧汉、琳宇如簇。诸天外、霞光映水，锦帆摇绿。四顾悠悠昏晓定，虚岩荡漾烟云足。送长江、一泻朝瀛海，奠坤轴。　　觑群峰，傍华屋。逞孤标，中流矗。远红尘瑞霭，凝眸阆苑添纂。风雷动地潜蛟舞，洪涛簸岸香树蹙。拱金陵、一脉缠龙虎，延帝禄。以上《全明词》

# 王好问（3首）

王好问（1517—1582），字裕卿，号西塘，乐亭人。嘉靖二十九年（1550）进士，累官南京户部尚书。有《春煦斋集》十二卷，词附。论者谓其词如秋水芙蓉，寒江映月。

## 贺圣朝

寄远

袅袅西风敛暝烟。日衔山。阴阴杨柳暗长川。水如天。　　一别玉京成远梦，几经年。锦鱼千里为谁传。思依然。

## 点绛唇

春愁

九十春光，可怜长日空辜负。别离情绪。最怕黄昏雨。　　倚遍楼头，望断春归处。人无语。落花飞絮。又过秋千去。

## 杨柳词

秋台风月净，绮楼丝管哀。坐看杨柳落，不见塞鸿来。以上《春煦轩诗集》卷二

# 赵南星（3首）

赵南星（1550—1627），字梦白，好侪鹤，又号清郝散客，高邑（今

河北石家庄）人。万历二年（1574）进士，除汝宁判官。迁户部主事。调吏部考功，历文选员外郎。光宗时，起为太常少卿，继迁左都御史。天启初任吏部尚书，终以进贤嫉恶忤魏忠贤，削籍戍代州。卒谥忠毅。善小曲。有《芳茹园乐府》一卷。

## 水龙吟

杨花，用章质甫韵。

春闺忒恁愁人，已看尽、落红翻坠。杨花更惨，连空映日，撩人情思。飞过高城，寻来小院，从教门闭。偶蘋风乍定，商量暂住，低飞燕，还扶[1]起。　　何处疑花乱玉。几曾堪、髻簪衣缀。兰闺人倦，多愁牵梦，难成易碎。小玉声喧，晴天雪下，香阶无水，忆辽西、何处神魂荡漾，暗抛红泪。《全明词》

## 苏武慢

四十归来，今将七十，人道清时禁锢。一双竹屐，一顶练巾，满地江湖飞步。丽景清欢，闹花轰月，没个事情耽误。纵饶他凤在，今笼争似，旧山鹦鹉。　　偶然间、乡里之中，有人出仕，随众送行河浦。车马扬尘，旌旗蔽日，僮仆䜣䜣欲舞。一鬼何来，揶揄向我，何不追游天路。笑卢胡人尽，求官松菊，谁当为主。

## 沁园春

冷眼乾坤，剩见荣枯，万念都灰。笑蚁朝轩冕，何时梦断，蜂房生计，竟日喧豗。使碎心肠，淘干唇吻，落个而今安在哉。堪怜处，浪贤豪自负，名行全颓。　　早年细党挤催。成就了陶潜归去来。喜天教受用，云山烟水，人能管领，月榭风台。陆羽茶香，文君酒美，说甚经邦济世才。论知己，是沙边鸥鸟，两不疑猜。以上《赵忠毅公诗文集》卷六

① “扶”，《赵忠毅公诗文集》本作“冲”。

# 王乐善（2首）

王乐善，字存初，益津（今河北霸州市）人。万历二十一年（1593）进士，除行人，迁吏部主事。有《鹦适轩集》《扣角集》。

## 好事近

贺郡伯钱公荐词

海岱济川才，雅望包黄掩卓。襦袴万家春晓，小试经纶学。　不言桃李自成蹊，当道褒扬数。准拟重膺环召，喜华阶高擢。

## 帝台春

贺郡伯钱公荐词

霸台春色。融融遍阡陌。白叟黄童，都似当年，欢歌帝力。共说家家沾瀸泽。得受用、暖衣饱食。天赐与，吴越王孙，海虞仙客。　无捐瘠。安衽席。风摇摇，雨滴滴。喜百里熙台，真个是华胥乐国。屈指古循良，似使君、怎能多得。指日见御屏，丹诏传消息。以上《全明词》

# 孙承宗（49首）

孙承宗（1563—1638），字稚绳，河北高阳人。万历三十二年（1604）进士。天启初，累官兵部尚书、东阁大学士。时辽阳、广亭俱被清兵攻破，承宗慨请行边。既至，修筑城堡，练兵屯垦，拓地二百里。魏忠贤谗之，乞归。清兵陷高阳，城破殉难。有《高阳集》二十卷。承宗膺军国之重，词乃其余事。小令风流俊爽，在晏、欧之间；中长调多写军中之事，慷慨雄壮，较范仲淹、辛弃疾词激越沉厚，别开词境。

## 朝中措

一缑长剑倚晴空。生事笑谈中。王谢堂前飞燕，春来还逐东风。等闲尊酒，孤航二客，折臂三公。且向清平行乐，谁论天下英雄。

## 满庭芳

新雁受风，熟梅过雨，乍晴草木齐芳。倦云斗巧，夜袂渐生凉。到处香山绿野，抵多少、玉署金堂。横塘里，扁舟载月，细柳舞霓裳。　悠飏①。听花外，龙吟隔水，一派笙簧。看黄鹂几个，白鹭一行。书②写沉浮光景，又何须、抵死商量。南熏过，又见疏桐，清露滴银床。

## 阳关引

无那杨花闹，又听莺声咽。如簧细语，关情处，漫饶舌。看苍苍烟枝，早是征车辙。纵风流、还似张绪不堪折。　仗剑对尊酒，歌未阕。叹风尘起，新亭泪，中流楫。把眼前飞絮，学作鹅池雪。待四方、戡定直此迎归节。

## 满江红

天际轻雷，彤云里，辚辚未歇。正陇头燕雀，枝间莺蝶。千里尘迷芳草路，一行舞困梨花月。总只待、推转阿香车，晴鸠舌。　听穲稏，风初绝。看礲碑③，光初结。快鹦林洒润，柳枝堪撇。凄断连床春草梦，低徊引水移花节。怕此际、到处长萑苻，愁难说。

## 汉宫春

旅雁高翔，领梁园春雪，柘馆秋风。一行学作几字，横挂长空。多情秋水，爱秋光、蹋入秋潦。更有调丝墨客，声音变作离鸿。　急管繁弦如沸，念岁华伤心，换羽移宫。几番归来去后，绿鬓成翁。芦花烟月，故

---

① “飏”，《孙承宗集》本作“扬”。

② “书”，《孙承宗集》本作“尽”。

③ “碑”，《高阳集》本作“礌”。

飞飞、递写清衷。看没灭、云霄万里，天涯愁思无穷。

## 塞垣春

邮火平安不，战木叶、征鞍卸。六花紫燕，八图赤拨。揎臂调马报舳舻，衔尾随风泻。更腾饱，元戎驾。念云飞、浑多猛，趁燕市黄金价。　　几讶登坛人，天生畝说儒雅。春雪满前山，陡惊鸭池夜。又还将、半璧明月，团圈向、样新貀弓把靶[①]。且揣封侯骨，漫来轻喷咤。

## 庆春泽

澄练元橐，纷纶大籥，二声象罔同新。齐庶呼台，英雄失箸难禁。星河影动积风远，看振摇地肺天心。漫折磨、甫柏徕松，不起甘霖。　　丹书白雀鶬凫老，任经纶豪手，郁塞成屯。石室金门，为谁闲恼闲瞋。痴龙自睡乘龙懒，把神威、兀自断断[②]。愿天公、兼用雷光，且破沉阴。

## 水龙吟

平章三十年来，几人合是真豪杰。甘泉烽火，临淮部曲，骨惊心拆。一老龙钟，九扉鱼钥，单车狐搰。念河山百二，玉镡罢手，都付与、中流楫。　　快得罴熊就列。更双龙、陆离光揭。一朝推毂，万古[③]快瞻[④]，百年殊绝。玄菟新陴，卢龙旧塞，贺兰雄堞。看群公、撑拄乾坤，大力了心头血。

## 浪淘沙

春思

双燕羽差池。衔得香泥。朱帘卷尽篆烟迷。分立银沟不肯去，交语多时。　　芳草正萋萋。踏遍香堤。王孙新马去如飞。梁上春雏今解语，不见归期。

---

① 据词律，本句应为五字，“把”字疑为衍字。“靶”，《明词汇刊》本作“靴”。

② “断断”，《高阳集》本作“断断”，据《明词汇刊》本改。

③ “古”，《孙承宗集》本作“方”。

④ “瞻”，《明词汇刊》本作“睹”。

## 点绛唇

暮春

三径初芳，落花迷尽风还扫。王孙归早。闲煞连天草。　　月地花天，可有人同调。春将老。黄鹂先报。似说予怀渺。

## 浣溪沙

望云

谁泻南溟玉一湾。诸峰罗列小庭间。画屏十二斗烟鬟。　　彩笔欲描风澹荡，锦囊不贮雨潺湲。日来心事与俱闲。

## 生查子

秋思

云中一雁飞，似寄相思字。玉笛在南楼，倚槛浑无泪。以我万斛愁，写我三秋思。不解别离难，漫说别离易。

## 菩萨蛮

千里飞来辽泽雁。一行带得春风面。不解闳中情。不听花外声。　　春怀还绰约。秋意转萧索。此雁便南飞。仍将秋带归。

## 清平乐

夏日

画梁燕语。为我消残暑。玉树青虫丝一缕。帘外不妨对舞。乍晴东壁挂斜阳。花阴满地清凉。几片闲云且去，好看孤雁高翔。

## 阮郎归

夏

满庭新燕斗微凉。鸣蝉下夕阳。水平飞入郁金堂。双双语画梁。　　舞絮倦落泥香。裁云双剪忙。送春去、小池塘。迎长入醉乡。

## 御街行

塞下

双双小鹿闲依砌。日影乱、花阴碎。一声长笛咽西风，风定落红铺地。朝朝暮暮，登楼凝望，目极才千里。　　波罗褪绿红如醉。攒万点、征夫泪。弓刀千骑拥雕鞍，偏是风霜多味。元戎夜语，云鸿没灭，怕有回文字。

## 前调

凤楼钟鼓星河曙。玉案环朱鹭。句胪晓唱彻皇居，凤管莺簧齐举。六龙云拥，千官鹄立，仿佛闻天语。　　紫罗襕御炉香雾。春色成和煦。一行驺从出长安，九陌珠帘如许。银瓜金盖，玉鞭骢马，都说神仙侣。

## 卜算子

孤鸿

万里向云霄，意托云深处。云外谁家燕子楼，似有人独憩。　　积水满空泽①，野鸟翔天际。拟倩芦花说旧絮，月冷浑无计。

## 谒金门

愁相顾。春草先传着数。飞絮落花成耽误。凑来浑没措。柳下扁舟未属。准拟抛愁先步。一叶身轻风不住。连愁方肯渡。

## 忆秦娥

霓裳乐。群仙拍手嫌轻薄。嫌轻薄。素娥清冷，藐姑绰约。　　河山大地浑迷却。堪谁手挽天星落。天星落。梅林纤月，没成担阁。

## 风入松

塞下

波罗红绽未成酣。樯插细于簪。舳舻万里长风袅，六花簇、空翠烟

---

① “泽”，《明词汇刊》本作“谭”。

岚。山色特描华发，蜃云先扑征衫。　　海天东望蔚为蓝。谁复咏鸢痁。黄龙不醉东氛恶，休提说、白堕青帘。矍铄是翁此日，令人却忆征南。

## 凤凰阁

遍阎浮积素，浑如月窟。寒风一派撩人肌骨。最是扶桑杲日，朝彩高揭。一霎把、威棱尽歇。　　峭风爽气，兀自友人拄笏。恁它百意描华发。春来几，纵繁华，也与春撇。不信有、秦宫汉阙。

## 临江仙

曾记锦川川北去，摇鞭驱策罴熊。毡城毳幕几元戎。投签牙角，声振六花风。　　百二河山曾入梦，玉镡还倚长空。觉华山月海门东。披襟向若，万里快雄风。

## 瑞鹤仙

清霜生画戟。正牙角、秋空池头凝碧。是谁辨瑶席。悬一天秦镜，满函和璧。麟龙且莫。怕未节、章光重蚀。看中天、承露金盘，盛有琪华琼液。　　堪惜。西南钩玉，西北眉蛾，各天相隔。仙茆天晕，三五际，仍消息。愿天公万里，云霄先净，却把纤阿细拍。纵妖蟆、好点清光，怎生侧匿。

## 唐多令

残夜水明楼。坳堂载芥流。春入朱明雨未周。穲稏风中飞雁鹜，野渡外，又横舟。　　几日去瀛洲。故人天际头。豆花棚、初试钩辀。便欲乘风开万里，双鬓□，不胜秋。

## 苏幕遮

塞鸿飞，江燕语。络绎声残，凑得秋多许。山外闲云生别浦。忙煞渔郎，卧尽夕阳橹。　　楚风台，湘月渚。簇簇合来，都作秋怀谱。浊酒清歌堪独举。但是东山，又问围棋墅。

## 前调

效希文

月华生，云叶护。秋水波明，月淡云连树。珠箔风翻留燕住。燕子无情，衔得秋风去。　　月沉沉，云絮絮。喔喔荒鸡，残梦无繇续。早是霜积鸣远戍。怕惹愁来，又入多愁处。

## 行香子

雨

雷冠山椒。云带山腰。满江天、呖呖冥鸿，蒙蒙白鸟，矫矫青骹。鹳呼风，鹦呼友，燕呼巢。　　烟湿茶寮。芥载堂坳。控帘栊、条条石发，缕缕垣衣，皛皛浮藻。笔生香，垆生晕，砚生潮。

## 醉春风

砚底潮生晕。朝来风渐汛。风从何处带春来，试问。问。红香栏畔，紫箨池头，几番花信。　　上苑风花近。无计排春恨。双柑斗酒听黄鹂，重认。认。柳絮萦肠，梨花颓面，几多风韵。

## 蝶恋花

急雨骄风秋正节。零乱山红，羞问庭花说。芳草天涯曾此别。南楼玉笛征鸿咽。　　独倚层栏看共月。目极孤云，遂与魂飞越。长铗归来心寸折。罗裳欲解番成结。

## 减字木兰花[①]

□□□□。□□□□□□□。□□□□。□□□深暮倚楼。葱葱[②]帝里。汉阙秦宫风雨里。馘馘才名。皇质唐文日月明。

---

① 此词《高阳集》调名为《踏莎行》，据《明词汇刊》本改为本题。《高阳集》中列于《蝶恋花》（急雨骄风秋正节）和《升平乐》（秋思）之间，《全明词》未收录，今补录。

② “葱葱”，《明词汇刊》本作“悤悤”。

## 升平乐

秋思

好辞不管君苗砚。锦字休稍[1]苏蕙笺。雁行愁写蔚蓝天，黄华相劝。白云都倦。听催归、小楼深院。

## 小重山

坐壮歌亭

秋晓呦呦双鹿鸣。一行白鹭起、水波明。画梁新燕斗新晴。花间语，字字计归程。　　坐对海云生。倚天谁泼墨、笔纵横。万樯风色送潮声。疏钟落，和月听严更。

## 前调

忆丹白园

记得白园禾黍秋。晚风双鹤下、听鸣鸠。海棠鹦鹉语不休。花香满，蝶扑玉搔头。长笛倚层楼。蓼蘋明绿水、绕芳洲。鬘花琪树总当眸。云山远，雁字写新愁。

## 前调

殚忠楼闻钟

兀坐枯床听晓钟。更人清啸歇、起高舂。野花燕麦舞秋风。回乡信，惊问是西东。　　夕日下晴峰。黄昏钟又发、月朣胧。枯床兀坐思冲冲。撩人处，铁凤搅帘栊。

## 前调

观车

细柳风旋细柳营。锦裙蹀躞下、六花成。甲光耀日雨初晴。辚辚发，霹雳小车行。　　鹅鹳压层城。蛟螭烟雾里、队分明。万行齐踏静无声。牙旗转，鼓角向人明。

---

① “稍”，《明词汇刊》本作“消”。

## 御街行

重重曲阁重重闭。暮雨急、秋蛩碎。谁家楼外玉霄寒，勾引归鸿嘹唳。丁冬檐铁，搅人离绪，都凑恶滋味。　　未拈白发先成泪。一恁个、醒和醉。疏钟敲落短檠红，早是珠檐风细。北山猿鹤，南枝乌鹊，几度家园会。

## 长思令

莺飞飞。燕飞飞。春色还从莺燕归。关山换旅衣。　　花垂垂。叶垂垂。秋飔闲将花叶吹。鸳鸯立钓矶①。

## 前调

山一重。海一重。山接天高海接空。相看雁趁风。　　奏一封。书一封。似隔芙蓉无路通。檐花落酒中。

## 前调

雨霏霏。雪霏霏。雨雪撩人雁未归。长歌怀采薇。　　花依依。鸟依依。双鸟衔花绕座飞。而今花鸟稀。

## 塞翁吟

云叶才生雨，楼外铁马嘶风。报急水，小河东。飞一箭青骢。倚天剑破长风浪，小结画影腾空。漫道是，《长杨》词赋，细柳豪雄。　　匆匆。脱跳荡，惊帆辔满，走躞蹀、蟠花带松。有渝海、堪凭洗恨，看今日、蹀血玄菟，痛饮黄龙。鸭江醅发，鹿皂蘋开，谁是元功。

## 踏莎行

效平仲

千里云山，三年离会。阿郎欲去还愁去。乍来绕膝日依依，说归不语先成泪。　　似识之无，但寻梨栗。那堪顿解恶滋味。倚楼西望倚西风，无情芳草连天碧。

---

① “矶”字据《明词汇刊》本补。

## 霜天晓角

孤城画角，一雁穿云杳。试问南楼新月，应知愁多少。　　玉关人更老。望归来一笑。满壁秋蛩唧唧，都说促归来好。

## 木兰花慢

鹤来华柱下，城郭是，人民非。看七萃凌霜，六花喷雪，万姓东归。向来事、且莫问，但旃裘、匝地涴征衣。远戍胡笳正急，连天塞草初肥。　　搜胸中百万雄师。小试大凌西。喜三箭天山，六赢虎落，百道龙旗。正黄云赤羽两同飞，早是风驰千里，环攻月晕重围。

## 柳梢青

用张杜韵

渝海波沉，角落峰峭，拥护京皋。几望归来，黄龙玄菟，恋我青袍。　　那堪地迥天高。平章罢、惊雷怒涛。只有凌烟，一张图画，春醉仙桃。

## 其二

绛蜡迎寒，银沟催晓，一鹤鸣皋。多少征人，黄花白叶，点缀秋袍。　　莫题作赋登高。收拾尽、天风海涛。只要西园，一行飞盖，鸦柳樱桃。

## 其三

铁马嘶云，金戈挥日，人在芳皋。阅尽空华，英雄着眼，恨满绨袍。　　漫猜蜃海楼高。且听个、松风海涛。试问东方，春华秋实，几个蟠桃。

## 其四

赠刘生

蜗角逃名，虎头托兴，寄迹东皋。我貌江山，江山貌我，坐卧方袍。　　漫寻跨鲤琴高。抵多少、裁笺薛涛。抛却胭脂，高阳池上，碧柳丹桃。

### 沁园春

秋思

匹马东来，掩泪新亭，江山笑予。看诸峰罗列，霜描白发，大嬴环绕，云溅征衣。化鹤应回，凤凰何处，惟有明月依载枝。凝望眼、叹人民城郭，何是何非。　　是谁夺却燕支。算麟阁云台须有时，问一行直抵，黄龙痛饮，何如合坐。绿野弹棋。独上高楼，风烟欲净，遥见白云随钓矶。天恩远，念玉关人老，曰汝其归。以上《高阳集》卷十

## 刘荣嗣（19 首）

刘荣嗣（？—1638），字敬仲，号半舫、简斋，曲周人。万历十四年（1586）进士，授户部主事，累迁至工部尚书。荣嗣性孝友，好宾客，诗文书画，皆卓然名家。有《简斋集》，词附。词多寄兴之作，牢落叱咤，淡写空描，语意超绝。

### 踏莎行

送丁退庵

脱饵江鱼，伤弓塞鸟。飞黄絷足眠荒草。此身虽在亦堪惊，长才未展嗟空老。　　性耻蝇营，舌羞莺巧。胸中不落时宜稿。桃源流水浪痕香，柴桑丛菊霜华晓。

### 醉花阴

无题

溽暑红尘飞永昼。黯淡长亭柳。俯首去春明，此去如何，销得君恩厚。　　况是中边仍盗寇。袖却澄清手。悄悄向遐方，道不思量，得不思量否。

## 青衫湿

为瞿稼轩作

何期千古飞霜地，好雨涤长天。但江南倦客，不堪重听，高柳哀蝉。　尽多良友，笑时同笑，闲处同闲。奈幽怀难吐，眉峰一寸，镇日双攒。

## 木兰花

旧衣装绵

二年羁绁伤怀抱。有酒不堪长醉倒。身同病柏树头枝，发似摧根霜下草。　今年寒比前年早。单袂重缝成被袄。此时应是大家愁，觉我偏随秋色老。

## 荷叶杯

梦归家

梦里归家一次。多事。醒后一声鸡。闲闷闲愁不忍提。归么归，归么归。　一夜归家两遍。堪厌。醒后纸窗声。惨惨凄凄只到明。听么听，听么听。

## 捣练子

秋思

烟淡淡，气森森。草色凄凄树影沉。日暮天凉人落莫，砌间虫语伴孤吟。

## 其二

愁缕缕，病恹恹。堕叶翻风不暂闲。秋老花黄宵更永，可能不醉倚阑干。

## 浪淘沙

不寐

长夜叹如年。不得安眠。邯郸枕上分缘悭。展转三更愁坐起，重理吟笺。　清啸捻枯髯。怕泣南冠。人生何事不由天。此事问天天不管，满目荒烟。

## 一斛珠

九日

秋光深也。要归归去何时节。菊花开得愁心绝。谁插茱萸，曾否思量者。　　孤衾不奈更声咽。萧疏树影窗前迭。此时有梦归新月。小坐西轩，细把离怀说。

## 系裙腰

独酌

秋光何许夜何其。人悄悄，漏迟迟。青灯耿耿照床帏。眠不得，坐不得，怎支持。　　强将浊酒解愁眉。愁势重，酒权微。从教酩酊亦孤恓。此中味，不到此，那能知。

## 钗头凤

忆旧

天生惯。无拘绊。秋光春色随缘玩。村醪薄。安闲酌。花奴歌舞，友朋酬酢。乐。乐。乐。　　诗书府，功名径。无端误人浮华梦。青楼幕。红香阁。许多愁闷，片时欢谑。错。错。错。

## 一剪梅

看画

何德何缘圜土中。身在圜中。圜在书中。怪来岁月苦匆匆。刚是春风。又是秋风。　　病里恹恹秋复冬。人也懵懵。天也懵懵。何人蓑笠少桥东。人道渔翁。我道仙翁。

## 酷相思

忆内

月照霜林黄叶坠。念别斯时最。念思妇闺中同此味。当日也、无留计。今日也、归无计。　　蟋蟀催衣声欲碎。故故供憔悴。问何事、飞鸿无一字。长安也、天之外。音信也、天之外。

## 解佩令

月

秋晴也恼。秋阴也恼。见秋月、当头也恼。月色如冰，恰凑着霜天寒峭。怎耐得、夜长难晓。　　征途也恼。边城也恼。都不是、圜中更恼。如此澄晖，不解把烦冤垂照。只解得、催人速老。

## 感皇恩

叹息

不寐倚前楹，遐思古道。身世行藏苦难晓。蝇头蜗角，误却痴儿多少。莺花才一瞬、梧桐老。　　叹息旧时，风流欢笑。只道人生百岁好。而今衰病，变作凄凉烦恼。沅江与颍水、平心较。

## 江神子

无题

衰残年纪病余身。得闲吟。且闲吟。忧借重阳，翻句斗清新。莫把黄花轻弃掷，留伴取，久羁人。　　西风剪剪月沉沉。拥孤衾。怨孤衾。最是秋宵，寒漏不堪闻。排遣无方些个事，千缕恨，二年心。

## 风入松

丁丑立冬

短檐初日纸窗明。冬令喜新晴。残绵添絮罗衣叠，又早见、盆水成冰。回首重阳昨日，堪怜菊蕊伶仃。　　隙驹何事苦匆匆。不为老人停。人生百岁能几许，况已是、皓首残形。共倚圜扉闲立，谁知各自心惊。

## 踏莎行

中秋

何处钟残，谁家杵急。阶闲露冷风萧瑟。浮烟尽敛月轮孤，明河半灭长空碧。　　蟋蟀微吟，秋棠暗泣。衰翁无语搔头立。不能乘兴上南楼，可无一醉酬今夕。以上《惜阴堂丛书》抄本《简斋诗余》

## 长相思

山悠悠。水悠悠。水远山长湘渚秋。衡阳天尽头。　　风满舟。雨满舟。细雨斜风生暮愁。谁登江上楼。《明词综》卷五

# 静照（3首）

静照，字月士，顺天宛平人，俗姓曹。明泰昌时选入宫中，在掖庭二十五年。明亡，祝发为尼。其词婉约幽怨，有唐五代风调。

## 江城子

卸却蝉钗弹翠鬓。戴黄冠。拜蕉团。一卷《黄庭》，长跪叩香龛。愿作瑶台双桂树，朝集凤暮栖鸾。

## 西江月

午睡

午倦恹恹欲睡，篆烟细细还烧。莺儿对对语花梢。平地把人惊觉。　　自恨慵弹绿绮，无情懒整云翘。难禁愁思胜春潮。消减容光多少。

## 荷叶杯

春色困人如梦。紫鞚。蝉额裹宫纱。虹桥深处柳阴遮。凡髻小钿车。　　看遍狼红剩绿。眉促。屈膝护勾栏。罩烟银杏鸟啼残。月上翠帘间。以上《众香词》

# 陈婺（9首）

陈婺，字香石，法名无垢，通州人，诸生陈汝桢女，监生孙安石妻。

幼博学，诗文绝工。后家道中落，安石以婴无子，挈妾异居，婴乃归母家，久之落发。有《绣佛斋集》。

## 点绛唇

春色撩人，闷来闲步苍苔径。花阴踏尽。倦向栏干凭。　　试看雕梁，紫燕时相并。教人恨。飞花成阵。又惹芳心困。

## 菩萨蛮

兰膏收拾芙蓉匣。杏腮红雨春纤雪。羞绾合欢裳。偎郎抱玉躯。香微烟穗灭。漏促琼签彻。残梦正迷离。寒鸡背月啼。

## 前调

今生浪拟来生约。从今悔却从前错。腰带细如丝。思君君不知。五更风又雨。两地侬和汝。着意待新欢。莫如侬一般。

## 前调

山居，回文。

乱流溪树雁横岸。岸横烟树溪流乱。桥断接峰遥。遥峰接断桥。焙茶山雨细。细雨山茶焙。秋到等闲鸥。鸥闲等到秋。以上《众香词》射集

## 满庭芳

湛碧池塘，空青户院，清霜又已深秋。绕篱香韵，黄菊伴人幽。怪是重阳佳节，凭阑处、吹帽风稠。思前古，渊明此际，淡漠几曾愁。　　江山无异感，悲深语涩。志壮身柔。惟图书经卷，夙社新修。忆昔云鬟藕服，菱镜里、未展眉头。时暮矣，数声哀雁，叶落满沙洲。《历代诗余》卷六十一

## 重叠金

新居

卜居反入羊肠地。贫来负却栖幽意。底事只萦愁。人间无此忧。素华飞露重。坠叶蛛丝弄。咄咄向空书。寒英忆故庐。

## 凤栖梧

怀义姊范氏

池上花枝春染透。拭泪看花，又是娉催绣。一霎无情风雨骤。水蹊烟径还依旧。　　锦帙文笺君所授。读未行时，只把眉儿皱。闷际怎禁年似昼。抱愁睡过黄昏后。

## 满江红

秋怀

惨促流光，全不爱、月枝云萼。可奈是，景人哀秋，怀憎韵铎。问意不如时序歇，泪丝犹学春花落。怪新来，潜減惜花心，低垂幕。　　山水癖，成耽阁。诗酒兴，浑消索。坐愁城镇日，雨巡风掠。絮碎愁人嫌蟋蟀，匝残古木嗤乌鹊。乍朦胧、夜雨滴苍苔，魂惊怯。

## 念奴娇

中秋，和东坡韵。

羲炎乍远，望苍林、野寺瘦烟无迹。新露初浮，疏叶净、天阔长空独碧。待雁凭楼，惊寒拢袖，愁绪填成国。阶空如水，冷月照人凄□。
梦醒吟余多是恨，岂必雾晨风夕。王府珠宫，蓬壶紫殿，宁剧成双翼。桂阴闲寂，何处飘来孤笛。以上《闺秀集·诗余》

# 申涵光（4首）

申涵光（1619—1677），字和孟，一字符孟，号凫盟，一号聪山，直隶永年人。明贡生，因父殉国难，绝意进取，入清不仕，隐居终生。博涉经史，文高洁宕逸，尤长于诗。诗学杜甫为生，兼学高、岑、王、孟。所作气沉力雄，内容充实，绝句含蓄凄淡，尤为时人称道。与同里张盖、鸡泽殷岳往来唱和，时人号为“广平三君”，为“河朔诗派”首领。晚年专事理学，作诗渐少。有《聪山集》。

## 满江红

集纪檗子草堂，同周鄮山、朱芝园。

新柳成阴，飞尘外、随风摇曳。喜故人、□□相聚，天涯情切。到处惟应杯在手，今来已叹头如雪。恨年华、滚滚一春忙，群芳歇。　车马暗，长安陌。箫鼓动，秦淮月。问两边风景，几回亲阅。卖赋犹嫌身未隐，违时正苦心空热。且溪头、把酒说离愁，终难说。

## 三台

避暑西岩

帘下科头散帙，雨余赤脚疏泉。鸡犬无声高卧，夕阳满树鸣蝉。

## 其二

荻路赊通远圃，茅堂俯对高城。昨晚西山雨黑，夜添枕畔泉声。

## 其三

小榻凉生细簟，遥村雨隔疏钟。怪底香风不断，池塘开满芙蓉。以上《全清词钞》

# 刘森（1首）

刘森，字干霄，大兴人。

## 雨中花

客怀不寐

淅淅风吹窗上纸。断送得、羁人无寐。叹一盏残灯，半床孤影，归路三千里。　枕边落尽思乡泪。漏未歇、披衣重起。听倦马嘶寒，荒鸡唱晓，雨在芭蕉里。《东白堂词选》

# 郝湘娥（2首）

郝湘娥，保定人，姿容娟丽，年十一鬻于窦氏，为宾鸿妾。既长，工诗，擅画花草人物。后鸿为判寇诬指，毙狱，湘娥遂投缳殉节。

## 清平乐

鹅黄柳色。一抹烟如织。倚遍南楼莺语寂。又是暮山凝碧。　忽闻女伴相邀。踏青准拟明朝。单少绣花鞋子，呼鬟连夜双挑。

## 前调

帘钩双控。时有熏风送。恼杀禽声宛转弄。惊破午窗残梦。　分明薄幸回家。醒来依旧天涯。且莫轻抛珊枕，再从梦里寻他。以上《众香词》书集

# 官伟镠（1首）

官伟镠，字紫玄，号桃都漫士，静海人。崇祯十六年（1643）进士，官翰林。入清不仕。有《采山外纪入燕集》和《宝吕一家词》。

## 念奴娇

别意，用辛稼轩韵。

萧娘楼畔，恰匆匆过了，菊花时节。帆影拖霜逢小至，画舫水嬉微怯。绣阁春心，芳洲密约，执手何曾别。玉楼人去，此玉谁与传说。　漫道青邸朱帘，彩毫长擅，对引金波月。旧梦燕山看不尽，新梦涛声千叠。喜得今宵，锦屏瞥见，展放双眉折。悄声低问，多情付与华发。《明词综》卷七

# 史可程（20首）

史可程，字蘧庵，大兴人。明崇祯十六年（1643）进士。有《观槿词》。

## 河传

豆荚

日上。柳丝晴漾。绿暗齐腰，休文行药度溪桥。青摇。豆初娇。
春情冶似清明候。穿花走。潮晕相思豆。蚕娘态比豆花憨。春衫。娇拖燕尾尖。

## 念奴娇

怀古

崩涛叠浪，映碧空如洗，一轮圆月。鹿走乌啼千古恨，想见英雄本色。市散蜃楼，桑生贝阙，鹤发愁难说。芒寒剑涩，谁怜田岛群客。
试问剩水残山，兵戈丛里，崛强心谁热。冷觑当场分得失，好谢广长翻舌。志遂飞虹，名成露绶，究使乾坤缺。不如休去，螺江垂钓烟阔。

## 水龙吟

清明，用东坡韵。

水村山郭寻春，蒙蒙满眼杨花坠。燕泥红啄，莺梭翠掷，撩人愁思。舞困榆钱，萦残梨雨，泉台深闭。想名题雁塔，勋高麟阁，杯酒酹，君难起。　宝马香轮归去。更青苔、绣茵铺缀。墨山过雨，桃蹊吹浪，一湖云碎。妍景迢遥，烟光杳霭，冶游心醉。笑浣花诗叟，为春烦恼，溅高楼泪。

## 石州慢

夏闺

绿荫蕉窗，粉浥荷池，凉夜褰幌。薄蝉松髻，轻螺腻指，细商眉样。

锵然竹戛，隔花似有人行，防他误认金钗响。炎暑逗兰芬，惜蜂忙蝶荡。　　郎往。猧骄乱局，雪艳传瓷，陡生心上。羞睹帘间燕影，枕前冰浪。瘦来腰小，可奈带眼频移，翻怜妙舞曾旋掌。还恐奏金飙，吹冷芳春想。

## 西河

西氿落晖

蘋风细。秋旻一碧如洗。莲花欲谢展冰奁，靓妆娇倚。江妃纤手弄金盆，波光滉漾霞绮。鱼濯锦，枫吟紫。琉璃万顷红碎。魂消目醉。竞商飙、铁笛横吹。俄然暝色入高楼，乾坤满眼憔悴。　　孤帆粘影远天际。叹征蓬、昃景难系。噫嘻吾今老矣。但时摊秋水、朗吟而起。何暇更寻人间事。以上《瑶华集》

## 思帝乡

夏夜

嗟尔萤。幻成思妇灯。乱点帘衣，镜匣总难凭。倩取花前照影，太惺惺。又怕勾香梦，慢腾腾。

## 河渎神

河灯

桂魄漾寒烟。啾啾鬼语星前。神灯佛火映楼船。俄然放遍金莲。
老枫弄影青溪泻。波面灯光如赭。今日吊君泉下。昨秋曾共游冶。

## 浪淘沙

闺情

茸朵唾芳襟。燕语愔愔。麝烟孤袅暗瑶琴。手弄裙腰双绣带，怪结同心。　　蝶梦暖香衾。消受而今。一钩纤月踏花阴。不信银河天样阔，比得愁深。

## 虞美人

和秦园韵

锦花岚彩扶筇去。尚记莺啼处。风吹弦索送征鸿。都付湘云缥缈驿楼中。　　三分风雨催春老。笑汝诗怀好。枝头鹍鸩恰清明。诉尽绿杨芳草一声声。

## 行香子

人款酣枫。露结敲桐。飞晶镜、冷逼江蓉。秋云暮矣，隼翮翻空。禁几回惜，几回怨，几回慵。　　秋来心上，霜凝鬓畔，问天公、何处安侬。难将鹿梦，唤转凫钟。叹笔花秃，剑花涩，帽花红。

## 荔枝香

本意

怊怅春归红雨，喧燕语。喜得螺女江边，绡影吹香露。千林霞剪仙姝，丹荔迎风舞。多情、贻我晶丸甘如乳。　　歌红豆，笑翠靥、盈盈女。摘满筠篮，挑起怨丝愁缕。安得明驼、飞递惊动渔阳鼓。恨把玉鱼偷吐。

## 洞仙歌

七夕

凉生七夕，劲翮翻空矫。怎得秋怀似春好。望银河晻霭，牛女幽欢，频低语，瓜果儿家乞巧。　　碧桐新露湛，宋玉哀吟，吹向风枝逗栖鸟。记秋娘庭院，翠幌萤流，钿合擎、云鬓蝉袅。还须问天公有情无，莫不管星梳，掷将人老。

## 映山红慢

咏竹菇

寒食遗风，才料理、山家粔妆。恐玉薤金齑，输他珍饷，驼羹麟脯。园丁忽报濡仙露。遍金谷结珊瑚乳。论风格托籍。筼筜□然芝侣。　　藜藿齿、徒诧非常，谩说甚、长生餐苣。尽举向、空门击钵，玉版参来钝句。晕红真似霞生面，袅风前茜裙斜护。提筠篮去。摘春情、翠娥应妒。

## 苏武慢

感怀

市上狂吟，窗间鼾睡，此处不关言语。洒落花情，沉酣酒德，偏自巧通仙路。曳履晨星、鸣珂晓月，仆仆蜂衙蚁宇。喜归来、白石清泉，宛尔相逢如故。　　且料理、云子三升，霞衣半领，试向乾坤觅取。鼎沸薪抽，篱穿竹补，也经老仙传与。镕成骨锁，炼得心顽，尽足耐他雷雨。要无过、鹄白乌玄，何必问伊来去。

## 沁园春

戒词

巧不余从，穷偏吾恋，非君莫俦。奈鹘林笳奏，谁歌子夜，燕梁泥落，久罢秦讴。北里伤离，西昆忏业，绮丽徒增识者羞。君须记，莫频亲兰畹，宁淬蓉钩。　　槐宫梦冷沧州。又何事、贪吟羡倚楼。况花圃柳七，才堪捧敕，雄飞亚字，难免批头。歌雪何为，椎鬟吾意，从此辞君御冷游。翛然得，自餐芝珮菊，绰约清秋。

## 前调

宫灯

温树不言，秘弃谁知，禁篽森然。羡重门洞启，君心如日，庭燎初上，荣气弥天。莲步笼纱，金波泻影，火树花开别样妍。依稀看，似银河月晕，玉宇星悬。　　瑶台翠拥群仙。正香气、氤氲媚管弦。见红篝双引，花迎绮院，羊车乍转，柳曳琼筵。残焰堪怜，兰心忍折，莫遣鸳盟阁外传。须防是，有诤臣拜草，无逸陈篇。

## 贺新郎

午日

鹤发吟重五。也随时、倾蒲嚼玉，饷鱼笺素。风土儿童成戏谑，剥啄无惊蓬户。惯岸帻、披焨前古。醉读《离骚》声欲堕，吊灵修、逗起伤心处。榴火炽，槿烟暮。银涛万里訇三楚。　　试追寻、蒋陵猿鹤，几番风雨。玉座金莲调笑里，谁信敌帆飞渡。宁暇问、芜城孤注。菰畔方勤蝇虎斗，锦龙标、掷作石城赌。猊篆冷，小窗午。

## 摸鱼儿

和其年清明词

过江来、碎心寒食，泪倾鹃血盈斗。春衫湿透桃花雨，情种如君都有。难消受。旋埋却、灯前月下调簧咮。莺僝燕僽。况齿稚何戡，技工怀智，俏惹白杨覆。　　花开谢，此意缠绵厮斗。鹍弦那得重奏。笙歌曾恼司空眼，玉树声销残漏。情偏逗。君不见，鲛珠红印溢城袖。春愁叠凑。任画字旗亭，听歌金谷，肠断曲屏后。以上《荆溪词初集》

## 明月斜

舟宿荆溪

菰菜肥。茭蕖瘦。一队沙禽拍浪飞。半船明月斜光透。《宜兴县志》

## 望海潮

赠王丹麓

英茹群籍，音谐三籁，盱衡艺苑竞鸣。怨写江潭，悲吟异域，大都志失其平。抗激或希声。极楚谣汉曲，代阅人惊。大雅波靡，鹍舷雁柱奏琶筝。　　羡君狎主齐盟。任笔锋飙掣，立碎坚城。藻耀鸡林，凭凌虎观，云霄一鹗秋横。陶谢澹予情。恰瑶翻雪艳，访戴宵征。乍可周旋，龙文百宝愧难名。《兰言集》

# 施余裕（1首）

施余裕，字雪庵，大兴人。

## 桃源忆故人

浮云翳却天台道。欲饭胡麻缥缈。风撼木涛如扫。梦隐远惊觉。
征鸿何事归来早。似说衷情嘹嘹。夜静不堪啼鸟。寂静知多少。《词综补遗》

# 王尚（3首）

王尚，字影香，直隶大成（今属河北廊坊）人，年十三落籍平康。有《芳草词》。

## 西地锦

信手旋拈柳线，侧身已过花丛。杜鹃几点花梢雨，春衫乍湿潜融。

## 玉楼春

春去

何事漫天飞柳絮。昨夜里送将春去。连宵中酒下珠帘，万遍伤心日又暮。　　返照残虹收晚雨。两两归帆来远浦。高楼弄笛两三声，吹落梅花无着处。

## 蝶恋花

绣床慵觅金针小。无赖东风，吹得人懊恼。纵有榴笺斑管好。难描个事嗔颠倒。　　自到春来常起早。夜来风雨，花落知多少。听惯莺声今渐老。缓歌金缕伤怀抱。以上《众香词》数集

# 齐景云（3首）

齐景云，万历间北平（今北京）诗妓，善琴能诗，对人雅谈，终日不倦。与士人傅春定情后不复见客。春坐事系狱，为之脱簪珥，卖卧褥以供衣食。春远戍，从行不得，蓬首垢面，闭门不出，日读佛书，未几病死。景云今未见有集传世，其《赠别傅生》诗系傅春远谪送行时写成，诗情悲愤至极，令人感动。

### 浣溪沙

晓起无人上玉钩。迟迟日午怯[1]梳头。罗衣绣帕冷香篝。　满眼落红粘别泪。一天疏雨织春愁。倚栏无语暗凝眸。

### 虞美人

第二体

双涡红晕檀霞满。钿镜横波远。宿妆无奈是春前。刘郎洞口谢娘船。思无边。鹌鹑啄破赪桐叶。云掩圆蟾截。小楼回首绿烟迷。微风半夜揭珠帏。认郎归。

### 望江南

怀婢

思昔日，披发亸香肩。帘外落花浓似雾，枕边飞絮软于绵。斜日照雕栏。以上《众香词》书集

## 康国熙（1首）

康国熙，字隆侯，灵寿（今河北灵寿县）人。

### 鹊桥仙

秋泛，次去异社兄韵。

满渚衰蒲，绕堤残柳，掩映长河澄碧。随风自在飏轻帆。更羡杀、余红衔日。　横笛牧人，棹歌舟子，点缀云林景色。擎杯长啸望前滩，爱一带、烟岚如织。《词综补遗》

---

① “怯”，一作“怍”。

# 赵东泗（1首）

赵东泗，字文源，灵寿人。

## 卜算子

古木挂疏藤，曲水鸣斜磴。茂林隐处有书堂，宛转通花径。　　亭寂景偏幽，坐久心逾静。更怜明月与清风，遍弄花枝影。《词综遗补》

# 贾忠（1首）

贾忠，字能诲，冀州（今河北衡水市）人。永乐初，以诸生守城功，授宝钞司提举。宣德中任吴江知县，有兼人之材，处己廉明。秩满，百姓上疏恳留。宣德九年（1434）命加从六品禄复任。后忤当道，同僚因诬执之，忠不辨而退。

## 鹧鸪天

送郡侯况公九载考满入觐

钦承恩命守吴疆。藩翰东南振纪纲。阖郡雍和施德政，居民安堵乐平康。　　推抱负，阐忠良。朝天身染御炉香。待看饮罢龙墀燕，又捧纶音出帝乡。《况太守治苏续集》卷十

# 祖述（1首）

祖述，字尚质，直隶昌黎（今河北秦皇岛市）人。永乐中，以贡生授

嘉定知县，累迁至福建布政司右参政。

### 踏莎行

送郡侯况公九载考满入觐

制锦奇才，调羹老手。当年特拜苏州守。一壶冰雪挂青霄，百僚[1]敬仰如山斗。　发政施仁，恩育黎首。棠阴处处人夸有。而今秩满谒金门，艳歌漫折长亭柳。《况太守治苏续集》卷十

## 任豫（1 首）

任豫，直隶卢龙（今河北卢龙县）人。贡生。曾任襄陵县丞。宣德九年（1434）任昆山知县。

### 宴春台

送郡侯况公九载考满入觐

丙魏才猷，龚黄功业，今公复踵遗芳。粉署驰声，分符作守吴邦。一心清彻冰霜。抚黎民、恺悌慈祥。四郊安业，诗咏甘棠。　欣当九载，善绩斯成，双旌五马，奏最明堂。吾侪小子，心怀盛德难忘。欲表微忱，写新词、满劝瑶觞。看兹辰。丹陛承褒宠，史传垂光。《况太守治苏续集》卷十

## 刘乾（3 首）

刘乾，（1507—?），字仲坤，唐县（今河北唐县）人。喜谈兵事，好读古书，为文有秦汉气，议论英发。嘉靖十七年（1538）进士，授祥符知

① “僚”，原本作“寮”。

县，改镇江府学教授。官至国子监丞。有《鸡土集》。

## 失调名

送保定阎太府升浙江兵宪代作

怀卷古春，拜分云袂。五马渡江而逝，行看野水。诵横舟，信知道，国朝名瑞。　　平烟衰草，落照离杯。民心与溪山共醉。凭谁大作去思碑。幸有甘棠，父老说起。

## 失调名

贺胡长官代作

花封春雨盎。乌台翰语多奇想。陌上儿童，尊前父老，口口能碑。古人一琴一鹤，甚和他、琴鹤也无之句。苦竹声、昼静政闲，花影春迟。　　与君萍水共天涯，微禄慰名。时记取，茅屋穷民。蓿盘僚佐，都借春辉。退食蔬鱼，太薄不成私。苦心自有天知。早晚清风挟去，五云高种仙枝。

## 归朝歌

寿安似山母八十

红日压垣花妥帖。南山供翠筵前叠。酒和石随潮双颊，鹤舞松阴吹尺八。北堂悬古月。萱老根灵长新叶。子如玉立孙兰茁，喜入慈颜洽。
羹试盐梅有香冽。意融丝竹无幽咽。紫姑天遣祝长年，青鸟时来传绛雪。史墨开书箧。卜筹几何繇遇吉。犹见儿孙金紫荣，日与天颜接。[①] 以上《鸡土集》文卷四

# 刘锡（3首）

刘锡（1524—1571），字德纯，号钝庵，直隶鸡泽（今河北鸡泽县）人。嘉靖二十六（1547）年进士，选翰林院庶吉士。改监察御史。出为绍

① 此三首词俱为帐词，原有小引，已删。

兴知府。有《钝庵文集》。

## 阮郎归

送邵山泉还府

萋萋弱草欲连天。垂杨弄晓烟。玉人何事促征鞍。离筵恼杜鹃。春黯淡，酒阑珊。轻风南浦边。青刍无计驻征鞭。汀州空蕙兰。

## 千秋岁引

平定逆旅，用王介甫韵。

歧路穷途，天涯海角。驻驻征车问空廓。断冰时向夕阳流，残霞漫共寒鸦落。望乡心，思亲泪，浑如昨。　一旦名缰被缠缚。半生心事成担阁。故园乐地都抛却。青云翻惹网罗苦，白头空负林泉约。稳稳愁，悠悠恨，难禁着。

## 前调

寿阳感怀，再用前韵。

微利蝇头，虚名蜗角。遣我西陲①半寥廓。云龙此知全消沮，远鸿弱羽今零落。风月怀，诗酒兴，减于昨。　尘缘未解闲身缚。越台忽忆朝阳阁。阁在寿阳东郭，气象若绍治然。短剑孤琴任闲却。家山凄断清和景，野猿冷落风流约。破帽尘，征衫泪，残棋着。以上《钝庵先生文集》卷五

# 宋诺（9首）

宋诺（1530—1585），字子重，号金斋，故城（今河北故城县）人。嘉靖四十四年（1565）进士，授户部主事，累迁兖州知府。有《宋金斋文集》四卷。

---

① “陲”，原刻误作“邮”，径改。

## 凤凰台上忆吹箫

贺曹象泉膺奖词

画鼓填填，彩旗猎猎，欢呼声动庭阶。见一封褒奖，牒下霜台。治行云谁第一，都则让、南豫鸿才。堪羡处，循良勋业，伉爽襟怀。　　帘前昨夜听微雨，祥光晴色昭回。称夙昔挟负，字字琪瑰。香泛青州从事，祝当筵、引满霞杯。措置经纶，大展高陟三槐。

## 御街行

贺明府李西园膺奖词

华筵秩秩人如簇。帘卷兰香馥。檐端乾鹊报佳音，喜溢琴囊书椟。银带绯袍，寒冰华玉，凉月穿修竹。　　褒扬飞送盈尺牍。声价薄双珏。抚巡交牒应相逐，仰彻皇闱清穆。颂献青云，诏衔丹凤，远迩同拭目。

## 凤凰阁

贺杨东溪膺敕命词

蓦然见神仙，明霞绉锦。更莹晶银带腰横。原是德福合并，瑞发苍旻。凭地时、名寿骈臻。　　欣欣喜色，欢悰九陌如醺。二百年见此封君。个中事人，解否别有殷勤。卜吾侯、记屏有分。

## 谒金门

贺州倅杨公荣膺奖词

声名茂。几见冰寒玉漱。使君底事人推右。羡中州华胄。　　袖中双剑初售。水部文章今又。明年拜嘉封章奏。銮坡趋宫漏。

## 玉楼春

送莲幕陈少松擢宁波府广盈司仓词，代作。

金风绮浪河桥路。津鼓参旗留不住。荒城回首渺烟波，挂帆夜宿天边树。　　宦牒程严遄往赴。山烟海月随人去。他年还最大明宫，会沐汪洋新雨露。

## 谒金门

贺张性原发解词

莫不与。一介书生发举。当日初承劝驾□[①]。恩波今如许。　明岁桃花浪急。南宫多士云集。试看胪传君第一。试领群仙人。

## 满庭芳

贺邑博刘文田膺台奖词，代笔。

梧几时凭，韦编日启，质疑无数书生。腹为经笥，随叩喜随鸣。静后闲观万物，活泼泼、鱼跃鸢腾。虚堂里，炉烟轻袅，瑟罢韵犹铿。　闲评。堪与那，关西伯起，先后齐名。羡褒章飞至，实大声宏。人道文章有用，谓夫子、不负生平。从兹去，华阶频转，屈指到公卿。

## 好事近

贺赵二泉受西台嘉命词

桃李遍瀛南，争醉阳春有脚。池上芹摇水碧，彻底清如昨。　青毡莫厌宦途寒，际此开关钥。天迥日长云净，看万里横鹗。

## 前调

贺曹少泉纳粟入监词

旭日正曈昽，尘断一帘清晓。好上华筵沉醉，听笙歌缥缈。　一团和气尚人间，会见恩波绕。试看乌丝栏内，注贺客多少。以上《宋金齐文集》卷二

# 杜越（5首）

杜越，字君异，号紫峰，容城人。明诸生，为同郡鹿善继高弟，与孙

① 按：原刻脱一字，径补□。

奇逢友善，互相砥砺学行。不求闻达，以开来继往为任。康熙己未荐举博学鸿词，以老疾未赴。有《紫峰集》十四卷。

## 南乡子

寄怀孙征君苏门

往癸巳菊月曾有寄怀诗，未付邮筒。倏忽新夏，怅焉如昨，辄复布此。填词小技，不宜混有道。然声音之道，实关神明。岁序迁流，杖履日远。低徊那能已已，聊代双鱼，庶几与啸声相对耳。

雨妒与云昏。歌歇雕梁酒在樽。鸦点高原堪极目，苏门长啸，台边花鸟繁。　　心事共谁论。映雪扁舟图画存。最忆一湾烟树里，江树玉麈，风回夜色温。

## 前调

重阳

满眼弄秋姿。古木森疏雁阵低。别样锦机新霁色，休泥。破帽翻腾总旧题。　　潋滟莫辞卮。阅尽升沉肯着眉。万马层台残照里，东篱。只剩陶家菊一枝。

## 前调

送沈垣之参戎

河上几逍遥。鹤阵墀渠漫目招。谁似弓刀明指画，龙韬。畿辅清酒旆摇。　　契结雁行高。无那垂杨绾别条。极目关云应怅望，同袍。遮莫横金是沉腰。

## 满庭芳

清明雨

柳弄新肌，莺调旧舌，轻寒轻暖庭阍。琴书堆案，阶映绿苔痕。最爱闲窗韶景。蠹鱼似不辟香芸。还舒眼，烟横浅碧，水墨画柴门。　　消魂。奈往迹，秋千巷陌，士女纷纷。可堪是，萍飘浪里身。蜡烛汉宫缥缈，更何处杏绣遥村。浇愁闷，除非沽酒，风雨又黄昏。

## 临江仙

悼怀

陡煞西风添耳碎，依然梦绕梅花。满林衔照画屏斜。孤怀因底悴，极目又寒鸦。　　最是些儿幽恨处，晚烟偏护窗纱。等闲帘幂便天涯。情牵沧海月愁挂。碧峰霞。以上《紫峰集》卷四

# 萧师鲁（3首）

萧师鲁，字鲁庵，号鲁鲁道人，直隶邢台（今河北邢台市）人。崇祯年间在世。有《渐宜堂诗》。

## 菩萨蛮

回文，夜行。

突磷遥照荒丘黑。黑丘荒照遥磷突。行倦伫孤亭。亭孤伫倦行。
犬喧拦路断。断路拦喧犬。悲昔尽埃堆。堆埃尽昔悲。

## 江城梅花引

春暮写怀

飘飘飞絮惹轻风。适相逢。又相逢。夕阳晚看渐觉落晴虹。月故不明云故暗，更长遍，一声声，羡耳聋。　　耳聋耳聋我心蓬。幼不童。颓不翁。恼也恼也，恼不尽、徒赋留穷。好似悲花啼鸟望鸡笼。一片梦魂境界惨，天近也，应磻溪，早卜熊。

## 菩萨蛮

回文，春梦。

梦深轻过云前洞。洞前云过轻深梦。离声断梦思。思梦断声离。
柳青愁白首。首白愁青柳。春风飞远尘。尘远飞风春。以上《渐宜堂诗》

# 清代至现代编

# 王崇简（3 首）

王崇简（1602—1678），字敬哉，直隶宛平（今北京）人。崇祯十六年（1643）进士。顺治三年（1646）授国史院庶吉士，历任秘书院侍读、国子监祭酒、弘文院侍读学士、詹事府少詹事、礼部尚书等职，康熙三年（1664）致仕，卒谥文贞。崇简为人醇厚，喜从诸名士游，诗文中正和雅，无邪氛杂其笔端，不随世为迁流。又博学多能，熟于历朝典故，时论颇为推重。有《青箱堂集》。

## 减字木兰花

题画

萍浮翠带。奁镜波明鸥岸外。欸乃声低。一抹遥云云影迷。　　蒲帆路转。烟火霏微村巷远。旋失沙尖。鸡犬声中出酒帘。

## 蓦山溪

题《雪渔图》

凌空泛去，望里惊银海。抖擞绿蓑轻，看遥岭、花飞一带。敲冰得鲤，醉倒玉壶春，酣余态。人应怪。明月浑疑载。　　斜风细雨，曾记浮西塞。白鹭剪同云，更装就、模糊色界。羊裘泽畔，翻惹客星占，风尘外。乾坤大，尚有元真在。

## 满庭芳

秋景

秋老郊原，黄芦小艇，清江万树丹枫。山穷水尽，一望白云空。夕照明霞点点，飞无影、几阵征鸿。炊烟接，沉沉古径，远寺出疏钟。　　朦胧凝望处，野塘凄寂，粉淡芙蓉。听蓼花滩畔，叫彻寒蛩。又是黄昏将近，人家里、夜阁灯红。征衫薄，长亭短驿，客路卷西风。以上《全清词》顺康卷

# 梁清远（19首）

梁清远（1608—1684），字迩之，号葵石，直隶真定（今河北正定县）人。清标兄。顺治三年（1646）进士，历官刑部主事、吏部侍郎、光禄寺少卿、通政司参议。以疾致仕。有《祓园集》。

## 念奴娇

用酬大宗伯弟赠别之作

澄溪如练，绿阴里、遏见丹飘莲叶。爰有幽人方倦钓，舣棹垂杨岸北。烟景迷离，云光掩映，绰约芙渠白。好花数朵，山僮莫使轻折。
且看芳径流香，画桥飞翠雅，况洞天别。雨洗太行山色净，更似地添湖石。醉客船头，弄孙树下，乐我平生业。诘朝无酒，捕鱼急趁斜月。

## 前调

和大宗伯弟述怀之作

十年闲退，思世事、都是止啼黄叶。远道风涛今正恶，西笑敢移向北。燕市重游，鹓班再列，那得腰围白。衰残懒骨，宁堪日日磨折。
况有野外团瓢，山中草阁，烟景人间别。兀坐内观吾事毕，宁用学餐金石。缚虎擒龙，抱珠种雪，总是神仙业。靖庐久设，速修莫滞年月。

## 前调

秋日赴西庐习静作，用大宗伯弟赠行韵。

萧骚云景，忽弥目、槭槭疏林木叶。瓢笠一肩来旷野，料胜驱驰南北。廿载功名，几年心事，双鬓愁衰白。世缘未断，深惭陶令腰折。
闻道抱犊峰头，有人云卧，久与尘情别。我欲从之求秘诀，悟后点头如石。物外消摇，山中磨炼，成就长生业。凭谁谈笑，此心争似秋月。

## 前调

用韵答大宗伯弟留行之作

布袍芒履，甘栖遁、自幸身轻如叶。试问先生何所事，只在溪南崦北。轻棹遨游，蹇驴览涉，一缕云飞白。胡然捧檄，却愁岸柳攀折。
人道丹陛趋跄，青山高卧，意味无差别。笑我功名方过分，天禄敢贪千石。称疾稽行，联床听雨，亦有闲勋业。暗中点检，何须海底捞月。

## 前调

用韵调大宗伯弟赠别之作

水村十载，耽幽胜、门绕一池荷叶。忽尔王程催夙驾，马首匆匆将北。抛却蒲团，颠翻丹灶，赢得头添白。回思往事，此时心已先折。
漫说燕市繁华，中朝富贵，趣味山林别。总是邯郸一大梦，岂若餐霞煮石。拜表辞官，角巾归第，守我农家业。蕉林新馆，闲来同赏秋月。

## 花心动

保阳元夜和宗伯弟韵

独畔闲愁，听谁家、轻轻雅歌方咽。羡天宇鲜澄，晴霭䌷缊，恰是上元佳节。萧然客舍无聊赖，因点缀、华灯高揭。笑年少，连钱蹀躞，踏残春雪。　　乡国繁华莫说。想浮世人情，奔波宜歇。坎止流行，随寓而安，鸟几辨香频爇。苍颜不作巫山梦，休惆怅、衾裯如铁。且手折梅花，临窗礼月。

## 前调

次前韵改四儿作

霁景风妍，耐春酲、萧萧旅愁情咽。灯满雕檐，香透霞觞，正是舞班时节。银花火树随风去，是何处、虾鬓高揭。凝眸望，云鬓拥翠，杏腮沾雪。　　消息凭谁细说。想酒兴将阑，马鏖方歇。软语春莺，娇靥芙蓉，宝鸭香同谁爇。生平厌作临邛事，难消却、肝肠如铁。且闲听、画楼笙吹明月。

## 蝶恋花

秋夜遣兴

积雨经时凉意早。点缀园林，满径皆红蓼。拂拂香风吹碧草。蛩声叫破秋光老。　　静里寻思栖逸好。曲几蒲团，梦觉闲愁少。读罢《离骚》登阁眺。云霞渺渺乾坤小。

## 凤凰台上忆吹箫

都门元夜忆家

静听东邻、画堂箫鼓，而吾破屋穷愁。任天街尘满，醉客遨游。欢笑相酬相侣，将午夜、不肯先休。元宵节、从来闹扰，各自风流。　　悠悠。烛光掩映，虽寂寞鸾台，亦可为俦。念家园泠静，烟绕芸楼。定有双垂绮袖，携稚[①]子、终日凝眸。休回首，当兹春时，却似悲秋。

## 帝台春

保阳春怀次韵

朝旭炙渐，春融古苔碧。闲卧小斋，静读《黄庭》，除烦清剧。曩岁斯时桃坞里，满目皆水光山色。到而今，云外孤踪，返成羁客。　　思畴昔。簪笏掷。抛玉尺。烟霞觅。奈世事纭纷，情缘轇阁，车马往来如织。何日退居草阁内，澄怀遥听春泉滴。却虑且忘忧，更采芝堪食。

## 南乡子

柳村暂休憩次韵，因忆梁奕允兄。

绿水满平畴。万树参天映小洲。翠巘蔽门成画意，悠悠。芳沼闲楼鹭与鸥。　　巧构碧云稠。种柳当年傲五侯。坐对夕阳思往事，飕飕。风暗鸰原起暮愁。

## 千秋岁

次韵，咏盆荷。

红酣盈砌。一缕清香细。古盎内，烟光起。孤芳瓣瓣碧。团叶株株

① “稚”，原本作“穉”。

翠。草堂内，微闻馥郁高人睡。　　幽兴如何寄。素月明如洗。邀嘉客，曲栏里。碧筒斟醽醁，滟潋侵衣袂。爱藻荇，呼僮漫注清泉水。

## 千年调

和答谋居叔见赠之作

丹壑树园青，蓬室晴光绕。隐约双溪深处，烟水飘渺。道门潜客，云洞观书，朱霞白鹤，岂谓玉壶狭小。　　浮云玩世，谁去寻烦恼。管甚尘缘往迹，秦关吴沼。窅然希静，莲国香风袅。问西郭先生，如斯可好。

## 南乡子

香满翠萍田。蚤起看花景更研。独向新晴亭上立。潺湲。胜有红芳缀碧茎。　　舣岸钓鱼船。恰受三人共采莲。我与小奚学荡桨，蹁跹。嫩柳轻阴醉晓烟。

## 水调歌头

雕丘作，用赵闲闲韵。

浮生尚名利，可叹是吾人。奔求终日，不了争得几微尘。况有王公卿相，满屋黄金无用，落得世人嗔。何似栖真客，岩薮静藏身。　　吃长斋，披白衲，伴闲云。有时小车，览涉啸咏柳溪春。若遇村翁农父，携手闲谈今古，潇洒不冠巾。无事方为贵，岂必画麒麟。

## 蓦山溪

和韵，题揖石斋图。

秋晴掩户，客莫嘲人懒。看雨浥云根，聊醉以、卢仝七碗。肃然起敬，拜手礼群峰，何窈窕，太嵚欹，珍重烟霞满。　　折腰乡里，笑为几餐饭。石乂是良朋，值一揖、鞠躬捧盏。澄怀鉴物，雅尚者伊人，观雷浪，玩苍峦，尘鞅无须管。

## 渔歌子

杂兴

留云亭子柳成围。白鸟穿花故故飞。青莲浦，绿苔矶。满村风雨钓船归。

### 前调

绿树遮门掩西扉。青衣稚子立斜晖。骑驴客，醉扶归。怪问吾家是也非。

### 前调

茶声渐起似松涛。雪满山楼月影高。听鹤唳，若吹箫。幽人正喜坐中宵。以上《祓园集》附词

## 魏裔介（3首）

魏裔介（1616—1686），字石生，号贞庵，一号昆林，直隶柏乡人。顺治三年（1646）进士，历官工兵二科给事中，迁太常寺少卿，擢吏部尚书、保和殿大学士兼礼部尚书、加太子太保，升太子太傅。康熙十年（1671）辞职归，未再出。卒谥文毅。

### 八声甘州

和乔文衣雪中感怀①

帝城一夜雪，北风来、琼瑶满砌飞。正孤灯明灭，炉烟缥缈，万籁俱微。叹息人间诸事，转眼便成非。尚有春衣在，何用言归。　记得四杨桥畔，兰若谈禅处，花雨霏霏。奈江南江北，握手与君稀。况今朝，鬖鬖两鬓，念尚②平、初愿久相违。松醪美、隔邻呼取，敲送柴扉。

### 临江仙

寄田髴渊

十五年前初握手，如君便已成名。赋传金石重孙荆。有花曾对赏，无

① “感怀”，一作“遣怀”。
② “尚”，一作“向”。

酒不同倾。　　一自云庐归梦切，愁余短鬓蓬生。秋鸿春燕自将迎。九峰深几许，积雪与溪平。

### 其二

赋草词笺留架上，思君有梦徒形。清尊良夜记云亭。知音人去后，山水共谁听。　　杜若春江随意绿，片云何日车停。玉河桥下步伶仃。延津龙可在，斗下剑光荧。《全清词》顺康卷

## 魏勷（1首）

魏勷，字亮采，号苍霞，直隶柏乡人，魏裔介之子。清康熙中以父荫补刑部员外郎，出守建昌，以功补荆州知州，调漳州知州，擢山西临洮道，有《玉树轩诗草》。

### 减字木兰花

花前

莺啼处处。似惜春光欲留住。啼向花深。作伴花间载酒人。　　花飞不定。几尺落红迷曲径。漫放尊空。一晌春光夕照中。

## 梁清标（381首）

梁清标（1620—1691），字玉立，一字苍岩，号棠村，直隶真定（今河北正定）人。明崇祯十六年（1643）进士。入清历官礼部侍郎、兵部尚书、保和殿大学士。梁清标之诗，枕藉经史，不以一家名，庄而不佻，丽而有则。其作于明季者，多感慨讽刺之言，及入清朝，则飒飒春容之音，为台阁中巨手。尤工倚声，风流秀丽，虽极浓艳之作亦无绮罗香泽之态，负一时之名，论者比之吴伟业。有《棠村词》。

## 点绛唇

偶赠

歌按凉州，灯前喜识春风面。傍谁处院。碧玉闺中怨。　　淡服新妆，无语频凝盼。思量遍。幽情一线。付与闲花片。

## 念奴娇

送家光禄兄北上

西山荐爽，堪拄笏飘坠，井梧一叶。门外骊驹争祖道，分序雁行南北。十载亲闱，两悲风木，种种颠毛白。老成高卧，静看车马心折。　　正逢乞巧针楼，天孙会合，惆怅人间别。主圣时清须一出，岂得久淹泉石。事了拂衣，功成身退，早遂渔樵业。雕丘无恙，韩溪同泛烟月。

## 满江红

棠村赏牡丹

春草孤村，茅亭立、老槐如昨。香满院、名花倾国，临风绰约。三径才开佳客至，一樽细雨同斟酌。叹十年、宦海历风尘，空耽阁。　　钟鼎业，波涛恶。林壑里，无拘缚。趁日长体健，流连芳萼。屋角远山青欲滴，溪边钓艇鱼新跃。看眼前、世事谩关情，秋云薄。

## 喜迁莺

夏日

蕉林雨歇。正宝篆香温，瓶荷芳彻。棐几摊书，湘帘伏枕，愁煞利名场客。消受熏笼茶碗，闲度草间飞蝶。最爱是，傍萧萧疏竹，林梢新月。　　凄切。关情处，远树蝉声，又值清秋节。白堕三杯，红绡一曲，说甚济时豪杰。小构数椽茅屋，图画琴尊罗列。且白眼，任花开花落，阴晴圆缺。

## 点绛唇

初秋

急雨空阶，西风乍入帘栊晓。秋葵开了。掩映疏篱小。　　梦醒黄梁，万斛愁如扫。长安道。驱驰人老。都付闲花草。

## 卜算子

闺晓

宝鸭被重熏，茉莉香先透。两两鸳鸯宿碧纱，私语人知否。　　夜雨袅残灯，朝露沾罗袖。怪煞开奁促晓妆，好梦浓如酒。

## 如梦令

秋夜

露下秋宵方永。睡起残妆犹靓。携手步虚檐，人面月华相映。绝胜。绝胜。小立满身花影。

## 南乡子

柳村

近郭遍青畴。深柳孤村杜若洲。菡萏自开还自落，悠悠。野水闲云泛白鸥。　　斜卧绿阴稠。瓜种东陵觅故侯。小阮柴扃留夕照，飕飕。蝉咽西风遍地愁。

## 念奴娇

秋日，仍叠前韵。

十年京国，空孟浪解组，一身如叶。浩荡凉飙来木末，霜满滹沱河北。俯首浮名，惊心世路，回想头堪白。书生傲骨，腰围宁使轻折。
拚取潦倒词场，醉眠锦瑟，挥手红尘别。茅屋三间容膝了，何必平泉奇石。雨笠云蓑，闲花野草，管领幽人业。江山无尽，莫教辜负风月。

## 前调

家光禄西庐习静，再叠前韵。

繁英着眼，看古今得失，浮云飘叶。暑往寒来驹隙影，早见塞鸿辞北。槐国无喧，渔村高枕，忍负洲蘋白。东华翘首，羊肠空叹千折。
闻说重理蒲团，再安丹灶，不与家人别。况有玉清堪共隐，奚用受书黄石。蕉露研朱，松风啜茗，勾当山居业。他时出访，杖藜同踏萝月。

## 行香子

登斋中小楼

雾敛高旻。楼敞无尘。卷残霞、恰受斜曛。俯凭飞槛，远眺城闉。看花如绣，山如沐，草如茵。　　绿窗窈窕，碧树缤纷。傍朱栏、怪石嶙峋。奇书堪把，浊酒重斟。喜冬宜雪，秋宜月，夏宜云。

## 如梦令

题画扇

一夜西风轻剪。小院幽花初绽。芳沼立蜻蜓，掠水飞来庭畔。闲盼。闲盼。秋到江南深浅。

## 蝶恋花

秋夜

御夹凉生衣袂早。雁宿沙洲，处处开红蓼。月满关河凋塞草。一声玉笛征人老。　　促织催寒秋思好。剪烛西窗，叹息知音少。倚仗登楼姿远眺。白云片片西山小。

## 南乡子

秋夜小饮

秋草泣寒蛩。桦烛高烧映琐窗。宛转歌声云自驻，悠扬。拚醉佳人锦瑟傍。　　新月照空廊。仰视明河更漏长。万事闲中堪一笑，何妨。脱帽呼卢老更狂。

## 满庭芳

中秋

细雨才收，浮云乍敛，西风卷雾初晴。香飘桂子，秋草满闲庭。入夜冰轮当午，小楼外、碧巘纵横。微茫里，万家灯火，树色暝烟平。　　氍毹纷舞袖，红牙按拍，小妇鸣筝。任玉绳低转，客醉沾缨。十载东华旧梦，回首处、心悸神惊。趁佳节，空明如洗，坐待月华生。

## 望江南

秋夜小饮

秋色好，檐外晚凉天。弈罢一樽携翠袖，绿窗纤手弄冰弦。二八正韶年。　秋色好，莫问夜何其。风月蹉跎人老大，十年心事鹭鸥知。灯灺酒阑时。

## 永遇乐

九日

篱菊凝霜，井梧零露，雁飞平楚。何处秋声，小庭淅沥，无奈情千缕。登高送目，手把茱萸，生受淡烟疏雨。叹良时、几年虚度，总付东华尘土。　古今得失，人生聚散。浑似落英无数。戏马台空，龙山帽冷，风月还如许。闲抛书帙，笑引清樽，看取绿窗眉妩。莫更使、愁蜂怨蝶，香寒别浦。

## 前调

戏拟催妆

帘阁香温，蓝田烟暖，小春时节。河鼓初临，天孙将渡。鹊报人间匹。凤台许跨，鸾胶重续，自笑温郎非昔。对冰清、人惭叔宝，争道门阑气色。　鸳鸯翼并，芙蓉绣隐，珍重定情佳夕。庑下齐眉，五噫成咏，举案传先泽。鹿车共载，丹崖偕老，岁岁欢如今日。好倩语、新妆早试，远山黛碧。

## 绛都春

上幸真定，恭赋。

霓旌羽葆。看玉勒飞尘，翠华临早。雨洒郊原，风静天街，开驰道。红云昼护龙旗晓。黄衣是、圣人年少。万家环拥，千官拜舞，共瞻奇表。　非小。名城三辅，人何幸得睹、天颜微笑。猎罢长扬，月色甲光，寒相照。残星夜角营门悄。恩浩荡、村墟无扰。雪中黄竹歌成，争传睿藻。

## 江城子

书屋新成

蕉林新馆旧槐风。日初红。上帘栊。棐几藜床，窈窕绿窗中。曲曲栏杆花径小，谁是主，有卢鸿。　楼头虚敞月溶溶。淡烟笼。远山峰。客至开樽，随分两三钟。恩赐闲居容懒漫，身外事，任天公。

## 渔家傲

闲居

朝霁窥窗三径晓。草堂昼静闻啼鸟。插槿编篱随意好。云自到。落英一任西风扫。　啜茗摊书尘事少。开残黄菊寒催早。蚁战蜂围何日了。青门道。回头不满山人笑。

## 满庭芳

观女伶演淮阴故事

绛烛清宵，彩云华馆，蛮腰细舞回风。婵娟忽变，绣袄染猩红。锁甲艳分雪色，兜鍪小、双颊芙蓉。氍毹映，将军红粉，锦伞黛眉同。　登坛当日事，衣冠优孟，写出偏工。叹英雄佳丽，一样飘蓬。飞絮落花旧恨，谁怜取、桃李春秾。乘月夜，衣香人面，莫放酒杯空。

## 望海潮

镇阳怀古

雄风河朔，燕南都会，名城古说中山。带绕滹沱，屏开恒岳，连营剑倚青天。主父故宫闲。霸图叹灰劫，鹿走邯郸。璧返相如，坟高颇牧总荒烟。　军声成德当年。有北潭舞榭，赵苑歌弦。菡萏送香，菰菱映水，秋来依旧争妍。衰草冷平原。信陵立功后，结客空传。战垒乌啼笛吹，关戍夕阳寒。

## 清平乐

西村

场空禾黍。终岁田家苦。脱却朝衣耕瘠土。闲逐樵歌渔鼓。　溪翁提挈儿孙。骑驴买醉前村。野外人家如画，柴扉灯火黄昏。

## 柳初新

冬词

晴檐飞雪帘栊护。翠被篆、添香缕。海棠睡足，脸潮微晕，钗落鬓横斜雾。红上琐窗如许。恼侍儿、催人匆遽。　纤手牵郎且住。怯朝寒、枕傍低语。眉心频蹙，楚腰半弹，不尽怨云愁雨。欲起又同偎倚。最难听、鹦哥声絮。

## 浪淘沙

闺词

日影旧窗纱。昼静藏鸦。东风谨护牡丹芽。珠箔深深垂绮户，便是儿家。　娇小鬓云斜。暗度韶华。春愁不减脸边霞。绣得双鸳新画谱，并蒂荷花。

## 一剪梅

闺词

宛宛冰轮上画楼。听罢更筹。熏罢衾裯。画眉人是旧风流。对面温柔。背面娇羞。　双结灯花两意投。一晌低头。半晌回眸。玉猊烟冷睡还休。倚了香篝。褪了莲勾。

## 诉衷情

咏莲

猩红弓样试风流。贴地软香浮。凌波巧笼纤笋，锦幄倍清幽。　莲折瓣，月微钩。玉温柔。苔痕池上，泥印花间，尘迹楼头。

## 满庭芳

寄酬申凫盟，次原韵。

河朔才名，传家忠孝，词场共羡阴何。故人纨扇，赠我惠风多。别后停云一载，遥山矗、马服嵬峨。烛花剪，西窗鸡黍，怅望阻滹沱。　荆扉尝昼掩，老渔相逐，雨笠烟蓑。任世情翻覆，衮衮颓波。悬想洺醪已熟，高卧处、对酒当歌。拟他日，沧浪携手，长啸踏青萝。

## 霜叶飞

冬日寄怀杜子静

小斋寒冽。疏灯烬，故人梦牵梁月。贫交管鲍等轻尘，叹世情非昔。极望里、五云清切。双鱼频寄田间客。看今古茫茫，问谁是、市中屠狗，西州豪杰。　　犹忆祖帐青门，河梁抗手，不数阳关三叠。归来松菊未荒芜，已自甘鸠拙。霸陵老、岂因人热。当年对酒燕山雪。怅离群、回首处，碣石风高，滹沱冰结。

## 望江南

蕉林

风习习，小院午阴稠。鸦带斜阳清影乱，梦回疏篁碧烟浮。疑坐晚山秋。

## 前调

春昼永，烂漫赏花时。风动紫英双蝶绕，香凝翠幄早莺知。人立夕阳迟。

## 前调

栅初引，清露缀枝斜。黄鸟啼残窥画槛，玉蟾影转上窗纱。偏称一阑花。

## 前调

秋满阁，蹑屐望遥空。赵苑烟花城阙柳，玉屏山色佛楼钟。半在月明中。

## 前调

朝卷幔，红日照前楹。窗色弄晴来燕子，檐花飞片落棋枰。竹里沸泉声。

## 前调

云漠漠，怪石碧苔斑。长揖颠来同海岳，解酲贵不数平泉。秋入小湖山。

## 前调

罗浮梦，寒夜醉春杯。高士雪中疏影瘦，美人月下暗香来。东阁几枝开。

## 前调

斋似舫，窗外雨潇潇。仿佛棹移湘水曲，溟蒙客渡洞庭潮。一半在芭蕉。

## 锦缠道

初度

冰雪柴门，寂寞岁寒时候。跳双丸、悬弧今又。风尘澒洞人非旧。剩得闲身，浪逐烟波叟。　叹种种颠毛，不堪回首。春酿熟、好烹羔剪韭。佳人翠袖殷勤，且主盟花月，漫说经纶手。

## 玉烛新

己酉元日

雪晴开曙早。看遍布王正，条风拂晓。轻烟丽日椒觞暖，共说丰年佳兆。春衣儿女，喜得岁、樽前频绕。山中卧，击壤清时，追随牧童村老。　回思当日先皇，正颁赐天厨，云和缥缈。大酺同庆陪鸳鹭、每近龙颜欢笑。孤臣无状，此际包容非小。今何幸、放逐沧浪，尚安覆帱。

## 东风齐着力

立春

郊外青幡，盘中生菜，人乐时康。惠风布满，春水泻横塘。竞戏鱼龙角抵[1]，朱楼上、小妇笙簧。映钗色，剪花彩燕，香裛罗裳。莫问鬓边霜。百年内、能消几个欢场。黛眉巧画，半醉倚银缸。肯负签声竹影，酬良夜、细与平章。喜公道，不分冷暖，惟有东皇。

## 水调歌头

寄怀王敬哉先生

椒酒催残腊，彩胜斗新妍。回首青门分袂，离别再经年。遥想柳堂深处，春夕烧灯嘉会，酬和白云篇。记忆山中客，频为寄鱼笺。　　香一缕，书数卷，只高眠。当时忝窃师门，同学又同官。君近九重天上，我在北潭池畔。相望各风烟。何日重携手，身健且加餐。

## 烛影摇红

十四夜

绮户寒轻，千门不闭楼台晚。丽谯吹歇罢葳蕤，九陌香尘满。何处箫声近远。试华灯、春风庭院。闲身天许，游冶场中，留连歌管。　　暗想当年，团圞儿女清宵宴。翠眉低唱漏声沉，绛烛西窗剪。此夕人移物换。频搔首、霜侵鬓短。月明依旧，火树光摇，星桥烟暖。

## 绮罗香

十六夜

晓雪才晴，华灯再耀，妆点春城如画。一刻千金，欲买良宵无价。曲栏倚、檀口瑶笙，六街骋、玉鞭骄马。气氤氲、飞霰雕檐，银花钗色光相射。　　绣窗眉妩，试看似昔年京兆，风流重话。焰吐芙蕖，处处酒旗歌榭。桥边女、笑倩人扶，笛里梅、落来堪把。抛红豆、谁结同心，趁蟾蜍渐下。

## 小重山

清明

春水溶溶寒食天。王孙芳草绿、上风鸢。深闺帘暮玉钩闲。人何在，

---

① “竞戏鱼龙角抵”，《全清词》（顺康卷）此处不断句，误。

一半傍秋千。　　堤外打榆钱。酒旗频驻马、杏花烟。莺声啭出画楼前。牢记取，年少有金丸。

## 玉女摇仙佩

暮春东郊泛舟

长堤柳影，绿满东郊，十里芳湖如镜。举网烹鲜，行厨载酒，重续当年佳兴。风月谁偏领。况主人情重，肯虚妍景。早寻取、青鞋布袜，正是姚黄魏紫相映。无奈遇知心，娇小情痴，勾人酩酊。　　凭杖兰桡画桨，箫鼓中流，潋滟素波千顷。韦曲胜游，旗亭嘉会，今古风流堪并。城角楼烟暝。怎消得、杜牧疏狂心性。趁落日、仙舟容与，佳人拾翠，春将去也君须省。好留待夜珠光迸。

## 玉蝴蝶

棠村看牡丹

报到西村花发，春风一夕，香满疏阑。载酒携笙亭畔，淡淡云烟。弄轻阴、新篁院宇，翻翠浪、绿野平田。草芊绵。花名倾国，蛱蝶翩跹。　　留连。芳郊细马，红妆垂袖，一笑嫣然。银甲调筝，几多心事入眉湾。岂相逢、琵琶江上，浑不让、棋墅东山。耐人看。斜阳松影，倦鸟知还。

## 凤凰台上忆吹箫

忆远

丝袅垂杨，烟迷芳草，携樽犹是春游。忆去年此日，花径风柔。喜得娇姝相伴，移小步、泥印莲勾。吹笙罢，纤腰倚树，一笑回眸。　　难留。彩云忽散，人一去新来，冷落歌喉。奈关河迢递，燕语空楼。唯有孤村残照，画桥畔，野水东流。停杯处，凭阑望远，白了人头。

## 浣溪沙

春闺

深院秋千绣带轻。衣沾香汗玉钗横。最怜节气近清明。　　怕见落英春欲暮，倦开翠幌梦频惊。碧桃花下戏调莺。

## 夏初临

初夏

蔽日初槐，啼花娇鸟，疏篱渐长新篁。永昼人闲，熏炉细细焚香。漫夸世路名场。远风波、碧簟清凉。蝶须坠粉，鱼吹蘋末，莺弄笙簧。
好书堪把，苦茗频斟，湘帘半卷，燕子飞忙。香闺双陆，倦来午梦偏长。小立斜阳。映纱橱、笑看残妆。耐平章。无边风月，自在年光。

## 减字木兰花

斋中微雨

绿窗才启。雨过苔青阶似洗。咫尺烟霞。风动朱阑芍药花。　　梦回如醉。人语惊残鹦鹉睡。三径谁开。篱外多应二仲来。

## 醉花阴

临济村，赏蔷薇。

临水柴门槐影护。只合幽人住。篱落带斜阳，一架蔷薇，习习香风度。　　绿阴碧藓开樽处。客醉忘归去。远树杜鹃啼，溪静林深，疑是江南路。

## 雨中花

听雨

百尺楼中香一缕。梦乍醒、庄生栩栩。栖半亩烟云，几竿修竹，咫尺潇湘浦。　　趺坐垂帘浑不语。听淅沥、落英无数。怪风袅孤灯，凉生衫袖，多是芭蕉雨。

## 满江红

夏日江南陆恂若过访，留饮。

小隐柴荆，有嘉客、远寻茅屋。侵屐齿、槛横浮翠，砌添新绿。帝里旧游蝴蝶梦，田间今和渔樵曲。几年来、世事叹浮云，多翻覆。　　槐风起，凉生粟。雷雨过，花如沐。且论文把酒，更开棋局。此夕莫愁银箭急，明朝又向红尘逐。问东篱、菊绽可重来，村醪熟。

## 渔家傲

雨后

小雨才收风谡谡。修篁交响阑干曲。澄湛一泓鸂鶒浴。酣睡足。鸟啼疑傍，山家宿。　　潇洒闲阶桐覆屋。花开花落无拘束。门外任他车马簇。人新沐。鬓云低映窗纱绿。

## 念奴娇

夏夜

凉侵疏簟，看星河渐转，频催城柝。百合香匀新欲罢，月照残妆绰约。纨扇初停，冰肌无汗，重试罗衫薄。花阴携手，一枝轻罥钗落。
闻道世态浮云，长安棋局，俯仰成今昨。人在瑶台清露下，消受藤床珠箔。横笛高楼，鸣蝉满树，尘事浑抛却。西风转眼，又惊吹到帘阁。

## 踏莎行

西郊观荷

高柳蝉声，远山霁色。田田菱叶呈秋碧。陂塘咫尺隔红尘，荷香不傍红尘客。　　露缀蒲桃，风行几席。稻花开处黄云结。渔村荻浦是吾家，十年噩梦同君说。

## 菩萨蛮

花间双蝶

人闲清昼抛书立。绿阴深处蝉声急。一树紫薇开。翩翩引蝶来。
篱边相逐舞。摹作滕王谱。槐老入新秋。西风蝶也愁。

## 满庭芳

立秋

茅屋三间，槐庭一叶，金风乍入绳床。年年此际，凉思满奚囊。廿载黄粱梦境，一撒手、转眼荒唐。闲消受，幽花文蝶，秋水玉簪香。　　商量。喜计日，东篱绽蕊，紫蟹迎霜。问谁家新醪，早熟先尝。万事休教挂齿，惊魂魄、利锁名缰。登高处，远山萧飒，孤雁度斜阳。

## 如梦令

家弟送蝶至

蝴蝶东家交映。捉送蕉林三径。惊醒老庄周，来弄碧阴晴景。偏胜。偏胜。点缀竹篱秋影。

## 满江红

题《柳村渔乐图》，用吕居仁韵。

万柳藏村，人家住、白鸥溪曲。但编篱种槿，结茅为屋。门外浅汀清似练，窗前抱膝人如玉。雨才收、荡漾两三舟，冲波绿。　堪对酒，陶潜菊。宜啸咏，王猷竹。羡渔翁妇子，何荣何辱。画阁朱门凋谢了，浮家泛宅随时足。只一竿、明月不须钱，烹鱼熟。

## 桂枝香

中秋

西风帘幕。看花影移阶，蕉阴绰约。三五良宵正永，小罗杯酌。三年幸订渔樵侣，伴闲云、轻鸥孤鸿。鹿门夫妇，竹溪宾友，柴桑篱落。　任清露、凉侵袂薄。对扶疏丛桂，此景非恶。渐敛浮云，夜半月临虚阁。庾楼人坐冰壶里，欲乘鸾、飞向寥廓。且拼尽醉，休论尘世，受他羁缚。

## 金缕曲

九日

风雨开茅屋。报昨夜、东篱才放，一枝黄菊。再度重阳柴桑里，过酒邻墙非俗。好受享、灯青樽绿。身健喜逢佳客至，把茱萸、仔细看何足。贪漏永，剪桦烛。　高楼已纵登临目。最关情、遥峰叠翠，澄溪拖玉。老去悲秋萧萧发，魂梦偏宜乡曲。况几阵、霜鸿南逐。天上故人频劝驾，奈山中、猿鹤怜幽独。谁更解，清闲福。

## 念奴娇

赠魏莲陆年兄并祝初度

纸窗茅屋，有先生抱膝，小门回折。荒径全萦书带草，床上凝尘满席。五马归来，三间高卧，独耐袁安雪。萧然环堵，猪肝肯使轻说。　　闻道初度佳辰，墙头过酒，剪烛招狂客。万事何如杯在手，莫问新来华发。栗里琴樽，庞公夫妇，岁岁娱泉石。故人寒邸，梦留斋畔凉月。

## 玉漏迟

闺思

篆烟消锦幄，愁中又听，漏声催早。卸罢残妆，绣被暗生寒峭。想象前宵好梦，剩瘦影、兰釭相照。灯晕小。雁鸿报到，归人犹杳。　　消息试探梅花，待漏泄春光，可同欢笑。欹枕钗横，画楼几番慵眺。一纸音书寄语，问白发、近添多少。奁镜悄。眉峰为谁频扫。

## 满江红

高司寇召饮园亭，赋谢。

司寇风流，归来筑、柳塘花屋。帘半卷、西山烟霭，北堂丝竹。洛下耆英年齿会，翠眉低唱颜如玉。论人间、底事最关情，芳樽绿。　　敦交谊，羞流俗。怜旅客，忘荣辱。醉良宵灯火，举觞相属。已下青衫司马泪，宁堪重顾周郎曲。愿同君、携手混渔樵，何仆仆。

## 忆秦娥

上谷怀古

涛声咽。萧萧亭照金台月。金台月。千年易水，为谁寒热。　　狗屠燕市风流绝。荒田督亢飞残雪。飞残雪。悲风落日，今古销歇。

## 庆春泽

观雪

晓幕飞花，同云做冷，开帘舞雪纷纷。手把残书，寒烟昼闭闲门。茅堂高士独僵卧，有几人、驴背孤村。想朱楼、绿鬓相偎，笑引芳樽。　　当时气暖兰缸夜，尽温柔乡里，私语殷勤。憔悴今宵，旅灯伴我黄昏。雁鸿屡爽刀头约，问腰肢、又减三分。拥香衾、欲诉梅花，谁与温存。

## 千秋岁引

除夕

客舍东风，高城夜角，灯火千家闭楼阁。谁将物华妆点就，偏遗旅况寒如昨。颂椒篇，屠苏酒，成差错。　闻说笙歌归院落。闻说画堂垂绣幕。爆竹声声总萧索。浮踪滞留残腊后，音书悔订春前约。梦儿中，枕儿上，休忘却。

## 应天长

元日

彩云晓陌，红烛画楼，春风旅中偷度。椒帖桃符一样，晴光遍朱户。香焚后，帘卷处。屡极目、小桥归路。遇佳节、素发萧然，恁般情绪。　岁酒让谁举，无限韶华，忙里暗来去。芳草又生惆怅，王孙自朝暮。人何远，情半误。仿佛忆、去年新句。问今日，故里阳春，可还如许。

## 鱼游春水

立春

东风开晓市。晴照金台云气紫。春来天上，巷陌渐熏罗绮。玉烛长调禁苑中，锦鞯争试香尘里。吹笛一声，画楼独倚。　三辅名城高起。又见鬓边新燕子。青幡兼遇灯宵，韶光信美。闺人划损钗头凤，羁客愁倾樽内蚁。归梦如醒，流年似水。

## 花心动

元夜

上谷风和，夜溶溶、香车六街阗咽。灯火朱楼弦管，清尊共赏，太平佳节。谁家少妇帘栊里，喧笑语、绮罗轻揭。客怀乱、敝裘独拥，小门残雪。　闲把年时细说。尽玉漏声沉，凤箫吹歇。桦烛春闺眉妩，纱窗兰麝，绣帏频爇。无端辜负鸳鸯梦，郎山畔、冷衾如铁。酒醒处、星桥淡烟斜月。

## 满庭芳

再叠前韵，答申凫盟。

三载伤离，一丘甘老，名山近业如何。孤臣再录，惭负主恩多。忽尔惊心投杼，空翘首、双阙嵯峨。春将半，浮踪久滞，乡梦绕滹沱。　良朋重念我，齐纨丽句，来自烟蓑。奈萦眸家岫，行矣风波。旧日酒垆客散，燕市里、曾否悲歌。关情处，伊人宛在，残月满青萝。

## 帝台春

春怀

晴日炙。雪初消，池水碧。游鲤负冰，好鸟窥人，闲愁增剧。追忆年时香阁里，携手看、故山春色。奈而今，恼乱东风，偏吹孤客。　春犹昔。浑暗掷。人咫尺。何从觅。叹陌上青青，又生芳草，薄暮绿烟如织。湖海气难一旦減，儿女泪已千行滴。渐近了花朝，怕重提寒食。

## 越溪春

高司寇召饮，演《秣陵春》新剧。

二月莺啼风日丽，蒋径暂开扃。主人情重倾杯斝，剪烛花、奏出新声。太史填词，秣陵春色，司寇园亭。　风流双影分明。搬演小秦青。丽谯三点四点漏滴，华堂斗转参横。多难一身行乐地，俯仰欲沾缨。

## 谢池春

花朝

赵苑烟霏，青入春山如画。叹无端、钓纶收罢。轻寒轻暖，有晴郊车马。那堪酬、好天良夜。　朱门绮户，处处秋千高挂。斗新妆、东风帘下。花朝孤邸，怕酒阑灯灺。何时向、成都占卦。

## 生查子

春闺

河梁别妾时，落叶纷庭榭。春草已芊芊，不见嘶骢马。　鹦鹉未知愁，絮语将人骂。小步怨东风，掩泪秋千下。

## 蕙兰芳引

高斯寇春夜召饮，出伎佐酒。

小圃暖风，飘衣袂、水仙香馥。开宴出红妆，灯碧正宜黛绿。客怀无赖，频泪堕、相思新曲。任丽谯漏歇，永夕淹留丝竹。　北海樽罍，东山声伎，此日堪续。喜双袖殷勤，消遣离愁万斛。狂言惊座，谁怜杜牧。空耐他、孤枕梦回残烛。

## 满庭芳

城南泛舟

城绕春流，堤藏萧寺，人家半倚晴溪。轻风暖日，布谷数声啼。一棹船如天上，关情处、岸草萋萋。空回首，故园柳色，烟景望中迷。　依稀。想此日，清明近也，佻杏开时。叹踪迹嗟砣，物换星移。[①] 举网鲜鳞入手，开笑口、聊醉春卮。酒阑后，斜阳驻马，目断画桥西。

## 忆王孙

春雨

寒烟暝色乱清樽。呖呖虚窗旅雁闻。暮角声催断客魂。一灯昏。细雨孤城尽闭门。

## 燕台春

饮来青园，故侍御刘君别墅也。

碧草孤村，青萝三径，轻阴早散楼台。金谷繁华，而今半委蒿莱。名花侍御曾栽。叹芳菲零落，雏莺空转，当年燕子，依旧飞来。　躬耕别业，送酒旗亭，变迁转眼，屏幄重开。冶游挟弹，金鞭宝马频催。客醉东园，风回翠袖，香入春醅。几徘徊。人去松影乱，鸦满城隈。

## 海棠春

夜雨

寂寥春院思千缕。陌上柳、新黄才吐。暝色入西楼，雁影沉南浦。

---

① 依词谱，“物换星移”后应为句。《全清词》（顺康卷）、梁新顺点校《棠村词》此处均为逗，误。

黄昏灯火无情绪。遗梦到、家山犹阻。惆怅打梨花，点点飞窗雨。

## 柳梢青

春日

小雨才收。平沙细草，绿满西畴。柳眼青归，桃腮红晕，人倚高楼。　　家家绣幕帘钩。春不管、斜阳旅愁。罗绮风前，秋千影里，马上墙头。

## 少年游

春日①

啼莺恰恰到窗纱。几缕晓烟斜。此日春城，汉宫传蜡，散入五侯家。　　三分春色愁中度，一半在梨花。肠断黄昏，酒醒残月，门外即天涯。

## 眼儿媚

春昼

日射晴窗静无哗。风袅柳枝斜。有人深院，凝妆独坐，门掩桃花。　　追思往日重回首，心事付啼鸦。隔墙笑语，却疑春色，只在邻家。

## 双双燕

感怀

萧萧易水，问何事春来，助人凄恻。蘋香柳嫩，妍景任教抛掷。聊话郎山雨夕，又梦绕、潭园烟色。纷纭身世多般，已见雁飞南北。　　谁遣头须顿白。怕纵有春风，也难消得。壮怀无奈，说甚肝肠铁石。况听高楼弄笛。盼不到、渔蓑消息。试看陌草青青，正是杜陵寒食。

## 浣溪沙

春怀

郊外提壶藉草茵。桃花春涨水粼粼。暖风吹散隔溪云。　　柳色暗催

---

① “春日”，《十六家词钞》作“春愁”。

羁客泪，莺声愁煞画楼人。两般心事总沾巾。

## 锦堂春

闺情

绕砌试探芳信，卷帘放出香烟。小楼几阵廉纤雨，寒食杏花天。鸾镜羞窥瘦影，鸳衾愁里春眠。呢喃唤醒深闺梦，双燕到堂前。

## 山花子

春愁

谩道春风不世情。愁中吹上鬓边星。归雁带来云外恨，断肠声。日暖平芜晴牧马，月明绮阁夜调笙。无限韶光多少泪，共谁评。

## 更漏子

梦寤

夜儿长，风儿细。吹入孤眠春思。青镜畔，玉楼中。枕函有路通。横空雁，黄昏雨。梦里不知客苦。情脉脉，意迟迟。迷离乍醒时。

## 水调歌头

春夜，郝雪海侍御自都门还，过邸中。

把袂东风里，斜日驻青骢。携来天上春色，慰我客途穷。夜话旧游燕市，惆怅河山已邈，聚散酒垆中。抵掌论今古，尘世几英雄。　剪银烛，歌白雪，调谁同。怜君国士，十载蓑笠尚飘蓬。犹是当年河朔，慷慨风流未坠，领袖有诸公。且共樽前醉，心事托飞鸿。

## 诉衷情

忆家

绿杨影里子规啼。催得鬓丝丝。撩人暮春天气，画阁晚妆时。　新柳困，远山低。思依依。五更细雨，半夜归鸿，一片花飞。

## 苏幕遮

寒食

杏花烟，榆荚雨。绿映平桥，又见春如许。油壁车轻寒食路。细草芳樽，邀取春光驻。　　啭莺楼，归雁浦。柳外梨梢，愁煞长亭暮。天意也知离别苦。片片轻云，遮断人行处。

## 绣带子

闲意

春色耐繁华。车幰碾晴沙。吹皱小桥池面，杨柳逐风斜。　　尘世几回嗟。齐分付、夜雨梨花。东家蝴蝶，却因何事，飞过西家。

## 锦帐春

春暮

柳色摇金，莺声如剪。谁打叠、春光成片。落花风，寒食雨，想海棠睡晚。　　重帘深院。何限离情，这般消遣。收拾去、韶光一半。语东君，留暮景，把芳菲莫卷。人归非远。

## 好事近

归途

草短马蹄轻，乱踏落红归去。遥指杏花村里，问酒家何处。　　一溪春水浸春云，犹是来时路。闰月东风未老，天亦怜迟暮。

## 行香子

春日过中山雪海侍御，留宿唐城。

古道斜曛。野水孤村。暂停骖、频叩柴门。故人相劳，握手开樽。看三眠柳，千亩稻，一川云。　　抵掌高论，酒罢灯昏。问乾坤、得失谁分。尘缨堪濯，荒[1]径犹存。是柴桑里，隆中宅，武陵津。

---

① “荒”，《十六家词》作“三”。

## 百字谣

寿孙北海[1]先生

圣朝遗老，拥琴樽图史，婆娑清昼。传得关闽当日学，独把残编穷究。道在斯人，晴窗高卧，闲却经纶手。一庭风雪，喜当介眉时候。
绕膝彩袖重重，持觞共祝，宰相山中久。谢客着书多岁月，小阁藤深松茂。鹤发丹颜，凭烟云好，供养容如旧。春风盈坐，笑看车马驰骤。

## 春从天上来

寿蔡魁吾中丞

绮户祥烟。正身退功成，部曲萧闲。豫章旌节，淮海歌弦。手持半壁江天。问先生何事，人未老、偃仰平泉。乐清时，羡宾朋北海，丝竹东山。　　松径药栏楚楚，听瀑布潺湲，映带奇峦。花舞球场，云凝金埒，侯鲭法酝开筵。戏斑衣进酒，列棨戟、七叶貂蝉。醉酡颜。餐梨旧事，辟谷当年。

## 沁园春

寿袁六完都谏

列戟门庭，伏蒲夙望，帝里优游。正介眉嘉日，频开笑口，浮觞仙酝，宛转歌喉。暂辍趋朝，从容散帙，且自忘机狎野鸥。盱衡处，把经纶事业，静里搜求。　　升平乐事清幽。好共倒、金樽秉烛游。就霏霏窗雪，时焚谏草，溶溶卿月，近傍琼楼。弟拥旌旄，兄依梧影，辉映中朝孰与俦。春无恙，集南皮宾客，谭宴风流。

## 忆旧游

雪中感怀

想秋原衰柳，细雨潇潇，魂断河梁。日月曾无几，早寒风朔雪，吹到茅堂。孤踪久辞双阙，谁识旧刘郎。幸同好犹存，悲歌对酒，共说先皇。
草草思前事，叹物换时移，空费推详。问菊松三径，奈暮云缥缈，难

---

① “孙北海”，《十六家词》作“退谷”。

认柴桑。梅香漏泄春信，归梦绕横塘。听何处高楼，一声玉笛泪千行。

## 醉春风

除夕

春色浑如昨。烧烛闻宵柝。追思往事总成尘，错。错。错。出岫闲云，忘机鸥鸟，那堪耽搁。　　三载甘萧索。又被浮名缚。重来人事一番新，薄。薄。薄。爆竹声中，屠苏杯底，且同斟酌。

## 御街行

元日

天门骀荡晨光丽。扇影里炉烟细。衣冠万国拥仙班，共拜冲年天子。田间野老，重瞻双阙，几洒孤臣泪。　　长安谁道浮云蔽。看咫尺龙颜霁。不才未有治安书，但祝时康风美。九重露掌，千家蓬户，都布阳和气。

## 大圣乐

春闺

奁镜初开，流苏乍暖，启窗犹寒。引螺黛、巧画双眉，宝鸭频添香篆，袅袅轻烟。才换春衫慵出手，向梅萼、凝妆仔细看。绣帘日永，莺花无赖，珍重芳年。　　东风又到芳草，渐柳色、依依驻锦鞯。语金闺夫婿，椒酒彩胜，莫负清欢。世事何凭，韶华易去，一瓣皈依大士前。人无恙，祝天长地久，被底文鸳。

## 春云怨

闺怨

疏灯薄暮。又一声归雁。飞来平楚。门掩东风，尘生宝箧，流年惊暗度。彩线慵拈，烛花频剪，旧怨新愁漫空数。卓氏孤吟，班姬团扇，无奈情耽误。　　王孙玉勒知何处。把三生誓约，翻云覆雨。去矣朱颜渐非故。零乱飞蓬，恼煞窗前，莺啼春树。梦罢关山，酒醒残月，极目凄凉南浦。

## 临江仙

初春

花市歌楼帘半卷，六街酒碧灯红。家家行乐醉春风。五陵年少，何处系游骢。　　小妇新妆蝉翼巧，那知愁上眉峰。垂垂柳色夕阳中。陌头惊见，悔却觅侯封。

## 蝶恋花

宋荔裳观察招饮观剧，次阮亭韵。

榆荚风清飘蜀缬。水涨银塘，才过清明节。绛蜡金樽歌未歇。柳花槛外飞如雪。　　旧事甘陵翻数阕。今昔关情，优孟真奇绝。丝管啁啾声渐彻。鱼龙波底摇残月。

## 沁园春

咏美人足

锦束温香，罗藏暖玉，行来欲仙。偶帘栊小步，风吹倒褪，池塘淡伫，苔点轻弹。芳径无声，纤尘不动，荡漾湘裙月一弯。秋千罢，将跟儿慢拽，笑倚郎肩。　　登楼更怕春寒。好爱惜相偎把握间。想娇憨欲睡，重缠绣带，瞢腾未起，半落红莲。笋印留痕，凌波助态。款款低回密意传。描新样，似寒梅瘦影，掩映窗前。

## 万年欢

元宵

午夜晴烟，早六街灯火，交侵明月。春树人家，遥傍帝城双阙。迤逦钿车成列。亸罗袖、肤光欺雪。春山淡，止水盈盈，笑看帘幕风揭。　　清丝凄切。楼头少妇鸣筝坐，幽恨难说。白马金鞭，知向谁行游歇。舞榭酒阑烛灭。侯门闭、内筵重设。空伫望、薄幸归来，深闺眉翠双结。

## 醉乡春

十六夜

院院烧灯何早。重把金樽倾倒。桂阙影，一分亏，碧海青天人老。　　红袖桥边微笑。点缀春风多少。银花合，玉珂鸣，歌楼万点星球小。

## 点樱桃

闺情

春困恹恹，斜风细雨寒吹阁。银屏珠箔。苦把花枝缚。　　虚倚熏笼，旧事思量着。情差错。海棠零落。对下秋千索。

## 巫山一段云

春宵

箫局微温候，篝灯乍剪时。端相带笑又佯推。欲睡故迟迟。　　银蒜垂帘悄，金钗落枕欹。淡红袙袜映唇脂。低问小名儿。

## 杏花天

花朝过金鱼池

莺声曲岸轻阴乍。春水涨城南台榭。谁家高结秋千架。人在卖花帘下。　　踏青鞋、旧游重话。记挟弹、芳原试马。杏花小雨西村社。放了东风宽假。

## 金凤钩

燕来

忽闻燕，来何处。向树底、双双小语。一春消息，故人情重，不爽佳期唯汝。　　自怜每被多情误。频劝取、不须飞去。絮泥衔得，为谁辛苦。空傍人家门户。

## 望江南

乡思

清明候，细雨晓风和。树里青帘春酝美，水边红袖丽人多。处处醉颜酡。

## 前调

家山好，春色满平芜。花片参差裘马客，柳丝摇曳水云图。远浦立鹈鹕。

## 前调

东郊外，暖日水粼粼。一路杏花寻幕燕，几行杨柳渡溪人。沙细碾车轮。

## 前调

踏青云，遥指绿阴村。斜袅金鞭晴试马，高烧银烛夜开樽。芳草滞王孙。

## 前调

西村里，淼淼水拖蓝。一缕墟烟青似织，数峰岚色碧于簪。可唤小江南。

## 前调

犹堪忆，歌舞向朱楼。小玉多情金缕曲，雪儿带笑锦缠头。长使彩云留。

## 前调

清欢夜，偷眼认檀郎。锦瑟偎灯肠断句，青丝堕马内家妆。私语口脂香。

## 前调

休虚度，寒食草青青。荇叶桥边沽酒路，秋千影里卖花声。金弹打流莺。

## 前调

桃花水，相约放船来。菱叶田田鲜鲤出，槐风剪剪小舟开。送酒百壶催。

## 前调

灯儿剪，杂坐漏偏迟。欲写乌丝嗔燕子，将输楸局[①]倩猧儿。芗泽乍闻时。

## 减字木兰花

冯庄看海棠

垂杨别馆。矗矗高楼当翠巘。草绿闲阶。蛱蝶寻芳自往来。　主人何处。客醉金卮愁日暮。燕入谁家。落尽东风第一花。

## 归自谣

惜春

春梦诧。零落乱红花卖罢。游丝飞絮春归乍。　欲留无计眉慵画。帘钩亚。莺儿苦把东风骂。

## 如梦令

即事[②]

翡翠衾寒拖逗。恼煞鸡声偏骤。带得御香归，犹喜晓妆才就。生受。生受。正是画眉时候。

## 忆秦娥

茉莉

香风扬。黄昏院落花初放。花初放。银灯试照，别来无恙。　美人奁镜偏宜傍。珠簪金络增新样。增新样。珊瑚枕畔，绿云鬟上。

## 垂杨碧

新浴

人新沐。波溅一枝寒玉。半着轻罗香馥馥。妆残重结束。　桃簟凉

---

① “局”，《全清词》（顺康卷）作“局”。

② “即事”，《十六家词》题作“朝回”。

生绣褥。小立漏声偏速。换两鞋儿刚一掬。奈何郎又促。

## 青玉案

重阳

帝城九日晴偏好，叹秋水、芦花老。送目登楼云浩渺。疏林烟霭，夕阳宫阙，数点苍山小。　　经年车马东华道。节序匆匆、寒霜早。遥忆东篱花绽了。新醪才熟，茱萸同插，一个人儿少。

## 满江红

寿王敬哉宗伯

洛下樽开，羡龙马、精神奕奕。称觞处、西山佳气，南皮词客。曳履容台兴礼乐，拂衣棋墅娱泉石。傍晴窗、纨素画沧洲，烟云碧。　　斟法酝，鹅笙炙。纷舞袖，乌衣集。正小春时节，肯教虚掷。凤羽朝回频问寝，蝇头花底闲濡笔。论长安、福寿更谁同，君无匹。

## 喜迁莺

寿龚芝麓宗伯

堂罗丝竹。正葭管灰飞，春回寒谷。江左风流，东京部党，共识当年耆宿，执法风生台阁，借箸禁中颇牧。烽火静，向南宫曳履，望高钧轴。　　蒿目。忧国处，两鬓丝丝，欲救苍生哭。对客抽毫，张灯击钵，不数词场潘陆。历尽险巇身健，嘉日莫辞醽醁。趋朝罢，领凤城烟月，清宵顾曲。

## 贺新郎

元夜，用曹顾庵学士韵。

十里珠帘卷。遍烧灯、暗尘随马，钿车齐遣。缥缈箫声明月下，更喜露华初泫。寒犹峭、春衣重茧。花市歌楼牙拍按，正御沟、冰泮流澌浅。火树合，星桥展。　　晚妆才试芙蓉显。倚银屏、归人未卜，金钗划扁。门外锦鞯何处客，频嘱系铃小犬。寻好梦，香衾权免。午夜大酺人竞醉，罢严城、鱼钥金吾典。听玉漏，东风剪。

## 前调

蛟门纳姬，仍用前韵。

锦幄红霞卷。赋催妆、鹊桥已驾，青鸾先遣。才子广陵年尚少，下直墨华犹泫。奁镜伴、乌丝蚕茧。携得御炉香满袖，正天孙、初渡银河浅。京兆笔，晴窗展。　　远山肯使眉痕显。倦支颐、流苏低亚，筠笼微扁。吹罢凤箫闲对弈，乱局须凭猧犬。吟蟋蟀、西堂愁免。欲博琴台人一笑，解鹔裘、好向垆头典。莲漏永，兰缸剪。

## 菩萨蛮

春闺

乱鸦啼处春风晓。流苏香暖金钩小。晴影入窗纱。街头卖杏花。鸳鸯初睡足。偏堕云鬟绿。拂镜试新妆。低回问粉郎。

## 前调

题画扇

板桥流水湖山靓。桃花人面红相映。唤婢采芳兰。妆成小步看。苔侵罗袜湿。爱向春风立。莫问落花香。当年误阮郎。

## 前调

春雨

家山漠漠思千缕。杏花零落廉纤雨。燕语恨春归。河桥柳絮飞。游骢何处驻。野水棠梨路。泥滑阻郊行。芳堤误早莺。

## 前调

暮春雨中，十五弟归里。

可怜九十春光尽。南窗疏竹生新笋。榆荚雨潇潇。花寒夜寂寥。河桥垂柳折。柳絮飞如雪。茅店闭黄昏。孤灯何处村。

## 点绛唇

闺情

帘阁春温，匆匆待漏缘何事。香余翠被。不惯孤眠味。　坐数残更，窗外风儿细。鸦声碎。寒侵半臂。悔嫁金闺婿。

## 前调

春霁

昨夜冥冥，开窗霁色帘栊晓。海棠绽了。过雨红偏好。　横笛高楼，几许人嚬笑。莺声老。落英多少。何处寻芳草。

## 前调

忆旧

帘押风柔，伤心往事斜阳里。当年花底。芍药阑同倚。　依旧芳菲，岁月看流水。春残矣。乱红如绮。草绿人千里。

## 爪茉莉

末丽

正苦熏风，早清芬细裛。黄昏后、觅枝寻叶。翩翻萼影，引惹动、闲庭蛱蝶。摘来缀、宝髻瑶钗。盈盈暗添笑靥。　花神有意，巧批了、风流牒。新浴罢、晚妆宁帖。斜簪绿鬓，恰宜衬、芙蓉颊。伴鹣鹣、枕上粉脂融浃。众香国，魂梦贴。

## 减字木兰花

立秋

西风暗换。秋到碧梧金井畔。人立斜曛。望见家山一片云。　香闺病后。小槛疏阑花影瘦。蟋蟀声催。似为多情宋玉来。

## 前调

偶忆

疏烟暮霭。人在斜阳秋草外。梦绕天涯。知是当垆第几家。　舞裙歌扇。犹忆遏云花底宴。楚客愁多。欲采芙蓉奈远何。

## 前调

雨后

秋葵带露。红满窗纱蝉满树。不管闲愁。倚仗浮云度画楼。　　雨丝风片。消受新凉深小院。蝶过谁家。闲煞墙头夜合花。

## 其二①

风吹禾黍。几阵潇潇山市雨。秋色三分。让与渔家水竹村。　　藓阶独立。万户声催双杵急。柳外寒塘。牛背归来正夕阳。

## 凤凰台上忆吹箫

悼亡，用李清照韵。

衣冷筠笼，尘封瑶瑟，顿教白了人头。叹镜奁虚掩，风动帘钩。比翼生生世世，灯背处、私语都休。燕台月，新添憔悴，恰是中秋。　　休休。同林宿鸟，缘底事分飞，一霎难留。剩寒檠独照，露下妆楼。想象珊珊环佩，频怅望、几断双眸。空消受，江淹有恨，宋玉多愁。

## 蝶恋花

前题

衣桁阑珊菱镜悄。风雨摧花，不许朱颜老。浅笑微颦风态杳。琐窗犹自啼笼鸟。　　只影羞人灯暗了。长记鹣鹣，锦幄熏龙脑。两点远山谁更扫。沈郎一夕腰围小。

## 点绛唇

前题

玉冷秦台，凤箫响绝闲萧史。芙蓉落矣。璧月怜秋水。　　谁与温存，小阁香肩倚。孤眠里。画笳声起。偏到愁人耳。

① 按《十六家词》题作“夕阳”。

## 烛影摇红

前题

举案清娱，流苏宛转低屏箔。熏香傅粉绝纤尘，窗儿浑如昨。寂寞梧桐夜雨，何从觅、金钗钿合。记来朝罢，小立妆台，看他梳掠。　　愁鬓安仁，丝丝总为情担阁。并头菡萏褪红香，一霎西风恶。自古聪明薄命，男儿泪、英雄气索。遣哀无计，此恨绵绵，地长天阔。

## 念奴娇

前题

啼猿声里，正萧疏一片，霜天秋色。弦续鸾胶看两两，比翼连枝无别。洛浦珠沉，湘灵瑟冷，剩有寒蛩咽。钟情我辈，那堪兰蕙重折。　　回首灯火春宵，茗炉佳夕，鸳枕偎犹热。留得零香余粉在，种就柔肠千结。为问飞琼，还归天上，可忆来时节。蚕丝难尽，梦回帘外残月。

## 满江红

前题

造物如何，遽收拾、鸳鸯牒早。把香天粉井，劫尘埋了。初拟鹿门同载去，那知更踏长安道。到如今、白首送青春，真颠倒。　　蜃市结，风鬟袅。午梦醒，槐宫杳。想定情良夜，倚灯人小。紫蟹黄英难共醉，都堪摩作凄凉稿。对西风、独立哭斜阳，闲花草。

## 菩萨蛮

前题

玳梁当日栖双燕。碧桃花下看人面。往事耐思量。银灯照晚妆。　　宝钿空瑟瑟。愁煞西堂客。肠断只三声。长更与短更。

## 阳台梦

前题

深秋院落房栊暮。倚阑细数经行处。浓香画幔挂珊瑚，锁疏烟薄雾。　　空阶风飒飒，吹散芳魂几缕。一帘灯火又昏钟，疼煞黄花雨。

## 昼锦堂

送二兄，予告归里。

鸦乱斜阳，林吹寒籁，极目秋满燕关。惆怅无端别绪，又送兄还。去逐平沙孤雁影，何堪城阙菊花天。君恩重，赐沐清时，风携两袖归田。　离筵。樽酒外，骊唱里，白云遮断家山。忆昔惊涛骇浪，共与回旋。喜看新结渔樵侣，愧余犹滞鹭鹓班。频回首，闲尽故园丛桂，并隐何年。

## 孤鸾

壬子除夕

禁城喧热。正爆竹声催，漏铜风咽。小阁灯孤，往事向谁重说。春到何家庭院，助新愁、满门冰雪。枉有屠苏岁酒，恨椒花颂绝。　想五侯甲第，欢无歇。把龙笛鹅笙，檀口吹彻。那管寒衾薄，有人儿凄切。珊珊玉珂初动，又趋朝、晓鸡时节。试问来朝镜里，添几茎华发。

## 洞庭春色

次韵酬吴江徐电发

独步江东，群推孝穆，志在千秋。尽词华潘陆，恣情采撷，新声秦柳，匠[1]意研求。入洛才人追二俊，遇倾盖公卿便驻驺。吾衰矣，看中原鞭弭，输与林丘。　当年陈琳阮瑀，草檄处、名满诸侯。羡扁舟书剑，五湖烟月，春城丝管，六代歌楼。樽酒旗亭风雅会，料此际欧阳放出头。西陵畔，听江潮怒发，笑引吴钩。

## 玉楼春

送春

花飞南陌东风暮。肠断王孙芳草路。绿槐影里雨初晴，黄鸟声中春暗去。　乱山叠叠看无数。故国遥遮云外树。一年佳景等闲抛，好梦欲寻无觅处。

---

① “匠”，《全清词》（顺康卷）作“匹”，并下案语“《十六家词》作‘匠’，是”。今从之，改为“匠”。

## 卜算子

喜雨

晨起火云生，棋罢珠帘午。暗送墙头夜合香，粉蝶双飞去。　　汗滴透罗衣，手倦挥纨素。乍喜风来似故人，几点榴花雨。

## 一剪梅

题画扇

翠巘遥连起白云。岚色当门。树影当门。平坡如掌静无尘。何处闲人。来访闲人。　　茅屋匡床几度春。花鸟相亲。风月相亲。寒香一抹暗消魂。雪意三分。梅信三分。

## 永遇乐

七夕观项王诸剧，同汪蛟门舍人、陆恂若茂才、王子凉内弟、王奕臣内侄、吴介侯甥、长源弟。

大火西流，双星初会，填河佳节。绛烛高烧，湘帘暮卷，歌舞当筵设。宾朋胶漆，披襟引满，领取淡云新月。暑将残、秋光一片，先到凤城双阙。　　针楼儿女，竞陈瓜果，自笑吾生全拙。急管繁丝，好天良夜，莫问萧萧发。周郎在座，伊凉悲壮，千古风流堪接。叹刘项、纷纷蚁战，英雄销歇。

## 前调

寄田髴渊孝廉

大雅犹存，云间驰誉，君才无匹。屈宋衙官，凌颜轹谢，早擅生花笔。何缘高卧，荒江寂寞，岁月闲中抛掷。忆当年、论文把臂，云树顿分南北。　　茂陵病免，襄阳坐废，万事总堪浮白。鞭弭中原，卿当独秀，领袖词场客。旗亭贯酒，梨园潦倒，佳句双鬟偏识。秋风里、莼鲈三泖，有人抱膝。

## 满庭芳

寄怀云间王伊人侍御

执斧中朝，挂冠神武，十年恶卧林皋。春申浦畔，烟水□轻舠。坐看□□□□，□□处、海鹤凌霄。琴尊外，□□□史，□路任□□。　　儿曹。伯仲是，当年二□，□□□□。更胪传高第，□□弥高。江左衣冠领袖，□□□、□□□□。□□记，故人消息，白发渐飘萧。

## 满庭芳

人日

红日窥窗春意逗。剪彩为人，戴胜今朝又。睡起尚嗔人语骤。晓妆无力东风透。　　轻暖轻寒浑似旧。笑问檀郎，验取腰肥瘦。六博闺中夸胜手。鬓边不觉金钗溜。

## 眉峰碧

春暮

深院秋千罢。细雨梨花夜。晓起闲庭一片飞，忍又见、山桃谢。
蛱蝶枝头挂。苦忆前春话。门外东风镜里颜，背人无语斜阳下。

## 蓦山溪

题予培侄《揖石斋图》

山房小构，玩世名心懒。爱片石崚嶒，伴藜榻、香炉茶碗。正襟抗手，慕海岳风流，左图画，右琴书，牖上樽尝满。　　妻孥为黍，粗粝儒家饭。二仲偶招寻，共斟酌、瓦盆瓷盏。南窗寄傲，白眼向时人，贫自乐，梦无惊，世事凭谁管。

## 望湘人

旅中九日

看门前宝马，柳外红亭，匆匆心事难说。袖染余香，巾藏暗泪，愁听一声离别。万里羊城，五湖鲸浪，梦魂飞越。忆昨宵、絮语丁宁，曾约归期春月。　　惆怅山长水叠。捧鸾书一纸，早辞双阙。正露冷蒹葭，依旧河流凄咽。孤影里，对驿灯明灭。夜角丽谯吹彻。一般样、绿醑黄花，辜负重阳时节。

## 诉衷情

旅怀

夕阳古道敛残霞。南雁数行斜。何缘人却如雁，迢递驿程赊。　回首处，凤城遐。乱云遮。灯寒香阁，风起邮亭，人去天涯。

## 菩萨蛮

宿伏城驿

伏城明月浑如昔。往来照尽长征客。今日我重过。其如孤影何。
遥看云外树。总是来时路。莫喜到家乡。乡愁到更长。

## 满江红

过黄粱梦

官柳参差，消磨尽、英雄多少。问华胥远近，黄粱迟早。仙侣已随云影去，行人又上邯郸道。怪枕中、日月一何长，河山小。　村市畔，墟烟袅。亭榭外，残荷老。任开山汗马，闲花野草。壁上痴人争说梦，那知醒里多颠倒。倩西风、一夜卷空花，都堪扫。

## 念奴娇

过绿柳长廊有感

滹沱南陌，忆当年、绿柳依依堪折。夹道长条张翠幄，清影寒生六月。汗滴征衫，尘飞驿路，到此清凉别。今来驻马，浓阴一旦残缺。
闻道旧日隋堤，春来渭树，空有蝉声咽。可惜长廊烟雾冷，转眼繁华销歇。莫问秋风，树犹如此，何况三千发。长途搔首，愁听枝上啼鴂。

## 减字木兰花

邯郸遣兴

短檠孤馆。锦幄温存天际远。淡扫铅华。半在邯郸侠少家。　多情耽误。一笑因缘艰陌路。马上墙头。不见当时旧画楼。

## 菩萨蛮

旅怀

驿亭秋尽寒风起。离人今夜思千里。刻烛几踟蹰。南来少雁书。
酒樽聊独对。半是闺中泪。且莫盼书来。音书乱客怀。

## 减字木兰花

题画扇

遥汀疏柳。画舫兰桡沙岸口。小坐篝灯。堤外青骢嘶未曾。　　黄昏有约。明月芦花无定着。茗碗香炉。十样蛮笺薛校书。

## 子夜歌

大店驿

泥墙草屋鸡声咽。二千里外看明月。地已入江淮。风沙何倍来。
乡愁人似醉。强伴昏灯睡。雁到怪无书。连朝并雁无。

## 念奴娇

江行，用东坡韵。

吴头楚尾，挂长帆、别是一般风物。白浪排空天作堑，界破东南半壁。远树微茫，遥峰断续，夹岸霜如雪。烟波无恙，消磨几许人杰。
坐听鼓吹中流，候风回五两，棹歌齐发。向晚推窗指顾中，数点渔灯明灭。牛斗浮槎，乡关回首处，顿更毛发。空江渺渺，凭栏凉转新月。

## 千秋岁

长至泊庐山下

遥青缥缈。彭蠡湖天晓。葭管动，阳回早。香闺添彩线，画阁熏龙脑。人何处，楼船官烛寒相照。　　星渚环山堞，战垒埋荒草。伤往迹，浑如扫。炉峰烟未改，鹿洞云还绕。涛万叠，月明一点匡庐小。

## 水龙吟

赠罗弘载

朅来羁客江东，楼船把袂波如练。长篇短咏，抽毫伸纸，乌丝蚕茧。七子菁英，六朝金粉，风流非远。任青鞋布袜，穷关塞名山，乔岳游踪遍。　行笈图书数卷。几悲歌、黄金台畔。探奇禹穴，临池兰渚，声华早擅。雪苑开樽，旗亭观伎，词场消遣。问相如，可有临邛重客，子虚谁荐。

## 苏幕遮

彭湖舟中，题弘载所藏吕半隐画册。

石林幽，茅屋小。今古丹青，举似吴兴少。蜀客移家浮玉峭。供养烟云，挥手红尘早。　片帆轻，岚翠袅。宛委词人，携得江山到。懒瓒风流浑未杳。几幅溟濛，过眼匡庐晓。

## 沁园春

登令公祠畔望湖亭

潋滟湖光，黛染遥山，送目方赊。喜红亭俯立，一天帆影，白波东去，几缕残霞。方寸乡心，迢遥水驿，愁绝风涛博望槎。徘徊处，有喧阗列肆，烟火千家。　神祠击鼓鸣笳。想吴楚当年斗丽华。任青帘贳酒，醉眠贾舶，牙樯吹角，惊起栖鸦。横槊雄才，登楼客况，消尽江头野草花。云烟阔，正台连蛟蜃，人侣鱼虾。

## 惜余春慢①

吴城雨中

树隐千章，风轻五两，堤畔人家容与。柴门照水，沙岸连樯，一片吴城烟雨。遥望晓卷疏帘，小妇凝妆，映窗眉妩。叹天涯客子，三千余里，雁沉江浦。　空闻说、白苎江东，锦帆南国，颠倒醉乡歌舞。寒林半落，霜叶犹红，愁见凫鸥孤屿。更羡高风，此邦孺子荒亭，云乡黄土。问江山万古，茫茫今夜，梦回何处。

---

① 按，词牌原作“过秦楼”，据《草堂嗣响》同词改。

## 恋绣衾

舟过樵舍

树色参差青未谢。断岭重岗，一抹烟如画。漠漠江村寒雨乍。人家晒网疏篱挂。　　门外平桥临水榭。柔橹轻帆，清啸船窗下。远浦归舟垂钓罢。乘风欲问渔樵话。

## 钗头凤

闺情

帘栊悄。流苏小。熏笼斜倚香还袅。欢方嫩。愁来顿。纤腰非旧，湘裙争寸。褪。褪。褪。　　钗斜掉。梅如笑。银釭生晕灯花爆。春将近。鸿无信。天涯人远，金钱难问。恨。恨。恨。

## 满江红

泊滕王阁下

淼淼寒涛，看百尺、蜃楼高结。问此地、何年画栋，几时明月。帝子阁空云已散，词人赋就名还揭。下长帆、对酒数凭阑，江天云。　　帘卷处，岚光叠。霞影外，沙沉铁。叹楼船组甲，当年烟灭。鹢首凄清凫雁度，波心瀺灂鱼龙咽。搅笙歌、客醉旧江山，乡心切。

## 念奴娇

舟发章门，杨陶云载梨园置酒叙别。

江城如画，雪初晴、渺渺长天空碧。好友轻帆携酒到，载得满船春色。吴下秦青，新翻乐府，横吹宁王笛。旅怀无奈，茫茫对此交集。
怜我海角浮踪，逢君迁客，相对头堪白。舞罢柘枝歌子夜，搅起鱼龙窟宅。杜牧情多，司空见惯，懊恼红灯夕。地邻湓浦，青衫今日重湿。

## 连理枝

闺情

暮霭生虚幌。雪片飘如掌。蝉鬓微松，水沉香冷，帘旌休敞。望远游孤客，蜡媒消尽，金钗坠响。

## 江南春

前题

风槭槭，漏沉沉。眉横螺子绿，鬓压辟寒金。梅英一瓣飞香雪，引起春愁到翠衾。

## 宫中调笑

前题

檐鹊。檐鹊。朝来并飞妆阁。镜台螺黛生尘。梦里相逢远人。人远。人远。试报归期早晚。

## 其二

银箭。银箭。暗牵春愁如线。倦来绣幄寒轻。双下金钩响声。声响。声响。背裉鞋儿一两。

## 醉花阴

瓶梅

疏影一枝风袅袅。暗送寒香小。浅水照横斜，高士山中，春色生多少。　黄昏孤枕江声悄。新月窥人好。遥忆绮窗前，晴雪霏霏，银蒜垂帘早。

## 宫中调笑

晓妆

朝起。朝起。侍儿催人梳洗。梦回脸晕红潮。对镜双眉懒描。描懒。描懒。留待檀郎湘管。

## 前调

晚浴

纱幔。纱幔。轻绡半沾香汗。下帘豆蔻汤温。拭粉红绡旧痕。痕旧。痕旧。验取腰肢肥瘦。

## 前调

午睡

春困。春困。鹧鸪香斑烧烬。一团花倦窗西。好梦闲阶影移。移影。移影。恼被鹦歌唤醒。

## 前调

夜坐

新月。新月。漏深画帘轻揭。鸳鸯绣罢钗偏。伴冷兰缸碧烟。烟碧。烟碧。楼上谁家玉笛。

## 明月斜

闺情

漏三更，香一缕。妾梦长随岭上云，郎停锦缆何州雨。

## 其二

灯半昏，寒犹峭。绣被浓熏百和匀，春纤冷拨幺弦小。

## 凤栖梧

初度

往日悬弧帘卷处。花满兰房，丝竹风前度。绿酒红灯云影驻。斑衣儿女欢声絮。　　今夜孤衾庾岭暮。海角笙歌，无奈思千绪。料得香闺人淡伫。好教归梦随潮去。

## 百字令

次韵酬罗弘载

天涯初度，雨新晴、过岭寒消花放。孤客牙门开晓角，欲说离愁谁向。海峤樽罍，蛮儿歌舞，良夜同人饷。多情子野，百端齐到心上。
独幸岘首碑存，楼船战罢，依旧繁华相。共道先人今有后，父老车前相望。好友鸿篇，词场彩笔，竞奏阳春唱。深惭衰鬓，斗筲每自知量。先人旧守雄州。

## 瑶台第一层

三水泊舟，开府诸君召饮江亭。

万里羊城今咫尺，飞帆幕府留。舣舟三水，帘开珠箔，幢拥清油。海天烟暖，瘴岭客来，一洗羁愁。喜春早，正红生亭榭，绿满汀洲。　朋俦。主人情重，凤笙龙笛夜啁啾。尉佗台畔，田横岛外，半醉江楼。对蛮方节钺，把手处，头鬓霜稠。转歌喉，问谁占星使，到自神州。

## 双头莲

岭南元夕

海外繁华，看绛烛围红，星球初放。蛮靴锦障。月影里忘却，乡愁孤况。暗想京国灯宵，阻云山千障。春一样。紫陌香尘，有无钿车来往。
凭仗午夜笙箫，把军烽静偃，消除兵象。江湖晚涨。烧火树妆点，羊城尤壮。听罢白苎吴歈，有周郎座上。天万里，对酒当歌，相看忾慷。

## 两同心

岭南归兴

妆阁灯红，王孙草碧。惊烽火、罗袖啼痕，忆远棹、粉奁寒夕。对东风，两地牵愁，韶光抛掷。　今日江帆回北。满船春色。雕笼锁、鹦鹉音圆，名香选、鹧鸪斑擘。报深闺，不爽刀环，海南归客。

## 洞庭春色

归舟

万里河梁，五羊归棹，夹路春风。看荔枝洲畔，沉香浦外，帘开楼阁，帆动艨艟。载得珠江花鸟去，更千步香熏两袖浓。斜阳岸，正袍侵草绿，衣染鹃红。　篚藏罗浮旧茧，早办取、舞蝶纱笼。问踏歌蛮乐，穿花游女，寻芳何地，拾翠谁从。抛却南天烟月暖，喜北望长安紫气重。骊歌里，听兰桡笳鼓，惊起鼍宫。岭南有千步香草，又罗浮茧中出蝶。

## 鹧鸪天

春雨

满载离愁听晓鸡。一天风雨昼凄凄。潮来画艇春波滑，云暗遥峰黛色低。　　魂欲断，路还迷。山深恼煞鹧鸪啼。镜中珍重朱颜好，指日帆悬楚水西。

## 潇湘神

春日

春水流。春水流。岭南雨气似深秋。苦忆故园花事好，寒云片片夜猿愁。

## 其二

春草肥。春草肥。越王台畔布帆归。何处酒旗堪醉客，晓莺声里一花飞。

## 其三

春日晴。春日晴。海天回首绿烟平。箫鼓千船牵锦缆，几番花醉五羊城。

## 其四

春岫齐。春岫齐。素馨丛里鹧鸪迷。游女踏歌花外去，双双罗袜蹴香泥。

## 满江红

雄州感旧

浈水渐渐，几番历、兴亡今古。伴戈船羽檄，珠帘歌舞。总角曾看庾岭月，白头更听凌江雨。问当年、城郭旧衣冠，皆黄土。　　翻翡翠，银塘去。回紫燕，雕梁语。叹春风一样，朝朝暮暮。天许远来星汉客，不堪往事伤心数。怪海南、夙世有何缘，游重补。

## 青玉案

题扇面蜂蝶

落花飞絮游丝罥。傍若个、秋千院。凤子蜻蛉双翅颤。寻香沾粉，缀红成片。莫使愁人见。　绿烟如织银塘慢。性癖长耽花鸟伴。苦被黄尘催鬓短。谢池春咏，滕王蝶恋。写入轻罗扇。

## 庭院深深

闺情

人远雕栊闲屈戍，芙蓉影瘦三秋。春来懒整玉搔头。山桃开尽，何处滞兰舟。　紫燕不知侬落胆，飞飞触响帘钩。栋花风起入妆楼。嗔郎薄幸，珠串湿香篝。

## 玉楼春

春闺

烧残鱼片凝妆坐。懒把蛮笺催晓课。砑罗裙子蝶须牵，玉燕钗梁花刺堕。　香泥小步苔痕破。报道春归眉暗锁。绣窗儿女太憨生，手弄樱桃红数颗。

## 踏莎行

暮春

莺啭林梢，蝶沾粉絮。押帘银蒜牵蛛缕。鸳鸯幔揭郁金寒，秋千索挂东风暮。　绿暗西园，雁沉南浦。檀郎骄马知何处。章台街里片花飞，红粉楼中三月雨。

## 东风第一枝

途中送春

柳絮铺匀，梨花落尽，客愁踏遍阶吧。輶轩尚滞归途，画阑共谁同倚。江南春色，都分付、野田流水。问几家、暖炙笙簧，何处竞熏罗绮。

门悄悄、戍楼晚吹，风闪闪、驿灯落翠。枝头懒听莺奴，帘间怕飞燕子。流苏宛转，想小阁、短檠针指。盼此宵、有梦先回，可到鸳鸯帏里。

## 菩萨蛮

赠伎

斜风细雨清宵永。徘徊忽见灯前影。命薄每伤神。偏怜薄命人。轻罗回小扇。省识如花面。百媚坐来生。无情若有情。

## 前调

立秋

高城月上阴云敛。芙蕖远送清香满。一叶井梧秋。西风吹鬓愁。笙箫华馆沸。搅得蝉声碎。乍觉晚凉多。闻歌唤奈何。

## 前调

赠女伶

樽前若个歌金缕。盈盈十五芳如许。笑靥半含羞。骄憨不解愁。眉痕青尚浅。秋水双眸剪。何处耐人思。歌停掩袖时。

## 醉桃源

季夏雨后，饮舅氏园中。

古槐疏柳度轻飙。荷香隔院飘。棚阴清露缀葡桃。开樽兴倍豪。金跳脱，紫檀槽。有人态色饶。解襟灭烛影萧萧。严更促丽谯。

## 如梦令

夜雨

清簟琅玕初展。残角数声风断。不寐检新诗，雨打芭蕉零乱。人倦。人倦。一夕荷花缸满。

## 阮郎归

登楼酹月

碧天无际近中秋。台高树影稠。雪儿一曲韵悠悠。箫声出画楼。银箭促，暮云流。娟娟月似钩。寒消酒力兴偏幽。佳人翠袖愁。

## 贺新凉

梦寤

双鬓和愁织。叹几年、飓风骇浪，飘摇京国。百尺元龙楼上卧，静看荣枯得失。正满目、疏烟淡日。搔首青天频借问，奈浮云、漠漠无消息。俯仰事，皆陈迹。　当时浪作金闺客。到此际、壮怀消尽，禅心顿寂。旅雁数声沙畔冷，别浦芙蓉萧瑟。但此意、谁人识得。一枕梦回残月晓，尽谈空、说有何从觅。暮鼓罢，晨钟急。

## 十六字令

闺雪

花。六出凝妆绣幕前。春纤冷，懒整玉钗偏。

## 汉宫春

除夕，时予年四十九。

残雪初融，听千门爆竹，此宵何夕。梅横小阁，春透一分消息。匆匆岁月，渐知非、惊心明日。未晓钟，风光犹是，今年莫教轻掷。　处处辛盘如昔。正春衫试着。鹅笙暖炙，屠苏到手，偏怪新来迟得。闺中少妇，颂椒花、酒清灯碧。看儿女，彩衣成列，休问漏声频滴。

## 倦寻芳

人日雪

晓窥窗色，寒透香衾，雪压鸳甃。七日为人，剪彩镂金清昼。洒银屏，飘绣幌，韶光点缀梅花瘦。对芳辰，忍教辜负了，绿尊红袖。　寿阳妆，落英不去，佳话流传，闺阁知否。胜赏无多，须放眉峰微皱。瞬息楼台歌吹冷，东风小院听残漏。值千金，好怜惜，早春时候。

## 过秦楼

燕九忆长安旧游，用周美成韵。

灯夕才过，芳原九日，仙阙白云遮断。帘青酤客，草绿王孙，迤逦暖风轻扇。驰骤侠少青骢，玉勒金羁，雕弧长箭。走珠軿隐隐，水边红袖，笑声来远。　　犹记忆、朋辈开樽，桥西清眺，沾醉春衣痕染。习池倒载，兰若停骖，人事倏然多变。悬想旗亭旧游，一样韶光，柳娇莺倩。怅离群、数载极目，苍山几点。

## 一丛花

东村观海棠

垂杨东去径逶迤。村口绿烟迷。高楼昼闭春风暖，海棠映、丽日迟迟。枝弄莺簧，香翻蝶粉，妃子睡醒时。　　艳阳天是看花期。谁解惜芳菲。东君付与闲人管，欢场里、肯蹙双眉。有酒重斟，一鞭残照，鸦乱草桥西。

## 虞美人

午日

菖蒲斜映新妆晓。羞佩宜男草。绮罗轻揭入薰风。不觉流年偷换酒杯中。　　香闺那解愁滋味。但问花开未。小庭结子有红榴。笑折一枝亲插内人头。

## 最高楼

题德滋弟息心阁

儒家业，未老遂幽栖。鸥鸟共忘机。小楼过雨清风入，虚窗映日远山低。昼迟迟，堪对酒，更弹棋。　　也不羡、侯门珠履客。也不羡、石家金谷苑。花月在，自相宜。勤耕早办租和税，高眠莫问是还非。任登临，云起处，燕来时。

## 南柯子

雨中夜坐

凉雨飞檐急，寒蛩泣露多。西窗剪烛苦吟哦。莫问高城鼓角，夜如何。　　散帙生秋思，烹泉遣睡魔。诗成起舞影婆娑。今夕有无好梦，到南柯。

## 传言玉女

棠村雨后看芍药

红满西园，正喜萧萧雨歇。平沙联辔，更壶觞提挈。繁花错绣，姚魏漫争优劣。千林烟霭，孤村风月。　共是闲人，对芳辰、且欢悦。远山如沐，与尘寰迥绝。韶光转眼，试把旧游重说。开樽携妓，去年时节。

## 甘州子

夜坐

夜凉人静小庭空。花影乱，碧阴重。披襟消受晚槐风。往事叹匆匆。食露坐，斜月转梧桐。

## 二郎神

邸雪

旅灯寒拥，早暗洒、一帘风雪。叹辜负香衾，徘徊长漏，欹枕愁肠百结。偏怪无端孤馆梦，更搅得、魂惊心折。空带减沈郎，眉停京兆，旷闲风月。　凄切。酒杯在手，忧来难绝。想此际兰闺，夜深无寐，屈指归程未决。瓶菊半残，篆烟犹袅，庭闭满阶黄叶。把雁书一纸，银缸独照，对人羞说。

## 庆清朝慢

长至

鸳瓦凝霜，鸾钗弹雾，镜台初试朝寒。共传五纹添线，葭琯阳还。物候撩人处绣，床中刀尺任抛残。牵情绪，偶离眼底，仍到心间。　惊乍冷，疑乍暖，搅愁思天气，忒恁无端。岂回登高望远，先怯双弯。背写云笺锦字，偷将红豆寄郎看。斜阳里，淡烟暮霭，攒上眉山。

## 喜迁莺

上谷初度

旅怀孤孑。正屋角冻云，垂垂将雪。别绪千端，羁愁万斛，强把绿樽罗列。暗想画楼佳梦，羞说悬弧时节。最不准，是蛛丝挂鬓，金荷双结。凄切。天亦妒，眉妩风流，京兆偏磨折。玉漏声迟，梅花吹罢，俯仰顿教心热。洗盏且开笑口，顾曲重添华发。怎消受，这酒阑灯灺，满阶残月。

## 意难忘

闺情

月满虚廊。喜蛾眉淡扫，乍卸新妆。冰肌衫袖短，风髻缕拖长。鸳被暖，锦帏张。此际耐思量。玉漏沉，灯花更剪，试再端相。　　回眸笑倚檀郎。最销魂细语，别有温香。含颦缘底事，密约肯相忘。怜缱绻，惜年光。地老与天荒。愿共伊，生生世世，比翼成双。

## 探春令

闺情，用晏叔原韵。

琐窗黄鸟，傍人啼逗，恹恹天气。送离愁、一寸柔肠里。偏不分、鹦哥睡。　　画阑风雨催花坠。欹枕非关醉。算春光九十，匆匆过了，多少闺中泪。

## 春光好

旅况

茶铛沸，篆烟收。伴春愁。天气宜晴宜雨，弄轻柔。　　子野闻歌添恨，仲宣漫赋《登楼》。怅望所思人不见，水空流。

## 谒金门

感怀

春寂寂。鸿雁几行归北。谁道家山浑咫尺。层层云树碧。　　十载伤心泪滴。往事不堪重忆。欲扫旧愁新又积。风柔难借力。

## 沁园春

偶成

身似孤云，性同麋鹿，喜归去来。忆寻花问柳，平堤试马，诛茅结屋，好月衔杯。粗粝情甘，藜床梦稳，渔唱樵歌莫浪猜。无拘束，尽道遥风月，洒落襟怀。　　陡然又染尘埃。叹迂阔先生何苦哉。看良平奇计，人争斗巧，仪秦辩口，我愧非才。如水臣心，桂姜逾辣，辜负黄金买骏台。荣枯事，有天公作主，任尔安排。

## 金人捧露盘

游灯市

忆当年，灯灿烂，影交加。走御街、宝骑轻车。风光一样，帝城妆点恁繁华。玄都观里，浑如梦、重开桃花。　　袅珠鞭，衣马客，新意气，竞相夸。笑挥金、尽把春赊。无边烟月，都归貂锦五侯家。小窗谁识，真消息、梅影横斜。

## 洛阳春

元宵后雪

才过传柑佳夕。晓窗飞雪。重重帘幕落梨花，总不碍、灯和月。
潇洒柴门尘绝。又添春色。踏歌声罢灞桥诗，天未许、风光歇。

## 子夜歌

寒食

皇州一夕传宫烛。五侯宅里烟凝绿。何处最关愁。佳人倚画楼。
水边萦醉客。金犊驱油壁。乡思黯黄昏。梨花深闭门。

## 渔父

乡思

大茂山前雨乍收。韩河水涨浪花浮。新笠子，小渔舟。我欲垂竿白鹭洲。

## 美少年

夏夜

兰汤浴罢时，箫局沉烟缕。偷取远山青，描作眉儿谱。　　茉莉几枝开，小摘还频数。香汗等闲消，一阵黄昏雨。

## 拂霓裳

中秋

风城边。女墙孤雁破寒烟。清影上，泠泠风露敞秋筵。淡云新霁夜，浅水晚荷天。问婵娟。想瑶台、桂阙是何年。　　今宵昨岁，荒驿舍，雨缠绵。流光迅，幸逢人月两团圆。笙箫莲漏下，刀尺锁窗前。酒杯宽。喜升平、歌舞满长安。

## 归朝欢

除夕

帝里又惊斟岁酒。世事浮云空白首。庭前历落拥冰霜，江头寂寞舒梅柳。东风何太陡。京尘虚负渔樵耦。剪灯红且倾柏叶，莫问经纶手。
六街爆竹喧阗久。轻暖轻寒门闭后。丽谯已听漏声频，绮窗赋得椒花否。春光来户牖。明朝可保朱颜旧。谢东君，一年尽也，此夕拼相守。

## 菩萨蛮

春暮

散衙晴暖茅斋小。落花寂寂鸣山鸟。白昼放春闲。那堪春又阑。
往时春酒社。系马垂杨下。今日任东风。羞看寂寞红。

## 前题

题画

空岩漠漠溪云起。人家茅屋泉声里。谁为写沧洲。当年顾虎头。
冥濛潭上黑。波涌鱼龙泣。好作卧游看。江南雨后山。

## 蝶恋花

西村牡丹开时，追忆旧游，用蛟门韵。

三径葳蕤翻彩缬。魏紫姚黄，正是开时节。疏雨淡烟游未歇。飞花片片飘香雪。　　翠袖殷勤歌一阕。倚曲箫声，此际销魂绝。人去亭荒音调彻。晓风柳外吹村月。

## 小重山

重阳

篱下参差浅淡妆。浮云残照里、又重阳。镜台空忆影双双。花无主，此日为谁黄。　　萧瑟罢萸囊。风烟羞故国、远山苍。登高纵目事荒唐。杯入手，惊见鬓边霜。

## 五彩结同心

元夕婚期，用赵彦端韵。

云开瑶阙，月满星桥，人如碧汉浮槎。燕市东风软，香尘里、调笑夜气偏佳。喜看春色来邻国，朝来报、鹊噪檐牙。灯光映、亭亭绿萼，养成画阁仙葩。　　遥知绣帘深处，正流苏婉转，低傍窗纱。六代歌弦，五陵游骑、妆点一片妍华。九枝青玉欢相照，辚辚听、车碾平沙。好趁此、团圞时节，领取上苑莺花。

## 行香子

宿清风店

鸦乱斜阳。绿柳千行。村墟外、禾黍平岗。人家烟火，归垄牛羊。喜中山近，新市渡，是吾乡。　　亲朋聚首。浊醪在牖。乍相逢、先问农桑。三年京国，万里遐荒。看灯生晕，人已倦，话偏长。

## 永遇乐

偶感

记得清宵，高烧银烛，樽前歌舞。锦屦蛮靴，鹅笙凤笛，一串骊珠吐。楼空人去，箫条宝瑟，付与落红飞絮。怪何戡、渭城一曲，险认旧人风度。　　彩云安在，娇喉久歇，一似昔游重遇。对此茫茫，百端交集，惹起愁千缕。绮筵灯灺，空阶月落，惆怅梧桐秋雨。盼今夕、追寻好梦，酒醒何处。

## 如梦令

女汲

屋角银涛千顷。纤手携将修绠。素足傍清流，溅湿凌波不整。矶冷。矶冷。风动半江花影。

## 谢秋娘

舟中女

谁家女，十四正妃头。临水窥窗分黛色，惊人却步褪莲勾。怕惹燕莺愁。

## 意难忘

本意

帘押风轻。看脂匀粉腻，百蕴香生。秀眉分嫩柳，私语学新莺。条脱暖，玉钗横。莲步悄无声。一缕丝，天元有意，付与云英。　　良宵花媚灯青。喜温存性格，笑靥相迎。西窗人静好，南浦句丁宁。星半落，梦初醒。卷幔水盈盈。倩谁将，相思红豆，寄向多情。

## 一叶落

橘皮鞋灯

莲落叶。新生月。制来也伴烧灯节。红帮三寸香，芳心一星热。一星热。莫向孤眠爇。

## 柳腰轻

偶见

连绵凉雨飞帘幕。春宵永，孤衾薄。隔篱莺燕，并肩绰约。道是初开屏雀。松条脱、锦瑟弦调，卸香云、鬓蝉钗落。　　娣姒冠儿懒着。露春纤、更加梳掠。小窗私语，背灯偷见，不管离人萧索。江城畔、春色三分，都让与、水边楼阁。

## 春从天上来

寿罗弘载两尊人

海上春城。羡高士齐眉，玉骨双清。朱颜宣发，小筑林扃。晴窗图史纵横。有佳儿昭谏，拔赤帜、词苑争衡。任徜徉，听辛勤机杼，静好琴声。　　帘外新翻乐府，更鲙切银丝，酒漾金罍。桂岭红云，珠江宝月，载来一水盈盈。向樽前为寿，浑不让、绛雪青精。彩衣轻。飞花沾袂，高树啼莺。

## 卖花声

清明

日射晴江，影动柳塘，花坞斗芳菲，榆烟杏粥。五陵游冶，踏河桥新绿。对东风，笑人孤独。　　朱门此日，座拥满堂丝竹。鹧斑烧，翠围红簇。天涯人远，冷奁香钗玉。怕消减，金蝉一束。

## 罗敷媚

偶见

春江艇子看人面，脸晕生霞。鬓影堆鸦。艳似孤村二月花。　　深藏生怕蜂窥见，懒扫铅华。悄映窗纱。借问当垆第几家。

## 大江西上曲

秣陵留别方邵村侍御

海天归棹，近长干紫气、遥看山色。骢马来从桃叶渡，执手唏嘘今昔。诗酒人豪，江湖孤艇，老去称狂客。七年重过，沧浪头鬓双白。　　闻尔六诏风烟，五羊珠月，尽入临川屐。我亦越王台畔过，恨少罗浮片石。世事如萍，旧游难再，且听桓伊笛。劳劳亭上，暮云顿阻南北。

## 辘轳金井

江南春暮

暖云如粉，草芊绵、画阁晓妆时节。鸾镜初开，把春衫香裛。抛残线帖。向柳外、听莺寻蝶。浅水溪桥，笑招女伴，桃根桃叶。　　沙堤踏青步屧。尽风吹钿朵，裙钗波溅，斗草平芜，逞芙蓉双頫。花铃暗掣。早惊见、绿杨飞雪。报道春归，海棠落尽，杜鹃啼歇。

## 剔银灯

寄祝德滋弟

壮岁浮名抛掷。但有事、东阡南陌。好月凉飔，小门深巷，消受酒红灯碧。莫辜秋夕。拚醉倒、人间狂客。　　况是头须未白。千岁徒忧奚益。小妇调笙，霜螯入手，不数琼筵瑶席。金貂烜赫。肯换与、雨蓑云笠。

## 一斛珠

题扇头扑蝶图

抛残线帖。金钿巧衬芙蓉頫。花间小步香生屧。风子蜻蛉，觅遍闲枝叶。　　画眉人远肠千结。满园秋色同谁说。笑携女伴风前瞥。扇扑轻罗，恼煞双飞蝶。

## 满庭芳

寿王敬哉宗伯

绿醑方浓，黄花未谢，后堂深处张筵。歌钟舞袖，轻暖小春天。犹忆尚书曳履，九重识、风度嶷然。归田后，行年七十，步屧若飞仙。　　翩翩绕膝下，凤毛麟角，璧合珠联。更闲吟新句，小擘蛮笺。客至频开东阁，浑不数、座上三千。趋庭日，折冲樽俎，谭笑息烽烟。

## 洞庭春色

长至晓雪

律转微阳，日当长至，岁月堪惊。正寒生鸳枕，低垂银蒜，绮窗云暗，斗帐香凝。燕市风光怜暮景，更朝雪纷纷移我情。开帘幕，看檐牙飞絮，阶砌堆琼。　　追思去年此日，迢递向、水驿江程。早月高溢浦，帆停庐岳，一湾渔火，几点疏星。愁拥孤衾彭蠡晓，但五老遥来天外青。数声欸乃，家山万里，乡梦初醒。

## 春风袅娜

上元王胥庭司马召饮观剧

喜良宵烟月，依旧清平。花市暖，晚风轻。有尚书、好客堂开帘卷，故人欢笑，妆点春城。百宝珠轮，九枝青玉，绛烛高烧列画屏。琥珀光浮千日酒，赤瑛盘荐五侯鲭。　　谁把燕山旧事，移宫换羽，倩优孟、谱入新声。红牙串，紫鸾笙。歌喉未歇，客欲沾缨。梦里功勋，休嗟陈迹，眼前杯酌，且尽平生。种槐庭院，看年年无恙，红灯绿醑，快聚良朋。

## 潇湘逢故人慢

寄蛟门，时方校订余使粤诗。

绿烟如雾，早花坞飘红，柳堤拖絮。芳草生汀浦。正人立斜阳，雁回沙屿。书自雷塘，喜剖得、故人鱼素。战声里、词客萧闲，收拾岭南新句。　　水添波，春又暮，忆缥缈、江楼归帆悬处。极目邗沟路。奈往事隔年，停云频赋。风雪旗亭，可更有、双鬟重遇。想剪烛、樽酒论文，惆怅芜城春树。

## 大江西上曲

寄怀弘载

兰桡画桨，岭南舟、共泛湖天寥廓。髯客扬舲兰渚去，折柳滕王高阁。江上登楼，樽前击钵，转眼分今昨。云山千叠，旧游顿尔萧索。
闻道戍堞烽烟，戈船鼙鼓，宛委军声恶。当日应徐无恙否，八口可安林壑。阮瑀从军。陈琳草檄，岂叹功名薄。为询罗邺[1]，壮怀肯令飘泊。

## 风流子

长安寒食

宵来风槭槭，清明候、做出风城春。正绮陌喧阗，尘沙扑面，羽书杂遝，薄领劳人。关情处，故园调杏酪，上冢碾香轮。榆荚影边，酒旗何处，山桃村里，金勒如云。　　蹉跎时序改，流莺唤几度，怅望斜曛。空

① “邺”，《十六家词》作“隐”。

听稠饧卖罢，新燕声频。看秋千院落，双垂彩索，梨花雨夜，深闭重门。曾否丽人水畔，鸟啄红巾。

## 踏莎行

送春

暖入晴窗，帘垂朱户。阑珊花事今如许。长天嘹呖两三声，闲愁不共征鸿度。　　暗换熏风，忙催柳絮。五陵衣马芳原暮。画楼人倚绿肥时，落红晓卷残春去。

## 一寸金

夏日傅去异邀饮观剧

茉莉飞香，风满帘栊入轻縠。正琅玕昼展，纹生碧簟，冰盘高列，光摇寒玉。白堕樽凝绿。行厨进、露葵芳蔌。乐工是、内部梨园，锦罽蛮靴竞丝竹。　　日永如年，门闲似水，何心问除目。喜主人情重，深杯避暑，词场对遣，清筵顾曲。演到关情处，凭烧烬、两条银烛。歌声里、有客沾裳，疑听燕市筑。

## 南柯子

题扇面《美人课子图》

绿映眉痕浅，钗同鬓影斜。课儿晓起洗铅华。一任琐窗开尽，半帘花。　　续史齐班女，知书比谢家。碧苔小径静无哗。想像当年韦母，隔轻纱。

## 一丛花

题邗江女子画扇

白团似月复如霜。点缀倩红妆。芳心一寸经营遍，平写出、半面秋光。毫涴唇脂，墨沾衫绣，展向小晴窗。　　草花历乱暗飞香。绮翼太猖狂。肯教弃掷西风后，任出入、怀袖何妨。蝶粉存无，蜂黄退否，此际耐思量。

## 月上海棠

庭前秋色

西风暗里窥窗牖。小庭闲、独立夕阳久。花落金钱，露葵开、药阑如绣。关情处、自叹吾衰白首。　　暂来蝴蝶黄昏候。对深杯、辜负红酥手。消受清芬，怎当他、凉侵衫袖。秋云外，几层家山是否。

## 八节长欢

生子，家宴时，孙婿初婚。

卷幔传觞。看新秋色，云影天光。月镂歌扇小，风袅篆烟长。频闻西塞捷书奏，正白头、弧矢初张。又看吹箫跨凤，彩翼成双。　　筵前蜡炬分行。羌管咽、新声唱出伊凉。爽气满罗衣。金凿落、休教负却欢场。重斟酌，共领略、酒酽花香。汤饼会、呼巾拭面，今宵验取何郎。

## 天仙子

七夕小饮，用张先韵。

急雨斜风临槛听。疏阑晚霁花初醒。又逢此夕会天孙，频揽镜。怜清景。细数流年心自省。　　一片秋云筵际暝。杯光浮动星河影。烛花重剪话团圞，萤不定。喧才静。新月窥人苔满径。

## 柳腰轻

题陶侣侄所持王生山茶蛱蝶图扇。

王郎雅擅丹青笔。冰纨小，经营极。碧云裁叶，珊瑚镂翼。图出无边春色。风微度、蝶粉初匀，雨新晴、蕊痕犹湿。　　渲染黄徐堪敌。把江南、欻移河北。皎欺秋月。香生怀袖，胜赏忻同晨夕。伴挥尘、小阮风流，乍妆成、草堂萧瑟。

## 五福降中天

寿同门王敬哉

早辞簪绂徜徉久，窈窕结成书屋。筇杖看云，晴窗弄笔，消受灯青酒绿。莳花种竹。偶佳客过从，论文刻烛。抵掌朝家，旧事文献推公独。　　暖律将回黍谷，介眉称庆处，斑衣簇。司马蝉冠，中原凫舄，京兆新登除目。朱颜带笑，锦罽传觞，满堂丝肉。座上词人，有云间二陆。

## 东风第一枝

赠傅去异令鲁山

梁苑词人，秦川贵介，翩翩早下双阙。琴台曾否犹存，商余有无堪蹑。春风凫舄，到时正、芳原花发。试听取、闾井弦歌，抛却故山烟月。红烛炧、离尊未歇。骊唱罢、角声又咽。人冲嵩少寒云，马嘶驿亭霁雪。唐贤旧地，谁更把、风流重接。好谱成、于芀新声，莫让当年前哲。

## 春从天上来

初度时生儿弥月，曾梦有饷五苗图者，因以命名。

蜡雪初融。正上苑阳回，淑气先通。霜添衰鬓，兴托归鸿。帝城岁月匆匆。又时当初度，筵开处、酒绿灯红。奏清歌，喜嘉平永夜，月满帘栊。　　五十年华细数，忆少不如人，意外遭逢。廿载趋朝，五苗入梦，犀钱绣褓重重。笑生平卤莽，曾掉臂、蛟窟鼍宫。漫敲评，无边春色，共醉东风。

## 永遇乐

元日大雪

一夕东风，凤城吹雪，河山春早。絮起高檐，花飞绮陌，氍毹平铺了。三冬凝望，兹宵才见，共祝岁丰时好。晓来听、清丝天上，妆点璇霄多少。　　朝回谢客，熏炉茗碗，生受琐窗寒峭。香土东华，壮怀消尽，抛却闲烦恼。驱驰岭海，倥偬案牍，赢得风尘人老。问何日、普天洗甲，冶溪独钓。

## 东风齐着力

十四夜，用胡浩然韵。

百宝灯轮，六街鼓吹，做就繁华。凤城月满，春到万人家。多少朱门贵客，张高会、笑拥名娃。香风送，炉添鹊脑，斗帐低斜。　　幽兴亦堪夸。清影里、冻枝绛烛交加。一帘夜色，别自贮烟霞。小擘乌丝写句，迎人意、暖阁梅花。闲消受，霜相素盏，春饼芹芽。

## 玉漏迟

十五夜，用宋祁韵。

烟花开紫陌，家家绣户，华灯悬早。上苑东风，吹到郊原细草。烧遍旗亭绛蜡，弄春色、冰澌芳沼。楼阁悄。何人深院，新妆偏巧。　一樽散遣闲情，招词客南皮，逢场欢笑。箫鼓西邻，助我月中清眺。待得酒阑烛烬，喜自有、寒花相照。金勒杳。游人画桥多少。

## 金明池

十六夜，用秦少游韵。

气暖璇霄，波融太液，宝拘分开辇路。当此夜、衣香人面，星桥畔暗尘如雨。奈银花、火树萧条，频凝望、角抵鱼龙何处。正门掩东风，笛横别院，让与侯家歌舞。　欲倩东皇强作主。把三夕春光，一宵留住。金缕奏、漏声停滴，玉缸倒、客怀莫诉。况年来、子野多情，看天外风烟，人间荼苦。仗冉冉韶华，溶溶残月，都向醉乡归去。

## 雨中花

灯宵后小雨

前夜残灯薄雾。燕燕莺莺无数。联袂香停，弄箫人远，几阵廉纤雨。
几倚乌皮吟短句。红烛依人如故。看有限风光，无端春思，不分闲窗暮。

## 汉宫春

送陈子万归荆溪

雪霁燕关，有吴客将归，越吟萧索。池塘草色，梦入君家康乐。偶携书剑，逐寒烟、壮游河朔。从市中，狗屠击筑，相看酒垆酬酢。　千里春风垂橐。叹秦川公子，梁园栖泊。长门价贱，谁识临邛摇落。仲宣憔悴，赋《登楼》、仗凭春孱。且作达，放歌湖海，莫问人情云薄。

## 小桃红

春晴

陌上风微逗。暖日烘晴昼。砌草才生，游鳞初跃，卖饧时候。看家家齐把绣帘开，试青衫红袖。　　寂寞城南柳。望断家山岫。燕子无情，杏花何处，春过八九。鬓萧萧难逐少年场，揽镜羞回首。

## 剔银灯

春雨

轻暖薄寒不定。酝酿出、萧萧烟景。眉妩窗纱，牙签帘儿，春昼须人承领。淡云微雨，生催促、碧桃红杏。　　当日西园三径。正好泥香林靓。花发疏栏，笛横别浦，载酒征歌寻胜。东华留滞，都分付、短檠孤咏。

## 谢池春慢

寒食，用张先韵。

湘帘绣幕，早吹得、东风到。禁火碧烟疏，上冢香尘晓。柳岸青方嫩，花墅红犹少。酒旗斜，岚岫渺。沙平草细，野水连残照。　　五陵挟弹，争走马、长楸道。天气晴兼雨，人面颦还笑。雾染春衫湿，歌溜莺声小。时虚度，愁未了。调笙何处，总如伊凉调。

## 喜迁莺

相国出师

云开宫扇。正授钺专征，香生春殿。入媲萧曹，出兼方召，推毂玉阶亲遣。王剪频阳再起，裴度淮西重见。螺声里，早营屯细柳，阵名鹅鹳。

争羡。刁斗肃，老将临军，要使旌旗变。半壁秦关，三章汉法，肯更逍遥河畔。急雨已看洗甲，绝塞不闻传箭。鹓行列，问何时饮至，麒麟高宴。

## 金凤钩

上巳

春偷减，赊无计。怪非雨、非晴天气。梨花开落，情多生怨，难向芳草修禊。　　长安水畔新蒲细。可更有、佳人拾翠。兰房徙倚，梦回窥镜试。验朱颜凋未。

## 新雁过妆楼

偶感

雁影纵横。微雨过、绿阴巧弄新晴。风烟非旧。暗数当日王程。粤秀山头遥骋目，海珠吞吐暮潮生。到如今。蕉红草碧，半杂军声。　　郁孤台边醉客，挂片帆载月，水涨花明。楼船飞檄，惊破晓树啼莺。霏霏岭云几缕，叹眉黛、萧条冷画屏。春何处，绳乱鸦残照，愁煞江城。

## 贺新郎

午日贺友人约姬

绮阁迎新暑。卷湘帘、冰纨初展，红榴争吐。此日双蛾才画了，十样眉痕重谱。早试罢、银瓶薇露。斗帐浓熏宫饼热，听玉箫、吹彻朱楼午。莲得偶，鸾双舞。　　彩毫自写香奁句。想灯前、定情良夜，红窗私语。佳丽东南浑占断，不分春光归去。倩乳燕、雏莺留住。嫁得风流金马客，似当年、络秀传千古。兰梦叶，天应许。

## 绮罗香

午日

葵扇迎风，榴芳照眼，鹊尾鹧斑香吐。儿女憨生，争把钗符缀虎。佩丹砂、乍启清樽，夸益智、竞传角黍。问江南、金粉山川，波心几许舟飞渡。　　惊心云外羽檄，但听潮声里，军船鼙鼓。绣柱珠帘，一半沉埋歌舞。《登楼赋》、王粲愁时，吊湘水、灵均何处。休辜负、眼底繁华，流年难更数。

## 沁园春

读董舜民《苍梧词》，赋赠。

六代风流，江左文豪，仗策北来。羡一编在箧，餐霞霏玉，千秋自赏，绝艳惊才。憔悴江潭，逡巡京洛，十载兰成意可哀。芒鞋遍，仗乌丝彩笔，抒写孤怀。　　而今名满燕台。看鞭弭、中原何有哉。尽危楼百尺，从君高卧，旗亭群伎，聊与徘徊。雪苑人稀，酒垆风邈，读罢新词倦眼开。期成赋，有黄金为寿，一拂尘埃。

## 喜迁莺

送叶元礼登第南归

晓莺频啭。正吴下才人，子虚初荐。杜曲看花，新丰贳酒，领取暖风轻扇。旧按双鬟牙拍，新听九天弦管。犹堪忆，向中原夺帜，滞留梁苑。

缱绻。酬唱处，客路论文，洗尽风尘面。兰畹余香，玉台丽藻，摇笔书成黄娟。归棹重寻烟月，昼锦争夸袍茜。一门内，将科名文采，君家独擅。

## 三姝媚

题仇十洲《箜篌图》

茅亭连涧草。看青山一抹，白云遮了。鬃几桃笙，有翠眉红袖，浅颦低笑。寒出春纤，二十五、冰弦缥缈。密坐焚香，牙拍轻催，双鬟娇小。

卷幔东风吹早。更萝径烟深，药栏花绕。曲奏云和，伴林中高士，瑟琴静好。江树归舟，向梦里、相逢偏巧。记取箜篌朱字，青春未老。

## 望江怨

题画扇

阑干小。几处金银花绽了。香入兰闺晓。东家蝴蝶飞来早。　　奁镜悄。莫使扑轻罗，留伴秋光好。

## 潇湘夜雨

暑中喜雨

炎熇横侵，火云乱拥，终朝沾透轻衫。陡来凉雨，风卷入湘帘。似听潮声夜发，庭柯响、飞瀑高檐。空濛里，层城爽气，西岭碧于簪。　　凭谁除酷吏，冰纨不御，花露微涵。更晚香，初逗清影鬖鬖。拟对疏灯散帙，闲消受、绨几牙签。萤光细，蜻蛉翅颤，烟雨小江南。

## 疏帘淡月

雨后幼平表弟、子谅内弟招饮观剧，演隋末故事。

雨余如沐。正暑气乍消，阶除新绿。有客樽开琥珀，骈罗丝肉。珠帘高卷斜阳里，扇薰风、小堂花竹。遏云弦管，忘形亲串，清欢何足。
叹当日、陈隋竞逐。看萤苑迷楼，皆成荒麓。重演繁华莲镜，光涵冰玉。扬州烟月浑如旧，更谁翻、夜游清曲。兴亡一梦，且酬佳夕，笑燃银烛。

## 百字令

送曹颂嘉中翰省觐归江阴

金门倦客，恋庭闱、顿使梁园萧索。大雅榛芜君崛起，健笔韩欧复作。排阖纵横，飙回浪激，珠玉随风落。雄文读罢，瓣香今日重握。
惆怅暑雨红亭，才人萍散，挥袖饥臣朔。子舍承颜清昼永，细把千秋商略。申浦奇云，大江华月，高咏恣横槊。岩栖未稳，相知半在黄阁。

## 如此江山

送孙屺瞻学士省觐归吴兴

淙淙几夕青门雨，学士碧山归去。词苑无双，胪声第二，烺烺照人琼树。文推绣虎。每东观陈书，花砖徐步。故国关情，河梁抗手冥鸿举。
江山罨画如旧，叹无端战伐，灰飞楼橹。衣锦争看，倚闾亲在，菽水九重恩许。轻帆晓渡。趁夹岸芙蓉，菰芦深处。鸥鹭何猜，《南陔》篇自补。

## 拜星月慢

七夕，何婿生辰观剧。

岫爽迎襟，庭柯含雨，一派好天良夜。落叶疏香，缀秋容如画。鹊桥展，喜遇九霄嘉会，散作人间萧洒。玉润悬弧，正云开晴乍。　蚁浮樽、轩槛飘兰麝。新声倚、弄笛红灯下。搬演文武衣冠，成六朝佳话。问天孙、此夕应无价。堪相贺、秦陇烽烟罢。画屏冷、客醉氍毹，看银河欲泻。

## 金菊对芙蓉

赠杨亭玉学博，士龙谓陆子恂若，龙眠谓方侍御邵村也。

新雁穿云，苍葭缀露，伤离最是清秋。正客星渐远，数赋登楼。比邻一载频携手，听旧雨、茗碗灯篝。士龙已去，巨源又别，萍散皇州。

幞被兰若迟留。更客到龙眠，共醉垆头。叹广文独冷，旅鬓霜稠。才人憔悴哀庾信，青衫拥、长揖公侯。莫嫌禄薄，盘中苜蓿，儒吏风流。

## 满庭芳

秋夜观剧，中有歌者娟秀如好女。

霁色迎人，檐花恋客，暇日帘敞前楹。杯浮醽醁，秋满凤凰城。笑听吴歈佐酒，繁丝与、夜气同清。灯儿下、梨花素面，看煞小秦青。　　轻盈。且漫说，殷勤渭唱，窈窕旗亭。尽烧残绛蜡，炙暖鹅笙。奏彻江东白苎，座中有、杜牧多情。浑消尽，闲愁万斛，瑶瑟忆湘灵。

## 烛影摇红

友人出家伎佐酒

绛烛秋宵，朱阑曲曲芳酝。曼声檀口啭雏莺，腻脸薇香嫩。乐府新翻偏韵。乍回眸、红潮微晕。元人宫调，吴下排场，风流重认。　　舞罢前溪，蜡媒落翠欢无尽。宁王玉笛莫愁歌，更有蛮靴衬。销却柔肠一寸。怕催人、漏铜滴紧。愁多子野，狂发分司，笑回红粉。

## 花发沁园春

赠徐方虎编修归德清

屈宋衙官，曹刘驱马，文坛手辟荆棘。才江学海，剩馥残膏，沾溉人间词客。相如病渴。归梦绕、乡关秋色。早谢却僝直承明，经营登山双屐。　　怅别河梁萧瑟。有青门供帐，红亭风笛。霜零葭菼，枫冷江楼，尽入涛笺湘笔。军船战鼓，浑不碍、霅溪泉石。还朝日铙吹篇成，伫看灯撤莲碧。

## 画屏秋色

中秋，邵村过秋碧堂小饮。

帝里敲双杵。声槭槭、槛外落英堪数。旧雨人来，图书共赏，秋堂容与。题写遍宫笺、旋解带呼奴为黍。都不辨、谁鬓主。任邹衍谭天，东方谐口，收入龙眠麈尾，遂空今古。　　看取。浮云如许。何须问、当年投杼。燕昭台畔，荆卿歌里，高城轮吐。酾酒酹金波、逢场不分年迟暮。人在璚楼玉宇。作达对西风，试把中原屈指，豪杰畴当旗鼓。

## 望远行

送方邵村游山左

销魂何事，轻言别、把酒渭城重唱。画师词客，草圣文豪，并擅一时飞将。燕市狂歌，无复渐离击筑，萧瑟壮怀谁向。幸相看华发，青山无恙。　　惆怅。满目津亭衰柳，正潞水、弥弥秋涨。趵突泉声，鹊华霜色，都付芒鞋筇杖。犹忆西窗剪烛，南楼听雨，消尽东华尘坱。拟他时梦绕，风烟江上。

## 飞雪满群山

赠庄淡庵宫坊入秦

廿载通家，五云仙客，烟霞未改朱颜。中林久卧，春明重入，共传前度人还。拥图书满载，浑不让、襄阳画船。西行投袂，衣装短后，仗策入秦关。　　喜此日、咸京烽火息，嶷然天府，百二清山。风高鄠杜，霜清韦曲，孤吟驴背桥湾。助军储塞下，归来正、花明柳妍。长扬羽猎，抽毫赋作杨马看。

## 惜秋华

九日同张黄美诸子登高

叶落长安，缀秋光半在，琳宫高处。骋目振衣，萧瑟画楼烟树。沧浪双鬓京华客，无奈满城风雨。凭飞槛河山千叠，消磨今古。　　红蓼摇汀浦。与广陵游子，同牵愁绪。岭海回头，一梦重阳屡度。可怜江阁黄花，憔悴向、戈船火鼓。延伫。仔细把茱萸拈取。

## 万年欢

汪蛟门舍人举子，赋此志喜。

明月扬州，正缤纷桂子，飞来瑶阙。入掌珠圆，产自渥洼丹穴。试听啼为英物。有多少、瑞云高结。开汤饼、廿四桥边，玉箫檀口吹彻。

弄獐书帖。京华羁客成一笑，屐齿应折。慧业文人，早向金闺名揭。今喜书香堪接。看蓬矢、桑弧初设。卜他日、谢氏超宗，凤毛检觅重说。

## 高山流水

题汪蛟门《少壮三好图》

舍人早达擅才名。写孤怀、聊寄丹青。红袖俨成行，清丝奏出新声。牙签满、图史纵横。便便腹，指点双鬟索酒，小妇鸣筝。且闲情作达，蜗角讵堪争。　　飞腾。看征逐如许，浑冷落、翠黛金罍。千古有彦瑜，知己长揖为朋。世人谁醉、复谁醒。破愁城，吾衰读书恨晚，杯酌难胜。尽风流三般，总让与汪生。

## 百字令

寄兄子冶湄，时以郡佐领县事。

河桥冰泮，早匆匆又遇、传柑佳节。惆怅阿咸官越峤，闲却竹林烟月。五马风流，双凫仙舄，日判倥偬牒。水犀战罢，江头烽火才歇。

闻道露冕春田，折腰公府，不废登临屧。忆昔乌衣游侣散，管领湖山千叠。寄我新词，为添清兴，永夕浮蕉叶。倘询宦况，别来头鬓垂雪。

## 传言玉女

春宵

宫饼烧残，小阁落梅如雪。衾窝寒峭，篝局熏才热。钗声鬟影，偷见烛花双结。漏铜迟滴，绣帷轻揭。私语窗间，腻薇浆、香暗裛。是乡堪老，万斛闲愁歇。鹣鹣梦稳，莫使风惊檐铁。春宵几刻，消磨人杰。

## 疏帘淡月

送罗弘载南归，即用见赠原韵。

暖回南陌，正水涨春波，柳舒新碧。文酒清欢才罢，又归词客。萧条书剑东风里，醉旗亭、遍看山色。河梁惆怅，临歧欲赠，绕朝鞭策。忆岭表、徘徊灯夕。探海月珠江，共寻陈迹。三载烽烟此日，顿殊今昔。彩舟酬唱同蕉梦，向燕台、重听羌笛。如君才藻，江湖岁月，漫教虚掷。

## 春风袅娜

花朝何婿邀饮，演卫大将军剧。

恰春寒初退，日丽皇州。罗绮席，上帘钩。喜何郎、顾曲闲樽招客，鸾笙瑶瑟，永夕消愁。白苎新声，红楼高唱，说甚当年秉烛游。老去襟怀须放达，醉来调笑更淹留。　　试演平阳主第，家奴上将，盛衰事、转眼都休。看戚里，取封侯。英雄失路，壮士怀忧。富贵浮云，徒夸汗马，恩仇翻掌，羡煞江鸥。漫论世态，幸春光如旧，灯前酒碧，花底风柔。

## 扬州慢

寄酬吕半隐同年

廿载游踪，今来河朔，共君咫尺天涯。有中山名酒，好醉赵城花。回首望、乡关万里，萍浮一叶，蹑屩官衙。问玄亭奇字，当传谁是侯芭。　　苕溪寄迹，梦扬州、又泛仙槎。想邗上风流，海陵烟月，依旧繁华。为我蜀笺写句，图画里、犹带烟霞。看文成五岳，每怜王粲无家。

## 惜余春慢

送春

布谷啼残，野棠开尽，见说绿肥红瘦。何方系马，是处提壶，输与五陵豪石。暗想南陌东阡，草乱青袍，飞花眠柳。似徐娘老去，风情今日，可还如旧。　　犹忆得、锦瑟相偎，画楼频倚，低唱翠眉微皱。软红满目，风雨无端，断送韶华太陡。试共东君细论，何似休来，来须相守。未寻春春已先归，愁煞晓钟时候。

## 望湘人

寄怀云间张带三同年

怅雨来非旧，老去伤离，曲江朋侣凋谢。沧海生尘，故人无恙，每共耆英邀社。三泖烟横，九峰霞起，人娱清夏。更乌衣、子弟翩翩，不让机云声价。　早见名高洛下，执中原鞭弭，争衡董贾。愧少不如人，头鬓雪霜惊乍。何日结伴，听渔樵话。遥忆山中多暇，把酒向、唳鹤滩前，几度樽空灯灺。

## 念奴娇

新筑书屋

蕉林名久，问先生何处、为君书屋。随地诛茅莳药草，卜构朱阑数曲。北牖琴樽，南窗烟月，舒啸当休沐。旧阴清影，雨余频展新绿。　几年潦倒京尘，故庐荒矣，梦绕家山麓。但取意中林壑在，便可结篱编竹。簿领才抛，图书堪拥，世事凭翻覆。鸟啼花放，闲心如坐空谷。

## 渔家傲

题王烟客摹《黄鹤山樵画册》

文皺吴中凋谢了。娄江留得西庐老。茗碗香炉人静好。桐阴悄。闲窗摹出山樵稿。　词客画师称二妙。蓬莱水浅乾坤小。一带林峦云浩渺。尘事少。卧游似傍龙眠晓。

## 卖花声

夏日雨中

炎熇沾衣，骤雨忽来庭院。洗京尘、不须纨扇。凉飔入幕，袅孤灯零乱。喜天际、轻雷渐远。　披襟杂坐，朋辈风流萧散。遣闲情蛮笺。茗碗最关人意，有檐花红绽。任阴晴、浮云舒展。

## 雨中花慢

赠陆云士归武林

江左词人，幞被囊诗，京华数载淹留。有三都赋就，纸贵神州。户外车轮尝满，句中烟景全收。问王家簟扇，座上群贤，谁夺先筹。　长卿意倦，风雨归装，还访西子湖头。秋色好、芙蓉十里，香发汀洲。结社重寻旧侣，看山几醉江楼。莫耽花月，再来燕市，慰我离忧。

## 贺新凉

蕉林听雨，次许文石韵。

帘静熏风转。傍窗纱、阴阴蕉影，凉生庭院。鱼鸟亲人尘不到，篱畔紫薇初绽。危坐久、宜摊书卷。一阵雨来声淅沥，水红花、似袅澄江岸。青玉响，云光乱。　闲阶处处莓苔遍。展巾箱、前贤宝墨，聊供清玩。几曲朱阑新霁后，蛱蝶飞飞频见。解人意、素涛瓷盏。剥啄漫教来热客，上花梢、新月浑堪恋。荷盛世，全樗散。

## 秋波媚

夏夜

院落沉沉晚风清。蚱蜢送秋声。星明河汉，汗消残暑，夜露泠泠。　昨宵几阵芭蕉雨，苔影上衣青。花香入座，高□见月，疏牖飞萤。

## 辘轳金井

立秋

湿云成片，暑将收、熠耀树间光小。屋角斜阳，早西风吹到。帘栊静悄。香乍送、玉簪开了。几处菌衣，一庭急雨，炎蒸如扫。　流年暗中又耗。看桃笙欲滑，纱幔轻揭，秋入雕栏，更榴残荷老。鸳鸯睡好。怕听得、晓鸡频报。枕畔凉侵，阶前露重，檐啼娇鸟。

## 珍珠帘

寿魏贞庵相国

谢公棋墅栖迟久。补衮名齐北斗。三事领仙班，十渐资人口。一卧沧浪鸥鹭狎，暂敛却、经纶好手。消息。把琴樽罗列，图左书右。　初度恰是秋清，喜池荷凝露，檐花铺绣。玉脍切银丝，红袖调冰藕。龙马精神犹健饭，看彩衣、持觞为寿。非谬。须慰此苍生，加餐进酒。

## 减字木兰花

秋夜露坐

秋宵凉乍。淡月疏星清露下。剪剪风来。茉莉当檐几枝开。　　竹篱绿满。往事追寻人已远。帘影霏微。叶底流萤自在飞。

## 诉衷情

无题

雪儿十载罢歌喉。一纸远相投。为伊暗想当日，牵动几般愁。　　银烛夜，彩云留。笑回眸。三更幽梦，千里风烟，何处红楼。

## 大江西上曲

赠洪昉思归武林

西泠才子，倦游梁、又整江天飞楫。记得张灯樽酒夜，名论纷如玉屑。和寡阳春，词成黄绢，一卷携冰雪。萧条长铗，张仪曾否存舌。
遥想兵气初销，湖光依旧好，办看山屐。闭户著书千载事，世态漫论工拙。谱出新声，双鬟传唱，四座惊奇绝。子虚赋就，莫教辜负烟月。

## 朝玉阶

初度

寒催残蜡放梅时。年华今又度、鬓先知。故园何日是归期。春晖无寸报、负恩私。　　已看江海羽书稀。嘉平新酿熟、放杯迟。灯前争奏玉参差。莫论人世上、是谁痴。

## 柳腰轻

元夕，是岁始开火树之禁。

市楼十里香尘满。金波涌，东风软。璇霄弛禁，银花争绚。陌上疑寒疑暖。列酺宴、三殿鱼龙，沸春城、九天弦管。　　是处游缰堪绾。钿车轻、佩声人面。红灯华发，绿樽良夜，莫负深杯频劝。看年少、衣马纵横，任消磨、酒旗歌板。

## 菩萨蛮

夏夜

火云飞下三千尺。我思赤脚层冰立。待得月昏黄。轻风拂体凉。短篱微带露。两两流萤度。乍喜却齐纨。一帘花影寒。

## 昼锦堂

赠宋牧仲比部，时以《枫香词》见示。

雪苑才人，相门遗笏，海内大宋争传。犹忆当年宿卫，衣马翩翩。壮岁诗书频折节，英游把臂满词坛。挥毫处，击钵高吟，题残十样蛮笺。长安。投缟苎，争簟扇，一时驱驾群贤。善病围宽沈约，渴类文园。晴窗填就花间句，绿樽鉴定米家船。《枫香》好，读罢轻风祛暑，小阁泠然。

## 喜迁莺

题陈其年填词图小照

荆溪髯客。早驾柳轶秦，英游罕匹。丝绣平原，宝装内史，廿载名倾南国。何处丹青粉本，写出石阑镂笔。高吟就，有金虫缀鬓，翠眉倚笛。悬忆。应不让，兰畹花间，声出锵金石。红籍蕉□，锦排雁柱，□□佳人瑶瑟。少壮平生三好，潦倒词场七尺。休嗟晚，看瀛洲亭畔，重图颜色。

## 月华清

中秋

妆阁调笙，高城吹角，奏出泬寥天气。念老子、平生逸兴，南楼堪醉。小堂前、寒咽凉蝉，御沟畔、香残荷芰。天霁。问西风摇落，有无桂子。　　且喜清樽相对。试西洋宝镜，不遗纤细。兔可分毛，仿佛瑶宫阶砌。莫轻放、一堕西岩，又凝伫、隔年嘉会。无寐。任霓裳露冷，拼虚鸳被。

## 美少年

斋中芙蓉移自家园，喜开甚盛。

深院雁来时，红落青苔冷。为爱锦城花，移自柴桑径。　　昨夜一枝开，绰约新妆靓。赊得半江秋，留住霜天影。

## 剔银灯

邓孝威、毛大可、吴庆伯、汪舟次、吴志伊、徐大文集邸中小饮。

黄叶青苔满砌。菊未老、蟹螯犹美。雪苑邹枚，江东任沈，对酒尚堪同醉。万家楼阁，在一片、雁鸿声里。　　太史应占星纬。不数山阴修褉。抵掌论文，当筵抽簟，桦烛早堆红泪。夜凉如水。莫辜负、帝乡高会。

## 永遇乐

寿卞母吴岩子

廿四桥边，玉钩斜畔，江梅开早。秀结兰闺，扫眉才子，颂就椒花好。宣文纱幔，令晖香茗，此日彩鸾名噪。泛江湖、青帘白舫，领袖香奁人老。　　中郎有女，二乔得配，仙令结缡双妙。大茂山灵，都经游屧，十样笺频草。嘉平设帨，清宵丝竹，春入妆楼寒峭。问筵上、麻姑擗脯，有无鸟爪。

## 画屏秋色

九日登阁

雨后烘晴日。凭槛望、万井烟光如织。击筑声沉，金台砌冷，依然秋色。檀树影参差、正满目觚棱丹碧。都付与、登高客。看丛菊郊原，夕阳宫阙，可有柴桑送酒，龙山邀屐。　　寂历。风烟似昔。空搔首、古今陈迹。江天组练，水犀楼橹，何时休息。碣石馆重开谈天、又见词人集。题遍乌丝斑笔。群醉向垆头，千载旗亭无恙，点缀河山萧瑟。

## 如此江山

题徐电发《枫江渔父图》

棠舟冲破吴淞水，瑟瑟岸汀芊。酒具茶枪，云蓑雨笠，载得半江秋思。莼丝信美。任满地风涛，一竿鳣鲔。荷芰裁裳，徐陵也号天随子。　　詹公任父已往，中原共识汝，烟波名字。斗鸭先生，钓鳌狂客，谁绘剡溪藤里，征书一纸。为勉出菰芦，客星至矣。漫卷渔筒，黄金台更起。

## 琐窗寒

清明悼内

冷落韶华，又当禁火，皇州春丽。神伤奉倩，尘积半床罗绮。空零乱、麝粉薇浆，镜奁犹剩残膏腻。任东风浩荡，飘摇素幔，吹人难起。　遥睇。青郊外。正杏粥初调，油车迤逦。轻烟晓散，对此更添憔悴。忆去年、花满雕阑，凝妆小立晴窗倚。到而今、细雨梨花，总酿成孤泪。

## 惜余春慢

春雨

晓气凝寒，春阴酿雨，庭院陡然凄绝。钩闲斗帐，奁闭金虫，儿女麻衣如雪。追忆私语清宵，世世生生，肯教孤孑。叹同林栖鸟，一朝分影，空余鹃血。　那忍见、花发新枝，枕回残梦，几阵廉纤未歇。雕檐淅沥，万缕千丝，滴入愁肠百结。谁料魂消好春，半臂犹温，三生重说。最伤心又报，芳原打取，榆钱时节。

## 菩萨蛮

春暮有感

奈何有梦频惊醒。落花如雨闲阶冷。憔悴为疼花。凭阑日又斜。
空帘栖薄雾。仿佛凝妆处。谁料可怜春。新莺唤煞人。

## 满江红

送定九归广陵。定九为方城先生之族，试吏部第一。所居号东原□望芙蓉□，有《新柳堂集》。

淮海才名，廿余载、词场独步。叹落落、东原抱膝，翛然环堵。挟策长安欣会面，相如小试梁园赋。冠群英、不愧旧家声，方城祖。　樽前指，津亭树。别后咏，江云句。论文章风义，都堪千古。新柳堂边书带长，芙蓉墅畔秋云护。趁西风、重听广陵涛，江村暮。

## 满庭芳

夏夜吴兴沈凤于过饮，惠示新词，依韵奉酬。

京洛游从，霅溪才子，词源三峡泱泱。清宵过我，洗盏泻寒浆。倒徙英流满座，有人号、枚叔邹阳。披襟处，葵榴交映，暑气散虚堂。　　谭深频剪烛，孝廉船到，三日留香。更花间兰畹，新句投将。耳后轻风习习，千秋事、把酒商量。中山酝，泠然似水，淡意莫相忘。

## 凤栖梧

题兰陵龚节孙种橘图

罨画溪边园十亩。有客高怀，欲与前贤耦。种橘千林霜落后。洞庭何似丹阳守。　　绀碧剖来香雾陡。摘向雕盘，好倩红酥手。当日巴邛君忆否。此中不减商山叟。

## 玉篁凉

七夕，次陈其年韵。

末丽飞香。怅孤影长宵，浑似他乡。生离何足怨，幸犹有津梁。银河曾否问渡，天边事、传说如狂。萤火细，傍云屏罗扇，总助悲凉。　　年老。安仁鬓换，子野情多，历乱尽耐思量。丝丝蕉叶雨，又闻洒疏窗。夜深谁共私语，无人处、斜月空廊。还记取，画阁中、烛照残妆。

## 念奴娇

中秋，次其年韵。

秋分佳夕，怪轻云薄雾、朦胧凉月。一片啼蛩生破壁，徙倚寸心如结。天柱峰头，庾公楼上，应有蟾蜍出。自伤孤影，萧萧偏照华发。　　谁令万方频惊，六鳌徒立，恍惚烟霆掣。青炽旗亭歌吹冷，顿砌九逵冰雪。布幕低张，浊醪细酌，试把霜螯裂。尧阶蓂荚，有无开落丹阙。

## 绮罗香

徐电发以佛手柑见贻，兼示新词，次韵赋谢。

橘绿橙黄，闽山岭峤，近水更生芳树。此柑近水乃生。秋老花残，忽讶鲜芬何处。笑淮枳、异地难同，较木奴、香名偏注。恍疑他、佛国栽成，麻姑鸟爪应如许。　　还思妆阁此日，傍玉盘纤手，转萦情绪。好友投将，兼赠衍波佳句。喜南海、霜色移来，把东华、软尘飞去。留枕边、相伴无憀，卧听蕉叶雨。

## 解连环

送李武曾之□阳，次电发韵。

帝城急雨。向秋风槭槭，客游西楚。嗟枚叔、雪苑蹉跎，着短后衣轻，奚囊携去。小试经纶，伴熊轼、朱幡行部。吊濠梁战垒，是我当年，辖轩过处。　问君舌仍在否。羡翩翩书记，文中之处。犹忆乐府新篇，展丽句乌丝，泠然忘暑。匹马红亭，正满目、汀芦飞絮。一任他、峥嵘骠骑，如何第五。

## 秋霁

九日

重上高楼，客载酒干林、又散晴霭。殿角风铃，药阑残叶，昔日同游仍在。年华顿换，金铺半映斜阳外。徙倚处，肠断、西风心事偏无赖。　萸囊并佩、篱菊斜簪，旧岁秋光、恨难再。叹如今、凄凉宝瑟，腰围频减沈郎带。极目远山横浅黛。倦凭飞槛，那堪对此茫茫，百端交集，一天疏籁。

## 望海潮

赠杨期世兄南归毗陵

家声邹鲁，兰陵寄迹，韶年夙擅才名。帝里重游，新词满箧，居然六代菁英。风木独含情。叹文人孝子，落拓江程。孔李通门，剪灯握手话丁宁。　吾师昔侍承明。想垂绅正笏，海内仪型。羁旅江南，山颓东国，西州涕泪纵横。对子更沾缨。幸父书可读，数亩堪耕。归去孤村，莫虚岁月掩柴荆。

## 百尺楼

题汪蛟门《百尺梧桐阁图》

屋角碧阴浓，岩畔朱楼窅。槭槭西风一叶飞，闲倩奚童扫。　卷幔茗烟沉，开径羊求到。手把残书岸帻吟，目送秋鸿小。

## 花发沁园春

己未初度

冰砌闲门，梅呈新萼，又逢一度驹隙。故园人到，京洛樽开，举酒共浇寒夕。愁将鬓织，惊过眼、都成陈迹。笑尘梦未醒邯郸，衰迟犹是羁客。　　十载韶华轻掷。看平生须眉，顿减畴昔。人移物换，燕去梁空，翻觉欢场萧瑟。春风将扇，奈往事、转萦胸臆。提旧恨暗迸珍珠，蜡盘红泪同滴。

## 百字令

咏米家灯，次陈其年韵。

六街风软，映玻璃、几树寒梅枝亚。词客争看喧笑处，频赏冰绡图画。岫可飞来，人堪呼出，疑是天工假。鹅溪巧剪，肯推徐赵能写。　　更喜湘汉波澄，梁园赋就，同此烧灯夜。洗盏茅堂文酒会，璧月影侵霜瓦。一曲吴歈，歌成激楚，拼醉璚箫下。旗亭当日，看无今夕佳话。

## 摸鱼儿

咏窝丝饧，次陈其年韵。

□□□、升平节物，坊肆繁华重理。大官珍珠流传久，饼饵当年曾嗜。春宵市。空想像、梦华昔日残编底。今犹存此。看雪片冰丝，攒成螺髻，贵与蔗浆齿。　　天庖馔，宫监厨娘能记。玉盘争叹佳制。诗中载得题酥处，旧说眉山苏子。谁当似。似虞糊、侯鲭不数枫亭荔。筵间琐事。入乐府新题，词人绣口，偏觉摹来细。

## 柳腰轻

观邢郎演剧

溶溶三五春宵宴。银烛照，红牙按。紫云筵上，袁绹台畔。不数当年奇艳。奏新声、几度杯停，趁东风、一枝花颤。　　信是吴侬妙选。问尹邢、美名谁擅。弹肩扬袖，浅颦低笑，省识芙蓉如面。座中有、子野情多，每肠回、舞裙歌扇。

## 百字令

座中赠陈子文、是日陈心简、陈子厚诸子，同集蕉林。

火云初敛，小堂开、卷幔张灯凉夜。有客因沾升斗禄，俯首驱驰辕下。纨扇新诗，乌丝丽句，憔悴偏能写。通家数字，谁怜当日王谢。

且喜花底论文，风前抵掌，一夕燕山话。千古荣枯皆幻影，漫向成都占卦。汝既伤贫，吾方多难，忼忾杯重把。天涯知己，好同消遣清夏。

## 乳燕飞

立秋前二日观小伶演剧

斜日湘帘暮。趁新凉、红灯绿醑，娇歌艳舞。怀智凋零龟年老，输与吴侬小部。觞漫举、顿忘炎暑。棋局纷纷心徒苦，算不如、按拍听金缕。今古事，名场误。　　闲情久作沾泥絮。奈当筵，旧狂尚在，束绫几许。檐外浮云流不断，满院芭蕉秋雨。透纨扇、西风暗度。才罢柘枝翻白苎，喜新声、一串骊珠吐。莲漏仆，欢何足。

## 菩萨蛮

秋日观刑郎演剧

晶帘雨过空天碧。芙蓉笑靥斜阳立。花影正重重。人从花底逢。
月高丝管沸。溜出歌声脆。对此意茫茫。偏怜秋夜长。

## 月下笛

秋夜友人召饮闻歌

小阁无哗，凉云沾席，一阑秋色。灯红酒碧。人倚窗纱吹笛。写当年、文武衣冠，尽收拾黛眉巾帼。喜何戡尚在，雪儿无恙，问今何夕。　　新声入破，听变征移宫，都堪浮白。衣香鬓影，恼煞分司狂客。玉绳低、蜡媒未销，轻雷忽然来四壁。乍回眸，仿佛湘灵夜舞光瑟瑟。

## 百字令

寄阳美史蝶庵

萧然远寄，向荆南、抱膝无荣无辱。罨画烟云耽坐啸，闭户淡如秋菊。溪上垂竿，阑边斗鸭，占尽山林福。青鞋白帢，浑忘貂锦名族。
畴昔蒋径羊求，金门弭笔，谁更同幽独。甫里风流岑寂久，今日重看皮陆。湘管时拈，衍波细写，闲谱花间曲。尘中老眼，闻声频眺空谷。羊求谓其年也。

## 氐州第一

赠西泠吴舒凫，即次观剧原韵。

帝里秋晴，喜逢越客，小堂笑燃华炬。四座全倾，单辞皆妙，不数掾称三语。相见频嗟，晚让尔、词场独据。辽左藜床，鲁城绛幔，谁争旗鼓。　　优孟衣冠江左误。演西子湖边士女。丽句新填，蛮笺立草，漫道吟髭苦。忆前宵、凉月下，鹅笙炙、重添桂醑。明日风烟，怅萍分、梁园人去。

## 百字令

庚申长安闰中秋，次陈其年韵。

秋光无尽，把冰轮、重碾影摇珠阙。何幸婵娟频会面，不待明年逢节。桂子还飘，霓裳更舞，砌满长天雪。蟾蜍如旧，璃楼铃索同掣。　　最爱清漏初沉，玉绳低转，肯使樽空设。屈指平生能几遇，添得数茎霜发。家国牵愁，岁华偷换，欲向南鸿说。故园今夕，东篱曾否花发。

## 永遇乐

重阳前一日，祖文水明府召饮演□种情剧。

秋满长安，白云红叶，高堂挝鼓。丹凤城南，黄花筵上，预醉重阳雨。使君情重，招邀胜友，何似龙山欢聚。叹匆匆、软尘十□，好景此宵留住。　　繁丝急管，烧残桦烛，一任玉绳低度。小部梨园，蛮靴锦罽，踏节金铃舞。当年红粉，生生死死，总被情多耽误。那知有、怆怀司马，青衫湿处。

## 满江红

次韵训宗定九

客去梁园，经年别、邹阳枚叔。双鱼到、齐纨佳句，琳琅盈目。自愧疏慵真忝窃，定交缟带多名宿。忆蕉林、把酒对斜阳，人如菊。　　载新柳，三间屋。拥万卷，山林福。笑蜗争蚁斗，纷纭朝局。遥想东原春色好，横斜梅影亭亭竹。问蒋家、三径许谁过，羊求熟。

## 前调

秋日广陵箫灵曦寄画册，赋此为谢。

邗上书来，平添我、小堂秋色。渲梁处、烟云满纸，珊瑚架笔。驱驾河阳追懒瓒，赵家粉本今重出。向晴窗、流览顿移情，风萧瑟。　　思把臂，河山隔。开图画，如相识。早长安传遍，兰陵佳客。文沈风流凋谢久，扬州花月谁争席。老江村、傲骨不干人，耽岑寂。

## 醉蓬莱

寿张温如中丞六秩

想中丞当日，节拥西江，泽流南浦。滕阁凭阑，看珠帘飞雨。拂袖归来，沉枪苔卧，付酒经茶谱。油幕功成，经纶垂手，烟霞结侣。　　骀荡春风，门前列戟，笑引金樽，莱衣争舞。花满楼台，道先生初度。将相神仙，公今兼矣，更何人堪伍。牙拍清丝，倚灯频奏，铙歌朱鹭。

## 菩萨蛮

送春

远峰历历青如髻。驿亭几缕墟烟细。西望凤城遥。山空夜寂寥。

杏花三月雨。眼见春如许。无计挽东皇。怜他蝶翅忙。

## 疏帘淡月

寿溧阳彭太公

籛铿华族。羡堂上双星，阶前芝玉。占尽人间福寿，行高乡曲。少年踔厉名场里，倒词源、何论潘陆。唾壶尝缺，阳春和寡，尚淹松菊。

追万石、家风雍穆。看骥子龙文，书校天禄。宣发齐眉佳夕，浅斟醽醁。针楼才罢梅英吐，玩芳时、清欢相续。香山洛社，年年扶杖，前身金粟。

## 凤栖梧

题张卣臣所藏画册

万顷澄江翻石壁。一叶渔舟，横吹中流笛。漠漠闲云汀草碧。高岩飞练悬千尺。　　惊起眠鸥涛欲立。□写沧洲，道是龙眠笔。梦到五湖三亩宅。晨钟唤醒金门客。

## 千秋岁

和酬王丹麓五十一自寿韵

琴书日换。长啸凌天半。龙卧处，烟云变。文传京洛贵，酒兑余杭贱。春色好，飞花红缀堆床卷。　　溪上斜阳晏，两耳松声乱。蛮触事，惟消叹。自余尘土梦，遥缔神交愿。歌一曲，翠蓬东望明霞幻。

## 蝶恋花

深巷卖花将客唤。候逼清明，记取韶华半。玉勒城南芳草岸。少年情味天难管。　　斜倚一枝娇盼远。沽酒他家，细雨空零乱。泪湿粉涡红尚浅。有人楼上和春倦。以上《全清词》顺康卷

# 石恭（1首）

石恭，字雨微，直隶栾城人。

## 浪淘沙

苔寂碧痕深，足迹重寻。等闲聚散便而今。春上琐窗遗梦近，谁惜花阴？　　杳绝绕梁音，尘幕蛛林。敢将消歇问天心。但把空堂随意指，泪眼难禁。《词觏》

# 傅维鳞（10首）

傅维鳞（1608—1667），初名维桢，字掌雷，号歉斋，直隶灵寿（今河北灵寿县）人。顺治三年（1646）进士。改庶吉士，授编修，历东昌兵备道、左副都御史，至工部尚书。主撰《明史》，有《四思堂文集》《歉斋词》。四库馆臣谓其《四思堂文集》“颇伤粗率，盖天性耿直，直抒胸臆，

不甚留意于文章云”①。

## 望月行

秋日送李醉白

征鞭带着愁无数。忍令君归去。潇潇风雨难留住。今夜栖何处。
人欲别。马声曳。更值清秋节。古道疏疏飞老叶。错认作、离人泪。撇目断、楚天遥空，教魂欲翮。

## 减字踏莎行

春景

桃萼浸脂，杏花破粉。春色眉稍引。去年燕子始归来，侧觑朱帘语紧。
闲弄钿钗，慵亲衾枕。芳信无凭准。极眸古道草青青，流水小桥柳隐。

## 一斛珠

写怀

阳春又到。飘飘蝴蝶家山绕。萝余庭院垂杨晓。鸟语啾啾，偏为人添恼。　望断双峰思杳杳。罗衣初试寒犹峭。楚园征鸿归去早。难诉相思，思积何时了。

## 凤凰台上忆吹箫

廿七日送春

萍弱云擎，莺羞柳障，历头廿七韶光。见落红点缀，苔径生香。谩展绡纹酬和，乌衣曲、仔细思量。蓦忽的、枝藏豆杏，畦透新篁。　凄凉。湘帘晴雾，隔烟衣縠水，葛甲帷墙？忆鸳争绣稿，暗卜茶枪。便剩余柎零萼，都寄托、歌引离凰。懒看取、瑶阑并蒂，翠影相将。

## 望江南

美人题笺图

涛笺拂，冷意逼空江。欲写还停迟玉管，低头凝睇转银釭。墨泪湿蕉窗。

---

① （清）永瑢：《四库全书总目》，中华书局1965年版，第1641页。

## 菩萨蛮

冬意

孤城野藥吹芦叶。断汀晴映寒梅雪。窗静玉笙调。轻翻竹碧摇。风掀帘散影。树色笼烟暝。鸟鸣和泣盈。衣冷动牵情。

## 满庭芳

送张约庵还都

坡老仙才，米家墨妙，百朋宿重停云。木天清禁。时挹颊余芬，别后相思红树，欺年华、流水三春。幻梨云，长河把臂，德聚勤星文。纷纭。公暇际，潭霏玉屑，香化兰熏。奈音传紫凤，眸恨青蘋。空赋骊驹一曲，烟水际、帆影伤神。何日向，丝纶阁下，天乐共重闻。

## 踏莎行

禹城道中，风雪寒甚，和高葱珮壁间韵[①]。

日暗天低，雪深蓬短。枯林猎猎鸣驺转。寒云隔断冻鸿声，长河冰结虹桥远。　鸡度颓垍，梦迷孤馆。流年催得霜华满。玉堂此夜路途遥，风力[②]不为闲愁剪。

## 浪淘沙

无题

小院有秋花。斗过年华。一庭霜露洒清笳。宛转凝眸愁未了，却数归鸦。　初月透窗纱。且莫西斜。和鸿怯梦落天涯。瑟瑟萧萧云一缕，飞过谁家。

## 望江怨

题馆壁裸儿

清如涤。浮几明窗尘不入。时来只寂阒。孤负韶华年少日。闲游戏。逝水向东流，白头空叹息。以上《全清词补编》顺康卷

---

① “韵”，《词综补遗》本作“词”。

② “力”，《词综补遗》本作“刀”。

# 傅维枸（1首）

傅维枸（1639—1688），字瑶簏，直隶灵寿（今河北灵寿县）人。维麟弟，顺治丁酉（1657）举人，选授衢州府常山知县。性爽朗慈惠，不设城府，故为政以和惠称。丁卯（1687）分校浙闱，得解元伍涵菜等六人，俱名士。有《蓬渚词》。

## 蝶恋花

秋闺

已过中秋白露尽，一夜金风，黄菊开成阵。谁道看他能遣闷？开时已带残时恨。楼外鸿来何必问。过去多多，总没檀郎信。目睹斜阳流数寸。光阴恰又重阳近。《词觏》

# 傅维橒（1首）

傅维橒（1643—1722），字培公，号霄影，直隶灵寿（今河北灵寿县）人。维鳞三弟，诸生。性行钝笃，聪明内蕴，以增广生授例入国学生。尤长于史学，为文朴茂，情理兼畅。纂有《灵寿县志稿》《傅氏家乘》，文集有《燕川渔唱》二卷、《植斋文集》二卷、《植斋词》。四库馆臣谓“其品度当属胜流，然是集所录大抵应酬之作，罕逢高唱，岂并文章视为粗迹欤”①。

## 一萼红

舞衣裳，是为谁闲却？叠在镂金箱。月下排尊，花前倚曲，共伊曾乐

① （清）永瑢：《四库全书总目》卷一百八十一集部三十四。

年芳。算将去、几多时节，空余我、离梦托愁乡。背枕挑灯，伏床耐病，疏雨秋窗。　晓起轻寒料峭，已井梧径藓，微染霜黄。鸾镜封尘，鹊钗销翠，多时谁适为妆？好怪邻姑不解事，促人梳掠，又替爇衣香。拉去曲阑干畔，共戏呼郎。呼郎，儿女戏也。用丸子五枚，其式如栗，有拋接、绕指诸法。合三度为层，累十层为满，皆有歌以倚之。《词觏》

# 杨体元（3首）

杨体元，字香岩，大兴（今北京大兴区）人。

## 千秋岁

和王丹麓五十自寿韵

春衣未换。三月将过半。清昼永，莺声变。两湖闲自得，一懒官应贱。栖砚北，等身著就书千卷。　睡起三竿晏。竹影筛窗乱。摩铜狄，喟然叹。冥鸿谁可弋，野鹤天从愿。甘半壑，宜园真也蓬莱幻。

## 浣溪沙

闺情①

新岁才消旧雪痕。珠帘高卷玉无尘。双蛾颤动鬓边春。　笑剖黄柑添柏酒，低垂红袖展花茵。芳心一寸太殷勤。

## 柳梢青

雪中期友不至

雪满群山。潇潇古木，数点雅寒。天欲黄昏，风偏萧飒，僵了袁安。
迟君虚掩柴关。听孤鹤、松间暮还。报道诗翁，梦游灞上，句在梅边。以上《全清词》顺康卷

① “闺情”，据《词综补遗》本补。

# 梁天植（2首）

梁天植，字云麓，真定（今河北正定县）人。梁清标侄。顺治二年（1645）举人。梁衡之子。《棠村词跋》曰："非故好闲情也，直因至性缠绵，郁而不泄，遂借长短句以抒其忠爱之忱。不然，彼榛苓之颂美人，《离骚》之歌香草，将不登于周秦汉魏以上也。"① 见其词学观念。

## 小重山

重游虎丘

七里山塘碧浪柔。满空香雾绕、湿兰舟。千人石畔恼轻怄。斜阳里，绿树掩朱楼。　鹤涧俯沧州。辘轳双井断、白云浮。旗亭买醉任风流。难消受，名胜此重游。

## 画堂春

秋夜观河灯

西风故意送荷香。薄衣初试新凉。黄昏明月满池塘。无限秋光。莲炬轻波历乱，红牙歌奏清商。离情往事莫平章。付与壶觞。以上《全清词》顺康卷

# 李昌垣（6首）

李昌垣，字长文，宛平（今北京大兴）人。顺治三年（1646）举人，四年成进士，授翰林编修，历官兵科给事中、侍读学士。邹祗谟论其词：

① 冯乾编校：《清词序跋汇编》，凤凰出版社2013年版，第148页。

“李长文学士词，清姿朗调，原本秦、黄。”[1]又谓“数词戊子春得自衣月缄寄，今读之澄鲜妍莹，真不减两欧阳学士也”[2]。

## 踏莎行

冬怀

翠幕烟沉，珠帘月小。枝头未雪梅开早。凭栏无计遣新愁，乱鸦飞尽[3]归鸿杳。　霜[4]杵敲寒，风[5]灯破晓。漏声滴尽钟声悄。香残酒醒不成眠，流苏好梦[6]天涯少[7]。学士诸词，运澹思于秾彩，古人所谓莲子结成花自落也。[8]

## 望江南

春夜

春色好，新月小楼东。浅碧池中花雾冷，淡红阑外柳烟濛。人去翠屏空。

## 又

夏夜

闲无暑，湘簟水纹平。曲槛时听蕉雨骤，小塘微度藕风轻。花下逐流萤。阮亭云：“风韵天成，不烦追琢。”

## 菩萨蛮

晓起闻莺

云深雾满天垂暮。夜来风雨催花落。晓起傍妆楼。莺声分外柔。绿杨声送处。望断辽西路。烟水障行人。花明雨外村。

---

① 孙克强、杨传庆、裴哲编著：《清人词话》，南开大学出版社 2012 年版，第 160 页。
② 孙克强、杨传庆、裴哲编著：《清人词话》，南开大学出版社 2012 年版，第 160 页。
③ “乱鸦飞尽”，《今词初集》作“夜鸟啼罢”。
④ “霜”，《今词初集》作“远”。
⑤ “风”，《今词初集》作“微”。
⑥ “好梦”，《今词初集》作“莫怨”。
⑦ “少”，《今词初集》作“绕”。
⑧ 词末评语俱见邹祗谟《倚声初集》卷十，清顺治十七年刻本。

## 鹧鸪天

重阳晚眺遇雨

十里平芜带晚霞。萧萧归雁宿汀沙。雨迷村外行人渡，花满溪南处士家。　　思往事，负年华，梦魂飘泊任天涯。西风吹换江州鬓，独醉东篱数暮鸦。

## 南乡子

秋窗独宿

风急透疏棂。翠帐香消梦乍惊。独拥寒衾疑是客，凄清。露冷桐花月满庭。　　四壁乱蛩鸣。古寺钟声半夜灯。偶忆旧时今夕约，伤情。起弄秦箫曲未成。宛宛清清，声情澹宕。

## 菩萨蛮

春云黯黯天垂幕。夜来风雨吹花落。晓起下红楼。莺声分外柔。　　柳绵吹似雾。隔断天涯路。烟水障行人。花明雨后村。①

# 胡心尹（1首）

胡心尹，字内求，宛平（今北京大兴区）人。顺治八年辛卯（1651）举人。有《江上秋声》。

## 满江红

秋夜独坐

几夜清霜，点缀就、满空秋色。无奈是、萧萧哀响，蛩蛩落魄。池上无风只自鸣，窗前不雨长如滴。可人怜、端只有黄花，黄花瘠。　　吹不彻，关头笛。飘不尽，江头荻。奈月光才透，漏声相逼。旧事关心梦不

① （清）丁绍仪辑：《国朝词综补》卷一，清光绪刻前五十八卷本。

成，天涯有路愁难测。十年来、多病又多情，江南客。邹祗谟："窗前不雨长如滴"可抵六一公一篇《秋声赋》。①

# 王显祚（1首）

王显祚，字湛求，举人，曲周（今河北曲周县）人。顺治十年（1653）由福建按察使任山西布政使。

## 点绛唇

秋千，同竹垞赋。

青粉墙高，是谁红索中摇曳。窄衫初试。转觉腰支细。　　冷笑江南，不省春游戏。层檐底。画裙窣地。生怕风扶起。

# 吴重举（1首）

吴重举，字晋公，号飕庵，贡生，直隶真定（今河北正定县）人。顺治六年（1649）十一月任苏州管粮通判，十六年任岷县令。

## 临江仙

秋日邸居

山凉夜识田园气，繁林露压秋浓。烟郊枫叶点新红。暮天高处，疏影动初鸿。一径寒香连草屋，萧萧豆簇瓜丛。闲门落日伴邻舂。辗转归去，村郭几声钟？《词觏》

---

① 邹祗谟《倚声初集》卷十五，清顺治十七年刻本。

# 米汉雯（8首）

米汉雯，生卒年不详，康熙三十一年（1692）仍在世。字紫来，号秀岩，一号秀峰，顺天宛平（今北京丰台区）人。明太仆米万钟之孙，清礼部尚书王崇简之婿。顺治十八年（1661）进士，举博学鸿词，授翰林院编修，历知长葛、建昌二县。康熙十八年（1679）官至侍讲学士。能书善画，其山水气势浩瀚，笔意苍劲。时人呼为“小米”。有《始存词》。

## 太平时

凤仙花

媚茎偏宜属内家。傍窗纱。团娇簇艳蝶如葩。数丛斜。捣向玉罂猩血绽，一痕霞。闲情若赋愿为他。近纤芽。

## 浪淘沙

绕砌竹新栽。院绝纤埃。绿枝摇曳鸟群开。有约客同无约雨，共点苍苔。　　玉醴泛金罍。鲸饮休推。缄愁何似且衔杯。今日瓶花明日放，还待重来。

## 临江仙

春归

开到文无花婪尾，芳园蝶懒莺娇。问春春去几多遥。将红浮溆口，渲绿上峰腰。　　镇是昼长无意绪，柔肠似柳条条①。暄妍又慱可怜朝②。阶筠抽两③箨，垅麦粲烟苗。

① “柔肠似柳条条”，《国朝词综补》本作“衔头吹暖饧箫”。
② “暄妍又慱可怜朝”，《国朝词综补》本作“又看新水涨如潮”。
③ “两”，《国朝词综补》本作“雨”。

## 满江红

易水吊古

击筑遗墟，觅故垒、尽成陈迹。想当日、衔[①]杯西发，壮怀辟易。惨淡征声歌已杳，潺湲易水寒犹昔。叹[②]燕丹、岂乐蹈危机，他无策。
於期颈，嗟函赤。夫人匕，徒虚掷。笑舞阳竖子，难襄兹役[③]。仗节真堪[④]毛发竖，密谋何必[⑤]衣冠白。更数年、谁料有同心[⑥]，沙中客。

## 南乡子

城南

草绣千堤。东南日出照相思。流水平桥寒似玉。桃花曲。两两春禽时对浴。

## 木兰花令

春闺怨

轻盈弱柳飘金缕。引得愁肠千万绪。郎情何似白杨花，飞着天涯无定据。　　锦笺裁就何从寄，舞燕一双相对语。人知春色尽繁华，只有相思憔悴处。

## 减字木兰花

题徐电发《枫江渔父图卷》[⑦]

排鸳集鹭。天阙见君翔禹[⑧]步。雨笠烟蓑。又见君为鼓棹歌。　　栖云狎水。大抵毫端游戏耳。仕隐何分。台阁由来号秉纶。

---

① “衔”，《国朝词综补》本作“停”。
② “叹”，《国朝词综补》本作“念”。
③ “难襄兹役”，《国朝词综补》本作“何堪争烈”。
④ “仗节真堪”，《国朝词综补》本作“永诀直应”。
⑤ “必”，《国朝词综补》本作“用”。
⑥ “更数年、谁料有同心”，《国朝词综补》本作“叹一般、有志事无成”。
⑦ 《全清词》（顺康卷）无词题，据陆心源《穰梨馆过眼录》卷十五补。
⑧ “禹”，陆心源《穰梨馆过眼录》卷十五作“踽”。

### 解语花

题迦陵先生《填词图》

香添麝炷，翠展蕉茵，密霭深庭户。文章燕许君何让，生小尤工金缕。引商刻羽。恰好倩、倾城仙侣。咳唾间、戛玉霏珠，尽入参差谱。　　凝盼横生媚妩。愈清思奇艳，沉飞毫舞。慢声吹到关情阕，锦瑟一弦一柱。余音如诉。群籁静、桐阴转午。想曲终、重按檀槽，还有堪怜处。以上《全清词》顺康卷

## 许淦（1首）

许淦，生卒年不详，字文石，直隶正定（今河北正定县）人。

### 花心动

客中上元

淑气晴光，听依稀、梅雨笛声孤咽。错落星球，妆点春城，此恰逢佳节。烟笼火树梨花合，句引得、车帷高揭。凝眸盼，可憎眉黛，更怜肌雪。　　心事向人难说，忆故里今宵，漏声将歇。几许深闺，闲煞风流，睡鸭炉香正爇。淹留何似归来好，愁无奈、热肠销铁。挑灯坐、一尊漫酹明月。《词觏》

## 马鸿勋（3首）

马鸿勋，字雁楚，号醉庵。直隶灵寿（今河北灵寿县）人。顺治间贡生。有《醉庵草初集》。生性脱略豪放，醉饮后辄发为诗歌。饶倔强之气，鲜刻削之态。

## 水龙吟

旅寓闻笛有感

晚来独倚高楼，潇潇细雨声初歇。乱云堆里，朦胧入眼，万山青叠。千里乡心，几杯闷酒，助愁时节。更无端何处，数声渔笛，吹起了，满江月。　　添恨江南倦客。峭寒轻、孤衾如铁。楼前杨柳，闲将青眼，觑人离别。今夜樽前，明朝依旧，扁舟一叶。怕看他只影，随身早把，短檠吹灭。《全清词》

## 减字木兰花

秋思

此情谁识？万缕千丝心上织。推去还来，恰似秋云扫不开。　　孤眠怎暖，诉与西风风不管。促织声声，偏向愁人窗外鸣。

## 满庭芳

人去难留，愁来易聚，平分一样相思。痴魂夜夜，先赴旧时期。我醒依然独我，欲寻伊、何处寻伊？难禁受，空阶坠叶，风雨四更时。凄其，当此际。邻鸡乍唱，楼角频吹。这孤眠滋味，若个能知。欲睡何曾得稳，悔当初、容易分离。披衣起，挑灯独坐，又草断肠诗。以上《词觏》

# 梁士沖（1首）

梁士沖，字若水，直隶正定（今河北正定县）人。

## 惜黄花

秋风

三秋砧杵，声声处处。更对着，淅斗风、双鸿愁度。徒倚总无聊，惆怅悲同侣。情脉脉，寒琼欲语。　　萧萧庭庑，砌冷夜幕。怅浵漫，音尘缺、玉人何处。翠帐冷银釭，调歌谁同谱。无赖也、月生南浦。《词综补遗》

# 梁维让（1首）

梁维让，字君谦，真定（今河北正定县）人。

## 花心动

客中上元和韵

乍满冰轮，恰街头、笙歌一时喧咽。火树烟笼，莲炬珠悬，孤馆又惊新节。遣怀且泛尊中酒，好听取、小词轻揭。任邻女、黛眉翠袖，玉肌争雪。　　漫向灯前共说，想绣幄生寒，篆烟方歇。帘卷春①风，梦断星桥，一片闲情如爇。良宵怕唱鸡声早，薄衾冷、寸心成铁。但分付、小窗落梅残月。《全清词》顺康卷

# 沈光裕（2首）

沈光裕，字仲莲，一字种莲。宛平（今北京大兴区）人。

## 摘得新

春咏

引一卮。春三二月时。花开人事简，日迟迟。情痴莫似东邻女，辄相思。

## 鹧鸪天

咏绣

闷来脱只睡鞋儿，绣朵梅花雀踏枝。花好也须安叶子，寒梅事竟少扶

① “春”，《词综补遗》本作“东”。

持。　　人不见，没寻思。鸳衾冰冷靠金猊。凭谁写我灯前影，搦着针儿咬线时。《全清词》顺康卷

# 李霨（20首）

李霨（1625—1648），字坦园，一字景霱，直隶高阳（今河北高阳县）人。顺治三年（1646）进士。历官庶吉士、检讨、编修、中允、侍讲学士、经筵讲官，直至东阁、宏文院、保和殿大学士，加太子太保、太子太傅、太子太师。卒谥“文勤”。著有《心远堂诗集》。

## 水龙吟

春情

重门久掩清明，秋千绿索无心掣。幽馆花红，绮窗人去，晚香羞爇。欲减罗衣，轻寒穿袖，珠帘懒揭。遇踏青伴侣，无言相对，只道寸肠千结。　　昔日多情告别。恨摇损、丁东佩玦。犹忆离筵，弓弯数拍，阳关一阕。杨柳风疏，梨花月淡，手难同挈。算此情，莺燕相知，不必与人共说。

## 点绛唇

清明

几日春寒，可怜处处风和雨。养花天气，若与愁同住。　　又是清明，踏尽春郊路。从谁诉。背莺回步。烟满梨花暮。

## 卜算子

七夕后

秋雨弱无声，滴散愁人梦。起看长松树树寒，云湿穿孤□。　　魂尽不知悲，骨减惟疑影。莫道天孙不似人，今夜机仍冷。

## 清平乐

拟旧

蓦然相遇。正海棠惊睡。残梦不禁秋雨细。兜着鞋儿早起。　　才扶恰堕娇鬟。欲笑还休玉颜。道是见侬无意，不应蹙损春山。

## 临江仙

芦沟道中

墙里桃花墙外柳，单单断送行人。浪游了却十分春。红凝妆阁泪，淄满客衣尘。　　杜宇唤将归兴切，鞍头欲数昏晨。愁添草色雨中新。卿随云共杳，目与路相亲。

## 三字令

闺情

愁倚户，夕阳斜。忆天涯。春去也，在谁家。燕营巢，蜂酿蜜，总堪嗟。人不到，见归鸦。掩窗纱。开复落，刺梅花。酒飘零，香冷淡，负年华。

## 山花子

秋情

曲曲阑干月半钩。远天碧尽暮云收。一点相思千点恨，任眉头。　　身似黄杨偏厄闰，心如桐树易悲秋。莫问阶前听蟋蟀，惹人愁。

## 多丽

客燕述怀

望西山，拟携风雨跻攀。正清秋、千林木落，黄枫红柿班班。怅琵琶、佳人枉出，嗟匕首、壮士无还。志不功酬，天违人愿，自今遗恨泪痕殷。更那堪、黄昏新月，依旧玉弓弯。经历遍、千秋万岁，白发朱颜。　　少年场、狂歌烂醉，天公借我疏顽。梦魂清、笔供酒债，风日好、棋破花悭。马革徒劳，羊肠自苦，笑他生入玉门关。听声声、歇芳啼鸩，红紫已投闲。庄生语、吾将自处，材不材间。

## 踏莎行

旅怀

睡起无聊，闲庭独步。春寒苦泥罗衫住。漫言春解带愁来，清明何处无风雨。　　柳色偷桃，莺声低诉。长洲渐次薰芳杜。峰峦个个似家山，生憎惯把归鸿误。

## 江城子

春晓述怀

连宵风雨满春城，睡初惊，峭寒轻。深掩小门，愁听卖花声。为问柳条何事绿，能几日，又清明。　　陌头芳草马蹄平，酒旗横，翠钿迎。遥指金鞭，云外是归程。望尽春山千里色，终不抵，故乡情。以上《全清词》顺康卷

## 酹江月

甲午九日作

晚秋天气，正送人别后，中怀作恶。报道重阳今日是，满目黄花绰约。露鹤惊宵，霜鸿破晓，木叶千林落。龙山何处，参军豪兴孤却。
回首游冶当年，吴钩醉拭，翠袖扶行乐。浆客博徒皆雨散，燕市悲歌如昨。五亩蒿莱，一官萍梗，心事空羁缚。泥人愁病，旧时带孔难着。

## 水调歌头

二阕，寄赠高似斗司寇偕寿，丁未。

陶令赋归去，三径已荒芜。何似汉庭疏傅，祖帐出东都。更羡尚书未老，闹里抽身独早。高卧碧山隅，岂不惜贤达，宸眷属樵渔。　　琴瑟友，齐孟案，共桓车。双双偕隐，无心鸣珮曳霞裾。养有谢家兰玉，宴有东山丝竹，游有季真胡。何日握君手，酤我尽千壶。

## 其二

把盏为君寿，把笔为君歌。功成名遂身退，屈指古无多。同学少年有几，昼绣君先归里。宦海谢风波，六十未为老，不饮待如何。　　驾蒲

轮，征束帛，且由佗。朝衣脱却，蓝舆竹杖好婆娑。甲子从今重数，豪兴犹堪起舞，善饭似廉颇。但恐苍生望，未许恋烟萝。

## 蝶恋花

梅集子飞斋

护惜花枝须步障，漏泄娇香，一点春先放。抛却闲愁如海样，晓风残月凭君唱。　　转忆当年行乐况。眼底尊前，一种同惆怅。归去梦魂犹荡漾。月痕记取阑干上。

## 菩萨蛮

春日园林四阕，庚戌。

冰池初解纹如縠，小桃乍喜新妆浴。浓澹照胭脂，游鱼弄影窥。催花寒食近。风雨难凭信。柳穗渐拖金。春光知未深。

## 其二

轻风剪剪吹桃萼，峭寒未试春衫薄。谁为破苍苔，闲庭二仲来。朝看红蕊结。暮见开成雪。春事易阑珊。休辞酒光乾。

## 其三

东风偏向花时恶，吹红折绿如相约。池畔落英寒，香随屐齿残。黄莺枝上语。似惜春将去。药裹间清尊。空劳役梦魂。

## 其四

惊飙乍息花魂返，千林已觉春光满。嫩紫与轻红，繁香处处同。窥园时信步。尚恐封姨妒。宴赏莫教迟。阴晴未可期。

## 其五

雨过登楼戏成，回文。

日迎秋草如烟绿。绿烟如草秋迎日。西野霁云低。低云霁野西。鸦乱归远岸。岸远归鸦乱。华月逐风斜。斜风逐月华。

## 沁园春

送王玉铭大司马

归去来兮，不学渊明，非同季真。彼柴桑五斗，饥驱乞食；镜湖一曲，老始抽身。祖道青门，投闲白社，鹤怨猿惊愧隐论。如公者，乃急流勇退，远过先民。　　当年曾展经纶，看曳履东方领缙绅。羡持筹金粟，飞鸿集野；诘戎玉帐，枹鼓生尘。平地神仙，上天富贵，屈指兼之得几人。从兹去，遍滇云万里，有脚阳春。以上《全清词（顺康卷）补编》

# 王熙（2首）

王熙（1628—1703），字子雍，一字胥庭，号慕斋，直隶宛平（今北京大兴区）人。顺治四年（1647）进士，改庶吉士，散馆授内翰林国史院检讨。官保和殿大学士，加少傅。康熙四十年（1701）请致仕，次年，卒于家，谥文靖。传见《清史稿》卷二五七。有《王文靖公集》。

## 小重山

春闺

斗帐香浓怯影单。屏山深昼掩、小窗寒。钿蝉银甲罢双弹。罗衣拥，独自倚阑干。　　墙角杏花残。韶光余几许、渐阑珊。楼头微雨怯轻纨。闲消瘦，暗觉绣裙宽。①

## 沁园春

题董舜民《苍梧词》

咄咄董生，是谪仙人，而今再来。恍狂客愁多，不堪言恨，夜郎迁去，谁复怜才。泪点春云，老吟秋月，风雨苍梧绝可哀。悲歌久，到燕南

① （清）丁绍仪辑《国朝词综补》卷一此词作："斗帐香浓怯影单。珠帘闲不卷、小窗寒。钿蝉银甲罢双弹。无聊甚、独自倚阑干。　　墙角杏花残。韶光余几许，渐阑珊。夜来微雨湿轻纨。因谁瘦、暗觉绣裙宽。"

蓟北，无限伤怀。　　萧条独上金台。叹骏骨、龙媒安在哉。只一编繁露，争相延致，千篇斋白，且共迟徊。震泽空濛，龙峰突兀，试展新词洞壑开。称词史，任青鞋布袜，赤日黄埃。

# 陈于王（1首）

陈于王，字健夫，宛平（今北京大兴区）人。

## 千秋岁

和王丹麓五十自寿韵

任他物换。百岁年才半。心自定，谁能变。平生一诺重，宿昔千金贱。堪傲世，湖山收拾闲诗卷。　　芳日应欢晏。花草开凌乱。且啸咏，何须叹。已怀尘外想，那了生前愿。君不见，浮云世事浑如幻。

# 纪炅（1首）

纪炅（？—1728），字仲霁，号朏庵，文安（今属河北文安县）人。诸生。九赴棘闱，坎坷失职，轮囷郁塞之气，一发于诗。故其诗益进。康熙十八年（1679）荐举博学鸿词，授中书舍人，改官邑令。性好游览，车辙马迹，几遍天下。所至皆有题咏。著《桂山堂集》八卷。

## 念奴娇

广陵舟中送蘧庵先生还阳羡

老成词藻，论佳句、子野休夸三影。人在广陵题别赋，梦里江花相映。把袂挥毫，行杯度曲，绝忆当年盛。牵舟岸上，蝉嘶柳外难听。
畴昔意气文章，汝南月旦，翻倩傍人定。眼底牢骚愁欲绝，忏悔今翻游兴。树影河桥，骊歌水驿，胜似绨袍赠。会当饮饯，画船明日重订。[①]

# 梁允植（58首）

梁允植，字承笃，号冶湄，直隶真定（今河北正定县）人。顺治拔贡，授钱塘知县。康熙三年（1664）闽变，迁袁州府同知，擢福建延平府知府。有《柳村词》。

## 喜迁莺

秋日题家宗伯叔父新斋，敬依原韵。

中原战歌。正文教春雍，遐荒风彻。粉署抽簪，清溪垂钓，顿悟身名为客。诗续陶公莲谱，梦返庄生蝴蝶。漫矫首，笑纷纷车马，芦沟残月。

情切。归休处，才罢菱歌，又是双星节。载酒青山，泛舟赤壁，不逊古来豪杰。初筑蕉林花坞，屋角翠屏遥列。且袖手，看烟云聚散，乾坤完缺。

## 雨中花

七夕雨逢初度

雨滴窗蕉鸣碎玉。云黯淡、青藤翠竹。想此夕双星，桥飞乌鹊，泪洒银河曲。　　谁扫人天愁万斛。空寂莫、疏红残绿。叹鸠性无能，针楼虚负，何日迁幽谷。

## 南乡子

秋日柳村闲意

茅径事西畴。小浦深惭谢朓洲。车马忽经垂钓处，悠悠。一片莲香起

① （清）丁绍仪辑《国朝词综补》题作“百字令 广陵舟中送友次韵”，词作：“缤纷丽藻，论新词、子野休夸三影。一觉扬州欢梦醒，梦里江花相映。选胜挥毫，当筵度曲，绝忆年时盛。舟牵岸上，蝉嘶柳外谁听。　　畴昔意气文章，汝南月旦，翻倩傍人定。眼底牢愁祛不易，误却今番游兴。漫说清狂，空嗟落拓，谁复绨袍赠。红桥好在，几时重棹兰艇。”

白鸥。　　骨肉笑言稠。野集能骄万户侯。杨柳阴森风自动，飕飕。遗老秋林不尽愁。

## 其二

伏枕督田畴。漫学渔经制九洲。雨过小山苔藓湿，悠悠。坐眺清波浴野鸥。　　搦管兴偏稠。临水闲封即墨侯。玉露书残蕉叶卷，飕飕。长啸风前不解愁。

## 其三

食力服先畴。敢望门前自起洲。菰米云沉秋露冷，悠悠。半亩方塘老鹭鸥。　　蓬荜雀罗稠。泌水歌傲素侯。风木漂摇遗泽在，飕飕。荒沼残庐满目愁。

## 点绛唇

赠妓

容绽芙蕖，眼波清澈冰壶水。石榴裙底。袅袅香尘起。　　玉案歌传，莺啭幽篁里。谁知己。画栏斜倚。搔首空弹指。

## 花心动

上谷元夕，依家宗伯叔父韵。

鸡水冰消，看春城、阒阒鼓歌争咽。铁锁初开，银箭停催，逆旅正当佳节。千门火树香车簇，趁杂遝、敝裘风揭。最奇是、六花的皪，烛光摇雪。　　衷曲凭谁诉说。叹十载浮踪，少年销歌。故里萦怀，骨肉他乡，聚首炉烟同爇。芳辰偏负刀环约，空闺里、慵拈针铁。两心寄、朦胧一轮残月。

## 帝台春

春怀，依家宗伯叔父韵。

红蜡炙鹊。炉中烟凝碧。檐冻纤消，孤馆犹寒，良宵谈剧。尽道家园春渐好，空怅望、恒阳山色。最关情，雁唳三更，偏闻羁客。　　思今昔。梭几掷。看咎尺。时难觅。对旧日东风，年华非昨，谁耐鬓丝频织。

屈指梨花白欲绽，惊心柳线青堪滴。寂寞过元宵，飘零愁寒食。

## 玉烛新

贺杨东子孝廉纳姬

清秋新雨足。看叠砌疏栏，小红深绿。篆烟细细，轻风袅、故绕良宵花烛。邮亭月下，倍皎洁、佳人如玉。金凤颤、钿影参差，嫣然内家妆束。　　奁台半倚图书，更帐隐芙蓉，画屏香馥。含娇悄属。念此会、邂逅姻缘由夙。眉儿不颦。倩郎扫、春生金屋。盟两素、百岁衾裯，麒麟早育。

## 貂裘换酒

题韩醉白小像

磊落藏奇骨。色熊熊、科头寄傲，风流豪侠。览罢图书思往事，暂把牙签打叠。故倚徙、襟披靴迭。报道垆头新酒熟，任双娥、彝鼎相调燮。衔杯斝，酹风月。　　座边紫气飞长铗。步家声、八代文章，两朝事业。多少经纶还抱膝，岂恋闺帏心热。虚点染、庄生蝴蝶。只为怕看醒里醉，向花丛、樽底寻高洁。白太傅，陶靖节。

## 忆秦娥

秋夜独坐，和徐菊庄韵。

蛩吟切。依花浥露啼凉月。啼凉月。玉绳才满，银蟾何缺。　　惊涛宦海时歇。思归梦乡音绝。乡音绝。那堪沉病，暗消良节。

## 点绛唇

雨窗不寐

雨打窗梧，声声滴向愁思透。梦途风溜。一霎惊还骤。　　辗转中宵，心事浑非旧。可知否。暗消重九。篱畔黄花瘦。

## 醉花阴

灯下菊影，和菊庄韵。

袅袅轻姿销白昼。薄暮香含兽。红烛下帘钩。一簇秋容，叠向罗帏透。　　最奇檠影才移后。朵朵堆衣袖。弱态倚云屏，娇晕凝香，莫摘霜华瘦。

## 行香子

雁忆家

野阔霜清。月落河明。正东方、三五疏星。塞鸿惊唤，蕉鹿初醒。似衡阳书，琵琶曲，上林声。　　故乡秋老，锦绚西屏。羁浮名、未有归程。迢迢北雁，字点天青。羡过恒山，度滹水，傍神京。

## 前调

忆青藤古坞

雨洗丹枫。霜染秋容。卧苍苔、啼偏寒蛩。老藤经岁，百折游龙。想倚疏梅，傍修竹，附乔松。　　闲庭谁主，镇日云封。冷牙签、笔阵诗筒。花枝欲嫁，一付西风。任拂垂杨，开篱菊，放芙蓉。

## 前调

忆柳村

背依平冈，面覆垂杨，野人家、环绕池塘。鱼随小艇，鸥立徒杠。有几湾荷，几亩稻，几株桑。　　尘封草径，云锁茅堂。动归思，雨霁斜阳。树头蝉噪，篱畔花香。看农人收，渔人捕，醉人狂。

## 长相思

西湖秋景

枫叶红。柿叶红。谁染丹青峭壁中。霜寒五两风。　　白云封。碧云封。云锁南屏第几重。长廊薄暮钟。

## 其二

鸠岭长。松岭长。锦树深深纳夕阳。苍苔玉露凉。　　穿山房。转山房。处处池头获稻粱。农人戴月忙。

## 其三

芰叶残。荇叶残。两两凫雏浴急湍。风翻翠翼寒。　　陟层峦。望层峦。矗矗芙蓉落巨澜。湖山图画看。

## 其四

梧叶飘。柳叶飘。叶叶枝枝映碧涛。鸦啼霜气骄。　　西泠桥。锦带桥。夹岸渔人泛小舠。飞罾随地抛。

## 其五

覆薜萝。转荔萝。竹户谁家子夜歌。残阳玛瑙坡。　　消烟波。涨烟波。八月湖平漾败荷。鸥飞新雨过。

## 其六

远岸斜。近岸斜。岸柳随风动晓霞。悬崖放菊花。　　问桑麻。课桑麻。曲曲清溪抱酒家。桥头翠竹遮。

## 其七

湖水清。湖水平。潋滟三潭映月明。中央宛在亭。　　挹山青。眺山青。面面秋光列画屏。登临万古情。

## 其八

霜气侵。露气侵。涓滴无声透竹阴。湖头别院深。　　捣双砧。落双砧。一片秋光遍武林。归思万里心。

## 满江红

拜岳鄂王墓，敬和原韵。

电掣金戈，中原恨、茕茕肯歇。忆往哲、睢阳胥浦，未堪拟烈。陵隧几沉京洛草，偏安忍见吴山月。痛艰难、国步是何时，忧思切。　　青衣酒，阴山雪。陆海沸，东京灭。愤补天无石，皇图竟缺。壁垒朱仙悲鹤唳，风波犴狴啼鹃血。叹当时、娇韶有浮云，迷丹阙。

## 前调

拜于忠肃公墓，用岳鄂王韵。

赫奕钟陵，逾三世、声灵稍歇。叹国事、内庭多难，独标伟烈。御幄岂忘关塞草。神州更念燕台月。权身名、君国有低昂，踌躕切。　　完大义，追吞雪。矜复辟，旋沦灭。想九泉含笑，纲维无缺。建策谁为宗社计，夺门惨溅孤忠血。论公勋、一代薄云霄，存庭阙。

## 前调

吊林和靖先生墓，和龚芝麓宗伯韵。

面面湖波，烟光里、峰峦一曲。翠影滴、枕流环石，几椽茅屋。蚀壁苔痕滋洞壑，沿堤梅蕊飞香玉。羡徜徉、寄傲老山家，芳林绿。　　开三径，看霜菊。携二仲，听风竹。任浮云聚散，何关荣辱。扫径移花清课早，种瓜漉酒生涯足。更凌晨、纵鹤破空冥，飞来熟。

## 望海潮

过钱武肃王祠，和芝麓先生韵。

孤虚藏甲，风云挥剑，军容步伐身先。电掣三吴，霜驰百越，妖氛荡尽烽烟。霸业几经传。看流风逸事，乱世称贤。鼍鼓银涛，万人齐弩发潮前。　　当时竞逞歌筵。叹尘飞草掩，君独先鞭。跨海雄图，澄湖恩汇[①]，至今庙屋巍然。历久祀无迁。追青衣出汴，翠辇归燕。江上图存，空闷竽筑吊当年。

## 蓦山溪

登吴山吊伍子胥，和芝麓先生韵。

西风晚照，百感登临意。一曲苎萝春，陨姑苏、千秋绝技。蛾眉甲盾，笑战百花溪，麋鹿走，水犀亡，剑血孤臣泪。　　霸吴覆楚，百折干将器。勋业逼云霄，轻生死、有如游戏。吹箫倚市，玩世等飞尘，崇庙食，卷江涛，宵小空谗忌。

---

① “恩汇”，《瑶华集》卷十五作“万顷”。

## 少年游

家兄云麓同弟芷公游飞来峰，予以薄书未与，怅然有作。

翠螺薄霭映窗纱。湖岸柳风斜。想像层峦，白云红树，钟磬晓山家。怪石孤危人气肃，鹫影落昙花。惭负奇峰，有怀空谷，咫尺隔天涯。

## 美少年

秋夜，用家司农叔父棠村词韵。

酒残烛影欹，巧倩歌金缕。小立背花阴，低弄翻箫谱。　佯醉拂楸枰，胜负更新数。何处乱棋声，窗外芭蕉雨。

## 满庭芳

送家弟芷公归广陵

枫落吴山，蛩吟客舍，中宵月满匡床。奇才落拓，五岳拥书囊。有待春风上苑，闲笑傲、问弩钱塘。西窗话，联床挑烛，永夜澹猊香。　思归，游欲倦，江梅度雁，雀舫迎霜。叹浮云苍狗，世味先尝。转盼金台骨贵，控白马、紫色游缰。堪遥忆，邗沟衰草，帆影乱斜阳。

## 望海潮

闻家司农叔父奉使粤东，用芝麓先生韵。

温传天语，威行边徼，星驰节钺连宵。四牡嘶风，双旌戴月，依依袖拂垂条。揽辔过山腰①。喜岭梅送暖，翡翠啼娇。瘴疠晴开，小春花发太平桥。　孤怀莫怅无聊。看罗浮暮霭，南海新潮。陆贾城颓，尉佗墓冷，千秋几度昏朝。俯仰意偏迢。更霜飞甲帐，万里云遥。计日燕山，乡心清梦一林蕉。

## 诉衷情

送黄美之粤东

晚枫江路听鹃啼。桂棹雨丝丝。到日春光才绽，五岭放梅时。　冲

① “过山腰”，《瑶华集》卷十五作“剑横腰”。

瘴早，望云低，念依依。羊城月上，铜柱风闲，潮涌霞飞。

## 春风齐着力

至日，用家司农叔父棠村词韵。

毂转鸿钧，阳回雁浦，时若人康。律吹葭管，一线报池塘。朔气梅芳忽透，帘栊外、鸟动笙簧。喜新令，朱楼献颂，牙板霓裳。　世事苦风霜。邯郸道、堪怜傀儡登场。巧妆堕马，良夕对银缸。消受温柔绣阁，且舒啸、大块文章。将谢了，玄霜绛雪，受命东皇。

## 琐窗寒

冬景，用周美成寒食韵。

屋角同云，檐前积雪，梅风吹户。窗筠淅沥，一阵潇湘凉雨。霭帘栊、宝猊袅烟，迴廊俏并闺人语。懒画眉儿翠，离思无限，天涯羁旅。　时暮。关情处。是滹上鱼双，城南尺五。潭园夕照，堪忆渔樵侪侣。叹几年、摇落风尘，朱颜绿鬓留在否。喜篱头、弄色山茶，小阁开樽俎。

## 误佳期

闺情，用秋岳先生舟中韵。

树杪新霞才驻。槛外芳梅欲吐。护花小犬吠帘栊，乍起推窗顾。　宝鸭睡秾香，蟠蟀啼清露。恼人雁影罢登楼，怯展轻尘步。

## 东风第一枝

冬至后二日，斋头山茶早放，用史邦卿韵。

黍谷旋阳，冰壶催蜡，芳梅回朔迎暖。开轩几懒霜枝，倩问残冬深浅。珊瑚挂幔，喜新霁、日暄风软。看疏篱、冉冉红英，恍对赵家飞燕。　如五月、榴花照眼，似露井、桃花觌面。依稀绰约云屏，曲出芙蓉小苑。一枝凝露，袭袖带、香生如线。谢东皇、雪底氤氲，早遣春光相见。

## 临江仙

湖上晓行，用欧阳永叔韵。

薄雾冥濛残月敛，城头一片鸦声。寒拖烟缕水波明。才开海曙，几朵紫霞生。　　柳岸轻尘衰草路，霜蹄小队行旌。青螺髻外白云平。凋荷飘漾，欸乃一舟横。

## 前调

舟雨，用芝麓宗伯韵。

骊唱津亭霜叶落，桥头柳色斜阳。小舟忽怪暗篷窗。凉飔透袂，水市冻云黄。　　萧鼓中流排画楫，淋漓鼓柁红妆。明珠万斛泻寒塘。闲愁别思，遮莫入烟光。

## 一落索

冬景，用周美成韵。

黛蹙小峦环秀。一湖烟皱。孤山亭子暗氤氲，雪气敛、梅芬瘦。　　目饯去鸿凝久。浮云何有。北风吹尽利名心，堪把诉、惟堤柳。

## 蝶恋花

嘲菊庄迟至，用芝麓宗伯韵。

窗锁寒云残雪了。寄使梅花，几问霜枝晓。喜画翠蛾双黛小。曲栏人共闲愁杳。　　莫向帘栊惊睡鸟。回忆芳时，辜负春多少。生怕兰舟离思悄。柳丝牵惹鸳衾恼。

## 扫花游

初雪，用周美成韵。

冻云发岫，看丹壑苍崖，遥山环楚。秾烟缕缕。有玉龙百万，凌空战舞。一片冰壶罥雾，琼梅间雨。花飞去。偏向画楼，珠箔深处。　　堪异曾许故友。忽太白摇光，渔樵询路。小斋具俎。喜天涯故友，衔杯倾素。却忆邮亭，征袂凉飔报苦。闲疑伫。又谁家、送来箫鼓。

## 菩萨蛮

冬日过笑隐菴

莲光照水螺峰悄。禅心印月琉璃小。钟韵杂啼乌。寒烟半有无。　　不脱风尘意。惭问金经字。再拜瓣香前。往因圆未圆。

## 风流子

喜菊庄至自吴门

小梅才欲傍、芸窗绽、枝鹊噪斜阳。忆香阁雨痕，几回凝驻，吴江雪落，万叠苍茫。助离绪、风传子夜曲，山袭寿阳妆。携有异书，香生囊橐，坐挑银烛，共照肝肠。　寄询吴门卒，袁安和阮籍，醉卧横塘。多少渔樵经济，授简偕行。问阖闾墓草，犹存虎迹，真娘垅陌，曾否遗香。更话巴山旧夜，睡鸭侵凉。

## 踏莎行

冬晓，用刘伯温韵。

淡雾熏晴，疏风乍雨。片云只傍吴山住。西陵万户上炊烟，飞鸦啼破冥蒙去。　细草呈芒，早梅吐絮。东君惯识藏春处。溶溶镜雪照渔蓑，小舟斜泊桥边树。

## 醉蓬莱

吴山登西爽阁，赠善长道士，用叶少蕴韵。

喜秾阴初霁，晓日朦胧，碧霞来去。残腊蒸春，促雁鸿宾旅。白鹭回汀，朱鱼吹浪，纳圣湖风雨。五夜还丹，驱移星斗，每闻天语。　龙火全降，鹊桥潜渡，苍狗白衣，瞰同薄絮。路转黄粱，问利名何处。多少贤豪，销沉风月，剩云飞南浦。笑问方平，几经勾漏，闲裁新句。

## 丑奴儿令

吊苏小，用芝麓宗伯韵。

溪烟漠漠游丝袅，芳草含情。好鸟呼名。家住湖山水拍城。　小梅吐蕊开生面，柳带身轻。兰佩香生。月下池头拟对卿。

## 满庭芳

游严灏亭中丞皋园，用周美成怀钱塘韵。

门绕溪流，堂开城阙，幽人独拥朝昏。筠篱芰港，寂寂拟江村。百尺楼堆万卷，淋漓染、白练书裙。风帘约，深林鸟语，槛外一声闻。　回廊通窦处，巉岩怪石，曲径无尘。更桃花春水，潜渡衡门。喜见虚亭窈窕，烟波泻、银浦天孙。轻风拂，小梅瘦影，漏泄艳阳春。

## 临江仙

寿菊庄，即和原韵。

岳降初逢梅欲绽，送来孔释身兼。徐陵风度重江南。濡毫飞玉屑，起草待冰衔。　　负笈湖山供组织，小斋篆袅风帘。芝蘅佩带挹湘潭。喜同倾白堕，莫漫怅青衫。

## 风中柳

湖上早行，用孙夫人闺情韵。

何事溪烟，故惹黛嚬花恼。缀长堤、茸茸细草。东风将至，倩垂杨先告。怪问山光，也应知道。　　西子临妆，伫见湖波含笑。忆白苏、千秋兴杳。山家人静，听飞鸦啼早。苍茫见、鹤亭梅老。

## 大酺

观学使者校射，用芝麓宗伯韵。

喜雪初晴，风催腊，台庙云霞开处。锦鞯宝马队，看操弧括矢，五陵争妒。赤土流星，乌号挽月，竟盼垂杨穿否。六郡良家子，叹请缨学剑，少年非误。羡猿控仆姑，紫骝掣电，花骢追絮。　　他年麾一旅。纪旗帛、当学浮罂渡。兹问取、干将几淬，脱颖何如，倩朱衣、也权相顾。自事金戈去。先羁迹、芹宫聊住。还须识、燕然路。轻肥桓纠鳞集，褚英非故。伫看长杨献赋。

## 临江仙

舟晚，用雪堂司马韵。

睡去寒云风猎猎，晓看夜雨何曾。朝暾升处碧霞凝。远天开海曙，聊遣客怀惺。　　暗透烟波钟韵绕，脱尘堪妒禅僧。林峦鸟语唤人登。晨炊迷水市，小艇罢渔灯。

## 念奴娇

得家书来自江右，用芝麓宗伯韵。

冻云催腊，罥深林几缕，遥天寒色。客路汀莎愁拟望，乡梦经年离别。丰剑宵腾，皤阳晚渡，风雨涛声咽。书来驿使，霜枝瘦影新折。
乍喜黄耳青鸾，万金一纸，把对归思热。遥忆家园云树杳，搅乱九回肠结。室内椒花，街头社鼓，又是年时节。天涯樽酒，孤怀堪挹凉月。

## 玉女摇仙珮

雨中登吴山重阳庵，用柳耆卿韵。

绀宫碧落，琪树莲峰，妆点珠缨旒缀。下界苍茫，诸天飘缈，占尽武林佳丽。好倩苍州比。看天然结构，人工非易。供览瞩、钱王巨浪，西子平波、感慨难已。追维隔烽烟，几世依依，山光献媚。　　行处云生带珮，香袭莓苔，肯把岩阿违弃。绛雪点梅，紫霞流槛，西极瑶池输美。独向层台倚。今古多少，贤豪才艺。销蚀了、樽前问月，楼头吹笛、登临高意。烟霏细。花枝且看东风被。

## 小重山

西湖晚眺

锦带桥头叫杜鹃。雪初晴天是、落霞天。红尘惭负碧山缘。偷闲处，湖水散鸣弦。　　春色在篱边。小堤梅欲吐、又残年。何时返棹米家船。看雁影、个个入幽燕。

## 眼儿媚

闲意

怕点霜华鬓报秋。春色又添愁。谁家小妇，风传青玉，云遏红楼。
少年多负花时约，老大自含羞。歌残酒后，喜逢灯下，妒杀枝头。以上《柳村词》

## 渔家傲

午日放舟分屋字

面面涟漪呈绣谷。晚蒲小荇分新绿。何处闲情声陆续。人争逐。画桡

龙笛吹寒玉。　　几负芳辰空鹿鹿。五丝谁倩春纤束。寂寞香魂遗恨触。寻芳躅。一阡荒草销金屋。《全清词》顺康卷

# 傅燮詷（583首）

傅燮詷（1643—1706），字去异，号浣岚，又号绳庵，直隶灵寿（今河北灵寿县）人。工部尚书维鳞次子，以父荫入国子监，充镶红、正蓝两旗教习。历官鲁城令，邛城、汀州知府。长于倚声，于填词一道，独能得其精奥。作词、选词以声律为准绳，求字法句法与唐宋词人相合，以存词宫调律吕之音。著有《绳庵词》，编有词选集《词觏》。

## 满江红

鲁阳署中

蕞尔山城，尽容我、酒狂诗癖。终日里，早衙散罢，门庭寂寂。一枕午眠初觉后。满窗树色青如滴。听黄鹂、睍睆两三声，心清逸。　　梁上燕，双飞急。阶下竹，铺阴密。种绕阑杂卉、烂然红白。曲瑶琴弹晓霁，数枰棋局消长日。更忘形、快友夜挑灯，谈今昔。

## 满庭芳

以小池贮水，有送金鱼者，赋此。

高树铺阴，海榴呈艳，时光五月初头。日长人静，衙署颇深幽。寄兴灌花洗竹，小池蓄、碧水清浏。堪爱处，新萍几叶，荇藻乱交稠。　　良朋怡寄我，金鱼数尾，水面吹沤。更夜涵明月，银浪轻浮。疑是火星点点，向月底、趁影飞流。且谩展，任公钓手，聊尔直吾钩。

## 凰栖梧

秋暮

落叶满阶慵去扫。雨雨风风，取次秋深了。几日新晴光景好。黄花篱下迎人笑。　　络纬声声啼蔓草。雁字聊翩，呖呖云中绕。断续孤砧何处

捣。开帘一抹遥山小。

## 菩萨蛮

刘滨仙别予归琅邪，去几日矣，因忆之。

关山迢琅邪路。秋高四野围红树。分袂送君行。君行第几程。　　连朝霜叶落。应是征衫薄。今日又黄昏。西风何处村。

## 十六字令

黄梅

梅。密意东君寄一枝。封姨恶，偷拆蜡丸儿。

## 意难忘

观伶歌舞有嘲

夹座传觞。正氍毹匝地，优孟排场。琼箫声断续，银烛影辉煌。人拟取，苎萝妆。爱逸致飘扬。宛转歌，朱樱才绽，尘落雕梁。　　蹁跹舞动霓裳。更腰肢纤软，暗逗轻香。有情应重惜，无客不成狂。若个是，铁为肠。问果属谁行。妒煞他，画眉京兆，赋洛思王。

## 东风第一枝

上元后一日，同孙二尹君昌、葛文学光生、张秀才心尼、郭秀才容之、曹秀才羽圣、李秀才徽五、胡秀才予咸、李秀才乾若、曹秀才经又、程秀才天一登琴台。

腊雪消寒，东风吹暖，上元恰恰过了，满城士女嬉游，都道今年春好。良时莫负，须携酒、相期同调。向紫芝、琴韵遗台，促坐金罍倾倒。

望四面、青山围绕。看万井、绿烟镖缈。谩追前辈风流好。尽而今燕笑。兴还不浅，渐已是、衔山余照。待拚得、此夜无眠，领取灯残月皎。

## 望江南

忆家

家山好，最好是春初。细雨霏微红杏笑，和风淡荡柳挑苏。春色满平芜。

## 其二

家山好，最是雨堪看。别墅四围芳树暗，池塘十亩碧荷翻。水气浸楼寒。

## 其三

家山好，爱杀是新晴。松水沉沉清似鉴，恒山叠叠翠成屏。幽径藓痕青。

## 其四

家山好，最忆是滹沱。罢钓归来明月夜，蒹葭夹岸鹭鸥多。小艇泊烟波。

## 其五

鲁伯、祁林，皆山寺名，横岭亦山名。

家乡忆，四望尽青山。鲁伯雪中丛伯翠，祁林霜后万林丹。横岭落晴岚。

## 其六

家乡忆，最忆既从园。二月棠梨晴照雪，三月芍药昼依阑。醉眼卷帘看。

## 其七

家山忆，好处在绳庵。薜荔覆墙青入屋。松篁匝径绿平檐。千卷插牙签。

## 其八

家山好，崱屴武灵台。九月天高看雁度，四围山近引岚来。此景亦佳哉。

## 其九

家乡忆，骨肉阻云山。松下敲棋消永日，花时载酒醉芳园。惆怅隔今年。

## 其十

家山忆，最忆是农庄。酿酒须收千斛黍，饲蚕旧种百株桑。争不忆家乡。

## 虞美人

春怀寓七言律诗一首

莺笙呖呖吹芳树。燕剪双双度。绮栊晓日映花红。错落疏阑倚竹翠茏葱。午眠觉后情还懒。宿雨晴来暖。乍融好景与谁同。玩赏无端春色任东风。

## 其二

前韵

成群娇鸟啼高树。几缕游丝度。画栊帘卷早霞红。泛泛池涵新柳绿葱葱。人无一事闲怀懒。时到三春暖。气融花放万山同。似锦韶华樽酒醉轻风。

## 其三

前题，诗词皆和周枚吉韵。

催花放柳东风倦。锦树歌莺伴。冶游何处鹧鸪愁。脉脉无端蝴蝶恨悠悠。　孤城容我耽吟癖。上巳同人集。曲流祓罢更登楼。一望清溪泛泛浴轻鸥。

## 春夏两相期

咏金银花

院深沉、清和时候，风吹楼缕香细。嫩白妖黄，肯让三春丰致。黄鹂衔去杳难分，粉蝶扑来竟无异。买断春风，还留些子，东君遗惠。　不贪夜识佳气。才架边闲步，浓芬触鼻。引惹游蜂，向晓闹衙成队。垂藤初放讶银娇，双花渐变怜金媚。笑煞蔷薇，姊妹虽多，输伊富贵。蔷薇种，有十姊妹。

## 木兰花

玉兰开时雪

玉兰枝上千堆雪。雪压玉兰枝欲折。花容照雪影模糊，雪色映花光皎洁。　　今年花与寻常别。冷逼芬芳清更烈。树头一片玉嵯峨，肯许窥香来粉蝶。

## 点绛唇

春愁

春满长林，垂杨千树愁多少。一声啼鸟。叫彻晴烟晓。　　雨润风和，渐觉芳时好。花开了。故园云杳。梦绕王孙草。

## 山花子

春半

媚眼春光二月中。压檐渐看杏花红。燕子飞来寻旧垒，绕帘栊。　　枕上梦魂迷舞蝶，枝头香气逐游蜂。拂面徐徐吹宿酒，柳丝风。

## 乌夜啼

送李贻仙

一驴晓色归鞭。杏花天。随路遍生新草，绿芊芊。　　歌瞩句。斟香醑。别离筵。逆旅今宵何处，隔青山。

## 汉宫春

署中桃花开

放了桃花。爱绛深红浅，灼灼仙葩。三春正当好处，娇映帘遮。曲阑东畔，一枝枝、带露欹斜。还更有，多情燕子，衔将飞过谁家。　　昔日玄都观里，笑东风紫陌，竟起谊哗。武陵一溪流水，勾引渔艖。繁华幽隐，两般儿、风韵都佳。相看他，芬芳浓艳，争教不醉流霞。

## 法曲献仙音

春思

弱柳萦怀，浓香裛梦，兀坐寂寥庭馆。几曲朱阑，一帘疏影，昼长有谁相伴。只手把，闲书卷，花前自排遣。　　情无限，奈近来、支离二竖，芳菲候、事事尽成慵懒。迢递故乡心，隔云山、遥在天畔。燕倩莺娇，尽撩人、如许幽怨。更东风芳草，随意萋迷青满。

## 风入松

春暮

长林啼倦晓来莺。长昼乍天晴。才过谷雨春将老，东风暖、雾縠衣轻。碍路渐成新竹，开帘便入残英。　　池塘碧浪漾浮萍。钱叶小荷升。胜游初歇郊原外，遍天涯、草色铺青。脉脉情怀无限，悠悠落絮闲庭。

## 陌上花

春晚

琴台烟柳，萋萋早是、鲁阳春晚。芳草青山，望处和天俱远。东风惯使人憔悴，扑面落花千点。奈挥戈难挽，韶光娇倩，恨莺愁燕。　　剩荼蘼小架，香飞晴雪，萦绕阑干东畔。独自衔杯，对此聊将情遣。蜘蛛也解怜花去，网挂残英都满。到黄昏，门掩绿苔深院，画帘高卷。

## 洛阳春

赏雪球花

过却韶华三月。残春时节。一园红雨尽情飞，剩满树、玲珑雪。
须是芳尊开设。好花还折。胆瓶香引梦魂迷，似栩栩、庄周蝶。

## 凤箫吟

旅夜闻笛

月初弦、沉沉夜色，孤城才下更筹。春宵人语静，汝阳羁馆，院宇深幽。扑阶花弄影，正湘帘、低控金钩。听历历、谁家羌笛，飞出琼楼。
悠悠。宫商断续，一声声、谱按伊州。东风吹散处，落梅和折柳，逸韵轻柔。挑灯闲侧耳，尽教添却新愁。莫漫拟，据床桓子，倚舫王猷。

## 江南春

郊外

烟漠漠，草萋萋。莺啼垂柳浪，马践落花泥。残春细雨孤村远，一缕斜风飏酒旗。

## 南歌子

春归

香酿蜂须蜜，红归燕嘴泥。风风雨雨落花时。渐看檐头绿满，向来枝。　旧恨随芳草，新愁问酒卮。瞢腾醉里任春归，怕听林端无赖，栗留啼。

## 眼儿媚

春尽日作

生生断送药阑红。都是夜来风。湘纹初展，晶帘高卷，芳树阴浓。

而今还在春时节，切莫酒尊空。最难消遣，今宵暮鼓，明月晨钟。

## 归自谣

初夏

花事罢。蕉卷才舒新绿亚。团扇摇来乍。　悠悠午梦南窗下。帘钩挂。学飞乳燕栖帘架。

## 菩萨蛮

秋夜

蛩声彻夜惊秋枕。愁多展侧难成寝。风扰绣衾凉。疏帘月似霜。

月明更漏永。移过梧桐影。今夜梦何如。多应绕敝庐。

## 临江仙

秋夜

寂寂幽窗乍掩。迢迢长夜初阑。几杯小饮意醺然。拥衾谯漏度，倚枕烛花残。　　瓶挂轻香细细，栏蕉逸韵珊珊。蛩声不放耳根闲。月光侵梦冷，萤火逼心寒。

## 翻香令

熏香

融融宿火暖金凫。沉檀微炷篆烟孤。纱窗卷，斜风入，爱轻吹、缥缈拟云扶。　　氤氲一缕卷还舒。袭人佳气自徐徐。鸳衾里。枕头畔，更重添、惹梦昵流苏。

## 菊花新

本意

不逐东皇开烂熳。傲骨偏教青女见。切莫恨开迟，还留着、梅花为殿。　　年年相伴重阳宴。鬓毛边、西风微颤。老却木芙蓉，独占绝、秋容一片。

## 木兰花

孙君昌二尹招饮，观闽伶演剧。

琼筵初启新腔度。岂是寻常宫和羽。春窗莺舍晓啼晴，晚彻蛩声秋泣露。　　舞彻填填鸣画鼓。曲成不怕周郎顾。毛嫱西子不知名。见也应须知好处。

## 玉交枝

春晓

缕缕清凉入绣帷。无人堪与说相思。满怀心事，惆怅自心知。　　月上小窗梅影瘦，梦回短几烛花肥。隔墙咿喔，啼遍晓来鸡。

## 诉衷情

夜雨

碧窗细雨夜初阑。料峭弄轻寒。荧荧烛花频剪，楸局子声闲。　　花欲发，柳将眠。仲春天。明朝应是，绿凝苔滑，香湿梅残。

## 水调歌头

春夜雪

二月春还浅，薄暮雪濛濛。可怜栏畔修竹，凝结玉珑璁。更是寒梅枝上，和冻清香馥馥，透入画帘中。做冷欺花柳，何事困春工。　　剪银烛，传杯斝，炙炉红。知交几辈，评论今古涌谈峰。也有灞桥驴背，也有拥衾独卧，各自一高风。酒到休辞醉。冷暖任天公。

## 拂霓裳

惜梅

小梅花。朝来零乱向泥沙。堪怜处，一声羌笛满天涯。香随宵露散，瓣逐晓风赊。月痕斜。剩横枝、疏影在窗纱。　　稍头渐见，萼欲子，叶才芽。从此后，十分春色斗繁华。绿杨娇似染，红杏晕凝霞。总堪夸。一般儿、清绝不如他。

## 罗敷媚

梅花未放，海棠有蕊，赋此。

东风料峭春寒浅，草甲初芳。迟日初长。何事梅花未肯香。　　阳河渐是融融候，溶了池塘。软了垂杨。取次新红着海棠。

## 木兰花

秋夜

不奈长宵湘簟卧。却起挑灯拈卷坐。楼头画鼓恰三声。窗外流萤才一个。　　独自吟成谁与和。慷慨唾壶敲欲破，开帘闲步小庭阶，又见云边残月堕。

## 凤凰台上忆吹箫

秋夜忆昔

萤度风帘，蛩哗露砌，丽谯三下更筹。正南柯才觉，未豁双眸。独自闲偎山枕，轻凉逼、翡翠衾裯。恼人是，穿云皓月，影动危楼。　　檐头。谁悬碎玉，彻夜骤西风，无了无休。漫忆从前情事，难禁得、魂梦悠悠。长宵里、魂萦故乡，梦引新愁。

## 唐多令

梦觉

落叶骤西风。飕飕响画栊。夜初阑、醉眼尽朦胧。料得故人应不还，衾枕底，梦魂中。　　云水隔千重。微茫何处逢。怅谯楼、戍鼓镇咚咚。蝴蝶惊回残烛暗，依旧是，各东西。

## 长相思

春游

红一林。白一林。掩映孤村背碧岑。风过香沁心。　　柳阴深。草茵深。宝马骄嘶杂鸟吟。春光可寸金。

## 蝶恋花

鲁阳花已卸枝，小力自故乡来，云桃才有蕊，因赋。

杜宇一声花欲老。白白红红，尽付闲阶草。几树绿杨丝袅袅。纱窗梦觉东风晓。　　买得村醪拼醉倒。醉里糢糊，一任春归早。闻道故园花渐好。愿随蝴蝶家山绕。

## 夏初临

汝邸雨中陆云士同寅过访

柳线拖云，榆钱坠露，药栏红艳初残。旅社清幽，丝丝雨斗茶烟。风尘暂尔偷闲。更同侪、来扣荆关。相迎躧屣，高谈击节，快论开颜。　　帘垂湘竹，茗泛春涛，商量旧藁，评骘新篇。都忘尔我，便教随分盘食。风致萧然。竟依稀、片刻神仙。任喧填。利名队里，别具心肝。

## 霜天晓角

咏茶

蟹眼汤翻。灵芽香沁肝。爱煞面尘颜色，应不数、小龙团。　　江干三月天。旗枪裛露鲜。啜后松风生腋，诗肠润、酒肠宽。

## 点绛唇

木香

不假铅华，天然别有堪怜致。轻香幽腻。弱态扶难起。　　敢笑蔷薇，浓艳多姊妹。芳丛底。折来瓶里。柔蔓拖乌几。

## 卜算子

春怨

莺来枝乍低，莺去枝还颤。千树垂杨一种愁，飞絮萦人面。　　帘重浪影重，簟展波纹乱。午睡沉沉困不醒，梦也将春怨。

## 杏花天

本意

几番风信清明节。渐高树、青红如缬。满园春色谁偷泄。墙外一枝绛雪。　　听啄瓣、朝莺调舌。看弄蕊、翩翩粉蝶。街头唱卖声儿彻。沽酒芳村二月。

## 其二

春林小燕翻娇剪。绕枝上、红方笑暖。出墙引惹游人眼。泄露春光几点。　　爱满路、莎茵似展。更拂面、香风正软。牧童遥指芳村远。问取醉乡深浅。

## 木兰花

秋夜

短墙别院砧声度。梦觉城头三棒鼓。耳根若个话新愁，两两绿苔蛩似诉。　　娟娟斜月临蓬户。渐看渐上梧桐树。梧桐不肯教成眠，叶叶敲风叶叶露。

## 行香子

偶忆家园乐，遂成二词。

背倚巑岏。面俯潺湲。低低盖、茅屋三间。全无扰攘。颇自幽闲。弹回琴，饮回酒，悟回禅。　　梦魂不惹，利锁名关。度年华，薄薄家缘。老妻稚子，欢聚庄园。养些花，栽些竹，种些田。

## 其二

岫列巑岏。溪泛潺湲。尽幽深、不似人间。三餐饭饱，潇洒清闲。也非仙，也非隐，也非禅。　　柴扉寂静，雾锁云间。乐陶陶，清福前缘。满林红白，说甚方圆。水边村，村边树，树边田。

## 百字令

题《赤壁图》，用东坡原韵。

模糊墨气，是若个、点染超然人物。一棹遥飞风浪里，矗立霜林两壁。公瑾当年，东坡昔日，想见惊涛雪。文章功业，俱称千古豪杰。
偶尔闲展兹图 ，山高江阔，令我狂怀发。往迹何时能探取，极目烟波明灭。铁板敲残，洞箫吹彻，一曲搔华发。重劳画史，更图现前风月。

## 望江南

和宝石宗弟山居乐

山居乐，全不挂闲愁。果腹三餐脱粟饭，遮身一领木棉裘。此外复何求。

## 其二

山居乐，滋味颇深长。绕舍数畦菘菜美，傍村十亩稻花香。随地得徜徉。

## 其三

山居乐，潇洒过生平。羹摘紫葵和露煮，田驱黄犊带云耕。拍掌笑蝇营。

## 其四

山居乐，无事不幽闲。扶老过头筇竹瘦，遮寒到膝布袍宽。绝迹市城边。

## 其五

山居乐，乐处是芳春。万树花香熏醉梦，满林鸟语唤幽人。茸草望中新。

## 其六

山居乐，乐处夏来多。绿浪平摇千亩麦，碧波新涨一池荷。散发卧盘陀。

## 其七

山居乐，乐莫过秋深。家酿新笃邀快友。篱花争放惬幽心。更弄一张琴。

## 其八

山居乐，乐处在严冬。飞雪苍茫千岭白。闭门榾柮一炉红。妻子笑融融。

## 其九

山居乐，月上夜清佳。细浪满溪光滉漾，微风入竹影交加。兀坐静无哗。

## 其十

山居乐，云里结茅庐。闲看山妻经布轴，坐教稚子读农书。除此事无余。

## 其十一

山居乐，饱暖更逍遥。为访高僧过古寺，因携邻叟度危桥。机械久全消。

## 其十二

山居乐，麋鹿是吾俦。窗底长吟闲抱膝，松根箕踞任科头。人世尽虚舟。

## 前调

用宝石原韵

山居乐，窗向远山开。几片湿云携雨去，终朝空翠送岚来。对此足衔杯。

## 其二

山居乐，屋外绕清溪。曳杖小桥徐步履，影含轻浪辨须眉。宜在晚秋时。

## 其三

山居乐，侵晓启窗纱。粉蝶一双翻径草，黄蜂几个咂瓶花。清福自堪夸。

## 其四

山居乐，逸兴自飘飘。半枕梦回芳草绿，一枰棋坐老松敲。何得有尘嚣。

## 其五

山居乐，屏列碧嵯峨。万树桃花红锦洞，数椽茅屋白云窝。时许野僧过。

## 其六

山居乐，狂懒总无妨。闲拨阮咸歌水调，时呼白堕卧茅堂。荣辱两相忘。

## 其七

山居乐，囊橐不羞空。布被觉来朝日白，香粳舂罢晚霞红。漉酒醉西风。

## 其八

山居乐，蕉竹响珊珊。诌得荒诗题老叶，劚将嫩笋佐朝餐。困便卧林间。

## 其九

山居乐，得意在三秋。佐醉釜中烹紫蟹，罢耕栏里卧黄牛。治乱不关忧。

## 其十

山居乐，散漫一床书。快意古人时与伴，会心红友便想呼。自酿不须沽。

## 其十一

山居乐，入眼书画真。野鹤寻巢归占树，山僧采药入晴云。伴我一闲人。

## 其十二

山居乐，石径乱云侵。隔断尘寰山共水，引将胜地酒和琴。世事任浮沉。

## 沁园春

读宾石宗弟《盘石吟》，兼忆昔年今日之事。时宾石为资令，以养亲予告。

旅舍挑灯，读君之词，真是异才。羡胸中浩浩，贮书千卷，毫端滚滚，无点尘埃。并驾辛刘，追踪姜史，以下之人何足道哉。尽扫去，秦黄浓艳，康柳优俳。　　何因便赋归来，剩盘石、奇花满县栽。忆昔时临汝，埙吹篪和，而今巴蜀，我到君回。快意田园，高歌泉石，萱草堂前学老莱。天应是，嫌君颖锐，故老其材。

## 浪淘沙

宾石有题画词，予甚爱其俊逸，但末云“风雨褊衫”，“褊衫”二字微不雅驯，乃因其格调，度词四首。

满幅扫烟霞。烟里人家。竹林错落傍溪斜。古树根头闲揽着，一个鱼艖。　　归雁点平沙。几笔芦花。招提隐隐远山遮。荷锡一僧穿鸟道，风雨袈裟。

## 其二

泼墨写林丘。竹木交稠。青山隐隐水悠悠，掩映茅檐三五处，鸡犬清幽。　　云织乱峰头。烟柳轻柔。一川浅浪拥沙洲。若个披蓑闲理钓，风雨扁舟。

## 其三

高巘郁嶙峋。肤寸生云。云中百道瀑泉分。尺幅之间应万里，蹊径无痕。　　偃盖老松身。涛韵如闻。模糊偷得米家神。宛转板桥通院落，风雨孤村。

## 其四

先画远滩沙。再画烟霞。画山画水画人家。画到水穷山尽处，画个浮槎。　　古木乱交加。红叶如花。打鱼人在碧溪涯。一笠一蓑罾一片，风雨蒹葭。

## 临江仙

云居寺

岭上松虬百尺，溪头梅雪千层。碧流回处石桥横。长林春语鸟，古寺午鸣鲸。　　启户烟岚侵衲，闭关风雨开经。朝朝暮暮白云生。自舒还自卷，相伴坐禅僧。

## 水调歌头

咏剑

三尺匣中铁，秋水蘸芙蓉。寸余才出鲛室，光彩射长虹。旧是干将能铸，惟有风胡识得，肯使近凡庸。埋没丰城久，气象动天公。　　杨子水，鹛鹈血，淬寒锋。古今神物，须知早晚化为龙。七点星纹耀日，两刃霜花凝雪，魑魅自潜踪。百炼纯钢利，绕指谩称雄。

## 踏莎行

春晚

细雨如丝，轻风比线。平空绣得春光倩。桃绯梅白柳条青，园林铺锦都成片。　　榆荚成堆，荷钱拖串。等闲买得春光断。莺黄燕紫杜鹃红，声声逗出留春怨。

## 豆叶黄

初夏途中口占

丝丝杨柳逗风斜。藏着雏莺闹晓霞。若问郫筒何处赊。那人家，茅舍青帘卷落花。

## 采桑子

春归

东皇昨日来何骤，景艳香浓。引蝶忙蜂。点染春光费化工。　　东皇今日归何陡，富绿悭红。燕老莺慵。无数余花付晚风。

## 风流子

初夏偶成

卷帘晴翠入，清和候、高树展芳阴。看新筑小亭，摇风蕉绕，才开幽径，过雨苔侵。堪怡乐，坐摊三部史，卧枕一张琴。茶沸红炉，团分龙凰，香焚睡鸭，篆引檀沉。　　官闲浑如隐，消长昼寂寂，宛是山林。绝少跫然声响，襁褓相寻。嘱灌园老仆，先教拔薤，典昼小史，尽解驱蟫。一任尘生甑釜，何用关心。

## 青玉案

游金龟山

幽深涧壑磐回路。绕岭上，松千树。小队却穿林莽去。几声戴胜，一行白鹭。引入深幽处。　　沉沉古庙无炎暑。散发剧谈斟绿醑。坐久不知天欲暮。谁催归辔，轻风缕缕，阵阵黄昏雨。

## 寻芳草

不寐

彻夜听银箭。更听彻，钟声敲断。月西沉，窗影频频转。晓风寒，晨星散。　　近事上心来，并往事、思量都变。恨多情、引惹愁千万。凭那个，从头算。

## 少年游

晓行

曙烟开霁乱鸦鸣。远影带山平。匝地霜花，半钩残月，几点透云星。　　逶迤幽径埋荒草，匹马度寒汀。竹木交稠，峰峦回合，断岸小桥横。

## 其二

晚行

万山错落罥霞红。返照上高松。石路崎岖，马蹄蹩躠，直入暮烟中。　　争枝千点鸦栖处，枯木叫寒风。欲觅遥村，归樵指道，溪外竹林东。

## 其三

夜行

一弓新月压峰头。霜冷逼层裘。呵冻挥鞭，凝眸认路，倦马步迟留。　　荧荧灯火荒村近，尚隔一溪流。林叫哀猿，山明火烧，都是动人愁。

## 其四

雨行

迢遥歧路是疑非。寒雨更霏微。烟织平林，云封远岫，望里尽成迷。　　山荒径僻人家少，欲问向伊谁。点点随风，萧萧满耳，几阵湿征衣。

## 生查子

咏愁，和陈四空韵。

愁来何处来，愁去无由去。秋便到心头，春也还相聚。　　情是种愁恨，饮是驱愁路。饮少奈情多，只与愁同往。

## 春光好

春游

杨柳绿，海棠开。锦成堆。簇簇游人坐碧苔。笑传杯。　　淑气尽催寒去，轻风暗引香来。拼得接篱颠倒着，醉扶回。

## 眉峰碧

花落

风雨宵来乍。竟自催花落。花片浑如恋着人，飞如傍窗棂下。　　蛱蝶须生惹。蛛网丝都挂。还问营巢小燕儿，香泥留得红多寡。

## 双双燕

落花偶感

朝来小燕，傍绣幕呢喃，惊回春睡。瞢腾倚枕，绻极恹恹难起。梦转家山万里。又添得、一番愁思。琐窗晓影摇风，正是落花天气。　　老矣。天涯游子。叹鬓点霜华，与花堪比。花怜花瘦，花应笑人憔悴。片片扑将衣袂。如有意、撩人清冽。无端更向雕梁，和着燕泥同坠。

## 鱼游春水

锦江

锦江澄如镜。荡漾长堤桃柳影。暖风轻弄，吹皱浪纹无定。滩头沙净暗凝柳，水面云来微带冷。鹭浴鸥眠，凫飞鱼泳。　　一望素波千顷。摇曳青青新藻荇。流将落絮浮花，乍开还整。绿杨两岸雨初晴，渔笛一声天欲暝。洲列高樯，树维小艇。

## 绣带子

闲意

春色到荼蘼。高树绿阴垂。谁换小窗人起，无赖是黄鹂。　　永日耐支持。凭谁伴、明媚良时。欲沽村酿，只愁醉里，暗失芳菲。

## 明月斜

本意

夜沉沉，星炯炯。银汉低垂树影偏，闲花无语苍台冷。

## 其二

月溶溶，星点点。东壁秋千弄影斜，西窗帘幕含光闪。

## 洞庭春色

清明游览

窗动晨光，帘开霁色，恰是清明。看花斗芬芳，俱能邀蝶，柳争摇曳，尽可藏莺。宿麦平铺千顷绿，更比户新烟万缕青。郊原外、好画桥寻醉，倚陌鸣筝。　　谁家秋千送影，粉墙内、彩索轻盈。爱茸茸细草，侵袍色翠，融融天气，拂面风清。曲路逶迤迟马足，探古寺深幽响塔铃。归时节，早衣濡香汗，树锁闲庭。

## 醉太平

闲意

涓涓水声，嘤嘤鸟鸣。长松谡谡涛生。供幽人卧听。　　瓶花送馨。茶烟弄青。丹铅卷帙纵横。待先生手评。

## 其二

风声鸟声。花明柳明。绳床衾枕犹横。是朝来梦醒。　　诗朋酒朋。茶经水经。疏狂懒散无能。此吾之定评。

## 其三

村边种田。田边构园。茅亭小结三间。足先生醉眠。　　园中垒山。山中引泉。长松高柳参天似逍遥散仙。

## 其四

寻山卜居。依山结庐。时时邻叟相呼。角棋枰共娱。　　狂徒酒徒。荣无辱无。闲来小立阶除。听儿曹读书。

## 其五

家居水隈。门当还崴。松杉环绕茅斋。尽当时手栽。　　山农是侪。山猿可偕。清幽无点尘埃。有白云往来。

## 阮郎归

归兴有感

蓉城淹滞又春残。东风弄柳棉。单衣乍是怯余寒。梦中闻杜鹃。
愁脉脉，恨漫漫。空歌行路难。如今才是整雕鞍。归期早晚间。

## 醉太平

春景

涓涓水流。森森树稠。喈喈莺呖娇喉。更花香柳柔。　　遥山霭浮。孤村景幽。酒旗高卷檐头。引轮蹄胜游。

## 其二

夏景

低低北窗。宽宽竹床。困来高枕羲皇。耐炎敲昼长。　　槐阴送凉。荷池弄香。消闲手展缥缃。拓钟王几行。

## 其三

秋景

醉眼看枫。耳听坠桐。池边开了芙蓉。伴黄花笑风。　　芦洲宿鸿。

苔阶絮蛩。透帘凉月溶溶。夜初长睡浓。

## 其四

冬景

红炉乍烧。六花乍飘。野梅开遍林皋。引得人兴豪。　　忘形故交。遮寒布袍。奚童酒具须挑。度横斜小桥。

## 其五

昼景

山晴翠侵。花繁绣深。满庭扑簌芳阴。任科头啸吟。　　猿啼还岑。鹤鸣还林。都将谱入瑶琴。写悠然素心。

## 其六

夜景

诗自成哦。词自成歌。柴扉深锁烟萝。拥匡床布窝。　　星光渐多。蟾光渐过。不知更漏如何。有谁惊睡魔。

## 满庭芳

新构小亭成，颜之曰含雪。

种竹移蕉，编篱开径，小亭结构幽深。西窗才启，山色便来侵。近处重重苍翠，千秋雪、便积遥岑。炎天永，不须摇扇，清冷沁人心。　　沉沉。别院静，群花弄色，高柳舒阴。爱宜风宜月，宜酒宜琴。宜向匡床一觉，醒来后、满耳鸣禽。崚嶒石，更宜共语，相对一长吟。

## 醉花阴

山为云所掩，戏成十首。

林外遥山青入户。今忽无寻处。隔树望长天，片片闲云，应是伊偷去。　　闲云不怕山灵妒。也学峰无数。风卷此峰崩，帘控金钩，山立青如故。

## 桃源忆故人

前题

有时云与青山匹。几处峰峦争立。望里巉岩峭壁。一样粘天碧。
有时云与青山敌。不许晴光如滴。别有苍苍颜色。浓淡随风力。

## 阳台梦

前题

重重远嶂云初吐。隔帘瞥见千千缕。山容尽向此中藏，酝廉纤小雨。　　长松风乍起，吹送归云散去。好山新沐翠开屏，都抹云如许。

## 后庭宴

前题

云长山肥，风回云乱。峰头都带轻云片。悠然山外一亭孤，云深却向云中见。　　飞来断续，开时微露，山青一线。翠痕如洗，更觉岚光远。为爱晓山佳，帘和云共卷。

## 太平时

前题

列岫屏开倚碧空。翠重重。是谁点染画图同。白云浓。　　山欲断时何物补，有云峰。等闲塞满小窗东。趁轻风。

## 一丝风

前题

几层云隔几层山。云薄露山颜。云生变幻太多般，输于好山闲。
云起处，浓如雾，淡如烟。低粘芳草，多罥长林，高点青天。

## 粉蝶儿

前题

爱长云、如美人，晓来掠鬓。一丝丝、随风梳引。渐铺匀，与点点，眉峰青衬。照晴江、形影镜中相认。　　看散云、如美人，晚妆初褪。拥层峦、髻螺高峻。乱鬅鬙，山枕上，斜痕微印。梦魂迷、偏向阳台飞近。

## 醉红妆

前题

湿云载雨重难飞，拂林梢，出岫迟。西山一带远参差。云到处，望中齐。　晴云狼藉怯风吹。一片片，任东西。云湿云晴俱可喜，全不碍，雪峰奇。

## 潇湘神

夏云奇。夏云奇。矗矗峰高玉垒低。缥缈因风千万状，不教山色扑荆扉。

## 章台柳

前题

秋云薄。秋云薄。如烟变幻溪成壑。肤寸生来障碧空，山情好处都遮却。

## 渔歌子

文江泛舟

夹岸垂杨拂碧流。微波潋滟泛轻舟。鱼入网，酒盈瓯。一声渔唱起闲鸥。

## 莺啼序

春归

朝来愁蜂怨蝶，扣窗棂欲诉。东风晚、无限芳菲，都付连日烟雨。扑衣袂、落花如霰，残红遍点苍苔路。秋千院寂，卷帘半和飞絮。　照眼韶华，不晓恁意，被封姨暗妒。计吹过、廿四番来，忍教花作尘土。展桃笙、北窗午睡，绿初浓、高槐阴布。恨枝头，杜宇声中，竟催春去。荷钱贴水，梅印藏枝，新篁当绮户。把往事、从头回想，芳时三月，快意寻游，几曾多度。可怜儿女，痴情空剧，留春枉费伤心句。叹春光、底是难留住。便凭榆荚，赎将丽色重回，羲叔未肯相许。　郊原一带，麦浪秧针，景物全非故。渐阶畔、扶疏环绕，蕉扇偷摇，柳丝慵舞。料他两两，多情娇鸟，燕应有梦萦香垒，听莺争带骂啼深树。最难禁、永日闲情绪。无聊闷倚阑干，望断天涯，春归甚处。

## 雨中花

春去

几日纷纷红雨舞。渐飞满、清流幽路。看乳燕惊风，老莺咒雾，似愿留春住。　　我欲探春归甚处。一望里、重重烟树。拚钱堆荷藓，花放金银，都赆东君去。

## 雨中花慢

初夏小雨

蟛蚁移家，鸣鸠逐妇，宵来小雨初零。忆梦回灯暗，倚枕闲听。斗帐乍嫌风透，湘纹又觉凉生。恼人檐溜，萧萧滴滴，点点丁丁。　　扑帘蕉绿，侵砌苔青，花畦葵浴新英。更堪爱、翻云燕湿，掷浪鱼轻。荷盖擎珠滚滚，笋尖垂露盈盈。料应晴后，好山当户，翠霭分明。

## 绿意

咏绿

筠帘才挂。看参差古木，浓阴低亚。曲槛亭亭，几树芭蕉叶扇，渐摇初夏。苔莓便长侵鸳甃，和芳草、平铺阶下。熏风剪断轻云。却露遥天微罅。　　山色飞来棐几，朝烟细，一带晴岚相迓。荇绕长丝，荷叠新钱，深沼琉璃波泻。纱窗鹦鹉闲疏羽，豆壳落、高檐雕架。早唤醒、翠被佳人，对镜两眉偷画。

## 玉蝴蝶

酬王子林、汪摄山、张宇水相赠含雪亭成之作，戏用前拙作《满庭芳》韵。

恰是清和时候，园亭楚楚，竹木深深。绕屋蕉开长叶，翠影来侵，湘帘揭，轻风扫榻，岚光合、古雪凝岑。豁尘襟。良朋满座，奇句惊心。

檀沉。金凫手炷，篆飞窗外，香散花阴。投我珠玑，谱将新调入瑶琴。

佐樽罍、巉岩怪石，奏歌管、嘲哳幽禽。酒频斟。尽拼沉醉，鼓掌重吟。

## 玉蝴蝶令

午睡

藤簟滑，石床低。园亭向午时，长昼困难支。天涯蝴蝶飞。　　人间眠正稳，院静梦回迟。斜日竹林西。娟娟碧玉齐。

## 八节长歌

含雪亭有感

亭敞留云。渐厌厌，昼窗映晴曛。药栏花有相，石径竹生孙。棋枰敲处趁芳荫，罢时局、树影缤纷。那更阑干屈曲，几榻无尘。　　客来随分开尊。残红落、杯中酒染余芬。醉擎唾壶，吟翻旧谱，偏教语句清新。酕醄后，槐国里、暂寄闲身。帘栊外、雏莺乳燕，居然幽趣宜人。

## 一萼红

舟行

晓烟凝。向中流一棹，咿轧趁风轻。万叠青山，千章绿树，行行似送如迎。正细雨、朝来新霁，接遥天、千顷浪纹平。老大停桡，为予指说，古迹山名。　　渔舍半藏深柳，滩边晒网，潭畔投罾，水应歌声，风传笛韵，呕哑亦复堪听。金鱼跃、冲开波碧，白鹭飞、点破天青。竟置此身画里，心眼都清。

## 五福降中天

锦官旅舍午日雨

海榴吐艳炎天永，佳节又逢重午。懒饮蒲樽，慵簪艾叶，兀坐蓉城逆旅。繁华暗想，正别院笙歌，画船箫鼓。曾记滹沱，竞渡当日旧俦侣。　　几载奔波尘上，良辰寻乐事，成辜负。四十多年，五千余里，宦海备尝甘苦。临邛淹滞。却笑尔曹，渐能蜀语。闲读《离骚》，闭门终日雨。

## 三字令

蓉城七夕

银汉冷，鹊桥成。渡双星。风淅索，月胧明。砌边蛩，天上雁，弄秋声。　好时节，在蓉城。滞归程。怀抱切，梦魂惊。尽生疏，京兆手，画眉轻。

## 朝中措

秋日偶成

开帘山色上人衣。残叶逗风飞。岩桂枝头欲吐，塞鸿天外才归。
秋容渐是，绿稀薜荔，红染棠梨。无奈愁多如织，争教鬓不成丝。

## 醉乡春

本意

琥珀香浮金斗。乐圣相邀良友。数杆竹，一畦花，酬酢肯教停手。
笑谑歌呼随口，醉即黑甜乡走。无尔我，等贤愚，风波此处何曾有。

## 明月棹孤舟

本意

万顷琉璃轻浪咽。更皎皎、云边寒月。欸乃船声，往来帆影，惊醒眠鸥仍歇。　琅玕撑破银涛色。看处处，桅樯森列。几点渔灯，一声长笛，吹老蒹葭晴雪。

## 渔父家风

本意

三间茅舍一扁舟。网挂柳梢头。批蓑戴笠矶边去，带月且沉钩。
鱼换酒，醉高讴，卧船头。斜风细雨，鼓棹鸣榔，任意中流。

## 永遇乐

奉委督造川省舆图，因成。

拂素挥毫，蚕丛故国，重开生面。络绎千峰，分流万派，尺幅都教见。巫山朝雨，峨眉夜月，俄顷卧游能遍。细相看、来时驿路，望里逶迤可辨。　瞿塘天险，松州形胜，襟带锦江如线。理界分疆，依方定向，山水平居半。古称天府，宿名沃野，今日荒残无限。凭谁把、鹄面鸠形，图来同献。

## 定风波

无书

帘卷西风落叶天。声声玉马闹檐前。辽阔碧空清似洗。望里。几行征雁影联翩。　不寄锦笺偏寄闷。堪恨。教人惆怅凭朱阑。欲待裁书央赤鲤。愁你。浮沉音问也空传。

## 八六子

自蓉城买舟归，戏用独韵

青烟霁。锦江一叶轻舠，泛破波青。看百丈遥穿林树，布帆高挂西风，荡漾飞青。四山爽气来青。远岸蒹葭才白，中流荇草还青。　更无数、芙蓉红叶，秋容满眼，秋声盈耳，同行佳客，恰符李悦心郭振趾仙舟，俨似丹青。贴天青。征鸿几行字青。

## 撼庭行

晚泊

柳岸闲停舴艋舟。正暮霭初浮。落霞孤鹜两悠悠。白云红叶弄高秋。古木栖群鹭。沙觜卧群鸥。　独依蓬窗方两眸。看烟锁汀州。溪光一派牵幽兴，雁字千行动离愁。天际月如钩，斜挂在墙头。

## 下水船

舟行遇雨

秋雨萧萧响。彻夜都敲蓬上。侵晓开舟，锦水平添新涨。齐荡桨。老大披蓑戴笠，欸乃一声高唱。　烟中嶂。隐隐才堪望。老叶随流翻浪。红蓼滩头，闲立鹭鸶三两。芙蓉放。夹岸秋光似沐，一片布帆无恙。

## 送入我门来

秋景

杨柳嘶蝉，芙蓉引蝶，园庭景况多幽。香浓月桂，金粟缀枝头。苔莓砌冷蛩吟急，更萝薜墙空蜗篆稠。听嘹呖联翩，塞鸿飞过危楼。　　阵阵西风凉峭，恰是热衣乍换，纨扇才收。谁染丹枫，红艳醉双眸。绵绵淫雨绵绵恨，奈叶叶芭蕉叶叶愁。揭湘帘看处，檐鸣风马，篱放牵牛。

## 秋思耗

蛩声

蛩汝缘何故。入夜来、断续悲鸣无数。风落篱花，露凝砌草，吟风泣露。有多少愁怀、从头相向欲细诉。支枕无眠听取。尽切切凄凄，啾啾唧唧，何事凭些怨慕，可怜如许。　　不住。依稀成语。难解伊、果甚情绪。费人寻悟，谁能深识，伊心酸楚。恰像得猜着些儿、未知真个否。又不是，催机杼。便叫到天明，料来都无是处。渐沥金飙暗度。

## 一叶落

秋夜

一叶落。怜萧索。梧桐影瘦栏干角。雁悲明月楼，蛩乱长更柝。长更柝。欲睡何曾着。

## 月下笛

本意

月冷江城，露凝冰署，小亭岑寂。倚阑独立。风送谁家羌笛。入长林、金井梧飘，调孤韵、远声呖呖。听落梅折柳，移宫换羽，许多凄恻。
宦游倦矣，奈故园亲知，万重山隔。悠悠耳畔，宁似恒伊当日。看秋空、浮云乱飞，疏星数点天四碧。断肠声，引惹愁魂难稳成反侧。

## 望江东

闻砧

落叶阶墀月光皎。看树影、浑如扫。荒城何处暮砧捣。听断续、风中闹。　　夜凉漏转敲不了。全不管、人烦恼。孤衾和闷连衣倒。料鬓染、秋霜蚤。

## 月中行

红叶

谁教青女染江枫。叶叶老秋容。开窗望里醉西风。疑是晓霞笼。　　当年石径停车处，相看似、二月花红。曾随沟水出深宫。心事碧流中。

## 江月晃重山

揽镜

宝鉴纤尘轻拭，相看不似当年。面皴皮瘦鬓毛班。惟有这，狂态尚依然。　　谩道官称五马，须知家阻千山。试将光景百年看。今欲半，何事不痴癫。

## 红窗躲

午睡醒

小阁无人高树绿。掩绮户、午眠方足。檐前鹦鹉呼将起，拭朦胧双目。　　花影满帘风扑簌。更茶灶、铜瓶宿火，松涛稷稷。一杯啜罢，立斜杨栏曲。

## 海棠春

秋海棠

东风谩想窥娇媚。偏点缀、秋容憔悴。一样好名儿，也向西风睡。　　绿裳红里能多致。何须要、轻香细细。欲问太真妃，毕竟谁相似。

## 水龙吟

苦雨

朝来淫雨连绵，淙淙满耳烟云合。侵人水气，透衣秋冷，罗襦嫌薄。瘐瀑檐头，泥深屐齿，竹垂栏角。奈芙蓉丹桂，天香艳色，好景物，都萧索。　　何事金乌潜却，恨无端、商羊为虐。苔痕上砌，蜗涎篆壁，纵横交错。兀坐无聊，西风淅沥，偏穿帘幕。黯魂消、最是芭蕉几树，睡来怎着。

## 换巢鸾凤

晴

烟敛林皋。爱澄空新霁，寥廓天高。倦云归岭外，残露滴松梢。田边微径隐蓬蒿。逶迤接、长溪小桥。西山爽扑，苍翠画帘相远。　侵晓。晴光皎。缕楼紫霞，日影偷云照。草湿垂青，苔平铺碧，润裛秋花香小。水涨涟漪绿池平，叶飞历乱孤桐老。更丁丁，岸边头、尚咽余潦。

## 绮罗香

咏梦

境入华胥，路连槐国，镜绕流苏香腻。影响虚花，做出许多奇致。转乡曲、不阻关河，接亲识、何殊生死。似凭他、桑落为襦，神魂脉脉倏千里。　历过欢娱美景，再欲重寻处，定难还是。为想为因，岂尽意中情事。惊变幻、蝶鹿纷乞，羡缥缈、雨云旖旎。怕明日、空费思量，今宵拼不寐。

## 庆清朝慢

醉

从事风流，曲生逸致，尽教相对花前。徐徐渐臻佳境，招暖驱寒。春透四肢软甚，萧萧短发衬朱颜。身外事，任凭几许，难着心间。　松作幕，石作枕，沉酣向芳草上，恣情眠。何似避贤乐圣，骑马乘船。别是一重天地，应呼第九饮中仙。酕醄趣，偏堪自省，肯与人传。

## 潇湘夜雨

秋日途中

山拥孤城，树围平野，西风处处人家。柘桑丛里，几楼炊烟斜。正是稻粳初熟，黄云合、望眼无涯。邪江曲，两行衰柳，间缆钓鱼槎。　回流高岸远，小桥掩映，似雪蒹葭。更酣霜枫叶，红妒明霞。渐觉峰连暮霭，荒林试、数点昏鸦。今宵定，山村寂静，茅店剪灯花。

## 鹧鸪天

偶感

蛩语啾啾半掩门。枕屏斜护烛花昏。一弓桂影哉生魄，千片梧声也断魂。　宵乍永，被难温。漫言心事付清尊。当年怪得秋风起，张翰凄然竟忆尊。

## 金蕉叶

偶读《竹山词》，戏和八首。

珠帘绣幕。夜初长、更怜萧索。孤城云间月冷，声声吹画角。　遣闷新诗欲作。拈霜毫、心思都恶。那堪窗外种了、芭蕉凉露落。

## 其二

西风透幕。枕衾凉、动人离索。帘前流萤一个，飞过墙那角。　何处孤砧乍作。捣衣声、耳边偏恶。梧桐金井欲老、打窗霜叶落。

## 其三

曲琼挂幕。剪银灯、无端愁索。满天霜华似水，点人双鬓角。　飒飒金风又作。惹人怀、秋声何恶。寒衾况复梦醒、一帘残月落。

## 其四

孤衾拥幕。旧情怀、费人思索。乡关云山万里，宦游当地角。　几度家书欲作。满溪藤、言辞都恶。秋宵更漏正永、萧萧寒雨落。

## 其五

蟾光照幕。枕儿寒、无穷寻索。更深方才睡去，梦魂飞海角。　画鼓楼头又作。乍惊回、相思顿恶。蛩声床下断续、引人珠泪落。

## 其六

晚烟如幕。骤西风、叶声淅索。玉绳迢迢渐转，横斜天一角。　独卧才眠更作。绣衾闲、算来真恶。戍楼敲彻四鼓、空房多冷落。

## 其七

篆香满幕。肯尘埋、一床弦索。雕檐谁悬碎玉，声敲商与角。　　独抱瑶琴欲作。但弹来、余音偏恶。月高墙外树杪、寒鸦飞复落。

## 其八

倩云为幕。隐柴扉、任探丘索。更歌新词几阕，赏心倾兕角。　　满架前贤著作。乐琴书、兴殊不恶。一编深夜在手、灯花频剪落。

## 辘轳金井

白芙蓉

依篱映水，喜芙蓉、一夜凝霜开早。拭净胭脂，洗浓妆都了。天然素缟。浑不是、寻常丰调。恰似杨家，承恩虢国，淡将眉扫。　　寂寞晴江向晓。看瓣偷蛱蝶，色学鸥鸟。恍记年年，伴黄花寄傲。锦城缥缈。忆当初、曼卿曾到。月底模糊，风前偏反，秋容欲老。

## 惜秋华

咏三变芙蓉

浩渺澄江，笑西风两岸，秋光如画。最是可怜，芙蓉弄娇开也。锦官城下、寻常树，别有奇容堪诧。相看处、淡牧妆浓抹，都成艳冶。　　似玉花相亚。疑朝来兀自，含霜未化。忽若美人，半醉粉腮红乍。俄惊重染胭脂，映晴流、和霞同泻。觑者。便丹青、如何能写。

## 前调

走笔成词，仍用原韵。

展卷须妨梁燕碗。小院清间，满地花阴锁。鹃蹴残英和血堕。春归引惹愁无那。　　梅子枝头垂几个。此恨缠绵，岁岁无由躲。风送落红窗外过。几番似打窗纱破。

## 新雁过妆楼

本意

楼倚寒霄。珠帘卷、淡淡银汉横斜。半轮新月，却照满地霜华。屏畔长檠摇暗影，枕边短梦昵虚花。最无端，穿云赛雁，阵阵咿呀。　　渐看飞过别院，向沙汀远岸，红蓼苍葭。玉关消息，料是定托伊家。乍见人人几字，便眉锁、西风怨恨赊。书来未、只空凝望眼，倩谁问他。

## 满路花

夜怀

玉炉烬麝煤，银烛垂金蕊。西风吹一线、鸣窗纸。无聊当此，暗想人千里。夜凉真似水。闷拥孤衾，梦中打点寻你。　　更筹听彻，底是难成寐。料他应有梦、芳魂至。双眸强闭，好待伊来会。尽诉从前事。却愁总能见时，难当真耳。

## 庆春宫

途中偶忆

雨裛微尘，江翻澄浪，路回万里桥南。烟绕寒鸦，雪依塞雁，渐过远岸苍蒹。长林秋老，棠梨醉、霜红欲酣。萧萧残叶，飞舞西风，乱扑征衫。　　树稀山路巉岩。壁立千峰，映带晴岚。村落黄花，清香随马，疏篱半掩松杉。遥思乡曲，正是新醪乍甘。却教人羡，鲙鲈张翰，漉酒陶潜。

## 醉翁操

山翁

携筇。从容。山中。抚长松。如龙。结庐在高岗深丛。白云侵袂何浓。看远峰。瀑布洒天风。万斛珠也飞碧空。　　相期亲识，笑语融融。瓦盆共饮，较量阴晴歉丰。无应酬之劳躬。绝是非之存胸。醉来扶小童。闲时侪村农。浑似武陵翁。不教溪水流落红。

## 金凤钩

悲秋

忆昨日，春归去。把娇艳、尽成尘土。如今秋老，翠减梧桐，红谢远林枫树。　　珠帘才卷斜阳暮。看落叶、萧萧飞舞。却教人、把伤春情绪。又作悲秋情绪。

## 芳草渡

闺情

天寥廓，气萧森。梧卸翠，菊舒金。西风何处急霜砧。香闺里，添怨剧，引愁深。　　人千里。楼空倚。望断红笺一纸。青鸾杳，锦鱼沉。眉头事。腮边泪。为知音。

## 解连环

拟美人解环

沉烟微逗。正绿窗向晓，云鬟梳就。爱新制、巧式连环，看一茎厮连，九环相扣。翠袖轻揎，露十指、柔荑纤手。听清音淅索，玉动金摇，雨驰风骤。　　霎时数回九九。才逐环各解，次第依旧。如许慧性芳心，料不是、常寻能知妙彀。却笑当年，空传说、齐家王后。总击碎、九锁尽开，算他解否。

## 一斛珠

听歌

红牙敲彻。樱桃乍绽莺调舌。一声欻绕雕梁侧。惊起芳尘，蔌蔌如飘雪。　　骊珠一串无争别。洞箫相和怜呜咽。春禽啼晓猿啼月。变征清商，引惹人愁绝。

## 钓船笛

秋日偶成

蝉老尚能嘶，只在池边哀柳。病叶飞来阶砌，逐清风如走。　　画帘低控小亭闲，新冷侵衣透。横膝瑶琴弹处，笑声疏双手。

## 临江仙

菊花

霜华催老芙蓉冷，小园寂寞秋容。菊花独有傲霜丛。篱根千态笑西风。　白拟羊脂新碾玉，黄如金散玲珑。几多媚紫映嫣红。秋光宁肯让春工。

## 法驾导引

秋山

红叶树，红叶树，掩映最高峰。嘀嗅山中猿觅果，蹁跹云外鹤归松。远岫老秋容。

## 其二

波潋滟，波潋滟，沙上雁双双。高岸樵歌偏有韵，孤舟渔笛自成腔。枫晚冷牙江。

## 祝英台近

秋日晓行

远山横，秋水渺，曲径依荒草。一夜清霜，林叶半黄了。枝头万点寒鸦，哑哑弄晓，晕霞红、初阳偷照。　篮舆小。行过晓岸孤村，门掩黄花悄。朝烟缭绕，趁风袅。征衫乍惹，轻凉都成烦恼。除宋玉，谁能知道。

## 沁园春

咏马

骨骼权奇，皮相者多，竟驾盐车。奈崎岖道路，更当峻坡，徒然努力，鞭策还加。玉腕追风，霜毛汗血，宁让当年狮子花。长嘶处，摇身顿辔，尽是咨嗟。　锦鞯应在谁家。问龙种、何须定渥洼。叹燕台市骏，骨犹重价，老来伏枥，志尚天涯。材可空群，力堪开道，岂乏孙阳一顾耶。终须是，金鞍玉勒，万里非遐。

## 忆少年

冬

秋容老矣，可怜又是，初冬时节。疏篱菊花瘦，剩无多红叶。　　枯木寒鸦千万点，看争飞、北风栗烈。羊裘间拥处，挹西山残雪。

## 上西平曲

冬夜

朔风吹，寒威剧，透帘栊。况连朝、雨霰濛濛。可怜窗外，萧萧玉马乱敲风。披裘坐拥，金炉暖、兽炭初红。　　对银釭，只合是，邀快友，笑融融。倒尊罍、醉眼朦胧。玉山颓处，梦魂飞绕故园中。醒来探取，梅花信、和冻香浓。

## 沁园春

观獭捕鱼，和汪摄山。

快哉渔人，一筏凌江，往来如飞。问打鱼之法，网罟何拙，钓鱼之术，钩饵奚为。有兽渊居，厥名为獭，取得多方驯养之。养之久，则人知物性，物解人机。　　深潭投网为围。放獭衔鱼趁棹回。看鱼在笼中，犹然拔刺，獭仍鼓勇，再入涟漪。鱼尽獭来，一脔为饲，獭仍嗷嗷似苦饥。愚乎獭，笑徒劳汝力，利则谁归。

## 酹江月

渔唱庵

临邛南去，拂云影、猗猗万杆修竹。竹里招提幽径渺，门枕清波江曲。隔岸疏林，远滩荒荻，掩映渔家屋。轻舠个个，中流往来何速。　　日落收网归来，烹鱼煮酒，几缕烟凝绿。才掩禅关僧课晚，敲彻木鱼声续。数点渔灯，一龛佛火，遥映如星簇。渔歌梵呗，两般音韵相逐。

## 忆余杭

舟行遇雪

侵晓棹摇江水动。凛凛北风寒乍送。岸边枯木冻云高。云际雪儿飘。　　飞飞舞向孤蓬底。欲坠悠飏又还起。远滩一望尽蒹葭。错认是芦花。

## 青门引

送郭振趾

洒泪分袂处。万里桥边归路。客中送客更伤情，相依几载，何忍便言去。　　从今花蝶留佳谱。梦里相思树。况是晓春时节，轻尘恰裛朝来雨。

## 淡黄柳

送王永锡

鲁阳判袂，匹马临邛路。回首云山千里暮。过尽秦关蜀道，音问难寻雁鱼处。正延伫。　　君来快相聚。别离怨、从头诉。奈天涯、早又骊歌度。后会何期，驿程迢递，莫惜梦中数晤。

## 八声甘州

红白桃花

暖风轻吹放小桃花，浓淡两相宜。似惊鸿飞雁，都称艳质。各自殊姿。谩拟佳人双颊，半醉染胭脂。更带层层雪，妒李娇梅。　　曾记当年佳胜，有天台夹路，洞口浮溪。正七番花信，历乱弄芳菲。看垂杨、依依掩映，向画栏、深处锦参差。总迷却、鹃声断续，蝶羽归来。

## 高阳台

偶成

漠漠轻阴，融融小暖，困人晓梦难醒。多事黄鹂。枝头睍睆声声。拥衾兀自朦胧眼，隔窗纱、风送花馨。爱韶光、明媚芳菲，尽可怡情。　　起来独坐幽亭，有兰香飘渺，竹影纵横。细草青苔，竞侵阶砌铺青。一编手向花间读，会心时，信笔闲评。任随他，身外愁怀，不挂眉棱。

## 春草碧

春景

和风吹出芳林绣。满眼艳如霞，轻香逗。最是飞舞堪怜，堤上黄金初着柳。长线拂清波，层层皱。　还有蕊傅峰肥，花迷蝶瘦。交交恼人声，莺呼友。点检丽日韶华，融融渐度清和候。何物可酬春，歌与酒。

## 剪牡丹

前题

松老参天，柳垂拂槛，浪影涛声相竞。叠叠朱栏，绕盘曲方径。春风习习吹来，清香暗度，棠梨似雪清冷。帘卷湘纹，恰昼长人静。　最怜池水如镜。照众芳、浅深交映。双燕语呢喃，来去檐外旧巢重整。黄莺乱蹴桃花影。几片飞落红点藓痕净。闲凭。向画楼小立，高眠乍醒。

## 春草碧

蒙茸千山。到处烧痕透春，新叶抽霁。相望处、怜绿映山影，远粘天际。池塘好句，曾入向、谢公梦里。何事引惹，王孙马、满路暗凝翠。

绣陌带烟疑剪齐，尽寻芳藉坐，殢酒沉睡。画轮归，去后空剩得，辙踪如碎。残红乍飞，偏相衬、阶墀展绮。更长更青，笑春色，易憔悴。

## 高山流水

忆家

家山万里隔秦关。宦游人、霜点华颠。况在艳阳时，东风暗度丘园。危亭畔、绿媚红嫣。料应有，旧日莺儿燕子，不放春闲。问双柑斗酒，谁个醉花前。　高眠。连宵得佳梦，不离却，赵北燕南。觉后见芳菲，满眼总异当年。古城荒，远接蛮烟。愁烦甚，才把瑶琴欲鼓，恨断冰弦。动乡心，滹沱烟月冷鱼竿。

## 倦寻芳

晓起

绮窗小旭，山枕横床，曲琼钩幄。宿火金凫，宝篆煤烟香薄。晓凉轻，低头颤，披衣闲听营巢鹊。绕花梢，任衔枝啄蕊，来回交错。　袅晴空、游丝百尺，无限情怀，怎教伊缚。小院秋千，谁弄红绒飞索。手卷珠帘凝盼处，群香烂熳清香拂。坐东风，整楸枰，棋敲花落。

## 浣溪沙

小园

到眼春光总是霞。清芬百合染窗纱。今年较胜去年些。　　得意有莺都占柳，多情无燕不穿花。困人天气逞繁华。

## 河蛮子

茅店

芳草青铺官道，夭桃艳逞春容。西岭雪消溪水涨，浮花细浪溶溶。慢拟游人拾翠，穿林宝马嘶风。　　茅店夜来独坐，拈书欲读偏慵。料峭轻寒侵剩枕，梦回远寺鸣钟。斜月三更尚白，孤灯一碗还红。

## 鹧鸪天

春夜旅愁

说甚千金一刻时。孤灯对影耐支持。芳枝月冷双莺睡，绣被香温一蝶飞。　　愁莫解，病难医。无人堪舆说相思。朝来不信临青镜，定有新添鬓上丝。

## 摘红英

春愁

春风老。花飞了。今天辜负春光好。莺儿怨。蜂儿乱。啼老枝头，采残花片。　　闲怀切。云山隔。衷肠一片和谁说。多情态。多愁债。貌已全苍，年还未艾。

## 惜分钗

暮春

莺声涩。鹃声急。番番风信吹将毕。绿杨烟。小萍钱。眼边景物，渐異从前。番。番。　　桃飞血。梨飞雪。留春蛛网斜墙缺。惹心牵。引眉攒。愁如有种，恨最无端。绵。绵。

## 前调

蓉城怀古

西川地。成都市。凭谁往问君平肆。雪峰烟。浣花澜。春去秋来，依旧江山。年。年。　　摩诃树。浓如雾。蜀宫歌舞今何处。驷马桥。万里桥。几番送客，柳折长条。劳。劳。

## 玉珑璁

旅中

风声袅。莺声巧。一声啼彻晴窗晓。朝烟逗。炉烟逗。瓶花堆几，带围松扣。瘦。瘦。瘦。　　春偏速。眉偏蹙。归期远近还难卜。鸿何向。鱼何向。曾无片语，慰人惆怅。望。望。望。

## 七娘子

春晚

绿阴漠漠韶华晚。漫空柳絮飞来软。啼老流莺，春风不管。一架荼蘼香遍满。　　金尊原是因花劝。翻如花底将春饯。醉向长条。带花攀住，模糊欲把东君挽。

## 惜分飞

前题

黄鹂不问春风暮。啼彻浓阴芳树。争似鹃声苦。等闲洒血催春去。　　梦觉晴窗无意绪。却向花梢偷觑。欲揽春归处。烟笼杨柳桥南路。

## 应天长

午睡

绿槐庭院重阴闭。长日困人浑似醉。画帘疏，湘簟细。一枕悠然酣午睡。　　竹新成，摇影碎。碧玉几竿窗底。剪断东风花事。奈何双燕尾。

## 拜星月慢

春风花月夜

露润收尘，云浮现月，小院阶墀如水。皎皎清光，映满院桃李。扶疏态，浑似池涵藻荇，又似画图初启。柳丝才眠，却被风扶起。　　挂湘帘，影袅萧斋地。恰惊醒杜宇南枝睡。几声啼入三更，有残红偷坠。引花香阵阵熏人醉。清寒悄、款透春罗袂。为恋他、幽静良宵，拚凭栏不寐。

## 笛家竹

高拂青冥，垂含珠露，此君佳致，龙孙渐长摇新夏。未经抽土，节已棱然，总到凌霄，心终虚也。望去凝烟。听来敲雨，足引王猷驾。曲栏晴，明窗晓，似展潇湘妙画。岂假。　　万竿青玉，皑皑白雪，三友名齐，点点斑凝，二妃泪洒。凭谁、点化仙舟一叶，梦绕故园游冶。更思昔日，柯亭椽子，偏遇知音者。携斫具，选良材，龙笛横吹清夜。

## 剔银灯

咏槟榔

谩道岭南风致。另一种、清芬滋味。蒟子生香，蚌灰凝粉，齿颊相和同碎。唾痕粘袂。应不让、胭脂浓丽。　　红晕双颊如醉。消却心中磈礧。酒后偏宜，饱来更可，别有岑岑田地。不妨依例。满贮向、黄金柈里。

## 瑞鹤仙

归兴

甚时婚嫁毕。向烟水遨游，恣情搜僻。全凭瘦筇力。待先探禹穴。再登积石。岱峰最极。望海中，波涛涌日。却才寻，洞口桃花，觅取渔郎踪迹。　　何必。图名图利，为牛为马，心为行役。湖山佳处，堪寄傲，多安逸。嘱家人须种，门前五柳，更把茅斋重葺。问劳劳、头白风尘，争如自适。

## 曲游春

感怀

须鬓新沾雪。渐鬖鬖满把，难以重镊。镜里形容，看颜衰面黑，较前都别。年华将半百。却转忆，少年时节。从来志大言狂，今日伎俩何拙。

况是一官天末。更瘴雨蛮烟，参差相接。故里风光，奈蜀道连天。云层山叠。此恨和谁说。除酒后，离魂飞越。又恐醉梦醒来，依然愁绝。

## 汉春宫

春暮

院宇沉沉，正槐国梦回，蓉城春晚，花前小立惆怅，情怀偏懒。画檐日影，照高枝、玲珑阴满。看燕子，衔泥来往，梁头啁啾如怨。　剩有荼蘼香浅。奈柔枝嫩白，难醒倦眼。蜂喧蝶闹，还是许多留恋。谁怜遍地，落红干、随风飞远。问杜宇，伊心何忍，却把催归频换。

## 前调

劝酒

有酒盈樽，看荼蘼芍药，尚弄余香。须是花前寻醉，香里论文。尽拼颓卧，绿莎平，似展芳茵。晴日永，和风款送，吹来衣惹香尘。　更听诗肠鼓吹，向柳梢深处，软语撩人。不妨科头松下，抱膝窗根。还他俗物，嘱奚童，深闭柴门。肯少减，昔年狂态，莫教轻掷良晨。

## 凤栖梧

和汪摄山韵

短几幽窗尘不涴。寂寂柴门，更倩垂杨锁。多少杨花学雪堕。悠飏风起浑无那。　相逐翻飞蝶个个。欲展齐纨，又向芳丛躲。闲踏落花苔上过。屐痕印得台痕破。

## 前调

走笔成词，仍用原韵。

展卷须妨梁燕涴。小院清闲，满地花阴锁。鹃蹴残英和血堕。春归引惹愁无那。　　梅子枝头垂几个。此恨缠绵，岁岁无由躲。风送落红窗外过。几番似打窗纱破。

## 梅子黄时雨

本意

节届清和，正绿满园林，如张翠幄。看梅子枝头。累垂栏角。望处酸流齿颊，清香偏止人心渴。莺偷啄。毛衣佳实，颜色相若。　　觑着。摘来满握。向树梢戏掷，惊将飞却。忆当年煮酒，英雄对酌。恰是黄昏霖雨洒，金丸含润檐边落。真堪嚼。调羹更是良药。

## 捣练子

戏集古句

心耿耿，秦观思悠悠。白居易物是人非事事休。李清照今夜夜长争得晓，张先兰缸背帐月当楼。顾敻

## 其二

愁脉脉，陈克泪双双。秦观水驿江程去路长。陆游满院落花春寂寂，韦庄暗思何事立斜阳。李珣

## 忆帝京

偶成

子规叫彻催昏晓。春去落红难扫。乳燕试飞低，粉蝶寻香悄。廿四信风希，九十韶光杳。　　剩堤上、柳条还袅。添水面、荷钱才小。旅馆苔深，明窗阴满，拈管删抹春来藁。茶宠雪涛翻，翠鼎沉烟绕。

## 迷神引

忆兄弟

望极燕云三万里。栈道高连云起。滹沱恒岳，家在烟霞里。路漫漫，关河杳，隔迢遮。一片愁心，远托雁鲤。彻夜梦魂飞，傍唐棣。　　游子天涯，冷落姜家被。尽洒临风，千行泪。音书望断，奈重叠，山横翠。叹一年年，时光迅，如流水。蜀魄一声愁，春去矣。争不故乡心，为伊碎。

## 无闷

偶述

城枕文江，地近西山，满眼千秋古雪。更事简人闲，抚桐摹帖。卧理颇称藏拙，任鹊尾、手拈名香爇。空庭寂静，一帘花影，轻风时揭。
听彻。幽禽咽。种绕屋奇葩，四时相接。任支枕高眠，悠悠蝴蝶。果是门堪罗雀，若个破、苔痕青如结。酌兰生、小醉花间，独劝峨媚山月。

## 丁香结

愁

占断眉梢，低回心曲，教人不情不绪。值东风才暮。更叵耐、阵阵黄昏疏雨。一春消受尽，春归矣、奈何仍住。怎当墙角树上，时有啼声杜宇。　　心素。总说向人前，真个知他信否。醒处依依，梦中楚楚，遣之难去。也道消除仗酒，醉里还无数。叹夜阑灯暗，倚枕听残戍鼓。

## 渡江云

本意

山川含润泽，凝烟结雾，忽立两三峰。望来何叆叇，依依冉冉，乍淡又还浓。碧流浩浩，千万片、影落波中。看滃然、远从西岭，渐过江东。
随风。白衣苍狗，变幻多端，映涛声汹涌。舣画船、天边水底，上下相同。棹歌料得难留住，吹渔笛、穿透晴空。却飞去，岸头斜挂长松。

## 沁园春

读古词

几案惟何，古词千帙，素琴一张。有小奚煮茗，铜瓶响雪，髯奴种竹，湘簟生凉。罢抚冰弦，更添芸叶，快读花间齿颊香。真个是，韵含律吕，句咀宫商。　　醉心宁止秦黄。也道、清真便擅场。算稼轩老子，纵横无敌，易安居士，俊雅非常。靡靡柔音，超超玄著，铁板红牙两不妨。还欲起，古人问取，于我奚长。

## 一络索

蜂

灼灼艳葩满院。咂来都遍。层层金粉着身肥，尽带得、幽香远。也有分儿事件。闹衙才散。辛勤酝酿蜜成时，甜与苦，凭谁算。

## 芭蕉雨

本意

那奈枕头独拥。芭蕉绕小阁、知谁种。暮雨潇潇频弄。正是灯照人孤，风寻被缝。　　乱敲窗外叶动。引凄恻偏重。悔昔日留情、成何用。空惹得、到如今，夜夜无计消愁，料难有梦。

## 荷叶杯

立夏

昨日五更春去。何处。万树绿杨齐。浓阴满地掩双扉。芳草望中迷。

又是清和时候。长昼。睡起困恹恹。匡床独坐敞珠帘。乳燕掠雕檐。

## 满庭芳

郊饮用韵

柳引轻风，苔含宿雨，小燕掠地来回。晴江渺渺，远岸淡斜晖。携酒堤边促坐，羽觞共、燕影争飞。还更向、渔舟买取，拨刺鳜鱼肥。　　煮来应自有，淡中真味，何假盐梅。任主人沉醉，客子山颓。互答狂歌一阕，全不计、谁是谁非。浮云外，一弓月上，扶着小童归。

## 其二

草细铺茵，柳深垂幕，清风时自吹回。一天云影，破处透余晖。畅饮小桥西畔，醉吟就、落笔如飞。传玉斝，酒斟桑落，入箸笋芽肥。　　天涯。快相聚，座围新竹，时届黄梅。更言多慷慨，兴不灰颓。纵意行吾所是，礼俗士、任尔相非。酶然矣，沙堤月冷，一路笑声归。

## 其三

麦浪翻风，秧针刺水，胜地路曲山回。解衣磅礴，剧饮到残蝉。挥尘谈霏玉屑，微中处、神色俱飞。佐酒有，园蔬时果，端不让甘肥。　　畅怀何必用，筝排银雁，笛落江梅。尽饮如鲸吸，醉即山颓。礼岂为吾辈设，任放达、谁道全非。良夜好，洗觥更酌，争得便言归。

## 其四

树拥危城，桥横古渡，锦江鱼艇来回。碧波万顷，帆远带晴晖。沙际窥鱼白鹭，一行起、云外高飞。天初霁，浮云片片，相衬雪山肥。　　时光流水速，柳才无絮，叶早藏梅。愿狂来起舞，倦则如颓。白眼看他世上，古今事、何是何非。酌君酒，须拼酩酊，不醉莫云归。

## 其五

远挹山青，俯临江白，杯传柳岸千回。层层新绿，弄影乱朝晖。谑浪全无拘忌，得意处、鱼跃鸢飞。真快乐，身间心逸，食核总堪肥。　　野花偏媚眼，何须定是，秋菊春梅。看君犹未醉，我已先颓。别是一般化境，觉世上、名利俱非。我醉矣，欲眠芳草，君辈任先归。

## 望仙门

即事

一庭清影碎斜阳。日初长。老莺还是向来腔。啭垂杨。　　手弄齐纨扇，淋漓醉墨行行。一瓯茗泛雪凝香。雪凝香。啜罢腋生凉。

## 帝台春

鹃

鹃声紧。一声声凭风引。柳线烟浓，槐荫云铺，时闻悲韵。唱道不如归去好，竟催得、落红成阵。怎耐他，月冷三更，春残俄瞬。　　难消却，当日恨。诉不了，中心忿。看怨血无端，趁东风，早几点云边飞陨。洒向高岩千百树，染作花光转妍嫩。惹羁旅愁心，较蜀山还峻。

## 满宫花

即事

院常幽，帘半卷。十二屏山齐展。闲怀寄向七条丝。抚罢矇眬双眼。日偏长，泥正软。忙煞营巢梁燕。飞低掠案动琴声，疑剪冰弦将断。

## 大圣乐

遣怀

一院榴花，半窗梅雨，旅情萧然。有枝上、学语雏莺，帘下试飞乳燕，相伴人闲。几多心怀摇彩笔，展乌几、新诗满素笺。凭谁寄，却空教望断，朱鲤青鸾。　　无聊最是青夜，剪画独，鸳衾镇独眠。奈梦魂多事，偏萦屈戌，只傍阑干。愁逐时添，狂随年减，霜雪欺人鬓欲斑。知心者，唯余红友，常与盘桓。

## 解佩令

前题

夜长积恨。日长积恨。凑合着、心长积闷。香烛金猊，看郁郁、篆烟轻喷。这萦回，似人方寸。　　欢兮没信。愁兮没尽。更无奈、梦兮没准。几叶芭蕉，怎当得、风儿阵阵。况窥窗、月痕微晕。

## 苏幕遮

月夜

海榴花，红乍吐。新月偷云，斜照胭脂树。渐上花梢无着处，何限青光，散作瀼瀼露。　　冷相看，闲试数。才见如弓，又见团圞兔。欲放珠帘推月去。月最多情，偏向帘边住。

## 木兰花令

小亭

小亭八面金钩敞。帘影玲珑花影飐。砚池余沉墨光鲜，得句便题蕉叶上。　　退食阑边揖石丈。巉峰渐有青苔长。胡床斜据绿阴浓，坐听柳梢蜩弄响。

## 红情

咏红，寓美人晓起。

石榴初吐。正啼鹃洒血，晴霞催曙。绛帷乍翻，被浪熏炉凝余炷。扶起双腮带醉，珊瑚枕、印痕如缕。一点樱桃，肯教胭脂污。　　移步。阑边去。看鞋践残花，猩裙低护。宝钗横处。靺鞨火齐鬓傍聚。采得相思满把，泪染涛笺新句。拈骰子、暗卜取，喜逢四数。

## 玉漏迟

夜愁

闭门辞皓月，拥空帏，独盼金荷语。夜静风回，带得晚钟轻度。窗外竹，拂低檐，相伴着、孤城戍鼓。但凡是、鼠响枭鸣，尽成愁绪。　　听彻银箭铜壶，把二五更筹，从头偷数。欲向南柯，双眼总难合住。谩道梦由想出，睡不着、相思更苦。堪恨处，今宵恁般难曙。

## 沁园春

自诮旋自慰也

咄咄汝来，四十六年，一个顽皮。对花晨月夕，也度些曲，高山流水，也咏些诗。躯干伟如，须髯张戟，半是癫狂半是痴。更可笑、许多落托，没点时宜。　　年今渐近知非。霜上颠毛面复黧。但食君之禄，官叨五马，延祖之嗣，子长孙枝。耕则有田，居则有室，贫士之常莫皱眉。汝须是，信天而去，鹿鹿奚为。

## 浪淘沙

饮酒

臣是酒中仙。雄辩惊筵。狂歌剧饮夜将阑。识得衔杯真趣味，肯与人传。　　醉后恣高眠。其乐陶然。此中别有一重天。无是无非无好丑，更少愁烦。

## 闺怨无闷

感怀

懊悔情多，酝酿怨恨，对景都成僝僽。半寸眉头，千层颦皱。况在炎歊时候。看院落、几株榴花瘦。最恼那、青蝇扰攘，午眠难就。　消受。耐日长，数夜漏。千种愁烦相凑。向人欲诉，知肯信否。度得新词几首。待寄与、鸿鱼何曾有。常则是、咄咄书空，还斟数盏闷酒。

## 临江仙

咏榴

肯许东皇窥丽质，朱明灼灼才舒。射眸凝是晓霞铺。舞群争艳冶，猩血染模糊。　半吐芳心看似束，封姨妒得他无。累垂佳实笑霜初。皮开青玳瑁，粒迸紫珊瑚。

## 好事近

赏莲

风引一声蝉，满地绿槐高柳。坐定阴浓苔厚，问炎歊何有。　解衣磅礴傍清池，种得莲十亩。细细清香袭坐，入碧筒红友。

## 望江南

夏日偶作

炎日永，树色敞空庭。风带蝉声来暗柳，雨过蛙吹闹新萍。挥扇倚阑听。　午睡起，湘簟浪纹平。蕉影全分窗上绿，莲香时裛坐中清，散发纳凉轻。

## 传言玉女

秋到

促织何心，蓦地叫将秋到。风来金井，把梧桐叶搅。月光似水，蕥簟轻凉生早。无眠倚枕，漏声长了。　宦海茫茫，闷偏多、欢处少。故园松菊，更时萦怀抱。松菊有知，应也念人衰老。极目天涯，云山杳杳。

## 锦缠道

秋夜

彻夜蛩声，唤起许多愁绪。更难堪、蕉风桐雨。金荷焰冷屏斜护，窗外高低，一个流萤度。　　记春时作客，又过炎暑。临邛几次归期误。谩凝眸、古道逶迤，孤城原在，漠漠凝烟处。

## 怨三三

秋

清阴满院做新凉。寂寞幽窗。蝉声断续柳条黄。听三两、咽斜阳。
枫林尚未沾霜。早几片、轻红映江。更蛩语萤光。总为游子，填砌愁肠。

## 重叠金

归期

郊原历历烟中树。高天寥阔征鸿度。满耳是秋声。凄凄不耐听。
远山青欲滴。总是伤心色。几度问归期。长亭暮霭迷。

## 青玉案

舟中

参差一带堤边树。是前次、停舟处。依旧渔家滩畔住。落霞孤鹜，白蘋古渡。景物还如故。　　飞金走玉年华度。转盼一番寒与暑。欲向冯夷相问取。朱颜碌碌，风尘愁苦。得似当时否。

## 桂枝香

重九前，桂有余香，桃花忽放，因拈此阕。

画帘轻揭。正满院西风，重阳时节。照眼篱根数杪，黄花红叶。木樨尚自垂金粟，羡月窟、余风浓烈。倚墙更有，天台仙种，偷将春泄。
夭夭态、久拼寒隔。忽不待风吹，含霜开彻。春色秋香两样，都称奇绝。乍疑剪彩枝头缀，细看来、丰神无别。寒蛩饶舌，叨叨诉向，等闲蜂蝶。

## 豆叶黄

秋夜

风高玉马闹雕檐。银汉横斜落素蟾。衾薄寒惊夜漏添。闷厌厌。满地霜华不卷帘。

## 木兰花慢

秋声

长宵秋籁急，教耳畔，不堪听。有飒飒风来，萧萧叶落，切切蛩鸣。丁丁。戍楼莲漏，怎奈他、不断滴严更。朱槛数竿翠竹，雕檐几个金铃。
乍疑如、甲马奔腾。又似海涛惊。况愁拥猩衾，梦回珊枕，焰冷银灯。双睛无眠彻晓，觉从前、恩怨总关情。此际那还禁得，芭蕉敲雨声声。

## 霜叶飞

九日无菊

金飙正肃初晴候，长空澹荡如沐。水收霜冷恰良辰，好登高纵目。看枫叶、红明远麓。芦洲铺雪哀鸿宿。彷昔日龙山，任风起、倾斜席帽。霜鬓疑秃。　　奈是笔敢题糕，巾堪漉酒，寂寞篱畔无菊。天公何事吝秋英，教欢娱难足。等开后、兹游再续。菊应不苦重阳复。尽今朝、斟玉斝，醉把茱萸，再三相瞩。

## 鹧鸪天

宿山寺

精舍萧然静不哗。琉璃宿火夜生花。风高曲经飞丹鸟，霜冷荒林叫鬼车。魂梦觉，月痕斜。心清隐有妙香赊。何须问取无生学，只此幽闲味自佳。

## 南乡子

晚行

暝色送归鸦。抹过遥村乱落霞。霞罥枫林浑一色，江涯。影入空潭涌浪花。　　落雁点平沙。小路逶迤逐岸斜。蹀躞马蹄行处远，人家。灯透疏篱吠犬哗。

## 引驾行

忆宿开元寺

云罥长林，烟凝遥岫盘陀路，绕寒江、百千曲，行行渐入晴霞。平沙。迷离荒草，飘飖落叶，远洲畔、黄繁野菊，红老高枫，雪满蒹葭。咿呀。看长空寥阔，几行塞雁逐风斜。却早有孤钟暗渡，古寺枕江涯。堪夸。　　山僧课罢。鹊炉香上袈裟。忆萧然一榻梦回，残月佛火笼纱。谁家。寒鸡唱彻，林饱西风动曙鸦。又一鞭归路，马蹄缓，碎踏霜花。

## 水调歌头

梦

不记梦中语，但忆梦中人。梦中才得相聚，携手致殷勤。忽被丁丁檐溜。更有咚咚戍鼓，惊转梦中魂。风透翠衾薄，冷困烛光昏。　　心切切，情怏怏，意殷殷。欲欹山枕，重访残梦问前因。慢笑痴人说梦，须信化人有国，何梦又非真。若识路中梦，岂惮去来频。

## 落梅风

秋老

风声搅。霜华悄。淹滞遐荒秋又老。啼残促织奈愁添，过尽征鸿还信杳。　　春去了。秋去了。兔弄黄昏乌弄晓。阶前才净落花尘，黄叶堆苔慵更扫。

## 偷声木兰花

梅

虚窗绣月横梅影。风寻帘罅飞香冷。茶沸红炉。有客探幽过我无。　　奇姿纸帐谁人写。墨痕瘦影遥相射。清惬人怀。应是罗浮好梦来。

## 莺啼序

和汪摄山述怀韵

小亭帘垂银蒜，有琴书伴我。乌皮几、净拂纤尘，金鸭篆、袅残火。胆瓶里、奇葩满插，幽芬细细疏枝亸。向晴窗，开卷大都，腐迁盲左。　　雪积西山，冷透北牖，拥羊裘足躲。一任是、甑缶生鱼，室人交谪无那。但自信、萧骚兴致，问同俦、竟还能么。况荒园，芟草锄畦，栽莳皆可。　梅依曲砌，竹绕低阑，种橙余硕果。会心处、长吟新句，啼鸟相和，更酌家醪。乐应无过。二豪侍侧，何殊蜾蠃，绳床白眼颓然卧，尽清贫、不使家风堕。门堪罗雀，阿谁履破苔莓，遍地绿树阴锁。　醉时壁上，乱扫龙蛇，任青衫墨涴。科头倚、孤松危坐，不让前贤，秃笔成丘，藏书如垛。何须计较，升沉迟速，从来万事怜驹隙，看蛮蜗、笑口开将破。肯将风月襟怀，轻许他人，双肩负荷。

## 前调

独酌用韵

试将半生检点，唯曲生爱我。每携向、水曲山隈，旋拾红叶炊火。便凭他、引将胜地，扶童归路双肩弹。更扫除、亭榭迟客，尚教虚左。　万古闲愁，世上俗务，往醉乡欲躲。但邀取、清风明月，除伊再有谁那。兴味在、羲皇以上，碌碌辈、可能知么。算古来，元亮公荣，庶乎才可。　行吾所是，随寓而安，问甚因和果。由他是、呼牛呼马，旷时废事，晏起科头，不为予过。暇时便读，狂时便舞，困时便枕松根卧，任满身、风弄松花堕。醒时高咏，为防俗子来寻，嘱咐白云深锁。　幽庭小院，净几明窗，看全无尘纯。又一壶、对花闲坐，豪吸鲸吞，鲑菜纵横，杯盘堆垛。圣贤寂寞，饮者留名，典裘促月浑常事，把愁城、闷垒都攻破。酒泉假使封侯，自信吾才，恢然足荷。

## 木兰花

放言

对月不眠狂起舞。仰天长啸虹霓吐。酒咏杯倾竹叶香，歌声笛按梅花谱。　作达几思空万古。奈何情有难忘处。捉鼻公孙井底蛙，朵颐丞相仓中鼠。

## 燕归梁

鹤林寺

绿嶂幽深古寺藏。门枕晴江。茂林变岸郁苍苍。松针密，柳丝长。　鹤山点易留遗洞，石涧陡，翠屏张。打鱼村，晚带斜阳。看撒网，鵁鸣榔。

## 生查子

初春夜醒

暖意逗春光，淑气催芳景。风引砌兰芬，月写窗梅影。　　春浅觉余寒，酒薄眠还醒。香透兽炉温，灯晃流苏冷。

## 瑞鹤仙

仲春

春来刚匝月。渐稚柳苏金，老梅堆雪。草芽新意彻。看平拟茵铺，青同烟结。园丁又说。屋角有、樱桃香泄。历头边、社日将临，待燕绣帘先揭。　　蝴蝶。芳魂乍醒，弱态才舒，蹁跹飞越。韶华时节。晴日暖，和风发。遍芳丛，取次添红染紫，到眼芳菲都别。预藏他、斗酒双柑，听莺调舌。

## 寿楼春

问游

问郊原游人。踏蒙茸细草，多少蹄轮。溪水才消余冻，浅波粼粼。杨柳岸，桃花村。忆酒家、帘飐香尘。好衫着轻纱，马摇金勒，探遍远山春。　　携良友，展芳尊。更弹琴调古，染翰词新。暖气融融初倦，醉眠松根。石作枕，苔为茵，蝶梦醒、花阴笼身。更嘱咐东皇，朝来莫教风雨频。

## 蝶恋花

春景

九十光阴如啖蔗。即渐深时，即渐开图画。今日夭桃红照榭。明朝秾李香风乍。　　满眼芳林娇艳亚。柳线垂金，添个莺儿黑。小睡清芬魂梦惹。三春难问韶华价。

## 玉烛新

约春

吾与东皇约。那花任争开，柳还低拂。弄娇逞艳，纷如绮、更送香萦珠箔。娱吾双眼，便风信、欸吹红药。况置闰、谢得羲和，今年韶光多却。　园林芳树扶疏，这叶底枝头，休教萧索。燕儿低掠。还要个、睍睆莺儿啼着。笑倾凿落。酹汝如相酬酢。沉醉也、竟藉花眠，谅吾疏略。

## 太常引

鹂

碧桃丛里一枝低。飞上个黄鹂。不住耳边啼。恰似是、伊心怨谁。　几声低唱，几声高咏，婉转自堪怡。扶槛再听时。猜不出、伊歌甚诗。

## 阮郎归

燕

绿杨堤畔水溶溶。晴波涵碧空。来回燕子掠波中。翩翻受远风。　寻旧垒，话帘栊。新泥添几重。忆他王谢有遗踪。乌衣别一封。

## 四字令

小园

苔将径埋。松依槛栽。疏篱那畔茅斋。有芳菲满阶。春光乍回。间花渐开。东风轻拂亭台。带清香过来。

## 木兰花

赋红闺怨

朝阳影里啼鹃血。春日桃花秋日叶。新粧小妇倚高楼，望断明霞肠暗结。　开箱验取榴裙褶。量满胭脂羞上颊。涓涓珠泪染蛟绡，却展涛笺题怨阕。

## 前调

赋绿闺怨

蒙茸芳草天涯远。小院苔痕生遍满。沉沉春水剑蒲长，莫莫深林萝蔓软。　　妆台乱把云鬟绾。宝镜尘埋斑色浅。筠笼翠袖懒添香，怕听丛篁么凤啭。

## 应天长

问春

问春从何处，试屈指期程，经年相别。一旦归来，依旧融和时节。东风吹澹荡，先放了、岭梅争雪。渐满眼、花萼飞香，柳丝舒叶。　　回忆曩抛撇。耐烈日凄霜，那些磨折。却喜而今，气候不寒不热。困人天乍永，才午梦、悠悠蝴蝶。此意倩、紫颔金衣，代予传说。

## 青杏儿

春游

花艳绿杨柔。明媚景、到处牵眸。何须舞榭和歌馆，石桥东去，碧桃丛底，堪可迟留。　　小鸟唤枝头。听巧啭宛、似清讴。一年能有春多少，天晴也得，天阴也得，莫负追游。

## 玉交枝

见落花

乾鹊鸣鸠两两催。又听林外杜鹃啼。小桃学雨，缭乱尽情飞。　　扑上珠帘千百片，朝来和露卷胭脂。十分春色，早是五分归。

## 春风袅娜

诮燕

笑乌衣小鸟，着甚干忙。过社日，影双双。好园林、自有一枝堪息，何因到处，别觅雕梁。况是檐前，珠帘绣幕，开卷由人作主张。朱雀桥迁旧曾识，秋千影里说兴亡。　　遍掠平畴麦浪，斜风受得，有底轻狂。新雨足，软泥香。梨花院落，柳絮池塘。翠尾涎涎，剪残白昼，巧言嗻嗻，絮断青阳。春云归矣，却衔落瓣，垒将巢上，恋恋余芳。

## 步蟾宫

飞花

东风澹荡漫空卷。傍烟柳、吹来款款。垂条争欲挽残红，无奈是、风长线短。　　惜花蝴蝶翩翻程赶。扑不着飘然去远。有人柳外弄秋千，被裙带、无心带转。

## 摊破丑奴儿

偶拈

蒸人春气教人困，啼老黄鹂。开彻棠梨。逐着东风学雪飞。也啰，生怕是、渐春归。　　恼人春色教人恨，绿了疏枝。香了涟漪。落瓣新和燕嘴泥。也啰，生怕是、竟春归。

## 南浦

春暮

艳阳时候，遍郊原、丽色弄芳春。细草闲花侵路，蜂逐马蹄尘。茅店酒旗斜矗，问朝朝、沉醉几游人。爱绿杨影里，秋千高蹴，飞燕惹红裙。　　莫把韶华轻掷，趁花前、欢笑倒金樽。况是嫣红欲老，千片舞缤纷。远树鹃愁杜宇魄，小池萍聚柳绵魂。看流香南浦，夜来新雨涨波痕。

## 踏莎行

山行

两岸人家，一川烟树。时禽啁哳浑如诉。落花红染马蹄尘，小桥流水盘回路。　　入竹林中，傍山岩去。高峰凝黛无重数。漫言好处似丹青，丹青难貌幽奇处。

## 其二

巉峭烟鬟，参差云树。桃花零乱东风暮。千年松老挂猿猱，一溪水碧浮鸥鹭。　　桥接柴扉，竹遮蓬户。青山回合人家住。恍疑身是梦中人，不然怎入桃源渡。

## 前调

前题，和汪摄山韵。

水逐山回，路将溪傍。行行渐到高坪上。绿杨千树带云垂，落花万点随波涨。　　辔缓青骢，恣情游荡。东风欲老人无恙。穿林手自劚枯藤，登临好作探幽杖。

## 其二

村落偏幽，招提相傍。白云只在松梢上。千峰岚气翠光浮，一泓活水柔蓝涨。　　絮舞红干，任他飘荡。肯因春老愁成恙。篮舆有径到青山，何须蜡屐拖藜杖。

## 前调

前题

鱼跃潭深，鸟啼山寂。新诗吟就题巉壁。一声长啸振长林，松风谡谡吹双腋。　　怪石崚嶒，具袍堪揖。乱峰迭断尘寰迹。马蹄行处有云生，蒸蒸渐染春衫湿。

## 其二

才到山中，偏生幽寂。老藤倒挂巉严壁。枯枝拣得煮新茗，一瓯啜罢风生腋。　　野叟相逢，忘情不揖。天真烂熳无形迹。山矾香里立多时，苔痕却把芒鞋湿。

## 归朝欢

春归

闲了秋千三月暮。门掩束风飞柳絮。游丝不解系青阳，何缘偏系春愁住。画梁双燕语。劝人莫把韶华负。尽呢喃，无人能会，又拂花梢去。
蝶蜂空绕先时树。绿柳沿堤笼晓雾。荷钱砌遍小池塘，桃花水张前溪渡。青山无个数。料当阻却春归路。细思来，春应尚在，花落莺啼处。

## 南乡子

偶成

不必更留春。莫怨鹃声催去频。春有来时应有去，东君。闰是遗将去后恩。　　远水碧粼粼。流出残花片片新。谁识花从何树落，评论。况复当年种树人。

## 采桑子

春暮

漫云春是多情者，几度秋千。几个风鸢。收拾残红怨暮烟。　　漫云春是无情者，芍药阑前。杨柳桥边。丝软香浓胜去年。

## 最高楼

春归，和汪摄山韵。

东风老，芳草送春归。莺语便含悲。柳眉蹙蹙应多恨，露珠滴滴是花啼。叹留春，留不得，竟成痴。　　看几片、云峰山外好。听几阵、鹃声林外老。枝上果，总春遗。送春须进千钟酒，忆春高咏一篇诗。剩余红，添燕垒，罥蛛丝。

## 一丛花

玉碗

一年春事到荼蘼。香雪架边垂。长条密叶横斜处，闲中觑、别有娇姿。巧样不殊，定官佳制，细瓣碾羊脂。　　梨花春酿倒珥彝。皎洁两争奇。等闲却被流莺啄，怜碎片、绊惹游丝。月底乍看，几番疑是，风马碧窗西。

## 三姝媚

小园春尽有感

漫空飞柳絮。看悠悠飏飏，乍开还聚。无限韶光，却随伊千点，暗中都去。花落闲阶，残瓣里、龙孙横路。怕见春归，恨付深杯，愁凭新句。　　也莫怨他风雨。忆嫩萼滋时，幽香吹处。古往今来，自成功应退，四时之序。情有难言，只合向、黄鹂相诉。明岁总然依旧，知谁是主。

## 木兰花令

杜鹃花，又名山踯躅。

杜鹃声里春风晚。杜鹃枝上花容艳。赐啼洒血促花开，花色浑疑鹃血染。　　红映山头遥照眼。鲜妍猜作明霞远。为怜踯躅醉胭脂，彳亍花前归步缓。

## 满江红

闰三月初一

九十韶光，算昨日、已成成数。今日里，历头余闰，春风独度。糁径落红开复合，萦帘弱絮来还去。更楝花、香里语新燕，浑如诉。　　想不起，春来处。遮不得，春归路。喜东君未老，莺花有主。燕已成巢飞较缓，蝶因觅蕊寻偏苦。是何人、撒漫使榆钱，赎春住。

## 卖花声

偶作

不必坐蒲团。也莫烧丹。眼前有景便陶然。试问利名多鹿鹿，何似清闲。　　邀友豆棚边。抵掌狂言。醉时起舞困时眠。唤作痴顽癫老子，便是神仙。以上《后琴台遗响》

## 临江仙

过昭化

回忆当时曾过此，东风吹送轻航。渔歌欸乃和鸣榔。荒城临断岸，高嶂俯晴江。　　五载风尘多碌碌，重来叱驭羊肠。维舟还识老垂杨。山川依旧好，鬓发奈沾霜。

## 庆清朝

予六月出锦官，九月抵盛京，暇日度此词，以纪其事。

丁鹤辽天，金牛蜀道，王程万里迢遥。玄蝉才咽，催人晓夜星轺。入栈苍山回合，林开一线碧天高。经秦晋，太行送爽，八水翻涛。　　度井陉，过闾里，聚亲识欢笑，得几昏朝。西风倦马一鞭，落叶萧萧。渐过黄沙关塞，陪金宫殿郁岧峣。龙兴地，二陵瑞霭，直上干霄。

## 满庭芳

放言

风卷茶烟，霜明石砌，严城漏下初筹。闲阶跋步，带月舞吴钩。烁烁寒光如练，才动处、冷雾飕飕。震碧汉，一声长啸，万里冻云收。　男儿生世上，达观物我，恣意遨游。侭逢场作戏，对酒当讴。试看古来俊杰，青史内、几个名留。须自负，元龙豪气，不上仲宣楼。

## 梅香慢

提郭振趾蛱蝶图

造物何心，在小小昆虫，不遗余力。蝶翅双垂，五彩斑斓，望处千般文质。人意相参，便不是、天然颜色。看态轻盈，庄周梦里，飞飞飘忽。　穿遍百花丛，记齐纨团扇，扑将阑侧。鹅绢还重拭。向碧纱窗底，霜毫摹得。俨似生成，笔墨都无痕迹。欲起滕王、旧图比并，细加评骘。

## 花犯

观郭山人为予作《游商余山图》，因忆昔年之事。

小窗明，画图闲展溪山旧，曾到商余秋杪。邀胜友闲驄，随路欢笑。昔时漫叟遗踪好。长松千尺老。向树底，藉苔促坐，金船相劝倒。　陶然醉来兴偏豪，弹琴更弄笛、清音飘缈。拈新句，摘红叶，漫书诗稿。归时节，晚烟隐岫，取次吐、穿云新月皎。披玩处、浑如渔父，花源重系棹。

## 酹江月

偶述

塞垣千里，望金台无际、烟云缭绕。寒署门庭清似水，闲煞萧疏怀抱。旗影翻霞，笳声吹月，壮志堪忘老。留都风阕，崔巍高出云表。　试看野马荒原，纷纷滚滚，笑问何时了。便面章台曾走马，古昔风流难效。胜负敲棋，高低蹴鞠，争似衔杯好。邯郸一枕，觉来红日初晓。

## 前调

读史有感，遂连类比之，率尔成调。

等闲觑破，廿一部青史、只供一噱。往古今来驹过隙，算子满盘都错。蕉鹿纷纭，醯鸡扰攘，梦又何殊觉。枋榆溟海，鲲鹏漫笑鸠莺。　堪叹枝上螳螂，捕蝉才逞，宁复知黄雀。世事由来浑似弈，黑白机心相角。蝼蚁排兵，蛮蜗争胜，毕竟谁强弱。淡然无欲，达人原有真乐。

## 塞翁吟

忆旧

澹荡东风晓，吹彻满眼芳菲。高榭下，画阑西。种翠柳参差。轻黄弱线悠扬处，藏着一个金衣。歌睍睆，闹斜晖，将清梦惊回。　幽栖。柴门掩，闲花匝径，有蛱蝶、蹁跹乱飞。童子道，羊求过我，坐花下、抵掌论文，赌酒敲棋。如今暗想，旧日亭台，梦尚依依。

## 前调

燕垒残花满，檐角槐荫初浓。南陌静，北窗空。爱涛响乔松。羲皇一枕悠然足，欹枕两眼朦胧。隔蝇蚋，画帘重。映清影玲珑。　溶溶。池涨绿，楼台倒影，凭栏望、如涵镜中。笑远逐，风尘鹿鹿，又何似、散发临流，白羽挥风。更堪忆处，冰沉珠实，云幻奇峰。

## 前调

露裛芙蓉冷，深夜翠被微凉。蛩语切，漏声长。更败叶敲窗。朝来谁唤双眸醒，楼角塞雁行行。岩桂满，菊舒黄。送一院秋香。　登场。收禾黍。家家酒熟，有邻叟。相招共尝。尽醉矣、儿扶缓步，遍归路，月影沉沉，疑踏清霜。争教不羡，张翰清高。陶令疏狂。

## 前调

一夜寒风峭。烟霭幂䍥长霄。重着上，木绵袍。趁日煦衡茅。几枝向暖江梅发，香气漫吐琼瑶。恰又早，六花飘。压老树残梢。　逍遥。多幽兴，新诗吟处，应只在、骑驴灞桥。聚骨肉，围炉笑语，一任是、茶煮松风，酒泛羊羔。如今怎听，角里梅花，散逐狂飙。

## 满江红

岁暮，戏效彭巽吾平韵体。

岁序将除，计一载、身如野蓬。那堪是，暑过蜀道。寒滞辽东。漾漾花飞玄菟雪，萧萧沙起白狼风。望故乡，千里隔关山，烟霭封。　职佐理，事从容。无案牍，任疏慵。但凄其冷署，若个人同。青鬓见消朝镜里，闲愁绝暮笳中。料此时，儿女拥炉边，思老翁。

## 卜算子

春愁

频炷篆烟长，屡剔灯花短。驿路条条万里余，未抵相思远。　谩道雨如丝，须信风流剪。吹得园林草叶齐，偏不吹愁转。

## 前调

悠悠离思长，种种颠毛短。写就相思一纸书，争奈鱼鸿远。　芳树艳成霞，细草平如剪。输与雕梁小燕儿，解逐春风转。

## 前调

夜为不眠长，梦为邻鸡短。料峭东风翠被寒，脉脉愁怀远。　眉锁镇难开，肠结凭谁剪。愁逐芳春一处来，可肯同回转。

## 前调

日喜乍天长，夜恨还难短。叵耐关山几万重，魂梦里、嫌遥远。怕见月痕明，懒把灯花剪。遮莫关山几万重，却只在、心头转。

## 临江仙

春怨

二月向晓，东风软、卷晴丝。困人长昼迟迟。对遥山翠蔼，看池水涟漪。才过春社便有，海燕双剪掠烟低。　含苞未开香欲透，几株芳树参差。爱蝶翻金粉，更蜂觅胭脂。凭阑无限怨恨，谁许镜影偷知。

## 霜天晓角

归兴

塞雁回旋。带东风度关。吹的烧痕细绿，一夜里、遍西山。　　归鞭二月天。芳时过故园。料得故园桃李，应还笑、待人还。

## 蕊珠间

春情

杏花天，梨花月，取次韶华都好。柳丝长拂晴波，沿堤袅袅。烟开遥浦，云横高峤。胜游正堪倾倒。　　酒旗绕。小桥茅舍向晓。谁个醉眠芳草。绮从深处，娇啭一声黄鸟。主人归矣，嘱春知道。莫教故园花老。

## 摸鱼儿

昨岁予北上，王子林、汪摄山、张宇水、段子祯、欧阳坦如、王青萝、张誉扬、韩文起、罗云裳，相送驷马桥北，暇日追忆，因成此调。

忆当时、熏风开霁，征衫才冒炎暑。一鞭晓色王程远，却向锦江归渡。行且驻。素心侣、携尊折柳长亭路。骊驹乍度。奈别泪盈盈，离情切切，争忍便轻去。　　分襟后，懒把雕鞍独据。鸣蝉呜咽如诉。他年总有相逢处，宁得坐中都聚。回头觑。早又是、荒烟深锁蓉城暮。天涯间阻。落月屋梁时，料应梦绕，驷马桥头树。

## 南浦

春水，追步玉田韵。

暖入浪翻冰，乍溶溶、如镜光浮春晓。风动碧琉璃，垂杨线，低蘸涟漪如扫。荒滩远渚，眠沙浴水凫鸥小。试看向阳高岸下，已透茸茸新草。
一宵好雨泥融，舞蹁跹社燕，争衔不了。何处雪才消，涨溪痕、柔绿半篙来到。晴波渺渺，流出空山声渐悄。鱼掷金梭纹滉漾，引得渔船多少。

## 甘州

忆旧日春游

缓玉骢闲踏落花游，劈面晓风柔。穿万竿修竹，一篙碧水，细浪红浮。远岸渔村斜照，倦獭卧孤舟。系马横桥柳，促坐堤头。　　醽醁恰才倾处，看青山倒影，绿满深瓯。向杜鹃声里，沉醉便归休。却听他、儿童笑指，习家池、当日旧风流。凝思地、昔曾巴国，今在营州。

## 真珠帘

楼，用玉田谱。

危楼连汉千余尺。卷珠帘、却引高峰青滴。俯视老松梢，爱平如裁出。山外闲云来片片，恋画栋、不能飞得。润裛。渐散上琴书，弦松囊湿。　　凭槛试纵双眸，看长河断续，穿林凝白。天远四边垂，尽苍苍颜色。肯许等闲尘俗到，招月姊、为吾佳客。拂席。有十八封姨，泠然时入。

## 留客住

题画

隔松叶。是阿谁、板桥横度、无言闲立，手把瘦藤拖曳。携琴童子相逐，几番招手夷然如不屑。料他自是，听千寻、瀑布水声呜咽。　　山重叠。云树丛中，人家罗列。芦荻滩边，撑出掘头小艓。除了驱犁远陌，撒网长溪，应无他事业。何年也得，傍花源、深处茅庵低结。

## 西楼月

春晓

东风渐弄幽窗影。柳还眠、花未醒。塞鸿归处晓烟开，海燕来时晴昼永。

## 八归

春日偶忆山居之趣，漫成此词。

数椽矮屋，一丛修竹，文石遍砌小径。依山傍水柴门启，环抱巉巉峰峭，涓涓泉冷。照眼野花都放了，引凰子、双飞无定。聊寄兴、一曲瑶琴，清响万山静。　　随路麏麚迹满，桃源愚谷，赢得人称幽静。乔松巢鹤，园沙立鹭，风弄一天云影。任夷犹容与，更觉愔愔日偏永。看烟凝、依依人柳，恰欲偷眠，又教莺唤醒。

## 春从天上来

赋得春寒花较迟，时予将有事入都。

渐入佳晨。甚去冬余雪，尚在墙根。新水流澌，残烟织曙，寂寞二月初旬。忙煞东风燕子，唤不起、桃柳芳魂。最堪嗔，羊裘难解，兽炭还温。　孤村。参差高数，才散了早晚鸦群。总是迟开，自应缓谢，奈何此际清尊。蝴蝶可怜乍醒，垂双翅、款趁晴曛。料花神。定同吾西上，香拂征轮。

## 东风齐着力

催花

水涨柔蓝，草苏细绿，枝未嫣红。那堪长昼，冷落小帘栊。连夜欲催都发，还嫌这、羯鼓无凭。教人盼，晴云蔼蔼，丽日融融。　二十四番风。春已半、何因尚尔从容。黄鹂此际，飞绕上林中。记得街头昔日，卖红杏、声彻楼东。封十八，伊须着力，早入芳丛。

## 玉女迎春慢

咏柳

暖日三眠，隋堤畔、千树依依初软。渐次鹅黄叶展，争道东风如剪。溪头飞卷。又拂得、绿波纹浅。长亭折取，惯送行人，征骑尘远。　阿谁羌笛横吹，细听处，底是声声怨。却隐雏莺两两，惊梦娇喉偷啭。武昌重见。引惹起、英雄悲惋。为问烟丝，可把韶光能绾。

## 鞓红[1]

笳

紫须碧眼，卷将芦叶。蠮螉塞、吹来韵咽。西风入夜，秋高时节。早吹起、关山暮雪。　蔡女当年，丝桐墓得。觉拍拍、凄凉欲绝。游怀听此，乡心偏切。寄愁与、一天海月。

---

① “鞓红”，《全清词》顺康卷作“酺红”。《清词珍本丛刊》本《绳庵词》作“鞓红”，审其律调，当为“鞓红”，今从之。

## 忆乡关

望家信。案此调冯延巳亦名《忆江南》。然《忆江南》自有本调，因改今名。

雁度榆关芳草绿。春到天涯，两眉常蹙。谩云珠泪肯轻弹。只因未去倚阑干。　　倚阑极目山河杳。漠漠黄尘，千里燕南道。家书几月不曾来。离怀争得暂时开。

## 徵招

预拟抵里之乐

一鞭霁色长安道，萧萧紫骝西去。横野草铺青，直接恒阳归路。暖风轻拂面，应先到、故园深处。锦着夭桃，烟笼新柳，春光将暮。　　骨肉共相邀，间寻取、歌板酒旗佳趣。听鼓吹诗肠，黄鹂几树。待他春欲暮。也整顿、巨流重渡。花和絮，伴着征尘，扑雕鞍似雨。

## 角招

拟村居

衡茅远，离城市、渔樵比屋相接。一番新雨足。溪张路迷，桔槔初歇。坐林樾。闲谈取、桃源往事，又把烂柯重说。困来枕石高眠，作邯郸功业。　　飞越。梦回蝴蝶。依然笑谑，礼岂为吾设。酒兴高时节。鲑菜携将，瓦盆罗列。恣情饮啜。尽醉矣、方才言别。傲煞尘寰名利客。若欲望山村，云重叠。

## 夺锦标

春景

柳舞烟丝，桃舒霞萼，到处春开图画。满耳莺声恰恰，锦树梢头，一双飞下。那游人多少，都问取、旗亭新价。更谁家、拾翠娇娃，款蹴秋千高架。　　还纵连钱细马。鞭袅珊瑚，踏碎蒙茸平野。几度和风酥雨，香扑帘钓，绮围瑶榭，便黄蜂粉蝶，也匆匆、因春无暇。劝君休、轻掷韶华，秉烛须游芳夜。

## 金错刀

同上

风澹荡，草芊绵。轻香时透绣帘前。一溪花影浮清浪，满眼岚光冒远山。　　依石坐，藉苔眠。招携歌笑倒金船。三春暖入棠梨雪，二月晴开燕子天。

## 留春令

感燕

去年待燕珠帘卷。倚亭望、晴江摇暖。今年燕子试东风，边塞外、春寒浅。　　一样芳春都飞燕。叹万里、关河遥远。不知来岁燕呢喃，是何处、看双剪。

## 山花子

春恨

一片闲心对绿漪。此情惟许曲生知。难绾斜阳偏绾恨，是游丝。何故叮咛莺共语，不由吩咐蝶交飞。无限春光偏只在，碧桃枝。

## 聒龙谣

春雨

柳重金垂，苔深钱积，一夜清溪流满。檐溜丁丁，不许风吹断。掠高岸、燕子偏忙，抱嫩叶、蝶儿如倦。映帘栊、旧日青山，云藏却，怎能见。　　润新草，浣含苞，觉暗里催得，韶华都转。春衫嫌薄，失连朝轻暖。动人愁、点点难堪，绣丽色、丝丝争羡。料郊原，蓑笠驱犁，农歌应遍。

## 瑶台聚八仙

留别

烟草西郊。春色远、侵晓行李萧萧。紫骝嘶处，柳线摇曳河桥。好友班荆频劝酒，渭城歌韵绕星轺。黯魂消。桃花潭水，不及情饶。　　归期计来不久，奈离群意绪，未免无聊。风雨关山，朝天驿路迢迢。明朝回头试望，但尘霭、茫茫隔碧霄。料梦里，尚棋敲楸局，曲和琼箫。

## 燕归慢

留别

乍着征衣。正轻裹尘雨，春色芳菲。冰消渔艇急，风软酒旗飞。渐行渐暖日舒迟。取次有、花光映柳丝。一路缓金勒，看燕舞，听莺啼。
离塞外，入王畿，烟漠漠，草萋萋。故人远送长亭暮，分襟处、两依依。家园虽是聚亲知。难忘却、天涯此别离。归日重携手，读相忆，几篇诗。

## 长亭怨慢

离绪

是谁种、长亭杨柳。为送行人，折来如帚。一曲骊驹，依依劝进、一杯酒。想人生世，离别事、时时有。总是丈夫心，也应念、天涯分手。
永昼。看征尘影里，几片乱云堆岫。杏花开了，只当作、寻芳驰骤。长安道、草色青青，接故里、东风依旧。先怕得重整归鞭，那番僝僽。

## 琴调相思引

寒食

细草蒙茸寒食天。不凉不燠正宜眠。慵慵情态，竟自异从前。　　惊梦最嫌批颊鸟，佐餐惟爱缩头鳊。杏花村里，酒旆拂新烟。

## 忆少年

离怀

莺啼燕舞，桃妖柳倩，清明过了。挥鞭催倦马，踏青青芳草。　　回首凤城烟霭杳。尚隐隐、螺声吹晓。渐行春渐暖，只离怀如捣。

## 浣溪沙

客中清明

远巷谁人叫卖饧。鬓边多插柳枝青。今朝记得是清明。　　塞外春深还有雁，客中风暖未闻莺。征裘漠漠暗尘生。

## 探春

旅夜

窗破来风，灯昏暗影，良宵客舍无侣。料峭寒轻，凄其夜永，咄咄欲凭谁语。僮仆鼾齁甚，还错认、戍楼更鼓。矇眬孤枕闲偎，好向大槐宫去。　　回忆凤城小署。冷落了湘帘，双燕飞舞。人柳留莺，仙葩眷蝶，香满滹沱春渡。念取从来梦，浑不肯、由人吩咐。两地牵萦，尽着离魂自主。

## 琐窗寒

近临渝，见马上有携杏花者。

鞭臭晴曛，汗濡新暖，几经朝暮。碌碌征途，耐过数番风雨。骤雕鞍、暗尘满衣，韶华忘却深多许。恰柳眉欲展，草芽渐透，青青随路。　　行近渝关去。忽沾酒芳村，长林历乱，乍听莺语。更迎面、清分轻度。是谁人、宝马携春，一枝红杏香凝露。应惊塞外人家，早将花看取。

## 琴调相思引

途中口占

何处芳村无杏花。雏莺多占绿杨些。一声娇啭，啼碎晓来霞。　　蹀躞马蹄平短草，萧骚霜鬓惹飞沙。桥边卖酒，记起那人家。

## 风入松

闲

人生谁不好幽闲。无奈世情牵。真能识得闲滋味，尘寰事、不着心间。舌上几声清啸，眼边到处苍山。　　瘦藤蜡屐老蒲团。兔颖与鱼笺。倚声谱出安闲趣，自怡悦、云去云还。接任山中宰相，新除陆地神仙。

## 前调

和韵

忙中会是且偷间。何必苦萦牵。渔樵尽作烟霞侣，啸歌向、云树之间。绕屋种丛修竹，结庐选个佳山。　　茗芽手制胜龙團。霜叶代红笺。吟成瓢逐清溪去，倚筇看鹤认松还。一任人呼散木，不妨自号顽仙。

## 南楼令

峰山路中，见杏花落，感赋。

马上度韶华。东风谢杏花。看飘飘、红点平沙。二十四番今几信，还碌碌，客天涯。驿路逐山斜。乡关望里赊。沉香亭、阑畔名葩。寄语花神迟放取，留待我，醉流霞。

## 采桑子

风吹花落，感赋。

东风只恁多情甚，吹得花开，吹过香来。吹送莺声耳畔喈。　　东风只恁无情甚，吹起尘埃。吹逐春回。吹落胭脂满绿苔。

## 酹江月

入都喜晤宾石四弟，时二吉兄、双吉弟亦俱在都门。

江干分手，早帆影袅袅、嘉陵山色。一自离群蜀豫远，独耐天涯岑寂。黄犬难凭，双鱼莫据，梦向秋江觅。而今不意，相逢却在京国。共惊颜面非前，君年渐壮，予发萧然白。为问年来何所事，各有新词一帙。鸿雁天边，脊令原上，况更联翩翼。典衣贳酒，衔杯且永晨夕。

## 归字谣

即席分赋得闺愁

愁。压损螺青八字羞。无人觉，镜里影先偷。

## 大酺

予宦游数载，以便旋里门，牡丹盛开，以酒酹之，更度此解。

设几般肴，一壶酒，酹向花神吩咐。十年沉宦海，暂归来亭榭，韶华将暮。红惜残桃，白怜谢李，春色半和尘土。画阑深深畔，剩姚黄魏紫，浓香飞度。想有意缓开，待吾来赏，高情如许。　　花神似相诉。护花铃、历历浑人语。最嫌那、沿枝莺啄，觅蕊蜂喧，惟爱他、蹁跹蝶羽。明岁春来处，任开落、晚风朝雨。拈新解、相酬汝。童子按腔，自擘阮琴和取。花含笑，容欲舞。

## 拜星月慢

风

展叶成阴，谢花结果，二十四番都晚。阵阵吹来，弄芳枝轻颤。武陵畔，一夜催残多少，谁道将伊错怨。更透纱窗，偷袅沉烟断。　　想东君、支与封姨券。尽撒漫荚千千万。任他柳陌花蹊，便将闲堆俱满。袅游丝，不把青阳挽。扫残红、偏将韶华饯。最无端、款皱长溪，渐流春去远。

## 贺新郎

或问予盛京与临邛孰佳者，度此解答之。

允矣流光速。忆年时、乍离蜀道，迈林穿麓。度得榆关笳声竞，寒署几椽茅屋。喜几上、萧然案牍。应是欲邀山色入，土垣平、四面齐肩筑。帘乍启，翠岚扑。　　日高一枕羲皇足。侭受用、茶铛涛沸，鹊炉烟馥。居处便无修篁绕，却也全无尘俗。阶下草、萋迷如束。横膝瑶琴弹晓霁，悄无人、破我苔痕绿。此处乐，不思蜀。

## 一剪梅

偶作

冷署沉沉镇日闲。萧散神仙。寂静枯禅。黑甜乡里腹便便。困即酣眠。醒也悠然。　　无数推窗眼里山。晴似荆关。雨似痴颠。悄无热客到门阑。虽是长安。俨是林泉。

## 鹧鸪天

偶读少年山居词，更拟十解。

应唤羲皇以上人。荷衣草履白纶巾。猿禽熟识如朋友，木石相依是比邻。　　书插架，杖随身。较晴量雨老松根。原非避世才称隐，一任渔郎再问津。

## 其二

半是疏慵半是狂。不衫不履任徜徉。盘山樵径埋荒草，远水渔船系绿杨。　　幽鸟语，野花香。门前一派拟沧浪。莫愁世事堪眉皱，自有中山酿酒方。

## 其三

举世闲将冷眼看。杳无踪迹到尘寰。毕生事业双芒屩，千古行藏一箨冠。　　无烦恼，尽幽闲。超然不受俗情牵。枕流漱石真吾事，那识人间晋魏年。

## 其四

手种苍松几十围。萧萧风雨响高枝。鹤来应有常栖处，猿戏偏多倒挂时。筇竹杖，薜萝衣。柴扉漠漠白云迷。山童报道人相访，拉向松根一局棋。

## 其五

何必求他身后名。一樽浊酒足生平。眼前树色兼山色，耳畔风声杂水声。　　妻惯织，子能耕。足衣足食绝浮荣。闲来荷锸穿云去，采得芝苓可卫生。

## 其六

茅屋疏篱隐碧霞。耕田凿井度年华。诗瓢付水随其往，酒国逃名蔑以加。　　披袯襫，饱胡麻。闲时垂钓向溪涯。从来惯用直钓子，鱼任悠然跳浪花。

## 其七

治乱由来付不闻。萧然世外老闲身。荒村院落依青嶂，远寺疏钟出白云。　　多寂静，绝嚣尘。四时照眼杂花新。醉来堪向溪头卧，莎草蒙茸胜绣茵。

## 其八

山抱孤村水抱篱。结庐恰傍小桥西。松高绝顶飞鼯鼠，麦满平畦雊雉鸡。　　幽梦足，起来迟。柴门闲立看云归。欲寻邻叟过他舍，扶着孙肩不杖藜。

## 其九

滩畔渔舟一叶轻。岸头屋角白云生。侭教麋鹿为朋友，不许乾坤识姓名。　　无扰攘，少经营。长镵短褐足生平。从来爱学希夷叟，布被挛拳睡不醒。

## 其十

中二句系梦中得之者，予亦不解也。

落落孤村静不哗。依山临水野人家。客来蛙蛤堪供馔，手摘靡芜旋煮茶。　　松偃盖，竹交加。篱根遍种四时花。田畴锄罢无余事，跂足绳床看晚霞。

## 南浦

秋水，用玉田生春水韵。

潦尽碧潭澄，暗霜凝、冷落芙蓉清晓。高岸板桥斜，西风紧，似雪芦花如扫。遥滩极目，来回几叶渔舟小。欸乃一声归去后，漠漠烟笼荒草。

晴光宝鉴平开，照联翩雁字，行行过了。一色接长天，凉霄迥、孤鹜落霞齐到。波痕浩渺，沿堤衰柳鸣蝉悄。濠梁自有天然乐，解得南华人少。

## 声声慢

九日前作

云翻塞雁，日闪寒鸦，秋风飒飒初凉。芦花枫叶，到处摇落堪伤。城头数声画角，平吹断、千曲柔肠。最叵耐，是朝来临镜，鬓也沾霜。

小署寂无人伴，笑年来何因，恁地行藏。引惹愁怀，令序又说重阳。几番白龙堆上，怕登临、望眼茫茫。采菊蕊，插茱萸、独在异乡。

## 乌夜啼

秋夜

鼎暖香飞宝篆，琴清指泛流泉。悠然此意无人会，落叶走帘前。

远岫笼笼新月，孤城羃羃寒烟。谁家捣练声声急，敲彻碧云天。

## 兰陵王

秋晓

怅秋晚。翠被凝寒展转，蓦然地、阵阵塞鸿，万里飞来过庭院。几行屋角畔。嘹呖声中梦断。奈云外、斜月尚明，却照霜华压帘满。　　朦胧倦双眼。听剩漏残蛩，都是悲怨。相思脉脉牵如线。正曙色将动，枕头闲倚，回忆往事有数遍。教笳角吹乱。　　孤馆。更谁伴。甚落叶萧萧，堆积千片。荧荧闪出流萤远。疑野外春磷，被风惊散。问秋何事，暗把我，旧恨换。

## 夜行船

秋愁

尘里参差红叶树。远相连、临渝归路。山冷云横，水烟寒敛，都是暗愁来处。　　望断征鸿朝夕度。怕难传、此时心素。怨煞西风，空吹鬓影。不解把愁吹去。

## 点绛唇

揽镜

镜里谁耶，居然不是当时我。回头看那。却又无他个。　　面皱皮皴，须鬓霜丝亸。还知么。年来坎坷。豪气全摧挫。

## 其二

镜里谁耶，如何也把双眉锁。西川才妥。又向榆关左。　　风雨严寒，万里都经过。愁城大。谩凭香糯。料得难攻破。

## 满江红

登高

纵目凭高，望不断、残榆衰柳。西风里、帽檐欹侧，寒威何陡。燕去故巢文杏冷，燕来南浦芦花瘦。听城头，薄暮起边声。金笳奏。　　莫负却，衔杯口。莫空却，持螯手。把茱萸细看，明年健否。黄菊尽开他日泪，白衣谁送今朝酒。更乡关，千里塞雪横，空搔首。

## 荆州亭

秋情

昨夜西风何骤。支枕绣衾寒透。叶落远山空，云外高峰乍瘦。　　怪得秋深时候。常被雁行迤逗。有信不曾传，一过一番眉皱。

## 一络索

夜醒

清梦欲随明月度 。渐悠悠西去。秋风恰是自西来，吹转我，魂如缕。

别舍鸡啼催曙。添人愁绪。从头计算别离时，时可数，愁无数。

## 戚氏

忆旧

问知不平声。生世泛泛笑浮鸥。仆仆风尘，等闲霜点鬓毛稠。回头。少年游。壮怀百尺独登楼。鲁阳难挽昔日，临邛琴韵漫风流。饱谙鸡肋，自嗤蛇足，又探塞外穹秋。奈黄埃迷望，金笳叫月，天末淹留。　　天涯敝却貂裘。坐席未暖，匹马走神州。年来事、大都如此，提起堪羞。恨悠悠。美景良辰，忙里全休。楼迟冷署，斗室萧然，往往顾影无俦。　　世路王阳道，几番得弓，影惹心忧。屐齿想镌愁字，但经行、无地不成愁。难当途路蹉跎，年华荏苒，渐近知非候。镜中人、憔悴颜非旧。总辜负、毛颖吴钩。蝼蚁梦、说甚王侯。算何似、渔笛老沧州。摘长林叶，细笺心事，寄与天收。

## 沁园春

愁梦

是耶非耶，此情悠悠，良费我猜。任道途迢递，梦偏能去，重门紧闭，愁竟偷回。梦不由人，愁难自主，二者端缘情所胎。此情也，觉茫无头绪，散漫成堆。　　欲将慧剑安排。侭多少、情根一系开。奈情相牵者，梦应想出。情难遣者，愁上眉来。太上忘情，至人无梦，造诣何修得此哉。若其次，则愁眉梦想，都付深杯。

## 西江美人

秋怀。此南宋人谱，亦名《西江月》，予以末句似《虞美人》，因易今名。

烟敛医巫闾顶，月明鸭绿江滩。塞鸿声里荻花寒。望断家书不见屡凭栏。　　不寐难偿梦债，多情易惹愁山。偷将珠泪背人弹。弹作一天霜霰染林丹。

## 生查子

灯花

金荷几颗红，看处微微颤。美影焰偏长，却为昏来剪。　　无风自在开，有喜分明见。总少蝶蜂忙，也引蛾儿乱。

## 浪淘沙

有人谓予题画四解，不必见画而词中已具丘壑。但俱是秋景，三时阙如，不无遗憾。予因更度三解，惜未有善丹青者，写我意中所有而笔未有尽者耳。

万柳碧溪涯。才胜雏鸦。小桥柳暗自横斜。谁个曳筇桥上立，笑傲烟霞。　　山矗谷谽谺。云水周遮。高峰回处隐人家。疑是避秦余种在，满路桃花。

## 其二

望里绿葱葱。万树丛中。茅亭四面敞帘栊。竹几蒲团白木榻，消受清风。　　羡煞老仙翁。羽扇轻容。羲皇一枕乐无穹。睡足荷花池子畔，却弄丝桐。

## 其三

村落陡崖边。深掩柴关。嵖岈枯木欲参天。历乱栖鸦千万点，雪满林峦。　　小径逐溪弯。樵荷枝还。一驴驼着一诗仙。穿出梅花三百树，裘帽香寒。

## 南柯子

再拈愁梦

往事常萦梦，新诗半写愁。朝来不敢倚危楼。怕见西风吹雁，过芦州。　　梦觉愁偏剧，愁多梦转稠。夜来不敢拥衾裯。怕见梦回斜月，下檐头。

## 忆秦娥

闻笛

西风急。萧萧卷尽千林赤。千林赤。朝烟暮霭，遥山凝碧。　　乡关几月无消息。天涯怅望情何极。情何极。恁般时节，谁吹横笛。

## 瑶华

芦花

波澄远浦，霭合荒滩，任无声飞坠。西风斜卷，论时光、还是繁霜天气。悠飏散漫，先做出、几分冬意。向渡头轻逐帆飞，沙上尽埋鸥睡。　　前番忆泊扁舟，密叶藏鷁，折枝蘸水。深丛烟入寒宵，知是渔家午炊。茫茫弥望，何意教、落鸿冲碎。更谁向、明月空江，羌笛一声吹起。

## 柳梢青

秋柳

腰自欹斜。愁眉乍了，青眼还赊。久别莺歌，才辞蝉咽，却惹昏鸦。

隋堤阅尽繁华。恰又系、西风钓艖。烟散清霜，短长亭畔，惯送天涯。

## 重叠金

偶成

几番远走榆关路。紫骝也识频沽处。今又上神京。偏深去住情。

一年边塞住。剩有囊中句。谩道挟风霜。相思字里长。

## 渔家傲

秋老

雨过轻裘逼晓寒。棠梨飞尽远林丹。欲识秋光深与浅。澄溪畔。西风萧瑟芦花岸。　　朝烟弄影雪漫漫。觱篥声中雁度关，莫恨关山途路远。人儿面。昨夜梦来曾几遍。

## 杨柳枝

有忆

月满营州度塞鸿。信难通。金笳夜半起西风。恨匆匆。可惜锦衾熏渐暖。谁为伴。那人应到梦魂中。诉衷情。

## 月华清

月

青海涛中，白龙堆上，兔魄团圞初起。映皎皎、霜花遍野，凄清如水。恰高天、霁色澄空，何必要、微云点缀。望里。阅苍茫今古，几番尘世。

关塞清光千里。问那须更云，斫他仙桂，惊醒栖鸦，晚点咿哑林际。问谁个、别绪羁愁，照谁个、歌筵舞队，此地。却偷窗隙，照人不寐。

## 后庭花

夜

沉烟银叶销金兽。二更时候。锦衾绣幄寒威透。西风僝僽。　　谁家砧杆声声骤。尽敲残漏。好梦不成双眉皱。影孤灯瘦。

## 定风波

盼信

白草迷离接远天。红旗一片逐风翻。几声鼓角云横塞。边外。千里霜空雁度关。　　林叶全飘篱菊败。叵耐。今年秋色又凋残。早晚江梅迎暖放。伫望。天涯会有一枝传。

## 离亭燕

劝酒

一碗香醪将进。一阕新歌初引。有酒劝君须判醉，贤圣随他休问。酒态任颠狂，由着醒人嘲哂。　　百岁浑然俄瞬。万事从来如蜃。荷锸高风良可羡，此际千愁都泯。世路叹风波，到底醉乡安稳。

## 小梅花

闲适

书闲注。香频炷。无弦偏有琴中趣。掩柴门。远尘埃。不衫不履，自谓无怀人。中山兔颖铜台瓦。兴到龙蛇随意写。或吟诗。或摛词。懒向旗亭，声价问高低。　　童子报。朋侪到。沽酒恣欢笑。谈回禅。论回玄。世事纷纭，决口不曾言。白云飞过无留迹。远近总由风着力。尽从容。任穷通。有命安排，直作信天翁。

## 金缕曲

邀陈心简、谢零雨、许庶三小集。

玉斝擎君手。向筵前、蹁跹起舞，敬为君寿。莫负芳尊今日醉，肯惜床头一斗。度金缕、新歌相佑。亲客幸无参此座，恣滔滔、欢谑悬河口。君知我，狂于酒。　　楸枰更设尊罍右。手谈间、人看俨似，烂柯双叟。投辖胸襟宁让昔，赌墅风流如旧。问月旦、于吾何有。治谱自惭家学邈，奈风尘、碌碌牛马走。此乐也，甚时又。

## 钓鱼笛

读朱希真《渔夫词》，拟十有六解。

宛转碧溪流，万树桃花沿岸。撑到合江之际，载满船红片。　　谁停舴艋绿杨天，却是向来伴。欲觅芳村沽酒，约将鱼想换。

## 其二

生小大江边，惯识潮消潮长。任是拍天风浪，竟操舟飞往。　　鱼虾菰饭饱来时，柳下眠过晌。起向浅滩搓浴，嘱老妻收网。

## 其三

小艇老烟波，来去不须篷桨。棹入败荷残苇，战西风声响。　从无生计在田庐，事业惟罾网。一自桃园归后，绝人间痴想。

## 其四

凛凛北风来，浅水冰澌都结。移向澄潭深处，纵小舟如叶。　昨朝曾欠酒家钱，须鱼可偿得。独个披蓑戴笠，钓沧江寒雪。

## 其五

雪压远滩飞，冷雨潇潇吹下。自有绿蓑遮护，便倾盆何怕。　孤篷乡里又相呼，补网才完也。迎雨金梭跳掷，向波心重打。

## 其六

沧海上冰轮，千顷银涛平岸。罢钓棹歌归去，渐渔灯遥见。　横舟也趁蓼花汀，鸥卧圆沙满。对月倚篷吹笛，却惊飞多半。

## 其七

日出晓烟消，燃竹晨炊刚罢。鱼付儿曹卖去，把网罛高挂。　阿谁岸上踏歌声，樵子来寻也。拉向绿杨阴底，又一番闲话。

## 其八

提着一篮鱼，换得村醪满瓮。隔舫尽招渔夫，坐洲边相共。　兴来信口答渔歌，腔韵都无用。醉捡石头当枕，作游仙佳梦。

## 其九

名姓少人知，见着惟称渔叟。儿解敲钩作饵，妻织梁边笱。　烟霞随处即吾家，鸥鹭是朋友。笑煞风波尘世，较江河还陡。

## 其十

自向竹林中，选得垂纶竿子。却在矶头柳下，看锦鲶浮水。　凝眸静坐缓牵钩，群聚竞吞饵。折取一枝柔柳，将鱼儿穿起。

## 其十一

春水涨波痕，一片橛头小小。驾着随流前去，饲鸬鹚休饱。　长竿击水速相催，咿哑逐船绕。三五趁将舵尾，是衔鱼来了。

## 其十二

一笠一蓑衣，着体无分寒暑。养得几头驯獭，看衔鱼如舞。　滩边鱼蚌两相持，此利凭吾取。欲问家居何地，指蒲州莲浦。

## 其十三

茅屋两三间，仅足避他风雨。围绕陂塘十里，采菰菱堪煮。　渔家生女嫁渔郎，男娶渔家女。衣食婚姻之费，总渔中寻取。

## 其十四

且莫羡玄真，不过高风似我。细雨斜风时节，向蓬窗高卧。　舣舟深在白蘋洲，拂面香吹过。欲尽夜来残酒，教儿敲新火。

## 其十五

结得一张罾，便是一生资本。曾否有鱼入网，看波纹偏准。　家中衣食不须忙，生计算吾稳。从不许谁物色，是人间真隐。

## 其十六

十里放荷花，映着渔舟如锦。又得鱼儿拔刺，尽鳊鲈佳品。　隔花听得别船呼，定是招吾饮。拼醉系船一觉，脱蓑衣为枕。

## 永遇乐

小集散后作

艺苑知交，萧齐雅集，尊罍开设。兽炭烘寒，油帘护暖，恰是严冬节。璚箫度曲，楸枰赌酒，满座笑呼相接。人散时、穿云月上，芦笳一声呜咽。　影摇桦烛，香销鹊尾，独坐顿成愁绝。千里王程，半肩行李，眼底天涯别。经年聚首，一朝分袂，宁不魂飞塞雪。但今后、书中梦里，此情细说。

## 湘月

塞外晓行

遄征关塞，正年光渐近、嘉平时节。长路迸如蛇腹断，争不肌肤欲裂。旗飐云开，笳吹日落，此景才然绝。寒鸡野犬，梦魂仍未宁贴。
五更整顿行装，朦胧天色，步步寻遗辙。林杪晨星三两点，相伴压山斜月。风接裘轻，霜粘轮重，一片冰须结。荒村问酒，画帘飞卷残雪。

## 前调

将抵里门，晓行口占。

家乡渐近，转彻夜思忆、不曾交睫。僮仆梦中呼得醒，已是四更时节。轮响辚辚、劈声得得，碎却荒原雪。遥村咿喔，寒鸡叫落残月。
林际曙色才开，青山层叠，次第如相接。我见青山同故识，料也山灵欢悦。相聚亲知，似应还胜，粉署含鸡舌。尘缘不了，烟霞未肯容纳。

## 忆秦娥

春半

春已半。苔钱青点梨花院。梨花院。燕巢泥润，莺歌声变。　　蒙茸细草争葱倩。妖红嫩白迎人颤。迎人颤。蝶穿花熟，蜂寻枝遍。

## 南乡子

无花

把酒酌金瓯。少个佳枝折作筹。谢得东风多有意，飕飕。几片吹来过小楼。　　幽意漫相酬。遥向邻家注两眸。却羡画梁双燕子，悠悠。衔的残红巢上留。

## 卜算子

自慰

云破月撩人，帘卷风欺梦。倚枕无聊睡不成，幽恨知谁种。　　夜已入三更，何处梅花弄。叵耐教人愁又生，泪湿鲛绡重。

## 长相思

闻情

形依影，影依形。形影相怜共订盟。休如郎薄情。　　醒疑梦，梦疑醒。醒梦沉沉如困醒。教人愁又生。

## 踏莎行

山居

立石为屏，裁云作幕。几间茅屋临深壑。困时席地枕松眠，兴来邀友临溪酌。　　闲听云中，飞鸣白鹤。不闻世事谁强弱。繁华最易惹人忙，幽闲偏自天然乐。

## 谒金门

春晚

风如剪。剪得小园红浅。莫把珠帘轻自卷。怕见青林远。　　恰恰歌莺声转。点点余红飞软。休恨春来今欲晚。明年依旧转。

## 生查子

咏愁

容易教愁来，难得推愁去。方喜去心间，又被眉留住。　　长思借几山，隔绝愁归路。山也学人愁，数点遥相聚。

## 点绛唇

惜春

愁里春归，留春不住留愁住。闲愁没数。添我无情绪。　　恨杀羲和，只自朝还暮。催春去。落花飞絮。香满滹沱渡。

## 惜余春慢

惜春

弄柳斜风，浣花微雨，催得芳时将老。多情燕子，无赖莺儿，专是逗人烦恼。因怕春光骤归，翻觉今春，似归偏早。皱双眉怏怏，无聊情绪，有谁知道。　　堪恨那、悠漾杨花，清他经夜，化作浮萍多少。龙孙放叶，凤子搜香，忍将落花轻扫。长想望春倚楼，懒看陌头，无涯芳草。羡东君、也解留连，飞红袅袅。

## 渔家傲

夏晴

风剪云峰千片碎。云峰碎处遥天翠。影入池中天在水。波心内。鸥儿似傍青天睡。　　水面风来纹屡异。波间点点荷如砌。荷上琼珠撩乱坠。花容媚。清香深处听蛙吹。

## 醉花间

离别

莫离别。怕离别。离别心凄切。执手话依依，寸肠将欲绝。　　泪与叶同飞，声和鸿共咽。最恨夜深时，独拥床边月。

## 菩萨蛮

闺情

别时约会今时节。登楼欲望烟相接。烟里一帆来。欢从脸上开。
依稀才认处。竟打楼旁去。越望越添愁。明朝不上楼。

## 虞美人

春分日作

春光今日分来去。未见花容吐。柳丝袅袅媚东风。一任东风翻播飏晴空。　　轻寒轻暖将花困。不管黄蜂恨。飞来竟绕杏花枝。见是空枝又过画楼西。

## 重叠金

春日泛舟即景，回文。

一舟轻泛中流急。急流中泛轻舟一。鸥白卧沙洲。洲沙卧白鸥。
远山青点点。点点青山远。风舞杏花红。红花杏舞风。

## 阮郎归

夏晴

轻霞柳外照窗红。霞开露远峰。苔钱细绿映帘栊。新痕添几重。
连欲断，淡还浓。云轻不奈风。晚凉侵枕意全慵。孤城咽暮钟。

## 更漏子

夜雨

飒飒风，萧萧雨。不管离肠愁苦。才欲睡，又还惊。梦魂无计成。
天欲亮。鸡初唱。伏枕徒，增惆怅。蛩语急，漏声残。薄衾惊晓寒。

## 蝶恋花

月夜

轻凉做弄清秋景。不惯孤眠，更觉秋宵永。促织阶前声不定。破人好梦教人醒。　　寂寞寒衾谁與整。一半初温，一半依然冷。谢得婵娟怜只另。隔帘送入床边影。

## 鹊桥仙

闰七夕

俄惊七夕，佳期倏至，喜杀今年偏近。别来周月似周年，浑忘了、历头值闰。　　且停机杼，乍移云屦，试向银河一问。乌慵鹊懒水茫茫，这名实、不符堪恨。

## 前调

秋泛

柳丝拖雾，浪花翻雪，泛破一河秋碧。远舟来往暮霞边，片帆挂、半竿斜日。　　鸥眠远岸，烟凝绿嶂，真是水天一色。倚琴把酒坐船头，看天际、鸿飞如织。

## 木兰花

秋闺

不审逢秋成甚味。两眉长锁遥山翠。秋来耳畔已难堪，秋到心头无计避。　　真珠滴尽难成寐。重剔银缸独自对。相伴凉宵惟有三，此影此愁和此泪。

## 菩萨蛮

闺恨

无言蹙尽双蛾绿。几回泪界桃腮玉。愁独入罗帱。枕边重忆伊。
夜长惟自寝。推过合欢枕。不合绣鸳鸯。输他夜夜双。

## 酷相思

秋怀

风入寒林声欲碎。听败叶、檐边坠。惹闲怀、未识如何是。秋到也、枝憔悴。秋到也、人憔悴。　　眼里泪珠心里事。无限凄其意。看雁行、翻破长空翠。试问你、书来未。试问你、愁来未。

## 木兰花令

败叶

恨杀秋风真少味。吹残林上无穷翠。才来窗畔打红纱，又向阶前堆碧砌。　　有人小立阑干际。为伊感叹成憔悴。伊尤不解傲封姨，随他乱扑人衣袂。

## 菩萨蛮

闺愁

愁来初是郎言去。郎行依旧和愁住。夜夜抱愁眠。何曾衾枕单。
泪珠皆似血。岂止肠千结。近觉与愁安。无愁反似闲。

## 南乡子

晓行，仿花间。

一带晓烟凝。烟里遥山隐约青。飒飒风声林外度。天欲曙。几点寒鸦离老树。

## 其二

一带晓霞明。万顷寒波荡晓星。马上依稀闻晓漏。晓日透。晓云渐渐开山岫。

## 沁园春

述怀，仿刘后村。

旷哉吾胸，世事不将，着半分毫。惟沽来浊酒，尽拼沉醉，吟成俚句，不假推敲。酒醉诗成，大呼拍案，一曲高歌遏碧霄。此歌也，漫无节奏，任意低高。　　乾坤容我萧骚。更散步、山头望眼遥。看有情佳客，无非莺燕，忘形好友，半是渔樵。琴总无弦，书不求解，千古相符惟有陶。由人笑，何妨醒后，作篇解嘲。

## 前调

嘱春，仿辛稼轩论杯。

春汝来乎，听吾语伊，伊不须忙。向杏花梢上，徐舒些粉，柳条垂处，款着些黄。风莫频催，雨休频洒，尽花落花开自在香。还更要，游蜂个个，舞蝶双双。　　园林任我清狂。携怪侣、狂朋倒玉觞。看穿帘度幕，乌衣供舞，翻枝偎叶，金羽吹簧。客子酕醄，主人沉醉，更酬汝、新词各一章。余今日、先将此语，嘱咐东皇。

## 其二

春汝知乎，嘱汝之言，汝须记之。若困花余冷，逐他归个，宜人新暖，还我些儿。醉倒先生，苔间颓卧，令燕语莺声住暂时。吾醒后，临风长啸，酬汝一卮。　　春乎不必徇私。那廿四、番风取次吹。彼花当开者，开须教早，花当落者，落不须迟。来任伊来，去由伊去，便来去、何妨报我知。断不学，痴儿骙女，作留春诗。

## 归朝欢

春暮

小院深沉人语静。飒飒东风吹不定。飘绵入水绿平池，落英铺地红成径。曲阑间自凭。听残莺奏留春令。好时光，鸟语花香，是处添佳兴。 早是残春萧索景。着意寻春休教剩。总晴能得几多时，况他雨急和风冷。困人天气永，午眠乍试旋仍醒。眼朦胧，燕飞窗外，界碎窗花影。

## 重叠金

送春

前年留你何曾住。昨年留你仍还去。今岁不留伊。看伊归不归。 春归知近远。新绿千林满。何处问行踪。几声啼鸟中。

## 卜算子

代春答

春向主人前，笑向主人道。侬去侬来自有时，不是贪归早。 去使楝花辞，来令梅花报。假使一年同是春，那见春时好。

## 天香

惜春

蕉奈青添，桃怜红减，韶光转盼将尽。催草铺茵，吹花成子，恨煞几番花信。余香剩瓣，乱向那、苍苔相衬。燕子不知春暮，依然逗风斜趁。 摇窗扶疏树影。不似前时风韵。絮点池塘，一夜浮萍初嫩。到处榆钱积满，欲赎却春回奈天吝。憔悴芳辰，问伊何忍。

## 天仙子

送春

乳燕啁啾伏枕听。风絮打窗浑不定。封姨吹去树头花，池水静。如开镜。红白满池相掩映。 九十春光无点剩。那奈融融日竟水。谁能删却夏秋冬，枝不罄。花常盛。人世常看春日景。

## 醉春风

春恨

谁动春风至。着人浑似醉。沉沉几欲卧牙床。被。被。被。燕语喃喃，莺声恰恰，将愁唤起。　　有限眼中泪。无数心间事。背人偷检记愁时。岁。岁。岁。不解何因，到春常是，恁般滋味。

## 千秋岁引

恨风

卷尽杨花，揉残杏萼。是你吹开复吹落。岂真是花贪结子。芳林此日殊於作。果何仇，恁般地，恣凌虐。　　不恨暗尘迷画阁。不恨透人春衫薄。恨杀迟人看花约。紫燕斜翻池浪皱。黄蜂惊绕花余萼。好时光，尽教你，轻催却。

## 喜迁莺

咏莺声

新莺调语。就长短音声，替他叶谱。如笑如歌，如啼如怨，知你是骄是妒。随意枝头娇啭，觉有许多吞吐。听不出，阴阳平仄，宫商律吕。　　听处。却似有，心事千端，欲向人前诉。度柳穿槐，依枝偎叶，又是低低几句。若骂春风易老，若愿留春为主。倩燕子，向金衣代问。看他然否。

## 望江南

美人对镜

明镜里，更有一人佳。能解相怜不相妒，心知离我即无他。对面贴钿花。

## 玉楼春

为叔瑶蘐题扇头《杏燕图》

一树杏花开烂漫。宜人更是枝头燕。放鹤庭前十里红，曲江堤上三春宴。　　而今春去无由见。燕巢尚有残花片。画工能掌化工权，竟夺春光还便面。

## 好事近

夏夜初晴

风掩一天云，云掩一天星斗。楼外朦胧新月，到疏扶池柳。　　花影依稀摇碧砌，恰似仍有。爱杀新凉破暑，卧小床时久。

## 前调

明月暗稀星，历历疏星堪数。除却云边几点，更池中三五。　　满地苔钱惊绿遍，过一番小雨。细细轻风吹袂，问何地炎暑。

## 天香

三十日送春用韵

芍药香残，荼蘼雪霁，芳菲竟付流水。急雨收红，斜风迸绿，九十韶光煞尾。春来屈指，无一事、不堪忆记。每有花开一种，便须一番沉醉。

而今试看眼底。剩疏林、雏莺还媚。镇自几声娇啭，留春无计。话尽伤春情思，更引惹、临风惜憔悴。此日相依，明晨去矣。

## 鹧鸪天

暮春

渐看檐头绿替红。一年春色又匆匆。落花时作无声雨，舞柳轻回有影风。　　情脉脉，恨重重。无聊闲步小亭东。莺能歌曲燕能舞，好对残芳倒玉钟。

## 踏莎行

巳月朔日作

树惜红贫，林矜绿富。问春今日归何处。落红带雨砌胭脂，斑斑封遍青苔路。　　燕子梁头，啁啾如诉。依稀也怨春归去。花时三月昨宵完，炎天九十今朝数。

## 西江月

偶以牡丹落叶粘于纸，成花一枝，戏作此词。

昔日曾真丰韵，而今作假精神。疏枝散叶映红新。真假从何厮认。

莫道真时不假，曾知假处疑真。真真假假总无凭。世事也应如恁。

## 蝶恋花

春暮

绿渐团枝红渐褪。屈指春来，几日花将尽。芍药畦边香尚嫩。分明报与春归信。　　偏是今年春不闰。是年闰六月。欲惜芳时，恼杀东君吝。二十四番风可恨。催花伴蝶飞成阵。

## 鹊桥仙

闰六月七夕

经年屈指，算了此日，应是相逢时节。今宵打点向银河，稳看取、鹊桥初结。　　茫茫一水，佳人何处，难道从今决绝。原来置闰尚朱明，须索性、再迟一月。

## 减字木兰花

闲作

消闲须酒。春到莫教杯去手。醉后陶然。梦里华胥别一天。　　醒时大笑。书室萧然堪寄傲。试问天壤。更有何人似我狂。

## 满江红

秋夜

凉夜迢迢，听城上、晚钟凄切。恰正是、人声初静，清砧才歇。花影欲添帘畔画，窗棂邀入床头月。觉新凉、渐渐逼人来，衾如铁。　　香几上，银缸灭。疏帘外，金风冽。奈无端促织，阶前呜咽。几阵惊鸿天外泪，等闲风送先黄叶。更萧萧、珠露滴芭蕉，愁时节。

## 蝶恋花

燕京道中

飒飒凉飔吹透骨。树色周遭，红间参差绿。病叶坠霜离老木。随风乱向征衫扑。　　策马去投荒店宿。遥忆京华，尚在层云窟。吩咐梦魂飞去速。梦魂偏向家山熟。

## 木兰花

叔培公有题良乡逆旅《旅怀》词，有人题于后曰："奇罢君才转恨君，丈夫何事忆闺门。试看司马题桥句，始信英雄志不伦。"予见之，作此词，为家叔解嘲。

君嘉司马题桥志。未悉相如前后事。凰词先将挑文君，狗监后因朝武帝。　　一言难把终身许。我试语君君听取。莫将言语认英雄，英雄惯作欺人语。

## 风中柳

闺情

梦里偏双，争不教人贪睡。恋余衾、恹恹怕起。双鬟幼小，不解人心意。揭帐说、日盈窗矣。　　睡眼瞢腾，只道梦中人至。又谁知、却原是你。倩他扶坐，强自支持地。只回想、梦中滋味。

## 浣溪沙

清明

三月初头花草芳。清明时节好时光。薄罗初换夹衣裳。　　径草铺平阶砌绿，瓶花落满砚池香。闲看小燕补巢忙。

## 如梦令

三十日代闺人送春

今日春光将尽。鬟汝前来使您。窗外折花来，回说枝头已褪。不信。不信。难道春归恁准。

## 鹊桥仙

论鹂，效辛稼轩。

鹂汝来此，试听吾论汝，静听主人所使。窗外新柳最扶疏，于止处、当知所止。　　绵蛮睍睆，歌无的韵，但佐我杯酒而已。代吾深入醉乡时，拼无算、榆钱赐你。

## 浣溪沙

初夏

一望阴森绿渐浓。风吹莺语入窗中。余香散尽夜来风。　　金鸭香飞烟缭绕，珠帘月在影玲珑。小床高卧意全慵。

## 渔家傲

渔父

万顷烟波赊落照。青蓑箬笠闲垂钓。夹岸桃花开谢了。时放棹。桃源只许渔人到。　　舟动浮萍分一道。将鱼换的村醪好。煮酒烹鲜拼醉倒。临风笑。高歌一曲《渔家傲》。

## 醉公子

愁

恨杀眉头结。不似芭蕉叶。蕉叶嫩心儿。长来有展时。　　眉头成日皱。历尽昏和昼。窗外雨声多。芭蕉可奈何。

## 前调

中秋旅夜

闷来独自醉。醉来独自睡。偎依枕头边。欲将情问天。　　无聊过此节。辜负今秋月。月似识吾情。朦胧不肯明。

## 鹧鸪天

春日山居

春到山中草木芳。桃花烂漫柳丝长。燕浑适意翻娇剪，莺不惊人鼓佞簧。　　寻友伴，过他乡。杖藤一路野花香。不须更入山阴道，红白牵眸接应忙。

## 前调

夏日山居

九夏南风暑似烧。闲来时卧北窗高。一庭竹自潇潇雨，满院松常萩萩涛。　　挥白羽，听玄蜩。桑麻夹路望中遥。山翁饭后无余事，率子田中耨野蒿。

## 前调

秋日山居，用音韵。

秋社村村鼓笛声。赛神散福聚诸朋。坐惟择地无宾主，姓未全知似弟兄。　　酒散后，各分行。扶来蹇上眼瞢腾。儿童拍手笑相指，驴背衰翁醉不醒。

## 前调

冬日山居

冬入空山万树枯。老妻稚子共围炉。鸦栖古木浑诗境，雪压茅檐总画图。　　多快乐，少踌躇。日高曝背向阶除。菜羹一器一壶酒，披破羊裘读道书。

## 爪茉莉

倒情，仿柳耆卿。

恍忆昨宵，像真有点醉。浑不记、怎生来睡。今朝日转，竟兀自、难离锦被。正当那、剩箩佳时，蓦然的，相唤起。　　扶云擦眼，间衣香、曾爇未。离铺帐、尚岑岑地。开奁拂镜，险凝霞、眉横翠。强整妆、无个遣怀情事。闷只把，香案倚。

## 无愁可解

用俗语，仿柳体。

千度皱眉，情担最大。一身可耐担荷。说相思说愁，都应唤作拾唾。情到十分难说处。泪向心里偷堕。算此事、怎告人，做首曲子、消遣则个。　　欲待寄一信儿，才提起笔来，泪将笺涴。无赖浑似此，教我如何坐卧。知己惟余你与我。并没有、两个三个。假如是另有，两三个时，也难道、便丢过。

## 凤栖梧

闺愁

兀坐空闺消永画。深院无人，小鸭香成籀。镇日相思眉黛皱。腰肢较着先时瘦。　　怕得黄昏黄昏又。寒压珠帘，正是愁时候。昨日新愁今日旧。旧愁翻作新僝僽。

## 鹧鸪天

山居

几叠青山一带溪。野翁溪畔共相携。高低量试三杯酒，胜负心唯一局棋。　　晨即出，暮方归。棋枰酒具付儿提。明朝仍约桥西去，共探峰头云出时。

## 其二

云里青山山裹云。几间茅屋即山村。花冠有意啼墙上，黄耳无声卧树根。　　唯有乐，不知贫。花畦锄罢掩柴门。小苔识得山翁意，封遍溪头免问津。

## 其三

百丈飞泉落碧巅。几家同住涧声边。微分彼此东西岸，共豁心胸高下山。　　无一事，镇常闲。醉时歌啸困时眠。醒来曝背茅檐下，闲看儿童结伴顽。

## 其四

家在深山第一峰。竹篱隐约倚晴空。风涛夜落高天上，云浪晨飞低槛中。　　田种黍，院栽松。村人野叟共为朋。相呼相唤无他字，带姓呼为某老翁。

## 其五

一带柴门常自开。是非人己尽忘怀。西邻溪下东邻去，东舍云过西舍来。　　书是伴，酒为侪。闲时门外独徘徊。田夫相约耕南亩，驱犊肩犁共去回。

## 玉楼春

春游偶兴

乐杀黄莺狂杀燕。忙杀东君闲杀俺。东君着意促花开，着意开来随意看。　　醒眼对花花更倩。杯酒何劳花下劝。闲来偶一步花丛，一枝枝解迎人艳。

## 柳梢青

偶写小像，戏以是赞。

何必三毛。对卿如镜，不异分毫。婢抱瑶琴，奴携长剑，尽自飘萧。笑吾人、世多劳。觉画里、输卿与豪。他日去翁，皤然叟后，认此丰标。

## 点绛唇

春旅

九十春光，如今过了三之一。添红染碧。渐费东君力。　　遥想家园，暖日催春色。空相忆。满庭沉寂。依旧他乡滞。

## 生查子

春思

鸡肋惹人忙，淹滞京华久。可耐困人天，气味浑如酒。　　风和红破桃，日暖青添柳。听彻鹧鸪声，解听鹃啼否。

## 少年游

赋得柳絮化浮萍。

弱难禁雨，娇能学雪，悠飏伴晴丝。风里飘残，花边舞倦，欲落又还迟。　　从教零乱随流水，一夜绿平池。犹似前身，轻浮无力，低逐浪花飞。

## 沁园春

感怀，时予应中书舍人试，忽议以进士为之。

久客天涯，中宵抚枕，顾影无俦。梦觉之际，酒醒之后，满怀抱，於谁识予愁。一事无成，年来落魄，敝尽咸阳季子裘。又还似，囊空子美，仅一钱留。　　毛锥误我风流。将秋月春花、忙里休。不才自叹，圣朝见弃，功名两字，提起都羞。然许大头颅，须髯如戟，难道今生空白头。教人羡，班生当日，投笔封侯。

## 临江仙

秋夜

夜夜夜深深院静，寒蛩叫破愁眠。西风凄紧落霜天。梧凋金井扇，苔冷玉阶钱。　　数尽更更更漏滴，几回展转凄然。一窗明月尽娟娟。惊飞鸿雁阵，撩乱影踪蹁跹。

## 减字木兰花

白桃花

停桡问渡。疑是花源还似误。觉与天台。两样丰姿一样开。　　歌成团扇。素靥迎风谁复见。若绘为图。前度刘郎认得无。

## 其二

妆台相比。惯说娇容红似你。洗尽胭脂。试问何人像得伊。　　不争艳色。肯许梨云独占白。待的风吹。也解漫空学雪飞。

## 卖花声

秋日杏花

凄冷金风，不让东风料峭。向枝头、竟催花笑。脂匀粉腻，沽酒芳村好。更林叶、恰才黄了。　　蜂蝶都惊，又得一番喧闹。唯只是、莺儿声悄。向晚听时，总莺儿声悄。却也有、蝉声频噪。

## 木兰花

予梦一渔父，对予彝然而歌，醒惟忆末二句，因为足成。

自饮自歌还自笑。无愁无怨无烦恼。家在西风芦荻洲，烟波满眼船儿小。　　闲则倚船垂线钓。醉则枕蓑眠一觉。亲身曾到武陵源，梦魂不上长安道。

## 虞美人

夹竹桃

胭脂点染枝头丽。更带蒲湘意。玄都观里树千株。曾见一株仿佛似他无。　疏枝既有菁葱致。花色还娇媚。欲将佳兴拟王猷。好向武陵却问此君游。

## 满江红

冬夜美人摘阮

晋代风流，千年后、韵留遗器恰正是、月明如水，夜凉风细。十二柱中莺语滑，四条弦上松涛碎。倚酥胸、春笋擘冰丝，宫商脆。　借捍拨，传幽意。问此意，谁能会。谩从头诉说，一腔心事。调变几宫都是怨，歌成数阕浑无字。听丁丁、珠落玉盘中，声声泪。

## 声声慢

摹古和韵

别时密约，去后相思，恁般记来清楚。回忆从前，终日不情不绪。伤心向谁告诉，对菱花、自家言语。泪点像，那炎天六月，连霪之雨。
自己还宽自己，你心事、未必那人同否。欲写封书，觅个人儿传与。奈何换笺换笔，写将来、写不成句。坐绿窗，叹无聊、没甚事做。

## 其二

人人去去，念念心心，常常凄凄楚楚。消瘦庞儿，难解是何情绪。镜中便堪作伴，奈何他、不曾言语。乍添得，影和身相对，泪花飞雨。
谁信离愁别苦，向人说、半是欲然还否。好景良宵，独坐更谁相与。回思以前密约，怎能忘、字字句句。想起来，又将人、新恨细做。

## 其三

个人标格，逸韵天然，衣裳望来楚楚。瞥见娇羞，酝酿恁般愁。前番向伊道着，奈何伊、含情无语。倚画槛，任低垂素颈，柔花经雨。　眼角曾将人抹，不识那、芳心果然真否。握手何时，款诉向来心与。却愁得真相见，诉不完、相思新句。但此宵，枕衾中、选个梦做。

## 念奴娇

和韦章湘亹南塘载玉吟

旷怀磊落，更文名久重、湘南燕北。幸洽金兰联雁序，鸡黍不忘蓬荜。尘拥谈锋，杯深酒浪，更有人倾国。淡妆素态，堪称遗世独立。
天遣才子佳人，缘牵千里，邂逅成鹣翼。山枕连宵诸缱绻，盟结终身端的。遽说分飞，貂裘泪满，梦绕南塘侧。而今无奈，高情聊付椽笔。

## 前调

娇痴情性，肯容他、久在风尘飘泊。为甚两蛾常锁黛，此意有谁能觉。不是愁风，应非怯雨，想为身无托。今来何幸，得逢名士缘合。
几夜交颈鸳鸯，缠绵私语，恍长生栏角。归去不留情似海，怎惹人伤离索。文涌波涛，词联珠玉，泪逐红笺落。相逢他日，此情应是先说。

## 前调

满堂佳客，问阿谁、不是多情种子。自古钟情推我辈，情到何能轻已。况是年来，飘零书剑，作客天涯里。情缘相值，有谁能复排此。
古往多少豪英，心肠如铁，应也为情徙。天若有情天亦老，此语不由今始。恨染霜毫，愁填歌谱，无奈情何耳。诸君浮白，要当共为情死。

## 前调

讶然自笑，笑生平、不带些儿情福。曾向章台学走马，折尽柳条长绿。倦饮清樽，厌扶红袖，不遇因缘夙。扬州梦醒，何堪往事重述。
今日值此离场，旁观尚尔，况是当其局。记得临歧亲握手，断尽柔肠千曲。湿透青衫，拭残粉面，两地吞声哭。钟情如此，天应便教相续。

## 浣溪沙

丁年伯招饮，观女伶，正月初十日。

百合香浓臭兽炉。月明雪篝试灯初。东山杖履幸追超。是日，大宗伯梁年伯首席。　座客笑传金凿落，美人低舞锦氍毹。华堂萧鼓二更余。

## 大江东去

送章湘亹之山右

几时聚首，早匆匆、又是祖筵陈设。料峭寒风吹骨冷，恰正春初时节。犹忆前时，吟成载玉，满座惊奇绝。君今行矣，此情堪与谁说。
分手共惜离群，并州故土，回望心应切。瘦马征裘驰古道，踏碎恒山残雪。西晋程遥，东吴约近，凝眼归鞍发。绳庵今日，为君聊且悬榻。时相约共往白下，故词中道及。

## 杏花天

咏杏

风和雨润韶光腻。渐照眼、繁华争媚。脂胭蕊绽清香细。看闹蜂衙蝶队。　　也不学、梅花淡致。也不学、桃花艳丽。酒帘高飏深丛里。烂熳春风似醉。

## 苏幕遮

无题

柳腰轻，莲步小。宝髻玲珑，髻上花香绕。逸致蹁蹁风袅袅。见个人来，羞涩头低了。　　脸霞明，眉黛扫。婉转香喉，呖呖春莺巧。曾否三生石上笑。夜夜痴魂，为你成颠倒。

## 花心动

客中元夜，奉和梁大宗伯韵。

三五良时，正街头、歌声往来清咽。结伴围炉，浮白狂呼，共击唾壶相节。醉时携手恣游冶，恰处处、绣帘高揭。牵眸是、蛾眉拥岫，玉钿傲雪。　　两两玉人低说。听小语喁喁，欲成还歇。似道九街，火树争梅，更有莲灯齐爇。旅人无奈魂飞越，尽镕却、肝肠如铁。寻佳梦、莫辜团圆明月。

## 其二

客散归来，掩蓬门、坐听茶声方咽。孤馆无聊，闷对青灯，虚度良宵佳节。几番欲睡仍还起，谁奈向、寒衾空揭。恰天际、云浓月暗，扑窗风雪。　听得奚童间说。那车马笙歌，此时才歇。似醉似醒，疑醉疑醒，懒把炉香添爇。相思一夜愁千种，更休道、鬓须如铁。难堪是、今年恁般正月。

## 菩萨蛮

秋夜，回文。

穿云塞雁悲寒雨。拥衾独盼孤灯语。无伴竟谁怀。闲愁耐不来。宵幽情更寂。窗下飞梧急。风声一夜霜。秋冷数更长。

## 其二

长更数冷秋霜夜。一声风急梧飞下。窗寂更情幽。宵来不耐愁。间怀谁竟伴。无语灯孤盼。独衾拥雨寒。悲雁塞云穿。

## 前调

同上

透帘风入寒衾铺。绣衾寒入风帘透。无事一怀孤。孤怀一事无。暗灯摇影乱。乱影摇灯暗。秋晚絮蛩愁。愁蛩絮晚秋。

## 生查子

月夜

云去月才明，云到依然暗。草隐砌边蛩，楼断天边雁。　一缕暗风来，零落浮云散。长啸倒犀觥，欲把嫦娥劝。

## 前调

前题，和周枚吉韵。

夜定乱蛩吟，风冷吹人袂。秋爽月华清，影落杯中碎。　风月正宜人，莫便孤衾睡。和影吸金樽，拚得颓然碎。

## 满江红

山中雨后

黯淡秋光，一望里，四围云吐。问何事，山容加媚，夜来经雨。红树才明绿树掩，石峰欲断云峰补。听丁丁，泉响落空岩，声堪数。　屋结在，山之岨。门开向，溪之浒。觉名区利薮，真如尘土。输此翩翩蝶梦稳，笑他碌碌蝇营苦。看来时、径路尽茫茫，烟霞阻。

## 百字令

雨后游鲁柏岩，俗传为鲁世子修道处，地饶柏，少杂木，因名。

幽扃作启，正空山润逼、苔莓生色。拖个短筇劳屐齿，结伴远探苍碧。露重长林，草迷荒径，云惹衣裳湿。烟峦高峙，望中不甚明白。　我上卧象峰巅，舒眸远眺，一带岚光直。古柏千珠凝绿暗，翠色依稀如滴。绕涧寻踪，穿林觅寺，王子逃禅宅。老僧经罢，为予指说遗迹。

## 念奴娇

送妓人入都，和培公家书韵。

严城钟动，正初烧画烛、征裘才卸。十载扬州痴梦觉。今又青楼游冶。别久言多，愁深酒浅，绮席都狼藉。调丝度曲，两情相对重写。　况复明日天涯，分飞早是，不禁柔肠怕。留是料难留得住，谩地骊车便驾。苦雨催更，寒风促曙，此时真无价。茫茫后会，尊前且尽今夜。

## 其二

双栖正稳，被辚辚车骑、惊残香冶。短袴轻靴疏裹别。疑逐浮梁遥嫁。眉蹙山青，泪挥珠白。离语偏难罢。依依相问，谁能不关情者。　云际曙色新开，送卿门外，扶上骅骝马。天亦应怜离绪苦，木叶萧萧飞下。歌足迟云，舞堪回雪，占断风流价。此来京国，定夺绮罗春夜。

## 行香子

农家乐，和方邵村韵。

向水依岗。低结茅堂。绕疏篱、菜圃农壮。披蓑戴笠，课雨耕旸。有数头牛，几亩地，百株桑。　　何须计较，事业文章。夏来时、池满荷香。无拘无系，一任徜徉。更一春紫，三冬白，九秋黄。

## 其二

门抱山岗，树隐庭堂。袅炊烟，一带村庄。两三老叟，共话残阳。种编篱竹，酿酒黍，饲蚕桑。　　闲时教子，稼穑篇章。羡传家、清白书香。田园潇洒，伲足相徉。更少愁烦，无荣辱，绝雌黄。

## 临江仙

和叔培公冬怀韵

撩燕嘲莺春日饮，压尊花影阑珊。落红时解扑双弯。筝调珠历历，曲度恨慢慢。　　怨雪惊风冬夜病，离魂不惮间关。空斋冷逼烛光残，愁央卮酒破，梦借戍更还。

## 浣溪沙

春晓

百八钟传远寺声。朦胧余困未能醒。拥衾时自擦双睛。　　千里梦回残月下，一声鸡唱小窗明。春分时节晓寒轻。

## 小重山

秋夜有怀

落叶萧萧恼客心。夜来阶砌下、乱蛩吟。谁家月转尚敲砧。难成寐，独自拥寒衾。　　忆别在春深。从无鱼雁信、到而今。愿将魂梦相卿寻。今夜里，万一见知音。

## 最高楼

有怀

人声悄，深院锁昏黄。可惜好时光。灯花厌剪空斋暗。麝煤消篆锦衾凉。叹无聊，思往事，结柔肠。　　看一片，穿云窗上月。听一片，敲风檐上铁。一件件，总成伤。当初离别愁空乱，近来情绪恨偏长。更难堪，鸿雁杳，梦魂忙。

## 鹊桥仙

七夕

一年阻隔，此时得晤，悲喜不禁交集。牛郎应在鹊桥头，伫望着、天孙消息。　　悔他当日，多情误事，遂种古今沉寂。天公值闰似相怜，喜还有、一番七夕。是年闰七月。

## 玉楼春

春晚

疏林一抹红深浅。春色尽堪共醉眼。苦无奇句对东君，临风独把吟髭捻。　　雪藤才向花边展。零落残红飞欲满。若无奇句动东君，何来满牍胭脂点。

## 浣溪沙

拟闺情

春困腾腾倦不支。绿云拥雪枕头攲。夜来好梦耐寻思。　　不睡每嫌莲漏短，妆成偏怪早茶迟。香篝斜倚敛双眉。

## 虞美人

秋日旅中作，寓七律一首。

征尘十丈迷归路。落落荒村树。乍凋黄叶趁风飘。远近青山映日立嶕峣。　　几行候雁栖平岸。一派浮云散。晚霄何处暮砧敲。断续听来生惹客心焦。

## 蝶恋花

春尽

青帝无情何太甚。说个归时，收拾花俱尽。架上荼蘼香雪褪。栏中芍药残红困。　　暖气融融偏惹闷。鸟语啁啾，也似人多恨。休扫落花苔上衬。留他风起飞成阵。

## 踏莎行

晓行

旭日开云，朝烟织树。人家紧傍青山住。长空没灭雁斜行，前村呕哑牛歌度。　　突兀琅玡，浮沉岛屿。昨宵梦里还能去。海天回首驿程遥，家乡细认来时路。

## 满江红

琅琊山望海

秋老澄空，携同调、探奇搜僻。东海畔、琅玡台上，闲寻古迹。勾践荒城埋蔓草，祖龙遗颂余残石。对滔滔、潮汐拍天来，高千尺。　　岩谷里，松声急。沧溟里，涛声疾。看汪洋汹涌，与山争立。望眼尽随波浩荡，胸怀直共天无极。更几声、长啸震长霄，狂浮白。

## 踏莎行

九月桃花

春色辞人，刚刚半载。金风久把熏风改。玄都观里旧丰姿，繁华欲觅凭谁买。　　篱菊舒金，霜枫绚彩。忽惊露井能红在。含情却笑武陵人，可曾两度花源外。

## 菩萨蛮

惜花

海棠着露娇于染。藏枝映日分深浅。可恨一番风。摧残如许红。
飘零随蔓草。那复先时好。昨夜雨凄凄。胭脂酿作泥。

## 踏莎行

春暮

春雨春晴，春花春草。春深逐处多啼鸟。苔痕一片绿茵铺，垂杨千缕长丝袅。　　几日风狂，花都谢了。阶头红满枝头少。封姨堆瓣拥珠帘，夜来还倩封姨扫。

## 前调

春愁

芍药芽舒，樱桃花榭。时光正自千金价。朝来役役走京尘，欲探春色偏无暇。　　槛号移春，饮为长夜。古来豪举声名藉。东风何事靳人看，却教莺燕枝头骂。

## 花自落

红雨歇。取次荼蘼飞雪。杜宇含愁啼晓月。随风吹怨血。　　楼外卖花声咽。窗上浓阴布叶。到处春光偷看彻。输他双粉蝶。

## 碧云深

新夏

晴昼。莺啄林花瘦。声声。不许离人梦不惊。　　萦帘红雨纷飞下。谩道春无价。榆钱。买断春愁入夏天。

## 其二

早早。早是啼莺老。今春。辜负芳邻倒玉樽。　　卖花声里春归去。去去归何处。游丝。粘着残红逐燕飞。

## 卖花声

见蝶飞市中，作此诮之。

何事梦中身。也惹红尘。市头来往趁游人。未必有香堪眷恋，栩栩胡频。　　野外总残春。柳软蘋新。蒙茸千里绿偏匀。不向此间寻活计，空负仙魂。

## 渔歌子

题画

几间茅屋碧矶头。瑟瑟丹枫弄早秋。跂足处，景偏幽。两岸芦花覆钓舟。

## 浣溪沙

闺情

曙色侵窗鸟语闻。衣裳犹是夜来熏。星眸懒启似含颦。　　帐揭紫绡舒玉腕，钗欹碧玉弹香云。阴晴款问卷帘人。

## 醉太平

佳人

香云半垂。纤腰半欹。妆台宝镜频移。拂微尘画眉。　　眉颦怨谁。长吁恨谁。玉钩手挂帘儿。倚雕栊片时。

## 其二

熏笼半斜。帘栊半遮。湘裙低曳轻纱。露猩红一些。　　脂烘面霞。云垂鬓鸦。妆成步向檐牙。倚雕栏折花。

## 其三

花香恁清。衣香恁轻。两般香逐风生。引蜂喧蝶惊。　　春山斗青。秋波斗月。听来婉转如莺。是花间笑声。

## 满江红

闺恨

乍启窗寮，炉烟细、透纱飞矗。正睡起、衾翻红锦，帐开纹縠。宝钏恰松霜藕嫩，金莲欲褪香钩玉。对菱花、次第晓妆成，衣香馥。　　眉八字，峰微蹙。眸半寸，波澄绿。尽妖娆，却是寻常妆束。远信不来添怅快，连宵梦好萦心曲。强登楼、还倚旧栏杆，凝遥目。

## 小梅花

今朝雪。今宵月。阴晴两样争奇绝。朔风来。冻云开。天街万户，皎洁浸楼台。羊羔谁醉歌声细。蟹眼谁烹松韵碎。任粗豪。任清高。书卷香炉，也自兴飘萧。　　幽斋冷。空窗静。欠个横枝影。雪儿凝。月儿清。总少梅花，人坐玉壶冰。懒乘一棹山阴过。漫拥布衾跂足卧。夜将阑。抚冰弦。轻弹郢曲，不似在长安。

## 贺新郎

与我周旋久。邯郸步、观场矮子，从来无有。落落世情原枘凿，惟是图书为偶。问此意、谁能知否。觑破古人欺我处，绝冠缨、笑裂悬河口。狂起舞，下斗酒。　　龙泉知我应堪友。既生来、须眉如许，谁甘牛后。总向长安寻索米，不列森然槐柳。也不学、独醒之叟。别有华胥除拜事，醉乡侯、兼摄南柯守。何必羡，印悬肘。

## 临江仙

寒夜

塞雁飞来如旧识，咿呀只傍书楼。一行叫彻荻花秋。冻云凝屋角，暮雪打帘钩。　　几载风尘空鹿鹿，无端白了人头。夜深影响砌成愁。铜壶声暗咽，银烛泪偷流。

## 百字令

梦醒忆旅

乍回远梦，听戍楼还是、更声敲四。明月满窗浑似画，引惹旧游情事。帝化啼鹃，仙归唳鹤，两地萦心里。间关万里，饱经蜀山辽水。
回忆跋涉征途，鞭挥羸马，鸡唱晨光霁。如今冷浸鸳鸯枕，恰又早朝将起。仆仆风尘，劳劳寒暑，空索长安米。霜华渐满，自伤迟暮如此。

## 贺新郎

偶感赋

此梦何时醒。想从前、驰驱劳顿，浑如俄顷。一自茫茫沉宦海，辜负韶光烟景。全不是、先时高兴。便有偶然操笔处，半骊歌、半逐华筵逞。言无味，不堪省。　　如今梦到金台境。早心慵力竭，囊空瓶罄。古昔秋称霜气肃，无怪此曹偏冷。恰惹得、秋霜满顶。郎署淹留伤老大，料当年、颜驷差堪等。最可厌，镜中影。

## 点绛唇

咏草

春色归来，蒙茸已到墙根草。向阳先好。嫩叶如针小。　　要路间门，谁道都青了。分凉燥。东风堪笑。也与人情肖。

## 踏莎行

戏成

事与心违，病因愁起。谈谐乃学东方子。食之无肉奈他何，弃还有味应难已。　　强弱争蜗，功名梦蚁。达观都是平平耳。侏儒奉粟一囊同，堪嗤臣朔饥而死。

## 浣溪沙

漫兴

惭愧当年扬子居。尘封散漫一床书。青青细草满阶除。　　绝少人惊庭下雀，时焚芸逐卷中鱼。午眠初起意徐徐。

## 临江仙

清明

不尽燕山游子怨，时光怕听饧箫。御河堤畔柳垂条。上林莺试曲，画栋燕寻巢。　　寂寞湘帘闲不卷，萧斋睡起无聊。当年沽酒记清豪。杯传芳草地，马系绿杨桥。

## 凤凰台上忆吹箫

春暮

花魄苔粘，柳魂萍聚，东君取次将归。看画梁雏燕，试羽轻飞。多少怜香惜色，尽付与、寂寞深杯。酩酊也，绳床偃仰，帘卷斜晖。　　噫嘻。今年春事毕，冷落了孤村，卖酒青旗。奈熏风乍拂，芳草萋萋。隔树鹧鸪杜宇，两样的、留送争啼。争啼处，槐云布些，红雨晴兮。

## 浣溪沙

夏日偶成

小院浓阴锁寂寥。北窗兀坐暑全消。柴扉镇掩不闻敲。　　一半床教书帙占，几多情倩酒杯陶。吟余新竹响萧萧。

## 风光好

夏夜

夜绵绵。恨绵绵。云去纱窗皓月悬。影娟娟。莎鸡不肯教成梦。单衾拥。几个流萤点霁烟。照无眠。

## 前调

雨夜

雨萧萧。影萧萧。闪闪金荷对寂寥。黯魂销。故乡迢递心头系。连云水。有梦还应不惮劳。绕衡茅。

## 百字令

和王瑶全韵，谈予所集《词觐》，及观郭子所画《蛱蝶图》。

乌衣仙品，喜朝回荒邸、频能相接。自笑风尘牛马走，宦海浮沉如叶。笔墨生疏，襟怀抑郁，往事何堪说。当年豪气，如今一半磨折。
闲情偶借丹青，看来世事，有似图中蝶。典得朝衣沽醁醑，围座一肴聊设。词卷秋涛，谈霏玉屑，玄著真惊绝。快哉今日，顿忘两鬓沾雪。

## 其二

年来鹿鹿，叹面目堪憎，穷愁频接。图画著书徒尔尔，浑似三年雕叶。客请无哗，童须更酌，听我从头说。闲关万里，可怜费尽周折。
回思蜀道辽天，栈云塞月，疑梦蒙庄蝶。一自工曹移比部，愧杀全无施设。齐国吹竽，长安索米，足使冠缨绝。唾壶重击，唱君投我白雪。

## 蝶恋花

和王瑶全客夜原韵

桦烛凝寒红泪瘦。嫌煞雕檐，玉马吟风骤。两地一般听滴漏。梦成知是谁先后。　　纤月上窗清影透。炉火犹温，款款煤烟逗。翠被半空鸂鶒绣。料伊掩过湘裙皱。

## 其二

酒醒夜长怜梦瘦。过了黄昏，便觉愁来骤。僻处不闻城上漏。一灯闪闪围屏后。　　斗帐孤眠风易透。梦不成时，旧恨从新逗。鸳枕是伊亲手缝。余香引惹双峰皱。

## 其三

焰冷金荷怜影瘦。悔杀当年，何事相抛骤。窗破偏将明月漏。玉钱三两人前后。　　往事思量浑欲透。枕剩衾单，更觉乡心逗。我梦不离香阁绣。卿眉可似遥山皱。

## 其四

带眼乍移惊渐瘦。岁又将残，懊恨双丸骤。数澈丁丁连夜漏。归期未卜春前后。　　纸帐梅花寒欲透。展转无眠，总把相思逗。泪滴鲛绡当日绣。新痕沾湿吴绫皱。

## 鹧鸪天

粘桃花落片作画。

绝胜胭脂点染浓。曾於墙缺笑东风。枝分度索山头树，瓣带花源水上红。　　窗外影，卷中容。扶疏看处乍疑同。天工遗巧人工借，别样丹青傲画工。

## 满江红

春日

雨润烟和，绚染就、十分春色。看到处、夭桃呈艳，棠梨争白。袅袅丝垂杨柳绿，溶溶浪皱池塘碧。更雏莺、学语唱还停，娇无力。　　君不见，流光疾。莫漫把，韶华掷。向芳村沽酒，杖头休惜。几点絮迷蝴蝶粉，一庭蕊酝黄蜂蜜。好风过、花气扑深缸，和香吸。

## 一剪梅

闺情

长日愔愔睡起迟。髻坠金钗，鬓亸青丝。枕痕一缕印胭脂。独倚明窗，小立多时。　　春老啼莺郎未归。懒傍妆台，淡了双眉。夜来吟就断肠诗。写向鸾笺，又怕人知。

## 其二

紫燕低飞拂落葩。镇日呢喃，两两檐牙。一春愁绪散杨花。才卷珠帘，枝影横斜。　　何事萧郎不忆家。却教人心，想遍天涯。夜香偷住玉炉些。暗卜金钱，似准还差。

## 醉太平

笼鸟

纱窗渐明。幽禽乍鸣。唤人远梦都醒。拥孤衾再听。　　急声缓声。无情有情。雕笼宛转叮咛。骂东风晓晴。

## 其二

风清雨晴。花明柳轻。筠笼巧啭娇声。是何因乐情。　　残春散英。残霞胃楹。筠笼引吭长鸣。是何因不平。

## 满庭芳

欲游不果，感赋。

芍药消香，榴花着锦，时光午日将来。奈炎炎长日，耿耿此幽怀。几欲郊原驰骤，怜伏枥、半是驽骀。空负却，浪摇陇麦。云影布宫槐。
此情无可语，对青铜自笑，霜满颐颏。总东风有意，碌碌多乖。画惹红尘十丈，夜深时、梦绕天涯。吾身事，乾坤偌大，何处足安排。以上《全清词》顺康卷

# 傅燮詷（1首）

傅燮詷（1638—?），字鹭来，一字笠亭。直隶灵寿（今河北灵寿县）人。贡生，为诗磊落缠绵，有古人风，词雄壮似辛弃疾，著有《笠亭诗集》。

## 玉楼春

除夕

到耳寒宵情不已。梅梢欲绽寒韩冰蕊。北风莫漫逞严威，青帝夺权欲代尔。起欲迎春犹未是，漏移红烛潜销里。年年除岁不除忧，只恐明朝愁复始。《词觐》

# 傅斯瑄（1首）

傅斯瑄（1668—1723），字仲藻，直隶灵寿（今河北灵寿县）人。燮詷之子，县学廪生。长于明史，能诗词。

## 最高楼

春闺

东风暖，芳草遍天涯。薄幸不思家。去秋冷落香闺月，今春冷落碧桃花。恁无聊，犹自懒，绣轻纱。　听一片、莺儿调巧舌，爱几个、蝶儿翻絮雪。总羞对，这韶华。峨眉镇蹙嫌人问，愁心欲减奈他加。最堪怜，眠不稳，枕头斜。《词觐》

# 刘容（1首）

刘容，字宾仙，直隶藁城（今属河北）人。

## 鹊桥仙

七夕前一日

离愁已歇，佳期尚未，偏是今宵难度。机中云锦且停梭，漫检点，相思相诉。　　轻雷唤鹊，微风吹驾，忍向桥边偷顾。来朝相会不多时，依旧是、年年归路。《词觏》

# 李兴祖（51首）

李兴祖，字广宁，号慎斋。先世朝鲜，自七世祖游襄平，遂家焉。四传至李成梁，入籍铁岭为汉军旗。兴祖即成梁族裔，家于安肃（今河北徐水县）。以荫官部曹，清康熙十三年（1674）出为庆云知县，历官河间府知府，简山东盐运使，擢江西布政使，以事罢官。有《课慎堂诗余》。

## 鹧鸪天[①]

闺恨，仿刘廷信。

湘帘初卷上银钩，绣帙才拈旋复收。香沉心字间金兽。怯清宵，叹素秋。最愁人，风猥月瘦。　　恨悠悠。倦埋云髻，魂悄悄，慵开脂口。泪汪汪，暗滴床头。

① 案此词不协律，似有误。

## 浣溪沙

送霞城应试

吾侄霞城，早试射圃。焕若春花并发，馥与秋桂争荣。词垂月露，徐陵笔架珊瑚，墨洒烟云，逸少书装玳瑁。知其拾青紫易易也。因歌之一阕为豫期之。

浓绿殷红长夏幽，纱窗竹覆翠阴浮。文成五色迸霞流。　　待得冰轮秋夜满，青云稳步上琼楼。天香好插少年头。

## 南乡子

月下水仙

天畔转银盘，素质凝霜映碧湍。觉有波间罗袜步，盘桓。影弄婵娟玉一团。　　着意整云鬟。点染空明骨自姗。不识荆州情几许，争看。疑是飞琼下广寒。

## 桃花水

寒食

石粱散步览新晴。寒食午风清。莺啼绿阳深处，花外蝶蜂争。　　蛮舞态，樊歌声。怎生成。桃嗔口小，柳妒腰轻。无限牵萦。

## 钓船笛

端午

看绿老红鲜，榴火枝头初焰。蒲黍包金切玉，频向骚魂荐。　　彩衣纨扇画龙船，绣阁停针线。底事笙歌腾沸，脑乱游人恋。

## 如梦令

东斋偶坐

砌畔幽香轻送。帘外熏风微动。小篆吐沉烟，试取瑶琴一弄。谁共。谁共。流水高山情重。

## 洞仙歌

夏景。和苏端明韵。

披襟散发，觉微凉风汗。傍午松阴铺径满。卷帘，恰恰双燕归来。穿幕处，带得泥香零乱。　　趁闲情触处，为忆桃源，相见渔人始知汉。开意孤吟，吟罢还歌，绿槐中，黄鹂清啭。待折断，榴花插瓷瓶，且先吸清泉，将前水换。

## 西溪子

春景

杨柳溪边浮翠。掩映百花争媚。袅晴空，风筝起，儿童喜。引得秋千院里。笑语声。啭流莺。

## 水调歌头

望月，和东坡韵。

何处飞明镜，悬挂在当天。曾知朱颜白发，一样照年年。对此神清气爽，况有金樽玉盏，正好对宵寒。坐就青苔上，醉即卧花间。　　松阴净，竹影洁，伴孤眠。人生百岁，安能夜夜得团圆。但使清光常挹，好对庾楼胜侣，人月两周全。华堂浑皎皎，茅舍亦娟娟。

## 丹凤吟

清夜望雨，和周邦彦韵。

向晚书斋何事，玄兔临池，青藜燃阁。帘钩双控，明月又窥莲幕。起看户外，竹梢松顶，玉宇星疏，银汉云薄。不觉襟怀朗爽，纵步天街，白鹤遥下寥廓。　　记得芭蕉叶响，惊回客梦风雨恶。奈自春交夏，竟难求涓滴，土焦金烁。只须明早，石燕纷纷飞落。胜似夜光珠满地，侈充盘盈握。徘徊不寐，凝两眸望着。

## 瑞龙吟

忧旱望霖，和周邦彦韵。

田间路。好是零露沾花。湿云披树。良苗泽泽怀新，披蓑戴笠。牛歌几处。□频延伫。可奈土焦金铄，商羊不舞。屈指罢耒休锄，历春徂夏，桑阴聚语。　　卒岁盈宁何望，愁蜂病蝶，空思花墅。况遇客岁无秋，今复如故。吁天告地，哽咽难成句。连朝向。西畴远眺。东郊遥步。活计知何所。嗷嗷盈耳伤心绪。图绘形难举。苗已槁。惟求多施阴雨。免教离散，西秦南楚。

## 金缕曲

述怀，和刘辰翁韵。

宜向乔松说。但清比幽溪，峻比飞岩引葛。不染尘埃冰心皎，盛夏寒生层雪。夜恰半，焚香燃烛。只有平生忠孝志，永无欺，可对天边月。与苍影，共筹决。　　非关矫强心情别。报君王，须凭气概，才酬遇合。怀抱夜光高悬处，洞彻骅骝皮骨，要赶上，英雄奇绝。我立向松松向我，看龙鳞，虬干浑如铁。朝北斗，拱天阙。

## 摘得新

啖青梅

摘得新。梅子惯生津。闻说郎心喜，好佳人。怨侬只怨当初错，敢郎嗔。

## 渔夫

本意

妇执炊烟子采薫。夕阳晒网柳阴疏。蒲作菜，芡为糈。携酒人来要换鱼。

## 感皇恩

喜三弟至署

乐叙天伦有道风。伯贤今治蜀，比文翁。吹埙仲氏与谁同。有英季，近麟阁，侍龙宫。　　瑞雁翥晴空。看棣华香拥，画堂中。瀛州和气暖融融。怀兄弟，欣弟悌。勉臣忠。

## 洛阳春

红牡丹

照叶霞光攒朵，天香分播。雨余晓露滴胭脂，尽富贵，青云里。记得沉香亭左。君王同坐。新妆艳艳醉春风，赵飞燕，争如我。

## 前调

白牡丹

照叶露华攒朵。天香纷播。风来摇动水晶盘，玉肌冷，霓裳里。记得栏杆斜倚，君王端坐。瑶台月下喜相逢，李太白，能知我。

## 南浦

秋景

原头岭角，听牧童，吹笛过石门。一路黄花红树，相引到前村。买得一瓶新酿，正芦花，映发白纷纷。看一溪秋水，上连天碧，淡淡映流云。

好是夕阳晴照，乱西风，砧杵动离魂。若念风流犹在，瘦也掩罗裙。回首当年欢笑，也月寒，霜洁两无痕。拼千杯遮莫，蛩螿聒聒诉晨昏。

## 秋霁

看菊

白帝徂秋，看木脱纷纷，枫丹梧碧。冒雨相寻，陶家三径，别有出尘姿格。淡中含泽。东篱旧主今抛掷。偏耐得。凉冷，绽金苞玉艳霜夕。　对此暗想，烈士贞臣，俨然丰标，动人凄恻，插胆瓶，乌皮增色，时亲气味生怜惜。晚节赖君悦泽，乘着清兴，且须采蕊餐英，南山之下，移樽就席。

## 白苧

赏雪

略无痕，人间路，都平倾仄。玉楼璇阁，一带鲛绡挂帘。晃园林，不分竹翠与梧碧。千嶂，列银屏。护缟袖，素娥装饰。月明夜光，疑向瑶池弄色。便岭上，白云何处寻踪迹。　却念，红炉煨暖，一壶玉液，是解鹔鹴换得。又何必待，授简梁王宅。且须乘兴，频低唱浅斟，梅花树侧。

倦学袁安，高卧辉辉，白照书籍。安得素心，相与论晨夕。

## 诉衷情

夏夜

花影拥阶阶愈静，倚雕栏。临清沼，风动竹珊珊。新月共谁看。微凉自爱露珠圆。走荷盘。

## 玉蝴蝶

少憩

呼童发下帘钩。宝篆细烟浮。念晓梦悠悠。槐阴户外稠。　　檐榴浑似火，枕簟润如秋。忽忆白蘋洲。披衣上小楼。

## 玉女摇仙佩

游仙

霞姨云姊，笑迓琼筵，导列金幢珠缀。迤逦楼台，凤鸣鸾舞，俗却人间华丽。照耀珊瑚比。快风生两腋，飞腾何意。看随处，琪葩玉卉，非独玄芝丹桂而已。只觉得清和，胜似花朝，春光明媚。　　当此沈怡心旷，招风呼月，飘尔万缘捐弃。狂歌大笑，拽开银屏，指点双鬟韶美。碧玉栏从倚。未许逞尽，尤容殊艺。好闲闲，陶情适性，霓裳羽服，调驯鹤鹿，呈祥瑞。天长地久欢童稚。

## 点绛唇

闺怨

开遍桃花，来来往往莺声巧。无情蛱蝶，也爱春光好。　　又见鸳鸯，作对眠芳泽。增烦恼。新妆才了。又倦和衣倒。

## 春光好

幽居

清溪绕，碧山回。草堂开。竟日全无人到，白云隈。　　韭薤一畦勤灌，菊花数种亲栽。稚子将文常换酒，抱鱼来。

## 凤皇台上忆吹箫

怀旧

葭浦新霜，竹溪残月，分明记得原由。忆灯前射覆，花下藏钩。迤逗云情雨意，鹦鹉侧，才唤扔休。留情处，春山送黛，秋水凝眸。　悠悠。今何在，也经几度，凤前月下绸缪。纵海枯石烂，雨恨云愁。定要魂随梦逐，直追究、玉宇琼楼。愿长久，鹣无分翼，莲永并头。

## 画春堂

春闺

池塘水暖浴鸳鸯。轻阴绿曳垂杨。自搴芍药惹衣香。绣带飘飏。　远梦迷离芳草，疏栏倚遍斜阳。一年又过好春光。那不思量。

## 忆旧游

论交

当红灯照席，绿酒浮杯，论说生平。意气凌琨逖，闻荒鸡起舞，宝剑秋横。丈夫感遇知己，岂在博虚名。况忠孝肝肠，英雄志量，金石寻盟。　嘤嘤。听林鸟，也来往花梢，宛转求声。念吾侪报国，须善全终始，相与有成。人间富贵贫贱，遮莫见交情。看竹帛旗常，千年万载有公评。

## 瑞鹤仙

忽省

鹿眠松径窅，采琼芝，满篮异香缥缈。毛女晨炊了。将胡麻留客，黄精调鸟。丹炉火足晒灵丸，霞光旋绕。趁清风，铁笛闲吹，峰顶鹤来云表。　窈窕。鸾乘素女，凤驾仙娥，星辉月皎。琼浆玉液，试一饮，颜如少。但轻抛世累，游神浩渺。养就冰心雪质，喜招摇，物外山中，仙都灵沼。

## 谢秋娘

爱山西首

爱山家。春日好看花。山李白随溪路转，山桃红映石门斜。能不爱山家。

## 其二

爱山堂。夏日好乘凉。绿竹月来都弄影，苍松风过自生香。能不爱山堂。

## 其三

爱山阿。秋日好狂歌。牧子云边吹短笛，樵夫雨后理轻蓑。能不爱山阿。

## 谢秋娘

爱山隈。冬日好衔杯。酣对梅花千树雪，暖生柏叶一炉灰。能不爱山隈。

## 忆王孙

午日

簇新榴火照檐前。艾叶当门作虎悬。浴罢兰汤转自怜。五丝妍。薄命空将愁绪牵。

## 拂霓裳

劝吏

翥云程。丈夫得志立功名。君恩重，报君端在福苍生。青灯教夜读，绿野课春耕。讼庭清。遍千村，都是笑歌声。　为民父母，顺天理、合人情。公喜怒，保吾赤子乐升平。花香风有信，犬吠月无惊。素琴铿。远流芳，青史有光荣。

## 庄椿岁

寿词

翩翩鹤舞松门，紫芝香引清风起。碧瞳绿鬓，笑拈谈尘，溪山呈趣。满把经纶，处为星斗，出为霖雨。待瓯占枚卜，将造化，阴阳事，全燮理。　好是祥麟瑞凤，早养成、太和元气。竹标清节，松存古质，形神双美。阶下兰芳，庭前桂馥，承欢进履。传蓬瀛客到，称觞递献，蟠桃千岁。

## 满院花

戏拟效秦少游体

想是暌违久。渐觉腰纤瘦。记那时临别，牵罗袖。千百回叮咛，盟约期无负。屈指三年后。言穿目断，落得影儿相偶。　　细追寻，音信曾传某。欲问又缄口。多应似章台柳。便就是攀折，已落他人手。漫追咎。再与韩郎，完聚也，耐心还守。

## 醉太平

田家乐

云行雨施。苗芃秀岐。山妻鬓满花枝。绕儿童笑嬉。　　牛牵犊随。鹅繁鸭孳。瓮头酿熟才酾。恰亲朋过时。

## 醉花间

小酌

得闲暇。莫闲暇。闲暇时无价。一刻值千金，携手花阴下。　　绿樽被子泻。红豆鹦哥骂。人生几日闲，秉烛还游夜。

## 凤凰阁

晚眺

见苍烟碧树，水村山郭。夕阳一带飞鸟鹊。相映蓼红芦白，倍增萧索。横野岸，渔舟独泊。　　无情衰草，古道何偏迷却。传书谁把飞鸿托。天暮也，向平沙，远水才落。定有个，愁人望着。

## 三台

相思，效子野体。

想杨柳纤腰献舞，脸晕桃花含笑。捧素瓷，缓缓揭书帏，立床侧，殷勤低叫。怕渴了，特点松萝到。添小篆，沉烟缭绕。盥方罢，递与罗巾，开宝匣，菱花先照。弄冰弦玉指微露，和曲宫商入调。忆更阑，小立背银缸，晚妆卸，直恁波俏。　　谁知离与合，浑难定，断蓬落花成转眺。似燕子，何处寻巢，如孤雁，空江哀嗷。经梅开梅落几度，影孤形单空吊。

银汉遥，犹岁岁相逢，人间事，岂无期约。终须见，灵珠还合浦，炳夜光，明月增耀。坐相伴，水远山长，行相随，松苍鹤老。

## 鹤冲天

励洁

冰作鉴，玉为簪。潇洒称疏襟。梅花香吐雪岩阴。孤鹤自能寻。
浮云卷，红尘满。看破岂迷双眼。怀中明月袖中风。消遣有诗筒。[①]

## 眼儿媚

夹竹桃

翠黛朱颜雅自怜。对镜倍增妍。依稀记得，武林源路，湘浦波仙。
娇姿原不妨清节，夭娜倚窗前。脂痕粉晕，半含宿雨，一抹朝烟。

## 少年游

筵赏

荷香榴艳促金钟。高树下轻风。弄管调弦，低徊流盼，笑舞更纵容。
月容花貌神仙种，人世几相逢。我真醉也。扶归罗幌，烛影尚朦胧。

## 应天长

夜景

花阴不受竹阴嬲。白月横侵影皦皦。砌蛩吟，笑声悄。露下微微闻宿鸟。　　户开时，帘垂了。乍疑炉烟缭绕。一阵风来香好。知是纵莲沼。

## 看花回

警悟

醉夜眠花能几时。两鬓如丝。催人岁月成虚度，与草木，同朽何为。嗟蛮触蜗斗，一样情痴。　　惟有芳名千古垂。莫谓无知。日星川岳英灵在，不外方寸居之。算来忠孝事，是大便宜。

---

① “筒”，《课慎堂诗余》本作“筩”。

## 风入松

题画

数椽茅屋傍山隈，云去云来。苍松翠竹随山转，中分一径莓苔。何处寻芝忘返，却因双鹤招回。　　直飞瀑布落悬崖。地势平开。水边岛屿参差出，傍芦花，巨石成堆。渔妇渔翁信宿，全无半点尘埃。

## 花心动

美人插艾

晓起临妆，鬓鸦成，香膏欲添重栉。频照青铜，轻描翠黛，知是端阳时节。浴兰早换罗衣软，镜台侧，鹦鹉饶舌。道忘却，描花斜衬，一枝艾叶。　　纤手拣来自折。乍绿缀云堆，剪虎仍怯。想起前时，共葛同萧，一采三年怅别。几番欲灸谁分痛，如今簪取强怡悦。好灵药，是医相思妙诀。

## 一段云

纪梦

烟景迷离见，鸣泉绕槛流。倚门红袖送青眸。波翠远山浮。　　径曲芳兰绕，庭闲修竹幽。依稀当日似曾游。香茗递金瓯。

## 满庭芳

河上作

菡萏花红，茨菰叶绿，鹭鸶拳立汀洲。暂随斜照，邀入酒家楼。迤逦帆樯风顺，孤篷下，罗绮生愁。乍盈耳，歌声清婉，谁为按梁州。　　春秋。能几度，良辰不再，好景难留。对水色山光，两鸟优游。趁此襟怀放也，傍芦苇、一整轮钩。月才上，鱼回夜浦，柳岸起双鸥。

以上《课慎堂诗余》

本书受河北大学中国曲学研究中心资助，
为教育部人文社会科学规划项目“中国画历代题画词整理与研究”
（项目号：18YJA760082）的阶段性成果。

河北大學燕趙文化高等研究院
INSTITUTE FOR ADVANCED STUDY OF YANZHAO CULTURE,HEBEI UNIVERSITY
成果文庫

中国社会科学出版社

# 目　录

## 中　卷

# 邵瑸（255首）

邵瑸，初名宏魁，字殿先，号柯亭，顺天大兴（今北京大兴区）人。康熙十四年（1675）举人。官新河县教谕，迁山东昌邑县知县。与龚翔麟友善。工于词，多咏物、题画之作，开乾、嘉时期题吟画图词的风气。词学朱彝尊，为浙西词派重要词人。有《情田词》三卷。

## 菩萨蛮

东风疏雨轻飞燕。小楼人起红帘卷。花事到如今。春愁数几分。螺鬟双鬓薄。凤子单衫著。一缕爇都梁。闲情赋海棠。

## 前调

吾庐幽绝堪高枕。夕阳流水荆扉静。迎送有山僧。新诗写白云。先生名与姓。东郭谁曾认，一卷《种鱼经》。斜阳酒未醒。

## 前调

秋风溪上看新涨。秋香谁共斟花酿。秋水最宜渔。秋山好读书。秋声枝上减。秋月怜情远。秋思赋潇湘。秋灯六尺床。

## 前调

一枝竹外开钿朵。春腴几点东风破。雪后到园林。幽香仔细寻。朝来闲放鹤。霞想襟期托。回首笑相如。曾遗封禅书。

## 前调

遥岑寸碧横烟水。人家三五疏篁里。仙径向谁寻。吟衫染白云。不知秦与晋。古木林坳静。烂醉有陶家。天风散露华。

## 南浦

浣衣

柳乱水沄沄，听呢喃燕子、小帘春卷。忽忆别檀郎，轻衫脱、曾道清溪须浣。掩扉步软，风前翠袖双双绾。怎禁临流闲净洗，犹认那时红汗。

暖波染得衣香，纵柔荑欲住，赋愁几点。莎坐已移时，频搓处、襟上早留春怨。客游尘满，这番征袂凭谁管。可笑深闺砧杵急，未了夜灯裁剪。

## 留客住

当垆

杏堤软。爱红桥、垂杨一路，寻花买醉，溪外村帘斜展。东风怪底邀住，瞥见绰约吴娘春半面。轻衫小袖，听乡音、个里几声莺啭。　雅鬟浅。疑是文君，波横峰远。试问琴心，可许相如情倦。纤手调羹最美，赢得多情，骰盘官字盏。酒钱付与，肯匆匆、去了惜寻春晚。

## 花心动

折花

几度金衣，来软语、芳昼最宜消领。业鬟妆完，好伴相邀，姊妹双行苔径。鸳衫凤带随风过，又那识、个侬花影。邻园里、斜桥映水，倚桃攀杏。　昨夜小楼闲凭。听断雨疏疏，应催红醒。嫩蕊簪鬟，老干试瓶，衣满翠钿香凝。轻盈瘦朵傍妆台，甚春乱、不教情定。怜折去、唤起独眠人病。

## 花发沁园春

斗草

绣地吟香，绿园软玉，苔痕几点晴早。闲过赌翠，偶约探幽，各自暗寻芳草。红栏采取，却难认、一枝枝好。爱摘到锦带风流，拢来茜袖轻笑。　浅晕微波春晓。任出手番番，药娇芝妙。琼苞笼粉，乳燕窥花，人在柳阴亭小。定分胜负，问若个、约环输了。最珍重一剪宜男，鬓边斜插低袅。

## 望湘人

沂水道中遇雪

讶寒云渐紧，冻雀声繁，玉花遮遍归路。十日行来，江南历尽，总怨一程程苦。香冷珠房，脂残镜槛，倚屏谁语。记那时、听雨凉宵，曾共小窗樽俎。　　寂寞征途朝暮。算红笺纵有，谁传幽素。但回首长亭，只见乱山无数。风斜侧帽，冰胶勒马，多少行人来去。问今夜、门掩残釭，也念天涯人否。

## 金缕曲

雄县晓行

挂壁篝灯早。是何村、不住鸡声，乱催寒晓。铃铎郎当妨断梦，提辔愁吟未了。喧衰树、啼鸦多少。帽拂新霜衣隐月，漏鱼天、数点残星小。昏沙外，行人悄。　　官亭倦柳西风扫。趁鞭丝、灯影匆匆，远峰横照。榜字红桥三五处，风景最宜闲讨。爱两岸芦花深绕。忽忆西湖西子镜，被双鸥、唤起乡心渺。听流水，买舟好。

## 生查子

小小两鸳鸯，引我仙源住。谁解奏瑶笙，一路吹花去。　　隐隐望红楼，人在重帘处。飘荡有游丝，能罥相思否。

## 鹊桥仙

七夕

斗横银汉，桥填乌鹊，处处穿针今夕。虽然一岁一星期，只算得、相逢一刻。　　何如并坐，双斟花盏，同看苍凉秋色。寻思织女若私窥，也定妒、人间佳匹。

## 前调

春肤凝雪，浅眉含翠，曾访杏花深屋。芳情不让柳风流，爱纤手、歌堂传烛。　　香迷蝶梦，月窥鸳枕，却负玲珑双玉。当时纨扇已无存，只记得、桃根一曲。

## 燕山亭

种梅

灵谷移根，小圃种完，瘦干侵篱嘴。横幅半窗，软语枝头，便有禽栖愁翠。影上墙腰，搅一抹、夕阳红碎。幽致。爱未漏春魂，都含春意。料得雪后风前，有粉萼檀须，满林香细。倚苔吹笛，嚼蕊含卮，添了酒场花地。客里相逢，早忘却、五湖归计。年尾。拌日日、弄芳树底。

## 忆秦娥

题瞻园

点点。细雨轻扉掩。田田。红浪风翻十二阑。　　玲珑山子亭边小。秋水横桥好。声声。拨刺游鱼梦未听。

## 玉楼春

清溪渡口呼兰柁。几树晴梅风未过。酒边绝似镜中行，篷底慢吟天上坐。　　依然旧雨新词和。载笔疏狂偏许我。清寒却早醉婵娟，不管春愁催梦破。

## 洞仙歌

萸香菊彩，是重阳时侯。休负今宵好樽酒。听莺唇度曲，素手调弦，扫锦石、并坐花间衔袖。盈盈年十几，说道儿时，曾住西湖断桥口。生小共乡门，谁料萍飘，又留恋、塞榆沙柳。若不是、仙台旧因缘，甚紫逻天涯，也能携手。

## 百字令

东阿晚渡

夕阳渐暝，问楫师、因甚兰舟犹渡。一片渔天浮冷月，知道茫茫何处。桥隐孤村，沙昏小港，依约行人语。停桡贳酒，乱峰遮遍遥浦。远挂数点寒星，云深塔小，极目荒城古。松板敲残林外寺，风动一溪凉树。醉枕牵情，断歌妨梦，只有飘零苦。但除鹃鸟，有谁解劝归去。

## 前调

乱抛梅弹，打鸳鸯、千百欲飞还住。残日横斜垂柳外，渔子鸣榔何许。细桨移云，轻帆迎岸，指点风前树。浣衣人散，三三两两归去。最爱一片清香，采莲歌远，谁在陂塘路。镜里簪青一点，点破碧鸥眠处。寂寞孤舟，愁吟独客，数遍声声橹。那堪又听，秋砧相和凄楚。

## 摸鱼子

际新凉、荷衣半谢，暗萤几点明灭。梦经重做香吹醒，一枕黄昏窗黑。空念别。想此际、芳心无限情难说。醉魂谁接。便素手题诗，荒沟冷落，流不到红叶。　　秋蛩响，吟院西风木脱。黄葵尚罥。痴蝶。花楼只隔苍茫岫，惆怅水郎重叠。琼签彻。料屏背、灯昏早把流苏揭。簟寒枕怯。念遥夜无眠，凄凉更在，帘隙逗残月。

## 前调

整轻装、城西唤艇，几番客底憔悴。好花曾向吟房插，明月最宜怀里。迷越水。愿化作、红襟飞到相思地。彩丝松臂。记那日凝妆，玉楼闲凭，一曲洞箫美。　　回廊静，极目天涯迢递。双双锦鲤谁寄。思量镜约偏难践，不似别离容易。追往事。曾裁剪、春衫两袖书情字。伤心此际。定门掩孤灯，帕罗点点，重省断魂泪。

## 暗香

梅

东风历乱。映短篱浅水，总迷春眼。数树盈盈，不管寒深与寒浅。最是销魂雪后，便瘦了、酥钿千点。惹冻鸟、对对寻香，软语唤花转。葱蒨。一林遍。怪片片飞来，冷烟吹卷。相逢恨晚。几度吟边费诗卷。开到而今正好，奈短笛、高楼吹散。孤梦里、犹自绕，翠琼小院。

## 瑶华慢

常州

兰陵晚度，一线晴河，近酒帘青处。远山尽入，残照里、两岸蚕家罾户。早真个、渐听吴语。看渔舟烟里飞来，风乱浴波鸥鹭。　　消凝倦柳官亭，问送客年年，多少柔橹。匆匆帽影，又谁记、足茧荒程无数。雁绳云杪，爱点逗、残霞几缕。甚凄凉、枕上吴歌，相和船声芦雨。首段罾户下疑失四字。

## 声声慢

题山中白云词

湖山锦绣，候馆繁华，剧怜公子风情。乐笑翩翩，游迹约略西泠。故宫难堪转首，写离离、半是秋声。醉落拓，有古梅千点，伴尔孤凭。　　骑鹤归来海上，却君平卖卜，谁话飘零。菰米莼丝，寸梦不挂燕秦。渔歌放舟古调，问志和、一段闲襟。吟小卷，似吹笙、人倚玉屏。

## 绮罗香

东平晓发

钩月模糊，渔歌《欸乃》，一霎挂帆催去。隔岸人家，隐约残灯窗户。渐听得、啼晓风鸦，又只见、柳阴深护。说销魂、最是烟波，年年因甚但行旅。　　短长亭子已过，底事蓬窗倦枕，梦残重做。买醉江乡，苦忆旧曾游处。看急桨、轻燕吹花，映峰远、谢娘眉妩。数邮签、未到吴淞，怪几声杜宇。

## 三部乐

秦淮灯船

五月秦淮，串青雀香波，玉琉璃点。百结红丝，踏浪凌波风远。渐听到、击鼓吹笙，早轻桡渡处，彩幔遮满。六朝话旧，犹有断歌檀板。　　河房倚栏看好，尽提壶斗酒，肯教情倦。月牙池边灯影，都玲珑转。忆流年、近来偷换。叹十四、楼闲云散。未了寸梦，怕赢得、繁华诗怨。

## 一枝春

杏花

谢了官梅，柳青时、风色满林偷聚。闲园晚步，吟袖乱招香雾。朝来梦醒，记听得、小楼春雨。最宜看、傍水开时，试问海云曾住。　　暖窗儿番凝伫。早飞来一瓣，点伊眉妩。折枝向晓，知道卖花何处。那回记否，招燕子、双双春妒。似镜里、带酒红妆，倚阑无语。

## 疏影

障羞小扇。是玉葱付与，砚北频展。半面圆光，细写娇鬟，宛似洛波曾见。伽楠坠子玲珑好，爱刻就、鸳鸯双绾。惯临风、暗惹相思，犹凝去声当时红汗。　　记得乍逢兰径，半遮凤翅鬟，半露桃脸。旧曲浑忘，新怨谁凭，只有团纱堪玩。梦魂不道花颜远，奈醒向、画中低唤。盼不来、燕尾香缄，总怪春江鱼乱。

## 河满子

谢豹催归不住，鹧鸪留客还啼。听遍江南江北雨，酒边一卷新词。寄语吟装卸后，杏花燕子来时。

## 点绛唇

歌院重来，绿樽红板莺边共。小桃谁种，春浅花阴重。　　一枕轻寒，帘影蟾枝弄。炉烟动。玉钩休控。麝月笼双梦。

## 减字木兰花

题吴清峙《秋浦归帆图》

划波鼓柁，春水一夜天上坐。烟岫溪云。好稳归帆载酒人。　　斜阳晚渡，早卷蓬窗听断雨。渐近乡关，岚翠迎凉几点山。

## 齐天乐

题耕客桃乡农词卷

香茅结屋仙源里，百叠暗云深护。溪女携蓑，村童抱耒，指点田塍春雨。吟行断浦。只古水东西，欲寻无处。一种萧闲，人间那得此耕侣。　　斜门问谁曾到，乱红浑似锦，桥畔迷路。钓月苔矶，移舟荻岸，招得盟鸥无数。青鬟如许。更谩说而今，移家迟暮。况有桃根，似花相伴语。

## 解连环

梦

日长春困。惹柔情千缕，瞢腾欹枕。抛彩轴、小掩红扉，早钿落钗横，娇波将瞑。摇曳离魂，笑绝似、游丝无定。只狸奴斜傍，燕子低窥，小窗风静。　　分明画眉得并。恨声声翠鸟，早催人醒。若个里、惯自相逢，便芳草无言，天涯人近。素手开帷，但只见、一帘花影。整云鬟、倦托桃腮，几回暗省。

## 真珠帘

茉莉

玉肌翠袖清无汗。爱窥春、瘦朵移来蛮客。暑雨几番过，有流萤偷识。苏老曾怜呼暗麝，早剪就、冰花幽绝。篱侧。甚偏恋纤阿，黄昏才折。　　浴罢团扇轻罗，向妆阶小立，彩丝穿得。凉梦乍醒时，满轻帱香溢。一自宣和名著后，已不恋、炎州风色。无匹。记疏疏绿萼，醉边吹笛。

## 五彩结同心

绣

莺催梦冷，镜试轻妆，睡鸭香笼烟结。莫负晴窗好，约姊妹、并坐彩绷斜设。纤葱劈得圆丝细，更软语、商量枝叶。绣工夫、嫩红娇绿，别是一番春色。　　秋痕认来真切。问若个玉指，天孙曾窃。多少闲心绪，短缄里，最是双栖难得。恐遮日影开帘照，爱点点、新梅窥蝶。启芳唇、含情低说，有了罗裙三折。

## 四字令

渔乡酒乡。琴床笔床。蛮笺十样吟香。一声声草窗。　　春晴昼长。花闲蝶忙。东风小骑红鸯。趁鞭丝夕阳。

## 南楼吟

白门封雪

风暗淡斜阳。筛寒到小窗。早吹花、点絮轻飏。冻鸟枝头栖未稳，偏瘦却，早梅芳。　　红玉拥昏黄。团栾酒坐香。醉瞢腾、一枕清凉。纵使莫愁家尚在，难认取，水迷茫。

## 惜秋华

咏牵牛花

能几番开，绕西风篱落，早来秋感。小字芳名，却爱星河为伴。浑疑未了佳期，又翠朵、忽横凉院。藤软。最难分嫩姿碧深朱浅。　　黛峰画偏淡。莫吴娘妆罢，已疏筠齐卷。承露无多，输与晓程人看。谩写一段幽情，试问谁、含颦千点。曾见。小青花、竹山吟卷。

## 侧犯

同蘅圃、菘塍饮玉兰花下，用姜白石韵。

春情未去，髮松几树留侬住。疏雨，听滴粉搓酥唱吟句。醉眠吹忽醒，香雪风何处。谁语。似人在，晶帘笑回顾。　　双双粉蝶，难认花间舞。却许我。此留连，同调邀杯俎。旧事唐昌，不教轻数。一曲银囊，夜修箫谱。

## 祝英台近

题《桐窗读书图》

翠筠深、花径小，细路山庄悄。波暖粼粼，只许闲鸥到。梧窗不染纤尘，苍云闲坐，算添个、柳阴舟好。　　闹红处，移情枕簟邀凉，梦里听啼鸟。泚笔清狂，一卷吟香草。是谁点染生绡，无多杀粉，早写出、玉溪风调。

## 国香

题耕客耒边词

庐岳山僧。怎肯抛棕笠，一研随身。江湖几番留住，楚水湘云。试问花南老屋，可辜负、十里红情。当年共摇落，头白樊川，蜡屐飘零。
末边词卷好，甚含香嚼蕊，龚五联吟。枕函梦里，谁在缑岭吹笙。怪底春风感叹，却难忘、旧雨黄昏。相思秣陵路，多少闲愁，付与新声。

## 斗婵娟

题高槎客罗裙谱

横街翠幕，莺声里，是谁按谱吹笛。江南江北迢迢梦，梦也怜风色。早鬲指、香飞词笔。蛮笺十样书琼叶。前度寻芳去，定应被、九峰人说。何处狂客。　　燕子白露，秦淮团栾，旧雨红桥，曾醉明月。凄凉忍听赋罗裙，憔悴惊华发。纵许我、清游趁蝶。情怀已负花时节。空做弄、吟惊倦，秋水春山，几时去得。

## 南歌子

集调名

别怨山亭柳，渔歌下水船。消息锁窗寒。个侬春晓曲，玉阑干。

## 南乡子

集调名

秋霁白蘋香。庭院深深玉簟凉。拨棹扬州芳草渡。留客住。子夜翠楼吟白苎。

## 南浦

春水，用玉田韵。

碧色映柴扉，看抽条、嫩柳一枝初晓。社燕渐归来，微波掠、那见芳菲轻扫。沄沄鸭绿，软风点染榆钱小。舟稳谁吟天上坐，梦里池塘香草。
问君几许闲愁，甚孤村路断，清流未了。秋雨动新凉，菱缸处、可忆藤桡曾到。重门渺渺，笑桃人去刘郎悄。怪底余寒留小住，毕竟莺声听少。

## 前调

秋水，用碧山乐府韵。

郭外漾轻波，甚藕残、柳疏绿意初染。一艇季鹰归，莼鲈兴、倚舷几番吟遍。长天谁共，夕阳不比春情浅。种桃消息怜寂寞，红叶漂来片片。

伊人未知何处，看断岸蒹葭，难留衰燕。暑味已全消，溪流好、蟹火星星千点。鹭立芦花，忘机那解西风怨。依依明月渔矶上，忽听菱歌声远。

## 定风[①]波

谁扣红舷按钓歌。春风春水麴尘波。桥外野航敲细火。扶舵。一江明月挂愁何。　　隔岸人家邻酒市。杯底。问谁沉醉枕晴蓑。早近青青山一面。遮断。乡心偏逐去帆多。

## 洞仙歌

句容

鞭丝九十，渐茅峰遮眼。嘶杀骢声晚程倦。看塔影云中，松门磬外，又归去、风杪一行残雁。村村才过了，早近山城，人语鸡声竹篱浅。脱帽拂征衫，烧饭箬篷，却少个、酒人为伴。记曾系、青骡此门前，笑问我当垆，昨窥春面。

## 凄凉犯

春日同耕客、菘塍瞻园赋

西湖才调逢徐李，殊乡却聚裙屐。竹篱宛转，梅花低亚，小窗幽绝。春风彩笔。笑醉雨、心情顿别。更相怜、开到酴醾，两两燕莺说。　　毕竟桃乡好，结宇还依，演溪明月。瞻园底事，共吴侬、却成三客。款竹寻鸥，抵多少、家江游历。奈烟水一帆归梦梦未得。

## 探春慢

白门岁除

腊鼓齐挝，年幡争插，早度江乡岁晚。酒试黄苏，炉围红玉，兰烛玲珑深院。几盏蝉纱挂，看儿女、灯前频玩。翠鬟解事催诗，小袖裁藤铺研。　　转忆修门路远。算书冷琴寒，药房谁管。竹响春街，柳含晴雪，

① “风”，《全清词》（顺康卷）作“国”，误。

时序几番风暖。紫陌牵情苦，料愁听、铜驼箫管。过了今宵，又是一番春怨。

## 长亭怨慢

忆前度、酒场吟地。惜别年年，香残罗袂。冷月敲窗，昏鸦啼月、小门闭。短长亭子，空懊恨，重重水。折柳记丁宁，道莫忘、谱箫花底。　迢递。但挑灯夜久，犹检燕传题字。杏花春雨，尽化作、相思红泪。叹云迷、短梦难凭，又那有、闲情歌吹。想一点新愁，都在杜鹃声里。

## 玉楼春

阑边曾记敲疏牖。花外双行携小袖。锁莲窄窄柳蛮腰，红豆惺惺樱素口。　旗亭短曲歌残后。别泪多于珠榨酒。柔情飘荡逐杨花，好梦今宵同做否。

## 蝶恋花

一片红情都在树。欹坐花深，把盏吹兰语。记得春楼听夜雨。玉纤为我调筝柱。　粥冷饧香风又暮。知道重门，还种缃桃否。短梦欲飞飞不去。冷蟾空照闲吟处。

## 折红梅

耕客赋《梅窗诗》有“玉楼人定惜，攀折送桃娘”之句。

对吟房疏牖，香催瘦影、数枝开了。便思量镜底那人，晨妆见也应笑。鬓边插好。须攀取柔条低袅。替伊簪上，几点琼苞，看秋水春山，定增娟妙。　凭肩楼杪。道风信今年，者番来早。还指问西苔圃，倚阑有花多少。绿穿红绕。休忘却玉窗梳晓。更想甚日、酥手双携，坐锦石吹笙，碎钿同扫。

## 无俗念

题《烟雨归耕图》

朱颜如许，映萧萧、白发蕉衫藤帽。姜蔗湖田农事稳，却倚烟锄春杪。几点闲鸥，数番秋雨，谁写生绡好。逢迎到处，蜡屐那能归早。

卜宅长水西偏，筼筜千个，軀舫斋名。春风绕。十样蛮笺供赋笔，只有采芝人到。应诏填词，青骢待漏，倦听莺啼晓。春塍回首，甚时通潞移棹。

## 簇水

红叶

玉露怜秋，寒枝怪底留春色。断霞吹处，早搅碎、夕阳时节。三月曾怜钿朵，却逊西风格。又片片、芳情谁说。　　映朱碧。香艳晚、剪花散锦，只认是、浓脂湿。殷勤谢女，可肯问、衰颜客。历乱金鳞偷聚，点点香波出。吴江路、冷落愁吟笔。

## 品令

题《听雨图》

静中楼阁。却无赖、愁离索。余寒做弄，红帘卷处，剧怜花落。逐妇呼鸠，点点芭蕉声着。　　玉楼春削。正情倦、香腮托。浓团懒枕，沉吟休误，夜灯深约。萧瑟绿窗，梅子黄词谁作。首句较陈迦陵词少一字

## 芙蓉月

枯荷

藕荡断冷香，凌波路、阵阵酸风凉雨。清歌已少，只有浣衣溪女。记得挥桡争采，一片柔声笑语。便留得，叶田田，怎盖鸳鸯宿处。　　临流恁凄楚。看疏萍败梗，惯衔鱼住。多情紫蓼，犹绕露湾烟渚。算到今番渔艇，不碍结罾投去。残翠里，飞来，倦鸥无数。

## 十二时

王子鲁生与余为同年友。己未岁余来昇州，相别都下，折柳旗亭，辄依依不忍去。未几一梦夜台，王子遂召记玉楼。雨屋深灯，偶检箧中得前所寄《风流子词》，把玩之余，益动今昔之感。爰赋此阕以当一哭。

剪秋灯、酒边吟罢，重检藤箱残稿。早肠断、故人题草。都是别愁离调。娇蝶雕香，名花碎玉，壁暗莎蛩老。记那日、卢沟折柳，几度旧游，付与白杨残照。　　思秣陵、迢迢路远，误了春归春晓。曲径尘封，小窗蛛网，月静闲扉悄。想醉魂夜来，孤吟应是独啸。　　叹自兹、云埋水

冷，子晋玉笙吹早。梦访溪门，平沙路杳，啼杀提壶鸟。问染毫谁赋，魂兮唤愁多少。

## 洞仙歌

秋窗雨夜

小楼风杪，把玉钩低控。甚处吹寒暮烟重。渐荷喧、萍皱鱼乱波圆，淙淙响，莫是晚江潮涌。　　客情思此际，烧饭笭篖，定怨孤吟醉衾拥。酒坐听霜阶，未了蛩愁，又叶叶、商声敲送。笑娇鬟、二字玉田用平柔语道新凉，换细簟轻帱，待笼香梦。

## 玲珑四犯

石坪风度潇洒，词有梦窗玉田意趣。曾图小幅名曰《醒钓》，殆隐于钓者耶。耕客赠句，有“醉倒但知吟好句，世间那有此渔郎”之语。因拾耕客诗意以成此调，未知能写石坪否。

散发梳风，任醉卧罾头，与鹭闲伴。两两青猿，指点绿樽清浅。好待梦破蓬窗，便酌取、渔郎卮满。早看他、挂口成诗，莫是青莲曾唤。
轻划细桨垂竿去，听双鱼、着钩波乱。肯教浣女抛钱买，只许芳醪换。雅爱一曲倚声，衍波笺、试红丝研。笑未闲吟兴，乱飞红雨，夕阳春远。

## 风入松

久客昇州，秋窗寂寞。回忆都亭旧游，已成陈迹。赋此志怀，寄诸吟友。

西窗忍听雁斜行。挂梦旧吟商。轻衣稳马红香里，软莺声、一路垂杨。流水孤村竹径，桃花却引渔郎。　　客怀无那赋秋霜。门静菊芬芳。蛩吟叶语秋声乱，但缘愁、醉卧闲休。试问今宵谁伴，疏棂月影微黄。

## 西湖月

戊午九月，同龚五买舟东渡，匆匆未尽游情而返，赋此解嘲。

十年重到西湖，早又是吴霜，草衰香冷。舟寻蒲港，樽携曲院，浑忘幽径。莺声都寂寞，但点染山山枫树映。尚记得、兴倦湖心，爱煞一奁秋景。　　软红肯放人间，便住过花时，柳阴吹暝。石城仙侣，鸿笺遥堕，催归孤艇。凄凉今夜月，算定照家江圆似镜。怎偏是、独客闲愁，易迷云岭。

## 拜星月慢

白门客秋，怀昨岁西湖夜游作。

凉燕横波，遥峰吐月，人映鱼天数点。红叶枫林，乱秋声声远。鹭鸥醒，拍拍轻飞不住，伴我竹溪吟遍。柳径桃门，几曾来闲款。　　恨迢迢、别梦衔归雁。蟾枝照、何处晴湖畔。襟上酒认杭州，奈勾留偏散。叹今番、旧雨题缄断。只相对、二水三山面。怎教侬、买个吴舠，渡江风一剪。

## 三部乐

辛酉初夏蘅圃北上，赋此为别。

折尽烟条，总难系斑骓，少留君住。销魂江上，阵阵梅风梅雨。便从此、一路看山，也难忘乡驿，水市罾户。鞭丝帽影，频拂软红香土。
最难那回并骑，共镵诗壁上，猎村烧兔。谁知今番捉辔，未随仙侣。对篝灯、店窗敲句。可忆我、吟房拥楮。千里挂梦，算同听、双双鹃语。

## 法典献仙音

送徐菘胜归南湖

树冒凉烟，帆悬小羽，一路绿杨迎舫。欹枕听歌，开蓬放月，青裙漫划春桨。怕犹有，残红落，宿沙动哀响。　　乡湖涨。忆梅房、共褰书幌，算酒分、吟情那回无两。兰径总销魂，恨重重、粉水红浪。纵寄愁缄，也只好、浓团相向。待秋槽压酒，来斗演溪诗将。

## 惜红衣

频年倦旅，与吟社诸君酒边花外，兴致不浅，殊忘客中况味。今夏蘅圃北上，菘塍同日别去，晤对止有耕客，不胜其孤寂也。况败苇横池，残蛩吟壁，旅人心事，何以堪此。

树老嘶蝉，池闲倦鹭，是凉秋了。何处商声，西风扑吟抱。芳游几度，记梦里、玉香花笑。真好。绿鸟吴音，一声声啼晓。　　分携恁早。燕雨吴霜，相思赋同调。亭荒径冷，落叶无人扫。人似春归梦断，惆怅雁寒蟾照。念座中容我，惟有末边诗老。竹垞词前段第二句即入韵，姜尧章亦然。

## 柳梢青

与陈嵩策别

也忒匆匆。诗题别席，酒载开篷。雁背凉云，鸭头冷雨，无那离踪。
西湖听水听枫。肯寄我、长篇远筒。花屋移灯，柳桥折笋，相忆东风。

## 齐天乐

得龚五修门札，赋此寄怀，用梦窗词。

艺兰人去红轩冷，几番断虹残雨。紫陌霜寒，青门燕咽，频念吴侬倦旅。挂情最苦。又荷老枯塘，柳疏倦圃。愁杀凉飙，万芦吹雪点愁鹭。
题封彩襻曾寄，天涯乌帽客，解榻何处。金刹看花，铜街贳酒，可忆西园吟侣。燕歌塞舞。问纲得倾城，可如樱素。睡醒秋声，澹蟾横雁宇。

## 虞美人

龚石坪出新词见示，赋此以赠，并送东归。

研光苔纸题浓字。多少春鹃思。吹兰襞锦似歌情。疑到桃源古洞听瑶笙。　　竹廊花盏邀同醉。怎便鞭征袂。一声南浦已销魂。忍记孤吟夜雨剪秋灯。

## 摸鱼子

寄怀蘅园

恨声声、催人津鼓，掷杯未尽蓝尾。山程不似乡城路，那有罾滩菱市。提小髻。见一片、昏沙古岸荒亭子。酒村牵醉。算多少凄凉，坐风当雨，拥被听溪水。　　闲院静，树树繁蝉嘶起。又添数点秋意。梦中浑忘挥襟去，犹挽剪江帆翅。回栏倚。尚记得、春前携袖寻红翠。砧愁雁思。问黄雪香边，牵筇独自，谁共把吟袂。

## 甘州

寄菘塍

恨莎阶蛩语唤离愁，倦柳罥横塘。记前番解榻，剪灯听雨，秋酒曾尝。别后窗窗院院，赢得梦凄凉。何处箫声到，月照书床。　　每忆演溪此际，料移舟菱港，词笔飞狂。笑飘零独客，岁岁染吴霜。问旧游、这回雁外，可相思、吟侣隔烟江。迷红岸、载情不去，多少思量。

## 洞仙歌

柳屯田体

醉梦凄凉惯。惹多少冷雨，凄风悲惋。纵评花看月，莺调弄管。旧愁不为新情浅。叹漫水、层山迷远盼。吟游返。倩燕语妆楼，道我冲烟岸。重见。　　纤腰楚楚，香态盈盈，道了胜常，解佩并坐香帘，绿酎莫辞斟满。娇歌筹插红螺碗。爱此际、殷勤多款款。携手遍。指梢头、别后三番折黄软。笼小卷。是一派、相思怨。最无端动我，黄昏邀月双双愿。

## 行香子

自题词集

红笑春边。醉倚愁边。剪轻风、十样吴笺。随身小研、爱劈晴绵。甚海棠吹，玉笙按，唤闲眠。　　未醉湖船。却看灯船。问东陵、旧种当年。客情一点，早付啼鹃。忆几番芳，时泚笔，总堪怜。

## 点绛唇

忆园西精舍

一览楼西，东风留我花问住。吹香醉舞。小径春如许。　　燕燕莺莺，三月闲情绪。愁吟处。乱飘红雨。芳草江南路。

## 齐天乐

小春重游白门，留别都下诸朋好。

昨番蜡尾轻装卸，匆匆一年离思。香径吹笙，莎亭接酒，尽日诗边花里。未阑屐齿。甚早又冲沙，袖鞭笼辔。小店桃灯，卧听行队说寒事。
旅情那堪屡感，几经登顿后，几度憔悴。旧侣延襟，新俦解手，聚散似萍无蒂。他山此水。怎比得归渔，笠檐蓑袂。约我重逢，待春风燕子。

## 高阳台

重过瞻圆有感

燕侣重来，林花未老，剧怜三径依然。乱水横桥，这边曾听啼鹃。玉兰点逗春消息，甚东风、又说明年。笑桃源，前度刘郎，枉自流连。
翠襟软语知何许，莫寻芳误了，辜负红帘。那管多愁，今番再到亭前。笙歌旧梦重门隔，剩丝丝、未擘晴绵。搅闲眠，断雨疏疏，凉月娟娟。

## 甘州

白门感旧

记东风怀抱十年时，载酒问郊。爱回廊小院，绿杨影里，几处啼莺。流水横桥竹径，芳宴款红门。落纸挥毫兴，醉听瑶笙。　　懒性近来感慨，叹残灯几点，梦断秋云。纵重歌有约，华发已无情。怜今雨、纤腰楚楚，却轻随、蛱蝶逐离魂。凄凉甚、最愁司马，辜负文君。

## 凤凰台上忆吹箫

蓼冷秋蝉，风疏倦柳，溪窗一夜愁中。唤芳情顿起，梦去帘笼。可记花鬟雾雾，曾双看、夜月溶溶。如今恨、香残腰彩，珠冷钗茸。　　披封。雁奴纵肯，也只怕难传，小字诗筒。转沉吟凄断，隔院芙蓉。伴我闲眠谁语，空阶里、只有莎蛩。轻身是，飞来燕子，镜底相逢。

## 桂枝香

秋笃

倚酒斗酒。讶恰恰残声，犹啼衰柳。小亭虚院，只有晚鸦依旧。石湖愁听春深里，甚还栖、桂枝香候。一行新雁，几番疏雨，尚窥凉牖。
记伴我、微吟芳昼。惯唤醒佳眠，枕鸳难就。翠羽黄腰，多为秋情消瘦。思量那日寻花伴，问而今、也曾来否。窗儿女，暗开玉盒，乱抛红豆。

## 钓船笛

夹岸种桃花，春色一溪如画。小小几间茅屋，有露床风架。　　偶然沽酒到前村，肩背钓筒挂。日日渔乡来去，却不知鱼价。

## 一萼红

雁来红

傍疏篱。讶数枝栽遍，霜叶散红烟。黄桂笼香，紫蒁着雨，深艳不新寒。便开了、何曾有雁，细看来、疑是草中仙。翠陌闲亭，绿阴小院，犹忆莺天。　　斜挂珊枝点点，似吹霞散锦，几曲阑边。谩比金桃，不同乌桕，芳丛惯伴闲眠。堪叹我、春情多少，转沉吟、采取当题笺。寄语妆楼年少，风韵应怜。

## 华胥引

新柳

秦镜眉愁，楚宫腰细，一枝轻软。闲苑依依，东风乍看帘幕浅。长亭摇曳轻烟，问曾招新燕。芳草斜阳，可怜水远人远。　　靖节门荒，早笛里、桓伊吹遍。客怀如许，那用清阴路满。才对嫩黄小绿，已离情都倦。庾信风流，灞桥谁梦春眼。

## 尾犯

笋

春风春雨。讶琅玕洗净，箨龙轻吐。重重裹束，无人见爱，云根深护。萧闲俊味，却输与、山家稚子住。忆禅关、玉版曾参，一溪寒玉流处。　　稚子剧怜何许。骈头嘉，致细数。笑江南作客，顿顿冰厨，腻香双箸。几载青门相逢，只有冬残寄与。问甚日、呼棹罗浮，锦绷醉看题句。

## 如梦令

镜槛风柔时候。一树梅花晴瘦。晓起理红妆，几缕沉香春透。芳昼。芳昼。中酒心情知否。

## 调笑令

惆怅。惆怅。一枕浓团秋望。溪窗月影微黄。小簟轻衾夜凉。凉夜。凉夜。谁劝轻卮深泻。

## 清平乐

白燕

一双玉剪。却近珠帘卷。飞入梨花浑不辨。生小最怜春浅。　　也同翠羽差池。忍教缟袂人窥。赢得当年赋赠，梁园湘水袁诗。

## 齐天乐

蟋蟀

叶疏无着秋情处，夜长更闻凄切。霜冷幽林，风清旅馆，都是吟伊时节。几声似咽。早破梦难眠，顿成离别。怪底王孙，不归芳草诉凉月。　　唐宫遗事偶忆。镂金笼枕畔，多少消息。惯伴残机，漫敲急杵，一点灯寻篱侧。寒窗独客。算如许闲愁，怎生听得。回首春晴，半庭香趁蝶。

## 河传

送客南归

春住。讶君偏去。绿酒长干。杜鹃声里别征衫。归帆。到江南。　　夕阳古道参差柳。纵回首。可抵相思否。阳关不用唱骊歌。烟波。魂消旧雨何。

## 水龙吟

白莲

水晶帘里梳头，轻姿小立风前动。琼枝淡雅，鬓松雪瓣，玉兰嫌重。何处吹箫，移来倾国，赋词窥宋。爱贴波柄柄，栖栖鹭静，似解语，搓酥共。　　应笑倚红妆艳。谢铅华、独怜秋咏。池非太液，玉环人去，旧情谁宠。绿盖分浓，莲心惜素，助伊芳种。荡歌桡洲渚，一轮夜月，把花情梦。

## 天香

玉蝶梅

蒂染脂轻，苞含蜜浅，盈盈冻条低折。瘦朵飞香，小妆试粉，仿佛未消晴雪。东风乍卷，似乱蝶、绕花飞出。唤醒流苏冷梦，只横一帘凉月。　　小窗尚余寒碧。逗清魂、惯愁吟客。难得芳时，因甚独羞春色。那人日午妆成后，爱玉颊、无多梦魂窄。却怪声声，早来风笛。后段第五句多一字。

## 红情

荷花，用玉田韵。

汀洲花色。看舞妆别样，苞疏须密。细梗高擎，茜袂轻盈似相识。谁在波心笑语，双桨外、清歌曾忆。爱西河、依绿庄边，采采葛衫湿。
伫立。小桥侧。笑玉肌无汗，惯临风日。软波未剪，几点晚香弄秋碧。机云乱清赏后，只恐话、芳情非昔。又柄柄、凉梦里，早听月笛。

## 绿意

荷叶，用玉田韵。

团圞自洁。爱舞翻柄柄，倚阑幽绝。溅沫飞珠，低展秋声，肯受一些风热。田田小字谁家女，早输与、词仙曾说。认晚来、出水轻红，深护玉楼重叠。　　忆制芰衣把钓，笑片片风情，不教缝褶。劝酒偏持，多少香凝，清味沁春如雪。雨中留得鸳鸯，应寄语、采莲休折。甚纳凉、小立洲边，乱影一奁湖月。

## 殢人娇

秋海棠

绿叶朱纹，赭霜粉泪。爱点缀、墙根秋里。麝鞠风边，湘帘月底。惹凤眼、摩挲为他憔悴。　　腻蕊怜轻，小红疑醉。可也似、垂丝春睡。梦浅淫淫，情怜细细。怎只解、相思尚留纤媚。

## 烛影摇红

送李鹤湖

画烛铺筵，酒边愁杀歌南浦。春江偏少鹧鸪啼，谁解留君住。数遍凄凉倦羽。算毕竟、不如归去。飘零忍负，花巷柴门，一川鸥鹭。　　料得乡程，绿阴柳岸吹香絮。到家七十五红亭，重省来时路。听雨听风听橹。问今夜、醉眠何处。楫师遥指，斗大溪城，半邻罾户。

## 解连环

懒云初整。向莎阶微步，倒临秋镜。看小立、恰倚花枝，载一段春情，画阑闲凭。几度偷窥，奈全被柳阴遮定。听敲棋隔院，弄笛高楼，醉魂都醒。　　浓团夜来好景。怪因甚匆匆，便催孤艇。纵有梦、寻到天涯，也迷却春园，那时鸳径。竹屋灯昏，何况是小亭烟暝。算除非、化作凉蟾，照伊瘦影。

## 解语花

蝉纱照院，绿酎行卮，挂梦笙歌里。小怜真媚。知谁写、两剪态横秋水。步莲裙翠。按檀板、一声声起。风月边、莫是当年，扇底崔徽美。　　谁误个人春思。却倚阑无语，淡妆罗绮。儿家应记。章台路、渡口柳阴门二。芳年十几。蓝桥梦、可邀双醉。低问伊、今夜琴心，曾顾周郎未。

## 一萼红

窗外梅花一枝，红香可醉，题曰梅窗，为赋此曲。

倚疏棂。是里红数点，雪后扑新晴。旧雨题笺，软香唤蝶，瘦影一段轻盈。问近日、逋仙何处，甚孤山、鹤老傍苍云。早染飞霞，无多脂雨，浮动黄昏。　　淡月横斜真好，讶余寒破萼，掩映幽痕。断梦初回，闲卮浅醉，院落为尔凄情。怕流水、乱招春去，爱小住、竹外伴诗人。试听玲珑古洞，晚笛风清。

## 庆清朝

寄朱竹垞

砚雨梨花，句横秋水，早听缑岭吹笙。闲抛酃舫，白头湖海诗情。留住他山此水，暗香不受客愁轻。倾襟处，秣陵春好，曾醉园林。　　那料铜驼陌上，陌上，青骢腾，距结西清。填词柳七，却谢朱十芳声。小院苍云几点，卷帘啼鸟各呼名。相逢问，杜陵老矣，可许鸥盟。

## 捣练子

题画

江上路，水边村。山店秋香竹叶青。渔艇绿杨风细细，枝头红杏折新晴。

## 风流子

远寺疏林未晚。人在红桥绿院。花掩映，渐斜阳，何处山深云浅。高岸。风转。点破碧波湖面。

## 乌夜啼

一樽绿醷葡萄。醉纤腰。裙屐团圈小院，竹萧骚。　　听啼鸟。惊春杪。月华高。欲问夜来心事，在红箫。

## 珠帘卷

玉绣球

珠帘卷，惜春残。晴风蝶扑阑干。谩道杨花飞远，明月蕊宫寒。　　琼朵钗头嫌重，团酥手里宜看。天女夜凉来驻，香碎碎，雪攒攒。

## 上行杯

芳草夕阳人远。划藤桡、那边波乱。归路长于别路短。　　记得灯红酒碧。一曲玉笙吹夜月。桃叶。怜情处，是春色。

## 渔歌子

用玉田韵

结屋晴湖绿树间。出门是处见青山。聊取醉，试开颜。鸟啼花落笑清闲。

## 其二

西风挽不住东流。一片芦花系钓舟。青箬趣，软红休。高视乾坤狎鹭鸥。

## 其三

玲珑残雪钓矶多。早趁新晴结雨蓑。看皓月，听吴歌。独卧烟江岁晚何。

## 其四

也插枫杉也种梅。渔庵别榜小蓬莱。闲托志，莫低徊。只有烟霞共往来。

## 其五

酒赋琴歌同不同。放舟罨画玉田翁。青袜底，布袍中。应笑终南取径通。

## 其六

河鲀上后买鲥鱼。满翁清香竹不如。闲事省，客情疏。何曾架有热官书。

## 其七

科头那用结冠缨。闲看凫鸠拍水轻。袨礽服，芰荷情。羊裘老矣钓台清。

## 其八

截竹编扉三两家。鱼羹笋饭未奢华。飞瀑布，响流沙。荣辱何曾到看花。

## 其九

便应白发老江村。秋水渔家第几门。雁初落，月黄昏。曾向僧床泻竹根。

## 其十

急鼓应官似酒酣。沧江风味可曾参。峰五五，月三三。渔歌十解作清谈。

## 声声慢

问友

分亭饯席，招艇抽帆，疏林两挂蟾轮。听说桃乡古水，香抱柴门。愁余载情未去，望烟波、梦断吴根。问别后，是几番听雨，几度寻春。
寥落又添秋感，渐荷衣褪了，蝉老无声。重踏诗楼，窗牖都罥蛛尘。可惜花晨月午，恁凄凉、谁共芳樽。笑不若，唤吟商、三径结邻。

## 子夜歌

月夜闻邻歌

卷书帘、竹横淡月，雨过晚晴时候。软风里、云阶微步，何处留人弦酒。七点星排，轻喉旋啭，仿佛来邻牖。想银屏、嚼蕊吹兰，莫是吴娘筵底，醉歌红豆。　　浑不管、深愁独客，谁唤春明游旧。前度评花，几番调玉，小转曾垂手。叹无端别梦，堪怜迷却烟岫。独院飘零，新愁断续，折尽劳劳柳。听秋蛩、夜语凄凉，声声住否。

## 祝英台近

鲤鱼风，黄雀雨，绿减柳如许。闲径窗寒，依旧载愁住。回思几度重阳，萸香点点，笑落帽、风前题句。　　怜独客，相依只有黄花，梦倦小楼去。浅醉孤吟，一叶一情绪。可怜最是秋声，听残归雁，问可似、杜鹃啼否。

## 探春慢

听卖花声有感

钿朵阑边，苔枝燕外，芳信今年恁早。独凭疏窗，闲听断雨，问坼朱朱多少。不道春消息，又拾取、花担未了。谁吟深巷明朝，旧愁唤醒迷晓。　　喉啭清圆真好。似弄笛悠扬，翠莺啼小。莫是怜芳，偶来醉玉，蝴蝶惯栖香草。几度东风里，篝扉启、粉窥珠绕。犹听春声，一声声是红笑。

## 琐窗寒

沈覃九过蘅圃寓斋，出《瞻园忆旧诗》三十首。依韵酬之者余与柘西，蘅圃聊写联大轴。览次又填此词，时康熙乙亥冬也。

画里苍云，诗边旧雨，唤愁多少。风流二沈，又向虎坊来早。出香笺、倦游秣陵，瞻园客话怜芳草。自蕺兰人去，落花掠燕，只余残照。　怀抱。尊前笑。坐一榻寒蝉，近来谁老。清歌叠唱，各写小楼闲沼。爱依然、裙屐此逢，亭台梦里情未了。待明朝、一骑卢沟，探雪西山好。

## 如此江山

西施

馆娃宫里招歌舞，曾载苎萝人到。明月怀中，轻云枕上，滴粉万花迎笑。西村窈窕。却乍见含嚬，断魂多少。风蜡飘残，酒城春色几时晓。
采香拓径最好。个侬情未倦，眉黛偏扫。越水闲愁，吴筵乱醉，梦稳君王怀抱。舍琴台调。甚响屧廊空，一声声悄。小立东风，落红啼怨鸟。

## 前调

明妃

东风塞上春萧瑟，网得倾城如画。几拍幺弦，一瓯奶酪，可解名花幽雅。汉宫远嫁。却不坐钿车，玉鞍轻跨。窄袖貂茸，风流别样堕兰麝。
仪容延寿未写。徘徊怜顾影，恩宠谁借。十斛量珠，千金买赋，枉说琵琶身价。凉秋雁夜。听几度边笳，独怜妆卸。冢草青青，断魂明月下。

## 前调

赵飞燕

杏梁未稳红襟住，飞入汉家春里。裙是云英，珠名不夜，帐暖紫茸云气。屏张翡翠。爱乡老温柔，玉肌香腻。夜漏深沉，月明应照未央醉。
当年听雪拥被。记荒凉巷冷，那料宫贵。恩遇偏多，情怀独放，掌上谁怜风起。相携女弟。早妆束慵来，远山眉细。赤凤歌，一双轻燕子。

## 前调

张丽华

珠帘宝帐连三阁，巧制沉檀栏槛。山子横云，水边飞月，只有神仙曾占。陈宫点染。倚一笑临春，晓妆初览。碧色红香，一时都被丽人减。
赋诗犹记孔范。女郎袁大舍，酒缓歌浅。玉树凝娇，芳林含态，好被新声多艳。一枝菡萏。待夜宴移舟，绿波清泛。漫忆东昏，六朝浑梦感。

## 前调

杨太真

楼间花萼东风乱，消领玉环春色。得宝歌成，步摇鬓试，王母蓬莱宫阙。温泉乍接。爱汗拭酥凝。软温红雪。一曲霓裳，广寒乐府问谁窃。
穿针犹记七夕。星前曾密誓，彩凤双翼。女弟缠头，三郎羯鼓、可梦寿王离别。金钗钿合。是群玉山头，露华凉月。谩卜他生，此生休更说。

## 垂杨

送兼山孝廉公车

三年此住。笑陆山片石，不教君去。老屋闲床，照人明月情何许。千枝万点垂杨缕。总难数、故乡吟侣。最相怜、半幅题笺，似杏花疏雨。　忽唱骡车别句。正青浅风轻，柳边芳路。兄弟他乡，剪灯客夜深深语。各携试笔春明赋。早分插、琼林宫树。怎清明便过，泥金飞报与。

## 月下笛

象天表弟书至，索宋诸家词，仅以《石帚集》应去，偶感旧事，因填此阕。

鬓老春风，人非旧雨，玉箫慵按。牵愁处，又见青青露庭院。六朝芳草怜轻梦，只剩有、梅溪半卷。又谁知、公子多情，索侬词帙，一家家遍。　湘管。题笺远。聊寄与姜仙，细听莺啭。东牟官阁。花时几肯吟倦。三山海市供霞想，问可似、西湖曾看。早输尔、锦香浓，天外飞来点点。

## 台城路

题傅舞音词集

东风何处吹箫去，客里几番花信。燕访疏帘，柳晴小院，个里吟悰谁问。鞭丝帽影。甚倦旅年年，醉筇难稳。细劈蛮笺，写愁好付杜鹃听。
也怜同调最近。锦香翻断谱，裙屐消领。旧梦都非，新词早递，重唤那回春病。几时载艇。拟野鹤孤云，得双双并。待寄春歌，赋情怜未醒。

## 三姝媚

丙戌九月十日夜坐有怀旧游之作

月华寒几点。早点逗衫轻，小窗风浅。语语酸鸡，似玉笙吹出，那回秋感。如此凉宵，曾放我、吟怀萧散。丛菊香疏，未写幽芳，已怜情远。
旧雨飘零多半。可有梦飞来，倚花歌缓。纵许相寻，算层山谁问，个侬庭院。彩襻都无，空盼断、春江鱼乱。待剪闲愁付与，声声去雁。

## 真珠帘

忆新河郊外梨花

梨云早梦清明昨。爱珑璁、几遍西郊曾住。晴雪剪轻寒，倚朱阑无语。怪底溶溶凉月候，笑数点、盈盈谁赋。吟侣。问裙屐团栾，此时何处。　　惜别空恨凄凉，黄昏门独掩，怕听疏雨。蝶子乱招春，认帘栊低度。依旧芳情花事好，奈树老、溪间鸥鹭。香路。记素袖轻罗，那人风暮。

## 摸鱼子

邹平道中遇雪，有怀田居。

问谁将、琼花碎剪，一时遮遍归路。迷茫烟水横桥杳，忽见远峰无数。程更阻。渐难认、孤村柳外帘青处。凄凉倦旅。早鞭倚荇篷，梦听洒急，道是打窗雨。　　空延伫，官阁七年重聚。剪灯曾赋长句。匆匆不道同归雁，一枕吴歌柔橹。惊岁暮。应指点、篱门几朵晴梅吐。封开酒库。定招遍诗翁，吟香醉雪，肯教玉舟住。

## 洞仙歌

题红藕庄词

红藕词卷，是莼乡俊侣。彩笔风流载情赋。记香吹，玉笛红笑晴窗，花间醉，怎肯不留春住。　芳游成往事，早又投闲，随意紫门看云树。双鬓忽横秋，倦枕残灯，可有梦、曾寻旧雨。问若个、东华忽催归，甚柳外啼鹃，一声声去。

## 一萼红

春寒

几番风。早飘来腊雪，未放数枝红。鱼浪初圆，蝶衣慵展，阴晴可许花浓。最怜是、绣帏人起，一剪护貂茸[①]。小怯衫轻，斜窥月淡，清冷帘栊。　燕子江南知否，算春情此际，不到芳踪。紫研还冰，竹炉犹火，似愁难减重重。才觉道、玉楼起粟，闲庭伫、又见浅青丛。忽忆桐阴倦榻，曾驻游骢。

## 忆旧游

春暖

渐桃花水涨，燕子风斜，恰好新晴。袅袅游丝外，爱浓香几阵，破梦初醒。消息弄春微透，人倦柳黄昏。不似前番，暑消滋味，点逗吟情。　瞢腾。无气力，讶游蜂花闹，红汗衫凝。几日闲心事，待轻罗放剪，纨扇宜寻。飞过金衣调舌，绿意扑疏棂。甚小步无多，脸波微晕带酒痕。

## 大圣乐

红梅

浅着斜阳，偶分晓色，一枝烟水。甚雪晴、未暖东风，谁带笑痕，早傍篱边微醉。乱蝶飞斗芳脂雨、映几点、繁华香细碎。闲庭外，觉寒艳动人，横斜轻媚。　霞笺问还写未。忆颊晕、朱颜逗春意。爱妆成闲立，茜衫重护，笛里忽妨娇睡。破梦怕教花情澹，却留梦、珊枝横晚翠。朱楼倚，认疏帘、绿阴曾记。

---

① 按词谱，此句失三字。

## 前调

绿萼梅

几点苔痕，无多竹影，最怀风萼。问蕊珠、宫里媠娃，雅淡小妆，早把尘缘私托。微步恰宜黄昏近，又只道、芳姿曾剪玉。窗横幅、甚粉瓣数层，燕分帘幕。　　石家个人寂寞。应化作、名花怜旧约。爱鸭头波软，柳情浅逗，欲向晴枝低着。小白醉红应难写，记清梦、偏窥莺翅薄。难忘却，画双蛾、那回妆阁。

## 前调

玉蝶梅

须飐胭脂，瓣窥翡翠，韵怜凉夜。是近来、谁点微黄，月晕半丸，仿佛苔枝清雅。凤子几时寻香到，莫小萼、前身曾许嫁。真潇洒、惹晴蕊弄寒，罗浮身价。　　粉绡可曾细写。记梦、轻盈无一把。爱探芳清瘦，栖春恣意，飞出浑疑花谢。照水一奁横斜好，却翩舞、晴边妆肯卸。东风乍，剪残缸、影还低亚。

## 催雪

寒夜与龚半帆酒话

麝月凝窗，寒花射烛，小饮绵绵初试。笑乡味无多，豆青梅紫。何处六桥烟柳，却买醉、他山来春底。新诗写处，飞香截锦，剧怜鹃思。　　无寐。玉漏起。问别字半帆，可寻秋水。算留半鞭丝，爱看峰翠。如此芳年风调，定有苦吟，苔纸良对。且暖架、兽火玲珑，缓酌汝瓯茶细。

## 祝英台近

寄傅舞音

碧云凉，寒月堕，拥楮客窗坐。雁外芳缄，小字绝尘涴。偶来一点闲愁，摩挲小研，爱赋笔、萧疏真可。　　且高卧。苍云三五晴扉，位置茗炉妥。梦也填词，未省浙江柁。吴侬准拟他时，绿蓑江上，定约尔、渔歌同和。

## 踏莎行

听枫主人客肢，距昌不远，仅博春灯款语。戊子冬仲南还过别，因填此曲。

不算春来，却怜春去。两年才卜灯时语。尊前谁唱小桃花，倦游最怕听窗雨。　　残雪斜阳，寒鸦古树。匆匆早向扬州路。西风我也鬓萧疏，软红可许留愁住。

## 其二

兼讯田居

凉月留君，短亭折柳。去年恰是霜时候。青齐道上玉花深，远山数点如诗瘦。　　小阁潜峰，海门畹口。春帆曾醉灵秋否。放渔一枕萧萧雨，听枫归好轻扉扣。

## 玲珑四犯

再送听枫

指点寒林，听几点风鸦，都是催别。秋水斜阳，无那撩人萧瑟。雪外归路模糊，早难识、旧曾游历。记这家、买醉留屐，犹认数行题壁。
不堪回首归时节，款柴扉、有谁知接。香闺梦断三年了，枉问病里秋色。只剩听枫独榻，又甚处、双吹红笛。伴寂寥、一棹小北门，看明月。

## 倾杯令

同诸子小饮

窗月无多，匏卮有限，携手小春春半。香朵晚花猩点，一曲洞箫声缓。　　镜奁秋水移情远。莫匆匆、檠边吟倦。盟瓯煮笋旧约，若个软红归健。

## 霜叶飞

写生萝卜

早经霜雪东园里，翠茸质爱纯白。此生隐约傍农水，笑蔬肠风格。算玉本、离离九月。一肩上市怜秋色。问那知清淡，除了黄郎土酥，净练谁说。　何用顿顿鸡豚，偶尝清脆，微青近蒂都别。银床金井水清寒，梦蔓青消息。怅插脚、软红靴没。冬菹辜负金城摘。甚腊底、闲情付与西风，有谁愧得。次段末句疑有失字。

## 霜马索

龚巽园以哈密瓜见贻赋谢

古燉煌，万里沙程问风物。伊州曾种，缗书方法谁拈出。摘来未绿，剖爱深黄，味暖香浓清凉别。算几番、尝过东陵，老矣张骞那知得。　记取。年年密笼，深筐护贮，马上秋晴进双阙。紫衜荣叨君王赐，只有侍臣题笔。胶西何处，却许投侬，解渴西风相如客。莫谩言、饱啖无多早梦，边城雪山月。

## 西子妆慢

友人寄惠西施舌赋谢

与蛤分形，似蛏较美，泽国浵漫秋里。西风颗颗是相思，说佳名、几分心醉。江鳌旧句。早邀取、诗家苔纸。恨吴宫，问朱唇何处，客愁醒未。　开缄启。谢尔持来，素手调丰味。桃花开处市河豚，忆眉山、也曾怜你。杨妃婉丽。偏同尔、题花小字。谩沉吟、魂断海天乱水。

## 梅子黄时雨

得虞廷弟蜀中札赋此怀之

小印朱笺，是威凤寄来，客话如诉。第一忆啼鹃，数声疏雨。载酒亭闲芳草，海棠楼外春浓否。留题处。知尔好诗，同调谁侣。　无语。乱愁留住。怅天涯旅雁，甚日重聚。算一枕江潮，此时心绪。华萼梦中还道近，却醒来隔绵绵路。愁何许。几番晚庭风暮。

## 临江仙

佛手同半帆赋

近水栽来风调别，芳名合伴僧庐。荀香十里袭轻裾。黄金成宝树，已与世尘疏。　未许诗人题好句，也同优钵空虚。传柑漫道昔年书。开拳依翠麓，伸指到蓬壶。

## 渔家傲

题李晴草《柳阴渔父图》

绿柳丝丝烟水定。鸥闲鹭浴横孤艇。抛却钓竿春未醒。波心静。醒来多少溪山兴。　一笛清歌吹忽近。落红深处来相问。渔具渔床三尺枕。东风趁。不须放鹤寻和靖。

## 浪淘沙

别席送念鲁舍侄北上

密坐下帘栊。炉暖灯红。绵绵绿酎十分浓。一曲笙歌留别梦，凉月玲珑。　今夜海门东。明日西风。鞭丝帽影去匆匆。如此闲襟偏作客，鹤怨山空。

## 玉漏迟

寒夜独坐有感

夜窗寒几点。残书墨剩，最怜情倦。落尽灯花，活火茶烟声浅。如此良宵独坐，纵有酒、谁同款。门自掩。玉漏未残，冷蟾低转。　早送旧雨都归，似乱水东流，却成秋怨。冉冉双鬓，又是一番凉暖。七载荒闲不去，怪只盼、暮云归雁。愁难剪。付与断魂词卷。

## 西江月

趵突泉

济水横飞瀑布，雪山喷薄明珠。到耳风雷幻太虚。蓬阆此中谁度。　道是龙湫散注，还疑鳌驾须臾。六月凉亭暑气无。一枕松涛风暮。

## 忆旧游

重过张退思精舍，忆昔招饮看花，回首已四年。

怅朱颜倚醉，衰鬓非春，多少闲愁。再款三三径，是新凉天气，柳倦风柔。试问牡丹何许，梦里赋重楼。甚花台冷落，栖凄对对，又一番秋。　依稀乱红处，但撑枝树在，竹屋清幽。棐几湘编古，拓小窗十二，齐控银钩。偶坐炉烟点染，浑未省勾留。纵不是莺时，得来半日，也算芳游。

## 鹧鸪天

梦中得小桥流水之句，醒足成之。

倦柳丝丝弄夕阳。可怜客鬓点轻霜。小桥流水人衔梦，玉笛红楼月亚窗。　灯掩映，笔清狂。十年憔悴一诗装。石帆只在吴淞路，辜负东风问草堂。

## 眼儿媚

折了桃花谢春情。燕子一双轻。晴窗月小，芳筵醉浅，锦瑟瑶筝。　那堪重问红楼梦，七十五长亭。闲愁怕听，几番疏雨，几度风莺。

## 一斛珠

食朱樱作

匀圆颗满。垂垂枝上流莺啭。乜红早把东风换。人在青楼，一笑芳唇浅。　几番开谢窥春眼。金盘玉筋恩波远。只教领略闲庭院。小小筠笼，携到愁千点。

## 减字木兰花

题衍波词

衍波纸上。几点浓情春梦漾。蛱蝶春风。衔去花香二月中。　丝丝杨柳。试问啼鹃留得否。漱玉题笺。早借尚书一笑看。

## 潇潇雨

闲庭小雨，情不自怿，书此属半帆和，时己丑夏五也。

倦云留未去又风来，几点扑蕉衫。甚疏疏密密。斜斜整整，愁赋江淹。才洒小庭杨柳，早乱燕呢喃。纵许旗亭醉，何处青帘。　记得烟波载艇，看溟蒙一色，凉影蒲帆。爱斜阳数抹，新霁破空嵌。算何曾、摇落闲院，似今番、门掩客情缄。含愁处、是教侬住，梦押重帘。

## 向湖边

蓬窗

三尺筠帘，一双篾扇，窗小却同朱户。倦倚红舷，对青山无数。早怪他、才许听莺，思量窥玉，却把风情深护。拍拍圆珠，溅轻衫似雨。
晓月模糊，渐几声柔橹。声未了梦醒，问乌蓬谁语。重启银纱，看程程何处。莫轻帆已到桃花渡。前番记、曾拓舫斋今在否。漫控双钩，恐放愁轻去。

## 菩萨蛮

僧窗

碧纱几扇楞伽字。鬓丝禅榻茶烟细。得似小窗闲。评诗话皎然。
古调鸣琴远。岩壑悠然见。启牖入孤云。天风到客襟。

## 隔帘听

雨窗

怪底客愁难去，莫是疏棂隔。鸠喧逐妇迷风色。早细细霏霏，萧萧瑟瑟。眠未得。渐听来、泻荷翻叶。窗纱黑。　　昨番明月。曾按红楼笛。拥衾不似今宵别。背灯倦矣，独怜阑夕。恁吹急。那堪枕函消息。

## 眉妩

红窗

甚桃花破梦，蛱蝶窥香，数日弄芳影。十二玲珑格，红情乱，游丝低漾风静。龙涎试鼎，满碧纱、都惹香凝。看纤手、早把银钩控，海棠笑春醒。　　镜槛朝来闲凭。渐画檐燕子，软语谁听。梳掠怜伊处，销魂是、茜衫偏问宜称。瓶枝碗茗。最可人、未了吟兴。且轻掩双棂，天气几番做冷。

## 绿意

竹窗

纹纱扇扇。早数竿碧玉，摇曳风软。翠节生凉，筠影移秋，隔纸最宜人看。乍经新雨香来候，又唤醒、桃笙情倦。讶夕阳、点点横斜，掩映一衾清浅。　　茗饮炉烟许伴，相思却在手，砚外斑管。咒笋园林，煮饭僧厨，不恋软红芳宴。疏棂也截筼筜好，笑是处、此君消遣。应记取、沉醉芳辰，待约客窗题遍。

## 瑶华

雪窗

冻云试冷，琼雨筛凉，向纹纱飞碎。一枕兽火，红未着、却认蜡枝还待。小怜儿女，笑只拟、絮边风外。忆苏家禁字狂吟，试问聚星谁在。　　丝丝做尽悠飏，讶过了黄昏，光眩银海。罗衾纸帐，最难遣、今夕客情无赖。翻明入夜。恍寒月、模糊相对。语娇鬟莫湿疏窗，恐逗玉花偷洒。

## 雪狮儿

咏猫

乌云浅着，雪花都遍，一双瞳注。七种谁名，可记张郎曾赋。红墙看度。却笑问、闲游何许。西来种，溪鱼设饭，慢吟刘句。　　几两吴盐聘取。绣工夫闲了，玉葱怜汝。软唤低呼，走向个侬回顾。土床稳住。偏会得、相偎情绪。工捕鼠、写入画家如虎。张搏好猫，一东守、二白凤、三紫英、四怯愤、五锦带、六云图、七万贯，皆价值数金。刘后溪诗“饮有溪鱼坐有毡，忍教鼠啮案头编”。

## 喝马一枝花

予卺佐郡兴化词以寄之

剪烛阑杆市。几度评芳题纸。帘笼疏雨好、咏秋水。无那闲情，付与春鹃思。一自卢沟别，笑我芙蓉，七年乡梦里。　　燕子桃花美，松隐问还存未。诗郎此按郡、羡佳丽。讼减庭清，早十样、蛮笺试。宋家香品。怎得个仙方，东海恒山分寄。昌邑名又芙蓉郡，燕子洞、桃花坞、松隐皆兴化郡之胜境。蔡君谟《荔枝谱》以宋家香为上品。

## 木兰花慢

吴快亭书来，知其客登州，词以怀之，用玉田韵。

把笺消暑味，似赤脚，踏层冰。记那日公车，红桥咏雪，还未收灯。

清游肯教顿住，说春风在手几枝藤。选树便呼赌酒，放鱼却问溪朋。偏憎。依鬓鬅鬙。荷未制，径何曾。算近日襟怀，香吟墨醉，只许词能。那知却停客屐，在东牟、一字问东陵。若是君迟赋去，蓬莱我必同登。

## 摸鱼儿

一江春水，明月钓台，严陵风调，较梅尉远矣。

碧沄沄、富春江水，断云晴远芳草。夕阳几点东流静，试问此时谁到。波渺渺。甚晚笛、吹来拍拍双鸿小。吟情未了。认亭子江边，纶竿柳外，千载赋垂钓。　　怜风调。只爱桐庐住好。几回领略残照。故人道是烟云隔，怪底敝裘偏晓。催去早。甚一榻、宫扉那日传双笑。闲襟独啸。肯负却溪山，渔蓑忽脱，醉里着乌帽。

## 其二

其次赋情归去，五柳门闲，则靖节先生为晋之遗民欤。

问吾庐、一帆归去，半篙烟水新涨。笑桃岸口迎人舞，似笑那回曾往。风荡漾。甚鹭熟、鸥驯也识归无恙。蓬窗枕上。算未了闲情，庭松院菊，几度醉新酿。　　真孤赏。门外枝枝绿放。东篱却近峦嶂。草堂幽径闲云护，辜负钓丝樵唱。蟾早上。有旧雨、延襟夜话梅花帐。棕鞋鹤氅。又那识先生，无怀写照，五柳寄霞想。

## 其三

太白诗狂酒放，伯仲杜陵，为有唐所首数，殆不同竹林诸君欤。

海天空、碧云无际，此时应放诗眼。锦袍潇洒红尘窄，疑住贝宫珠院。君不见。别一种、萧疏不似嵇刘阮。恩承阆苑。早奉诏填词，清平曲子，谁捧殿中砚。　　晴江面。采石风潮一线。洞箫声人远。吹香嚼蕊招明月，拍拍波寒银汉。呼玉盏。便烂醉、何妨斗酒还嫌浅。巫山梦返。恨寂寞枫林，屋梁空照，惆怅杜陵卷。

## 其四

放鹤亭闲，暗香吟好，生有归山之趣，没无对禅之遗，和靖之孤标，山高水长矣。

问孤山、插峰飞嶂，清游有谁消领。数椽精舍琴樽设，一枕被香吹醒。移小艇。爱荡漾、波心柳浪风开镜。游情未定。又几日轻寒，落花如雪，独坐客窗静。　看疏影。晴树姿横可聘。黄昏闲伴妆靓。小亭放鹤归来晚，只向碧云深等。寻曲径。若不是、双翎款竹无人应。萍飘断梗。卜得个归时，莓苔愿扫，小住共乡井。

## 市桥柳

道柳外、风风雨雨。毕竟个人还住。那知便要登程，问今宵、卸帆宿何处。　兰约枕函曾早许。纵堪凭，争似这番休去。嘱眼底、休相思，奈相思、碧云晚树。

## 应天长

雪岩先生宦游万年、平越，凡三十年，年垂七旬方鼓家乡之棹。近闻客寓胶西，行将作昌邑之游，白头话旧不远矣。

朝衫才卸了，算万里天涯，甬江帆挂。渐近乡关，一笑乡音听乍。十年迷旅雁，又那问、旧时庭舍。但只是、未改春风，任花开谢。　回首月泉社。笑十砚情田，摇落谁写。不料轻车，忽向胶西初卸。吟程无几日，怎偏是、醉筇难借。恁此际、多少闲愁，独吟篱下。

## 长相思

到心头。上眉头。个侬西去水东流。闲窗各自愁。　月勾留。梦淹留。玉箫一曲按红楼。擎茶是汝瓯。

## 忆秦娥

风轻轻。海棠花下来吹笙。来吹笙。一双燕子，也说新晴。　红亭小坐多吟情。独怜有酒谁同倾。谁同倾。樊川倦矣，梦里春明。

## 巫山一段云

柳乱愁如许，窗闲雨可怜。更残不觉烛花偏。梦也似今年。　依旧嗟泥滑，何曾听鹊喧。渐收云脚晚来天。野水夕阳边。

## 诉衷情

榴朵。红锁。簪鬓可。簟清凉。人并枕。初醒。试啼妆。衫软薄罗裳。檀郎。相携眼更狂。摘来芳。

## 相见欢

十年梦雨相逢。水云重。真个今番并坐，月玲珑。　　红蜡剪，绿樽满。莫匆匆。若是送君归枕，五更终。

## 祝英台近

苔

竹痕深，春色减，雨后绿钱满。空翠帘栊，小砚碧于染。问谁侧理承恩，石家砌好，竟负了、客皆僧槛。　　重门掩。几日屐断空庭，滑似藉凉簟。清梦宵来，蟾影上来暗。爱他点地斑斑，葳蕤绣浪，拟春水、一夜风滥。

## 前调

萍

掌秋官，应谷雨，宛在水中住。染遍波纹，紫叶谪仙赋。看他点点青青，绿钱乱洒，早惹得、游鱼曾聚。　　撒罾去。翠钿试问谁遗，宝氍在何许。漫说杨花，轻薄似风絮。笑依垂老飘零，客游无蒂，空梦断、旧蹊烟雨。

## 前调

蓼

梦鸥闲，听雁起，星点乱烟水。看到开时，只合画衔翠。近来无限秋情，吟梧赋蝶，早做弄、冷花轻穗。　　落霞醉。丛丛爱傍船窗，未稳渚鸿睡。细糁赪茸，似注脸波泪。山厨往日和羹，五辛盘好，记曾暖、红芽春里。

## 瑶台聚八仙

梦过傅舞音书屋话旧，因填此曲索酬。

藤帽丝鞭。衔梦远、旧侣住几桥边。柳晴风软，怪底历乱啼鹃。野水沄沄何处去，一声《欸乃》里红船。草芊芊。云闲鹤啸，仿佛吟仙。番番欲访竹屋，奈客情不放，但寄词笺。那料浓团，屐子忽款尊前。梅溪片玉雅调，试相讯、知谁剧可怜。留题处，笑重来只认，凉月娟娟。

## 泛清波摘遍

荷花

余昔以《红情》《绿意》赋荷花荷叶，今偶得此调，重为摹写，笔底清凉，浑忘忧患之逼热也。

清风点逗，画桨咿哑，一派碧波凉影悄。水宫仙子，饰珮玲珑玉环笑。青房小。鸳鸯未醒，蛱蝶还来，人在翠云深处好。记得嵇含，采采芙渠赋情早。　　琳池晓。怪底玉香乱飞，凝想六郎风调。却爱婵娟有情，茜罗裙绕。看娟妙。沉醉犯卯过申，冰轮此时低照。买个冬冬住住，半妆红闹。《三余帖》：莲花一名玉环。

## 绿盖舞风轻

荷叶

谁剪绿云凉，贴水团栾，风来①似低语。秋雨疏疏，红妆偏小并，歌扇无数。珠雨圆翻，想慵把、声声留住。最怜伊，叶叶清香，知道何许。

低舞。未破花时，已早拥青房，过了残暑。漫制荷衣，着粉芳、只爱钓竿为侣。小饮溪桥，盏曾试、碧琳腴注。问轻盈，盖得客愁能否。

## 满江红

辛酉虞山王石谷写《长江话别图》送余北上，卷在笥垂三十年矣。客窗再展，不胜时序之感，赋此以寄红藕。

何处王郎，讶在手、胶山绢水。看未了、晚江烟景，又萦离思。艇子

---

① 乾隆癸酉刊本《情田词》末有“嘉按：‘风采’，‘采’字疑是‘来’字”。今从“来”字。

闲情曾载否，岸边浪拍狂如此。记那回、南浦一声声，都憔悴。　　酬别席，怜龚李。耕客今日客，知谁是。但消除客梦，梦鸥醒未。初别已教离恨远，重看还认相思地。笑年来、都白了吟髭，西风里。卷题《红藕，南浦词》一阕。

## 齐天乐

萤

断垣缺处难留月，剧怜背灯闲坐。冉冉云流，丛丛草湿，历乱暗星飞堕。依栏个个。早掩映檐楹，有情依我。莫漫窥书，近来诗卷几人可。　潘郎吟句未和。莎亭凉径里，几度曾过。着露偏明，随风不灭，泛影夜光疑破。还温挟火。爱散彩飘花，绝无尘涴。渐近清秋，赋归甚时果。

## 绮罗香

蝶

书写滕王，人呼谢逸，最好江南春仲。书幌妆楼，也算有情窥宋。爱比似、梅朵都轻，早赢得、柳腰还重。恍记取、若个王孙，舞衣双绣好花共。　　唐宫曾忆得宠，却怜他翠鸟，枝上清哢。好待相依，已把玉钩高控。看争暖、几点香留，笑传粉、一帘春动。难寻是、西子归来，倩伊衔去梦。谢逸《蝶》诗："江南日午风细，频逐卖花人过桥。"人呼谢蝴蝶。

## 新荷叶

鸳鸯

何处韩凭，相思树上双栖。织就机云，掠波比翼芳菲。一生水宿，几曾教、柳北莲西。怪他比目，近来也伴苔矶。　　道是风流，个侬偏恨分携。辜负同心，剧怜梦里谁归。罗衣绣并，最娇人、剪锦舒齐。南湖字汝，棹歌声里曾飞。

## 念奴娇

残梦

黑甜重做，算无多好景，尚留春枕。咿喔邻鸡听未觉，犹系一丝丝恨。蝶带余香，花开断雨，几点轻寒甚。凉蟾欲落，却怜情倦还并。

几度心事谁酬，谢家凭处，烟水红楼近。可惜晓窗归去早，只算瞢腾无准。似曲将阑，如帆欲卸，三月余花影。流苏帐揭，博山烟缕吹醒。

## 前调

残莺

好春恰恰，讶樱桃一树，几番留汝。杨柳而今萧瑟了，一笑将雏还住。声老疏香，影怜断粉，只向红帘顾。石家房老，那堪金屋曾贮。
公子犹记来时，频呼燕燕，忘却同归去。试问有须曾白未，可似吹笙前度。梦晓榴窗，诗题桂院，已是临风误。崔家小字，玉琴声里秋暮。

## 前调

残妆

浴阑无力，把菱花低照，鬓鬟轻掠。似整还松簪未试，几点远山还着。未没脂痕，尚留露点，一缕巫云薄。道书谁把，湘帘风静奁角。
听说谢了清凉，湘罗纨扇，懒髻时妆束。莫是徐妃工半面，红睡玉环花落。枕上钗横，怀中月堕，那得梳头约。相携并坐，转怜眉妩春昨。

## 前调

残雪

庭阴放晓，记卢家买醉，浅妆红烛。银浦吹香流未定，尚射一帘凉玉。絮咏犹传，狮灯曾在，冷漫窗横幅。初晴可爱，梅花门掩幽独。
应是不胜清寒，前村知恁处，酒帘斜矗。乱折梨云春欲破，曾湿谢庄吟服。深院檐冰，灞桥客屐，未许斜阳促。远峰才见，疏疏谁认林麓。

## 前调

残月

通波划桨，看微黄秋影，蓬窗初晓。枕上肯教芳睡稳，一点暗来窥小。放彩无多，窥愁有限，掐破清光了。青螺京兆，淡痕还认余扫。
迎面亭子疏篱，娟娟凉露里，牵牛开好。曾看初升才午过，怎便落时犯卯。淡着归情，浅衔别梦，谁剪晴云巧。寒檠犹缀，翠楼人醒调笑。

## 摘红英

红灯浅。青帘卷。好花双倚秾香乱。怜纤手。檠兰酒。檀板曾歌，近来消瘦。　　东风换。情谁款。几番梦里怜窗晚。频回首。门非旧。个浓恁处问春知否。

## 珍珠令

水仙

月明曾梦凌波步。湘江路。听仿佛陈王愁赋。神女笑荒唐，却西湖小住。　　秋水春姿难画处。纵矾弟梅兄谁教，映一段风情，玉楼眉媚。西湖有水仙王祠。

## 小重山

见芍药回忆都亭城南之盛

蝴蝶东风独殿春。问谁轻按笛、唤真真。分明镜里并妆人。扬州梦，何处爱行云。　　曾赋菊香琼。丰台红雨里、踏芳茵。近来七度别佳辰。今番见，遮莫诉离情。

## 南楼令

鸡冠花

谁剪绿云鬟。花情别样看。为回风、越舞朱阑。怪底先生高卧稳，怎无梦、到江南。　　秋色未曾残。殷红金间闲。浅梳妆、酒晕春颜。却笑陈仓原不识，只听得，雁声寒。

## 点绛唇

高密县晓行

剪剪残云，却留倦月窥人小。一鞭风晓。梦也怜芳草。　　秋水家家，可惜疏林少。江南道。绿波篷棹。蟹簖鱼床好。

## 浣溪沙

甲子、乙丑间，与四明某生同研席。酒兰灯灺，出《红豆集》二卷见示，述思存之好，叙邂逅之佳。其间言笑信誓，契阔死生，无不详也。嘱填《浣溪沙》以咏之，凡得三十阕。今生之墓木已拱，而词宛然在笥也。因芟其繁芜，录可诵者如干首于左。

绣佛楼东玉树连。放渔桥北海棠颠。可园三月听莺天。　秦女偶来情不浅，谢郎瞥见誓因缘。密探小字记红笺。

## 其二

裙衩花深彩蝶衔。钗梁春艳玉鱼簪。寻常只着杏红衫。　抱柱忽惊风策策，凭阑却怪燕喃喃。小鬟声里识行三。

## 其三

对佛还邀并拜情。写幡却病独签名。花朝二月是年庚。　度曲帘栊听未许，烧灯院落看分明。不如归去恨鹃声。

## 其四

隐约双灯夜对棋。支离独榻病裁诗。撩人无奈是晴丝。　憔悴春归迟镜约，瞢腾醉语露秋期。果然七夕鹊桥时。

## 其五

翠袖情闲凭玉阑。轻螺笑许画春山。秦嘉十四客江南。　只道梦难呼月姊，那知人恰对珠兰。怜伊未去怯清寒。“婵娟居处近清寒”，《红豆集》原唱句也。

## 其六

画舫帘衣着好风。玉筝弦柱露纤葱。桃花可逊酒卮红。　也学渔歌声《欸乃》，似听佩响水丁东。夕阳一抹数归鸿。

## 其七

红豆花前素手偕。绿榕树里玉笙排。洛妃谩道雨云乖。　聊句每来携砚匣，卸头却懒插金钗。吴娘真个好风怀。

## 其八

早折晴杨饯绿缸。但留翠鸟伴红窗。今宵不愿晓钟撞。　依意只怜携玉钿，欢情却爱拥牙幢。风帆许梦渡长江。

## 其九

燕子何曾寄字来。桃花只合共春回。赋诗未到柏梁台。　下马今朝怜定准，上船那日却疑猜。劝欢满酌十分杯。

## 其十

隔巷泥深屐未过。小窗灯落奈愁何。却教今夜月明多。　未必闲情裁白苎，定拈秋酒着红波。隔纱谁按玉箫歌。

## 其十一

凝想红楼绿水图。销磨芳昼博山炉。鹦哥买得学人呼。　听雨诗成移夜烛，卖花人到恰春梳。谢娘风调阿谁俱。

## 其十二

赋料斟量爱落霞。字身结构俨簪花。小题夕秀与朝华。　春静门扉金了鸟，几横卷轴玉鸦叉。沉吟秋水这人家。

## 其十三

此水他山兴转豪。怎偏风雨不登高。小留半日谢君劳。　可醉晴枝开菊彩，漫煎活火试松涛。诗题有令要拈糕。

## 其十四

十二窗扉六尺床。一瓯兰芥一炉香。闲评漱玉近清狂。　燕子日晴妆早试，梅花风好句偏香。墙东懊恼住王昌。

## 其十五

玉绣球花秀出群。为欢亲摘带余芬。不须梦雨又疑云。　别后若来书草草，眼前应誓水沄沄。今宵有月定相闻。

## 其十六

小别吴阊记仲冬。归时早听雨春浓。巫江那料限重重。　　春病无端吟蟋蟀，朱颜有恨梦芙蓉。再来绣户已蛛①封。

## 其十七

三尺秋坟裹玉鱼。一行闺秀作金书。满林风雨葬芙蕖。　　别梦来疑飞若水，醉魂飞不上钿车。分明听说住清虚。集中有“轻绡留梦住清虚”之句。

## 其十八

三载春寒拥醉衾。一帘花谢寄愁吟。客扉谁管碎琼侵。　　罗袜陈王曾作赋，锦鞋温令早关心。红衣只合字南金。

## 其十九

十载行行十载留。几番笑笑几番愁。年年辜负梦秦州。　　芳树层层楼隐隐，晚云漠漠水悠悠。浣溪沙曲度箜篌。

## 金缕曲

踏青

杨柳晴还浅。算踏青、偏宜雨后，草芊沙软。早起不嫌寒尚在，偏觉春心易暖。怜几度、吟香评燕。洞口夭桃红未着，记当时、人笑东风乱。凝望处，绿波远。　　秋千彩索村村遍。试借问、旗亭那里，肯辞杯满。回首朱楼知近否，鸟语歌声一片。怎能把、芳情消遣。纵使诗成空想像，只除非、画取闲庭院。问归路，夕阳转。

## 前调

纳凉

枕簟邀凉早。扑树阴、桃笙破梦，竹林幽悄。风动朱荷惊宿鹭，略彴

---

① “蛛”，一作“珠”。乾隆癸酉刊本《情田词》末有“‘珠’字疑‘蛛’”。

依池小小。曾款约、披襟人到。病渴临邛消不得，算除将、雪藕调冰好。看朱槿，又开了。　　遥峰几点留残照。听剪剪、帘栊细语，燕疏莺老。棋局消闲迟落子，满酌输杯一笑。又谁似、今番怀抱。偶记当年临断岸，爱愔愔、绿遍江南棹。夜凉里，歌吟帽。

## 前调

乞巧

曾渡双星否。问一年、相逢此夕，几时还又。彩女开襟传汉殿，漫说风流顿旧。谁得似、天孙针绣。知道金梭犹在未，记丁家、小媛陈瓜酒。永相望，月明候。　　秋河不动晴如昼。明镜里，红妆晚试，玉炉香透。请乞非关夫婿贵，只愿蜘蛛网授。巧思想、还来纤手。只怕仙车愁易别，没心情、听取深闺叩。闲伫立，彩云就。

## 前调

围炉

已减朝来冷。渐小园、风轻点逗，却教消领。宫线而今添几许，四九春还未醒。寒峭里、朱阑常凭。庭树一分青尚浅，甚篱边、腊破横疏影。残照外，暗香凝。　　翩翩旧雨闲窗并。设兽火、玲珑暖坐，酒卮官定。雅令诗牌迟受罚，顷刻都成写景。况更有、红裙持赠。旧会暖炉还记否，笑今番、取醉生春鬓。溪水绿，拟呼艇。

## 梦横塘

过胶西与澜成话旧，因填此曲。

分襟几度，握手无多，相逢又在胶水。细雨帘纤，早是已凉天气。雪点萍愁，丝衔鹭老，那堪憔悴。记东风旧话，把袂那回，曾联榻、清凉寺。　　剧怜我也萧疏，算溪山过眼，可许重至。酒碧灯红，怎不比、江南肯醉。叹梦也、如今误了，不上扁舟片帆底。一幅轻绡，丹青倩尔，画还家春里。

## 还京乐

寄虞廷弟

怎教折。旅雁、西风小字随落叶。写万山环嶂，孤城县古，岭猿啼绝。正对灯凄切。蛮烟瘴雨闲消息。一派荒凉，何曾似、这边秋色。
衮斯宫唱，定博君颜霁，含香题纸，道我春明来客。那知垂羽勾留，误秦关、肯教抛得。闲庭院、独枕寒窗，又听蟋蟀。多少天涯梦，可怜都照明月。

## 绛都春

潍县夜行

柳边月堕。送几度未了，鞭丝人过。如此夜凉，毕竟西风新晴可。寺门恁处微灯火。听幽磬疏林深锁。早沾轻露，葛衫都染，最宜清坐。
无那。黄昏马上，问摇落，谁有离愁似我。烧饭荇簟，竹蓬罗帐闲床卧。酸声碎浓团破。又一霎、郎当铃驮。试看曾伴行行，晓星几个。

## 击梧桐

最是销魂夜。问若个、来共小窗客话。钩样新蟾上，射秋影、漫道西风未借。数杯酒外，一穗灯中，多少情怀慵写。懊恼楼头鼓，甚点点只向，枕函边打。　纨扇分凉，暗蛩破梦，早把浓团乡谢。此水他山里，恁几日、只是鞭丝羸马。那得茅庵小结，编扉截竹，尽送春消夏。唤晴游、瘦筇蜡屐，来问兰若。

## 齐天乐

蝉

花房春里游蜂闹，哀音又来枝上。体剪轻云，翅明秋水，只抱斜阳无恙。宫情未放。恨雨雨风风，西施轻葬。谁照菱花，鬓边描取旧愁样。
成仙怜尔羽蜕，惯饮凉吸露，绿阴依傍。翠映闲亭，树晴晚寺，几度听伊惆怅。莺飘燕飏。又那似浓情，断魂相向。曾谱丝弦，几声筝雁响。

## 洞仙歌

陈正斋招饮

绿波亭好，有凉花疏柳。曾共红筵劝杯酒。记芳摇雨外，翠倦晴边，轻风里，不算昨宵辜负。　　清蟾帘上射，早又来窥，相对闲襟醉依旧。何处问吴娘，七点星中，唤客梦，秋醒能否。笑憔悴、情田此勾留，妒一骑红鸯，御街春骤。

## 钗头凤

涵秋水。多莲子。鸳鸯拍拍双飞起。闲亭小。清蟾照。各携蛮榼，来呼蓬棹。早。早。早。　　凉宵美。西风碎。吾曹酒约真宜醉。吟芳草。抒幽抱。秋河不动，有谁寻。悄。悄。悄。

## 桂枝香

蟹

菱歌未远。听截水声中，早又波乱。隔岸星攒几处，移筐抽簖。爬沙郭索沉消息，向西风、数番寻遍。笑伊带甲，双螯似此，何曾秋战。
看细写、传芦画绢。爱侧步舒徐，双注睛点。曾惜深宫二十，八千消遣。书生快意抛钱买，付燕姬、嫩葱调馔。酒人三五，一盂姜汁，菊香花盏。

## 八归

送燕

帘横翠影，香分玉剪，春风可记那日。饧箫声里吹红雨，正是蝶忙蜂闹，旧巢曾结。软语雕梁猜不到，领对对、新雏如雪。早又度、八月轻凉，怎禁着秋色。　　爱与妆楼作伴，沉吟今去，疑送故人天末。溪山如此，凄其空待，后约几时来得。料江南旧路，重过枉忆旧芳节。还怜是、有情沙雁，肯耐清寒，芦花慵赋别。

## 满庭芳

席上赠歌者

越鬟偏工，楚腰还细，分明认是娇娃。递杯一笑，绝似饭吴麻。纵把红帘深护，漏春情、点点杨花。销魂处，胜常也道，六幅锁莲遮。　二乔能度曲，凤箫不按，却拨筝琶。听指弦猎猎，风雨洒边沙。谩道寻香较晚，最怜伊、十五芳华。春何许，竹扉近水，秋色种儿家。

## 瑞鹤仙

蜡红摇酒绿。记二乔、双笑同携春屋。崑山好妆束。爱搓酥滴粉，鬓云香馥。投壶醉玉。几肯听、楼头鼓数。入声。甚勾留、月上阑干，犹按小梁州曲。　真速。莺衣早卸，燕雨旋飞，客怀谁托。鸳鸯并宿。问若个赋情独。若还怜、旧调，几年曾暖，定展晴梅绣幅。奈桃门、人面都非，昔游那续。

## 新雁过妆楼

旅舍闻雁怅然赋此

未了蛩愁。青灯里，都是点染残秋。浅醉慵眠，试问因甚勾留。嘹呖忽听声过去，相呼莫是话南州。伴清幽。芦花借尔，古水寒流。　万里未曾少住，看早排字字，不比闲鸥。怪底初来，芳信望断红楼。个人睡也未睡，定有梦、天涯怜客游。空惆怅，算怎如燕子，双宿枝头。

## 扫花游

过张氏废园有感

夕阳乱水，却不远城西，数行垂柳。断垣败甃。讶篱门未补，苔痕如绣。柱石窗闲，指点苍藤似旧。竹扉又。笑隔院小亭，尚种花否。　独客娱晴昼。想取境当时，几番才就。绿波翠岫。爱玲珑小洞，不曾安牖。灯试回廊，早听笙歌斗酒。谩回首。问双镮、那回谁扣。

## 凄凉犯

中秋夜雨，同戴杏滨、沈佩瑶、家彦公小饮。

暗云早掩。中秋节、西风不送蟾彩。心情似此，深杯纵把，雨灯愁在。吟边雁外。算只有、秋声未改。讶婵娟、此夜慵来，辜负晚妆拜。　小坐联裙屐，几日匆匆，片帆谁买。青齐寂寞，问重来、酒人谁再。俊味乡园，定归试、乌菱紫蟹。早妒尔、六桥风月那用待。

## 卜算子慢

鸥

苔矶戏影，碧浪好浮，闲客却闲如我。小泛春声，最是雪衣真可。爱乘潮、几点波痕破。笑万里、芙蓉旧，舍人三品真大。　　露翮无尘涴。算卧稳圆沙，月轮低堕。两两忘机，雅与海鸥几个。尽萧疏、清影情慵锁。羡片片、知归独准，甚吴侬难果。隋大业封鸥为碧海舍人，字三品鸟。

## 扁舟寻旧约

送沈佩瑶之真定

又许倾襟，还怜仍别，这番恰是秋残。鞭丝貌影，斜阳倦柳，一程程里初寒。雁飞来何许，笑嘹呖、云中未闲。故乡偏远，新知好接，回首说恒山。　　偏又问、滹沱迟镜约，听客窗风雪，憔悴冯谖。红灯才剪，绿樽浅醉，梦魂欲渡潺湲。数年携手处，甚千里、愁人倚栏。待君归去，扁舟我也春还。

## 前调

送家彦公南归

别梦愁衔，归鸿程远，柳疏早认长亭。十年离袂，一番解榻，骊歌怪底旋听。此来真惆怅，便杯酒、开颜未曾。袖鞭驴背，抽帆水上，凄绝雨纷纷。　　还记否、京华邀客屐，笑送春销夏，旧话谁论。酸寒小饭，萧条旅馆，匆匆五月心情。如故人问我，道赢得、霜鬓数茎。那堪回首，玉田老矣飘零。

## 醉落魄

题龚念伦竹梧书屋

文园多病。一帘梧月西风径。早来旧雨呼春醒。良话今宵，人倦剩灯影。　　焚香汲古闲情性。华楼好惬登山兴。朱樱消息君消领。笑我频年，清梦几回省。念伦蹑劳山之颠，摘樱桃大如龙眼，味极甘美。余昔在即墨，有诗云："惆怅笙歌留客屐，不教清梦访劳山。"

## 临江仙

筠窗话旧图

百个筼筜梅几树，苍云点染篱门。柳西鱼乱水沄沄。晴窗问老屋旧雨泻青樽。　　试问诗篇酬唱否，肯教归去黄昏。夜栽春韭几人存。客床凉梦在，明月最销魂。

## 前调

春雨读书图

花气压帘香未醒，微风乱点萍愁。萧萧瑟瑟几时休。好书如好景，到眼即勾留。　　屋宇无多苔径曲，笔床茶宠风流。窗虚坐久玉虫柔。杏花深巷卖，听雨咏红楼。

## 前调

梅边吹笛图

词笔东风何逊老，帕罗谁倚苔枝。水边篱落最相宜。为怜春未醒，爱把紫箫吹。　　瘦影横斜凉月上，清寒雪未残时。江南曾记醉轻卮。罗浮三十本，一曲按红儿。

## 前调

种瓜图

每见秋瓜怀旧隐，东陵别字青门。断畦连梗种芳芬。一肩秋市里，换酒到江村。　　试问文园消渴未，尚余三五篱根。先生一水沄沄。伊谁方法巧，五色乞天孙。

## 声声慢

独树闲溪，一翁垂钓，偶效玉田赋渔隐，兼为之广其意云。

人家四五，烟树横斜，一泓秋水谁渔。稳坐晴滩风雨，不用。纵然少鱼也可，尽消闲、明月吾庐。还自笑，制清歌酬唱，发短慵梳。　　凝想桐江当日，讶羊裘犹着，谏议曾书。应逊桃源，垂老不识之无。孤山种梅放鹤，好幽寻、流水萦纡。三径在，恨劳劳、谁住巾车。

## 长亭怨

秋柳

问何处、最萦离思。古水寒鸦，短长亭子。旧日青青，软风枝醉带春意。渭城晴美。谁忘了、多情梦里。才过重阳，能几日、送香憔悴。
凋翠。恨金衣去早，只傍夕阳归未。宾鸿数起，已不伴、渐寒天气。今番算、重唱骊歌，也定惜、衰条如此。且莫话凄凉，怕惹凝妆红泪。

## 玲珑四犯

往来青州道上，车音已倦。己丑重九前一日，雨宿谈家坊，剪灯赋此，不知悱恻之由来矣。

多少凄凉，已难遣佳时，何况风雨。叶叶萧疏，仍着旧看芳树。还到系马浆家，说记得、官人前度。甚早凋、客鬓如许。莫是多愁留处。
湿云不肯堆晴去。早泥滑、却教人住。马嘶未秣黄昏近，一点两点情绪。早又土床梦冷，便梦里也怜迟暮。问酒醒灯外，听暗蛩，声声否。

## 夜半乐

宿淄河作

暮秋碧落时候，潇潇昨雨，今日才新霁。跋瘦马衔泥，五程行几。夕阳一抹，寒鸦数点，渐听何处涓涓，小桥流水。顾帽影、匆匆又鞭指。　　寺门早动晚课，幽磬初传，木鱼声起。明月上、招来清凉无际。孤村尚远，市帘不见，只余两两三三，乱山风细。偶回忆、淄河十三里。　　早是重九，遍插萸香，也曾沾醉。甚寂寞、今番又征袂。纵黄花、怜我后约知谁是。凝望眼、此夜真难寐。仆夫偏问更残未。

## 兰陵王

客历城，过傅舞音寓斋夜话。

暮帘卷。早又窗横月满。闲过访、顿惬旅怀，相对焚香设茶盏。情闲坐未倦。更点。秋灯剪剪。谁知道、那日别来，携手凉宵这庭院。　　沉吟把君卷。是乐笑当年，未了班管。而今谩道风流远。想燕外题字，柳边调玉，春声声唤客梦转。听低唱歌缓。　　旅雁。菊花晚。记那日东牟，扉锁谁款。蓬莱未赋登临返。我准拟重到，水城思看。先生还肯，约夜话，酒再暖。

## 玉抱肚

为半帆赋情

晴窗花妥。枝寒香锁。甚双飞故故娇莺，一帘春梦啼破。唤扁舟访玉，只因为、杨柳风流那人可。乞浆记否，笑未许我。桃门款、却抛躲。

不算匆匆，重相见、湘弦锦瑟，焚香许谁和。听清歌、惹得相思大。醉竹卮、又把新愁裹。想当时、未饮醇醪，枕函明月共卧。赋情无那。料从此、肯使芳心等闲过。但只谩说，这言语、未曾果。愿思前、休计左。也应真个。有约夜半，难道守着闲灯坐。

## 催雪

珍珠兰

细不成花，碎圆似粟，别具建南佳种。看抽箭玲珑，国香殊众。只有楚词吟到，莫待女、娉婷早窥宋。钗茸十斛，怎如稷下，名泉争重。

留梦。锦瑟弄。博风眼摩挲，蕊宫承宠。讶滴露、分来叶心秋纵。十二谁图幽客，却握许、郎官闲情动。尚记得、谢览当年，竟体芬芳曾共。济南有珍珠泉，兰名侍女花。

## 琐窗寒

倭奁

轻点南金，细填越翠，写成花鸟。玲珑几槅，雅制洋奁真巧。漆光寒、认疑约黄，译书像应年少。只怪他万里，蛮乡付与，阿谁调笑。

风棹。经重岛。算裹束鲛绡，海帆寄到。千缗许买，爱玩肯嫌多了。算今番、持赠那人，相思可破春梦晓。记江南、六尺螺屏，云树楼台小。

## 白苧

寄田居

剪西风，堕寒月，相思旧雨。蛮笺十样，难写频年别绪。甚新凉、最怜时序又秋暮。知否。问晴轩，都不是、前番吟处。萧条门巷，莫讶淹留未去。谁肯教、夕阳鞭影春明路。　　吟侣。小北门西，几楹书屋，雅爱泉疏竹补。叠乱石玲珑，藕花无数。酒铛屏挡，荡扁舟小小，六桥移住。潇洒闲襟，定忆情田，憔悴何许。除是飞来，却恨轻羽。

## 拜星月慢

怀去年重九，与念鲁小酌，弦指一年矣。寄此讯之。

旧径都非，闲窗早改，往事凄凉懒说。转烛登车，又重阳时节。叹还是，去年数枝菊面，却怨未来诗客。烟水多愁，杳髯翁消息。　　蕙江曾否移春屐。晴窗里、可梦芙蓉邑。吟兴雅托逋仙，有梅花看得。算今番、定笑东华窄。肯轻听、雪鹤风前别。寄山阴、万壑千岩，吴绡几尺。画蕙江下疑失一字。

## 捣练子

红树晚，白蘋残。客院闲吟酒未阑。便是月明风雨少，秋衾不耐一分寒。

## 醉垂鞭

黄县旅舍

乱雨扑疏枝。西风里。横秋水。十里倦鞭丝。孤村认酒旗。　　窗寒黄叶送。樽谁共。夜凄其。客梦土床时。新晴月上迟。以上《情田词》乾隆癸酉刻本

# 邵仝（1首）

邵仝，生卒年不详，字履嘉，顺天大兴人。邵瑸之子。校刻乃父《情田词》。

## 满庭芳

人倦风尘，心枯耘研，梦回一卷情田。流风谁继，余韵杳难攀。功德

桐乡尸祝，言不朽、朽也何安。遗编在，宛然手泽，欲见痛黄泉。　潸潸。还记得，趋庭山左，公退余闲。但据案吟唔，墨饱花笺。官漏频催未歇，轻灵醒、字字真铨。那知道，父书徒读，赢得鬓毛残。以上《情田词》，乾隆癸酉刊本。

# 张纯修（20首）

张纯修，生卒年不详，字子敏，号见阳，一号敬斋，直隶丰润（今河北唐山）人。隶汉军正白旗。贡生，康熙十八年（1679）令江华县，累官庐州知府。擅山水印篆，尤工倚声。与当时著名词人顾贞观、朱彝尊等均有往还，尤近纳兰性德，并为性德身后刻《饮水词》。著有《语石轩词》一卷，康熙间，聂先、曾王孙辑入《百名家词钞》。清累官庐州知府。擅山水，得北苑南宫之沉郁，兼云林之逸淡。纯修亦工诗词，与纳兰性德等倡和。有《语石轩词》。其词婉约清俊，取法柳永、张先，为唐宋词家之正。聂先《百名家词钞》引谓："逼似唐宋之音，字字珠玉，不啻陈琰琬于明堂，望蒹葭于秋水也。"①

## 菩萨蛮

看杏花，和容若韵。

杏林几处花如织。朝来竞着寻山屐。满地落残红。难禁昨夜风。
远沙平似镜。人在春波影。携酒坐花间。相看谁最闲。

## 前调

拜岳鄂王祠

古堤车马纷如织。柳廊深处初停辙。祠额几朝颁。钦瞻凛烈颜。
千秋存至性。气挟乾坤正。遗调满江红。英风谁与同。

① 孙克强、杨传庆、裴哲编著：《清人词话》，南开大学出版社2012年版，第617页。

## 前调

客店晓起

西风乍紧残星落。村醪纵饮情萧索。欢梦忽闻鸡。片时东复西。晓寒人唤起。窗月明如水。邻壁话丛丛。宵来失马翁。

## 菩萨蛮

江华署中

山深不为西风冷，云留雨过潇湘景。密竹下残阳，萧萧箨粉香。湿痕阶藓厚，鹤影如人瘦，舞近石阑干，相依耐岁寒。

## 浪淘沙

别意

无语别温柔。但指江流。轻帆历历度沙洲。问取归期浑不定，暗锁眉头。　应自倚高楼。盼断双眸。孤鸿独客总难留。莫道关河南北异，一样离愁。

## 前调

冬尽

客里值冬残。诗酒阑珊。催人旦夕走双丸。回首乡间何处是，日近长安。　几日又新年。独自堪怜。春风应不到愁边。败壁颓檐孤署冷，满目苍烟。

## 长相思

江行

山无情。水无情。祇向征途管送迎。依然长短亭。　拟行行。重行行。江浪滔滔第几程。芦洲依旧青。

## 桃源忆故人

本意

风前朔雁横空阵。唤起旧愁新闷。觅遍故园书信。可奈无人问。

霜华欲点青青鬓。泪把胭脂湿晕。又是一年将尽。天远何时近。

## 浣溪沙

易水怀古

柳下红桥贴水横。夕阳犹未罢征行。马头山色带烟轻。　昔别悲歌传壮士，今来一水动秋声。悠悠千载几人情。

## 前调

武昌怀古

黄鹤高楼逼紫霄。凭阑远眺伏龙桥，飞凫点点泛轻桡。　仙侣遗踪何处是，横江一带草萧萧。追思何事独魂消。

## 其二

仙枣亭前满目秋。武昌城枕大江流。晴川相对石门幽。　芦苇茫茫风乍起，谁将赋笔写深愁。片时兴废失孙刘。

## 前调

偶然作

槛外浓烟翠欲流。九疑云影散高楼。楚南冬日暖如秋。　乍喜乡音交客梦，翻嫌旧事惹新愁。几回翻覆看吴钩。

## 前调

忆梦

倦倚香篝梦易惊。恼人依约是多情。起来空对远山青。　图画欲成还又改，音书偶寄却难凭。西窗展转夕阳明。

## 前调

寄容若

薄宦天涯冷署中。相思人隔万山重。泪痕和叶一林红。　鹿鹿半生浑逝水，飘飘两袖自清风。浮云遮莫蔽寒空。

## 点绛唇

夜讌即事

故友迎郊，衔杯不觉长宵半。漏壶频转。星白东方见。　　再晤何期，好托南来雁。云间看。离心一片。尺素如迎面。

## 前调

独夜寄友人

独倚寒窗，衙斋无处无残破。挑灯且坐。留影相陪我。　　郢调长吟，那博千人和。君知么。知心谁个。窗外峰如朵。

## 点绛唇

咏[①]兰，和容若韵

弱影疏香，乍开尤[②]带湘江雨。随风拂处，似共骚人语。　　九畹亲移，倩作琴书侣。清如许。纫来几缕，结佩相朝暮。

## 鹧鸪天

客病

客病愁多少药医。透窗黄叶满前飞。宵来欲作还乡梦，叠叠云山何处归。　　嗟落魄，怅支离。旁人应劝合时空[③]，囊琴久作梅花断，不为风吹别调移。

## 水调歌头

庚申仲春既望，过道州。时久雨乍晴，云山烟树，接目无暇。吕三兄英眉同泛，赏叹不已。因略写一二，并赋此词。

春树绿初满，野水涨前溪。溪上桃李无数，花发乱莺啼。更有如烟碧筱，直接白云深处，掩映草萋萋。个是从来迁客路，长叹湿征衣。　　凭

---

① 《词综补遗》本无“咏”字。

② “尤”，《词综补遗》本作“犹”。

③ 按词律此句失叶。

挑久，攀萝磴，坐苔矶。悬崖旧迹谁问，独自留题。昨岁五陵裘马，今日三湘卑湿，去去欲何依。聊暂展心目，一曲鹤南飞。

### 西江月

古意

有限韶华易谢，无端郁结难开。不如独往纵襟怀。山远云深无碍。世事刚消一噱，人情那费千猜。纷纷巧拙任安排。头上青天常在。 以上《语石轩词》

## 曹广端（3首）

曹广端，字子正，号玉渊，宛平①（今北京大兴区）人。官主事。有《初旸集》。广端与尤侗、朱彝尊等人交游，在康熙词坛非常活跃。

### 夜合花

诸子同集小园有此庐，看夜合花，时有画家在席。

鸟语餐香，蝶魂系蕊，名流对赏樽前。百花开尽，此君迟更嫣然。散芳气，映遥山。快清佳、六月凉天。才收阴雨，疏林夕照，抱叶鸣蝉。 芙蕖此日将残。独有娇姿吐艳，绣佛雕栏。合欢蠲忿，宾朋笑语花间。歌频奏，月初圆。问何如、梓泽当年。有王维笔，今朝描画，雅集西园。

### 传言玉女

花间雅集，用宋人胡浩然韵。

万点花飞，似缀枝头春雪。恰逢良会，对青山翠结。花间小阁，野色遥连双阙。一觞一咏，漫谈风月。 满径苔痕，听莺声、啼又歇。酒酣起舞，忽风帘自揭。何处佳人，隔院折花低说。清明近也，秋千时节。② 以上《全清词》顺康卷

---

① 《国朝词综补》作“三河人”。

② 案《国朝词综补》（花间宴集，用宋人韵）此词作：开遍群芳，宛缀枝头绀雪。恰逢良会，对青山翠结。凭阑试眺，野色遥连双阙。一觞一咏，尽谈风月。 满径苔痕，听娇莺、语又歇。酒酣起舞，忽风帘自揭。似闻有人，隔院折花低说。匆匆又到，禁烟时节。

### 孤鸾

和宋人韵

一朝沦忽。似比翼初分，瑶台乍别。梦忆乡关，潘岳招魂凄绝。空吟五噫谁和，为天书、征来丹阙。闻道乘鸾去矣，变紫髯似雪。　　记那时、离别丁宁说。耐春冷孤衾，泪痕双颊。听杜鹃枝上，正声声啼血。异乡疾风零雨，又清明断肠时节。脉脉闲愁打叠，任江潮呜咽。尤侗撰《西堂诗集·哀弦集》

## 陈僖（1首）

陈僖，字蔼公，直隶清苑（今河北保定）人。拔贡。康熙己未（1679）举博学鸿词，授中书舍人。慷慨负大志，豪迈不群。以古文名河北，甚得太史公笔。徐世昌谓“霭公为高渊颍（高锛）弟子，其诗豪迈如其人。论者等之苞稂黍离之什，与渊颖异曲同工”①。有《燕山草堂集》五卷、《识物》一卷、《客窗偶谈》一卷。

### 减字木兰花

春思

游丝片片。飞去还来愁不遣。绊住啼莺。隔院花间叫一声。　　金铃声动。一半韶光风雨送。底事沉吟。为听楼头吹笛人。《全清词》顺康卷

## 田庶（1首）

田庶，字叔殷，顺天（今北京市）人。

① （民国）徐世昌辑：《晚晴簃诗汇》，民国退耕堂刻本，卷四十六。

## 减字木兰花

游西山，同佛渊。

迂回石径。一鸟啼花林更静。莫惜残红，点点曾留诗句中。　溪头废寺。玉辇宸游何处是。倚壁孤亭。拂面苍松入座青。《全清词》顺康卷

# 张潡（110首）

张潡，生卒年不详，康熙四十九年（1710）尚在世。字介文，号碣田居士，直隶河间府景州（今河北景县）人。康熙二十三年（1684）举人。官河南罗山县知县。长于诗，其诗五律开爽沉郁，在太白、少陵、襄阳间。七律宕逸温秀，如右丞、嘉州。《百忆篇》自序康熙癸亥（1683）从伯父游吴越二年，爱吴越中山水，周游万里。“当时揽物兴怀，随地纪事，知音赏惬，累牍连篇。然而词不逮意。空腐相如之毫；乐以忘忧，实怀谢公之屐。乃寄《忆江南》调，得词百首，因以百忆名编。舍弟平澜同余此志，而其词则《木兰花慢》，其词素娴，故佳。余偶为此词，只似为诗。是以自愧。”① 其友周在健《百忆篇序》论其词“妩媚缠绵，绘月图花，敷香夺色，更在淮海、耆卿之上”②。

## 忆江南

江南忆，忆昔涉江时，年少多情常是恨，心狂不醉亦如痴。山水正相宜。

## 前调

江南忆，忆带宝刀行。射猎不知深谷险，遨游遥指暮江清，人道是豪英。

---

① 冯乾编校：《清词序跋汇编》，凤凰出版社2013年版，第398页。
② 冯乾编校：《清词序跋汇编》，凤凰出版社2013年版，第397页。

## 前调

康熙癸亥二月二十六日，家大人奉先王母登舟，余与平澜弟拜别先慈，冒雨命辔。

江南忆，以乍别庭帷。二月春寒愁驿雨，行装束就又缝衣。慈母泪频挥。

## 前调

江南忆，忆我恕登程。屈指山川无数好，那愁岁月几番更。累比尚平轻。

## 前调

三月三日，泰安早发，有解鞍据地等句。

江南忆，忆进驿亭伤。路转松高联古句，解鞍据地剖黄洋。旌旗驻前岗。

## 前调

蒙阴道中

江南忆，忆过岱宗遥。却望家山千万叠，时于马上梦魂飘。前路正迢迢。

## 前调

江南忆，忆见舞千秋。紫袖朱颜青索下，红桃百李绿杨天。山霭集春妍。

## 前调

江南忆，忆傍酒垆家。翠黛明于江草露，春帘晓上海天霞。埠也唤红花。

## 前调

江南忆，忆指井疆分。未涉淮黄东去水，已辞邹鲁北归云。天气迥氤氲。

## 前调

冒雨行黄河岸上。

江南忆，忆踏水边莎。夹岸长堤高数丈，分明地上走黄河。况更雨滂沱。

## 前调

三月十四日渡河

江南忆，忆共渡黄河。浊浪无风翻滚滚，惊心相顾一航过。过此尽平波。

## 前调

三月十九日过扬子江

江南忆，忆得过金焦。坐水孤峰青两点，晴江午日照双桡。画里奏笙箫。

## 前调

瓜州司马邃庵徐公，旧为吾州刺史，舟次夜饮，先伯父有暮雨烟江之句。

江南忆，忆赠旧棻侯。暮雨人来京口驿，烟江客醉广陵舟。觅句景偏幽。

## 前调

江南忆，忆买桂樽芳。浊与愁宜深鸭绿，清堪喜对嫩莺黄。夜夜醉江乡。

## 前调

江南忆，忆煮惠山泉。亭外锡风松冉冉，井中石底溜涓涓。捧茗兴尤偏。

## 前调

三月二十三日游秦园，坐嘉树堂。次年甲子秋，与平澜弟同入留仙夫子之门。

江南忆，忆得到秦园。嘉树堂前聊借憩，心随桃李缀山樊。早已托龙门。

## 前调

丹阳道中，稻子熟时。

江南忆，忆望水中阡。一色黄金粳烂漫，四围碧玉草芊绵。地锦列平田。

## 前调

江南忆，忆最爱姑苏。花柳常添烟雨艳，笙歌肯放月明孤。到此废迂儒。

## 前调

江南忆，以荡乱枫间。夜半钟声常问询，舟行今亦到寒山。渔火满西湾。

## 前调

三月二十五日，邀虎丘。宋人有"入门方见塔，到寺始知山"句，用其语，成一阕。

江南忆，忆上阖闾丘。到寺方知山在面，入门始见塔迎头。满眼绿苏州。

## 前调

江南忆，忆吊古真娘。有墓浑随春草没，无人不想玉魂香。名并虎丘芳。

## 前调

江南忆，忆醉虎丘前。一上天平秋叶半，双敲云卧乱星边。烽火送归船。

## 前调

江南忆，忆是馆娃宫。音屟香廊春草绿，灵岩山寺夕阳红。正有锦帆风。

## 前调

江南忆，忆对白云秋。词客杯中松露酒，美人髻上桂花球。碧沼漾清讴。

## 前调

江南忆，忆扫洞边苔。仿佛弦间纤手动，依稀曲罢笑颜开。西子有琴台。

## 前调

江南忆，忆语伍胥魂。一仗步光连太宰，三呼山应有公孙。好眼挂东门。

## 前调

江南忆，忆住月边楼。桂子香飘冲幔底，芭蕉翠影撼床头。坐卧足清幽。

## 前调

江南忆，忆宿野人家。主母中厨炊晚稻，呼儿沽酒买江鲨。秋夜剪灯花。

## 前调

江南忆，忆从野航孤。宝带桥头鸥惊狎，得鱼渔父笑相呼。夜柁响烟庐。

## 前调

夜泛莺脰湖

江南忆，忆泛夜行船。莺脰湖中秋水阔，野苓花上月珠圆。清冷绝人烟。

## 前调

江南忆，忆睡听吴歌。子夜一声催梦断，吴江秋水月明多。半醒奈情何。

## 前调

江南忆、忆见画为村。倚树茅檐横野雾，临溪水碓下朝暾。窈窕正当门。

## 前调

江南忆，忆遇晓江春。鸭嘴船窗惊见汝，双抬玉臂力愁慵。糠秕此相逢。

## 前调

吴妇采菱坐沙缸，以手当棹，往来湖中。

江南忆，忆采绿菱新。坐稳缸偏腰半露，交挥素手往来频。疑是卖绡人。

## 前调

江南忆，忆乍到余杭。十里平湖春色醉，游人自古醉为乡。心死六桥旁。

## 前调

江南忆，忆更去杭州。晚上草桥门外渡，连天雷雨夜帆收。浪乱似潮头。

## 前调

桐庐江中

江南忆，忆借山水容。一曲江光穿碧绿，千回岩影罩蒙茸。须鬓照来秾。

## 前调

四月十四日过子陵滩

江南忆，忆近富春山。台畔阴森双桨急，江声吼怒一竿闻。想像隔尘寰。

## 前调

江南忆，忆午绽红榴。五日开宴临竹亩，他乡美酒漾蒲瓯。忘却在严州。

## 前调

艾公山右进士，为龙游令，见地理佳胜，凿洞建坊，以破其势。

江南忆，忆问艾公坊。得势平坡环鹭渚，无端凿洞坏龙岗。圣地转苍凉。

## 前调

江南忆，忆泊在兰溪。白葛衫轻人似玉，栏杆倚定夕阳低。江草路萋迷。

## 前调

江南忆，忆馆魏王宫。宋故分藩残碣在，金华旅宿画梁空。槐落正秋风。

## 前调

江南忆，忆憩缙云亭。拔树龙惊山雨骤，掘人虎斗涧风腥。官道画冥冥。

## 前调

六月六日冒雨渡桃花岭

江南忆，忆渡岭头云。涧蚪山围苍一色，林荒薜老翠难分。烟雾正纷纭。

## 前调

江南忆，忆入雨中央。石似崩云云似墨，风如喷瀑瀑如汤。险隘出天荒。

## 前调

江南忆，忆眺万山中。依旧桃花重叠岭，村烟树色望玲珑、夕霁一时红。

## 前调

江南忆，忆壮括苍游。寂寞冈峦征战后，虫鸣草乱满城秋。夜柝起山楼。

## 前调

江南忆，忆放下滩舟。百里江程飞一瞬，千岩浪卷棹难收。暴雨打船头。

## 前调

六月八日，由青田早发舟，入龙潭几覆。

江南忆，忆众欢余生。溜险舟回沉复起，瓯江江畔客心惊。惊定泪相顾。

## 前调

江南忆，忆独怅中心。万死一生天亦错，留余汩没到而今。何事不舟沉。

## 前调

江南忆，忆苦在东瓯。四脚毒蛇长径尺，蹲身掉尾逼床头。颔底艳红榴。

## 前调

闰六月二日，由温州乘潮夜行。

江南忆，忆缆解瓯江。夜半乘潮山影黑，天回星转乱帆撞。剪蜡坐蓬窗。

## 前调

江南忆，忆息大樟阴。数十余围山畔立，几重积翠日边沉。终久托遥岑。

## 前调

江南忆，忆浴浅江滩。石色五纹明锦绣，波光层叠倒峰峦。风起夏来寒。

## 前调

江南忆，忆犯蝃蝀光。霄霭连山来足底，虹霓插水立身傍。人影绿红黄。

## 前调

中秋在武林夜饮达旦

江南忆，忆坐恋中秋。月落西泠人未寝，萧然一夜桂宫游。湛影堕心头。

## 前调

江南忆，忆演《牡丹亭》。曲目妖娆人自丽，嘉禾署有菊英馨。玉斝泛红醽。

## 前调

江南忆，忆听夜教歌。古曲新翻非古谱，吴儿妙响似吴蛾。邻月照欢多。

## 前调

江南忆，忆御仲冬天。睡足披衣冰簟上，饮余脱帽月梅边。清兴壮时偏。

## 前调

江南忆，忆驾水牛车。岸浅舟停江路改，香遥俗异客心赊。轱辘响清沙。

## 前调

江南忆，忆怅越王台。范蠡飘然文种死，宫花凌乱鹧鸪哀。何似破吴回。

## 前调

江南忆，忆看越娥妆。钗股交飞双翡翠，裙拖并睡两鸳鸯。覆额紫貂长。

## 前调

江南忆，忆岁正将除。江上龙雷崩岸起，连山潦水塞沟渠。蜡尽似秋初。

## 前调

癸亥除夕在绍

江南忆，忆自惜年华。守岁蠡城官署夜，椒浆烂醉是天涯。贱子不归家。

## 前调

甲子元旦，与平澜弟登威远楼北望遥拜。

江南忆，忆陟越中楼。北望燕天亲舍邈，应怜佳节滞他州。元日泪双流。

## 前调

江南忆，忆赏月灯宵。威远楼头春雪后，蓬莱阁底旅魂销。游女忒娇娆。

## 前调

绍郡威远楼，两偏皆荒垣废署，夜有所闻。

江南忆，忆似夜乌啼。越女冥冥缘底事，残魂嗷嗷近人悽。起看月斜西。

## 前调

江南忆，忆棹下山阴。不改兰亭春色在，无聊竹屿暮烟沉。感慨系人心。

## 前调

江南忆，忆赋吊曹娥。庙貌深舍春雨暮，江声冷咽泪痕多。染翰蘸江波。

## 前调

江南忆，忆卧石床幽。多宝寺中山磬发，万竿竹里月轮收。残梦倚僧楼。

## 前调

二月二十日清明节，早发多宝寺。

江南忆，忆踏海天晴。扑面春山红作阵，杜鹃花里过清明。折取不胜情。

## 前调

宁海道中

江南忆，忆水在天高。日上分明非叠浪，空中虚拟驾轻舠。海气似飞涛。

## 前调

江南忆，忆逐旆旌行。戍垒天高山柝起，僧楼水远寺钟鸣。候委自风清。

## 前调

江南忆，忆兴引花中。木笔香匀腮粉晕，山茶艳点口脂红。何日不芳丛。

## 前调

三月五日宿天台县

江南忆，忆兮到天台。落照红明霞壁外，游看艳景赤城来。应得遇仙回。

## 前调

三月七日过阮庙，有碑记汉元嘉元年采药事。刘父廷，母陈；阮父贤，母张。

江南忆，忆到阮刘村。杜宇声声春谷口，桃花偏偏旅人魂。残碣立黄昏。

## 前调

江南忆，忆乌独啼檐。百舌声中人乍醒，一床坐起困仍添。梦里是鹣鹣。

## 前调

刘山蔚榛，商丘生。

江南忆，忆感别离难。有客牵襟临野墅，思亲掩袂去江干。枫叶九秋丹。

## 前调

潘双南镠，江南布衣。

江南忆，忆恸石帆翁。浮玉山头吟夜永，钱塘江上哭途穷。真个是愚公。

## 前调

王世兄舜夫，保阳生。

江南忆，忆远送将归。彩笔流连歧路恨，青山修阻素心违。别赋自依依。

## 前调

夏成六乾御，昆山孝廉，为江都广文。

江南忆，忆并孝廉船。早折蟾枝东海月，永留马帐广陵烟。应已鬓星然。

## 前调

沈彦徽道映，华亭人。

江南忆，忆友在华亭。得句还知唐律细，清谈尚有晋人馨。千里共扬舲。

## 前调

毛季蓬远公，薰山孝廉，以牡丹画法相示。

江南忆，忆仿画名花。富贵遥怜千种艳，翰毫应占一枝斜。江水润仙葩。

## 前调

雷健初有乾，顺天孝廉。

江南忆，忆与细论文。萍水不知何以合，兰言非此竟无薰。共指帝乡云。

## 前调

余伯母舅刘公，字云瞻，讳元后。

江南忆，忆奉醉颜红。邺下才华人蕴藉，睢阳义分望穹窿。谈宴日相同。

## 前调

宗兄子受，讳益孙。

江南忆，忆友谊非他。把袂长安来雁序，牵衣东甬唱骊歌。别赋赠偏多。

## 前调

同里高虞卿

江南忆，忆契故乡人。共指前途游不倦，同占家信语偏亲。更有采毫新。

## 前调

江南忆，忆我独忘机。白鹭与人原有约，青山去此更何依。不逐世尘飞。

## 前调

家大人奉先王母舟行，不数百里遽还。逊齐弟乃以先伯母舟至杭署，不数月亦先还，家书辄报平安。余次子桓实以痘殇。

江南忆，忆我接家书。但得平安音信是，便教日夜笑谈舒。那解失明珠。

## 前调

余夜读每至四鼓或达旦

江南忆，忆我耐更阑。纵览银蟾钩半堕，微吟画蜡泪三残。江漏自漫漫。

## 前调

江南忆，忆我太牢骚。渡岭狂呼山震动，当筵泥饮夜酕醄。胜赏在吾曹。

## 前调

三月四日，与平澜弟出台州，宿中渡。

江南忆，忆我去台州。万里提携山水尽，几回依恋梦魂留。归喜复离愁。

## 前调

江南忆，忆我起归程。啼鸟不啼人不恨，落花还落客还惊。正有乱山行。

## 前调

江南忆，忆我不能还。竹棹将投仍击水，篮舆欲下又盘山。总是客心间。

## 前调

四月十一日旋里

江南忆，忆客两经春。载取风光来万里，满怀笑语到双亲。翻觉故园新。

## 前调

江南忆，忆返对疏棂。解带脱冠尘乍洗，开奁看镜鬓全青。心绪益飘萍。

## 前调

是岁与平澜弟同捷秋闱

江南忆，忆转赴神京。壮志全携山水胜，尘心一洗翰毫清。月梦湛秋英。

## 前调

江南忆，忆此繄何迂。挂壁弓到空在眼，双残臂力迥非吾。身世总须臾。

## 前调

每于梦中得句“又着轻舟到锦乡”“月照姑苏人又来”“今夜分明到虎丘”云云。

江南忆，忆得几时休。二十余年常入梦，还思寻梦上兰州。试比少年游。

## 前调

江南忆，忆好向人谈。对水看山无一事，寻花问草有余甘。谁不忆江南。以上《全清词》顺康卷

# 曹寅（72首）

曹寅（1658—1712），字子清，号荔轩、楝亭、雪樵，丰润（今属河北省）人，其祖为内务府包衣（奴仆），隶属汉军正白旗。年十三，挑御前侍卫。及长，以郎中差苏州织造，改江宁织造，兼巡视两淮盐务，官至通政使。有《楝亭词钞》《楝亭词钞别集》。曹寅之词“以姜、史之雅丽，兼辛、苏之俊爽，逸情高格，妥帖排奡。其视迦陵、竹垞，殆犹白石之于清真也”。①

## 蝶恋花

纳凉西轩，追和迦陵。

六月西轩无暑气。杨柳梧桐，支拄森亏蔽。皓魄清旸停两际。肘弓自

① （清）曹寅著、胡绍棠笺注：《楝亭集笺注》，北京图书馆出版社2007年版，第530页。

觅幽栖地。　　不是避人贪客诣。香积寥寥，难称维摩意。打并新凉成一味。散花还待诸天戏。

## 其二

六月西轩无暑气。白木匡床，安稳如平地。曲录可凭还可倚。蕲州古簟寒潭水。　　午汗乍融残睡美。谁破余酣，绿树风微起。一笑推帘穷蕴底。夜来瓦砾真儿戏。

## 其三

六月西轩无暑气。一辆藤鞋，挂壁都忘记。煞是轻匀新着起。软如芳草承趺底。　　考祥篮得幽人履。合践云山，也要拖泥水。踵决指穿良有以。当年东郭曾游戏。

## 其四

六月西轩无暑气。家具频添，大半因茶事。时样龚春非一致。酪奴只合呼名字。　　活火真泉聊自试。才似松声，又道闻韶矣。两腋清风休错拟。玉川不识瓶笙戏。

## 其五

六月西轩无暑气。晚塾儿归，列坐谈经义。枯骨寒涎宁有味。日长正不逢难字。　　禹迹茫茫功与罪。孰辨姚江，杂毒黑要子。我笑惭书惭未已。倒绷又笑诸方戏。

## 其六

六月西轩无暑气。石上松栽，几尺撩人意。一叶一针含韵细。蜿蜒竟有浮夭势。　　三十六峰来不易。老傍雕檐，耸作模糊翠。一段清光吾与尔。月凉共影须眉戏。

## 金缕曲

七月既望，与梦庵、西堂步月，口占述怀。

覆足绨衣冷。睡难安、老蕉索索，乱翻风影。起护檐牙双白朵，弹指西窗冏冏。夜半也、澜生古井。上下纵横无可说，搅刁骚、四际秋虫醒。吟样苦，不堪逞。　　蒋山月晒青梧顶。烂银盘、一堆狼藉，满园烟景。顽极坡陀如聚墨，颠倒花冠欠整。猛慧业、惺惺自省。我愿金篦重刮膜，变颇黎、世界成平等。哑然处，意深领。

## 步月

和梦庵归山见寄韵

老石盘陀，空廊窈窕，几人来宿西轩。小留瓶钵，清夜共延缘。恰凉足、半轮秋色，还归葺、十肋茅椽。番成笑，山花山鸟，皆得最初禅。　　蝉连。萦俗累，无情荐取，都付寒烟。冷香飞处，欹枕日清眠。思旧隐、茶瓜入社，携秀句、云木通川。何时去，暂担椰[①]栗过层峦。

## 换巢鸾凤

西堂早秋

秋入无边。看锦丝飏水，卵色浮天。嫩凉轻引燕，斜日不闻蝉。瓦花簇簇一林烟。商量茶事，徙倚风前。频舒目，看绿比、黛痕稍浅。　　山晚。云尽卷。局促路尘，地僻心能远。解我吟鞍，扶君醉帽，此外有何堪恋。歌哭由来太多情，不如丘壑随天便。流光速也，井梧渐又阴转。

## 离亭燕

登瓮山作

寂寂平芜初远。秋好惜无人见。云影乍摇山影破，亭子正临天半。日午不闻钟，坐看西风驱雁。　　雁被西风驱遣。人被西山留恋。二八月间风景似，风景更谁能辨。风景不争差，但觉诗情疏散。

## 明月逐人来

自御园与高渊公踏月归村寓

西村柳叶。东村松叶。同来看、玲珑秋月。溪桥宜月。胸次还如月。岂惜为君频说。　　长念龙楼，待漏一丸冷雪。偏难过、玉阑百折。时寓

① “椰”，《楝亭集笺注》本作“榔”。

功德寺。今宵瞥见，便已惊奇绝。莫待萧萧华发。

## 兰陵王

九日诸君子登高索和

缟衣鹤，重赴千年旧约。台城路，烟草换人，此日江山泪双落。秋心无处着，陡起，孤云一角。西风里，潮去浪来，多少征帆度寥廓。　谁妨客行乐，禁一阵郎当，天半铃铎。金轮倒射浮屠脚，怕平楚寒澹，酒人无赖，又悔题糕字屡错，黄花笑难索。　漂泊。怎忘却，算乌绕江门，柳围凉洛。红尘绿水三生各，是少年蹭蹬，风流担阁。头颅尚在，且掉臂，共横槊。

## 贺新郎

与桐初夜话分韵

澡粉移床话。晚亭前、商今略昔，一荼一蔗。世味堆盘谁借箸，除了犀杯玉斝。还除了、豆棚瓜架。千里吴莼凉沁肺，论掇皮、真可成风雅。幽州月，楼角挂。　细腰鼓子骑梁打。笑当年、城南拉饮，城东走马。此日多愁兼善病，闲煞勾栏京瓦。争忘却、江山如画。回首清光天眼老，况诸君、巷尽乌衣者。酒已罄，问鲑鲊。

## 望远行

卢沟桥

双堤偃蹇，分龙尾、尽脱津亭官树。卖浆篷火，犯晓车徒，历数间坊眠处。旧迹尘沙，吹散小黄河汉，铁石也磨今古。陡长风微撼，含谺冰柱。　南据。斜压太行肩左，纳一线、雁门流注。野马不扬，霜花半卸，睥睨危栏狮乳。信道轮蹄停好，碑阴曝背，惟有拥裘寒戍。过上阳宫外，啼雅三五。

## 前调

送赤霞[1]归滁阳

浮尘合幂，喧铃驮、絮帽纹靴初换。薄醺凝颊，淡日遮山，十五堠亭

① “赤霞”，《荔轩词》作“朴仙”。

长短。好念衰兰，情绪缁衣翻酒，便惜离痕休涴。镇骊歌潦倒，京华惯见。　　真倦。归计先秋已熟，点十月、红梅江县。物役暗惊，冷溪写照，置此漫抛吟砚。健勉儿童项领，燃糠煨芋，终古乡风清善。忆小园寒树，待君重眄。

## 前调

送令彰，兼怀些山先生。

鼓刀挟策，参晨市、覆酌车箱寒悄。冱霜井径，拱把松楸，去葺茅椽宜早。对面澄江，心事一番回辙，添了凤鸾清啸。漫河桥衰尽，苍苍鬓草。　　归好。鸦队半墙凄卷，栖不满、觚棱微照。桃簟坦吟，瓜筐冷系，几醉斋头丛筱。枉忆青鞋旧约，石城山脚，迟我梅犹笑。倩布帆重询，溪南诗老。

## 疏影

墨梅

冰鳞砚铁。扫杈丫半幅，都缀犀蝶。料峭窗前，风致偏多，蝉翼对摩晴雪。拼来絮帽簪无分，似胜写、泥金春帖。喜卯君、好事懵腾，索笑白粲微黰。　　仿佛澹烟山径，挥杯劝、万点倚鞍将别。一去陇书，磨灭缁尘，那辨旧时眉靥。玉容不及寒鸦色，补筑堵、蛎墙如月。掩寂然、斗帐罗纹，默了妙香禅悦。

## 一捻红

密渍荔枝

向承明卸驮。纪方物南至，寒销烽火。纱囊露浓，一串兰台驰给，琲珠成颗。柔颐漫朵。已风染、槟榔红唾。问丰肌、濡沐炎熇，依旧色香俱妥。　　甘么。难消三百，燥润宜分，左车先堕。和拌掬裹。食屏凉州琐琐。都寻甜、甜里殊怜虫豸，生长蔓株瓜蓏。谁能交趾移根，看他硕果。

## 月当厅

闻钟

落叶冻聚幽廊曲，葳蕤不锁，百八寒声①。坐淋凤城官蜡，一派青荧。

① “声”，《荔轩词》作“更”。

心拟檐牙怖鸽，稳东方、淡白出巢轻。早迢递，酿霜云破，天宇空灵。劳劳有耳风吹断，向绳床、中年怀抱难平。待得炷香残了，依旧愁生。腰瘦莫嫌带金重，蹁跹浑似打包僧①。何限老身古寺，待米听经。

## 古倾杯

钞书

清哨严城，笼灯解鞲，归卧书堆内。频年嗜好，多惭糟粕，索索都无真气。闲宵甲乙重编，续翻判尾。古人好语，今生难字。等闲去取，东共牛腰粗比。　　岂不见、论斤粜米。应少胜、虫钻故纸。笑万卷空摊，一编未竟，颖秃埋何地。知无足付儿子。待掩帙、蕉叶微酣，浇酬十指。烛跋漏下，颓然睡矣。

## 永遇乐

香河书屋留饮，戏题。

老屋三间，寒河一派，非村非市。迟暮江关，坐消华发，庾信曾堪此。过他茶灶，挥他尘尾，水厄常年惟是。恰从从、室无椎髻，今日微闻刀机。　　煮鱼剖笋。咄嗟可待，放浪杯行且止。作达何堪，滑稽未满，要腹看余子。重寻旧事，牛栏避客，愁踏翁城泥滓。又频来、破除扑满，君应粲尔。

## 念奴娇

题赠曲师朱音仙，朱老乃前朝阮司马进御梨园。

白头朱老，把残编几叶，尤耽北调。事去东园钟鼓散，东园，内监梨园钟鼓司，见明内府志。司马流萤衰草。燕子风情，春灯身世，零落桃花笑。当场搬演，汤家残梦偏好。　　高皇曾赏琵琶，家常日用，史记南音早。误国可怜余唾骂，颇怪心肠雕巧。红豆悲深，氍毹步却，昔日曾年少。鸡皮姹女，还能卷舌为啸。

① “打包僧”，《荔轩词》作“茹荤僧”。

## 前调

和吴秋屏咏秃笔

东涂西抹，叹毛君、也被墨磨巅秃。老去闲窗余肮脏，脱帽何堪情熟。投弄由人，妍媸便了，甲乙休重辱。平生石友，依然不免尘黩。
年年折戟沉枪，珊瑚格满，粪壤谁搜录。几度辛夷花下望，似有精灵相属。头会从来，管城可涕，岁月空惊速。秃翁行念，举杯辄酹醽醁。

## 满庭芳

秋屏以词问西庭梅花，将申郊游之约，而意不在梅也。时连雨困酒不出户，即韵次苔，并索再和。

殗午园林，厌厌冷雨，昏昏卯酒难消。岭嶙何许，户外欲填桥。洗得梅红褪了，凭谁寄、满幅冰绡。因循过，杏花如梦，应让绿扬描。　寥寥。寻香处，一双翠羽，似遣魂飘。笑飞琼伴侣，省识浆瓢。买断春愁十里，琲珠价、半饷饧箫。江南路，白沙乌泥，屐齿几曾遥。

## 下水船

雨中忆巴园竹

有竹堪逃暑。门外江船且住。计日茅亭，落叶纷纷可数。甚心绪。借得鹪鹩枝小，长是年来年去。　题诗处。剩画帘琼粉，粘裹游丝千缕。谁剔蜗痕，并刀划损无据。愁何许。飘闪一园冷翠，梦醒又闻幽雨。

## 惜红衣

东渚荷花

谁似真州，王家菡萏，叶高于屋。十里编钱，晴香眩红绿。故人要我，河朔饮，深杯未足。犹记①，碧筒狼藉，早墓草都宿。　当时属目，水珮风裳，两两意怅触。而今不道，衣上惹尘醭。安得翠衿致语，重整玉池新沐。坐赤栏桥畔，共摘骊珠三斛。东渚芡实为水羞之最。

---

① 按词律此句当叶。

## 摸鱼子

渔湾留别诸子

漾晴沙，一痕莹玉，凉波堆起如许。问君可似寒江雪，好缀渔蓑诗句。重记取，截不断，断云零雁惺忪语。腾腾戍鼓，早夹岸递呼，堠亭列炬。匆促又西去。　　菰芦梦，半载故家茶具。廿年饱啖烟雨。白头那恋天池钓，来与鹭鸥为侣。谁得住。任捞虾、拾蛤尽有勾留处。荒汀远渚，倩柔橹数声，暗潮拍打，寄写此情绪。

## 金缕曲

天池柳下待雨

浪扑矶头响。更维舟、舍南舍北，纵横三两。绝好云容兼水态，枕簟一时俱爽。浑不放、炎威乍晃。我欲挥杯招白鹭，怕漂花、殜午江潮长。判归去，打双桨。　　飒然雨脚收林莽。笑封姨、空余冷韵，倩谁标榜。风里柳丝风解结，缓把银蟾推上。身又藉、空灵泱漭。旋启冰壶调绛雪，对青天、碧海澄遐想。吟讽事，属吾党。

## 疏影

旧江月下闻蝉

月凉桥口，似一声芦管，飘来声骤。瑟瑟萧萧，淅淅零零，几阵又和疏柳。斜阳马背曾相送，记不起、歧亭岔堠。总西风、碧树无情，犹胜隔江铜斗。　　此际乔柯露足，为谁长不寐，递吟良久。翳叶难窥，缘枝绝警，况影澄江如昼。妒深齐女知先哑，更几日、轻花帻首。问何如、络纬凄鸣，摘遍小篱青豆。

## 菊花新

重九雨

风雨年年秋易暮。今日石城留客住。墙脚九花残，君不醉、登高无处。　　茱萸满把谁充数。森寒波、雁飞难度。想故里霜晴，人散也、抱鸡来去。

## 好事近

同人赴双村醵饮戏填

潦倒广陵春，几个风流分醉。红荐一阶花片，又浇他娄尾。　钩帘重放篆烟空，好是抛书睡。直在醉乡左侧，小住为佳耳。

## 贺新郎

又昭同患耳闭，读其十叠迦陵韵词，喜而率和。

谁塞函关罅。怅连朝、嗒焉相对，缺然杯鲊。尚有之无堪寓目，屋角残阳光射。唱不出、井华高下。逝矣迦陵谁共调，继芜城、十叠教人怕。碧玉拨，空墙挂。　倾囊俊语珠玑泻。坐床头、鸱夷递犀，粉盘轻画。鸱夷拇指也，见手势令。奇绝讵忧雷破壁，险胜枯池瞎马。憎绕鬓、飞蚊扑打。一喝尚堪三日用，笑嶷嶷、夫岂真聋者。两胁倦，枕同藉。

## 前调

序皇亦耳闭，戏叠前韵。

帽侧风檐罅。罄谈锋、臧还属耳，鸡堪抑鲊。老惫辟支羞见佛，辟支以声闻证果。敢望平章仆射。列聱叟、聋丞以下。坐有唐衙偏绝倒，纵烘堂、乳燕穿帘怕。不语处，羚羊挂。　闻根哄作流泉泻。到何时、千山绝响，三酸同画。画家有《三老尝醯图》。豪竹哀丝无缝入，蠢动游尘野马。授花片、阿谁戏打。欢乐中年情思减，笑煦濡、正有相怜者。卬试舞，酒狼藉。

## 前调

午间小憩，耳闭少愈，序皇已豁然。又昭则如旧，三叠前韵。

世运陶轮罅。材不材、羽恒就脯，用鸣雁事。鳞恒就鲊。用聋虫事。豕祸人疴曾未免，岂有弯弧影射。问方法、社公最下。押不芦闻资七砭，押不芦见本草。待倾巢、一扫魈应怕。肘后秘囊高挂。见《酉阳杂俎》。　养和才遍帘波泻。喜儿雏、粗称解事，手描足画。老子颟顸时用盹，强半呼牛应马。殊不快、兔腾鹘打。共住兜玄行先长，想效颦、或是佯聋者。序皇有疑我佯聋之句。苦欲尽，笑相藉。

## 前调

夜间耳鸣息，饮药酿微酣。四叠前韵，寄又昭、序皇。

头没深杯罅。笑双荷、居然湔洗，不烦鱼鲊。治聋见《本草》。跛岂忘趋盲忘觑，试语依稀占射。刁未惯、屏间花。愦愦尚余真耳在，便阿翁、了了那须怕。从此敕，一壶挂。　　腊黄浅映鹅儿泻。渐翛翛、半庭竹韵，有声有画。狂起千回空绕柱，跃跃何殊水马。我腹闷、更烦谁打。唤起东邻弦月子，共吟成、对影三人者。漏八尽，肘初藉。

## 前调

又昭、序皇和词甚美，五叠前韵。

饾饤真无罅。论鄙事、君如斫鲙，我犹缕鲊。斟雉奚堪调翠釜，意在选肥而射。差诱取、何曾筋下。此日枫亭闲袖手，瞥一双、游刃腾空怕。捣齑具，且高挂。　　大江日夜奔涛泻。叹尘沙、两番淘洗，长芦罨画。风景不殊时节异，倒使燕帆越马。禁几札、红牙拍打。绣帖金针谁度与，羡鸳鸯、描出当场者。歌竟喜，泪还藉。

## 东风齐著力

题殷蓼齐《柳堰书堂图》

水木凝辉，清华匝目，展卷翛然。把茅架构，断手自何年。稚柳傞傞起舞，溪风满、莺燕阑珊。好烟景，一团活泼，不点渔船。　　凉意足中边。抱膝处、日长也倦陈编。人生行乐，丘壑漫蓝田。焉得掀身飞去，联吟伴、添个高眠。坡陀外，还饶几笔，淡抹遥山。

## 贺新郎

不寐，忆冶堂埭北粜麦，六叠前韵。

朗咏租船罅。好湖天、三杯支足，一坩封鲊。且有镃基知善稼，亿则抨弓而射。产岂在、膏腴洼下。副腹书仓盈万石，冶堂有万石庄。簸枇糠、升斗何曾怕。牟已荐，连枷挂。　　桃花汛急淮流泻。绕长堤、茸茸翠毯，秧畦如画。小艓联衔争上市，捷胜奚官使马。问何似、嬉春白打。我羡萧郎能食力，叹短衣、秃速胡为者。磁州枕，煞轻藉。

## 水龙吟

立秋后凉甚，同人将次赴省试，蓼斋先至，同泛舟文山祠，拈得雨字。

小楼一夜西风，家家水榭凉如许。潮痕几板，吴船不到，又添新雨。来往残蝉，苎衣乍换，旋闻砧杵。早丛祠南畔，斜阳红睆，鹭飞下，柳深处。　　烟蓑剩识罾郎，恒邀取、浮槎伴侣。荧荧膏火，槐黄近也，露华飘湑。接武虔亭，打头驴券，落帆东渚。笑年年、菰饭鱼羹，镇相送，度江去。

## 好事近

自京口归，小憩李氏梅亭。

何许问孙刘，烟水归来无迹。还把西窗推起，看平畴秋色。　　好风是处曲肱眠，倦眼连天碧。笑指冰花几树，编坡陀四十。

## 疏影

俊三索题东园看梅词，不暇应。秋中真州南窗赋寄。

其椐堂下。有子梅百本，流泉潇洒。梦里邗南，醉眼摩挲，儿童拍手随马。狂来消对红于唱，恐触迕、一林娟雅。想浓阴、此日张空，多少翠禽娇姹。　　尚记坞回蹊转，菊苗分几棱，麂目才架。荏苒西风，露鹤数声，又早秋畦如画。过江山色时时妙，景付与、闲人陶写。笑年年、商略清愁，搦笔粉香狼藉。以上《楝亭词钞》。

## 洞仙歌

三屯道上题龙女庙

层峦傅翠，盘曲遮行旅。野庙荒凉春不住。绕平林，只有千尺游丝，萦晚絮，鸠妇阴阴呼雨。　　月明辞碧海，一堕红尘，销尽人间几寒暑。别泪洒鲛珠，回首孤城，淡烟冷、照伤心处。都莫管、兴亡事如何，但助我乘风，一鞭东去。

## 唐多令

登边楼作

无处觅封侯。西南战马收。抚危楼、万里边愁。碧草黄花春一片，望不到，海东头。　　天尽水还流。安期今在否。叹浮生、负却扁舟。莲匣无光衣有垢，千古下，我来游。

## 玲珑四犯

雨夜听琵琶，用梅溪韵。①

做意廉纤，能添得长安，秋色多少。残醉教扶，小阁篝灯重到。凉烟四缬闲窗，又几度、昏昏晓晓。听间关、娇鸟啼花，旷野悲风着草。

半天忽击渔阳鼓，四条弦、各诉伊怀抱。② 独怜一曲郁轮袍，千古沉寒照。我寄愁心重烦，叠指破、恨成调笑。却玲珑、红豆入骨相思，教他知道。

## 浣溪沙

西城忆旧

小梵天西过雨痕。无穷荷叶映秋云。书轮如水不扬尘。　　半市银铃呼白堕，一楼铜杵咒黄昏。江南野客竟销魂。

## 其二

燕绕圆城故故飞。玉栏十二晚风吹。远山一抹学娥眉。　　白兔有胎蒲又绿，秋光无处说相思。路人拾尽碎胭脂。免胎玉笋，是《辽遗史》。

## 其三

曲曲蚕池数里香。玉梭纤手度流黄。天孙无暇管凄凉。　　一自昭阳新纳锦，边衣常碎九秋霜。夕阳冷落出高墙。蚕池，明时宫人纳锦之所，今有故基云机庙。

---

① 《全清词》顺康卷按："史达祖（梅溪）无此调此韵之词作。未明曹寅所据。"

② 按词律此句多一字。

## 女冠子

感旧

凤子凤子。似我翩翩三五。少年时。满巷人抛果，羊车欲去迟。晴香融粉絮，秋色老金泥。妒尔西风内，好花枝。

## 凄凉犯

寒析

枯虫吊夜。人围絮、北风城上寒矣。一两三声，不知何处，朦胧惊睡。十分零碎。偏亲切、心头枕底。却转想、西风砧杵。夜夜情迤逦①。

寄语可怜子，贫家也有，蒙头襆被。红篝翠帐，须莫识、此中情味。月灭灯昏，索性是、冷清清地。起来听、方知绕尽女墙内。

## 满江红

乌喇江看雨

鹳井盘空，遮不住，断崖千尺。偏惹得，北风动地，呼号喷吸。大野作声牛马走，荒江倒立鱼龙泣。看层层，春树女墙边，藏旗帜。　蕨粉溢，鳇糟滴，蛮翠破，猩红湿，好一场莽雨，洗开沙碛。七百黄龙云角矗，一千鸭绿潮头直，怕凝眸、山错剑芒新，斜阳赤。

## 貂裘换酒

壬戌元夕与其年先生赋

野客真如鹜，九逵中，烟花刺蹙，嬉游谁阻。鸡壁球场天下少，罗帕钿车无数。齐踏着，软红春土。背侧冠儿挨不转，闹蛾儿、要到街斜处。挝遍了，梁州鼓。　一丸才向城头吐，白琉璃、秋毫无缺，打头三五。市色灯光争映发，平地鱼龙舞。早放尽，千门万户。蜡泪衣香消未得，倩玉梅、手捻从头诉。细画出，胭脂谱。

① “逦”，原本作“逞”。

## 眉峰碧

本意

感得郎先爱。谁假些儿黛。凭你秋来那样山，不敢向、奁前赛。扫尽从前派。秀色真难改。喜浅愁深便得知，天教压在秋波外。

## 浣溪沙

丙寅重五戏作，和令彰。

懒着朝衣爱早凉。笑看儿女竞新妆。花花艾艾过端阳。　髻绾灵蛇须有毒，身安磨蝎久无妨。唤风绫扇画潇湘。

## 其二

深巷开门沙燕飞。不须银蒜镇罗帏。书囊药裹满罘罳。　仙蠹何年成脉望，虾蟆抵死咽隃麋。骥儿新戴虎头盔。

## 其三

安石榴开寸寸花。苇芽帘下拨琵琶。一群罗袜一痕沙。　耳热焦槽瀏鹈面，心凉钩带鹧鸪瓜。先生搔背读《南华》。

## 其四

新箬包香入午筵。相逢犹喜太平年。晴帘如水忆吴船。　纱帽渐添新酒伴，粉屏犹写旧诗笺。秦淮风月怅奁缘。

## 高山流水

和霱堂韵

井花小汲罄胸烦。按伊梁、划指偷番。忙道暂时闲，宦情只似衰兰。宁须论、犊鼻长竿。念当日，也有濯髯江水，岸帻吴山。早炎沙合沓，轮涩蒺藜间。　翾翾。孤搴出城翼，应莫比、问石河源。但缬眼光摇，缥瓦烟琐嚣寰。游丝飞、去杳难牵。月痕边，酒醒衣沾松露，吟澹幽天。趁空灵一溪，清磬整归鞍。

## 八声甘州

和初明、菊圃分路卢沟桥咏①

问浊源、枉溯是何时，凉色到花门。总并刀代马，居然意气，也倦沙昏。剩否障风方曲，回向北窗论。川远见迷垒，淡峙吟魂。　　曾过十三陵下，有山童石涸，野树如髡。漫随人车户，残饼易空樽。待西成，翻匙尝稻，较故乡，风味几多存。应难忘，长腰负米，卫足葵根。

## 折红梅

雪霁，登毗卢阁

渗明螺寒色，呗多顿起，梯门鱼钥。闲来眺、相王顶上，凌风乍飞山鹊。冷光遥抹。浮玉椀、卢沟城郭。家家澹日，若个僵眠，少凹凸溪桥，数痕香萼。　　旋飘又落。早茸帽障街，马啼新凿。何处酒波缥碧②，不辨乱竿如矟。银尘盘礴。应独许、髯虬狂攫。尚记往事，屐齿遍园，脚纷纷鸿爪，晚钟谁觉。

## 水调歌头

别有一天地，难为醒者传。此处民风，甲子仿佛古桃源。陡遇伯伦七辈，又被知章八客，占断此山川。余子纷纷者，谁劣与谁贤。　　追往事，看啼笑，且开筵。都让盘伶伎俩，丝管弄当年。几个鹿蕉生活，几个鸡虫得失，混了好林泉。休夸人物志，直作悟真篇。

## 西平乐

圈虎

倚柱耽耽眦决，必上腾其气。咄汝黄章黑质，盍向遐方服猛，日食大官生彘。线移亭育，技痒空跄踁。掉长尾。　　终不若，为鼠死。飒沓冰池枯树，返照严城百坂，清啸悲风起。休寂寞、遗名李耳。普天横吏，驺

---

① 《百名家词钞》题作“和初明调玉卢沟桥分路见怀韵”。

② 按词律，此句当有“读”，上三下四，此处似少一字。《楝亭集笺注》本作“何处酒波，缥碧不辨，乱竿如矟。”

虞绝少，怒发森然薙。一饷凭陵饱看，也应胜对，千岁狐狸夜语。

## 金缕曲

寿郭汝霖八十初度

手捻黄花笑。笑今年、西风荐爽，东篱开早。世上浮名矜晚节，多少龙钟潦倒。能几个、华颠胡老。我亦蹒跚称五十，比翁年、小半犹差秒。弦与望，岂同调。予与龙川先生同日，翁后考亭先生一日。　海天月烂秋堂照。正钩帘、纤尘不动，清光凝皎。谁道银河能匿影，历数沧桑未了。愿更上、期颐善保。我及古稀翁百寿，满尊前、云耳盈怀抱。倾露酯，醉瑶草。以上《楝亭词钞续集》

## 天香

龙涎香

露结红冰，麝凝碧脑，绿窗一霎春聚。慢袅微云，轻拖剩雨，梦入九真深处。东风惯惹，倩重叠、虾须紧护。争奈荀郎已老，空自乱人心绪。

闻说鲛人夜贾，杂骊珠、碾成玄乳。玉叶微煎，犹带海天香雾，不怕兰偷虫蠹。愁锁向、眉峰绿边去，漫恋韩衣，还悲隋炬。

## 减字木兰花

品香

篝灯似水，一缕寒丝拖不起。渐解春冰。袅袅愁遮龟甲屏。　灵开心路。虫也何知消得妒。懒慢依人。千古清评定许荀。

## 念奴娇

隔帐听雨

浓烟肥草，怕春晴不稳，动迷巫峡。敲枕淋铃浑莫厌，还有鸣驼嘈杂。六尺毡墙，一枝红蜡，怎觅销愁法。和衣展转，南归竟阻蝴蝶。

忽忆细洒丛蕉，软飘竹尾，唼喋萍池鸭。入手繁弦凄又紧，戍鼓朦胧寒压。昨日歌楼，今宵沙塞，前世鸯摩榻。茫茫哀乐，夜中独抱莲匣。

## 摸鱼儿

芦花

绕汀洲、冥濛皓颢。飘来剪剪残蜡。盈巅那计青天恨。明镜依然双夹。低昂霎。疑直似、浓霜冷淬芙蓉匣。重池百衲。量几许春温。搓绵擘絮。眠煞小花鸭。　　秋江梦。犹忆藤萝月匝。怒潮万马奔踏。长风尽卸昆阳甲。难禁鹳鹅嘈杂。寒云压。到此日、离披一片银貂插。蒲帆飒沓。除冰褪鱼鳞，绿抽莺嘴，方许载乌榼。

## 小诺皋

长干塔

马度金川，江沉铁锁，旧事伽蓝谁记。问忉俐，相轮风转，寒铃译语。九级支撑佛骨，一段摩挲鲐背。想登临、昔日吴山破碎。便是铜仙，也流铅水。况浪荡、长干故里。生小识他名字，琉璃塔，古无比。　　驯象驮来，降龙飞去。究竟何劳弹指。白毫光、观空不厌，玲珑如是。排遍犬牙雁齿，幻作惊天拢地。漫怒号、七十二门雷雨。且受旃檀，勤施果米。放腊八、红灯万蕊，任蠢动、倾城罗绮。齐膜拜，碧烟底。

## 贺新郎

读《迦陵词》，用刘后村韵。

火忽青荧吐。揽纱帷、泣珠四散，凄然无暑。闻说神仙能解脱，应是握蛇骑虎。早阻住、人间津渡。何物灵均招便去，向词坛、直夺将军鼓。无复见，婆娑舞。　　余波绮丽仍如许。向灯前、低头再拜，敬陈椒醑。从此年年重五后，谁复簪符射黍。更一语、髯公休怒。天上玉箫休再弄，怕重新、谪向人间苦。嗟此日，成千古。

## 望江南

江干

江干雁，飞去不成群。直到暮云平处稳，乍来秋草绿中闻。落脱打包人。

## 霜叶飞

黄芽菜

纷纷粱肉。愿吾辈、咬得菜根知足。金风昨夜换年光，吹老人间绿。反断送、先生苜蓿。都传土窖埋香玉。羡馎啜无功、早翰与、南篱老圃，白头扪腹。　　锄来冰雪丛中，晶盐沃釜，松火几痕炊熟。渐看滑筋腻无声，似全消尘麹。便以此、邀梅饯菊。荒凉野谱谁重续。却笑寒云满地，衡门之下，一肱能曲。

## 琼影

柳条边望月

中天岑寂。直塞门西下，万里春色。羌笛休吹，马上儿郎，划地又分南北。长条竟挽冰轮驻，三十万、一时沾臆。闻玉关、更远陌头，人老刀头还缺。　　杳杳中华梦断，野山浮一线，海光萧瑟。漫说人闲，事业凭谁，觅得雁奴消息。戈铤卷起燕支雪，是姮娥、也应愁绝。待何时、跃门归来，重绾柔丝千尺。以上《全清词》顺康卷

# 刘嵩龄（1首）

刘嵩龄，生卒年不详，字山祝、洵直，号洵南，汉军镶白旗，顺天宝坻（今天津宝坻）人。康熙五十二年（1713）癸巳科进士，选翰林院庶吉士，散馆授编修，历官四川永宁道，升山东道御史，充陕西主考官，又降浙江处州府知府。工书，且以书法名。康熙六十年（1721）随年羹尧办理陕山陕赈济事务。雍正七年（1729）在四川永宁道任上，与修雍正《四川通志》。作为汉军词人，与汉军范承谟、吴兴祚、张纯修、施世纶等人蜚声康熙词坛。他们因与汉族文化渊源比较密切，其词注重艺术性，重视词的婉丽传统要求；从词作的思想感情和内容上看，有贴近汉族词人的一面，而更有贴近满族，介于汉人和满人之间。①

① 张佳生：《清代满族诗词十论》，辽宁民族出版社1993年版，第217页。

## 选冠子

忆旧游

邓尉山腰，吴王宫脚，草碧常闻啼鸩。廉纤谷雨，淡沲花风，良夜更宜新月。游舫中流放时，春涨平桥，一篙清绝。记朱楼深处，银筝轻拨，隔墙听彻。　　嗟十载、驱马长安，湔裙挑菜，往事翻嫌饶舌。韶华过半，柳陌凝寒，几点嫩黄肩叶。才喜荒城卜居，青蹋南原，闲随蜂蝶。又残英嘲我，寻芳迟也，满林飞雪。[①]《全清词》顺康卷

# 纪迈宜（94 首）

纪迈宜，字偲亭，号蓬山老人，又称蓬山逸叟，直隶文安（今河北文安县）人。清康熙五十三年甲午（1714）举人，官山东泰安州知州。用署赤城、高邑诸县。纪昀曰："吾宗文安一派，衣冠科第甲畿辅。文章淹雅，承其家学，与当代作者颉颃。偲亭伯父，平生性笃至，寄托遥深。其诗上薄《风》《骚》，下蹦宋、元，无不一一闯其奥。而空肠得酒，芒角横生，嘻笑怒骂，皆成文章，于东坡居士为最近。"[②] 学词从《花间》《草堂》悟入，取乎纤巧、绮靡。后来于词体多有涉猎，受陈维崧影响甚大，慷慨豪迈，多沉雄之气。又持"诗词一体"之论，《俭重堂集诗余》自序说："盖词与诗虽异体乎，以余观东坡、幼安以及本朝陈检讨其年所作，曷尝不雄浑悲壮，令人读之而起舞。古乐府《子夜吴歌》诸篇以及唐人义山、飞卿、致光诸公之诗，曷尝不工巧绮丽，令人读之枨触于怀，不能自释。玉溪尤为卓绝，虽无题诸什，皆一唱三叹，有弦外之音。要之无论诗与词，莫不有章法焉、句法焉、字法焉。锤炼之至，臻乎自然，圆美谐畅，

---

① 按：《国朝词综补》卷八此词作《惜余春慢》："邓尉山腰，吴王宫脚，草碧常闻啼鸩。廉纤谷雨，淡沲花风，良夜更宜新月。游舫中流放时，春涨平桥，一篙清绝。记朱楼深处，银筝轻拨，隔墙听彻。　　嗟十载、驱马长安，湔裙挑菜，往事不堪重说。韶华过半，柳陌凝寒，怯把柔条攀折。才喜荒城卜居，青踏南原，闲随蜂蝶。怕残英笑我，寻芳迟也，满林飞雪。"

② （清）纪迈宜：《清代诗文集汇编·俭重堂集》，上海古籍出版社 2010 年版。

如花之有根、有蒂、有须、有瓣，炫烂而成文，耽思旁询，泉涌飙如蕉之层层剥出，扶疏而直上。若其神韵盎然，揽之而不穷，味之而弥旨，妙不离字句之中，而实超乎字句之外。”① 有《俭重堂集》附诗余一卷。

## 谒金门

繁华如掷，过眼无多，请以俚调质之同人。便浇尽伯伦之杯，恐难免嗣宗之哭。

浑可讶。一夜海棠都谢，将就东风桃李嫁。暖余寒又乍。　欲买落红无价。满目断肠亭榭，柳絮模糊帘不下。流莺啼也怕。

## 苏桥浣溪沙

三阕

拍拍轻舟浅浅蒲。春云春木浴春凫。一行人影下蓝与。　烟际游丝看不见，半篙波暖夕阳孤。天涯渺渺剧愁予。

云压轻虹影乍消。暮天无际水平桥。柴门深处一声敲。　愁甚欲眠眠更觉。雨□挑烛读吴骚。最无聊赖是今宵。

又趁渔舟过晚塘。桥头红竹已成行。没人庭院燕飞忙。　呀的门开春露处。东风残照柳花香。阑干搭向奈愁长。

## 蝶恋花

白日游丝春已暮。没了斜阳，明月生南浦。此际此情情最苦。落红偏避人飞去。　一阵花香闻笑语。隔个帘儿，便是深深处。风急芳尘留不住。依稀残梦笙歌路。

啼罢杜鹃春色暮。燕燕飞时，望断鸳鸯浦。杏子尝新微带苦。牡丹亭畔东风去。　月榭云阶谁共语。转过回廊，有个相逢处。惆怅花阴行更住，垂帘之下迢迢路。

① （清）纪迈宜：《清代诗文集汇编·俭重堂集》，上海古籍出版社2010年版。

## 如梦令

本意

犬吠紫铃花影。月照帘儿不整。依约小柴门，似有频呼低应。如梦。如梦。落得一身愁病。

## 祝英台近

恶东风，乔作冷，隙月小窗哽。罨盏灯昏，怕照别离影。断肠此际孤帏，和衣闷拥，多则是，睡红寒重。　　恍如梦。问你果有情么，甘也耐心等。字里人人，又被雁儿哄。几番懊悔从头，不如索性。又争奈、惜花心痛。

## 四代好

仲伯五芝楼前枣结双苞，赋诗志瑞。分销命亲友属和，谨献《四代好》一阕。

丹宝瑶台晓。正零露、又被金风吹饱。庭前手种，一株特秀，双苞忽耀。体肤充荣鲜好。看剥取、田家风早。算仙家，不数丹枣。火枣碧枣巨枣。　　绝类并蒂连枝，沙浦比翼，飞飞翠鸟。兰孙恰值，此日合欢偕老。预占双珠佳兆。更四代、同堂世少。问何如、檽枣婆娑，瑞氛缥缈。

## 满江红

送毛九来随暮淮安

奥大毛公，风雅颂、家传无敌。凭问取，几时脱颖，何年捧檄。住近蓬莱缥缈岛，羁栖锦绣京华陌。怅三年、始得说归程，离鸾砉。　　燕市侣，悲歌涩。重把臂，还鼓瑟。诧群空，冀野也仝伏枥。酌酒劝君须痛饮，晚秋淮浪孤帆激。吊千秋、漂母女英雄，今谁及。

## 满江红

赠刘容庵用旧作《满江红》韵

学剑学书，论才调、一时无敌。真堪向，帝城射策，边城草檄。坦白胸怀无角距，风流举动非阡陌。似鸡群、野鹤戛而飞，长空砉。　　渔阳道，霜华涩。聊击筑，亲调瑟。岂追风，逸足恋兹槽枥。不负长头兼大颡，英雄投笔缘悲激。语姮娥、月窟总高寒，攀须及。

## 念奴娇

初秋晚步，得晤朱乾御。伏读其《有是庐词》，因共论近代词人，服膺陈检讨其年，余向固心焉赏之。乃用其集中对镜《念奴娇》韵为赠，以当商榷。即检讨词中中秋前后十阕韵也。

千秋才士，消磨尽，无数淡烟微月。只剩莺花，残唾在、一线情根如发。蝶秀春工，虫吟秋怨，秃管争摩切。铁绰板唱，红牙遗响俱歇。
羡尔俊逸轶群，新词潇洒，残暑秋风豁。中有猿啼三峡雨，更有流风回雪。兰畹衡香，迦陵晚笑，与予同心折。试还取读，淋漓真是奇绝。

## 十三夜对月复用前韵

生平最爱，新凉候，将近团栾秋月。斜袅玉簪，云鬓侧，香气浸入肌发。帼縠笼烟，簟纹铺浪，细缕沉瓜切。酒阑歌倦，藤萝架底微歇。
此景薄福难消，不如学圃，小筑秋堂豁。吟啸自如孤榻卧，半盏乳泓泼雪。亲看顽童，瓦垆风细，旋把松枝折[①]。纵然岑寂，一时风味清绝。

## 十四夜雨独坐书怀用前韵

浓云泼墨，知何处，绛阙无尘挂月。一卷残编，昏画烛，满院绿苔梳发。风飏帘衣，稀疏几点，争倚虫吟切。无聊独坐，咚咚谯鼓乍歇。
感慨一领青衫，三间老屋，那得成轩豁。半醉时时花梦作，仿佛鬓云肌雪。春与人归，情随蝶化，漫检芳枝折。雨声复作。夜阑窗外凄绝。

## 十五夜复次前韵

凉波一泒，是昨宵，雨后洗完素月。我欲振衣，凌万仞，极目青山一发。战地磷多，墓门马少，鬼语真啾切。中原霸气，精灵何处潜歇。
又早露缀萤囊，星沉瓜蒂，灯射溪流豁。队队盂兰施食会，惊起白鸥如雪。世界沤浮，年光蓬转，且把枯荷折。经营薄醉，任他风露凉绝。

---

① “折”，原本作“析”，误。

## 十六夜无月五用前韵

浓氛薄雾，又遮断，千古多情明月。百感横生，吾起舞，大叫狂歌披发。磨镜床头，饭牛车下，生计空酸切。经过燕市，荆高遗恨未歇。也自满案诗书，穷年温饱，难把胸怀豁。世事浮云何足校，万象鸿踪没雪。笑凭红肌，闲斟绿醑，壮骨惊摧折。须眉如许，抚髀莫漫愁绝。

## 十七夜待月久不上六用前韵

书空咄咄凭，凭借问，何处滞留明月。掩敛姮娥，羞涩态，应向瑶台理发。万籁都沉，浮云尽扫，始得看亲切。凄清难寐，帘衣风动微歇。我欲驭气凌空，划然长啸，直抉琼扉豁。碧海青天终不悔，夜夜霓裳舞雪。犹解怜才，婆娑丹桂，亲许依攀折。和株掘取，满头风露奇绝。

## 十八夜不寐七用前韵

铁笛横秋，猛叫彻，碧海涛头孤月。渐向琼楼，高处涌，光气逼人毛发。点缀微云，飘零玉露，松竹都清切。谁家砧杵，蛩声搀和难歇。一枕析破余酲，惊回残梦，窗隙风来豁。沙绿胆瓶安顿好，暗觉花须糁雪。默数生平，花颠酒恼，碎击珊瑚折。依然眠去，寥寥鸡唱三绝。

## 减字木兰花

重见

别离重见。翻觉桃花红逊面。无语花慵，搅碎残红柳絮风。　几番憔悴。谙尽个中甘苦味。怕诉相思。低咏檀郎旧制词。

## 西江月

帘影暗移不觉，垆烟斜袅微消。相逢梦里倍魂劳。铁马数声人悄。　记得临行密约，归期恐届花飘。东风才转绿杨梢，二十四番信杳。

## 点绛唇

数尽归期，归来仍作空斋守。红亭绿柳，掩映青梅豆。　想见腰肢，和困春风瘦。人如旧，不堪回首。离恨年年有。

## 天香

攀折柔条，屏当锦队，名花闲更题品。绮罗习气，丝管靡声，愧煞浓妆腻粉。相逢蓦地，居然是、名流风韵。谈笑诙谐倦处，越衬远山明润。

枨枨凤槽拨闷。飐微风、柳丝几阵。镜里秋波暗蹙，鬓云都浸。玉骨冰肌自负，怕系马、垂杨倚门问。憔悴青衫，同他悲愤。

## 贺新郎

叶宣成过集园闲话，因述旧梦。赋赠《贺新郎》一阕，用陈检讨其年集韵。

溽暑窥园罅。趁闲庭、谈天炙毂，爽同食鲊。三十年来矜彩笔，何处君门策射。又谁论、文章高下。天榜高才偏录过，理微茫、降谪令人怕。今十次，名方挂。　　风流月旦原潇洒。但群儿、效颦弄舌，徒工刻画。我亦穷愁兼落拓，赚煞题桥司马。谈至此、当头棒打。岂有诗书能作误，羽毛丰、养就冲霄者。命可违，天相藉。

## 贺新郎

为王兆子题帐额，再用陈检讨韵。

月界窗棱罅。论此时、一杯足矣，聊供脯鲊。倚枕酶然思径醉，蜩縠凉波激射。容千百、寄君床下。空洞胸怀差相似，梦钓天、杳霭应无怕。冰簟稳，珊钩挂。　　江东文度姿潇洒。抱绝技、秦斯汉籀，最工劖画。帐底摩挲甘寂寞，犹胜征衫倦马。又还忆、孤篷雨打。归到故乡如客寄，枕湘云、翻忆家乡者。姑自遣，恣眠藉。

## 献衷心

墨蝶

记得东风舞，晴雪千堆，芳草暗，绣裙开。想漆园梦里，别化一双来。偏作态，嫌粉腻，污香胎。　　知何处，傍萧斋。翩翩新浴墨池回。算滕王半幅，余沈烘才。粘鸦鬓，和燕尾，惹蜂猜。

## 贺新郎

冬赴津门，张体存约会猎，不果。夜遣伎至，词以谢之。

我是呼鹰侣，恰霜天、故人情重，征徒豪举。倚醉弓弦鸣霹雳，小队黄羊泼乳。算平昔、雄豪自许。见猎心中虽狂喜，奈新来、落拓多愁绪。空立马，叮咛语。　　伎遥移就浑难沮。选雕轮、送来姝丽，纤纤眉妩。茗话清宵风致甚，俗煞楚云巫雨。凭借问、莺花谁主。自古惺惺解相惜，况怜才、剧有红楼女。赢别后，魂抛与。

## 贺新郎

寄赠郑旅庵，仍用前韵。

击剑吹箫侣，数交游、平生眼底，寥寥堪举。倾盖今朝心忽醉，如饮醇醪雪乳。纵谫劣、宁甘轻许。久矣名流多推服，计权奇、伟抱窥端绪。披肝胆，向君语。　　青衫着破颜惭沮。笑行藏、一何放诞，难工媚妩。磊块频浇壶口缺，坌起潮头溅雨。君须念、英雄无主。车笠歌从感慨发，敞华筵、只欠筝琶女。深深意，凭诉与。

## 贺新郎

寄谢孙思旷，三叠前韵。

不屑鸡群侣，羡君家、骨偏腾上，翀霄欲举。梦到九天胁生翼，呼吸扶桑膏乳。方不负、聪明如许。太息凤毛原有种，气如虹、侠作传家绪。欣把臂，缠绵语。　　每思访戴缘多沮。又谁料、兰堂高宴，明灯绿妩。两世情深潭水碧，更搅桃花春雨。最感是、形忘宾主。投辖何须十日饮，整归鞭、眷恋羞儿女。松柏久，订相与。

## 贺新郎

自津回有感赋，怀陈子翊，四叠前韵。

结个疏狂侣，论英雄、古来无过，正平文举。借面吊丧纷纷是，俯视真同臭乳。算只有、两心相许。我把遗编浇浊酒，夜苍茫、忽惹怀人绪。除君外，孰堪语。　　飘零彩笔途多沮。剧谁怜、书生举止，偏多媚妩。匣底霜花时作吼，何限翻云覆雨。须努力、中流作主。游戏神通君自有，笑区区、狡狯皆儿女。莱佣辈，殊易与。

## 贺新郎

郑执庵见索斋头古画，因以赠之，五叠前韵。

书画堪为侣，尽生平、熏垆茗椀，便称豪举。尺幅萧斋峦岫湿，斜嵌枫脂松乳。人半渡、夕阳如许。笔意当年追北苑，怅挥毫、写尽临风绪。舟舣岸，招手语。　故人索赠情难沮。凭玩取、碧流如带，晚山学妩。自笑箧中无长物，分饷零烟碎雨。须好为、烟霞作主。他日装潢跉跰挂，研文绫、滑似柔肤女。非赏识，肯轻与。

## 贺新郎

四兄可亭自灵寿旋里，过斋头夜话，赋赠一阕，六叠前韵。

王谢阶前侣，记临风、评香说剑，轩轩韶举。十载萍踪南北寄，尝遍莼羹驼乳。论手笔、衙官燕许。名理无双兼马稍，祗风流、赢得如张绪。每相见，捉鼻语。　才高命蹇应多沮。经几番、秋风换绿，空描眉妩。转瞬头颅惊老大，那[①]复对床夜雨。君旧是、芙蓉馆主。谪向尘埃真短气，步蟾宫、终傍霓裳女。青毡冷，姑容与。

## 忆江南

二阕

何所忆，最忆夜初更。溪影暗摇灯影乱，柴扉土锉话三生。无限景中情。

何所忆，最忆雪窗孤。一段幽香天付与，绣帘轻扬糁梅须。语久觉寒无。

## 沁园春

仲夏过恒阳，偕署中诸友观演《邯郸梦传奇》，遂淹留假榻者几经一旬，别后赋此寄怀。

四海茫茫，甚矣吾衰。将何所之。念故人，好我停骖话旧，高朋满

---

① “那”，《俭重堂集》本作“郍”。

座，顾曲衔卮。炊熟黄粱，掀翻磁桃，正是傞傞软舞时。灯错落，炫千行翡翠，一片琉璃。　　人生蝶化蘧蘧，算将相、神仙总是痴。惟公余偃仰，鸭炉香袅，庭前点缀，鹤径苔滋。澄澹襟怀，萧闲境界，添我临歧无限思。频回首，梦小窗低亚，麂眼疏篱。

## 沁园春

二阕

予旧有陈其年先生词丹黄读本，失之久矣。暮春，留滞都门，于比部兄斋头，偶翻得检讨全集，如逢故人。适值四兄生辰，因效其体，赋《沁园春》二阕为祝。不知激昂排奡之处，能稍仿佛于万一否也。

四到长安，荏苒五年，两逢暮春。念家园零落，童游似梦，头颅老大，衰鬓如银。风雨偏多，莺花太晚，愁煞徬徨歧路人。喜相对，且检书烧烛，絮语情亲。　　凭弧又值芳辰。算兄弟称觞有几巡。羡秋官冷署，胸怀洒落。残编全集，词句清新。海阔逾澄，鹤癯能翥，雪里森然。拥翠�登耄耋，看重辉青琐，世掌丝纶。

七十之年，古来所稀，而君过之。问翁方矍铄，苍松挺干，孙尤颖秀，丹桂攀枝。犹记芝楼，征君八表，老眼丹黄丙夜时。凭屈指，数吾家仲氏，例享耆颐。　　樗材顾我堪嗤。也苦慕雕虫篆刻为。念瓣香有在，渔洋超诣。倚声别赏，阳羡恢奇。下榻萧斋，闻翻邺架，拱璧重吟。绝妙词，聊颦效，效数行介寿，杖履追随。

## 西江月

瓶菊

半榻名花相对，一瓶秋水无尘。离离灯影认芳魂。缥缈青鸾远信。

黄帔可应入道，笑他红紫争春。疏疏淡淡更撩人。倚竹牵萝风韵。

## 丑奴儿令

九日，二阕。

相邀拟共登高去，度越山沟。却上城楼。俯见黄河一曲流。　　西风瑟瑟催黄叶，已是深秋。难复淹留。月店霜桥旅思愁。

他乡兄弟重阳会，也插茱萸。菊影萧疏。地籁无端万窍呼。　　不如且就花间饮，鸟劝提壶。醉倒人扶。一代明朝是客途。

## 满江红

潼关晓发

晓唱骊歌，见一泒、黄流天堑。畅好是、城环叠嶂，门开四扇。今古兴亡何限恨，忠良不救神州乱。听金戈、铁马一将鸣，烟尘遍。　武关道，曾兴汉。商颜路，才通线。问流氛出入，取途何便。司马勋名空盖世，赐环兵甲难重缮。留山河、百二际昌期，劳封禅。

## 临江仙

五弟送至旧阌乡留别

陆续分携人尽返，依依独上征舆。年来怕见雁行疏。七旬吾老矣，君亦白髭须。　半载欢娱那易得，临行执手踟蹰。叮咛后会怅何如。湖城秋色，远盘豆晚烟孤。

## 满江红

宿盘豆驿

盘豆丛芦，是当年、义山宿处。正夏景、烦襟暂涤，出关情绪。思子台高悲已晚，玉娘湖冷愁谁诉。叹一篇、锦瑟解人难，闲情赋。　今与古，烟中树。离与合，风前絮。顾我来亦夏，今归秋暮。一世荒城寒杵发，半规凉月宾鸿度。梦魂飞、三地系人心，愁歧误。

## 满江红

稠桑怀古

野店稠桑，曾有人、频呼妙子。问何物、区区王老，通灵至此。冥漠惟凭诚感格，蠢蠕总为情生死。怅浮生、转眼已成空，流波逝。　珊珊珮，遥徙倚。少君术，徒劳耳。更鸿都仙客，蓬莱远使。钿合金钗空相寄，弥增长恨无穷已。把情根、法水借菩提，深深洗。

## 满江红

函谷怀古

函谷关空，阅古來、几多成败。近关路、蛇盘兽攫，天然险隘。俯瞰悬崖千百尺，洪河啮[1]趾声澎湃。算潼关之外，复雄关，重重塞。　　孟尝出，鸡鸣快。老聃隐，遗文在。任雄图仙迹，劫尘同坏。自古兴邦非恃险，秦中洛下何分界。看辚辚车骑，任人行，真无外。

## 减字木兰花

灵宝晚宿

满林红叶。夕照翻鸦明更灭。不用乘风。连日征蓬自向东。　　晚天秋意。觅句驱愁愁又至。往迹销磨。莫唱唐家得宝歌。

## 柳梢青

晓行口号

落月啼乌。驮铃残梦，客思何孤。七帙[2]年华，九秋天气，千里程途。
平林渐转山隅露。一片晴烟暖芜。函谷才过，殽陵未到，莫怕崎岖。

## 念奴娇

陕州吊古

平沙断垒，何处觅、唐代甘棠旧驿。作俑将军，兼尚父、权重黄门北寺。儿仆公卿，门生天子，莫遏滔天势。卓哉训注，一心臣主共济。
可惜剑术多疏，图穷匕首见，血濡空利。寒候谬称，甘露降、举事真同儿戏。着错成输，身名俱丧，已矣何辞罪。泉流呜咽，千秋犹为垂泪。

## 念奴娇

殽陵怀古

潇潇风雨，记投止、老屋荒冈旅店。晓起峰峦，都不辨、搅作浓云一片。今日重过，微风暖日，红叶秋山遍。天公难料，世间倚伏何限。
遥想哭送秦师，谠言既不用，聊为讽谏。尔眊何知，墓木拱、忽弃老成良算。殽下舆尸，晋人背好，历历浑如见。穆能悔过，桓文并霸无忝。

---

① “啮”，《俭重堂集》本作“齧”。
② “帙”，《俭重堂集》本作“袠”。

## 浪淘沙

峡石道中

十步九巑岩。马殆车烦。崖回磴转路纡盘。频问烟村何处是，亟欲停骖。　　遥指暮云间。雁信谁传。东西新旧两函关。幸免殽陵风雨，急好报平安。

## 浣溪沙

渑池道中 二阕

鸡唱匆匆促晓装。敝裘思着没开箱开箱睹黑裘，杜句。　　西风未作十分凉。云敛奇峰催吐日，林骄残碧缓飞霜。弄晴留暖慰他乡。

林半涂丹半染黄。路回山麓又山冈。微吟忽忘是他乡。　　底事小词多肮脏。自惭涉笔近粗狂。夜来得句更思量。

## 浣溪沙

新安道中，二阕。

鸟没云飞一望间，新关争抵旧函关。汉家杨仆将楼舡。　　关纵移来家自远。移家关内尔何难。杜陵韦曲未央前。

荆棘铜驼天地昏，可怜龙种失王孙。骑箕天上为招魂。　　忠智半令束手死，空留浩气满乾坤。故家乔木百年存。

## 临江仙

夜读吴梅村先生集感赋

帘内孤灯帘外月，照人故作凄凉。夜深生怕拂匡床。连宵不寐，更漏一何长。　　且更摊书披蠹简，梅村词翰犹香。剧怜庾信共行藏，青门萧史，一曲最堪伤。

## 沁园春

洛阳怀古，二阕。

美哉洋洋，是日天中，汉家所都。念横戈讲道，兴王气象，环桥观化，三代规模。树以风声，高兹月旦，草野思将社稷扶。罹钩党，虽芟夷太酷，风节难诬。　　岂料世变风殊。矜旷达、翻嗤礼法拘。叹三台星圻，果殃上相，上东门笑，失缚胡雏。金谷歌残，竹林酒醒，竟使神州化异区。尤堪恨，问王家三窟，剩得还无。

北望邙山，烟草凄迷，累累古坟。有帝王陵寝，金凫玉雁，公卿墓表，螭伏狮蹲。古柏烟沉，白杨风急，萧瑟黄芦长似人。夜来过，听啾啾鬼语，谁不惊魂。　　痛煞汉运方屯。竟匍匐、潜过天子尊。更阴霾迷路，流萤借照，崎岖蹉步，荆棘亲扪。仗义相从，艰危共济，慷慨卢公七尺身。成败事，嗟古来如此，天道难论。

## 沁园春

偃师道中望嵩山有述

南望嵩山，暖翠迎人，微云缭之。笑人生着屐，知能几双，此来选胜，不往真痴。八节滩高，三花树古，皓月禅心无尽时。徘徊甚，且停骖沽酒，凝睇持颐。　　回头自顾堪嗤。嗤游华、何曾副所期。忆峰回半路，乱溪嵲屼，雨连三月，病体支离。觅句灯前，探奇梦里，赢得归装一卷诗。人或问，借何须见戴，兴尽为词。

## 水调歌头

孙家湾咏缑山

王子几时去，夜夜听吹笙。飘来云外断响，缥缈凤鸾鸣。既去何时复返，纵返人民非故，华表乱纵横。服食竟何益，不若绿樽倾。　　秦皇后，又汉武，总何成。缑山非远，不比海上杳难踪。桂观蜚廉力竭，仙子楼居何日，空羡露华浓。待得轮台悔，陵树起秋风。

## 南乡子

渡洛有怀子建作

风景最宜秋，红叶林间唤渡舟。谁把鲛绡铺水面，风柔。蹙得晴波绉縠流。　　壮志已成休，背阙归藩路阻修。一自洛妃乘雾去，悠悠。水远山长只益愁。

## 卜算子

过汜水遥瞻关圣祠

刚道历平途，又入坡陀路。自古名关说虎牢，力扼争雄处。　　汉业尽成墟，何问人中布。庙祀千秋不死人，犹凛须眉怒。

## 点绛唇

荥阳杂咏楚汉间事四阕

壁上惊观，拔山盖世心何壮。隆准雄姿，讵出重瞳上。　　京索荥阳，战地浑无恙。增惆怅，覆颠相望，不记乌江样。

鼎上分羹，当年效策谁为此。忍弃天伦，业就颜多泚。　　曷若卑辞，亟遣祈迎使。翁归矣，整师重起，胜筑新丰里。

伤腹堪虞，汉王扪足佯为语。百败何妨，一忍能亡楚。　　约割鸿沟，气馁军心沮。归何许，虞兮千古，不愧英雄侣。

兵刃城瑕，诈降黄屋东门出。争看传呼，乘间君王逸。　　汉祚能绵，功自先平勃。传四百，臣心已毕，一死真相直。

## 贺新郎

读梅村《病中述怀》词，即次其韵以吊之。

搔尽萧萧发，最堪怜、身经兴废，感怀存没。庾信凄凉枯树赋，何异杜鹃啼血。听唧唧、虫吟秋月。江左黄星悲何似，鬓霜加、骑省愁肠结。思故国，词酸咽。　　当年不少谈忠节。到头来、改弦易辙，腼颜求活。名位如君差少后，犹自唏嘘欲绝。奏苦调、阳关几叠。直抉心肠与人看，无丝毫、粉饰分明说。读未竟，唾壶缺。

## 虞美人

郑州即景

崎岖山路行初尽，风景梁园近。登临秋老不须愁，正好夕阳天气夕阳楼。　　金堤瓠子闻难塞，处处惊涛濑。故乡犹隔水云天，恼煞征鸿叫彻暮天寒。

## 临江仙

和周次峰题章永清小像，二阕。

门掩苍苔苔覆石，石边泉沸蹭竑。科头箕踞倚长松。松风合涧濑，环珮振天风。　　童子抱琴林外至，临流好抚丝桐。清泉白石趣何穷。并将幽咽意，写入七弦中。

披画如寻高士传，是谁题咏偏工。清真才藻淬词锋。红牙铁绰板，交响笔端中。　　我亦花间曾缀句，忏除绮语成空。今逢雅奏调相同。喜心缘见猎，拙手愧雕龙。

## 满庭芳

次翁周君高才逸藻，潦倒未遇，客游昆阳。年逾不惑，未举子，拟置一媵，而力未能也。今作小照，图数美于傍。陈检讨句云："笑凭红肌，间斟绿醑，论英雄、如此足矣。"君之为此，毋亦拔剑砍地，自鸣其不平也乎。君工为花间、草堂语。余故填《满庭芳》一阕题赠，末寓期望之意，且见外缘总属空花，画中未必非真，真者未必非假。黄粱炊熟，欢娱寂寞，有何差别。固不必托柳下以自解也。

绿草池塘，红栏亭榭，风花乱扑帘钩。评香说剑，此景最清幽。妆镜修蛾秀鬋，算几许、旧管新收。山谷句"旧管新收几妆镜"。娇娆甚、琴囊棋局，供奉酌金瓯。　　风流知绝世，秦七黄九，才调堪俦。好自翻、新拍付与清讴。惆怅人生行乐，问何日、燕颔封侯。蘧蘧觉、依然短榻，独卧小斋头。

## 风流子

前作意未尽，更缀《风流子》一阕赠之。

英雄偏肮脏，饮醇酒、不惜老温柔。羡绛蜡吴绫，固多豪隽，梅花纸帐，也自风流。闲写照、画堂罗翠袖，晕颊衬明眸。持扇徘徊，隔花笑语，琴韬古锦，棋布文楸。图中四美人。一持便面伫立，若有所思；一采花，一抱琴，一捧棋枰。　　人生浑如寄，神仙和将相，等是浮沤。曷若随缘适意，茗碗香篝。任眼前岑寂，孤灯自照，他年游赏，半臂争投。列炬如椽修史，素志方酬。群木阴森，布满庭院。开花结实，生气盎然。盆珠砌卉，亦皆葱蒨可爱。各拈一小词咏之。

## 满江红

桐

雨树高桐，中庭畔，苍苍对峙。当夏日，交柯接叶，浓阴满地。蕊坼乍抛绵絮舞，花繁细剪琼瑶坠。向夕阳无数，乱蝉嘶，添幽意。　　微云淡，饶空翠。疏雨滴，清声碎。是谁能领此，萧闲风味。好凿瑶琴做耳听，欲栖丹凤凌空至。更无端一叶，唤秋来，飘阶砌。

## 临江仙

楝

二十四番花信过，千红万紫成空。楝花一树倚墙东。无人相晏赏，寂寞怨春风。　　不把清香浓艳与，东皇力也应穷。那知尚有石榴红。荼蘼香更甚，余巧乞天公。

## 踏莎行

楮

芳草堆茵，绿阴张幄。桐花已尽山栀落。忽惊墙外露嫣红，四围嫩缘攒疏萼。　　练素如新，葺皮堪着。况兼捶纸功非薄。诗人何事苦讥评，斧斤虽宥悲萧索。

## 水龙吟

桑

团团翠葆笼云，祥钟汉胄英雄宅。遥想当年，织蒲卖履，有何人识。草木通灵，缥缃纪异，千秋烜赫。算等闲尘世，三槐九棘，总输蔚、葱景色。　　更爱叶垂沃若。饲春蚕、吐丝供织。陌上携筐，盈盈笑语，相呼忺摘。中有罗敷，徘徊自赏，尚余春泽。能几时、椹熟累累，过眼光阴轻掷。

## 长相思

月季

春已开，秋尚开，月月花开红映腮。常簪云鬓堆。　　风屡催，雨又催，催落催归更几回，殷勤劝一杯。

## 薄倖

榴

红巾暗蹙。千百叠、芳心似束。更靓服浓妆争忍，酒后翻杯轻触。猩猩染、碎剪鲛绡，黄鱼鳔冻坚牢玉。任荡石吹沙，封姨簸弄，不借彩幡高矗。　　自结得琼苞后，早已是金丹粒熟。羡房中多子，螽斯同庆，虬鸾卵竞枝头簇。累累夺目，问仙人何日，劈皮书壁留遗躅。一声长啸，归去定骑黄鹄。

## 烛影摇红

桂

佳树丛生，山幽境远堪招隐。浓芬何处最先问，藉石清流枕。移植盆中大窨，尽消磨、天香奇蕴。萧斋自赏，聊伴秋来，金风凄紧。　　月窟婆娑，清歌拍按霓裳稳。朅来天女散花余，金粟空中陨。却忆斜堆云鬓，一行行、茜衫轻粉。六桥迤接，几阵风吹，余香不尽。

## 怨王孙

蜡梅

花朵娅姹。镕金剪蜡。磬口饶香，檀心难谢。化工别运神机，傲寒威。　　百花头上开尤早。红白好、犹待春风袅。恰如仙子，黄帔雪满嵰山。控飞鸾。

## 浣溪沙

橘

满树离离夕照酣。千林风露熟金丸。挂帆遥指洞庭南。　　盆盎新栽供小摘，清香透爪齿流酸。恍然残梦帕传柑。

## 凤凰台上忆吹箫

夹竹桃

竹韵高寒，桃姿艳冶，由来性本难同。是谁凭空撮合，幻出芳丛。枝叶扶疏萧洒，依然是、淇渭遗踪。抽新萼，千攒万簇，晕颊酒添红。

匆匆。香魂乍返，想紫丝帐冷，燕子楼空。向亭亭立处，流露纤浓，最好月横疏影。又还被、雨洗烟笼。争肯与，群芳斗妍，倚笑东风。

## 忆秦娥

栀子

幽香扑，争夸皎洁无瑕玉。无瑕玉，玉簪茉莉，夏秋相续。　熏风应律开尤馥，山栀早擅遗尘躅。遗尘躅，冰姿辉映，后先鼎足。

## 贺新郎

玉簪

萝阴筛满院。晚凉初、遥天如沐，绛河银汉。明月窥人人未寝，帘卷轻摇纨扇。微风送、香来不断。濯濯亭亭尘外质，正玉簪、开向阶墀遍。刚入夜，苞齐绽。　中庭坐久乘凉倦。归绣闼、宝钗半卸，生衣乍换。却摘花枝插满髻，掩映芙蓉粉面。又早是、更催银箭。重向风前徘徊立，怅流光、迅驶如奔电。蛩语咽，渐凄怨。

## 天仙子

凤仙

鸾凤和鸣常宛颈。哕哕交飞声互应。花开宛肖赋形殊，临晓镜。钗玉莹。不用缃奁寻彩胜。　纤甲染来弦乍弄。水泛桃花流古洞。西园小立惜芳菲，朝阳映。飘满径。翠羽蹁跹风不定。

## 鹊桥仙

秋海棠

沉香睡足，霓裳舞倦，乞巧楼头私语。马嵬重返旧香魂，仿佛听，淋铃夜雨。　露零苔滑，蛩吟月冷，掩映蓼汀蘋渚。罗裙红泪湿斓斑，知萦损、柔肠几曲。

## 塞垣春

洞菊

菊待三秋发。开最久、凌霜雪。群芳都尽，晚香特秀，东篱高洁。诧金风初届新秋节。尚竹簟、凉亭歇。睹幽姿、忽璀璨，迎风浥露奇绝。　　遥想惜花人，滋培巧、天工欲夺。六月与金铃，对此应羞怯。问何如、试灯风里，唐花放、锦屏环列。伴我幽斋寂，疏帘笼淡月。

## 南乡子

葡萄

一斛博凉州，满贮琼浆麸蘖投。借问洞庭春似否，新篘。赢取芳香齿颊流。　　记得塞垣秋。上苑栽同苜蓿稠。最爱浓阴垂压架，清幽。竹榻生凉倦欲休。

## 兰陵王

海棠

芳姿瘦。肌莹翠纱笼袖。东风里，莺嘴啄残，倚槛娇酣红欲溜。秋千喧语笑。正好清明时候。争妍伏，杏靥桃腮，妙选深宫尽居后。　　行云倦巫岫。似卯酒微醒，梦回春昼。仙音缭绕霓裳奏。听一曲才阕，葡萄重酌，亲翻新拍记红豆。脸霞晕痕透。　　浑如旧。忆谢傅，庭前两株竞秀。锦茵满地疑铺绣。怅浮生易老，花开还又。高烧银烛，趁月底，急笼就。

## 如梦令

迎春

小瓣疏灯影碎，冰雪犹残休避。谁遣笑相迎，渐觉烟光无际。到未。到未。引领东皇前队。

## 虞美人

白秋海棠

素面朝天嫌粉俗。肯使胭脂辱。孤怀祛尽断肠愁。一种萧疏丰韵恰宜秋。　　唤作海棠疑未似。解语分明是。枝枝叶叶剧堪怜。瘦影离离淡伫晚风前。

## 菩萨蛮

牵牛

秋光泼眼遥空碧。篱边翠色浓如织。小卉竞呈妍。谁家黑牡丹。蔚蓝兼浅白。欲落无人惜。好与伴黄姑。银河低转无。

## 风流子

贺周次峰纳姬，仍用前《风流子》题照原韵。

依然罗帐里，才几日、真个贮温柔。问却扇词华，能无微笑，扫眉才调，可称名流。遥想见、嫣花供插髻，粉蝶惹凝眸。棋局敲残，风清帘幕，琴心鼓罢，月上梧楸。　　团圆逢佳节，正飞觞、促席蚁泛轻沤。催唤新妆初罢，香绕衣篝。看临风小立，诙嘲竞作，狂朋平视，意气相投。好把琼枝丽句，迭唱交酬。辛幼安吉席词“看玉树琼枝相映耀”。

## 醉春风

偶拈《醉春风》咏雨

海底沉秋月，遥空如墨泼。天公一雨便无休。咄。咄。咄。惨栗增寒，凄迷做瞑，烟云突兀。　　夜永铜壶咽。点滴何曾歇。幽人晓起漫支筇，滑。滑。滑。鹤悴无言，花愁欲泣，空阶苔没。

## 醉春风

又拈前调，用去住字书怀。

怅望云边树，迤接长亭路。思归几度未能归。去。去。去。收拾残年，田庐终老，已嗟迟暮。　　春雨不成行。那更逢秋雨。巾车欲发又停骖，住。住。住。细算浮生，行踪何定，总如萍絮。

## 满庭芳

余素不善书，兼以残年昏眊，前作小词贺周次峰纳姬，烦倪君心一代书，今周君和我，为题照《满庭芳》词韵，亦烦倪君代书。而倪君与章两先生皆告辞，先后舍我而去矣。展玩之余，不胜惆怅。因复次韵奉答周君，并寄停云之思云。

莲幕风裁，云林格调，尤工虿尾银钩。相将行乐，列竹小斋幽。回首旧欢如梦，已早是、蜃散云收。分携处、频添离恨，莫惜引深瓯。　　交游知难得，良辰快聚，俊侣狂俦。况称觞、酌我同听齐讴。妙句琳琅投赠，凭挥洒、即墨堪候。空持玩、红笺一幅，极望暮云头。

## 西江月

追录西江月即景

一日阴晴屡变，雨余却挂斜阳。疏帘不卷燕飞忙。夜合枝头月上。荷盖独擎残滴，炉熏徐袅余香。怀人忆事漏声长，几度临风惆怅。

## 又成一阕

回忆春光转瞬，谁驱秋色重来。蝉声何急噪庭槐，欲唤斜阳少待。客散何妨独坐，花繁争许常开。踟躇无语立空阶，聊寄遥情天外。以上《俭重堂诗余》

# 陈祥裔（713 首）

陈祥裔，生卒年不详①，字耦渔，原姓乔氏，顺天（今北京）人。康熙中官仁和、成都府通判，知广德州。长于诗词，与王士禛等人唱和。李式琏《凝香集序》曰："金台耦渔好学尚义，未尝唯阿以依人，遇事则义形于色，利害不足以动其心。其居室也，尤笃于孝友，及遇名花，当胜

① 马兴荣等编《中国词学大辞典》系陈祥裔生年为1688年。黄廷桂《（雍正）四川通志》卷三十一成都"督捕通判"条："陈祥裔，顺天监生，康熙三十一（1692）年任。"又赵宏恩修《（乾隆）江南通志》卷一百十《职官志》广德州知州条："陈祥裔，大兴人，监生，康熙三十八年任。朱德安，会稽人，监生，康熙四十二年任。"又何绍基《（光绪）重修安徽通志》卷九十一学宫之广德州条谓："（康熙）四十年（1701）知州陈祥裔修泮池棂星门。"则陈祥裔于康熙三十一年至康熙三十八年（1701）任成都通判。康熙三十八年至康熙四十二年，转任安徽广德州知州。聂鼎元作于康熙四十年的《蜀都碎事序》谓"（陈祥裔）年方强壮，笺书词讼，听受应酬，五官并用，悉皆瞻举"，则陈氏年龄当不甚老，亦不甚少，在六十岁以下，五十岁左右较为合理。所以，陈祥裔生年或在顺治时期1640—1650年间，而卒年在康熙四十二年（1703）后。

地，握管疾书作为词令，语极柔曼，以较渊明、广平辈，颇与相类。”擅长新翻词调，如《偷声瑞鹧鸪》《醉美人》《两地相思》《临江梅》《卖花美人》等。在蜀中搜罗故实，撰《蜀都碎事》一书。又采集自秦、汉以迄元、明，凡同姓名者成《同人书》。有《凝香词》四卷，收词之富，位于有清词人前列。

## 十六字令

灯

灯。风拍窗纱小晕生。向梦里，偷见客中情。

## 前调

琵琶

弦。指上轻将心事传。还又住，为惜赏音难。

## 荷叶杯

翠叶香笼红烛。摇绿。晚风凉。照见并头花睡去，偷影，向鸳鸯。

## 前调

山行苦雨

茅店鸡声春晓。料峭。细雨酿昏烟。苔生石蹬马蹄寒。难么难。难么难。

## 前调

潜来

曾约春风今夜。无价。避月贴花行。小胆防他鹦鹉惊。轻么轻。轻么轻。

## 前调

和顾夐韵

柳外莺传春信。声嫩。唤起怯梳头。厌厌怕上望春楼。愁么愁。愁么愁。

## 其二

捉蝶小楼西畔。相见。不敢语相思。凭教眼诺与眉期。知么知。知么知。

## 其三

春雪桃花数片。靧面。衫子短红绡。晚妆小髻稳兰翘。娇么娇。娇么娇。

## 其四

话尽相思无限。夜半。绣幕下银钩。含情不语倚香篝。羞么羞。羞么羞。

## 其五

小鸟啼声欲碎。如醉。风雨慢摧残。汉宫柳嫩怯三眠。怜么怜。怜么怜。

## 其六

二月花梢豆蔻。红瘦。小萼正含芳。蜂儿特地去来忙。狂么狂。狂么狂。

## 前调

拟艳

小髻钗梁双燕。风头。病起瘦苗条。羞人脸际晕红潮。娇么娇。娇么娇。

## 其二

半晌柳松花怯。冤孽。凝了一双眸。新忪无奈蹙眉头。羞么羞。羞么羞。

## 前调

闺情

满地落红深浅。春晚。蝶瘦褪香飞。花期看又到酴醾。归么归。归么归。

## 花非花

春归

杏花烟，梨花月。楝花风，杨花雪。满园春去已销魂，杜鹃饶舌空啼血。

## 天净沙[①]

即景

晓风弄冷频催。片云带雨飞来。顿被春光射开。远山逾绿，夕阳一段红衰。

## 望江南

薄命女

薄命女，寂寞处深闺。晓梦不烦鹦鹉唤，夜香时被侍儿催。心事落花飞。

## 其二

薄命女，小病更销魂。玉碗春藏红袙袜，柳丝香褪绿罗裙。梦里怯为云。

## 其三

薄命女，偷自卜金钱。春病娇扶来月下，芳心羞吐向花前。私嘱侍儿传。

---

① 谢伯阳、凌景埏编《全清散曲》（齐鲁书社 2006 年版，第 3001 页）收此词为“北越调天净沙”。

## 其四

薄命女，怕听说新婚。百子帐儿笼蜡烛，合欢杯子庆黄昏。春满石榴裙。

## 其五

薄命女，暗自惜年华。宝髻双簪并蒂蕊，春风空忆七香车。底事且由他。

## 其六

薄命女，恨杀夜偏长。睡鸭炉空消雀脑，流苏帐掩冷鸳鸯。越想越凄凉。

## 其七

薄命女，窗掩护灯花。明日喜来知甚事，今宵愁去落谁家。羞卸玉簪斜。

## 其八

薄命女，恨里度芳年。可意侍儿新挽发，痴娇妹子已齐肩。怎不教人嫌。

## 前调

锦城灯词

元宵节，锣鼓动荒城。巴曲唱来啰浪哩，蛮童扮出采茶灯。益怆客中情。啰浪哩，巴歌声也。

## 其二

元宵节，灯月不分明。淡淡灯辉山顶月，疏疏月映纸糊灯。看处倍关情。

## 其三

元宵节，车马亦匆匆。劳吏欲寻杨子宅，村娃忍看蜀王宫。泪眼泣灯红。

## 其四

元宵节，风俗近京华。女子三桥走百病，稻歌九巷闹千家。萧索不堪夸。三桥，地名。

## 前调

秋暮

秋欲暮，人尚客天涯。杨柳长亭凋恨叶，芙蓉小院着愁花。雁字远天斜。

## 其二

秋欲暮，帘影卷潇湘。蝶粉湿沾花后雨，雁声寒带菊前霜。一望一凄凉。

## 其三

秋欲暮，独我滞江干。万里桥头频纵目，小舟如箭下前滩。都是客归船。

## 其四

秋欲暮，有阁怯登临。碧水一江流恨浅，苍烟满岫障愁深。销尽旅人魂。

## 其五

秋欲暮，门掩昼阴阴。亭小尽能容我膝，官闲剩有剥蕉心。何用计深沉。

## 其六

秋欲暮，山郭旧蚕丛。羌笛船头江水绿，巴歌牛背夕阳红。乡恨几重重。

## 其七

秋欲暮，残照半山微。打麦妇人多赤脚，寻牛童子尽无衣。风景异乡非。

## 其八

秋欲暮，风紧客衾寒。梦去有魂悲落拓，雁来无字报平安。长夜自如年。

## 前调

山行

风雨后，山景倍寻常。柳拍小桥人影绿，花堆石径马蹄香。行客逐春忙。

## 前调

春游即事

春光好，问俗绕田蹊。当路柳丝低碍眼，护篱花刺近勾衣。春也惜分携。

## 其二

春光好，雨后最相宜。自在山花随意放，无心野鸟尽情啼。送我过桥西。

## 其三

春光好，山景不寻常。新涨小溪深鸭绿，初生杨柳嫩鹅黄。勾引马蹄忙。

## 其四

春光好，缓辔问田畴。风动菜花香扑鼻，日暄麦浪绿凝眸。蓦听一声鸠。

## 其五

春光好，山僻俗偏新。村妇鬅头花压鬓，老僧遣病杖扶身。亦解奈何春。

## 其六

春光好，更好是山场。竹里流泉声欲碎，花间啼鸟语皆香。人影乱斜阳。

## 前调

春闺，和韵。

花照水，偷自惜芳容。妾更倚花争照影，花容人面逐波空。吹浪小萍风。

## 其二

蜂儿嫩，何事褪新黄。花里双双芳意足，痴心犹死咂花香。触目引愁长。

## 其三

凭阑久，心事诉东风。为是有愁才有病，多情无那却多慵。蹙破小眉峰。

## 其四

残睡醒，倦欲不胜春。最是小姑不解事，几回促作踏青人。罗袜怯轻尘。

## 其五

和影坐，蜡泪泣红娇。只道秋来多永漏，夜长今识是春宵。翠被半香消。

## 其六

一春事，轻薄是杨花。粘得绣帘刚欲住，恰教风惹落天涯。不管误芳华。

## 前调

秋夜

秋夜坐，无语对灯花。客恨三更啼蟋蟀，乡心万里落胡笳。风冷篆烟斜。

## 前调

秋热

秋已到，旧暑胜新凉。蝶喘花阴娇力怯，人眠窗北汗珠香。未许燕归忙。

## 其二

秋已到，避暑尚无方。欲倩一丝风入座，教人弹著扇扇凉。不惜侍儿忙。

## 赤枣子

赋艳

风赚柳，雨欺花。小钗堕鬓任欹斜。绛缕添丝春梦重，羞人明月避窗纱。

## 南乡子

晏起

入夜偏无寐，将明睡又赊。才凭蝴蝶梦还家。最是儿童不解事，报开衙。

## 捣练子

咏绣球花，限球字。

春儿浅，粉儿柔。宜倚东风白玉楼。帘影玲珑花影动，是谁场上打香球。

## 前调

晓行

鸡破梦，马驼愁。剪剪浓寒压敝裘。人影冲开烟影去，钟声残月落峰头。

## 干荷叶

本意

干荷叶，冷秋江。水面擎盘样。老苍苍。有余香。因风翻雨泼鸳鸯。解妒真无状。

## 一叶落

本意

一叶落。叩窗槅。西风如许侵人恶。半床薄被寒，残灯归梦觉。归梦觉。月暗愁遮莫。

## 忆王孙

秋景

远山一抹翠烟寒。柳外残阳鸦影翻。独倚高楼不忍看。下珠帘。遮却心头眼角酸。

## 前调

扑蝶，限韵。

柔风弄暖熨晴天。花欲飘香蝶翅扇。芳思轻教小扇圆。绿苔钱。偷涴鞋头凤嘴尖。

## 前调

雨夜

西风入夜冷飕飕。雨润残更出戍楼。一点孤灯小晕浮。动人愁。窗外芭蕉结作秋。

## 调笑令

留别内人

别后。别后。莫使容颜消瘦。征衣数点啼痕。一曲离歌断魂。魂断。魂断。柳外斜阳鸦乱。

## 如梦令

春去，限去字。

水送落花流去。风卷杨花飞去。杜宇一声声，又把春催归去。春去。春去。怎不带将愁去。

## 前调

夜坐

风韵竹梢飞过。月影帘痕筛破。画鼓一声声，只管欲催人卧。无那。无那。不解人和愁坐。

## 其二

夜色一天寒透。促织近床声瘦。多病不禁秋，坐数楼头残漏。僝僽。僝僽。斜月朦胧时候。

## 前调

和漱玉韵

花落春归何骤。人懒浑如中酒。镇日只思眠，觉道腰支非旧。知否。知否。燕子和春同瘦。

## 其二

吹面柳花风骤。过眼春浓如酒。燕子不归来，画栋巢泥香旧。知否。知否。天气弄教人瘦。

## 前调

艳情

月约花痕初夜。睡鸭已熏兰麝。小婢尽支开，悄坐银荷影下。低骂。低骂。难道郎今成诈。

## 其二

篱落猧儿惊起。小吠玉人来矣。私语怨相饶，道听三更将已。亏你。亏你。恁地心儿忍底。

## 前调

新秋

露冷蜂须香透。花老蝶衣红瘦。试问倚阑人，无语如痴僝僽。难受。难受。又是悲秋时候。

## 江城子

秋望

雁边风讯断魂天。柳如烟。着人寒。碧草萧萧，客路万重山。江上扁舟归不得，频寄泪，下江南。

## 归国遥

春望

新柳外。一抹遥山浑似黛。碧烟影里春光在。相思惯被莺儿卖。教人害。不愁惟恐东君怪。

## 醉公子

寒月

夜色江天冻。月照梅花梦。月影着花寒。花香浸月圆。　　愁人花月下。独自徘徊者。呵手坐吹箫。箫声落碧霄。

## 前调

好梦

好梦分明记。枕上非容易。柳外一声莺。啼时人可憎。　　倦眼惺惺里。拈个诃梨子。重把绣衾铺。知还有梦无。

## 蝴蝶儿

本意

蝴蝶儿，弄春晴。寻芳听得卖花声。飞过小园亭。　　露裛香须湿，风翻粉翅轻。恼他春去太无情。不肯暂消停。

## 一痕沙

美人花下饮酒，限韵。

花气侵杯香润。人面映花红沁。花醉玉人酣。约禁看。　　春压低枝风动。惹落钗头金凤。醉眼晕重重。骂东风。

## 前调

偶成

簌簌风筛花落。燕子衔归帘幕。堕在砚池边。着人怜。　　燕自飞来飞去。人自无情无绪。一样惜春心。总难禁。

## 太平时

艳情

检点春情避养娘。向幽窗。是郎赠我口脂香。尚珍藏。　　还把香脂口赠郎。尽教尝。问他毕竟味谁长。细思量。

## 长相思

袁浦闻筝

冷风清。旅灯明。少妇楼头理绣筝。无端愁倍生。　雁声声。夜更更。柱急弦哀梦亦惊。离人怎么听。

## 前调

此宵

风萧萧。雨萧萧。雨雨风风闹此宵。寒侵旧黑貂。　恨寥寥。漏迢迢。窗掩无人败叶敲。客中魂易销。

## 前调

不寐

鼓声声。柝声声。敲得羁人睡不成。愁从枕畔生。　朔风鸣。破窗鸣。咽咽飕飕怎么听。魂消无可惊。

## 前调

春去

桃花过。杏花过。开到酴醾花事过。看花人奈何。　春风多。春雨多。春色无多风雨多。春今去也啰。

## 前调

春情

莺儿娇。燕儿娇。莺燕因娇忒絮叨。春愁不肯饶。　桃花飘。柳花飘。桃柳飘飘没下梢。生生魂尽销。

## 前调

秋感

风满帘。雨满帘。秋拍衣衫阵阵寒。黄昏团野烟。　景凄然。兴萧然。薜荔低墙露远山。雁声云影连。

## 其二

涪江秋。锦江秋。去国身同不系舟。因风到处浮。　　远山稠。近山稠。叠叠重重都是愁。如何是尽头。

## 生查子

夜坐

窗外断鸿啼，霜紧银河冻。声声都是愁，故故惊人梦。　　那知尚未眠，坐把灯花弄。拥着旧貂裘，自觉新寒重。

## 前调

琵琶

纤手抱檀槽，紧贴酥胸畔。着意一轻柔，半晌徐徐颤。　　旧谱与新词，化作昭君怨。花里数声莺，帘外双飞燕。

## 前调

咏红梅

月浸瘦魂清，寒惹芳心乱。犹未着春风，先醉佳人面。　　薄粉衬轻脂，自是天然艳。若带雪花飞，香雪团成片。

## 前调

夜坐

芙蓉一院秋，杨柳三更月。蟋蟀不怜人，絮絮何曾歇。　　底事未成眠，支尽秋时节。画鼓本无心，心自闲关切。

## 前调

惜别

明夜月团圆，今日人离别。不是独贤劳，未了风尘孽。　　有泪不教垂，征袖重重浥。何处说相思，雁字枫林叶。

## 女冠子

秋景

秋云轻薄。搁住雨儿不落。最关情。落去花铺径，飞来叶打棂。巴歌肠欲断，羌笛梦频惊。多是人年少，不曾经。

## 点绛唇

送徐静夫内兄回辽西

无可奈何，柳丝不系青骢住。年年春暮，送客阳关路。　有限胸襟，无限销魂处。休回顾。淡烟影里，一带伤心树。

## 其二

南浦依依，问君忍把斜阳渡。魂飞两处。珠泪抛春雨。　去便不来，来了何曾住。君不顾。相思千里，梦也将人误。

## 其三

滚滚杨花，声声杜宇声声血。今番一别。梦断辽西月。　情似青丝，历乱都成结。真愁绝。茫茫白草，那里荒村歇。

## 其四

曾几相逢，匆匆里一声去也。长途塞下。珍重加餐者。　酒尽一杯，关外知音寡。情牵惹。雁来雁去，书信须频写。

## 前调

秋暮病起

云乱牙签，碧纱窗外寒成阵。闲愁闲闷。半枕他乡恨。　消瘦休文，顿觉风流褪。重阳近。黄花无信。强把西风问。

## 其二

雁影冲寒，一帘风搅芦花阵。排愁排闷。难遣今朝恨。　病眼凄凉，泪洗残红褪。天涯近。落花无信。扶定枝儿问。

## 其三

病去愁来，梧桐叶舞西风阵。一番烦闷。引起千番恨。　梦短更长，被冷香先褪。谯楼近。几声钟信。醒把灯花问。

## 前调

和壁间著作

一个愁人，如何耐得三更月。年年蹀躞。欠下风尘孽。　霜浸疏林，染就胭脂叶。聊停歇。前途难□。又有山重叠。

## 前调

送春

燕语莺啼，声声凭把衷肠诉。欲留春住，春又匆匆去。　紫陌茫茫，试问归何处。愁无数。淡烟浓雾。芳草王孙路。

## 其二

撒漫榆钱，可能买得春心住。扑天飞絮。滚滚催春去。　恼乱啼鹃，血浸斜阳暮。凝眸处。远山芳树。都是春归路。

## 其三

杏怨桃愁，纷纷红泪零如雨。燕儿私语。花落香成土。　把酒花间，醉里教春住。伤情绪。酴醾开处。醒后春仍去。

## 前调

无题

睡态娇酣，云松不耐榴花重。鸟声惊梦。帘外花间弄。　恼被郎来，欲补衾窝空。嗔郎纵。不教郎共。郎窃鞋头凤。

## 前调

晓发

晓梦惊回，卧听《欸乃》关船索。梦将重作。梦里滩声恶。　劳吏而今，江上飘零客。愁遮莫。星疏月落。无处安身着。

## 前调

入都有感

十载飘零，归来翻使身成客。王侯帝宅，历历还如昨。　独有离人，极目都萧索。愁遮莫。白云漠漠。咫尺天南北。

## 前调

和漱玉韵

柳线牵情，丝丝尽是销魂缕。莺催春去，花泪飘红雨。　别恨闲愁，欲遣无头绪。怀人处。斜阳烟草，一抹长亭路。

## 前调

咏唇

轻点脂痕，花胎欲破含红媚。娇痴如坠。落地愁香碎。　道是樱桃，不解熟来未。着人醉。一尝滋味。舌上心头会。

## 前调

春夜

露淡烟轻，深深院宇沉沉夜。心香烧罢。纤月楼头挂。　风弄微寒，一线来衣罅。真无那。春宵无价。门掩梨花谢。

## 前调

偶成

一叶轻舟，如何载得人愁起。万重烟水。万叠云山里。　过尽飞鸿，字字伤羁旅。空倚徙。江头江尾。漂泊多游子。

## 浣溪沙

春景

消遣无端卷画帘。花阴深处露秋千。远山横黛碧如攒。　片片小桃能解笑，丝丝弱柳惯拖烟。不堪人自带愁看。

## 前调

踏青

二月郊原春色浓。淡烟扶日暖溶溶。东君着意缀芳容。　嫩柳惹残莺嘴绿，飞花空蘸蝶衣红。香车宝马闹春风。

## 前调

秋景

白板桥头水拍天。半林新绿带轻烟。卷帘秋色入窗前。　鸦乱柳残吹薄暮，雨余风骤弄微寒。客中好景不禁看。

## 前调

秋夜

金井梧飘露气浓。玉炉香歇冷熏笼。淡烟扶月入帘栊。　漏静雁声偏惹梦，窗虚灯影不温风。夜长人自恨重重。

## 其二

半夜还留蜡泪痕。破窗风咽不堪闻。花枝竹叶暗重门。　叫梦乱虫多琐碎，照人明月独温存。一声玉笛更销魂。

## 前调

春感

春色迷人更恼人。小纱窗外欲黄昏。微风细雨闹烟痕。　柳絮飞来沾络网，梨花落去闭柴门。谁能此际不销魂。

## 前调

弄妆

日影重重花影疏。翠鬟欲亸玉翘扶。漫将纤手弄犀梳。　微笑微嗔凝眼处，半羞半恨泥人初。问郎髻子尚松无。

## 前调

午睡

荷芰香随小院风。昼长无事暖融融。玉人倦卧碧橱中。　梦畅枕边鬟影绿，睡酣脸上簟纹红。鹦哥唤醒尚惺忪。

## 前调

晚浴

茉莉风香送晚凉。锦屏深处试兰汤。恼他明月入纱窗。　不解阶前花簌簌，自来小胆怯空房。窥人只道是檀郎。

## 前调

弈棋

绿柳凝烟锁翠楼。小窗寂坐易生愁。临风一局自清幽。　底事关心忘应劫，康猧欲放又含羞。被郎赢却玉搔头。

## 前调

课花

强半工夫入院来，牡丹次第颤风开。泥金镌就小牙牌。　玉手弄花香染袖，宫鬟惹叶绿沾钗。闲倚韦曲更徘徊。

## 前调

烹茶

卯酒初醒鬏髻偏。香喉病渴倦恹恹。竹炉拨火煮茶烟。　碧玉瓯中倾雪液，黄金碾畔碎龙团。越罗衫袖衬纤纤。

## 前调

扶病

底事伤春睡起迟。更无情绪倚栏时。含娇扶病嗅花枝。　愁意压眉添懊恼，泪痕界粉写相思。不禁瘦坏小腰支。

## 前调

密怨

依约花梢弄月痕。猧儿熟睡掩朱门。夜香烧罢怨王孙。　　欲骂低声防婢觉，推愁长叹怕人闻。背灯独坐黯销魂。

## 前调

偶成

仇恨多从客里增。明知今夕梦难成。衔杯聊遣此时情。　　案上有书堪下酒，囊中物无可谋生。官贫常自被人轻。

## 前调

旅况

病里伤心枫叶红。少年久客厌蚕丛。旧衣新泪几重重。　　湿梦三更窗外雨，吹愁五夜竹梢风。深秋时候恼人浓。

## 前调

咏榴花

春色成尘泣杜鹃。海榴花发媚晴天。红裙争与斗新妍。　　夜雨润生妃子汗，熏风摇曳晋王鞭。客中相对日如年。

## 前调

纳凉

容膝官衙暑易侵。晚凉庭院喜无尘。移床小坐向花阴。　　皓月温存偎短袂，好风自在拂鸣琴。推愁静我片时心。

## 前调

秋望

晓起扶头意尚慵。新愁勾引上眉峰。湘帘卷尽小楼空。　　雁影低连红蓼雨，柳丝寒蘸绿萍风。可怜好景夕阳中。

## 前调

重过盘龙山

千丈危梯不易行。予今十日雨遄征。马疲人困更心惊。　　云过眼前鞭可拨，天倾头上树交撑。此时灰尽宦游情。

## 前调

春游

解佩闲嘶玉面骢。怕春归去不从容。锦官城外问芳踪。　　红杏村中寒食雨，绿杨桥畔酒旗风。异乡好景与谁同。

## 前调

咏燕

双影差池拍小帘。苦将别恨诉喃喃。眼前春事欲阑跚。　　翠尾剪残红杏雨，乌衣穿破绿杨烟。还愁芳信又经年。

## 其二

试问于谁意最亲。多情惟恋主人心。年年空拂旧梁尘。　　花柳不关啼后老，风流端为眼前春。未甘虚负颉颃身。

## 前调

咏莺

公子因春特地忙。金衣晓裛露珠凉。东风着意引笙簧。坐柳阴中身尽绿，啼花深处舌都香。佳人睡醒倚红窗。

## 前调

咏荔支，出嘉定洲江上。

浑似王娘十八初。绛绡衣底玉肌肤。嘉州江上晚霞铺。　　红落擘关鹤顶子，香分掐破水晶珠。当年妃子齿酸无。

## 前调

晓渡涪江

江抱孤城树抱烟。浪花喷玉拍鱼天。渡头一点载愁船。　山月残时和梦落，水风吹处逼肌寒。茫茫回首总情端。

## 前调

无寐

欲睡惟愁睡易惊。娟娟霜月冷犹明。照人衾铁薄棱棱。　山色近床疑压梦，雁声到耳欲牵情。哀家五夜出孤城。

## 前调

迎春

迎得春来春恼人。花期灯信总销魂。漫将社鼓闹东君。　头上好风吹彩燕，裙边细雨裛香尘。客愁从此日缠身。

## 前调

春深

花雨飞残□片脂。柳风吹起麴尘丝。一春消息几佳期。　蝶翅簸香浑力怯，蜂须探粉欲情痴 。清明近也惹相思。

## 其二

红杏花飞春意阑。好风醺醉小桃颜。做来春事又今番。　自在莺梭梭柳细，轻狂燕剪剪波圆。莫辜诗债酒家钱。

## 其三

细雨如尘殢海棠。一春愁病费商量。卷帘斜倚小楼窗。　花瓣沾泥撩燕子，柳丝蘸水惹鸳鸯。供人好景尽凄凉。

## 其四

风弄秋千彩索空。梨花淡淡月朦胧。碧纱印出小灯红。　夜短可怜千里梦，能消几下五更钟。愁痕压枕泪重重。

## 前调

戏王符九司马纳妾

闻道桃源有路通。渔郎短棹不从容。一杯春酝粉香浓。　莺自卖娇啼夜雨，燕还着力趁东风。好寻洞口落花红。

## 前调

闺情，集唐。

楼上人垂玉箸看章碣。可怜春日镜台前王建。舌头轻点贴金钿赵光远。晓雾乍开疑卷幔刘禹锡，野花空解妒愁颜严郾。不堪行坐数流年。李绅

## 前调

感旧

几日红楼誓好盟。东风吹断卖花声。相思牵起一春情。　累我酒钱窗外月，逼人诗债柳梢莺。于今憔悴滞江城。

## 前调

无题

日影烘天花欲垂。粉融蝶翅傍阴飞。冰橱消受午风吹。　小扇不移人睡熟，簟纹贴肉印红丝。醒来眼倦半开迟。

## 前调

病中得假

避暑无方卧碧橱。簟纹如水贴肌肤。官闲赢得病工夫。　瓜破绿沉消肺热，茶擎香乳润肠枯。侍儿低问渐凉无。

## 前调

题游鱼啖落花

点点飞红翠荇牵。溶溶春水碧于天。芳心一片托波传。　春色不教鱼腹饱，贪香空惹口流涎。不知春已落谁边。

## 前调

偶兴

柳外青山花里亭。书声读罢听莺声。一声惹起一春情。　　俸薄从教堆宿债，囊空无以买虚名。闭门学作在家僧。

## 前调

和漱玉词

底事眉花一夜开。羞红透粉上桃腮。养娘眼滑似相猜。　　半晌潜思花下态，玉柔香软畅情怀。今宵有分梦中来。

## 其二

蝉鬓垂肩半未梳。眼波傅传语见郎初。怕人疑着故生疏。　　闲弄炉香烧鹊脑，闷拈裙带理流苏。知郎解得此情无。

## 其三

晓鬓犹烦阿母梳。簸钱庭砌避人初。曲阑干外树扶疏。　　狂蝶狂蜂怜力怯，香云香雨润花苏。问郎还忘此时无。

## 其四

无那湘帘书日垂。柳绵和恨落天涯。一春从未下楼梯。　　风信几番催淑景，花期大半化香泥。恼人莺在耳边啼。

## 前调

避暑

帘卷亭窗过雨初。空庭无暑意闲舒。西山爽气裛衣裾。　　莲萼香粘双粉蝶，荇丝碧衬小红鱼。闭门觉与世情疏。

## 前调

秋深

客里秋来分外骄。可怜衰草旧征袍。怕听双杵隔邻敲。　　霜信早催黄叶下，雁期迟约白云高。谁能魂不此时销。

## 前调

今宵

竹影风筛欲打棂。月明疑着有人行。猧儿贪睡吠声轻。　　梦到相思愁不去，愁才惆怅梦多惊。今宵愁梦费调停。

## 其二

真个今宵睡不成。萧萧风叶碎蕉声。一灯红冷晕初生。　　惹病缠时觉易病，被情累处悔多情。已拼憔悴到天明。

## 前调

舟中

江影连天浪打船。棹声《欸乃》醒愁眠。下滩浑似箭离弦。　　云满山头遮目远，风来水面逼人寒。不堪两岸更啼猿。

## 其二

万里江天一叶舟。微风细雨旧貂裘。篷窗屈膝坐凝眸。　　云树周遭山近远，烟波上下鸟沉浮。眼前好景尽供愁。

## 前调

春情

春满山城二月初。连纤桃杏殢蜂须。困人天气独愁予。　　嫩暖不禁风信趱，残寒赖有日光扶。一官荒费酒工夫。

## 前调

入春杂咏

骤雨初过日半规。鸟声唤起试春衣。沿阶细步独依依。　　竹里看山青且翠，草边寻蝶住还飞。闲时小景转忘机。

## 其二

山弄晴晖草弄芳。一城香锦染流光。平头鞋子踏春忙。　人过柳边影亦绿，鸟啼花里舌都香。采抛好景入奚囊。

## 其三

杜宇啼春春欲阑。东风吹暖熨残寒。韶光到处惹游观。　花逐波流香落水，日随人去影衔山。如泥烂醉也须拚。

## 其四

杨柳桥边挂酒帘。乱飘飞絮惹罗衫。莺声滴溜报春三。　天气乍晴寒带暖，水光新涨碧于蓝。惜花人自病厌厌。

## 其五

拄杖无钱酒未沽。因循花底醉工夫。今年潘鬓不禁梳。　春色奈从愁里度，好怀偏向客中无。昏昏信步独踌躇。

## 其六

夜雨临晨未肯晴。绿杨湿透小莺声。唤人不起病魔生。　聒耳吹来新楚笛，牵肠忆着旧秦筝。相思到处总关情。

## 其七

风雨阑跚春欲休。情疾未忍纵双眸。湘帘半卷上银钩。　柳絮摆天嗔燕懒，落花满地赚蜂愁。书生无福受风流。予时有妾新亡。

## 其八

螺髻伤春压海棠。揉蓝衫子素罗裳。凤鞋踏遍一庭芳。　蝶抱花心犹缓款，蜂揉香味尽轻狂。等闲触眼费思量。

## 前调

停舟观瀑布

削壁千寻瀑布悬。小舟斜泊绿杨烟。沁人六月葛衣寒。　入耳琮琮听玉碎，到眸颗颗见珠圆。画中好景大江边。

## 前调

偶成

画里江山画里行。小舟一叶往来轻。半年两地客中情。　竹树苍茫旧相识，烟云重叠美前程。猿声听熟觉堪听。

## 前调

和韵

风信吹来遍柳条，灯期眼底又相抛。旧寒不肯下征袍。　水绕城根穿石响，山当人面碍云高。有愁和我住荒曹。

## 前调

记得

记得相携纳晚凉，窝云茉莉压钗梁。窥人明月近纱窗。　红友醉时憨态重，青奴横处梦儿狂。个中滋味费思量。红友，酒名；青奴，枕名。

## 其二

记得眉花乍放时。娇多犹不解相思。深情反怕浅情疑。　几次欢来心转怯，未曾羞着脸先知。柳梢约月绿丝丝。

## 其三

记得身潜芍药阑。落花风细珮珊珊。不谙人意是痴鬟。　夜夜夜烧香篆巧，深深深拜月儿圆。心心祝愿似胶弦。

## 前调

晓行

晓勒江寒上旧貂。钟声敲梦落溪桥。丹枫客路□迢迢。　征马直从云里去，酒旗还向雨中招。此时魂死不魂销。

## 前调

过剑阁

剑阁千寻望里收。虎风腥处吼林楸。鸟啼真个助人愁。　　云似不飞来扑面，天疑欲落压当头。宦游于此认遨游。

## 霜天晓角

晓霜

烟飞不动。曙影和烟冻。窗外凄凄衰草，一抹粉痕寒弄。　　衾窝人睡重。相偎无半缝。小妾烘衣报道，鸦唤起、杨花梦。

## 前调

闻画角

秋风轻送。画角孤城动。斜月三更时候，小窗外、新寒重。　　听彻单于弄。惊回游子梦。兜起一腔心事，泪落与，灯花共。

## 菩萨蛮

捧茶

等闲不见东君到。如今到了情难告。心事在峨眉。知郎知不知。纤纤仙掌上。春色梅花酿。香味更香侬。教他知个浓。

## 前调

夜坐

新仇旧恨知多少。无端都为秋烦恼。城上已三更。楼头独坐听。金荷生小影。铁马摇心冷。最是夜来风，偏吹向客中。

## 前调

月夜

北风勒住烟成结。女墙初上黄昏月。烟月雨朦胧。愁人烟月中。空庭闲极目。底事关心曲。何处故乡楼。茫茫天尽头。

## 前调

惜别

柳丝摇曳黄金楼。长亭春色浑如许。底事恋浮名。反教离别轻。心情如中酒。马上频回首。昨夜枕头边。何曾放泪干。

## 前调

舟行偶成

天涯二月寒犹在。行人一棹青山外。风急水波翻。滩声刮耳喧。船头闲伫立。岸草凝新碧。沙嘴两三家。疏篱隐杏花。

## 前调

秋怀

荷香酝得秋无限。沉沉云掩黄昏院。细雨裛朱阑。愁从眉上添。家园回首处。望断江头路。路已远漫漫。何堪重叠山。

## 前调

迷藏

银屏六曲春风透。画阑十二花阴覆。女伴捉迷藏。苔痕凤靸香。好从花底避。花刺撩云髻。惹得小金铃。无端露一声。

## 前调

乍遇，和司农王阮亭清溪逸事八首韵。

海棠睡足娇慵起。相思好在心儿里。强试金缕衣。湘裙锦带飞。檀郎花下见。佯走遮纨扇。郎笑指鸳鸯。莫教他独双。

## 前调

弈棋

绣床斜倚红绒吐。倦来耳畔嫌鹦鹉。郎强索挑棋。含情应劫迟。算深频搁手。自语心商口。乱意可憎儿。欢言昨夜时。

## 前调

私语

黄昏门掩梨花雪。柳知有约高悬月。花月两娟娟。玉人坐倚肩。露浓花事倦。红雨湘裙茜。细语不堪闻。双星好避人。

## 前调

迷藏

秋千架侧阑干近。露浓花瘦香侵鬓。月底捉迷藏。风轻短袂凉。怕来石畔逻。还向花阴躲。无赖是花枝。撩人抓鬓丝。

## 前调

弹琴

好风轻弄疏桐叶。烟萦小篆香初爇。心事托琴弹。秋声指上寒。一声珠一串。谱出深闺怨。哀雁过潇湘。心头七线长。

## 前调

读书

绿窗夜静风摇竹。银荷影里翻书读。坐待玉人入。低吟错每频。玉人来背面。俏拍同心扇。佯自不回头。书声故不休。

## 前调

潜窥

兰汤小浴明肌雪。碧窗掩映玲珑月。悄自下罗帏。莫教月影窥。檀郎潜迹惯。偷立帘笼看。饮笑脸波潮。含羞弄玉翘。

## 前调

祕戏

袜衣半幅围香玉。翠翘斜亸翻鸦绿。绣幕下钩垂。兰衾熨贴时。文鸳交屈戌。掌上教郎觑。抱月梦魂中。纱窗日已红。

## 前调

见新月

蝉声欲歇蛩声裂。西风吹起初生月。月自一勾儿。凝愁学两眉。烛心知夜半。画角三更断。羁坐不眠人。愁余梦里身。

## 前调

春寒

梅心已被东风破，柳眉微把愁痕做。春信自如何。试衣觉冷多。小亭无事个。犹拥红炉坐。细雨裹湘帘。帘旌拍晚烟。

## 前调

宴归

几家烟影笼秋树。哀笳吹起孤城暮。蚕市月朦胧。肩舆斜月中。漏长催兴短。犬吠惊归晚。不是为趋跄。官闲博醉忙。

## 前调

杨花

春心撩乱因风起。天涯飘泊何时止。为使一身轻。虚耽薄幸名。萍踪仍是我。且自随波过。滚滚莫沾泥。沾泥涴客衣。

## 其二

子规声里东风急。濛濛晴雪浑无力。团做玉香球。飞来十二楼。漫漫春去路。好向天涯住。毕竟落谁边。春光自可怜。

## 前调

纪梦

珠帘掩映梧桐绿。北窗消受清凉福。午倦手抛书。个人入梦初。相携花下去。恰似曾相遇。正欲话衷情。花间鸟一声。

## 前调

即景

一身官累甘牛马。东风顿把人勾惹。踏破草如茵。桃花拂面春。拍天江水绿。水暖鱼儿出。解佩去尘襟。片时渔父心。

## 前调

月夜

碧窗风竹筛声碎。月穿云破窥人睡。弹枕小钗梁。斜簪茉莉香。罗帷私致语。夜静无留暑。月正恋衾窝。人羞明月何。

## 前调

晚泊

蛾眉新月山头挂。孤舟泊在青山下。古寺暮云边。钟声出野烟。一灯明灭处。树里窥人户。江上客如何。愁多景倍多。

## 前调

题星星河旅壁

山头新绿添春色。小溪声抱疏林侧。溪畔几人家。家家鬓挽鸦。当垆夸窈窕。唤客争相闹。马上少年郎。沿门索酒尝。

## 前调

晓妆

花枝影弄东风晓。佳人起掠宫妆巧。淡淡画春山。愁多两叶攒。粉匀兰麝重。压额泥金凤。无语脱诨韛。宜男插满头。

## 前调

无题

半窗竹撼江云影。鸟声飞起花魂醒。女伴弄熏笼。衣裳冷欲烘。倦客来镜里。笑语欢相倚。蜂蝶惯闲情。怜郎太瘦生。

## 前调

夜月

一天夜色浑如画。春宵真个千金价。月影照花寒。花香袭月圆。花能增月媚。月更扶花睡。花月两娟娟。人从醉里看。

## 前调

夜饮

竹梢风袅黄昏冷，花阴月弄玲珑影。花竹浸窗纱。玉人鬟挽鸦。朝衣应用典。换酒聊消遣。醉矣玉山颓。偎人劝一杯。

## 前调

霜月

霜凝月色寒如滴。月涵霜色浑无迹。霜月浸官楼。银河冻不流。夜容风欲约。镜里梨花落。素影斗冰心。清光两不禁。

## 诉衷情

无题

云情满眼酒情酣。醉也索人怜。金凤弹，翠鬟偏。红玉软于绵。神思何事顿厌厌。只思眠。夜深更是风成阵，不知寒。

## 卜算子

立秋

一夜落荷风，带下梧桐叶。帘卷西山爽气新，香粉消蝴蝶。　　才始见秋来，便有销魂色。若到秋深萧索时，魂自销应绝。

## 前调

咏菱花镜

一样照愁颜。不肯将愁讳。印得菱花波面寒，没点团圞意。　　空惹玉楼人，翻自生憔悴。日日梳头不见圆。落尽相思泪。

## 前调

咏桂

金粟卖香风，风解怜香否。月瘦天高蟾魄寒，佳树凭谁守。　举盏问嫦娥，长啸频搔首。谩道探花月殿难。仗有偷花手。

## 其二

如剪恼西风，吹得天花落。小树丛丛大道边。个个争攀折。　更是牧羊儿，解作探花客。插鬓归来蓑笠香，花命何轻薄。

## 前调

灌花

有意惜花香，无计将花救。且汲清泉自灌花，水溅罗衣袖。　几夜雨云稀，便觉花枝瘦。欲替花神骂雨神，错把檀郎咒。

## 前调

见新月

帘影欲筛花，帘卷花无恙。小倚阑干立晚风，人与花惆怅。　新月挂相思，多在钩儿上。人道弯弯月似眉，月不似、愁眉样。

## 前调

渡江

水拍碧天春，烟带青山雨。点点船儿一叶轻，载过愁人去。　回首不堪看，都是相思树。私嘱舟人今莫眠，恐有归魂渡。

## 前调

咏蔷薇

香粘粉蝶须，红染游蜂口。窗外盈盈一架春，酿透芳心否。　占断好时光，肯落东风后。小刺浑身护玉肌，恐有偷花手。

## 前调

旅况

天生朝暮云，尽锁相思树。窗里人愁眉自攒，窗外千峰雨。　江水日东流，未辨归何处。夜夜虽教梦返家，当不得、真归去。

## 前调

春雪

春雪着桃花，花上春寒嫩。粉隐胭脂淡淡匀，笑靥羞红晕。　疏树抱昏烟，隔水孤村近。一幅溪山簇画图，解释人愁恨。

## 前调

九日折菊插胆瓶

客里又重阳，采菊香盈袖。胆样瓶儿一点秋，案上供僝僽。　寂寞对愁人，人更难消受。窗外西风几阵吹，愁与花俱瘦。

## 巫山一段云

梳头

鸾影芙蓉镜，龙纹玳瑁梳。高妆宫髻倩郎扶。扰扰绿云铺。　钿穿珠络索，粉腻玉流酥。相思莫说瘦何如。鬓发也萧疏。

## 前调

中秋有感

月是年时月，愁成今夜愁。凄凉官舍锁清秋。一半顿然休。　烟影桐花暗，风声蕉叶留。几番漏下丽谯楼。独坐数更筹。

## 前调

寒夜

蟾魄寒逾白，银河冻不流。朦胧烟影锁官楼。独坐夜悠悠。　樽尽新赊酒，衣添旧敝裘。败焦何必响飕飕。羁客已先愁。

## 前调

闺情

竹拂霜痕碧，梅团烟影香。一天寒日射晴窗。呵手弄新妆。　镜里潜窥泪，心头暗忆郎。妒他裙上绣鸳鸯。何事一双双。

## 前调

咏水仙

露沁香魂湿，霜凝玉骨寒。泣珠鲛室小婵娟。何事谪人间。　宴处黄金盏，擎来白玉盘。芳心不肯让梅先。占住欲残年。

## 前调

石滩关

守寺存泥像，横江碍石梁。一篙无力费周详。竹缆吊船忙。　岸陡山如削，滩高水更狂。波心人影乱斜阳。客恨逐波长。

## 丑奴儿

对月忆内

萧条茅店凄凉夜，月白团圞。人自孤单。薄酒如何敌得寒。　棱棱衾铁难消受，卿更无眠。我更堪怜。一样相思两地看。

## 前调

夜景

珠帘卷尽朦胧月，花影云筛。花影云筛。雁影斜冲烟影开。　为贪夜色迟眠处，戍鼓频催。戍角频催。犹倚佳人酒一杯。

## 前调

赠八十五人果菴

行藏到处耽山水，身住尘窝。心住云窝。八十余年避世何。　空门不染空门相，酒肉头陀。诗字投陀。参谛何尝问阿那。

## 前调

丙子元旦立春

春酒春牛争令节，今日新春，方是新春。风断迎春花信魂。　一个愁人一夜隔，昨岁愁人。今岁愁人。新旧闲愁裹满身。

## 前调

夜景

秋云真个春罗薄，漏月朦朦。漏雨濛濛。做出新寒子夜浓。　不眠坐听芭蕉外，如怨哀鸿。如诉哀蛩。叫起乡心几万重。

## 前调

咏镜中牡丹

花名偷向菱花照，镜外春风，镜里春风。自与端详审淡浓。　水晶屏障佳人面，印入花容。印出花容。春色无边一两重。

## 其二

花魂镜影娇相对，花弄春辉。镜弄清辉。宜称先从镜里窥。　欲问花容谁得似，除我丰仪。除你丰仪。此外如何复一枝。

## 其三

菱花省释东风面，香浸光寒。光浸香寒。一朵花从两下看。　无双国色成双也，这壁红妍。那壁红妍。毕竟春光在那边。

## 其四

春光几欲描花影，月下模糊。灯下模糊。镜里今朝识玉肤。　谁叫自把春容写，色相真如。色相空如。胜杀春风入画图。

## 前调

偶兴

东君自是无情者，说别匆匆。说别匆匆。撇得莺痴燕子慵。　东君仍是多情者，来岁相逢。来岁相逢。切莫轻将春放空。

## 减字木兰花

闻燕

春愁无限。都教付与新来燕。两两双双。衔得香泥上画梁。　怕春归早。茫茫到处寻芳草。见我多情。衔了花来说一声。

## 前调

游丝

东风娇软。吹来帘外无拘管。荡荡飘飘。几欲沾泥又渐高。　轻盈如许。弱质不胜烟共雨。绊住花枝。也要留春住几时。

## 前调

秋感

西风来矣。新病佳人娇不起。宿草残花。一夜阶前瘦了些。　珠帘不卷。细雨濛濛寒尚浅。几许闲愁。满院梧桐满院秋。

## 前调

晚泊闻钟

绿波春水。孤舟小泊青山嘴。日暮疏钟。竹里红墙古梵宫。　谩言作宦。飘零江上今成倦。不及山僧。稳坐蒲团少送迎。

## 前调

新晴

江头江尾。秋色连天天贴水。久雨新晴。帘卷楼窗着意平。　凄凄衰草。目断短长亭外道。雁过寒芦。带得家园书也无。

## 前调

所见

残寒逗暖。春动了眉心柳眼。墙外秋千。挂起东风正月天。　踏青挑菜。犹有当年风俗在。围帽长裙。马上盈盈断客魂。

## 前调

春晓

莺儿梦醒。残月半规扶柳影。晓入窗纱。墙外声声卖杏花。　眼慵如醉。应是夜来失却睡。犹殢鸳衾。不许春寒欲着人。

## 前调

偶成

疏疏雨点。草色侵帘湿翠浅。雨点疏疏。响过花梢声渐无。　新凉如水。战退火龙三十里。小睡亭中。枕上风清午梦浓。

## 前调

春风何处

春风何处，草满空亭花满树。小弄书声。偷被花香惹出亭。　莺喉初度。宛转娇啼如欲助。谩道官卑。赢得清闲少是非。

## 其二

春风何处。蛱蝶飞来飞又去。门掩梨云。好梦来勾午睡人。　惺忪倦眼。花影帘栊和日转。半枕花香。殢在佳人绣榻旁。

## 前调

偶兴

孤亭小小。树色花香阑外绕。小小孤亭。一榻琴书伴卧醒。　青青帘外。雨过远山浑似黛。帘外青青。芳草无尘眼界清。

## 前调

晚眺，和内人韵。

楼头徙倚。天色雨余清似水。新翠怡人。劈面遥山不惹云。　微风飏暖，烟出茶铛笼竹浅。疏树阴中。鸦背斜阳个个红。

## 前调

纪梦

压床愁重。愁到相思方有梦。梦到温存。恨被更听打断魂。　　拥衾垂泪。泪尽瞢腾还去睡。梦也痴心。梦又来寻梦里人。

## 好事近

春寒

花柳做春愁，弄出一天风雨。欲问闲庭芳信，试春衣未许。　　怯寒人尚倚熏笼，小病浑无语。窗外莺儿啼处。向谁家飞去。

## 两地相思

偶感前三句《长相思》，后二句《相思引》。后段同。

风也啰，雨也啰。雨雨风风可奈何。孤灯短剑，瘦影伴愁魔。　　住也波。去也波。去住而今计怎么。鹧鸪声里，行不得哥哥。

## 谒金门

春游

风力足。吹透一城红绿。柳外旗亭花外屋。鸟声断续。　　山色弄晴如沐。画出江天一幅。小坐肩舆香锦簇。艳阳偷送目。

## 前调

秋思

西风骤。吹得柳丝消瘦。黄菊丹枫都染就。多是愁时候。　　初试夹衣寒透。倚槛愁挨清昼。雁字遥天情已逗。故国荒烟覆。

## 前调

初春

人意懒。春与偎寒送暖。庭院深深花事浅。林外莺初啭。　　天使晴丝醉软。不把离愁拘管。闲倚阑干帘半卷。斜阳芳草远。

## 忆秦娥

佳人

新睡起。红潮涨脸凝秋水。凝秋水。碧纱窗下，珍珠帘底。　看花惆怅春如绮。香愁粉怨都缘此。都缘此。云山万叠，寸心千里。

## 前调

春晚

莺声碎。绿杨如梦花如醉。花如醉。半风半雨，酿成憔悴。　相思未到眉先会。多情人受多情累。多情累。枝头梅子，一般滋味。

## 清平乐

秋暮

西风何骤。吹得黄花瘦。秋色一庭新冷透。又是重阳时候。　年年客里销魂。青衫湿尽啼痕。天外数行归雁，声声叫破黄昏。

## 前调

雪意

江天漠漠。尚觉重裘薄。窗外梅花开小萼。又被浓寒轻勒。　空阶伫立黄昏。袖炉银叶香温。勾引灞桥诗思，明朝驴背荒村。

## 前调

春词

春阴僝僽。拘束春灯瘦。窗外春山烟影覆。风漾春波欲皱。　去春无分看花。今春依旧天涯。断送杀人春梦，春宵不得还家。

## 前调

灯花

灯凝寒魄。结作相思萼。窗掩碧纱风拍拍。无计不教零落。　玉关消息微茫。香闺赚断人肠。惟是画檐鹊喜，同伊短幸轻狂。

## 前调

雨夜

离情遮莫。灯晕风寒拍。酿作雨声和泪落。不许愁人睡着。　　今宵断送相思。生拼听数更催。免使人来梦里，省教泥涴鞋儿。

## 前调

送春

榆钱无数。撒满长亭路。买得愁来驱不去。不买东君少住。　　莺儿啼老残红。鹃儿泣断轻风。无那绿窗人病，梨花门掩重重。

## 前调

秋夜

秋宵情况。丝雨春寒酿。一觉醒来愁半晌。多在芭蕉叶上。　　荒城笳远声酸。官楼鼓润声残。最是无凭雁字，飞来未写平安。

## 前调

立秋

西风来矣。和恨都吹起。香谢藕花红欲死。依旧□期如此。　　纵留些子炎光。能消多少新凉。一夜渐长一夜，从今梦也应长。

## 洛阳春

晓行

枕上邻鸡声送。破离人梦。夜来几阵北风吹，就把门前溪冻。　　曙色半林初弄。涌教寒重。一路霜痕印马啼，知是驼愁不动。

## 误佳期

风情

今夜新凉轻送。烟影疏疏风动。心香印罢贴花行，月淡花阴重。　　不敢惹花枝，恐醒鹦哥梦。绿茵铺处为怜人，枕损钗头凤。

## 前调

无题

风飏柳丝一捻。云蹙眉峰两叶。弄环年纪破瓜初，珍重生娇怯。小病不关春，多事遭蝴蝶。探花抵死未轻休，惹落蔷薇血。

## 琴调相思引

初晴

久雨初收冷渐开。卷帘秋色裛人来。芙蓉花下，消遣坐衔杯。　酒入愁肠成易醉，醉中愁更没安排。斜阳影里，归雁一声哀。

## 前调

晚浴

腰瘦衣轻怯六铢。粉融汗滑腻红珠。兰汤偷试，静掩碧纱橱。　半晌弄香还掬水，一回搓玉更团酥。晚凉浴罢，冰簟宿金铺。

## 前调

风情

门掩黄昏小院幽。眼期眉语许潜游。循阶蹑足，未敢印如钩。　草色绿粘香蔽膝，花枝低碍玉搔头。多情明月，应不禁娇羞。

## 前调

漫兴

暖日轻风画乍长。卷帘春色入晴窗。娇莺小燕，两两斗笙簧。　垂柳低侵书叶绿，飞花落缀砚池香。坐来无事，眼界倍清凉。

## 前调

雨中

风弄轻柔柳线斜。烟垂幂历碧天赊。困人无那，闲自拨琵琶。　为是好春寒勒住，酿成丝雨欲催花。莺声带湿，飞过小窗纱。

## 前调

寄怀吴楚三

春去年年叫子规。愁心欲寄落花飞。相思万里，梦断故人违。　　窗外月明风弄竹，床头烛暗鼠伤衣。茫茫宦海，回首是耶非。

## 其二

水涨春江江水长。独教春老滞归航。凄凄官舍，薜荔压低墙。　　柳絮风轻粘恨白，梨花雨细湿愁香。怀人怀国，日夜费商量。

## 其三

误矣儒冠惹俗尘。半生疏懒学殷勤。长江滚滚，何处识迷津。　　燕市柳花能媚客，蚕丛魑魅欲侵人。不堪轻说，家为一官贫。

## 其四

老母年来白发添。黄河水又没民田。飘零弱弟，谋食去长安。　　万叠乡心双泪血，日随江水入狂澜。愁人消息，难与故人传。

## 其五

四月黄梅雨不开。懒扶病屐破新苔。慰人寂寞，书与雁飞来。　　落落游仙君有句，劳劳作吏我无才。知音绝矣，怪道冷琴台。时楚三寄有《游仙诗》十二首。

## 其六

记得重逢元夜时。御沟柳挂雪丝丝。相思说罢，携手觅燕姬。　　贯酒街楼呼月上，看灯尘市喜更迟。于今别绪，犹压小愁眉。

## 其七

卖赋长安文价轻。归与知子欲逃名。故乡丘壑，无处不怡情。　　剑匣书囊行脚客，诗瓢酒碗在家僧。黄山余兴，肯一到青城。时闻楚三方游黄山归。

## 其八

闻道长安新酒垆，垆头少妇唤提壶。知君醉倒，笑眼索相扶。　我梦时寻君梦去，君魂曾见我魂无。年来赢得，羸羸病中躯。

## 前调

寄答武林苏月坡

鱼子天晴柳弄烟。鼠姑风暖燕泥干。西湖春色，知已满游船。　好景入君诗句里，别愁在我眼眉前。相思多少，都落梦儿边。

## 其二

细雨骑驴入剑门。劳人愁句好谁论。君今诗里，替我早销魂。　遗扇乍看新墨汁，渍衣犹验旧啼痕。不堪回首，宦味等秋尘。予在蜀，有“细雨骑驴入剑门”之句；月坡寄扇诗中，亦有此句。

## 其三

到底文章让大苏。痛心何必哭穷途。青灯无恙，谁道人不如。　三月柳花迷驿路，一船箫鼓在西湖。天涯虽近，那肯破功夫。原作有“一个王孙也不如”之句。

## 其四

昼鼓无情放早衙。簿书终日拥喧哗。一春惆怅，辜负好芳华。　柳絮诗成人似玉，月坡夫人亦善诗。江淹赋就笔生花。风流事业，真个让君家。原作有“才拂印囊花气满，三声衙鼓亦风流”之句。

## 其五

小坐幽窗雨乍晴。风从花里送莺声。春光一片，何处不关情。　九里松边新赋客，黄茅岗上旧苏生。红榴花下，记得酒频倾。原作有“月明记得安榴下，手擘红螯泛酒船”之句。

## 其六

烟柳空濛翠影浮。半帘丝雨湿春愁。山城斗大，不忍纵双眸。　兄弟两京悲断雁，功名三十类蜗牛。空囊依旧，觉对故人羞。

## 醉美人

闺词 上三句《醉太平》，下二句《虞美人》。

脸花桃红。眉花柳松。怕人猜着心忪。推病和衣不起，闭房栊。酥雨香浓。粉汗珠融。那人花下相逢。记得儿郎作做，涴春风。

## 甘草子

秋夜

秋尽。月冷窗虚，蕉影风前衬。孤雁客边声，双杵闺中韵。　梅花纸帐灯凝晕。睡鸭炉、闲香欲褪。百种凄凉心一寸。旧怨和新恨。

## 前调

春晚

春晚。帘卷楼空，柳弄烟丝软。蝶翅簸香忙，燕尾裁红懒。　雨妒风骄花命短。都抛掷、游人泪眼。试问乡心愁近远。云隐青山浅。

## 阮郎归

春思

水晶帘影日偏长。花飘几片香。漪漪新绿小池塘。鸳鸯浴一双。凭绣榻，掩纱窗。怨春春去忙。含情无语费思量。教人暗断肠。

## 前调

春感

春风吹到小梅花。青回旧草芽。嫩寒剩有一些些。和春透碧纱。春梦短，客愁赊。年年春病加。空庭闲自弄琵琶。弦断暮云斜。

## 前调

咏白桃花

玉样精神粉样娇。春心分外饶。武陵人去棹歌遥。相思颜色消。寒食近，落花朝。芳魂倍寂寥。浑疑晴雪被风飘。满地遍琼瑶。

## 前调

夜坐避暑小亭上

簟纹如水拂藤床。碧窗明月光。醒来犹带汗珠香。低声道夜凉。初起态，睡余妆。蝉纱白玉裳。含情移坐小亭傍。星双人影双。

## 前调

感怀

花含宿雨柳含烟。为谁生可怜。鹃啼别路断魂天。春心已惘然。小郭外，大江边。徘徊忆往年。秦淮风月木兰船。归程路八千。

## 醉乡春

闺怨

花影深深深院。鸟语声声声唤。试衣日，洗头天，倍觉春愁历乱。草剪萦心幽怨。柳弄牵情长线。几许恨，几多愁，天涯虽近人难见。

## 玉连环

春游

乍寒乍暖风还雨。催春已暮。偷闲信步。过芳堤、多少浅山浓树。行到落花深处。又惹愁无数。人因春好爱遨游，春却不因人住。

## 画堂春

海棠

伤春无力睡方浓。莺儿唤醒如慵。胭脂量脸日初烘。晓印霞红。不受梅花清聘，芳心欲嫁东风。东风不解惜花容。玉瘦香松。

## 锦堂春

七夕

剪剪风来客舍，纤纤月浸官楼。人间今夕知何夕，天上会牵牛。总是百年恩爱，能成几夜风流。输他说誓长生殿，世世结绸缪。

## 前调

春半

趁势东风燕子，弄寒夜雨梨花。春光大半都归去，人尚在天涯。忆昔情长春短，今年心促春赊。倚阑目送双蝴蝶，随意过邻家。

## 海棠春

咏海棠，限韵。

日迟风暖春眠足。莺唤醒、未忺妆束。倦态绿扶头，醉晕红生肉。情深半倚阑干曲。惹蝶抱、芳心痴宿。小雨一番娇，似弄胭脂浴。

## 前调

喜小园西府海棠重开

小阑干外熏风老。又报道、海棠开了。香窃碧莲轻，色借红榴巧。花神欲使春重到。唤妃子、华清睡觉。破我寂寥心，故把诗肠搅。

## 山花子

春思

半卷湘帘倚绣床。等闲心事恼春光。花意阑珊人意懒，日偏长。莺儿穿柳浑身绿，燕子衔泥满嘴香。最是最撩人去处，断人肠。

## 前调

秋燕

莲粉初凋静小塘。柳丝如病怯流光。书剑阑跚推不去，半堆床。八月西风犹带暑，三更玉露尚无凉。醉抱小鬟酣睡里，汗珠香。

## 前调

五日值雨

贳酒山城博醉乡。蒙蒙细雨湿端阳。叶叶菖蒲凝浅绿，暗池塘。弱女臂牵长命缕，病妻髻压石榴妆。输与邻家红袖舞，闹霞觞。

## 前调

荷叶杯

翠盖擎来琥珀光。露华清润肺俱凉。不让疏狂杯竹叶，擅诗场。拼着如泥残醉后，醺人酒气味犹香。试向枕边私语处，教偷尝。

## 眼儿媚

登舟

途长春倦少年游。舍马觅轻舟。半篙碧水，两崖山色，一派芳洲。微风细雨满船头。好景尽供愁。几多离恨，几多别泪，都付东流。

## 前调

苦热

云脚酣酣破夕醺。帘卷北窗尘。蝶翻倦粉，草凝薷碧，花带余醺。轻罗扇小团如月，无力敌南熏。竹床冰簟，雪肌玉骨，偎处温存。

## 前调

过楞伽庵吊亡姬墓

为排闲闷作闲游。翻惹许多愁。半林疏树，几声哀雁，一派残秋。可怜粉化香埋处，犹在殿东头。斜阳衰草，黄昏清磬，断送风流。

## 其二

依依愁见月黄昏。晚磬不堪闻。无边落木，无边衰草，何处招魂。巫云化作相思泪，记得旧温存。前宵宠爱，昨朝离别，今日孤坟。

## 朝中措

初晴

黄昏院落雨初晴。月印露微明。烟被小寒勒住，秋亏昨夜生成。绿窗半启，珠帘半卷，独坐关情。叶叶梧桐萧索，无风犹弄风声。

## 前调

美人早起

窥帘曙色一痕红。晨露裛芙蓉。鹦鹉雕笼睡足，唤人梦醒心忪。含情强起，扶头云怯，对镜脂浓。底事神思，散漫蛾儿，长斗眉峰。

## 前调

美人晏起

半窗花影压阑干。日上已三竿。任被侍儿催促，滞人犹要思眠。起来无力，眼儿失睡，情思厌厌。都是昨宵雨重，今朝尚怯云酣。

## 桃源忆故人

夜坐，用朱希真韵。

心头何事攒成阵。春病春愁春恨。独我少年穷甚。击剑歌天问。夜深银蜡寒生晕。蜡泪流红寒沁。风信迎春欲尽。又是烧灯近。

## 前调

中秋雨，限韵。

西风弄月吹云晕。深把广寒围困。一任笙歌声尽。不散浓烟阵。三更官舍谯楼近。待月人成凄闷。信是蜀天难问。夜雨偏多甚。

## 烛影摇红

秋夜

梦短宵长，床头费尽蛩螿语。弄寒窗外碎芭蕉，阵阵摇风雨。　　雁断天涯信阻。更萧索、心情几许。半灯红晕，一炉香尽，三通更鼓。

## 前调

十六夜雨中见月

为问嫦娥，道年纪、今宵二八。怎禁云雨会琼楼，飐飐风儿刮。秋色朦胧一抹。约羁客、早眠竹榻。梧桐叶病，芙蓉花瘦，天工愁杀。

## 柳梢青

咏新柳，和汪蒨初韵。

叶上春生，枝头烟暖，带绿拖青。汉苑斜眠，章台敛恨，一样娉婷。丝丝摇曳风轻。弄晴弄雨弄莺声。折向长亭，吹来短笛，尽是多情。

## 前调

咏新月

玉宇琼楼，嫦娥睡起，帘挂金钩。风袅烟斜，云松花瘦，弄影温柔。道伊解爱风流。可念我天涯倦游。娇欲窥人，防人窥见，半面含羞。

## 前调

咏柳，和朱丹山韵。

细雨初莺，碧烟如梦，唤醒春情。醉眼浑慵，愁眉微敛，别样轻盈。丝丝舞送人行。目断处长亭短亭。惹帽青寒，沾衣绿湿，挨过清明。

## 前调

七夕后一日

前夜相思，昨宵欢合，今日分离。做雨心情，搓酥滋味，犹在腰支。纵然后会堪期。眼下里同谁画眉。从此孤魂，惟凭短梦，只有灯知。

## 极相思

晚霁

小庭宿雨初收。霁色上帘钩。女墙花覆，远山烟抹，一段新愁。石砌苔痕凝浅绿，也懒去、着屐闲游。那堪更听，昏鸦几个，噪柳梢头。

## 阳台梦

月夜

月明如水天初静。玲珑满地梧桐影。有人并倚小阑干，微风吹酒醒。相偎情更泥，羞把残妆重整。楼头不觉已更阑，谁道秋宵永。

## 前调

无题

披肩蝉翼才初拢。问余情伴推不懂。嗔人娇作乳莺啼，羞脸红潮涌。丁香教吐处，道望蜀、今思陇。鹦哥赚报有人来，小胆还惊恐。

## 人月圆

中秋同内人看月

一庭新绿桂花天，香扑小阑干。风鬟细细，云衣薄薄，月色娟娟。不堪回首，宦游落拓，何处家园。今宵赢得，愁中病里，人月团圞。

## 前调

月中看杏花

疏枝冷蕊玲珑影，香湿露珠匀。恍然人在，水晶屏底，肉隐脂痕。风流此际。惜花成癖，抱月销魂。嫦娥也省，春宵一刻，真个千金。

## 惜分飞

悼亡姬

急急云归归已晚。紫玉竟成烟散。花命由来短。芳年二十才初满。宠爱虽深缘分浅。负我一番青眼。作个新词挽。声悲难付红牙板。予归署，姬已先一日亡矣。

## 其二

帘外芙蓉娇醉脸。忆着当时腼腆。情深知泪浅。痴痴脉坐空亭晚。谁念相如渴更懒。忙里偷擎茶碗，盼杀行云眼。书床不复闻芳喘。

## 其三

多病生涯惟药里。都付与樵青课。输与风流货。薄情薄幸予之过。今日归来仍病卧。不见侍儿一个。始信愁城大。愁团打破浑难破。

## 其四

未是伊家缘分尽。到底我无伊分。芳心嗔又狠。半天不待人归信。欲吊孤魂何处问。衰草祇园路近。一点肠刚寸。那能耐得千愁闷。亡姬厝于楞伽庵。

## 其五

谁记临歧偷下泪。泣向小屏风背。道是离情累。谁知生死芳心会。漏永灯昏愁怎睡。头倒已成憔悴。月下闻环佩。芭蕉窗外风声碎。

## 其六

箫局香消良夜路。不抱衾裯来去。从此凌波步。芳尘断绝萧郎顾。豆蔻风情春几度。杨柳已成秋树。灯晕凝寒雨。关情是我难忘处。

## 其七

秋夜偏长长不了。未尽是欢娱少。梦醒人踪消。新寒官舍虫声扰。蜡炬成花胎自小。怎奈西风料峭。转展心如捣。邻鸡未肯啼清晓。

## 其八

不是柳丝千万树。别有系人心处。低把歌喉度。樱桃怜解称樊素。夜半床头蛩似诉。软语叨叨絮絮。我把风流负。风流予被官场误。

## 其九

记得拢头初敛黛。犹作无知情态。私向阑干外。乞怜偷折宜男戴。进酒殷勤床下拜。博我一时无赖。如剪西风快。兜来剪短风流债。

## 其十

生爱花娇兼柳宠。自负是多情种。翻被多情哄。罗浮人去余香冢。姬字梅英。秋草萋烟月笼。寺侧荒凉寒重。死听僧伽讽。愿伊早向莲台涌。

## 西江月

夜感

官舍竹深月浅，天涯裘敝风尖。一樽薄酒欲荡寒。醉里依然不暖。堆塌棱棱衾铁，萦帘细细炉烟。漏声点点自如年。怕睡因愁梦短。

## 前调

听涛

秋雨顿生新涨，水风吹冷灯花。涛声激石近窗纱。聒耳惊心夜夜。今夕知无好梦，空教魂绕天涯。扁舟不渡梦还家。醒后将愁留下。

## 前调

春思

晓梦半随芳草，闲愁多惹飞花。春心一片落谁家。都被游丝牵挂。寒食烟凝紫陌，东风香扑窗纱。倚阑无语托琵琶。欲弄情深还罢。

## 前调

夜感

雨细三更湿梦，风轻万里飘魂。梦魂落拓出孤村。不识长安远近。墙外疏钟萧寺，枕边画鼓谯门。声声都是欲惊人。眼醒灯生小晕。

## 偷声木兰花

月下即事，和内人韵。

云影疏疏风力皱。看秋月与人具瘦。十二阑干。高卷珠帘觉夜寒。芙蓉红沁烟容淡。酒半醺时花映面。漏已迢迢。并坐双吹紫玉箫。

## 前调

咏木笔花

花姨做出倾城韵。紫玉衣裳白玉衬。笑口争开。道自江郎梦里来。娇态惹得蜂须动。乍可芳心春色重。窗外轻盈。偷写东风一段情。

## 满宫花

竹影筛月碎

月夜明，竹枝卧。点点影移玉座。一轮明月自团圆，被竹叶穿成几个。　　霎时儿、挨得过。转向空庭墙角。婵娟依旧整容颜，霜姊风姨来贺。

## 少年游

病中对镜

不是一汪秋水透。那识人消瘦。半为多情，半为多愁，翻自松衣扣。
风风雨雨偏僝僽，怎的教人受。一枕扬州，一梦苏州，寂寞挨清昼。

## 前调

秋思

闷来独自倚高楼。帘卷小银钩。昨夜微风，今朝细雨，做出一天秋。
哀笳已动孤城暮，双杵更悠悠。叶叶病梧，数竿瘦竹，安顿许多愁。

## 前调

腊月十五夜月

今宵月明腊侵年。只剩此番圆。云鬟玉臂，霜枯雾锁，分外觉婵娟。
盈盈不肯随风落，留照客床边。若解多情，柳梢依约，莫负赏灯看。

## 前调

苦热

一天暑重火云蒸。日影到窗棂。倦压绳床，汗粘湘簟，小扇借风轻。
相如病肺由来渴，况是炽心情。半晌朦胧，几番转展，午梦未曾宁。

## 前调

晚晴

雁背飞红，鸦翎剪黑，残照半天晴。小院深沉，空亭寂寞，兀坐易愁生。眼前多是伤心地，不管客中情。羌管谁家，巴歌墙外，齐作断肠声。

## 河传

寒食

春雨春雨，酿成寒食，作使销魂。剪香燕尾碎梨云。重门。欲黄昏。螺子远山烟锁住。东风路。一带伤心树。杜鹃着意耳边闻。愁人。花飞减却春。

## 醉花阴

寄怀靳华阳姊丈

柳花飞尽啼鹃闷。一向无书信。莫道不相思，日日相思，转转都成恨。　　几番梦里寻君问。路又难厮认。欲待不相思，怎奈相思，兜的来方寸。

## 前调

芍药

廿四番风吹欲老。莺度花期少。韦曲已无聊，多谢东君，又报花开了。　　胭脂肉晕新妆晓。扶起烟丝袅。何处不堪怜，香瘦魂清，那禁蜂儿搅。

## 前调

闺情，用漱玉韵。

扶愁扶病支长昼。门掩闲铜兽。香气扑帘栊，一架蔷薇，熏得春心透。　　相思恐露人前后。有泪偷沾袖。最怕试罗裙，腰减围宽，觉比年时瘦。

## 南柯子

咏柳

愁黛弯弯画，轻黄淡淡描。倩烟倩雨弄风骚。怯怯风前娇舞，小蛮腰。　　叶密藏莺语，丝长系客桡。绿阴阴处酒帘飘。最是离亭折赠，欲魂销。

## 前调

艳情，和张雪村原韵。

帘挂虾须影，炉喷鹊脑烟。泥人无赖弄牙签。检得春情词子，索题笺。　　托病佯妆态，含羞惯乞怜。相携相近绣床边。低语儿郎入月，待宵眠。

## 前调

冬夜

疏竹筛纤月，低墙覆野烟。朔风剪剪夜漫漫。正是朦胧一片，好谁看。　　篆局心香炉，红炉兽炭添。愁人坐向小窗前。自把更筹数尽，不成眠。

## 前调

三月三日游昭觉寺

三月桃花水，雨余新涨寒。为修祓禊到柴关。偷得工夫半刻，学逃禅。　　梵语飞花静，钟声落照残。踉跄扶醉整归鞭。一路马蹄踏破，草边烟。

## 前调

清明

燕剪裁春水，莺梭织柳烟。暖风迟日丽人天。惟有清明时候，不禁看。　　非病还如病，寻欢未觉欢。沈郎瘦矣怯春衫。不信离情能使，带围宽。

## 前调

久阴

云锁愁犹重，花凝泪不干。客中恼杀熟梅天。没个些儿晴意，到人间。　　手倦抛书卧，江喧梦怎安。起来斜倚小窗前。窗外乱山无数，学眉攒。

## 前调

晚行

柳挂霜丝白，山横云片青。淡烟扶日弄新晴。天外一行飞鹭，点波明。　　景物原如画，行人自怆情。萧条行李半肩轻。隔水遥呼渔父，问旗亭。

## 前调

清明

红谢桃花雨，青摇柳叶风。杜鹃啼处血初浓。正是春烟寒断，锦城空。　　饮恨愁攒面，吞声泪溢胸。先人庐墓故乡中。遥荐一杯浊酒，哭仪容。

## 前调

晚行

霜印沙痕白，云笼曙色红。半林秃柳石桥通。天际一行雁影，下回峰。　　心系离情里，身行图画中。可怜好景尽愁侬。尽日马啼得得，苦匆匆。

## 前调

春阴

贴草烟丝薄，窥窗曙影昏。不晴不雨奈何春。故把花魂拘束，恼诗魂。　　燕啄新泥润，莺梭翠柳分。声声唤客出柴门。又被簿书留住，欲游身。

## 前调

中秋微两

桂影西风乱，蕉声夜雨微。香云湿笼兔儿肥。不使人间忺笑，见清辉。　　宦久浑无味，愁多梦未归。三更犹自独徘徊。欲斗婵娟寂寞，冷沾衣。

## 前调

十六夜月

月是今宵月，圆仍昨夜圆。桂花香浅露华残。何事闺中儿女，两般看。　　雁语遥天断，虫声玉砌寒。故乡万里落荒烟。愁重三更犹坐，倚阑干。

## 前调

无题

柳惹莺声嫩，花撩燕语忙。日痕如线界晴窗。些子余寒弄暖，做春光。　　压臂云鬟重，勾人罗袜香。侍儿帐外促衣裳。犹殢衾窝不起，恼檀郎。

## 前调

午睡

燕掠花梢雨，蝶翻荷叶风。乍晴天气漾帘栊。日永官闲无事，自从容。　　竹簟清无暑，纱橱薄似空。枕书抱婢睡方浓。恼被鸟啼惊醒，眼惺忪。

## 前调

咏矮脚鸡冠

花发西风里，名因貌累身。任教错认入鸡群。到底不甘牛后，乞怜人。　　态度生来拙，犹羞作媚颦。若能趱得上东君。肯让夭桃浓李，乱春心。

## 前调

夜景

月黑江天合，云屯院宇冥。远山高挂佛龛灯。半灭半明不定，一星星。　　何处巴歌急，谁家羌管声。无眠人起故园情。寄语官楼画鼓，莫敲更。

## 前调

旅况

山远云笼树，风斜雨入窗。闭门兀自有凄凉。谁信客途滋味，宦途尝。　　病使身常懒，愁教眉更长。鸟声无意近绳床。叫断游人午梦，不还乡。

## 前调

雨晴

江上初过雨，夕阳湿更红。远山染就黛眉浓。几舍渔村疏柳，淡烟中。　　竹缆斜牵水，轻帆不受风。舟人欲泊说从容。笑指绿莎沙嘴，住孤篷。

## 前调

即事

淡淡云笼日，疏疏雨弄花。莺声扶困出窗纱。坐倚玉人妆镜，看堆鸦。　　黛印眉间绿，脂烘脸上霞。钗梁小蝶欲飞斜。笑问今朝宜称，欲人夸。

## 前调

咏六蛾戏珠

出益州。叶似绣球，花大如碗，色如白玉。六萼，皆状似蛱蝶。心簇粉珠一丛。因其状，遂得名。亦异种也。

春色官衙满，奇花绝域开。珍珠络索出香胎。惹得花奴围住，不飞回。　　蜂似曾相识，相看反自猜。庄生何独宿花台。岂是花神留得，作花媒。

## 忆余杭

寄怀靳华阳姊夫

风雨几番春信早。客馆凄凄春到了。娇莺小燕两三声。思君万里情。

西湖画舫笙歌满。柳柳花花香径软。知君挟妓醉红楼。比我太风流。

## 前调

晚雨

春色欲晴天不许。黄昏又下丝丝雨。衔泥燕子湿乌衣。帘外一双归。
阻人欢笑今无分。短忆长思都是恨。花心历乱向花前。柳眼几曾干。

## 偷声瑞鹧鸪

雨余

轻寒嫩暖斗春华。草剪裙腰小径斜。雨余山色，一番晴翠到窗纱。
碧旗半卷芭蕉叶，红玉先抽芍药芽。官闲无事，春来有分可看花。

## 雨中花

本意

花性生娇春委曲。惯纵得、香围粉簇。罗皂微风，吹来小雨，膏沐新妆束。　　知是华清初试浴。还掬水、水珠侵肉。粉隐红潮，脂凝玉树，勾惹人心目。

## 前调

苦雨

梅子含酸酸未足。被老雨、连纤酿熟。蝶断芳踪，蛙喧晨梦，到眼愁相触。　　欲寄归心江上舳。见万里、江天涨绿。客里回肠，病中乡思，日日如车轴。

## 迎春乐

迎春

山城明日春来矣。箫鼓欲催春起。看春先试游春履。满路东风罗绮。
真个是、流光似驶。都落向、愁人眼底。愧我相随牛后，小坐肩舆里。

## 其二

春风有信来青甸。先惹出、春风面。土牛看罢争官看。笑道官同牛贱。　　八载里、奔驰成倦。只赢得、魂销肠断。脱取朝衣去典，好醉迎春宴。

## 前调

立春，是日微雨。

客中惟觉春来快。都是东风无赖。旧愁犹自留眉黛。又惹新愁可奈。不管那、未完梅债。先做雨、弄成柳态。领取啼寒小鸟，已把春心卖。

## 其二

梅花昨夜飘多少。腊里东风来了。浓寒尚压征裘晓。新雨先沾旧草。打罢土牛归署早。春盘愁进芹芽小。拼得樽前一醉，花作啼春鸟。

## 寻芳草

秋且有怀，和丹山韵。

客里西风骤。吹教烟影和天瘦。看千条衰柳，都一挂相思，蝉声奏。引得几多愁。便能压我眉常皱。这秋来、已自难消受。更替个、担僝僽。

## 红窗听

闻莺

虽则春愁原叵耐。端的是、绿杨无赖。惹得莺儿多事也，来把相思卖。　　不管有人余倦态。叫断了、旅魂归梦，草边花外。厌厌惜惜，小病今番害。

## 月魂

艳情，限韵，上三句《忆汉月》，下二句《醉落魄》。

蝶翅抱香轻簸。蜂嘴咂花狂作。倚阑人自为贪看，不觉郎来，悄并肩儿坐。　　回头惊欲唾。粉颊羞红无那。脱身佯避小池边，笑指鸳鸯，道是多情货。

## 醉红妆

咏榴花

熏风吹起杜鹃愁。声未尽，血先流。红痕蒨住小枝头。花一朵，一声休。

碧纱窗晕晓霞浮。摇日影，照双眸。美人折得倚妆楼，犹记取，溅裙羞。

## 双调望江南

即景，限韵。

风日暖，浴罢换春衫。芳草绿粘人并坐，山桃红映脸初酣。燕子结春缘。　　行乐处，多在小亭边。笑拾落花和酒呷，静翻新调按筝弹。今喜是官闲。

## 前调

即事

鸦归后，枯柳挂轻烟。人影踏残芳草径，月明照彻欲霜天。佳趣小亭边。　　乘兴里，坐石不知寒。旧事记来呼大妇，新词度得付娇鬟。倚徙已更阑。

## 卖花美人

咏蜡梅花，上三句《卖花声》，下二句《虞美人》。

蜂老蜜初干。谁捻为丸。梅花风韵菊花妍。应是玉儿病也，瘦厌厌。
贴额小花钿。宫样新翻。深黄一点晕眉间。笑口浅含香舌，吐红尖。

## 前调

咏绣球花

阿梦好团圞。落在花边。一窝香雪一窝烟。纵有芳心多少，奈春攒。
正是打球天。燕语莺喧。小风弄玉白掂掂。道似梅魂簇做，粉搓圆。

## 卖花声

送别

春色满芳洲。送客江头。新莺小燕诉离愁。两岸柳丝千万缕，不系归舟。　　碧水自悠悠。依旧东流。片帆飞去暮云浮。道得一声珍重也，哽咽咽喉。

## 前调

夜景

帘外月初弯。夜色漫漫。风摇竹叶影阑跚。一抹翠烟历乱也，遮断寒山。　　好个晚凉天。不耐愁看。客思未了又更残。今夕明知无好梦，立遍阑干。

## 前调

遇雪

风紧雪漫漫。冷压雕鞍。马蹄蹀躞更阑跚。千朵梅花团一朵，绣满征衫。　　云幕四垂天。惨淡衰烟。远村远树有无间。听得鸡鸣犬吠处，料可停骖。

## 其二

万木尽凋残。无限关山。倦游匹马觉行难。正是离愁愁不了，雪又漫漫。　　疏树抱昏烟。冻合溪湾。北风何事蓦无端。天上梅花开独早，飘满人间。

## 前调

影

镜里问真容，省识春风。恰似学步月明中。半阶瑶阶行未稳，半隐梧桐。　　前烛莫匆匆。烛尽谁同。分明欲认却朦胧。魏紫姚黄眨眼处，色本成空。

## 前调

惜别

离别正花朝。黯黯魂销。长亭弱柳绿千条。不解系人骢马住，空拂河桥。　　天路自迢遥。我独劳劳。何看风雨又萧萧。帽侧雨珠眼里泪，同滴征袍。

## 前调

客路

客路困人天。重觉厌厌。坐来马上之思眠。合眼刚教如有梦，骇步艰难。　　芳树抱烟峦。总是愁端。长亭春色好谁看。雁自归飞人自去，泪湿征衫。

## 前调

即景

午梦醒来慵。小坐亭中。一襟凉思半窗风。云带雷声飞过处，雨阵淙淙。　　日影淡还浓。花气如烘。片时好景入帘栊。雨过夕阳红湿也，远树晴峰。

## 前调

夜宿即事

寒夜宿孤村。破屋无邻。竹墙四面被风侵。月影欲来薄被里，忒煞相亲。　　抱月不温存。弄月销魂。吟风终夜梦逡巡。风月诗人今日个，风月劳人。

## 前调

咏金丝海棠

风信断韶华。春落天涯。南熏吹暖弄奇葩。须吐金丝香欲动，粘住蜂牙。　　舞袖换红纱。入道宫娃。额黄贴出断肠花。娇倚阑干扶不起，恨在谁家。

## 前调

夜行收汉州印

割面北风寒。夜路漫漫。宦游于此见波澜。输我独劳人一个，斜坐征鞍。　　马啸虎腥膻。村戍更残。柴门处处锁昏烟。妇子绳床酣睡里，心与身闲。

## 前调

小病

晓梦一声莺。春事堪憎。柳花烟草太愁生。小病浑身推不去，寒重衣轻。　　泪眼镇盈盈。负矣鸳盟。风流赢得作虚名。早识多情多恨也，何不无情。

## 前调

无题

闲卧读书床。昼掩纱窗。俏声私语袭脂香。故意嗔人情分薄，罗皂檀郎。　　交颈说衷肠。要学鸳鸯。白天两两只双双。翠幌玉钩摇不定，汗浥红裳。

## 前调

马上作

行路古来难。蜀道青天。西风匹马壮心寒。斜栈危梯千百尺，直碍云烟。　　蹀躞更阑跚。莫问平安。猿啼虎啸总堪怜。一个愁人残照里，腿折腰酸。

## 前调

上滩

水涨弄狂澜。石吼江翻。滩声人语乱争喧。竹缆系船船立起，直欲登天。　　绝岸泣哀猿。肠断心酸。能教壮士胆俱寒。到晚泊船方可信，今日平安。

## 鹧鸪天

病里

病里心情倍可怜。试衣始讶带围宽。绿杨已锁眉头恨，青杏独含眼角酸。　　无一语，凭阑干。厌厌镇日只思眠。生嫌小婢频催饭，尚怯东风欲透衫。

## 前调

春怨

无赖东风尽力吹。天涯二月落花飞。莺啼弱柳惊朝梦，燕堕香泥涴客衣。　红已瘦，绿偏肥。等闲心事乱春晖。游丝最是无情物，绊住游人未得归。

## 前调

渝城元日

到处飘零自可怜。东川风景异西川 。官衙浅听巴人唱，客舍寒虚爆竹烟。　仍旧恨，度新年。敝裘破帽尚依然。秋随游子来千里，春与梅花在那边。

## 前调

春夜即事

夜色飞来到碧窗。小帘四面卷潇湘。露珠冷裛烟如湿，花气晴熏月有香。　消恨短，引杯长。闲将玉笛恼宫商。一声声是相思调，都为春风枉断肠。

## 前调

梦回

画角寒城梦里闻。梦回犹是未归人。去来云弄纱窗月，明灭灯窥纸帐身。　恐断续，雁浮沉。今宵打叠尽销魂。试看枕上愁多少，新泪重沾旧泪痕。

## 前调

晚渡潼江

疏树鸦归暝色喧。行人独自渡江边。团来野雾山飞去，扶出渔灯月弄寒。　波渺渺，夜漫漫。短篙无力意迁延。恐他今有离魂者，不敢高声唤渡船。

## 前调

元夜瞻先大夫像

风木余悲十五年，宦途潦倒益凄然。梦中昨夜闻严训，画上今朝见笑颜。　　千百跪，劝加餐。一杯浊酒几曾干。犹思当日悬灯夕，竹马骑时绕膝看。

## 前调

拟艳

小鬟初拢楚峡云。羞潮涨脸欲嗔人。蜂须唐突蔷薇血。蝶翅温存豆蔻春。　　深做态，浅含颦。娇啼软语总堪闻。漫教夜夜阑干曲，负却花梢月一痕。

## 前调

即景

隐隐雷声斗火龙，火龙战退入云中。孤亭消受千峰雨，小塌担承四面风。　　蕉叶碧，藕花红。悬檐吼瀑乱淙淙。甫能润得襟怀爽，独引萧吹晚籁空。

## 前调

拟艳

二月花梢豆蔻芳。风流初解爱新妆。经春多病惟贪睡，见客含娇学胜常。　　鞋凤小，黛螺长。尽教人看却羞郎。正怜紫燕双飞处，催绣生嫌是养娘。

## 虞美人

落花

杜鹃叫得春归去。花泪飘红雨。芳心历乱恨如烟。一任东风吹落在谁边。　　胭脂满地无人扫。狼藉知多少。只除燕子太风骚。衔取香泥几点垒新巢。

## 前调

咏虞美人花

年年解向东风舞。写出兴亡谱。花开花谢总成愁。留得血痕满地倩谁叹。　　美人不改花颜色。依旧名如昨。任他零落委阶前。也胜汉宫杨柳日三眠。

## 前调

咏花影

天教月姊骄花性。故为悬月镜。花神镜里弄新妆。照见自家模样喜无双。　　依稀倩女离魂也。环珮来阶下。一枝绰约不胜春。恨被片时云雨损精神。

## 前调

咏落花影

红颜断送青春里。片片春休矣。多情日色解留春。放出写生妙手为傳真。　　霎时吹去东风急。依旧无留迹。蜂媒蝶使浪猜疑。空自阶前相逐恼相持。

## 前调

清明

杜鹃声里春无主。柳眼花心苦。一天风雨一天愁。化作血痕泪点洒荒丘。　　故乡万里长安道。有墓凭谁归。可怜最是宦游人。贳得芹羹村酒欲招魂。

## 前调

咏虞美人花

美人多少成黄土。幽恨埋千古。虞兮化作马蹄尘。留得一腔热血付花神。　　年年开向东风里。点缀春如绮。等闲儿女是英雄。儿女情长于此识重瞳。

## 风雪慢

晓寒口占

邻鸡破梦，晓酒扶头。欲起又还成懒。总把衣裳烘热也，怎抵得、被窝中暖。　　烟暗村遥，雪凝路滑。马瘦蹄行忒缓。心急一鞭催来了，冻手已呵几转。

## 撷芳词

春情

寒初褪。暖还嫩。日长做得人扶困。雨休作。风休恶。留取花枝，莫教催落。　　莺须早，花须好。莺花能慰愁多少。春无赖。人无奈。年年多病，耽了风流债。

## 玉楼春

闺情

深院黄昏愁几许。阑干凭暖浑无语。绿杨新瘦闹鸦儿，芳草初肥怜杜宇。　　满地落花谁是主。相思目断悲吴楚。愿将珠泪托东风，吹向阳台成暮雨。

## 前调

小亭落成漫赋

客中没个安愁处。镇日身同愁共度。偷分薄俸筑茅亭，酒债由他偿不去。　　当窗山色斜阳暮。抱雾吞烟墙外树。可怜惟有夜眠时，依旧愁城留梦住。

## 前调

即席

夜容如沐秋凝翠。月色悬冰寒欲坠。咚咚羯鼓为催花，花枝醒眼看人醉。　　醉翁今作司花吏。鏖战酒兵都已退。儿童久被困魔欺，犹问残更深也未。

## 前调

咏美人剖莲

今早乘桡过别浦。为莲生子争先取。初破娇房碧有香，亲将玉碗分水乳。　　恐郎病热难消暑。脉脉深情都几许。为问因何不去心，教人解道其中苦。

## 前调

人日

寒梅数点飘香雪。报道春回人胜节。花因有信意先舒，雁为将归声更咽。　　微风细雨空凄切。天气恼人浑未彻。春心一任委东君，从此春愁愁不迭。

## 前调

春游，和张五修韵。

锦城晴色烘春树。酒店青帘寒食路。玉骢嘶破杏花天，油壁碾残芳草路。　　莺声偷把新腔度。燕语低将离恨诉。韶光最易惹愁人，客眼乡心无尽处。

## 前调

牡丹

阑干十二东风倚。大半春光都去矣。一枝凝艳闹春红，香欲扶教春睡起。　　好拼颜色酬知己。难得钟情情下死。倾城谁道是名花，负却风流惆怅里。

## 前调

偶成

无才到处轻漂泊。不独有家归不得。锦江劳吏滞渝江，客里而今重作客。　　宦囊虽窄诗囊阔。酒思偏多情思恶。一钩斜月挂涂山，照见愁人珠泪落。

## 前调

七夕

仙槎欲渡灵风送。银汉无声波不动。人间小誓结三生，天上多情留一梦。　　半宵那补经年空。怪道雨情山样重。可怜羿妾误偷丹，良夜而今谁与共。

## 瑞鹧鸪

春尽

残春光景殢人愁。帘卷潇湘上玉钩。花被雨凌飘作泪，絮因风蹴结成球。　　蜂缘蜜熟身先瘦，蝶到香消飞也羞。无奈东君留步住，惟留余恨压眉头。

## 前调

佳人，限韵。

厌厌病起懒精神。妆罢独怜不称春。浅黛描来蛾子绿，小唇点出洛儿殷。唇名。印香信步穿花影，期约凭阑刻月痕。一片心情无处着，凝眸望断楚江云。

## 前调

人日，是日雨。

东风依约到天涯。先惹残梅上额儿。独弄旧寒悭柳叶，未将新暖熨花枝。　　芳尘吹起迷春锁，细雨飞来湿酒旗。谩道人归落雁后，雁归人只没归期。

## 南乡子

秋夜

羁客独无聊。窗上风吹破纸条。搅梦搅愁还搅泪，芭蕉。几叶飕飕自在摇。　　蛩语絮叨叨。柝又频催鼓更敲。何处断肠游荡子，吹箫。一派秋声闹此宵。

## 前调

立秋

暑期未全消。燕子思归客梦遥。细雨斜风秋到了，萧萧。一叶梧桐特地飘。　　魂断识今朝。我更无魂何可销。最是关情窗外绿，芭蕉。飐飐犹将乡恨招。

## 前调

春雨

花信遍晴郊。弄得春光特地娇。一片飞来巫峡雨，潇潇。趁着香风过小桥。　　嫩柳女儿腰。俊眼偷将泪欲抛。带湿莺声啼不住，交交。未许轻尘裛客袍。

## 前调

春暮

花气袭莺喉。叫得春光归始休。帘外落红风不定，悠悠。一片飞来一片愁。　　锦水日东流。不放孤帆下益州。故国云山何处是，凝眸。烟草茫茫天尽头。

## 前调

寒夜

窗外雨濛濛。寒战帘旌拍拍风。烛晕欲凝犹弄影，摇红。宝鸭春添小篆浓。　　欲睡意还慵。愁重明知梦不终。梦短不如无梦好，吾侬。坐待僧敲五夜钟。

## 前调

晏起

晓日射重帘。竹影筛风弄峭寒。人为怯寒娇不起，厌厌。犹要衾窝半晌眠。　　侍女促妆奁。报道清霜叶上干。萧局烘衣熏欲透，香添。两点秋山一镜圆。

## 其二

日午乍辞床。独觉新寒压晓妆。呵笔点融螺子绿，端详。眉与遥山斗短长。　　腰弱不胜裳。倦态攲斜玉镜傍。娇眼微重无气力，嗔郎。今夜休如昨夜狂。

## 前调

咏美人四影词，限韵。月影。

月底斗精神。花静瑶阶印小身。一抹轻烟筛羃历，氤氲。仿佛婷婷倩花魂。　　到地恨长裙。遮却弓弯锦袜痕。行尽阑干十二曲，蕉阴。未许姮娥步后尘。

## 其二

水中影

水面镜儿平。整鬓人贪照脸明。波底秋波应更好，盈盈。回避红鱼羞复惊。　　相对悟前生。疑是湘江鼓瑟灵。不为痴情捞月去。闲情。要与鸳鸯卜旧盟。

## 其三

灯影

人倚小屏山。坐背兰釭卸翠钿。玉掌犀梳蝉翼动，云鬟。隐约香温在那边。　　同病瘦堪怜。伴著吾侬怨夜阑。待得郎来欢入梦，争先。春色平分也索拚。

## 其四

镜中影

国色信无双。镜里人窥镜外妆。宜笑宜颦相对问，商量。分得侬身兰蕙香。　　寄语粉何郎。要算佳人第二行。若使除他除却我，端详。此外谁称窈窕娘。

## 前调

己卯初四日立春为妻作生日

春色厌妆台。今日东风特地来。吹飏绣帘香不定，红梅。似为伊家一夜开。　鸳股小双钗。情满心头酒满杯。负累娇柔万里外，相随。典却朝衣也合该。

## 前调

咏白桃花

花信到花朝。一树春深玉洞饶。粉样女儿双笑靥，妖娆。不着胭脂分外娇。　最可月明宵。几倍精神衬柳条。怕是东风扶起后，情苗。轻薄还同柳絮飘。

## 鹊桥仙

惜别

草冷粘霜，天昏欲雪。正是围炉时节。无端门外马长嘶，蓦地里、催人离别。　衰柳疏烟，荒亭古驿。到处魂销愁绝。纵然一步一回头，又叵耐、云山千叠。

## 前调

七夕前一夕

一天云影，都含雨意，欲落又还不落。天孙搁泪数佳期，明日西风应有约。　绛何纵限，灯花已卜。剩有这宵寂寞。拼他索性不成眠，坐待架桥乌与鹊。

## 前调

七夕

云衣纱薄，月钩眉小，打点暖迎寒送。一宵恩爱欲填河，三百日、相思如梦。　离情且慰，似年长夜，好补经年别空。人间更鼓莫频催，恐惹起、天鸡晨弄。

## 其二

风期月约，云情雨意，都在今宵此晤。人间两两笑天孙，真个是、有朝无暮。　　长干贾客，章台游子，孤杀红楼少妇。牛郎借口笑人间，不及我、一年一度。

## 前调

七夕后一夕

方收旧恨，已成新怨，忙里一宵过也。不如不见不多情，省得年年别泪洒。　　碧天如水，银河似练，须又守一年寡。羡他神女惯私奔，朝朝暮暮阳台下。

## 前调

闰七夕

碧摇蕉月，香团桂露，另是这番铺衬。安排今夜细商量，二万逋钱偿怎尽。　　残更递促，鸡难作美，后会那能又近。芳心到此费周详，愿一世、一生一闰。

## 其二

别离未久，相逢又在，腻雨桂花香里。朦胧纤月漏云端，透出一痕眉上喜。　　有人今夕，阑干倚遍，应是芳魂销矣。风流两度让天孙，惟我孤眠犹若此。

## 醉落魄

戏寄武林李弘载

寄书时候。正又是别君时候。休文多病还依旧。雨雨风风，冷沁纱窗透。　　相思恨逐黄河溜。相思梦被西湖诱。孤魂绕遍孤山后。生受梅花，打叠霜姨瘦。

## 其二

画眉时候。可也念谈心时候。风流闻道非同旧。锦帐鸳鸯，一点胭脂透。　　牙签惹乱金钗溜。春风多被梅花透。雨云朝暮巫山后。怯怯书生，应比年时瘦。

## 前调

杨花，限韵。

杨花力弱。当他不住春风恶。飘零到处穿帘幕。十二红楼，难驻阳春脚。　　悠悠飞过妆台角。玉人兜起相思着。轻吹教去天涯落。为问游郎，争似伊轻薄。

## 踏莎行

送春

瘦绿迷烟，病红泣雨。春心一点难留住。问春何事苦匆匆，来能几日忙思去。　　杨柳新溪，桃花古渡。可怜春去无寻处。黄鹂不忍放春行，随春飞过相思树。

## 其二

百计留春，留春不住。含愁只索由他去。卷帘无语送春行，倚阑目断斜阳树。　　花落残红，柳飘香絮。茫茫不见春归路。叮咛蜂蝶乱纷飞，看春今夜归何处。

## 前调

有感

败叶凝红，远山横黛。画图历遍都无奈。从来酒债只寻常，如今更欠风尘债。　　虎啸平沙，鸿飞绝塞。飘零剩有金刀在。烟云尽处是天涯，行人今住烟云外。

## 前调

春暮

莺老吞声，蝶酣饮恨。昼长病起新扶困。可怜能有几多春，如何荡得因循甚。　　风扫红深，烟凝绿晕。年年未有看花分。春来我又向天涯，我来春又归将尽。

## 前调

春景

做暖烘晴，将寒酿雨。春来天气浑如许。桃花人面点脂痕，柳丝裙带拖金缕。　　莺度新腔，燕传柔语。踏青唤出寻芳履。秋千挂处粉墙低，东风吹起游春女。

## 前调

春感，限韵。

燕子舌尖，莺儿嘴佞。却教说乱东君性。桃花羞自嫁东风，红颜拼得厌厌命。　　院宇深沉，阑干斜凭。重门剥啄轻相听。卖花人叩买花扉，惜花人害伤春病。

## 前调

咏茉莉

粉借何郎，香偷韩寿。开时正是残妆后。分明玉骨认梅花，冰肌却比梅花瘦。　　露裛魂清，月撩香逗。佳人摘罢还重嗅。夜来枕畔弄香风，熏醒宿酒生僝僽。

## 前调

中秋即事

碧幕烟垂，湘帘云织。西风欲卷吹无力。宦游人更起相思，广寒人更无消息。　　桐叶青寒，桂月香湿。三更雨又潇潇滴。人间今夜正团圞，姮娥天上余孤泣。

## 前调

忆别

手熨鞭寒，衣凝泪冻。酒帘带雨扶烟动。非关马瘦觉村遥，压鞍愁有千千重。　　今日相思。昨朝断送。前宵衾枕曾无缝。叮咛野岫去来云，莫教遮断来回梦。

## 前调

元夜，得妾字。

月影扶灯，灯光弄月。疏灯淡月都奇绝。一天夜色恼游人，如何肯放今杯歇。　　醉态堆床，春心倚妾。非关疏懒耽杯斝。不须火树与银花，冷曹赢得清凉节。

## 前调

舟中作

石瘦棱棱，水肥淼淼。滩声两耳千军搅。船头压破浪花开，浪花溅湿征衣了。　　别路凄凄，离情悄悄。强将浊酒浇怀抱。一杯酒尚未曾干，兰桡已过层山小。

## 其二

细雨成秋，微风鸣籁。打船波起声泙湃。飞鸦夹岸送行人，行人更比鸦飞快。　　远树云边，孤村烟外。青山万点如攒黛。前生结下画中缘，今生未了诗中债。

## 前调

吊亡姬梅英

俄顷生离，顿成死别。一官误我风和月。归期迟了半天程，罗浮梦断芳魂歇。　　茗碗茶寒，炉香烟灭。愁来何处寻欢悦。非关薄幸是东君，相思欲诉啼猿咽。

## 前调

春景

桃雨零红，柳风吹绿。东君消受烟花福。蝶衣舞彻旧时香，莺喉歌尽新春曲。　　好景虽赊，好怀难续。艳阳不入愁人目。当窗重叠是遥山，两眉更比遥山蹙。

## 前调

夜郎感怀

树被烟粘，山将云碍。眼前都把愁分派。一天雨结一天秋，连朝病为连朝害。　　秃笔无锋，宝刀不快。囊羞怎与羞遮盖。人踪尽处是蚕丛，夜郎又在蚕丛外。

## 小重山

雨夜

雨逼寒更出丽谯。无端闲懊恼、缀心苗。烛花影碎被风遥。秋已尽，声尚闹芭蕉。料得水平桥。山头归路滑、更迢迢。愁人真个是今宵。纵有梦，也自枉劳劳。

## 前调

秋千

庭院深深春色娇。一梭红带子、出花梢。瑶台仙子半云霄。来往处，蝉鬓溜金翘。　　着力损纤腰。怎禁春困重、倦无聊。罗衣不耐汗香飘。人去后，空影自摇摇。

## 前调

初春

悄地春回爆竹中。残寒些子个、殢帘栊。秋千挂出小楼东。人如玉，挑菜斗芳踪。　　好景可谁同。病怀禁不得、客愁浓。厌厌乍觉倦还慵。人近日，吹起落梅风。

## 前调

偶成

做暖矜寒欲奈何。不知春事短、剩无多。杏花如雨晓风搓。双燕子，衔去补香窝。　　柳带拂晴波。秋千飞不起、碧裙罗。冶游看又早蹉跎。心绪懒，春病着春魔。

## 前调

春感

正月桃花开满城。锦江花事早、倍关情。东风吹起一声莺。寒犹在，新柳带烟轻。　　独我太愁生。宦游逾八载、尚无成。看花眼里泪纵横。思亲切，万里暮云平。

## 前调

晓霜

谁弄杨花十月飘。凝寒薄似雪、勒梅梢。一痕红淡日初高。人睡起，窗影冻芭蕉。　　漠漠塞天遥。偷粘征雁背、下江皋。独怜衰草旧征袍。禁不起，青女几番骄。

## 前调

上元

细雨初晴夜气浓。可怜一片月、影朦胧。荒凉官舍万山中。巴子国，杂遝尽蛮童。　　沽酒莫教空。驱愁惟赖此、遣吾侬。不如索性闭帘栊。凝眸处，不与故乡同。

## 前调

十六夜

夜月依然昨夜同。今宵人不似、昨宵浓。柳开嫩眼怯烟封。秋千院，吹起落灯风。　　搅梦怪村童。画鼙些子个、尚咚咚。惹教愁思驻愁容。眉尖上，新旧几重重。

## 临江梅

秋夜，上三句《临江仙》，下二句《一剪梅》。

细雨斜风秋意闹，竹声夹带蕉声。眼从睡里泪珠生。最不堪听，最惹人听。　　灯晕凝寒寒乍重，照人梦、不分明。关山客路八千程。梦也难行。魂也难行。

## 美人临江

秋柳，上三句《虞美人》，下二句《临江仙》。

牵情牵恨何时了。断送人多少。而今憔悴倚长亭。瘦拖残照黑，抱病野烟青。　　风流赢得愁千缕。付与鸦儿语。一番零落一番寒。织眉消翠易，冷眼觑人难。

## 其二

轻盈原是多情种。曾受东君宠。西风吹起欲销魂。舞腰无气力，俊眼减精神。　　到底生情全不改。留得春心在。萧疏犹自傍青楼。秋娘虽已老，余韵尚风流。

## 其三

丝丝蘸水秋波冷。低拂鸳鸯影。木兰艇子木兰桡。采莲人已去，小缆系空牢。　　扶烟惨淡浑无语。恨杀连纤雨。情长情短奈何天。禁愁愁不起，含泪泪难干。

## 其四

萧条景物都非昨。惟觉西风恶。情丝到地意何长。可怜有限叶，能耐几番霜。　　眼前多少悲时节。取次愁应绝。一声征雁一声蝉。旧情犹旖旎，新恨更缠绵。

## 前调

前题，仍用前韵。

春风情性秋风了。从此欢娱少。衰丝斜拂小旗亭。系人心未定，送客眼终青。　　非关烟褪黄金缕。愁重浑无语。芳时挨尽复偎寒。不难将别意，欲挂夕阳难。

## 其二

细腰仍是宫中种。失却当年宠。相思病害想春魂。瘦眉描不出，秋叶与传神。　　喃喃燕说青春改。只有情根在。依然掩映十三楼。带烟愁气结，着雨泪珠流。

## 其三

骄莺宠燕东风冷。曾伴桃花影。冶游今若住双桡。同心空作结，挽杀不坚牢。　　愁眉愁眼凭谁语。那禁黄昏雨。断魂时候断魂天。鸦怜栖雾湿，马失障泥干。

## 其四

封姨虽老犹如昨。妒比吹花恶。酿寒不管瘦条长。素娥犹冷月，青女助严霜。　　看看做到没情节。情分都教绝。相怜惟剩小哀蝉。一声秋思落，万里客心牵。

## 临江仙

送朱丹山之利州

细雨滴开蕉绿，微波收尽残红。长亭柳眼泣西风。似知人欲去，无力驻游骢。　　剑阁猿啼路断，利州水抱城空。半肩行李万山中。羊肠悲大道，之子慎匆匆。

## 前调

夜景

移坐小亭窗下，卷帘放入新寒。一天夜色压阑干。蕉多嫌露滴，月淡怯烟团。　　酒泛玉杯浓泻，茶烹瓦鼎松燃。茶香能使酒肠宽。踉跄思醉卧，扶定侍儿肩。

## 前调

偶成

细雨酿成花信，东风吹断灯期。秋千挂起惹春思。残梅未落蒂，新柳已垂丝。　　落拓剩教舌短，奔驰赢得官卑。归心好许雁儿知。只因愁不合，惟与醉相宜。

## 前调

晓寒

晓梦觉来生怕起，日高尚有余寒。玉钩半挂小珠帘。山横花里黛，秋约柳边烟。　　昨夜为拼长夜饮，今朝酒病厌厌。沈郎新瘦怯罗衫。泪痕存眼角，秋思压眉尖。

## 前调

浣花溪，溪上有沧浪亭。

溪水沧浪流不动，微风吹皱成纹。芙蓉倒影浸红云。浣花人已没，留待濯缨人。　　犹忆纤纤搽粉客，提戈能祲妖氛。羞他束手虎贲臣。应销金锁甲，多买绿罗裙。

## 前调

万里桥

一线玉虹斜跨水，依然分手河桥。伤心万里自兹遥。眼前衰柳路，黯黯尚魂销。　　桥下锦江流不尽，古今别泪滔滔。宦游独我恨蓬飘。莫教怀国泪，添作大江潮。

## 前调

草堂寺，在浣花溪侧，有杜工部石像。

一曲浣花溪水碧，竹篱摇落晴曛。钟声敲断远山云。西风吹客泪，哀雁吊诗魂。　　赢得伤心一片石，依然忧国忧民。野花衰草锁柴门。无家别离语，似为宦游人。

## 前调

武侯祠

丞相祠堂衰草里，野烟四合团愁。小阶瘦柏不禁秋。一生心血尽，三顾主恩酬。　　门外平原仍陆海，河山无恙悠悠。衣冠汉代哭荒丘。老臣犹有恨，竖子自遗羞。

## 前调

琴台

野草西风山郭外，荒台日暮烟深。小桥斜径入疏林。只今桥下水，犹是古琴心。　　断雁一声天地暝，愁来有泪沾巾。烧琴人作赏音人。卖文无计久，谁不惜千金。

## 前调

薛涛井

十色花笺千种意，芳心知为谁留。只今风雨吊青楼。试看新涨水，不尽旧时愁。　　日暮辘轳声转急，可怜惟溉田丘。输他老圃说风流。银床寒薜绿，金钿野花秋。

## 前调

早起

曙色窥窗残梦觉，鸟声唤起愁人。小帘高卷锦江云。树疏烟影淡，草瘦露珠新。　　自在微风轻似扇，一襟凉思无尘。荷香阵阵独氤氲。看花消白眼，独步遣愁心。

## 前调

秋雨

天气欲晴晴不起，雨儿只管濛濛。小阶寂寞绿苔封。湿烟凝败柳，轻冷锁疏桐。　　滴入夜眠孤客耳，惊回归梦无踪。乡心万里托孤鸿。搅愁催永漏，和泪寄西风。

## 前调

秋风

悄悄芭蕉丛里过，萧萧化作秋声。破窗咽咽纸条鸣。巡檐敲铁马，隔幌照孤檠。　　趁月故摇花影动，助花卖弄轻盈。教人疑是玉人行。天空清籁发，夜静薄寒生。

## 前调

秋月

蟾魄夜悬明似水，碧空涌出婵娟。清辉一片好谁看。帘筛花影碎，烟隐雁声寒。　　待约佳人犹未睡，记痕刻损阑干。桐阴乍转小楼边。银河低玉宇，珠露湿云鬟。

## 前调

秋水

云母面娇弹欲破，怎生禁得风揉。皱纹如縠碧天浮。鱼吹萍叶绿，鸥浴蓼花秋。　　两岸芙蓉偷照影，一湾草冷汀洲。何年乘此泛归舟。无心随浪逐，有恨托波流。

## 前调

秋山

山色秋光如画里，秋山日夕尤佳。断烟空翠隐残霞，疏林红叶好，行客坐停车。　　回首旧游浑不识，争喧阵阵归鸦。隔溪犬吠野人家。平冈衰草合，远岫乱云遮。

## 前调

秋砧

别馆飘来声断续，声声是泪沾襟。随风化作塞垣音。可怜一片石，废尽万千心。　　那识闲愁敲不破，空教敲破疏林。旧衣欲寄远行人。借他双杵力，替妾白头吟。

## 前调

秋草

轻锁离愁浑似织，萋萋翻忆罗裙。秋空一望乱斜曛。瘦黄新泣露，病绿旧连云。　　解道种情心不死，倍教目断王孙。朝朝碾破送征轮。西风连去雁，南浦隔行人。

## 前调

秋燕

花柳江山都看足，而今兴趣凄凉。喃喃妻子细商量。不如归去好，免使畏风霜。　　虽是主人恩义重，梁园到底他乡。相思隔岁别离长。途中若遇雁，代我说衷肠。

## 前调

晏起

为甚夜来生怕睡，今朝欲起还慵。日高三丈暖融融。莺声花里唤，眼尚未惺忪。　　别绪离情团作絮，任他吹入东风。相思似觉去倥偬。半飘杨柳外，半殢梦魂中。

## 前调

美人午睡

一线风轻浑不碍，冰橱纱薄如开。竹床无暑绝尘埃。花枝横卧处，烟笼玉山颓。　　粉隐汗珠香欲湿，枕痕红界梨腮。云松雾怯溜金钗。向人惟饮笑，低问几时来。

## 前调

微凉

骤雨初过天似洗，今宵赢得微凉。月扶花影印纱窗。罗帏蝉翼薄，湘簟水文长。　　风细玉人消醉色，背灯试罢兰汤，倦时模样睡时妆。巫云压臂腻，楚梦贴肌香。

## 前调

蔷薇

红重绿扶扶不得，盈盈一架青春。惹他蜂恼蝶相嗔。低枝横碍脸，小刺隐勾人。　　尽日当窗香入座，书声偷被花闻。等闲看取谩因循。莫教山野客，化作燕泥尘。

## 前调

纪夜

生怕竹风蕉雨夜，罗帏翠被余寒。暗思往事记年年。曾将无限意，私语枕函边。　到底不知因甚孽，惹教生死情牵。官楼画鼓谩催残。已拼心上病，结有梦中缘。

## 前调

送春

百计留春春不住，问春底事匆匆。可怜何处吊芳踪。莺翻榆荚雨，燕蹴柳花风。　寂寞自从今日始，生生闪杀吾侬。相思滋味别离同。怕他杯里酒，不及此情浓。

## 其二

春色依依犹欲住，杜鹃抵死相催。声声叫到不如归。一腔离恨血，点点溅残晖。　风信吹阑花信了，透些暖上罗衣。眼前忍见乱红飞。无边游子意，似与故人违。

## 其三

蝶梦未醒花梦尽，粉零玉碎香残。惜花人自没花看。我因春得病，春与我无缘。　今日纵然留下也，奈他莺已声干。不如索性早教还。殷勤一杯酒，好约在明年。

## 其四

江上人愁时送客，而今又送东君。斜风细雨奈何春。柳丝空着力，不系是花魂。　百舌纵能说不转，吞声心自酸辛。苍茫绿树暗乾坤。离亭三月暮，别路万重云。

## 前调

合江道中

一带烟波浑似画，半篙细雨孤舟。绿莎沙浅卧闲鸥。疏杨隐草舍，远树出江楼。　　多少宦途裘马客，输予到处遨游。山川景概望中收。莫嫌囊落拓，尽饱眼风流。

## 凤楼梧

入栈

半林枫叶红于染。石栈悬空，鸟道千寻险。山色雨余螺黛浅。江声斜抱孤村远。　　赢得离人流泪眼。图画天然，忙里全收览。回首一鞭残照短。阑跚只觉驴儿缓。

## 前调

雨余

雨余山色浑如黛。墙矮窗虚，翠欲流檐外。云影微将竹影碍。蕉声留得风声在。　　蝶湿粉衣花上晒。荷叶波心，无雨犹擎盖。聊把闲愁今且卖。披襟恍坐清凉界。

## 前调

雨夜

蛩语三更哀更切。叫破愁眠，梦向愁边歇。窗外朦胧云漏月。雨声滴碎芭蕉叶。　　灯影半明犹未灭。薄被棱棱，轻冷新凝结。泪为悲秋流已竭。思乡泪又流成血。

## 前调

春晓，次韵。

数声破梦莺初啭。日影窥窗，曙色浑如染。红雾绿烟花上浅。天然不费人妆点。　　春意不将春态管。惜惜厌厌，情思都成懒。无力阶前行步缓。女墙半露青山远。

## 前调

寄内

杨柳风柔无气力。做暖矜寒，最是难将息。系我一身名与利。累卿无数愁堆积。　　莫向花前频泪滴。泪重花轻，花落春归急。人远天涯刚咫尺。顿教春笑人孤寂。

## 前调

语花

一点春心浑欲透。楚楚婷婷，风月全消受。燕尾红分剪剪斗。莺喉香浸声声溜。　　春色被伊都占就。笑口应开，放暖烘晴昼。多恨最怜寒食后。相思何事如侬瘦。

## 前调

避暑

烈日烘云花影乱。苦热心烦，避暑闲亭畔。无计迎凉空有汗。侍儿为打齐纨扇。　　手懒抛书人正倦。竹榻悠然，已自铺冰簟。午梦乍教蝴蝶见。恼他窗外啼鹃唤。

## 前调

咏荷花

水珮风裳云鬟绿。洛浦凌波，爱向波心蹴。疑是太真初出浴。娇红晕脸香生肉。　　并蒂一枝双影簇。解语情多，笑引鸳鸯啄。三十六陂烟雨足。秋光用捻花须。

## 前调

咏佛手柑

寒玉玲珑香捻就。解彻连环，妙证鸳鸯扣。不袒粉肩笼翠袖。轻盈色相昙花斗。　　想是太真入道后。指印沉檀，香染春葱瘦。掌上秋风吹欲透。雨云人世由翻覆。

## 前调

踏青

风软香尘吹不动。草碧铺茵，引出鞋头凤。莺嘴巧将春卖弄。柳枝扶起晴烟重。　　人自恼春如酒中。年少谁家，白马青丝鞍。眼色相勾春暗送。深闺今惹巫山梦。

## 前调

扑蝶

红绣地衣花欲尽。惹起花奴，忙里轻狂甚。不顾粉香容易褪。柔风弄暖团成阵。　　恼乱伤春肠一寸。人为情嗔，小扇无情分。捉得个来春力困。春心难着春安顿。

## 前调

斗草

三月莺花香世界。拾翠拈娇，依约秋千外。绣褥不教芳草碍。绿深红浅争相赛。　　笑晕夸赢侵巧黛。不赌珠钿，赌取宜男戴。斗罢柳梢斜日在。子规又把相思卖。

## 前调

浇花

鸟弄金铃花睡醒。曙色撩人，露浥春衫冷。花似欲怜侬瘦影。侬怜花瘦迟春景。　　唤起小鬟垂素绠。一点灵犀，医得花心病。花病正如侬病恁。侬心未必花心省。

## 前调

咏桂

谁道西风多寂寞。做意飘香，吹惹天花落。怕失淮南招隐约。欲开又被轻寒勒。　　怪杀姮娥情分薄。不许书生，年少偷相折。博得村童牛背厄。盈盈插帽夸仙客。

## 前调

纪梦

盘髻双翘金凤颤。窄袖长裙，翠羽明珠倩。粉软香柔教把腕。迎人饮笑红生面。　　私语幽欢过竹院。石榻无尘，斜隐花阴畔。半晌温存情未倦。书生缘浅更敲断。

## 前调

新燕

满眼春光仍似昨。独有桃花，大半先零落。不是东君情分薄。风姨何事年年恶。　　一任飞花狂态作。趁势翩翩，到处穿帘幕。况与红楼曾有约。风流肯放春闲却。

## 前调

春晴，限韵。

香雨濯成红世界。草弄新晴，霁色飞来快。山影不教帘影碍。当窗偷学人眉黛。　　蝶晒花衣花上晒。一段温存，结识花恩爱。莺嘴莫将春意卖。柳丝挂得斜阳在。

## 前调

暮春

底事轻教花命薄。春只三分，半被风姨恶。莺嘴无端调佞舌。花丛啄破金胎萼。　　思量毕竟东君错。省得花枝，省得开和落。一夜春和人瘦却。愁痕上脸浑如削。

## 前调

鸳鸯

交颈双双恩义重。蹴起波纹，碧影粼粼纵。生怕只飞怜寡凤。死同并蒂莲花梦。　　两两相呼声一弄。肃肃于飞，都被情勾动。惯把红楼人断送。离肠别泪时时痛。

## 前调

积雨

天气欲晴晴不许。梅熟风酸，吹作连纤雨。燕子飞迟低翠羽。莺儿声老羞娇语。　　赢得回肠千万缕。日日车轮，碾破闲情绪。魂湿惟愁归梦阻。只余一味清无暑。

## 前调

瓶梅

破腊一枝寒乍重。团雪团烟，瘦影和香冻。春色未教花递送。花心先觉春心动。　　欲向罗浮寻旧梦。眼底今年，吹断单于弄。勾惹相思肠寸痛。胆瓶留得花无用。时梅姬新亡。

## 前调

秋思

旧绿新黄愁境界。冷雨酸风，病为悲秋害。怕听清商声一派。乱蛩琐碎真无奈。　　官舍周遭山似带。小梦思还，飞出重山外。鼠近残灯人醒快。被池覆着相思块。

## 前调

秋晚

雨叶初干黄乍染。可奈西风，快似并州剪。门外秋山无近远。疏林树树愁排演。　　人被关心情自懒。小立空庭，鸦背斜阳晚。闲恨一天蛩不管。叨叨说得离肠软。

## 前调

咏枕，限韵。

夜夜春山秋水畔。俏与扶头，溜落钗梁燕。香雨香云香已惯。温柔乡里温柔遍。　　梦到酣时犹自颤。渐渐移情，妾腕和郎腕。生怕孤眠闲一半。啼痕替却风流汗。

## 前调

咏被，限韵。

红浪初揉鸳睡醒。不许西风，透入些儿冷。生受小池方一顷。软绵覆着双双影。　　最可玉人羞里请。障住灯明，才放轻狂逞。情种个中忘漏永。温存只有伊家省。

## 前调

咏帐，限韵。

雾縠空濛风力趁。人在空濛，消受风儿酝。绛蜡潜窥看不尽。雪肤偷被花纹印。　苏络金钩银蒜衬。宝鸭香炉，尽有温存分。枕上华胥原自近。移封斗大南柯郡。

## 前调

咏镜，限韵。

一点冰魂秋水漾。学月团圆，不受轻烟障。弄影香奁春色畅。海棠睡足描来像。　日日不离妆阁上。鉴尽人间，儿女私情状。郎与画眉偎半晌。个中印出双双样。

## 前调

咏粉，限韵。

不是汉宫梅片片。雪样精神，比雪多香艳。少妇卢家晨靧面。桃花又借胭脂蒨。　嫩笋纤纤和露浣。柔腻风情，小镜妆台见。只让何郎分一半。玉人莫作寻常看。

## 前调

咏灯，限韵。

支尽长宵宫漏冻。瘦影摇红，拍拍风丝动。小晕欲凝寒乍重。隔帷照见鸳鸯梦。　一点芳心情断送。火样根苗，又把花胎弄。赚得玉人头上凤。金钗当作金钱用。

## 前调

咏香，限韵。

睡鸭初温香篆袅。一种绣绵，结作心心好。倒凤衔花箫局巧。罗衣领取闲情绕。　玉勒王孙归不早。夜夜烦他，银叶拈来小。多谢龙涎和鹊脑。相思人被相思恼。

## 前调

咏帘　限韵

一幅潇湘江上竹。横影参差，挂起波纹绿。偷度篆烟香断续。微风不动闲钩玉。　　窣地低垂遮晚浴。燕子来迟，未许归金屋。透月玲珑花簌簌。怕郎潜立偷看足。

## 前调

戏贺曹卓庵寿

八月西风吹欲透。桂粟香清，酿作杯中酎。天弄新晴秋籁奏。芙蓉含笑为君寿。　　试问休文缘底瘦。社日明朝，燕子归时候。独是人归翻落后。红楼祝罢还相咒。

## 后庭宴

七夕，是日雨。

别日苦多，会时苦少。人间天上同烦恼。千秋万岁总相思，年年那得相思了。　　今宵赢得，为云为雨，灵风缥缈。玉人此际，偷乞天孙巧。夜静嫩凉生，私语空庭小。

## 其二

愁重成云，泪多作雨。经年别恨都如许。七襄机上织回文，情丝不断千千缕。　　佳期今夕，天孙偷学，人间儿女。芳心缱绻，诉出鸳鸯侣。那得破工夫，来鉴人私语。

## 美人卖花

月下看花，上三句《虞美人》，下二句《卖花声》。

今宵月色明于昼。莫负花时候。阑干横处惹佳人。翀着看花花上脸，斗月精神。　　官贫不道饶清兴。花月心头境。露凝花气月都香。拼得朝衣聊当酒，买醉何妨。

## 钗头凤

本意

惜花性。贪花病。美人头上双栖定。芳茵畔。金杯劝。凉州舞罢，春风微扇。颤。颤。颤。　　山盟订。还持赠。顿教两下成孤另。鹊声唤。灯花绽。紫姑坛上，解人愁怨。判。判。判。

## 唐多令

元日

愁病方除却，愁灰今复然。又青回、柳眼欲谁怜。不是江城花事早，是客里，觉春先。　　思入春三十，心怀路八千。一身诗债酒家钱。已道新年过不得，那知偷过新年。

## 锦帐春

咏美人眉

柳叶春悭，遥山翠润。着不得些儿愁恨。弄菱花，描螺黛，被肉痕偷印。微拭香津揾。　　病里轻颦，嗔时倒晕。更别有一般风韵。懒精神，还散漫。是蜂黄初褪，羞人红沁。

## 一剪梅

画眉，效弇州体。

巧斗涵烟镜里山。疑是春山。疑是秋山。笔尖螺子写遥山。画一重山。印一重山。　　微润香津试晓山。云湿青山。雨湿青山。闲情蹙破小愁山。思在关山。恨在眉山。

## 前调

听莺，和韵。

睍睆声从何处来。柳惹将来。花惹将来。唤教风雨五更来。带得春来。带得愁来。　　飞近秋千小架来。叫睡醒来。叫梦醒来。深情絮絮诉从来。怨着谁来。恨着谁来。

## 其二

鸟弄金衣织柳来。送好音来。送好春来。声声唤出凤鞋来。来踏青来。来看花来。　　不管羁人那听来。愁自声来。泪自声来。翩翩犹自鼓簧来。吹出情来。谱出情来。

## 前调

咏燕

贴水差池翠影双。小语声忙。小舞飞忙。梨花细雨湿春光。一剪花香。一嘴泥香。　　垒就香巢近碧窗。晓觑新妆。晚觑残妆。多情何事起愁肠。来为春伤。去为秋伤。

## 前调

咏莺

春宠翩翩公子骄。唤起花朝。啼破花梢。惊人梦断碧天遥。君自魂飘。妾自魂销。　　到处寻芳烟景饶。青草晴郊。绿柳河桥。东风三十卖娇娆。一曲笙调。一种情苗。

## 前调

咏蝶

粉重香粘衣上花。白染梨花。红染桃花。双双闲惹扇儿纱。捉向窗纱。放向窗纱。　　今夜知他宿那家。花里为家。香里为家。无端风雨恨无涯。春去天涯。梦去天涯。

## 前调

咏蜂

偷得花来欲酿春。花酿春心。春酿花心。花意春心两不禁。花瘦三分。春瘦三分。　　腰细轻盈楚女魂。这壁温存。那壁温存。怜香到处不怜身。黄褪成尘。香褪成尘。

## 前调

春阴

窗影朦胧日影迟。寒在梅枝。暖在桃枝。矜寒做暖半阴时。春意花知。春恨花知。　　卷帘凝望燕归期。柳织烟丝。柳弄风丝。远山攒碧学愁眉。云尽天低。天尽云低。

## 前调

纸鸢

剪纸挼绳伎俩奇。顷刻鹏飞。顷刻凫飞。多亏线索自提携。风也扶持。人也扶持。　　直共行云较速迟。迟也堪危。速也堪危。脚根线断落污池。哭杀娇儿。笑杀娇儿。

## 踏莎美人

咏水仙花，上三句《踏莎行》，下三句《虞美人》。

洛浦临波，江皋环珮。芳魂化入芳英队。檀心不受蝶蜂嗔。独向霜天冷处，欲亲人。　　倚石神清，怯风肌瘦。未甘轻落梅花后。盈盈无语玉香柔。知是湘灵鼓瑟，为谁羞。

## 前调

咏水仙花影

半壁残灯，一帘寒月。偷香暗写花和叶。云鬟玉臂认难真。恰似美人春睡，帐中身。　　惨淡柔心，模糊秘意。愁蜂怨蝶凭谁寄。低回无语立凌波。仿佛苍烟翠雾，锁湘娥。

## 前调

白牡丹

蝶意偷香，春心卖笑。胭脂却尽浑波俏。玉柔粉瘦斗轻风。何必一痕留得，指尖红。　　露洗何郎，日烘荀令。月中分外相宜称。烟花世界独幽然。知是繁华如梦，洛阳天。

## 渔家傲

采莲

晓入莲塘花似茜，船头触散鸳鸯伴。翠袖斜揎舒玉腕。才折断。情丝一把还厮恋。　　弄水误将衫子溅。吴歌低唱情无限。柳外青骢遥隔岸。羞人见。摘来荷叶佯遮面。

## 前调

本意

芦白蓼红江水绿。浪花风起喷寒玉。远近云山秋可掬。真满目。画图历历都看足。　　闲把小舟萦古木。风波尘世由翻覆。贳酒归来鱼正熟。歌一曲。醉来抱月齁然宿。

## 其二

落日半竿烟挂柳。船儿泊在江儿口。网得巨鱼惟欠酒。谋诸妇。昨宵剩酒犹存否。　　大笑高歌狂拍手。生涯醉里天长久。风月无边为我有。谁是偶。个中只有篁栖叟。

## 前调

夜月即事

新柳梢头初月上。香风吹过荼烟飏。翠竹萧疏摇碧浪。闲情况。一庭夜色浑无恙。　　小草铺茵花影障。春光勾惹春情荡。斜倚侍儿偎半晌。襟怀畅。阑干压着风流状。

## 苏幕遮

新晴，用文正公韵。

杏花天，芳草地。小雨新晴，螺髻遥山翠。燕尾剪波轻蘸水。衔得香泥，飞过秋千外。　　故园情，游子意。愁上眉头，压眼惟思睡。十二阑干闲倦倚。柳叶无端，犹带伤春泪。

## 前调

夏日雨霁，和友原韵。

熟梅风，吹欲尽。作弄新晴，枕簟凉初润。螺子遥山烟外隐。碧沼粼粼，水涨荷钱嫩。　　蝶才干，飞未稳。欲晒花衣，就日依人近。过眼浮云只一瞬。立遍苍苔，小遣心头闷。

## 风中柳

挽杨柳作同心结

新柳依依，惯解舞、东风暖。隐长亭、枝头春满。佳人折赠，犹恐情难绾。订同心、翠条生挽。　　玉手纤纤，都被青青露染。金缕拖烟君莫剪。结儿虽小，个个含愁眼。倩丝儿、将郎拘管。

## 酷相思

春恨

好梦轻将莺吭惹。人有恨、花无那。看春恋、游丝心未舍。花瘦也、凄凉者。　　客泪偷弹珠一把。拼向花前洒。更十八、封姨情分寡。弄得个、春休也。弄得个、人休也。

## 前调

夜感

落叶飞来秋满座。月又被帘筛破。剩药炉、茶灶闲中课。人拥着、愁一个。　　夜夜夜深深坐坐。不睡谁能那。纵弹断、玉琴仍寡和。衣上已、啼痕涴。枕上更、啼痕涴。

## 前调

本意

镇日昏昏如欲睡。酒事诗情都废。只相思、一种供憔悴。这意也、谁曾会。这味也、谁曾会。　　眉又不将愁字讳。眼又难藏泪。少年去也能归未。寂寞也、予之罪。薄幸也、予之罪。

## 前调

纪梦

残月浓霜更漏冻。猛可地、闲情动。忆雨魄云魂风断送。凄凉杀、钗头凤。凄凉杀、鞋头凤。　　枕上相思心里梦。梦里肝肠痛。问萧寺、孤坟荒草共。雁过也、哀声弄。虫泣也、哀声弄。

## 其二

生受伊家来梦里。更执手、叮咛语。道离别、而今期月矣。云断也、随流水。花落也、随流水。　　画鼓无情偏到耳。敲得相思起。剩粘枕、啼痕抛眼底。咫尺也、人千里。咫尺也、魂千里。亡姬厝于署后之楞伽庵。

## 醉春风

有怀

春自来花上。愁自和春长。如痴如病镇厌厌，想。想。想。罗袜勾人，锦衾留梦，顿成已往。　　打点心头强。蹙破眉峰两。客中愁耳不堪听，响。响。响。竹叶风筛，柳梢雨过，无边悒怏。

## 前调

咏美人腰

风起湘裙绉。怯怯难承受。旧时翠带结今宽，瘦。瘦。瘦。柳悭一束，软可三眠，伤春时候。　　还被春光诱。更被春酣透。泥人赤紧着人怜，就。就。就。不胜轻盈，不禁蜷跼，不禁僝僽。

## 望远人

闺怨

枕上啼痕怨岁华。化作石榴花。知郎何事滞天涯。飘泊不还家。　　今日恨，为谁嗟。相思和病交加。腰支瘦已不胜纱。心情那复鬓堆鸦。忍教人独自，负却月弯斜。

## 其二

芳草萋萋旧断魂。新恨忆王孙。萍踪到处信无根。柳絮是前身。心已病，脸空匀。粉痕界着啼痕。画眉谁与说温存。可怜赢得锁巫云。嫁时明镜子，羞照独眠人。

## 定风波

晚凉即事

云拂花枝花拂帘。好风细细晚凉天。一抹夕阳红晕浅。山远。半窗图画两眸前。　　宦味日贫心日逸。翻覆。朝来暮去绝尘缘。正是种情多我辈。课婢。度歌按拍索筝弹。

## 齐破阵

五日

暖日烘开萱草，熏风染透榴花。记得江南今日里，画舫笙歌斗丽华。小扇簇轻纱。　　又是一番重午，动人无限嗟呀。以宦为家原是客，客中作客倍思家。儿女寄官衙。时予在绵州。

## 行香子

夜思，限韵。

秋色阑珊。夜色涓涓。凝珠凝白露团团。旧浓影暗，菊瘦香寒。有雁声遥，蛩声苦，漏声残。　　不堪此际，倚遍阑干。欲眠无力病厌厌。心情多少，落在谁旁。怎奈何人，奈何月，奈何天。

## 锦缠道

客里

客里熏风，吹得榴花红遍。上江楼、双眸穷盼。下滩归艇浑如箭。烟树云山，都是伤游宦。　　怕听杜鹃声，啼时血溅。为着柔肠容易断。今番慢把闲情乱。叹荒城箫鼓，又近重阳宴。

## 青玉案

咏玉簪花，和吴鹳亭韵。

花姨虽老秋容别。剩粉残香奇绝。回首三春浑太息。落红如梦，芳茵似海，只有冰心洁。　　何年钗断相思折。化作娇花情未泄。开向窗前如欲说。玉人拈取，翠鬟轻惜。两厌厌风月。

## 前调

晚眺

斜阳衰柳烟丝挂。是一幅、秋山画。遥望碧溪茅屋下。隔水樵夫，策黎野老，相对闲中话。　　悠然不减东篱价。笑我天涯骖半驾。输与薜萝墙满架。饭熟邯郸，酒封麹蘖，得使尘襟罢。

## 两同心

咏美人足

一钩新月，两瓣红莲。舞掌上、轻飞小凤，行洛浦、微蹴文鸳。向紫陌，踏青拾翠，带得春还。　　几回为赴幽欢。那步堪怜。最撩人、灯前暗换，更消魂、被底勾连。风流煞，鞋名独见，宫样新翻。

## 前调

今日

今日相思，昨宵断送。诉旧恨、九月离云，做新欢、三更好梦。尚依稀，小袜吴绫，短翘金凤。　　留得十香词曲，扇头堪诵。是妮子、解定情根，惹主人、独教情种。最憎嫌，眼前花柳，难分伯仲。亡姬有《十香词》扇。

## 天仙子

拟艳

酒力不胜花漏永。一睡觉来犹未醒。酹春春色压兰衾，嫌夜冷。羞灯影。枕上云丝扶不整。　　绣幕银钩摇不定。掉动阑干鹦鹉省。汗融粉腻体香慵，嗔薄倖。休狂逞。梦儿好放闲俄顷。

## 前调

春夜阅《花影集》得十影词，戏和之。

红杏一枝扶月影。绿杨千缕描风影。夜香夜色锁空庭，迷蝶影。迷蜂影。花房稳抱双双影。　　绣幕收灯灯弄影。隔窗写出佳人影。卸妆小立镜台前，钗凤影。鬟云影。魂醉换鞋罗袜影。

## 前调

春望

欲卷湘帘寒料峭。蔷薇一架红香老。子规不住为谁愁，愁花少。愁春少。愁雨愁风愁不了。　　纵目高楼乡思杳。柳摇碧浪长亭道。强将离恨压阑干，天连草。烟连草。江头数点青山小。

## 殢人娇

无题

日影窥窗，是俗吏归衙时候。罗帐里、软衾纱绉。玉人犹自，恋醉乡清昼。堪怜处、一线枕痕红肉。　　最可酣容，最撩情窦。悄地个、和衣相就。桃源路近，早入渔郎彀。半醒道、罗皂今番郎又。

## 忆帝京

闺怨

晚凉人静花初睡。不放猧儿闲吠。斜月柳疏疏，谙尽相思味。试问夜何其，漏下三更未。　　恨时也觉心头悔。争奈此情怎退。待骂还停，欲眠且住，郎心只怕应难昧。泪纵未曾流，愁早眉先会。

## 江城子

秋感

一天风雨一天愁。合成秋。在心头。满院萋萋，草色锁官楼。闲抱琵琶翻旧谱，无限意，懒还休。　　可怜潦倒少年游。恨悠悠。泪难收。闻到城边，新涨半江流。欲寄思家千里泪，流不到，古徐州。时予家寄寓徐州。

## 前调

春望

柳丝吹起麹尘风。淡烟笼。影空濛。隔水人家，青旆杏花红。更是春光无远近，人笑语，小墙东。　　秋千飞入碧云中。粉香浓。汗香融。玉燕钗梁，斜溜鬓鬟松。松我痴情余几许，和春色，一班同。

## 前调

春夜

月明孤坐碧窗中。夜溶溶。暖融融。和恨和愁，小晕一灯红。戍卒不知人未卧，催画鼓，尽咚咚。　　相思拟倩客魂通。怕匆匆。梦难终。记得去年，今夕草亭东。携手蔷薇花架底，挼暮雨，说春风。

## 千秋岁

和少游词

春归帘外。蝶粉蜂黄退。花事谢，芳心碎。验愁奁上镜，试瘦腰间带。还羞煞，绣床鸳枕空成对。　　记得初相会。翠被和春盖。忘不了，般般在。玉骢消息断，薄幸心肠改。又何劳，当年絮絮盟山海。

## 前调

寄感，仍用前韵。

孤踪天外。酒态诗狂退。愁与病，牵心碎。眉长常锁恨，腰瘦难胜带。西窗下，青山白水来相对。　　荷心先领会。畏暑聊擎盖。转眼处，秋光在。书生原白面，雨打风吹改。离合别，年年负却情如海。

## 师师令

咏美人口

碧窗私语，香气喷人醉。弄珠的的，小樱桃一颗、有天然滋味。带笑微微红欲坠。恐着他、脂痕碎。　　有时扇底竞歌吹。调舌莺声脆。花奴样子不胜春，早占断、人间妖媚。啧啧含情轻障袂。此意谁能会。

## 河满子

咏美人手

粉嫩春葱柔腻，玉寒纤甲修长。怪道牡丹无赖甚，偷留一捻红香。爱倩月中弄笛，忍教筵上擎觞。　　每到相思静处，厌厌托损腮傍。翡翠指环轻约束，抹时笑赠檀郎。含态碎搓花瓣，倚阑戏打鸳鸯。

## 风入松

秋尽

西风吹尽结成寒。晓起卷重帘。昏沉一片销魂色，又不雨、又不晴天。远树已无秋意，远山犹剩秋烟。　　玉琴新自上冰弦。欲弄转凄然。少年何事伤怀抱，叹知音、今昔原难。独有哀吟蟋蟀，与人同病相怜。

## 其二

云连雁字贴天飞。风紧弄霜威。黄花老逐秋光歇，浓寒锁住柴扉。收拾朝衣去典，赎他旧典貂衣。　　一官系我几时归。夜梦绕慈闱。少年已不如人矣，何须更托金徽。流水高山调绝，知音今日原稀。

## 前调

夜坐

谯门画角动三更。帘压夜寒轻。窗前多少芭蕉叶，一点雨、一点愁声。香学回肠叠恨，灯窥瘦影生憎。　　无聊脉脉坐调筝。写出旅中情。不眠不为宵长也，恐今宵、梦短频惊。更是遥天断雁，赚人乡信难凭。

## 御街行①

春闺

好春天气独伤春。眼重懒精神。莺儿劝得腰儿瘦，也怎生、禁架罗裙。闷惜飞花，轻怜碧草，闲却小朱轮。　　幽情秘意共啼痕。输与薄情人。如今抛得春无主，也重门、深锁梨云。离别心肠，相思滋味，寂寞是黄昏。

---

① 据词谱，此调当为《一丛花》。

## 拍阑干

闰七夕，客僧舍有感。

相思相见，鹊桥两度银河岸。趁此秋宵今夜半。再续欢娱，好结鸳鸯伴。虽多了一番会面。又怕明朝、多一番离散。　　书生迂拙从来惯。设果陈瓜也，且重求遍。黄昏早掩芙蓉幔。莫使牛郎来，笑栖僧院。

## 一丛花

雨中作

芭蕉叶叶信如何。窗外两三窠。愁人心绪羁人泪，都化作、雨点声多。蝶梦无踪，鹃魂不见，燕病睡香窝。　　女墙云影压烟萝。山远绿于螺。珠帘卷尽江楼暮，空添了、一尺轻波。滞我归舟，不教如箭，飞渡入黄河。

## 前调

感寓

斗大孤城面面山。朝暮白云环。一身淹滞白云里，白云外、万里乡关。杨柳翻风，芭蕉闹雨，都是断魂天。　　檀奴先我二毛斑。同病在今年。风流肠肚消磨尽，剩愁多、压得眉弯。酒碗依然，茶铛无恙，情绪觉堪怜。时余年三十三。

## 梅花三弄

奈何，上三句《梅花引》，中二句《一剪梅》，下四句《江城梅花引》。后段同。

奈何人。奈何春。花柳风情今断魂。蜂瘦三分。蝶瘦三分。只有杜鹃啼不住，一口口，一声声，是血痕。　　江头游子愁如许。泪珠化作千山雨。春累人心。人累春心。慢道春随人去也，春去也，比人归，早几旬。

## 送入我门来

戏马敬静纳妾

红玉笼云，修蛾却月，盈盈少妇卢家。银烛双烧，宝帐掩冰纱。君同夏日熟梅雨，妾似春初豆蔻花。　　娇小不禁蜷跼，一夜蜂黄蝶粉，退了些些。占尽温柔乡里，好年华、休文清瘦，缘何事、六六峰头兴更赊。

## 前调

拟艳，限韵。

脸际潮生，眉尖羞晕，泪痕凝在横波。无奈春风，揉损碧云窝。妾同摇曳初生柳，奈郎似、新莺来往梭。　　多少深情秘意，几点花零红雨，春透轻罗。怯怯盈盈，不惯耐婆娑。蜂儿偷蜜来重户，惹燕子、私窥坐浅窠。

## 柳初新

咏新柳

一点情芽春未透。眉尾眉尖泄漏。燕翻香雨，莺闹朝云，故把鹅儿搓就。怪道纤腰恁瘦。乍消承、东风僝僽。　　偷向画楼前后。衬秋千、玉翘红袖。娇难胜舞，嫩不禁揉，偎尽暖新寒旧。怕是清明时候。销魂恼、被凄烟覆。

## 最高楼

秋感

秋来了，曾否到梧桐。先来到客中。一阵轻寒一阵雨，几番落叶几番风。减蜂粮，消蝶税，老花容。　　心头撇不下、江南恨。眼前盼不到、衡阳信。多少意，倩谁通。古寺钟声敲梦破，小窗山色被烟封。惹新愁，和旧怨，尽无穷。

## 前调

初秋感兴，和人韵。

秋无赖，才弄做清凉。又弄做凄凉。风儿细细生罗幕，雨儿点点洒纱窗。助人愁，是绿叶，渐成黄。　　瘦得个、狂蜂没了性。瘦得个、花奴成了病。全不肯，软心肠。那知更有人憔悴，几番归计阻名缰。谩登楼，空作赋，怨清商。

## 前调

哭李迈园先生

相思路，风雨瘗孤魂。孤魂何处寻。君作玉楼天上客，我留锦水瓮中身。更无家，还落魄，谢知音。　　今生撇不下、西湖约。今宵梦不到、重泉隔。从此后，泪沾巾。惟把阳春托象板，先生在予署中，作有诸戏曲。羞将流水问瑶琴。设村醪，余痛哭，吊遗民。

## 千秋岁引

送张五修归里

衰草粘霜，败芦翻雪。正秋色撩人愁绝。天涯孤客泪纵横，天外孤鸿声哽咽。当此际，黯销魂，惟是别。　　离筵拼取金樽竭。阳关铁笛今吹裂。岸边枯柳难堪折。锦江流水去如飞，为送归舟轻似叶。一回头，人万里，肠千结。

## 前调

江渎祠观梅，和朱丹山韵。

粉冻魂清，香疏梦恼。漏泄春心么凤小。横斜一枝欲破腊，精神分外霜天好。笛悲风，角叫月，多飘渺。　　世外佳人倾国笑。底事尘缘能顿了。人道祇园芳意悄。盈盈不待东君嫁，棱棱却倩苍烟绕。忆江南，江北也，开须早。

## 江城梅花引

秋夜吟

秋风午夜冷萧萧。弄花梢。弄柳梢。花柳虽衰仍是旧根苗。怪底关情情易动，身里病，病中身，总魂销。　　魂销魂销不可招。更自敲。香自消。听也听也，听不得、蟋蟀劳骚。更怕一声断雁碧云高。人为愁多憔悴了，心炙也，比灯儿，分外烧。

## 玉人歌

春半

春已半。看柳弄烟丝，花飞风片。闲情多少，恼被鹃声唤。归心轻把春心换，共我心如箭。幸榆钱、买住东君，尚留一线。　　转眼朱颜变。莫白日蹉跎，青春有限。趁着春光，游览应须遍。年年何事厌厌也，门掩梨花院。想愁人、病里怕教春见。

## 丑奴儿

咏美人目

盈盈剪水，满不住、一眶秋。几度人前送意，几度抬头。几度含羞。珮声去也倩情留。佯回顾影，心期眉许，密约相兜。　　屏曲恁时欢会，云松花怯钗揉。倦瞢腾、睥睨无力，多少风流。多少温柔。最难忘、话别绸缪。看承人处，汪汪泪搁，频落频收。

## 鹊踏花翻

梅花

新暖烘香，旧寒勒粉，东君拨动花心乱。啼春小鸟方娇，恰恰含情，声声偷作销魂颤。烟边绰约帐中身，雨后风流歌罢汗。　　堪羡世外，佳人一笑，早占尽、柳街花院。想着肌肤玉润，韵格天然，病鹤宜相伴。三生石上已曾拼。蝴蝶枝头常梦见。

## 宣清

闺怨，限韵。

簌簌飞黄叶，正晚风做冷，月斜烟重。听玉箫、谱就新声，欹实枕、选残旧梦。欲卜归期，几次都教，灯花侮弄。愁蹙蹙，泪悬悬，眉眼那曾得空。　　肠有千回，骨无一把，怎消承秋仲。记得前宵，雨迎云送。不放半丝丝缝。往事堪嫌，已缘悭、说他何用。

## 意难忘

秋愁

门掩凄凉。被酸风苦雨，消减秋光。草衰低蝶板，花冷闭蜂房。人意懒，客愁长。触目尽心伤。最怕看，芙蓉窗外，零落红妆。　　厌厌清坐黄昏。忆诗瓢剑匣，酒碗茶枪。而今原未老，仍是少年场。缘底事，没心肠。宦海一空囊。再休题，风流杜牧，窈窕萧娘。

## 前调

佳人

蝉翼轻绡。印胸铺雪腻，乳抹红娇。舀风葵作扇，避暑玉为翘。脂晕浅，粉香飘。柳嫩瘦苗条。亏了他，阑干一曲，倚住纤腰。　　盈盈小弄琼箫。惹周郎生盼，荀令魂销。云情勾眼角，雨态上眉梢。休作势，故相抛。风流属我曹。好吩咐，猧儿熟睡，莫吠今宵。

## 塞翁吟

秋夜

云影冰绡薄，隐不住、月轮圆。人扶病，压阑干。初试夹衣单。芙蓉叶叶惊心颤，无风犹自筛烟。门掩着，萤灯点点，欲灭还然。　　无端。又谁家，玉箫吹裂，添一个、秋声可怜。明知是、愁长梦短，坐支尽、移阶花漏，小夜如年。相思赢得，疏钟残磬，飞出禅关。

## 绛都春

秋感

销魂时候，正蕉声闹雨，雁影书天。瘦柳条长，知拖不动，欲寒烟。秋光那管人扶病。都教愁入眉弯。无边衰草，无边落叶，几曲阑干。
帘卷高楼纵目，见八千客路，一片云山。江上飘零，宦游无计，上归船。琴书犹在黄金尽。雄心羞乞人怜。任是丹枫萧索，疏竹平安。

## 满江红

之蜀，留别徐澄源内兄。

万里西风，今始信、销魂惟别。一步步、长安远也，夕阳古驿。泪极染成衫上血，愁多打就心头结。可怜人、端只有孤鸿，空悲咽。　　吹不尽，阳关笛。飘不尽，枫林叶。用不着村烟，把人遮灭。阵阵霜寒燕市酒，声声鹃冷琴台月。恨伯劳东去、雁西飞，情何歇。

## 前调

楚王宫

霸业成灰，空剩下、旧时宫阙。轻烟残照，一望堪悲切。粉蝶翻翻舞袖冷，黄莺呖呖歌喉歇。见枝枝、交影锁纱窗，银灯灭。　珠楼毁，铜梁折。画阑欹，雕墙裂。尽青苔蛛网，蚁封孤穴。白日可怜萧索雨，黄昏不耐凄凉月。小阶前、只有美人花，虞兮血。

## 前调

中元有感

几许秋光，又催趱、到中元节。镇日里、云昏雨暗，漫天凄切。破庙翻经钟欲断，小风送泪声初咽。看传灯、江上乱红寒，波千叠。　到此际，愁如结。到此地，魂应绝。慨年年此夕，回肠寸裂。十载严亲泉下路，一杯祭酒儿今缺。可怜人、客里更飘零，无家别。

## 前调

春半，次张五修原韵。

花信番番，调弄做、粉围香簇。勾引得、莺喉燕舌，春风一曲。欲把东君邀入室，玉钩帘卷湘江竹。看美人、飞上柳梢头，秋千绿。　芳草软，迷骢足。晴雾暖，迷人目。似摩诘堆来，诗中画幅。回首春光过半也，酒杯茶椀干须速。好移将、小榻近花丛，偎红宿。

## 前调

应张雪村征命诗挽云南烈女端姐，限韵。

一幅红绡，是当日、聘时帕子。断送了，冰魂玉魄，滇云万里。鸾镜未酬描黛笔，鸳情不作销魂饵。把蛸蛴、好颈自投环，青春已。　巾帼事，脂粉耳。今日事，颓风起。笑白衣苍狗，秦郎汉史。豪杰胸牵儿女累，半生失节千秋耻。怎如他、点点小孩提，从容死。女年十二，闻夫死，遂自缢焉。

## 尾犯

对镜

春去惹相思，顿觉如慵，如昏如醉。好倩冰轮，写出人憔悴。眉尖上、横烟敛恨，眼角里、含酸欲泪。镜中镜外，几许闲愁，更几多闲思。

相商还自问，何事被他情累。瘦已难堪，况风尘久寄。怪道是、人生厌憎，只自看、也生猜异。奁儿忒小，着不得、千吁万气。

## 前调

入夜

罗扇不禁秋，湘簟初凉，玉人无汗。烟柳空濛，扶夜容一片。满榻月明肌雪软，浑身花影鬟云乱。最堪怜处，翠幕银钩，闹里关心颤。　飞萤如有意，小住碧纱窗畔。梦到酣时，好事都窥见。画鼓促更容易打，鸾胶贴肉而今验。粉消黄褪，明日个、指教伊看。

## 满庭芳

拜月

柳眼知愁，蕉心锁恨，重重门掩秋光。更阑夜静，满地月昏黄。衷曲向人难诉，向嫦娥、细语商量。瑶阶下，深深拜也，一炷水沉香。　殷勤无限意，风吹罗带，露湿衣裳。怎生禁架得，这种凄凉。欲问柔肠何似，似篆烟、断续微茫。粉墙上，竹摇翠影，疑道是萧郎。

## 前调

春日偶兴

燕影来轩，莺声在柳，起来日满窗纱。非关中酒，何事睡偏赊。赢得官贫自在，经年个、不用开衙。尽任我，风流成性，又疏懒无涯。　更一春乐事，呼童洗竹，课婢浇花。好对花酌酒，倚竹评茶。喜共山妻闲坐，草茵上、棋斗红牙。顿忘了，此身是客，八载滞三巴。

## 前调

咏萤

趁着秋宵，避他明月，潜身检点花魂。向花深处，分外卖温存。任是西风吹不灭，偏隐约、暗里窥人。曲径畔，轻盈数点，偷照楚峰云。　有时低映水，夜珠一颗，瘦影双分。更欲飞还住，缀草铺茵。最怕玉娥憨样，生惹出、团扇相嗔。俏捉去，碧罗小幔，许与梦儿亲。

## 凤凰台上忆吹箫

美人弹琴，和李上珍韵。

夜静风微，月明籁寂，闷来独坐楼头。把香烧心字，袅袅烟浮。调得冰弦方就，频欲弄、还又频休。怕弹那，别鸾旧调，寡鹤新愁。　　凝眸。沉吟无语，千万种芳心，化作悲秋。且漫将银剪，玉甲轻修。惟恐余音易歇，弹不出、无限殷忧。弦断处，灯花落也，窗影云留。

## 前调

积雨

山抹云横，树团烟湿，钩帘欲望魂销。怅雁书落拓，蝶梦迢遥。正是客衣未授，新寒早，催着征袍。阑干外，芭蕉绿碎，杨柳青凋。　　萧萧。这泪珠雨点，隔窗儿一纸，无暮无朝。悔少年游子，宦悔蓬飘。任是锦江涨满，流不去、念远情苗。重阳近，满城凄景，愁入诗瓢。

## 前调

和漱玉词

多少情肠，无边意态，从今粘住眉头。望马嘶别路，帘卷金钩。怕是天街又转，只待得、转尽方休。夕阳下，一丝衰柳，一片残秋。　　休休。个人拼了，纵情丝万丈，难把身留。剩裙香衣泪，断送红楼。憔悴云期雨梦，有鲛珠、串串泻出双眸。伤心处，柳梢月上，挂起离愁。

## 西子妆

咏秋海棠

红冷蝶须，绿粘蜂嘴，多少柔姿秘意。花开点点弄芳心，倚窗前、为谁血泪。西风漫舞，不解相思如此。最堪怜，在细细烟中，丝丝雨里。　　娇无力。一枕檀痕，半腮沉醉。浴温泉、妃子残妆，试汤饼、何郎新洗。非肠易断，端只为、情深欲死。任凭他，小谱重编贾史。

## 前调

荷花

步怯凌波，情深解语，小靥酒容未散。芳心点点托熏风，被日暖、芳心欲绽。温泉浴罢，透红肉、香生一线。爱杀并头滋味，只许鸳鸯偷见。 难得欢约常存，易得香盟断。柔丝纵有万千条，奈如水、流年暗换。采菱歌歇，犹忆着、湘裙初溅。更堪怜、花共相思无限。

## 烛影摇红

送友之建昌

地角天涯，论交三载同为客。怜君久困旧青毡，我愧腰全折。一样襟期落拓。怪今年、朔风太恶。阴藏淡日，冷逼浓霜，催人行色。 行矣前途，探奇珍、重寻陈迹。渡泸沙阔人家少，阿路山欹仄。放胆莫将心眼窄。画图收拾归囊橐。夕阳影里，晓云深处，把愁安着。

## 前调

雨夜

小梦三更，被他雨闹芭蕉隔。一灯寒晕半床愁，都付秋城柝。带湿蛩啼不住，碎哝哝、向人细说。算来今夕，总是关情，无非寂寞。 竹叶萧萧，风儿弄与敲窗槅。枕头生就怕孤眠，佳味何从得。笑杀蚕丛劳吏，浑似个、夜郎迁客。未闻过雁，空有乡心，知凭谁托。

## 汉宫春

杜鹃

怨魄秋魂，趁一天月暗，万里烟霏。声声报道，不如归去庭闱。游人此际，听来分外堪悲。辜负你、一腔热血，如何叫得人归。 叫得东风去也，叹酴醾香谢，芍药红稀。弄教落花无主，柳絮空飞。可怜最是，惹客中、乡梦初回。直啼到，喉乾血尽，劳劳毕竟因谁。

## 夏初临

初夏，和杨孟载韵。

杏子含酸，荷钱放暖，春光一夜都归。花信摧残，熏风吹出罗衣。片云欲弄晴晖。惹荒城、处处花飞。莺乾喉舌，蝶消香粉，蜂瘦腰围。 愁人此际，鸡肋名虚，乡心何处，鱼腹音稀。书生潦倒，八年淹滞巴西。午睡移时。梦魂犹忆楚山薇。怕鹃知。孤踪万里，来向人啼。

## 倦寻芳

秋感

蕉翻风绿，叶冷霜红，秋思零乱。帘卷楼空，人病芙蓉小院。贴草半飞憔悴蝶，书天几字平安雁。倚阑干，见斜阳牛背，巴歌声断。　　悔年少、无端作吏，万里身轻，七年游倦。回首青山点点白云遮遍。耽误诗瓢酒碗债，惟余婢膝奴颜贱。寄新愁，锦江上，客帆如箭。

## 前调

病中

少年何事，与病多缘，与花无福。到被春光，累我愁眉苦目。瘦去幸还余骨在，旧衣新觉都宽幅。凄凉处，但听得莺声，心伤欲哭。　　更闲却、酒瓢茶碗，诗囊剑匣，琴床棋局。不如蜂蝶，任意绿偎红宿。豪气从来千百丈，一官一病都教没。把风流，换得个，药香熏腹。

## 声声慢

和漱玉词

霜封雁字，雨咽虫声，秋光忒也惨戚。十二楼空，遍倚栏杆叹息。回肠万转千折，日日比、车轮较急。苦莫苦，生别离，乐莫乐，新相识。　　锦瑟瑶筝尘积。零落尽、挂壁有谁弹摘。妾守痴心，无计换郎心黑。生受软绡承泪，泪浓时、和血共滴。这憔悴，惟有个、枕儿解得。

## 长相思

春感

花片成泥，香生燕嘴，旧巢好补雕梁。柳丝如梦，绿锁莺喉，新声偷谱春光。日断晴窗。但四围山树，一带烟江。遮莫是愁乡。悔无端、情思茫茫。　　想锦袜销魂，红靴按拍，三生石上凄凉。风流犹记得，去年春尽太轻狂。俏向花房。草茵软、暖卧鸳鸯。怪东君、今年赚断人肠。

## 合欢

拟艳。上五句《万年欢》，下五句《归朝欢》。

月约花期，正黄昏人静，蔷薇小院。放草铺茵，团就花粉香一片。听乳莺雏燕。分明诉出从前愿。挽松云，起来检点，裙衩春先溅。　道是今宵，有花姨作证，月娥私鉴。尽着丁宁，俏语千回万遍。向眼前眉后，莫将颜色招猜怨。恐防人，暗中窥见。避了流萤面。

## 八声甘州

偶感

凭秋光一片是风梭，织雨做教成。煞凄凉时候，山围黄叶，人滞江城。燕燕留他不住，尚有故乡情。镇日个、无聊无赖，如病如酲。　忍向镜中瞥见，觉近来愁态，太瘦生生。便梁园金谷，值得误归程。忆江南、木兰艇子，梦里听、欸乃棹歌声。惭愧杀、旧囊短剑，宦海身轻。

## 双双燕

咏燕

翩翩翠羽，度社日花朝，三春一梦。颉颃生性，占断人间情种。任是画梁雕栋。不忘了、主人恩重。双双衔取新泥，好补旧巢香缝。　唤醒玉楼人睡，趁帘卷梳头，半窗闲空。随风飞去，游遍柳堤花衖。裁剪浅红深绿，顿自把、芳心撩动。无端来便伤春，去又悲秋肠痛。

## 扬州慢

偶感，时闻黄河水患。

雁背霜粘，蕉心风裂，这番冷似前番。恁短衣长剑，奈客里秋残。碧窗外，芙蓉谢矣，昏烟衰草，恨瘗红颜。教闲情陡来眼底，又上眉尖。　故乡万里，盼不来、一字平安。况年少飘零，宦游潦倒，五载难堪。闻道黄河涨也，肠九曲、曲曲愁添。向锦江寄语，好流梦下江南。

## 玉蝴蝶

闻砧

薄薄一天云影，似含雨意，犹露银蟾。独有异乡羁客，此际无眠。怪铜龙、城头频击，惊铁马、楼角轻喧。蓦无端。谁家双杵，捣破浓寒。　堪怜。空闺何事，相思欲寄，废力徒然。如缕余音，应难飘向塞垣边。道只我、悲愁肠断，更有人、念远心酸。最销魂，雁儿过也，黯黯啼烟。

## 前调

咏粉蝶

春正花丛睡足，金铃醒梦，一片香魂。排演玉柔粉嫩，忒杀温存。偷粘住、桃花人面，俏依着、草色罗裙。卖风情。玉人头上，小惹巫云。　　纷纷。飞红万点，柳绵无数，齐过西邻。憔悴无端，羞随春色瘦三分。合欢处、生怜芳径，相思路、死怨东君。更堪嫌，妒风吹雨，隔断轻尘。

## 长相思慢

咏月下芙蓉花

红涨腮潮，绿分眉晕，依稀卓氏文君。偷来月下，小立星前，弄娇弄影花心。知尚属琴心。早一天秋色，冷透脂痕。想卖酒当垆，被酒香、扑鼻成醺。　　奈琐碎、寒蛩夜夜，悠悠泣露，叫断花魂。碧云笼玉，翠雾萦墙，隐约缤纷。相看无语，银蟾如水浸黄昏。更浅嫌密妒，风不温存。

## 玲珑四犯

旧岁今朝

竹雨蕉风，是旧岁今朝，别离时候。今岁今朝，秋色依然似旧。可怜多少相思，落在茶前酒后。叹我东西南北，走一个、飘零僝僽。　　朝云冢撇荒烟覆。痛孤魂、祇园左右。亡姬冢，在蜀楞伽庵。花钿满地谁为主，粉怨香愁透。休向能䴏䴓巢穴，好认取罗浮情窦。浸心苗两行，清泪湿，征衫袖。

## 金菊对芙蓉

秋感

淡日烘晴，微风酿冷，作成一片清秋。欲穷千里目，更上层楼。惟愁无路教愁去，把湘帘、齐挂银钩。斜阳影里，翠烟深处，哀雁南游。　　望乡不敢回头。奈云山重叠，遮断双眸。正销魂此际，有泪空流。旧愁不独难推去，又添些、无限新愁。谁家更是，数声羌笛，几曲巴讴。

## 前调

夏日有怀

小扇风轻，罗衣汗重，日移阶影迟迟。忆床铺玳瑇，簟滑琉璃。玉人欹枕成浓睡，印枕痕、香颊凝脂。恐醒午梦，红丝拂子，为拂蝇儿。
正是去岁斯时。把风流情事，顿作轻离。被茫茫宦海，隔断佳期。从来未谙相思苦，今识相思不可支。能教人瘦，能教人病，更使人悲。

## 雪梅香

丁丑辰日

仍是我，依然短剑客天涯。独今朝增岁，空伤老大无才。三十年中尘土味，八千里外梦魂哀。山妻多事，梅花香里，小筵开。　　愁肠难着酒，酒杯方尽，泪已盈杯。多少乡心，兜来落在歌台。弱女谩教称父寿，游人先炽忆亲怀。寄语他峡猿塞雁，静夜休催。

## 高阳台

秋夜

风力催霜，烟痕锁月，天教做弄秋光。落尽梧桐，从今后、更凄凉。一番冷比一番冷，一夜长如一夜长。看蜡灰寸寸，断人寸寸回肠。　　欲眠几次难成睡，怕山空天阔，梦也荒唐。况又何堪，床头软语哀蛩。盼秋急早同愁尽，奈秋残、反觉心伤。且拼着、兀坐任他，泪湿衣裳。

## 前调

咏秋蝉

薄鬓梳云，轻衣剪雾，齐宫旧样如新。玉冷香销，倩他树锁芳魂。吟风不作楼东赋，写幽怀、一曲鸣琴。向星前月下，纵弦断、少知音。
悲秋不为今萧索，为当年冷落，柳眼花心。一点情苗，化成千载情根。相思好对游人说，莫教声、更到朱门。恐那人未卧，因伊解怨王孙。

## 梅子黄时雨

风雨怨

天色愁人，正雾惨云迷，雨狂风恶。向冷淡官衙，缠绵做作。绿响半庭蕉叶碎，红飘一树榴花落。还横虐。薜荔墙颓，茅茨屋折。　　不管乡心万斛。到昏昏此际，无处安着。独自在黄昏，孤亭寂寞。吹断紫箫肠欲裂，最凄凉是檐牙铎。鸦归却。远近疏林烟隔。

## 东风第一枝

春景

暖破桃唇，晴烘柳黛，好春色浑如染。碧烟一望萋萋，连芳草平于剪。秋千院落，斜挂起、东风轻浅。最宜人、来去游丝，欲袅袅扶春软。

撩客恨、乌衣娇宛。惊客梦、黄鹂高啭。任教淑景多般，倚楼总成愁感。低徊坐久，还怕听、巴歌羌管。但无言、凝了双眸，尽日画帘闲卷。

## 真珠帘

寄怀漪文内弟

层楼架就相思木。望长安、一带云埋烟簇。天尽云烟下，有君家书屋。清昼斑衣初舞罢，度春宵、鸳帏绣褥。双宿。肯移情怀远，书封雁足。

我自一官留蜀。听了些虎啸，鹃啼猿哭。白日作奴颜，黑夜眠尘牍。酒侠诗狂都弃了，只换得、愁眉泪目。遥祝。再何时共剪，西轩红烛。

## 念奴娇

感怀

黄昏庭院，正重门深闭，萧萧风雨。冷逼孤灯凝绿晕，来照人间逆旅。画角吹愁，疏砧捣恨，蛩作凄凉语。清商一片，秋光弄得如许。

游子几寸回肠，肠中寸寸，都堆愁万缕。官舍可怜徒壁立，况是皆无完堵。抱膝空悲，有才无命，击剑歌梁甫。不眠独坐，更听楼头三鼓。

## 前调

秋夜感怀

雨骄风横，把眼底秋光，连宵作践。竹叶无情弄有声，响到蕉心梦断。烛烧长夜，人病天涯，被拥寒如线。哀蛩何事，偏向耳根厮怨。

不识愁宽肠窄，欲说成羞，赢得声吞咽。信是床头金尽矣，壮士自无颜面。万里飘零，五年潦倒，牛马随轻贱。不堪回首，故国白云塞雁。

## 前调

春情，和漱玉韵。

东风冷暖，太欺人腰瘦，绣帏好闭。山样愁眉描不得，怕见莺花天气。前日离云，昨宵梦雨，酿做相思味。泪痕罗帕，寄时和信同寄。
闲却十二阑干，花枝空覆，无个人人倚。不是为怜双燕子，忍把湘帘卷起。更被啼鹃，声声弄血，说出当归意。天涯那里，知他曾解听未。

## 桂枝香

秋感

西风何骤。只吹雨濛濛，将秋做就。一片飞烟，锁住望中遥岫。征衣已向天涯旧。怎禁架、晚凉时候。芭蕉未裂，梧桐先落，清商递奏。
遮莫的、陡来僝僽。惹心头病害，眉头愁皱。近为悲秋，觉比伤春还瘦。荒凉事罢开衙后。镇日个、挨残昏昼。酒兵无用，诗魔消减，真成孤陋。

## 其二

风如刀快。把几叶梧桐，轻轻剪坏。柳线空长，做不得湘裙带。蜂痴蝶懒都无奈。剩哀蝉、声声愁卖。惹教人恨，苦教人闷，病教人害。
满眼无非秋景界。自商量斟酌，飘零莫再。以宦为家，毕竟有家何在。少年谁使多狂态。到而今、凄凉偿债。一窗云影，一帘树色，斜阳山外。

## 画锦堂

秋雨

拥树团烟，酿风做冷，千丝万缕纷纷。可惜一天秋色，尽属凄云。蝉愁柳老声多苦，蝶因粉湿病缠身。最无端，滴破空阶，潇潇排比黄昏。　　销魂。侵薄被，生浅润，陷他小鸭常熏。知我相思独卧，熨贴难温。长亭路滑知无梦，灯凝绿晕照愁人。怎禁架，频频画角，声出谯门。

## 瑶台聚八仙

无题

蝶粉蜂黄初褪尽，夜来小病偎人。冠儿不整，斜掩双凤钗金。帘障眼波嫌晓日，翠消眉岫锁湘云。闷昏昏。厌厌惜惜，懒打精神。　　还倩萧郎亲手，茶汤新试，药饵调匀。卧拥兰衾鸳枕，娇怯温存。兜起半腔心事，又不觉、含酸落泪痕。道可怜，旧时红袙袜，宽了三分。

## 前调

如此山川

如此山川看不得，孤踪何事迟留。归心动矣，欲归心已难收。三十功名鸡肋味，八千客路雁行愁。谩回头。白云芳树，碍断双眸。　　看看西风到也，又吹来无力，不动兰舟。犹自短衣长剑，走马奔牛。不如且住为佳耳，甚徒劳、闲恨与闲愁。更兼是，问江南松菊，早晚成秋。

## 黄莺儿

咏莺

闲情欲说知多少。无限江山，无边风月，无穷花粉，都凭舌巧。被细雨湿衣，寒浓露粘声小。任他杨柳三眠，扶起东风，绿窗春晓。　　缥缈。唤出踏青人，踏破芳堤草。园林深处，赢得轻狂，受用翠围红绕。怕香里，闹春归，帘外怜人老。做到无语吞声，芳心悄悄。

## 恋芳春慢

秋怨

暖暖晴晴，阴阴冷冷，风风雨雨烟烟。倚遍阑干十二，总无情绪、觉凄然。怎禁他、衰柳蝉嘶，老梧叶落鸦翻。　　玉箫声里，芳魂吹破，捣衣石上，午梦敲残。扬州杜牧，今作有恨江淹。回首朱楼绣户，相思都化奈何天。伤心处、碧云红树青山。

## 前调

落花

一片芳心，万千香泪，红泥和恨埋春。秋千架外，冷落了翠罗裙。只这风朝雨夜，早断送、无数愁人。还牵惹、性软游丝，抵死留住东君。　　蝶儿飞去，如痴如梦，莺儿睡起，无语无魂。轻盈记得，当年桃叶桃根。今日画桥流水，绿波浸透脂痕。相思处、凝眸细数阑干，倚遍黄昏。

## 南浦

秋夜

无边光景，被风吹、雨打逼成秋。酿作换衣新冷，约住翠烟浮。寂寞梧桐小院，看萧萧、败叶舞飕飕。更哀蛩四壁，叨叨絮絮，诉出许多愁。

不管有人作客，慨襟期、落拓锦江头。竟似无家杜老，饮恨泪空流。生怕夜长归梦，短不眠、索性数更筹。窗掩灯昏处，一声寡鹄过南楼。

## 金盏子

秋早

为问西风，恁催趱秋光，顿来多少。窗外芭蕉，试一叶一声，一听一恼。何堪日坐愁城，更山围水绕。远树挂斜阳，无端闲锁，倦飞栖鸟。

久客归心悄。算归计、已成仍又杳。欲遣愁无策，惟凭酒扫。奈酒尽、愁难了。八年万里孤踪，望白云缥缈。天何意，只管折磨书生，便教秋早。

## 绮罗香

落花

一阵轻寒，一回娇暖，作践春光如许。廿四番风，吹得乱飘香雨。可怜那、褪粉韩凭，凄凉煞、啼红杜宇。赖多情、燕剪香泥，衔上画梁深处去。　　几回欲替花姨，问东君薄幸，东君无语。片片胭脂，堆满玉阑干底。还亏他、袅袅游丝，碍住了、花飞不起。从来是、短命红颜，断送春宵里。

## 前调

春暮

燕蹴花尘，蝶沾絮雪，九十春光如箭。几许芳心，都化作红愁绿怨。画阑边、芍药烟霏，彩架下、荼蘼风颤。纵游丝蛛网，多情东君，薄幸应难绊。　　休文瘦不胜衣，怎禁愁无限。玉箫羞弄，锦瑟慵弹，多只为、伤春不惯。满眼里、凝泪含酸，一腔儿、短吁长叹。最销魂、院宇黄昏，闭门云影乱。

## 前调

归燕

新冷秋成，旧巢香坠，怎教不思归去。画阁红楼，眼底离亭别路。消受尽、柳黛桃腮，凄凉杀、竹风蕉雨。更多情、恋恋依人，尚对着小窗分诉。　　说到恩情深处，抵死飞还住。乌衣忒瘦，翠羽偏轻，又怕社期耽误。尽叮嘱、藻井雕梁，好珍重、玉筐朱缕。决不作、扬翅饥鹰，饱入他门户。

## 百宜娇

咏秋柳

看一双泪眼，两叶愁眉，锁无边幽怨。为西风摇落，长亭畔、恨说誓说盟，莺燕心肠都变。竟去也、莫些留恋。抛人在、冷雨凄烟里，受栖鸦轻贱。　　记得当时娇艳。傍章台、系马王孙歌宴。更金丝蘸水，惹无数兰舟，还萦红缆，此情何限。待明年、多添长线。拼三眠、日把东君，缚休教散。

## 探春

中秋无月，限韵。

玉案陈瓜，金盘荐饼，道是今宵月半。桂减疏香，桐添惨绿，故把良辰作践。略放些云影，早闭了、广寒宫殿。无端禁住婵娟，不教出头露面。　　万户千门开宴。侭曲尽团圞，嫦娥那见。箫鼓人间，传来天上，都变作、清商怨。不管思乡客，无眠待月空长叹。亲舍迢迢，被昏烟、遮目断。

## 十二郎

和梦窗韵

蕉声细雨，寒锁住、碧烟欲凝。听虫近床空，雁低天远，万里梦连客艇。七度西风老矣，犹卜得、归期未定。看门掩青芜，地铺黄叶，无非愁境。　　宦兴。真羞对那，菱花妆镜。只剩有依然，敝裘长剑，泪眼雄心瘦影。度曲声高，赏音人少，可惜玉琴徽冷。帘卷起，一抹秋山，数点鸦啼树暝。

## 秋霁

新晴

山影侵帘，似出浴新盘，一窝螺髻。黄叶连云，翠烟贴草，衬得秋容佳丽。诗中画意。画中更有诗中句。雁字写，遥天去来，作就推敲势。　　对此暗想、故国园林，俨然如在，眼前眉际。尽着贪看、看不足，柴门谁忍深深闭。小倚小窗还小憩。才始回头，又是牛背斜阳，鸦翎返照，供人活计。

## 春云怨

积雨

秋风如削。甚吹云不动，连朝力弱。锁住江城别路。燕子欲归归不得。树抱凄烟，山封湿雾，向人一片愁颜色。客舍添寒，征衣生润，日受熏篝厄。　　芙蓉小院花初萼。惜厌厌瘦蒂，悠悠淹落。最不堪听声最恶。点点零铃，杂着窗前，芭蕉作合。多少情肠，无边情绪，付与床头蟋蟀。

## 梅花引

春闺

风信紧。花期准。香巢归燕双栖稳。意兼兼。思翩翩。温存软语，似说好春天。不知人在深闺里。日日合欢床独倚。恨依依。怨凄凄。玉箸自偷垂，界破胭脂。　　无聊赖。无可奈。病儿扶出秋千外。花阴中。柳阴中。去来年少，青骢认郎骢。锦筝瑶瑟谁家院。闹处东风过欲半。最关情。最难听。相思万种，化作一莺声。

## 选冠子

赋艳

衣怯绡冰，裙柔縠皱，矮髻一窝云挽。梧桐露重，杨柳风轻，又早晚凉漏转。蹑足扶花，潜身就月，趁此花深月浅。好提防、未睡鹦哥，与醒睡、护花小犬。　　且完了、眼诺眉期，云情雨意，光研素罗春染。娇难胜蝶，嫩不禁蜂，断送玉温粉暖。珍重秘誓芳盟，地久天长，海枯石烂。但从今、夜夜心香，细认朱门空掩。

## 喜迁莺

暮春闺思

晓莺声唤。问东君何事，去如飞箭。红雨花零，碧烟柳重，芳思可胜历乱。风动秋千闲索，镇日无人庭院。漫极目，一望萋迷，玉人不见。　　阑干斜倚遍。千里相思，触处堪肠断。锦字裁成，紫箫吹裂，此恨此情何限。春又一年担阁，侬更一年衰变。辜负也、骂晴丝无力，杨花轻贱。

## 归朝欢

秋闺

十二楼窗帘半卷。细雨潇潇秋色浅。芭蕉做意弄愁声，芙蓉无语匀啼脸。眼底屏山远。冷烟飞出疏林晚。盼征鸿、痴心呆想，闷压阑干暖。
悲秋更比伤春懒。怕夜偏长嗟日短。罗衣绣带瘦来宽，银筝锦瑟尘教满。眼底相思千万点，泪珠滴破鲛绡软。一任他、香消粉褪，蜂蝶凭谁管。

## 前调

今夜

今夜夜凉愁未睡。月影满天云满地。梧桐叶落漏初移，芭蕉声破风俱碎。眼底供憔悴。远山黯淡螺儿翠。更谁家、清砧凄怨，敲入心窝内。
毕竟疏狂因有罪。受尽官场牛马累。魍魉结队夜郎多，豺狼当道蚕丛最。梦里犹惊行路难，而今连梦都回避。趁秋潮、归舟早买，省了千千泪。

## 殢天涯

不寐

夜夜滞孤城。厌江声到枕，月影依床，风入疏棂。都来客里，酝作许多情。欲教翠被盖愁，奈愁长被短，还倩银灯慰泪，恁泪涩灯明。今宵真个是、分外凄清。　　声声丽谯近也，耳边厢、不住催更。只解道、敲人梦破，怎知我、未曾合眼，无梦与伊惊。可怜夏夜犹如此，更何堪、能几日，又秋生。

## 花心动

怨词，用谢无逸韵。

莲肉虽甜心却苦，萤火那烧肠热。走了蜂儿，蛛网才张，这样牢笼空设。酴醾徒长浑身刺，刺不出、偷香人血。残蜡烛，结花有限，不如不结。　　桃核合欢抛撇。纵得个桃瓤，怎生欢悦。比翼鹣鹣，终日双飞，今日一只翼折。佳期未卜大刀头，镜破已经成半月。谁晓得、惹起许多根节。

## 合欢带

咏桂

西风未忍遽凄凉。还作意、染流光。借得广寒宫里树，吹来小院麝脐香。无端勾惹，瘦蜂病蝶，拼死轻狂。算花评月品，飘飘韵胜，还让秋娘。　　多情翠袖，解意红妆，安排衬入茶汤。这一点、个中滋味，许檀郎、略略偷尝。殷勤寄语，长宵短会，趁此芬芳。怕素娥、翻然生妒，弄教青女飞霜。

## 薄幸

本意

东奔西走。误却了、三春花柳。把一刻、千金天气，弄作雨僝风僽。尽杜鹃、着力替催归，问我耳今还有否。早榴花开也，端阳到也，看看又成辜负。　　撇得落花无主，教蜂蝶、如何不瘦。想愁红怨绿，嗔莺恼燕，远山解学修眉皱。泪痕沾袖。遥思到此际，寥寥我也难消受。真成薄幸，就咒也应当咒。

## 前调

闺怨，限韵。

云魂雨魄。被秋月、春风耽阁。全不记、乌丝小誓，愿把鹣鹣私学。算从来，蝶浪蜂狂，也不似、那人难托。悔金屋开时，玉楼合处，都是当初轻诺。　　谁料桃花颜色，竟做了、桃花命薄。这一灯梦迹，半枕啼痕、配得过、梅花寂寞。离鸾别鹤。将旧调偷声，新谱出小窗弦索。心香空印，究难炙伊心着。道书以肩为玉楼。

## 其二

浑如失魄。镇日个、懒凭妆阁。怕镜里、人儿眉黛，偷把侬愁闲学。印花封、欲寄啼痕，雁足小、何堪重托。只盟心未冷，贴肉犹温，寡信信乎轻诺。　　难道情深海样，蓦变作、秋云浅薄。问箫弄秦楼，笛吹楚馆，可似我兰闺寂寞。一双鸾鹤。曾风流几许，怎便教一只离索。而今憔悴，那日已安排着。

## 击梧桐

秋感

秋入梧桐院。风起处、叶叶总关心颤。听旧时燕子，新诉出、万种离情别怨。欲晴欲雨，乍寒乍暖，弄得天心易变。对蝶痴蜂瘦，恁不由不自，魂销肠断。　　衰草天涯，白云故国，疏树遥山烟暗。株守官衙里，门掩着、一味凄凉惨淡。镇日扶愁扶病，如昏如醉，更浅吁深叹。盼不来、几行雁字，乡心何限。

## 风流子

闺情

眼波原似水，满不住、秋涨一眶潮。更雨剥蕉心，千层愁卷，露凋莲脸，两朵脂消。都付与、人挨如岁夜，虫语可怜宵。怎奈孤砧，敲来梦里，何堪残烛，烧着根苗。　　旧时鸳枕意，而今竟作了，燕子空巢。真个萧郎陌路，幸短情浇。算浮萍无蒂，有时还聚，断弦欲续，没分投胶。珍重软绡痕血，留待伊瞧。

## 前调

春尽

闲愁禁不住，眉尖上、蹙破小春山。看燕剪剪花，落红零乱，莺梭梭柳，嫩绿缠绵。阑干外、青梅圆似豆，荷叶小于钱。人自有情，非关俊眼，梦将无主，勾入长天。　　还愁清睡里，又天涯迢递，难到伊边。索性猛拼挨过，日影如年。怕芳草王孙，西陵月约，杨花妾命，南国香残。瘦得腰儿细也，裙带心酸。

## 江南春

秋兴

试问天涯秋几许。西风满地悲羁旅，芭蕉多事近窗纱，芙蓉消瘦浑无主。燕子欲归花带雨。蛩儿说尽伤心语。伫看一雁下边庭。深情人怕惹闲情。　　客如秋，秋似客。辞林黄叶轻飘泊。愁肠觉比情肠恶。猿啼清泪鲛珠落。虎啸声膻闻不得。黄昏都向官衙侧。唾壶敲缺作歌长。短剑休怜锷似霜。

## 离别难

灯下弹琴谱汉宫秋有感

雨帽风衣，客中人、久矣魂销。只今宵、烛底无聊。又何堪、痛饮读离骚。空落落、秦庭吴市，漫劳击缶，不用吹箫。理瑶琴、好托七根长线，一一写心苗。　　神肃肃、意萧萧。把汉宫、旧谱新调。更几声怨、几声苦，纵长门、不锁碎嘈嘈。与那个、老卒沙场，书生醢瓮，同样哓哓。怪道是、输与花奴羯鼓，要让郁轮袍。

## 沁园春

睡鞋

宫样泥金，吴绫衬玉，娇软销魂。羡帮儿浅窄，纤荷舒夜，底儿尖瘦，嫩笋兜云。一捻红酣，半弯香满，占尽人间多少春。从不到，落花芳草地，偷带轻尘。　　宵来殢酒微醺。悄不觉、因何褪了跟。情深被底，飞鸳得偶，擎来掌上，印月无痕。同梦相偎，合欢并倚，每背兰灯帐影昏。风流甚，把檀郎勾惹，卖弄温存。

## 金明池

秋闺

杨柳丝衰，芙蓉萼小，秋色着人人瘦。难将息、阴晴无定，正做暖矜寒时候。缕金衣、试着嫌宽，却又被、一线风尖吹透。怕上是妆楼、菱花依旧、镜里人非依旧。　　忆自画眉郎去后。奈眼底流光，都关情窦。见雁燕、往来消息，惜蜂蝶、梦魂孱僽。空冷落、蕙帐兰衾，任雨阻巫峰，云封楚岫。更厌厌憔悴，挨尽长宵，数遍了、如年漏。

## 白苎

戏对新月，限韵。

柳梢头，早挂起，一钩斜玉。西风弄影，摇乱千条秋绿。阵阵新寒，直逼得、生肌粟。羌笛。又谁家，谱出了断肠词曲。唤醒嫦娥，帘卷琼楼妆束。何处画眉人，消受霓裳簇。　　私祝。可容措大，解作情痴，这枝枯笔，不愿有生花福。那更说神女、巫峰六六。银河脉脉，但露珠湿透，桂华香肉。坐此清光，飘然世外，无些尘俗。谋诸少妇，为我倾醽醁。

## 春风嫋娜

秋思

问秋光底事，煞也无聊。风夜夜，雨朝朝。话相亲、四壁哀蛩关切，将些愁恨，叫上眉梢。杨柳情衰，芭蕉心冷，魂欲销时无可销。何处孤笳来戍吹，谁家双杵隔邻敲。　　更是冲寒雁阵，安排人字，写长天、隐隐低高。红树近，白云遥。青山万叠，插破烟霄。病里微躯，凉欺班簟，望中衰草，色减征袍。中秋近也，叹淮南丛桂，今年又是，八度相抛。

## 翠羽吟

秋燕

风满林。雨满林。风雨又秋深。乌衣原薄，能消几阵阵寒侵。一点悲秋肠肚，比伤春倍十分。纵使依然、柳丝如故，料难系住归心。　　主人空自费殷勤。奈泥香已旧、那复如新。况是小雏羽劲，奋飞有力，何须更恋人。啼时久不成音，啾啾终日哀吟。看遍花堤，受尽花恩，翻厌梁尘。无情黄叶纷纷。离亭煞断魂。叮咛此去，明岁重来，莫似而今。

## 兰陵王

闺情

黄昏院。斜雨斜风一片。阑干外、衰草萋萋，惹到处哀蛩吟遍。芳心浑发乱。更忆天涯凝盼。那人瘦、知早先寒，试怎消承衣未换。　　无言余有叹。但窗下裁缝，灯前针线。思量趁个征鸿便。想君迹难猜，妾怀生怨。不如付与并州剪。剪取柔肠断。　　说着将情判。奈情种愁苗，又来牵绊。啼痕尽把鲛绡茜。待归来，掷与重重教看。细数鸳鸯，新旧欠，从新算。

## 前调

梦里

梦儿里。猛听一声去矣。慰君情、珍重相思，是妾命天生如纸。湘裙欲化蝶，瘦扶魂不起。痛煞煞、半晌幽欢，又被邻鸡不作美。　　五更敲到耳。正晓月酸风，沉埋西子。荷丝未断香先死。怅残灯无恙，芳迹难寻，泪眼顿倾三峡水。猿泣差堪拟。　　付与。愁无底。剩腻粉浓脂，肥红蠹紫。眠前歌舞空罗绮。想风流往事，韶光弹指。年来不作花知己，编花史。

## 多丽

杂忆

奈之何，愁如春茧丝多。卷珠帘、远山无数，当窗偷学双蛾。系心遥、白云万里，遮且断、红树千窠。剑影伶仃，诗思寂寞，疏狂到此尽消磨。赢得个、奴颜婢膝，牛马共奔波。怎禁受、忧伤成病，烦恼生魔。　　更无端、情生情死，牵肠两下难过。再休夸、三生好梦，空忆着、一掬蛮靴。锦瑟弦哀，玉箫声裂，雪儿歌罢起巴歌。纵拚得、朝衣当酒，难博是微酡。江南恨、白门楼下，九曲黄河。时老母、少弟皆寄寓于徐州。

## 六州歌头

客怨

西风尽矣，吹碎碧蕉天。云初冻。霜初重，着人寒。小窗前。衰草苔痕浅。门空掩。雁声远。蛩声短。鸦声晚。角声酸。剩有芙蓉一朵，消瘦了、薄命红颜。客里心，心里病，愁上眉尖。何事年年。镇厌厌。　　夜来滋味浑如醉。灯花坠。漏阑跚。梦未稳。无凭准。可人怜。小衾单。更邻家少妇，无端和月无眠。肠欲裂。相思切。托砧传。不管归魂，被伊敲断，落在谁边。但床头短剑，孤影自悬悬。眼几曾干。以上《凝香集》

### 巫山一段云

张飞滩

鼎足三分尽，雄滩一个存。空山破庙结灵云。舟过欲惊魂。　　雪恨身先死，吞吴志未伸。不教人语问迷津。怒浪接夔门。《蜀都碎事校注》

## 李塨（1首）

李塨（1659—1733），字刚主，号恕谷，直隶蠡县（今河北蠡县）人。李塨为颜李学派创始人之一，是颜元学说最得力的继承者、传播者和发展者。其诗歌别具思想家的风格，刚健清朗；词在秦七黄九之间。

### 踏莎行

送春步武人韵

杜宇新题，碧桃晚嫁，小试薄裳寒暖乍。最恼无情春欲去，声声唤出群莺骂。　　蝶拍红敲，榆钱绿化，烂熳梨花雪渐大。睡起穿廉问海棠，不知海棠已惹夏。《李塨文集》

## 魏荔彤（184首）

魏荔彤（1671—?），字广虞，一字念庭，号澹庵，又號怀舫，直隶柏乡（今河北柏乡县）人。裔介子。康熙四十九年（1710）任福建漳州知府，擢江苏常镇道。生平嗜古学，动著述，善《易》精医，诗歌杂文不下数千章。以贵介居膴仕，而诗笔淡远，得力于陶渊明、韦应物为多。其词无脂粉气，平和沉厚，多感慨见道语。著有《大易通解》《怀舫集》。

## 江南春

几月落，野云飞。半篙新水嫩，几点远山微。冰消梅老莺花晚，二月江南寒未归。

## 思帝乡

无市酒，上元灯。紫陌飞尘，随马踏歌声。肠断香车绣幕，恁盈盈。今夜淮南春月、旧时明。

## 归自谣

烟树暝。游子远游如断梗。岸风摇碎寒灯影。篷窗月照春宵永。名心冷。不遑将母为谁咏。

## 水晶帘

在江南寄内子

小楼此际又春风。日高春。绣窗红。断香几梦，好把寄吴侬。梁上旧巢双无子，今到否，卷帘栊。

## 三字令

春晓，填示儿辈。

春又到，霁云飞。弄朝晖。湘帘卷，篆烟微。好摊书，休负却，日长时。

## 巫山一段云

吊亡妓

洛浦警鸿杳，行云入梦遥。清歌红豆忆寒宵。心上种情苗。　　恨有留传赋，魂多黯澹招。夕阳深巷粉香消。鞍马恁萧条。

## 浣溪沙

闲游虎阜，兼访六合令家侄，忆旧多怀，偶成四调。

三月江南滞小寒。春光浓处恁闲看。有暗不着鵔鸃鹔冠。时舍侄科头相讶。　　长袖细腰妆束好，松龛芜径粉香儿。夕阳西下欲留难。

## 其二

一曲悲凉泊暮洲。长歌不道会消愁。自怜情绪久悠悠。　　湖海梦中双秃鬓，烟波天际一扁舟。那禁几月照津楼。

## 其三

吴苑花飞落碧茵。樊川惭愧晚寻春。红楼不见旧歌人。　　画舫自牵新柳岸，娇喉曾动暗梁尘。可怜青鬓已如银。

## 其四

汗漫游踪过便忘。梦回酒醒忽沾裳。金尊檀板少年场。　　蕙草怨香凋九畹，竹枝和泪滴三湘。几人生福老柔乡。

## 采桑子

忆从去腊离炎郡，五夏京华。十丈尘沙。八月秋江泛客槎。　　南州每起弁州思，儿女嘈嘈。囊箧萧萧。自惜凄凉焉折腰。

## 南乡子

春忆

情绪怯春多。新水池塘拍小波。帘外花明苔绿软，晴和。几处莺声晓梦讹。　　故因忆如何。长昼无人无子过。深院海棠开遍否，逶迤。笛里关山鬓早皤。

## 南柯子

吴江夜泊

鸣柝城闉静，悬灯夜漏深。半规凉月又西沉。恰听扁舟吴咏、过江心。　　薄醉尊前倦，轻寒枕上侵。鸡声鼎鼎起烟林。却自黄昏愁睡、到如今。

## 虞美人

春初舟行

野梅几树飘如雪。烟笼寒塘月。才添春水欲平桥。又被东风吹雨、遍江皋。　　少年湖海思长往。森杳神山想。即今白发负春时，却悔风光消尽、好襟期。

## 前调

所忆

拥衾薄醉难成梦。只是闲愁重。昨宵窗下语无多。不觉星眸清泪、到裙罗。　　扁舟孤剑人千里。飘荡何时已。楼头春迁抹轻烟。早近江城潮打、杏花天。

## 南乡子

殷殷过轻雷。门外烧痕碧渐回。一夜斜风吹细雨，相催。落尽寒塘几树梅。　　冷艳葬山隈。酒买邮亭奠绿莓。纸帐娇魂投梦处，心灰。自古埋香土半堆。

## 蝶恋花

忆别

吴苑春抛人久客。红雨飞残，南浦离思迫。向减腰围今更窄。别时浑欲吟头白。　　槐柳新阴成广陌。酒醒歌阑，绝少鞭愁策。浅暖轻寒朝复夕。十年薄悻声名籍。

## 踏莎美人

无题

零落瑶华，催残珠树。五湖那是安身处。烟波相忆欲相招。多恐罡风吹断、画兰桡。　　四壁鸣虫，一帘寒雨。小窗曾记订私捂。情深双颊晕红潮。为问相思何物、在肓膏。

## 好时光

犹记春宵寒峭，罣罅星、照幽窗。薄醉未眠情脉脉，人扶白玉床。　试问君此后，情定否，老何乡。世事浑难测，已负好睛光。

## 揉碎花笺

春怀

值新春，无一事，恰霁连宵雨。树杪闲云，多被歌声驻。老梅几叶，初披仍留香雾。　酌酒向、篱花深处。如水流光，荏苒成虚度。十年愁梦，青山头颀如故。问华发、君来何太遽。

## 声声令

前题

窗间月影，竹里莺声。一年春事最关情。烟消云敛，旭阳恰弄新晴。断梦残香薄醉醒。　湖海飘零。家万里，岭千层。登楼凄绝柳青青。黄尘白发误平生。忆濒行。芳草门前马乱鸣。

## 越溪春

初夏由灭渡桥南行

初夏欲消梅雨日，短棹过苏城。越溪今古多情。水绕女墙，又长新萍。芜岸迢遥，晴烟散漫，古柳斜横。　越来一派涛声。曾儿锦衣行。只余一叶两叶约艇，朝朝雨掠风惊。天外翠峰无尽，前林啼老娇莺。

## 千秋岁

寿老友王逸庵

离亭别酌，无那人飘泊。秋风里，霜鸿落。烟深空翠积，香冷芙蓉削。红袖起，踏歌叠劝长年爵。　斗外星孤焯。地上仙高绰。风日好，休闲却。潇洒江湖老，冠盖羞京洛。归去也，菊篱芝涧晴云壑。

## 解珮令

无题

幽窗无语。斜掩翠袂，对西风延伫。频回首。不奈新秋，却未到、新秋先瘦。问天涯、冶游归否。　　画阑斜倚碧空皎，月照人时，恰绕花荫走。似水年华，容易老、春原蒲柳。梦刀环、几番依旧。

## 最高楼

胥江送春

吴江上，漠漠送春归。黯黯撷芳稀。烘腮杏萼飘红后，酸心梅子未黄时。遣情怀，灯檠下，写新词。　　却厌向、尘中常作吏，却怕向、津头频送客，都负尽、好春期。故园三径新芜长，他乡几树晓风吹。甚年时，归去也，觅春迟。

## 传言玉女

秦淮感旧

灯火秋宵，蓦地投人百感。城南街鼓，早传声坎坎。笙歌旧邸，一片彩云飞惨。月明如昔，仍来窗槛。　　画阁空临，锁烟霞，隔潋滟。新声缭绕，更秋怀黯澹。风吹烛晕，壁影摇来几闪。回眸廿载，青丝谁染。

## 剔银灯

九月望夜客忆

今岁重阳又过。明月满窗疏纸破。雾敛烟销，江楼斜倚，耐得清秋三个。怜渠娇小，却惯受、别离摧挫。　　自惜此身老大。还缚在、名场磨判挫。梦迩人遐，秋高天远，客里月明无那。来朝风雨，索性早、闭门高卧。

## 古阳关

云阳道上

何处一声角。客有阳关作。朱方古路，行行竹枝梅萼。任风帆朝暮，望断江头阁。问几许、年华一向此飘泊。　　千载齐梁事，都寂寞。乱山横郭。寒月起，海云拓。四围深雾中，半夜江潮落。在江于、三年惭愧扬州鹤。

## 春云怨

上元舟中

春云薄劣。送残寒轻暖，随舟飘泊。柔橹幽泉清激，自觉愁来眠不得。山寺寒钟，渔村灯火，便是天涯上元节。四野苍烟几匝。细柳一片长淮月。　　年来百事成悠忽。只冻风、岁岁能添新发。控楫春宵怨声咽。银烛朱楼，酒盏歌喉，旧盟犹热。湖上重游，飘风零雨，怕早殷红似雪。

## 百字谣

葬花

倏怜春减，早东皇着力，乱飞红雪。碎剪芳心谁疼护，空怨粉寒香折。一往花魂，频来风信，缘尽三生结。埋珠葬玉，漫教半阕为别。　　消受几许芳华，莺欺无妒，枉我怜春切。堪□王嫱坟畔草，怅吊晓风残月。广陌浓阴垂垂，成荫处、感人愁绝。正新原上，酒浇荒冢时节。

## 满庭芳

赠旧妓

误我须眉，磨人岁月，几番纨扇霓裳。香丛粉队，落拓少年场。湖上寻游较晚，重来后、那识刘郎。多情却，深怜老大，一晌去柔乡。　　彷徨。频断送，春花历乱，秋月苍凉。问当年车马，今日门墙。还忆青衫白傅，三年别、残月荒江。安排得，风鬟蝉鬓，荏苒点秋霜。

## 前调

中秋宴集镇城王瀛一表儿宅。次日北去。

深院如银，天街似水，平分一半清秋。人间天上，花月两忘忧。碧海冰输乍涌，佳人意、蕴藉风流。檀槽拥，玉盘珠落，法曲按凉州。　　清流。今夜集，门传王谢，才擅枚邹。快盛会良朋，酒盏歌喉。声断严城戍鼓，长河没、晓色东浮。明晨也，西风尘里，马首去悠悠。

## 水调歌头

将浮东海，久寓吴门，望京口舟至，偶感。

昨夕更今夕，灯烬又重花。平江芜岸千里，烟雨接汀沙。几处垂杨系缆，连日惊风掀浪，无自致浮槎。残梦五更醒，城上正吹笳。　　寄江浒，归岭峤，总天涯。淹痕翠袖，如今那复问年华。浮宅欲游淼杳，投辖直临溟渤，季布久无家。易掷年如水，难剪绪成麻。

## 水龙吟

初至京口

年来海上双眸，凭高眺遍烟霞坞。南徐秋尽，浪花萍影，来成偶聚。一榻清斋，孤檠静夜，江风鸣户。叹金焦封峙，洪流夹泻，奇险处、开笳鼓。　　白发江皋津吏，看山川、消磨今古。天光水色，昔人留恨，千秋奚补。露寺云生，霜洲潮上，萧骚谁与。却未知买棹，何时去也，已迁寒暑。

## 角招

归来早，冬残矣，十年一楫空击。冷香无处觅。约略别时，江阁吹笛。音寂寂、任驿使飞尘，前路怎寄，游人欣戚。寒灰拨遍无眠，有涕痕零滴。　　裘裼。朔风似镝。经旬雨雪，岸速云如幂。空江风浪激。寺送寒钟，舟维霜荻。烟波画鷁。离别绪、难明端的。待得闲窗深语也，素几湘帘，重翻新历。

## 潇湘逢故人慢

赠王墨江内兄

冻云远锁，正北风陡峭，冰结江河。人栖稳南柯。看山连雪巘，江冷渔歌。羊裘纸帐，宿荒亭、此夕寒多。黄昏也、漏沉灯烬，无如一种愁何。　　乡音聒，生狂喜，有故人子猷，买棹相过。乌巷冷鸣珂。想六代风流，未尽消磨。酒光烛影，新诗句、雅怨蹉跎。关情处、为君题破，香闺梅影婆娑。

## 一萼红

思归

问征人。在天涯何乐，岁月老风尘。五斗鞠腰，二毛插鬓，有无趣味津津。落拓已、半生阅历，昔年少、高气欲凌云。车马萧然，黄粱孤馆，梦破销魂。　　未了向平婚嫁，苦将儿女事，贻累衰亲。陆海升沉，桑田水旱，宦情家计纷纷。云薄暮、奇峰乱叠，恨倚门、望断黄昏。此事最关心绪，非为鲈莼。

## 击梧桐

安庆道上

山色浓于染。看四围含翠，浮岚深浅。更乱峰遥耸，碧天半遮断。横霞几点，危桥曲涧。丛篁密树，幽径泉流百转。满壑松风动，似海门潮涌，涛声清远。　　坐石吟秋，穿云眺晚。疑在仙人灵苑。一缕孤烟直，暮岭外、古寺双扉闲掩。冷韵淙淙，溪上听来清绝，觉俗情尽敛。恨眼底、山川如画，囊乏并剪。

## 西江月慢

秋日途次

离怀落寞，云岭外、断魂千尺。秋色到家山，碧岩丹树，尽成抛掷。频来往、楚尾吴头，不堪闻、是月明横笛。数交游、海阔萍孤，谁个曾相识。　　羡独鹤、高飞全羽翼。任狭路、密罗似织。应笑乌衣巢幕上，过杏花寒食。但熟计、束带科头，个中苦乐，易明端的。欲写寄、宦味乡思鸿鱼寂。

## 沁园春

岳武穆坟

已缺金瓯，又堕长城，谁为厉阶。叹青衣再着，英雄饮恨，黄龙远去，宗社生哀。五国魂沉，两京乌啄，三字人亡祸乱偕。千秋后、证好还天道，得丧婴孩。　　六桥桃李纷开。空凭吊湖山少赋才。看紫阳岩月，圆而后缺，钱塘江水，去也难来。朔漠清尘，西湖立马，今古兴亡一瞩眩。君何恨、任金陵宋寝，同委蒿莱。

## 贺新郎

戏赠友人同日纳二姬

日映罗帷卷。看英皇、黛螺互赠，粉香分遣。良夜偏多辗转思，双袖脂痕交泫。猩红落、纷纭丝茧。晓起眉山同样好，画来时、翠色谁深浅。蹙损处，争先展。　　妆成未便平章显。略分明、金钗半欹，云鬟微扁。拚老此乡歧路回，恐误云中鸡犬。效比翼、分飞未免。蜀洛遨游多反侧，楚和齐，两两森新典。滕小国，势分剪。

## 沁国春

咏美人足

被掩纤钩，裙拖新月，霞尖吐锋。值琐窗绣倦，珠含风唼，苍苔行过，露湿莲踪。红雨香黏，绿茵莎软，两两低飞紫燕从。登楼也、听数声轻悄，心鹿忡忡。　　霜华渐祛寒冬。好罗袜深煨绣带封。正销帷酒醉，床头斜曳，良宵梦醒，掌上欢逢。巧样亲描，名花细点，月好灯明意倍浓。鸳衾畔、忽背郎偷卸，落瓣芙蓉。

## 前调

九日即事

冉冉闲云，飒飒凉飙，登高举觞。看群峰耸翠，冈连野寺，双溪环郭，网集渔梁。沧海空濛，雄关孤峙，曾是东南古战场。当年也、见金戈铁马，尽化侯王。　　惟余烟树斜阳。任舒啸山亭慨以慷。有黄花插帽，丹林放眼，清歌拂水，画角鸣霜。秃鬓风前，残秋天末，此日何人不望乡。诗思在、趁平沙归路，月色苍苍。

## 前调

赠章圣可

重到南徐，风物江山，游如昨焉。问谁存经纬，舆中卧亮，若矜名羲，海上投连。二仲携来，百篇诵去，更许何人续谪仙。当今日、喜生才似此，不负山川。　　有时拥虱而言。尝作客金台易水边。常羁栖逆旅，足浇酒碗，旗亭风韵，壁画诗笺。客至询奇，君归抱膝，秋水周围一握天。伊人在、好行歌互答，凝扣兰舷。

## 前调

再叠前韵

一亩之宫，百尺之楼，君将老焉。曾明廷献赋，如扬似马，结盟文社，比惠为连。丹火全捐，横锋不用，自作人间诗酒仙。兴来也、待笔挥东壁，杯吸西川。　　更明大义微言。好卜筑鹅湖鹿洞边。看穷经殚力，居诸穿榻，续余论史，往复诠笺。三径常闲，百城高拥，君乐惟何乐在天。闻知后、向峄峰题壁，沂水歌舷。

## 前调

独游花山，再用前韵。

直上寒山，遣兴沧波，泠然善焉。值嚣尘荡漾，深遮眼黯，云岚苍翠，近与眉连。无酒仍佳，有宾即赘，自向烟霞问散仙。开襟处、是烟含冻柳，雪雾晴川。　　便当得意忘言。拚终老清溪风月边。看勋名有尽，牺牛刍狗，文章不朽，断章残笺。升汉瞢腾，沉渊骇疾，此事从来说在天。君如肯、学吴江渔父，只解歌舷。

## 霜叶飞

送家姊归里，姊适广平冀检讨任中，送家慈到镇即返。

秋怀落拓，正峰乱云零，江城相聚。来时枫树已霜醺，忽讶成归路。最难停、凄风苦雨。重阳已过还如许。问孤客天涯，怎奈得、山川隔断，离思无数。　　那更母老家贫，时艰宦拙，一往愁深谁诉。夜深醉梦哭歌频，酒醒浑无语。但支拒。年华流转，江滨徒羡渔樵侣。对清尊，不堪听、雁阵冲寒，一声归去。

## 十二时

暮秋天，白云宕漾，野菊枝头垂雨。听画角、高城吹彻，淅沥风来披户。凉月半规，暗尘满壁，散乱愁无数。更蟋蟀、床下鸣秋，零落豪情，俯仰于时何补。　　人怎知、秦淮佳致，只似萧然环堵。繁霜已至，江干归路，黄叶村村舞。投山钟寺晚，昏烟楼外几缕。白发催、仍驱瘦马，何处追欢逢怒。风冷钟陵，春留吴苑，返棹寒梅吐。问落英餐未，年年自开园圃。

## 莺啼序

来风吹彻，镇日避、残寒掩户。记花花、往岁城隅，芳园恰值春暮。杨柳乱筛拂鞭影，儿家院悄围红树。看笑盈桃靥，惊魂堕随飞絮。　　皎月明疏，珠宫再见，恍锁烟笼雾。背灯儿、腮晕脂痕，幽情难致片语。卸鸾钗、云鬟半堕，娇红滴、泪丝千缕。夜迢遥，漏断梦迴，湿瀼瀼露。　　江皋香冷，陌上花闲，占得焚巢旅。芳草绿、骄嘶别马，凉月凄风苦。柳眠花醉，莺歌燕泣，繁华刺眼无情绪。望高城、昏暮烟横阻。残魂仿佛来古渡。拭子夜啼痕，窄却带围如许。　　百年如水，春怨如绵，交臂成陌路。恨薄福、浮名老，敲碎珊瑚，散尽纤秾，无人调护。恩多怨深，飘风零雨。遡心期、旧盟已负。落殷红、埋恨成千古。楚些歌好难招，二十年来，柔魂断否。

## 前调

崇川春望

赤霞拥日，映曙色、江天展画。芳洲树、岛语嘤求，春光弗隔疆界。晴岸村村接烟水，长风几叶蒲樯快。任海吞江入，仙槎泛碧空外。　　蛟女珠光，冯夷鼓韵，罨雾襟云带。望卤中、芜草荒烟，射鱼盐利煮晒。峙孤城、清笳常起，飞云停、驻成车盖。恍楼台、隐现沆瀣，语多迂怪。　　潮声时吼，万骑奔腾，千弩鸣澎湃。排空际、山堆雪卷，巨舰轻投芥。波平风静，渔舠晚浦，半钩纤月藏深霭。恨春残、浮海无聊赖。愆归燕侣香垒坏。恰小雨匀酥，锦陌落花时届。　　约鳌投犗，意气横空，老矣人豪迈。倚槛处、家千里，霜剑金尊，短发长吟，愁来千派。上方晓钟，敲阑良夜，锁长沙、何穷沆瀣。豁双眸、顿觉扶舆窄。三年高卧沧江，弈局闲消，观成与败。

## 春霁

是处春残，红雨乱闲庭，日弄晴影。梁燕初来，林莺犹啭，帘幕风柔尘静。窗幽屏曲，盆兰几叶披香冷。听修竹摇曳，悄然长昼如年永。　　可堪追忆，红豆青樽，黄垆故人，顿成萍梗。旧漂摇、江沱海澨，舞衫歌扇华胥境。睡觉桐阴垂露井。长杨堤畔，输与年少五陵，骄骢时骋，老怀徒耿。

## 琴调相思引

菜子花黄麦浪平。迤寒逗暖过清明。三春佳丽，老眼不曾经。　　扶病常时登小阁，排愁惟有盼春晴。浓云如幕，人向海边生。

## 菩萨蛮慢

辛丑端阳前一日，崇署坐雨停歌偶成。

明朝重五。怅羁怀独对，一庭风雨。望海云、东起蓬莱，亘飞互拥，龙马相参伍。江浪排山，何处觅、彩鹢箫鼓。唱吴歈数阕，歌散酒阑，瀑挂檐柱。　　空堂偶为仰俯。想芳年盛会，谁复常聚。好趁得闲暇，静几幽窗，听冷韵凄音，自按清谱。长袖新声，拼置我、欢场聋瞽。最宜人、渔竿约艇，烟丝万缕。

## 荔枝香近

忆漳郡荐荔

雨届黄梅，梅子黄时节。衔残上苑樱桃，候暖梨融雪。枇杷瘦比腰支，徒爱肌肤洁。忽忆取闽南新荔撷。　　香浅淡，紫苞里、甘浆冽。玉润冰清，含茹顿消中热。五载沉酣，欲载明珠愿徒切。去后之思弗辍。

## 寻芳草

接家书

一晌梦儿里。举头望、白云千里。扁舟前路去，人问载得何来，但愁耳。　　昨月到音书，倚门老眼仍凝视。说家贫、岁歉无甘旨。游子计、应归矣。

## 梅子黄时雨

题意

泰伯城阓，任细雨轻风，来催时令。环碧水青莎，长堤如绠。岸上人家，楼阁画栏，映带垂杨影。榴花冷。几朵横斜，窗扃尘静。　　怀迥。客心常惊。纵啸歌一往，清愁奚屏。拼老尽朱颜，无涯风景。花落难消何逊怨，子成谁慰相如病。孤灯秉。照入梦帷孤耿。

## 透碧霄

竞渡

届端阳。神龙掉尾戏沧浪。旌旗铙鼓，雷喧虹影，日射霞光。仙灵虚步，凌波惊涛，忽现康庄。彩绳牵、宝筏悠扬。倩午风吹起，浪高雪卷，桨落云翔。　　看珠楼翠阁，桂船兰楫，帘幕任开张。有艳色芳姿，人人炫服斗新妆。斜拖锦带，轻遮长袖，近袭天香。恨晴峰、夕照苍茫。觉柔魂欲断，流水无情，易散欢场。

## 夺锦标

虎丘纪游

绿杨拖水，朱栏绕岸，七里花香如雾。来往兰桡桂楫，锦瑟华筵，波光流注。看家家院宇，门阑映、扶疏红树。动珠帘、半面魂销，骄马王孙留驻。　　更借新苔软衬，罗袜湘裙，绰约半塘闲步。记得画桥烟景，遗得钗儿，落红盈路。向桐阴石畔，背立斜阳知谁顾。待中秋、月好重来，怕早寻芳迟暮。

## 子夜歌

渡海

水行乎地中，甚物驱之，尽归东海。闲天汉、乌从悬落，石泄沃焦焉在。阆苑有神，扶桑无影，想像沧溟外。我乘槎、对此茫茫，俨与尘寰迹绝，学谈迂怪。　　飓风怒、蛟龙骤起，坤轴顿惊倾败。雷鼓轰潮，峰巅涌浪，舟泛针头芥。值斯时、富贵浮云，敝屣冠盖。濠濮游鱼，纥干飞雀，生处投无碍。笑衔填、精衡真愚，厥津未逮。

## 山亭柳

送原钱塘明府云岑宗兄赴阙

客发长安。南走路迂盘。峻岭下、响危滩。忆昔啼猿声切，雁鸿影杳愁繁。分手津亭流水，何处乡关。　　玉门西去随都护，群嘶骢马过山丹。丈夫应、老艰难。依旧萧然书剑，谁怜张禄袍寒。愧我沧江岁晚，弈局闲看。

## 斗百花

闺睡

新谱碧箫倚倦。日永绣衾耽恋。翠翘未坠鬟青，凤髯先遮裙茜。睡思深沉，皓腕欲拂双眉，锦袖更遮全面。掩户听莺哢。　　帘幕垂垂，罨映窗阴日晏。香冷茗熟，若来戏挥纨扇。警闪星眸，春风底事撩人，吹返朝行云片。

## 酹江月

崇邑观邸抄

碧空晴皎，卷帘处、双燕微风斜掠。短砌轻苔大半是，日影槐阴闪烁。闲昼如年，孤城似斗，望里天垂幕。浮云散尽，古今无复丘壑。　　试听蛙鼓喧鸣，公私何属，不似观鱼乐。藻碧波澄，更露倾荷盖，香飘桐萼。明月高楼，倩谁吹玉笛，引来辽鹤。星河清耿，纷飞徒乱乌鹊。

## 看花回

小斋题壁

栽竹疏篱乱石间。阶簇苔斑。榴花斜缀蕉阴后，俨朱唇、翠袖双鬟。凌晨风露里，幽鸟关关。　　头上鸟飞去复还。肯放谁闲。茫茫赤日黄尘道，苦攒眉、阅历多艰。息心逢静境，是处深山。

## 四园竹

题意

摇雪筛雨，朝夕有新声。晴晖弄影，暗上帘钩，近拂窗楹。苔石边，青霄上、亭亭玉立，纷披千剑纵横。　　月初明。昏烟淡宕轻遮，幽栖小鸟时鸣。凉夜低垂池面，颗颗枝头玉露倾。此君丰韵多闲冷，岁寒堪与盟。

## 蓦山溪

假山成

一峰突起，鬼斧连宵割。片片买烟霞，攒成幅、米家墨泼。雄奇惊绝，俨鹫岭飞来，岚雾豁。山灵夺。幽处留云抹。　　轻风淡月。相对忘饥渴。芳草绕根生，缀翠竹、丹花几撮。飘萧杖履，行住总悠然，无涉跋。何夭阏。造化归旋斡。

## 早梅芳

茉莉

午夏长，朱阳赫。置此冰霜白。炎炎炙手，榴火烘霞遍南陌。谁拈薝蔔笑，或厌芳兰摘。独西来香妙，雪岭标丰格。　　鸟鬟遍，翠翘窄。颜色添光泽。晚妆静好，季女欣然共晨夕。迎风开素襟，映月消寒魄。赏心稀，逢时多热客。

## 爪茉莉

题意

妙法空香，得西方本意。牛车上、一无文字。风前露下，存此种、幽人别致。偏宜向、淡月昏黄，移床近花稳睡。　　残梅嫩叶，岭南地、曾标异。闽、广多带叶梅花。如皓首、绿衣卑位。闲情冷韵，焰炎外、成高寄。想老来、幸有素心常守，胜于偎红倚翠。

## 长亭怨慢

毗陵舟行闻蝉

才听彻、江城梅落。驿树阴浓，早蝉声作。雨歇虹消，晚凉音乱帆风弱。不平鸣耶，恋美荫、招摎攫。候至物先知，便觉得、凄凄盈耳离索。　　向河桥胜处，唱彻绿云如幕。无端画角，引来闹、夕阳城郭。待贳酒、醉过兰陵，任卿辈、闲争唇腭。盍领意忘言，且稳一枝栖托。

## 双头莲

苏城葑门外新寺观莲，六月廿四日倾城出游，余于次日方往。

箫鼓城南，袭满路香风，采莲泾古。红亭碧沼，慨往迹、惟剩当时歌舞。何处云绽烟开，问芳洲蘅杜。来探取。弱水仙姝，瑶池玉栏徒抚。　　谁信倾国佳人，试拈花几笑，便成黄土。荷欹露泻，早颗颗珠泪，翠斑难数。只恐粉坠红沉，对空房挥尘。趁艳妆，向客为容，姑留洛浦。

## 金缕曲

阅《弹指词》即用其韵

蠹腹搜残卷。惜如是、高才郁郁，孤怀无遣。晚老侯门词赋客，肥马轻尘潜泫。竟雪卧、灵蚕无茧。常忆谢安为痛哭，较江河、秋水情深浅。万丈焰、藉君展。先生留兄署二载，为先人校刊诗文，常怀知己之感。　文名叶柳他时显。气吐兰、凝馨涤秽，词坛越扁。百尺玉楼缥缈际，敦致音书黄犬。先生数惠音问。泛海路、溯洄未免。每望九龙山扑蔼，老成衰、无处求型典。江令梦、笔花翦。

## 满庭芳

由苏赴崇，用淮海韵。

寒雨连山，新芜遍野，人随春老吴门。流连花月，几取醉金樽。一任韶华过眼，怜迟暮、尘绪纠纷。浮家入，沧波森杳，双檠荡渔村。　诗魂。凄断处，枝头梅结，水面萍分。粉香恨，空留白纻歌存。春送何方去也，残纸背、深印愁痕。登楼看，云峰四起，海色浑朝昏。

## 减字木兰花

无题

兰舟日午。欹枕春思增媚妩。彩绣鸳鸯。被底争如两凤翔。　脂红晕脸。眸闪眉颦长袖掩。摇曳纤腰。舞倦东风态更娇。

## 前调

咏美人浴足

绣鞋轻褪。解露双纤红雪嫩。掬渥兰汤。手外跟儿半寸强。　柔如无骨，软荐香绵包玉屑。谓矾末。重裹云绫。凤嘴唧珠许若凭。

## 一丛花

壬寅端阳作

庭槐低压翠云浓。蒲艾插帘栊。彩符茧虎堆鸦髻，就间缀、半朵榴红。纨扇飘摇，湘裙荡漾，一捻舞腰风。　金续拟进碧香筒。午日正悬空。不醉玉手殷勤劝，人将老、且尽杯中。才卸梅妆，又梳蝉鬓，莫惜醉芙蓉。

## 山亭柳

月夜闻笛

海月孤明。玉笛忽飞声。生幽怨，起离情。一曲沙场人老，此时齐上边城。客似单栖乌鸟，绕树魂惊。　　闺中思妇停梭听。涕痕落染翠绡轻。玉关有梦难成。多少楼台帘卷，夜凉露逼歌清。不管梅花落尽，晓箭催更。

## 沁园春

咏美人影，步陆云士原韵。

玉镜台前，遇卿相怜，无言默从。便携来灯下，与君钦共，月随肩侧，顾我愁同。晴昼欣双，阴宵怨只，恍惚轻抛永夜中。邀轻薄，向青天白日，胆照秦铜。　　负暄常顾追踪。胡阴雨凄时怅未逢。似堂成昼锦，依人飞岛，浮云天脊，遁迹冥鸿。学步桥边，回身掌上，老尽佳人绰约容。当年意，叹谁能复识，余韵流风。

## 大江乘

吴歌

山歌子夜，梦儿里唱醒，客愁不了。斜月微风塘路上，舟尾一声飘渺。阿姐心痴，哥郎幸薄，负却奴侬小。别时那亨，音项。相订路回杳杳。

恰是柔橹轻潮，相迎咿呷，断续腔儿好。此际谁家吹玉笛，不管关山人老。野寺敲钟，津亭击柝，石上秋衣捣。霜鸿高和，更呜呜、画角催晓。

## 花心动

咏蚊，用陆云士原韵。

浪影萍踪，得翻身、公然作人磨折。绣榻横陈，鸳幕低垂，惟口兴戎侵越。青蝇拔剑堪驱走，对尔辈、深增抑郁。背人处、摇唇砺吻，恫疑虚喝。　　天目恢如网铁。早露结霜凝，引裘捐葛。鸟喙空长，巧舌奚扪，尚口乃穷终毙。飞而食肉时无几，扑灭处、雷同无脱。闹场歇。依然光风霁月。

## 前调

咏虱

无缝天衣，岂能容、如公等来迂折。鸡肋何当，几肉奚逃，肥瘠于君秦越。衣冠对吏难搔抓，将何以、开人闷郁。老奴对、闲扪尔出，霸王高喝。　　衾冷匡床似铁。偏败絮残丝，引成瓜葛。玉手轻拈，皓齿微开，骨醉柔乡甘毙。灯前血泪多沾洒，指弹顷、能为超脱。业缘歇。裤中曾耽风月。

## 雨霖铃

寒夜坐雨

湿云低舞。忽来飞洒，满砌寒雨。江城画角吹晚，萧然入夜，早扃双户。此际清愁，触目似、烟丝千缕。日望绝，故里音书，排天雁字徒参伍。　　几堆落叶篱根聚。被凉风、振响空堂庑。檐声滴彻长宵，跟定了、丽谯更鼓。枕上帷边，只许灯儿，照知悲苦。人老矣、岂不怀归，王事嗟靡盬。

## 一丛花

归润二首

闲愁遍结水云窝。春色在烟波。孤帆斜日征夫路，杏花发、梅委青莎。古柳长年，风中舞倦，尚有绿条拖。　　润州前去乱山过。远望暮岚多。迢迢一片昏黄月，残霞彻、早到藤萝。此际窗间，深帷短檠，定是蹙双蛾。

## 其二

残梅几树守荒庭。瘦影小窗横。归来羁客春将判，花何处、芳草丛生。冷淡闺人，烦相慰藉，静夜守长更。　　阶前留住月孤明。低照恁伶丁。玉颜憔悴东风里，繁华梦、一晌才醒。沦落怜卿，卿还怜我，垂老却飘零。

## 满庭芳

咏玉簪花

素质骄梅，银茎傲雪，墙阴翠袖翩然。晚风静袭，兰麝散华筵。况是秋霖初霁，邀微月、色洁香鲜。采芝共、瑶台璚圃，朋盍水云仙。　谁怜。有别种、闲情逸态，秀雅无前。觉艳魄娇魂，点染尘绿，偶把芳心半露寒。馨迸玉润珠妍。好移对，霜中黄菊，宝气发篱边。

## 寻芳草

盘门即事

树杪着烟澹。午钟动、塔浮云霮。缩城闉、几曲新水绿，观渔舟、蓑浓染。　旷僻似江村，小桥外、画楼映掩。漾青帘、翠竹围朱槛。欲解佩、梅寒敛。

## 探芳信

春草

池塘岸。见石努香芽，禽零翠翰。恰绿波浸处，垂杨影凌乱。铺茵结绶绿堤上，骢马蹄轻散。更遥连、雨后群峰，晓云千段。　藉坐春衫粲。把美醑频浇，芳心闲玩。摇漾风光，颜色惜偷换。凝烟带露鲜妍态，可作蛾眉看。愿年年、醉卧青青玉案。

## 浪淘沙

丁未吴门上元阴雨

寒雨久潇潇。向暮连朝。冰泥塞路户无敲。巷锁湿云檐注瀑，黑黯深迢。　旅馆更无聊。薄酒蔬殽。儿痴浑不解萧条。问过新年将半月，未赏元宵。

## 前调

十八日重庆元宵被□

云淡雨初停。四起欢声。市楼灯火灿华星。舞榭歌台皆置酒，人月重盟。　闺阁晚妆成。帘下波横。玉弓准步画桥冰。蓦惊风雷群迹扫，皓魄孤明。

## 山花子

即事

微雨轻风静远尘。石桥野草绿将匀。游女归途裙衩湿，裹香芹。
岭抹闲云阅夕晨。阴晴天气入年新。晓日凝眸烟树岸，好青春。

## 前调

咏烟

薄醉长吟在短篷。随云细雨打潮风。香雾忽飘清梦醒，把烟筒。
树者不生新火焰，灰寒徒画茗炉红。千缕丝牵肠热处，旧丹衷。

## 浪淘沙

吴江返棹

空老半旬春。溪路湖滨。风寒日暖几昏晨。独有江流无昼夜，逝者逡逡。　少岁作游人。须鬓成银。长条艳蕊眼前新。若问当年花共柳，迹也陈陈。

## 沁园春

吴江长桥

十八年余，桥畔重过，客兴叹焉。怅孤迢岁月，江山绕匝，燮迁云物，人事拘牵。昔去英豪，今来衰废，苍石无心枕碧川。津亭路、阅旌麾绎络，时往难还。　水中月影亏圆。似晓暮催人厉九渊。任渔舟钓艇，纶垂纲举，使槎贡舰，节弭帆悬。棹尾追随，窗中依傍，照彻朱颜易雪颠。君何事、尽有涯精采，尽老风烟。

## 解语花

啄雀争枝坠

繁花深院，长昼闲阶，啄雀争枝坠。翠云迤地。零红雨，恼乱幽窗午睡。粉颠香踬。霓裳委、芹泥沾渍。响金铃，密叶翩反，碧沼摇荷芰。
满目莺花娇腻。讵流连缱绻，佳丽争嗜。一枝荣瘁。何欣感，遽尔雄鸣雌谇。鹓雏高寄。想栖稳、碧梧联翅。春欲老，杜宇催归，此鸟知人意。

## 疏帘淡月

春夜吴江

白云低控。如素练垂空，扁舟稳梦。柳岸芦洲，一晌寒暄常供。有时水月闲搁弄。忽清风、穆然飞送。念年光景，随鸥逐雁，曦轮谁鞚。
何由避、岁时砻盘。已往回首，迷离雾霿。骥病鹓衰，犹事雨风飘冻。久尝客味如匏苦，短檠孤、照人愁衷。春阴寒夜，清樽自醉，阒无人共。

## 玉蝴蝶

自述

蓦见他乡春转，清愁载棹，晚发吴江。人去庭梅，未改岸草先芳。雪冰消、暄和修阻，云峰黯、苍翠深藏。片帆张。青山辜负，白发颓唐。　郎当。舞时双袖，常怀离绪，已秃欢场。多故衰年，孤行处、莫问津梁。赋词耽、半生湖海，阊阖迥、千里畿邦。九回肠。寒潮声悄，子夜歌长。

## 瑶台第一层

题翟天言小照

江左风流，游燕赵、凌霄志气长。六朝华丽，冰壶净涤，独见澄光。菊寒香发，松老鳞成，上映秋阳。个中人，正幕天席地，寄托羲皇。
肝赐。雄奇豁达，鲁连陆贾浑行藏。列公争辟，二生难致，不事侯王。晚来寻至，乐水浩渺，山色青苍。悦而康。觉道机满目，春意盈腔。

## 玲珑四犯

咏燕

燕子双飞，问是否乌衣，旧日魂艳。玳瑁梁空，老尽郁堂娇脸。蓦忽春去江南，陌上杏花零乱。怨画楼翠阁更换。瞥然向、客庭重见。　寻常门户成留恋。羡新巢、玉铺香荐。辛勤来往谁怜惜，独我惊愁眼。四壁尘静茅斋，赖尔风光缀点。想当时，王谢陈迹，彩云飘散。

## 满庭芳

过伍相祠

伍相祠宫，吴人俎豆，地僻常锁云烟。岁时巫觋，猎例荐醇鲜。客过邀公英爽，何恩怨、抵死纠缠。当年便，吞齐灭越，不及大名传。　　留连。我欲把，盈腔怨泪，陈洒阶前。不平事，从东郡乞神怜。咄叱迂儒怯懦，须铸就、肝胆刚坚。双旗上，灵风猛起，肃退又茫然。

## 露华

处暑咏桂

金飙乍簸，看砌桂扶疏，秋烟深锁。暑退凉生，碧叶青云包裹。幽阶厚绣苔斑，恰有浓阴护妥。惊白帝，玄霜促玉，殿掇香朵。　　天池巨木根大。露陛低回，河岸斜鞴。计日蕊芬苞馥，月袅花娜。结子肯落人间，还种素榆林左。芳艳处，飞来夜珠一颗。

## 满庭芳

处暑前二夕作

羁客系怀，衰年暮景，岁序又届新秋。露华梧叶，庭院夜清遒。举首张弦月到，萧凉后、百恋横眸。家园远，高槐瑟瑟，摇落正关愁。　　吴钩。随我老，要离冢畔，星敛云浮。长歌起，乌乌击缶声幽。燕赵人归晚矣，曾醉处、碧舫朱楼。西屏外，烟光泉韵，今古在林丘。

## 临江仙

四时读书词

院宇留寒春迫凑，东窗晓日啼莺。摊书香静纸光营。尘嚣不到处，卓属寂繁声。　　竹几石床苍鬓客，惟嫌今古萦情。不遑三立计亏盈。霸王终有歇，天地本无名。

## 其二

槐柳阴深亭馆敞，披衣会有高人。观摹图史故生新。置身虞夏上，游世海湖滨。　　枕簟频移林茂处，孤眠独坐苔茵。短笻长瑟慰昏晨。风来听爽籁，月到酌香醇。

## 其三

竹槛露凝梧叶冷，夜来秋信萧骚。烛前展卷忆贤豪。风霜凋桂树，光焰熄兰膏。　　典策高文灰一炬，等身业侪鸿毛。道高终逸技徒劳。姑骑款段焉，莫着郁轮袍。

## 其四

茶宦叶炉熏小阁，帘前微雪浓云。读《骚》看剑每宵分。牛歌伤白石，酱瓿厌玄文。　　天禄校书藜火照，几人经术空群。冯唐皓首谢终军。骅骝穷道路，鸠燕共榆枌。

## 满庭芳

寄示从军子

对酒当歌，人生几许，老骥伏枥犹鸣。壮心不已，千里暮云横。曾学吟诗刺槊，江山杳、想像雄争。行过处，戈沉铁化，沙草战场平。　　功成。宁百世，旗旌阁画，鼎铸钟铭。谁时见，鹤来双表孤城。大业奇勋安在，青海岸、骨朽横惊。封侯事，原归卫霍，李广莫谈兵。

## 花犯

独坐，时升儿委赴淮徐。

坐空庭，桂孤松老，比年慕肥遁。门无车辙，时阑入凉飙，蓦惊秋信。幼儿游远拨短棹，淮黄浪几仞。想北地、晓寒凌逼，绨袍谁赠问。　　花寺柳堤，尽苦雨凄风，遥忆征夫愁损。鸿来候、翠微积处，飞洒苍润。欲看万家营冢，恐衰草残阳无迹讯。独抱膝、天长云密，早阴沉暮近。

## 大江乘

送思永大弟北归

弟昆白首，几人共、旅馆薄羹若脍。故国恒山图染就，万叠暮霞朝霭。已老儒冠，终沉宦梦，肮脏何甘改。著书群笑，虞卿竟逃尘外。
追忆少壮当年，读《骚》饮酒，丰度推文彩。阅历暑寒，弹指际、今古浮云变态。陈迹新愁，虚名老岁，俯仰皆慷慨。送君归也，舆谁同泛瀛登泰。

## 水调歌头

八月初三夜

合朔逢辰酉，初月又哉明。风清尘扫宫殿，眉样画新成。隔绝重垣广汉，微启琼楼璚户，斜见玉钩横。掩映薄云影，历乱缀繁星。　　瞻楼角，同大火，已西倾。乌栖漏永，蟾隐兔卧悄无声。此际凌虚羿后，蓦地背人窃药，想畏露宵行。夜永珠鞭觅，频望半轮升。

## 前调

八月初八夜

元代君臣会，禋天日月峰。元人此日祭天于日月峰。弦上光射头上，自古半轮同。七夕鹊桥驾后，重九龙山宴罢，三度侧秋空。密树嫌藏雾，繁霜渐趱风。　　白凝露，碧堆草，户吟蛩。平遮玉面，商妾一曲不堪终。桂殿嫦娥微启，艳饰徐妃偏整，百事贵从中。惟留余地好，不满道常通。

## 前调

八月望夜

秋令行将半，明月恰重来。不分吴塞燕市，到处敞楼台。几许张筵秉烛，何所征歌选舞，玉手捧金杯。衰倦仍轩举，扶杖立苍苔。　　宾客空，姬妾散，乐谁偕。东升西坠，皓魄与我久徘徊。一晌扁舟匹马，时怨终风暮雨，怀抱几曾开。既老当圆夜，烂醉足生涯。

## 散天花

秋日孤游三首

今岁秋光已半残。庭延高爽翠苔鲜。时思买棹泛沧烟。居行我与我、共周旋。　　五度萤干客未还。桂香深密处，且流连。凄然山远碧岚悬。他乡风景晚、宿江边。

## 其二

秋洁西郊净涤尘。山家花艳画栏新。维舟柳岸试披襟。独怜游冶地、迹皆陈。　　忆昔笳吹厌潮津。华筵彩烛月盈轮。十年重过此，变迁频。

逡巡陪从散嘉宾。野人争坐席、意无嗔。

## 其三

屏列西山俨故山。吴宫霸雁缀烟鬟。望中移棹水云湾。千秋歌舞地、鸟鱼闲。　　兴亡世事总无关。钟声续断水潺湲。清溪林麓绕，碧如鬟。峰间僧共鹤回还。有时佳客至、是仙班。

## 前调

访黄氏二方

岸侧衡门秋水通。草玄亭古识文翁。藤苍蕉绿蓼丹丛。两生难得致、自融容。　　漠魏三唐矗万峰。探奇选胜一囊容。润中与朗外，玉洵同。玲珑天际片霞红。九歎终有遇、骥群空。

## 愁倚栏令

秋兴

霜清候，岭峦分。结氤氲。远过丹林朱塔寺，落纷纭。　　缀成行，雁鸿群。暮携雨、低趁残曛。点染烟霞皆浅淡，是秋云。

## 其二

轻阴密，碧窗深。晓寒侵。蕉叶敲残梧净涤，听淋淋。　　远游人，乱乡心。连宵昼、睡哑鸣禽。隔断长云书阻寄，是秋霖。

## 其三

赤霞散，启东窗。射晴光。帘卷高楼延朝爽。罢焚香。　　菊花餐，芰荷裳。南楹敞、兀坐匡床。辉映竹书开倦眼，是秋阳。

## 其四

荒原上，草连空。走飞蓬。林麓村村堆木叶，舞西东。　　下霜鹰，掠枯丛。山水远、寄寓浮踪。白发频吹搔更乱，是秋风。

## 其五

树间起，入空庭。蓦魂惊。细应吟蛩高和雁，不堪听。　　夜深沉，梦初成。龙鳞动、几阵潮鸣。月黯寒鸦栖未稳，是秋声。

## 其六

登楼望，翠微间。埒云闲。苍石丹枫如画就，绿青斑。　　客频年，事跻攀。扶竹杖、数数回还。霁日相招宵雨梦，是秋山。

## 其七

读《骚》倦，剑横扛。坐篷窗。吴越洪流频绝渡，险无双。　　听滩声，响淙淙。猿啼处、壮志输降。追忆平生奇险处，是秋江。

## 其八

颜非渥，鬓成银。久风尘。年老逢秋多叹咏，是何因。　　几屏围，经史陈。于兹内、岁月常新。零落朋知独去住，是秋人。

## 子夜歌

忆西湖

忆西湖、去春数日，缱绻翠帘朱塔。恨变尽、骊山云物，独剩梵宫悬榻。娇面黛眉，锦衣金带，寂寞余孤衲。更钱王、废殿荒祠，林隐榛丘，草馆几经僧腊。　　四十载、吴峰客院，白发敝裘重踏。水色山光，有谁问答，依旧虚窗纳。对黄冠隔世，沧茫往梦纷杂。江上风涛，岭头林树，那记鸟飞匝。向题诗、楼壁飞来，落尘飒飒。

## 大有

即事

娃馆东塘，吴城北隰，碧云千顷香稻。客经过、纷飞白鹭群皓。农翁负手寻梨枣。秋熟日帘荐新先考。终岁妇子辛劳，八家力田温饱。帝之力，神是祷。风与雨，都调暄凉柔燥。场筑仓涂，秉穗顿为精凿。俯仰寓公聊足乐，观此丰年熙皞。试高咏、《七月》豳诗，物华天宝。

## 倾杯令

捡桐子

寓馆清贫，馋肠辗转，食货别收余政。桐子高材洁性。检拾与邻无竞。　　苔阶洒扫尘根净。汲清泉、斯淘斯泳。盐梅共作佳实，尽可未滋调鼎。

## 前调

奇品匙前，余材爨下，欲富何妨多算。佐酒供茶非但。粝食邀来为伴。　　饥鸿盘渐飞鸣缓。采商芝、入山迂懒。豆棚露井闲坐，不羡金鱼玉碗。

## 木兰花慢

庚戌中秋

看今年风月，多冷淡、少光鲜。怅水涨长淮，山连全赵，日远幽燕。老人逢秋多感，况衰迟兴浅只高眠。比岁痞歌陋巷，有时洄溯晴川。
连宵笙鼓正喧填。不夜采灯悬。想娼楼旖旎，旗亭叆叇，萧寺云烟。我久斋居趺坐，俯南窗桂底望明蟾。稚子分馂露下，痴奴索醉厨边。

## 意难忘

赠友赵思翁

瘴雾炎风。忆滩舟岭马，曾与君同。竹桥溪水锁，茅屋野云封。将廿载，久浮踪。青鬓忽霜蒙。茂苑秋、月明霜对。竟讶成翁。　　魏其宾客常空。惊网门蛛扫，国士重逢。鲁连游海上，毛遂脱囊锋。知到处、有迎逢。寒暑去冯冯。一灯帷、纸窗深话，雁响云中。

## 念奴娇

雨中对菊怀归

西风吹雨，送浓云、残菊墙根凌竞。秋尽川原群物老，独见寒香疏梗。剔历霜中，支撑岁晚，素节称高迥。丹墀玉陛，无烦槐棘遥映。
何处辽海商山，餐芝乘鹤，位置如吾等。只合匡床环堵际，商榷乐天知命。衰草荒郊，监冰古渡，车马曾驰骋。踏雪归去，揽辔太行峰顶。

## 前调

夜雨感怀

季秋时候，雨连宵、送得愁归肯綮。况是天涯迁谪客，世醉何能独醒。白日门扃，昏灯风闪，常似中贤胜。偶然昂激，虚堂数振欬謦。　自笑一晌粗豪，少年精采，每厌临朝镜。眼底尽凋桃李艳，冬岭孤松谁挺。车笠相期，久要奚托，浪刎侯嬴颈。我思避人，觅酒中山，终在尘境。

## 赞浦子

庚戌重阳

今岁重阳近，霜养物未凋。养花参野卉，煮蔬杂溪毛。　窗外蕉红梧碧，江头枫醉蓉娇。欲访丹邱往，南山锁雾遥。

## 其二

野菊开仍敛，浓云散复还。钟闻萧寺迥，雁响稻田寒。　客况芒鞋竹杖，游踪曲涧平山。老衲重寻处，空余素鹤闲。

## 其三

林麓治平寺，几曾载酒来。石湖孤棹稳，秋色列屏开。　三载尘消梦断，半生枯木寒灰。才子多年殁，人琴重雅怀。治平寺，吴人登高处。

## 其四

小阜登临日，追思五十秋。菊花犹在眼，雪发已盈头。　九日怀亲感遇，百年遇闪星流。踪觅前陈迹，哀迟谢壮游。

## 浣溪沙

复游

才出吴门已见山。茫茫幽境世无关。浮沉百载几人闲。　暇日愧吾身已老，春秋佳景起衰顽。黛螺红树引跻攀。

## 其二

拂袖登舟喜遂游。治装已典御寒裘。簭冠褐氅趁残秋。　　城市喧尘神久悃，峰颠高洁病行瘳。岩芝洞乳外何求。

## 西湖

送詹药亭归云间

闽岭外，故人沦落行尽。十年往梦说沧桑，动君深悯。叔敖廉吏不堪为，剑囊书箧空蕴。薄游海山将倦，张禄一寒谁问。难逢汉使赋凌云，千金买吝。霜林处处叶飞时，返棹西风吹紧。　　燕台贤馆仍招客，赴春明、尺五天近。珥笔生花流韵。宁寻常、酒肆歌楼甘溷。无负怀思先令尹。

## 无愁可解

谈道

斯世吾生，鲜得易失。物情那定齐一。发急急闲徐，燠寒怎出其律。自古取途无定吉。歧格竭蹶奚必。各做成、侍兔亡羊，执者守一，通者丧质。　　理贵。虚处能游，庄叟说、逍遥不存塞窒。若未明则暗，宁晓明还似漆。况向尘中竞功利。是夸父、自矜追日。倘觅使罔象，进求墨珠，庶形乐、而神逸。

## 凤凰阁

王季任致政归文安

遍关津落叶，舆前飞舞。半生贻误一儒冠，随去青毡白纻。故国凄绝，只剩底、苍山绿树。　　翩翩佳致，宁与马裘为伍。朱门圮处存邹鲁。声价在，谢王家、握管挥尘。视富贵、浮云尘土。

## 苏幕遮

冬夜二首

浣昏黄，寒月照。寥寂高城，谯鼓初更报。叶脱枯枝鸦绕叹，萧瑟风前，似对羁人告。　　起离思，歌古调。曲怨深情，迢迟年华老。郭外空江流水杳。断香残梦，幽窗晓。

## 其二

菊花残，松影瘦。抱膝支颐，忆远三秋后。万窍争鸣霜信骤。闭阁垂帘，时有新寒透。　　短檠边，长剑右。击缶敲壶，昂激人如旧。塞马泥鸿还记否。浮云变处，无宵昼。

## 临江仙

杂咏六首。杏林紫燕。

文杏东皋匀粉颊，朝来细雨润香脂。昭容舞入影迷离。曲江春宴上，罨映试宫衣。　　多少画楼帘幕卷，盈盈秋水盼芳时。艳魂娇脸每相依。陌头寒日近，花卸无空飞。

## 其二

莲沼金鱼

二岛仙灵游水际，骑来龙种悉神鳌。日中鳞甲照绯袍。又如朱紫老，鱼袋赏勋劳。　　君子丰标推直节，适情行乐在溪濠。清流同憩得心交。将归瀛海上，不受汗泥胶。

## 其三

枫岭白云

枫老爱霜人爱酒，拌教醉驻少年容。暮云霭霭散晴空。朱颜随日落，尽变白头翁。　　丹树秋山秋渐老，远来岚翠看深浓。那分云碧间林红。珊瑚埋万颗，白雪覆千峰。

## 其四

菘关苍鼠

风涛曾不扣禅关，阴护经楼色静闲。有时饥鼠事探丸。跳梁霜瓦上，游戏翠鳞间。　　听梵闻钟朝复夕，看生羽翼入仙班。淮南鸡犬与追攀。赤松游不返，辽鹤化仍还。

## 其五

枯木寒鸦

木下霜飞群物老，半枯衰柳削长条。菀丛好鸟尽营巢。寒鸦归苦晚，三匝偶栖牢。　　孤月宵沉庭树黯，惊风几阵起披摇。南柯残梦欲魂消。晨星稀缀处，饥噪古城谯。

## 其六

墓田野兔

境外断垣穿曲径，墓头起穴入群狐。自焚野火少羊奴。清明车马路，雉兔伏榛芜。　　客过读碑文剥落，空怜骨化发金珠。当时石椁朽还无。中林来壮士，狝狩置长罝。

## 其七

荒原瘦马

野烧沙原怜瘦骏，游庭百战罢归来。寒天远放伴鸿哀。锦鞯身久卸，玉勒首频回。　　万里横门出塞日，单于惊避去龙堆。谁云骥老志甘灰。心雄伤鼓驾，骨贵买金台。

## 其八

雨夜猿啼

高岭云寒飞夜雨，猿声催泪落常多。巴江巫峡每愁过。万重山曲处，四面楚军歌。　　忆昔岭南滩濑里，梦中哀怨屡惊讹。书旗铸鼎竟蹉跎。封侯原有骨，无铁裹肠何。

## 南乡子

长至日人送松梅

松老愈菁葱。长日来投鹤发翁。何事芳梅罗入幕，参同。相识春机发露中。　　尔汝两从容。姑耐残寒学固穷。自见渐亨君子道，东风。吹散浮云天碧空。

## 阳春

夜忆

暮山云，严更月。静院寒风排闼。短烛照闲屏，无人对、一缕乡思起仓猝。望空书咄。徒远羡、健雕轻鹘。千里峻岭深红早，奋举霎时飞突。

忆来往、津桥车马路，十五度、春秋倏忽。为问年华儿许，已萧飒、皓然须发。枯原雉兔肥腯，当少壮、鸣弦催筈。待归去、守火司阍，惜流光掷脱。余耳聩足跛，故末句嘲及。

## 醉乡春

祝慈谿陈彦三古稀大寿

常作列侯宾客。携取行厨邱索。游迹遍，海山间，须鬓青青迟白。

俨似高冈松柏。饶植蕙兰晴陌。一番返，一称觞，从此扬觯盈百。

## 南乡子

望儿

倚闾望斜阳。背日轻帆应大张。何处扁舟维弱缆，知妨。塘路天储塞橹樯。　　衰病治无方。有子来依体渐康。不愿儿归贻长物，须商。吴市吹箫乞稻粱。

## 水调歌头

曝背

白日问迟速，罔两说奔梭。断送几代兴替，史册渐编多。辰夕升沉未歇，堪惜分阴寸景，不返其江河。野人晴曝背，国老晓鸣珂。　　若教彼，相易换，各惊讹。富贵同入，荡灭贫贱亦消磨。祸福转为倚伏，生死只频来往，苦乐去无多。一心符造物，今古尽包罗。

## 前调

赋喜雀

双雀枯枝上，雄去怨雌孤。展翼欲起还敛，翘首屡高呼。已刈大田多稼，勿羡稻粱充腹，恐致触长罝。公莫渡河去，冰雪载前浦。　　巢隙内，斜照入，且哺雏。有待倦侣，归后饮啄共晨晡。不效饥乌能攫，宁厌巨鹏遭吓，凡鸟岂吾徒。同栖非匹处，雅意学关雎。

## 东风第一枝

雪日

咏絮清才，袭裘俊概，空惊古事绰约。芳春尚逗江东，雪花早颁瑞萼。堆簪埋径，闲庭院、月沉风掠。想影断、天末宾鸿，栖冷冰苔孤鹤。

渔钓处、沧洲浩杳，帘荡漾、酒亭历落。无缘跨蹇探奇，暮晨听残画角。少时往梦，旧帝邸、碧窗珠箔。问良夜、深醉如年，不记儿家楼阁。

## 白苎

岁暮

驿边梅，烦谁送，清愁一纸。交除岁龥，眨眼空增马齿。见纷纭、密云疏雪攒年尾。孤客掩荆关，暇带索、披裘过市。暮烟晓风，影乡穷时有鬼。思旧居，沙堤芳草冰霜里。　　双髀。肉消穿榻，力倦支筇，往常车骑。想像如龙如水。何处觅、鸣珂陌，高阳里。春迟小社，似人老晚迹，西川浮寄。少妇卢家，故侣黄垆，将若呼起。永夜昏檠，历忆姑凭几。

## 花发沁园春

赠原中牟令胡睿容

倜傥风流，久游梁苑，河原同仰声价。刘郎前度，此地安仁，艺苑名场潇洒。雄怀肮脏，青白眼、时贤不挂。斗酒醉、旁礴无人，目光牛背遥射。　　邂逅逢君官舍。喜挥尘清谈，玉飞尘谢。相如蓄赋，扬子腾嘲，好许俗流凭借。往来赵魏，慕豪侠，肝肠倾泻。想文采，定擅韬钤，欲劝车辗泰灞。

## 巫山一段云

咏烟

叶仿瑶簪润，香疑蕙草浓。深情密意一丝通。缠绵寤寐中。　　劳人咨马上，归思怨楼东。霎时愁绪起朦胧。白云满眼逢。放翁《愁》诗有“满眼如云忽复生”之句。

## 柳含烟

咏烟囊

丝千缕，韫芳心。特地赠君作佩，蓄愁敛怨个中深。细追寻。　　若便启缄情易露。谗口恐来进妒。不如维系肘襟旁。自频尝。

## 醉香春

咏烟筒

似尘又疑如意。拟鼎能调佳味。秉直道，具虚心，不学肠迴口闭。　　豁达浩然之气。藏显无心顺致。时闲适，偶留宾，盈腔热念聊相慰。

## 玉山枕

牟邑麦秋

户樋人懒。渐庭壁、残阳晚。孤城寂寂，疏钟黯黯，雉堞霞横，砌树鸦返。江河恨望几津亭，早陌上、麦黄盈眼。忆少年、闲驾巾车，适田家，劝鸡羹粳饭。　　老来为客成迂缓。草堂锁，衡门远。仍闻驿路，铃声五夜，去日思长，旧时发短。那曾嗔、灞尉相诃，复何竞、肆浆迟款。听青驴、古道长鸣，过邯郸，问仙游荒诞。

## 侧犯

述思

斜风细雨，小楼从倚思王粲。离乱。岂时际升平游汗漫。闲心寄楮毫，老景怀盘涧。天半。有剑气、扶摇薄云畔。　　苍岩山麓，旷野平芜展。清溪浅。耸孤城、沙筑长堤岸。犹见兴朝，旧家文献。归羞偃蹇，一鞭款段。

## 虞美人

自咏

砌榴开歇墙阴长。茂树新蝉响。客中情况尽清闲。焚香洗研弄柔翰、扇湘纨。　　夕阳风袭罗衣爽。缓步仍扶杖。容吾潇洒老人寰。山僧海鹤碧天宽、为无官。

## 前调

五月望夜

海东涌出团圞月。规璧莹无缺。中庭酌酒欲招邀。白头皓魄两孤迢、隔尘霄。　　年过六十欢场歇。每对犹倾豁。清宵久坐露凝襟。长绳思系照天心、莫西沉。

## 满庭芳

午梦

漠漠浮云，悠悠昼梦，旧迹犹恋江东。长帘短榻，栏外倚双桐。屏侧红儿宛在，随鸠杖、仍奉欢容。幽窗内，轻来竹韵，倦眼拭朦胧。　　倥偬。消息改，人离吴苑，客寓梁封。曾游处、依稀鸿爪泥踪。纵令湖头再见，春老矣、绿染芳从。庄生醒，无劳蝶梦，更到幻缘中。

## 减字木兰花

饮冰词

状元及第。拜相平章军国事。子弟家奴。势压中朝达五都。　　时衰运转。一旦诏书传罢免。空望台星。门外蛛丝织网成。

## 前调

长枪大剑。拜将封侯男子愿。百战功成。带砺山河结誓盟。　　鸟亡兔死。缇骑来收辞妻子。万骨曾枯。此日身为釜底鱼。

## 前调

文章翰苑。珥笔承恩趋内殿。侍从亲臣。文采风流迈古今。　　直庐起草。几字含糊难检讨。远窜穷荒。悔煞十年诵读忙。

## 前调

黄门乌府。昭代曾无阙事补。摭拾纤微。当陛陈言慑圣威。　　诏书切责。朝列台垣夕逐客。沙岛关门。地迥难招塞外魂。

## 前调

分疆开府。一面独当如列土。权重官高。日夜牙门涌利潮。　盗贼水旱。恩宠一朝成憎厌。秣马修工。荷锸披坚恨塞翁。

## 前调

开藩总臬。指顾廷推膺节钺。贪利图名。玉鬓银须头面盈。　上官色变。怒发弹文如雷电。幸乞闲身。又作边荒负耒人。

## 前调

人文冰鉴。校士衡才归翰苑。金尽床头。此日千钟书内求。　三年报政。未许才华胜帘静。削籍归田。不赴河干赴塞垣。

## 前调

长安得意。新捷南宫登甲第。宴罢琼林。寥落三年釜甑尘。　扣门无路。难塞宽弘丞相肚。九食三旬。竟作燕台饿死人。

## 前调

诵书得第。淹蹇十年方作吏。黄绶新加。好看河阳满县花。　旱干水溢。民欠官逋催不力。届限难完。政似阳城也罢官。

## 前调

为郎乞米。太守新章惊吏邸。皂盖朱幡。五马逍遥夹路看。　褰帷新政。不用忧民忧县令。库缺仓空。全仗龚黄炼石功。

## 前调

从龙旧族。奕叶勋名膺宠禄。更起门楣。生女承恩拜后妃。　车随千骑。忽尔只身愁狱吏。饿死条侯。地下难忘田窦仇。

## 前调

戎王杂种。附翼攀鳞本材勇。生子多能。渐历卿班作相公。　招权纳贿。网尽金珠谁忌畏。富过公家。身死双拳无物挐。

## 前调

徒行千里。营人侯门为记室。劣字歪诗。名姓遂通紫禁知。各成门户。甘作中山狼不顾。还效江充。临死方嗟万事空。

## 前调

津门市侩。网利煎盐登垄卖。生子粗豪。遂列资郎广纳交。儿丁不识。暗嘱吴刚偷桂籍。家败名倾。化作丰城剑气横。

## 前调

豪门寄食。凭籍声光通近习。既负能乘。便与舟中敌国同。利争交绝。管鲍忽成吴与越。蚌鹬同休。又见渔翁已覆舟。

## 前调

横行辇毂。厂卫当年兴诏狱。罗吉遗踪。踵事将开告密风。积金齐斗。祸来三木甘囊首。秽骨飞灰。细碾车轮粪搅煤。

## 前调

含香启事。输挽争先功可异，骤晋官阶。卷起山西地面来。两江回节。亿万深藏成决裂。拚死珠娘。财共身亡似石郎。

## 前调

少年意气。读史观人称大义。感激陈言。思共张留李邺传。君心未信。谏草徒传忠命尽。阖室遭诛。羽翼萌芽更剪除。

## 前调

才华公子。作吏沾沾常自喜。吐气扬眉。谈笑都堂听指挥。误交伯嚭。便效逢蒙加一矢。家令朝诛。日夕袁郎死道途。

## 前调

椎埋无赖。攘背从戎多掩败。好杀降人。到处摸金斩难民。　宣淫凶死。亲串分金害妻子，虏利君财。伦秀何尝得享来。以上《怀舫词》

# 纪逵宜（92首）

纪逵宜（1672—1747年后），字肖鲁，号可亭，晚号闲云老人，顺天文安（今河北文安）人。康熙五十二年（1713）举人，雍正元年（1723）进士，历官湖北黄陂、浙江瑞安知县，治盗有政声。雍正十年选充国子监助教，累官宗人府主事，刑部员外郎。与杜诏交，尝为诏题《蓉湖词隐图》。其诗歌叙事缘情，探源经史，隽而不佻，丰而不缛，得于家学为多。尤工倚声，有《闲云词》一卷。

## 菩萨蛮

花飞多是春归路。春归不在飞花处。花底觉春多。春归花奈何。　不怨春难住。但愿将愁去。春去尚能回。莫同愁又来。

## 卜算子

草色染池波，花气侵窗缝。更被微风酿晚凉，都入窗间梦。　啼煞月明乌，飞尽箫声凤。红豆年年恋旧根，多向愁边种。

## 采桑子

归思

鄚州东畔乡园路，渔浦鸥波。雨艇烟蓑。心逐西风到芰荷。　山云客绪俱千叠，秋觉愁多。秋觉愁多。蛩语分明唤奈何。

## 其二

穿帘漠漠寒烟湿，秋夜迢遥。秋雨潇潇。隔断华胥是绿蕉。　何时一豁幽忧疾，酿熟葡萄。吹彻琼箫。月照蓬瀛客钓鳌。

## 百字令

晴夕

老槐庭院，有悲愁、赵北燕南羁客。涤涤层霄青玉冷，千里一时莹澈。楼额涂红，山眉抹绿，渲染诗城夕。凭栏情悄，无言目送归翼。
便凝瀹茗横琴，擘笺吮翰，清景应须惜。眼底分明王勃句，秋水长天一色。遥揖南箕，浓阴扬尽，费杀西风力。更烦商籁，花梢吹转斜月。

## 贺新郎

雪中咏红梅

大地花飞遍。问天上、何人细削，琼瑶零乱。坠萼依稀来月窟，却讶黄金色变。早逗漏、春光一线。凡卉漫愁青女妒，爱绮霞、已染缃枝茜。纷如豆，火珠灿。　　孤芳不惜东风便。似含情、约往幽芬，欲舒还敛。多少后尘红与紫，甘让时妆浓艳。莫误认、倚门人面。风味酸寒谁最惜，到清和时节酸初酽。商岩下，天相荐。

## 捣练子

杨花

春雨后，晚风前。细逐桃花香雪残。莫向玉窗粘锦瑟，消魂最是此时天。

## 南乡子

雨夜

风急冷残篝。窗外凭添几倍秋。漏断酒醒欹枕处，悠悠。梦破潮声树杪流。　　红泪晕花头。细洒空阶滴滴愁。忆杀春明榆荚路，啼鸠。柳暗池亭杏入楼。

## 昭君怨

卷起半帘积翠。月浸空阶如水。无计度寒更。弄银筝。　　梦里依稀笑语。人在画楼深处。惊觉不分明。似残灯。

## 疏帘淡月

如何忘却。忆握手红桥，归期密约。鸳谱花盟，忍剩画屏萧索。朝云飞尽巫山隔，尽消受、窗蕉檐铎。伊须记取，自相离后，几宵风恶。
回首处、旧欢如昨。但蜡泪团红，兽烟凝白。梦阻星河，良夕可怜虚阁。翠闲半絮何曾着，疏钟促、月痕微落。离情撩乱，错教怨杀，戏人晨鹊。

## 点绛唇

寂寞屏山，云迷一线江南道。那愁未了。酒力今偏小。　　倚遍窗纱，漏转灯花老。何时好。愁魂缈渺。生被春风恼。

## 摘得新

集词名

锦帐春。巫山一段云。东风齐着力，柳初新。潇湘夜雨秦楼月，忆王孙。

## 望江南

集词名

钗头凤，侧犯鬓云松。月上海棠花自落，双头莲烛影摇红。薄幸怨东风。

## 满庭芳

集词名

庭院深深，蕙兰芳引，柳梢青琐窗寒。凤楼春霁，人月喜团圆。花犯竹枝疏影，隔帘听、鹊踏花翻。双双燕，红林檎近，眉妩小重山。　　酒泉。绣带子，天香十二时，醉桃源。两同心、南浦玉解连环。金缕曲声声慢，千秋岁、八节长欢。锦缠道，三台多丽，五福降中天。

## 浣溪沙

集唐诗

红语纷纷点绿苔。柳花飘荡似寒梅。东风何事远相催。　　旅梦乱随蝴蝶散，箫声犹绕凤凰台。倚阑愁立独徘徊。

## 武陵春

集唐诗

晚红轻折露香新。池草暗生春柴门。空闭锁松筠。莫使有风尘。　夕阳吟杀倚楼人。静与百花亲。晚来幽独恐伤神。不是负芳辰。

## 浣溪沙

咏花

桃叶桃根自作丛。雕栏铃索护嫣红。一枝先绽月明中。　怜煞色娇缘底泪，欲留香住奈何风。尽教惆怅倚帘栊。

## 浪淘沙

村景

雨际绿漫漫。草地云天。娇莺飞尽柳枝间。溪水一湾篱竹外，只少青山。　野肆尽留连。不醉休还。夕阳墟里带炊烟。魂断渔村堪画处，仿佛江南。

## 疏帘淡月

黄昏时候。正望断银蟾，乍离海岫。恨水愁山万里，经多迤逗。几番风雨心伤透。问天上、嫦娥知否。冷冷淡影，最情深是，更阑醉后。　密坐处、玉昆金友。忆月底银筝，花前翠袖。青鬓闲情，博得今宵回首。狂来白眼应如旧。数往事、都消残酒。空教延伫，短歌声里，离情还又。

## 点绛唇

细雨如尘，廉织添得遥山翠。鹧鸪声沸。唤起南窗睡。　红豆才抛，万斛春愁醉。侬知未。昼阴阴地，领取东风味。

## 蝶恋花

窗里轻寒窗外雾。酒力微醒，小鸭添檀炷。花已飘零韦曲路。这番愁杀榆钱雨。　漏滴暗催催更住。剪烛屏山，有个人题句。残梦晓来无觅处。彩云飞尽东风去。

## 凤凰台上忆吹箫

花染阶红，草添池绿，等闲春苑如秋。恨软风甜雨，催出新愁。为问沉香亭畔，能余得、几许娇柔。应须惜，十分开了，一半先休。　悠悠。莺歌蝶舞，叹旧欢如梦，些子难留。况孤风负月，闲杀朱楼。欲觅东皇归处，斜阳外、脉脉溪流。春杳杳，燕雏飞上，杜宇枝头。

## 南乡子

雨中

窗外竹喧阗。一夜愁声到枕边。觉后依稀南国梦，悠然。袅袅琼箫和扣舷。　无计慰啼鹃。梅熟空庭四月天。欲遣羁愁随雨散，心闲。卷起湘波茗烟。

## 浣溪沙

集园晚眺

月到空庭燕语迟。绕阶芳树影参差。春归何处不堪诗。　一带柳烟流翡翠，两行花泪卸胭脂。天涯芳草忽相思。

## 菩萨蛮

云迷一点巫山小。春风又惹天涯草。花底是银河。欢成恨转多。
沈腰愁楚楚。忆着惺惺语。有梦惜模糊。争如梦也无。

## 长相思

雨夜

语窗蕉。泪水绡。灯暗床头拥被挑。群花闹夜潮。　漏迢遥。转无聊。偏向愁边断续敲。愁魂最易消。

## 捣练子

夏夜闻砧

香雾外，月明中。断续声随菡萏风。想是罗衾凉觉早，征衣预办待蜚鸿。

## 风入松

月

穿松过竹破庭烟。委曲到窗前。玉钱暗掷凭楼客，风流处、千古依然。金粟香中牙轴，玻璃影里冰弦。　　霞光如水水如天。云母制银笺。一轮惨淡相思镜，琼箫冷、望杀婵娟。举酒成三时节，多情都付诗仙。

## 金菊对芙蓉

夏景

果熟金丸，荷翻珠斛，熏风富了山家。正蝉吟暗树，燕织明霞。倚栏得句铛声里，追陈迹、忽复兴嗟。怎教宁贴，月凉帘额，心在天涯。　　夜静何处琵琶。似喁喁细语，云隔窗纱。悔多愁司马，误种情芽。他时绿鬓知仍否，门前柳、依旧飞鸦。蓦然省得，不应负却，酒盏浇花。

## 浪淘沙

感兴

萝径晚凉天。小立风前。银河西下直如弦。又是一番秋信到，红藕花残。　　茗碗瀹流泉。形影周旋。归禽两两话庭烟。台榭云荒丝管地，怕忆当年。

## 风中柳

秋意

烟水精神，偏觉今番秋早。惜兰丛、余香未了。芳踪去也，怕朱颜空老。待重寻、梦魂难到。　　隔浦红衣，闻是芙蓉妆巧。漫萦心、闲愁悄悄。由他蝉语，向西风传道。知何似、春前花好。

## 念奴娇

七夕

云軿何处，银汉侧、依旧双星明灭。密语鹊桥谁听得，可有悲欢话说。百子池头，曝衣楼上，添出风流节。支机片石，当年应悔传泄。　　一岁一度行云，也应成惯，不苦三秋别。连爱情痴儿女梦，却为天孙愁绝。暗祝蛛丝，小金盒内，乞个同心结。碧梧朝雨，九微花琐犹热。

## 蓦山溪

望春何处，青眼初开柳。艳雪卸梅妆，忽惊心、飘零红袖。天涯草色，一抹入云中，凝眸久。教人瘦。踱着愁时候。　　朱弦旧曲，有梦知仍否。待得燕归来，绽芳丛、定谁先后。调停铃索，花信好风匀，休僝僽。莺声溜。谱出春如绣。

## 浣溪沙

暖入轻云翠欲流。箫声何处引莺喉。撩人春色莫登楼。　　一夜梦魂千里外，十年心事五更头。几分儿恨几分愁。

## 琐窗寒

暖日轻烟，困人何意，问春无语。风催草色，铺染陌头如故。听吹笙、晴院谁家，深深绮阁扃朱户。正销魂时候，小窗孤枕，几人羁旅。　　延伫。关心处。教打叠花开，凭谁羯鼓。莺传春信，已到曲江芳路。算情长、惟有曲生，这回仍作诗狂侣。却还愁、白眼醒时，又是伤迟暮。

## 柳梢青

长路风沙。不知春到，何处飞花。城角溪声，马头岚影，咫尺天涯。　　前村一缕烟斜。招行客、乌啼落霞。墙结云根，馔烹山叶，关外人家。

## 一丛花

夜来飞雪满边城。掩却数峰青。激流漱石危桥冷，客魂断、征骑须停。远景微茫，山腰一点，是个路人行。　　离歌谁唱小旗亭。不似故园声。春明游馆知开未，忆南陌、锦树金莺。何日归欤，倚鞍无语，细细计邮程。

## 金人捧露盘

忆神京，烟光好，是花朝。抱曲江、一带裙腰。锦缠绣陌。莺歌绮语蝶衣娇。这回携榼，尝新了、榆荚蒸糕。　　自无端，耽名胜，东风里，逐蓬飘。竟寒山、千里萧条。诗朋游侣，月明夜夜梦相招。那知却到，无春处、闲杀琼箫。

## 蝶恋花

玉笛谁家空外阁。吹满边城，不许愁眠着。最是征人神已削。那须更听霜天角。　　避到醉乡偏又觉。辗转思量，根是春风错。关外何曾开绿萼。却和红豆纷纷落。

## 金明池

锦绣天机，丹青地轴，又费东君结撰。曲江路、分阴堪惜，应忙杀、上林莺燕。望朱门、咫尺蓬山，听歌吹、墙里香飞缭乱。更杏倚危楼，柳牵幽榭，几个春衣如茜。　　梦底浓华容易散。把蝴蝶痴魂，杜鹃频唤。留难住、花似行云，圆又缺、月羞团扇。却空教、玉树庭前，每一度东风，一番肠断。怕重按鸾笙，醉挑凤蜡，已是流年偷换。

## 点绛唇

蝶试鲜衣，暗香飞惹娇红路。翠浓芳树。留得莺声住。　　人坐春风，春在花深处。闲情足。柔丝脆管，闹里朱楼暮。

## 小重山

新月哉生粉堞东。数峰眉隐约、暮烟浓。隔林遥起翠微钟。云楼迥、一点佛灯红。　　远思忽匆匆。怕寻花底路、旧行踪。当时笑语倚春风。今何处、风月总愁侬。

## 临江仙

石磴斜阳红敛尽，炊烟山驿凄清。不眠待得月华生。半尊传舍醉，一曲故园情。　　虫语渐繁莎露白，吹笳楼上三更。甫能欹枕又鸡声。马蹄门外路，残梦冷鸳绫。

## 婆罗门引

桂花消息，又看残影系疏桐。远天一片濛濛。晚景全输细响，好句属寒虫。似花魂欲诉，絮语难通。　　萧条谢庭，玉树几度西风。翻恨聪明误我，博得诗穷。遣愁何处，笑裁云镂月总无功。纵兹去、须学痴聋。

## 潇湘夜雨

檐借灯红，砌承露白，一时清满柴关。人间天上，秋声又今年。造次重阳过了，情无限、愁里成闲。西风瘦，黄花对面，凄黯各依然。　　几回寻旧梦，芳踪何处，云散香残。奈半帘轻雾，更酿新寒。谱就瑶徽别调，歌还咽、数歇朱弦。沉吟久，银沟淡影，移过小窗前。

## 醉太平

风清月清。虫声树声。有人窗里寒情。正寒衾梦影。　　一更二更。三星四星。吹残银汉参横。是谁家玉笙。

## 虞美人

缙云道中

绮罗南国余香袅。谁惜东风老。桃花岭上听啼鹃。回首暮云何处、是乡关。　　蓬莱宫阙知无改。鸾鹤应相待。海天鸿影月痕凉。可是玉壶莹彻、贮冰霜。

## 浣溪沙

湖上晚归

花满芳蹊步锦茵。镜涵西子髻边云。山灵应笑倦游人。　　翡翠烟中回画舫，木犀香里掩朱门。天涯何处不黄昏。

## 清平乐

壬子人日和邹慎斋太史韵

东风来未。微飐青云媚。雁后花前生远思。梅雪南枝如寄。　　黄绵暖映绨袍。萧然斋亦名萧。记得年时梦境，子规啼过溪桥。

## 点绛唇

立春和邹慎斋太史韵

暖漾帘旌，良辰莫怨东风晚。新蟾婉娩。青霭浮西苑。　九陌灯红，渐觉春星满。歌长短。城南游伴。花发江郎管。

## 一剪梅

灯火鱼龙陆海饶。千古今宵。第一良宵。谁家绮阁玉人萧。香袅云娇。花袅风娇。　歌吹扬州旧梦遥。蜡泪红销。镜影红销。人间天上两迢迢。小立虹桥。怅望星桥。

## 清平乐

初度日作

春风僝僽。吹绿瀛台柳。临水夭桃开笑口。应笑疏狂依旧。　软红十丈京尘。缊袍砚北闲身。荏苒再逢壬子，依稀初度庚寅。

## 浪淘沙

午日和邹慎斋太史韵

彩缕罥丹砂。锦绣烟霞。天中紫陌旧繁华。尘帽难堪红鞑鞨，羞对榴花。　解粽斗新茶。好句谁家。帘衣蒲艾午风斜。卧听画眉如越语，梦绕天涯。

## 八声甘州

题杜紫伦蓉湖词隐第三图

展江南烟景入春明，绝似鉴湖清。想繁华风月，竹西歌吹，旧梦芜城。天许闲身未老，选胜畅幽情。谁识銮坡客，偏狎鸥盟。　试问先生记否，昔相逢琐院，官烛荧荧。羡翻飞云路，鸿迹已冥冥。却难藏、身虽隐矣，有倚声、丽句满旗亭。长应是、叩弹逸韵，吟向樵青。

## 朝中措

题《春山载旆图》，以下四阕为励衣园赋。

河汾风物正春妍。犹是舜时天。花发争迎使节，鸟啼似学歌弦。输他年少，朱旗绕遍，三晋云山。自是玉堂仙客，余香长拥吟鞭。

## 南乡子

北窗校士图

藜火旧燃红。芍药翻阶得句工。视学太行西畔去，山中。书带应添翠几丛。　　年似汉终童。经学渊源白虎通。唐魏诸生趋讲席，雍容。新沐濂溪君子风。图有池莲。

## 步蟾宫

秋庭兰桂园

金天风露香成片。珠玉富、人间仙馆。任软红、百丈接云高，飞不到、谢家庭院。　　松乔堂上当时盼。早留下，缥缃万卷。到今来、池上凤毛多，共道是、君家见惯。

## 谒金门

雪车待漏图

天阙肃。雪映词臣如玉。三世貂裘皆赐服。恩深冬亦燠。　　莫倚阳春郢曲。时凛冰霜在目。几载轺车尘满毂。行行归玉局。

## 鹊桥仙

本意

月钩玉冷，云帘翠卷，茉莉香霏几席。瑶天欲曙鹊飞回，清雨滴、疏桐凝碧。　　璇宫不老，银河长隔，儿女柔情脉脉。拼教浃岁一相逢，经几十、万千七夕。

## 更漏子

七夕咏牵牛花，和邹慎斋太史韵。

意缠绵，姿婉娩。乍似女罗娇软。琢紫玉，浣青霞。当名河鼓花。
经微雨。增眉妩。翠冷七襄机杼。钗凤颤，影娥池。西风袅鬓丝。

## 如梦令

本意

山馆帘垂人静。中夜月明风定。客枕柝声寒，应是霜华欲凝。伶俜。伶俜。身入圆灵冰镜。

## 其二

两两碧梧栖凤。风引青云微动。欲问蕊珠人，可似当时情重。如梦。如梦。花外数声莺咔。

## 江城子

闻歌

博山余馥细云横。酒初醒。梦难成。绮阁谁家，凉夜有啼莺。雁字正携湘水怨，飞不去，落银筝。　沉寥月宇短长更。绕梁声。隔墙听。春去秋来，万里玉关情。花里檀槽应一诉，愁历乱，不分明。

## 减字木兰花

和邹慎斋太史人日韵。

草堂诗意。人日梅花谁远寄。作客年年。今更思归在雁前。　缁尘易老。远志居然同小草。春在江南。我亦关情忆阿咸。

## 十字六令

中秋

香。桂染金风只旧黄。长安月，似较昔年凉。

## 八声甘州

过王文靖公怡园感旧

认乌衣门巷昔曾游，娇燕絮残秋。怪蹒跚尘步，风吹倦影，蓦过西州。无那羊昙酒醒，情泪忽难收。恸比途穷客，一倍牢愁。　当日鸳鸯厅上，有青云胜侣，凉月清讴。想东山太傅，丝竹许淹留。竟谁知、座中年少，再到时、雪满杜郎头。沉吟似，前生天上，仙梦轻沤。

## 金缕曲

前题

绿野西风冷。想依稀、曲江风度，当时清胜。沙路火城鸣玉杳，四十余年俄顷。笑身世、流尘断梗。重向平泉佳处望，但山围、亭榭寒烟静。留不住，好光景。　　孤踪欲觅花间径。忽无端、轮菌郁勃，柔肠愁凝。云外归鸿应识我，此夕危栏独凭。也怕见、落梧疏影。白发青衫回首处，更何须、邻笛添凄哽。尘劫事，怕重省。

## 减字木兰花

甲寅人日有怀邹慎斋宫赞，再和去年人日原唱。

去年人日。鸾掖仙人摇彩笔。逸韵珊珊。燕市馨闻有木兰。　　东风又扬。遥羡梅花霏绛帐。春在嵩阳。不忆江南忆大梁。时慎斋视学中州。

## 如梦令

小山姜索题画扇折枝绯桃

风剪仙霞一片。斜曳天台衣茜。袅袅渡头歌，影落江南团扇。娇倩。娇倩。错认倚门人面。

## 竹溪杂咏

并序

励甥衣园别墅旧有丛竹，岁久益茂，翠拂檐楹。适蒙御书赐联云“水影月香余妙句，竹溪烟坞净无尘”，遂号曰竹溪，而实无溪也。客为之谋，叠石疏土，以高以深，浚源引流，非远非近，居然峦壑移就，阶庭溪成，而联语皆实境矣。计溪之脉络，则有泉、有峡、有湾，汇于潭，达于涧，涵于洞，而莫测所委，犹海之不见尾闾也；溪之涯涘，则有坡、有岩、有屿、有矶、有崖，夹岸悉露山骨，犹江之束以众山也；往来溪上，则有桥、有径，复有轩、有馆、有栏，于以徜徉徙倚，而揽其胜致焉。主客胥乐，即景命名，凡十有六，各宠以诗。予亦属而和之，成填词十六阕。既而思之，词者诗之余，然时诸君余妙句，而予所拈者余之余也，无乃貂已足，犹强续乎。

### 西江月　漱玉泉

为有源头活水，山根琴筑声来。泠泠石罅小风雷。第一人间灵籁。　雁荡龙湫非远，愚溪盘谷新开。试邀桑苎酌盈杯。知是玉泉真派。竹溪西即玉溪山。

### 临江仙　鸣琴峡

最是青溪幽绝处，时闻杂佩珊珊。弦中流水水中弦。谁携绿绮，奏向小山前。　曾过居庸关外听，快游回首当年。居庸关有弹琴峡。永嘉云海更漫漫。钟期何在，洗耳此中缘。

### 小重山　绿沉湾

夹岸青苍玉几丛。波纹遥翠縠、竹间风。色空空色有无中。玻璃镜、镜里绿烟浓。　如带复如弓。流来山阁近、映帘栊。严滩七里水光同。沉云冷、不待坠江枫。

### 清平乐　印月谭

冰轮上了。偏觉临流好。渊媚牟尼珠是宝。万古婵娟不老。　大千何限高深。波心即是天心。识得澄潭止水、漫分香海蹄涔。

### 柳梢青　流香涧

翠绕银湾。香浮锦浪，花落红泉。谁送春归，竹溪几曲，依旧潺湲。　斜阳鹤影飞还。极目处、横云断山。莫信渔郎，桃花流水，原在人间。

### 谒金门　宿云洞

云满谷。云自无心驰逐。名岳作霖肤寸足。此间容万斛。　雨遍郊原浓绿。谁识神工归宿。泓下龙吟天上曲。不须丝与竹。

### 春光好　小东坡

临断岸，面层峦。俯流泉。缩取黄州山一角，小壶天。　庭有雪堂明月，水无赤壁游船。颇忆武昌风物否，问坡仙。

### 一络索　黄鹤岩

隔岸孤峰崒嵂。云停玉立。天然一帧好溪山，是黄鹤、山樵笔。　斤竹岭边秋色。暮霞烘日。此间大有画兼诗。两绝技、输摩诘。

### 忆秦娥　清瑶屿

琅玕坞。褵褷鸾尾捎云住。捎云住。森森群玉，绘成瑶圃。　鹧鸪啼雨湘烟暮。七贤六逸今何处。今何处。留他清影，伴人毫素。

**更漏子** 红雨矾

画中山，江南路。燕子来时风雨。桃叶曲，竹枝歌。春江花月多。乘兴到。吟芳草。溪客不知春老。游屐滑，钓丝凉。红粘箬笠香。

**定风波** 歕雪崖

云母屏风冷画檐。似烦滕六助清严。匡阜谪仙佳句在。天外。无人谁卷水晶帘。雷隔南山声细细。未已。日来梅雨更廉纤。行过溪桥回首见。如练。跳珠溅玉谢家盐。

**菩萨蛮** 凌虚步

门临竹坞清溪绕。眼前忽见江村道。略彴似天成。欹斜片石横。烟云生履下。涧水潺潺泻。彼岸不曾难。诞登如是观。

**双红豆** 耘芳径

石巑岏。水涓涓。步屧纡回水石间。滋成九畹兰。　雨中看。月中看。仙吏何曾退食闲。关心赋小山。

**点绛唇** 挹爽轩

胜地清吟，临江高阁珠帘雨。小轩挥尘。也自堪忘暑。　宫似马曹，拄笏闲无语。斜阳去。残霞如缕。山气佳如许。

**浣溪沙** 延青馆

藜阁雠书佩玉回。溪光竹影憺徘徊。一庭湿翠拨云开。　禅悦未须疏酒政，山灵应为助诗材。来青轩里送青来。西山有来青轩。

**减字木兰花** 倚翠栏

回廊浅立。槛外绿筠光欲滴。仙梦曾游。可似青云十二楼。　檀乐依旧。莫为天寒吟翠袖。敲遍阑干。诗思何如李义山。

## 浣溪沙

题画梅花柳枝

冷翠相依似夙缘。几星星雪几丝烟。亭亭袅袅又今年。　疏影暗香林处士，晓风残月柳屯田。问春无语奈何天。

## 虞美人

瓶中桃花

清明节已春过半。忍负春风面。芳枝亲供入哥瓶。恰似宋时天色、雨余青。　　玄都桃浪春如海。前度刘郎在。陌头怯逐马蹄尘。谁识当年韦杜、看花人。

## 采桑子

题张南华太史落叶诗卷后

无边脱叶萧萧下，落满长安。落满空山。客迹应难一例看。　　词臣赋笔怜枯树，虬臂霜寒。鸭脚红翻。何似当阶芍药阑。

## 浪淘沙

寒夜

窗影玉钩悬。清若栖山。梦魂归自泬寥天。栩栩孤飞庄子蝶，非为春妍。　　霜自柝声寒。长夜如年。拥衾独寤目鳏鳏。忽觉心澄冰一片，了彻诸缘。

## 沁园春

辛酉元夕

第一良宵，灯影游人，香尘钿车。忆传柑朱邸，娇丝姹管，踏歌紫陌，火树银花。艳入诗脾，光浮酒颊，不负韶华彩燕斜。今元夕，问蕙风梅雪，春在谁家。　　羁怀倦似归鸦。但烧烛清吟索煮茶。有翠烟馥郁，篆横帘押，今波骀宕，鉴彻窗纱。病怯高寒，难陪胜侣，同玩星桥万片霞。空延伫，想琼楼玉宇，天上繁华。以上《闲云词》

# 边连宝（18 首）

边连宝（1700—1773），字赵珍，后更肇畛，号随园，直隶任丘（今河北任丘市）人。雍正十三年（1735）拔贡，乾隆元年（1736）应博学鸿词科，未中，十四年，举荐经学，以病辞不赴。肆力于古学，以文词声雄北方。性情耿介，不依阿流俗，受知于钱陈群、李绂，与纪昀、刘炳、戈岱、李中简、边继祖、戈涛并称为“瀛州七子”。著有《随园诗草》《杜律启蒙》《病余长语》等。

## 木兰花慢

秋闺

秋光何处也，窗儿外，树儿梢。梳洗傍帘栊，湘纹半卷，银蒜轻敲。一窝云鬟才解，闯来的芳蝶扑兰膏。为遣轻纨逐去，任教别院逍遥。
一双笑靥晕红潮。螺黛倩人描。将宝髻傍边，凤仙花片，围个周遭。金缕弓鞋初试，慢腾腾笃速送纤腰。忘却菱花未掩，被郎背面偷瞧。

## 诉衷情

闺情

闲愁爱把双眉锁，要遣不由我。梦魂刚到南柯，又被风吹破。　　帘欲卷，慵无那。还思卧。睡仍耿耿，醒又昏昏，无之而可。

## 怨王孙

书所见

体态绰约。胭脂淡薄。小玉搴帘，被人瞥着。隔箔纸低问，还窥。阿那谁。　　无情休把多情给。殊无赖。捉弄教人害。宝马。连钱去也。魂逐香车。到他家。

## 鹧鸪天

美人围棋

罢绣停针日欲西。花前啜茗对弹棋。翠眉聚处方寻劫，笑脸开时已破围。　　各有态，不相知。郎从局外觑娇姿。问君何处销魂最，拈子沉吟欲下时。

## 柳梢青

美人试衣

越绮吴绫。裁缝已就，熨帖初平。小袖轻翻，秃衿斜躲，分外娉婷。
向郎生受多情。又添出、一段轻盈。纤手刚叉，香腮小皱，宝靥微赪。

## 画堂春

美人走马

霓裳解却云翘。团龙窄袖花袍。檀郎乞得绿丝绦。束住裙腰。　　纤趾半垂金灯，琼牙轻勒珠镳。一鞭駊騀玉骢骄。斜抱鞍桥。

## 生查子

美人绣

裊裊十三余，短发初覆额。从未识鸳鸯，阿母教人刺。　　一次鸳鸯尾，再刺鸳鸯翮。刺到双飞时，芳心逗一滴。

## 前调

拜月

云敛月华高，夜静花阴迴。不遣小鬟知，还愁阿母醒。　　拜月悄无言，此意谁能领。徙倚步香阶，露下梧桐冷。

## 凤凰台上忆吹箫

腊月初九日客中作

黍谷寒轻，梅盆香软，又逢设帨良辰。想晓妆草草，眉翠生颦。应忆昨年今日，携素手、共把芳樽。微醺后、桃腮双晕，宝帐生春。　　销魂。岁云暮矣，尚蓬飞梗泛，黯里伤神。但孤檠一盏，照我啼痕。问尔乌啼月暗，也消受、几个黄昏。喜今朝、同时称庆，南岳夫人。内子与外母同物。

## 前调

书所见赠赵符垣同年

豆蔻梢头，海棠枝上，被伊占尽春光。问卿卿芳姓，派自韦娘。最是天香真色，微脂粉、不解遮将。羡君家、墙东宋玉，帘外王昌。　　难忘。去矣复回，幸仙乡再过，重啖琼浆。想这番佳遇，须让斐航。他日乘鸾跨凤，应许我、亲造华堂。拼得个、苏州刺史，恼乱肝肠。

## 离亭燕

晓行

才听鸡声三唱。又听钟声初撞。残梦朦胧半未醒，添了许多惆怅。春困和春愁，厌在驴儿背上。　　风在柳梢间漾。飘起杨花一桁。紫燕黄莺更可怜，溜得一般圆亮。着意逗行人，怪煞东君无状。

## 碧眉峰

离情

月尚有圆缺。人岂无离别。但恨春光海样深，不是别离时节。　　怪煞东风劣。不散愁肠洁。那论新愁与旧愁，满腔都是愁堆叠。

## 菩萨蛮

送别

卿卿去也一何速。万斛愁心随转毂。转毂不停留。愁心在上头。
心愁何日撇。毂转无时歇。转毂几时来。愁心此日回。

## 点绛唇

风情

帘幕低垂，龙涎初爇炉烟袅。银缸双照。对面春山小。　　画鼓频敲，桃叶先眠了。人静悄。风光正好。却把银屏靠。

## 满江红

离情

仿佛摹来，总不似、消魂娇态。霎时间、是矣还非，烦冤叵耐。翡翠搔头雕玉佩，同心结子合欢带。总关情、刻刻在心头，无聊赖。　　恨难消，愁怎奈。雨霏微，云叆叇。更斜风入夜，窗棂纸败。月下藏钩旧可怜，花前剪烛何时再。想高楼、屈指误归期，应相怪。

### 虞美人

闺怨

郎在萧条旅舍。妾在凄凉檐下。千里月华明。照双情。　　自是多情多累。争奈无情不会。但恐月空圆。照情单。

### 浣溪沙

和夏景原韵

隔院槐阴上小窗。蝉声底事晚来忙。梦回罗帐日方长。　　宝碗细倾鱼蟹眼，绣帘轻护麝龙香。闲看归燕带斜阳。

### 卜算子

白须　有序

余自去年得白须一茎，镊而复生者屡矣。今岁四月，又倍之。临镜顾影，不胜瞿然。镊后戏为此词，虽语近诙谐，而髀肉之感深矣。时乾隆戊午，年三十九岁也。

去年白一茎，今岁一茎白。但使年年照例行，到老还余黑。　　身以生为客，白乃发之宅。一岁一茎始则然，此例难拘得。以上《病余长语》附词

## 李氏（3首）

李氏，边连宝妻子。

### 如梦令

帘外桃花满树，风里杨花飞絮。睡起日初长，雨带斜阳欲暮。好雨。好雨。可惜春光不住。

## 浣溪沙

夏景

冉冉熏风透碧窗。小园芳径蝶飞忙。罗帷宝枕梦初长。　　雨后簟纹浑去暑，静中茗碗倍生香。闲敲棋子送斜阳。

## 清平乐

题画

乱山无数。一带斜阳暮。远树苍苍笼薄雾。宿鸟迷却归路。　　小桥流水西东。桥边罢钓渔翁。日晚欲投何处，此门只在云中。以上《病余长语》附词

# 方鸣皋（12首）

方鸣皋（1700—1732），字侪鹤，又字于九，河北吴桥（今河北吴桥县）人。与弟夔典并有才情，同边连宝、戈涛、张颖、王诗等人交游。攻举子业，累试不第，教授乡里，以布衣而终。《光绪吴桥县志》载其孙方林得中乾隆四十年（1775）乙未科进士，官嘉兴知府。鸣皋及子霨二代均以孙方林贵，分赠奉值大夫刑部江西司主事奉天司主事。鸣皋诗宗晚唐，小词绝工。尝与边连宝论词。边氏谓“雕虫篆刻，壮夫不为”，今之小词其尤者也，然情之所钟，贤者不免。海市蜃楼，凭空示幻，虽不必求其人其事以实之，然童心真趣，未尝不一往而情深。并引鸣皋论自作词曰：“倘问宋玉东邻之女究属何人，则曰：‘庄周北海之鱼，断无此事’。”[①]（《病余长语》卷一）有《镜花词》若干卷。

## 临江仙

屈指别离惊半载，闲情厌煞眉头。光阴客里去如流，蓼花千穗雨，荷

① 边连宝著、刘崇德主编：《边随园集》，中华书局2007年版，第1481页。

叶一塘秋。　　记得扁舟同泛月，丁香未解春愁。而今烟月满汀洲，西风人在梦，夜夜倚江楼。

## 离亭燕

岸上行行遮扇，花下佯佯低面。蹙起裙边金缕凤，露出秋莲一瓣。暗里接衣香，香恋青衫不散。　　别后还图重见，怎奈彩楼云断。一径桃花红雨，细屈指，忽惊年半。忍泪看春蚕，丝绪牵缠成片。

## 碧眉峰

一夕秋风动，吹醒离人梦。为问休文旧带围，又有几多间空。　　往事谁搓弄，塞满心头缝。几处斜阳几树蝉，连天遍把愁根种。

## 烛影摇红

春色忽忽，空庭飘尽梨花雪。杜鹃声里雨霏霏，绿湿丁香叶。揽镜双描，笑靥蛾眉，照出弯如月。画楼人静，惊起鸳鸯，廷廊响屟。　　小立东风，轻延团扇飞蝴蝶。花前一见不消魂，难道心如铁。多少幽情欲语，倩教雕笼鹦鹉说。海棠墙外，听得分明。相思空结。

## 杨柳枝

边连宝曰："《杨柳枝》八首，乃侪鹤客静海病中绝笔也。献邑友人张晴岚（颍）寄余，藏箧中者三十年矣。"

白门树色绿婆娑，半拂阑干半拂河。人与春工争窈窕，弯弯柳叶画双蛾。

## 又

章台街里喜闻莺，撩乱杨花扑面轻。陌上游人争系马，绿阴阴下晚含情。

## 又

绿绕平康西复西，烟条露叶护长堤。殷勤好向春风道，莫使行人赠别离。

## 又

灞水桥边带露浓，可怜枝嫩不禁风。香山蛮女裙腰细，只似垂杨二月中。

## 又

起舞东风染嫩黄，隋家堤畔俨成行。看他飘荡娇无力，不到清秋已断肠。

## 又

汉南烟雨翠依依，雏燕娇莺晓乱飞。日暮长条春易老，可能系得旅人归。

## 又

才着东风势已斜，朝藏鹨鹈夜藏鸦。春光恋住秦淮树，不到钱塘苏小家。

## 又

昨夜春风到武昌，漫天飞絮太颠狂。伎人不识伤心树，玉笛犹吹香柳娘。以上《病余长语》卷二

# 查为仁（59首）

查为仁（1694—1749），字心谷，号莲坡居士。直隶天津（今天津市）人。出身书香门第，其父曾建查氏园林别墅水西庄。查为仁于此广置图书金石鼎彝，结纳著名文人、学者。与厉鹗合笺《绝妙好词笺》形成传播宋词的重要选本，在曾慥《乐府雅词》、黄昇《花庵词选》诸本之上。有力的推动了《绝妙好词》的传播和浙西词派的发展。著有《庶塘未定稿》九卷、《外集》八卷、《莲坡诗话》三卷等。

## 菩萨蛮

乍寒乍暖春如许。谢家吟苦池塘句。暗里惜韶光。啼鹃恨更长。东风何太劣。香锦都吹折。剩得海棠枝。瓶间好护持。

## 踏莎行

和杜鹃老人见寄

历尽春秋，消残炎冷。七年噩梦何曾醒。耳边取次说新恩，由来恍惚如花影。　　云雨虽翻，循环且等。去留好待今番定。开轩若放鹤高飞，闻声索我苍山顶。

## 法曲献仙音

除夜喜王雨枫过访，留宿花影庵

响竹门闲，驱傩人去，又是年时腊尽。酹酒浇诗，倚锄埋砚，岑寂有谁能省。喜旧雨还携屐，相将过三径。　　欢愉并。更煨炉、共添商陆，且密坐，闲看腊花弄影。婪尾送杯深，好粘唇、休道酩酊。此夜天街，起千门、雾红香凝。待摧残虬箭，砌外好春吹近。

## 金缕曲

和杜鹃老人寄怀原韵

满眼皆成客。况尘寰、大家逆旅，乡关休说。荣落升沉都同梦，青鬓霎时堆雪。惟我梦、比人恶绝。但见愁云如泼墨，水无梁、枯木删枝叶。空洒尽，丝丝血。　　吾师作咒空翻舌。要天怜、还须懵懂，谁教明彻。兰为当门香忌麝，著处何曾轻歇。待偿尽、方才作别。人道开堂说法好，弄争如、坐补朝阳衲。便懊恼，数年月。

## 梦横塘

食蒲笋

嫩逾春藕，瘦减秋菰，饤盘常记三月。玉版同参，较篱外、猫头无别。展叶青青，含苞短短，舣舟争拔。任轻筐载取，市满街头，好供给、晨飧洁。　　姿颜已觉侵衰，叹先零似柳，对尔愁结。薄味充肠，也胜似、烹葵煮蕨。更休问、周菘庾韭，俊味山中自夸绝。释箸遥思，此君风味，住江乡知得。

## 满庭芳

寄怀杜鹃老人并刘雪珂

满院春声，一庵花影，几番闲倚阑干。絮衣乍褪，还怯晓来寒。欲赋怀人新句，笑临毫、又道无端。便寄到，淮南别馆，还恐带愁看。　　相思无地着，梁空落月，弦冷猗兰。纵綖筵，茶灶寂寞清谈。听彻莺声睍睆，应记忆、旧日诗坛。休吟到、飞花堕絮，相与惜春残。

## 南乡子

书赵后山诗集后

炼石补秋旻。八斗才高迥异人。不枉诗翁兼酒客，（溪山有玉带自铭曰：盛世诗翁酒客）怜君。应是鸥波异代孙。　　潇洒绝尘氛。可许寻常格调论。试诵绿杨莺语句，消魂。肠断江南第几春。（溪山有绿杨莺语梦江南句）

## 踏莎行

访佟蔗村空谷山房

豆叶遮篱，桐阴覆地。过桥流水涓涓细。闲来空谷访幽人，轻桡独向松间系。　　暑雨才过，轻飔乍起。窗前竹更摇秋意。新诗和了莫教停，最愁辜负凉天气。

## 洞仙歌

入春以来，尘事稍谢，日坐花影庵中。卷轴之外，别无所耽。花南砚北颇得闲适之趣，为赋此解。

流光似箭，又东风吹换。池上坚冰昨方泮。更梅花吐白、柳色匀黄，莺到了，唤醒深深庭院。　　关心殊不浅，旧事新愁，都被春声暗勾转。排闷欲题诗、有限蛮笺，书不尽、闲情长短。但静掩、疏窗爇炉烟。看四壁、无尘图书香满。

## 行香子

过海光寺访湘南上人

波影澄空，柳影惺忪。指斜阳红认苍宫。纡回断港，略彴还通。看棹初停，烟初暝，月初笼。　　飦罢堂东，讲罢庭中。卷疏帘坐对支公。无生妙诀，都付鸿濛。听岸边歌，枝边鸟，涧边钟。

## 浪淘沙

同徐芝仙泛舟游王氏园

风送半帆轻。顷刻园亭。秋光直接漂榆城。天外飞鸿楼外月，数朵云横。　　感慨有余情。醉眼难醒。一声河满不堪听。请看长河流水去，彻夜无明。

## 斗百草

过宜亭旧址，怀吴宝崖、沈麟洲、佟蔗村、钱橡村诸同学

柳馆风和，桃蹊日暖春来早。撇去闲愁，且舒幽兴，趁取韶光艳好。绕沙堤、看短草茸茸，新流淼淼，便蜡屐相寻，休教惹却，燕愁莺恼。　　犹记维舟渡口，走马台前，沽酒问旗还共讨、络绎侍杯。参差击钵。溯当年、豪情不少。而今已，云散风流凭谁到。人将老。默思量、鬓添雪缟。

## 忆秦娥

秋声咽。楼头雨过飘残叶。飘残叶。白云红树，断肠时节。　　宝钗已折难重合。思量往事愁堪绝。愁堪绝。伊人何处，一帘新月。

## 桂枝香

初凉邀胡象三小饮并话旧事

擎杯欲酌，正海国早秋，凉气初作。一片云横树杪，风吹楼角。芙蕖渐堕残阳里，又阶前、碧梧摧落。露零蝉叶苔凄。蛩韵，寂寥偏觉。　　念昔日、升沉哀乐。总过事惊心，前尘如昨。有酒哪分，贤圣且须斟酌。玉箫嘹亮歌声袅，醉瞢腾几番作恶。倩谁来把，无边悲恨，一时除却。

## 菩萨蛮

长红小白花如织。春光荏苒成抛掷。燕语似叮咛。芹泥污砚屏。美人期未得，镇日空相忆。极目板桥西。垂杨莺乱啼。

## 南乡子

搦笛与搊丝。常向歌筵双敛眉。一种风流人意好，堪思。三月莺花全盛时。　　瘦减带围移。结束春衫似不支。记得酒阑人散后，情痴。又听声声入慢词。

## 临江仙

最好清明时节，餳箫吹暖东风。玉兰花发更鲜秾。满庭香冉冉，一屋白濛濛。　　金犊小车纷逐，个中爱煞吴侬。偏教惆怅语难通。郎家住何处，妾住在桥东。

## 唐多令

绣野畦芍药

群艳殿春风。翻阶酒晕红。卷绡衣、襞积千重。为爱满畦如烂锦，频到此、画阑东。　　归去莫匆匆。须教醉袂同。恐明朝、风雨催空。应忆玉盘诗句好，谁得似、老髯翁。

## 买陂塘

和赵饮谷虹

喜朝来、画桡闲檥，翠筇报游山馆。花篱野圃萧疏甚，无物为君软款。聊著眼。剩槛外、荷纕叶叶呈歌扇。林阴千转。看长史风流，高人洒落，花外笑言满。　　天涯畔，难得相逢欢谳。擎杯休怪频劝。燕云吴水迢迢路，后夜相思怎挽。还点翰。羡侧艳、新词落落珠成串。高蝉送晚。且珍重，篙师催归漫急，小恋夕阳岸。

## 鹧鸪天

城南

沽水城南水拍天。家家都上打渔船。银鳞出网常啐雪，白鹭窥人每独拳。　风乍起，雁声寒。黄花瘦尽不成妍。荒村残叶秋光外，野戍孤烟落照间。

## 早梅芳

送吴东壁司马入都

霜气凝，风声咽。正是寒时节。俄闻门外，报道徵轺从人别。夜窗余落烬，晓户微飘雪。黯离愁若许，此际向谁说。　记年来，灯与月。醉里同歌阕。斗酒题襟，角胜尊前较优劣。岂知沽水上，又早严程发，最难言临期，情万叠。

## 一剪梅

忆南北同人

黄菊开时渐次寒，叶下亭皋，秋老阑干。昨宵送客倍凄然，都上离亭，谁著先鞭。　忆旧偏于九月天。目断飞鸿，手拂徽弦。梦魂谁说阻山川。人在心头，心系人边。

## 秋霁

题汪西颢《花坞卜居图》

山绕秦亭，爱翠色参天，半是篁竹。枯树为桥，缺瓜成艇，纡回小洲环曲。野花积处，羡君独占幽人屋。漫剥啄。惊起北窗，高枕未眠足。　因自记忆，少小当年，买舟钱塘，湖上曾宿。晓窗间、披图静对，经行都是就游躅。回首远天空梦逐。问及时得，相与共结邻墙，听泉高馆，煮茶深麓。

## 浪淘沙

雪珂移居

隐隐走柴车。载得图书。飘然来共道南居。小阁湘帘浮日色，漾出虾须。　学但味真腴。不外营储。琴声竹韵却相须。辋口人家陶令宅，是也非欤？

## 浪淘沙

晓至杨村

侵晓出津门。又到杨村。桃花口外水粼粼。回首海天霞起处，初放朝暾。　　四望迥无尘。淡抹云痕。香茆结屋树为邻。清景倩谁图画也，野色铺菜。

## 临江仙

宿河西务

衰柳已经前度过，荒篱重到依然。一年一度似回环。流光容易过，世事合离间。　　举火墙头寻旧句，模糊字迹难看。浮生若梦梦重圆。蘧蘧飞蛱蝶，一枕寄邯郸。

## 菩萨蛮

答陈对鸥寒夜对月见怀

一年有几当头月。离怀此际浑如结。积地白于霜。相思疑照梁。双鱼惊忽至。寄我新题句。珍重故人情。灯前拥膝吟。

## 十六字令

漷县道中

寒。飒飒风吹裘氅单。将何御，沽酒不论钱。

## 菩萨蛮

娉娉袅袅情初逗。殢人最爱云蓝袖。恰好十三余。梢头荳蔻如。鬓钗差欲堕。低向樽前坐。翠带绾同心。怜伊蓄意深。

## 又

珠光月色差堪拟。看来还觉娇难比。生小自婵娟。真须著意怜。笑涡才启颊。便见芳生靥。软语画屏前。依稀兰气偏。

## 又

花衫成削腰支束。步罗洒洒浑如濯。取次晓妆难。多愁十八环。闲来常不出。镇日垂帘寂。颠倒绣鸳鸯。金针故意藏。

## 青玉案

押经炉和鲁存弟

博山改现圆明相。端合在、经坛上。浑朴无烦彝鼎样。黄罗擎出，紫衣携去，特地供龙象。　　而今伴我梅花帐。日夕相依更相傍。一缕水沉烟细飏。似浓如淡，已分还合，聚塔空中想。

## 扫花游

武夷茶和万柘坡作

建溪小种，爱绝胜佳名，玉兰金井。斗来细省。更南溪北苑，总还羞并。味处冲和，别有灵葩风韵。远人赠。好珍重开封，箬笼分认。　　窗静栏杆影。正火活风炉，气蒸云鼎。松风远近。看鱼鳞蟹沫，瓶笙翻尽。渐挹兰薰，欲睡双眸顿醒。一芹嫩。试烹来、碧芽交映。

## 散天花

雪夜寄怀赵后山、汪西颢钱塘

似听春蚕食叶时。开帘凝白处，照须眉。清光一段画中诗。林梢重叠里、尽迷离。　　无那怀人天四垂。寂廖寒夜永，倍相思。西冷桥畔记依稀。老梅香破处、一枝枝。

## 菩萨蛮

月季

花花叶叶枝枝艳。年年月月朝朝见。莫讶四时新。人间不老春。
香魂何处结。仙桂还同窟。却笑海棠丛。东风一瞬秾。

## 浣溪沙

长至夜刘雪珂、陈对鸥、万柘坡、胡灵斋集澹宜书屋

阳气旋回亚岁天。南枝梅已破窗前。何须帘幕御深寒。　　发白奈他偏老至，心清犹喜得身闲。且随时节过年年。

## 西江月

晓雪

晓起卷帘遥视，一天飞絮漫漫。老梅昨夜暗香添。故遣玉妃争艳。
翠盏满浮白堕，薰炉暖炷沉烟。清寒惟我兴多偏。伫立闲阶独眄。

## 绮罗香

屋后隙地数弓，鲁存筑室三椽。前后树以梧竹，不雕不绘，简朴自然。颜曰："清机小舍"。同人分赋，予得此调。

白纸疏棂，乌皮髹几，喜有东头新舍。几叶芭蕉，相映绿筠如画。爱三间、侭可消寒，颇清绝、更堪休夏。只难禁、雨后花前，无人遥立半帘下。　　薰炉茗碗共列，更著风签蠹简，堆床满架。得此沉酣，须惜分阴无价。笑衔杯、月落檐牙，漫弦琴、风来林罅。正宵深、常共趋庭，送书声午夜。

## 临江仙

冰泛海光寺

不借双轮驾犊，无劳半席乘风。寒光一片望无穷。人来鲛室里，身在玉壶中。　　仿佛琉璃世界，斜阳倒射玲珑。澄明似镜本来空。闲情须领却，归路莫匆匆。

## 一剪梅

除夕雪

风急冰檐逼岁除。云意深沉，雪意萧疏。家家门尽换桃符。香发华堂，春透屠苏。　　领略幽情只有余。叉手阶前，注目庭隅。呼童好为扫琼琚。休说陶家，只有茶炉。

## 浣溪沙

新春

自入新年幽意添。些儿闲事不相关。清斋燕坐只垂帘。　　日色渐看春昼永，风声犹忆昨宵寒。梅花香雪有无间。

## 青玉案

咏水西庄紫芥，一名诸葛菜

离离绿遍山腰路。渐紫萼、纷无数。老尽英雄空闭户。灌园人远，把锄人去。寂寞听春雨。　　功名拾处偏多误。算身世、堪为圃。莫向琅琊寻旧谱。张梨已杳，邵瓜无据，千古谁为主。

## 木兰花慢

对鸥初度，避客西园，同人共谱此调，以鸥字为韵

正悬弧令日，问何事、作孤游。想乳燕飞边，雏莺啭处，双屐寻幽。平畴。绿芜吹遍，趁闲情到处作勾留。逸兴偏能自遣，良用拟合绸缪。　　添筹。东望即瀛洲。莫使著闲愁。且招回瘦策，花前为尔，小泛金瓯。悠悠。即须放眼，饮斜阳无算始方休。歌到数声入破，沙间惊起眠鸥。

## 风入松

予家向居榆垡，先人邱垄在焉。自徙天津以来，每春秋瞻拜，常若中路止宿之艰。今年春，家严于东安城西得隙地，构屋数椽，以为小憩之所。颜曰："石梁草堂"，断乎日过观，赋此。

草堂新筑石梁城。就地只三楹。短垣白垩闲阶敞，映邻家、树影青青。红槿看编篱落，碧油教护帘旌。　　一年来此几消停。多胜宿邮亭。秋霜春露期无爽，指乡园、一半山程。门外药王祠古，墙东高监楼明。屋后与内官高公蔬园相接。

## 雪狮儿

雨后南溪草堂纳凉

凌晨雨歇，喜炎熇、都退生凉，寻幽南郭。一水差差，绿抱城阴斜角。门横略彴，叩短策、漫呼鱼钥。最爱是、桥痕垂崠，松声招鹤。　　一半环池楼阁。倚风荷、拆处露香浓扑。清簟波摇，坐久扇纨妆却。衔杯相酌。还醉卧、桐阴如幄。昏烟作。更看凉萤低掠。

## 凤箫吟

西园新秋

乍金飚。凄凄恻恻，朝来一片秋声。绕池残暑退，闹红都减，渐翠盖销擎。凭栏无客到，听高低、蛩响莎听。更露白烟凝，唤人特地愁生。　　云横。淡来如画，一天凉意，都付桃笙。小楼凝望眼，几村疏村里，隐约农耕。垂纶何处客，背斜阳、系棹芦汀。秋未老、浊醪须满，莫卧空瓶。

## 满江红

雨后小丹梯待月出

檐滴收声，天宇净、越窑凝碧。绕曲栏闲倚，暗萤如织。东望沧溟才引睇，须臾拥地金轮出。笑霎时、万里尽空明，清光彻。　　蛩语乱，苍苔侧。人语静，高楼北。正西风吹面，酒醒时节。杨柳疏疏摇似发，坐深凉露侵衣湿。记昨宵、犹是十分圆，今朝缺。

## 天香

洋菊和对鸥

鳀壑含葩，鲛宫结蒂，蛮航吹送秋晚。绛帻嵯峨，霞衣襞积，海上漫来仙伴。依稀蜃气。似过雨、楼台初幻。飞蝶难寻远梦，啼鸿顿书愁翰。　　风前者回瞥见。乍相逢、恼人心眼。仔细较量今昔，色香都换。纵使登高插鬓，奈短发、萧萧已疏断。休问陶篱，餐英未惯。

## 虞美人

染香卧疾，不见者旬日矣。灯下谱此代简

背灯闲坐梅花下。明月光潜射。闲中蓦地起新愁。应在画屏南畔屋东头。　　带围瘦减休文矣。莫向重阑倚。诗情此际最相关。料得吟成冰雪不胜寒。

## 临江仙

水仙

每向浅沙白石，亭亭独整芳容。风鬟绰约孰堪同。韈罗归洛浦，佩玉解江东。　　最爱小窗安置，数囊映日融融。谩言幻色本来空。香从无处有，韵自淡中浓。

## 锦堂春

腊梅

叶透几层蜕羽，花攒一簇蜂黄。向人别具倾城意，浅淡道家妆。　　似染蔷薇宿露，如薰笃耨新香。常教日午烘帘看，错认到斜阳。

## 眼儿媚

过朱南湖大令寓馆留饮

轻烟袅袅爇炉香。相对话更长。一庭月淡，半窗灯烬，寒色苍茫。　　塞翁得失原无定，何毕讶亡羊。襟怀只在，冻梅枝畔，雪竹根旁。

## 柳梢青

春雨

做弄轻寒。丝丝如织，帘卷愁看。染柳多情，吹桃有意，都在阑干。　　谩将离思频牵。且小恋、重衾梦添。中酒幽窗，卖花深巷，翻笑春闲。

## 念奴娇

题梅花道人画轴

吴绡才展，爱淋漓一片，烟云凝碧。双桨俄从天上至，帆挂斜阳摇仄。灌木阴中，层峦深处，定有幽栖客。沙边新雁，几行吹起芦荻。　　因念蜡屐南游，湖山淼渺，是处曾经历。白发相看人渐老，恨不乘风飞入。料得延陵，兴酣泼墨，万象俱随笔。晴窗细读，道人真是奇绝。

## 一剪梅

雨中约同人游水西

滴滴檐声破晓眠。润逼炉烟，寒透重帘。胭脂应与海棠添，遥忆妆鬟，坼了红绵。　　风景何如三月天。晴固宜然，雨亦堪怜。急须携屐到西园，趁未春阑，好醉花前。

## 浪淘沙

赵庄即事

夜雨足西畴。蔬甲全抽。花篱几曲径偏幽。流水涓涓声不绝，小立夷犹。　　地僻易淹留。门枕河流。东风闲却钓丝钩。隔岸芦芽明，短短新涨如油。

## 踏莎行

送春

一霎东风，满天晴絮。无端吹得春归去。荼蘼似解恨春归，枝枝蔓蔓攀春住。　　春自何来，春归何处。无形无迹无凭据。也知来去不多时，落花阵阵飞红雨。（以上《押帘词》）

## 秋夜忆

对鸥先生在舟中，调寄《好事近》，并请谱定。

尔自去匆匆，却令我添愁绪。满院黄花黄叶，又秋风秋雨。　　兰舟此际泊何湾，定是蒹葭处。明月五更才尽，奈孤衾薄絮。[①] 花影学弟为仁填词（陈克等编：《水西余韵》，天津古籍出版社 2008 年版。）

## 菩萨蛮[②]

小窗曲槛深深处。罗帏绣帐沉烟注。漏尽不知寒。温香暖玉间。

---

① 按：乾隆七年（1742）秋，水西庄宾客陈皋（号对鸥）离开天津，南下扬州，查为仁填词寄赠。此词真诚地抒发了友朋之间离别的愁绪和萦怀的牵挂。陈皋舟泊沧州时，收到了查为仁的这首赠词，即刻依韵和答。

② 乾隆四年（1739）十一月初七日，查为仁四十六岁寿辰时，新纳姬人，并填词《菩萨蛮》四首，《押帘词》收三首。

朝来睡未足。懒画双眉曲。别有自然姿。何劳脂粉施。（以上叶修成：《水西庄著述所见清代佚词考论》，江西科技师范大学学报2017年第4期，第84—95页。）

# 查礼（147首）

查礼（1715—1783），原名为礼，又名学礼，字恂叔，号榕巢。顺天宛平（今属北京）人，原籍海宁。早慧力学，博通经史。乾隆元年（1736）举博学鸿儒，报罢。十三年由监生为户部主事，历任川、滇州府，累官至四川按察使、布政使，升湖南巡抚。礼工诗词，善画梅。其诗不名一体"少作类皆清新婉约，出自性灵。服官后之作，才气骏发"①，千锤百炼而合于自然。少年从"浙西"名宿学词，于词深得姜、史三昧。中晚年因生活境遇改变，词风雄健，言之有物，已非浙派所能牢笼。著有《铜鼓书堂遗稿》三十二卷，附词三卷，词话一卷。

## 东风第一枝

立春后二日，赋味古庐梅花。己酉。

户外春声，阶前草色，暖风应律还浅。绮窗香袅熏炉，短几墨匀老砚。梅花数本，看女字、横斜行干。想庾岭、万树交柯，此际碎琼璀璨。

何处着、竹篱旧院。何处觅、学桥断案。澹云微月关心乱。水叠山忻，见悠悠清境，又岁月、天涯新换。执玉樽、人梦孤吟，疏影倚灯堪玩。

## 贺新郎

为心谷伯兄题《花影逃禅图》

帘外深红辫。想人间浮生，怎似月来云破。几点凌波空色相，明日轻阴换过。再莫记、前宵婀娜。燕绕莺围春信密，倩微风、更坼含苞朵。稠似幄，灿如火。　光音天畔安身可。掩团蕉深深，证取后因前果。阳焰

① 徐世昌：《晚晴簃诗汇·诗话》，中华书店1988年版，册二，第330页。

光中庄严住，也是幽山宴坐。更底事、僧衣自裹。诵遍当前花影偈，问谁为故我谁今我。花解语，笑微瑳。

## 少年游

象三秀才索画梅，因题。庚戌。

梅梢已觉日迟迟。香气暗中移。浮动阑干，斜侵帘幕，花信惹风吹。雪泉乍泻冰初泮，拾翠欲来时。满目春光，满怀春怨，写入向南枝。

## 琴调相思引

水西庄纳凉

葵扇蕉衫坐小亭。空池水活乱蛙鸣。夕阳西下，凉入柳丝汀。　　月出不知荷露重，云生只觉竹风轻。流萤几点，明灭上桃笙。

## 竹香子

落灯夜，心谷伯兄招同余犀若孝廉，朱仑仲、王孝先二上舍，丁芑七、周月东二秀才，饮澹宜书屋，听福郎度曲，因赋。辛亥。

残雪含烟。暖意冲帘。乍收灯、忙过华年。何来红豆，恰遇当筵。听一声平，一声背，一声圆。　　兰烛花偏。笑语喧阗。看倾杯、酒似流泉。晚风簌簌，吹入鹍弦。正月朦胧，星暗澹，斗阑干。

## 河渎神

早秋过海潮庵

萧寺入新秋。禅房清磐悠悠。鹤来松顶踏云流。城头残照初收。
风过铃檐声不住。吹落昙花无数。门外水光无故。潮音知在何处。

## 南歌子

自题画梅小幅。壬子。

洗砚闲惟我，焚香唤阿谁。小庭疏影正参差。日日巡檐索笑、有情痴。　　风递禽声细，晴含蝶梦迟。罗浮一树画成时。试看者边梅萼、那边词。

## 丑奴儿令

家如冈姪索画梅

旧时闻说西溪好，一片梅花。香沁人家。断港横桥冷暮霞。　兴来拂纸渲春色，墨渍寒葩。无意求嘉。乱点苔痕人径斜。

## 齐天乐

题薄静友《休问天图》轴子，为家贡木先生赋。癸丑。

胸头磊落块消难尽，人生几番秋老。宝剑孤吟，明珠暗掷，别有闲愁多少。浮云未扫。问列缺光闲，更谁微笑。咄咄书空，争如无语向空好。

桑麻前日杜曲，念承明献赋，徒竞奇藻。匹马南山，短衣李广，总是中年怀抱。临风漫啸。料千古同心，尽堪相告。漠漠青天，乱尘吹去鸟。

## 菩萨蛮

题陈玉几《上舍雨竹》轴子

湘云碎剪湘江翠。淋漓独带湘妃泪。一片绿阴斜。迎风欲作花。

披图幽意远。青筱凝烟晚。谁写此君情。高狂玉几生。

## 念奴娇

咏响帚，次唐赤子编修韵。

千丝万缕，问谁人、划得秋声如此。伴我明窗随意舞，尘尾堪教同事。静洒琴床，频挥书榹，举目容高视。青绳狂扰，任伊花外摇翅。

犹记绕笔成群，穿樊作队。石鼎吟声细。曲宇深房驱不去，愁杀蜂媒蝶使。谢尔霜筠，凉于秋雨，一扫营营累。重帘齐下，醉来清梦闲美。

## 行香子

自题画梅。乙卯。

神味孤清。品格崚峥。占空山、好倚危亭。试翻墨渖，强写琼英。看一枝枯，一枝折，一枝横。　行干休停。点苍苔、疏落无声。罗浮梦杳，邓尉峰青。羡水痕虚，雪痕白，月痕明。

## 满江红

过王相国怡园旧址

秋满天涯，西风紧、相公遗屋。想当日、筑台开沼，砌红堆绿。四国人才廊下集，同年诗酒庭前逐。叹盛衰、自古本无常，云过目。　　山既废，邻童牧。书尽散，乡翁读。恨飘零往事，后来谁续。断础颓垣悲旧迹，疏林荒草愁空谷。望夕阳、渺渺软尘中，伤萧肃。

## 祝英台近

春日水西庄雨中，怀杜禹门大牧。丙辰。

野云低，村雨细，纤草映阶碧。青眼垂杨，容易泪痕湿。故人远在天涯，闲过春昼，全不管、流莺声急。　　忆当日。隔溪斜对柴门，时时扣兰楫。酾酒花阴，歌咏出金石。而今浅岸苔平，小楼烟静，但一望、迷离如织。

## 醉太平

恽哲长县丞索画梅

南枝北枝。山崖水湄。花时处处相宜。笑春风暗吹。　　宋元旧规。心摹手追。疏疏几笔离披。写香痕似谁。

## 摸鱼儿

檃括《桃花源记》

武陵人、捕鱼为乐，轻舟潜入溪口。桃花夹岸溪流碧，几处落红吹绉。延伫久。笑水尽源穷，别具空灵岫。鸣鸡吠狗。看婉婉垂髫，怡怡黄发，犹是避秦耦。　　桑阴里，无限良田广亩。相逢还共携手。咸来问讯尘闲事，更试山中春酒。归思骤。叹向路难寻，误却重过候。林泉忆否。甚有客南阳，驰心天外，目极正搔首。

## 唐多令

过羊流，重谒晋羊太傅祠。丁巳。

古道夕阳明。荒祠柳乍青。忆月前、曾拜空庭。敬剪溪毛和酒荐，未几日、又重经。　　岘首旧留名。残碑堕泪成。听讴歌、汉水襄城。不似此间三架屋，人寂寂、鸟嘤嘤。

## 伤春怨

泰安道上

细雨飞天际。一路春山迢递。古木带残霞，日观峰头开霁。　　看红桃枝缀。绿柳侵征袂。试问进香人，缴几许愚民税。

## 虞美人

蒙阴山行

风吹新柳沿溪袅。山压孤村小。酒帘飘处唤行人。且驻衔杯买醉、几分春。　　斜阳影里吟声细。翠嶂凝遥睇。逡巡匹马入残霞。不识今宵茅店、宿谁家。

## 夜行船

舟发德州，何裕九以罗酒见贻，赋诗。

且喜一帆风送。听岸岸、鸟声吟哢。安排茶灶检书床，羡今夜、约鸥同梦。　　罗酒担来三两瓮。殷勤感、故人情重。放棹中流还纵欲，恨把杯、不与君共。

## 八声甘州

沧州舟中与贡木先生话旧

渐青青弱柳绕长堤，村落夕阳红。听咿哑柔橹，高低渔唱，嘹唳哀鸿。晚过沧州城外，烟景正溟蒙。却喜故人至，同趁春风。　　一瓮麻姑陈酿，向吟边细酌，共醉乌蓬。话十年往事，如梦去匆匆。有几番、天涯聚首，有几番、弹泪别西东。孤灯下、茶铛书榼，月色朦胧。

## 小重山

咏新月，次汪西颢征君韵。

夕照犹明池上楼。玉蟾初出海、霁霞收。相看长是曲如钩。空庭外、谁唱大刀头。　　纨扇小萤流。桂花香不断、五分秋。一更催去起离愁。银河净、惟见数星留。

## 十六字令

答万循初孝廉索纸

笺。愧少金花写乐篇。堆书案。只有贡川帘。

## 解语花

消寒词，为杭大宗编修作。

严风似水，散雪如花，朔气侵书屋。桂帷兰烛寒光少，廿四碧阑深曲。眉蛾晕绿。新载取、明珠十斛。夜漏沉、杳杳铜壶，犹恨更声促。　却忆西泠然此日。正江梅欲绽，独倚修竹。那知燕谷春尤早，不羡千林琼玉。鲛帘罽诉，又砚眼、冰凝鹳鹆。展邺签、锦字横斜，一寸书初熟。

## 柳梢青

二月十六日水西庄即事。戊午。

池馆苔添，绮罗香引，笑语声轻。昨夜花朝，今宵寒食，明日清明。　王孙芳草多情。更春雨、春风乍晴。陌上餳箫，波间游舫，柳外啼莺。

## 相见欢

空图绝少尘埃。柳花开。一任东风吹上、数帆台。　来复去。散还聚。满山飞。飞作千团晴雪、压苍苔。

## 谢池春

送青轩

罗幔烟凝，斫取翠岚环牖。晓光妍眉痕自秀。停云朵朵，似春山浓皱。向青霄、借来还有。　阶纹草浅，补出双行垂柳。澹窗纱连朝染透。溟蒙过雨，听檐声微溜。嫩苍苔、一般描就。

## 梅花引

月明撷笛台

疏钟晚。明河浅。纤云一抹秋光远。月痕凉。月痕凉。清影满庭，飞来瑶阙旁。　　谁栽湘浦连枝竹。惊回林外双栖鹄。夜将阑。夜将阑。重度落梅，天涯入梦残。

## 芭蕉雨

玉笠亭

宛向深岩凿屋。倚空开朗处、如冰玉。薄暮坐来凉足。宁羡豆架微吟，桐阴罜浴。　　短屏休障六曲。随意纵遥瞩。添数点小山、消炎溽。莫漫诮、帽檐浅，须信细雨难吹，轻风不速。

## 踏莎行

读画廊

屈曲虚廊，周遭窄径。炉香静袅游丝趁。浅深乍喜草留痕，惺忪更见花窥影。　　彩幢齐张，红藤交映。玉丫叉小参差并。曹衣吴带慢相夸，黄痴倪懒知谁胜。

## 醉春风

花香石润之堂

紫燕将雏去。鸣莺求友度。闲时携屐探群芳，数。数。数。红叶犹苞，刺蘼刚坼，海棠能语。　　才落林间絮。还湿庭前雾。恼人天气懒寻春，住。住。住。排取琴床，漫操茶臼，自修箫谱。

## 定风波

若槎

矮槛低棖两面平。池波环彻縠纹生。便挟鸥凫盟亦好。难道。澹烟疏雨一篙横。　　见说江南行初乐。如阁。画船摇过荻芦竹。争比吾家常不系。风起。依然修竹响虚扃。

## 唐多令

午晴楼

帘影卷湘筠。霞光簇锦茵。倚危阑、衣绝纤尘。啁啾翠禽巢又去，也解得、絮芳辰。　　市屋接鱼鳞。长河莫问津。渺晴空、一望无垠。可奈数株蓬岛树，遮断了、海边村。

## 冉冉云

小丹梯

几叠危栊碎纹折。宛征鸿、被风吹急。还更藉、古树茏葱围碧。算映出、层层若织。　　最喜连宵雪初积。对寒光、澹烟笼羃。何啻他、群玉山中春寂。十二珠楼斜立。

## 蝶恋花

萱苏径

石子零星铺似掌。绿草丛丛，也傍繁英长。馣馤幽香空外漾。嫩黄蝴蝶飞来两。　　消暇琴樽谁过访。人世忧劳，不到闲阶上。蚓笛萤灯聊共赏。悠然一径成孤往。

## 玉漏迟

守岁

数声应岁鼓。椒花柏酒，深深盈注。拜舞高堂，还逐少时俦侣。随意藏钩赌胜，便抱镜、街头听语。香几缕。疏梅乍拆，吹来何处。　　更喜霁雪凝阶，对一片清光，暗催吟句。商陆微红，齐向地炉围聚。笑指堆盘饤果，宛都是、江南风度。宵渐午。门外爆竿如雨。

## 春声碎

元夕约张少仪征君踏灯，不果来。己未。

箫鼓斗春歌，月满漂榆城里。桐鱼罢锁，银壶催漏，正试灯风起。天街窄，想游女竞喧，钗影乱、衣香腻。　　相思梦迢递。似隔云山万里。何能捉手，共踏遍、如酥暗尘地。良夜驶。空令寂坐吟窗，独冷嗅、梅花蕊。

## 鬲溪梅令

葛播书上舍，书法极肖汪退谷先生，余爱之，频求其书，播书欲余画梅以易，一笑从其命。

一枝不抵一行书。强清逋。聊把江南春信、换官奴。点苔三两株。兴来拈笔脱还疏。仿倪迂。为爱香寒光冷、梦回初。墨痕轻若燕。

## 沙塞子

河西务遇郝舍甫郎中

晓日潜随牛铎，风淡荡，柳舒徐。又见一湾春水，漾沙墟。　　冉冉轻尘飞起，相遇处，共停车。还问参军蛮语，近何如。

## 鹧鸪天

送高五云孝廉下第归新城

碧水青山两寂寥。孝廉船返梦难招。樽前漫惜频分手，谁向阳春和楚箫。　　君去也，黯魂消。子规啼破夜迢迢。天涯望断西湖柳，愁绝东风第几桥。

## 喜迁莺

春暮同陈竹吟上舍、汪西颢征君、万循初孝廉、胡文锡秀才，过水西庄小饮，分赋得絮字。

亭日午，槛风妍。莺语软如绵。游丝一缕漾晴烟。花爱四禅天。枕苍苔，吟飞絮。醉里不知春去。迎门杨柳依依。沽口燕鱼肥。

## 水调歌头

重九前二日，迟循初不至。

海国昼云坠，四野渺苍茫。满坡秋色，连朝风雨做重阳。寂寂闲门篱落，又近登高时节，蟹紫菊花黄。搔首动离思，抚景惜流光。　　吟蛩诉，南雁度，好持觞。故人咫尺，何事留滞在他乡。待唤轻舟似箭，一夜潮回沽口，相与赋寒香。桐叶散疏影，辗转立斜廊。

## 浪淘沙

赠刘紫仙上舍移居

浙水素心人。小住烟津。近移东郭更相亲。十束香茅新结构，浅院无尘。　　华外老闲身。泽里求仁。愧余非是孟家邻。醉管吟瓯从此密，座上多宾。

## 一剪梅

和陈江皋上舍见怀作

送罢行人作旅人。重阳后送西颢南归，余亦有榆垡百草沟之行。目断寒云。身逐征尘。吟鞍连日没晨昏。风色无分。雨色无分。　　矮屋疏篱好暂亲。才过红门。又到黄村。劳君传语意殷勤。别也消魂。住也消魂。

## 霜天晓角

初寒，江皋、循初、文锡，饮香雨广庵

浅深云色。小屋风吹急。几度对坐闲坐，长啸罢、起呼客。　　砚北情自得。残秋天气寂。饮到晓钟鸣后，吟烛短、梦难觅。

## 渡江云

秋杪得少仪济宁书

寒云垂海国，雁声嘹呖，秋夜野人家。满庭风色乱，忽动离怀，有客在天涯。难堪久别，乍朝来、鹊噪檐牙。得几行、任城锦字，情话自清嘉。　　休嗟。萍根漂泊，节序侵寻，要相逢难迓。犹记得、长堤杨柳，一港蒹葭。水西送远，新凉月到，而今惟剩黄花。聊作遣、持笺默数归鸦。

## 青玉案

咏宣德押经炉

香龛袅袅轻烟散。石磬度、鱼山梵。旧气幽光凝发幔①。口平肩索②，足低环反。堪镇三乘乱。　　前朝十转丹铅炼。押经炉铜以十炼，见吕棠《宣德彝器谱》。忆几处③、颁僧院。今日飘零留几案④。《离骚》一帙，《南华》数卷，少异祈年观。

---

① “旧气幽光凝发幔”，查为仁《押帘词》本作“小篆幽光凝几畔”。

② “索”，《押帘词》本作“锁”。

③ “忆几处”，《押帘词》本作“度”。

④ “留几案”，《押帘词》本作“在儒案”。

## 霜叶飞

送王雨枫大令知南宫

夕阳红透寒郊路，深深林外如染。故人筇杖喜初来，绿酒匏樽满。擘蜀纸、分曹写遍。吟声遥逐尖风健。叹易得暌离，匹马去、中山旧国，古城天畔。　　回忆二月西庄，筹花斗草，几番佳约难践。御街相对已飞霜，柳老龙池浅。羡此会、青衫乍换。双凫不隔千乡远。望太行、层峦翠，咫尺琴堂，梦魂能见。

## 散天花

试雪夜怀西颢在西湖，同江皋、循初、文锡分赋。

人静堂虚黯淡天。空窗灯影乱、怯宵眠。纷纷瑶玉舞檐前。高低飘不定、响萧然。　　重幄香寒笼湿烟。朋簪嗟远别、隔山泉。相思共与寄梅笺。漫敲词砚冷、竹屏边。

## 风入松

谢诸葛白岩上舍惠吴去尘浴砚斋

豹囊开出古藏烟。细篆墨香篇。墨背有去尘弟明宸赋墨香歌，为汪涛所篆。当时初改桐脂法，百两煤、玉石油煎。草茜还须四剖，熟胶悬以经年。《帝京景物略》载："古墨多用松烟，去尘始易以桐，并佐以脂。"旧制：三石油，取煤百两，独草新胶。至去尘，油加以五石，草茜染四剖，胶熟后，悬之经岁始用。制法胜于古人。　　谢君远寄自遥天。一劳胜巩璇。回思浴砚斋中事，案新图、品目多编。去尘在天崇时。为博古新样品目，如不可磨，未曾有等，至六十余种。见《雪堂墨品》。不数余家小种，休夸伊氏前贤。明初余族文通公，有仿古墨制碧天龙气一种。去尘族名望制紫金霜一种。左于公制元渊、髻珠二种。俱減于去尘墨，亦见《帝京景物略》。

## 念奴娇

冬日同江皋、循初、文锡游南溪，分赋。

疏风朝紧，啸同俦、来问溪南林壑。蟹舍渔庵遮不尽，映出红桥高阁。剥啄声喧，山童梦醒，悴叶当门落。东萦西绕，篆烟深锁帘箔。

还向略彴微行，阑干频倚，镜水清光薄。指点虚无通笑语，惊起林间孤鹤。犹忆春前，隔墙梵呗，吹度遥坡郭。旧游难记，只余霜柳如昨。

## 点绛唇

雪舸词为紫仙赋

一棹银沙，朔风不断萧疏馆。故乡天远。坐对鸥凫晚。　萍梗生涯，结屋高三板。重檐短。冷云吹满。绿酒红螺浅。

## 满江红

哭乐兼思进士

门径萧萧，刚占到、田盘山缺。四十载、鹭鸥同队，清盟长结。问道得参愚谷语，寻幽曾踏春城月。奈双鱼、此后竟无期，音尘绝。　孤鹤唳，悲风冽。哀猿叫，寒泉咽。正烟迷断草，云霾荒雪。斗酒空磨徐稚镜，剑台谁挂延陵铁。想遗踪、只有一囊诗，生香爇。

## 月华清

清机小庵落成

短木横裁，香茅齐束，浅屋平廊新构。满院冰苔，有竹百竿遮牖。茶烟散、到处萧疏，髹几净、绝无尘垢。清昼。听修修声乱，空庭如奏。　最好境幽梦冷，对雪重霜严，风尖云逗。随意淹留。淡泊生涯杯酒。聊细咏、壁上银笺，闲作伴、槛边翠袖。寒透。又更阑籁悄，月华依旧。

## 蓦山溪

题江皋沽上醉里谣

含宫嚼征，醉里闲情好。七十二沽云，知剪割、雯华多少。墨花砚雨，长伴绿笺寒，史梅溪，姜石帚，堪与君同调。　竹窗烟锁，海国酸风早。清兴正淋漓，想几夜、金壶倾倒。漂榆城畔，从此按新声，移翠管，换红弦，唱彻霜天晓。

## 南浦

腊八日，载酒招刘紫仙、余荆帆、朱仓仲、余犀若、陈江皋、施济清、万循初、胡文锡，泛凌床至海光寺，赴墨田释子锻磨斋。

寒色侵晴空，绕南城、一片琉璃清影。残雪未全消，零星处、如踏梅花山径。僧楼望远，四窗倒射尖风劲。遥指凌床经过地，吹遍白云千顷。

齐浇佛顶醍醐，道伊蒲香馔，迥殊人光境冷。旧时携酒，而今更几阵。春雷纷响竹，频向冻雨呼醒。

## 一萼红

人日同江皋、循初饮午晴楼分赋，是日立春。庚申。

晓云浮。正熏天时节，偕客共登楼。雪积城根，烟回树杪，晴色远豁双眸。日停午、鸟啼声碎，翠炉边、同作咬春俦。七菜羹成，人日以七种菜为羹，见《荆楚岁时记》。五辛盘就，《摭言》曰："安定郡王立春日作五辛盘。"细语倾瓯。　回忆吴兴赵氏，有今宵清咏，情思悠悠。元赵松雪有《人日立春》诗。宫柳风微，御构冰泮，二语即松雪句。应追前度名流。听街头、咚咚羯鼓，又几处、剪胜贴罗帱。更喜传柑期近，小筑堪留。

## 南溪梅令

诸葛白岩上舍寄枯笔山水一幅，索余画梅。白岩翰墨极高，愧余拙笔，不堪为报，写毕题之。

隔溪一树出篱梅。暗香回。料峭春风吹冷、半身苔。翠禽时往来。
乱枝高下羡无埃。绽冰胎。博得山农繁笔、挂金台。白云天际开。

## 兰陵王

正月二十二日集水西庄，怀西颢钱塘，同江皋、循初分赋，得绿字。

冷烟绿。嫩柳鹅黄未足。回阑外、晴雪渐消，犹抱墙腰半弯玉。疏梅倚修竹。空谷孤香自馥。春风动、偷度艳红杏乳，离离又成簇。　相邀散芳烛。共聚墨题襟，频醉醽醁。收灯已过新年俗。忆素侣归去，涉寒将暖，落荒草委浅院曲。叹时序推毂。　茅屋意幽独。想此际金湖，波皱文縠。遥山竞展青屏幅。问画舫移处，几回遐瞩[①]。水西佳会，甚日到更继续。

① "瞩"，原作"嘱"，据文义改。

## 东风齐着力

花朝，紫仙、荆帆、犀若、江皋、循初、文锡，过花香石润之堂，小饮分赋，得鹂字。

晴日凝阑，和风回砌。草尽抽泥，春过已半，艳艳正花期。嫩柳鹅黄弄色，寻幽处、酒盏初携。苍苔畔、濡毫洗砚，分坐阄题。　　好景袅游丝。曾几日、又鸣隔树双鹂。选时选胜，扑蝶会相宜。忻见长红小白，假山侧、掩映丹梯。听别院、清歌调逸，短笛声低。

## 丁香结

水西庄饮丁香花下，寄杭大宗。

晴雪连帷，紫云成盖，又是晚春时候。正小苞含透，似叶底、一一风铃轻逗。乱香吹不断，重阶静、暖蜂去骤。低徊无语，未许逊却、封书豆蔻。　　回首望、十二铜街，几处浓烟遮柳。刻烛吟曹，藏钩酒伴，梦魂依旧。松吹堂畔，倩影也想红如绣。问花边隽句，肯向双鱼寄否。

## 风入松

题朱仑仲《秋林读书图》册子，为凌献珍孝廉赋，即送其还乌程。

谁从望下问遗书。枯尽旧蟫鱼。多君一卷常相共，正千林、桐叶声疏。江泌屋留残月，管宁榻、有双趺。　　花飞沽水暂停车。暑雨漫平芜。如何未到秋风起，便匆匆、唱了骊驹。西塞山前水满，他年应访幽居。

## 醉花阴

夏夜玉笠亭逭暑

斜月如梭穿短牖。脉脉黄昏后。几点夜萤流，砌外花间，漫试麻姑酒。　　小亭寂静微风走。竹似瑶笙奏。高卧正迎凉，银汉低横，露又沾衣透。

## 前调

闰六月十六夜，同西颢、江皋、循初、文锡，登月明擑笛台，对月小饮，分赋得到字。

又上高台娱远眺。栏外轻烟渺。月影十分圆，持比前宵，未必输多少。　　呼群共向樽壶倒。树杪闻长啸。漫道已凉天，梧叶声低，却是秋初到。

## 木兰花慢

寄曹古谦孝廉

又秋风渐起，数帘外、冷萤多。忆武水名家，金台小住，才继东阿。相过凤城奥处，向花间、同赋合声欢。蝶翅时巡邻院，莺黄遍傍行窝。　如何。凉气袭高荷。去日似飞梭。问堆云桥畔，别来添了，几许清波。星娥度期近也，想新诗、织遍锦团窠。莫惜临池写就，小窗惠我摩挲。

## 秋蕊香

七月三日，荆帆招同紫仙、犀若、西颢、江皋、循初，饮叠石山房，分咏秋卉，得凤仙花。

揉皱春机红縠。数朵如球相簇。南朝旧事无新曲。好女儿、歌谁续。
悄听细杵鸣深竹。轻罗束。晓来素甲丹砂熟。点破纤纤荑玉。

## 情长久

七夕招仑仲、西颢、江皋、循初、文锡，饮清机小庵，分赋七夕故实，得网蛛盒。

银河影淡，蟏蛸暗上青藤架。忆昔日、李唐肥婢，潜倚雕榭。呼灯招伴侣，裒小盒、同步蕉边竹下。渐寻得、元珠一粒，素缕千围，都覆与、香罗帕。　　听尽更残，露冷清如泻。对落月、锦签封了，绣帷藏罢。晓来竞揭，数夜网稀密，参差匹亚。定应道、今年巧思，百倍前年，花槛外、深深谢。

## 菩萨蛮

晚发邦军，马上望盘山。

蓟门古道秋声细。晓烟空处林泉霁。山色澹还青。层层如画屏。
几人吟马上。并辔齐相望。十里近田盘。高峰接小峦。

## 浪淘沙

历青沟拙庵释子塔院

孤塔乱峰间。一院松寒。几层坛宇绕栏干。草没烟荒阶砌冷，落色斑斑。　遗像宛生颜。谁扣重关。死今埋骨在青山。应笑身前人世小，来去无端。

## 念奴娇

八月十五夜，同西颢、循初、文锡，登天成寺后崖翠屏峰下，对月豪饮。

谷空天霁，正平分秋色，冰轮初满。试看盘阿萧寺外，入夜岚光青浅。停汉无声，明星稀影，凉露迢迢泫。凭高长啸，万籁虚含孤远。
翠屏峰下逍遥，琼崖玉界，风过闻清梵。列坐题襟樽尽倒，此会嫦娥应羡。叶响虫鸣，酒阑歌罢，是夜循初对月高歌东坡“明月几时有”《水调歌头》词一阕。抚景情难遣。人生如寄，胜游今古时换。

## 南歌子

天香妙祥寺前，有一池，蓄金鱼甚富，中亲蒲藕芰菱之属。上有丛竹，荫以疏柳。旁一方井，冬日鱼畏寒，则纳之井中。池无名，因题其上，曰种鱼池。

寺外乔林密，池边落叶深。我来曳杖坐孤岑。手把一枝衰柳、倚秋阴。
蒲藕依崖败，芰菱贴水沉。游鱼出没如金。无限临流观览、涤尘心。

## 千秋岁

月夜坐永寿庵双柏下

月华满地。柏影浮苔砌。秋气静，风声细。远山含澹碧，古木遥空翠。僧院冷，一庭虚白凉如水。　露坐还移榻，闲话多幽意。灯晕暗，茶烟起。寒蛩吟石罅，清磐鸣涧底。尘虑净，夜深未就禅窗睡。

## 前调

登五华寺栖云阁

山深阁小。古寺游踪少。循槛上，提壶到。窗前云气接，舄下岚光绕。凭眺远，秋空天际过飞鸟。　　汗漫忻同调。得句多高妙。青嶂晚，西风早。雁声来谷外，人语回林杪。延伫久。阑干亚字明残照。

## 婆落门引

初潭柘山过平园，望山中红叶，遥听云岫寺梵声。

住山两日，耳根时听响泉声。悠悠百虑俱清。今夕驱车别去，岚气拂衣生。正秋风渐起，岩草虫鸣。　　支筇缓行，过曲径与寒汀。满目平园亲树，霜染赪明。岫云已远，听梵音、遥送乱峰青。闲怅望、欲去还停。

## 离亭燕

约青崖释子重历退谷亭

前日谷中小聚。黄叶乱飞如雨。今日重经落藓径，绕径秋花乍吐。杳杳读书声，怅望退翁何处。　　亭下流泉环路。槛接碧峦疏树。曳杖老僧空伫立，伴我山间寻句。石上白云生，唧唧寒蛩时诉。

## 踏莎行

戏简申及甫征君

索句帘阴，分笺镜畔。连宵刻烛更声缓。纵然捷过魏东阿，也应忙煞生花管。　　雾拥蓝桥，云深阆苑。武陵原与红尘段。等闲却少外人知，故教流出桃花片。

## 苏幕遮

题朱仑仲《七松图》，为黄思顺赋。

翠如萦，烟如织。老干参差，绕屋成行列。谈柄一枝高可折。传与张议，演作长生说。　　暮云深，遥梦隔。何日山中，果结幽人宅。满径笙簧吹未彻。野鹤归来，踏碎梢头月。

## 鹧鸪天

谢赵功千征君惠茶菊

剪得城头一夜霜。茶菊生武林城头上。封题远寄海西乡。未教白雨当阶沸，已觉秋英绕指香。　　窗半启，日初长。敲炉洗臼试孤芳。何时共汲南阳水。与子同烹北苑网。

## 唐多令

节妇词，为东光蒋氏作。壬戌。

划断七丝琴。遥遥孤梦沉。驻丹砂、岁月侵寻。莫道贞松难得老，是半死、古铜音。　　四十八年心。湘江水共深。柏舟篇、几度悲吟。愁对零陵双燕子，头白处、絮红襟。

## 琴调相思引

寄怀田同之助教

木落方山雪意晴。离情遥共月痕生。停云无畔，寒雁一声清。　　想见乱书堆里坐，小梅香冷夜窗灯。支颐吟罢，宜向玉屏听。

## 鬲溪梅令

张曾山上舍工山水，名家也，偏嗜余画梅，频索未应，岁事已阑，勉图长幅以报。

倚松夹竹又穿篱。傍茅茨。一种真香真色、澹情思。月横冰玉姿。　　漫云今古竟无诗。看疏枝。纵使丹青难写、未轻讥。周草窗咏梅词，有“丹青难写，今古无诗”之句。我生成画痴。

## 临江仙

送孙文水孝廉归钱塘

欲别魂消思悄悄，骊歌再唱无声。直沽云冷暮烟生。故人随远雁，明月照空亭。　　记取孙郎归去路，芦花白遍沙汀。夕阳江上布帆轻。半篙秋水碧，两岸旧山青。

## 风入松

重阳前三日，风雪大作，因点窜潘邠老诗作首句成词。

满城风雪近重阳。此景剧难忘。凭栏休问秋多少，看空庭、已似寒江。阁上题糕手冷，檐间碎玉声长。　　登高还道露为霜。搔首漫持觞。黄花瘦损苔痕冻，暗云飞、遮却晴光。哀雁天边断续，乱蛩吟处凄凉。

## 菩萨蛮

寒夜对月，怀心谷大兄在都下。甲子。

帘前浮白移荒菊。严寒夜色空茅屋。寂静淡烟横。怀人在玉京。迢迢枫畔路。冻水明渔渡。寄语碧云边。游踪何自偏。

## 水龙吟

题张曾山《柴背结茅图》轴子，为岱瞻释子赋。

翠毫几点烟痕，崎岖写出安禅宇。因松架屋，因泉开涧，因崖成圃。素鸽晨栖，青猿夜绕，苍鸠昼语。笑见云隐见，山花婀娜，都团作、曼陀雨。　梦想前游如昨，溯秋声、短蛩芒履。草间听梵，林间携榼，石间题句。泉到檐飞，月当峰挂，剑随台舞。待重挑野菜，寻师住处，剪香茅煮。

## 鬲溪梅令

残岁雪中登午晴楼，江皋携纸过访，索余画梅，因留小饮，醉后洒墨应之

小楼短笛倚风吹。破愁时、片片天涯。飞雪紧催诗。且倾酒一卮。吮豪呵墨写南枝。费人思。恍觉窗前疏影、澹相宜。逸情梅亦知。

## 行香子

元夕高季冶过苔花馆小饮。乙丑。

天际云停。户外风清。遍街衢、火树纵横。谁家吹笛，何处调筝。喜客方来，灯渐上，雪初晴。　小院春生。栖鸟时鸣。爱吾庐、寂静窗棂。半床书影，几阵鸿声。对酒盈樽，梅盈屋，月盈庭。

## 念奴娇

得汪西颢征君闽中书，讯余近状，漫答。

无言空谷，妒双飞新燕，衔泥轻就。南国相思红豆远，建水千重如玉。砚雨淋漓，诗筒络绎，著作应连屋。平安遥寄，荔枝犹未曾熟。　还讯近期如何，凄清长簟，已作鳏鱼独。修禊光阴伤转盼，又见月轮眉

曲。楚些多情，秦钗易怨，泪断魂谁续。故人知我，素书邮去难读。

## 夜合花

咏夜合

密叶晨交。柔枝晚结，树犹如此多情。蒙茸细蕊，丝丝垂到檐楹。初日淡，远风轻。逗浓阴、碎影纵横。东墙曾种，南邻曾见，浑似影缨。　　青棠竟负嘉名。空忆螺杯送后，角枕缝成。乘凉暑簟，微香吹度帘旌。残梦杳，暗愁生。叹单栖、怕对花明。小株吟罢，伤心元九，铅泪同倾。

## 茶瓶儿

早秋雨后，招潘廷简、陈江皋、万循初，过苔花馆烹天泉，试顾渚茶。循初以《茶瓶儿》一词见示，次韵答之。

高接天泉新过雨。修廊下、磁瓶深贮。烟霁花光午。古铛苔砌，拾取松毛煮。　　招我吟俦烹顾渚。罗几案、瓯三杯五。欹枕哦佳句。趁凉秋早，好作煎茶谱。

## 蝶恋花

七夕前一日风雨有感

已透秋声炎渐去。雨雨风风，离合愁如许。明日双星银浦渡。人间有恨凭谁诉。　　往事奚堪还记数。遣挂空留，乞巧人何处。半晌檐流喧到暮。夜深梦入西园路。

## 鹊桥仙

七夕集来蝶亭看新月分赋。秋声一会。

归霞初散，纤云微障。又送玉钩斜上。高梧叶落见银河，牛女畔、一痕无恙。　　纹窗横启，湘廉低敞。淡影昏黄摇漾。焚香扶拜忆年时，叹今夜、清辉谁望。

## 忆旧游

中元夜集数帆台，观荷灯分赋。秋声二会。

正荷池未谢，岸蓼初垂，一片秋红。暮色开香界，任缘波细火，点点浮空。纬箫讶逢龙睡，珠彩出鲛宫。看欲去还停，将沉忽焰，缥缈乘风。　迷蒙。夜台路，尽付与荒台，断鼓零钟。倦柳飘凉露，便都成清泪，难遍芦丛。满船载归明月，流水亦西东。想剪烛疏帘，挑灯小院如梦中。

## 减字木兰花

处暑日集南溪，分咏秋虫得蝉。秋声三会。

嘶风饮露。阑暑难消池上树。静极偏哗。要引诗人泛若耶。　孟家新样。鬓影闺中曾一仿。深院弦清。莫怪琴声有杀声。

## 前调

雨夜有感

愁云暗淡。永夜重门和梦掩。落尽檐花。来日苔痕一径斜。　残灯滋味。不是当年罗帐意。鸡唱声声。误道天明又未明。

## 蓦山溪

竹醉日集读画廊，分题明人画扇，得丁南羽寄《萝庵读易图》。秋声四会。

山光云影，映彻溪廊碧。亲树晚多阴，正深夏、苍岚如滴。潺湲幽瀑。响作玉琴声，齐磬杳，佛香残，精舍藏萝薜。　龙眠笔意，秀态含林石。一卷置床头，问此地、何人读《易》。韦编未绝。清露好研朱，车辘辘，马踆踆，不应敲门客。

## 念奴娇

中秋夜登月明撷笛台，对月分赋。秋声五会。

凭虚登眺，笑天边秋候，今宵刚半。桂树连蜷香乍动，黄雪随风飞散。屋下残灯，城头哀角，一片黄云断。尘埃难到，此身将近河汉。　千里海峤生波，银蟾孤送，隐约垂杨乱。鸾背霓裳犹旧曲，欲驾绳桥无畔。别浦霜凝，空村玉碎，水浸梧桐院。笛声寥亮，莫辞修夜频看。

## 一萼红

秋社日放舟城南，至八腊祠，晚登海光寺露分赋。秋声六会。

绕城边。有回溪曲港，清浅可通船。依案支罾，因崖驾屋，白苇红稻相沿。笑荦确、轻篙无力，看环腰、更藉一绳牵。茅店丛祠，板桥流水，随意留连。　　试问今朝何日，却鸿来雁去，目送长天。隔浦渔舷，缘林牛叱，遥垅旋起秋烟。转归棹、重寻绀宇，共登楼、人醉夕阳前。无限凭栏往事，俯仰凄然。

## 醉蓬莱

重九日集南楼登高分赋。秋声七会。

卷浮云万里，一片清秋，晴烟疏树。小级丹梯，试登高徐步。鹊噪阑干，雁回浦溆。听砧声迟暮。戏马台前，洪都城下，不殊今古。　　却喜年年，北堂强健，绿酒传觞，共欢初度。周览家园，对南山称嘏。紫菊盈篱，茱萸满砌，也闲居堪赋。况少催租，更多良友，竟无风雨。

## 行香子

秋夜不寐

凉思侵帱。落叶飕飕。更寒蛩、满壁啾啾。残灯掩映，自下帘钩。正一函书，一樽酒，一窗秋。　　好月光浮。好梦今休。又何心、默数更筹。空房寄寄，孤枕悠悠。听角声悲，风声怨，雁声愁。

## 祝英台近

展重九集味古庐分赋菊花故实，得菊枕。秋声八会。

晓风多，宵月淡。香绕一篱晚。翠笼携来，缝入枕囊满。任教落尽飞英，霜痕常在，便金带、玉镂难换。　　梦魂远。定应独倚空床，愁听雁声乱。欲折双头，长簟更谁伴。且同芦絮装衾，梅花作帐。拚连夜、孤眠不暖。

## 倦寻芳

花朝水西庄感赋

嫩晴烘雨，骤暖欺寒，春思无定。水长潮生，微转灌池深井。花事逡巡催烂漫，看花人共胭脂冷。向荒丘、怅芊绵草合，百呼难醒。　　叹弹指、嫣然桃颊，柔柳舒腰，苔涩兰径。燕子初来，红缕一丝愁省。别院空喧弦管部，隔墙休送秋千影。遣悲怀，且徘徊、暮堤烟暝。

## 醉春风

寒食即事

才见杨花舞。旋看榆荚吐。秋千架上待人来，数。数。数。此日禁烟，隔溪沽酒，杏花村路。　　雨打棠梨处。风飏游丝住。最怜陌外蝶纷飞，误。误。误。挑菜人稀，卖饧声度，乱啼莺树。

## 倒犯

咏秦吉了

宛转、听声声画阑，和歌金缕。新晴院宇。频调试、慧过鹦母。雄音亮节，不比喁喁痴儿女。拂尾绀衣长，分顶黄冠古。绛唇浓、漆瞳妩。　　辽渺珠江，忆别来时，佛桑红楚楚。万里隔烟水，梦难到、罗浮路。最妒煞、桐花侣。风初生、花里常相聚。念放我还山，此意谁能许。曲廊还自语。

## 柳梢青

闻莺。戊辰。

风飏帘胜。疏窗未启，晓梦初惊。玉管轻调，银笙低按，何处莺声。
似将巧语丁宁。道春雨、朝来乍晴。红树香浓，绿杨烟霭，春事关情。

## 南乡子

灞桥。丁亥。

鞭影逼霜摇。沙驿山城古道遥。长望斜阳云外冷，魂销。雁字横空万木凋。　　童背负诗瓢。茅店青帘任意招。漫说天涯风雪少，今朝。我亦骑驴过灞桥。

## 蝶恋花

泸沽峡。戊子。

壁立两山垂老树。怪石巉岩，苔藓层层护。峡里云岚时敛住。水声瀺灂喧朝暮。　　穴磴凌空泉绕路。系马登临，饶有留人处。春外斜阳回远戍。夜来月下猿哀诉。

## 点绛唇

自题画梅

小几春明，兴来吮笔行疏梗。昼闲人静。默听禽声冷。　　迟日回窗，香透帘栊永。清幽境。午梦初醒。一榻梅花影。

## 洞仙歌

登蛙嶲山，为张建阳道士题孤云阁。

竹丛林茅，有清凉佳处。曳杖寻来日亭午。槛窗开、一片水色澄空，帆影里、大小渔村烟浦。山下邛池，有大小二渔村。　　阁边炉火活，几榻幽闲，时见岚光绕庭户。静听鹤鸣声，天净风冷，孤梦醒、云含山古。羡羽客苍颜笑翩翩，更向说繁华，世上聋瞽。

## 小重山

宿豹子沟铜厂官舍

峭壁层峦天半生。悬深沟自险、势峥嵘。缘崖支板架为棚。厂上炉房，皆沿山架板为屋。霜风冷、炉火照人明。　　逼面老峰迎。沟北为老山，铜矿多在其上。遥看旋蚁路、走沙丁。凌空乱石响砯砰。山腰畔、时听倒荒声。矿中无铜之石，名曰荒。自洞口倾之，谓之倒荒。

## 一丛花

郡廨粉团春又作花。己丑。

年前此际对芳丛。洒酒醉娇红。青云澹日帘栊外，萼华动、摇曳庭中。霞脸雾鬟，柔姿无力，端为嫁东风。　　今春不料尚相逢。离绪已匆匆。时已奉命授礼川北兵备道，因滇南缅甸军务未竣，羁留亭远，尚未赴任。当兹细雨霏霏里，觉鲜艳、粉色朦胧。仙骨素肌，檀心翠叶，好处见天工。

## 沁园春

春尽日风雨忆乡园

双鬓萧萧，官久蛮方，系住此身。感滇南地近，京华道远，羁怀多恨，夷俗堪嚬。僝僽东风，憎嫌夜雨，无敌癫狂断送春。层阶上，看落花飞絮，顷刻成尘。　　怀人。别思难申。听鸟语间关一黯神。向碧天空里，特摅离绪，乱云深处，遥忆前因。何日骑驴，故山归去，孝义乡中作去声老民。重寻乐，好读书柳脚，理钓溪湄。

## 念奴娇

春暮江声开书怀。庚寅。

花飞蝶舞，正风颠吹满，一天春晚。领略山光边塞迥，感叹年华频换。雪冷峰高，江深桥软，落照青羌远。迎眸芳草，啸歌更展清怨。　　踪迹已近松州，荒凉景地，喜樽前人健。莺唤枝头成好梦，往事牵肠难断。投老心情，薄游滋味，倦倚吟魂乱。黄昏扶醉，曲屏灯影寒浅。

## 沁园春

春夜塞外听雨不寐，怀京华诸友人。

多感羁人，久住遐荒，历尽险平。叹茫茫老境，星星华发，荣枯得失，往迹难评。万斛春愁，一川夜雨，短榻孤灯梦不成。年前事，恨是非莫辩，谁判分明。　　怦怦。何日休兵。看塞外干戈纵横。想故乡花信，故人游兴，诗筒歌板，酒盏茶铛。孤负良宵，暌违良友，几度城南少听莺。吾深悔，悔东山复出，常作西征。

## 摸鱼儿

哭赵损之农部。有序。

赵损之博学多能，工诗赋文词。随将军至蜀讨金川土司，勷军务。癸巳六月十日，我兵溃于木果木，将军阵亡，损之亦遇害。损之名文哲，号璞函，江苏上海人，由内阁中书授户部河南司主事。

望羌原、一天凄雨，乱山堆里云满。苍茫俯仰悲今古，往事休谈长短。残角晚。看几处、连营故垒旌旗卷。征尘易散。叹才比江郎，诗推杜老，难觅旧时伴。　　愁无尽，空揾英雄泪眼。狂歌当酒情懒。蛮笺痛写伤心句，回忆昔游肠断。还想见。沙碛冷荒烟，白骨千秋怨。忠魂不展。正塞下笳鸣，峰间猿泣，戎马感人远。

## 西江月

答刘绍衣秀才询余援兵救破碉粮站事

白发书生破敌，绣衣观察提兵。因君问讯说分明。还忆前期险境。
已向草间杀贼，更从碉上擒生。一时振旅有威声。犹恨援君不猛。

## 忆旧游

答陆赤南 有序

余奉檄驻守卧龙关，筹连糈饷。赤南以《哨遍》一词遥寄塞上，爰填《忆旧游》一阕，聊述思慕之忱。赤南倘不以枕戈卧雪鄙夫之绪语弃掷之，则厚幸耳。

忆华阳寓馆，坐上佳宾。每动离情。觊我新词，好向秋宵展诵，音调凄清。梦魂几欲飞去，无计可登程。恨迹寄边关，何时对酒，共绪鸥盟。

神惊。昔游处，正夜月悲凉，鬼哭连营。岁岁干戈里，叹马瘏人倦，心厌言兵。锦城缥缈东望，烟际乱山横。但默默相思，天涯竞响黄叶声。

## 摸鱼儿

寄北路军幕祥仲调水部

叹连年、远依戎帐，暗凋霜外颜鬓。天涯弹泪怀今雨，几处梦魂无定。沙塞迥。看一片、烽烟战垒何时靖。干戈纵横，想水部题襟，参军草奏，独有揽边兴。　　悲笳咽，两地离情正永。黄云残照千岭。吴钩光透貂裘紫，雄志壮游谁并。风雪冷。那更堪、骚人别去吟声静。北路仲调同幕裕敦甫农部昨赴南路军幕空山色暝。对一穗寒灯，半床枯月，二语用仲调所惠书中句，极佳。寂寞慨犀柄。

## 一萼红

岁暮过汶川，重游胡氏园林。

绕江城。正风尖云冷，天淡雪初晴。屋后柴门，水边烟墅，疏林篱落分明。短栏外、蔬青山小，又翠藤、交处乱鸣禽。石旧苔荒，池枯蕙碧，三径凄清。　　回顾早梅已放，看侵人香暗，倚竹枝横。问俗监司，种花野老，殷殷闲话多情。记昔日、寻秋曾到，羡今朝、残岁见鸥盟。更约春吹柳绿，来听啼莺。

## 透碧霄

辟色利沟运道。甲午。

倚天风。破云穿壑辟蚕丛。乱山竞上，奔流争落，路断难通。置身险处，焚烧竹木，疏凿峦峰。莽苍间、阴翳腾空。听悬崖猩鬼，悲嗥哀叫，畏我追踪。　　用金钱、不惜驱携千灶，鸠动万夫工。创古今，无人迹，观此日，起鸿蒙。雪桥危度，冰崖艰涉，劳也心雄。为何来、多为兵戎。喜循沟挽运，殊近他途，易奏肤公。乾隆三十八年冬十一月，定西将军阿桂既收复攒拉全境，逆酋僧格桑更窜入促浸，将移兵谷噶山进剿。将军方筹改运道，或由卓克采之梦笔山，或由梭木之祚马山，下问于礼。时礼驻卧龙关，督运粮饷，檄调诣美诺军营，面陈其策。礼以二路均遥远，且多雪难行，今军旅既拟改进谷噶，军粮自应由色利沟挽运。惟是色利沟路径自天地来无人迹到者，须大施疏凿，甫可行役。将军即奏礼辟之。择于三十九年正月乙丑举工。礼率员鸠夫，里糒糗，携斫锸，深入丛林密箐坚冰积雪中，焚林裂石，历险涉艰，过日尔拉山，山巅风雪益厉，幸岄旁径较短，山势不峻，并立修凿，未感少暇，戊寅乃竣。计十四昼夜，通路二百余里。用夫力一万八千，工食米六百斛，动帑钱四百六十八万。爰赋小词记其颠末。

## 摸鱼儿

成都城南武侯祠别院，有荷花一池，旧为张子还道人所种。池上建板屋数椽，形同半舫，匾曰圆通境。道人跨鹤仙去有年矣，池莲岁作花。甲午六月二十二日，余偕华阳观察过起地，时池花盛丽，徘徊槛榭，坐卧于红香中，清风徐至，六月无暑，斯游颇乐。余以题额乃道家通套语，不切藕花境界。华阳为易藕船二字绝佳。道童徐虚庐歇纸墨乞书，华阳援笔易之，书法遒劲。传之异日，实为此间之墨宝，亦可见我两人之逸趣也。爰赋此以纪此事。

羡城南、武侯祠畔，一池澄水环绕。仙卿种藕留遗迹，半舫疏窗深窈。带旧愁多少。　　题名额，惜与陂塘境渺。甘凉观察兴好。重书缥芰如船字，墨沈映波飘渺。鸥梦杳。欣异日、檐前座上香光宝。斜阳暮草。正枕簟邀凉，暑消浅渚，满目翠痕绕。

## 江城子

七月十九日偕王听予大令，登松州七层楼远眺。

七层楼上贮天风。倚栏东。接晴空。老树浮阴，身在画图中。几度登临还觅句，看不尽、塞云重。　　隔江苍碧晚烟笼。好山容。夕阳红。万灶人家，秋水界城通。古寺悬崖僧奏课，泉响处、数声钟。

## 桃源忆故人

松州秋日寄赤南

云深不识前来路。小别愁生何故。谱就悲凉新句。误了无人顾。
松窗又响申时雨。日来没申刻必有风雨，旋晴。一霎风回烟沍。此际关山离绪。只共秋虫诉。

## 齐天乐

小驻松州厅廨西轩，赋寄日侧军营王琴德铨部、明守庭侍卫。

凭高眺远岚光净，松州厅廨居大江西山之巅。天北几多蛮部。半闪军旗，长嘶塞马，又过空城风雨。松窗卓午。正山叶初凉，砌花犹吐。时莺粟花未残。把酒当歌，为谁醉倒论去声。今古。　　江流浩瀚不断，亲秋声共响，遥入云树。旧寺寻僧，层楼对月，都是昔曾经处。人来瘠土。叹白发萧萧，顿生离绪。漫说边情，运筹还用武。时将领兵出阙赴果罗克。

## 武陵春

八月四日，余自松州之果罗克，闻逢书农水部，胡行偕中翰，徐寿石大令，依刘德引制军，由南路仍回楸坻，督运军粮，离怀枨触不已。临行据鞍，集工部诗填词以寄。

愁极本凭诗遣兴。《至后》。塞雁一行鸣。《公安送李二十九晋肃入蜀，余下沔鄂》。月傍关山几处明。《吹笛》。群盗尚纵横。《悲秋》。　　纵酒欲谋良夜醉，《腊月》。坚坐看君倾。《季秋苏五弟缨江楼夜宴》。拟绝天骄拔汉旌。《诸将》。那得易为情。《泛江送客》。

## 八声甘州

秋日行松州塞外蕃部境

看茫茫草色纵平原，一片起边愁。正荒烟惨淡，寒风凄紧，远树含秋。杳杳天空鹘没，西北近甘州。几骑长征去，霜冷吴钩。　　不识蓬婆何在，望黄云无际，蕃部遐陬。叹频年塞外，戎马久淹留。听羌儿、数声芦管，感壮游万里夕阳收。休念我、星星双鬓，身世浮鸥。

## 氐州第一

历鹊个土境，山围水曲，沙渚明净，鹭雁翔息，荻芦丛生，加以原马骠骧，泽鱼肥美，渴羌川路间，岂意有此景物也。即目因赋。

波曲冈环。秋外乍午，遥看一缕征雁。隔渚清笳。穿林画角，天末边声历乱。烟景迷离，却宛似、江南无辨。上下鸥凫，横斜浦溆，客程偷换。　　不断千群原马健，鹊个素产名马。共嘶骤、浅沙高岸。苇叶风吹，蘋花水落，把钓人归唤。对残晖延伫久，西羌境携尊莫倦。入梦毡庐，月华明长吟夜半。

## 飞雪满群山

郎驮土司曼陀寺经楼秋夜

雁叫霜天，狐嗥冰窟，朔风吹雪侵楼。空桐山老，金城都远，者边又送残秋。万峰层叠处，试遥望、寒云乱浮。玉箫声断，乡关信绝，谁识此时愁。　　还向晚、凭栏吟眺久。对佛前灯火，细意添油。宝幡飘影，芸炉生晕，冷光夜分频收。客怀岑寂处，数踪迹、空嗟逗遛。月枯僧定，窗高梦醒怜白头。

## 倾杯乐

寒夜饮赤南论宋人词旨

月彩浮檐，霜华染屋，夜光寒峭。正乌几牛腰，大轴画图堆卷，古芸香绕。今宵攒聚鸿泥爪。细倾浊酒，且向词源溯讨。冷芳暗透，槛外黄梅开早。　　窗半掩、灯垂蕊小。说两宋遗调。且莫笑、天涯客老。还相忆、美人香草。喜绪语，莲漏冻、金樽共倒。

## 南乡子

正月二十三日，曹素为仪部沈莱友太守，招同顾华阳、杜宝树两观察，李松期太守、杨闳度大牧、陆赤南山人、淳儿，饮草堂寺赏红梅，拈韵赋诗。莱友以素册索画寺梅，勉应之，并题词其上。乙未。

天外叫飞鸿。竹影差差水影空。毕竟草堂萧寺好，庭中。一树残阳照冷红。　　春气逗芳丛。香雾蒙蒙湿半笼。我画梅花须鬓白，成翁。点染胭脂色未工。

## 探芳信

二月七日寓馆升庵，樱桃十余下枝尽花，招吴冲之学使、顾华阳观察、陆赤南山人饮花下，分调同赋。

梦晴昼。乍燕语呢喃，东风僝僽。恁狂吹花信，朱颜对邻囿。花生篱外，地为护国庵之圃。珑璁几树，烘崖蜜小，白霏吟袖。羡林边、缬影穿篱，粉痕粘甃。　　邀客急呼酒。念檐外春宽，樽前人旧。徙倚芳丛，不比塞垣柳。归来便有看花分，澹月相携手。待轻红万颗，匀圆似豆。

## 齐天乐

花朝前一日，华阳再过升庵，探花留饮，偕赤南分赋，得好字。

午棋敲破寻春梦，窗外杏花开了。宿酒还醒，新词刚就，又报探芳人到。皤然一笑。正影堕香飘，燕昏莺晓。短发催簪，樽前休诮我年老。
风吹花信第几，且欢场给取，片时歌啸。戎马行踪，征衫尘土，赢得倦游怀抱。僧楼落照。待醉也，应眠满庭幽草。月色溶溶，共怜今夜好。

## 前调

成都春感

乍寒乍暖春如许，风飏困人天气。染绿湔黄，移红换紫，白绽梨花犹未。莺声正丽。喜院宇深深，昼扉长闭。竹外晴氛，有情时向晓窗递。
花朝前已过了，看迎阶草色，残照新霁。个个游蜂，双双舞蝶，搅碎龟纱香细。苍苔满地。叹几日、朱颜顿成憔悴。坐听啼鹃，拍栏干十二。

## 瑞鹤仙

二月二十五日，招同人饮升庵梨花下，分赋得几字。

又斜阳影里。送花气熏天，吟边眼底。风日弄晴美。认归来燕子，掠香双翅。繁英乱蕊。搅嫩绿、粘脂点翠。听悠飏、一片莺簧，一片隔墙歌吹。是日置乐于墙外僧寺中。　　徙倚。苔沉径雨，草暗篱云，旧家庭彻。溶溶对此。无月夜，净如洗。看轻盈白雪，艳侵短发，蝶梦寻芳万里。数欢场、共倒清樽，醉春第几。

## 芳草渡

暮春过大渡河

蛮林绿，徼花红。山风暖，水云空。蓬婆边岭雾蒙蒙。船欲放，芳草岸，一开蓬。　　晓光好。波影渺。大渡河声浩浩。晴烟霭，湿烟笼。禽音小。人话悄。咏舟中。

## 渔家傲

夏晚柳坪纳凉

长夏蛮陬天更暑。柳坪阴密笼千树。午后重云初过雨。携茶煮。小词席地吟凉谱。　　出网鲜鳞呼近渡。入林残照山光暮。断续羌蝉鸣不住。沉戍鼓。声声道是离怀处。

## 前调

茹寨晚眺

万壑苍苍云冉冉。斜阳红处江光闪。拉沓山中秋暑减。多新感。苍茫独立横长剑。　　暝色摇空天影湛。尘清烟外千峰澹。也有流萤三四点。时明暗。柳阴灯火昏山店。

## 八声甘州

七月二十四日过富察云麓公沙尔尼水次新营

报柳阴深处结新营。遥听箭翎鸣。向长林系马，荒湾舣棹，岸架松棚。下有翩翩儒将，午坐细谈兵。　　地静闻长啸，鸾凰音清。我亦寻倚，翠湿一襟横。渐空蒙。水平云断，好风来、吹壮暮笳声。凭栏久、说诗评剑，谁识闲情。

## 贺新郎

王琴德吏部于勒乌围军营以词见柬，次韵答之。

戎马三年许。叹后先、沙场聚首，命轻于羽。犹记京华簪盍日，琴酒相与结侣。谁意着、来听鹦鹉。促侵地多鹦鹉。画角吹残词老梦，动清吟、慷慨悲风雨。肠断处，那堪赋。　　近偕药圃觉罗仲调别号。常停住。倚新声、纷传旧痕，韵如簧语。一渡盈盈秋水隔，准拟共君按谱。还应慕、阳春沤纻。旋唱铙歌军凯奏，数归期、好击催花鼓。倾大斗，慰离绪。

## 玉蝴蝶

徼外秋感

望断徼荒千顷，乱山丛树，高被云遮。此日萧条，更讶秋色频加。雨凄凄、笮桥汀柳，风飒飒、茹寨促侵地名。篱花。感天涯、征人万里，久住忘家。　　谁夸。蓬婆岭外，披裘舞剑，岸帻看霞。屡变星霜，几回吟送夕阳斜。听军声、壮怀兴叹。对月影、老景堪嗟。手还叉。苍凉满目，夜咽悲笳。

## 瑞鹧鸪

徼外归来，于升庵前种梅花一株，日尚未花，赋小词催之。

槛外摇清霜华压，枝枝瘦绿斜横。培根土软，且喜苔青。一树疏疏蓓蕾，含醉露微醒。闲伫立、残阳冷处，欲语无情。　　尘净倚天晴。有翠羽双栖，小弄幽声。人坐静，芳信潜透泠泠。独寄孤标韵致，空与竹梢争。凝望眼，花西月到，几日香生。

## 东风第一枝

十二月六日，顾华阳观察招同沈莱友太守、陆赤南山人，饮携鹤草堂看绿萼梅，分调同赋。

小院风尖，空阶藓冷，屏摇梅萼零翠。数枝对客横斜，此际为谁徙倚。春光未到，却放出、色如春水。正岁寒、冰薄沙明，看滴绿珠清泪。

已幸得、夜长景美。尤喜是、酒阑人醉。半规碧月新悬，一阵暗香近递。年华易过，叹散发，欢场能几。且按拍、剪烛分笺，拚取一宵忘寐。

## 柳梢青

除夕前二日，升庵樱桃作花，同赤南酹酒分韵，得宵字。

春透苔娇。雨滋草碧，岁暮林皋。又见庵前，几番晴日，开了樱桃。

从从红粉轻摇。竹篱外、幽禽乱嘈。且饮屠苏，坐花深处，消受今宵。

## 定风波

花朝前一日，雍中喇嘛寺见梨花，因赋。丙申。

耳崖边边石倚霞。雍中寺外水明沙。几树梨花开正白。佳夕。禅门深掩诵《楞伽》。　风日晴和稀雨打。蛮野。鸠声频唤日初斜。戎马旋归无暇赏。孤住。担书到此且停车。

## 瑶华慢

春晚刮耳崖登眺即事

西戎即叙。气候暄和，有暮云春树。蛮碉羌砦平荡后，共道此间堪住。一江绿水，分破了、乱山无数。见几湾、花木芬芳，柳外皮船呼渡。

陇头荞麦青青，正蕃女蕃儿，问课晴雨。戍烟销净，喜处处、争戏歌妆蛮舞。我携嚼酒，趁夕照、影中来去。竟谁知、刮耳崖边，也吹满天风絮。

## 一萼红

今春余与华阳观察，同在徼外分理旋兵之役，入夏竣事，近闻华阳已返成都，余尚留屯金川，以词寄之。

岁残时。忆呼朋赴约，共醉看梅卮。携鹤堂幽，画松屏短，留人深夜填词。自别后、边关风雪，喜一夜、千里送红旗。山绕班拦，沃日山名。水回大渡，金川河名。于役休悲。　报道征车归去，几梦回江月，目断林晖。古调谁弹，新声谁和，愁来长啸拈髭。恶情怀、临流自解，好襟期、书就寄君知。计日定招沈莱友陆赤南，把酒题诗。

### 梅花引

富察仲彦观察以素箑索画过墙梅因题

宜虚榭。宜精舍。澹澹寒光更宜画。爱倪迂。爱林逋。倚松傍竹，自许性情孤。　　一枝横过墙头去。疏影离离迷薄雾。共黄昏。各销魂。静听邻语，也道月无痕。以上《铜鼓书堂遗稿》

## 陈万钟（1首）

陈万钟，生卒年不详，海津（今天津市）人。时天津有殷贞女，本贫家女，幼孤依兄母，年十六嫁邢文贵为妻。邢母赵与文贵逼女倚门。不从，日加捶楚，以沸汤沃之，燔灼其体，体尽溃烂。郡守刘公闻知讯验，女绝口不言夫姑之恶。欲验其创不得。未几死。邑令张公置赵、邢于法，倾城往观称快。查礼、周焯等都曾题诗以表彰其贞烈。陈万钟及陈礼之词也是为殷贞女而作。

### 一剪梅

玉质莹莹不染瑕。汤火频加，操守更加。一朝风雨落黄沙。摇哲松花。羞煞杨花。　　邻里纷纷叹落霞。此也咨嗟，彼也咨嗟。迢迢夜露湿松华。月照星槎。魂倚仙槎。章天垣《彤管流芳》卷二，乾隆刻本

## 陈礼（1首）

### 鹊踏花翻

操凛燕山，节寒易水。可怜矢志坚如此。羡他白玉无瑕，青竹有筠，堪能将颓纲振起。高唐峡上保孤贞，章台柳畔全完体。　　无拟愧煞，春风桃李。岂求名节扬邻里。惟此玉皎冰清，霜严月洁，堪足标青史。从今

彤管播芳名，墨痕遥带春山紫。章天垣《彤管流芳》卷二，乾隆刻本。

# 胡睿烈（3 首）

胡睿烈，字文锡，号炅斋，直隶天津（今天津市）人，祖籍浙江山阴（今绍兴市）。诸生。往来津门查氏水西庄，与查礼、厉鹗诸名公过从甚密，乾隆五年（1740）查为仁辑刻《沽上题襟集》八卷，收其诗一卷。著有《炅斋诗集》一卷。

## 一萼红

人日立春，同人集午晴楼，呈朱七桥先生。

峭寒天。有含枝残雪，晴压花楼偏。竹叶分杯，芹芽改席，宜春帖子频粘。忆此日、镂金人瘦，缀钗梁、锦石小如钱。最是关心，何堪重赋，雁后花前。　　羯鼓声声清昼，漫情留湘管，调寄红弦。积水云轻，擘丝风细，早又深院祈蚕。纵倚遍、阑干十二，溯往事、都付梦中烟。欲谱新词折柳，怕到啼鹃。《国朝词综补》

## 满庭芳

惨月无光，哀云成阵，一番劫火飞灰。深闺人静，鼙鼓揭天来。笑问今宵聚首，春城好、何似泉台。雕梁暗，珠连璧合，生死九人偕。　　纤埃吹不到，冰魂雪魄，应傍蓬莱。想环声隐隐，犹绕瑶阶。往日凄凉国事，白头叟、几许伤怀。青青草，千秋万祀，常向疾风栽。陈克等编：《水西余韵》，天津古籍出版社 2008 年版。

## 清平乐

题《津门杂事诗》

移家西潞。几岁秋风度。篆水楼前双白鹭。犹认当年来处。　　城边旧事输君。闲窗网遍遗文。昨夜壶庐鱼上，吟声吹到河濆。（叶修成：《水西庄著述所见清代佚词考论》，江西科技师范大学学报 2017 年第 4 期，第 84—95 页。）

# 余尚炳（10 首）

余尚炳，字犀若，号月樵，原籍浙江绍兴，侨寓天津，后移居沧州。与查为仁、陈镳等人唱和，是天津水西庄文人群体的重要成员。

## 满江红

波卷狂鲸，叹国事、铜驼荆棘。独正气、偏留闺秀，钟灵巾帼。玉石不分肠已断，纲常有托心还激。计从容、先后尽捐躯，芳魂七。　　家声旧，原清白。贞节效，同归一。剩风凄云暗，珠零玉泣。浩魄已随龙轭去，芳魂肯向梅梁袭。想如今、名与斗垣齐，光犹的。

## 虞美人

题水西庄春夏秋冬四景，填虞美人二首，呈慕园老伯先生校正。

条条柳色黄金吐。碧草香凝路。霭浓桥断覆复花红，水曲遭周绕翠揽晴峰。　　庄西水盛荷香远。笑供争舟挽。绿蘋芳径爱临人，影乱黄昏近见月生新。

## 其二

萧萧正长芦飞雪，满地飘红叶。落枫樵采入林通，曲径宵寒逐阵雁惊风。　　花飞影里庵耽静，六出花风劲。逼人鸦鹊噪寒晨，拨火斜欹漫酌贯醪醇。陈克等编：《水西余韵》，天津古籍出版社 2008 年版。

## 菩萨蛮

澹宜书屋

城东小隐三间屋，悠然兴味如空谷。淡处最宜人，宜人淡处真。闲窗风日好，古鼎烟初袅。那得着喧哗，林深闻暮鸦。

## 菩萨蛮

水琴山画堂

空堂自有溪山好，清游不用支筇讨。指下即泉流，屏间岚翠浮。成连谁与匹，王宰留真迹。但得趣中深，何须别会心。

## 菩萨蛮

古芸室

牙签甲乙盈书舫，搜罗异秘资欣赏。蠹字笑蟫鱼，仙曾三食无。名山推二酉，石室常相守。倘许借教窥，一瓻还一瓻。

## 菩萨蛮

衣月廊

修廊界破中庭月，夜深人境逾清绝。倚遍曲阑干，眠迟漏已残。寒光清似水，恍入冰壶里。满地影纵横，如看藻荇生。

## 菩萨蛮

竹间楼

小楼涵碧疑无路，修篁欲滴梢头露。瑟瑟间萧萧，登临引兴饶。主人何待问，一径穿林影。莫说便勾留，前身王子猷。

## 菩萨蛮

花影庵

花开花谢原无定，大椿朝槿同归□。参破影中花，君真心出家。高云曾有偈，翠墨偏留此。到处不能忘，如花与影将。

## 踏莎行

题《津门杂事诗》

海上华区，燕南绣壤。雕谈妙辩难摹状。吟坛有客擅新声，百篇谱出推无两。　锦烂鲛宫，珠明龙藏。朝来竞向闲窗赏。衡阳纸价近如何，尊前好听双鬟唱。（以上叶修成：《水西庄著述所见清代佚词考论》，江西科技师范大学学报 2017 年第 4 期，第 84—95 页。）

# 查容端（1首）

查容端，生卒年不详，字淑正，查为仁第五三女。

## 浣溪沙

和六妹词又送二姊并正

遥拟归家枫叶红。数行鸿雁思无穷。帘栊深闭对西风。　　一带湖光明镜里，万家树色夕阳中。君在吴山第几峰？陈克等编：《水西余韵》，天津古籍出版社2008年版。

# 查绮文（1首）

查绮文，生卒年不详，字丽言，号芬余，查为仁第五女。

## 西江月

填《西江月》再送鸣祥二姊并求哂定

几度鸿声嘹唳，一天云影玲珑。轻帆挂去小楼空。袅袅炉烟欲动。　　柳色暗随秋水，蓼花惯惹蕉风，相思相忆梦魂中，只恐檐铃响送。陈克等编：《水西余韵》，天津古籍出版社2008年版。

# 查蔚起（1首）

查蔚起，字东山，号静颐，生卒年不详，查为仁第六女。浙江仁和杭守宸之妻。

### 浣溪沙

调《浣溪沙》词送香初二姊归吴下兼祈顾惧

谁唱离歌剧可怜。送君归去木兰船。半篙秋水绿杨烟。　千里梦魂惆怅路，几程风雨奈何天。片帆希望碧云边。陈克等编：《水西余韵》，天津古籍出版社 2008 年版。

## 胡慎容（37 首）

胡慎容，字观止，号卧云，又号红余。直隶大兴（今北京市大兴区）人。会稽诸生冯垣室。工篆隶，长于诗词。著有《红鹤山庄诗钞》二卷。《冷香山馆诗词集》有词《满江红·题山阴女史胡卧云红鹤山庄诗后》①，词题中“山阴女史”云云，据《两浙輶轩录》引蒋士铨《红鹤山庄诗·序略》载，慎容本山阴产，随其祖迁直隶，遂为大兴人。

### 渔家傲

山居

绕户青山围翠壁。一湾流水无穷迹。几间茅屋依松石。长年色。小桥横断云中碧。　闲把药苗和露摘。草花香印游人屐。好鸟唤雏声啧啧。清泉隔。四时飞雪连天白。

### 满江红

赠菊庄居士

妾归冯氏，与菊庄中表女为娣姒，爰得以旧作相讨论，承赠以词，依韵和之。

客里萧条，免不得、许多愁恨。闭柴扉、独倚寒窗，此心堪问。故纸偶然留手迹，名流愧与相亲近。倘门墙、许列占春风，原吾分。　暂退

① 曹辛华、钟振振主编：《民国诗词学文献珍本整理与研究》，河南文艺出版社 2016 年版，第 199 页。

与，时流逊。终看作，中朝俊。睹满目清光，青莲丰韵。万卷诗书藏肺腑，十年湖海传声闻。欲联吟、还自愧凡才，难提论。

## 前调

菊庄见示新稿，且投以词，依韵即题卷后。

卅载沉烟，争奈此、风云之困。蕴藉处、玉润冰清，庸愚安认。江上人行离恨满，集中有送蒋舍人诗。窗间吟就孤灯烬。念浮生、何幸遇多才，无骄吝。　　一字字，轮他隽。一首首，消人恨。最堪怜就里，思亲愁闷。集中哭太翁诗甚切。客地浑如萍梗合，故乡本与仙源近。谢珠玑、不尽意缠绵，深垂问。

## 前调

寄蒋太夫人

若道无缘，该与得、兰舟风便。阻秋江、几首新诗，高情难换。想象慈颜真未远，依稀雁影还相伴。甚春光、舞弄锦成团，无人见。　　那烟柳，空如线。这花雨，纤飞片。论鹤氅云乡，十分心念。自恨生成寒素质，不能长侍雕文案。整鸾笺、特寄短长吟，如人面。

## 踏莎行

拙稿刻成有感，题奉菊庄。

数载吟魂，半生愁旨。尘湮久已抛残纸。无心着笔写云烟，岂期悬向槐阴市。闻坊间印以售。　　厚意难忘，怜才谁似。蕙兰弱质栽培起。文章深处有灵根，前因未了今如此。

## 其二

多谢诗人，深蒙才士。不憎戚末堪因倚。吴头楚尾一相逢，白云红鹤传千里。　　南浦悲吟，西窗闲技。居然尽附秋香里。寸心从此莫言愁，人间已有人知己。

## 洞庭春

再送菊庄

柳带空长萦恨。不绾离人方寸。一路水云芳草溷。蓦见斜阳衬。谁比词章丰韵。伴客天涯驰奔。两岸青山满村。烟树心头愁闷。

## 凤栖梧

寄采齐大姊

罗袂香微风暗度。佳节重逢，越自生愁绪。镜影懒窥消几许。一枝愁压榴花雨。　　岁月催人容易故。不是无情，故惹相思句。往事徒悲肠断处。双双燕子来还去。

## 其二

节物般般都似故。绣户书窗，少个人同住。纵使琼浆浓若露。千杯难敌愁如许。　　笑指芙蓉曾誓语。永结联芳，不使相离去。对影自怜终不悟。秋风依旧凋残素。

## 其三

别泪临风吹不去。梦绕天涯，那得留人住。花影重重无觅处。夕阳红透伤心树。　　流水远通芳草路。一点痴情，牵惹愁无数。杨柳青青朝复暮。翠烟空罩黄莺语。

## 其四

江上风威催客路。半幅云帆，载得愁何处。蜀魄声中将我误。不唤人归唤人去。　　粤海茫茫须自护。莫把闲情，抛掷凌云赋。惆怅远山空日暮。归鸦飞过烟村树。

## 金菊对芙蓉

和菊庄夏晚喜雨原韵

雨洗炎光，风消暑气，阶檐滴滴如金。正晚庭闲立，踏碎花阴。自知愁病浓于酒，把荷杯、兀自慵斟。微云隐月，飞萤绕户，爽透身心。

晚来怯露披襟。念兰英远秀，香迹谁寻。愧尘寰碌碌，转废长吟。韶华屈指秋期近，送新凉、竹影窗深。晓鬟流罢，云笺飞到，击玉声音。

## 前调

和菊庄再叠前韵柬予及松溪之作

好句重裁，凌晨见寄，如云漏月筛金。念愁思易续，空怅分阴。新凉乍透风初起，惜时光、有酒权斟。一溪松竹，半窗花影，事事惊心。
云痕微洗尘襟，羡黄花秋士，雅淡难寻。写长笺索和，韵韵堪吟。浮踪我亦飘零久，莫将愁、感得人深。且看帘外，鸣蝉飞燕，别有清音。

## 前调

三叠前韵呈菊庄

两首新词，一堆乱石，烦君点化成金。看山间云影，溪上松阴。清风有韵皆奇调，苦无才、字字劳斟。碧荷凉露，红莲微雨，欲洗尘心。
天公换一胸襟。好长篇短幅，今古闲寻。见珠圆玉润，坐咏行吟。穷愁江海皆描尽，对词人、意远情深。佳章叠叠，封题种种，累倒知音。

## 前调

和菊庄积雨不晴，四叠前韵。

天已晴明，晚庭斜照，回廊绿树笼金。倩文人墨汁，洒作云阴。雨余莫恨多泥泞。庆丰年、酒再重斟。遥看天际，龙光电影，变化无心。
晚来风逼青衿。似黄花时候，霜径幽寻。接芳香美句，再四披吟。文章千古君家事，愧红妆、共赏精深。料君此际，倚阑无语，怅意佳音。

## 前调

月夜有怀采齐娣，五叠前韵。

月透湘帘，清光满户，溶溶池水浮金。爱几丛兰菊，满苑轻阴。明河夜静横银练，剪荷筒、玉液谁斟。虫鸣远砌，竹摇幽径，微动秋心。
拈花露滴衣襟。忆伊人别后，何日相寻。在风前月下，也怨孤吟。鸾笺同写冰蟾影，望天涯、路渺山深。章江庾岭，今宵共照，两地芳音。

## 霜天晓角

初秋柳

秋风秋色。柳线盈千尺。不管客愁深浅，苍烟外、犹含碧。　残翠空留陌。影逗寒蝉急。如此绊魂枝叶。何苦向、人间积。

## 临江仙

题金柳渔居士《垂钓图》

坐对清江千里碧，飘飘独泛吟蓬。蓼花香惹钓丝红。夕阳明远岸，烟柳挂轻风。　自是高怀多洒落，扁舟常载诗筒。一竿一笠画图中。玉壶天地阔，醉月笑群鸿。

## 前调

题金啸铁居士《鸥鹭忘机图》

松竹森森多古秀，烟波深处凝眸。蒹葭碧石一江秋。静观霞色好，不与世同俦。　两两沙禽相对语，冰壶金鉴常留。半天水影照心头。飘飘神韵里，疑是泛轻舟。

## 双调望江南

剪并蒂兰，寄采齐姊。

纤月影，清夜有微光。小苑幽兰新借色，一茎双秀吐奇香。并蒂结联芳。　留此意，常在玉人傍。金剪断痕和露湿，石屏闲倚沁心凉。珍重珮罗裳。

## 昭君怨

秋江晚眺

远岸几痕沙草。远道行人影小。林外月钩悬。隐村烟。　江上归鸿声乱。点破残阳一片。水气暗芦花。暮云斜。

## 秋蕊香

仲春闻杜鹃

一院春光依旧。暗惜玉梅香瘦。轻丝正恨春杨柳。长短惹人怀袖。　　东风不管愁时候。韶华漏。杜鹃声在花间逗。悔别山明水秀。

## 其二

隔树穿林声骤。字字逼人清瘦。芳春未是归时候。苦把红颜啼厚。　　最难改处天生就。频回首。一团锦绣成孤陋。心与愁魂消受。

## 菩萨蛮

病后自嘲

人言我瘦形同鹤。朝朝览镜浑难觉。但见指尖长。罗衣褪粉香。　　若能吟有异。不管腰身细。清减肯如梅。凋零亦是魁。

## 前调

种紫薇花

红丝颤影轻纱绉。绿条微界胭脂瘦。带雨种窗前。和泥染翠烟。　　叮咛梁上燕。莫乱团成片。透月最玲珑。徘徊弄晚风。

## 浣溪沙

松溪弟买茉莉见赠，兼索词，以答。

何处熏风透晚香。小桥深院有微凉。门前争唤卖花郎。　　一串碎琼雕玉珮，数球瑶粉纫珠珰。翠鬟松髻夜来妆。

## 其二

手把瑶华未赠时。先呼纸笔索题诗。清心深处在琼枝。　　嫩玉有香娇翠鬓，新霜生艳映乌丝。芳魂和梦觉来迟。

## 前调

晓起见残香委枕，复寄一阕。

晓起犹闻茉莉花。枕函香印玉钗斜。晨光窗外有余霞。　　娇蕊半黄非色染，芳心含素委红纱。一翻惆怅懒堆鸦。

## 春宵雨

松溪自度曲，和松溪弟闻雨原韵。

孤窗夜雨。滴碎心如许。薄袂十分凉。梦断回风寸寸肠。　　年光易去。碌碌尘埃谁肯住。我亦为时伤。检点身无一事长。

## 踏莎行

松溪七弟将欲入都，以素笺索书，作此以志远别。

行色休惊，客心须悟。途中莫忆题诗处。回头一望一消魂，白云芳草青山树。　　断案斜阳，孤村烟雾。伤心又共谁同语。一帆明月一鞭风，迢迢总是愁来路。

## 离别难

前题

远行人比天涯路。今日离情，又是天涯尽处。有约住溪山。松叶长青云自还。　　眼前惆怅真难遣。只恐双丸，不似人心流转。无计挽兰舟。细草春烟一片愁。

## 苏幕遮

寄蒋太夫人

竹风凉，桐影碎。楼角残霞，一缕红窥水。手把纤毫还着意。写得离愁，字字愁相似。　　远山青，秋草细。望眼难遮，叠叠穿空翠。旧句新章吟两地。天上人间，何处将心寄。

## 浪淘沙

寄清容

午院绿阴浓。蝉噪梧桐。此时把笔正缄封。纸短意长书不尽，依旧匆匆。　　江月自朦胧。沙上秋鸿。翱翔已起日边风。好句不辞千里寄，刻玉玲珑。

### 其二

愁病日如年。只合闲眠。吟残花月又徒然。满目青山空自好，亦有啼鹃。　　愁写此来笺。无句联篇。何时留计买归船。天水茫茫都是梦，芳草如烟。

### 前调

寄菊庄

不忆又南征。消息空惊。论文旧事已全更。一岭梅花香有韵，零落春英。　　愁听鹧鸪声。海月波明。风传雁信到羊城。满纸离怀珠碎迸，丽玉飞琼。

### 其二

窗外雨初收。云影悠悠。夕阳红抹最高楼。多少山川萦别恨，惯系人愁。　　何日是燕游。天可为筹。萍踪到底任飘浮。长记西江心未远，尺素难修。

### 沙豆雨

秋思

衰柳残梧，秋风吹起愁千结。不胜凄切。那更寒蝉咽。　　荒草斜晖，无不萦心穴。伤离别。萧条难说。偏感天涯客。以上《红鹤词》

## 龙铎（8首）

龙铎，生卒年不详，字震升，号雨樵，直隶宛平（今北京丰台区）人。乾隆二十四年（1759）举人。官吴江知县。书法学米芾，行书端劲有力，别具风韵。袁枚《随园诗话》卷一四："龙铎……宛平己卯举人……后宰吴江。余扫墓杭州，必过其署。美膳横列，如入护世城中；豪气飞腾，胜坐元龙床上。洵风尘中一奇士也。”①

## 水调歌头

己未中秋词

四序最秋霜，况复是中秋。金镜倍生皎洁，光澈十三楼。此夜广寒开宴，细按霓裳法曲，便合御风游。怅望飞琼鬓，谁与共仙舟。　念行踪，嗟聚散，似浮沤。十年万里孤剑，冰雪暗边愁。前岁历亭对月，昨岁羊城佳节，今夕又潭州。何日邀蟾魄，把酒醉园丘。

## 百字令

依韵酬铁云

白眉才子，每纵横文阵，与君士戏。佛本是空仙亦幻，无益不如学矣。月地题衿，花砖击钵，霞起天无际。长安西笑，清贫吾不与易。　遂令南山之南，北山之北，画景诗都记。禅榻茶烟风飐鬓，锦句花羞月避。青榄微酸，白枪余苦，饶有回甘味。杏园绫饼，状元如此而已。

## 其二

翩翩书记，便和秦悦楚，无惭向息。云锦裁成新尺牍，鹭白莺黄鹆黑。杜牧扬州，岑参塞外，惊听金声投掷。多才益谨，循循更是难得。　只因知己相投，不辞难阻，同入槃瓠国。倚马万言飞草檄，聚米成形办贼。铜鼓高歌，芦笙低唱，杨柳关山笛。洞天一品，米颠再拜奇石。

## 其三

无能老我，愧生同珂里，发零齿暮。廿载郎官风雨袖，一旦惊破大作。长剑倚天，短衣走马，满目谁亲故。西头天尽，往还踏遍平楚。　吴趋瞥见飞仙，欣兹晨夕，纵读诗篇数。才枉长歌深寄兴，又得新词到手付。占尽风流，平添忼慨，璀璨莲华幕。一鸣在迩，应思同唱酬处。

① 袁枚著、王英志编纂：《袁枚全集新编》第4册，浙江古籍出版社2018年版，第542页。

## 无愁可解

此东坡自度曲，后无继作者，因依声和之，作问愁、愁答二首，效稼轩体。

愁汝来前，斩吾指数，生平罪孽知否。是谁来奉邀，蓦地到人心口。春日凝妆楼上妇。那用陌头杨柳。潘岳鬓，沈郎腰，无端憔悴，尽遭汝手。　　管弦因甚凄然，问秋月春花，有何相负。儿童才晓事，禁争多方煽诱。越到闭门清绝后，多谢尔、不离左右。纨绔岂无人，见时缩首。汝疾去，吾呼酒。右问愁

## 其二

秋亦愀然，多年负屈，请听一言分剖。念蕞尔愁城，难作愁人渊薮。桃梨开到梅花后。处处朝昏奔走。呼即来，挥即去，俄延半刻，便遭谇诟。　　人心各有悲欢，却月下风前，无端归咎。酒兵才罢哄，又复扫之以帚。不识无肠公子面，纵未与、云龙为友。悔吝自家招，偏邻阳九。愿开怀，莫搔首。右愁答

## 念奴娇

和东坡，并示铁云。

古人何在，天涯外、芳草都非故物。乌鹊南飞横槊处，有客酹江题壁。汉室风云，宋陵烟雨，疾似春晴雪。江山依旧，问公谁是豪杰。
当日木叶亭皋，一樽携两客，蚁舟未发。铁拨琵琶高唱入，狂态肯教磨灭。野水残阳，苍崖断霭，白尽人间发。深情谁寄，举头惊见华月。以上《同调集》附词

## 减字木兰花

赠小伶凤珠

彩云幺梦。何处飞来红玉凤。笑倩人扶。一曲梁州一斛珠。　　眉欢目妥。叫人坐立如何可。偏解相思。学语雏莺小意儿。《国朝词综补》

# 朱珪（1首）

朱珪（1731—1806），字石君，号南崖，晚号盘陀老人，顺天大兴（今北京大兴区）人。乾隆十三年（1748）进士。通经学，与兄朱筠并负时誉。乾隆帝重其学行，历官侍讲学士、两广总督，吏部尚书，翰林院掌院学士、体仁阁大学士。授嘉庆帝学，加太子少傅。清操亮节，海内仰之。卒赠太傅，谥“文正”。朱珪以理学名臣，尝与刘墉、纪昀等结“五老会”，提倡风雅。游艺诗书，尤工隶书，包世臣称其真书逸品上。有《知足斋集》等。

## 念奴娇

题黄仲则词

感慨凄凉，尽平生、呕出一腔心血。剩盛遗编才展卷，便教痛深愁绝。终古茫茫，苍天梦梦，从此长离别。残灯暮雨，几敲来唾壶缺。　为甚逢乐生悲，言欢长叹，对景情呜咽。侩父伧才都不解，更有阿谁堪说。送客江南，怀人塞北，世态多炎热。好春难驻，伤心三月时节。《词综补遗》

# 王继耀（10首）

王继耀（1732？—?），字鸾坡，号澹山，顺天大兴（今北京大兴区）人。乾隆十七年（1752）举人，官赞皇训导、知县。少负不羁之才，博极群书，遍游齐、豫、江、淮，涉湖、湘，走黔中，凡数千里。性严正高气重义，读书不间寒暑。诗歌根底三唐，出入宋元诸大家。以神韵胜，不以刻画为工。① 有《不自收拾集》二卷，附词。

① （清）史梦兰著，石向骞主编：《史梦兰集》，天津古籍出版社2015年版，第550页。

## 贺新郎

蝉嘲蟋蟀

韵歇垂杨树。怪砌底、蛩声切切，凄来如雨。为甚千条机絮。不萦作、凌风纤羽。可觑我、高吟狂态，了不作、悲秋人句。饮金茎、天露浓于乳。恁新愁，劳聒诉。　　名园金谷谁为主。只占得、苍苔短壁，斜阳丛路。一世英雄依瓦砾，那更蛮争蛙怒。笑儿童、功名私注。解取凌烟能化蜕，盼天衢、年月堂堂去。霜砧响，都何处。

## 前调

蟋蟀嘲蝉

满地闲芳草。怎不怕、风涛露冷，人愁天老。觑尔清狂怀抱。愈添我、声声悲恼。可惜了、机清丝怨，响不断、云黄霜槁。问商砧、深夜凭谁捣。戴冠蕤，忘絮袄。　　餐凉饮洁情偏躁。直聒得、长杨树上，乌头霜早。怎怪螳螂惊梦好。更莫教人知道。重千钧、从伊颠倒。解语纷争休共诮。眺霜天、明月愁堪扫。欧阳瘦，中郎老。

## 声声慢

盆中秋海棠

纤云凉梦，浅雨纱橱，诗情着点娇柔。欲睡回灯隐儿，犹露风流。谁教生来畹晚，聘西风、已是凉秋。疑却避了，梅花阁舍，独嫁黔娄。
窈窕那须金屋，记年时小院，尽自多幽。带露分移，认千斛珠求。拟共兰磁对影，耐清标、不受薰莸。省除了，众香心、禅榻偏愁。

## 潇湘夜雨

酬笔

学剑无成，空劳弹铗，不如搦管生涯。精灵呵护，性气近来佳。改尽生平刚骨，变柔情、字写簪花。更妆点，文章彩色，删抹瘦烟霞。　　奈封侯无命，便宗生头白，犹走天涯。纵毛锥有用，穷路谁夸。多尔殷勤厚意，傍书帷、劳顿堪嘉。酬君酒，赠君长句，努力发春华。

## 菩萨蛮

深坐

东风作冻吹银井。画檐角上双飞影。深坐悄无言。人和月共闲。一编摊未已。万种新愁起。门外柝声残。金吾警夜寒。

## 青玉案[1]

岁暮

朔书检尽犹愁剧。想得后愁更替。将酒浇愁愁不去。丝丝风意。霏霏雪意。散作丰年玉。　关门不上长安市。梅蕊由他春后寄。笑叠红笺书小字。为忙除岁。为吟新句。不是闲无事。

## 满庭芳

买书

倾尽囊钱，翻添豪兴，坊头买得新书。笼来羔袖，犹觉古香余。谁挂青州布幌，下西风、摇曳招余。沽一盏，高吟浮白，贻笑酒家胡。　归来重展读。驱排心事，整顿工夫。拼得个、白头犹诵阴符。逐字休教错也，功名窍、者也之乎。关情处，孟光剪烛，生怕眼模糊。

## 沁园春

竹帚

满眼闲愁，谁为拂拭，特地多情。记阶前花落，怜香款款，门边雪下，叠玉轻轻。月殿如携，天阶可净，料不遣微云点太清。[2] 看残秋落叶，收拾无人。　多因。混迹污尘。表不出凌霄寸寸心。应龙孙对影，裴回烟水，湘妃有恨，泪洒江滨。惭愧余花，嫣然欲笑，得意安闲过此生。都休也，忏生前根孽，扫雾披云。

---

① 按，词调原作《菩萨蛮》，据词律改。

② 按据词律此句下脱一个三字句。

## 前调

烘炉

翠毯生寒，凤鞋觉冷，着意温存。况调完宝瑟，春纤欲冻，传来艾衲，貂袖宜熏。则怕相偎，酥胸雪软，融化了盈盈一段春。更莫要，恼檀郎斜坐，拥到天明。　　最珍金缕同心。暖护着双双翡翠禽。谁裁锦套，宽长恰好，轻飘绣带，兰麝微芬。雅称侍儿，殷勤相爱，时送与佳人掌上擎。香消后，赠巫山神女，焙雨烘云。

## 踏莎行

冬至

判冷删宵，催春增昼。相逢特地酬新酒。风光指日上梅花，不枉了寒窗清瘦。　　却愧分阴，输于针绣。朝来袜线才添否。心儿莫道已成灰，今正是灰飞时候。以上《不自收拾集》附词

# 姜贻经（99 首）

姜贻经（1732—?），字梦田，直隶大名（今河北大名县），随父宦居江苏常熟。少从其外舅朱浚谷学。乾隆三十年（1765）举人。屡应会试不售，授徒为业。晚岁任四川德阳知县。嘉庆六年（1801）归，依其婿祝某，终老于江苏太仓。著有《梦田词》。

## 山花子

春暮

三月韶光剧可怜。一春花事又阑珊。纵有酴醾开满架，不须看。　　百日莺花成病酒，连宵风雨勒春寒。襟上泪痕江上水，几时干。

## 太常引

无题

风前杨柳露中荷。多少唤娇娥。试与问如何。总不似、伊人费摩。

含毫待拟，非关梦雨，也不是凌波。记有硕人歌。待检取、为君细哦。

## 孤鸾

二月廿三日感怀

黯然魂断。总不为春愁，非关别怨。曾记从前，每到春光才半。无边晓莺啼处，对绿窗、春觞称遍。岁岁碧桃仙杏，但花朝竞献。　　奈看花、今日恨无限。试细语花前，花也应叹。便这东风里，更有人同玩。也还风流唤得，似个人千万。闷把一杯香醑，拣花枝深奠。

## 沁园春

上巳偶成

雨霁窗明，日迟书静，天气方新。想旗开杨柳，争夸佳节，人遗芍药，共惜浓春。对酒当歌，看花年少，此语须知非误人。和谁去，向华林骑射，曲水浮樽。　　沉吟。几度逡巡。奈行乐年来暗怆神。倩莺啼燕语，话人离恨，水流花谢，断我吟魂。好梦难凭，闲愁最苦，中酒情怀病后身。无聊甚，把粉笺写与，欲去东君。

## 薄幸

无题

最无聊赖，午梦醒、槐荫满院。更几点、悠悠飞絮，到处寻春不见。想当初、多少风情，何曾顾到闲莺燕。道玉树琼花，镇长相守，拼了春心一片。　　谁料得东风里，方好处、笼鹦偷羡。把啼鹃唤起，和风和雨，将春送得如天远。纵然肠断。告天公、万种思量，也则还谁管。相逢更苦，皱着眉儿怕展。

## 酷相思

无题

有个人人真窈窕。蓦地里、教人恼。相当日、相逢愁不早。花与月、颜儿好。兰与蕙、心儿好。　　暮雨朝云浑草草。早回首、蓬山杳。算轮与、天公真个巧。相遇也、人难晓。相别也、人难晓。

## 鬓云松

送春

绿杨天，芳草路。点缀长亭，只待春归去。也识东君难更住。何必连朝，定要风和雨。　　甚堪愁，何最苦。有限欢娱，离别须臾语。抖擞多情谁付与。算只除非，再与伊相遇。

## 连理枝

思旧

风送檐牙堕。雨打窗棂破。冷雨凄风，寒宵如此，怎禁愁卧。纵人间天上、会无期，梦也须一个。　　雁阵犹怜伙。一片声相和。我亦多情，而今赢得，断肠如挫。更莫教迟了、后生缘，愿年华快过。

## 唐多令

无题

银汉夜悠悠。双星渡也否。问人间、惹甚闲愁。况是青鸾曾寄语，人并倚、在针楼。　　偎倚尽绸缪。春宵讵胜秋。愿分携、休似牵牛。前度刘郎今再至，难道是、梦中游。

## 凤凰台上忆吹箫

无题

画就春山，生来秋水，个人忒煞风流。更淡妆罗绮，写意梳头。曲曲屏风几折，唤小玉、试与潜游。东篱外、黄花开也，报到如球。　　知否。有人此际，千万个愁肠，不为悲秋。只隔帘曾与，记得凝眸。尽道蓬山万里，能推说、此出无由。还惆怅，花间最是，人去香留。

## 解连环

感怀

问春归未。看榆钱柳絮，幔天铺地。已做就、日永风暄，掩庭院深深，困人天气。讳道多愁，怎讳得、眼前眉际。便逢花对酒，着意寻欢，也甚滋味。　　沉沉闷来欲睡。怕南柯好去，重添清泪。算不如、薄悻东君，把红紫芳菲，一时如洗。省得游丝，但到处、便将春系。奈安排、暂时拼了，又多不是。

## 殢人娇

无题

粉泪偷弹，翠眉慵扫。帘半卷、院深人悄。多愁成恨，多情易恼。无奈是、夜来梦儿偏好。　园里名花，笼中娇鸟。惆怅杀、世间多少。蓝桥路断，蓬山路杳。只索付，个人近来知道。

## 孤鸾

读杏村悼亡诸作感赋

最难抛却。记当日心伤，年时泪落。多少情怀，总被柔肠轻缚。天公惯欺年少，更奈伊、三生缘薄。是处感怀思旧，却年来怕作。　奈今朝、此恨到花萼。想奉倩神伤，心绪方恶。讵为连枝也，有几般相若。便将乌丝写满，这恨思、可能凭托。直恁寻花泥酒，念人生行乐。

## 玉漏迟

余杭旅邸雨夜书所闻

梦回更漏杳。潇潇飒飒，窗前声闹。风雨无情，客里故相萦绕。已是离愁万种，更苦被、邻灯斜照。人语悄。微闻太息，自怜娇小。　几番似诉平生，恨薄幸东君，误人年少。为语情多，赢得世间烦恼。不见青衫泪湿，又不见、琵琶闲抱。君未晓。天若有情还老。

## 锁阳台

晚发吴门舟中填此

人物东南，江山吴越，自来天纵欢娱。繁华千载，今古几曾虚。况是风光正好，才三月、燕语莺呼。还和着、盈盈士女，曰曷往观乎。　吴侬应笑我，匆匆去也，春色全辜。奈年来怀抱，不似当初。为谢苏台皓月，清光远、直送长途。胥江外，吴歌夜起，搔首意踟蹰。

## 踏莎行

独坐

泥酒情疏，眠花心懒。闲来旧事思量遍。柔肠合有几多长，千回万转还萦绊。　　嫩暖轻寒，雨丝风片。好天良夜人儿倩。一般光景去年时，这回赢得难消遣。

## 西江月

对酒偶成

帘影风前荡飏，庭花雨后披离。斜阳疏柳一枝枝。已是欲秋天气。
世事漫随流水，人生只合持卮。无端皱着这眉儿。自笑成何况味。

## 满江红

题镇沅太守刘简公殉难传后，为山阳刘明府作。

今古纷纷，问多少、英雄豪杰。堪太息、王侯蝼蚁，一般同灭。青史几人留恨语，丹心一片成奇节。却千秋、今日有刘公，人争说。　　睢阳齿，常山舌。冲冠发，溅衣血。念男儿如此，不须呜咽。万里投荒心愈壮，一身许国肠偏热。看河阳、花柳继双旌，恩无歇。

## 摸鱼儿

秋怀

对西风、暗伤怀抱，闲愁闲恨难遣。时光不惜如流水，只恐鬓毛偷换。凭醉眼。看几许、情多枉自添肠断。游丝易绾。任落叶无情，流波有恨，此意未能浅。　　寻思遍。多少云愁雨怨。人间天上全满。仙源别后应难到，莫作再来刘阮。回首晚。念往日、欢娱是处如天远。缘悭分短。待学做沾泥，抛残红豆，定尽把眉展。

## 满江红

甲申长至夜，古渔、俭庵弟与郑七芸川、王二芝山联句淮阴郡署之东轩，诗成阅之，忧从中来，感悼二弟杏村，兼怀郑大虚谷，遂成长短句于纸尾，志一时也。

算押重帘，听檐外、风外正栗。又早是、灰飞葭管，岁寒时节。仆本恨人慵作赋，君皆健者何愁敌。便明年、何处更相逢，留鸿迹。　仰而笑，休书咄。穷而哭，姑浮白。念封侯无相，学仙无术。万里长桥春似梦，调杏村。二分明月人初客，谓虚谷。叹天公、催白少年头，无虚日。

## 意难忘

朱三雪憔秋夕书怀二律，词旨悲凉，予未及和，有感于中，遂成长短句。

虫语回廊，正风凄月黑，梦短更长。新愁和旧恨，抛却更思量。花一簇、酒千觞。念几许清狂。却少年、好天良夜，怎忍轻忘。　如今利锁名缰。便重逢洛水，再赋高唐。天公偏作恶，两美不成双。人老大、事悲凉。枉转断柔肠。怪夜来、新诗未和，此意先伤。

## 烛影摇红

思旧

玉漏声沉，夜长已是愁无寐。暗风吹雨打窗来，搅得人心碎。沉水浓熏绣被。冷清清、和谁共睡。怕伤怀抱，强转柔肠，先抛铅泪。　还记年时，个人伴我秋宵醉。醉来自解碧罗襦，悄把灯儿背。槛外芭蕉正对。尽凄凉、别添况味。一般风雨，那似而今，空成憔悴。

## 摸鱼儿

重阳后十日，古渔堆菊招饮，明日斋中独处，有念旧游。

过重阳、菊花初放，花前多少愁感。淮阴秋色浑萧索，惟有此花盈眼。香纵晚。却称得、新筜酒熟双螯满。浓春又转。似锦绣丛中，声队里，有恨定须展。　从今后，渐渐宵长昼歌短。情怀难与消遣。良辰美景欢娱地，回首逝波谁绾。天怎管。念往日、蓬山万里何曾远。呼刘唤阮。道开遍东篱，莫教冷落，悄把玉纤挽。

## 前调

古渔赋得“人面桃花相映红”似咏瓶桃，意有属也，爰推其意添此。

记当年、踏青崔护，春风佳句题遍。桃花自是销魂树，况有小门人面。红万点。看袅袅、游丝也只将花恋。东君醉眼。道洞口移来，个人分得，此意问深浅。　　朝和暮，多少莺娇燕婉。闲情曾与消遣。看花料得揉花打，须信好春才半。帘暮卷。透一缕、浓香沉水飘残篆。轻寒嫩暖。早柳絮漫空，榆钱撒地，百种为君懒。

## 双双燕

古渔斋中旧有燕巢二处，迩日适有双燕来止，因作双燕寻巢诗，嘱予填此。

绮寮画阁，有双燕，巢泥旧痕犹在。红襟翠羽，为逐落花来再。多少呢喃未解，似暗语、春光无赖。依稀认取雕梁，却傍乌衣门外。　　无奈。轻盈意态。想当日，留仙掌中曾赛。红楼何处，又值小桃初败。谁信风流一派。偿不了、双栖前债。相将尽卷珠帘，莫遣晚来归碍。

## 如梦令

重过武林旧寓有感三首

宋玉多愁多怨。记得楼头题遍。此日又重来，为问桃花人面。春半。春半。寂寞落红庭院。

## 其二

细雨打来窗纸。独向阑干频倚。也识尽无聊，那便春蚕心死。知己。知己。料得两情同此。

## 其三

强把酒杯倾倒。得个梦儿终好。咫尺隔蓬山，悔杀寻春不早。多少。多少。回首雪泥鸿爪。

## 念奴娇

舟泊富春书所见

天然风韵，更凌波微步，瓣莲纤折。玉臂光摇金约腕，故把云鬓轻掠。黛映春山，眸盈秋水，一顾真倾国。欲颦还笑，柁楼闲凭无力。

我亦十载扬州，三生杜牧，薄幸青楼客。雨雨风风春意懒，莫问桃花消息。江上琵琶，山前云雨，何必曾相识。为君惆怅，感怀多少难说。

## 百字令

独坐

阴晴天气，又匆匆过了，莺花时节。风片雨丝春意懒，春亦怨人为客。细草成丛，新篁弄影，柳絮多于雪。寂寥庭院，飞来飞去双蝶。
十载北走燕台，西游秦陇，南遍浮江浙。生不成名今古恨，羞说男儿肠热。富贵何时，头颅如此，一笑冠缨绝。买山归隐，定知此语空说。

## 忆少年

闲愁

小楼闲倚，小窗闲坐，小庭闲步。闲愁问多少，比杨花无数。　　春尽杨花飞亦住。奈闲愁、绊人朝暮。子规尚如此，道不如归去。

## 转应曲

啼鸟

春梦。春梦。赚杀只鸾幺凤。小楼月影沉西。又听窗前鸟啼。啼鸟。啼鸟。似说双栖情好。

## 红娘子

舟中书赠

生得桃红色。不愧呼桃叶。缜发如云，丰肌似玉，绛唇轻抹。便背人无语、尽销魂，况人前小立。　　心事传眉睫。未许旁人识。忙里逢迎，闲中消遣，输君真黠。检蔗头梅子、掷郎怀，想酸甜定别。

## 如梦令

再宿武林旧寓即行

墙外一株桃树。又到旧销魂处。春意已阑珊，何必连朝风雨。归去。归去。燕子怪人无语。

## 贺新凉

九月十日茹二佩亭侍其尊甫广文赴杭监送武闱，予时掌教兰江，归吴未得，填此送之。

山水夸奇绝。数人间、东南第一，钱王江侧。欲比西湖惟西子，此外有谁堪匹。记烂醉、去年今日。去秋客杭九日，于湖上登高。寂寞兰江秋已暮，勒归思、正苦重阳节。何况是，送人别。　翩翩公子初为客。羡篷窗、叨陪鲤对，琴书增色。满眼风光佳丽地，为问如何应接。更看取、中军千百。走马悬弧男子事，叹吾今、老矣羞投笔。山水乐，尚能说。

## 百字令

兰江十月之望，陪茹筠亭过访诸葛圣韦昆季，醉归步月填此。

破愁无术，叹岁云暮矣，如何为客。思与诸君痛饮耳，不道酒徒难觅。对月酣歌，看花大笑，此意无人识。唾壶之口，醉将如意频击。今日美尽东南，难为兄弟，高会行余室。圣韦斋名行余。四壁图书花似锦，风雅能招三益。交贵知心，报思国士，感慨同今昔。月明千里，雪泥鸿爪空忆。

## 满江红

寓武林祁圣昌小楼作，时重九前二日。

欲倩君平，为我看、五行生克。问何似、秋鸿春燕，年年为客。尽日无聊惟泥酒，几番有恨难题壁。醉醺醺、倚遍小楼头，愁如纤。　青不了，秋山色。红不断，秋林叶。又黄昏近也，暮鸦归急。新月拨人乡思苦，西风吹我征衫怯。记去年、黄菊插东篱，重阳节。

## 贺新凉

九日偕圣昌登吴山小饮

客里休逢节。尽重阳、秋光满眼，闷添胸臆。倚遍栏杆思往事，是处良辰堪惜。空赢得、愁多于发。报道吴山风景好，趁闲游、第一峰前立。山有第一洞天。信哙伍，有谁识。　大江东望湖西北。却周遭、远山如画，长天一色。虎踞龙盘佳丽地，烟火万家历历。凭吊也、感怀今昔。既不学仙能化鹤，山有丁仙阁。又何须、徒作牛山泣。聊一笑，且浮白。

## 前调

重阳后五日，复登吴山小饮，呈圣昌。

搔首西风里。甚情怀、碧天云净，秋光偏美。岁月等闲愁里过，为问人生有几。还共去、登山临水。树树丹枫霜染尽，看红来、未许花为比。离人泪，定如此。　一杯且把愁肠洗。漫寻思、年年为客，行行千里。五十功名终富贵，那便英雄心死。千古上、应怜知己。醉后狂歌君莫笑，倩香醪、快意当前耳。湖上月，又东起。

## 绿意

哀旧

宵长梦短。听残更断续，似近还远。夜雨潇潇，冷滴空阶，添得一番愁感。渊明富贵非吾愿，奈只有、闲情慵遣。最难忘、小阁春深，一笑绣衾初展。　还记重逢话旧，尽闲把蜡炬，良宵频剪。讳道相思，生怕柔肠，金井辘轳空转。临行细语休回首，但夜夜、梦中频见。却而今、破碎琉璃，化作彩云飞散。

## 念奴娇

毕香雨二甥闺中窗上写紫薇花一株索题，时方燕尔也。

清和时节，奈红稀绿暗，莺声初歇。一树紫薇开正好，尽把胭脂浓抹。细萼如云，葺花似锦，点缀朝霞色。绿窗同梦，珊瑚移向纱碧。
况是禁漏声传，天香风送，曾伴文章客。此日催妆新咏后，相对未容轻折。绣阁春浓，画眉人少，槛外调莺舌。为郎名似，看花应更怜惜。

## 满江红

咏梧月

明月团团，堪玩处、花梢树隙。况更是、梧桐阴满，一轮初出。弄影阶前人似旧，吹箫桥畔情非昔。但移床、领取快哉风，今何夕。　乌鹊绕，南枝疾。孤鹤掠，西归急。问凤兮何处，一枝栖息。酒醒空抛白玉碗，兴来还拓黄金戟。听枝头、曾几又秋风，君须识。

## 前调

咏荷露

一带横塘，谁倒尽、明珠十斛。凭翠盖、晓风初定，万枝齐矗。琼液不须仙掌泻，金盘讵比花心蓄。笑人间、空贮玉壶冰，夸盈腹。　花欲谢，香偏馥。人共倚，颜如玉。荡琉璃千顷，彩鸳同浴。桂楫迎时人意懒，兰桡停处歌声续。倩纤纤、碧碗尽擎来，倾醽醁。

## 前调

咏湘帘

密密疏疏，风过处、最宜池阁。栏杆外、宝香先度，好花交错。翠带漫扬丝更软，微波不动条偏弱。念卷帘、人去几多时，浑如昨。　何必羡，张冰幕。也不念，垂珠箔。记水晶帘下，个人梳掠。好事已随流水远，闲情却似秋云薄。对黄昏、凉雨满空庭，心情恶。

## 前调

咏藤枕

谁似庐生，倩仙枕、悠然一梦。繁华界、但能高卧，一般无用。排就斜文长更好，新来花样中偏空。问当年、多少剡溪藤，何人种。　花阴下，纤纤捧。松阁里，昏昏拥。怪夜阑人倦，暗香偷送。酒气全凭花气散，晚凉直与朝凉共。笑今宵、空负抱琴来，凰求凤。

## 前调

送金华教授洪筑岩归新城，兼呈同学杜、王、汤、翟四先生。是日公饯于杜公学署之西轩。

樽酒论文，犹未改、书生事业。君胡为、匆匆归去，富春山侧。木铎从教天付与，宫墙未许人窥测。看门前、桃李自成阴，留春色。　诗社将，文坛伯。推工部，夸摩诘。谓杜、王二公。更翩翩少年，对天人策。汤公年未三十，以选拔授金华郡训导。卅载宫袍先我染，十年月桂迟君折。翟公于癸酉甲戌联捷，余至乙酉始售京兆。笑功名、富贵总无凭，姑浮白。

## 一丛花

咏珠兰

生来浑不与兰同。香味一般浓。幽芳不向春前发，任桃李、斗白争红。鱼子名新，一名鱼子兰。鹅儿色好，枝叶尽青葱。　　真珠谁缀一丛丛。玉树逊玲珑。宝钗压鬓应嫌重，论声价、雅称盘龙。金粟花繁，玉簪香洁，合作一家风。

## 喜迁莺

独坐听笼中画眉啼

寂寥庭院。便百计遣愁，愁偏人恋。闲日添长，好风谁共，花落月残慵管。酒入愁肠易醉，梦到客窗还短。且几度，向雕笼试听，画眉轻啭。　　檀板歌喉远。响遏行云，怎比清音婉。时城中演剧，声闻院中。两点春山，一钩新月，粉笔是谁曾染。不是绵蛮黄鸟，不是呢喃紫燕。却浑似，道不如归去，子规声怨。

## 菩萨蛮

和汤稻村题余词集之作，用颠倒韵。

巧思吟得回文好。好文回得吟思巧。人儿许知心。心知许儿人。
可言君与我。我与君言可。难却赋情闲。闲情赋却难。

## 一萼红

咏庭前凤仙

尽闲愁。向阶前环步，庭前似戈矛。梅雨新晴，熏风初动，几抹凤蕊迎眸。漫道是、小桃花放，一种名小桃红，花盛而色艳。问桃花、春去几能留。双翅泥金，九苞散采，合在秦楼。　　生怕中年多感，每逢花逢酒，强展眉头。些事关情，片言在耳，个人记得风流。揉花碎、轻匀玉臂，道鲜红、应与守宫侔。便教夜来同梦，莫更绸缪。

## 满庭芳

院侧园丁移植雁来红树株于庭，以答其意。

雨润琴弦，云昏书幌，入帘草色全青。昼长人倦，欹枕梦还醒。漫道看花眼在，珠兰谢、茉莉飘零。珊瑚矮，移来儿树，好事有园丁。　叮咛。须护惜，秋风起也，北雁南征。看翩翩红叶，点缀空庭。老去休夸年少，汉宫冷、枉半金茎。别种五色者名老少年，纯黄者名汉宫秋。君知否，重阳未到，归棹逐浮萍。

## 桃源忆故人

咏茉莉

披襟迎得凉风快。茉莉如何名奈。一名白奈。两月几番开再。笑尔真无赖。　枕边贪取香堪爱。不道转教花害。好梦通宵俱败。少个人儿在。

## 西江月

咏石榴

春色不随春去，柔情幻出柔条。石家阿醋太妖娆。妒杀红裙多少。　错认敲残玛瑙，须知味胜葡萄。萧娘初嫁意风骚。半带酸甜更好。皮日休《石榴歌》："萧娘初嫁爱甘酸。"

## 转应曲

俗以金斗满日作佩囊为吉，有赠余者兼贮红豆一双，作此寄意。

羞涩。羞涩。囊内一钱留得。感君纤手裁缝。中有双双豆红。红豆。红豆。惹起相思今又。

## 阳台梦

七夕

佳期莫道浑如梦。离多更觉欢情重。鹊桥难得到人间，似朝阳鸣凤。　纷纷争乞巧，那解双星未空。一宵消尽一年愁，又早钟声动。

## 桂枝香

送汤稻村赴杭秋试便道归省

君行何速。正叶落碧梧，香绽金粟。下水船如去马，片帆高矗。钱江一棹乡关近，戏堂前、彩衣新簇。郁葱佳气，定占得意，闺中心足。　况本是、昆山之玉。尽百步穿杨，材技称独。月殿高枝，第一非君谁属。

他时记取重阳节，买吴山、几丛黄菊。花前烂醉，一杯东向，故人遥祝。余于重阳前抵苏，计时正榜发。

## 长相思

连接家问

一封书。两封书。万语千言总不如。相逢一句无。　　忆春初。又秋初。张翰惟思莼与鲈。扁舟尚到吴。

## 沁园春

新晴偕同学诸子登婺城八咏楼

风扫天晴，云笼日淡，乘兴闲行。况星分南婺，金华属婺星分野。重重山水，学传东鲁，宋时郡多理学名儒，谓之小邹鲁。济济贤英。玉尺难量，金针谁度，小子狂狷各自呈。相将去，登高作赋，对景陶情。　　层楼八咏题名。沈约出守东阳，题八咏于元畅楼，因名八咏楼。想当日挥毫意气横。便文章千古，风流还继，江山如画，名胜空零。富贵云浮，神仙梦杳，有志何尝事竟成。君知否，看雪泥鸿爪，何处堪凭。

## 南乡子

咏芭蕉

小字扇仙工。一名扇仙。几叶飘摇一叶筒。藏得相思多少字，重重。试与偷开却又空。　　秋雨更秋风。做尽秋声欲恼侬。谁信年来为客惯，冲冲。沉醉酣眠耳亦聋。

## 南柯子

九秋词。秋风。

一叶飘残后，千林次第黄。晓来寒透薄罗裳。更送一天凉雨、到书窗。　　落帽风流远，思鲈意兴长。数声渔笛隔沧浪。不是悲秋宋玉、尽凄凉。

## 醉落魂

九秋词。秋雨。

疏疏密密。自朝至暮何曾歇。好天良夜犹愁客。有甚心情，当这般时节。　满怀欲说和谁说。芭蕉声共梧桐滴。酒杯雨点争今夕。坐到更残，一醉吾无惜。

## 西江月

九秋词。秋露。

昨夜月明似水，今朝露白如霜。秋花秋草尽瀼瀼。何必玉盘仙掌。　粒粒珍珠谁抬，团团翠盖高张。从来天酒自清凉。露名天酒。不比人间之酿。

## 巫山一段云

九秋词。秋云。

浓淡如残墨，轻盈似晓烟。有时含雨过檐前。风送断还连。　静认银河影，行疑巫峡仙。齐飞孤鹜晚晴天。持赠阿谁边。

## 如梦令

九秋词。秋月。

屈指几番圆缺。又到中秋之节。客里岂无情，羞向姮娥分说。明月。明月。应亦笑人长别。

## 眉峰碧

九秋词。秋山。

爽气朝来挹。湿翠浓如滴。石径都教落叶埋，那处觅、高人迹。　不嫌龙山集。不作牛山泣。访取初平白玉峰，醉来便卧群羊石。金华北山即黄初平叱石成羊处，拟与同学九日往登。

## 浪淘沙

九秋词。秋水。

怅望楚江秋。无限归舟。乡心空逐水东流。天上银河清且浅，一样堪愁。　红叶御沟头。往事都休。强随王粲去登楼。一色长天鸿雁落，点点汀州。

## 醉太平

九秋词。秋草。

风吹露零。萋萋更青。高低长满闲庭。响秋蛩数声。　　归程几程。言行未行。王孙不是无情。况春来又生。

## 捣练子

九秋词。秋砧。

声历乱，韵悠扬。明月清风夜渐长。冷暖与君原一体，寄衣何待九秋霜。

## 鹧鸪天

三秋词。秋思。

倚遍楼顶黄叶飞。去时犹记柳依依。殷勤频问阶前草，端底王孙何日归。　　长对月，弄花枝。明知无益是相思。回肠本似黄河远，九曲湾湾东复西。

## 七娘子

三秋词。秋怨。

感人最是秋光易。栏杆倚遍还重倚。着意安排，欲眠仍起。月明如镜天如水。　　举头望月圆如此。低头却念人千里。十事人间，九难如意。多愁总被多情使。

## 凤栖梧

三秋词。送别。

已信销魂惟有别。唱彻阳关，况是清秋节。衰柳长堤羞更折。断云一散何时合。　　春水绿波春草碧。一样伤心，不似今凄绝。形影不离常在侧。除非飞上天边月。

## 如梦令

谢人以胡饼见饷

莫道圆来如月。莫道白来如雪。月缺雪还消，怎比盘中香洁。须别。须别。出自玉纤揉折。

## 南乡子

秋夜雷雨不寐

秋夜尽堪愁。风雨通宵势更遒。雷掣金蛇雷倒壁，飕飕。残暑从今一夕收。　　饥鼠乱啾啾。似与吟声枕上酬。我为无鱼弹铗去，休休。几卷残书莫浪搜。

## 菩萨蛮

八月初三见新月

寻常一样天边月。秋来偏觉关心切。客里过中秋。安排一段愁。
玉钩刚一线。已向初三见。从此夜增多。清光奈尔何。

## 醉桃源

婺城蟹绝少，市中多不过二三只，有得一见饷者。

弃之可惜食无多。樽前费手摩。双螯赚得醉颜酡。醉来还浩歌。
诗换得，笑东坡。尖团能几何。东坡嗜蟹，有“一诗换得两尖团”句。江乡堆案尽消磨。何曾一句哦。

## 临江仙

秋晚偶成

酒醒金炉香尽，梦回竹簟凉生。井梧叶叶作秋声。断云含宿雨，天气半阴晴。　　山馆静如萧寺，客身闲似浮萍。朝朝暮暮若为情。笼中调鸟语，花下听虫鸣。

## 更漏子

秋夜有感

画堂深，更漏杳。几度梦回难晓。衾未薄，枕何长。独眠人易凉。
虫吟苦。如相诉。几阵打窗风雨。对此景，欲忘情。金丹九转成。

## 西江月

遣闷

不雨不晴天气，半开半落秋花。重门深闭寂无哗。风弄竹声潇洒。

养性却宜闲散，安身岂在繁华。何时云水作生涯。唤得一丝不挂。

## 金缕曲

金陵太守成虚斋邀游栖霞寺，时太守阅工何上，予独往，且薄暮未遍游屐也。

怀古频搔首。尽当年、六朝金粉，于今何有。虎踞龙盘王气尽，只有江山依旧。更只有、梵宫如绣。岩壑摄山推第一，便画图、难煞丹青手。松万树，寺有万松亭。作龙吼。　离宫曲折高低构。想神仙、洞天福地，谁能居右。可惜最高峰缥缈，怅望夕阳路口。山有最高峰，未登。笑游览、十遗其九。为谢山僧休合掌，问书生、可作山中友。谈笑过，虎溪否。

## 前调

栖霞公馆偕虚斋太守对酒夜谈，即次前韵。

往事休回首。且灯前、酒杯掷下，谈空说有。知我但能逢鲍子，倾盖何论新旧。又何论、衫青衣绣。处士虚声终一雪，让文章、经济称先手。名望重，似雷吼。　家风况是歌堂构。羡乌衣、当时江左，如今山右。太守山右世家。慷慨未酬国士报，击碎唾壶之口。奈时命、多逢阳九。五十吾年当富贵，每掀髯、笑语闺中友。君不见，买臣否。

## 前调

次早奉别太守南归，午后风雨，途中再次前韵。

策马东南首。惊乌鹊、冲林飞去，晓星稀有。残月晓风杨柳岸，一带旗亭如旧。只少了、碧桃红绣。来时沿途桃花正放。我欲留题长短句，漫推敲、几度频叉手。风乍起，振云吼。　千夫荷锸堤初构。似燕子、衔泥来去，肩摩道右。急雨可堪天作恶，湿尽征衫渡口。幸驿路、已过八九。他日扁舟师古道，泊山前、重访吟诗友。寺有诗僧，昨出未遇。愿此愿，定酬否。

## 前调

自白下归阳羡，怀郡署朱梅溪、冯南岑，并简吴、顾二子，再次前韵。

何必登牛首。金陵名胜有牛首山。便官舍、花明柳媚，春光偏有。除却歌筵和舞席，剪烛西窗话旧。伴诗社、龙雕虎绣。十日平原无醒日，笑归来、懒举持杯手。风雨急，怒蛙吼。　　景苏轩傍花间构。奈桃李、纷纷开谢，寂寥座右。柳絮漫天飞作雪，洒遍墙头窗口。春去也、十分之九。香草美人离恨赋，听枝头、好鸟声求友。梁月落，亦思否。

## 前调

醉中书怀，寄呈朱四梅溪，三次前韵。

痛饮几濡首。醉醺醺、一番春梦，似无还有。试着青袍重检点，多少酒痕新旧。香犹惹、衫红裙绣。薄幸当年怜杜牧，尽香笺、罗帕曾离手。谁更问，河东吼。　　梅溪居士慵思构。对樽前、高谈惊座，何知左右。梅溪疏笔墨而喜清谈。越水吴山同廿载，几见酒杯离口。还相订、追欢重九。临别期以秋会。富贵何时行乐耳，看晨星、落落亲和友。人定事，胜天否。

## 前调

春暮新晴

红日穿帘罅。早檐前、风声雨点，一时都罢。楼上琐窗开面面，霁色山光相射。更洗出、群峰如画。老树扶疏偏绕屋，看交柯、绿荫庭前泻。风景好，买无价。　　游丝袅袅风前挂。又春暮、蜂狂蝶懒，水流花谢。仆本恨人原易感，苦被闲情轻惹。怎学得、蒲团尊者。旧恨新愁都付与，送春词、细细将渠写。吟欲倦，酒堪把。

## 前调

景苏轩中独坐书怀，次前韵。

紫燕穿帘罅。论花事、绿肥红瘦，阑珊将罢。晴昼疏疏雨几点，风起杨花四射。是一幅、残春图画。南岳西溪浑未到，俱阳羡名胜。奈流光、去似波涛泻。应笑我，乔声价。　　百钱只合筇枝挂。便堂前、旧时燕子，怕逢王谢。当日买田阳羡老，也为山川牵惹。可与道、除非知者。有志竟成虚语耳，尽情怀、且向乌丝写。萍与梗，那堪把。

## 前调

对镜有感，奉怀虚斋太守。

览镜霜侵鬓。笑吾生、头颅如此，百般莫问。世上神仙和将相，相君之面无分。又不与、渔樵相近。儒服儒冠成底事，拥残编、拼向书中隐。休更说，昼衣锦。　　平生何事萦方寸。但得个、钟期鲍子，可以无恨。落拓情怀难遇合，知己非公谁任。又敢道、江淹才尽。美酒相逢频酌我，道才人、无命君须信。身世事，毋深论。

## 前调

立夏前二日徐二茂学招饮树德堂，盆列杜鹃数十，低者数尺，高且及寻，五色备具，诚于此花可以观止，并呈席中孙、方两广文、二王县尉。

拟送春归矣。绮筵开、今朝重看，万红千紫。应是石家浑见惯，七尺珊瑚如荠。又玉树、临风相似。一见鹤林归去后，苏诗注：“鹤林寺杜鹃高丈余，天下第一，惜不久归阆苑矣。”被子规、啼彻空山里。重唤转，司花使。

与君花酒为知己。茂学爱花而予喜酒。尽群公、文章政事，声名盈耳。笑我摄衣登上座，自署酒徒而已。零落尽、门前桃李。乐事还愁君太剧，怕倾城、更与花容比。怜惜意，问彼此。茂学新纳姬。

## 前调

立夏后二日，斋前玫瑰花盛放，次前韵。

春去连朝矣。画栏边、蜂围蝶绕，深红艳紫。疑是当阶翻芍药，刺叶多于春荠。又不与、蔷薇相似。樱笋时光花事少，弄风清、独傍妆台里。和露摘，婢堪使。　　谢娘应许称知己。想闺中、无过脂粉，麝兰香耳。怎似红英低衬妥，香入云鬟无已。映玉貌、更如秾李。焙入熏笼调入粉，散氤氲、百和应难比。酲未解，直须此。

## 前调

昨岁仲冬，古渔三弟来宜，盘桓于蜀山书院，数日别去。今孟夏三日复来，云有长安秋试之行。因念予昔与杏村二弟同试，杏村早掇科名，为邑宰，今墓木已拱，予乃以孝廉老，感慨系之，填此以示古渔，仍次前韵。

惯听阳关矣。古渔与予言一岁中奔走南北路万里。着青衫、逢迎到处，偏多朱紫。笑我青毡仍旧物，嚼尽春来寒荠。盘苜蓿、萧然堪似。还记孤舟风雪夜，掷离杯、握别琴堂里。去冬古渔来宜，为马明府招饮，即席别去。岁云暮，为贫使。　　人生万事宁由己。喜重来、我有斗酒，直须醉耳。天上桂花天下折，十上长安无已。况尽欲、收为桃李。古渔都中交皆名公卿。中下当年轻李蔡，昆季间以诗文论，古渔为优。却封侯、猿臂难相比。天下事，尽如此。

## 满江红

岁暮送王可轩先生归梁溪

子患才多，况更挟、男儿肠热。从来是、高山流水，子期难觅。季子岂无抵掌日，买臣讵老青山侧。只此情、难与俗人言，今犹昔。　　奇于数，空书咄。游于艺，偏多术。笑漫弹长铗，无鱼而食。注罢茶经参陆羽，可轩家茗泉间。画残山色追摩诘。可轩妙丹青而山水尤佳。劝归欤、休作送穷文，终无益。

## 念奴娇

奉和宋大刻舟以绣谱寄内之作

北风凄冽，又岁云暮矣，安排愁日。宋玉多情原易感，醉后角巾欹侧。客恨难消，离情遥寄，梦绕长江北。宵寒无寐，且将红豆轻掷。
回念分袂河干，柁楼频怅望，城头低没。想得画楼人寂寂，倦绣懒匀颜色。谱出心裁，文回锦制，看取新时式。此情谁会，泪和檐雨同滴。

## 前调

龚广文云轩以怀梅诗见示，意有属也。迩来于梅望绝，问津于桃，成人之美，君子所尚。爰填此词。

罗浮梦破，似游丝袅袅，因风吹绝。杜牧寻春生怕晚，寻到桃根桃叶。露井风多，渡头波软，探取花消息。在东三五，不知今夕何夕。
况是年少情多，官闲署冷，排闷真无术。酒便销愁花解语，怎似鸳鸯比翼。搂则为妻，娶何须告，礼岂为吾设。河东狮远，有花堪折须折。云轩尊阃时已归昆陵。

## 金缕曲

奉和宋大刻舟夜雨感怀

风急闻铃铎。迩芳邻、宫墙尺五，一般萧索。几日葭灰初动后，欲雪天寒昏漠。便夕饮、谁为酬酢。人到中年感慨易，奈宵长、往事思量着。况不断，雨声落。　　频搔短发空思濯。问人生、残杯冷炙，何如葵藿。广不封侯唐已老，无梦凌烟之阁。刚秃笔、年年盈握。相对短檠花落尽，听城头、又已吹残角。披衣起，敝裘薄。

## 画锦堂

奉题龚二云轩杏村问酒图清照

闷去寻芳，愁来思饮，奈他春事方初。问道踏青人满，曷往观乎。芳草遍侵游子屐，好花斜傍酒家垆。休更问，舍北舍南，杏花盛处堪沽。　　踌躇。年少日，胡不写，春风得意皇都。却把清明客况，好句描图。梅花清绝桃花艳，若言春色总无殊。云轩时有“探梅未得，思种桃根”之议。思染笔，今日为君添上，共醉何如。

## 疏影

龚二云轩以忧归去，留赠盆梅，填此志感。

宫墙咫尺。道老梅欲放，枝上犹寂。学宫有梅数本，犹未放。矮树横斜，娇小生来，天然雅称磁碧。移根应自罗浮远，更位置、孤山拳石。几许时、金屋深藏，赠我得无重惜。　　惆怅人间好事，不如意十九，云轩纳姬垂成而止。愁定无益。看取梅花，待得春来，又早繁英飘掷。知怜瘦影惟吾辈，怎但说、倾城倾国。想故人、策马归途，怕听一声长笛。

## 如梦令

白杏花

闻道梅花争雪。又道梨花宜月。红杏艳春风，底事今朝玉洁。清绝。清绝。谢却许多蜂蝶。

## 台城路

春日苦雨

疏疏密密经旬雨。风光等闲都误。寒勒春阴，暗催花信，艳杏妖桃无主。呢喃燕语。也带怨含愁，傍人门户。倦倚阑干，闷怀付与同何处。
十千斗酒须买，算人间只有，醉乡堪住。美景良辰，赏心乐事，最是天公深妒。闲情怕赋。怕引起柔肠，似蚕丝吐。泪湿青衫，比檐前更苦。

## 一萼红

惜花

惹闲愁。为桃花轻薄，人道尽风流。浅抹脂红，轻匀粉白，依稀绿叶枝头。恼乱是、连朝风雨，凄清甚、春日煞如秋。寂寞墙阴，开时已晚，谢更谁尤。　　太息当年往事，有刘郎前度，崔护重游。门外诗题，庭中苔长，一般懊恨无由。何当问、武陵路杳，空惆怅、溪畔一渔舟。须把愁肠快剪，刀觅并州。

## 摸鱼儿

种荷

忆西湖、十年前到，琉璃千顷明媚。绿波漾处全无暑，无教浅红深翠。花解意。傍画舫、清芬不断迎人至。与花共醉。尽对月狂歌，临流濯足，不管垫巾坠。　　如今也，回首湖山胜地。吾生还看花未。移根何必如船藕，瓦沼且同儿戏。闲况味。待绿荫、盈庭独尔偏佳丽。多情尚记。道尽爱颜红，谁怜心苦，微蹙黛眉细。以上《梦田词》

# 崔述（14首）

崔述（1740—1816），字武承，号东壁，直隶大名（今河北大名县）人。乾隆二十七年（1762）举人，乾隆三十年任大名知县，嘉庆元年（1796）选福建罗源知县，调上杭县，以事忤大吏告归。专力著述，所撰凡三十四种。著有《知非集》，附《桂窗乐府选》。

## 水龙吟

登华阴岳庙后阁望华山

凭栏目极秦川，桃花零落春将暮。云横烟断，三峰如削，亭亭可数。玉箸悬空，青萍插汉，翠微深处。算登临胜境，无如此阁，将秀色、平分取。　　回首故乡不见，最伤心、少年羁旅。客游倦矣，不堪更是，斜风细雨。流水光阴，恼人天气，愁肠万缕。到何时、许向青天，仰首问、惊人句。

## 前调

菊影

梦回月透窗纱，隐囊寒枕添秋意。迷离院落，晚风吹堕，冷香流砌。偷过疏篱，倦眠苍藓，夜阑人醉。问婆娑日下，横斜水畔，谁堪共、芳魂倚。　　暗上珠帘不觉，立西风、几多憔悴。故园何处，惟同泪眼，模糊相对。仔细新诗，参差认是，飘零满地。忆秋容、老圃重游，甚日踏、幽香碎。

## 木兰花慢

京邸送客

记燕山同客，风雨夜、几经秋。正茅店孤灯，霜林露木，无限离愁。那堪故人还别，送飞鸿天际去悠悠。落日马嘶衰草，残星人渡寒流。
烟波遥隔晚云稠。望远怯凝眸。纵湿透征衫，把残征袖，也则难留。今宵一杯清酒，且高歌畅饮共绸缪。后夜相思何处，凄风凉月空楼。

## 百字令

征鸿归尽，问如何不唤，燕山游子。夜雨萧萧茅店冷，人似黄花憔悴。梦里乡关，心头驿路，动是千余里。西风不定，扁舟欲倩谁系。
唯有灯下《离骚》，窗前《周易》，常半刘伶醉。痛饮狂歌人不识，都道少年情味。逐柳随花，求田问舍，肯损平生气。鲲鹏毕竟，一朝入云际。

## 满江红

春惜谁来，人只管、惜春不住。思量起、纵前事事，都教春误。弱柳几层知雨困，娇花自不嫌风妒。枉多情、写尽断肠诗，伤心句。　餐不得，桐花乳。穿不得，杨花絮。纵为春病也，春还无语。有恨几杯田舍酒，无聊一首《闲居赋》。是庄周、蝴蝶梦初回，蘧然悟。

## 前调

初秋寄秦芑文

临水登山，送不尽、萧条秋气。云树外、故人何在，暮天无际。贫久望穿毛义檄，病多拭尽王章泪。最伤心、一馆似官难，穷如此。　饱不得，千年史。卖不得，千金字。甚经纶满腹，文章满笥。城下不逢韩信饭，人前莫岂周瑜米。到而今、青眼望何人，唯吾子。

## 蝶恋花

雨气苍茫吞远树。小院轻寒，暗向疏帘度。梦断故乡无觅处。青山遮却来时路。　滴尽珍珠山欲暮。斜倚阑干，谁曾闲情绪。明日准将花细数。归期还恐花难据。

## 忆秦娥

秋何处。梧桐院落冥濛雨。冥濛雨。一川衰草，四川红树。　珠帘不卷西风暮。悲秋况是吟秋赋。吟秋赋。重阳过也。塞鸿无数。

## 花非花

花非花，是风絮。逐暖来，随春去。舞逢绣幕更吹开，飞着游丝还绊住。

## 前调

花非花，是轻雪。素自怜，寒偏发。满庭玉蕊蝶无踪，几树梅英人不折。

## 前调

花非花，是灯蕊。结艳红，凝轻紫。落时常使梦魂惊，开处先传明日喜。

## 前调

花非花，是花影。折去无，看来冷。乱铺阶砌不关残，暗上帘栊谁复省。

## 水调歌头

多少不平事，抚剑发冲冠。少年慷慨徇世，援手不辞艰。一日风尘失足，几处交游下石，惟恐死灰燃。袖手看成败，相较尚为贤。　　飞腾志，今老矣，复奚言。让他英俊当路，拂袖入青山。辛苦蓬茅任我，打叠精神看汝，得意到何年。时势一朝变，霜翮起秋天。

## 金缕曲

自彰德游苏门，道经古迹颇多，漫题。

妓女年庚小。更无凭、牙行斗秤，媒人道好。野老村中谈国政，巫觋许教神保。尤可恨、春闱试草。呕出心肝成底事，便孩儿、绷去何妨倒。圈与抹，任房考。　　齐东野语从来巧。漫讥评、《离骚》屈子，《南华》庄老。太史文章千古重，舛谬依然不少。还未算，全无分晓。最是而今谈古迹，试推求、人地皆荒渺。堪一笑，问囊枣。以上《桂窗乐府选》

# 刘锡嘏（96首）

刘锡嘏（1745？—?），字纯斋，一作淳斋，号拙存，晚号茶仙，顺天通州（今北京通州区）人。乾隆三十四年（1769）进士，授编修，官江苏淮徐道。工书善画，尤精墨梅，与毛大瀛、袁枚、张问陶等人交游。乾隆五十七年（1792）尚在世。杨芳灿序其词，论其人曰："茶仙先生风裁通悦，才性都长，早饮香名，即登清秩。传洞箫之谥，宫人尽识子渊；记乐句之名，座客成推僧孺。”① 其词风骨高奇，音情顿挫，得于苏、辛妙处为多。著有《十砚斋集》、《快晴小筑词》二卷。

## 百字令

和毛海客见赠原韵。

酒酣以往，倩鹍弦谱出，悲凉情事。回首罡风吹浩劫，噩梦那堪偻指。司马衫青，山人衣白，壮志宁终此。天涯倾盖，今宵莫话沉滞。
君试吹笛江楼，醉骑黄鹤，应遇仙人使。樊口江山清绝处，快意不当如是。脱颖囊中，捉刀床上，咄咄呼狂士。随缘且住，瞻乌自得爰止。

## 前调

题海客《齐音续咏》，即用前韵。

是栖栖者，问鹊华秋色，干卿何事。剩有闲情吟不尽，豪气生于十指。九点齐烟，一杯沧海，胸次宽如此。济南春好，客程休叹濡滞。
堪笑天壤王郎，齐东野语，何足供驱使。试与谈天夸辩口，莫认子虚亡是。鲍叔坟荒，仲连台冷，毕竟谁名士。锦囊句好，羡君断手麐止。

## 前调

题海客《十国宫词》，仍用前韵。

十样蛮笺，是何人写出，离宫祕事。金粉消亡无限恨，世态剧如捻指。烟月前缘，莺花小劫，绮习都如此。歌珠成串，走盘圆转无滞。
我欲羯鼓三挝，霓裳几叠，百队为君使。万本流传都不给，幻尽鱼龙如是。一例荒唐，几番感慨，枉自悲秋士。十围楼烛，烧残快读难止。

## 前调

再答海客，仍用前韵。

宧海闲人，对清风明月，殊为佳事。商榷到萍洲笛谱，那管玉绳斜指。捧檄犹迟，闭门已久，聊复摒挡此。中年丝竹，正须陶写幽滞。

① 孙克强、杨传庆、裴哲编著：《清人词话（中）》，南开大学出版社2012年版，第925页。

悉数周柳柔情，苏辛豪气，君也鞭棰使。酒恼花颠无不有，识得词仙如是。铁笛横吹，雪儿低唱，侧帽原名士。旗亭画句，定知流布难止。

## 金缕曲

毛海客次陈伽陵秋夜赠友二词韵见怀，即次韵答之。

殷地昏钟发。猛惊回、软红旧梦，五云城阙。江水东流人已老，处士虚声谁雪。更何论、批风澺月。肥马轻裘多不贱，渐露华、点我苍苍发。身外事，等毫末。　　武昌官柳条堪折。慨当年、桓公一去，都无人物。东海毛生真健者，扪虱雕龙之杰。狂啸罢、烛花都灭。失路英雄同一叹，比啼鹃、诉尽声声血。寄兴耳，痛何益。

## 其二

笔势工拿攫。恰浮湘、汀兰岸芷，微波可托。君是翩翩狂书记，醉问金盆洗脚。耳热后、悲歌间作。馆辟翘材休健羡，走长安、臣亦金门朔。居不易，米难索。　　梅花昨夜开官阁。且围炉、消寒三九，丝酬竹酢。路鬼揶揄知不免，一任少年浮薄。问夫子、岂长濩落。此腹自惭空啖饭，但雄谈、马槊犹如昨。为君舞，乐莫乐。

## 金缕曲

斫地狂歌发。计辞家、冰轮天上，几番圆缺。吟到梅花香绕屋，苦忆长安风雪。休涸我、樊川烟月。误尽半生龟策传，不饶人、种种余之发。搔首起，望天末。　　沉沙铁戟铦锋折。笑孙刘、纷纷割据，都非俊物。赤壁三更乌鹊噪，推倒一时豪杰。今只有、江流明灭。谱入铜弦酸楚甚，酒杯翻、污尽湘裙血。千古恨，半荆益。

## 其二

豪气空蟠攫。讵枯桐、爨余未死，赏音有托。弹指功名蕉鹿梦，笑我顽于腰脚。客有荐、凌云著作。病后闭关宾至少，剧飞扬、纵饮追河朔。村餍尽，再三索。　　诛茅小筑临江阁。喜邻家、墙头过酒，朋笺交酢。梅意冲寒偏酿雪，天也把花轻薄。况吾辈、襟期落落。悟后《楞严》空堆案，算行年、五十知非昨。计惟有，读书乐。

## 满江红

武昌怀古。鹦鹉洲。

芳草萋萋，剩今日、沙洲如豆。想赋罢、凌云豪气，涛飞山走。半刺未投惊鹗荐，三挝转急闻鲸吼。恨飘萍、不似仲宣楼，频搔首。　曹也诈，宁人负。刘也懦，非吾偶。纵世皆欲杀，何堪假手。黄鹄矶空人已去，雪衣梦噩机先逗。记步兵、磊落亦奇材，逃于酒。

## 其二

黄鹤楼

百感登楼，终古是、大江东去。经多少、山围潮打，英雄何许。漭沆双流分汉沔，青苍一气吞吴楚。慨赤乌、运去霸才空，皆尘土。　读不厌，祢生赋。压不倒，崔郎句。只供人凭吊，晴川烟树。入笛梅花飘五月，腾云老鹤凌千古。驾天风、夜半下飞仙，差堪语。

## 其三

南楼

对此茫茫，讵今夕、只谈风月。人却羡、南楼高会，主宾清绝。亦复乌飞横马槊，何来尘影摇纱箑。倚胡床、老子十分狂，髭频捋。　秋色好，光如雪。佳侣集，言如屑。洗胸中尘棘，也知作达。南郡撂蒱羞竖子，东山丝竹矜人杰。觅吟声、牛渚运租船，谁优劣。

## 其四

桃花夫人庙

老树颓垣，弥望是、落红千片。浑不似、细腰宫里，当年人面。柳近章台随手折，草迷青冢和烟远。恰五更、结子背东风，无劳怨。　回娇睇，芳华苑。怜瘦影，芙蓉殿。惜佳人难再，但惊绝艳。薄命不如蒲柳脆，羞颜岂合樱桃荐。忆马嵬、佛舍吊棠梨，椒浆奠。桃花夫人舍，即息妫也。

## 东风第一枝

天竹

何计消寒，无端倚醉，珊瑚乃尔敲碎。前番冒雪寻香，昨夜和烟吐穗。轻红点点，恰烘染、玉梅天气。是何人、乱撒丹砂，作弄飞仙狡狯。

粉墙外、累累如坠。画槛畔、垂垂作态。输他雨后樱桃，摘向筠篮叫卖。歌珠滑处，谁暗把、春纤拈记。忆灯前、红豆抛残，帘底那人风致。

## 前调

蜡梅

顿讶红销，似嫌粉污，新妆黄额如许。连宵雪意频催，别样梅花谁谱。乱抛嫣弹，也不管、枝头翠羽。恰前身、金粟如来，梦到罗浮应误。

怜冷魄、冰瓷深贮。惜疏影、雕栏周护。若非暗里香来，错认蜡丸偷诉。梅黄时节，算只隔、几番风雨。漏春光、结子匆匆，笑煞桃花千树。

## 前调

水仙

魄涤冰壶，神凝秋水，芳姿濯濯如许。晒将窗外初晴，不向墙阴斜吐。泉清石白，有林下、雅人风度。数从来、配食黄花，矾弟梅兄非侣。

湔洗尽、脂香粉污。披拂遍、纨冰縠雾。平生泛宅浮家，莫问佳人何处。水精宫里，恰稳称、珊珊微步。插黄冠、入道妆成，抹煞洛神一赋。

## 前调

石不盈拳，树偏如荠，冰瓷何术能缩。嗤他庾岭千株，肯信铜坑深谷。宛然林壑，似妙笔、皴来盈幅。算无烦、蹋雪幽寻，已到罗浮仙麓。

无处骋、探海高躅。无计结、影梅小筑。窗间几点疏花，香雪输他万斛。眼前幻景，大都是、寸波尺木。笑居然、风月无边，只隔银屏几曲。

折梅枝三寸许数十段，植磁盎中，缀以碎石，陂陀蟠曲，饶有远致，因呼为小罗浮。

## 满庭芳

喜毛海客卜邻同巷

一树垂杨，两家分绿，千金买得芳邻。好风吹送，笑语隔墙闻。不羡张南周北，三间屋、恰与平分。谁为主，清风明月，彼此两闲人。　休论。扬子宅，迩来寂寂，正惜离群。恰牛车薄笨，过我柴门。三径吾庐何处，卜居近、漫赋停云。儿童喜，诗筒传送，不必过溪村。

## 满江红

武昌西门柳

桂管骖鸾，曾问讯、武昌门柳。讵前度、刘郎重到，清阴非旧。生意仅留枯树赋，长条已入他人手。最难忘、流涕宋征西，金城口。　橘可颂，今何有。桂可楫，宁能久。叹物犹如此，几何人寿。漫谓不材终古弃，肯教老干空山朽。抚庭前、大树忆将军，悲风吼。

## 前调

吕仙亭枣

渺矣安生，谁饷我、如瓜之枣。是何日、蛟龙拿攫，偷移海岛。斫处定烦修月斧，拾之不啻恒春草。怪风轮、火劫亦难逃，形偏槁。　空外笛，清声渺。袖里剑，神光杳。叹岳阳三度，仙人亦老。壁上榴皮仍未脱，山中花片终须扫。问仙家、奇术擅回生，遵何道。

## 前调

大别山锁穴

江落崖高，淘洗出、山根旧穴。忆当日、千寻横锁，六州聚铁。剩有空城遭浪打，欻来战舰乘风发。笑火攻、下策亦何奇，蛟龙掣。　斧痕在，光明灭。篙眼聚，声雅轧。慨黯然王气，火云烧绝。一片幡飞应恨晚，连环计就终嫌拙。仗舟人、指点笑山灵，真销骨。

## 满庭芳

借宅城南，喜与海客同巷，忽有风予徙居者，感而填此，仍用前韵。

背郭无堂，买山有愿，烟霞久拟为邻。枝栖暂托，剥啄幸无闻。忽谱换巢鸾凤，鸠谋拙、鹊垒轻分。真堪哂，牵船作屋，独有宦游人。　谁论。孤馆客，蓬蒿三径，落落谁群。任清蝯守户，凡鸟题门。恰喜隔墙过酒，来往熟、臭味风云。见任昉《王俭集序》。成行否，商量且住，不必问南村。

## 沁园春

消寒四咏

### 其一 暖帘

剪水飞花，乱仆帘旌，酿尽晓寒。念砚池点絮，卷而未下，杏梁睇燕，密处仍单。裁就红毹，押来银蒜，权作豪家绣幄看。深深屋，任折绵有力，入幕应难。　　风酸。不到屏山。恰镇日沉沉窣地闲。纵月能窥户，麾之门外，山将排闼，送到檐前。肉是屏风，锦为步障，谁贮花香一室闲。吾何忆，忆芦帘纸阁，谁与为欢。

### 其二 围炉

剪烛西窗，声沸茶铛，寒夜客来。恰周旋唯我，不因人热，团圞共作，欻地春回。试爇心香，漫煨鬼芋，闲却当年宰相才。偎依久，任围棋消遣，敲尽松煤。　　徘徊。十笏萧斋。算密箔重重总不开。问外边寒否，炉谁点雪，此中热甚，心肯成灰。转侧须人，提携在手，送暖无烦数举杯。相需甚，觉满襟和气，同上春台。

### 其三 炙砚

对客挥毫，呵冻逡巡，咄咄怪哉。讵花生五色，是谁火迫，池分一勺，倏尔冰开。扪去生棱，磨来易老，谁擅调和燮理才。融融乐，笑君苗焚却，故意诙谐。　　漫猜。冰炭情乖。便细爇松枝亦妙材。记寒消图里，谙来火候，春生笔底，然到残灰。铁铸非坚，石交可久，曾耐霜饕雪虐来。阳和转，待鹅笙炙罢，丝竹喧豗。

### 其四 暖碗

我有嘉宾，设席肆筵，式食庶几。笑热因坐客，火攻非逼，脆添生菜，手炙攸宜。碗欲融冰，汤如沃雪，纤腕调来别擅奇。消寒会，恣屠门大嚼，快意奚辞。　　休疑。慰我调饥。纵炙冷杯残也恃伊。念冰瓷易裂，何堪触手，金壶欲滴，不见流澌。嘘气为劳，引光不熄，馔谱茶经竟若斯。君无哂，倘食单凉后，忆此嫌迟。

## 金缕曲

倩王鹿野作《问秋图》，邀诸公题句。

又过重阳矣。快新晴、疏林扫叶，长天帖水。处处丹黄皆画本，尽胜艳阳罗绮。休闲却、登高屐齿。况有芦花摇瑟瑟，剪剪西风、一派秋声至。纵落帽，亦佳尔。　皴来滑笏生绡里。笑何须、楼台金碧，将军小李。我有闲愁吟不尽，翻尽问春诗思。传语倩、横空雁字。近塞霜寒秋色早，忆江南、烟景无逾此。请速驾，谨驰使。

## 买陂塘

题王蓼野《水村图》，用侯心斋韵。

最撩人、一江秋色，蓼花红遍烟浦。斜阳况照疏林外，此段诗情天与。谁画取。认匹练波光，只少眠沙鹭。溪山有主。笑天壤王郎，苍苔黄叶，风景合闲步。　当年住。背郭草堂佳处。秋光今在何许。碧鸡坊里清吟健，剩有壁纱笼护。君何苦。且问酒红桥，醉共荷花语。郊居漫赋。有二顷湖田，数椽茅屋，谁肯恋行旅。

## 金缕曲

再用蓼野自题原韵

一霎风霜剪。怪朝来、雪飘芦絮，粉飘莲片。赖有水荭花几穗，点缀塘坳波面。辨不出、秋深秋浅。临水柴门随意筑，算烟霞、尽入新诗卷。请占取，夕阳岸。　吟情自入清秋健。步横桥、残霞一抹，拒霜开遍。艇子瓜皮随处泛，也胜江涵飞雁。更何论、南沽北淀。一幅画图收拾得，记蘋洲、蓼渚吾曾见。采菱曲，雨中断。

## 沁园春

郑君鉽自记其前世为桂宫仙吏，从王右丞授诗法，写《桂宫授诗图》，索题。

幻想为因，不忘本来，悟文字禅。算词客前身，谁与成佛，才人慧业，大抵升天。吾道非邪，先生休矣，多少吟坛未了缘。心香爇，讯何来鸟使，华子冈边。　难忘紫府渊原。问谪下蓬莱又几年。记入手金环，君原夙果，侍书玉案，我亦顽仙。劫换莺花，盟深诗酒，且注真灵位业篇。掀髯笑，笑郑虔老去，三绝谁传。

## 贺新凉

题朱竹垞先生荐士手牍

牍系荐吴门郑季雅鉽于王新城，迨书至，而新城已逝。季雅装潢为册，传之子孙。己酉冬日，遇喆孙、松岩于鄂州，属为谱此。

说士甘于肉。笑原尝、三千珠履，未能免俗。一自新城悲宿草，广厦万间谁筑。行箧里、尘埋荐牍。吟到柘湖诗跋尾，感知音、寒畯同声哭。灯欲尽，再三读。　　从来名士须推毂。记当年、金龟换酒，风流高躅。今日南垞遗老尽，说项何人能续。且什袭、苔笺一幅。君自不忘先泽在，叹飘零、我亦柯亭竹。吹邹律，回春谷。

## 沁园春

赠日者王生

咄咄王生，窥管测蠡，何不惮烦。慨风尘以外，谁能相赏，天人之际，予欲无言。象纬讹占，须眉自愧，龟策从知少郑笺。君休矣，问颜贫跖寿，此术谁传。　　漫嗟磨蝎同躔①。纵火色鸢肩亦偶然。念叔宝神清，偏催玉树，坡翁运厄，也撤金莲。老去英雄，遁归仙佛，不及吾家颂酒篇。沉酣久，任二虫扰扰，莫问筵篿。

## 前调

赠铁笔董生

掷却毛锥，运以铁挝，壮哉董生。讶挫向豪端，笔花未老，脱来囊底，腕鬼无灵。沙尚留痕，石堪与语，结阵真由剑器成。酣嬉处，看秦碑汉碣，满纸生棱。　　赤文绿字分明。又博雅鸿都证石经。况四射锋芒，快如切玉，横生波磔，巧欲雕冰。淬以鹈膏，画成鸟篆，老矣中书愧未能。文程涉，叹从来暗室，待尔传灯。

---

① “躔”，原作“缠”，据文意改。

## 东风第一枝

春云别来半载矣，偶读叶元礼忆云儿词，感而作此。

雨梦生疑，春风成谶，歌尘冷委宫羽。负他人面重门，落尽桃花一树。穿云玉笛，写出我、凄凉如许。把孤山、错认巫山，日暮知他何处。

割不断、情丝如缕。洒不尽、泪珠如雨。如何青翰舟中，不载鄂君同住。晴空蔼蔼，总摹写、粉郎态度。盼相逢、天上人间，重按紫云回谱。

## 沁园春

己酉夏杪，转漕返棹，借寓霭园，漫赋。

入山不深，缭以短垣，三径欲芜。恰红尘不到，可名吏隐，清风谁主，竟认吾庐。鱼鸟皆亲，薄书亦韵，隐几居然主客图。堪消夏，有一林瘦竹，半亩清渠。　　城闉不让郊居。纵水郭山村也不如。矧花间吏散，鹤驯鸥狎，池边客到，暑退凉初。赁屋偏佳，买山有愿，竟拟商量种树书。寓形耳，悟漆园妙指，一枕蘧蘧。

## 前调

绿梅

翩何来迟，是鄂绿华，呼碧落仙。似倚竹斜枝，弹将柳汁，横阶疏影，渍上苔钱。一片花光，无边月色，香海翻疑有绿天。罗浮路，听林间翠羽，好梦应圆。　　有人抬袖窗前。恰卸却明珰更俨然。忆供向妆台，错拈螺腾，簪来鸦鬓，不辨花钿。额或安黄，衣宁尚缟，出意风流耸翠鬟。封姨妒，莫珠娘薄命，轻堕楼前。

## 前调

题陈笠亭《临流选石图》

若有人兮，历落嵚崎，一座尽惊。记南皮高宴，浮瓜沉李，西河纵猎，盘马呼鹰。君课士南皮，用荐为介休令。寄兴莼鲈，耽思林壑，入画丰神太瘦生。除豪气，问枕流漱石，果否忘情。　　闲来偻指生平。忆欧舫联吟昔梦清。君馆予京邸。欧舫，予斋名。况淮浦春潮，同舟话旧，巴山夜雨，对榻挑灯。予使蜀及观察袁浦，君皆在幕中。三径荒芜，一官匏系，君竟言归我未能。堪消遣，算一丘一壑，也费经营。

## 前调

江汉滔滔，欲济无梁，胡为乎来。岂吹笛仙人，相邀跨鹤，登楼老子，遥待衔杯。矍铄如君，飘零叹我，蜡屐相携兴已乖。翻行极，指图中泉石，谁与徘徊。　一言差慰君怀。幸骥子莱妻笑语陪。君时挈眷赴楚，就养令嗣星垣任所，适星垣以公事入闽，淹留三载，侨寓武昌，颇嗟蹇滞。但菊径犹存，尽堪结客，秫田可种，不废倾罍。友竹亭寒，君亭名。传柑节近，翠阁凝妆盼早回。君所昵姬人未携入楚。还君卷，任江山清绝，归计应排。

## 前调

君语刘生，安坐勿喧，听我致词。想夹道朱楼，而今安在，名园金谷，大抵都非。纸上停云，兴来画壁，天地蘧庐任所之。何须泥，恰某山某水，游钓于斯。　支离踪迹如伊。却弦管楼台彼一时。自蝶过邻家，春光已去，燕寻旧垒，珠箔空垂。予京邸已易主矣。逐浪浮踪，买山虚愿，流水柴门计已迟。时余倩津门陈君画《柴门流水图》。寓形耳，且张图指点，试咏新诗。

## 前调

敬告先生，卿言亦佳，夫岂其然。念清风明月，闲人是主，名区胜迹，爱者斯传。赋就郊居，记成花木，惝恍终非托寓言。公休矣，请或登岩岫，或弄潺湲。　堪嗟负郭无田。又逐逐风尘未了缘。倘楼非百尺，也容高卧，居成一亩，聊以盘桓。跂脚无妨，濯缨亦可，策杖从君意甚便。重披卷，清添翁鹤发，着我顽仙。

## 忆旧游

自题《柴门流水图》

偏桥桥畔路。桥在通州西门外，荷花最盛。春水如云，绿到门前。十斛红尘里，恰溪山佳处，对我柴关。稻花香满村外，最好夕阳天。况蓼岸呼牛，芦塘放鸭，多少清缘。　堪怜。绊人住，是夜月南楼，云树晴川。尽有还乡梦，只西门官柳，憔悴难攀。何事频年漂泊，抛却一溪烟。纵写遍银屏，朝朝目断红日边。

## 玉烛新

己酉十二月二十日立春

梅梢偷泄漏。恰破腊年光，刚交六九。家园风物，劳追忆、应进介眉新酒。红炉兽炭，料减去、余寒抖擞。闲偻指，花信番番，算来这番先透。　　休嗟啾嘆山家，春却不嫌贫，到来依旧。嫩晴时候。似旧好、隔年初逅。探寻已久。抬倦眼、青归堤柳。妆镜畔，斗画双蛾，喜舒眉绉。

## 沁园春

鄂州岁暮

豪气犹存，日月不居，又已岁兰。听家家爆竹，寒消个里，村村腊鼓，春到谁边。激箭年光，添星华发，拨尽炉灰夜不眠。吾何忆，忆家园此际，儿女灯前。　　如何漂泊江天。却隔断乡心万叠山。念馈岁诗成，并无粔籹，送穷文就，且缚车船。饤饾辛盘，商量椒酒，待得东风舞欲颠。春光近，纵纸窗夜雪，莫便凄然。

## 前调

毛子海客有岁暮囊空之慨，词以慰之。

咄咄毛生，垂橐而归，四壁萧条。慨世多肉食，日营金穴，人皆皮相，孰赠绨袍。字不疗饥，书难乞米，何计能将魁磊浇。拚沉醉，且典衣沽酒，共话春宵。　　天公宁负吾曹。肯金尽床头气不骄。笑癖者何人，未能免俗，挥之如土，尽足称豪。脱手还来，解囊肯吝，广厦长裘快意遭。扬州梦，趁天风跨鹤，聊复缠腰。

## 前调

杨西河不肯填词，谱此调之。

谁荐雄文，王后卢前，居然可师。但美人香草，闻之楚颂，鸡鸣风雨，谱入《毛诗》。写我牢骚，感人顽艳，多少尊前绝妙词。案“词”与末韵重复，当作“辞”。君应记，画旗亭粉壁，风韵堪思。　　笔花自昔纷披。除竹屋芗林更数谁。况赋就梅花，未妨铁石，歌成赤壁，欲攫蛟螭。且点霜豪，便呼部伎，难忘灯红酒绿时。三年后，遍井华汲处，都唱君词。

## 前调

赠孙香泉

宾阁宏开，珠履三千，爱才我公。弇山师。自天台赋就。声堪掷地，苏门啸罢，气欲成虹。愧我题襟，羡君入幕，人说红莲绿水中。南楼月，恰胡床啸咏，参佐雍容。　　游踪落落谁同。况放眼山川得助雄。记塞河驰疏，清才倚马，导江奏绩，健步扛龙。赤壁同舟，黄楼高咏，肯数陈琳草檄工。平安报，笑扬州小杜，无此高风。

## 摸鱼儿

题旧藏冒辟疆姬人董宛画《两两鸳鸯绣水纹图》

恰新晴、钵池春涨，浴鸥波外风软。水亭正对鸳鸯浦，每自凭栏消遣。回望眼。指沙上、文禽证取同心伴。冰纨细展。笑巧夺针神，轻拈眉笔，绘出水纹乱。　　风流散，难觅当年池馆。寻芳恨我偏晚。江花沙鸟依然在，只是绮罗人远。君不见。图画里、依然省识春风面。星霜纵换。算才子东林，佳人南国，胜事已传遍。

## 百字令

题陈小梧行脚僧小像

黄尘插脚，问何人、留得本来面目。四大从知皆假合，无论周妻何肉。佛在心头，道非身外，糟粕传灯录。飘然瓶钵，先生疑是干竺。　　自笑出世无因，生天有分，桑下曾三宿。儿女英雄都放下，只是《楞严》不熟。末路逃禅，随缘乞食，作戏凭竿木。请从子逝，层冰试我双足。

## 浪淘沙

读王鹿野扇上桃花词有感，因次其韵。

墙外一枝斜。艳绝邻家。去从扇底遇仙葩。满意留春春不住，原是空华。　　千树烂如霞。洞口曾夸。几多水护与山遮。今日东风依旧到，人已天涯。

## 水龙吟

楚之潜江，本泽国也，连年被潦，居民苦之。今岁杪春，余适以公事过此，见庐舍倾颓，园亭荒秽，惟当时刘氏小楼仅存。楼前牡丹数本，尚尔作花，追忆旧游，不胜今昔之感。因赋此词，用伽陵过云臣斋看牡丹韵。

曾赢人唤花颠，花前笑语花应记。何来空谷，佳人徒遇，暮春天气。吹尽梨云，飘残柳雪，流光逝水。恰苎萝村畔，蘼芜满径，袅袅浣纱人至。　　莫话欢场往事。似乌衣、泥空旧垒。年时此际，韵晴栏外，嫣红扑地。韵晴，予斋名。漂泊江乡，一枝入手，依然娇腻。算花应笑我，痴情未老，逢花便醉。

## 前调

生日武昌作

怪来双鬓添星，卅年光景心头记。凌云一赋，治河三策，尚余豪气。漫闹鸡虫，任呼牛马，浮云流水。恰芳洲鹦老，黄楼鹤去，容我吊、湘人至。　　多少此间旧事。算空存、长江战垒。不堪抬眼，英雄往矣，斜阳满地。我已忘机，人谁解佩，闲愁任腻。把《离骚》掷却，临风便笑，逢花须醉。

## 前调

清明日偕毛海客踏青，次日即赴潜江，舟中却寄，仍用前韵。

朝来且住为佳，阻风中酒君应记。春光不恶，尽堪消受，莺声花气。蓦地催人，一轮江月，一帆烟水。料垂杨巷陌，樱桃时节，不厌蹋青重至。　　我亦不知许事。恁闲愁、砌来成垒。几家村店，无人挑菜，冷清清地。多少柔情，未能抛却，红香粉腻。悔留春不住，花偏睡去，枉拼沉醉。

## 前调

春暮有忆，仍用前韵。

那年夜舫相逢，兰缸在侧应能记。红蕤斜倚，绿篝倦拥，销魂天气。

花睡才醒，帆飞太骤，迢迢烟水。恰湔裙节近，采兰约准，嘶白马、萧郎至。　几许欢场情事。到而今、都成恨垒。萧条客馆，那堪更遇，落花满地。箧里红绡，泪痕尚在，粉痕犹腻。算新愁又续，梦轻易觉，杯深难醉。

## 浪淘沙

杨花

漠漠糁晴空。滚遍东风。和烟搅雨太濛濛。输与谢家才思好，咏雪偏工。时萍女呈寄新词。　作态扑帘笼。又入花丛。成团逐蝶过墙东。客里光阴浑不觉，一样浮踪。

## 水龙吟

怀毛海客，仍用迦陵看牡丹韵。

博徒中有毛公，狂呼脱帽吾能记。老颠欲裂，鹤楼槌碎，崔郎夺气。我发添丝，君袍如草，泪流铅水。感美人迟暮，柔乡可问，莫待老之将至。　亦复干卿何事。最难消、胸中魁磊。周郎铁戟，陶公战舰，茫茫何地。对酒当歌，逢花不饮，负他香腻。看连朝丝雨，春阴细想，碧翁也醉。

## 金缕曲

久不得春郎消息，用心斋送别原韵寄怀。

别矣何酸楚。蓦催人、橹声帆影，遽辞通潞。客到津亭肠已断，况听歌丝缕缕。都搅作、一天离绪。悔不携将青翰舫，问湘兰、谁与燕兰侣。借用。鸿雁杳，倩谁诉。　可怜春乡天涯暮。忆年时、桃添颊粉，柳争眉妩。一种风神摹不得，冯杖新词描取。盼有日、眼波回注。握手一言烦谨记，算文鸳、总傍莲巢住。且耐听，打窗雨。

## 东风第一枝

林心斋《碧梧清暑图》

印去苔痕，安来茶具，桐阴浓翠如许。居然境地清凉，合住神仙俦侣。弹琴看弈，全不管、高槐日午。漫商量、疏雨微云，早断软红尘土。

便认作、绿天非误。试寻取、秋声可赋。赊将十斛新凉，涤却一番残暑。萧斋如斗，也只在、碧梧深处。惜年来、毻氅铜街，负我空庭老树。

## 绮罗香

题女史陈莲《美人弄笔图》

香茗清才，椒花丽藻，林下居然风致。黛笔轻描，分得远山新翠。品题人、周昉图中，标格在、谢家庭里。恰携来、百福香奁，银沟何限卫娘字。　　绣余情味方倦，为想调脂弄粉，几多摹拟。当日传神，只有镜中人似。十眉图、越样娇妍，三妇艳、谁行姊妹。倘写成、并坐观书，临风添百媚。

## 百字令

用陈其年集中韵，题王蓬心太守小像。

披图一笑，笑岁星谪后，鬓眉也白。赖有右丞家法在，尽占画师词伯。金马新知，铜龙旧识，髯也真无敌。江城夜话，须沽美酒浇臆。
此去鼓瑟湘波，披云横岳，选胜如行炙。只是分携人渐老，仆亦颠毛成雪。两片红旗，数声画鼓，底事催归急。图中添我，湘兰汀芷同拾。

## 前调

题吴太初《闭户著书图》

客何为者，笑终朝兀兀，故书堆里。盛业名山谁不朽，老屋打头而已。射虎南山，钓鳌东海，大有凌云气。英雄未老，不妨花月游戏。
君谓涤荡牢愁，消磨岁月，此乐真忘死。劫后秦灰留蠹简，肯赚人呼才子。筑就三椽，拥来万卷，清福难兼此。玄亭载酒，添予来问奇字。

## 永遇乐

题孙香泉《鄂渚开帆图》，即送归省。

如此江山，问君何事，拿舟径去。风月南楼，烟波西塞，那不勾留住。惊帆激箭，崩涛溅雪，莫认春江待渡。醉难忘、云间亲舍，吴间渺渺何处。　　披图想象，疏蓬卸后，花下板舆新赋。颂到陔兰，折残门柳，肯使归期误。先生行矣，也应回忆，历历晴川烟树。秋风起、迟君江上，归帆细数。

## 沁园春

题陈静涵《蒹葭秋水图》

三尺生绡，汀溆潆洄，烟波渺漫。恰所思不远，葭苍露白，此中有意，秋水长天。托兴微波，销魂芳草，不注《南华》第二篇。披图看，指伊人宛在，玉树风前。　　凤池伫点清班。讵入手江湖兴渺然。只荡胸豪气，吞来云梦，倾囊好句，吟到斜川。我正怀人，君方迟客，便刺晴虹贯日月船。移晴久，幸先生教我，海上成连。君有嗜古之癖，又精琴理。

## 百字令

题吴牧庵《曼香图》

花颠酒恼，算并刀难剪，柔情如水。工写个中肠断句，脱口新词特绮。细炙鹤笙，浓熏麝帕，赢得销魂死。旗亭吟写，才人风调如此。　　笑我吊月南楼，寻秋西塞，大有悲歌意。谬借铜琶消魁磊，聊复解嘲而已。酬酒屯田，瓣香山谷，亟觅红红妓。晓风残月，看子拍板来矣。

## 前调

题朱镜云太史《授经图》

六经聚讼，慨秦灰以后，纷纷缀学。高议云台工夺席，此事推君折角。藜阁联床，柯亭接轸，文宴于胥乐。江城雨话，依然清梦如昨。　　顾我蒋径苔荒，玄亭草满，寂寂门罗雀。意外故人能载酒，剪烛居然对酌。五岳同游，耦耕有愿，坚守烟霞约。蠹鱼生计，劝君一笑高阁。

## 金缕曲

题朱镜云太史《晴川归棹图》，即送北上。

君亦悲秋者。问胡为、西风倚棹，武昌城下。两月借园文酒会，管甚楼空鹤化。但饱看、黄花归也。大别山前同作客，慨分襟、早在帆初卸。且住尔，莫悲咤。　　离愁万斛和秋泻。买归艭、原作只为，淮南米价。献赋凌云声价重，听鼓醉骑官马。休只恋、浮湘吊贾。我老消寒谁是伴，算结冬、旧约今番假。鄂中曲，和弥寡。

## 其二

明日成行否。倚斜阳、婆娑生意，西门官柳。漫认江天残梦醒，此去只宜饮酒。论事业、须图不朽。二十四桥明月在，尽聊吟、东阁梅花瘦。莫闲却，雕龙手。　　当筵笑倒支离叟。引离觞、烧残银烛，拍残铜斗。送子玉堂天上去，健羡鸣珂待漏。翻洗尽、悲凉窠臼。拟挂春帆归潞水，料偏舟、迎我偏桥口。乐莫乐，相逢又。

## 沁园春

题王敬安《友鹿图》

若有人兮，丰草长林，偕麋鹿游。岂天韬解后，岩中抱犊，尘襟淡处，海上忘鸥。乐我嘉宾，呼来仙客，无伴春山友是求。萧闲甚、况应门鹤在，守户蝯留。　　笑他尘世悠悠。蕉覆隍中梦未休。想苏耽戏猎，驯同驭马，元康负卷，稳胜骑牛。与尔同群，忘机已久，隐士谁云莫与俦。生绡里，羡君真芝侣，地即丹丘。

## 满江红

题王愚山刺史《一梧图》

斫地悲歌，休问讯、武昌门柳。叹生意、婆娑如此，几何人寿。王子久拼修竹伴，刘郎已到桃花后。恰年来、种树又成阴，先生手。　　鸾鹄峙，枝何茂。琴瑟中，柯偏瘦。喜龙门百尺，亭亭如旧。枯树不烦才子赋，名材肯让空山朽。算从今、栖凤待新涤，生孙又。

## 东风第一枝

题夏芳原《听雨图》

莲漏声沉，兰釭焰小，画楼岑寂如许。匡床倚枕无眠，听彻檐牙细雨。连阴作暝，都不管、蹋青期阻。尽声声、作弄春寒，催我妒花新句。　　粉墙外、濛濛如雾。翠帘下、冥冥忘曙。瓦沟一夜潺湲，隔巷卖花声误。江南春好，漫忆刘郎前度。恁金宵、剪烛西窗，梦断犹如街鼓。

## 金缕曲

汪镜泉将应京兆试，上巳前一日饯之借园，时镜泉年五十矣。

日者言犹忆。说今岁、买臣富贵，行年五十。恰值借园张禊饮，满座六朝裙屐。争进酒、壮他行色。折尽武昌门外柳，渐槐花，黄到谈经席。腾纸价，凌云策。　　看花游遍长安陌。人艳羡、机云竞爽，郊祁联璧。况有白云亲舍在，色动毛生捧檄。不必怨、蹉跎半百。衮衮诸公台省去，笑刘郎、老作秋风客。沉醉也，拓金戟。

## 前调

壬子借园修禊

漂泊风尘里。好春光、莺花无赖，又逢上巳。昨岁借园文字饮，此乐人生有几。不作达、定非男子。酒恼花颠豪气在，只刘郎、双鬓星星矣。开口笑，偶然耳。　　春阴小变兰亭例。又何须、楼中丝竹，水边罗绮。重写新图传逸韵，也算山阴茧纸。论风雅、何关金紫。流水柴门归计稳，问明年、此会知谁是。酒阑后，百忧起。

## 东风第一枝

墨梅

缟袂相逢，缁衣尽化，皴来寂历如许。谁家竹外斜枝，幻入墨香横堵。嫩寒清晓，正梦到、罗浮深处。笑居然、月落参横，只少翠禽软语。

读不厌、广平一赋。压不倒、林逋两句。裁将滑笏生绡，也算春风偷度。江楼吹笛，全不信、落花如雨。恰前村、雪夜寻诗，摹取屏山新谱。

## 沁园春

题孙啸壑《据梧图》

彼美人兮，渺焉寡俦，游于竹林。慨黄尘乌帽，人多挟瑟，青天白月，我独横琴。绰也金声，登兮鸾啸，谁识悠然太古心。安弦处，有松风聒耳，瀑雪吹襟。　　披图一晌沉吟。正流水高山寄意深。笑未除豪气，碎之市上，不逢佳士，眠向花阴。我已移情，君将返棹，海水天风不可寻。君行矣，问伯牙台畔，几许知音。君时自楚返里。

## 满江红

题于梅谷《竹深荷净图》，时自塞外归里。

席帽铜街，无计避、黄尘十丈。问何处、风潭夹宅，雨梧遮巷。鹤柴凉生苍雪落，鸥波香暖红云涨。倩生绡、写出少陵诗，吟怀畅。　　葱岭外，沙迷鞅。天山下，冰围帐。喜披图一笑，故人无恙。旧梦久抛杨柳怨，新衔合署烟波长。只斯人，不称芰荷衣，封侯相。

## 汉宫春

题崔曼亭太守《望岫息心图》

十五年前，记浣花溪上，话雨流连。公守蜀时，余始相识。别来岁月如许，风度依然。虎符重领，恰终朝、拄笏凭阑。郡楼外、澄江如练，当年谢朓青山。　　我读万回新集，君集名。羡羊肠叱驭，鸟道横鞭。知君壮心犹在，漫谢尘缘。溪山画里，何须问、盘谷斜川。君笑曰、卧游可耳，无妨丘壑之间。

## 沁园春

题查映山学使《学书图》

如许脩间，清簟疏帘，熏炉隐囊。想亭邻接叶，笔床添润，楼名听雨，研沼生凉。和就宫词，焚余谏草，闲写黄庭一两章。门风峻，谓声山先生。任家鸡野鹜，漫尔评量。　　愧予浪迹湖湘。更东漉西涂腕力僵。恰谈经绛帐，尽容问字，寻诗赤壁，也许连舫。公欲挥毫，吾将进酒，乞取金丹还骨方。星槎迴，有晴虹贯月，压倒襄阳。

## 台城路

题祝瑶坡《松泉涤砚图》

乱泉喷薄苔夜冷，闲亭雨余新霁。倦歇瑶琴，静便文石，白夹轻衫初试。松涛如沸。胜楼结三层，玉笙声细。空翠飞来，晚风吹壁鹤翎坠。

黄庭换鹅书就，纤尘浑不到，徙倚芳沚。解事奚童，红丝细涤，绕砌墨云徐起。披图凝睇。记通潞河边，招凉松桂。一角青山，小园如画里。余有别业在鲍丘，仿佛图中景也。

## 百字令

题张映山《采药图小像》

长生可学，问何人曾见，神仙不死。渴饮玉泉饥食枣，汉镜铭。十九寓言而已。药笼随身，长镵[①]托命，镕尽英雄气。掉头不饮，那知身外何事。　　怪我学剑无成，废书兴叹，岁月蹉跎矣。换骨丹稀霜鬓改，笑认刘郎如此。有分生天，无缘作佛，且证参同契。请从子隐，石门同访青髓。

## 醉花阴

题仇十洲、文五峰合作《美人倦绣图》。

小院春来花雨过。薄雾空庭锁。一片画中诗，倚树微吟，不奈春寒坐。　　依稀翠影眉间度。若个能猜破。蓦地上心来，打叠鸳衾，今夜和衣卧。

## 洞仙歌

题《月洞美人图》

洞天深处，想云笼花绕。何意丹青写来好。见春风半面、尽勾消魂，原不待，画里全身都到。　　一般明月影，咫尺蟾宫，不信嫦娥世间少。底事最关情、好梦初回，惊唤起、数声啼鸟。恰走向窗前镇相看，觉春上眉梢、青青未了。

## 沁园春

题骆佩香女史《秋灯课女图》

蕉冷梧衰，秋房夜凄，纸窗飒然。有课经贤母，挑灯不寐，扶床娇女，捧卷而前。天道何知，父书犹在，获画还成柳絮篇。披图羡，羡宣文讲幄，也有青毡。　　扫眉才子当年。只茅屋寒檠倍可怜。自藁砧已远，机声夜永，丸熊不辍，钗凤春妍。膝下娇儿，闺中博士，人说传经伏女贤。家风肃，任铭椒赋茗，才藻翩翩。

---

① “镵”，原作“欃”，据文意改。

## 百字令

题于晴川《本来面目图》，读书是学人本色，晴川寓意也。

黄尘插脚，问何人留得，本来面目。大笑蓬蒿无我辈，且自著书仰屋。花月缘悭，屠沽业贱，一任颠毛秃。先生休矣，前身应是金粟。为慨电露年光，空花眼界，何计留芳躅。今是昨非都不管，认取儒冠儒服。老屋三间，残书数卷，此事生平足。故吾犹在，披图一笑如玉。

## 沁园春

题于晴川《想入非非图》，晴川抛举子业而习计然策，故作此图。

是也非耶，恍忽迷离，乌有子虚。纵神仙在望，依然缥眇，均天入耳，大概模粘。幻极鹅笼，奇如海市，曾觉扬州梦也无。无聊甚，慨茫茫交集，搔首踟蹰。　任渠路鬼揶揄。任待兔原知笑守株。但谈天有口，余真好辩，移山无力，叟则诚愚。姑妄言之，想当然耳，谁赠乘风破浪图。诙奇甚，任尻舆神马，游衍纷如。

## 水调歌头

题于晴川《乘风渡海图》

癸未岁，晴川游粤，由乍浦附海舶抵潮州，风浪险恶，日行六百余里，曾有“乡关风日外，身世有无中”之句。

一苇海门去，万顷水云宽。依稀蓬岛宫阙，几点缀烟鬟。不是乘槎使者，不是求仙羽客，何事狎狂澜。纵棹自兹远，回首辨金坛。　鱼龙啸，波浪矗，大如山。成连海上相待，未肯刺舟还。不乏骑鲸仙骨，且试钓鳌巨手，破浪拂珊竿。四顾叫奇绝，尘虑不相关。

## 贺新凉

题于晴川《冒雨登山图》

甲申年，晴川就连平洲书院之聘，暑雨连朝，山路陡滑，步行五六十里，过忠信岭，始就旅邸。

且住为佳耳。正炎风、束装底急，间关如此。况值漫空飞瘴雨，满径痴云未起。泥滑滑、石棱齿齿。山鸟钩辀留客住，恁崎岖[①]、踏破双芒屦。游子恨，讵能已。　　山城迢递如云里。胡不惜、辛勤跋涉，萧条行李。世路艰难从古叹，多少拖泥带水。休只恋、红蕉丹荔。鳄渚蛟墟行不得，又天边、鬼魅逢人喜。前路渺，客愁积。

## 二郎神

题于晴川《梦里还家图》

晴川别里门时，诸子俱幼，家无隔宿粮，黯然销魂，形诸梦寐，少陵所谓"遥怜小儿女，未解忆长安"也，故绘此图。

困人天气，况是踦人情绪。踪迹已飘萍，谁复忆分襟处。盼到宵深应有梦，瞥见了、团圞儿女。恰一霎、笑语灯前，忘却天涯羁[②]旅。　　无据。匆匆才到，匆匆又去。剧关情、桄榔花底别恨，滴醒窗梧夜雨。漫向珠江传此信，恁数遍、来帆还误。只漠漠、蛮烟点点，山花遮人归路。

## 满江红

题于晴川《雪中送客图》

晴川游粤多贫交，不惜推解，粤中故无雪，所以云雪者，以别里门时正值大雪，不能忘怀耳。

梦里家山，偏爱向、客里送客。豪举处、绮裘换酒，壮君行色。大雪关河天已暮，绨袍情味人谁恤。尽客囊、泻尽为穷交，肝胆激。　　削人面，凄风力。刺马骨，严霜碛。怅古人此去，一寒堪恻。梦入江云无定所，书来蛮海通消息。只送人，还忆别家时，情何极。

## 醉蓬莱

题于晴川《回头是岸图》

晴川游粤廿年，依然垂橐，收帆不早，游慨乎其言之。

向鲸涛吼处，推篷四顾，举头长啸。瞥见神山，又依然缥缈。波浪轰豗，鱼龙变幻，误尽人年少。是处迷津，那堪回首，天空云杳。　　一带

---

① "崎岖"，原本作"敧嶇"。

② "羁"，原本作"踦"。

沙坳，儿重埼岸，咫尺迷离，霎时难到。苦海茫茫，问卸帆谁早。身外何求，眼前即是，万事回头好。实地参来，空花阅尽，尘缘顿了。

## 绮罗香

题于晴川《色相俱空图》，晴川晚年颇耽禅悦。

掣电长空，游沤大海，一片迷离之境。花月欢场，旧日记曾管领。百年内、驹隙朝驰，五更后，钟声晨省。渐惊他、枕上游仙，劳生碌碌梦初醒。

萍踪如许漂泊，试问烟云变灭，几曾留影。水月空明，恰悟蒲团禅定。没把鼻、四顾皆空，猛回头、一丝都屏。结多生、清净因缘，宛然尘外景。

## 金缕曲

送王梦楼由楚之豫章

明日成行未。恰连朝、黄梅雨过，楝花风起。两度武昌城下别，官柳婆娑老矣。能不叹、树犹如此。作佛成仙都有分，恁多生、梅海余豪气。情话久，惜分袂。　　莫嫌吸尽西江水。况此去、匡山五老，招携云里。君到百花洲上住，须觅兰江双鲤。漫珍惜、千金一纸。我亦今年归计稳，只南楼、烟月难忘耳。他日会，定何地。

## 沁园春

题史赤崖《秋树读书楼图》

有屋三间，贮书万卷，足当卧游。况几重阑槛，凉生高树，无边风月，爽入新秋。杏雨嬉春，松涛涤暑，不及元龙百尺楼。墙阴听，恰吟声互答，落叶飕飗。　　悠悠。踪迹萍浮。怎桂树山中不少留。忆云根跂脚，栀肥蕉大，楼头吹笛，星淡河流。此境殊佳，领书最乐，何亭偏从纸上求。还君卷，目挑灯说鬼，涤荡埼愁。

## 前调

题何心斋《评弈图小像》

万绿阴浪，一枰玉冷，人声杳然。正疏帘清簟，时闻落子，隐囊棐几，相对忘言。壁上人多，局中劫急，只合从旁袖手观。掀髯处，肯休批风濊月，一例澜翻。　　休云黑白漫漫。料不出先生抵掌间。似论兵纸上，风生扪虱，指迷局里，喝破逃禅。弈谱谁留，手谈正剧，妙谛输君一着先。披图笑，笑樵柯空烂，未算游仙。

## 满庭芳

题徐阆斋《芙蓉湖上读书图》

淡不宜秋，凉疑无暑，茅亭恰占湖湾。读书有福，镇日对溪山。一片空濛葭水，抛函处、梦到鸥边。寻君去，吟声烟外，几误剡溪船。　开缄。怀胜地，二泉旧隐，不少清缘。记芙蓉香里，曾爇龙涎。他日凌云奏赋，玉何畔、斜拢吟鞭。江乡事，也应回忆，风雨十年前。

## 沁园春

题吴南池《豪饮读庄图》

磊落吴生，引觞旁睨，诗狂草颠。笑万缘糟粕，未除豪气，半生花月，不耐枯禅。借以浇愁，何凭下酒，且读《南华》第二篇。披图处，羡持螯对菊，恰趁凉天。　问谁名士翩翩。讵快读《离骚》便岸然。悟此中真趣，顿齐物我，世间达士，都忘蹄筌。公勿言愁，吾将进酒，试证消摇象外诠。沉酣后，看蘧蘧化蝶，摊卷高眠。

## 望湘人

题查映山《听雨楼图》

记南楼宴后，话雨深宵，西窗剪尽楼楼烛。忽遇维摩，如游罨画，梦到故园松菊。金谷池荒，平泉石胜，繁华转毂。只版舆、花下春游，日报平安慈竹。　一自星轺归里，正兰陔书暖，棠阴风熟。胜地我重来，况对潇湘小幅。最惆怅，是尚书遗墨。盼断风流高躅。恰卖花、声过墙头，昨夜天街雨足。

## 贺新郎

题戴菔塘《晴川晓渡图》

廿五年前事。喜今朝、披图重见，旧曾游地。最忆星槎乘晓渡，笑指江山如此。那信道、真游画里，同坐藤阴寻昔梦，只两人、双鬓星星矣。赌诗酒，兴犹尔。　怜予滞迹晴川涘。十年来、武昌樊口，都经屐齿。

江鸟江花成旧识，日日江楼买醉。漫认作、雪堂高致。访遍桃花才返棹，趁春风、正引朝天骑。还君卷，续游记。

## 金缕曲

九日，题《江干话别图》，送主试曹俪生宫詹赴粤东督学新任。

又是重阳矣。算风雨、登高送客，十年于此。近喜星槎天上至，品遍湘兰沅芷。况艳说、煎茶韵事。堪笑刘郎题糕兴，遇曹公、横槊谁摩垒。公宴句，锁厅试。　　苏桡又泛槟榔水。指榕阴、春风到处，漫山桃李。回首南楼明月夜，多少笙歌裙屐。肯忘却、江城画里。黄鹤白云都缥缈，写离悰、只倩银光纸。他日讯，珠江鲤。以上《快晴小筑词》，《全清词》雍乾卷。

# 龙光斗（1首）

龙光斗，生卒年不详，号剑庵，龙铎之子。与交游唱和。倜傥挥霍，视鄙儒小拘，蔑如也。工为小词，多动心回肠之音。

## 清平乐

莺娇燕绮。絮语东风里。手卷珍珠捋玉臂。满院新红铺地。　　凭谁留住韶华。停针倦倚窗纱。只有多情明月，夜阑还映梨花。郭麐《灵芬馆词话》卷一

# 姚尚桂（142首）

姚尚桂（1762—?），字秋岚，直隶河间（今河北省河间市）人。乾隆间诸生。久困科场，至老不获一第。擅长诗词，嘉庆十九年（1814）尝与张春帆、胡印辈结诗社唱和。姚尚桂自谓“予怀癖结，循声按谱，每有伤

心之句，增人怆恻”①。黄文琛题其词曰：“雕虫虽小技，工愁善怨，也要才人听。焦桐哀感，别鹤孤清。便作离骚天问。”②深得词家的胸怀与趣味。有《缃云诗钞》、《种月词》二卷传世。

## 桂殿秋

春思

思往事，盼青鸾。杏花开懒为春寒。一帘微雨双飞燕，白玉堂东独倚阑。

## 点绛唇

春暮吴门送别

一棹吴门，春归更倩谁留住。落花飞絮。总是销魂处。　芳草萋萋，记取分携路。且归去。送君南浦。细雨春江暮。

## 采桑子

和友人怅别之作

东风脉脉无消息，暂别朱楼。更上秦楼。芳草王孙感旧游。　情多怕和销魂句，肠断苏州。梦觉扬州。一样伤春各样愁。

## 青玉案

春分前三日，见梅花一枝如雪，感赋此解。时方送二三同社计偕北上，脱稿黯然。

东风尽着梅先占。但只合、瑶台见。惆怅玉堂天上远。竹篱茅舍，香清韵冷，总作凡花看。　枝头欲雪春将半。羌管声声弄幽怨。从此群芳方斗艳。桃花如醉、梨花如梦，忙杀莺和燕。

## 风中柳

友人寄赠新茗，感赋。

春恨难消，谁忆长卿渴病。倚东风、宿酲刚醒。卷帘心事，听子规啼

① 冯乾编校：《清词序跋汇编》，凤凰出版社2013年版，第725页。

② 冯乾编校：《清词序跋汇编》，凤凰出版社2013年版，第726页。

定。把芳瓷、口移花影。　　谷雨春深，梦到荼蘼芳信。怅天涯、雁鱼程永。愁肠无那，任绿云牵引。怎消受、色香清冷。

## 真珠帘

饮友人小园即事

知君丘壑胸中富。爱幽居、隐几青山当户。绿暗曲房，帘卷春风亭午。鸟送歌声花弄影，想此际、闲情谁诉。休诉。且啸傲烟霞，科头箕踞。　　曾羡十亩栖迟，恰云根偶劚，雪巢初赋。城市一山林，任流连今古。携手苔茵同坐久，却几度、勾留欲住。休住。恐月没西林，醉迷归路。

## 画堂春

题《杏花女史图》

绣罗金雀珮珊珊。无言独上春山。一枝红杏折来妍。知为谁攀。
好是玉楼人也，东风鬓影吹残。花阴小立耐盘桓。应怯春寒。

## 南歌子

新夏

梅雨飘丝细，榴花簇锦浓。人坐北窗中。一瓯当日铸，起熏风。

## 唐多令

题扇

飞絮扑帘栊。一年春已空。把闲情、付与东风。娇倚屏山眠乍起，犹梦绕、楚云峰。　　脉脉意难通。莺啼燕语中。柳丝儿、怎比愁浓。蝉鬓玉钗浑欲堕，思往事、却朦胧。

## 南乡子

偶到西斋漫成

久不到西斋。一树辛夷花正开。燕子梁间应认我，休猜。可是曾经相识来。　　往事叹多乖。春草池塘梦暗催。几度看花人似旧，徘徊。寂寞阑干凭一回。

## 踏莎行

自题小影

细柳飘风，双桐挂月。天然点缀清秋节。夜凉人静爱闲吟，露华满地苔痕滑。　落拓形骸，萧疏景物。问伊兀兀何痴绝。虎头为我费三毫，可能写出心如结。

## 柳梢青

题落花水面小影

小槛方塘。伊人宛在，左右修篁。一片飞花，飘来水面，几度悠扬。偶然点笔临窗。神怡处、心斋坐忘。好个溪山，无多春色，有限韶光。

## 更漏子

中秋

数良宵，无过是。佳节年年如此。香雾袅，月光寒。小楼独坐难。帘儿外，作秋声。西风败叶纵横。愁脉脉，思盈盈。城头漏几更。

## 如梦令

访瞿文斋先生

一室长悬如瓮。终日烧铅炼汞。还似老维摩，案上《楞严》堪诵。如梦。如梦。应笑世人懵懵。

## 采桑子

宝余斋春昼偶成

纷纷柳絮飘晴雪，揭起帘栊。花影濛濛。春尽呢喃燕语中。　掩书余味胸中满，咄咄书空。欲遣无从。昼漏声敲第几钟。

## 荷叶杯

月夜封雪，和星斋师韵。

把酒评梅读画。良夜。积雪暗香流。玉楼人醉拥貂裘。银海月华浮。

云影天光明灭。一色。好景耐盘桓。吟情应比孟郊寒。郢曲和还难。

## 柳梢青

将赴白门作

小院浮瓜。日长宴坐，鹊噪檐牙。残暑犹留，新秋欲到，闲展窗纱。倦来一梦天涯。白门柳、浑如昨耶。收拾吟魂，安排行箧，重踏槐花。

## 前调

重阳前一日，将之玉峰，酬和张春帆赠行原韵。

枫岸芦洲。玉山道上，几度曾游。一棹飘然，萍踪雁迹、又到吴头。旧盟剩有江鸥。随波去、无心住留。小别匆匆，重阳风雨，且共衔杯。

## 金缕曲

喜晤夏羽谷，并送迁葬鹿城。

忽喜君来此。怅平生、无多旧雨，半忘生死。回忆故人同砚北，少小浑如昨耳。叹别后、光阴迅驶。若说此来还一恸，为亡亲、旅厝无安地。孝水枯，悲风起。　　茕茕抱骨芒鞋敝。待重寻、玉山故垄，依依桑梓。来是偏迟行较速，添得几行离泪。纵有酒、盈樽难醉。屈指清明寒食近，奈留君不住怜无计。杨柳岸，船方舣。

## 前调

贺张未亭采芹

足下风云起。看翩翩、文坛独步，更何人比。争说谢家奇物好，生就骅骝千里。喜老骥、于今有子。从此门阑加整作，念青箱、世业君能继。且高跃，龙门鲤。　　为山譬若功初篑。嘱郎君、雪窗毋倦，焚膏继晷。头白潘郎吾渐老，知是攀尘无冀。却借以、中年自砺。转盼木天仙路近，愿他年、父执须垂记。泮水乐，始基耳。

## 满庭芳

黄海渔见招赏菊，出赠江片石诗稿，即席赋谢。

仆本多情，愁偏难说，徒教呕尽心肝。黄花开矣，十月晚风寒。林下将军好客，东篱畔、樽酒盘桓。还相赏，新诗一卷，共拍遍栏干。　此君曾一识，壬子秋，访江生于白下旅舍。书书生落魄，同病相怜。叹萧萧短发，我亦成斑。饶尔诗人多达，怎禁得、几度悲欢。今宵好，当头明月，照影话团圞。

## 前调

题蒋太守悼徐郎诗册

百叠蛮笺，千丝离绪，声声咽断柔肠。钟情我辈，人世本无双。点检徐郎旧事，平白地、玉碎琴亡。聊续取，相思锦句，和泪贮奚囊。　思量。怪如此，多情太守，薄命儿郎，徒留得几篇，词赋悲凉。夙昔风流尽矣，惊回首、花月茫茫。还应笑，非干己事，触处恨偏长。

## 前调

春分日过燕超堂，归柬云门。

柳懒含丝，梅争作雪，出门种种魂消。高斋人静，有客莫相邀。屈指春风过半，低徊处、双燕来巢。谈不尽，两人心愫，门外落花飘。　无聊。且归去，重拈香篆，独展《离骚》。任寒食清明，风雨萧萧。我是中年憔悴，更休说、月夕花朝。怜无偶，新词作柬，还把故人招。

## 虞美人

延绿斋咏同心兰

香中只有兰称妙。更喜同心少。雨余新绿茁南陔。个个风前相对、并头开。　春兰品格齐秋菊。更许参梅竹。佳人空谷耐盘桓。却笑梅花疏冷、竹孤寒。

## 踏莎美人

怅别

愁极成痴，怜深作怨。藕丝毕竟连还断。冷云飞去梦难招。几见落花重上、旧枝条。　　路转津迷，头回岸远。怪他踪迹曾多幻。东风催客莫停桡。从此江头休问、往来潮。

## 醉花阴

雨后车行

冲泥鹿鹿循村走。时节黄梅后。篱落小桥横，杨柳阴稠，车上人携手。　　风尘夙昔同消受。点检征衣旧。提起却难禁，今日匆匆，往事休回首。

## 清平乐

刘未理为写拙稿，奉酬一阕。

小阑花午。寂寞闲庭户。镇日池消永暑。帘卷晚天疏雨。　　银钩细写千行。愧非冰雪文章。展此生香妙墨，闲愁万斛多忘。

## 沁园春

客邸不寐，有怀云门先生。

屈指数之，知己无如，云门先生。怅青萍匣底，未堪拂拭，白云岭上，谁惜飘零。意气交深，文章道重，此外何人更细论。公老矣，念余生懵懵，孰相吾盲。　　著书喜有虞卿。云门近著《内经正讹》一书。叹我自穷愁但苦吟。况仆原下士，敢劳把臂，人谁长者，每共沾襟。吊古愁浓，逢时技拙，同此牢骚总不平。怜无寐，听街头柝击，衾铁棱棱。

## 前调

寄内

自我别来，风雪蓬门，近何似耶。叹零星儿女，劬劳终岁，艰难井臼，撑挡贫家。庋廖炊余，金钗典去，长伴黔娄不怨嗟。烦相慰，道买臣富贵，五十方赊。　　偶然留滞天涯。且遥祝胜常强饭佳。想篝灯闺里，课儿未罢，鸡鸣堂上，问寝无差。眷念劳人，凄其旅舍，嘹唳西风雁影斜。吾归也，待手携鸦髻，同种梅花。

## 丑奴儿

次澹香七夕韵

催诗雨过荷香好，人倚阑干。倚遍阑干。还取新诗灯下看。　　人间亦有同心巧，曲和连环。和就连环。可是相思一样难。

## 拜星月慢

七夕后三日，扶病西斋、同澹香夜话。

雨后秋佳，病余人淡，屈指素心有几。袅尽残丝，恍蚕眠初起。猛提着、一段兰因絮果，能不为他流涕。玉树蒹葭，岂无端相倚。　　论钟情、未肯输君耳。君与我、一般憔悴。从此莫斗新声，且忏除宿慧。须大家、觅个安心计。重门静、小院帘垂地。但打听、早晚西风，木樨开也未。

## 于中好

遇琴月楼，见倒挂鸟一双，栖于庭树。

翠含两两栖双影。正满院、桐花开盛。收香小字偏宜称。曾三匝、钗梁稳。　　能言羞与鹦哥并。念蜀魄、生来同命。鸟亦蜀产。枝间倒挂花间饮。愿抵死、常交颈。

## 疏帘淡月

赋得①秋意，同澹香作。

夜深无寐。问窗外梧桐，一叶落未。月上墙根，早有候虫吟砌。玉绳低转阑干角，怯西风、衣添半臂。一天残暑，满庭清露，无限秋意。　　念七夕、佳期近矣。奈针楼人远，与谁同倚。罗袜花阴，历历②旧游堪记。湘帘高卷银河淡，恰数声、长笛吹起。摩诃池上，洞仙歌罢，鬓丝憔悴。

## 踏莎美人

题黄澹香《寿花诗草》

小杜前生，涪翁嫡裔。梁溪本是多佳士。诵君诗句妒君才。毕竟寿花

---

① 《词综补遗》本无“赋得”二字。

② 《词综补遗》本无“历历”后句段。

心事、太痴呆。　　笔妙春花，词工秋水。高歌每夺旗亭帜。子春海上独徘徊。谓孙仿山先生。却喜牙生有意、抱琴来。

## 鬲溪梅令

立秋前一夕风雨，有怀澹香。

梧桐窗外作秋声。梦难成。堪恨秋风秋雨、太无情。坐听长短更。
夜凉应念独眠人。倚孤檠。手检新诗历历、愧知音。此时同此心。

## 小阑干

喜阿全生子

锦绷新裹秀眉郎。珠颗浴兰汤。玉燕投怀，石麟摩顶，雏凤盼飞翔。
祖风他日凭渠守，头角胜儿行。宁馨惊来，阿戎俊甚，大父喜而狂。

## 望江南

黄花

黄花早，篱下一枝开。碧玉盈盈初破萼，粉桃个个尚含腮。寒蝶莫飞来。

## 其二

黄花盛，烂漫赛春葩。高士林亭堆锦绣，秋娘颜色斗铅华。相对酌流霞。

## 其三

黄花晚，品格傲霜高。佳色不因风雨改，几枝偏后岁寒雕。伴我读《离骚》。

## 其四

黄花笑，人尽是渊明。园客相逢谈艺谱，村儿也解学陶情。好事却堪嗔。

## 小重山

戏咏雄黄小荷囊

彩线朱丝络几重。画屏银烛畔、夜深缝。费卿多少绣针工。虽然小、红豆恰相容。　　艾虎缀霞绒。更同跳脱击、臂纱笼。枕横金缕睡方浓。还只怕、压扁在酥胸。

## 前调

重阳后作

庭鸟衔霜不住鸣。重阳风雨后、怕秋声。旧愁新恨一时并。黄花淡、帘外小山青。　　华发始穷经。几时穿铁砚、可怜生。初心耿耿负鸥盟。西风晚、衰柳却多情。

## 沁园春

题楼

眉翠无多，婉娈轻盈，未嫁之年。恍楚云天半，无心来去，柳丝风里，着意牵缠。髻绾双螺，环拖百子，学唱玲珑曲未娴。怜娇怯，漫牵衣促座，软语留连。　　无端与我周旋。纵偶尔相逢也是缘，怅司勋肠断，不胜僝僽，黄门头白，尚带痴顽。仆复何言，卿偏多恨，每值欢筵泪暗潸。秋风好，且当歌对酒，暂破愁颜。

## 前调

梅花楼怅别

万籁无声，寒月幽辉，索心鉴之。当西风吹鬓，闲游吴市，梅花作馆，暂寄南枝。没个魂消，偏多心挂，我恨原来未有涯。从今后，恐更无消息，只有相思。　　明知阻尽幽期。聊并守银釭数漏迟。奈歌阑子夜，空圆好梦，妆成晓镜，怅步深闺。几度迷藏，更番呼唤，私语还防鹦鹉知。寻思久，听一声长笛，人倚楼西。

## 浪淘沙

上元雨窗

镇日雨绵绵。楼上春寒。良宵无月不成眠。谁道上元春最好，浑似秋天。　　半晌独凭阑。脉脉无言。紫姑休卜梦难圆。今夜小窗灯影里，太觉凄然。

## 前调

偶检诗稿

四十已三年。此事茫然。小儿强解忽前贤。卢骆王杨都故物，花样新翻。　　过眼总云烟。何必诗篇。一钱不值枉钻研。呕尽心肝消尽肉，却也堪怜。

## 临江仙

最乐堂赏牡丹

吹尽东风转艳，休教空度韶华。今朝花下醉君家。锦帏初卷处，帘外夕阳斜。　　领略倾城浑不足，凭阑欲赋还赊。座中太白尽豪奢。谭辰山夫子首先有作。清平翻雅调，细与按红牙。

## 簇水

甲子秋归有作

千里人归，一帆早傍斜阳卸。乍停征棹，喜儿辈、柳阴相迓。家下别来风景，一一心牢挂。却报道、木樨开也。　　休絮话。且收拾、鞭丝帽影，征人泪、还重洒。风尘滋味，问何事难抛舍。历尽吴霜燕雪，谁是相怜者。归来好，节近重阳下。

## 后庭宴

九日前一日作

三径微霜，一帘疏雨。西风篱下花才吐。断红零碧点残秋，秋光冷淡浑无主。　　翩然一棹归来，反怨不如羁旅。年年依旧，一任愁来去。佳节待明朝，萸觞须快举。

## 风入松

九日即席

偶然作伴访柴桑。佳节正重阳。一回小饮东篱下，漫盘桓、诗酒文章。菊蕊凌寒欲放，吟怀带醉偏狂。　人生何处不欢场。休问炎凉。座中作赋谁高手，论才华、个个班扬。莫更登高望远，西风一雁横江。

## 点绛唇

咏物十首并序

雨窗无事，随手得咏物十解。非敢炫奇，亦无所好。蒙辰山、怀轩两先生皆有和作，亦一时佳兴也，故存之。

### 其一　斑竹团扇

割泪裁筠，一规制就如明月。更无圆缺。好似郎和妾。　阑角花间，戏答双飞蝶。生绡裂。悬他绣榻。柄绾同心结。

### 其二　铜小印

凤扭螭盘，制规秦汉留遗款。摩挲把玩。金玉休相换。　印取芳名，香阁传应遍。鱼书远。花笺小篆。真赝还应辨。

### 其三　阳羡茶壶

一搦红泥，抟成长贮无根水。文窗斐几。随意儿安置。　茗酌香瓯，翠袖时倾洗。求相配。官哥酒器。白定瓷炉耳。

### 其四　竹刻梅花书尺

刻玉镂冰，一枝疏影横斜好。筠笺打稿。写取林逋照。　蠹简芸编，长枕琼姿老。抵多少。暗香缭绕。玉板禅参妙。

### 其五　画眉笔

象管装成，拈来宛称张郎意。毫添凤髓。淡扫春山翠。　镜展菱花，惯觅奁儿底。休轻弃，颖残锋细。留写簪花字。

### 其六　白玉梳

缺月窥鸾，一钩长傍奁台挂。妆成堕马。挽髻云盈把。　入发深深，滑泽真无价。银钉下。瑶钗漫卸。梳掠偏多暇。

### 其七　方小镜

粉井香天，一泓常驻婵娟影。清光四映。旋折还无定。　我面如田，好把欹冠整。休频近。妍媸莫混。鉴别存方寸。

### 其八　小玉琴

漱玉无声，冰弦暗谱梅花弄。蓝田美种。改作桐孙用。　佩杂秋兰，香借熏风送。须珍重。调凰戏凤。翠袖频磨砻。

**其九　葫芦水烟筒**

一尺铜龙，灵犀点水潜通掌。烟霏云漾。化作葫芦样。　　吐玉餐霞，常作醍醐想。还相傍。药炉书幌。悬个韩康像。

**其十　水晶鼻烟壶**

径寸冰壶，擎来掌上浑无物。半规蟾魄。中映玄霜色。　　酒后茶前，暗递同心客。须牢搦。相思无力。做个空消息。

## 罗敷媚

元宵

一年佳节今宵始，璧月光澄。金鸭香温。吟对梅花独闭门。　　暗尘随马人初散，庭院沉沉。玉潇声声。一刻千金梦不成。

## 前调

十六日早起对雪

姮娥夜捣玄霜屑，幻出琼葩。作意欹斜。除是梅花不让他。　　东风不做韶光美，春阻天涯。掩上窗纱。小阁垂帘自煮茶。

## 丑奴儿慢

喜徐霭亭至

满庭新绿，换却一番春色。听门外、故人声熟，倒屣相迎。见面谈诗，笑他痴绝老书生。红药翻阶，坐忘亭午，卷上帘旌。　　快意当前，拍张揎袖，高论纵横。君与我、一般肮脏，一样彭亨。有甚牢骚，百年鼎鼎总虚名。一天良晤，留君少住，且话斜曛。

## 高阳台

春日遇东院，为某校书作。

柳懒莺愁，花慵蝶倦，徐娘近日堪怜。扶病看来，惊他老尽红颜。东风飘瞥浑无据，罥游丝、吹堕檐前。尽难挨，几度停针，几度临鸾。
阑干倚遍黄昏近，怅梨花庭院，卷地春残。省得来生，再寻此处盘桓。二语渠自言之。一钩明月当窗挂，怪嫦娥、不许常圆。更休提，郎恨千重，妾恨千般。

## 菩萨蛮

次黄澹香韵

棋留一劫终难了。黑白分明少。我是烂柯人。此心已久平。　　情多每自误。强作忘情语。独坐懒寻思。香烧奄八儿。

## 酹江月

读《崇志》

大江东下，拥流沙一点，聚成陵阜。锁钥三江门户峻，十郡藩篱堪守。倭盗焚余，郑枭寇入，烽火连京口。沧桑五度，人民城郭如旧。
若论文物开初，元明伊始，江表还推首。风俗桑麻鸡犬好，仿佛桃源八九。胜地难寻，吾乡信美，南北休奔走。鱼盐屠钓，英雄何处无有。

## 踏莎行

下第

百劫灰心，千丝挂肚。此愁到底无消处。徐娘虽老不胜情，见人怕作相怜语。　　短发频搔，长歌莫诉。文章不信将人误。黄花毕竟傲霜高，耐他几阵重阳雨。

## 洞仙歌

秋暮雨窗，怀黄澹香。

雨疏烟冷，殢黄花如醉。人在东篱共憔悴。自故人去后、笔砚尘生，却为尔，酒盏诗筒都置。　　寻思浑昨日，事往无痕，消息天涯更谁递。叹人生几度、能畅心期，知己感、赢得青衫染泪。恰屈指、小春又东风，听点滴檐声、教人心碎。

## 水龙吟

题纳兰侍卫《饮水词》后

翩翩绝世风流，群瞻长白高门第。君才俊甚，豪华净扫，尘凡敛避。紫禁朝回，黄门直罢，董帷深闭。把金荃兰畹，重修恨谱，秦柳后，斯人耳。
饶尔词源无底。怕难消、胸中意气。情丝万轴，心花一片，春蚕欲死。

银烛烧残，红牙拍遍，曷胜清泪。奈梅花早发，一枝无力，趁东风坠。

## 前调

叠韵前，书陈检讨词尾。

陈髯侠骨无双，宏词曾博金门第。天生神骏，奔风蹑电，骅骝都避。桃叶歌终，扬州梦觉，声华潜闭。纵乌丝写怨，伽陵传恨，悲欢事，泡影耳。　　余子纷纷眼底。羡君家、奇才同气。佳人难得，云郎婉娈，尽堪心死。公干飘零，兰成萧瑟，古今同泪。叹冒公子外，更无青眼，任风流坠。

## 前调

题徐厚泉先生词稿后

倚声别有闲情，先生头白歌金缕。南州旧望，玉台高咏，风流可溯。妙脱花间，清逾梅苑，独标心素。但朱弦疏越，遗音宛在，无人会，其中趣。　　好是幽怀莫诉。想当年、曾经羁旅。南趋北走，吟风赋雪，不胜凄楚。公自悲凉，仆真憔悴，一般情绪。奈小儿强解，鸳鸯可肯，把金针度。

## 临江仙

遣怀

毁积骨销蜂蕴毒，回肠九曲针穿。防心应更甚防川。下流须逆挽，一勺便滔天。　　会得鸢鱼飞跃意，人生局促堪怜。崎岖漆黑路千盘。向前无去处，退后却宽然。

## 高阳台

赠新安罗诒孙

昭谏前身，姑溪旧裔，翩翩裘马无双。楚尾吴头，也曾尝遍风霜。与君一样伤春客，幸相逢、倾盖联床。伴无聊，同听更筹，同耐凄凉。
吴娘莫唱江南好，想寓园芳草，绿遍雷塘。近闻侨寓维扬。燕子朝来，烦他絮语商量。绿杨撩乱东风软，绊王孙、小住何妨。愿相期，重理征帆，重倒离觞。

## 八声甘州

清明前二日，玉峰道上作。

向玉山佳处挂春帆，风景逼清明。想故园丘垄，云荒草长，日冷乌蹲。一掬香醪麦饭，人子百年心。打动行人意，暗数归程。　　休怪衫青鬓雪。怪无端羁旅，逐絮漂萍。愿瘦筇归后，长挂北山云。耐几番、剪灯听雨，耐几番、憔悴且孤吟。烟波远、徘徊眺望，何处东瀛。

## 好事近

重九后一日作

昨日是重阳，孤负看萸佳节。底事秋风无准，尚木樨如雪。　　一庭落叶作去声。秋声，鸿雁叫天末。耐过满城风雨，看东篱花发。

## 虞美人

吴阊书肆买得《沧江虹月词》一卷，乃钱唐汪初问樵作也。爱其隽雅，有宋贤风致，因为题后。

偶然拾得花间谱。中有伤春句。问君底事却多情。可是钱唐苏小、是乡亲。　　闲情造次休轻赋。谁识心头苦。天涯何处访牙生。好借冰弦三尺、洗心尘。

## 水龙吟

孙访山先生自崇归省，怀思有作。

先生杖履飘然，匆匆小别兼旬矣。篱花开遍，岭梅欲放，小春天气。木落江波，轻装短棹，言归故里。想莼鲈正美，堪娱白发，倚闾望，喜相慰。　　底事离怀难理。怅年来、绛帏曾侍。题笺把盏，狂歌作达，一人知己。仆也无聊，公还善懒，商量无计。忽西风吹下，数行雁影，又相思起。

## 开元乐

木樨开

秋月三分最好，木樨满树初开。书馆夜凉人静，露华湿透苍苔。

## 摸鱼儿

书侯朝宗《壮悔堂文集》后

仰侯生、名高复社，翩翩浊世无比。文成壮悔千秋业，谁是此人同技。当日事。剩半壁江山，栖托怜无地。桃花扇底。刚一度春风，去年人面，永巷怅深闭。　惊心处，休负书生意气。桓灵党祸堪畏。英雄底事多恩怨，宝剑不施睚眦。且作计。任罗网漫天，鸿鹄高飞矣。身家似屣。奈马阮猖狂，宁南跋扈，种种恼人意。

## 长相思

城东夜归

已黄昏，乍登程。略彴高低路不平。小车鹿鹿行。　少行人，渐三更。隐隐前村犬吠声。谯楼尚有灯。

## 浣溪沙

腊梅

谁倩黄姑踏雪来。美人林下莫相猜。让他金屋作去声。花魁。　不愿有花同五出，若教生子定黄梅。一年花事一周回。

## 南乡子

燕超堂即席

明月当筵。花催羯鼓闹觥船。有酒盈樽须尽兴。拼饮。帘外东风春已尽。

## 清平乐

八月十八夜，青阳江串月返棹。

月明上了。江阔舟偏小。一派渔歌声渐杳。塔影中流欲倒。　星星火映谯楼。雁行远落前洲。仿佛潇湘几曲，归帆齐指城头。

## 烛影摇红

舒啸堂桂花树下作

负却韶光，十年不作看花计。玉山秋半我方来，金粟飘香矣。怅问别来何似。但赢得、西风两袂。绿云深处，黄雪蒙头，鬓丝增媚。　　欲折无多，一枝拟倩冰壶贮。广寒毕竟最销魂，有愿何时遂。转眼秋光能几。却休道、树犹如此。料应明月，此处偏佳，照人无寐。

## 临江仙

访饶云庐应主人不值，但见黄花满室，漫拈此解。

雨后黄花开更淡，饶云庐畔秋深。出门无侣漫相寻。逢花且一笑，篱下几同心。　　三径主人何处去，我来几度沉吟。西风落叶满苔岑。却怜潘鬓短，破帽不须簪。

## 疏影

咏白莲，次和杨舍人韵。

池塘倒影。恰湘帘乍卷，一碧如镜。万点香蕖，清远离披，玉骨珊珊莫并。亭亭不受污泥堪染，更炼得、芳心冰冷。倩黄筌、貌取娉婷，休认六郎傅粉。　　一片幽情难写，怅浣纱人远，谁与偕隐。寄语双鸳，色色空空，枉把风流管领。淡妆寂寞浑无语，且莫问、歌阑酒醒。愿相依、茂叔窗前，霁月光风千顷。

## 凤凰台上忆吹箫

张未亭点勘《牡丹亭》院本，拈赠。

玉茗堂中，牡丹亭畔，才人情寄缠绵。怅消魂院本，绝调谁传。镇日花阴闲把，子虚事、偏费流连。浑如见，小庭深院，人立当前。　　堪怜。丽娘痴绝，讶香闺绣客，听甚啼鹃。奈芳魂恋恋，只在梅边。君本多情京兆，雠校处、彩笔翩翩。休看也，人生好梦，几个能圆。

## 减字木兰花

题施云田杨柳画扇

和烟带雨。染就绿杨千万缕。摩诘多情。偶把青青写渭城。　　东风游倦。手引丝丝还障面。摇漾春愁。何必楼头与陌头。

## 连理枝

题黄璞崖南山采菊小影

三径西风到。霜叶红偏早。不寒不暖，题笺载酒，黄花正好。喜虎头描画、一诗翁，却添毫惟肖。　　衫履翩然妙。须鬓苍而皓。待倩奚奴，担囊荷锸，尽堪娱老。怅何时把臂、对南山，从先生乐道。

## 蝶恋花

和谭辰山先生旧作元韵

莽莽尘寰皆逆旅。逃佛逃仙，法海津难渡。万事茫然休挂肚。百年鼎鼎朝还暮。　　丘壑胸中如米聚。堆几牙签，手把虫鱼注。客到清谈聊捉麈。白云窗外常来去。

## 沁园春

题《红楼梦》

文妙真人，风流俊傻，多情佛心。念去如脱兔，曾经度化，生来衔玉，早证通灵。恨海难填，情天莫补，林薛奇姿怎并生。堪怜也，叹葬花焚稿，畴惜卿卿。　　莺猜燕妒纷纷。讶儿女神仙事不经。奈伽陵堕炕，妙尼逢劫，鸳鸯溅血，尤女成名。栊翠庵空，稻香村冷，鸟哢花飞自古今。红楼杳，问人间天上，此梦谁醒。

## 八声甘州

窗前芍药花漫成

看翻翻红药影当阶，春已在天涯。叹艳游初倦，东风吹梦，金谷人遐。回首丰台旧侣，蜂蝶闹窗纱。日午烟笼处，密幄低遮。　　屈指荼蘼开后，把花风递数，应到君家。恰妆成堕马，挽髻最怜他。忆当年、沉香侍砚，傍阑干、曾许伴名花。闲凝伫、殿春无力，晕脸潮霞。

## 台城路

春晚吴门旅思

春来踏遍吴阊市，东风又吹春去。借地觞花，挥毫赋恨，客里情怀无据。闲愁细数。怅如此风光，一番虚度。好景休辜，落花流水漫延伫。故园牡丹开矣，细君方绣倦，常凭帘户。白发丝添，青衫泪暗，谁和旅人吟句。伤春小社。看万缕垂杨，乱人离绪。归计匆匆，买舟寻野渡。

## 柳梢青

题《枫桥夜泊图》

有客扁舟。枫林小泊，时候深秋。浒墅关中，姑苏城外，吴市梢头。 推篷暗数更筹。恰夜半、钟鸣寺楼。渔火星明，乌啼霜落，月白江流。

## 一落索

重阳前二日作

秋色盈庭含晓露。黄花未吐。西风有意赴东篱，洒几点、廉纤雨。 一棹归来秋暮。闲愁休诉。百年风日几重阳，且相约、登高去。

## 满江红

黄椒村以新词一卷惠教，次韵奉酬。

此调谁弹，三叹息、为君击节。伤春倦、当歌对酒，令人心怯。纵遇知音情已淡，相怜同病肠偏热。怅东风、三月落花深，愁难说。 今古恨，多离别。悲喜事，常萦结。想英雄儿女，总堪呜咽。呕我心肝徒自苦，傍人门户终何屑。虽区区、消得几多才，须磨切。

## 前调

叠前韵，赠丰世兄。

彩笔翩翩，君正是、题桥时节。雕虫技、偶然作戏，逢场休怯。顾曲周郎年已暮，费才江令情方热。问眼前、若个是知音，真难说。 盼不尽，同心别。解不尽，相思结。怅高山流水，指声悲咽，自有文章图远大，止谈风月怜轻屑。愿从今、且莫赋闲情，叮咛切。

## 前调

灯下伤春叠前韵

埋怨东风，却耽①搁、看花时节。清明过、莺娇柳懒，愁春心怯。曲

① “耽”，原本作“担”。

谱冰弦琴韵冷，香消云篆炉灰热。怪梁间、燕子太多情，喃喃说。　　意中人，常常别。心中事，时时结。任嵇狂阮哭，穷途哽咽。老子生涯甘自薄，儿曹教诲真无屑。傍书灯、相对一山妻，怜凄切。

## 前调

庭中牡丹始花，叠伤春韵。

着甚闲愁，奈又遇、觞花时节。东风倦、绿肥红瘦，牡丹力怯。云护天香雕佩冷，酒酣国色芳心热。倩小奚、扶起倚阑看，情难说。　　妃子面，千年别。瑶台会，三生结。忆沉香亭北，绕梁声咽。耳畔莺簧初转韵，陌头柳絮旋飘屑。对名花、无语怨春归，关心切。

## 前调

病起

我已更生，叹从此、光阴宜惜。平生愿、天闲脱皂，不施控勒。种种痴心都是梦，萧萧短发全然白。怕支离、病骨不坚牢，怜鸡肋。　　还不了，笔墨债。疗不尽，烟霞癖。想登山临水，裹粮蜡屐。小阁垂帘惟日坐，青衫溅泪常时湿。细思量、四十九年中，无欢日。

## 前调

四叠前韵，怀黄云门先生。

一榻春风，正病起、维摩时节。穷愁甚、虞卿老矣，著书力怯。弹铗休歌人面冷，爱才似命公肠热。叹牙生、久不晤钟期，同谁说。　　咫尺路，天涯别。离索恨，心中结。怅伊人宛在，水流声咽。好会如云怜过隙，清言吐玉思霏屑。孙访山先生在院日，同谭辰山、陈星斋两师尊，暨云门、缃桥昆季，朝夕过从，一时觞咏之盛，今不复得矣。猛抬头、双燕隔帘来，思量切。

## 意难忘

上元前一日，陆枫溪、吕东阳见过，喜作。

春满柴门。喜故人到此，执手殷勤。庭梅才破雪，檐雀正鸣晴。书舫静、午风轻。啜茗细谈论。倩小童、博山炉内，添炷檀沉。　　一双名士超群。却爱携红友，东阳好饮。爱写丹青。枫溪善画。豪情同左相，妙笔亚吴生。旋读画、更评琴。窗外又斜曛。共相期、来宵佳节，去踏香尘。

## 迈陂塘

新春访燕超堂主人

步春风、燕超堂外，梅花几树如缟。棋声遥度西窗底，却有烂柯人到。庭院悄。把旧谱桃花，细意闲评校。云门与缃桥对局演谱。客来草草。便彻局相迎，宾主坐谈笑。　光阴速，白发相看共老。旧交今有多少。青云黄土须臾事，名士半归潦倒。闲最好。恰帘外风和，历历闻歌鸟。斜阳树杪。奈吾倦思归，黄昏近矣，今夜月明早。

## 满庭芳

寄张潜夫

扶病身衰，伤春心苦，庭前芳草萋萋。故人别后，消息一年稀。打叠双鱼稿底，春鸿阻、欲寄无期。东风好，君归须早，相见手重携。　低徊。念旧侣，寥寥无几，若个心知。奈年来奔走，各赋斯饥。解道劳生事拙，添凄楚、残月荒鸡。江南北，望中云树，一水渺天涯。

## 百字令

中秋前二日作

中秋近也，叹破窗风雨，年年依旧。镇日消魂看不足，门外几枝疏柳。轻暖轻寒，不情不绪，闭户怜无偶。北窗可卧，万缘于我何有。　偶然作赋吟秋，题诗怀古，底事频搔首。一室萧然无长物，相对笔床茶臼。落叶翻阶，哀蝉到枕，午梦惊回后。愁来无那，同心有几良友。

## 蝶恋花

初度遣怀

瞥见梅花开几树。眼底春来，又是伤人处。老大光阴如急羽。青衫着破还重补。　闭户英雄浑处女。揽镜徘徊，马齿羞频顾。欲赋闲情无好句。自沽村酒酬初度。

## 虞美人

客有邀余同访旧游者，词以谢之。

懒游怕逐春风客。咫尺仙源隔。柳绵飞尽已残春。莫问桃花门巷去年人。　罗衣倘有啼痕在。怎了相思债。刘郎今日到天台。却讶阮郎何事不同来。

## 双调河满子

听唐连城琵琶

我是周郎憔悴，平生顾曲多情。缅想英雄儿女事，总教此恨难明。邂逅昆仑妙手，琵琶闲拨铮铮。　颔下须髯妩媚，怀中弦索凄清。弹出夕阳箫鼓意，听来几度愁生。惆怅青衫如故，泪痕不觉盈盈。

## 满江红

感旧

一棹归来，重阳过、西风萧瑟。恰此际、对景思人，乱愁千叠。记取高楼临别意，泪珠隐隐凝双睫。听一声、鸿雁向南飞，遥天末。　邂逅事，皆冤业。平白地，多磨折。叹鸳鸯头白，杜鹃啼血。种种伤心形不尽，叨叨絮语从头说。恐苎萝、重访浣纱人，云山隔。

## 东风无力

待月楼即席

菊艳枫黄，帘卷一楼明月。眼中人，杯中酒，今夕何夕。忽数声长笛弄秋风，打起愁消息。　翠袖殷勤，讶一串骊珠，几度绕梁音歇。愿周郎休顾误，不胜羞涩。但为谁憔悴曲难终，有恨须还说。

## 菩萨蛮

追忆秦淮旧游二首

琵琶一曲千重意。殷勤翠袖相留醉。眉语送当筵。盈盈十五年。　缠头珠十斛。争买藏金屋。暗里问罗敷。罗敷已有夫。

## 其二

回头一霎秋光暮。白门柳下分携路。何日上兰桡。重过长板桥。
相思千点泪。化作秦淮水。惆怅梦中人。朝朝暮暮云。

## 金缕曲

挽堂嫂节妇许氏

为写伤心事。痛吾家、巾帼有人，抱惭无地。华岳莲凋池水竭，餐尽冰霜滋味。但留得、芳心苦蒂。自没黔娄三十载，叹伶仃、没个期功倚。瞑目去，见夫婿。　　一龛弥勒终身侍。为翁姑、一坏未筑，更勤十指。百斛香泥衣裹就，脚下麻鞋都敝。更料理、膝前犹子。千载贞魂应不灭，待旌门、坊表荣乡里。惶愧杀，男儿辈。

## 前调

哭谭辰山夫子

桂也狂生耳。想平生、嵚崎历落，久为人弃。休说文章憎命达，弹尽高山流水。正难得、一人知己。惭愧此身无报答，向九泉、一滴穷途泪。执手语，敢忘记。先生易箦时，蒙谆谆垂训不舍。　　名山事业完犹未。忆当年、杜陵头白，拂衣归里。一棹重来成永诀，应叹人生如寄。愿更结、来生师弟。一日心期千劫在，对黄花、无限凄凉意。公逝也，谁相倚。

## 菩萨蛮

秋感

雨丝帘影看如织。小山窗外眉痕碧。何处觅知音。空余壁上琴。
黄花开八九。篱下西风瘦。我欲和陶诗。还防不入时。

## 前调

雨窗偶检小词，有作。

凄凄风雨连朝夕。故人门外无来迹。炉内水沉香。摇摇心字长。
愁来遮不住。偶诵消魂句。一卷断肠词。萧萧两鬓丝。

## 扬州慢

北窗销夏，读《左传》有作。

一榻蝉声，一帘花影，一编盲史常携。喜北窗人静，闲谱新词。缅玉帛、干戈反掌，素王秉削，衮钺无私。逞浮夸、妙说麟经，传信传疑。董帷何处，访名山、谁是吾师。数东周逸事，英雄儿女，一例情痴。休怅书生老矣，揣摹愿、还抱苏锥。盼斜阳几树，飒然吹上凉飔。

## 喝火令

题张味琴桃花新柳卷子

糁碧鹅儿嫩，含朱人面娇。芙蓉脂肉楚宫腰。妒取张郎妙笔，风韵十分饶。　　漫讶仙源影，曾攀汉水条。可怜潘鬓剩萧萧。几度春风，几度梦难招。几度闲情空赋，展卷又魂销。

## 前调

食柑戏咏

絮裹霜丸白，金涂蜡蒂黄。细倾斗酒嚼琼浆。撩动听莺情绪，风味太寒凉。　　竞觅狮头美，奚输佛手香。枝江种比洞庭良。何必金茎，何必绛罗囊。何必上兰传赐，携共细君尝。

## 师师令

中元生月

秋渐深矣。摇落西风起。举头明月恰中元，正病酒、怀人天气。凭遍阑干还隐几。听乱蛩吟砌。　　鬓丝吹冷帘垂地。烛暗金虫坠。十年前事细思量，怎禁得、者般憔悴。一榻桃笙凉似水。却教人难寐。

## 前调

十六日雨窗早起

槐花小雨。做一庭秋暑。凉飔瑟瑟响窗纱，且续取、昨宵吟句。徐拨炉灰温宿炷。袅沉烟如缕。　　光阴屈指皆虚度。好梦多乖阻，眼前无事不凄凉，恨短发、萧萧堪数。一阕新词随意谱。把此情谁诉。

## 沁园春

辛未嘉平中浣一日五十自寿

虚掷光阴，五十年来，岂其梦耶。念爱闲多病，壮心耗灭，阻风中酒，往事狂奢。我命如斯，人情大抵，万事从今休问他。吾衰矣，却未甘憔悴，强饭为佳。　　也曾游历天涯。总不抵团圞在一家。恰萧斋无事，亲焚炉炷，细君解意，代供梅花。冰雪池塘，琴樽帘幕，初度风光美莫加。春来也，盼东风柳外，重展韶华。

## 念奴娇

清和上浣偕内子泛舟湖上

飘然一舸，叹无端、重问西陵之路。百叠烟鬟岚翠滴，山色湖光如故。麦雨葵风，含桃金碗，好景凭分取。莺啼柳懒，六桥春已归去。
人生几度难娱，细君清洒，借作烟霞侣。苏小坟前携手过，把酒共浇黄土。眼望双高，云连三竺，脉脉愁来处。未能偕隐，此游聊遣衰暮。

## 菩萨蛮

重阳前一夕，访张春帆夜话。

谯楼鼓转催金柝。月明人静霜华落。明日是重阳。灯前话共长。
鸿雁声初到。篱下黄花早。有酒便登高。吟诗莫和陶。

## 玲璃四犯

九日雨窗作

仆本无聊，恰风雨重阳，愁满怀抱。帘卷西窗，领略小楼清晓。拈取一炷炉香，袅心字、潆洄不了。宛无言，自瀹茶瓯，随意闲删诗草。
茫茫底事多凄惋，想登临、旧游难到。赏心乐事消磨尽，揽镜鬓丝添皓。眼底谁把殷勤，拼寂寞、蓬门休扫。问黄花篱下，开也未，西风峭。

## 瑶华

七月八日将赴秋闱有作，兼送钱钰亭、张春帆。

新凉雨过。阑暑风清，忽掩书无绪。蝉声满耳，嘶不定、敧枕旧游堪数。挂帆风到，待料理、诗囊茶具。展庭蕉、一片浓阴，且向绿窗延伫。

眼中裘马翩翩，笑落拓寒酸，羞与为侣。杜郎老矣，那更禁、秋雨槐黄时序。探蟾路近，让逸足、双双先去。却正好、江上峰青，续取湘灵佳句。

## 柳梢青

春潮

春水迢迢。桃花雨后，浪卷红潮。一线飞来，双鱼寄去，催上兰桡。

天涯一别魂消。芳草渡、风凄雨萧。扬子津头，曹娥江上，夜夜朝朝。

## 前调

新柳

楼角帘前。蛮腰乍展，欲起仍眠。未觉青青，依然楚楚，分外纤纤。

东风又绾离筵。立马处、烟波画船。春色三分，春心一线，翠阁人闲。

## 前调

乩仙绿姨为思罗霞史抱病，词以慰之。

仙子情多。散花无力，病学维摩。药杵亲敲，玄霜倦捣，憔悴姮娥。

云窗手枕兜罗。鸾侣去、愁来奈何。珍重相思，从来仙佛，也要遭磨。

## 金缕曲

罗霞史赴西池征召，坛主人黄生弹琵琶以送之，为填此解，聊和神弦。

心字炉烟袅。敞香筵、如来活现，拈花而笑。铁拨一声弦欲裂，听取陈隋古调。讶妙手、昆仑绝倒。天上人间同一例，怕凄凉、法曲催人老。今古恨，弹不了。　　瑶池阿母鸾书召。怅此去、花天月地，采芝学道。好与双成为凤侣，一霎蓬山缥缈。盼不到、绛河青鸟。曲罢还余天际想，想真人、此际也添恼。青衫上，泪多少。

## 凤凰台上忆吹箫

题《乩坛唱和诗》后

鼓罢冰丝，烧残兰炷，庭前鸾鹤无踪。忆花坛雅集，喝月吟风。一自西池人去，仙凡路、水阔云重。难忘处，红颜青眼，蓦地相逢。　匆匆。襟分珮杳，怅茫茫尘劫，几度欢悰。况因缘世外，欲证无从。纵有词笺赋笔，愁寡和、一任尘封。休回首，鸟啼花落，转眼春空。

## 鹊桥仙

青鸾有翼，白云无影，消息何曾轻到。瑶琴尘满十三徽，且操取、落梅一调。　多谢双鱼，碧罗传语，曾问白头人好。青天碧海路茫茫，耐落月、晓风残照。

## 买陂塘

娄东客窗消暑即事

为偶然、寓园小住，读书消暑而已。绿阴庭院蝉鸣静，尽日垂帘隐几。趁此际。怅客畧萧闲，一洗炎襟耳。遣怀无计。恰凉月楼西，茜纱窗外，人在影儿里。　休凝伫，底事沉吟花底。徐娘风韵难拟。因缘邂逅还无主，青眼蛾眉能几。须切记。愿粘泥飞絮，莫再因风起。室遐人迩。想冉冉凌波，袜罗尘浼，珍重夜深矣。

## 虞美人

立秋日，访钱十一秀才，留别一首。

无多阑暑新秋矣。访客蝉声里。秋怀应与主人同。且趁竹深荷净、坐熏风。　琴书点缀幽居好。触热人稀到。爱君倾盖便情深。无那题襟几日、又分襟。

## 水调歌头

八月十七夜，同春帆、印心坐月茗谈，即用东坡中秋词韵。

清绝秋如许，明月挂青天。广寒毕竟何处，佳节愿年年。莫问今宵何夕，消受金风玉露，坐久不知寒。香满木樨树，吹送到窗间。　谈不尽，今和古，且迟眠。闲愁无数，人生难聚月难圆。只此三人对影，也算千金一刻，好事不须全。乞和长公句，携手望婵娟。

## 前调

叠前韵，奉和张春帆同胡印心坐雨之作。

桐树西风战，秋近菊花天。雨窗却喜人话，长夜静如年。示我玲珑水调，和就坡仙好句，冰雪沁心寒。君妙有佳趣，词品史卢间。　扶不起，秋心倦，似蚕眠。钻研故纸，还希脉望食仙圆。回忆联床佳侣，几个新知旧雨，屈指不能全。雨过碧天净，独坐待婵娟。

## 宴清都

中秋后六日，同印心、春帆重启乩坛，有华奴者翩然有光。因绮语见触，少兴而去，爰赋此解，并怀罗、绿二仙史。

明月今宵晚。黄昏静，银河一碧如练。灯烧绛蜡，炉添篆炷，好秋庭院。翩然飞下仙凫，惊鸿过、珮环声颤。却荡来、一片闲云，由他去住休挽。　花坛旧雨无踪，鸾归凤杳，良晤空眷。忏除绮语，萦洄别梦，总成凄怨。西风雁影迷离，盼不极、凭高望眼。更甚时、萼绿华来，天长路远。

## 前调

六月中，得钰亭都门手书。昨闻于七月上旬，已从天津买舟南下。良友天涯，有劳轸念，遥想客路秋多，归装尘促，回溯旧游，用增凄眷。漫倚新声一解，以抒离绪。

帆挂西风里。天涯路，别来风景何似。蓟门柳色，卢沟雁影，昔游曾记。故人一棹归来，春明梦、略尝滋味。怎似吾、鬓染吴霜，中年憔悴如此。　文章得失休评，壮游须早，志在千里。风寒易水，群空冀北，英雄同喟。燕昭台畔经过，问骏骨、千金孰市。待与君、细说风尘，大家雪涕。

## 疏影

和胡印心次茶烟阁秋柳原韵

凉风殿首。看青青几树，摇落何骤。客里相逢，月下霜前，蝉声噪遍林堠。白门秋色浑无恙，最怕是、乱鸦栖候。问道旁、立马何人，可忆绿窗纤手。　　惆怅旗亭往事，蛮腰低舞处，惯斗樱口。陌上楼头，一样毵毵，那得春风如旧。倡条冶叶无多在，剩冷落、秋娘妆牖。却可怜、疏影依依，竟与黄花同瘦。

## 前调

秋柳，叠前韵，和张春帆之作。

枯桐枕首。盼秋风柳外，凉雨声骤。遮莫魂消，灞岸人归，行尽月堤烟堠。萧娘门巷清如许，恐不是、攀条时候。待甚时、重系班骓，好共陆郎携手。　　记取晓风残月，柳家乐府句，曾唱人口。昔日章台，走马看来，青眼蛾眉非旧。寄声陌上凝妆女，且莫启、翠楼帘牖。想别来、汉苑隋宫，毕竟细腰加瘦。

## 天香

秋末将之吴门，有怀白下旧游。

庾岭梅前，陶篱菊后，匆匆又理征棹。桃叶秋深，秣陵天远，无计商量重到。西风院宇，拼寂寞、鱼沉雁杳。收拾吟笺赋笔，相思近添新稿。　　扁舟归来草草。最难忘、寓楼清悄。伴我语时同语，笑时同笑。青眼红颜却少。知别后、琵琶为谁抱。留取芳樽，重逢细倒。以上《种月词》

## 春霁

岁暮立春第一夕，雪窗漫兴。

我恨滔滔，问今夕何年、高炷银烛？白发摊书，良宵对酒，聊把好春相祝。冷凝肌粟，黄昏微霰洒庭竹。漏箭促。灰烬博山，香篆茗烟续。　　恰又岁晚，门可张罗，懒游窝中，万绪枨触。想梅花、罗浮梦醒，东风一线破寒玉。横笛小楼谁弄曲？最可怜处，任教寂寞林逋，□□□□，一回歌哭。林葆恒《词综补遗》

# 舒位（37首）

舒位（1765—1815），字立人，号铁云，小字犀禅，直隶大兴（今属北京）人。乾隆五十三年（1788）举人，曾游贵州军幕。性笃挚，博学多通，尤工诗，新意特出，与黄景仁并称于乾嘉诗坛。诗风沉郁闳恣，多写羁旅见闻及咏史。有《瓶水斋诗集》。

## 百字令

陈斗泉《采珠图》

调铅杀粉，写河神一个，嫣然欲语。十色五光离合处，消受明珠翠羽。才子黄初，小娘青廓，流水年华去。画叉才展，春风省识如许。
当日西馆题诗，东阿纪梦，愁坐芝田女。暂肯招魂金带枕，不是高唐行雨。骨像应图，寂寥难慰，我有伤心句。十三行字，却教大令书与。

## 迈陂塘

银河

定风波、盈盈一水，人间望断天上。玉笙吹冷平明院，昨夜星辰惆怅。遥相访。借太乙莲舟，安个沙棠浆。布帆无恙。待饮满痴牛，飞残髡鹊，碧海棹歌唱。　　秋深矣，别泪如铅一样。机丝夜月虚响。意中流水公无渡，遮断红墙十丈。零源涨。怕流入西池，翻作桃花浪。年年飘荡。盼清浅扬尘，云车风马，空际自来往。

## 风蝶令

蛱蝶画扇

粉腻秦台晓，金迷汉殿春。钗头枝上是谁真。却取霜纨斜展、认前身。　　扑处低红扇，行来化绿裙。画桥风细最怜君。记得一双飞逐、卖花人。

## 如梦令

织锦曲

玉杼暗回秋响。金线压残夜纺。乌语碧纱烟，何处停梭惆怅。机上。机上。还是旧时花样。

## 辘轳金井

用刘改之韵，为唐六秀才稚川题《双梧留荫图》。

曲中芳树，记初来、满院绿阴还小。叶落银床，被西风吹了。双声人悄。算不比、杏边春闹。只有芭蕉，和伊夜雨，滴成同调。　　难禁者回潦倒。叹桂林书远，梧宫秋老。细数归期，恨归期难早。桐花凤杳。胜几点、乱鸦啼到。一卷崔徽，三生杜牧，最难分晓。

## 百字令

翩翩毛羽，向蓬山弱水，何年栖托。游戏斑龙王母笑，潜伴女床鸾宿。仙草能餐，天花不散，芳汛从渠索。双衔红授，配他阆苑孤鹤。　　可怪引去灵禽，题来凡鸟，玉女传言错。雌鸡阴谐雄鹊怨，那有宫蟾桥鹊。对影闻声，寻消问息，风纸如情薄。归飞应晚，碧桃花已全落。

## 翠楼吟

书萧观音《回心院词》后

绿海观鱼，青山射虎，深宫故国何处。低唱回心院，向金屑、檀槽按谱。美人乐府。似永巷闲愁，长门遥妒。空记取。翠华消息，落花无路。　　那更婢学夫人，有红笺小叠，传言玉女。便晨书暝写，题遍了、肠断香句。者番飞语。肯潜伴诸郎，暮为行雨。添几许。三年碧血，四时白纻。

## 御街行

苍苔

西园尽日重门闭。又绿到、阑干底。多应青女玉钗寒，卸下云钿双髻。晓来寻遍，雨肥风瘦，蝶去虫来地。　　天涯小草芳无际。有一种、愁依意。迟他行迹到门前，旧径深深难记。黄昏相近，苍茫独立，提上鞋弓未。

## 贺新凉

折梅图

雪破空山晓。是何人、低揎云袖，拈花而笑。料理蛮笺书恨字，方便匆匆封好。怕寄去、江南春老。花谢花开君不见，况天涯、何处无芳草。三岁句，袖中少。　　金樽檀板都抛了。断春肠、离亭风笛，隔花缥缈。待款双扉闲贳酒，醉看罗浮山小。似此梦、几生修到。落月横星浑不记，算甚时。博得花神恼。倩翠羽，作青鸟。

## 添字昭君怨

琵琶

凤尾斜遮半面。龙首乱垂一片。等闲惆怅子弦声。隔帘听。　　正是青衫湿透。那禁绿腰翻就。花神月黑再休弹。别离难。

## 华胥引

茶烟

春愁何处，午梦催莺，夕熏换鸭。谷雨花风，一缕茶烟飏禅榻。笑煞消渴文园，把鬓丝吹匝。纱帽笼头，画帘垂下银押。　　火活泉香，受熬煎、竹炉纸箑。盈盈蟹眼，啼痕不替红蜡。那更竹楼人倚，正酒醒微怯。芒角枯肠，伴侬药鼎箫飒。

## 雨中花

用王逐客韵

一卷《离骚》何处续。倚湘娥、暮花修竹。正人远苍梧，天寒翠袖，双箸垂流玉。　　五十朱弦瑶瑟轴。袅西风、洞庭吹绿。恰北渚山青，南湘烟素，一点神弦曲。

## 东风第一枝

咏裙

翠竹初熏，红藤乍启，湘波六幅烟缬。银泥斜衬明霞，金缕暗翻叠雪。绿香小梅，是渡厄、初湔时节。须记取、酣宴华堂，莫更酒杯翻彻。

挑彩线、凤凰一抹，绾绣带、鸳鸯双结。梦来曾伴行云，洗处定知入月。怜渠腰细，忍系住、春愁千叠。忽开帘、微露珠钩，又被峭风偷揭。

## 垂杨

晓妆，和唐稚川韵。

流莺送晓。看篆收银鸭，窗飞朱鸟。绣被犹堆，帘波卷萝文珠抱。楚山容易行云早。挽高髻、一钗横掉。记夭桃、昨夜曾开，吩咐双鬟拗。

却把鸾台细扫。又画了长眉，口脂匀小。背面簪花，回身还倩朝阳照。嫌寒鹦鹉偷人笑。禁不住、春风吹袅。低拈裙带，眼波红未了。

## 菩萨蛮

秋千图

鸳鸯绣出抛红线。葳蕤春昼开深院。飞燕一身轻。天风笑语声。

娇痴方喘立。香晕湘绡湿。兜上绿华鞋。低头堕玉钗。

## 烛影摇红

烛泪

一寸相思，杏梁宾散帘风亚。个人无赖是横波，暗里红潮泻。剪断巴山情话。颤钗翘、玉虫齐挂。分明一色，唾壶盛处，针神初嫁。　　最可销魂，扬州明月江州夜。三千艇子十年楼，揉碎灯花骂。别点离恨无价。劫清灰、司勋司马。那须更说，辽海秋风，三条烛下。

## 蓦山溪

归燕

画楼深处。燕子年年住。双剪破春愁，梦初回、和人小语。衔泥弄蕊，不管海东青，昭阳殿，郁金堂，脉脉伤情绪。　　香残酒冷，秋影催风雨。门户傍谁家，尽飘零、红襟翠羽。山青云白，千里故乡心，开绣箔，别雕梁，日暮长飞去。

## 太常引

照影

一层杨柳一层鸦。水屋似浮家。帘卷晚湖霞。刚曲录、阑干半遮。遥峰梳髻，微波开镜，人面借桃花。照影浣溪沙。去买个、春舟若邪。

## 清平乐

微云

微云不语。向晚孤飞去。灯火高城知几许。记得画桡停处。　　满天鸿雁归秋。罗衣轻薄应愁。忽作横空一抹，和烟遮断红楼。

## 迈陂塘

唱玲珑、烟波无际，红船六柱初泊。相思已挂斜阳树，不待潮平月落。君愁莫。有两朵青山，遮断江南北。秋风萧索。要好好题诗，浣花笺纸，阆苑附书鹤。　　记不起，鹦鹉青春楼阁。有人卷上帘箔。相逢相别真容易，眼底水村山郭。思量着。有痴绝牵牛，私下银河诺。迟他乌鹊。休惆怅芳时，蚕丝蜡泪，孤负水嬉约。

## 洞仙歌

玉勾斜，寻隋宫人葬处。

埋香闭粉，认玉钩斜处。啼煞春莺野棠树。似紫兰径小、青草坟荒，浑不辨，三尺美人黄土。　　头颅明镜里，杨柳无情，不绾天涯锦帆住。唱破念家山、玉几金床，狼藉到。六朝风雨。有一种、愁人景阳宫，听红鬼三更、井栏私语。

## 长亭怨慢

骑驴

折杨柳、匆匆三叠。短后之衣，藤鞭竹笠。一曲骊驹，秋山四面落黄叶。今宵酒醒，何处灞桥风雪。若画出诗人，须添个奚奴，携我吟笈。　　笑书生骨相，尘土功名三十。行歌坐啸，与富贵、神仙何涉。再不思、白马从军，那更有、青骢换妾。且让你、五陵年少，连钱蹀躞。

## 蕙兰芳引

秋草送别

斜日短亭，马蹄绿、踏翻秋色。看一路天涯，难系远人去迹。野梅官柳，当此际、尽无消息。向汉宫吴苑，只有粘天霜白。　　斜忆裙腰，卑怜袍袖，别恨遥隔。况八月西园，黄蝶欲飞不得。咸阳道上，衰兰送客。归去来。休负暖风熏陌。

## 解连环

琵琶枝

画帘垂桁。坐双鬟十五，浅斟低唱。较胜他、挟瑟弹筝，有曲项琵琶，随身安放。银甲枨枨，是第四、弦中惆怅。问一台杨柳，万里枇杷，缠头无恙。　　且作酒阑相向。渐商人老大，才人厮养。谁管领、秋月春风，似冯淑湾头，王嫱塞上。弦柱华年，怕妆泪、阑干偷飏。看今夜如此，天涯一般飘荡。

## 水调歌头

书朝云诗后

春梦一场觉，万里去浮家。不知天外风雨，何处望京华。已是无家可别，况又无人相送，莽莽海山斜。独有九天女，来泛五湖查。　　舞衫破，歌扇冷，酒杯赊。金刚偈子曾记，弹指笑拈花。不恨佳人难得，但恨佳人易老，芳草满天涯。千载曲中语，恩怨绿琵琶。

## 霜天晓角

蟋蟀

花青月黑。一口吟秋色。多少旧愁新恨，欲不听、那抛得。　　刀尺远消息。剪灯停夜织。行到豆花篱下，恰霜影、满衣碧。

## 绿意

落叶

青灯促漏。听琐窗点点，风雨依旧。一叶秋声，飞入谁家，知他好梦难又。东君不到梧桐院，有几处、银床鸳甃。想辘轳、汲井人归，拥起夜寒双袖。　　无奈开帘细数，小园曲径畔，红扫鸾帚。眼底关山，只有归鸦，认得门前乌桕。分明北渚微波下，浑不似、柳梢春后。等再催、九月疏砧，冷到寄衣时候。以上《青灯词》

## 水调歌头

己未中秋词

同此一轮月，不觉十分秋。东坡居士何在，高处唱琼楼。君是逢场作戏，我亦因人成事，两两楚天游。剪烛共情话，仿佛坐螺舟。　　洗今夕，秋似水，迹如沤。高歌一曲青眼，我始欲言愁。此地本来卑湿，此夜无端离别，香雾忆鄘州。把酒续残梦，左手挹浮丘。

## 百字令

雨樵先生既序《戎幕集》，复题长歌于拙稿，因再填词三首为报。

读书无福，但年年飘荡，般般游戏。佛不能成仙为学，住在人间久矣。桃李公门、枌榆乡社，缥缈如天际。吹箫弹铗，长安居大不易。
于是东海钓鳌，南山射虎，踪迹浑难记。酒债常丘可筑，诗债有台难避。画饼虚名，炊粱残梦，究竟无滋味。杏花飞也，秀才康了而已。

## 其二

去为书记，向遥钟促漏，替人消息。十样蛮笺三寸管，付与鳞红鸦黑。元亮闲情，佺期古意，往往成抛掷。感恩知己，古来兼者难得。
因此飞鸟相依，候虫自响，吟入罗罗国。下马居然书露布，上马看他杀贼。落帽何妨，曳裾堪笑，花落吹羌笛。河阳诗序，风云孤负泉石。

## 其三

雨樵居士，是同乡前辈，相逢迟暮。八斗陈思容易办，五斗陶潜难做。枫落吴江，沙飞瀚海，那得知其故。玉关生人，青鞋布袜吴楚。
相赠一曲之歌，三都之序，欣赏真无数。况是南朝官样纸，恰称大苏书付。袭锦而藏，焚香而诵，人在芙蓉幕。空天阔海，琴声弹到何处。

## 无愁可解

和雨樵先生前词依韵①

亦曰愁来，居吾语汝，无愁果有愁否。殆诚然有之，啧有烦言人口。闻道勾前年少妇。题叶咒花攀柳。无赖子，有情人，未遮半面，但搓两手。　　近来要结诗妖，及谢草江花，梦呼负负。雄鸡开口笑，汝又点灯暗诱。我堕术中方悔后，数汝罪、铭之座右。淑问似皋陶，汝惟罪首。受罚哉，饮此酒。右问愁。

## 其二

愁乃开言，逡巡避席，愿听先生决剖。但无处能容，借作逋逃之薮。谨侍先生胸次后。不向膏肓跳走。心万里，泪千秋，相依为命，幸毋相垢。　　即今罚酒难辞，恐醉不多时，仍然任咎。转女身说法，请备先生箕帚。枕冷香残春梦觉，算客里、闺中良友。胜黄奶青奴，伏三寒九。冒尊严，愁顿首。右愁答。

## 大江东去

雨樵居士未至洞庭，见于歌咏，乃作《大江东去》词答之，以博一笑。

洞庭湖者，乃五湖之一，与天相际。底事先生从未到，要想扁舟游戏。我却曾经，往还两度，些子无滋味。君山以外，苍茫烟水而已。
其或秋尽冬初，风干日燥，水也全无矣。凭你蒲帆高百尺，一日难行十里。迁客题诗，仙人喫酒，名士能为记。书中自有，不须亲至其地。

## 金缕曲

先生未至洞庭，余既为词解嘲，乃余近在长沙，不游岳麓。今春先生自岳麓归，其述此山也，亦复与余之泛洞庭也相似。昔达摩未来中土，人亦有愿见西天活佛者，裹粮往后，中途两人相遇，各述所见，彼此废然而反。此与君之洞庭，仆之岳麓同一轩渠者矣。而陆大淡平尚有梦游岳麓之诗，亦复谁能遣此，因再作《金缕曲》纪之。

① 按，词题为编者所加。

好个长沙府。要思量、游山玩水，并无一处。只有遗踪传岳麓，又被长江拦住。更往往、有风难渡。待得春晴天气好，让先生、着屐支筇去。空怅望，碧云暮。　　归来细问曾经路。看先生、摇头良久，徐言游误。香草无根人不见，没字之碑如故。但屈子、皤然而塑。似此湖山相视笑，又何殊、西域欺东土。并寄语，梦休做。山有屈公祠，即三闾大夫也。屈子称公，始见于此。

## 念奴娇

雨樵先生出示此词，即依旧韵。

宦游江海，浑不辨、富贵神仙何物。蓦地扁舟明月下，看煞江山半壁。儿女春深，英雄夜短，野火烧残雪。吴头楚尾，后来无此豪杰。
付与铁板铜弦，唱关西大漠，词源风发。岸沉沉沙江锁断，只有此声难灭。浪洗斜阳，山围故叠，天影青如发。吹箫人远，酒杯圆似秋月。

## 前调

奉酬送行短歌，仍用前词韵。

不如归去，听啼鹃、愁煞淹留时物。纵少颜回田二顷，尚有相如四壁。双屐关山，一篷湖海，鸿爪东西雪。高堂明镜，还家便是豪杰。
休论千佛名经，问天花散后，几时曾发。微妙舌根相赞叹，无量因缘起灭。枯柳无烟，寒江有浪，别绪多于发。唾壶碎也。壶中记此年月。以上《同调集》附词

# 郑成基（2首）

郑成基，字静山，顺天大兴人。监生，累官四川建昌道。商嘉言《东园集序》曰："静山初宦楚，值楚氛恶，蔓延秦、豫，蜀寇亦蜂起。随大帅转战，旋入蜀，运筹帷幄。险阻倍尝，发而为诗。凡荒山穷谷可警可愕之状，以及士卒之甘苦、苍赤之流离，罔弗形诸歌咏。如《守夔》《筹

边》诸集，尤见经济。安得仅以诗人目之乎?”①著有《东园诗草》《青衫词》。

### 减字木兰花

水平风定。古佛一龛香火静。树影层楼。记得前年此泊舟。　暮鸦闪闪。今日停桡天又晚。野岸孤蓬。山色苍茫雨色浓。

### 水调歌头

春水绿痕浅，柳下系孤舟。呼童试鼓双桨，拍拍学闲鸥。久住芙蓉城里，回忆黄金台畔，风景似前不。何日赋归去，鸭嘴傍芳洲。　碧筒酒，锦江鲤，漫勾留。憎人最是霜鬓，揽镜暗生愁。无意栽花插竹，有兴题诗招客，樽酒任沉浮。时节怅梭掷，又是一年秋。《国朝词综补》

## 翁树培（1首）

翁树培（1765—1811），字宜泉，号申之，顺天大兴（今北京大兴区）人，翁方纲次子。乾隆五十二年（1787）进士，官刑部郎中。博学好古，能传家学。幼好摹写篆、隶，擅篆钟鼎文字。

### 沁园春

古泉

情重杨妃，明月微痕，脂香尚留。想腊样呈时，指传粉印，瘦金挥处，笔灿银钩。荇叶轻描，藕心对绾，七夕天边两女牛。青丝曲，有沈郎遗迹，不数梁川。　五铢曾作王侯。看玉箸、悬针总不侔。爱吉货宜男，鬓边旖旎，金钱撒帐，秘戏风流。三雀衔花，双鱼在藻，连理穿珠好并头。毋定处，庆团圆七子，百禄千秋。《词综补遗》

① （清）史梦兰著，石向骞主编：《史梦兰集》，天津古籍出版社2015年版，第612页。

# 沈道宽（130首）

沈道宽（1772—1853），字栗仲，顺天大兴（今北京大兴区）人。早年家贫，以笔墨游历天津、河南、山西及岭南等地，颇有声名。嘉庆九年（1804）举人，二十五年（1820）进士，以知县用，历权湖南宁乡、道州、茶陵、耒阳，补酃县知县。道光十二年（1832）调署耒阳，寻补桃源。道光十八年（1838）以事去官，寓居长沙，与湘南人士订文字交，觞咏流连，殆无虚日。咸丰二年（1852），因太平军战事，侨寓扬州。咸丰三年（1853），扬州陷落，又徙居泰州而卒。擅诗词，工书画，尤精于声律之学，著《六艺郛郭》《八法筌蹄》《话山草堂杂著》《话山草堂词钞》。其词慢词居三分之二，多用屯田、清真、白石之调，但并不宗主一家。沉厚深挚，自饶潇洒风致，其不足处在于缺少风流蕴藉的情韵，抒情写意间有自放于声律之外者。

## 暗香

段溶溪《罗浮仙梦画册》

铁桥石屋。有老梅万本，香生严谷。风雨合离，蜡屐登临踏瑶玉。一枕游仙清梦，化栩栩、邃邃相逐。忆永夜、珊步来迟，还与媚幽独。
林麓。小踟蹰。听琐碎步摇，杂佩声续。老揩病目。牢落当年旧心曲。无复神游岭表，千万里、支筇遐瞩。又恰遇、寒色里，画图再读。

## 燕山亭

答朱石禅寄词

别馆羁栖，风雨闭门，孤负黄花时节。篱角淡香，浥露新丛，空道落英堪折。旅雁南飞，吊孤影、芦花如雪。凄切。叹迢递音书，故人天末。

遥忆佳境仙源，有人正，相要心期共结。潇洒禅关，隔岸绿萝，山容过江欲活。挈榼提壶，围坐处、笑谭霏屑。闲说。千里外、寓公愁绝。

## 庄椿岁

题关雯山《了尘图》

野夫手内乌藤，闲关万里游踪远。芒鞋踏破，世缘仍在，利名缰绊。老子今来，行年九十，尘根都断。但潇湘水国，蜗庐一个，还题作龙眠馆。　　休道菩提身现。便悬猜、庐山真面。黔驴何技，于菟帖耳，驯如绁犬。无着天花，经香禅说，服柔强悍。再休将、人世荣枯，哀乐倩、而翁管。

## 瑞鹤仙

题查介堂《载鹤归里图》

问清贫阅道。怎瘘损，胎仙难供鹤料。郎官五溪老。叹乖时、颜驷卅年颠倒。岩疆路窅。望长空、飞鸢不到。阑删宦兴，念迢递，虎林一声归棹。　　曾记雕弓绣韨，戎马关山，肤功呈效。磨盾鼻，军书草。看旧游梦过，五箪重至，当年踪迹尽扫。矧秋风菰菜，鲈鱼故乡正好。

## 水龙吟

简毛青垣汤浯庵

东皇吹送光风碧，湘门外春如海。韶华满目，江烟漾绿，岳云凝黛。寸寸浓阴，兼旬消尽，峭寒犹在。倩新莺坐树，唤醒花梦，才赢得、融怡界。　　平昔酒逋诗债。算眉端、旧愁初退。绀碧将深，猩红刚破，几多晴快。也许羁人，暂舒困眼，放情尘外。莫无端逗遛，蹉跎胜日，被天翁怪。

## 买陂塘

寄怀孙少梧

绿杨风、知人望远，长霄吹散云物。仙源千里无纤翳，西极楚天空阔。春勃勃。闻说道、沅江暖涨烟波活。青山一抹。忆小住三年，莺花在念，梦断绿萝月。　　鸣弦侣，好是知音按节。论交肝胆澄澈。桃川冷落秦人洞，闲了郑公三绝。高且洁、那更有谭经勇气，皋比彻。寸心千结。待剪烛西窗，塘湾卜宅，好事为君说。

## 水龙吟

杨花

一痕澹影依微被，风扶起随风落。参差吹向，萦烟阑槛，梦云池阁。隔柳鸳呼，背花燕蹴，抛棉无着。念飞杨到处，轻盈数点，春阴里、从飘泊。　　省记长堤蒙羃。绽浓寒、新黄破萼。垂丝几日，柔条脱尽，凄凄漠漠。绿外斜飞，红边低度，浮踪共托。镇风情好待，分青兰沼，与东皇约。

## 绿意

酬宋于庭寄诗

肥江漾碧。有庞侯、杜老当日游迹。屐齿留痕，俎豆馨香，千秋沐浴遗泽。迢迢青麓山边道，忆半载、曾歌于役。算至今、翘首南云，但望子乔凫舄。　　见说通儒到处，是慈佛丈室，仙吏瑶席。衙鼓声中，击钵诗成，付与燕鸿消息。吟笺惠我珠玑满，又恰好、杜陵风格。看异时谱入琳编，共叹视今犹昔。

## 渡江云

买宅

饥驱无定所，湘南送老，买宅古城限。可怜彭泽令，栗里迢遥，五柳倩谁栽。消除苦趣，把闲情、付与山杯。规数弓、灌花浇竹，一意待春回。　　茆斋。蜗蟠犹陋，蠖屈难伸，但残书犹在。清镜里，新愁缕积，故帙慵开。长波无恙鄞江水，盼布帆、等我归来。问寓公、他乡底事徘徊。

## 湘春夜月

寄汤浯庵

荡中湘。一痕湘水湘烟。恰正迢递长宵，凉月十分圆。欲买小舟清泛。怕绪风无赖，吹到愁边。听参差静籁，寥天夜景，飞上吟笺。　　青楼俊赏，而今冷落，不似当年。只有明蟾，曾照见、旧时云物，前度山川。疏帘败槛，算几回、枯坐寒瓋。恁意绪，甚镕银挂镜空明，淡影调入湘弦。

## 南浦

赋春草寄汤浯庵

春色几时来，荡郊原，染就沿堤幽草。生意绿烟中，新痕浅、唤醒来年残烧。池塘断梦，悠扬幻影长侵晓。雨湿春愁。曾记得南浦，送人归棹。　　无边野渡荒塍，矧迢遥归路，王孙更杳。珍惜几番风，回青处、不是旧时枯槁。霜华共较，年来白发纷难扫。弥望萋萋，残照里惆怅，寓湘人老。

## 飞雪满群山

题王胜园《溪山雪月图》

残雪溪山，冷光林樾，剡源风景萧森。乡关迢递，交游零落，怆然一片归心。阑删谭宦况，剩只有、清风满襟。感时张翰，莼鲈在抱，作意早抽簪。　　争奈似、南阳需召杜，看澧兰沅芷，都要甘霖。芟除顽梗，扶持弱植，护花为作春阴。政成归去后，踏群玉、游踪再寻。我来过访，相期共听庄舄吟。

## 惜黄花慢

题王仲□种茶图行看子

短篱编了，正寒菜一畦，庾家园小。自荷鸦锄，有时风满，绨衣是处，露沾桐帽。筠篮几缕带霜薅。食指动、脾神先笑。问土铚、洒落饤盘，蔬味偏好。　　陈留瓠叶闲烹，叹藜藿自甘，饥肠难饱。羡杀瀛洲，刘菘长及，秋残翦韭，恰当春早。田原岁月得天饶，定自许莼羹同调。看画稿，写出一襟幽抱。

## 如此江山

题戴梅檐重修先世渐成草堂家祠与诸兄季群从唱酬诗卷

具区南望菰城地，参天一林乔木。矗立毗山，清环霅水，祠宇骈罗园屋。寒泉荐菊，看俎豆馨香，百年只肃。居楔倾攲，有人肩荷再修复。

句东回首故宅，叹颓垣废砌，荒草盈掬。晚露新霜，旁风上雨，堂构不堪蒿目。多君继躅，矧梦草池塘，惠连相属。设奠檐楹，沈家春酒熟。

## 塞翁吟

题方澍村《牧马图》

驵骏来西极，天驷定降房精。历幕北，蹑[①]王庭。正风入蹄轻。知音俊赏支公最，将待拂拭长鸣。翦肉鬣，饰丁星。看千里横行。　　谁令。工驰骤，难逢伯乐，思枣脯、空歌在坰。展秋驾天闲信杳，但惆怅，蹀躞东郊，杜老心惊。连山苜蓿跅弛，庸材顾影骄矜。

## 水龙吟

沈友陶先生云龙遗墨十幅春江属题

垂虹桥外嬉游地，人似南阳高卧。隐鳞藏甲，邵平溪畔，幼安辽左。文采风流，淋漓墨沉，雨酣云弹。看剡藤十幅，蜿蜒灵迹，晴空里，雷霆过。闻说经营帖妥。是兼旬，静中闲课。游神澹定，解衣盘礴，瘦行清坐。造化生心，甘霖夙望，文孙能荷。算当年龙性，凭伊世眼，笑嵇康惰。

## 寿星明

自述

艳逸莺花，跌宕琴书，无限清酣。记燕台贯酒，京华风物，吴越买棹，湖海云帆。洗砚论诗，篝灯说剑。意兴飞扬都不凡，追游处、是高楼西北，佳客东南。　　谁令坐困朝签。遂久负、句东岩壑惭。似冰绡断织，病余沈约，锦文剩割，才尽江淹。结罢冠缨，裹残章甫，初服天教着故衫。先期想，要天童雪窦，小占烟岚。

## 湘江静

落尽桃花飞尽絮，又匆匆、送春归去。红襟越燕，呢喃软语，怨春归何遽。暗雨湿残丛，更搅乱一天愁绪。莺酣蝶懒，年华水流，只赢得断肠句。　　恨万叠、思千缕。畔牢愁，闷怀谁诉。孤吟意境，孤眠况味，只孤灯伴侣。绮户静沉沉，心底事、没安排处。单于三弄邮签，听彻谯楼曙鼓。

---

① “蹑”，《话山草堂词钞》本作“籋”。

## 琐窗寒

暗雨花边，瞑烟柳外，惜香心懒。浓阴匝[①]地，作就绿骄红怨。老休文、带孔渐宽。旧时善病今尤惯。刿浃旬浃月，愁随春积，梦随春远。　谁遣，凄凉遍。是坐树流莺，舞帘雏燕。羁人厌听，怎耐新声千变。怪东风、潜催岁华，众芳老尽春不管。问何时、策杖孤寻去，占间亭馆。

## 买陂塘

妒花风、几番吹老，残红凌乱无数。多情只有梁间燕，更带香泥衔取。春欲暮。怪柳拂、长条不绾韶华住。牵愁万缕。怕换了柔丝，雨昏烟瞑，莺坐一身絮。　郊原阔，目断潇湘极浦。忘机无限鸥鹭。青衫白发天涯客，枨[②]触廿年羁绪。归梦误、盼不到长波万里，蒲帆路。生怜杜宇，辛苦劝人归，人归未遂，还只劝春去。

## 忆秦娥

题画

晨光澈，软风恻恻生衣褶。生衣褶，晓妆未罢，嫩寒犹怯。玲珑玉腕揎罗褶。赤阑桥畔花堪折。花堪折，无端惊散，一双蝴蝶。　春寒重，隔窗花气轻风送。轻风送，春眠未足，被池犹拥。呢喃燕入帘衣缝。瞢腾唤醒梨云梦。梨云梦，分明南内，夜来承宠。

## 祝英台近

揽闲愁，牵旅恨，春在雨声里。点捡莺花，风信已无几。生憎堠馆凄凉，年华不住，都付与、东波西晷。　镇无俚。又是梁燕呢喃，话我客中味。门掩黄昏，灯影照无寐。漫言归梦难成，便成归梦，怕不到、故乡千里。

---

① “匝”，《话山草堂词钞》本作“帀”，当是“匝”字简笔。

② “枨”，《话山草堂词钞》本作“振”。

## 浣溪沙

浏阳道中

人事驱驰好欲慵。篮舆踏晓去匆匆。日高村疃聚儿童。　　青草池塘菖叶雨，绿杨门巷豆花风。乱山深处有黄农。

## 虞美人

羁愁欲拟兰成赋，人在中湘住。商量芳信买春妍，可惜积阴挽过酿花天。　　好风迅扫残云去。小试寻香步。一痕新涨后湖消，只有乱红流过小溪桥。

## 凤凰台上忆吹箫

陈庆覃《伤心曲》，悼亡姬也。属题。

练日询名，征花识面，深宵柳宿添星。是曼殊夙业，优钵前生。十载裁红晕碧，陪砥室、鸳梦忪惺。刹那顷，尘封镜槛，风戢帘旌。　　俜停。素娥耐冷，驾万里冰轮，碾破苍冥。望泬寥银汉，寸寸关情。点捡燕支剩谱，花薄命、最易飘零。湘天远，芳魂夜归，冷落禅扃。

## 疏影

景紫垣之先德卮圃观察选馆后，追忆授书于西湖梅花精舍，绘为《寒香课读图》。题咏既满，紫垣成进士，来官楚南清。汤浯庵画为续图，属题。

篝灯读画，看老梅偃蹇，横影低亚。隔岁春风，一种寒香，疏篱掩映茅舍。芸编叶叶成清课，饷至味、甘回餐蔗。喜恁时、黄卷辛勤，化作玉堂清暇。　　还溯年华间代，旧图满丽藻，珠琲飞洒。更嘱寒枝，招取香魂，一卷新图重写。青箱世业遐芬远。定累叶、箕裘弓冶。待异时、频补筠笺，指点秣陵王谢。

## 水调歌头

秋老暮天远，风送片鸿来。长空声断极浦，吊影不胜哀。人抱羁愁离绪，坐对黄花令节，何处散幽怀。提挈瘦藤杖，步上楚王台。　　揽湘烟，延岳色，女墙隈。长安北望，只见赤日走黄埃。丽景佳辰依旧，薛径苔阶非昔，佛火换新灰。宿鸟会人意，戢翼倦飞回。

## 东风第一枝

玉簪

门掩斜晖，树移浓阴，小庭初敛炎暑。阑干曲槛周遮，幽香一丛乍吐。看卓立、亭亭开处。是化工、雕琢琼瑶，素质不粘尘缕。　　更何事、颦烟泣露。常惹得、蜂围蝶聚。偏宜鬟影，梳风恰称，鬓丝锁雾。清芬淡蕊，算只有、水仙同谱。问兀谁，掉下遗簪，定有素娥寻取。

## 长亭怨慢

与邻邑罗益亭话旧。邱明经贲园、谭少府祖胜先后即世。

向郎听、邻船横笛。鸣咽临风，怆怀畴昔。哀乐中年，会逢情感一沾臆。鹿原别后，闲草木、今犹惜。望旅雁南回，盼不到、故人消息。　　向夕。暂篝灯话旧，往事不堪追忆。霜华恁早，尽雕落、寒原松柏。最不奈、宿草芊眠，怎遥酹、松醪涓滴。只户外酸风，吹瘦一天寒色。

## 飞雪满群山

李廉叔《风雪归装图》并诗

茸帽欺寒，毡裘压醉，蹇驴蹴踘荒烟。树偃龙鳞，桥横雁齿，萧疏点缀江天。归装逢此日，诗思在、琼楼玉田。热恼羁怀，冷香短句，都写入吟鞭。　　曾记得、故乡风景好，却楚云湘雨，饱历尘缘。千里归思，十年宦况，寒原望到愁边。光摇银海眩，认不定、兜罗木棉。尖[①]叉韵稳，玲珑一曲调七弦。

## 台城路

罗江吊古

一舟清泛罗江路，三十六湾秋色。羃野青危，浮空绿净，遥接重湖寒

---

① “尖”，此字原本字形不规范。“尖”“叉”均近体诗中之险韵。自苏轼以来，文人多用“尖”“叉”二韵较量才思，清代文人尤盛。此处应是“尖叉”之“尖”。

碧。山川不易。念当日、游踪几番曾历。老去心情，且将幽境慰岑寂。长怀千古正则，向岸草汀莎，凭吊畴昔。鼠腊珍藏，雉膏不食，孤负老成谋国。哀深楚客。叹佩芷纫兰，信芳谁识。亡国羞颜，倩湘流洗涤。

## 多丽

登岳阳楼

楚天青，重湖秋水虚明。数烟鬟、骈罗十二，君山恰直东陵。盼寥空、横分吴蜀，规形胜、下控襄荆。多难凭危，阑干万里，朗吟长啸不胜情。怕只有、老鱼窥岸，怪我笑谈声。须臾顷、雾昏云暝，骇浪堪惊。　记前贤、八州作督，此间曾驻霓旌。整军容、近驯貔虎，恢戎略、旁詟鲵鲸。蓄眼何人，仔肩此任，寰区内外尽承平。待听取、雨帆烟棹，渔唱起遥汀。长波里，云和一曲，好问湘灵。

## 一萼红

八月五日发岳阳过鹿角玉遇风晚泊磊石

晓寒天。涉重湖万顷，风正一帆悬。远树青芜，初阳红湿，回首不见君山。数船上、群峰走马，似驰骤、无复驻征鞍。鹿角官街，鲛宫神室，窣堵波边。　天水浩漫无际，猛吹来飓母，蹴起狂澜。白浪掀空，黄尘翳日，俄顷催变神奸。命如丝、轻舟如叶，待惊定、才信出天悭。坐看清泠碧霄，凉月眉弯。

## 南乡一剪梅

云汀渔人

渺渺洞庭秋。万顷湖光一叶舟。暮去朝来烟浪里，风也无忧，雨也无忧。　底用觅封侯。入手名场转眼休。争似富春江上住，冬也羊裘。夏也羊裘。

## 贺新郎

胡铁香举次孙，谱此寄贺。

一树灵椿寿，长孙枝、聊翩擢颖，后先争茂。第二鹓雏坡公句，写出丹山彀觳。好认取、仙郎神秀。剪水双瞳眉刷翠，课勋名、不让曹王后。

戈与印，晬盘有。　　先生种福今兹久。问循声、淇泉粤徼，傅霖深透。老蚌含胎明月满，粒粒玭珠渐剖。更佳事、骈阗辐辏。玉笋行看三株媚，定连枝，度越燕山窦。频寄贺，铁香叟。

## 月华清

仙洲风月以下为刘阳师山书院八景

波静渔弯，沙平雁碛，是仙源清境佳处。万顷洲田，揽撷离尘幽趣。写襟怀、霁月光风，消受尽、绿烟红雨。延伫。卷晴丝燕外，一痕低度。

恰称伊吾伴侣。慰绿帙辛勤，几番攻苦。风月宜人，小试息游沙步。听刁调、蘋末声喧，又皎洁、树端光聚。何许。有琼楼阆苑，金堂玉宇。

## 祭天神

灵坛烟雨

看五风十雨丰殷久。拥仓箱、是处频年书大有。瓣香更爇灵坛，豫祝明神佑。妥灵旂一缕精诚，添杯酒。　　癞石麓、层岩秀。有慈佛、一滴莲花漏。拘卢舍，邀伴侣，远近同奔走。祷乌龙、甘霖甘霔，先事应期，下策刑鹅君休取①。

## 渔家傲

江村渔火

小艇不知风浪险。师潭深处同维缆。网得游鲦如卧剑，供饔飧江村，酒熟三杯酽。　　返照依山暝色敛。家家篷底孤灯闪。夜霭溟蒙蟾影澹。沙头店深宵，散作星千点。

## 声声慢

山寺钟声

迢迢永夜，唤醒华胥，此心把握不住。百八蒲牢，人在乱山深处。凄清澹霜冷月，又随风、翠微遥度。人静悄、是狂僧狂发，梦中得句。
省记长安旅宿。数岩城、紧慢十八宵杵。漏箭铜壶传遍，绀宫琳宇。只今

① 按词谱，此句或有脱误。

楚南寄迹，问更筹、卧听街鼓。拟待要，理商音、琴调细谱。

## 瑶华

天崖霁雪

玲珑石畔，积雪初晴，剩满山瑶玉。兜罗世界，银海眩、闪闪生花双目。湮讹仄径，几番见、寻梅芳躅。算只有、渔弟樵兄，共约村醪新熟。

偏宜汉相高眠，掩寂寞柴关，清梦幽独。谢郎佳句畅好，是空际明蟾盈朒。心情顿减，叹老去、旧游难续。倩谁理、冻折危弦，为赠阳春高曲。

## 倦寻芳

花坞斜阳

倦途系马，独漉村边，花映人面。艳雨灵风，绘出红情一片。湘渚卅年尘梦隔，绥山万树仙踪远。镇无聊、便诗盟酒约，胜游都懒。　　见说道、咏归林山，畅好追陪，花坞春满。小住韶光，不放斜阳催晚。岚翠沾衣苔坐稳，红槽滴酒山杯浅。待花期，定来寻、夙昔欢燕。

## 明月棹孤舟

古港归帆

远水泊天天接水，泛清光一片天际。雨息波恬，风便帆直，准拟片时千里。　　十二阑干人独倚，迟归客几回虚指。帘卷天高，楼空水绿，坐待远行人至。

## 高山流水

响石流泉

青枫岭下水泠泠，写空潭、一派澄泓。千丈泬寥间，吹来何处琴筝。层峦里、小语雷惊。开精舍、规建兰房郁馥，芷室芳馨。喜千岩镗鞳，来和读书耳。　　诸生。藏修趁佳日，应不负、黄卷青灯。静境惬幽怀，瓣香一缕心清。相观善、好问山灵。闻说康山胜处，鹿洞传经。有飞泉百道，界破乱山青。

## 减字木兰花

题胡朗生《屺瞻图》

湘烟岳色，十载浮踪嗟久客。陟屺瞻云，为念门闾望远人。　征衣屡绽，露出行行慈母线。拟办归装，唤作莱衣奉寿觞。

## 金缕曲

次韵胡铁香见寄之作

砚席同朝暮。忆春明、娭游俊赏，雨花烟树。绛帐春风闻丝竹，此际色飞眉舞。更几度订讹刊误。鼎盛年华千秋业，是分明、眼底三山路。舟欲近，飓风阻。　牵丝共拟西征赋。老渊明、折腰五斗，奔驰风雨。七十泥涂书亥字，辱对市廛都聚。输老吏、早离尘土。散发林泉吾其从，数归期、暂此潇湘住。劳望眼，稍凝伫。

## 东风第一枝

题叶康侯《看花图》。康侯少时以东野诗为图，其晚达之兆耶？以此为颂祝可乎？

折柳章台，搴香阆苑，胜游曾记东野。昔年过夏天街，几度倦吟瘦马。银鞍绀辔，喜驮我、诗情入画。揽撷尽、魏紫姚红，历乱众芳嫣姹。

才脱手、弹丸高驾。恰蓄眼、绣帘低亚。赏心共酌，红赢织腕，代擎翠斝。浅斟低唱，换却了、秋祓春社。好待恁、一日长安，传遍射洪声价。

## 台城路

黄月崖《秋山读书图》

白云红叶疏篱外，晴峰一抹眉绿。瘦骨凌寒，霜颜笑霁，掩映幽人深屋。清声簌簌，有齐卿、琼帙邺侯瑶轴。坐拥百城，兀谁消受个中福。　芸编如手未触。羡琅嬛秘籍，轮您先读。竹素无尘，云蓝夹座，风弄牙签鸣玉。余芬散馥，又千卷撑胸，皋卢新熟。黛色当门，看秋容可掬。

## 水调歌头

陶凫乡观察见示唱和诗词集题后

一舸下湘水，来食武昌鱼。省记游屐三至，零落故交疏。采撷晚香黄菊，领略新词红豆，饷我味敷腴。速藻互赓和，琴瑟间笙竽。　记先生，丁厄运，换夷途。好是茸帽，裴相大用效桑榆。酬唱当年三辅，啸咏今兹三楚。是处聚英濡。屈指数功业，付与等身书。

## 相见欢

暮春

石泉槐火光阴。小园林。几度瘦行清坐，短长吟。　甚情绪。风和雨。损春心。又是蝶僝蜂僽，落花深。

## 望海潮

题疏晓岑《海上移情图》

清怀观海，重楼聚远，回思故国游踪。夹路瘦篁，堆墙剩雪，寒天记我支筇。画槛俯蛟宫，看天空似水，水远浮空。浩浩漫漫，溟溟漠漠接鸿蒙。　羡君自挈丝桐，奏危弦一曲，唤起鱼龙。静境移情，成连不见，惊涛荡涤心胸。咏啸答天风。是游神象外，得意环中。缥缈三山何处，试与问青童。

## 孤鸾

吴节母徐孺人征词

慈筠贞木。是兰渚澄明，蕺山清淑。划地霜风，着意摧残林麓。仙郎百身何赎痛，离鸾一声哀曲。定有子期江上听，邻船横竹。　看天心、悔过还为福。便令子宁亲，料添鸣禄。矧有文孙绕膝，亭亭如玉。回思卅年茹苦，闪清宵、课儿灯绿。赢得皖公山畔，拜五云新轴。

## 水龙吟

九日登天心阁

手提七尺乌藤，女墙高处闲登览。重阳令节，峭寒吹透，碧空云澹。

迢递长天，过江岳色，黛嬴新染。只羁人情绪，枫江极目，凌虚意，凭轩槛。　　漫道苔阶藓砌，恁风怀，年来都减。犹怜野径，黄花初蕊，绿尊初酽。莫待无端，满城风雨，一天愁惨。看南飞落落，一行雁字，向青霄点。

## 南柯子

绿甲抽蔬笋，黄丁长药苗。小园烟罽带裙腰。正是一年花事，得春饶。　　翠缕商庚坐，红梁越乙巢。枣花帘押水沉消。更倩好风吹送，雨萧萧。

## 减字木兰花

静修女史画梅

疏香淡蕊，点缀霜华冰雪里。参影横昏，写到孤芳合断魂。　　多生慧业，梦绕罗浮成戏蝶。偷眼双禽，会见空闺铁石心。

## 鹧鸪天

车铎声中客梦酣。邮程几度驻征骖。斜阳唤渡桃花岸。细雨行沾燕子帘。　　看煦妪，听廉织，韶华纵好意难欢。输□甘载长安道，赢取缁尘满故衫。

## 水调歌头

立马塞云紫，放眼瓦桥关。黄沙白草无际，千里见雕盘。问道此间如砺，天限北燕南赵，重镇蓼花湾。吊古朔风里，残雪满溪山。　　忆平生，经几度，驻征鞍。苍茫形胜，枨触壮志道途间。茸帽毡裘，再至蟹断。渔榱依旧，行客换朱颜。古寺漠州治，避迹老僧间。

## 相见欢

晓起戏拟李后主

长宵独倚熏笼。一灯红。听尽三更鼓角，五更钟。　　深闺靓。晨光莹。小帘栊。送尽一番花事，夜来风。

## 迈陂塘

易小坪令祁阳时，以班春绘图，题曰三吾课耕，盖□次山旧迹也。兹已改注赤累，以图见示，因谱此阕。

告西畴、土膏脉起，村村催攒农务。长官不恋深宵梦，坐待严城曙鼓。屏部伍。恰好是、青衫踏遍芳塍路。班春到处，正浅草疏花，鹁鸠声里，唤起馌田妇。　稽前事，漫叟唐之召杜。随车曾霈甘雨。一鞭乌犉春陵道，长我芃芃稷黍。君继武、闻说道三吾治绩，今犹古。乌蟾默数，算只有遗民，召棠莱柏，封植故侯树。

## 宝鼎现[1]

叶东卿驾部得遂启期鼎将施送金山

云雷垂象，槖籥炉鞴，神奸罗列。稽扈从、夷坚化益，杌写夔魖并赤犮。传奕叶、渐增华踵事，更与铭勋伐阅。仓沮迹、虫科龙鸟，平视岐阳猎碣。　史泆作册扬王烈。纪中兴、猃狁薄伐。曰遂伯虏功汝奏，锡汝尊彝镌日月。三千载、破黄墟重睹，不与铜碑同没。喜驾部、倾囊购买，拟共香花献佛。　闻说古鼎焦山，怀璧戒、搴归禅闼。任游人、着手摩挲。竞欷歔叹绝。看对峙、琳宫绛阙，弹压鲸鲵穴。计自今、永镇重洋，不许权奸豪夺。

## 水调歌头

杨榕村无故被劾，索句。感用山谷《演雅》体。

世事定何有，飞枪鹭鸠风。试看蜗角蛮触，争斗走蚕丛。漫道青蝇樊棘，一任蛛蝥遮逻，雌蝶趁雄蜂。放眼蠮螉塞，猿鹤亦沙虫。　解蜩甲，韬蟹剑，敛螳锋。一杯深酌，浮蚁蚊蚋视千钟。重结旧盟鸥侣，坐待新班雁序，强弩得牛翁。蘋末转羊角，变化起鱼龙。

## 金缕曲

邵甞庵持示张春槎蝶花楼词

艳雨添词料。是当年、賨洲笛谱，后村别调。潘令风流庄生梦，画出

---

① “现”，《话山草堂词钞》本作“见”

花嵴蝶峭。数晕碧裁红多少。磊砢珠玑玲珑玉，写郎签、寄与南宗邵。分惠到、寓湘老。　咚咚曙鼓催清晓。看词仙、黄细被底，放衙偏早。跌宕琴尊招吟侣，几度同飞丽藻。似脱手、弹丸轻妙。楚尾吴头相衔近，托微波、不和清真稿。招蝶怨，被花恼。

## 减字木兰花

陈茹华持示春嘘先生西湖诗，诗字学苏。

东坡去后，冷落苏堤堤上柳。文采风流，有客拿舟践胜游。　新篇丽藻，留与清门为世宝。笔阵[①]纵横，不觉前贤畏后生。杜句

## 丑奴儿令

关雯山画

鸳鸯[②]梦断疏棂晓，脉脉春怀。倦眼慵开。斜堕玲珑金鞞钗。　折花袖拂枝头露，伫立苔阶。顾影徘徊。湿透葳蕤金缕鞋。

## 菩萨蛮

芳时未倦看花眼。筠篮挈得春风满。手摘并头兰。笑生双髻鬟。清声沈玉柱。自得琴中趣。何处问成连。抱琴人似仙。

## 贺新郎

酬胡铁香见寄元韵

旅食江天暮，正冰花、连宵垒积，玉田琼树。一纸飞来清真调，丽句笔歌墨舞。嗟老惫、浮名多误。走马章台儿曹事，幸清秋、小上云梯步。知前路，定通阻。　归田已就张平赋。最关心、来鸿去燕，旧雨今雨。息影蓬庐吾曹事，打点十年欢聚。便抖擞、满襟尘土。默数归期经年远，奈俗缘、尚此句留住。离索恨，万斛贮。

## 长亭怨慢

送善子占还都

惯折柳、送人归去。忘却湘堧，卅年羁旅。掩抑骚歌，木兰一舸系烟

① "阵"，《话山草堂词钞》本作"陈"。

② "鸳鸯"，《话山草堂词钞》本作"夗央"。

渚。晚风黄叶，都替我添离绪。哀乐感中年，那更是、下春迟暮。　回溯。望长波万里，好在布帆容与。名山胜迹，有多少、清吟怀古。愿早早、弭楫河干，卜新筑，还依鳌署。又自念归期，江上一声柔橹。

## 菩萨蛮

李小筠独立图，为筠孙属题。

十年未识荆州面。衢歌巷咏闻潘县。省见画图中，飘然鸾鹤风。苍茫人独立。满腹康时术。治谱一编成。克家传鲤庭。

## 菩萨蛮

题吴伴渔汉与天无极瓦砚

阿房一炬成焦土。神仙宣室无遗堵。片瓦出黄垆，摩挲怀旧都。与天无极字。留伴延陵季。何处觅香姜。咸原春草长。

## 水调歌头

黎育岩时遗读我书图

匡世苦无术，谐世苦难工。尽脱俗缘尘网，送老一编中。绿鬓今兹皓首，素侣多君青眼，载酒过扬雄。默数毕生业，小识愧雕虫。　忆往岁，趣广夏，靡从容。十载相望，旧雨小聚话前踪。激厉平生壮志，捃摭千秋奥典，尽日坐书丛。插架邺侯富，万卷看撑胸。

## 贺新凉

酬严丽生同年长沙坐月

慢理霓裳谱，坐清宵、芦帘纸阁，嫩凉庭户。万里长空秋容澹，飘下天香一缕。又几点、疏星零露。剪剪西风罗裳透，是吹来、甚处蛩螿语。声断续，和街鼓。　泠然好欲乘风去。却游踪、廿年踏遍，岳云湘雨。绛阙琼楼高寒外，一阕新词漫与。谭壮志、色飞眉舞。吉日辰良征衫换，数邮程、又试天街步。聊暂领，静中趣。

## 浣溪沙

香老清芜点落红。小园花事去匆匆。惜春情绪较春浓。　舞蝶晓沾芳径露。游丝晴飏绣帘风。斜阳无语恋高春。

## 减字木兰花

李雪芳《款竹楱图》

吾庐信美，隔断红尘三十里。绕屋琅玕，万顷苍云特地寒。　　尘埃冕绂，眼底山王皆俗物。三径犹存，只许羊求共款门。

## 一萼红

晚秋残。是羁栖庾信，枨①触思无端。去棹湘波，来帆岳雨，看尽江上枫丹。正须倩、枯桐写抱，似五降、之后不容弹。玉轸萧条，朱丝冷落，意绪都阑。　　曾记软红尘里，听凤槽龙竹，腰鼓铃柈。种种霜华，垂垂项领，回首迢递长安。坐清宵、银河右转。猛拍遍、十二曲阑干。怪杀音书到，稀雁阵惊寒。

## 梅花引

蔡云帆《锄月种梅图》

小烟区。小梅株。梦绕孤山寻老逋。劚寒芜。斸寒芜。明月满身，手麾鸦觜锄。　　诗成尔正花如雪。赋成我自心如铁。影扶疏。风信一番，暗香生坐隅。

## 菩萨蛮

垂杨垂柳风吹老。沅江东去波声小。却舣木兰船。绿萝江上山。

篷窗孤枕客，夜雨听萧瑟。晓梦堕江烟。深林啼杜鹃。

## 西江月

风动数竿疏竹，只疑密友来过。隔窗惊喜问谁何？青士合应曰我。

直节如君难遇，虚心益我良多。相期结伴老岩阿。青士定应曰可。

---

① “枨”，《话山草堂词钞》本作“振”。

## 庆春宫

九九消寒图

春色六宫，花期未到，谁裁三尺生绡。细写江梅，啅开双雀，轻寒萼破重幺①。七宝妆台，看点点、燕支渐调。信风廿四，屈指犹赊，十五元宵。　　三三径里冰消。十二阑干，路掩三桥。四角流苏，银钩不动，应知五夜寒饶。十眉欲画，莫一味、东风信遥。珊瑚枝上，一一猩红，春闹花梢。

## 金缕曲

夏憩亭《汉水湘云递雁声图》

寥泬湘天暮。点秋容、芦汀蓼岸，一绳低度。几处离群迷孤影，枨触羁怀宦绪。望不见晴川云树。渺渺重湖烟波阔，问何时、南北联鸿序。应自憾、裹章甫。　　悬弧素志驰皇路。展修翎、长风万里，凤骞鸾翥。建节元方青齐远，雁底关山无数。更造作、离愁千缕。疏传他年辞簪绂，似飞鸿、两两归南浦。还共听，对床雨。

## 绿意

水仙

鸥沙拥护，渐亭亭、玉立檀晕微露。料峭东风，裁翦冰纨，酿就清芬一缕。藐姑处子肌肤冷，更几度、寒原容与。看步摇、杂佩玲珑，小立晚烟湘渚。　　恰称空灵瘦石，割蓬壶秀色，来伴仙侣。茗碗深添，相对忘言，帘押暗香潜度。疏窗略慰相望意，甚象管、不成新句。怕积阴搀过芳期，又是来年情绪。

## 菩萨蛮

南都一种瓢儿菜。棕鱼笋脯醇醲外。篱援饱霜华，晓来餐饭加。
平生藜苋腹。间见黄鸡粥。风味忆句东，堆盘雪里蕻。

---

① “幺”，《话山草堂词钞》本作“么”。

## 唐多令

秀色满芳丛。深红间浅红。气絪缊、香透帘栊。欲买清酤留客醉，春且住、莫匆匆。　　舞燕语才工。流莺啼欲慵。数园林、花事重重。二十四番流水里，刚盼到、鼠姑风。

## 渔家傲

一叶扁舟波万顷。澄流如练江如镜。宿约来招心自肯。双棹整。樵兄定在沙边等。　　沉醉归来清夜永。长空雪敛天风静。睡倒船头呼不醒。幽梦冷。绿蓑浸透明蟾影。

## 谢池春慢

谢蕴山方伯浚浙藩小池得永平、永兴古砖八枚。

八砖学士，是蓬岛、神仙客。持节领屏藩，恰在湖山侧。疏凿营清沼，灰劫得残甓。问当初、谁氏宅。断阑颓槛，晋室怜同没。　　永平纪岁，距永兴、十年隔。典午继当涂，吴越始开国。时事属龙战，日影过驹隙。银钩在，苔藓蚀。摩挲旧物，好共相珍惜。

## 惜分钗

题《吟钗图》

离鸿信。离鸾闷。玉钗敲响琳琅韵。海风寒。海天宽。梦阻鲸波，万里惊湍。漫。漫。　　空城殉。空闺恨。玉钗敲裂琼瑶璺。鬓云残。鬓霜干。断股犹存，血染汍澜。斑。斑。

## 醉花阴

旅恨羁愁千万叠。已过清明节。景物恼人怀，十日春阴，瘦尽寻花蝶。　　阶除雨阵参差接。更断肠呜咽。漠漠复凄凄，滴碎乡心，滴破芭蕉叶。

## 减字木兰花

徐纫裳《听鹧鸪图》

钩辀格磔。苦道人间行不得。软语枝头。诮我潇湘汗漫游。　　乌藤万里。付与南州徐孺子。绿鬓华颠。好共先生听杜鹃。

## 前调

夏一卿《印月对吟图》

高楼印月。冰雪满怀肝胆澈。人镜同清。生听吾伊倡和声。　　吟笺骤冷。归去嫦娥空对影。露妥云沉。碧海青天夜夜心。义山句

## 疏帘淡月

山城坐啸。看墨绶垂腰，楚南边徼。洒落疏林，已是学坚多饱。松烟羃䍥藏修羽，盼扶摇、碧空云杳。长波无尽，飞鸢遥堕，五溪人老。　　再休说、俸添鹤料。抟霄鹏展，丽天凤嚣。超绝阿龙，可是读书袁豹。粗官我亦羁栖甚，更多惭、一编同调。猿惊鹤怨，迟回不去，故山腾笑。

## 百字令

刘子复《晚翠阁藏书图》

沩宁郊外，是豢龙旧裔，藏书之屋。古艳红香纷满座，招得清风簌簌。一缕炉烟，百城坐拥，消受琅嬛福。卷帘山入，晚岚来媚幽独。　　曾说仙骨长源，结茅衡岳，有牙签盈轴。插架还须三万卷，掩映四围浓绿。况继清芬，有人蔚起，更父书能读。然藜乙夜，伫看刘向天禄。

## 渔家傲

红蓼江边村酿美。得鱼呼取邻翁至。尽典鱼罾供一醉。间况味。满身星月和衣睡。　　一夜颠风吹浪起。浪花打入孤篷底。犹胜人间倾轧事。浑不计。任他送上沙洲嘴。

## 小重山

红藕花疏乡梦残。含愁人独立，小阑干。碧池宵涨蹴微澜。风料峭、

吹入客衣单。　　怊怅旧青毡。几回依北斗，望长安。短吟长啸思无端。苔阶月、作弄一庭寒。

## 梅花引

短屏风。小帘栊。破萼江梅艳艳红。晓寒浓。晓寒浓。香透绮疏，有时来冻蜂。　　故乡欲问天时晚。故人欲寄天涯远。梦惺忪。梦惺忪。愁听玉龙，一番花事空。

## 洞仙歌

刘子寿《红豆山斋藏书图》

多栽红豆，向琅嬛仙境。露叶风枝映书影。恰诛茆、隙地善本尊藏，闲况味，郁郁幽香自领。　　喜多文为富，窈窕深房，插架牙签邺侯等。我甚欲来翻，秘籍瑶函，空怅望、西郊路永。羡此地、坐拥百城居，更不数、秦州上腴千顷。

## 湘月

王鹤松《课孙图》

青箱家世，是琅琊大道，迢遥华族。代有藏书，三万卷、珍重后贤能读。春桂秋兰，甘棠苦草，一样劳心曲。庐山真面，请看南楚良牧。　　闻道印裹黄绀，早春衙放，罢扫残公牍。绕膝文孙，都岳岳、畅好芸编亲督。老鹤苍松，新雏玉笋，伊亚声相续。闲庭日永，坐消人世清福。

## 玲珑四犯

听雪

梦转深宵，倾耳听稀声，窗外风力。起觅飞花，几片巧穿帘隙。坐看倚壁灯昏，影历乱、碎光凝碧。念晓来灵麓千叠。都是冻云堆积。　　当年邓尉山前路。记毡裘、浪游踪迹。老梅破萼冰霜里。冷压疏花白，回忆旧事尽乖，空只见、寒林萧瑟。也拟湘门外，金尊共，挈蹋穿双屐。

## 百字令

长风千里，是燕鸿南递，迢迢征路。紫色霜华孤月影，省记关山低度。绝域羁臣，王庭岁永，着意传缣素。萧疏红叶，上林多少云树。还念秋净寥天，湖堧烟水，外潇湘南浦。岸草汀莎寒色里，三十六湾如故。沙渚梳翎，泥原印爪，一一犹堪溯。重寻鸥队，旧游踪迹何处。

## 醉桃源

即阮郎归，不寐。

瓶笙响沸小龙团。羁愁强自宽。等闲无那上眉端。夜长琴罢弹。鱼钥静，客衣单。睡余幽梦残。一枝花影弄清寒。月明人倚阑。

## 江城子

怀友

疏棂静掩雨帘纤。病恹恹。乱愁添。离绪羁怀，依约上眉尖。枯坐不知更漏转，风料峭，透重帘。　　新词谱就拂云蓝。墨空酣。笔慵拈。知己天涯，鱼雁滞来函。怅望云山千万叠，关塞阻，岁时淹。

## 解连环

夜坐

客中情绪。似闲僧退院，岁华潜度。听永夜、街鼓投签，正鱼钥、镇风蛔更敲雨。雁足灯残，闪冷焰、欲销还吐。念怀人地远，故国天长，此恨谁诉。　　寒声更侵暗户。计疏林落叶，憔悴无数。屈指算、箭转双丸，是走海踆乌，渡云毚兔，万斛闲愁。拟唤取、寒螀说与。却篱边向人，唧唧自鸣怨苦。

## 买陂塘

寄怀孙少梧

绿杨风、知人望远，长霄吹散云物。仙源千里无纤翳，西极楚天空阔。春勃勃。闻说道、沅江暖涨烟波活。青山一抹。忆小住三年，莺花在念，梦断绿萝月。　　鸣弦侣，好是知音按节。论交肝胆澄澈。桃川冷落秦人洞，闲了郑公三绝。高且洁、那更有谭经勇气，皋比彻。寸心千结。待剪烛西窗，塘弯卜宅，好事为君说。

## 买陂塘

退处

小园林、一弓初辟，何须潘令花县。芊眠烟草萧疏柳，珍重雨丝风片。勤溉灌。算只待、野芳杂卉参差遍。青阳运转。看高树参天，短丛低地，万里好亭馆。　君休道，仙侣蓬壶阆苑。逢逢衙鼓传箭。一杯对簿朱云酒，枉了兰陵萧倩。应不贯、是甲第楼台灯火，笙歌院。闲云最懒。甚为雨为霖，随风卷去，归岫待谁劝。

## 湘月

王谷生《浯溪看月图》

山空人静，是长风吹上，林间孤月。濯魄明蟾，寒弄影、照见磨崖荒碣。千古痦台，下临湘水，断岸蛟龙穴。闲窥石镜，一时肝胆澄澈。默忆当日游踪，浪翁双屐，人境都清绝。帝室重兴，狂喜处、放出笔端冰雪。千百年间，古人谁在，凭吊徒悲切。倚阑长啸，且看今夕银阙。

## 水调歌头

胡芝房《常棣图》

行止脊令语，原上草青青。客中愁望南北，几处限官程。不为颉羹邱嫂，争奈看云杜叟，数点指晨星。一卷画图里，花萼尽敷荣。　蜀吴粤，千里路，短长亭。燕鸿书到，更遣离绪共牵萦。我亦乖违有弟，索米长安憔悴，翘首不胜情。何日共风雨，布被暖姜肱。

## 调笑令

送春

春老。春老。廿四番风过了。小园柳䌷烟斜。燕语枝头落花。花落。花落。寂寂珍珠帘幕。

## 玉烛新

长沙除夕

今年今日尽，笑退处湖壖，光阴虚掷。暇更几点，深宵永、暗递东风消息。喧阗社鼓，听巷陌、游人如织。想处处、送腊迎春，残冬更同珍惜。　　当时索米金门，叹臣朔饥驱，空长九尺。常逢今夕。理剩草、消受一杯寒碧。旧游间隔，二十载、湘南踪迹。刚盼道、岁岁风情，朱颜如昔。

## 湘月

再题夏一卿《印月对吟图》

长空孤月，是曾见楼上，吟笺同擘。洒落瑶窗，相对久、寸寸寥天秋色。鱼钥更闲，凤帏人静，好句商量得。清怀如旧，剧怜潘鬓垂白。　　休说绀宇琼台，嫦娥归去，后恁般岑寂。露妥云沉，黯孤影、瘦尽一天寒碧。苇管重拈，琳琅空自赏，知音长隔。银盘无恙，倚阑愁对圆魄。

## 金缕曲

唤醒凉宵梦。是天花、飞扬泛洒，巧穿帘缝。一缕霜威重衾透，粟起玉楼寒重。更几点随风飘动。启户惊看兜罗絮，似方圭、圆璧蓝田种。迷望眼，眩流汞。　　融银世界川原共。猛回思、湘堧鄂渚，不堪沉痛。铁甲冰凝军行肃，十万貔貅坐控。频激厉、同心壮勇。恨绝淮西吴元济，问何人、雪夜乘寒冻。生缚获，槛车送。

## 探春慢

腊鼓催年，饤盘迎岁，维扬今夕除夕。冻解虹桥，暄回萤苑，一片繁华旧迹。还数邗江棹，往来惯、三停游屐。衰翁重到韶光，自新颜状非昔。　　长念熊湘退处，三十载旅怀，频更春色。书胜题椒，黏鸡帖燕，欢笑已成岑寂。只有隋堤柳，舒困眼、鹅黄堪摘。杜牧风情，青楼鸳梦珍惜。

## 菩萨蛮

扬州元旦

竹西歌吹繁华地。椒柈彩胜迎新岁。风弄绿杨条，春回廿四桥。　　桥阑人独倚。年去如流水。流水日趋东。朱颜不再红。

## 桂枝香

邗沟绿净。看绮陌春回，竹西佳境。廿四桥边，弱柳几丝垂颖。疏篱掩映幽人宅，小帘栊、午阴深靓。绪风徐引，参差搅乱，亚阑花影。

每凭吊、迷楼辱井。是大江南北，六朝形胜。谩说兴亡，只剩一编谭柄。平山堂下芜城路，任游人、裙屐觞咏。白莲新社，斜川旧约，共邀陶令。

## 山花子

至泰州□居宫氏小园

浊酒潜消短梦醒，迢迢春昼午天青。人似衔泥新燕子，落前汀。

鸟变歌喉声琐碎，花迎人面意忪惺。巢父安巢欣得所，小园亭。

## 风光好

喜春阴，怕春阴。轻暖轻寒体不禁，倦登临。　　风光廿四春如海，朱颜改。看取新红上旧林，惜花心。

## 浪淘沙

韦布小帘栊。花气潜通。参差香满一园中。争奈赏心人自倦，惨绿愁红。　　避地海陵东。形迹倥偬。千村万落集哀鸿。扶病老臣忧国泪，忍对芳丛。

## 减字木兰花

荒园小住。举酒劝春春已去。海错堆盘。怪雨腥风特地寒。　　不知许事。且食蛤蜊当傲世。一枕羲皇。栩栩蘧蘧梦蝶床。

## 天香

赋南华菇

一勺曹溪，南宗衍派，高僧卓锡幽绝。梵呗清斋，寥萧香积，野卉杂、蔬罗列。红丁万颗，看一缕、燕支澹结。规作儿孙供养，亏他咒笋真诀。　　传闻疾雷雨歇。课行童、雁河斸洁。试步软莎随处小，篮争挈比，似西山紫蕨。是造物、教酬广长舌。味溢僧厨，频伽解说。

## 醉太平[1]

花事行看尽，愁怀何自损。病魔无赖苦来缠，很。很。很。八十衰翁，暂时老境，漫劳相窘。　睡也不成盹，坐也不能稳。连朝沈痛入腰肢，忍。忍。忍。举世仓黄，举家流落，不堪重问。

## 天香

泰州旅馆牡丹盛开

好梦扬州，融怡世界，平生蜡屐三到。隋苑金围，蕃厘玉蕊，省记赏心多少。繁华顿歇，刹那顷、黄巾肆扰。狭巷短兵接处，惊听杀人如草。　江城一椽屋老。对轩槛、国香偏好。翠叶舞风零乱，几枝开了，忍乏新篇写照。恁意绪、真应被花恼。欲买燕支，重添画稿。

## 倦寻芳

絮风送雨，几度黄昏，篱援春老。薜砌苔阶，二十四番过了。啭树莺，随流水去，寻香蝶向空枝绕。惜韶光，问春归甚处，海天空窅。　逃逆焰、幼安辽左。靸履科头，浑忘昏晓。冷落欢悰，静掩竹扉悄悄。照梦灯寒罗帐薄，浇愁酒淡山杯小。定何时，买归舟，一声孤棹。

## 酷相思

紫芡乌菱都过尽。又早是、重阳近。听萧瑟、挟霜风力紧。鸿度也、声声恨。　蛬诉也、声声恨。浅绿一杯耽自引。更几度、添孤闷。望眼底、关山金鼓震。心事也、不堪问。身世也、不堪问。

## 行香子

风也刁刁，雨也萧萧。阻游踪无处招邀。梦无拘检，缓步行遥。过小阑干，小轩槛，小溪桥。　满意莺花，自侑春醪。谱新声付与秦箫。小红低唱，檀板轻敲。是万年欢，千秋引，百宜娇。

---

① 依《词谱》，此词声律应是《醉春风》，非《醉太平》。

## 丑奴儿

清明寒食侵寻过，红已纷飞。绿已丰肥，瘦尽春光蝶岂知。　小园花信参差遍，风又凄其。雨又淋漓，瘦损腰围客自悲。

## 月上海棠

仙姿国艳花应妒。喜春阴、着意为培护。洒落襟期，饱曾经、软风疏雨。才赢得、几缕红苞渐吐。　燕支冷澹谁凝伫。倩刘郎、点笔再修谱。品压西川，问何缘、少陵无句。天然画、不待诗人妙语。

## 一剪梅

避难泰州署不能动转闻贼将至

伏处真成退院僧。短发零星，长发鬅鬙。问寻梵夹启青藤，一卷心经，一脉心灯。　生路迢迢去未能。举室飘零，举国崩腾。何时逆焰尽清澂，卜也无灵，梦也无凭。

## 忆秦娥

数数。数遍闲愁绪。蹉跎。羞杀莲花不奈何。　红蔫绿辨清明后。人与春俱瘦。凄其。切碎莲根不断丝。

## 减字木兰花

万梦青《举杯邀月图》

清宵独酌。天上酒星呼不落。顾影徘徊。且与明蟾共此杯。　逃禅走瓮。沉醉苦吟均一梦。瞥眼乌踆。冷落东山乏酒人。

## 一剪梅

阶下玉兰一树花。香气絪缊，暗透窗纱。晓风吹折最高枝，绰约姿容，半委泥沙。　洗涤频教汲井花。比雪无尘，比玉无瑕。春光澹沱赏心时，传语山童，莫便烹茶。

## 水龙吟

泰州食蚝

艳传牡蛎江珧，故乡珍错知名久。东归小住，鲐白供馔，蟹黄侑酒。浪漫游踪，尘杯土铿，吾宁忍口。踅羁栖海国，加餐旅食，何人种、蛏田就。　　曾记嘉名肇锡。任端相、蛾眉螓首。丰肌莹玉，鸾刀霏雪，蜃蚶同剖。沃以盐醋，老饕漫羡，熊服鳖瘦。忆莼鲈、夙愿饤盘罗列，问何时又。

## 古香慢

白绣球

暮春尽了，潇洒园林，微雨初霁。优砌芳丛，作对团圞逸致。应似浑仪悬，象面面、疏星点缀。看玲珑碎玉绿叶，动摇捧出圆蕊。　　纪令节、灯球宵市。裁剪冰纨，装点幽思。素韵天成，不许像生花比。冷落一春愁，幸留得、琼裳缟袂，意东皇，倩伊殿、百般红紫。

## 秋霁

潇洒园林，被一夕西风，换了秋色。高柳参差，晚蝉呜咽，最怜海邦羁客。鬓丝雪白，镜鸾羞对成枯腊。盼故国。音问，驿程迢递道途塞。　　无俚意绪，无计消除，隔篱蛬蛩，还又唧唧。欲浇愁、山杯自引，浊醪怎解缕愁积。望极远天谁会得，白雁南向，云净万里长空，数行蕀散，数声嘹呖。

## 凄凉犯

咏海棠

一声鶗鴂。秋容疗、小园花事中歇。薜墙寂寞，苔阶冷落，客怀凄绝。寒蛩倦蝶。正惆怅、芳华一瞥。却屏山、玲珑石罅，露出弄风叶。　　匀注燕支澹，艳入丰肌，晕生赩颊。凭轩历赏，奈无端、冷风摧折。迸泪幽吟，写不尽愁肠百结。纵重看、已似万里，赋远别。《清代诗文集汇编》影印本《话山草堂词钞》

# 朱浩（1首）

朱浩（1773—1838）[①]，字厚斋，号东轩，直隶大兴（今北京大兴区）人。署理瑞州、九江知府，其生平见清符葆森编《朱厚斋年谱》。有《杏花楼诗稿》四卷，清道光十九年刊本。

## 一萼红

赏清秋。漫芸窗吟倚，搔首恁绸缪。剪破西风，画来残照，个中人自风流。有银潢、微云点缀，恍年来、带水放轻舟。渔火虹桥，马塍花坞，声有谁偷？　半是深宵无寐，几挑残兰炷，弹罢吴钩。字选花间，音调竹裹，闲情一似登楼。想佳句、不输淮海，斜阳外、流水下郴州。试听黄河远上，唱起从头。《问红轩词》

# 纪煐述（40首）

纪煐述（1784—1861）[②]，直隶献县（今河北沧县）人。嘉庆时副贡生。据其《三客亭诗稿》可知煐述曾南游苏州、扬州。历州判，宦游山西，押送钱饷至关中、陇上。晚年归里，校刊先祖纪坤、纪昀、父树本文集，事竣而卒。其诗有家学，师法纪昀，而上追杜甫、苏轼，自谓疏狂，

---

① 李灵年、杨忠主编《清人别集总目》（安徽教育出版社2000年版，第403页）定朱浩卒年为1842，误。

② 关于纪煐述的生卒年，曹书通辑校《纪煐述诗集》序中认为生于乾隆五十一年（1786），卒于咸丰十一年（1861）。按：纪煐述《自挽》诗曰："七十六年常战兢，此心时刻凛渊冰。而今而后吾知免，稳睡黄庐唤不醒。"此诗是纪氏预作，其侄纪恒在跋语中说："此先叔父一二年前预作者也。命恒默识之，俟易箦后附入全稿中，起句照年岁缮写。"跋语作于咸丰十一年煐述卒后，煐述享年当是诗中所称76年，再加上二年，享年78岁，故系其生年于乾隆四十九年（1784）。

实天真自然，颇有性情。今有《三客亭诗稿》四卷，附词、试帖诗、律赋各一卷，其词作数量不多，用调却很丰富，并有《心亨令》自度曲。才情清朗卓迈，然多寓坎坷不遇的幽忧之情，沉郁慷慨，很有文化世族的风雅。

## 点绛唇

酬浣香主人赠水仙花

绰态柔情，当时赚得陈王赋。玉颜如故，恍忽波间遇。　　驿使难凭，春信将无误。幽香度，盏黄台素，惭愧遥相付。

## 前调

六出名花，购来佳种从何处。极劳倾注，雅谊同投□。　　从此萧斋，也把天花□。殷勤护，朝朝暮暮，封殖如嘉树。

## 前调

姑射仙人，世间凡艳难相伍。湘江洛浦，欲觅知何处。　　玉骨冰肌，色比梅还素。警人顾，明珠翠羽，的是神仙度。

## 海棠春

浣香室铁梗海棠，隆冬已吐萼，而迎春尚未开，主人以诗余纪其事，依声和之。

阳和消息凭谁讨。却不道、天工恁巧。请看海棠枝，漏泄春光了。　　先开不怕迎春恼。怎等到、梦回芳草。梅已占花魁，更比梅花早。

## 忆仙姿

咏浣香室铁梗海棠

凛烈风威依旧，点点胭脂红透。艳吐锦城葩，却在岁寒时候。稀有，稀有，屈指才过三九。

## 前调

咏浣香室瓶菊

忆自渊明采后，秋雨秋风消受。拘折胆瓶中留，伴竹疏梅瘦。思旧，思旧，曾是一时之秀。

## 百字令

葭灰动处，忽春风又到，腊雪将残。三十年来成底事，下帷人砚磨穿。画虎心劳，雕虫计拙，身世两茫然。不堪回首，留华过眼云烟。
依旧草屈金钩，冰开水镜，风景似从前。结伴寻春知有日，他时随意流连。四序推迁，一杯祖饯，珍重送余寒。半生轗轲，谬蒙松柏相看。

## 八声甘州

光阴真过隙，换桃符、又值送余寒。记儿时守岁，屠苏先饮，华屋承欢。不觉葛裘几易，时序暗推迁。故我依然在，改了朱颜。　说甚桑榆非晚，渐头颅老大，兴致萧然。鲁阳戈急挥，难挽日轮旋。数平生、赏心乐事，几何时、天上又人间。思量着，年华两字，怅惘无端。

## 前调

蠹鱼钻故纸，问浮生、几字食神仙。计腐儒脚色，无他长技，翰墨因缘。自笑漏卮空注，过眼总云烟。依被寒毡负，依负寒毡。　非不百城高拥，奈管中之豹，能几多斑。墨磨人何时，磨得砚会穿。便盟心、文章报国，也须知、学海浩无边。思量着，诗书两字，愧赧无端。

## 前调

壮心犹未已，酒酣时、击得唾壶残。念三条烛下，锁围七人，辄落孙山。穷连岂真有命？搔首问青天。我有封侯志，投笔何年？　纵使老当益壮，怕笑人邓禹，睥睨寒酸。最惊心有人，先着祖生鞭。志四方、男儿素愿，又谁能、碌碌老丘园。思量着，功名两字，感慨无端。

## 浣溪沙

和浣香主人韵

往事回头漫自怜，此身位置信由天。功名说甚祖生鞭。　　胜慨遥情非复旧，懒题新句上云笺。得偷闲处且偷闲。

## 浪淘沙

忽忽复悠悠，三十余秋。炎凉阅尽转多愁，回首当年成一梦，云散风流。　　劳碌几时休，逆水行舟。拼将身世共沉浮，命也如斯争不得，无语低头。

## 南柯子

中秋邀戈德健饮酒赏月

寥落心多感，酸吟兴自高。晚凉庭院首频搔，好是双扉烟锁，故人敲。　　佳节休轻过，闲愁且共浇。一年明月止今宵，试向广寒高处，举杯邀。

## 桂殿秋

迟德健不至

鱼雁影，杳难寻，空谷白驹金玉音。吾庐虚下南州榻，黄叶碧云三径深。

## 满江红

中秋与戈德健酌酒月下

淅沥秋声，人庭树、十分萧瑟。念近日、但逢佳节，倍伤岑寂。梧叶风摇明月影，桂花露湿寒云液。叹良时、谁与倒芳樽，同心客。　　人语静，虫鸣急。宿雾敛，长空碧。想霓裳天上，虽今犹昔。神王那知更漏永，醉来疑傍琼楼立。问先生、此魄濯冰壶，今何夕。

## 念奴娇

广陵妓席

浅斟偎坐，指纤纤先拥，檀槽轻拨。慢引歌喉全不管，知曲周郎耳热。宛转牵情，缠绵寓恨，一阕肠干结。抛残红豆，曲终同叫奇绝。兼是颦月临眉，醉霞横脸，尽秋波偷瞥。刻意妆乔儿女情，全借娇痴传出。对酒当歌，人生行乐，且把烦襟豁。闲闷闲愁，一时分付风月。

## 秋蕊香

咏玉簪花

朝爽来从何处。偶向花丛闲步。幽香一缕秋风度。阶畔玉簪无数。　　丰姿特较群芳素。怕遭妒。风茎向晓凝清露。错认云鬟香雾。

## 散天花

剪秋罗花

云敛天开雨乍过。芳菲争弄影，尽婆娑。好花开放不须多。嫣红三雨点，剪秋罗。　　雾縠冰纨也让他。胭脂浓晕处，恁猗那。浣花愁少锦江波，教人除绮语，奈花何？

## 菩萨蛮

秋海棠花

天生丽质倾人国，不教脂粉污颜色。化作断肠花，含愁风外斜。　　盈盈娇欲语，何限离情苦。果否记前因？独居思速人。

## 青玉案

壬辰生日食榆钱作

不须微禄求升斗。我自拥、铜山富。无数青钱经选后。山妻含笑，满盘托出，敬为先生寿。　　井蛙堪笑何曾陋。日食区区岂云厚。百万刚糊馒粥口。粗人凭记，者般风味，才免讥铜臭。

## 忆仙姿

为吕韵仙题《木兰从军图》

男子桑蓬有志，欲射四方天地。生女辄悲酸，弄瓦不如人意。谁记，谁记，忘却木兰前事。

## 东风第一枝

元夕

声沸歌楼，辉腾灯市，满街观者如堵。更兼火树银花，遮断几人去路。软红尘裹，见宝马、香车无数。揭翠帘、看尽鱼龙，未识傴师谁怒。

工绮语、盛年已去。感令节、他乡又遇。总教彻夜流连，难觅旧时伴侣。江郎才尽，春灯猜、应无据。好为侬传语同人，漫索冶游新句。

## 高阳台

题陆瑶林《悼萝吟次吴笛江韵》

蝶不双飞，花偏早谢，秋风吹到胥门。从此潘郎，凭谁料理吟身。呼来妙子人何处，返魂香、难返香魂。可知他，首首哀词，字字伤神。

牛衣对泣当年事。记寒窗举案，减灶添薪。曾几何时，挂遗在壁凝尘。即今故剑成追忆，廿余年、春梦无痕。这因缘，都付空花，把定情根。

## 沁园春

次王五桥韵即赠

乍睹新篇，只疑凤羽，藻耀朝阳。羡十年搜辑，左公都炼。五言雄杰，刘氏城长。绮语难除，闲情偶寄，摹写温柔别有乡。拈毫处，定高吟大醉，倨坐胡床。　　细将兹事评量。庞眉客应输白面郎。念古来名宿，几人树帜，如今前辈，若个升堂。何意英年，居然老境，善阵非徒不乱行。低徊久，似望洋向若，烟水茫茫。

## 行香子

戏和五桥韵

节序频更。听鹧鸪声。绿沉沉、蕉影窗横。腰肢瘦损，也自心惊。直恁多愁，恁多病，恁多情。　　良夜诗檠。清画风筝。冶春时、记送郎行。魂销别泪，指屈归程。数荚荣枯，更长短，月亏盈。

## 唐多令

戏和五桥韵

别泪在衣衫。惹愁增绮纨。忆游人、眉蹙春山。几拟凝妆慵对镜，拥髻坐，思回环。　　缄恨笔方酣。肯教鱼雁闲。绪绵绵、独茧丝团。道是红颜憔悴了，郎不信，等郎看。

## 醉太平

凤仙花

霓裳羽衣。仙平凤兮。夜来环佩声低。罢吹箫暂归。　　红深绿齐。花娇叶肥。晚凉庭院风微。似翩翩欲飞。

## 后庭花

六月菊

幽芳记向东篱掇，那般清绝。如何不待重阳节，早开三月？　　心情似与从前别，爱趋炎热。看他红紫成行列，独黄华阙。

## 谒金门

金灯盏

摩睡眼。瞥见金釭犹灿。一夜兰膏余有限。露珠花上转。　　怪得蛾儿留恋。宝鼎谁分真赝。若使映书功可算。乞流萤一半。

## 乌夜啼

鸡冠花

已老犹之未老，全开还似初开。多应绛帻叨章服，身免鹬冠灾。　　偶尔移从别圃，烂然罗植秋阶。窗禽乍见惊相避，错认木鸡来。

## 眼儿媚

金丝荷叶

田田擎得露华鲜。搴就竹炉煎。小洲浅处，芳丛深处，一样珠圆。　　秋江无复凌波步，姿韵尚幽闲。旧时伴侣，问谁还在，有鹭鸶拳。玉簪花，一名鹭鸶。

## 秋蕊香

草茉莉

比似夏花较好。比似秋花较早。锡名最是有公道。不与南强同小。

红闺喜佩宜男草。竞相效。此花解语合微笑。看我添丁多少！

## 琴调相思引

牵牛花

乍可金风玉露时。肯教蔓草失秋期。人间天上，心事瓠瓜知。案户汉横茎袅袅，洗车雨遇叶猗猗。夜来真巧，花朵罥蛛丝。

## 霜天晓角

水蘋花

种分泽国。特向闲庭植。旧谱翻新更好，因地化、岂同橘。　　托根良亦得。未须伤寄迹。看取萍踪难定，渔隐外、那非客？

## 昼锦堂

题吕小沧刺史《采芝图》

神马尻轮，云思霞想，幼舆丘壑宜哉。白柄长镵，三秀剪九茎裁。薰凭佳居为士室，拾多香草遍天涯。倾筐后。余兴未阑，还应植向庭阶。
休猜。浑不似。吾自写平生，洒落襟怀。竹笠芒鞋，何必黄绮相偕。披榛遑惜山人力，茹芝难遇地仙才。殷勤觅。堪备药笼中物，足矣来来。

## 卜算子

题《兰桂画册》

兰坂露华鲜，桂馆风枝袅。迹不相谋臭味同，会合缘宜巧。　　香草拾弥多，杂木生当少。若乞东山老谢安，此画奇宝。

## 阮郎归

题《雁来红画册》

忽惊一叶落银床，胭脂声价昂。红深红浅待平章，归鸿远寄将。花一样，但无香，晚风云锦张。人南雁北共还乡，飞蓬竞艳妆。

## 生查子

代人题《画菊》

新英莫慢餐，旧族犹留谱。记得义熙年，曾与渊明伍。　　三径足蓬蒿，九日多风雨。为问画中花，可乐居荒圃。

### 临江仙

题杨爱吾《垂钓图》

不有斜风细雨，何须箬笠蓑衣。翠纶佳饵计原非，鸥来凭自狎，鱼上不期肥。　　浮世惟当行乐，先生乃更忘机。候门稚子意依依，似缘炊黍熟，专盼钓人归。

### 心亨令

自度腔

功名倘来，富贵，冷灰，看得破，丢得开，流行坎止，吾何为不豫哉？　　罪不至诛，况无罪乎？思至再，焉用踟蹰？但使心亨。吾往矣，一却一前，非丈夫！以上《三客亭诗草》，清咸丰十一年延泽堂刻本。

## 诸崇俭（30首）

诸崇俭，字寿原，号蕉隐、西圃主人，直隶清苑（今河北保定市清苑区）人。贡生，候选训导。工诗文，善书法，性恬退，不求官职，游幕三十年，当道闻名，争相礼聘。晚年家居时主讲诗坛，奖励后进，当时文士，仰为山斗。同治十年（1871），县令李逢源编修《清苑县志》时，聘其为编纂。遗著有《环华诗草》，年九十卒。

### 满江红

题赵铁迂印谱，镌周子《爱莲说》。谱图为马若轩所藏，时戊戌春暮。

金印无凭，空赢得、石交如许。但见高人心便慰，爱莲成谱。鸟篆盘旋扫绛云，虬文萦结霏红雨。薇雨盥手册频翻，参讹妙处。　　书卷里，聊容与。藕花下，方延伫。喜濂溪立说，鸥波运笔。浅深留得鸿泥雪，斑驳不减黉门鼓。携一编、坐向落花前，谁对语。

## 意难忘

闰重阳作于酒楼

雅集飞觞。忆前番登眺，极目苍凉。墨鸦偎晚照，红树染新霜。纱帻落、珮萸香。薄醉去愁乡。又惯听、满城风雨，十里重阳。　　上高楼独自望。效古人歌啸，兴托沧浪。愿随陶令卧，莫笑阮生狂。思往事、费平章。看匝野寒光。幸喜得、一般酒熟，两度花黄。

## 贺新郎

伤春，用伽陵韵。

蓦又伤春矣。恼莺花、催人太骤，去如流水。故里海棠开也未，料想今朝有几。悄背着、孤灯挥涕。拟觅君平勤问卜，问半生、沦落何如此。搅客梦，夜来雨。　　一身剩有绨袍耳。忆天南、家园在望，故人千里。作客东华人小病，谁是无愁之子。不容得、壮心不死。整顿琴书归去好，把一编、坐向荒园里。看花外，纸鸢起。

## 前调

参破情禅矣。忆髫年、繁华如梦，流光似水。过眼名花零落尽，细算今朝有几、独对着、垂杨流涕。欲向毗庐证因果，愿情天、不老长如此。天花坠，糁红雨。　　箧中剩有云笺耳。逞豪情、狂挥百幅，寄人千里。本是骅骝能顾步，竟作天涯荡子。只有个、名心不死。觅食长安原不易，把青毡、坐向朱门里。春寒怯，病新起。

## 百字令

访九学书

访九世兄，遂城夫子长嗣，行四。爱临池，笔法欧褚，戏以小词调之。

笔床砚箧，看垂针腕力，目无余子。花影一窗人不到，细展芸函精美。紫颖豪尖，碧麋墨古，居近琅嬛市。肥猪瘦腊，纷纷又何足数。
况复梦醒纱橱，香添红袖，眉画朝光里。读罢紫钗还并坐，跌宕风流自喜。金屋逍遥，玉堂清暇，一样繁华尔。偶然捉管，气味自能清绮。

## 前调

仙九骑马

仙九行五，遂城夫子仲嗣。辛丑春，余卧病客馆，仙九策骑见访，美其裘马翩翩，填此以赠。

翩翩裘马，逞英姿豪气，长安公子。况本是徐公城北，伯仲居然双美。虎视神清，龙骧步稳，飞过咸阳市。书生怯怯，若辈何足比数。
忽逢紫陌花色，翠楼柳色，梦绕深闺里。为觅侯劳怅望，窗外频占鹊喜。玉勒骄嘶，金鞍称意，只是迟归尔。君当记取，三春辜负罗绮。

## 菩萨蛮

咏蕉

夜来雨洗秋空碧。纱窗透过玲珑月。才展一函书。相思诉也无。
深院轻阴绿。绕遍阑干角。花下绣苔纹，还须立美人。

## 其二

露汽银井寒无梦。芭蕉应悔窗前种。叶上雨声声。愁人听最清。
学书予所喜。此即天然纸。摇曳淡无痕。秋毫扫绿云。

## 南歌子

书所见

袅娜深如柳，轻盈貌比花。妆点露夭斜。两傍扶健仆、骋香车。

## 更漏子

旅况

草虫鸣，更漏歇。帘卷一天霜月。风信紧，雁行斜。篱根绽菊花。
高阁上。凭栏望。不见关山惆怅。岁欲暮，思无穷。怀人客馆中。

## 其二

荡子魂，离人泪。不尽长安秋思。茶烟歇，烛花残。薄衾知夜寒。
谁家树。萧萧雨。那管愁心正苦。梧叶落，卷秋声。西风吹到明。

## 卖花声

亭下步蹒跚。乍见心欢。罗衣单薄钏尤寒。生小惯凭孤月照，敢望团圞。　娘每骂痴顽。游戏花间。裁书容易寄书难。除却小楼灯上后，不是巫山。

## 菩萨蛮

闺情

帘前阵阵霏红雨。画梁海燕看新乳。又见柳棉飞。萧郎去不归。
昼长情绪懒。镇日抛笙管。提起恨从头。无端泪暗流。

## 念奴娇

黄叶

天高露下，觉满目萧条，无边霜色。秋草秋花零落尽，剩有一庭黄叶。扫处频添，踏来欲碎，墙角西风歇。斜阳透过，玲珑望更凄绝。
有谁作赋初成，开门起看，童子关心切。到耳商音浑不住，那管丹枫尽血。蛩语寒烟，鸦盘暮霭，塘外枯荷折。寻秋何处，归途好趁明月。

## 前调

红叶

疏疏密密，趁斜阳、烘作一天霞色。昨夜西风吹更紧，染出丹黄霜叶。正好看山，浑宜载酒。溽暑全消歇。小诗才就，低吟倚槛幽绝。
最怕江上愁人，闺中思妇，对此偏凄切。让尔丹枫工点缀，总是鹃啼恨血。石径高遮，寺门低露，涧水流三折。马蹄踏处，照来惟有山月。

## 前调

十四夜月，宿小有山林。观遂城夫子与赵子和围棋，有怀山阴王云衢先生，用伽陵中秋赋月韵。

棋声敲处，正帘外溶溶，花阴筛月。黑白满盘看乱点，步武不差毫发。骑突围中，兵观壁上，局外关心切。未分胜负，豪情一倍难歇。
犹忆宣武城南，横街旧第，月夕秋堂豁。更有山阴王逸少，谓云衢先生。座上清谈霏雪。师尚为郎，渠今作宰，为米将腰折。十年别去，迩来音问稀绝。

## 前调

十五夜月，仍宿小有山林。遂城夫子招饮，同座登州孙宜堂、任丘边星藜、遂城荆谷孙、西邻赵卓峰、访九、仙九，暨余九人，行制锦之令，以“桂子月中落，天香云外飘”十字，即景成联。

琼筵乍启，向小有山林，同看秋月。列烛分曹齐制锦，觞政细如毛发。云外香飘，月中桂落，禁体关情切。拈来两字，樽前组织难歇。
但看冰镜当头，长空如洗，树影都轩豁。到得酒阑人来去后，小立庭阶泼雪。金粟轮高，玉绳影转，花问瑶宫折。西家狂客，歌声缕缕清绝。西邻赵子京、小云皆高唱，故云。

## 前调

十六夜月，赵卓峰三兄招饮，主宾各六人，复行制锦之令。毅馔既精，器具尤雅。相与畅饮达晓。

挥杯狂叫，喜今夕才是，十分圆月。如此良宵如此酒，羁思不留毫发。曲垒新摩，诗城对峙，七子争敲切。两军接战，无端笑噱难歇。
堪叹压线年年，嫁衣惯制，难得胸怀豁。我亦无媒伤老大，拈出“大女”二字成诗，语多可笑。转盼头颅成雪。北海骑鲸，南山射虎，拗取金鞭折。何如且醉，朋侪相聚欢绝。

## 踏莎行

和板桥题壁

旧梦如尘，新愁似织。又看芳草连天碧。燕台作客动经年，东风无赖催归急。　　野店沽春，旗亭画壁。天涯知己从何觅。杏花开尽尚余寒，停骖且向桥头立。

## 沁园春

声

抛卷微吟，拈针倦绣，出阁闲行。正无端钏响，冰纨扑蝶，有时钗堕，红豆调鹦。茜朵斜簪，香罗乍试，小坐花阴按玉笙。多情甚，无人自遣，小婢潜听。　　娇滑过雨流莺。又别院秋千笑语轻。向窗前理发，檀奁初扣，案头剪帛，金剪方停。觅伴相呼，濒行私语，隔着纱橱总未明。最难忘，有氍毹贴地，妙啭音清。

## 前调

影

玉立亭亭，几度相逢，娇痴可怜。记银缸独对，枇杷窗下，珠帘乍卷，杨柳楼前。满袖花阴，一池春水，爱倚朱栏亸玉肩。正回眸，濒行自顾，细数华年。　　琼枝种向谁边。较卷里崔徽态更妍。早为花留迹，风随香落，替侬写照，月比人圆。九叠屏山，一双鸦鬓，掩映中庭望若仙。轻盈甚，似巫云山岫，吹坠遥天。

## 前调

为周韫山郎本棣周岁作

绣裼荷衣，画帘深处，捧出明珠。看天上石麟，峥嵘头角，人间威凤，秀发英雏。案籍氍毹，文房罗列，左把雕戈右虎符。怜惜甚，羡倾城阿母，玉手亲扶。　　汝南门阀谁如。偶紫塞秋风作寄庐。与笔床茶宠，聊供吟遣，孺人稚子，自足清娱。觅枣怀中，推梨座右，渐识之无学抱书。歌常棣，问命名深意，雅寓风诗。

## 卖花声

球

一对镜光寒。掌上盘旋。炙来生铁铸诚难。敛尽锋芒柔绕指，面面俱圆。　　曾记绮罗年。游侠翩翩。簸钱蹴鞠教坊南。背打流星夸便利，脱手弹丸。

## 十六字令

秋

秋。紫塞关山落照留。西风里，匹马拥羊裘。

## 其二

秋。谁家玉笛啭珠喉。明月下，红袖倚高楼。

## 其三

秋。夜雨潇潇客梦幽。风过处，黄叶打檐沟。

## 其四

秋。一盏寒灯伴小楼。思往事，都付小茶瓯。

## 其五

秋。落木光阴似水流。闲觅句，斜月上帘钩。

## 满江红

和浣云韵

慷慨激昂，尽放歌、穷愁都了。银烛下、挥杯轰饮，一声长啸。绮思何嫌红豆腻，豪情尚厌金樽小。听谯楼、更鼓最凄清，孤鸿叫。　秋云倦，空延眺。霜风紧，新寒峭。正离筵别绪，尽萦怀抱。愧我萍踪关塞羁，识君骨相嶙峋傲。喜年来、误澈静中缘，拈花笑。

## 前调

紫塞三年，屈指又、黄花开了。差幸有、二三知己，短歌长啸。醉里何愁身世窄，忧来真觉乾坤小。逞雄心、射虎向南山，飕飗叫。　落日远，平原眺。层云敛，孤峰峭。爱燕然秋色，豁人怀抱。吊古惟余豪士气，耽书洗尽儒生傲。看吾侪、落拓百无成，休相笑。以上《环花仙馆词钞》

# 刘湝年（302 首）

刘湝年（1821—1891），字树君，号约园，又号莲溪，顺天大城人。

咸丰十年（1860）进士，改庶吉士、授翰林院编修、官广东潮州、惠州、广州知府。光绪七年（1881）解组居扬州，始专力与词，与方浚颐、孙楫、张丙炎、汪鋆等结词社，交游唱和。宋泽元序其词说：“每从酒后，偶拟诗余。难得花甲高年，才唱《草堂》小令。何充四斗食米，讵有宦情；高适五十学诗，便工韵语。鸳都善绣，虫不妨雕。抚哀丝豪竹之音，具铁板铜琶之概。脍炙早腾人口。”[①] 同人谓有王渔洋之文采风流。张德瀛评其词“如抱经老儒，棱角峭厉”[②]（《词征》卷六）。著有《三十二兰亭室诗》十二卷、《约园词》四卷、《寄渔词话》二卷。《寄渔词话》共81则，上卷抄撮前人论词之语，多不注出处。下卷多纪词人本事，所纪女性词人尤多，有助于了解有清一代重要的词人词事。

## 貂裘换酒

姜白石小像为黄子鸿司马题

卅六湖头路。是当年、梅边吹笛，最销魂处。十里珠帘邗江上，也记轻桡小住。那个是、知音俦侣。名士风流消磨尽，便小红低唱俱酸楚。剩只有，扇挥羽。　　我来学按红牙谱。爱先生、春风词笔，云霄独步。老去刘郎颓唐甚，羞说登高能赋。谁惆怅、马塍风雨。携得苕溪行看子，向人间遍乞铜琶句。香一瓣，竭诚愫。

## 貂裘换酒

题子鸿《茶隐图》

无处容高隐。况年华、平头五十，鸿毛风顺。喜与荷花同生日，且让先生肥遁。恰消受、绿阴一枕。细煮龙团天边月，泻银瓶到耳笙簧引。泉第五，润馋吻。　　朅来学步苏辛韵。最移情、栖云一卷，镂花裁锦。我是扬州老游客，只愧江淹才尽。更休问、新班玉笋。落落晨星余知己，倩樵青分取冰瓯饮。玉川子，希见允。

## 菩萨蛮

壬午重九，李维之观察约游长春岭，以雨不果。汪砚山茂才有词纪

① 刘湝年：《约园词》，光绪十二年刻本。

② 孙克强、杨传庆、裴哲编著：《清人词话》，南开大学出版社2012年版，第1616页。

之，依韵二阕。

西风吹得重阳又，一帘凉雨秋痕瘦。望眼野亭高，云霄一羽毛。□□□□酒，寂寞频回首。犹记越王台，曾经眼界开。

## 前调

霜螯味薄篱花淡，楼头一夜声声慢。何物碎秋心，闲阶子细寻。檐端声乍紧，梦断梅花岭。谁与续游踪，寒山石径红。

## 扬州慢

孙驾航前辈《虹桥旧游图》，用白石韵。

袖海楼前，临江阁畔，几回细数邮程。算虹桥柳色，到底向人青。任词客、频抽虎仆，评量明月，斗尽心兵。总轻装，书剑年年，舣棹江城。

我来老矣，已星星、双鬓堪惊。软土东华，炎云南国，销尽豪情。今日竹西话雨，画图里、隐约箫声。怅骊歌重唱，离愁划去还生。

## 水调歌头

约园展重九联句

开径展重九方忍斋，举酒属诗翁张午桥。早秋天气犹暖孙驾航，佳兴与人同湝年。主客东南齐美驾航，赢得衣香鬓影午桥，拼醉菊花丛孙省斋。对此好台榭午桥，何事感征鸿驾航。岭长春，湖条障，石尤风忍斋。不如归去省斋，高爇银烛玉颜红驾航。凤管鸾箫今夕黄子鸿，桂楫兰桡何日午桥，秀靥泥方瞳驾航。珍重明年会子鸿，还与话篱东湝年。

## 蝶恋花

戏赠忍斋

十二珠帘凉雨滴，七尺湘云，细把闲愁织。泗水归人衣袂湿，濛濛江上孤帆直。　　相爱相怜才一夕，小办离筵，拼得长相忆。犹记兰房私事急，几回眉语传消息。

## 扬州慢

寄潘伯时大令粤中

廿四桥头，红箫声里，彩云一片飞来。有团窠鸳锦，出手妙心裁。忆挂绿、离支饱啖，醉吟狂啸，脱却形骸。愧依刘，王粲十年，费尽清才。

记游邗水，又篱边、黄菊重开。怅谢传东山，何郎官阁，寥落苍苔。犹喜结庐心远，人间世、野马尘埃。让风流潘令，河阳满县花栽。

## 瑞鹤仙

研山以词来嘱临褉帖并松雪十三跋，极蒙奖饰，和此志愧。

兰亭今古妙。是醉笔神来，居然天造。游龙比天娇。任褚欧摹仿，纷纷写照。蓬壶海峤。岂人间、等闲能到。况吴兴精鉴，名家棐几，几回绝倒。　一笑。我拈斑管，学画秋蛇，青泥作闹。君真阿好。翻残牒，谱新调。愧东家，丑女含颦苦效。终不似西施容貌。愿松烟万笏，供养永和逸少。

## 念奴娇

《绉云石图》用东坡《赤壁》韵

玲珑片石，也算是、川岳钟灵英物。骨相当年，逢铁丐、一样全空崖壁。竹叶浮香，絮袍送暖，曾醉孤山雪。是翁矍铄，双瞳能识奇杰。遥知旌旆迎来，有将军将令，雷轰电发。回首风尘，珍重意、刻字千春不灭。惆怅余生，青娥老去，豪兴消华发。红牙零落，瘦云犹伴寒月。

## 满江红

写怀四首

韶石南来，记舣棹、越王城下。正一路、风饕雪虐，严装初卸。双袖依然京洛士，片帆又向丰湖挂。听咚咚、官鼓惯催人，冬还夏。　峰头鹤，搴裳跨。潭心鳄，关弓射。算烹茶、试院忙中闲暇。一日三餐书判里，十年九命扶胥驾。莽无端、蛟蜃幻楼台，惊人也。

嗟我生初，悲无怙、年刚七岁。又燕蜀、迢遥云栈，艰难归计。孤子茕茕衣似雪，寒机轧轧冰为泪。只区区、寸草答春晖，谈何易。　怀中刺，穷途碎。刀头血，沙场渍。痛盘堆、苜蓿萱花先委。薄宦已成蛇赘足，高搴不羡鹏舒翅。便丁东、铃索听西清，俱酸鼻。

大舶波斯，真万里、长风破浪。沧海外、三山阅遍，布帆无恙。黄歇浦边联旧雨，真娘墓畔留新唱。更江波、呜咽涌金焦，声悲壮。　风月地，闲情畅。山水窟，游踪放。有隋堤、杨柳系人鸟榜。明月二分清睡足，珠帘十里晴波荡。忆故园、松菊久荒芜，增惆怅。

归去来兮，北望处、家山路远。孤负了、声声杜宇，年年相劝。兔走乌飞尘鞅里，愁晴恨雨蛮江畔。盼乡音、迢递陇头云，稀鱼雁。　山间蝶，无心恋。城边凤，何时见。记三间、茅屋旧安笔砚。去住随缘原过客，松楸有泪余凄断。早商量、一棹访丁沽，严装办。

## 凤凰台上忆吹箫

《长啸图》为驾航题

极浦鸿归，层楼鹤去，何来云里清音。恍鸾锵凤哕，响彻遥岑。不是成连海上，移情处、一曲青琴。更休问，长言短咏，诗杂仙心。　沉吟。兴公俊侣，十年蛮徼地，磊落胸襟。任炎云瘴雨，愁鬓霜侵。依旧如虹吐气，人间世、万籁俱喑。徘徊久，呼来素娥，把酒同斟。

## 渡江云

寄忍斋同研山作

送君归去也，一帆挂处、连日雨濛濛。剩柴扉静掩，冷清清地，盼不到诗筒。桃花潭上，有汪伦、白雪词工。一字字、檀槽闲谱，鸣玉戛丁东。　懊侬。栖云旧馆，醉月飞觞，别离成短梦。辜负了、衣香鬓影，酒绿灯红。竹西预订重游约，把佳期、分付征鸿。须莫误、牡丹时节相逢。

## 湘春夜月

王少鹤茂陵秋雨词书后即柬驾航

夜迢遥，倚窗寒雨萧骚。手把一卷新词，枕上送无聊。恰有绣鸳针巧，似九机凤锦，七尺鲛绡。想檀槽递按，唱低斟浅，舞袖轻飘。　仙曹何处，黄公炉侧，酒户寥寥。旧日豪情，只剩有、螭头词赋，马上弓刀。离离花影，更谁能、彩笔重描。差慰也，有茫茫沧海孙登，一啸块垒俱消。

## 金缕曲

《虹桥僦居图》为驾航题

记得邗沟路。绿阴阴、垂杨绕郭，千条万缕。十里虹桥修禊地，也是旧曾游处。重检点、琴装小住。夕照江干停征旆，赁一廛聊作梁鸿庑。容膝耳，乐吾素。　　阿谁粉本描新趣，认依稀、帆樯两岸，溟濛烟雨。比较炎云蛮雾里，清景依人不去。恰还有、旧时伴侣。我亦南州归来客，问竹林、许着刘伶否。团瓢小，且容与。

## 琵琶仙

怀忍斋用午桥韵

一片萧条，记江上、冷雨催人离别。听到阶畔愁声，寒蛩语亲切。人去后、黄花已老，又梅萼渐舒芳靥。大白杯浮，小红曲度，还共谁说。　便明岁、重下扬州，应须待、烟花二三月。无奈小窗寂寞，对庭梧残叶。忆浉城、日暮，梦竹西、两地凄绝。早盼佳句传来，醉吟击节。

## 唐多令

泛湖和午桥韵

柳岸曲通潮，长条又短条。碧弯环、何处停桡。记得荷花前度好，还认取、旧时桥。　　酒榼一肩挑。诗朋折柬招。恨尖风、绿瘦红销。犹喜岭梅新种得，依约有、暗香飘。

## 百字令

交游即目同午桥作

绿杨城畔，望迢遥林立、长竿无数。仿佛牙樯江上泊，掩映斜阳古渡。银汉高悬，玉绳低引，夐极天边路。电光石火，不知潜耀何处。　记曾芳讯传来，金蛇暗掣，顷刻无停阻。迟速休烦鸿鲤寄，一纸凭他传语。只有梅花，一枝珍重，不肯空中度。还劳驿使，殷勤仍插双羽。

## 击梧桐

嵇叔夜古琴，午桥藏，消寒第一集属咏。

眼福从今饱。流览到、典午当时遗宝。古锦囊开处，似相识、曾伴嵇生锻灶。山巅水溢，风期雪虐，纹已牛毛断了。忆巨源书去，奏广陵散罢，人间绝倒。　　今日相逢，金徽绣褓，出入张华怀抱。位置冰瓯馆，凭短几、细细香熏龙脑。银烛光中，珠履琼筵，更陪着、玉箫韵妙。问晴窗、梅边寒信，消去不少。

## 凄凉犯

《风泉感旧图》，午桥为吴稼轩比部作也。午桥索题，即悼稼轩。

朔风凛冽，寒泉咽、怀人一片萧瑟。正无聊赖，披图又见，故人吴质。科头抱膝。恰依旧霜髯一尺。似当年、丹黄甲乙，对坐理缃帙。　　更忆鸡山远，短杖归来，菊松犹昔。一杯话旧，正残春、药栏红坼。还拟相逢，共携手、寻芳紫陌。更何堪、独与冷月，共此夕。

## 眉妩

叶小鸾女史眉子砚，消寒第二集吴次潇索题。

看新蟾滴水，雏鸲窥波，谁琢端溪砚。一雨琴丝润，相逢处、依稀眉翠初展。墨华乍浣。挂一钩、新月天半。恰低映、两点春山小，对镜较深浅。　　惆怅樱桃红未。想琉璃奁启，光气璀璨。着意摩挲久，双蛾敛。何人重赋清怨。小帘试卷。返生香、珍重仙媛。好螺黛轻描，妆点紫云一片。

## 露华

读庄盘珠女史《秋水轩词》书后

缥缃一集，似漱玉遗音，双管仙笔。减字偷声，探尽花间消息。相逢画阁，朱楼独步，玉台踪迹。红箫里。轻风乍来，万蕊齐坼。　　连番手展缃帙。有滴粉搓酥，指上芗泽。岂是漆园华胄，飞来胡蝶。好从白玉盘中，认取绛珠颜色。秾艳处，人间未应识得。

## 忆旧游

消寒第三集，适重葺长春岭工蒇，研山招同人，赋此落之。

恰梅疏补砌，竹瘦摇窗，结构初成。掩映斜阳畔，有亭风观月，佛髻留青。连番藕丝，乡里一舸访新晴。只黄花时节，重阳细雨，孤负山灵。

行行。前游日、慨断井颓垣，金碧飘零。十里红桥路，剩几分明月，几处箫声。从此冶春无恙，重与画栏凭。好柳岸维舟，万花深处飞巨觥。

## 如梦令

冬月十八日消寒约代柬

连日晓寒扑面。已见腊梅花绽。好约约园游，要把胡笳拍遍。皛饭，皛饭，还与兴公作饯。

## 南浦

消寒第四集，送驾航之官雷州。

握手太匆匆，又无端、送君远游南国。何处最销魂，隋堤柳、不复旧时颜色。明知此去飞鹏，好展垂天翼。争奈虹桥明月夜，闲却小红大白。

前番记别珠江，恨风帆挂处，霎分南北。同唱竹西歌，琴尊里、何事离筵又迫。余怀渺渺，随君直到虞翻宅。还盼春雷声起处，芳讯早传消息。

## 摸鱼子

和忍斋

又迷漫、雪花如絮，闲庭历乱飞舞。骊歌回首秋江上，一片布帆凉雨。情切处。记一度书来，一度红牙谱。移宫换羽。与老去迦陵，白头红袖，秾艳斗今古。　　虹桥畔，况是蟾帷曾驻。纱笼处处佳句。含颦我是东施女，也学西家眉妩。聊寄与。盼公瑾知音，指点歌喉误。凭添愁绪。有万缕千条，酒边灯下，时逐梦魂去。

## 水调歌头

冬月廿三日为午桥生辰，以词招饮，元韵和此。

冬月廿三日，逸兴五云飘。中天仰望南极，璀璨正今朝。更喜云旗十丈，昨日西池飞下午桥新得女孙，帨彩薄寒消。玉漏滴清露，银烛艳良宵。

嵇康琴，长康画，杜康醪。浓香分到，春瓮重与乐醺醄。拈出朱文绿字，谱入红腔紫韵，檀板不辞劳。二分弄明月，清绝一声箫。

## 木兰花慢

消寒第五集，题夏路门编修《裕园图》卷子。

鹭汀凫渚外，凝望处、水云边。有罨画楼台，扶疏竹树，旧日平泉。芸编万卷插架，个中人、望里比神仙。闲倚小窗索句，红香飞上吟笺。　流连。一卷读回环。妙手出荆关。叹几处高门，几家乔木，蔓草荒烟。此闲池亭无恙，主人翁、更有笔如椽。愿弄扁舟载酒，相将醉也陶然。

## 迈陂塘

《填词图》为午桥作

按红牙、引商刻羽，雪儿直恁妍丽。箫声廿四桥头月，添得竹西歌吹。携砚几。想咳玉雕琼，浣笔冰瓯里。谁能似子。有阳羡陈髯，词坛飞将，依约认青兕。　宣南住。记得寻邻访里。簪毫同直清秘。天南远放扶胥棹，共领荔支风味。游倦矣。任归隐湖山，载酒花间寺。莼鲈正美。向仙掌寻秋，晓风残月，唱遍井泉水。

## 疏影

消寒第六集，题汤贞愍公画梅花直幅为子鸿作。

春光漏泻。恰小园嗅到，枝上香雪。馆启栖云，一幅传观，前身又对明月。从知染翰军门日，早具有、心肠如铁。便图来、瘦影横斜，也抱岁寒风骨。　曾记评家真鉴，雨生大手笔，人世称绝。粉本流传，片楮零缣，价与鼎彝并列。孤山况是高标格，原不许、雪霜摧折。请看他、墨汁淋漓，写出一腔忠节。

## 蝶恋花

题子鸿画册，一芭蕉一玉兰。

昨夜纱窗春雨足。点点闲阶、踌躇层层玉。要谱红牙新制曲。名笺分与苔痕绿。　雪里谁传图一幅。除却王维、妙迹无人续。拂拭云蓝参画趣。添来柔条聊医俗。

## 前调

一树琪葩开烂漫。幻作霜毫、颜色冰瓯蘸。天上飞琼人不见。芳名误向潇湘唤。　　春事重重抡指算。开到辛夷、更比夭桃艳。毕竟朝天输素面。年年岁岁花王伴。

## 清平乐

消寒第七集代柬

嘉平十九，同祝东坡瘦。更约新词康爵侑，调寄貂裘换酒。　　届期脱稿传观，相将共荐芳筵。聊学祭诗岛佛，定应叫绝髯仙。

## 貂裘换酒

十二月十九日消寒第七集拜东坡生日

腊鼓匆匆又。玉梅花、韶光漏泻，霎交五九。恰遇眉山称觞日，合聚群仙上寿。便招我、春风词友。谱出红牙新翻曲，叶宫商、一一云璈奏。三蕉叶，侑清酒。　　篮舆我是循州守。鹤峰边、看山拄笏，两年之久。德有邻堂新葺得，曾献千金敝帚。记一样、炎云消受。铁板铜琶江上句，问心香一瓣容分否。窃私淑，九稽首。

## 前调

和忍斋用何子贞韵

咀嚼宫商好。听连番、红牙谱出，鸾音凤啸。不用豚肩夸健饭，早识廉颇不老。数今古、豪情胜抱。闻说青莲才倚马，得先生、更把青莲傲。望淝水，几倾倒。　　邗沟惆怅孤帆峭。没来由、送君归去，赚人烦恼。喜有多情双赤鲤，传到花间词稿。定何日、重翻新调。二十四桥箫声里，醉醺醺一舸掀髯笑。江淹赋，怕重校。

## 沁园春

和忍斋用放翁韵

岭海归来，脱去朝衫，且作闲人。忆飞扬跋扈，鞭能驱石，忧愁抑塞，扇不遮尘。土软东华，云炎南国，一笑翻成自在春。鬓眉白，着绿蓑青笠，别样生新。　情亲野鹤闲云。任小筑蜗庐寄此身。有歌桃舞柳，凭栏送媚，奇书古画，插架医贫。竹外敲棋，梅边谱笛，脍有鲈鱼羹有莼。新来趣，更诗成赠妇，酒热呼邻。

## 浪淘沙

晓起见庭前残雪欲消，早梅乍放惺忪，春意盎然于怀，谱此遣兴。

寥落早梅天。一夜清寒。晴曦招我倚阑干。残白欲消红欲破，知是春还。　犹记小窗前。环珮珊珊。相思不见雪飞绵。春去春来春梦觉，才到今年。

## 高阳台

除夕

雪霁才消，梅苏欲放，沿街腊鼓喧填。曾几何时，明朝便是新年。灯前儿女青红换。逞娇痴、绕膝胪欢。乐团圞。共约围炉，拼得无眠。
骎骎岁月从头数，已春归夏去，秋尽冬残。一刻千金，忍教付与云烟。殷勤挽得良宵住，早安排、柏酒椒盘。意缠绵。爆竹声中，闲擘吟笺。

## 探芳信

庐州王五谦斋以词见寄，倒用原韵和之。

撅长笛。恰谱来梅边，响彻琼室。喜芳华赠我，飞到雁鸿迹。开缄郑重花间调，香艳倾城国。是琅琊、白发新词，红牙妙拍。　老我无颜色。愧墨冷金壶，笔尘珊格。淝水怀人，春风面、何时识。竹西遥盼高轩过，洒扫蓬茅宅。更安排、十样蛮笺饮客。

## 满庭芳

喜晴

屐齿黏红，檐牙滴绿，一连十日春阴。元宵时节，孤负踏灯吟。晓起蜃窗乍启，梅枝畔、好鸟流音。恰还有、闲云一片，归岫正无心。　愔愔。回首处，苔阶雾湿，竹径云深。怅朝朝暮暮，寂寂岑岑。难得晴溪朗照，凭高望、畅我胸襟。好相约、扶筇紫陌，买醉又从今。

## 金缕曲

和忍斋元韵

一舸归装载。又匆匆、扬州作客，岁华顿改。自问材同樗栎耳，葑菲本无足采。尤可笑、十年作宰。少日豪情销磨尽，剩堂皇日日棼丝解。更休说，口碑在。　　近来懒更嵇康倍。筑瓜牛、余生消遣，灌园种菜。犹喜竹西歌吹好，横笛容吾潇洒。只惆怅、玉壶空买。淝水故人沧江隔，廿番风、孤负春如海。莫再误，菊花蟹。

## 虞美人

春闺回文

晴溪一雨红深浅。恰恰莺雏啭。卷帘春好燕双归。故故见人愁面、背花飞。　　飞花背面愁人见。故故归双燕。好春帘卷啭雏莺。恰恰浅深红雨、一溪晴。

## 前调

箫声漫撧春红小。听久宵寒悄。记曾离别最魂销。夜夜碎摇灯影梦迢迢。　　迢迢梦影灯摇碎。夜夜销魂最。别离曾记悄寒宵。听小红春撧漫声箫。

## 百字令

读何青耜心庵词存书后却寄

青尊白发，记连番鹓鹭，长筵开处。娓娓清言霏玉屑，曾识当年水部。铁板铜琶，晓风残月，一卷金针度。红牙学按，误时公瑾能顾。
谁知袖海楼边，鲤鱼风紧，辛苦吹君去。西子湖头桥廿四，隔断朝朝暮暮。远树浮春，斜阳送暝二语见集中，剩读花间句。迢迢莲漏，梦中谁为传语。

## 双双燕

春燕和姚仲海韵

帘开一桁，见轻蹴柔枝，落英当户。花间下上，恰有红襟飞度。曾记朱丝系足。相送在、回栏曲处。多情隔岁归来，依旧肯为依住。　轻举。还梳翠羽。似说与红楼，昨宵新雨。差池无定，仍逐软风斜舞。引起双栖旧绪。又一端、春愁难诉。闲盼画梁，且共呢喃絮语。

## 前调

秋燕

西风到了，有无限愁心，引来珠户。呢喃巧舌，也改涎涎前度。连苑参差楼阁。记原是、旧安巢处。何缘一样雕梁，恁便欲留难住。　翔举。频怜弱羽。忆暖日芹香，惯衔红雨。芦花瑟瑟，错认柳花飞舞。一片依依别绪。恨不见、妆台人诉。银押寂寥，聊对疏桐自语。

## 金缕曲

形赠影和仲海

我愧交游寡。却劳君、相随跬步，频年不舍。君岂丹青传神手，依样居然能画。恰不忘、灯前月下。别馆萧条无聊赖，破工夫伴我霜寒夜。偎倚处，两而化。　只愁对面浑无话。任旁人、狂歌呼啸，君偏闲暇。蠖屈龙伸参妙谛，长短隐随冬夏。更何处、深藏尊驾。明晦阴晴顷刻耳，总倏然来去无牵挂。君真是，忘形者。

## 前调

影答形

明月三杯劝。共青莲、披襟豪饮，几乎缱绻。一自从君南北走，马足船唇游遍。喜曾见、红绫饼艳。九陛冠裳同拜手，步花砖入直朝阳畔。龙光近，惹人羡。　一麾又作南来伴。十三年、翻新花样，靴刀手板。只是黑甜香梦里，未敢同床摊饭。愧老态、趋跄不惯。此日蓬门甘休息，幸扪心衾底无惭汗。退藏也，计之善。

## 前调

影赠形

黾勉从君久。费心机、描头画脚，课虚责有。恰早呈身明镜里，曾使君知妍丑。忆云破、月来时候。君步闲阶依蹑履，拗花枝移上君衣袖。此时意，君知否。　　春游携手清明后。有秋千、隔墙送过，凭君消受。君似梅花清到骨，我亦与君同瘦。还记得、灯前窗牖。潦草须眉浑不辨，更殷勤写照烦君手。两相视，笑开口。

## 前调

形答影

到底君知我。半生来、行藏取舍，倡予汝和。兔走乌飞流光驶，相傍总无相左。好作我、立监史佐。我倦欲眠君且去，日迟迟直待斜晖堕。烛奴至，又来过。　　怪君从不栖帷幕。浪由人、食云则食，坐云则坐。不信湖光摇荡处，能化东坡百个。可能效、纤腰袅娜。惆怅沈园春波绿，照惊鸿依旧双眉锁。夜深矣，且高卧。

## 高阳台

癸未花朝前三日，维之、李二约同汪研山、王小汀作湖上之游，即登长春岭，小饮于月观，归路作此。

扶柳烟疏，嘘花风软，芳菲节近清明。笠雨筇云，相招共踏遥青。画船满载晨曦去，荡春波、绿净无声。背高城，穿过溪桥路，露出山亭。　　延风访月地有风亭月观勾留久，有三杯酒酽，七碗茶清。何处红裙，依稀打桨来迎。重重点缀湖光好，补从前、金碧飘零。写余情，一曲樵歌，十里村晴。

## 绿意

午桥偶以园中新绿为詗咏之

谁翻艳局，倩东风勒住，妃红俪白。卷起湘帘，映到雕阑，新痕浅逗蛾绿。海棠芳讯无消息，且漫便、高烧银烛。相逢拾羽人归，初试碧罗裙幅。　　况是轻寒乍暖，个时翠袖薄，愁倚修竹。叶叶枝枝，觅觅寻寻，采采刚刚盈掬。浓阴七尺芭蕉色。是此际、梦中隍鹿。让他桃李漫山，恰比葱纤粗俗。

## 八声甘州

游丝

袅晴空摇曳有无闲，楼阁接天青。有莺娇蝶软，柔飔一缕，送到帘旌。几处尘埃野马，扰扰复营营。掩映斜阳里，忒地分明。　　岂是天孙机畔，七襄织后，余绪零星。便银河飞下，犹自态轻盈。笑纷纷、虫丝珠网，费工夫、踪迹伴高甍。且结伴、花光絮影，消受浮生。

## 一萼红

灯花

映银屏。乍惺忪梦醒，照眼忒分明。隔着罗帏，垂垂一穗，迟迟清漏三更。两两飞、蛾扑处似，翩翩蛱、蝶舞娉婷。说与儿家，闲消棋局，落子轻轻。　　惆怅个人芳讯，恨连番鹊报，总是无凭。莲蕊辉辉，檀心的的，定应和我柔情。想夜夜、茶铛影里，只红蕤、一点伴凄清。犹喜开成并蒂，剔去还生。

## 齐天乐

小园春事未半，而杏花零落，满地如雪。感芳菲于弹指，抚时序而惊心。爰成此解，用质同志。

小楼一夜帘纤雨，深巷杏花才卖。多事莺儿，千啼万啭，故意将人惊骇。闲愁似海。好呼取邻娃，南塘桃菜。春色三分，二分浅浅上螺黛。
攀枝几番问讯，落英飞罢，簌飞画廊外。铺雪余香，迎风献舞，催促韶华无赖。频拈袖带。怅嚼紫噙红，谁偿诗债。检点蛮笺，药阑干畔待。

## 惜秋华

感旧

无奈情天，问年年、花事误人多少。十丈游丝，总被风吹去了。曾是南海慈航，渡不尽因缘潦草。渺渺。怅纤魂、何处黄绳入道。　　思量断肠处。有黄衫侠客，费几番颠倒。补屋牵萝，才把葛藤斩掉。伤心少缓须臾，盼不到、芙蓉仙岛。懊恼。望罗浮惆怅，收香小鸟。

## 齐天乐

集禊序

癸未暮春，与同人集长春领，修永和故事。仰观在山，俯察有水，列坐风亭之次，古今陈迹慨然于怀。诸贤集禊叙以述其事，作此和之。

群山以左崇林右，畅游毕在春日。曲水娱兰，风亭契竹，乐趣无殊今昔。不随不激。合与古贤人，期诸同室。万类欣然，放怀九宇岂终极。清和况当盛会，慨稽阴故事，已是陈迹。峻领仰观，湍流俯察，不信良时又及。情迁气一。有短咏长言，相将叙述。寄兴修文，引觞咸此集。

## 酹江月

甘露寺记游

舣舟京口，恰宵来新霁，屐齿无阻。瘦竹一枝扶我去，遥指前山北固。蔓草烟荒，苔花土蚀，旧迹余甘露。搴裳蹀躞，长廊直上千步。尤喜嵲嵘层楼，凌云比峻，霞采轩轩举。两点金焦斜照里，沙鸟风帆无数。铁镬英灵，石函舍利，到底归何处。长江巨浪，滔滔流尽千古。

## 前调

宿焦山记事

江心片石，是焦先旧隐，结茅佳处。汲水采薪僧几个，惆怅东坡诗句。一艇瓜皮，三杯竹叶，醉倒松寥暮。奔腾澎湃，潮声枕上飞度。犹记小劫红羊，紫金浮玉，到眼成酸楚。浪打云霾无恙在，只此区区净土。龙爪书奇，螭文鼎重，定有神灵护。长歌归去，斯游不算孤负。

## 水龙吟

杨花用东坡韵

蓦来天上飞琼玉，阑干畔盈盈坠。濛濛雾薄，纤纤影瘦，依依愁思。老树塘边，斜阳巷口，闲门深闭。任重帘卷处，随红逐绿，才欲落、旋飏起。　　岂是艳阳时节。还留得、雪花低缀。一场春梦，依稀认得，虚空粉碎。何事东风，又来南浦，送归流水。剩青青客舍，渭城朝雨，洒临歧泪。

## 摸鱼子

饯春

忆芳妍、梅边初递，小园曾款春住。碧阑干外重帘畔，几日红娇紫妒。相对处。记送抱、推襟斟酌杯中醑。朝朝暮暮。有解事莺儿，多情燕子，不肯放他去。　　无聊赖、过了韶光百五。人家深掩朱户。南塘十里湔裙地，一片落花飞絮。谁分付。又鹍鸠、声声苦把离情诉。江淹漫赋。且说与东风，明年柳下，莫忘旧游路。

## 洞仙歌

王少荪扇头小像

谁裁纨素，绘熏香小像。霞举轩轩气高朗。恰红桥、十里杨柳东风，重认取，张绪当年模样。　　我来寻旧梦，茗碗炉烟，几度花边共吟赏。笔底妙传神、颊上三毫，曾为我、须眉模仿。看白袷、翩翩笑拈花，笑旧巷乌衣、王郎天壤。

## 前调

花魂

幽香一缕，傍阑干萦绕。斜月茫茫人悄悄。恍绿阴、深处雾浅烟浓，替写出，薄命红颜怀抱。　　芳华劳问讯，几日销凝，十二琼楼净如扫。剪纸与招来、南北东西，总寂寞、蝶愁莺恼。问真个、何时黯然销。剩倩女亭亭、珮环颠倒。

## 前调

花梦

高烧银烛，照海棠花下。窈窕红妆媚深夜。讶三三、径里纸醉金迷，浑不碍，胡蝶枝头低惹。　　华胥何处是，一枕冥蒙，万紫千红与同化。娇怯不禁愁、长日迟迟，怎耐得、浓熏兰麝。更谁倩、流莺唤他醒。莫沉睡东风、误人游冶。

## 好事近

仿朱希真《渔父词》四首

跳出软红尘，多谢好风相送。自截一枝横竹，作《梅花三弄》。　　人间富贵比浮云，心事两空洞。结伴闲鸥野鹭，向烟波寻梦。

身世托孤蓬，不用一间茅屋。峦影波光上下，映须眉俱绿。　　鱼羹菰饭送华年，果腹万缘足。贪看一双白鸟，傍西岩山宿。

不肯入深山，也不城中闲走。家业一蓑一笠，便生涯富有。　　漫天飞雪不知寒，暖借盎边酒。试问得鱼多少，指长竿在手。

港汊且勾留，不怕江涛呜咽。赢得逍遥自在，与樵夫饶舌。　　斜阳晒网倚荒洲，此味最清绝。睡倒橛头船尾，袭满身明月。

## 如梦令

同午桥作

雨急桃花红颤，风紧杨枝绿战。雨雨复风风，几度回栏倚倦。新燕，新燕，认取旧时人面。

## 前调

记得去年红线，又是今年秋半。憔悴卷帘人，愁煞西风团扇。归燕，归燕，莫忘卢家庭院。

## 烛影摇红

和午桥韵

宠燕娇莺，年年无赖春光里。余芳分与野人家，总是东皇意。何处杜鹃声起，添惆怅、玉阑干底。梨花雪白，柳絮风清，霎随流水。　　漫说春归，明年一样天容洗。只怜憔悴倚楼人，已满罗巾泣。滚滚年华波逝，问人世、谁能堪此。老去徐娘，蓬松双鬓，几时还翠。

## 高阳台

将有西湖之游，阻风瓜州，闷而谱此。

蝶醉花乡，莺歌柳苑，年年不解春愁。为访西施，无端催上兰舟。鸥夷香舸今何处，引游踪、一半句留。漫凝眸。才别扬州，又阻瓜州。
封姨不放人轻去，有飘风急浪，挽住长流。小艇瓜皮，依稀海上浮鸥。廉纤连夜倚孤枕，梦恹恹、红杏楼头。没来由。忙了芒鞋，闲了香篝。

## 齐天乐

五月初七日自寿

杯中蒲叶钗头艾，匆匆节过重五。儿女团圞，酒浆罗列，又是今年初度。从头细数。愧百事无成，一长莫补。白马红船，旧曾游处总孤负。
于今霜雪双鬓，余生都付与，泡影电露。珥笔西清，滥芋南国，两字因循耽误。聊寻退步。算锄菜浇花，足娱迟暮。恰好红榴，傍阑干艳吐。

## 疏影

咏萤

楼高月迥。睇画阑西畔，花树无影。何物飞来，乍灭还明，随风漂泊靡定。辉辉弄蕊苔阶外，倏又见、碧梧金井。恰中庭、冷露无声，三五小星交映。　　犹记轻凉昨夜，西园扑蝶后，罗扇圆整。袅袅婷婷，觅觅寻寻，照入画屏光冷。萋萋芳草王孙路。算旧梦、迷离才醒。漫自夸、巧坐人衣，已结绣囊相等。

## 前调

咏蝉

闲庭日午。听清吟嘒嘒，衰柳高处。入耳惊秋，步步追随，直到荒陲野渡。依稀预递西风信，共哀雁、一般凄楚。那禁当、绕砌凉蛩，唧唧更传愁语。　　岂是丰容盛鬋，个人梳掠罢，双鬓如许。寂寞齐宫，幽恨缠绵，结得芳魂一缕。残声摇曳枝头过，似不耐、澹烟疏雨。最怜他、解脱登仙消，受九天珠露。

## 迈陂塘

白莲

正夷犹、蒹葭露早，轻桡小泛湖水。鹭鸶点点红桥外，十里鸥波如洗。明镜里。见姑射仙人，玉貌亭亭倚。浮家泛宅。想借雪传神，团云作态，娟妙恰无比。　　况前度，翠盖田田竞靡。红衣处处交美。皭然洗尽铅华去，剩得芳馨竟体。菱唱起。更素面吴娃，一点灵心寄。闲中试拟。又巧借蟾华，分成朵朵，散入水中址。

## 浣溪沙

和衍波词韵

十里垂杨绿不流。疏烟薄霭澹于秋。不堪垂老住扬州。　　画舫载来兴废恨，红箫吹去古今愁。还听人说十三楼。

## 虞美人

和子鸿香奁四咏

心经闲把鹦哥教。一晌雕阑靠。无端欲去复徘徊。故意拈将红豆、泥郎猜。　　名花听说开无数。悄向闲阶步。要同小玉赌身轻。惯觅青苔多处、赚人行。憨

## 前调

年年自觉人消瘦。憔悴今番又。双蛾第一不饶人。底事一年无日、不含颦。　　寒蛩况是声凄切。替诉人孤孑。才逢笑口暂时开。恰有百端心事、上心来。愁

## 前调

个侬生小蟾华爱。取次深深拜。喃喃细语怨穹苍。苦恨初三眉月、不成双。　　东风一阵花开好。针线都抛了。将花移取闷深闺。不许园丁容易、放春归。痴

## 前调

秋千戏罢斜阳后。辛苦金钗溜。扶花无力步迟迟。看取阑干频倚、皱眉时。　　更更更鼓心慵数。睡起花阴午。惺忪一枕总无聊。生怕踏青女伴、又相招。倦

## 高阳台

中元客感

梵贝声喧，盂兰会启，年年客里中元。小驻红桥，西风又到柴关。清明寒食无多日，记依依、杨柳飞绵。霎无端。十里芙蕖，渐也凋残。

我来南北栖迟久，喜朝衫脱去，潇洒渔竿。回首松楸，依然迢递云烟。竹西愁谱梅边笛，剩萧萧、白发尊前。更何堪。几度哀鸿，几度寒蝉。

## 百字令

题殷侣琴《曾经沧海图》

乘风破浪，问张骞底事、浮槎碧落。长啸一声渤海外，尽足琴书斟酌。屑雨崩云，涵星浴日，眼底无丘壑。谁人真到，蓬莱缥缈楼阁。
惟君飒爽英姿，功成百战，后待图褒鄂。大地茫茫成一粟，不碍解衣旁魄。血渍刀头，魂飞盾鼻，我亦会横槊。鹏程路远，南溟孤负腾踔。

## 金缕曲

为湘蘋题《老去填词图》

无限空中恨。乱纷纷、沾襟惹袖，湔除不尽。耽阁英雄头白了，依样对侯无分。算只剩、苏辛遗韵。铁作琵琶铜作板，大江东、足洗闲愁闷。尘埃事，莫须问。　　披图我恰心心印。莽回头、红船白马，星趋月奔。笔下龙蛇刀上血，赢得萧萧双鬓。到此日、桑榆境近。廿四桥边逢旧友，谱红牙、且共销残酝。歌一阕，当招隐。

## 前调

咏汤包和研山

绝大包容力。总输他、汪汪之度，满而不溢。花样翻新汤饼局，雅制堆盘一一。巧学得、先天太极。不用醍醐夸灌顶，恰天然、酿出金壶汁。更休说，京江式。　　老饕入座呼来急。要争先、摩拳擦掌，长鲸一吸。岂是相如曾病渴，馋吻不留涓滴。更守口、如瓶无隙。偶尔疏防危有漏，便淋漓、横决污筵席。拼一笑，汗流赤。

## 百字令

蜡梅

谁将凤蜡，缀枝头逗漏，春风消息。窈窕林家新眷属，分得陶家颜色。垂泪天明，轻烟日暮，旧梦浑无迹。师雄影事，新黄初染宫额。
犹记邓尉探时，漫山千万，树红红白白。何事灵妃偏换了，杏子单衫窄窄。磬口含香，檀心抱冷，不改高标格。水边林下，斜阳一抹无力。

## 春风第一枝[①]

人日大雪和研山韵

烛焰销红，窗棂生白，楼头一夜吹絮。记曾杜老西川，寂寞草堂题句。玉梅开否，好驴背、灞桥寻去。喜相逢、丽景天开，分付屑琼为土。

况处处、珠帘绣户。都幻作、琪花玉树。不须浅唱低斟，自足笔歌墨舞。愁他泥滑，邀不到、春风词侣。恰柴门、剥啄声来，一纸彩笺传语。

## 金缕曲

午桥以武昌节楼眺雪之作见示，依韵和之。

极目飞英惨。乱纷纷、凭空掷下，万愁千感。匝地漫天同一白，何处水夷山险。剩只剩、明光耀眼。任尔砭人寒肌骨，笑巡檐、依旧南枝艳。烦写照，纸裁剡。　　楼台几簇浓铅染。莽迢遥、丛筠绿失，长松素飐。不信沉沉蛟蜃窟，不许平填深掩。看一霎、阳舒阴敛。玉牖琼铺银世界，晃层霄、影逼华灯暗。歌且舞，寸怀减。

## 菩萨蛮

温飞卿韵十首

金炉香烬沉檀灭。轻寒晓薄柔肌雪。偷样学宫眉。思量下笔迟。
菱花新淬镜。人面依稀映。红湿碧罗襦。春声啼鹧鸪。

拈针闲绣鸳鸯枕。倚窗裁出猩猩锦。花隔一层烟。妆楼欲暮天。
参差春事浅。乳燕抛双剪。摇曳烛边红。帘开一线风。

银筝一曲秦娥忆。残红袅娜春无力。十里草萋萋。谁家征马嘶。
双蛾愁敛翠。点滴壶中泪。不用晓莺啼。辽西梦已迷。

荼蘼开尽东风歇。愁吟款住回廊月。才是小诗成。推敲天已明。

---

① “春风第一枝”，即“东风第一枝”。

余痕红印脸。团扇微微掩。细语问阑干。何时蝶粉残。

桃花红了梨花白。浓香一缕珠帘隔。好语乳莺飞。莫伤金缕衣。衍波笺叠绿。寄向长干曲。款款复依依。问君何日归。

一溪杨柳飞鸂鶒。琉璃点破春波碧。小立雨丝丝。红桥话别时。几回肠欲断。梦绕飞花岸。春酿好花枝。问春春不知。

十五丫头云覆额。轻容纰缦婵娟隔。才是簸钱时。也知愁别离。钗分双凤股。怕见红英舞。分付蝶蜂知。要他扶上枝。

灯边何处歌金缕。纱窗槭槭芭蕉雨。悄不卸残妆。愁来偏夜长。封侯人去久。愁见楼头柳。望断远人来。登楼日几回。

牡丹花畔猫晴午。双双燕子呢喃语。旖旎日初长。画楼才晓妆。别离原不惜。拼得长相忆。花外夕阳残。替花愁夜寒。

霜柑醉擘柔荑冷。华灯照彻娉婷影。匎叶缀新妆。单衫双凤凰。玉壶春酒浅。咫尺蓬山远。回首不胜情。金钗堕枕声。

## 暗香

园中梅花为春寒所勒，迟迟不发，用石帚韵谱此。

断魂颜色，记旧时伴我，香中长笛。翠羽可人，不肯轻轻手攀摘。何事萧条四壁，剩只有、王郎遗笔。浑不信、暖送东风，依旧冷筵席。乡国。驿使寂。怅迢递玉人，别恨山积。红凋绿泣。人在天台漫愁忆。指点孤山不远，才隔着、一作平重纱碧。便策蹇、寻去也，也难觅得。

## 疏影

前题

一枝软玉。忆那回梦里，同抱香宿。小别前年，风雪桥边，依然笑倚湘竹。罗浮一样春风暖，甚隔断、天涯南北。想灵妃、缟袂禁寒，也怕灯孤人独。　　况说年年春事，试灯风过了，看到新绿。怪底今番，耐遍黄昏，不许沾春茅屋。江城几日吹横笛，又道是、玉关离曲。好借他、三尺鲛绡，寄与泪珠盈幅。

## 菩萨蛮

用飞卿韵补作四首

红楼画烛金鸂鶒。依稀人影纱橱碧。一树紫花梨。春风吹上枝。酒痕浓笑靥。晓梦迷胡蝶。一样好芳菲。愁人到眼稀。

桃花一阵霏红雪。一年又与东风别。好梦记分明。楼头啼晓莺。无言开绣幕。恻恻罗衫薄。鹦鹉恰多情。窗前学语轻。

风情已是泥中絮。催人不住连宵雨。一笑对斜阳。微闻檀口香。梨花匀笑脸。镇日纱窗掩。又是近黄昏。深深深闭门。

虾须影漏玲珑日。游春人正鞭丝拂。步出郁金堂。南塘愁路长。垂杨枝簌簌。多谢连天绿。遮断去时桥。定无魂可销。

## 疏影

帆影

峭帆来了。有模糊片影，印出斜照。非雾非烟，似有远无，行行砑遍堤草。楼头一晌红窗暗，错认是、织云遮到。更看他、舵尾风轻，催送急于飞鸟。　　独怪河流九曲，才从东岸见，旋又西倒。宛转相随，铺到波心，不碍重重蘋藻。推蓬每日相逢处，恰似我、同舟旧好。只霏霏、细雨湖阴，回首招他已杳。

## 前调

桥①影

红排雁齿。傍绿杨窄岸，横阁流水。眼底分明，点缀波心，阑干也是

① “桥”，光绪刊本《约园词》为“槗”。

十二。魂销昔日春痕绿，曾照见、惊鸿游戏。拟楼台、倒映池塘，一样空明如洗。　　岂是垂虹百尺，飞从九天外，来卧波底。白板条条，认是丹青，写入银光笺纸。情人此地曾分手，盼不到、青溪双鲤。恰杖藜、扶我经过，添个须眉镜里。

## 前调

栏干影

回栏十二。被夕阳遮断，无计扶起。密密疏疏，整整斜斜，飞鸿结伴铺地。花阴觅到玲珑处，有亚字、依稀还似。便几回、悄卷湘帘，不许玉人来倚。　　况是春长昼[1]永，恼人花压久，蜂蝶都睡。小院黄昏，明月光中，又向画廊移徙。和风搭上垂杨柳，怕眼底、青青无几。悔昨朝、红叶阶前，踏碎绿罗裙底。

## 前调

秋千影

东风寒食。趁曲尘十里，闲访佳丽。何处秋千，一片神光，云霞恍惚裙褶。楼台金碧斜阳外，只隐约、双双红索。又谁家、青粉墙高，懊恼欲窥不得。　　犹记飞琼上下，有时衫袖畔，亲捧颜色。何似而今，舞凤翔鸾，仿佛蝉纱曾隔。玉人天半分明是，瞥眼又、繁华无迹。忍更看、香汗微匀，小立杏花红湿。

## 洞仙歌

斋中水仙花病春寒几萎，数日晴暖，居然作花，谱此志幸。

凌波仙子，步琼台无影。云母搔头漫须整。奈翠袖、离披玉容憔悴，禁不起、连夜小窗春冷。　　东风能悔祸，吹暖饧箫，笑倩双成唤他醒。怯怯懒梳妆，缟袂轻盈，更裙底、绿罗相映。便携手低鬟碧云天，还记取灯前，几番扶病。

---

① “昼”，光绪刊本《约园词》作“畫”。

## 祝英台近

春寒排闷

楝花迟，梅蕊早，廿四数芳信。绿冷红愁，恰似恹恹病。是谁勒住春韶，轻寒恻恻，作弄得、番风无准。　　烦问讯。才过几个黄昏，已是清明近。阵阵纱窗，又听雨声紧。不堪驹影频催，迷离魂梦，又梦醒、潇潇鸳枕。

## 前调

玉虫寒，金鸭冷，展转薄清晓。一枕惺忪，窗外乱啼鸟。何来料峭檐风，丝丝缕缕，又早把、闲愁吹到。　　佳兴少。匆匆颠倒衣裳，绣阁起来早。那有吟情，收拾梦中稿。撩人好梦成时，辽西不远，何处隔、关山路渺。

## 齐天乐

寄怀宋华庭兼柬潘君伯时

冷清清地珠帘卷，阴阴薄寒如许。红杏墙头，一枝春闹，谁续子京佳句。迢迢长路。记鱼腹书来，重重离绪。定有潘郎，桃花相对话前度。　　西风吹我侧笠，一竿桥廿四，来伴鸥鹭。明月清尊，梅花小影，不敢俗尘轻侮。闲愁何处。信采药频年，石梁不误。拜手东风，任他莺燕语。

## 暗香

庭梅已放，再用石帚韵。

一湾野色。有东风款款，吹上横笛。小梦故园，青苔磐石阮咸摘。扑面轻寒料峭，费尽了、逋仙诗笔。恰盼到、林下幽姿，来接玉妃席。　　倾国。信未寂。笑僧院菩提，只傍香积。堕欢暗泣。一斛珍珠隔年忆。不道巡檐索笑，又映入、横塘深碧。纵艳福、修得到，几生到得。

## 疏影

前题

雕琼琢玉。渐珮环夜月，遥映星宿。流水溪桥，得得行来，余香扶上筇竹。年年邓尉东风浅，也寂寞、山南山北。更不信，小漏春光，岭上一枝开独。　　独怪诗人好事，比似桃花样，愁少织绿。翠羽何来，梦里依稀，又到罗浮村屋。石湖烟雨宜招隐，听唱彻、小红新曲。认瘦痕、印入窗纱，对影宛成双幅。

## 金缕曲

寄忍斋肥上

淝水轻帆去。忆前番、平明送客，连江寒雨。两地渔蓑双白鬓，愁唱暮云春树。记廿四、桥边小住。浊酒百杯诗千首，更红妆醉倒琵琶女。翁矍铄，兴飞舞。　　生涯剩我成孤注。莽乾坤、交游几个，野鸥闲鹭。锄菜浇花清课了，拚得鱼鱼鹿鹿。更不识、愁来何处。呼马呼牛余一笑，笑白衣苍狗原无据。身外事，莫须诉。

## 兰陵王

雨余出城北望，枨触旧怀，援笔赋此，用清真韵。

晚烟直。十里隋堤漾碧。红桥外，新染鸭头，一线柔波送妍色。谁怜隔故国。省识。华颠作客。销魂甚，春树暮云，愁入游丝万千尺。　　从头数游迹。记秃管阑珊，残炙冷席。辛勤将母谋衣食。纵八砖曾步，半符曾绾，迷离驹影等置驿。断肠限南北。　　心恻。乱愁积。怅廿四箫声，月下萧寂。斜阳已是情无极。更那禁听到，玉楼凄笛。归来门闭，又夜雨，点点滴。

## 声声慢

析声

铜壶静后，银钥扃时，谯楼递到严更。次第传签，虾蟆应候分明。听残雨淋铃曲，夜迢迢、一倍凄清。敲愁碎，记荒村野店，水驿山城。
岂是军门月黑，有惊魂、刁斗虎旅连营。五五三三，劳人数遍寒灯。搀着江船成鼓，已胶胶、隔巷鸡鸣。恨耳畔，惯催人、孤枕梦醒。

## 前调

橹声

蓼花红里，芦叶青边，西风呕哑吹来。采得芙蕖，不知何处裙钗。家家老渔饭罢，杂鸣榜、水净如揩。销魂处，恍寒云恻恻，孤雁哀哀。
犹记丹枫渐落，曾有人、背指黄菊初开。断续轻柔，费人蓬底疑猜。不是扣舷歌好，和东坡、赤壁仙才。忆几度，隔江烟、凄断旅怀。

## 前调

桔槔声

菜花陇畔，柘树村头，稻畦才过分秧。小搭凉棚，烦他赤脚吴娘。时时随人俯仰，送清音、杨柳丝长。闲情好，隔一湾溪水，听遍斜阳。
回忆春风短笛，有牧童、归去牛背新腔。香熟红莲，盼他耙桠登场。错认踏摇旧曲，也依稀、一片宫商。井栏侧，辘轳声、空惹断肠。

## 前调

机杼声

芦帘月冷，茅舍风酸，迢迢夜夜深宵。轧轧催成，蚕丝缕缕条条。窗前凄凄络纬，伴篝灯、入耳魂销。人寂寂，正流黄照到，眉影愁描。
隔院谁家箫管，听红裙、一曲十万鲛绡。杼柚劳人，空余太息无憀。前度缫车响处，记分明、冷雨同飘。那堪更，窗儿外、寒柝又敲。

## 湘春夜月

花影和茂陵秋雨词

是何人，空中唤起真真。不用妙手黄筌，着色与传神。只借斜阳缕缕，傍玉阑干底，浅浅留痕。看摇摇曳曳，重重叠叠，划地铺茵。　追寻游迹，庭边竹柏，曾悟前因。纤步巡来，又恍见、参差荇藻，映到罗裙。仙乎去也，纵相思、隔断凉云。缠绵意，更秋江涉处、芙蓉镜里，重觅湘君。

## 齐天乐

甲申花朝日，砚山老友招同人湖上草堂仿春灯故事，以书画为酬赠。山僧供蔬笋，主人设春饼，佐以肉食，江城今日来第一佳会也。谱此记事并邀同人和之。

连天雪后连天雨，良游放晴时少。九十韶光，匆匆便去，那许花朝孤了。商量最早。有潭上汪伦，冰壶在抱。折柬招朋，翩翩裙屐一齐到。湖山还占胜处，杂陈书与画，博掀髯笑。闲里偷忙，苦中作乐，才识先生难老。伊蒲馔好。更肉佐花猪，补将春咬。解珮相要，把愁怀尽扫。

## 前调

花朝次日，研山以和词见示，叠韵谱此。

一杯剪韭僧寮晚，堆盘那论多少。趁着芳辰，斜风暖日，好把闲愁钩了。清晨起早。正蕉叶轻抽，梅花冷抱。剥啄柴关，宫商一片又飞到。红牙纤手细按，小樱桃破处，也嫣然笑。石帚新歌，石湖旧隐，两个霜髯忘老。沽春恰好。便走遍花村，金铃漫咬寒山诗“童子欲来沽，狗咬便是走”。策杖能来，呼僮三径扫。

## 暗香

晨起见园梅大放，手折一枝供之胆瓶，相对忘言，足慰岑寂。仍叠石帚韵。

小楼霁色。听几声断续，邻家风笛。晓起访春，恰有含烟蕊堪摘。安置冰瓷妥贴，好伴我、珊瑚吟笔。纸帐里、梦醒青灯，香味沁茵席。香国。睡鸭寂。看一样横斜，缃帙堆积。玉壶凝作仄泣。莫漫迢遥陇头忆。隔着纱窗不远，又映到、芭蕉新碧。那更羡、曾第一，锦标夺得。

## 疏影

前题

花觚刻玉。浸冷香一掬，良夜栖宿。蜃壳窗前，雁足灯边，虬枝不隔帘竹。盈盈春信江南早，且莫唱、高楼西北。共水仙、结伴呼来，不怕炮娲星独。　　还记小红韵事，石湖仙谱出，吹破湘绿。月落参横，缟袂相依，雅称书生白作平屋。清泉小勺军持暖，已忘却、黄昏溪曲。更恁夸、五月江城，重换翠罗裙幅。

## 迈陂塘

黄子鸿栖云山馆词题词

嫩寒天、莺慵蝶懒，春愁缕缕如织。诗瓢酒盏都抛却，那复红牙闲拍。留砚北。有琴曲、铙歌一卷栖云集。宫雕羽刻。想井水人家，梅边柳下，到处谱笙笛。　　是涪老，词笔遥遥嫡息。竹西清吹遗迹。黄金不惜腰缠尽，换得名山专席。今视昔。更高卧、元龙添筑楼千尺。尘容我拾。愿廿四桥头，二分月底，携手玉箫觅。

## 酹江月

题赵忠毅公东方未明砚

紫云一片，是有明忠毅，端溪遗石。鸲鸽蟾蜍俱不问，人世球琳珍惜。鸡听三号，更敲五点，疏草淋漓出。是真雷斧，鬼茄曾褫魂魄。
更想阁笔摩挲，汝功汝贬，劳几回拂拭。手把铮铮如意铁，那不冲冠发直。小月晖晖，明星映映，照彻孤臣迹。他年碧血，点点还认残墨。

## 齐天乐

白发

萧萧一白三千丈，青青双鬓何许。马足风酸，船唇月冷，都是霜华沾处。犀梳莫妒。正絮影同飘，梨云满树。休说开元，上阳当日旧宫女。
欺人岁月如驶，匆匆催促得，黑头公去。老眼昏余，残牙脱后，对镜又惊迟暮。愁丝恨缕。记吹帽龙山，重阳游侣。捻断霜髭，更谁闲觅句。

## 天香

戏咏烟草

解渴烹茶，浇愁种秫，茗瓯酒盏尝惯。半枕醒余，三餐饭后，何物更供呼唤。筠筒递递，有冉冉、云霞一片。记得鸳鸯绣罥，妆阁几回曾见。
旧传载来夷艑。已篱角、墙阴栽遍。红瘦绿肥也许，游丝低罥。秋阳曝作干胡蝶，遣巧制、兰膏与同荐。贮向荷囊，绣鞶同绾。

## 洞仙歌

本意

《霓裳》一曲，会群仙筵宴。拉到飞琼酒亲劝。记金街、十二七宝琉璃，曾说是、天上玉京西畔。　　尘寰惊眼底，蝶醉莺狂，春事纷纷镇忙乱。一笑访蓬壶、掷米成珠，好闲其、麻姑消遣。只输与、扶桑赤乌飞，随万古曦轮、暗中流转。

## 祝英台近

老梅一株，着花红白各半，赋之。

半深红，半浅白，同树异颜色。多谢东君，着手与分出。断肠邢尹相依，脂匀粉腻，却各自、倾城倾国。　　几推测。不是轻暖轻寒，枝头判南北。写入冰纨，双管恁描画。记曾有个人人，梨云杏雨，齐插向、金钗微侧。

## 南浦

春水用玉田韵

软涨绿三蒿，锁长堤，掩映垂杨春晓。波静縠纹平，珠奁启、十斛螺青齐扫。绯桃点缀，河豚欲上芦芽小。一样洋川如画里，谁续老坡吟草。
连宵宿雨初收，闪斜阳十里，鱼鳞了了。浅浅露圆，沙烟江外，更有鹭鸶新到。若耶溪渺。浣纱石畔东风悄。好约湔裙人去也，惆怅嫩晴天少。

## 一剪梅

玉兰花下作

芳信连番上碧纱。梅也槎枒，杏也槎枒。珑松又见一枝斜。说是兰花，偏似莲花。　　赤玉阑干白玉芽。雪色输他，月色输他。东风无赖惜韶华。看遍人家，开遍谁家。

## 高阳台

上巳纪游

梓泽春芜，兰亭梦远，谁怜上巳风光。小煮龙团，依稀两腋清凉。轻桡荡过虹园曲，翠生生、染遍垂杨。漫流觞。寂寞红桥，旧日词场。
无聊且觅闲中趣，傍云英宅畔，重倒琼浆。杂坐宾朋，居然接襪联裳。长歌携手归来晚，有桃花、迎出邻墙。任相羊。一片箫声，十里斜阳。

## 祝英台近

十姊妹花

荔墙腰，藤架角，浓艳一齐吐。屈指婵娟，数了又重数。多情桃叶桃根，骈枝并蒂，原不比、蝶俦莺侣。　　殷勤觑。从今窈窕丁娘，一索一心许。七宝三珠，不问定同母。记曾时节清明，衣香人影，小聚在、绿杨多处。

## 前调

十姊妹鸟

鹁呼姑，鸠语妇，几度好音弄。谁唤哥哥，隐约耳边送。魂销燕燕莺莺，相怜相惜，比琼姊、兰姨情重。　　春来梦。恰有花共芳名，篱边手亲种。山木丛祠，莫献拾遗颂。相逢翠羽仙童，雪衣娘子，定把袂、青鸾同鞚。

## 洞仙歌

梦回枕上，月色满窗，排闷谱此。

蟾华一片，照碧纱窗上。潋滟靴纹静无浪。有玲珑碎影，淡抹浓描，似与可，一幅潇湘图样。　　我来刚梦醒，倚枕惺忪，时听疏更送遥响。拨闷拍红牙、一字宫商，添一度、灯边惆怅。怕赤玉、栏前牡丹芽，又小勒红香、不教轻放。

## 兰陵王

柳影

夕阳薄。十丈游丝飘泊。炊烟外，芳树画桥，垂垂倒映小池角。飞花无处捉。宛转莺簧难托。扶筇去，巧遇南塘，依稀写出柳家脚。　　行踪问篱落。记十里隋堤，重重罗幕。蛮腰悄舞东风弱。甚万条千缕，惹愁牵恨，相逢倩女魂无着。搭阑角一握。　　猜度。情未恶。有隔院秋千，隐隐红索。人闲天上烦斟酌。忆月下闲步，几番酬酢。封侯何日①，望眼处，误旧约。

## 河传

到眼

到眼。春懒。几番风。芍药当阶未红。寻春步来东郭东。匆匆。芳华

① “日”，《约园词》为“口”，疑缺笔。

何处逢。　　年来春向闲中悟。清凉宇。便是留春处。郁金堂。百合香。荒唐。惹人空断肠。

## 声声慢

卖花声

杏花巷口，春雨楼头，听来何处新腔。鹦鹉传言帘前，才罢梳妆。勾起灵犀一寸，要钗梁、分取余香。浑难辨、又饧箫送暖，吹彻斜阳。
犹记湔裙昨日，踏红芳、处处蝶醉蜂狂。雨鬓风鬟，肯教寂寞吴娘。担得一肩春色，递清音、宛转回廊。更那耐，晓莺啼、重惹断肠。

## 摸鱼子

几日东风匆匆欲去，绿波碧草伤如之何，用稼轩韵谱此。

问东皇、家山何所，年年整驾归去。杜鹃枝上啼成血，惹得相思无数。行且住。行行是、绿波碧草销魂路。词成恨语。恨燕底莺边，无端抛弃，轻薄等风絮。　　忆芳讯，二十四番不误。白嫡黄娇曾妒。愁风愁雨缠绵意，忍把别怀重诉。长袖舞。舞不到、六朝金粉繁华土。惜花心苦。算红叶阶前，一杯婪尾，便是慰情处。

## 齐天乐

春光荏苒，花事将阑。瓶中芍药一枝，绰约可爱。将离寄慨，情见乎辞。

杨花飘尽荼蘼老，愁边春事迟暮。一缕芳情，缠绵不断，那许抛人轻去。云阶闲步。有蜀浪翻红，天香暗度。锄雨浇云，者回辛苦不辜负。
丰台荏苒十载，美人如梦里，芳讯频误。绰约一枝，冰瓷妥贴，好把朱霞留住。重帘低护。便婪尾杯深，离怀谁诉。分付金铃，漫催窗外雨。

## 扬州慢

约园芍药作金带围数十枝，谱此志幸，并邀同人和之。时甲申清和月也。

棠屐红疏，莎裙绿远，春归随处魂销。甚一杯婪尾，又挽住春韶。添十二、回栏艳色，重重金带，璀璨围腰。卜他年、黄阁此间，便是根苗。

嗟予老矣，手鱼竿、觅醉虹桥。剩晚境桑榆，衰颜蒲柳，满眼蓬蒿。为问天公密眷，何人果、曳履层霄。愿枣糕荐处，青葱先染蓝袍。

## 菩萨蛮

戏集调名二首

山亭燕罢歌南浦。声声慢和芭蕉雨。薄幸解红襦。凄凉一斛珠。孤鸾秋夜月。侧犯丁香结。别怨酷相思。衷情诉竹枝。

玉阑干畔双眉妩。清波引近阳台路。疏影鹧鸪天。西河忆少年。锦堂春慢送。芳草华胥梦。一曲杜韦娘。红鞓入宝妆。

## 一萼红

读王小汀新刊受辛词，用白石韵。

绿杨阴。访闲鸥野鹤，烟水盍朋簪。燕地悲歌，蛮天孤啸，旧游回首销沉。忆听到、井南白雪，霎几度、春梦变鸣禽。兰亭会处，山阴墨妙，棐几谁临。　　笑我萧萧两鬓，已阑珊秃管，涂抹无心。白石何人，碧山何处，那复辛苦追寻。披一卷、色丝少女，情宛转、一字直千金。好倩双鬟女郎，按拍春深。

## 祝英台近

分咏端阳节物，得雄黄酒。

黍包金，蒲切玉，重五斗嘉味。红友何来，又伴瓮边醉。烦他翠袖殷勤，琼浆捣处，错忍是、丹砂粉碎。　　拾遗事。一般蓄药储兰，合补岁时记。分入荷囊，宝络与同佩。从知十六卢娘，锦绷预卜。定有个、阿侯天赐。

## 前调

《鬼趣图》一则，研山属题。

飘轻裙，曳长袖，惨澹折腰步。素面红妆，爱水幻愁雾。一般划袜深宵，手提金缕，浑不是、香阶旧路。　　风流误。记曾六六屏边，秘约背灯诉。同穴甘心，不肯两情负。惊人冷冷清清，寻寻觅觅，却咫尺、阳台无据。

## 满江红

约园词刻成，连溪和尚为小像于卷首，谱此志愧。

彼何人斯，只剩得、须眉粗丑。又何苦，朝朝暮暮，一编在手。十载西清成底事，一麾南海全孤负。矧臣之、壮也不如人，今老朽。　闲茶饭，供吾口。闲鸥鹭，容吾友。算祖功宗德，良谋贻后。钉饺苦吟无好句，檀槽乱拍消残昼。更殷勤、灾及枣和梨，颜之厚。

## 金缕曲

为于少湘题《旧雨轩图》，图为钱叔美作。

乳燕闲窥牖。说当年、似曾相识，乌衣巷口。良宴三千珠履客，斟酌长淮作酒。正烂漫、吟花颂柳。到眼红羊成小劫，任平泉绿野俱乌有。思往事，怕回首。　于今松菊婆娑又。是高门、重开通德，贻谋孔厚。叔宝况留名笔在，诗伯词仙不朽。听一一、宫商迭奏。檀板我歌金缕曲，祝君家累叶承堂构。进康爵，为君寿。

## 百字令

为李维之题《课桑图》卷子

竹西东去，有丁沟围住，一片平楚。青山隐约，江流远隔断，鸥汀凫渚。杨柳依依，桃花灼灼，底是仙源路。闲闲十亩，蚕经一卷须补。　何幸有客多情，提筐采叶，计绸缪未雨。移到成都桑八百，引得鸣鸠处处。父老招来，乡邻与共，同领田间趣。青帘无恙，楼头还酌春醑。

## 齐天乐

偶见申江馆抄中，有李芋仙同年见怀之作。故人情重，在远不遗。谱此却寄。

百花洲畔支离叟，新诗近添多少。海上鸥来，非鱼非雁，一纸也能传到。余怀悄悄。正喝月偕行，留云入抱。屈指谁人，殷勤梦放广陵棹。　金台回念俊侣，千金遗马骨，几度悲啸。两地劳薪，十年刻楮，底事一官潦草。回波词好。记黄浦重逢，芳樽同倒。俯唱遥吟，更输君不老。

## 高阳台

有赠

画舫移春，绮筵留恨，断肠人去秦淮。旧巷枇杷，空余树底苍苔。含情弥勒龛前问，问相思、谁与安排。记兜鞋。悄倚朱栏，浅步香阶。
无聊已分朝云散，恁似曾相识，花外归来。宛转莺喉，还浇浊酒三杯。分明月殿霓裳侣，窃天香、小谪尘埃。傲同侪。白发刘郎，也赋天台。

## 祝英台近

即事有嘲

吐兰芬，餐桂液，小试已心醉。耽阁罗衾，一夜不曾睡。恼人斗帐灯昏，飞虫扰扰，偏少个、麻姑爬背。　　影形对。迢迢莲漏如年，才解此情味。老鹤风姿，镜里怕憔悴。无端隔巷人家，后门开处，更想到、那人心事。

## 高阳台

忍斋将启延秋社，用余有赠旧韵代柬，叠韵和之。

白发征歌，红牙劝醉，长筵有酒如淮。蒋径陶篱，相将蹈碎层苔。豪怀冷落奚囊锦，霎惊心、雁阵新排。趿吟鞋。莫遣西风，容易闲阶。
多情折柬联新约，恰霓裳一曲，蟾窟飞来。分付蛮笺，不教孤负深杯。连宵更喜芭蕉雨，洗清秋、不染纤埃。宴朋侪。人聚词坛，星聚三台。

## 十六字令

偶有所感赋落花

花，舞向风前片片斜。无拘束，飞不到邻家。

## 湘春夜月

和忍斋

逞妖姿，白头学抹胭脂。更来乱拍红牙，偷谱冶春词。惆怅古香凹远，邗江淝水，帆影迟迟。春风团扇，歌成金缕，聊寄相思。　　是谁良约，莫愁湖上，双桨来时。老子婆娑，又稳步、天香窟里，折取高枝。我来一笑，笑相逢、一样须眉。好打叠、湖山佳处，清樽赌酒，险韵裁诗。

## 桂枝香

和忍斋有赠

凉云一掬。记织锦作秋，篱畔黄菊。曾对红灯白酒，映双蛾绿。江风无赖催人别，剩相思、断肠难续。侯门如海，押衙不遇，一身谁赎。
喜此日、高烧画烛。又仙露无声，分到金粟。翠暖珠香，一样楚腰纤束。狂吟况有生花管，拍檀槽重谱新曲。碧梧金井，时时犹见，美人如玉。

## 祝英台近

延秋第三社集约园，拟赋即景联句五排三十二韵。诗未半，忍斋以事去，竟未成篇，谱此志憾。

截精金，错蕃锦，韩孟旧联句。老我龙钟，偷学折腰步。原非节近重阳，催租人到，也一样、无端风雨。　况前度。志和一叶扁舟，不为鳜鱼住。潇洒方干，又唱棹歌去。可怜小小诗瓢，区区酒券，怎禁得、者般耽误。

## 齐天乐

研山约作清游下街吃茶。后步至湖上草堂，适榕园侣琴亦不期而至，遂相与盘桓竟日。日西下，泛小舟而归。研山以画扇纪其事，索题，爰谱此解。

商量斗茗翻茶谱，寻来水边茅舍。白发风前，青鞋雨后，小步杖头钱挂。湖光可借。正梅岭东西，觅鸥同话。佳客偕来，无心萍遇白莲社。
相将拂掌大笑，恰僧厨饷我，伊蒲馔雅。读画松间，敲棋竹里，一刻光阴无价。斜阳西下。才一叶扁舟，长歌归也。笔妙何人，扇头图自写。

## 兰陵王

湘蕖以白秋海棠花见贻，用梅溪体谢之。

月华薄。冷落斜阳院落。西风里，缟袂不来，人对鸡坊感离索。良朋意最渥。分却琼阶一角。烦园叟，移向曲阑，抱李投桃破常格。　柔枝弄绰约。记画烛高烧，香梦初觉。红妆掩映珊瑚幕。更几度珍重，洗铅华去，才教半面见素萼。洁清比珠络。　　濯濯。莫憨谑。羡雅韵天然，宜贮璇阁。人间俗艳总粗恶。便翠袖纱卷，好诗谁学。闲吟不到，怅杜老，太寂寞。

## 蝶恋花

欧公庭院深深一语，李易安极赏之，清秋多暇，拟此效颦。

庭院深深深几许。十里珠帘，半是藏春坞。啼鸩一声花事去。阿谁更问南塘路。　　朱碧纷纷愁日暮。一雨霏微，洗尽看花雾。结伴红桥容小住。飞飞且觅闲鸥鹭。

## 好事近

偶闻桂花香有怀

何处好花枝，吹送一帘香气。寻到画栏左畔，有江妃眉翠。　　分明金粟是前身，味耐味中味。惆怅个人不见，对西风憔悴。

## 忆旧游

读心庵词存中有悼怀之作，我本恨人，何能遣此。爰倚声而和之。

记歌场出色，马上琵琶，冶韵天然。几度人间梦，便琴丝缕缕，荡入寒烟。万千红紫成队，俯首拜婵娟。愧落魄长安，疲骡破帽，曾惹人怜。

连翻。新制谱，有念旧何郎，情语缠绵。一读一肠断，又谁堪重续，灰后蛮笺。惆怅彩云何处，倩影去翩翩。剩寂寞东风，空山日暮啼杜鹃。

## 念奴娇

中秋对雨，用于湖过洞庭韵。

银蟾光满，盼今宵作成，一夜秋色。地白中庭珠露下，何处飞来云叶。净洗青桐，预浇黄菊，一雨疏帘彻。姮娥镜掩，好将心事低说。
况是蓑笠红桥，鹭闲鸥懒，碧藕船唇雪。佳节良辰都付与，身外天空海阔。金粟搴香，霓裳偷曲，世上纷纷客。团圞儿女，便应不负今夕。

## 莺啼序

忍斋允为约园作记，戏以文笔成此，用代节略，殊自笑画虎类犬也。

今之约园也者，乃前人废圃。宅中地、大启堂皇，是为园屋之主。堂之北、层楼三起，薪盐拉杂栖儿女。其南偏，余地数椽，是读书处。东曰东园，院拓数亩，半莳花种树。院当中、馆曰茗华，曲廊卐字低护。有高台、宽平宜月，径通幽、远宜闲步。荔墙阴，禽语钩辀，好音时吐。

堂皇左转，是曰西园，是为习静所。楼南向、邃深宏敞，可弆书画，可会诗文，可逃风雨。楼南寻尺，堂横如舫，朋来宜与陈樽俎，有文鱼、小沼饶生趣。其南老屋，青桐翠竹山间，小亭恰好当户。　　斯园结构，略剪荒榛，不足为别墅。窃以约、名斯园者，盖即遵夫，老氏无名，可名之语。三熏拜乞，如椽之笔，刊诸贞石垂厥后，以为我、蓬荜辉光助。其余井灶门屏，夹巷曲房，未遑悉数。

## 柳梢青

题黄子鸿画册

何处琼枝。笼烟绰约，着雨参差。梅花才过，梨花未坼，惆怅芳时。　　娉娉袅袅腰肢。珮琤琮、珊珊步迟。弄玉丰神，兰香性格，并作相思。玉兰

## 苍梧谣

同前

梅寂寞，空山一样开。无人赏，移入画中来。梅花

## 相见欢

同前

花开亚字栏东。好春浓。认得丹山雏凤下遥峰。　　珠帘晓。金盆捣。染猩红。移得胭脂点点上春葱。凤仙

## 菩萨蛮

同前

红香点缀清明路。一枝偷向墙头度。记得雨丝斜。前村沽酒家。　　声声灯影外。深巷明朝卖。不见小楼人。楼头孤负春。杏花

## 齐天乐

铃声和圣秋元韵

骡网不断长安道，声声旅怀频警。月黑天阴，沙黄路直，喔喔荒鸡遥应。从来怕听。记古驿云埋，长河冰凝。无赖车尘，邯郸梦热不教冷。
三郎郎当底甚，怪雨淋郎夜，鱼目长醒。替戾冈头，玲㻞阁下，何事又翻清景。闲情暗省。爱塔语江干，宵深人定。分付花幡，东风摇日永。

## 惜秋华

秋怀和圣秋

闲对西风，问兼旬冷雨，有晴时否。灯畔枕边，积得乱愁盈斗。砌虫恨语缠绵，恨花径铜铺湿透。孤负。更青梧、一样人与同瘦。　　尘世怕回首。过中秋几日，又将重九。燕去雁来，那肯少停时候。繁霜扑满双鬓，争岁月、已成卮漏。消受。剩消闲、拼诗赌酒。

## 相见欢

和子鸿韵六首

珠帘不上香钩。惹人愁。记得年时携手小红楼。　　春宵短。韶光转。梦皇州。不许夕阳东上水西流。

红红白白花枝。绕鞭丝。又是红箫白打冶春时。　　游蜂好。轻黄老。减腰肢。渐觉旧情多半怕人知。

依稀隔着蝉纱。水之涯。不识倚窗娇女是谁家。　　闲庭宇。呼鹦鹉。燕莺哗。恰又秋千戏罢鬓云斜。

红桥不见红箫。路迢迢。惆怅画船人去梦无聊。　　灯影灺。银杯泻。债难销。更要藏钩赌胜在今宵。

连宵人约黄昏。冷闲门。料得一分愁已两人分。　　风前柳。波纹皱。泪留痕。转恨人家银烛醉王孙。

不教听到啼鹃。掩重帘。依旧绿波芳草别人天。　　流莺晓。东风悄。隔年年。愁煞天涯帆影一江烟。

## 霓裳中序第一

仙人拳花同忍斋作

朱萸献五荚。赤帻仙人下银阙。依约蟠桃无叶。恰浅着绯衣，一枝清绝。群芳莫埒。似东陵瓜熟时节。征前事、汉宫钩弋，素手旧藏玦。　　休亵。团圞小月。恰相伴、玉缸无缺。兰姨琼姊比列。笑妙手空空，不持寸铁。更张休再说。认鹭立江烟一瞥。相看久，指挥拇战，酒国斗奇杰。

## 徵招

秋声

奔腾泙湃从空下，天外波涛何处。叶叶复枝枝，恁萧骚不住。冷蛩篱畔路。正凄切、频惊征妇。白帝城边，夕阳庭院，几家砧杵。　　寥落四无人，残灯里、旧说欧公曾赋。底事旅魂惊，又冷鸿飞度。塔铃搀夜雨。已难耐、西风酸楚。更谁遣、铁马隔窗，送别离情绪。

## 角招

秋色

惹愁惯。吹来几日西风，颜色都换。是谁烘染遍，枫紫岭边，黄菊篱畔。荒洲野淀。也水蓼、花疏红绽。露白葭苍一片，沉沉菰米波飘，更黑云凄黯。　　肠断。乌衣惨淡。多情宋玉，风景愁相见。问谁还眷恋。白屋单衫，朱颜团扇。聊开倦眼。有一抹、银河清浅。织出机丝灿烂。总输与、艳阳天，春风面。

## 疏影

菊影题画

匡床梦醒。有寒英伴我，银烛光冷。隐约秋痕，淡淡描来，冰瓷刚傍茶鼎。分明才向东篱见，又倩女、魂来妆镜。费几回、采并茱萸，一样画栏空凭。　　犹忆餐香有约，结庐众喧外，佳色闲领。何事西风，盼到重阳，乂入华胥清境。记曾杯酒陶潜宅，恰相遇、夕阳三径。更谁从、明月中庭，认取傲霜情性。

## 玉女摇仙佩

九月廿八日宝应舟次大雪

谁敲玉碎，洒向层霄，点点由他飘坠。柳絮三春，芦花九月，错认随风游戏。莫是银装就。恁虚明照眼，光满天地。浑不辨，几丛竹树，几处楼台，几分青翠。只一艇瓜皮，一线长河，依然流水。　　不识千山鸟绝，蓑笠渔竿，此际果何情味。笛谱梅边，寒香细嚼，又是诗人故事。屈指重阳节。才浃旬、未过镇成冬意。喜剩得、无思无虑，篷窗对影，身心俱置。冰壶里。有何物俗尘能翳。

## 梦横塘

竹夫人

桃笙润雨，葵箑摇风，独醒无奈凄寂。不聘青奴，更底处、良媒重觅。潇洒芳姿，玲珑仙骨，似曾相识。好低帷昵枕，就抱回身，清凉福、能消得。　　鸳鸯两两春波，记依红泛绿，几度将息。一样双栖，偏别有、好风生腋。岂犹是、湘娥旧媵，洗尽尘嚣下琼席。合对婵娟，玉冠珠帔，乞花封九锡。

## 花心动

汤婆子

锦幄寒生，被池单、几回愁翻红浪。薄煦微温，熨到双趺，枕上惹人惆怅。迷离一段春婆梦，更梦里、春如挟纩。再休诧，徐娘老去，还亲鸳帐。　只怕提壶灌满，有浩荡、清波漏卮无当。婢膝奴颜，伴我深宵，也许专房相抗。伤心破晓分离苦，炎凉判、更无人赏。问兽炭、谁能雪中下睨。

## 寿楼春

和忍斋用梅溪韵

催群花齐芳。约寒消九九，拈韵文窗。趁着葭灰飞处，正歌春阳。茸作帽，荷裁裳。要尽消、年年清狂。再弄笛梅边，修箫月底，催醉倩红妆。　　惭愧我，无兼长。也偷声减字，学谱新腔。更念河梁别后，几回情伤。鱼雁杳，愁江乡。空寂寥、归来刘郎。好相约重游，小园共酌春酒香。

## 淡黄柳

冬柳用白石韵

寒城画角。凄断江南陌。挨过秋来情更恻。一片黄沙白草，张绪当年有谁识。　　太萧寂。啼乌正艰食。柴桑里、旧家宅。也饥来、驱我无颜色。眼底垂青，个人不见，何日长条自碧。

## 华胥引

忍老用凫茸装被，喜其轻暖，作词以宠之，依体奉和。

寒帷僵蝶，昵枕欺鸳，夜长寒积。肃肃宵征，衾裯抱处堪永夕。不是如雪吴棉，更软温香白。怜尔蒙茸，狐裘一样珍惜。　　犹记栏边，鸭头绿、让他颜色。臆丹襟翠，几经葱纤选择。偷学芦花新制，伴绣茵锦席。一梦春回，还疑飞到仙潟。

## 木兰花慢

芦花

舞荒洲一白，浑不碍、薄云遮。正柳岸黄疏，蓼汀红褪，人隔天涯。谁家。短篱横竹，对凉鸥惆怅日西斜。雪叶霜花借色，蓬飘梗断同嗟。　　鬖髿。记曾春梦飞。絮影漾窗沙。甚江风瑟瑟，青衫红泪，又湿琵琶。苍葭。溯洄不见，剩星星点点扑渔艖。为语龙钟衰叟，白头易感年华。

## 双瑞莲

方忍斋古香凹诗余题词

红牙翻妙谱。记萍遇虹桥，华筵前度。萧骚白发，对画阿婆眉妩。岂是三生因果，笔墨债、纤毫须补。新乐府。花间兰畹，芬芳齐吐。　　笑我捻断霜髭，愧减字偷声，未谙宫羽。阑珊秃管，也僭山阴诗序曾为此集作序。方愧巴渝词俚，和白雪、声同击缶。探秘笈，又许浣来薇露承以二知轩全集见惠。

## 八宝妆

咏八宝饭

谁煮香粳，别翻新样，果腹令人称快。白黍黄粱俱长价，颗颗隋珠秦贝。雀饧蜂蜜，杂陈数遍佳珍，天官羞膳能相赛。况有座中宾客，为元为恺。　　独恨迷路天台，胡麻饷到，此情尘世难再。又何物、芬芳齿颊，足压倒、金齑玉脍。看罗列、辛盘甲鼐。二红三白精英在。更艳比桃花，云砂火齐争奇采。

## 念奴娇

为刘建伯题王蓬心画《洞庭泛月图》卷子

洞庭波渺，连赤沙青草，一望无际。谁弄扁舟如叶大，稳泛琉璃光里。金镜高悬，玉绳低映，点点星涵水。扣舷孤啸，几人乘兴游憩。　　独念摩诘当年，解衣盘礴，笔蘸水瓯底。写尽琼田三万顷，磊落胸襟如洗。小劫红羊，缥缃无恙，呵护烦神鬼。还须什袭，楹书一样珍秘。

## 月华清

为榕园题戴文节公仿檀园横幅

树老云栖，苔深雨渍，连天晴霁如许。竹杖芒鞋，试问先生奚去。原无心、隔院寻僧，似欲问、前溪觅渡。延伫。记茅亭小小，旧弹琴处。　　谁更闲参妙悟。写纸上烟云，画中佳句。墨沈淋漓，的是檀园家数。为安排、近溆遥汀，好交结、凉鸥冷鹭。休误。忆羊肠曲折，几经迷路。

## 齐天乐

同人作消寒会，陈季平设全猪，极精美。研山有词属和，谱此以应。

玉梅花下消寒酒，杯盘几家罗列。桂酺桃菹，蜂糖蚁酱，一样生香齿颊。此工彼拙，总排日传餐，供吾饕餮。谁更翻新食单，以外逞鲜洁。　　花猪只学坡老，有焚炰熏炙，种种陈设。不借熊蹯，无烦羊胛，自与寻常味别。肠充口悦。看座客欢呼，无嫌哺醊。我更彭亨，登车腰带绝。

## 寿楼春

寿汪研山

赓台莱诗篇。恰新春十日，风物暄妍。难得汪沦高致，羽衣蹁跹。摹画稿、摊吟笺。弄彩毫、桃花潭边。喜鹤发朱颜，不知老至，一笑古稀年。　生年子，同坡仙。更维摩天女，相对华颠。愧我云蓑烟笠，久忘鱼筌。歌一曲，心陶然。好杖藜、逍遥湖山。趁波暖红桥，商量一篙春水船。

## 齐天乐

除夕

沿街腊鼓催寒去，今年只余今夕。处处沉香，家家爆竹，不许时光虚掷。分阴是惜。怕饮罢、屠苏便成陈迹。剪烛围炉，团圞儿女话畴昔。　童游回首少壮，青灯黄卷外，辛苦谋食。尘土东华，炎荒南国，廿载冠裳局蹐。着来蓑笠。才觅鹭寻鸥，俗缘全涤。一室清欢，又明年消息。

## 祝英台近

正月三日携两幼子步游长春岭，忍老作词调我，谱此和之。

趿芒鞋，曳竹杖，闲步访兰若。童稚追随，有似脱羁马。相逢螺髻山青，鱼鳞水绿，浑不信、雪飞前夜。　归来乍。无端多事词人，闻声暗挦扯。索和佳篇，顷刻不容假。分明雅集春盘，肴香酒酽，偏要我、入攒眉社。

## 探芳信

人日和次潇，用玉田韵。

趁芳昼。好结伴城西，借茶醒酒。甚年年人日，飞霙总依旧去年人日亦雪。踏青耽阁湔裙约，懊恼东风瘦。更何烦、冒雪冲泥，闲寻残甃。　尘世纷驰骤。爱鸟意知还，云心归岫。商量廿四桥边住，笛谱诗千首。怅柴桑、迢隔门前五柳。

## 暗香

落花声

课虚叩寂。问乱红着地，谁闻声息。莫是玉妃，环珮珊珊下琼席。莺燕于今渐老，正对语、相怜相惜。怕闲阶、夜雨催春，余响送凄恻。

回忆。画楼北。怅五月江城，有客吹笛。彩幡谁立。铃索丁东替垂泣。不是萧萧木叶，也一样、窗纱不隔。唱缓缓、归去也，那堪听得。

## 疏影

飞絮影

斜阳院落。有零星碎影，飞上墙角。才搅成团，旋散如烟，惆怅春痕无着。年年飘泊浑如梦，更梦里、依然飘泊。看儿童、逐向东风，几度画楼空捉。　　独念红闺帘底，个人慧心处，比雪依约。到眼濛濛，入手空空，底事输他轻薄。迷离野马尘埃外，隔不断、重重珠箔。怕置身、高入层霄，十丈游丝难托。

## 高阳台

湖上感春，用玉田西湖感春韵。

访菊吟秋，借荷消夏，芳尊几度游船。荏苒驹光，匆匆又换流年。东风不为红颜驻，问徐娘、更有谁怜。总陶然。莫再消磨，眼底云烟。

长歌小放寻春棹，渐芦针柳线，绣出洋川。种种闲愁，忍教飞到眉边。鱼鳞一任晴波皱，且归来、暖抱花眠。敞珠帘。分付啼莺，替了啼鹃。

## 绿意

绿牡丹为许星台作

衣香染遍。有黛螺十斛，奇彩堪羡。谱就青萍，斜睨阑干，天水罗衫新换。相逢秾露东风里，错认到、蘼芜庭院。怕隔帘、幺凤飞来，掩映芳丛难办。　　不是篔筜日暮，万竿闲倚处，双袖微卷。翡翠帷前，碧玉台边，魏紫姚黄都贱。分明第一人间种，更枝叶、一般葱蒨。笑寻常、富贵图成，空绚胭脂深浅。

## 暮山溪

和忍斋用白石韵

作扬州客，踏破游春屐。到眼野梅花，问可是、何郎旧植。珠帘十里，好梦太匆匆①，抚今日，溯当年，雪鬓愁千尺。　美人无恙，无处红箫觅。一样绿杨城，只剩有、荒亭横笛。鸥闲鹭懒，随意订新盟，更他日，溯今时，又复谁相忆。

## 祝英台近

桃花䴔同方忍翁

柳堤边，莎岸外，错认石梁路。有鸟群飞，沙际乱红雨《尔雅注》："䴔，群飞，生北方沙漠地。"不同露鹄晨凫，争枝黄雀，也曾费、文人机杼。　几延伫。是谁金弹收来，元都观前树。分付厨娘，盐豉与同煮。任他竹鹧香清，椒鸡味俊，那得饱、老饕如许。

## 琐窗寒

春寒

浅逗梅心，轻回草梦，艳阳时序。斜风剪剪，谁送嫩寒如许。掩纱窗、香醪自斟，小楼一夜廉纤雨。想玉人睡起，犀梳未掠，绣帘低护。　分付。南塘路。怅小约湔裙，芳期又误。清清冷冷，愁煞探花情绪。问雕阑、莺懒蝶慵，可能挽得韶景住。检筠箱、雾縠单衫，懊恼成孤负。

## 洞仙歌

花朝日书所见，戏调小汀。

千红万紫，是今朝初度。好趁芳辰斗茶去。看莺莺燕燕、白白朱朱，争艳冶，一一酣歌浓舞。　我来刚洗盏，有个人人，隔座微微见眉妩。似笑似含愁、一点灵犀，随两点、秋波流露。问头白王郎，怎禁他、又一笑凭肩，口脂香吐。

---

① "匆匆"，原本作"囱囱"。

## 杏花天

咏杏花

番风廿四殷勤数。又一夜、楼头听雨。深深庭院深如许。也许卖花声度。　　才觅得、蓬莱仙路。更不问、沽春何处。玉笛谁教双影误。吹到天明不住。

## 祝英台近

咏杏花和砚山

玉楼人，金勒马，影事怕回盼。屈指清明，春去又一半。不堪深巷萧条，连宵夜雨，听不到、卖花声唤。　　小园畔。一枝红上墙头，更比去年艳。十里东风，妒煞曲江宴。怪他水郭山村，酒家何处，偏惹得、行人魂断。

## 摸鱼子

鲥鱼，同忍斋作。

怅年年、秋风莼菜，鲈羹愁惹乡思。瞢腾一梦琼花白，又饫富春嘉味。江上市。恰卢橘、离支筐载同时至。金盘玉筲。问芍药栏边，樱桃树底，谁伴夕阳醉。　　扶胥涘，雅号三黧曾记。贪饕我更多事。清波一掬和鳞煮，不必细丝银脍。随我意。倩窈窕厨娘，斟酌加盐豉。漫嫌多刺。有红烛高烧，海棠颜色，相与赛风致。

## 前调

偶于梦中得《摸鱼子》半阕，醒后不遗一字，因足成之，终觉醒语不如睡语也。

甚匆匆、荼①蘼开了，东风吹得春瘦。蝶衔红蕊蜂衔粉，踪迹不堪回首。惆怅又。又惆怅、绿波芳草销魂后。风酣雨骤。便燕燕莺莺，清清冷冷，相对也僝僽。　　醒旧梦，清江桥畔杨柳。美人从此分手。飞红点点东流水，一例乱愁盈斗。消永昼。看珠样双丸，不住盘中走。无多时候。

① “荼”，光绪刊本《约园词》作“茶”。

定扇影衣香，相逢一笑，还酌锦屏酒。

## 梅子黄时雨

五月二日，同人醵酒为余预祝，忍老以词纪之，谱此奉和。

梅雨连天，恰蒲艾送香，刚近重午。恁白发匆匆，又逢初度。春酒有情倾玉斝，介眉为我风诗谱。同心侣。五百里中，星聚三五东道十五人。豪举。谁宾谁主。竞竹间题画，花下挥麈。纵鹭序鸥盟，闲中樽俎。文字因缘联旧友，舒长岁月参新趣。颜能驻。只惭寸长无补。

## 小楼连院

帘波，用郭频伽韵。

鸳鸯池畔红楼，珍珠一桁垂垂地。珊钩交映，湘云缕缕，比虾须细。潋滟清光，遮拦不住，縠纹微起。问雕梁燕子，双双穿处，谁摇漾、蟾华碎。　　隔断绣栏干底。隔不断、蝶狂莺腻。心头眼角，依稀梦见，蜻蜓点水。十里横塘，东风吹皱，碧痕摇曳。剩奁边、睡鸭留香还留，得心心字。

## 如此江山

香篆，用频伽韵。

商量片晌留香住，含情玉钩先下。红袖添时，千珍万惜，那许风来窗罅。石华低惹。正六曲屏边，九微灯灺。一瓣芳心，相思两字费描画。墙阴蜗迹曾记，簪花偷妙格，春事初谢。非草非真，模糊不辨，偏引闲愁盈把。茶余琴罢。问斯籀而还，几人作者。到眼分明，云烟随意洒。

## 虞美人

题包畹生女史白虞美人画扇

舞衫歌扇销魂地。泪把朱颜洗。拔山夫婿也凄然。愁向月中霜里斗婵娟。　　娇姿不用胭脂染。窈窕风枝颤。梅花太瘦柳花轻。妒煞楚宫倩影最娉婷。

## 齐天乐

和王五谦斋韵却寄

蔷薇露浣花间句，檀槽几回萦抱。白首论交，红牙按拍，我愧宫商潦草。柴门关了。恨鹭懒鸥慵，闲愁莫扫。一径苍苔，人间屐齿印来少。
金兰重谱旧好。朵云看又向，天外飞到。淝水情深，邗沟梦远，千里寸心倾倒。相思渐老。盼满载新诗，瓜皮船小。觅醉平山，消除云树恼。

## 祝英台近

扫晴娘同榕园作

雾瞢腾，泥滑汰，几误踏青约。恼煞鸣鸠，作剧者般恶。商量扶起花梯，烦他素手，要扫去、长天云幕。　莲钩弱。迟迟步上层霄，鞋子凤头着。翠袖殷勤，箕帚事堪托。只愁十二巫峰，朝朝暮暮，云雨梦、也须耽搁。

## 壶中天

梦

瞢腾一觉，问巫峰十二，何处芳躅。翠羽双双香界外，听到梅边新曲。槐国冠裳，华胥岁月，断了难重续。漆园多事，浪寻蝴蝶追逐。
老我唤醒春婆，邯郸道上，坐看黄粱熟。斗帐红蕤供独笑，尘世几能知足。珥笔蓬山，靴刀桂海，种种隍中鹿。何如高卧，北窗消受清福。

## 前调

幻

凭虚结撰，任奇奇怪怪，缘从心作。何事茫茫沧海上，忽现空中楼阁。明镜非台，菩提何树，行迹原无着。那须狮吼，装成七宝璎珞。
只愧白发参禅，春风泥絮，皓月波心捉。苍狗白衣工变换，到眼惊人魂魄。影里婵娟，梦中朱紫，几辈劳搜索。一声霹雳，晴曦万里如昨。

## 前调

泡

平流万顷，看洒洒潏潏，浮沤飘瞥。隐约龙宫珠颗献，围住波心明月。空洞其中，尘埃不染，弹指生还灭。慈航回首，生初认取胞血。还忆骤雨倾盆，连接绕砌，点点银光掣。骇浪惊涛留一粟，咳唾九天圆洁。蟹眼烹成，鱼唇吹出，一样天机活。形形色色，闲中参破真诀。

## 前调

影

分明对面，有壶芦依样，无端偷学。青粉墙高遮不住，隐约秋千红索。月下三人，风前双燕，几度闲情托。杨花无数，可怜飞过难捉。更记缟袂当窗，横斜写照，六扇蝉纱薄。底事浮萍吹破处，又见眉棱一角。大地山河，空庭竹柏，妙悟谁先觉。真如自在，形骸都是糟粕。

## 前调

露

金茎何处，讶蒹葭一水，凉意先逗。地白中庭秋有信，湿到木樨香又。皓月清池，荷珠颗颗，得意盘中走。杨枝洒遍，热场谁解消受。况复鹤警深宵，移巢远避，微物知时候。井上夭桃红灼灼，难得东风依旧。霜叶惊心，雪花染鬓，篱菊人同瘦。草头试问，几人富贵长久。

## 前调

电

神光一片，乍纵横驰骤，才明旋灭。不待层霄鸣玉虎，早已烁入肌发。黑压云头，红穿雨脚，百道金蛇掣。震来虩虩，天威先满寥泬。最是列缺砰訇，如鞭如策，足褫奸雄魄。参透禅关空四大，只剩通明澄澈。石火非妖，青磷非鬼，照影同飘瞥。瞥扶桑日出，祥雯终古蒸蔚。

## 陂塘柳

题忍老观空图横看子

是何人，雪眉双鬓，婆娑清兴如许。西台东观蜚声早，五色笔花齐吐。歌且舞。有吴粤、三巴到处甘棠谱。仙禽振羽。看淝水春深，古香凹畔，群鹤绕珠树。　　尘间世，况有双瞳如炬。长空消尽烟雾。科头一笑盘陀窄，容我弟鸥兄鹭。君莫误。君不见，天梯石栈蚕丛路。红牙且度。

好铁板铜琶，大江东唱，点窜老坡句。

## 念奴娇

题砚山黄山图册

是谁点笔，写蓬蓬勃勃，胸中奇杰。三十六峰来腕下，不尽烟云明灭。谷口豪情砚山旧藏郑穆倩所绘黄山图册，瞿山逸趣余亦藏有梅瞿山黄山图册，到眼成三绝。少文游屐，此间差足怡悦。　　从识此老多情，乡心枨触，几度柔肠结。咫尺家山图画里，一笑婆娑华发。斟酌琴书，摩挲金石，斗酒红生颊。挥毫如意，天都踪迹能说。

## 贺新凉

寄和忍老

佳节刚重九。预安排、屏山高会，招邀良友。何事西风吹短袂，苦向河桥分手。恰屈指、兰闺别久。趁着菊花新酿熟，要双双对酌延龄酒。挥手去，慢回首。　　蜀山洍水相逢又。古香凹、琴书无恙，芸香依旧。连日清歌开口笑，定有霓裳新奏承示连日观剧。喜金粟、飞来盈袖令侄新捷京兆试。重与君家添瑞气，绽仙葩一朵红如斗。图第二，快题就承示斋中仙葩重见，拟作第二图纪之。

## 祝英台近

咏班孟坚玉印

鼎足三，钟乳百，陈宝按图索。土绣苔花，款识费斟酌。何来一寸玲珑，盘螭小印，又认取、西京雕琢。　　古而朴。分明令史兰台，两字姓名确。画铁钩银，旧制未斑剥。纵知典引书成，通幽赋就。定铃向、云蓝一角。

## 清平乐

乙酉消寒第二集代柬

雨余晴色。已漏春消息。正好围炉谈永夕。约在良宵初十。　　难逢几个心知。深杯烂醉奚辞。请到画图佳处，商量共拈吟髭。

## 水龙吟

消寒第二集索题约园图，率先谱此，即乞和章。

十年宦海轻装，翩翩一鹤扬州路。城边秃柳，桥边明月，勾留不去。筑个团瓢，枳篱竹径，聊栖儿女。忆罗浮山下，松风亭角，春婆梦、隔烟雾。　更喜新图才补。要乞取、花间新句。安排杯酒，白头捧斝，红牙按谱。送抱推襟，玉梅花底，别饶清趣。只家山、北望柴门咫尺，总归期阻。

## 声声慢

秋情和漱玉词韵

萧萧瑟瑟，雨雨风风，声声点点戚戚。冷落妆台何处，远人消息。幽欢几度如梦，怪梦儿、醒来偏急。剩嘱付，燕双双，隔岁画梁须识。　种种旧愁新积。犹记小、阑干并头花摘。底事而今，闷闷一天到黑。长宵不堪夜漏，对孤灯、紧滴慢滴。到此际，问那个安枕睡得。

## 蝶恋花

和漱玉词

料峭东风才解冻。吹得春来，栩栩枝头动。何物闲愁偏与共。泪痕添得罗衫重。　惆怅湘裙裙底缝。一片苍苔，闲煞鞋尖凤。挨到绣床寻短梦。隔墙又听银筝弄。

## 壶中天慢

用漱玉词韵

萧闲何处，尽炎威驱尽，重帘深闭。一卷《南华》清课了，领略绕阑花气。荷芰衣轻，蒲葵扇小，蔬笋俱真味。一蓑一笠，橛头艇子堪寄。　况复白发青尊，二三知己①，次地新声倚。十里红桥烟雨外，不许沙鸥惊起。江上风来，山间月到，携取随吾意。何须更问，邯郸游客醒未。

① “己”，光绪刊本《约园词》作“已”。

## 十二时

秋怀

秋深时节，秋灯如豆，秋衾如铁。秋怀正无赖，又一床秋月。　　叶落青桐愁欲绝。更谁知、秋来凄切。恼一腔心事，偏秋蛩能说。

## 洞仙歌

自题填词图，双髻坐吹笙词意。

龙钟衰叟，觅闲鸥为伍。也学花间断肠句。纵梅边月下、拍碎红牙，刘郎老，谁与重修花谱。　　乌丝偷画稿，写个人人，袅袅娉娉十三许。纤指弄参差，风送脂香，便算得、倡予和女。待结伴、鄱阳替吹箫，一曲石湖仙小红低度。

## 迈陂塘

题《蜀冈秋禊图》为忍老作

听红桥、冶春词唱、渔阳禊事非久。年年岁岁西风里，谁复商量杯酒。淝上叟。要着手、成春不许秋光瘦。招邀俊友。便接襶联裳，平山直上，同看隔江岫。　　屈指近，又届龙山重九。朱萸黄菊都有。花猪搀入伊蒲馔，斟酌肥甘适口。图画旧。更乞取、新词拍板红牙侑。天香满袖。算曲水持觞，芳园坐月，良宴者番又。

## 河传

僝僽

僝僽。人瘦。强支持。娇喘依稀一丝。珊珊珮环行走迟。相思。个人知不知。　　秋风团扇才相见。红潮面。背影鲛珠溅。减腰肢。几何时。参差。天涯红被池。

## 摸鱼子

丙戌重九，与方忍斋、何至华、王小汀、晏玮庵、钱平甫、黄子晋、子鸿昆仲、吴次潇、徐圣秋作胡蝶会于约园，斗胜争奇，饮酒乐甚，即席为赋此解。

恰今年，无风无雨，扬州又到重九。菊花未坼茱萸老，且尽香醪一斗。招俊友。要斟酌、嘉肴归去谋诸妇。烹葵剪韭。似陆羽卢仝，清泉活火，辛苦风团斗。前方丈，仿佛百家衣凑。家家筐篚相就。浅斟低唱休辞醉，劝酒还劳红袖。谁抗手。恰有客、持螯在左深杯右。争先恐后。笑帽落龙山，龙钟老态，佳节算孤负。

## 醉太平

遣兴

朝来朝潮。夕来夕潮。个人何处停桡。惹相思暮朝。　　金炉香销。金尊酒浇。怕听梧叶萧萧。耐长宵寂寥。

## 又

裙宽带移。钗松髻攲。梦回鸳枕迷离。听邻家午鸡。　　愁眉镜知。愁心自知。小鬟偏最娇痴。问归人几时。

## 醉花阴

重九和漱玉词韵

画阁凄其嫌短昼。暖爇金炉兽。风雨慢催人，翠被殷勤，早已浓熏透。　　蟾华正是清凉后。露湿双红袖。报到菊花开，酒酽螯肥，那许秋能瘦。

## 齐天乐

秋云

湘罗一片晴空漾，溶溶天半飞絮。细蹙鱼鳞，重重叠叠，直接张郎槎路。青山断处。映一抹斜阳，半江枫树。吐出蟾辉，离离花影记前度。　况逢桂花时节，广寒宫殿里，分到香雾。阅遍炎凉，薄才一纸，不信人情如许。天孙机杼。羡织锦为裳，银湾铺素。日暮江东，怀人谁觅句。

## 前调

秋月

无声露湿秋痕透，小山丛桂才玩。玉宇琼楼，最高寒处，又见一轮香满。圆冰净浣。照红蓼州边，丹枫岭畔。耐冷年年，九霄曾傍总心恋。

纤云更笑多事，如烟过眼后，蟾影无减。灵色潇湘，沙明水碧，何处飞来清怨。渔舟唱晚。好睡倒蓑衣，招来作伴。簸弄婆娑，盈亏浑不管。

## 前调

秋风

纱窗筛碎潇湘影，繁音入耳清绝。偃草留痕，扶花无力，又送凄凉檐铁。飘来发发。怅吹帽龙山，几人华发。南雁归时，白云飞到最呜咽。

槐黄记曾踏遍，青衫悲旣毵，人世咄咄。味美鲈羹，香浓莼菜，何事乡心偏切。杜陵诗杰。也茅卷三重，去如轻蝶。水国寒生，栟榈还战叶。

## 前调

秋雨

灞桥沿路西风紧，萧条吹到凉雨。酒店清明，行人魂断，犹记杏花深处。光阴迅度。又倚枕蕉窗，连宵酸楚。侧笠渔矶，芦花点点湿飞絮。

孤灯还忆昨夜，空阶听滴碎，凄绝蛩语。冷冷清清，依依槭槭，多少泪珠难数。双双眉妩。恰洗出新妆，盆倾玉女。蜀道铃声，三郎情最苦。

## 前调

秋山

弯环几点山眉画，新妆别样明净。绿浅微涡，青浓欲滴，旧梦连番才醒。何人逸兴。又行旅图成，一鞭秋冷。立马斜阳，西风极浦望中迥。

寻幽我恰着屐，罗鬟初沐出，如在明镜。乌柏村边，白杨郭外，还认清凉仙境。重登绝顶。傍十里枫林，斜穿石径。远寺归来，霜钟空外听。

## 前调

秋水

三篙软涨鱼鳞活，鸭儿曾浴新水。红蓼花疏，白蘋江晚，不道萧条如此。短筇聊倚。行半郭半村，五里十里。鹭懒鸥慵，有人高隐在中沚。

朅来游赏物外，有一蓑一笠，一棹闲理。横竹风清，长竿月冷，小住橛头船底。双眸净洗。看凫雁为家，蟹螯成市。柳下春归，一杯还觅醉。

## 前调

秋草

花骢嘶过红楼外，春来几度游赏。绿染裙腰，青黏屐齿，底事别添惆怅。西风轻飐。愁断送年年，玉关新唱。一色芊绵，芳情勾起旧凄怆。
独怜涧边幽处，铺茵连野渡，谁唤双桨。怕采蘼芜，慵搴兰茝，冷落湘波如掌。王孙无恙。愁宝勒金鞍，天涯约爽。何日东风，池塘酬梦想。

## 前调

秋花

芳颜憔悴霜华里，谁知秋好无限。采处防蜂，飞还罥蝶，不让东风专擅。帘边试看。看金粟香笼，玉簪云绾。一样芭蕉，红妆也倚小阑畔。
重阳况逢令节，陶家三径外，篱菊开遍。一种丰姿，十分颜色，那问愁深愁浅。小眉秀眼。认老去徐娘，无妨娇面。况有丹枫，江头争绚烂。

## 前调

秋柳

苍茫一水芦花白，惊心偏似飞絮。少妇高楼，将军故垒，况是最销魂处。芜城日暮。正几点寒鸦，伤心终古。一搦蛮腰，奈何消瘦竟如许。
河梁重忆送别，阳关三叠后，人恰西去。秃尽长条，吹残横笛，一片天涯凄楚。南塘归路。看乌桕三家，丹枫几树。回首江潭，凄凄愁再赋。

## 洞仙歌

丙戌秋九，偶谱秋词九阕，聊以排闷，未能为秋写照也。次潇见之，进余曰："求音者叩寂，责有者课虚。实写其物，未若虚绘，其情之愈也。盍弗别拟其目？若秋影秋梦者九，而慢声以谱之耶。夫秋之未至也，溽暑欺人，挥汗如雨。若秋之清且爽也，人靡不思之，思之则梦之。"谱秋梦第一。

愁来一枕，听西风酸楚。蝴蝶飞飞漆园路。恍才吟篱菊，旋醉江枫，瞢腾里，忽忽行踪无据。　　池塘春草秀，影事依稀，园柳鸣禽隔烟雾。一阵桂华香，转个湾头，更不辨、华胥何处。笑携手、嫦娥小游仙，正唤醒南柯，油窗花户。

## 前调

春之来也，有花信二十四，岂秋之将至独无消息乎？第二谱秋信。

番风廿四，报东皇如意。消息无烦驿使递。记梅花香后，看到荼蘼，传芳讯，自有封姨从事。　　求来何处寄，颠倒衣裳，细葛轻罗几回试。一晌要飞霜，白露苍苍，已送到、蒹葭丛里。仗青女、殷勤暗传书，更不用呼来，一双河鲤。

## 前调

秋有信矣，秋珊珊来矣。其将至未至之际，清风徐来，水波不兴。人则团扇轻衫，怡然自得，咸欣欣然，喜曰："时哉，时哉，有秋意矣。"秋意次第三。

凉飔未至，先炎威欲散。十里残荷水清浅。恰衫轻袖薄，团扇休捐，槐花里，又觉鸣蝉声变。　　几回闲对语，隔着窗纱，隐约微云澹河汉。不用鹊填桥，咫尺银湾，已[①]料得、星期非远。更燕子、谁家故飞飞，恁絮语雕梁，离魂凄黯。

## 前调

秋来矣。凡以秋鸣者，与之俱来矣。鸣有声，皆秋声也。昔欧阳永叔赋之，余谱次第四。

清砧别院，敲人心欲碎。况有寒蛩诉寒意。和鱼更一一，鼍鼓喧喧，更喔喔，催得荒鸡不已[②]。　　我来才倚枕，檐马丁东，近隔红窗一层纸。呕哑橹声柔，两两三三，听沙际、断鸿惊起。又何处、鸣机趁西风，送轧轧连宵，伴人清泪。

## 前调

有声即有色。谱秋色第五。

脂浓粉腻，斗青春标格。几个秋娘浪涂泽。看草余惨绿，枫绚殷红，销魂处，总是云愁雨恻。　　那知秋最好，夜月机丝，云锦衣裳七襄织。

---

① "已"，光绪刊本《约园词》作"巳"。

② "已"，光绪刊本《约园词》作"巳"。

一样傲霜枝，花样翻新，也换作、五光十色。况砌角、栏边雁来红，更谱遍群芳，识他倾国。

## 前调

有声有色，秋已深矣。使竟凄凄恻恻，冷冷清清，人何以堪乎？则稍热为宜也。第六谱秋热。

重阳未到，恰无多风雨。倚遍阑干日亭午。好豆棚瓜架，话到深宵，苔阶畔，闲煞凄凄虫语。　　何人明月底，偷拜双星，小扇团圞足容与。着色画东篱，浅绿深黄，又巧被、斜阳款住。忒天半、飞鸿没来由，又底处流连，带来残暑。

## 前调

秋不能终热也。语云“老健春寒秋后热”，言不可恃也。第七谱秋凉。

牵牛花底，霎凉飔一阵。冷落苍苔绣鞋印。怎风才飒飒，雨又萧萧，匆忙里，添了一份秋信。　　个人谁早起，手拨炉灰，金鸭沉檀不教烬。扶向矮篱东，两袖萧骚，才晓得、重阳节近。爱小玉、知情预调停，有半臂轻红，薄罗衫衬。

## 前调

秋凉如是，秋冉冉去矣。曾几何时，向之有声有色，乍暖还凉者，不犹在心目中乎？是秋影也。谱秋影第八。

芙蓉娇面，映圆冰最好。明月光中写纤妙。怅黄花开过，红叶飞残，萧条里，谁替西风留照。　　我来参幻象，叠叠重重，几度呼童未能扫。潇洒竹千竿，印到窗纱，也曾识、洋川画稿。好眼底、心头有无间，认冷雨凉云，胜来鸿爪。

## 前调

夫自无之有者，阴阳之迭运也。自有之无者，寒暑之潜移也。生老病死，溘然而逝，东西南北，招之可来，非所谓魂耶？西风骚瑟，往往于白蘋红蓼间遇之，乃次秋魂第九为之殿。

木樨香里，又谁家倩女。金粟前身隔浓雾。任飘飘忽忽，随着西风，浑不辨，蔓草荒烟何处。　　依稀还是梦，南北东西，谁与招来向寒渚。不是别离筵，回首春波，又生怕、黯然销去。愿乞取、蓬莱九还丹，再白酒黄花，重联新雨。

九词既成，回环读之，微特声律未叶，辞意亦多未安，颓唐老笔，无能为矣。质之次潇，得无有孤雅望乎？梦园老人曰：词成重九之后。都十八阕，亦重九之数也。命颜其首曰重九词，余曰唯唯，遂援笔而记之。

## 浣溪沙

拟艳

金鸭炉香袅篆丝。红蕤双枕梦迟迟。此时心事少人知。　　三月莺帘成短梦，十千鸳锦寄相思。不堪青鸟总参差。

## 前调

一穗夭桃窈窕红。石华衫袖飐微风。记曾相约画楼东。　　帘外春痕栖燕燕，灯前花影黯虫虫。一生消受药炉中。

## 前调

一曲清歌宛转娇。琵琶声里夜迢迢。累人纤步踏深宵。　　斗草春来曾有约，折花人去剩无憀。鬓丝禅榻雨潇潇。

## 前调

薄葛香罗称体轻。凌波步小腻无声。鸳鸯宿处记芳名。　　怕我多愁添懊恼，折他浓福为聪明。王昌原不算多情。

## 凤凰台上忆吹箫

秋情用漱玉词韵

飒飒风酸，潇潇雨瘦，无端心上眉头。忆花浓似绣，草嫩如钩。为问长江白浪，滔滔去、何日才休。无聊赖，春又来夏，夏过逢秋。　　堪羞。布帆去后，任画遍阑干，指爪痕留。恁斜阳一缕，总照空楼。料得行人无恙，莼鲈里、乡国凝眸。知何日，花间酒斟，共祓离愁。

## 洞仙歌

偶成

蓬山不远，隔湘帘垂地。自有灵犀解人意。便相逢屏角，眉语才通，已[①]微露，梅子含酸滋味。　　无端灯影里，孤枕惺忪，好梦依稀总难记。送到珮环声，小步花阴，便踏得、蟾华影碎。恁临去、迟迟故回头，又隔着纱窗，要人心醉。

## 点绛唇

感事

绿醉红酣，几人留得春痕住。墙头微露。也是春秾处。　　何事东风，苦勒春归去。愁无数。无情云树。遮断相思路。

## 酷相思

一树相思谁与种。又夜雨、添愁重。密织就情丝无半缝。三更也、潇潇送。四更也、潇潇送。　　展转闲衾灯影共。几度残花弄。听喔喔、鸡声窗外动。欲起也、难成梦。欲睡也、难成梦。

## 高阳台

入秋以来，寒暖无定，李易安所谓"乍暖还寒时候，最难将息"也。用申其意，填此一解。

薄暖风前，轻寒雨后，秋来随处相宜。何是今年，轻衫团扇都非。天机鼓荡真无定，漫劳人、浅测深窥。好随时，朝换棉衣，暮换罗衣。
我来斟酌西风里，纵阴晴无定，调燮能齐。世态炎凉，也须阅历才知。云翻雨覆寻常事，恍神光、乍合还离。费中闺，问暖嘘寒，几许灵犀。

## 十六字令

愁

愁。兜上心来不自由。无聊赖，加上一层秋。

---

① "已"，光绪刊本《约园词》作"巳"。

## 月底修箫谱

《耒边词》有烧香词十阕，香艳处令人心醉。扬城观音山九月十九日香火极盛，效颦谱此。

淡融脂，浓腻粉，画阁试妆又。女伴招邀，偏要尹邢斗。撩人佳节重阳，才过十日，正薄暖、轻寒时候。　　两眉皱。不嫌雪藕微呈，小卷腕阑袖。合掌皈依，一步一稽首。只求菩萨慈悲，俾侬如愿，又那惜、汗罗香透。

## 前调

趁微凉，乘小月，商略出城去。不用双灯，暗试折腰步。阿侬只为娇羞，生疏怕见，要巧学、陈仓偷渡。　　那知误。安排一点灵犀，些子未曾露。何处狂且，偏向个中悟。累人躲过红桥，相随梅岭，寻不见、悄无人处。

## 前调

七香舆，双画桨，相约两边进。不是烧香，无计散愁闷。商量分手虹园，相逢月观，还同向、莲花桥问。　　情无尽。重重叠叠花枝，蜂蝶一丛趁。似捉迷藏，未敢等闲认。怪来已[①]是深秋，红酣绿醉，又何处、者番花信。

## 前调

帐销金，囊佩紫，一辈少年客。唤醒旗亭，也去访秋色。如瓢六柱船轻，联裳接襟，更载得、几般弦索。　　不嫌窄。呼来蹇姐兜娘，偎傍绣帘侧。浅唱低斟，隔舫送笙笛。归时已是黄昏，何曾拜佛，更休问、灵山踪迹。

## 前调

夕阳红，衰草碧，归踏旧来路。偷眼旁边，直接落霞处。最怜陌上孤

① “已”，光绪刊本《约园词》作“巳”。

贫，黄婆白叟，比吴市、箫声凄楚。　　暗心数。频年画阁朱楼，那识苦人苦。不惜倾囊，泪粉界红雨。只愁袖底青蚨，剩来无几，倒剩了、许多孤负。

## 前调

走东西，遍南北，我亦浪游惯。虎阜雷峰，香市几回见。可怜小劫红羊，更无多日，便弄得、风流云散。　　从头算。年年廿四桥边，红箫久声断。十里珠帘，往事付双燕。只余一角荒山，小留胜果，也好为、名区煊染。

## 念奴娇

题《云栈图》用日湖渔唱体

天梯石栈，问何年辟出，古道蚕丛。历井扪参长太息，几人匹马秋风。满眼氤氲，五年蹀躞，看遍倚宵峰。钩连不断，模糊谁记游踪。
难得荆关妙手，解衣盘礴，写出万芙蓉。触我平生艰苦境，回头凤岭西东。一纸零丁，七龄孤子，血染杜鹃红。那堪展卷，伤心梦里飞鸿。

## 满庭芳

题郑茗仙女史百花卷子，用女史绝命词原韵。按郑名蕙，字仰苏，号茗仙，扬州人，山阳程振室，咸丰癸丑围城殉难。有《满庭芳》绝命词。

一卷图成，四时花好图内自题“好花开四时”五篆书，千秋笔迹传流。杀脂调粉，银管妙双钩。谁识眉峰剑气，盈盈质、足压貔貅。安心处，稿砧无恙，以外总间愁。　　轻身挥手去，回头一笑四字见原词，万事都休。想珮环、归也应傍瀛洲。管领千红万紫，溯兰因、定有根由。到今日，遗徽凭吊，犹指旧妆楼。

## 壶中天慢

题联床听雨卷子为方忍老作

逍遥堂下，有苏家轼辙，同吟暮雨。一室联床消永夜，谁接眉山趋步。政事文章，齐名鼎盛，云际双鸾翥。印房花满，脊令新咏重赋。
往年舣棹扶胥，子由泥我，搜尽枯肠句。此日东坡同按拍，那许红牙迟谱。马上东华，鸿边南海，一样晨曦露。殷勤披卷，起听檐溜如注。

## 摸鱼子

题忍老《课桑图》卷

又声声、鸣鸠送到，翠阴一片如幄。浴蚕时候连朝雨，难得三眠食足。春酒熟。看社散、人归掩映斜阳绿。墙头簌簌。正红袖綦巾，盈筐累箧，未许谢忙碌。　　论乐利，才识权牟五谷。费人多少筹画。连阡八百成新课，应媲南阳芳躅。翻旧俗。更十里、珠帘返朴羞华缛。我来高瞩。瞩廿四桥边，饱衣暖饭，群受使君福。

## 武陵春

和漱玉词韵

结伴看花南陌去，莫去望江楼。花落重开恨自休。江水只东流。
长板桥头人去后，日日盼归舟。盼过千千万万舟。偏盼到、许多愁。

## 浪淘沙

春暮和漱玉词

蕉萃惜花身。又到残春。落红飞白一时新。才识相思了无谓，空说停云。　　无计破樱唇。欲笑还嗔。桃花愁隔武陵津。孤负长条长几许，不系双轮。

## 前调

吹过几番风。来去无踪。绿肥红瘦不相同。谁与调脂谁染黛，妙手空空。　　几点小眉峰。一样纤浓。低鬟长映镜奁中。也算东风归去后，雪爪留鸿。

## 如梦令

酒兴和漱玉词原韵

一棹青溪未暮。隔着芙蓉无路。不是醉忘归，已到夕阳红处。休渡。休渡。贪看一双寒鹭。

## 前调

昨日离筵去骤。今日闷消残酒。一盏散离愁，不许多愁如旧。愁否。愁否。昨夜今朝消瘦。

## 浣溪沙

闺情和漱玉词韵

七尺虾须四面开。等闲不敢露桃腮。画屏风底费疑猜。　　有兴事多成幻想，无题诗怕写愁怀。还应相约踏青来。

## 前调

廿四风柔柳上梳，溶溶庭院夕阳初。飞花红糁燕泥疏。　　划地春痕三月暮，垂帘香梦一齐苏。杏衫还怯薄寒无。

## 绮罗香

帘

光透银蟾，香留金鸭，虾须缕缕垂地。到眼玲珑，引得午栏花气。纵难穿、粉蝶身轻，浑不隔、黄莺声腻。怕情多、半面窥人，画屏风侧茜窗里。　　还忆五云车近，一笑珍珠搴处，红楼遥指。荡漾情波，恍剪湘绞清泚。似有恨、薄雾遮来，更无人、微风揭起。好殷勤、分付珊钩，待双双燕子。

## 疏影

帐

垂来四角。看縠纹深浅，湘水依约。低亚红蕤，斜带流苏，挂向雾窗云阁。梦来不放双鸳去，只凭仗、鲛绡轻络。甚多情、误触珊钩，又听枕边钗落。　　惆怅梅花深处，寒香笼片纸，压倒罗幕。美酒羊羔，檀板金尊，那羡销金铃索。青蝇百鸟浑无计，有竹枕、桃笙堪托。只微嫌、睡眼朦胧，依旧一重遮着。

## 红情

被

七襄锦织。恰合欢制就，金针缝密。绣枕文茵，折并床头受怜惜。装好吴棉薄薄，那更有、芦花搀得。为计算、要覆鸳鸯，未许样裁窄。
猩色。称绮席。叹展到布衾，似铁凄寂。浪翻永夕。香冷金猊晓寒逼。每忆黄䌷独拥，尝遍了、孤栖踪迹。好迢迢、长夜里，醉乡早觅。

## 高阳台

枕

借帐藏春，伴衾留梦，是谁乞样邯郸。度尽金针，从新巧绣栖鸳。惊鸿影里和愁赠，问何人、重赋婵娟。总凄然，倚惯熏笼，耐惯孤眠。
装成转忆东篱角，说菊花偏好，不用吴棉。落却鸾钗，生憎松却螺鬟。发香一片元云腻，涴余痕、点点斑斑。最堪怜，几度烦他，替了双弯。

## 大江东去

隐括东坡《前赤壁赋》

予怀渺渺，看接天万顷，洪涛东注。溯[①]遍流光人不见，只见横江白露。击楫高歌，洞箫吹彻，幽壑潜蛟舞。江山无恙，苍苍郁郁终古。
独怜混迹渔樵，扁舟到处，麋鹿鱼虾侣。沧海匏樽俱一粟，不许飞仙飞渡。驾御清风，徘徊明月，弃取吾能主。盈虚消长，且凭一苇杭去。

## 临江仙

和漱玉词韵

庭院深深深几许，屏扉寂寞双扃。无人知道近清明。东风无管束，吹絮满春城。　记得年时春绮丽，落花胡蝶团成。飞花飞絮总飘零。一声金缕曲，万里玉关情。

---

① “溯”，光绪刊本《约园词》作“泝”。

## 水调歌头

对菊

黄花好颜色，采采向东篱。为爱泉明高躅，梦里访心知。不见葛巾一角，只见柴扉三径，秋色正离披。相与酌美酒，烂醉复奚辞。　　屈指算，花廿四，好风吹。数遍红千紫万，不是傲霜枝。只剩梅花最好，还有心肠如铁，偏又不同时。天心怜晚节，休怨夕阳迟。

## 柳梢青

题《秋声馆图》卷子

又是秋深。高楼谱笛，何处知音。闻说当年，康山一角，馆启题襟。　　于今旧梦难寻。寻不见、青松碧岑。夕照堆边，西风影里，一片伤心。

## 暗香

鼻烟同小汀作

妙香闻得。似麝尘捣就，能通呼吸。酒罢饭余，一指禅参鼻功德。无事烟云吐纳，仍不脱、巴菰名色。看几度、味品酸膻，番舶费寻觅。　　藏密。等球壁。更贮向玉壶，近傍书帙。献酬座客。桃报琼枝互怜惜。休说浓熏茉莉，嫌不是、天然芬苾。倩素手、裁巧样，锦囊什袭。

## 大江东去

东坡生日，榕园邀集冰瓯馆为寿苏之会。即席谱此。

苏斋韵事，记招邀俊友，为坡仙寿。我亦先生诗弟子，接迹覃溪之后。金缕词工去岁此日集于约园，同人咸赋《金缕曲》，玉梅花艳，节序交三九。年年此日，三熏三沐稽首。　　今年寂寞芜城，风狂雪虐，瑟缩姜芽手。有客翻新联旧约，不许良辰孤负。独鹤南飞，大江东去，康爵殷勤侑。歌成一笑，大家齐祝黄耇。

## 摸鱼子

题张榕老《冰瓯馆词抄》

谱新声，露华风絮，商音多半酸楚。尊前字按红牙拍，身世苍凉谁诉。心事苦。更蕴采、韬光不肯冰衔署。凭谁说与。怕饮水人多，冥搜穷索，几辈费笺注。　　溯家世，遥接三中遗绪。花砖十载曾步。一麾管领还珠浦，饱阅蜑烟蛮雨。初服赋。趁渐老年华，月底修箫谱。我来赁庑。喜廿四桥边，结邻有约，携手访鸥鹭。

## 水调歌头

题李少翁《祭诗图》

岁事一年了，诗思又翻新。不许苦心孤负，笙琯倩红裙。借彼霓裳旧曲，点缀阆仙故事，好句献明神。洗尽寒瘦态，吐气总芳芬。　　先生笑，延画手，为传真。接续前贤，衣钵一瓣古香熏。从此花晨月夕，到处怡情悦性，落纸走烟云。诗成一万首，寿介八千春。

## 六丑

春寒匝月，花事较迟，小汀、榕园有此作，和之。仍用清真韵。

问东皇底事，把九十、春韶轻掷。几回访春，寻蜂鬓蝶翼。不见纤迹。岂果春如梦，黑甜乡恋，久滞华胥国。人间不许窥芳泽。冷落青溪，萧条紫陌。凭人密怜深惜。总云阴漠漠，时透纱隔。　　红箫声寂。对池塘旧碧。廿四从头盼，花信息。凄如只旅孤客。更音书间阻，故山情极。知何日、雨衫风帻。重省识、处处桃红李白，岸边隄侧。长流水、不断潮汐。趁嫩晴、载酒寻诗去，骑驴得得。

## 菩萨蛮

用飞卿韵

红楼画烛金鸂鶒。依稀人影纱橱碧。一树紫花梨。春风吹上枝。酒痕浓笑靥。晓梦迷胡蝶。一样好芳菲。愁人到眼稀。　　银筝一曲秦娥忆。残红嬝娜春无力。十里草萋萋。谁家征马嘶。双蛾愁敛翠。点滴壶中泪。不用晓莺啼。远西梦已迷。

## 浣溪沙

和衍波词韵

十里垂杨绿不流。疏烟薄霭淡于秋。不堪垂老住扬州。　　画舫载来兴废恨，红箫吹去古今愁。还听人说十三楼。

### 貂裘换酒

姜白石小像为黄子鸿司马题

卅六湖头路。是当年、梅边吹笛，最销魂处。十里珠帘邗江上，也记轻桡小住。愁省识、画图一幅。名士风流消磨尽，便小红低唱俱酸楚。剩只有，扇挥羽。　　我来学按红牙谱。爱先生、春风词笔，云霄独步。老去刘郎颓唐甚，羞说登高能赋。恰难得、今时山谷。携有苕溪行看子，向人间遍乞铜琶句。香一瓣，竭诚愫。

### 虞美人

春闺

晴溪一雨红深浅。恰恰莺雏睆。卷帘春好燕双归，故故见人愁面背花飞。　　箫声漫搌春红小。听久宵寒悄。记曾离别最魂销。夜夜碎摇灯影梦迢迢。光绪刊本《约园词》

## 胡尔坤（1首）

胡尔坤，字厚堂、顺天大兴人。同知衔河南候补知县，后流寓淮海。

### 石胡仙

题丁保庵萍绿词

梅边携手。正霜满危阑，明月依旧。一笑碧云空，怕吟肩[①]、春寒耸瘦。珠帘何处，早绿暗、大堤烟柳。知否。但为君、夜雨听久。　　西园那回妙舞。度新莺[②]、轻罗障袖[③]。只恐离愁，负却当时歌酒。画舸红桥，画屏红豆，雁筝谁奏。人去后。林花乱落千亩。《词综补遗》，第513页。

---

① “肩”，《清词序跋汇编》作“扇”。第1332页。
② “莺”，《清词序跋汇编》作“簧”。第1332页。
③ “障袖”，《清词序跋汇编》作“幛褎”。第1332页。

本书受河北大学中国曲学研究中心资助，
为教育部人文社会科学规划项目“中国画历代题画词整理与研究”
（项目号：18YJA760082）的阶段性成果。

河北大學燕趙文化高等研究院
INSTITUTE FOR ADVANCED STUDY OF YANZHAO CULTURE,HEBEI UNIVERSITY
成果文庫

中国社会科学出版社

# 目　　录

## 下　卷

# 冯秀莹（234首）

冯秀莹（1836—1897），字子哲，晚号握月生，顺天大兴（今北京大兴区）人。咸丰二年（1852）举人，充景山教习。同治二年（1863），授云南恩安知县。晚年主讲四川诸书院，卒于蜀。诗古文辞卓然成家，尤工于词，有当代美成之目。其词善于言闺中之情，缠绵旖旎；怀古诸作，沉郁顿挫，别有韵味，俨然合周柳苏辛为一手。写潇洒闲适之情，幽默诙谐，有无穷趣味。其《沁园春》词曰："慢声小令能填。论格调、非元非宋间。喜者领巾头，尚无尘坌，那双屐齿，不识钩栏。"颇道出其词的格调和旨趣。著有《蕙襟集》四十卷，附词四卷。

## 多丽

丙子归安久未返

绿窗幽，倚窗懒吟眸。自玉人、归宁归后，花香蝶影都收。病迷离、风疑是雨，心冷淡春只如秋。凫藻熏炉，莺桃绣褥，霎时不似旧温柔。画梁燕、去来偷觑，相对语绸缪。多应是、暗中说我，为个人愁。　记归期、香荑亲指，初三月挂枝头。怕珠环、邢姨笑挽，怕琼袖鲍妹轻留。欲遣车迎，待缄诗寄，恐伊瞋也又翻休。更无计、许多红泪，弹在素罗帱。阑干悄、谁怜独倚，不忍登楼。

## 一剪梅

赠友新吉

小谪青童共绿华。郎在东华，侬在南华。芳龄二八赋宜家，郎本潘家，侬本秦家。　新印绸缪系臂纱。郎解乌纱，侬解蝉纱。春秋并作一时花，郎是莲花，侬是桃花。

## 唐多令

题笑山同年悼亡诗集

挥手便骖鸾。仙缘如是悭。一年余、镜喜钗欢。花雨不归香梦冷，留怨句、在人间。　　敲折玉连环。秋酸心更酸。想稠桑、杳隔三山。觅得弦胶圆宝月，时笑山别娶矣故云。休忘了、月初残。

## 浪淘沙

春后逢闰

柳外唤春魂。春也应闻。寻春归路了无痕。都是子规催去也，轻舍轻分。　　萧寺闭重门。独自朝昏。屏山展转不成温。心似黄杨偏厄闰，一寸愁根。

## 江城梅花引

七夕得家书

泪痕忙似往来梭。为谁多。为伊多，尺素双鱼，衔出报连波。中有回文三五句，又吞吐，未言伊、病若何。　　若何，若何，再吟哦。字半讹。墨半拖。悔也悔也，悔不合、轻别银河。铸就相思，一错铁难磨。觅个刍尼桥渡我，飞去也，趁良宵、细问他。

## 祝英台近

夏日云峰书院闻鹊

软红愁，虚白恨，风雨沮吟屐。乱叠缃签，独自懒收拾。细听鹊语流连，鹦言委曲，总无个、伊家消息。　　念畴昔。苦炎粉痱侵肌，轻偎助搔抑。此际相思，人隔晚云碧。若非湘黍重逢，阶蓂再闰，又孤负、莲花生日。

## 采桑子

代友题小照

风儿软也帘儿下，花样人儿。柳样身儿。窄窄宫衣对镜儿。　　月儿圆也窗儿上，胆样瓶儿。心样香儿。小小娇郎似影儿。

## 一剪梅

惯把芳姿傲海棠。娇似春棠，羞似秋棠。天然饶有一般香，衣自熏香，肌自生香。　　手摘樱桃打玉郎。道是瞋郎，猜是怜郎。穿花度月影成双，守定人双，照定心双。

## 踏莎行

倚玉新盟，飞琼旧列。有缘绾到同心结。梨花本自不胜春，春风也忒相磨灭。　　排字推星，忏言告月。一丝情里千丝血。昔年悔辟《法华经》，今生誓奉维摩诀。

## 前调

冬夜望月

泪欲升量，肠先寸截。从来难状鸳鸯别。相思毕竟不成灰，北风一夜心犹热。　　魂蘸寒烟，愁研冻雪。自书笺与天公说。要人都不恋团圆，除非拆了瑶台月。

## 前调

恼春

玉困经年，香煎改岁。恼春不替人憔悴。庭前多少合欢花，问伊合得欢来未。　　歌不成声，醉还乏味。几番欲睡何曾睡。沈郎善病庾郎愁，合成便是冯郎泪。

## 浣溪沙

一叶红帮绣未成。强随蝴蝶绕花行。影儿新减两三停。　　无绪懒教鹦鹉语，有心频问牡丹名。小姑知我此时情。

## 又

揉损红笺怕再看。两蛾宿恨一时还。镜儿明白怎生瞒。　　久客讳言为客苦，不归偏说欲归难。玉人心上十分寒。

## 又

琥珀离杯冻不倾。画屏肠断一枝筝。梅花无语玉郎行。　　金勒人冲千里雪，罗巾泪滤万丝冰。无因偷送两三程。

## 又

偷看鸾书泪满衣。浑如红露洒花枝。春来多病恐难支。　　搅我一成无好梦，诳人几度是归期。明朝打煞小刍尼。

## 又

日满文桹起故迟。匀螺仍画远山眉。捻花含笑下瑶墀。　　暗祝平安羞礼佛，强支憔悴讳寻医。到头终不认相思。

## 又

批家书后

自写新词寄玉容。鸳鸯颠倒印花红。教伊灯下认郎封。　　字字春愁缠作茧，声声秋语乱于蛩。男儿原是可怜虫。

## 又

自题寄书小影

心似缫丝泪滚珠。写成一幅断肠图。不知双鬓为谁疏。　　红白墙花羞宋玉，东西沟水薄相如。个人当得有情无。

## 鹧鸪天

赋藕

洗出佳人玉臂欹。千年风味艳瑶池。衔须应笑菱怀刺，达节仍嫌蔗折枝。　　凉纳处，酒酣时。论交惟我与卿宜。心中解脱偏多孔，身后缠绵尚有丝。

## 临江仙

安得身如春社燕，随春飞到郎边。画楼日日望归船。怨长鹦不记，梦短蝶难圆。　　认定相逢翻又错，只因轻信金钱。去年情事尚依然。翠窗三面雨，红烛四围烟。

## 又

奉先独夕

客又不来花又落，那曾经此黄昏。一生禁得几销魂。骨无盈把玉，鬓有数茎银。　　寄语子规归决矣，明朝休更云云。怜伊相对便长颦。照人心上月，拜月意中人。

## 南乡子

步月小鬟扶。红泪寒于九月珠。不记重阳何日是，模糊。只恨宾鸿未有书。　　见说客湘湖。自拨轻舟学钓徒。若到帆随湘转处。踟蹰。拨得归心也转无。

## 摸鱼儿

听饧箫、又吹寒食，嫣红吹落多少。流光有意欺云鬓，一样逐年催老。春定恼。是恼我、伤春却把春瞒了。香心忒小。只暗结冰蚕，偷缫碧藕，軃辘万丝搅。　　辽阳耗，不见鸿衔燕报。萋萋休怨芳草。谁教轻放檀郎去，当日太无分晓。春也笑。是笑我、瞒春都被春知道。何妨便告，觑万一多情，批风敕月，为我送人到。

## 又

抹①胸

剪湘罗、绣将红袜，盘球交压金线。酥胸先贴层层热，再与玉郎亲绾。香不散。遣妾意、君情粘合都成串。檀符艾篆。要万劫绵绵，三生灼灼，未许两心变。　　冰肌粟，顿觉寒销火换。青州从事还羡。蛛丝结网虫穿络，也只为春千转。莲漏判。祝月子、投怀却碍轻云罥。鸳衾缱绻，任解并重襦，收随复舄，侵晓又来伴。

## 又

秋夜

听蛩螀、夜深私语，凄凄如许长叹。西风岂是饶人者。行见鬓丝偷

① “抹”，《蕙襟集》作“袜”。

换。肠已断。问苦到、相思少许谁能咽。琴樽尽懒。便捣练文砧，飘绵弱水，不似此心软。　　孤眠惯，颇识其中委婉。桃开梧落尝遍。写成万本从何说，拟付五曹详算。君且慢。怕有尺、难量两地愁长短。情波不展，任梦逐霜笳，魂随月笛，飞度玉关远。

## 金缕曲

中秋望月

冷逼秋心破。是孀娥、含愁万里，放花千朵。才见团圞真面目，百岁能经几个。暗自恨、年年虚过。谁说无情应不恨，愿来生、容我无情可。还只恐，恨难躲。　　幽虫泣露苍苔锁。玉阑干、霜侵翠袖，漏深慵卧。念此车轮肠九转，归又因循未果。今悔矣、吾谋良左。起顾伶俜阶下影，瘦如斯、剩有卿怜我。酸入鼻，泪随堕。

## 南楼令

定兴逆旅

荒店两三程。清秋四五更。树翻风、寒送鸡声。人语不闻灯碧色，窗破处、诱荧荧。　　缘会薄于萍。心情冷似冰。起开门、满地霜凝。漫怨星邮难寄泪，能寄也、忒零星。

## 又

过外舅一青先生故宅，凄然有感，余旋役于汴梁，赋此寄内。

秋老燕辞梁。寒花不忍香。玉阶除、霜叶敲黄。只有残萍风蘸水，犹自抱、谢家墙。　　忆共捉迷藏。红楼第二厢。欢而今、千里萧郎。最恼无情无赖月，依旧是、上回廊。

## 满庭芳

剔玉成心，研酥为腕，髻花三两分排。尽将春色，收拾上妆台。赚得鹦哥睡也，熏香待、仍不归来低头看，娇猩数点，珠泪湿弓鞋。　　徘徊频问镜，谁怜一捻，燕样身材。便欲衔、红豆飞入郎怀。争奈山重水复，辽阳路、芳草都埋。长年恨、输他月姊，随意傍天涯。

## 太常引

将有奉先之役

短灯窥我瘦于萤。嗔我又行行。我马也悲鸣。似欲我、骊歌且停。泪儿瞒我，话儿安我，催我便登程。教我莫关情。我试问、君能不能。

## 瑞鹤仙

淡云消欲净。洗水国、萧疏踏成明镜。烟遥蘸孤艇。有白蘋，黄苇带羞相映。江空露冷，已暗逗、霜心耿耿。卷寒波乱草，斜阳并入，客怀难整。　　愁凝隔溪渔笛，别浦菱歌，不堪重听。鸦声送暝。衣薄也，酒先醒。望天涯，倦翼书沈人远，唤着归来未应。立沙汀泣向。西风怨魂自省。

## 喜迁莺

樨花香放，念山妻善病，犹眠秋帐。两载于今，百忧如昨，应叹画眉张敞。销瘦不禁蓉镜，困顿欲扶檀杖。药谁饷，便裹粮千里，争辞寻访。

清况身摒挡。他日报卿，愧少封侯相。酸捣梅仁，苦抽莲薏，难表为伊情状。再拜向神低祝早，许玉人无恙。谢君贶、定击鲜烹脆，忙倾家酿。

## 鹧鸪天

见戚中七夕占者赋之

人去秋回泪满襟。欲凭牛女问嘉音。低斟竹叶深深玉，轻转莲花小小金。　　排美果，引香针。暗中拈取费沉吟。穿来刚是团圆枣，晓得萧郎未变心。

## 又

代镜湖棹歌

姊妹相邀泛镜湖。众中怜妾是芙蕖。罗衣裁叶明铺翠，宝靥分花淡抹朱。　　新浴罢，晚妆初。凌波无力待郎扶。闻郎日日湖边过，曾记湖边见妾无。

## 蓦山溪

春色

冰肌消释，轻泛桃花浪。调雨更梳烟，播弄出、融怡冶荡。十分浓处，不在柳梢头，灯灺后，酒酣时，玉面先飞上。　　恼人眠未，犹自登楼望。欲去尚徘徊，悔未画、霜绫小障。江南肠断，难道便相忘。幸赖有，镜中人，传得卿模样。

## 祝英台近

欲写家书，中辍者再。仓猝强成，赋此纪事。

扫笺云，调墨露，和泪寄情句。轣辘柔肠，临写又翻住。想伊那样聪明，个般滋味，还有甚、可瞒伊处。　　再凝注。若真都与伊知，教伊怎分付。只得其间，斟酌半吞吐。不成余半相思，便无安顿，且留待、见时低诉。

## 虞美人

纪梦代简，邮示细君。

灯前不见钗头凤。夜夜萦魂梦。昨宵一梦更离奇。呕出心如血色冻颇黎。　　八分小篆鳞相次。回转三千字。四围依约不分明。只记中央两字是卿名。

## 摸鱼儿

将有汴行，留别丙子。

便并刀、鹧鸪三莹去声，蕉心争剪愁破。生平怯见人离别，谁料者番真个。眉暗锁。为欲去、难拼不去如何可。回肠乱簸，叹汴水荒烟，隋堤断垒，满目尚烽火。　　香闺病，好自支分药裹。牛衣还又抛躲。十年累得卿如此，能不泪花分堕。衫袖涴。但盼尔、平安长报关河左。骊歌听果。看帽影欹寒，鞭丝拂雪，应有梦随我。

## 又

雁

听寒空、几声嘹唳，沉沉云影轻度。关山有底干卿事，争与系红衔素。天欲暮。惹尽日、阑干无语秋波注。浮花浪絮，为仗尔殷勤，不愁闷损，随意便牵住。　　平沙阔，未惮程遥路阻。君行来此良苦。当初断却檀郎望，难道尚贪羁[①]旅。君已误。君不见、啼鹃只劝人归去。回心谢汝。怕万一明年，连书搁了，相觅更何处。

## 踏莎行

弱胆频惊，芳心自颤。春来谁觉空房惯。不禁牵惹是离魂，随风搭在垂杨岸。　　镜掩红羞，筝讹翠叹。云山易断愁难断。有书未必免相思，而今何况书沉雁。

## 又

别语娇慵，离情惝怳。可怜都在侬心上。怕教病损玉身材，忍看愁减花模样。　　系燕难详，缄鱼易忘。不知毕竟成何状。归来亲与拭啼痕，那时才信人无恙。

## 卜算子

秋月影儿孤，秋雨声儿紧。到得秋霜更薄情，故把花儿损。　　宋辩为秋悲，潘赋因秋愤。不是人心定怕秋，自是秋心很。

## 踏莎行

越锦题情，吴绫递怨。开缄疑信都参半。郎书处处是相思，相思毕竟何人见。　　然否红销，有无缘变。关山千里难凭断。要侬也说是相思，不妨等验莲花面。

## 金缕曲

将之大梁用铁珊韵二首

欲别重携手。尽瑶觞、愁纷似絮，泪多于酒。未听骊歌眉先蹙，堪叹频年病后。正没计、相留时候。拟慰飘零难为语，镜中人、影与鸾同瘦。梳洗懒，乱蓬首。　　孤灯闷倚沈吟久。不成眠、中宵再起，抚今思旧。

---

① “羁”,《蕙襟集》作“羇”。

自绾鸳丝情如水，谁顾闲花浪柳。问此意、卿曾知否。面隔他乡休虑，寸心飞、长傍妆台右。无限恨，付红友。

## 其二

情重缘偏薄。似飘蓬、西东不定，马前铃索。雪虐风饕轻身去，烽燧惊传颍洛。忍便掷、琴楼香阁。整顿蛮笺长相寄，早魂飞、第四阳关拍。谁会得，此情恶。　　梁园纵说丰年乐。甚悰怀、流连景物，自伤羸弱。饶有龙泉双文剑，难割愁尖四角。怕冷落、家山梅萼。一点心酸临分属，且加餐、自保衣添着。肠易断，莫孤酌。

## 采桑子

晚妆已了熏香懒，闲立墙围。罗袖轻垂。一任东风自在吹。　　家园春景今年好，红海棠肥。黄栗留飞。为问行人归不归。

## 摸鱼儿

听莺吟、万峰深处，栖茅宜枕岩腹。中间半亩铺明月，其外尽栽花木。还恐俗。忆自昔、云云不可居无竹。分窗插绿，爱榻带苔痕，琴含石气，当户理清曲。　　尘缘净，逸韵泠泠似筑。空青寒翠相扑。檐前乱泻琤玑玉，高挹上方飞瀑。云断续。闻地有、仙踪何用知非仆。胡麻饭熟。试古磴身欹，流泉手掬，聊以濯吾足。

## 南乡子

长新店题壁

回首望重城。隐隐残阳远树平。荒草几条南去路，斜横欺面，风沙作恨声。　　想正小窗凭。闲说行人那处行。潘鬓霜添浑未省，堪惊才是，销魂第一程。

## 蝶恋花

定与遇雪

马踏棱沙行太劣。斗舞争飞，满袖梅花雪。枯木寒烟三五叠，愁云掩住城和堞。　　薄暮才投村店歇。强劝深杯，转更添凄切。不听笳声魂已绝。知心惟有初生月。

## 摸鱼儿

方顺桥又遇雪

朔风寒、乱飞琼雪，年华惊已冬晚。轮蹄岂惮西东苦，惟有别情难浣。程又转。最怯是、今宵更比前宵远。云遮树掩，想强病妆梳，偷闲属付，端正在心眼。　　愁生处，不似寻常一点。长途千里栽满。当初暂客犹牵梦，因甚梦来都懒。灯太惨。怕梦到、醒时依旧难消遣。腰围顿减。尽数遍更鱼，听残唳鹤，霜被暗红染。

## 念奴娇

清风店早行

梦醒平声单枕，正严更、传五仆催行早。炭不成温，帘飐隙遥，见月残星小。灯影翻青，窗痕露白，声乱啾啾鸟。马蹄霜冻，一鞭飞破烟杪。

回念香骨清羸，离踪宛转，半晌添烦恼。草草分襟年已逼，孤负玉梅空老。鸡肋拘牵，蝇头奔走，此恨凭谁表。中山千日，满斟聊倩君扫。

## 满江红

赵州道中阴霾寒甚

似此离愁，也应数、愁中第一。又奚啻、镜衰三五。带移六七，未见人传卿信息，直疑物塞依胸臆。笑等闲、来去不如伊，双飞翼。　　霜压袖，冰衔勒。风有势，天无色。渡流澌于邑，客行何急。枯树难豪官阁兴，生花易瘦章台笔。想恁时，玉筋落银釭，红轻裛。

## 柳梢青

邢台道中

钟动谯门。宿寒犹噤，曙色才分。鞭马南驰，丛台古驿，弥望愁云。

眼看饯旧迎新。甚不向、家山过春。有底匆匆，为谁怅怅，知者何人。

## 少年游

青陵台

席花茵草拜鸳坟。新句替香焚。比翼生离，同心死结，争忍独成尘。

而今犹有翩翩蝶，双影泣幽魂。才信当年，马嵬梨树，终是薄情人。

## 采桑子

代家书共八首

我行百事都无虑，聊足盘桓。就里悲酸。一事于心总未安。　为卿病只三分可，遽策征鞍。纵有书看。那及朝朝见玉颜。

## 其二

容颜别后肥和瘦，费我猜详。颠倒思量。一转车轮一断肠。　梅花惯趁卿生日，双举瑶觞。今岁凄凉。少个同心年少郎。

## 其三

云山处处回头望，心冷于波。泪眼摩挲。日有三升未是多。　不知此际卿憔悴，又是如何。岁月飞梭。自欢残年寄汴河。

## 其四

与君同是如纱命，我倍辛勤。谁伴行尘。衰草斜阳车两轮。　君身忒也怜岑寂，幸倚双亲。时在母家料对窗芸。定话冲风犯雪人。

## 其五

两儿争解关山苦，犹自娇痴。凭仗卿慈。代我殷勤授小诗。　明年菽水资卿理，尽费支持。休更伤离。病后须防损玉肌。

## 其六

小时闻道相思苦，未解缘因。密爱深恩。到此才知语是真。　而今那料卿和我，百种悲辛。自悔云云。敢把相思再笑人。

## 其七

十笺花印千行字，缄作双鱼。当为檀奴。系在鹅黄小绣襦。　书中难表心中事，卿定知无。善保金躯。莫为行人苦叹吁。

## 其八

何妨也把新消息，寄与征途。病指慵书。君指病疮试问香郎可替无。君弟韶仙小字香郎　得卿一纸平安字，胜百明珠。解却肠枯。免我终尚转辘轳。

## 贺新郎

题马嵬吊古图

土到而今紫。泣行人、昭阳第一，惨埋泉底。肤雪衣云销尽未，聊把香魂唤起。问羡否、民间伉俪。化蝶青陵双去后，有东南、孔雀庐江吏。情所结，合如是。　君恩竟未全终始。枉殷勤、长生殿角，那时牛女。羞对梨花频掩面，从此盟言食矣。又何用、同心钗子。一曲淋铃千古恨，恨三郎、不作鸳鸯死。空怅望，海中水。读《蕙襟词》者，多喜其缠绵旖旎，善于言情，然如此阕之沉郁顿挫，及卷中怀古诸作，皆别有韵味，俨合周柳苏辛为一手矣。谓非大家而何。隽瀛。

## 水龙吟

愁

问春留下春愁，有何深意教人领。入杯杯淡，沾衣衣褪，着衾衾冷。结在春心，散为春泪，染成春病。自情天辟后，迷离恍惚，谁曾认、形和影。　虚费从前吟咏。可能描、者般情景。欲知多少，觉来一点，看来千顷。那得间时，更无藏处，此身随定。待他年、呼个扁舟载去，付东流永。

## 满江红

延津题壁

蓦地悲笳，横吹得、黄埃盈面。真个是、异乡风物，不曾经惯。诗有别情肠断雨，酒无全味愁分半。拂菱花，者把软青丝，时时变。　听燕语，知卿叹。听雁唳，知卿盼。想闲穿针线，泪珠成串。望去苍芜离梦阻，拈来红豆相思乱。待五曹，博士九归除，从头算。

## 念奴娇

题何梦庐《许娉婷图》

湿云新沐，爱钗梁、斜插京华妆束。一朵轻拈，嫣欲笑、秋剪盈盈双目。试唤芳名，莲蓬小印，印得郎心熟。琼林春燕，阿娇曾许金屋。如此南国奇才，寻常事耳，怕不宫袍绿。我却为君惆怅甚，何处明珠十斛。桃叶难留，杨花易老，莫枉风流牧。且须归去，有人寒倚修竹。后半阕言，皆金石韵宛瑶琼，令人一读一击节。闻何得此词，即绝迹北里，买舟南下称佳话。感人至此，夫岂易言。寯瀛。

## 满江红

代人题画

粉界围墙，飏红板、秋千斜搭。春风静、翠帘轻卷，绿阴遥接。新果上枝莺乱啄，嫩萍浮水鱼争唼。更垂铃，三五小狸奴，声相答。　　衣爇罢，藏金箧。筝理罢，收银甲。惯偷翻钩样，自描鸳屧。养竹有方留意学，爱花无定随心插。等仙郎，侵晚不归来，空房怯。

## 贺新郎

邢台怀古

襄国遗都古。抚当年、凭陵旧迹，坏垣倾础。长啸东门萌跋扈，何不先枭此虏。恨愦愦、官私蛙主。若檄并州刘越石，待同心、士雅兵齐举。慷慨气，也吞汝。　　其如夷甫和彭祖。已逡巡、排墙就戮，启门登俎。便谓英雄皆束手，旁笑卿家阿虎。谓竖子、无轻光武。回刃相屠犹犬豕，快胡雏、尚未干坟土。思往事，奋衣舞。

## 又

荡阴道中拜晋嵇侍中墓

下拜香遥爇。卓途旁、苍碑数尺，树号风铁。英骨生前标鹤立，今已深藏岁月。只耿耿、忠魂难灭。司马家儿庸主耳，顾溅衣、犹怆淋漓血。能感格，信奇烈。　　桂兰那许轻优劣。与当年、蓼莪废咏，异途同辙。启事山涛良不误，出处公先自决。要振起、千秋臣节。父死沉冤儿报国，若师昭、有鬼应惭绝。青史在，为呜咽。

# 金缕曲

将之大梁留赠铁珊，即用赠别原韵三首。

谁是屠龙手。有孙郎、骚坛巨擘，折冲诗酒。仆也櫜鞬惭同属，成佛甘居谢后。记为见、新词来候。一笑询余君痊未，讶何人、傲骨棱棱瘦。前日事，试回首。　　漆胶从此论心久。叹无端、游梁策马，顿疏交旧。落拓依人原非计，魂断旗亭折柳。知异地、容吾狂否。心感临歧殷勤语，莫谈文、三字当铭右。吾岂忍，负良友。

# 其二

梦想夷门市。快而今、才偿宿愿，一鞭南指。宋代宫垣悲禾黍，惟有残山剩水。想寄隐、犹多君子。作客聊凭雕虫技，顾区区、岂足酬知己。当自励，古人比。　　参军何必令公喜。但闲时、吹台访杜，酒楼登李。五载心交如君少，离恨谁能搁起。且岁月、消磨杯里。他日天涯如相忆，愿迂途、过我高阳里。里在陈留诗共写，绿筠纸。

# 其三

命慨[1]书生薄。几年来、迍邅潦倒，鬓丝凋索。一领青毡踪无定，今又飘零颍洛。问甚日、当归兰阁。文不值钱穷如故，每思量、午夜胸孤拍。心辄作，数日恶。　　昔贤曾赋从军乐。拟决然、毛锥掷去，一空寒弱。丈八前驱吾曹事，听尽谯楼鼓角。看凯宴、檐簪红萼，燕颔终当侯千户，肯输君、祖逖鞭先着。收别泪，且同酌。

# 又

留别仲方、莲生、心庭三君，仍用铁珊赠别原韵。三首。

萧山陆莲生春荣教习知县，宛平王心庭兆兰由御史知河南开封府。寯瀛。

分执河梁手。谢诸君、殷勤祖道，满斟杯酒。雪压前村银翻马，一路寒梅放后。定为我、吹香相候。客有啼痕花仍笑，笑花魂、不比行人瘦。

① “慨”，《蕙襟集》作“嘅”。

无限意，乱峰首。　　堪怜此别三年久。最难忘、风晨月夕，语新欢旧。每一词成邀来听，羞学豪苏腻柳。问俗子、能知音否，流水高山平生感，论诸君、合在钟期右。何处觅，会心友。

## 其二

沉醉荆高市。怪无端、狂名满耳，路旁都指。只有石林犹怜我，记共盟临白水。况更遇、陆郎王子。得一平生应无憾，我何人、竟遇三知己。胶漆合，古难比。　　从教破涕翻为喜。喜天涯、书长报阮，句多怀李。但遣鸿缄频来去，能使离忧不起。又岂必、颜凋愁里，风雪飘萧残年近，愿诸君、无忘人千里。先寄我，剡溪纸。

## 其三

相待都非薄。为饥驱、难容小住，自伤离索。米贵长安居谁易，吾欲新巢卜洛。梦不向、西台东阁。各勉修途无多语，盼诸君、鹏翼垂天拍。舒壮志，扫氛恶。　　余心久慕江湖乐。欲相从、骖前骥后，奈嫌才弱。静听春明贤臣颂，争折充宗鹿角。帽影插、蓬壶仙萼，鼎足分三金銮唱，绿袍鲜、拜向丹墀着。遥为引，巨觥酌。

## 虞美人

己未，由大梁之津门，复由津门之樊舆，道经方城。方城去京都不百里，竟不得归，复转而南去。因题于壁以志恨。

一鞭轻鞚垂杨箭。无定身如燕。画堂咫尺不能归。却被风儿吹转又南飞。　　青山替我眉尖锁。未必愁于我。春来双袖几曾干。觅个人儿将去与伊看。

## 南乡子

题芷卿画扇并引

紫阳真人旷代逸才，绮年情种。求凰愿迫，奠雁期赊，未免楚楚可怜。因而非非入想，乃乞湘湖陆韵琴夫人为绘美人小影于纨箑中。以管底之庄姝，状意中之修嫮。盈其欲语，羞而未前。秀莹才谢刘桢，尚容平视；艺惭周昉，未许轻钩。聊题《南乡子》三章，用博戴晋人一吷。留作明春之左券，敢矜今日之中声。

愁抱待伊开。两朵芙蓉粉晕腮。团扇郎将团扇证，应谐。可意人儿咏扇才。　　却扇羡投怀。林下清风腕下来。回向扇中身一笑，良媒。不让温家玉镜台。

## 其二

绝代想丰姿。钏重香浓弱不支。拣取嫣红亲出手，眉低。要插娇郎帽影攲。　　自许有情痴。端合妆楼唤老师。桃渡李波群姊妹，休提。只拜东风第一枝。

## 其三

绘手倩娉婷。认得真真石上盟。料被意中人暗笑，憨生。欲作鸳鸯尚未成。　　添写剑波横。再向潇湘访姓名。化作两龙光射斗，都惊。狂煞山阴一芷卿。韵琴夫人，陆莲生明经女弟。赠宫保，谥文烈，申甫中丞姑母也。适宛平俞镜人明府傈。工画美人。余偶以箑求，君见而赋此。时有友为议昏湘南某氏，谓女解剑术，未阕因并附[①]会其事云。寯瀛。

## 沁园春

饮酒遘疾，词以止之。

顾谓麹生，汝知罪乎，吾为汝招。问近日柔肠，耽谁作癖，生成绣口，泥底成痟。金液才倾，玉山便倒，垒块依然三尺高。真堪恨、恨污茵合斥，侧弁应嘲。　　吾曹羞涩钱刀。又何苦，因生典敝袍。况穷甚拾遗，忍看债积，才如供奉，几见愁消。斑发亲严，蓬头息弱，咸谓今宜绝汝交。生休矣，语高阳旧侣，莫更相邀。

## 前调

越日杜饮，疾仍未平。复用前调，填以召之。

再谓麹生，吾解生嘲，生无不平。记味雪鸡窗，良资生力，冲寒雁驿，久愧生情。入口回春，洗心归圣，逸兴仙乎云上腾。如余者、恨书生

① “附”，《蕙襟集》作“傅”。

量窄，未尽生能。　　怜生总角之盟。又何忍，中途出恶声。愿客有招时，仍参谐噱，人当别后，还伴伶俜。月许生邀，花容生坐，今遣奚奴持简迎。生来也，便入门一笑，盖为生倾。

## 虞美人

通江娄明府诗征新纳姬人竹氏乞余赋四阕赠之

缘卿纤弱香肌瘦。不让珠帘秀。新妆一面敞轻纱。出众风流双鬓夹桃花。　　量珠敢惜三千万。天竟从人愿。折腰暗里笑檀奴。只有殷勤下拜作菖蒲。

## 其二

诗仙不授淇园长。那得西施网。烛边唤出态超群。步步金莲相衬更宜人。　　风鸣骨节添娇媚。好手难描翠。看时须问主人翁。切莫移根来傍宋家东。

## 其三

禅门君已参三昧。玉版应知味。护持珍重付春风。怕是新声吹出柳河东。　　而今半载都无耗。遥想平安报。玉郎真个尽销魂。又恐甘蕉从此有弹文。

## 其四

我知君惯调停者。作意都风雅。分爻值日起京房。定占春光一半到�娘。　　粉苞轻滴云鬟重。醉煞丹山凤。明年捣笋玉琅玕。再向怀中验取阿侯看。

## 百字令

寿礼南太夫人二首

板舆南贲，羡荆门画舸，便辞驺从。小小蓬莱桑梓在，记得长生手种。中庶仙郎，左家娇女，都是丹山凤。银璈瑶瑟，翠鳞红羽飞动。　　曾见《云笈七签》，露华三秀，下拜恒河众。彩服斑斓真学士，遥捧松醪不冻。玉垒鸾芹，金堤凫藻，齐谱天香送。皖江川阪，一时争献萱颂。

## 其二

擎杯微笑，笑吟踪犹忆，粤东西蜀。经用云山依旧否，可似杯中酃渌。尊缘华歌，杜兰香舞，醉指蟠桃熟。芝图术序，不须尘世粱肉。

留得勤恪风规，文端教泽，福德皆私淑。甲子都周花六十，百倍神明耳目。高士贤夫，名臣哲嗣，寿母天教独。圆成佛相，尽空江左华族。

## 南乡子

题云帆画

宝几压文檀。胆样瓶儿鹤样丹。玉茗满瓯慵不举，珊珊。香入东风两鬟兰。　　抬腕觉春寒。欲掐沉吟意未安。蓦地回头前夜梦，翩翩。花与娇郎貌一般。

## 鹧鸪天

戏作蕙襟四咏四阕。赋弱水渔郎。

弱水渔郎夙业渔。往来员峤与方壶。鸣榔或唱唐贤句，罢钓时观汉代书。　　休问舍，莫愁沽。阿婆一去醉谁扶。便收素练连丝网，不取红鳞比目鱼。

## 又

赋守雁山房

吾爱吾庐守雁山。绳床茶灶最清闲。曾参王骏都联里，孙楚秦嘉屡扣关。　　钱饷秉，玉留潘。往探奉倩几时还。近来更喜三千万，买得芳邻管幼安。

## 又

赋信好生

迂僻偏称信好生。行年四十百无成。认真难免痴儿笑，结癖能教俗子惊。　　心欲往，意孤行。天公说我欠聪明。罚伊落拓三生遇，看尔缠绵一种情。

## 又

赋桐梖居士

七发吟成字字金。龙门百尺好投簪。便辞彩凤三霄羽，才表冥鸿一片心。　　新问故、昔非今。钟期去后绝知音。半生那得情移我，莫讶昭文不鼓琴。

## 鹊桥仙

秋风也白，春风也白，一顾一番凄恋。鬓丝无意学潘郎，怎禁得、多情一劝。　　蕉天也绿，竹天也绿，一望一番凄断。摊成十万衍波笺，才写得、相思一券。

## 浪淘沙

清明南部道中赋赠礼南学士

云拥八驺行。小谢才名。玉梅一别锦官城。转眼棠梨吹满地，又是清明。　　葱指按归程。明日盐亭。也知官柳送飞旌。还恐星郎娇未惯，雨淡云轻。

## 卜算子

自题芦雁小画

本是可怜虫，仍作离群雁。鱼媵鸾胶鹭又媒，一任旁人劝。　　秋水苇花丛，顾影肠千断。从此孤飞过一生，直等来生见。

## 玉蝴蝶

寿礼南学士暨其配张恭人

记取良辰七夕，琼楼银浦，一气双烟。绣幕流苏，并坐潋滟觥船。绾鬟云、香圆界界，画眉月、春满年年。两相怜。黄姑织女，锦地罗天。　　嫣然。风流学士，妆台玉镜，细证前缘。福艳恩浓，桃叶枉妒婵娟。喜文章、纵横日下，愿歌舞、倾倒花间。意绵绵。乞君余巧，度我顽仙。

## 醉太平

和墨龙韵

春深夜深。花阴露阴。嫖凉初透罗襟。唤葡萄共斟。　　瑶琴翠琴。丹心素心。玉郎何处沉吟。倩鸳鸯去寻。

## 昼夜乐

奉先寄内

雨声偏与更声和。早一一、心头过。吟魂逐梦齐飞，病影将愁交锁。侵晓胭脂吹满坐。怕芳约、暮春相左。准拟踏花归，苦拘牵不果。　　此心也化花儿堕。却别是、重台朵。含香一种氤氲着，泪百般娇娜。翠浪红尘都莫涴，试爇取、篆烟差可。烟里更无人，只伊家和我。

## 醉太平

次瑞庭明经韵

兰江佩寒。梅江梦寒。两贤空自翩翩。让桃花蔼然。　　崔郎笑悭。刘郎会悭。有情争不绵绵。愿桃花万年。

## 卜算子

别丙

别我菉初零，期我蓝频采。君泪南流我北流，内子留京师余赴汴合作相思海。　　琴指为君生，镜鬓缘君改。束我魂儿万缕愁，飞到君前解。

## 一络索

行夜

来路晴烟笼马。绿欹红亚。柔情别有一番柔。为小憩、垂杨下。　　客泪飘零罗帕。香销冰麝。月娥合是买愁人，甚不问、相思价。

## 阮郎归

忆内

思归一曲断肠弦。晚风和泪弹。不吹钿盒雁儿笺。偏来吹杜鹃。

榆荚散，柳丝穿。买春春几钱。又铺斜月到花前。花眠侬怎眠。

## 千秋岁

安阳丰乐镇寄细君

暝投溪店。陡顿风光减。残烛曳，疏星点。碧蕉吟客耳，红豆书生胆。笳动处，更回梦破霜侵脸。　　宝篆心知忏。密誓天应感。君拂镜，依弹剑。棋声东阁脆，琴味西窗酽。眉画也，柔毫再与轻轻蘸。

## 太常引

题壁人同年《红袖添香图》

指痕鬟影共氤氲。不断拨炉云。心字祝殷勤。愿郎意、长如是温。　　玉梅花放，碧纱窗透，月下唤灵芸。便月也销魂。又何况、羊车璧人。

## 浪淘沙

题星墀梅花帐额并序

星墀少尉，辽东仙族。若下酒流，新篮滇邦，旧游蜀郡，桥边怅望，索鹦鹉于歌喉；圬畔低徊，想芙蓉于笑靥。金将营屋，翠预张帏，倩筠营以为丹青，作梅花之红白额。征乐府，手属渔郎。敢云词客知音，颇谓画家晓事。故雪笼而霞晕，君应销栩栩之魂；宛粉腻而脂香，我早识盈盈之面。用赋卖花一阕，兼题行草数言。

双影小游仙。菊后兰前。红红素素竞春怜。看取妆成都韵绝，香透田田。　　风软玉钩悬。端合酣眠。罗浮梦在阿谁边。呼得此中人欲出，一笑嫣然。

## 鹧鸪天

题亡妻浣石小影并序

秋风客云："是耶！非耶！立而望之。"织锦妻云："非我佳人，莫之能解。"原斯两义成此一词。搿琴所以绝弦，流芳在乎遗挂。异谢尘之未几，得无令奉倩笑人，同匪石之靡他，或可称幼安知己云尔。

坐石娉婷学浣纱。山阴道上阿侬家。两心恩爱鱼游水，一面妆梳风吐霞。　　缘有尽，恨无涯。沉香小像泣秦嘉。瑶台不遣归同日，夫婿生成薄命花。

## 小重山

题蕙田江都夫人小照

一种娇姿玉不殊。折枝双压鬓，淡妆梳。竹床倦倚凤将雏。微醉起、红泛白莲肤。　　星眼望长途。轻盈花解语、待郎扶。背灯下拜笑檀奴。魂销也、相见更何如。

## 临江仙

题云轩乐夫人小照

仿佛牵丝人绝代，何曾亲见红妆。倒持蕉扇暗回肠。蛾眉慵自画，随意任纤长。　　冰样心清真彦辅，可怜两地思量。君家夫婿世无双，濯如春月柳，新拜羽林郎。

## 多丽

忆细君病

送春归、有人病卧湘帏。忆别时、玉容才转，丁宁着意扶持。困眠多、素腰忒软，娇喘细香脉尤微。翠典钗空，珠揆椟尽，可怜药饵已无资。只留得、旧罗衫子，颜色是秋葵。沉吟久、为伊爱惜，未忍轻挥。　　拟乘风、飘然辞去，谁知事愿相违。昼孤吟、云随目极，夜三起月共心飞。转侧须人，缠绵念我，教侬能不泪偷垂。怎排遣、酒疏诗懒，惆怅掩书扉。无憀甚、尽将幽怨，谱上金徽。

## 贺新郎

戏向山妻说。见当垆、十五盈盈，玉香花洁。一搦临风谁不羡，知属何人手折。卿笑谓、书生痴绝，措大雌黄宜非谬。我何妨、绾个同心结，珠十斛，为君设。　　卿言休矣予心决。问从来、并蒂芙蓉，可须桃叶。纵说倾城难再得，恩爱如卿怎撇。况自负、肝肠冰铁。齿冷相如真薄幸，白头吟、此恨何年灭。卿共我，一相雪。

## 祝英台近

锦衾寒，罗带缓。分恨与谁绾。灯月圆时，云翠暗同剪。可怜悲角三更，扁舟一叶，到今日、春来人远 。　最难遣。日日寻雁凭阑，阑干也凭懒。欲取瑶琴，因病久疏散。不愁春在人间，不催人返。只愁是、人来春晚。

## 金缕曲

不寐

无语花前立。叹匆匆、珠香翠暖，又成轻掷。几倩莺呼呼不住，回首年华转翼。任宝瑟、尘生红壁。曲录阑干闲拍遍，对斜晖、芳草伤心碧。凝泪眼，素衣湿。　夜来过雨空檐滴。动新愁、零钟碎漏，暗釭慵剔。自展霜衾还自叠，惆怅难寻梦迹。便欲睡、何曾端的。起拨沉烟金穗冷，有娟娟、缺月窥帘隙。肠断也，一声笛。

## 洞仙歌

夜眠闻风鼠声

香心玉胆，只有书生懦。谁惯寒床夜深卧。小灯光似豆，闪闪西风，吹灭了、剩月和侬两个。　呼童童不应，窸窣窗声，饥鼠窥人又穿破。想起在家乡，花外闻钟，搴绣帐、早唤娇郎坐。待问我、佯言不思伊，者一转头时，便思三过。

## 惜分钗

梅花性。杨花命。杏花颜色桃花病。忆春初。梦同苏。故侧云鬟，笑谓檀奴。扶。扶。　波心镜。楼心映。愁心不遣芳心定。倚金铺。望长途。雁自南回，可见檀奴。无。无。

## 木兰花慢

丁巳春仲，复至奉先云峰书院。夏五以丙子疾甚，为外姑促归。未归之先，惘然有作。

又苍黄就道，问君去、亦何堪。念稚子牵衣，孱妻伏枕，愁满行骖。喃喃。最怜细语，竟缠绵病困似春蚕。蓬首卿慵膏沐，萍踪我欲狂憨。　征衫。碧渍红淹。谁信是、泪光含。恨葛氏、方书工家脉诀，都不深谙。恹恹。未遑熨体，顾当年奉倩此心惭。一任榴花窃笑，归装定趁初三。

## 江城梅花引

烛花昨夜结双跗。计程途。问程途，曾接途中，雨夜寄来书。见说归期今日准，拂鸾镜，背银屏、理玉梳。　玉梳，玉梳，费工夫。香注炉。酒注壶。算也算也，算不过、月上灯初。斜凭朱阑，历历数行车。最是恼人群女伴，还笑问，有心情、刺绣无。

## 瑞鹤仙

忆铁珊

半规娥月伴。正闷抱、离襟露苔孤馆。思君泪凝眼。久欢疏，鹚杓梦尘鹅砚。凉栊自掩。绕暗砌、萤光点点。又谁家井甃，梧桐敲破，小楼湘管。　因念故交天末，共剪乌丝，旧题黄绢。芳悰展转。年华恨，对花叹。待相逢，甚日千重烟树，隔断云山一片。更无人满径，秋虫楚吟向晚。

## 临江仙

莺语唤回临晓梦，绮窗昨夜春醒。怯风相倚不胜情，香衾金线缕，粉泪玉丝绳。　蛾样双眉蝉样鬓，可怜为我鬅鬙。闲愁无处不销凝。绿云云外树，红雨雨中灯。

## 柳梢青

暗忆欢娱。联题罗帕，互解罗襦。手索郎温，体贪郎熨，髻爱郎梳。　而今依旧纱幮。郎去也、纱窗影孤。梦倩人详，眠央人伴，病要人扶。

## 临江仙

一路杜鹃红不断，风前摇曳离魂。鸣榔细雨过吴门，渡呼青草渡，村问绿杨村。　无意留连缘底事，心中有个人人。休教双袖揾啼痕。勾除花冷落，消受月温存。

## 柳梢青

梳掠相宜。可身褙子，如意簪儿。第五郎君，第三姊妹，第一腰肢。腰肢本是花枝。隔窗镜、莺窥燕窥。只许偷看，若教平视，都要惊飞。

## 金缕曲

题奉倩熨体图二首

不是风流态。是生成、鸳鸯共命，痛怜难耐。袒立中庭寒不动，描得余痴可卖。想见那、当年恩爱。怀肉画眉佳话耳，到君身、才辟情天界。天若死，此情在。　　康王妙记谁图绘。一炉香、花晨月夕，为君三拜。从古钟情宜我辈，谁说斯人不再。只自恨、生迟千载，酹酒呼君如可作，顾区区、愿作君家宰。君往矣，泪如海。

## 其二

往事重拈起。笑纷纷、儿郎薄幸，苦相排诋。安得君身千万忆，尽作情人种子。把此恨、千秋一洗。者样情人天不管，我看来、天也殊非是。三欢息，竟无济。　　留君不肯须臾止。便相从、香销玉灭，鸾吪凰靡。我亦代君筹之熟，自古同心有几。况此后、难逢知己，人世死前惟别耳，若既然、长别何妨死。君达者，客休矣。

## 鹊桥仙

莺边一树，燕边一树，且向晓园轻步。者番不是不垂帘，垂了怕、遮愁不去。　　风声一度，雨声一度，再把晚香轻炷。者回不是不开帘，开了怕、拦愁不住。

## 又

柔肌莹白，纤腰约素，又是一成销损。闲来是事肯担饶，只排到、相思不肯。　　垂杨月上，落花风起，又是一番凄紧。别来是梦准分明，只说到、相逢不准。

## 小重山

糜氏馆舍夜觉，时维九月，金飙顿寒，口占一解。

斗鼠啾啾上砚池。帘旌频响处，落残枝。西风偷傍枕函吹。三更月、惊觉气如丝。　忍泪自沉思。何时亲诉与、那人知。夜香烧了解罗衣。重帏下、絮语两三时。

## 风流子

初至奉先，得内子书，赋寄代答。

鸾衔三百字，殷勤讯、一一诉教听。自鞭马出都，风沙扑面，拄与投馆，病思填膺。近来更、懒如经雨燕，愁似入秋蝇。没计破除，逢人怕问，作何消遣，是事无情。　凄凉君知否，卿卿唤、讹向梦里频惊。长是枕腰衾额，红泪珠零。最恨月窥人，浑无回避，幸花怜我，别有看承。曾劝归程安稳，须趁清明。

## 沁园春

庚戌中秋月夜

洗出中秋，镕尽归云，嘘成嫩凉。爱向晚莲签，故迟去箭，移时桂魄，争占回廊。似水良宵，如琴妙语，吹得宫衣盈院香。回头指、恰灯花一朵，结两鸳鸯。　新诗试诵催妆。记犹在、同心金缕箱。便七夕星娥，尽输卿福，孤眠月姊，也笑吾狂。欲别先啼，刚离便梦，谁似多情才子肠。今何夕、看齐肩小影，端正中央。

## 蝶恋花

睡起池塘看斗鸭。不觉鸾钗，飞上双蝴蝶。香雾一团风一霎。越罗吹展榴裙褶。　薄薄寒生先自怯。重拂熏笼，半臂添新袷。瞥见绣余莲半屧。思量配个田田叶。

## 行香子

答友问何奸

最恨花迟，最喜花时。到花间便说相思。歌青玉案，唱白铜鞮。有几分狂，几分病，几分痴。　　短鬓参差，瘦骨支离，问前身明月应知。齐纨小扇，越布单衣。只爱闲游、爱闲醉、爱闲题。

## 沁园春

庚戌初秋作

月桂圆时，星榆渡后，知音乍逢。问初学轻描，何如张敞，试听低唤，可羡王戎。饷镜才华，吹箫福分，谁说风流今不同。长相对、看瑶笺挥洒，钿尺裁缝。　　夜莲漏下三筒。早百和、笼香鸳被烘。爱花倩依簪，就中生艳，酒经伊暖，分外添浓。结发恩深，同心愿足，提起封侯情便慵。从今后、只琴声呢呢，灯影喁喁。

## 风流子

庚戌月下偶成

香雾会婵娟，瑶池宴、新种并头莲。共椒阁梦回，轻盈扑蝶，玉台妆晚，绰约梳蝉。锦灯背、棋从红袖学，句拥翠衾联。池影比肩，似闻鸳妒，花阴携手，合受莺怜。　　知音从来少，多情更、同是锦瑟华年。心事博山兰篆，流水葱弦。愿廿四番风，烘将人暖，三千户月，随定人圆。长向画眉窗里，泥醉偎眠。

## 水龙吟

己酉季冬叶氏客馆中作

客斋连夜灯花，牡丹模样重台起。怜渠解贺，系绳赤定，牵丝红喜。种玉仙缘，乞浆妙合，古来能几。自青春电过，查无消息，皈依久、禅门矣。　　谁意暖回寒里。谢情天、为栽连理。朝飞琴操，摽梅诗句，东风一洗。似我多才，算伊不枉，蕊宫仙子。但佳期、暗祝眉齐发白，作鸳鸯侣。

## 木兰花慢

题《江南春思图》

向东风一笑，又吹我、过江南。试送目旗亭，山萦旧绿，波涨新蓝。烟含。乍晴乍雨，爱光阴眠柳更眠蚕。草软钩回蜡屐，花飞点破春衫。　　停骖。是处枨幽探。酒与泪相参。恨燕子楼空，乌衣巷改，犹自呢喃。鬑鬖。暗伤鬓鬢，为多情一夕不胜簪。老矣思归庾信，黯然赋别江淹。

## 减字木兰花

客夜春寒率然有作

云鬟玉臂。长是双双花下醉。今夜春寒。谁共东风十二阑。　闲抽翠轸。再续思归前日引。明月何如。识得琴心两叠无。

## 江城子

家书不来极目兴感

海棠花谢杏花残。客眉攒。客肠剜。客里风光，真个十分酸。芳草粘云云带树，知甚处，是长安。　寄将书易盼书难。怎衣宽。怎衾寒。怎不殷勤、分付与青鸾。任使檀郎猜不定，独自个，泪阑干。

## 南乡子

甲寅孟夏细君自京至奉先

折柳送征轮。长记中和二月春。小语淡妆犹未竟，刚匀。欲忍轻啼却露颦。　相见话悲辛。已过清明谷雨辰。我笑卿痴卿笑我，平分。同是相思玉样人。

## 满庭芳

又赋

灯结骈球，屏栖连琐，画堂扇敞金铺。锦英芳树，娇鸟唤提壶。几许伤春病思，风来也、魂梦齐苏。宵如水、床鸾被凤，相为覆罗襦。　村姑新酿熟，青钱数百，先付童沽。有荼蘼、侬劝蒼卜卿扶。领取芸窗艳福，安排更、筝谱琴图。鲛绡怕、题时一笑，藏得泪花无。

## 凤凰台上忆吹箫

夜寒

见燕思钗，迎蟾问镜，自怜芳恨千条。渐沈郎憔悴，暗减丰标。饶是珊瑚仙管，新来瘦、也尽难描。谁知我，愁题芍药，泪洒芭蕉。　迢迢。夜寒漏永，三两盏西凉，忒费伊销。料鬅松蝉翼，镇日慵撩。不是风儿吹醒，花阴午、犹梦郎娇。何时得，香栊绮帏，共诉无聊。

## 贺新郎

甲寅仲春将出都

蹙损眉峰翠。隔红帏、晓蟾斜挂，篆凉心字。宿醉才消春尚倦，一段离人意思。着一段、恹人天气。人羡鸳鸯侬不羡，看渠侬、还比鸳鸯腻。千缕恨，万行泪。　临歧我语卿须记。愿从今、愁时节酒，眠时添被。弱不胜衣身况病，第一千金善剂。莫苦为、征途萦系。我亦缘卿当自爱，但鳞鸿、有便长相寄。谁惯得，者滋味。

## 兰陵王

初至奉先

望城郭。残雪犹萦草脚。沙堤外，轻挂夕阳，山影堆愁入眉角。溪边病态觉。窥见檀郎瘦削。天如醉，没个醒时，锦瑟年华枉抛却。　匆匆别离错。有多少情怀，都忘商略。啼红泪染罗巾各。忆香炉宵久，绣衾催拥，还憎寒峭袭翠幕。到今日飘泊。　堪愕。利名缚。也难定归期，空负芳约。劝人除是蒲桃杓。又密语稠叠，不教孤酌。好风频托，者属付，总记著。

## 瑞鹤仙

望信

春归何太速。已过箭，光阴杳锡榆粥。新愁更枨触。枉欢铺，湘簟瞬凝华轴。相思未足。是好梦、翻成错卜。想因伊怕惹，怀伊不寄，诉怀笺幅。　心曲。一般凄楚，一种牵萦，一时攒簇。蜚绵又扑，谁念我，两眉蹙。待云屏，暖了银尊同醉，好稳车肠轣辘。且须藏碧枕，红珠恐添万斛。

## 虞美人

寄丙

云关烟锁长安道。绿遍王孙草。玉人一枕小楼眠。料想花枝不笑转生怜。　　卿卿知向眉头挂。几日无心画。东风闻说最多情。只是不吹侬泪过重城。

## 绮罗香

香箸

绮阁围酥，雕檐护翠，瑞脑平分红雾。绣褥才铺，揎袖恣亲柔素。款捻时、燕足交回，轻搁起、凤头双驻。怯分离、结就连环，齐眉不怕有人妒。　　堪怜眠玉正暖，长向鸳帏伴取，风晨烟暮。羁绪孤怀，总是不知伊处。漫牵惹、泪落难收，须领略、意坚如许。又争知、闷拨寒炉，恁时无限苦。

## 一剪梅

自客馆归，与细君话梦适同，因口占。

春嫩寻芳酒懒持。花冷香卮，香冷花卮。相怜同是可怜儿。书递鸿迟，鸿递书迟。　　瘦玉精神软玉肌。心事愁知，愁事心知。晚风不定晓风吹。依梦伊时，伊梦依时。

## 风入松

清明忆内

清明独立海棠天。风淡不成烟。月华瘦尽相思影，又欺人、来照孤眠。春色十分花外，春愁一抹莺边。　　那宵小雨小灯前。对擘小红笺。纱幮开了还重掩。替娇郎、亲换吴绵。惹起满怀芳泪，商量都付啼鹃。

## 小重山

内子归安逾期寄赠

常愿瑶华最上枝。更无分别苦、镇相携。此生泪不洒临歧。长命缕、双绾有情丝。　　遇得几朝离。几番君劝我、早言归。而今君去便无期。侬盼也、也似盼侬时。

## 醉春风

嘲友人

矜许风流概。消受温存态。玉郎恰小雨青春，爱。爱。爱。倩绾鬟丝，教匀靥粉，唤修眉黛。　　几日别离债。无限相思害。侍儿又报海棠开，耐。耐。耐。殢酒佯抛，挑灯密咒，拈香深拜。

## 高阳台

落梅

却月香销，裁云珮冷，前宵对酒还斟。曾几何时，飘然轻别幽林。江楼玉笛刚三弄，早萧疏、一片芳心。最多情，看过庭阴，瞥过墙阴。
那人拾得翻长叹，数脂痕点点，已是春深，忍试宫妆，天涯鸾讯犹沉。东风纵会相思苦，怎吹飞、远水遥岑。怕黄昏，无梦重寻，有梦难寻。

## 蓦山溪

题《秋灯谱弈图》

那时欢宴，并坐芸窗玩。郎小忒聪明，毕竟输、芳心妙算。曾饶几路，欲悔总由渠，星断续，雹纵横，把个人儿赚。　　者时凄怨，独向银釭畔。旧谱不曾拈，试拈起、荒凉一半。才投随错，终局更无情，闲凝睇，闷支颐，把个人儿盼。

## 行香子

自题填词小影

博士长头，若士方眸。画屏开日款风悠。琴心似乳，花气如油。爱和梅溪，调竹屋，谱蘋洲。　　说甚牢愁，谈甚风流，又何须万里封侯。古来试问，谁是君俦。道汉秦嘉，魏荀粲，晋高柔。

## 小重山

初春末出都，约清和初即返，乃饥驱牵率，谢秋始归。聊赋一解志慨。

赠别鹅黄柳一枝。归期亲问我、指荼蘼。因循过了采莲时。横鞭看金菊、又东篱。　　生小未分离。可怜从别后，泪长垂。归来不敢便教知。聊同醉、先典素罗衣。

## 满江红

愿作鸳鸯，一生过、一生都足。长相伴、听琴才思，吹箫妆束。解珮并携南国腕，罢朝间割东方肉。悔封侯、一着错中棋，凄凉局。　　猜不准，鸾钗卜。行不稳，羊肠曲。但乱飘蓬鬓，几牵萝屋。慵理旧诗凝恨坐，闷思前事含愁宿。记那时、花弄月阑干，迷藏扑。

## 浪淘沙

题留台道院

夙癖爱山林。久懒登临。非关尘事负初心。只为马嘶人别后，病到而今。　　回首夕阳沉。惨澹遥岑。纵多好景也休寻。凝想额黄亲点处，蓦地沾襟。

## 忆王孙

花下偶嚏，赋寄细君。

愁围全仗看花攻。看到花飞愁更浓。轻嚏花间重复重。又无风。想是如花提到侬。

## 柳梢青

为竹帆题帏

淡拂钿螺。巾飘彩鹅，裙斗银鹅。二九芳年，羞颜起晕，笑眼生涡。

盈盈未结丝萝。无言处、怀春意多。巧绣牵牛，慧祈司命，病礼维摩。

## 夜合花

冬夜太风

雪舞惊丝，冰敲碎箸，杳冥三九残冬。枯枝坏草，鸣号群向悲风。疏槛薄，小庭空。恣颠狂、先撼帘栊。梁尘纷落，书签竞簸，炉焰谁烘。　　寒威着处如锋。争我愁城少隙，毕竟难冲。松纹媚眼，替人泪冻重重。摧窗白，灭灯红。最伤心、梦断来踪。无眠彻晓，单衾成铁，双鬓飘蓬。

## 望海潮

题昆湖墨幅

层峰攒黛，疏林皴墨，天然妙境初开。烟罩四围，云迷万壑，心疑仙子曾来。空翠净无埃。喜称晴宜雨，塞薜分苔。径曲溪流，短墙茅屋好徘徊。　斯游更胜留台。记君扶竹杖，我着棕鞋。题壁泪零，凭阑目断，何缘雁不飞回。芳愿几时谐，恰修成眉谱，镌就诗脾。便仿图中胜处，结个小琴斋。

## 玉烛新

奉先郭外赋景寄内

踏青佳节候。竞绣陌嬉游，越罗衫皱。麦锄韭剪，莓墙外、水与桃花俱瘦。风攒雨凑，便引得芳心如镂。春色挂、一簇烟村，村前几行新柳。

争知无限柔情，是蝶粉深桃，莺簧轻逗。泪痕未旧。何须说、梦里魂边都有。恓惶尽受。更莫问肠萦眉斗。长日价、无计销磨，时时病酒。

## 贺新郎

题铁舟词集

脆夺金莺巧。管生香、琼壶击缺，瑶笙吹袅。洲药江蓠无俗格，谱入冰弦更好。深怨付、飘花羁鸟。试向红牙低处听，想余音、三日梁犹绕。君莫叹，会心少。　霓裳我许赓同调。断魂飞、荼蘼叶底，丁香枝杪。画竹罗裙篸杏髻，作就凄零客抱。凭底与、春风知道。不恨一歌肠万转，恨情人、强半相思老。将此恨，入云杳。红牙低拍，愈唱愈高。煞尾数语其先生入滇之谶耶？寯瀛。

## 青玉案

思归

翠翘懒戴搔头凤。镇叠损、霜罗缝。春殢清明花睡重。竹儿长唱，檀儿长拍。都作相思弄。　鸾笺百结临风诵。算天意应怜有情。种月恋云贪他日。共烛儿才转。带儿才缓，便话思归梦。

## 东风第一枝

题铁珊诗集

茧思雕尘，蝉吟咽露，良工心苦镕冶。碧鸡踪续仙盟，白凤迹邀梦惹。君真作者，细谱出、珠娇玉姹。早占断、无价春风，羞却恁时兰麝。

才似庾、体兼二雅。愁似沈、瘦无一把。粉香题遍罗襟，蜡泪写归锦帕。肠今断也，再拈起、相思还怕。问彩笔、何日聊欢，月照海棠妆卸。

## 相见欢

泪

阳关一曲清歌。损秋波。侬泪匀搀郎泪、在红罗。　　别虽少。来虽早。奈愁何。毕竟郎和侬泪、是谁多。

## 蝶恋花

候朝人

侵晚珠帘慵未放。豆蔻阑边，自喜花模样。手捻花枝刚一晌。将花斜插云鬟上。　　旋凭凤凰楼北望。曲曲行来，迤逦皆红浪。听报朝归魂欲漾。翩然又向妆台旁。

## 贺新郎

步铁珊韵

憔悴三春境。数寒更、梨云信阻，蕙风吹永。画角催鸦钟送雀，铁马惊嘶乱绠。算处处、堪增凄哽。不为衣单芳胆怯，尚依然、月下花间等。翻好夜，作愁景。　　孤眠客况如谁省。起徘徊、一番揩眼，一番搓颈。暗忆多才天合惜，几见词流薄命。甚苦抱、蕉窗残影。鸳性憎离鸿喜义，是因伊、直得人成病。拼竟醉，莫须醒。

## 一萼红

种荷

负韶华。问春归何处，相送又天涯。殊不成眠，况无多醉，半床疏吹残琶。记投赠、盘龙明镜，被人间、呼作小秦嘉。速雁翻迟，占蛈易误，候鹊常差。　　凝祝雕轮到也，与尘吹袂薄，髻整簪斜。待月敲棋，评香瀹茗，神仙都说侬家。且留取、东君一霎，放白云、先补碧窗纱。盆沼闲看应笑，已种荷花。

## 沁园春

自赋握月词人二首

握月词人，或谓狂生，或云散仙。爱打叠吟肩，对花对竹，摩挲倦眼，逢水逢山。不解调琴，何曾善弈，只与图书相往还。书何有、有金荃卷卷，香茗篇篇。　　慢声小令能填。论格调、非元非宋间。喜者领巾头，尚无尘坌，那双屐齿，不识钩栏。也自风流，由人月旦，着处无心常坦然。知予者、在毕郎瓮底，阮尉垆边。

## 其二

握月词人，或谓枝官，或云漫郎。最平生恨事，早膺蛮县，当年壮举，夜上硐墙。草泽横行，花门反噬，不弩偏教驱万羊。翩然去、便书观卓荦，酒纵淋浪。　　昂藏豪气难降。又雪剑、敲鞍登太行。欢画龙求似，世殊好汝，饿麟羞吓，谁复须印。云起笺飞，风鸣曲破，此兴犹堪南面王。秋高处、放一枝铁笛，吹满苍茫。

## 踏莎行

题桃花渔册

有酒须赊，逢门便款。茸茸十里东风软。紫藤左侧抱琴眠。绿杨深处扶筇转。　　一径逶迤，千溪近远。春光自合渔郎管。宦情本似雨余云，而今更为桃花懒。

## 柳梢青

碧玉肌肤。青琴才调，红线工夫。家住钱塘，郎游建业，梦在姑苏。
归期曾说春初。春归也、人归也无。恨煞东风，为伊南浦，冷了西湖。

## 又

赠友燕尔

花露迢迢。仙娥却扇，仙史吹箫。领略温存，平章怜惜，都在今宵。
香烟烛影千条。比偷看、丰姿更饶。被角鸳鸯，枕心蝴蝶，试问谁娇。

## 念奴娇

题《春睡图》

蕙帏红暖，挂流苏百结，香烟缥缈。镜影钗光人似玉，不许春风偷到。淡淡匀脂，松松理鬓，信手都妍妙。嫣然娇语，绿窗惊误栖鸟。
遥见百裥宫裙，十笺宫扇，一点宫鞋小。惹得姮娥当日妒，特地徘徊相照。花朵聪明，藕丝心性，只有鸳鸯晓。仙郎谁是，此时无限怀抱。

## 蓦山溪

对月思饮

世间明月，欲买原无价。若肯为人来，也不用、琴招笛迓。麹生风味，尽许共盘桓，何况我、正相思，绣被凄凉夜。　　便排杯勺，小坐花阴下。拼尽十分欢，更休管、先生醉也。客来一笑，仰面看姮娥，能共倒、此瓶无，不倒伊应讶。

## 金缕曲

邯郸道中，欲寻罗敷潭未果，因题逆旅主人壁。

访古丛台路。忆前朝、争延侠烈，盛夸歌舞。若遇翩翩佳公子，吾亦买丝绣汝。况有个、相如堪慕。回首三千珠履客，到黄粱、梦醒皆尘土。今异昔，怆平楚。　　我来已是冬之暮。店荒寒、壶觞独酌，酒钱谁数。一种闲情难自制，浑欲诛茅①小住。细问取、城南桑树。镇日踟蹰烦立马，尽销魂、无觅罗敷处。心怅望，未能去。

## 满江红

谒岳忠武故宅

落日汤阴，荒城外、北风萧瑟。人遥指、围垣新垩，岳王遗宅。俎豆死留汤沐邑，英灵生壮河山色。自从军、臣背涅精忠，悲离侧。　　葱郁气，思先泽。干净土，羞金国。恨狱成三字，再来难得。空向苏堤怀剑履，何曾梓里归魂魄。料南枝、应为一回瞻，祠堂柏。

---

① “茅”，《蕙襟集》作“茆”。

## 水龙吟

春雨

几番酝酿春阴痴，云爱叠空中翠。垂垂将暝，悠悠无际，凄凄似醉。深院重门，荒阶孤馆，幽窗一几。尽相联不断，含愁入破，直催到、心儿碎。　　天外冥鸿归未。为迟留、轻沾双翅。关山梦隔，秋千架冷，阑干人倚。绣屧才移，芳襟早涴，睡鬟慵起。唤东风且与，吹丝弄缕，寄相思泪。

## 西江月

家书将封再批一解

燕子风前嬿婉，桃花雨后凄凉。醉乡才醒即愁乡。心共杨丝飘飏。　君恼绣床梦短，我瞋书幌更长。偶拈此意问鸳鸯。都说与侬一样。

## 贺新郎

展镜试问兼以代答

嫩旭初烘牖。拂沉檀、冰奁一展，顿惊非旧。试问芙蕖塘上影，曾识张郎倩秀。又不为、苦吟义袖。桂醑兰醽交谈矣，飏情丝、肯罥闲花柳。松锦带，镜知否。　　金侯笑启三缄口。说如君、聪明绝世，个中应透。谁惹前宵魂荡漾，谁唤今宵梦逗。休错怪、蝶僝莺僽。不信归来频对觑，比肩人、也恨菱花瘦。知会面，几时又。

## 南乡子

封家书后却题

细字研笺红。百折柔肠写未终。烛上泪和心上泪，重重。验取花泥小印封。　　余意托来鸿。曾见秦郎镜里容。回忆去年寒食节，喁喁。人在风娇月秀中。

## 采桑子

为琨湖赋

翠檐鹦鹉风铃响，艾蒳初焚。月影无尘。雪色晶屏笑语闻。　　合欢曲子双歌罢，蕙幄生纹。偷看榴裙。一片芙蓉岭上云。

## 望江南

伯龙以小阕见示，依韵和之。

凭槛望，凉意浸珠箨。无力春云遮秀鬓，有波秋水注明眸。憨极不知羞。　浑未觉，晨旭射妆楼。宝玦关山千里梦，银筝弦索几行愁。人去懒梳头。

## 蝶恋花

代铁珊赋怀，即以索和。时客奉先之云峰书院。

写就离愁愁一段。欲问君时，怕问花间燕。昨日午眠梁上唤。告侬又褪芙蓉腕。　寄到离愁愁一半。若问侬时，休问云间雁。明日晓妆奁上看。请君自认芙蓉面。

## 贺新郎

再次铁珊韵戏用叠字体

冷冷清清境。梦悠悠、迢迢路隔，沈沈宵永。絮絮茸茸身尚着，缕缕丝丝泪绠。暗咽咽、呜呜悲哽。皦皦明明期又改，枉欢欢、喜喜番番等。春寂寂，负芳景。　深深密誓重重省。愿同同、花花合蒂，鹣鹣交颈。岁岁年年人不别，世世生生共命。更暮暮、朝朝齐影，小小些些离纵暂，已双双、对对恹恹病。魂悄悄，醉难醒。

## 沁园春

约铁珊登留台

尘尽欺人，山恒笑我，夫夫可憎。是冬烘染易，头衔合署，夏虫识陋，指责宜承。罢醉乡侯，召甘国老，落拓如斯逾不胜。频回忆、向旗亭画壁，逸兴飞腾。　长歌短咏犹能。且纵目、留台台上层。便白云有限，足供越调，朱阑堪拍，须和吴绫。君可谋诸，吾将往矣，解事卿卿当自膺。从今数、过芳辰三五，好伴双藤。

## 台城路

题铁珊秦游诗

短衣嘶骑咸阳道，年年客游都倦。汉上题襟，旗亭画壁，前辈风流堪羡。烟云万变。被姑射仙人，唤归吟卷。别有相思，镜台秋句更凄怨。
惊心时事屡换。广文官独冷，书鹤谁荐。北地烽楼，南朝戍鼓，犹滞将军三箭。他年赋献，侍有喜天颜，烛莲归院。破阵铙歌，看君宵染翰。

## 水龙吟

闻铁珊病，词以询之。

迩来颇怪东风，无端僝僽张家柳。拚教冷淡，桃花情思，梅花时候。萦损肝肠，调量芝术，几劳纤手。记相逢昨夜，依稀一见，都还比、前时瘦。　　休问千金悬肘。是诗人、分中合有。不因念远，不关怀古，不曾中酒。多慧招来，多才禁得，多情消受。待钧天、广乐听回梦醒，便人依旧。

## 满江红

奉先咏怀

笔舌因缘，浑未是、平生衷素。闲自叹、种瓜无他，采芝无路。白眼羞看钱马癖，青囊难药烟霞痼。听紫云、妙曲月中回，魂飞渡。　　排闷阵，游仙句。寻静域，张琴具。只新愁一旅，不须招募。把酒行歌春且住，逢人怕问颜非故。恋襕衫、不作四明樵，吾良误。

## 又

题铁珊横云书屋

怪底西山，朝来气、一成消缩。争识得、被君收向，啸栏吟屋。旧雨不除三径翠，清风只欠千竿绿。也浑疑、此地即嫏嬛，人如菊。　　柱下史，花边读。橘内叟，琴边宿。便酒来拼醉，客来休速。斜月小窗纤瘦石，横云新稿玲珑玉。问篝灯、相访肯留无，茶应熟。

## 沁园春

将自奉先旋都留别铁珊

求友十年，千里神交，惟吾铁珊。自道院联题，便输意气，萧斋促坐，尽写心肝。以雨雨人，解衣衣我，鲍叔偏怜范叔寒。更分也、犹词评娓娓，诗话关关。　方期结伴青山。又谁料、春风催客还。便雌霓赋成，恨无能读，高山歌罢，泪不胜弹。魂断从今，梦游终夜，只在横云书屋间。君相忆、定折梅驿使，长报平安。

## 贺新郎

自题小照

与我周旋久。问当年、玉皇香案，有如卿否。瘦骨临风无一把，天遣修眉甚口。栩栩似、得之庄叟。结习未忘花尚着，爱醉眠、千日中山酒。闲自叹、一搔首。　何时便试垂竿手。访耶溪、旧盟鸥鹭，同心莲藕。小艇中流花四壁，度曲和周冠柳。更不用、黄金悬肘，逋老梅花陶令菊，与斯人、都是忘年友。堪把臂，许谁某。

## 沁园春

见街童三、五戏以瓴甋之属为道场，加祝词焉。意顾乐之。归饮颓然，强事效颦，率赋一解。亦各言其志云尔。

家有歌窑，碗绘东方，戏为道场。向走马图中，招来张尹，盘龙影里，唤出秦郎。莲子浮杯，瓜仁压盏，填阕新词歌侑殇。方三拜、请侧君两耳，听我中肠。　我今不羡鸳鸯。颐长奉、群仙一瓣香。幸白眼慵看，维参与昴，红情羞写，北里东墙。天定怜人，神无弃我，傥许执鞭恩不忘。相欺者、有花会觑见，月善端详。

## 一剪梅

代友赋怨

罗带同心绾未成。流水前生，弱水今生。当年心事托瑶筝，燕约莺盟，镜约钗盟。　玉局弹棋恨怎平。冶思柔情，秋思春情。一床幽梦不分明，澹月疏星，娥月姑星。

## 柳梢青

清明郊外

柳送桃迎。蜡怜屐滑，焦试衫轻。一晌偷寒，一成偷暖，天气初晴。粉墙知有人行。留不住、秋千笑声。已过春分，未交谷雨，刚到清明。

## 踏莎行

戏取名刺自题左方

大树家声，小怜族望。风流名字红笺上。当初罗帕竞留题，何时朵殿亲传唱。　　不谒军门，不投使相。三年怀里犹无恙。有缘得近似花人，拈来剪个弓鞋样。

## 台城路

题《琵琶行》后

至今枫荻浔阳渡，秋来尚悲行旅。老大相逢，欢娱一梦，同叹飘零如许。琵琶诉语。想明月江心，也添酸楚。只有浮梁，买茶人忘别离苦。　天涯沦落自咏，但长留怨句，凭吊千古。自发新声，青衫故国，回首风流尘土。残杨万缕。似谱出哀吟，乱涛掀舞。有客登临，断魂君信否。

## 踏莎行

思归望远，恨为山隔，顿欲呼舟追随双鲤。辄成是解，寄赠细君。

泣雨千花，颦烟万树。登楼不见香鬟雾。惹人惆怅是春山，迢迢遮断相思路。　　芳讯频占，离怀未诉。商量都付双鱼素。可人怜惜是春江，殷殷送别相思渡。

## 虞美人

有约余贺新婚者，不欲往，赋以寄意。

当年兰榭春弦共。依作鸳鸯弄。而今愁耳怕张琴，何况香囊银约听繁钦。　　当年菱溆秋舷两。依作鸳鸯长。而今啼眼怯临花，何况宝钗明镜看秦嘉。

## 鹤冲天

西峰目纵，高下铺瑶瓮。敲铁落簷牙，冰声送。衾幄重重洞，寒裂指、杯难控。怀春桃李共。若个松虬，笑献维摩清供。　　孤莺吟弄，痛定还思前痛。饶有泪如江，成何用。剩缕遣缄都冻。天容问、风瞋讼。蘧蘧应悟梦。犹恋鹓雏，未肯碧霄飞鞚。

## 江城子

画桥新月印双双。晚风光。镜池塘。卸尽红衣、才见玉莲房。冷笑趁时群彩伴，偷短艓，借高樯。　　软波真个瘦鸳鸯。泥仙郎。斗鸾觞。可意花钩、随意任郎藏。粉盝脂瓯都可着，浑不用，女儿箱。

## 鹤冲天

稚蛮纤素，信有撩人处。耳侧弄莺簧，邀郎顾。魂共争流去，谁能唱、公无渡。缥缈香随絮。万顷桃花，遮断阮郎归路。　　蝶攀蜂附，春引移家住。漂泊可怜虫，书中蠹。自染相思痼。朱丝绣、黄金铸。笑指芭蕉树。一样风吹，抱得冬心如故。

## 蝶恋花

柳绕弓桥荷绕榭。陡顿西风，吹老人间夏。一雁归来啼入夜。铜仙泪亦潸潸下。　　凄管凉笺何处借。不见河阳，千古无情话。为问新愁能几价。团团七宝东南挂。

## 渔家傲

晴旭皴红檐角晒。风箕摇粉墙头卖。学语新雏娇可爱。春无奈。穿纱杏影回文带。　　低蹙远山双画黛。添香渐懒央人代。信手银筝调一再。芳心耐。频当入破相思碍。

## 蝶恋花

天谪琼花人世乍。玉蕊唐昌，未许云鬟亚。璀璨六铢衣欲卸。自然香不烦龙麝。　　展镜遗容都羽化。昉去萱亡，时手谁能画。寡风故迟箫史驾。年年冰泪封清灞。

## 洞仙歌

赋仙人掌

连环出腕，佛手柑休衬。九节云菖杖边认。惯擎空、不转拍雨初晴，青未了，仍握冬心方寸。　　露盘无觅处，泪使铅流，拟捌霜毫续天问。一事却输凡，绿齿朱丝，光緻緻、几许花融月润。试拓向、中央尽伶俜，笑毕竟、顽仙让人风韵。

## 浣溪沙

身苦飘零命苦奔。冻秦饥魏乞荆门。平生历数泪倾盆。　　心直偏逢歧路曲。眼清总觉乱流浑。算来能不醉昏昏。

## 鹧鸪天

身是句章守雁民。好词好赋好奇文。清贫彻骨寒于水，浊酒沾唇化作云。　　游已倦，性难驯。沐猴狗斗不工群。一生苦被情魔逐，奉倩前驱我后尘。

## 浣溪沙

推上娟娟玉一盆。漉成馥馥翠千樽。劝人何必杏花村。　　碧乳春羔焆馎饦。红腮秋鲞泛馄饨。自斟自饮自温存。

## 行香子

平阳未返

书附衡阳，酒贯余杭。泪珠儿零落萧娘。芳心一点，镇日栖惶。似竹心虚，蕉心卷，藕心凉。　　绿涨南瑭①，红亚东墙。玉人儿迢递潘郎。情丝万缕，到处飘飏。比菟丝柔，菱丝密，柳丝长。

---

① “瑭”，疑为“塘”。

## 行香子

平阳已返

绣额开扉，一抹朝晖。雨新晴芳气霏徽。桃矜浪媆，柳悦烟肥。且看池平，看风定，看云归。　　喜解征骓，佳约无违。任轻寒难到罗帷，鹅簧袅袅，麝篆菲菲。恰称筵铺，称槊舞，称觥飞。

## 摸鱼儿

嘱奚童、荜门频扫，当阶勤理茶灶。前宵瓮剩如干酝，切莫倒时方告。花所好。念旧莳、无多排次宜浇到。溪鱼自钓。纵镇日垂竿，潜鳞不上，玩水亦清妙。　　还山稿，只是施颦偶效。秋高元许蝉噪。无关有旨凭人说，传否更非身料。聊寄傲。忽守菊、篱边小犬衔铃报。遥看侧帽。喜一二情朋，今评古述，挽酌共诙笑。

## 行香子

觅句彷徨，信步徜徉。喜途逢旧雨河梁。寒家不远，守雁山房。渡蓼花滩，芦花溆，柳花塘。　　风月平章，支字商量。趁清闲过我何妨。推窗便见，红豆山庄。卖杏花醪，松花粥，韭花羊。

## 卜算子

绢拂起轻飔，竹翠潇湘冷。不写湘飔一种情。只写湘飔景。　　网滤郁金香，烟漾蟠丝鼎。不漏香丝一点形。只漏香丝影。

## 早梅芳近

紫薇迟，红药晚。闷损看花眼。帘栊萧索，枕簟凄清起偏懒。忆蒲高出笔，问柳张成繖。剩棠梨半树，犹曳广陵散。　　费家壶，卢氏碗。强兴非真款。吟边愁拥，梦里寒侵有谁管。腕烟挥不去，胸块浇还满。最销魂，玉人天际远。

## 虞美人

绿波未改春何往。泪与流争长。将金乞我铸相思。倾得工阳郭况两家资。　　笛声悽咽江城弄。花落人如梦。夜游秉烛醉忘归，切莫吟情销瘦睡情肥。

## 齐天乐

十年难傍城街市，偕隐风高俦类。注意知鱼，投闲相鹤，封答都无时贵。秋成万穗。爱茗作奴巡，芋随魁馈。户色悠然，万山才为一家翠。　竿窗红旭弄影，客来僮唤起，谁搅清睡。北里衣金，东华带玉，何似于田真味。趋炎自讳。到栗里莼乡，可人心醉。便欲从君，石交张仲蔚。

## 鹧鸪天

花影横琴抱未眠。美人消息碧云天。月澄万颗金盘露，风悄三更玉鼎烟。　　身以外，面之前。杳无钟子与成连。宫商随分千千弄，青眼高歌不改弦。

## 金人捧露盘

杏花村，桃花岸，李花蹊。好风光、绮陌东西。嫩晴破晓，夹罗衫称蹙金泥。吟朋醉侣，趁香鞭、骏马轻蹄。　　泰娘桥，真娘墓，秋娘渡，窈娘堤。剩裙腰、春草萋萋。芳魂何处，碧云暮合杜鹃啼。凭栏盼月，玉靴笙、吹咽山妻。

## 前调

柳弹棉，花裁锦，草穿针。阿谁成、满幅春衾。鸳鸯蝴蝶，飞飞来去梦中寻。东风吹问，是欢多、还是愁深。　　酒人迷，才人叹，情人病，美人喑。更无人、豁抱披襟。天公微笑，依心难称各家心。将春收却，夏初临、一曲瑶琴。

## 惜分钗

春寒浅。春风软。春云浑似春人懒。小桥头。小红楼。燕自交飞，水自分流。愁。愁。　　花香远。花情款。花魂吹入花声婉。倚衣篝。倚帘钩。只见离亭，不见归舟。羞。羞。

## 南歌子

峭窄双莺儿，娇柔百蝶衫。无多妆束远超凡。闲坐药阑东畔、检书函。　　柳眼萦波漯，花心抱露馋。听他梁杏递呢喃。惹得一时离恨、两眉衔。

## 惜黄花

摊钱荷舞。簸钱榆舞。买愁来，买愁来、梦梨村坞。慵看戏鸳鸯，怕问调鹦鹉。听燕子、等闲言语。　　营巢旁午。定巢亭午。倦归来，倦归来、满身花雨。喜傍玉箫床，欢绕银筝柱。惜不见、主人眉妩。

## 江城梅花引

癸亥中秋日作

月华香满桂堂烟。盼团圆。到团圆。底事团圆，今夕却凄然。桂自吹香香自远，很吹去，采香人、已五年。　　五年，五年，短因缘。插鬓边。浑眼前。画也画也，画不出、人月婵娟。对月相思，弹入十三弦。一泪一弦弦一泪，弹上也，月宫儿、诉与天。

## 西江月

赋萍

自分团圆作絮，谁知散漫为萍。化身纵此冷于冰。惟有春心不冷。
扑毂虽乖素愿，沿舻却遂丹诚。柔情谢后宛余情。寄语春风细领。

## 喝火令

三鸟传芳语，双鱼托素衷。玉郎消息梦魂中。飞去飞来蝴蝶，不管翠衾空。　　髻堕秦家结，裙笼楚国缝。懒将心事诉东风。只绣秋花，只绣雁来红。只绣雁来红里，一种可怜虫。

## 波罗门引

竹园夹沼，荷花雨送晚来香。绿荫深护回廊。帘卷琴丝生润，脆调杂匏簧。称清敲江鲍，逸仿萧羊。　　长生未央。滴铜雀、露华凉。一点尘吹不到，九曲诗肠。笺抽韵展，满太华、秋色读书床。疑举笔、曾洗银潢。

## 木兰花慢

爇心香一字，向苍昊、诉丹诚。愿子尽曾参，臣皆葛亮，鲍友姜兄。全倾。太行荦确，扫东溟上共泰阶平。日日钧天广乐，家家击壤和声。　屏营。天鉴硁硁。书古诺、画今行。许九伐、伸威千夷乞命，四裔销兵。编氓。镜仁寿寓，沐余波化湿卵胎生。佞蔓齐成玉缬，淫株顿作金茎。

## 临江仙

酹月

双作鸳鸯单作雁，凭谁分付缘因。曾经沧海过来身。知他离后，苦似我，个中辛。　眼照苍苍心照赤，等闲闲度青春。擎杯三酹月华君。灭销无义，客圆满，有情人。

## 石州慢

忆两弟

飘泊流年，书卷剑滕，谁问南亩。也曾薄宦天涯，铜墨未饮悬肘。皋鱼滞迹，陡顿树惨风摇，归来还种先生柳。满眼白云飞，奈须臾苍狗。　回首。雪窗宾席，雾堠朋簪，早孤鹭偶。玉碎娇儿，老泪纵横盈斗。京华仲季，一别七八春秋，含饴翻想酸辛久。甚日脱征衫，共羊葱鸡韭。

## 柳梢青

自和前郎去也首阕

暗忆风流。传花圆席，系柳方舟。霞惯郎餐，云矜郎拥，月泥郎兜。　而今腰剑轻游。郎去也、书无可投。弦上人间，炉边人冷，镜里人愁。

## 临江仙

不竞和羹梅味，青门底事多瓜。生憎上计吏秦嘉。辛歌抽绿绮，酸泪迸红纱。　阿母心怜徐淑迎，归且劝沵霞。侍儿扶下玉轮车。初三无赖月，第一有情花。

## 金缕曲

追忆

莲断丝仍系。最难忘、姱容婷性，越人间世。萼缘华来兰香去，从昔都无久例。况只是、黔妻夫婿。第一知音怜才意，更高情、高出钧天际。尘界者，邈难继。　　花身瞥现还长瘗。剩当年、罗残月篋，缟寒霜袂。泪自昆仑流沧渤，吞几淮纤汉细。怎洗得、仝心盟誓。谁侍东皇持筹算，请临轩、受我相思计。除隶首，不能谛。

## 沁园春

闲赋

腹负先生，术拙营资，性悭揣时。向宝盖朱轮，疾邪诵赋，画屏青琐，感遇题诗。濩落生涯，疏慵踪迹，访我灵台候物祠。人偷觑，见眸无遁轴，吻有沂卮。　　抽恩自绘支离。总难尽、春蚕来往丝。为昔友崔駰，备闻达旨，故师宋玉，偏得微辞。盟月初三，梦花第一，不算聪明不认痴。东皇笑，曰是为狂矣，似亦嘉之。

## 前调

病起辞招

自歇沂芳，三度经春，眠如病驼。竟不知门外，青来灵寿，未窥城曲，缘接滹沱。仙侣崔倧字仙侣，阳曲人分舆，绳斋芮緭宗字绳齐，丰润人折简，劝我殷勤携酒过。思同往，把藤鞋笋笠，往复摩挲。　　摩娑暗转肠梭。悄一霎、青衫红泪多。怕山莺韵涩，空调舌巧，野花艳薄，难效颜酡。月折眉弯，云回髻亸，眼在时光心在佗。翻添闷，纵归欤无闷，枨触如何。

## 前调

纪己酉冬客馆梦

雪月交辉，梅竹无声，闲庭自深。觉火螭剩馥，隽于文蛤，木鱼遥呗，脆似仙禽。尽洗情凡，浑忘界染，大地光明铺我襟。醍醐露，恰晶圆玉满，一气连斟。　　侵寻醉抱眠琴。梦阊阖、门开朋盍簪。恍飞鳐翔鸾，十香乱舞，戛球搏瑟，七宝平临。有美翩跹，来迟绰约，步步花生滴滴金。牵依醒，记耳边小语，真个知音。

## 前调

访隐居

见说山情，空谷跫然，吾闲杖藜。出东郭循溪，得桥南折，沙行七里，圆洁无泥。高树阴浓，疏花径杂，阒不逢人惟鸟啼。频回睇，辨重城良久，淡淡云西。　　樵梯明抹岩脐。为略彴、三义踪又迷。性最爱松声，旋前旋听，斜阳挂矣，忽见归羝。顿喜呼翁，童儿笑答，尚在遥峰桃李蹊。门边候，是昨宵漉酒，今早烹鸡。

## 水调歌头

题湖雪小幅

谁屑半天粉，罨此一湖油。高高下下何处，翠甃与红楼。除却断桥渔火，除却孤山茶灶，都裹白家裘。滕六有骄色，花覆玉杭州。　　竹枝朋，蕉叶艇，探梅游。压篷香冷，漫羡芳褥绮琴柔。好谱幽兰怨曲，唤取西陵苏小，来共雪儿讴。一幅赵公子，聊作锦缠头。

## 前调

乙丑冬暇，与雪缘论词。

太白造邦后，扩宇赖温韦。浮生恨晚敢薄，小技耻多师。俗子暖姝局促，专剽白云白石，喧聒漫声宜。百舌捩张吻，千面冒姜皮。　　美成堂，方回户，几曾窥。诩骚矜雅，无乃矉屈步周诗。欲采真香色味，十国衰唐全宋，多少拂天枝。余亦听真者，君可唱高之。

## 鹧鸪天

与诸君子分赋《三国志》中名臣得诸葛瑾

臣本阳都大布衣。恩深命薄与时违。鼎怜元叹千钧负，节许张温一杖归。　　梁宿鼿，厩翘骓，禹余粮即首阳薇。东君纵不连番慰，肯趁西风便怒飞。

## 最高楼

营农圃，有客说余杭。评价百千强。林穿一路桃花水，村连十里杏花墙。占先功，培菡萏，护鸳鸯。　　尽太半、栽秧蒋蔓草。留少半、栽菘蒋刺蓼。台笠懒、桔槔忙。倚锄常就弹琴石，压糟仍借曝书床。客酣时，分拍宋，递哦唐。

## 七娘子

云消一望长天碧。好风光、正好留嘉客。九老香山，须髯如戟。雄谈共岸风前帻。　　酒肠不比春江窄。咒须臾、尽变莲花白。醉倒高楼，月华动魄。避君豪气三千尺。

## 小桃红

置酒留宾口号

文客宗韩柳。书客尊颜柳。白雪阳春，知音词客，归诚周柳。笑前贤姓柳、便迷人，况妖娆花柳。　　熟客贪歌酒。冷客宜琴酒。裾曲冠摇，揣时温客，强谈诗酒。笑吾生并酒、也非长，却流连宾酒。以上《清代诗文集汇编》影印本《蕙襟集》

# 朱寯瀛（100首）

朱寯瀛，生卒年不详，字芷青，顺天大兴（今属北京）人。同治元年（1862）举人，官至河南知府。长于诗词，受词家冯秀莹影响较大。祝椿年《玉屑词题辞》论其词："蝉蜕其迹，风逸其神；清歌偶寄，玉屑纷纶；芳妍周、柳，豪伉苏、辛。"[①] 著有《玉屑词》三卷，光绪二十七年（1901）刊本，另有《杼湖词》一卷。《玉屑词自序》："仆幼耽柔翰，同治初，得与冯蕙襟、许容生、周叔昀、鲍寅初、龙松琴诸君子过从谈艺，间为倚声。顾率尔操觚，罕登著录。于今老矣，追忆四十年以来世事沧桑，朋俦雨散，独文字因缘，风雅结习，久益怦怦，不以荣悴而或易……

① 冯乾编校：《清词序跋汇编》，凤凰出版社2013年版，第1871页。

非敢冀抗行作者，亦聊于尘区局蹐中仰托风月，借以自娱。”①

## 长相思

自题词卷

朝作诗。暮作诗。诗好如花花满枝。枝枝翘色丝。　晚春时。早秋期。无限湘兰沅芷思。余音歌入词。

## 前调

秋晓

风凄清。露凄清。风露凄清将五更。埘间鸡乱鸣。　花纵横。树纵横。花树纵横窗影明。披衣调玉笙。

## 鹊桥仙

七夕

昨宵风露，今晨云雨，依旧明河如许。自从错认是情波，误多少、世间儿女。　青庐却扇，红闺穿缕，谁荷璇宫一语。除非功行比汾阳，才仙福、从天乞与。

## 浣溪沙

戊辰四月酒楼作

碧镂红牙韵小楼。卖花声里又春休。且醒酒眼看吴钩。　花外径飞金勒马，柳边人解玉鹴裘。谁家年少早封侯。

## 前调

梨花

惆怅瀛洲梦未成。强歌法曲劝瑶觥。一庭香雪韵清明。　才子芳襟云漠漠，佳人素裹玉丁丁。东风争忍不关情。

① 冯乾编校：《清词序跋汇编》，凤凰出版社 2013 年版，第 1870 页。

## 前调

萱花

六出鹅黄窄叶幽。是谁轻蘸翠搔头。开经冬夏复春秋。　南国诗标名早重，北堂晖去影空留。疗愁无自况忘忧。

## 前调

共闺人食蟹戏作

诗换尖团竟满筐。妙烦织手为调姜。玉葱同许伴橙香。　每助滑稽浮大白，休嗤博带擅雌黄。樽前风味耐思量。

## 醉太平

闲适

琴笺补诗。诗笺写琴。终朝漫咏狂吟。在秋皆绿阴。　竹间月临。花间露侵。悄无尘事相寻。洒香风一襟。

## 前调

春夜

花阴月阴。帘深梦深。醒来香上罗襟。看炉烟半沉。　瑶琴翠琴。惊心燕心。早朝偏促诗吟。负鸳鸯绣衾。

## 忆秦娥

送春

春去也。满目愁难写。愁难写。地钱生席，国香栖野。　流莺未肯韶光舍。踆乌忍放斜阳下。欲留无计，玉壶空把。

## 摊破浣溪沙

画眉

水晶帘下自梳头。新兴蛾样①小眉修。忽见娟娟弓月上，斗纤钩。

① “样”，《玉屑词》光绪二十七年刊本作“㨾”。

螺子黛舒如欲笑，雁娘膏敛不知愁。却怪张郎携画笔，误痕留。

## 喜迁莺令

游十刹海

风定后，雨晴天。红蕖映日鲜。湖堤如罫柳阴连。中杂稻花田。粉墙畔，谁家院。城市山林共羡。流波况近玉虹边。时有内家船。

## 昭君怨

秋得吁卿明湖上书

几处苍凉云树。几阵惺忪风雨。独坐已生愁。况经秋。　谁遣鲤鱼生翼。来递远人消息。飞梦答吟笺。到湖边。

## 前调

春闺

到处落花啼鸟。又报残春归了。展镜蹙双蛾。奈愁何。　多少珠帘翠箔。倚徙佳人无着。云鬓晓犹妆。惜余香。

## 谒金门

新秋

秋风起。吹送一阶凉雨。露叶烟苔蛩正语。暮愁添几许。　好事传来无据。曼声谱来无绪。且向回廊散步。拾桐书短句。

## 减字木兰花

题琬卿妹画兰

玉窗清晓。健碧斑红添画稿。瑟瑟无尘。绝似湘娥自写真。　多才鲍妹。最折秋风空有泪。纸上余芳。长忆庭阶绿畹香。

## 虞美人

虞美人花

当年四面歌闻楚。慷慨尊前舞。芳魂不惜委青苔，至竟低徊犹似望骓来。　汉宫空有花如锦。飞燕颠狂甚。悄依湘竹月中。应较未央草木尚英雄。

## 前调

四阕为徐吁卿侍婢绵荷赋并序①

吁卿太守织锦有妻，寻芳无绪，停麾都下，避面曲中。银汉方瞩于秋宵，瑶笺忽传夫美事。荔耘夫人以苏蕙之仙才，审燕兰之吉梦。金为营屋，翠豫张帷。新人小字锦荷，连理旁栽琼树。雅情可志，艳福谁如。送渡而比桃根，知早引郎情脉脉。闻声而调锦瑟，讵忘歌乐府田田。爰成小令四章，用传良辰双笑尔。

春风一夕鱼缄至。重叠回文字。书中不是劝归来。是为连波亲选赵阳台。　　雏鬟知称仙郎意。小字添娇丽。泥中自出郑元家。看似明湖五色睡莲花。

## 又

亭亭艳质寻常有。不妒人能否。珠珰亲取待郎还。绝似楼成香祖购名兰。　　果然不作一作做双蕖怨。天许从郎愿。明妆如濯可人怜。只是休忘枕上并头莲。

## 又

知君欲返明湖棹。瑟瑟秋波照。莲舟几日送归程。定见银河桥畔小星明。　　鸳函早达非无意。教领相思味。风标城北亦无双。累尔红衣隔水共思量。

## 又

花钿曾领吴姬队。画里全输媚。金莲步出定超群。何用多心分付浣溪人。　　绣帷归待芙蓉展。同赏玲珑搋。明年结子到莲房。再看天然可爱绵绷郎。

---

① 郭则沄《清词玉屑》卷九："芷青居京师，值徐吁卿太守入觐，屡同文宴。吁卿未归，其夫人为选姬以待。姬字锦荷，大家婢也。芷青调以《虞美人》四阕，录其二云云。时吁卿官山左，留眷属济南也。其词序云：'新人小字锦荷，连理旁栽琼树，雅情可志，艳福谁如？送渡而引桃根，知早引郎情脉脉；闻声而调锦瑟，讵忘歌乐府田田。'文亦斐亹，论其不妒，绝似香祖楼故事也。"

## 菩萨蛮

夏夜偕闺人纳凉

阶前一阵跳珠雨。雨烟散处花光起。笑指绿荷缸。蜻蜓飞作双。月上帘初卷。劝酌玻璃盏。微倦倚桃笙。发香闻素馨。

## 夜行船

题崔子玉并蒂双鸳帐额

不是鸳鸯谁共命。况更对、一双花影。柳殢眠莺，桃遮醉蝶，何似个中情景。　迤逦和风吹未醒。长爱绣帷春永。绝少旁枝，牵引此意，教人深领。

## 南乡子

石榴

雨过绿油丛。如火光生万叶中。落尽春花才结蕊，重重。无复含酸妒晓风。　琥珀正倾钟。端午生辰宴赏同。照得美人裙尽淡，红红。多子还应称丽容。

## 前调

鸡冠

种讶曰宫留。一朵仙云耀晚秋。梦醒五更窗槛外，凝眸。绛帻真来报晓筹。　风雨斗无休。只欠啼声向曙流。翠羽花冠栖少树，昂头。似诉霜阶万古愁。

## 前调

耔山姻丈命工写照，为万牡丹，已与夫人趺坐其中，颜曰《富贵双修图》，举以属题。时方下第，偕内子展阅，慢题此阕。

富贵岂寻常。艳说春风锦绣乡。百宝雕阑花一品，芬芳。都作同心并蒂妆。　近侍着无妨。芍药还堪选座傍。只有樊刘轮此福，彷徨。尚守深秋桂子香。

## 清平乐

白莲

粉云香冷。澹到波无影。十丈红尘不敢着。独立玉池清迥。　　亭亭任出泥淤。由来本色难污。最爱天然馥韵，雨晴月上风初。

## 喝火令

秋海棠

怨脸堆霞俏，啼容浣露鲜。一阶秋色可人怜。尚着淡红衫子，为谁妍。　　命薄根犹在，踪幽艳早传。断肠遥记暮春天。记得那时，金屋住婵娟。记得婵娟名字，一样是神仙。

## 阮郎归

落花

一声玉笛又花飞。卷帘红乱挥，强收香蕊付残杯。和莺啼向谁。　　情眷恋，意低徊。画栏经几催好时。去也待重归。人愁青鬓非。

## 巫山一段云

韩荪农试国子学正第一，来署奉贺。

旧是神仙侣，新登著作庭。瀹沦璧水照瑶瑛。直比玉堂清。　　镜已芙蓉兆，盘休苜蓿轻。来春五色瑞云呈。第一更胪声。

## 踏莎行

丁香

十斛明珠，丁娘赠与。春来消瘦惊如许。百千万结自缄愁，春来没个同心侣。　　鸡舌浓含，麝脐暗吐。休嗟婉冉春无主。会看别馆启玲珑，教先桂苑骖鸾舞。

## 前调

凤仙

冠缬齐鲜，翅翎微展。何时飞下丹山阪。瑶阶翠槛正新凉，赖他彩色惊人眼。　　婢妾休充，围亭自款。鹃红雀翠卿应管。娇痕弹上指尖霞，秦楼莫道仙缘浅。

## 前调

苔

秋紫春青，鬖髿无数。泥人最是斜阳暮。一时香径逐潮生，几番画屐寻诗度。　　似草多情，随花暂驻。仙踪记取天台路。泠泠珠露点蠙衣，闲游漫引莲钩步。

## 鹧鸪天

题《红袖添香图》

意可频拈日几回。绿鹅屏畔喷云才。非关座里留荀令，应识闺中有夜来。　　鸳锦照，蠹函开。同心卍字续余灰。愿郎鸡舌朝天早，甘守炉熏竟夕陪。

## 前调

茉莉

刻玉雕琼作小装。着人如麝暗中长。谁移闽海千金种，来散燕京九夏凉。　　钗缕畔，枕函旁。鬟华微拂暑全忘。美人更为新茶点，风露盈怀句也香。

## 前调

黄芽菜

一把和盐对雪烹。几多肉食不知名。试将都下黄芽种，较彼盘中绿芋羹。　　风冷淡，色娇莹。枝梧岁晚更多情。玉蔬金菜盈东海，不及山家此味清。

## 南柯子

上巳日偕李莼客招越郡同人为修禊之会

雅集流觞继，良朋载酒从。春光满眼禊游供。笑指垂杨，几处绿阴浓。　　南陌花熏久，西山翠叠重。密排诗景在途中。胜上晴烟，竹里会稽峰。

## 前调

凤尾蕉

旧是青鸾尾，新添紫凤翎。芳心不展镇含情。最爱纸窗，晴处翠生生。　　扇想秦楼障，笺应江夏供。朝阳初上影摇风。仿佛来仪，彩翮憩庭中

## 点绛唇

题《十刹赏荷图》

十刹标名，此间真有清凉境。红尘顿冷。到处荷香引。傍柳开畦，翠稻连菱荇。波如镜。待添渔艇。便是西湖景。

## 梅花引

五更趋署，呼车不得，步行十五里抵成均。同僚尚无至者，幽景忘疲，倚松度此。

晓风轻。晓星明。晓月将沉鸡乱鸣。数鸡声。听鸡声。听罢披衣，蹒跚趋五更。　　玉河几处寒流咽。凤城十里晨光瞥。少人行。任人行。行到桥门，庭惟松翠迎。

## 如梦令

纸帐

一庭篝火微温，四角裁云无缝。窄地比香罗，惯引诗人清梦。珍重。珍重。除却老梅谁共。

## 卜算子

蝶

花径昔经游，漂泊东风送。最怅嫣红姹紫天，栩栩春成梦。　　老作太常仙，艳逸才何用。衔粉驮香出上林，羡煞游蜂众。

## 少年游

旧剑

平津曾见老龙蟠。挂壁尚生寒。鉴少风胡，求无薛烛，深夜倚灯看。

侯门自笑铗轻弹。利想截鸿难。回首年时，白虹宵吐，飞梦斩楼兰。

## 浪淘沙

秋感集词名

回首少年游。多丽今休。汉宫春好几家留。待定风波何日也，望海潮流。　　独上最高楼。黄叶飞秋。水龙吟起一天愁。安得归朝欢似旧，重梦扬州。

## 前调

归雁

大好是江乡。鲈脍秋香。连畦露下熟菰粱。恼杀归鸿忘北向，偏说随阳。　　万里玉关凉。征戍人伤。沙眠水宿正翱翔。避缴[①]衔芦真得计，飞上金阊。

## 归自谣

秋雨

西风起。又作萧骚连夜雨。庭花半亸愁无主。　　长安有梦飞千里。天应许。唤回月色湘屏里。

## 忆江南

十首

庚子之变，予独住守成均不去。九月初旬，车路甫通，迎余眷入署。时值重阳，记东鸥词有《忆江南》十解，怆今怀昔，辄用效颦。

重九节，记得在儿时。南陌朝晴登戏马，北堂夜宴捏蛮狮。小妹共闲嬉。

## 又

重九节，记得正青春。彩舞亲庭萸盏艳，榜开京兆桂香新。佳日值生辰。

---

① “缴”，《玉屑词》光绪二十七年刊本作“写”。

## 又

重九节，记得客裴家。乌帽人来沾细雨，紫髯翁出劝流霞。高坐绛帷纱。

## 又

重九节，记泛潞河舟。衰柳岸长驴步缓，断芦汀冷雁行悠。擑笛一篷秋。

## 又

重九节，记近海王村。共客题枫闲试笔，呼僧买菊细论盆。小阁上晴暾。

## 又

重九节，记得婿乡居。糕鹿彩擎莲子盏，脍鱼香佐稻孙蔬。琴语夜凉初。

## 又

重九节，记得宴城南。越郡黄鹅橙露醮，津门紫蟹稻霜含。风味醉中参。

## 又

重九节，记得上江亭。词客墨残扪壁认，歌伶拍细隐帘听。峰影向人青。

## 又

重九节，记得共徐卿吁冯襟蕙。郊宴正逢山简日，座嘲时有孟嘉风。谈笑倚花丛。

## 又

重九节，今夜宿成均。沙苑鹤飞伤往事，沧江鸥渺羡闲身。梦溯武陵春。

## 换巢鸾凤

别监署寓斋

来日本无心，去日偏生恋。四壁松阴一架书，付与旁人管。　已种海棠枯，未溉丁香绽。赢得他年说郑虔，曾与东风款。

## 桃源忆故人

秋夜

井梧飘处金风嬝。画出一天秋稿。月到阶前清皎。倍觉凉宵好。　瑶徽欲拂知音少。且倩香醪愁扫。几盏玉山颓倒。花影和琴抱。

## 好事近

冬晓理琴

和雪韵冰弦，数点梅花飘席。休向熏风凝，想忘钟山泉石。　几番指上遇渔樵，流音慰寒寂。举世繁声正赏，抱云和安适。

## 苏幕遮

题女士吴琴修（华瑛）画。曩见一便面，绘落花蝴蝶，缀五六七言小诗各一，风致佳绝。询知为山右何参军瑛福室。何亦才士，久宦大梁。余友樊户部鸿锡为言于豫中丞李公，蒙优礼焉。

落花飞，胡蝶舞。到眼堪怜，春色秾如许。写韵余闲翻画谱。三叠香吟，慧绝琼台女。　意绵绵，神栩栩。傅粉仙郎，早作修眉侣。天涯莫怅飘萍絮。异彩翩云，伫荷东风举。

## 行香子

蓼花

簇簇垂红，一望成丛。蘸零脂似淡偏浓。小茅亭外，新粉墙东。看穗含烟，节抽雨，影摇风。　瘦尽秋容，伫尽吟踪，与幽人是处相同。凝思江上，画景曾供。有久藏鱼，闲飞蝶，远归鸿。

## 风中柳

桂

明月当空，满眼琼楼玉宇。忽霏来、异香如许。问谁手植，是蕊宫仙女。添几多、翠云金雨。　　有客高吟，手把青枝自觑。怎不依、霓裳班序。怀芳万斛，老灵岩无语。毕竟远、下方尘土。

## 临江仙

玉簪

玉井白莲香正盛，阶庭俄又秋临。天风吹堕素娥簪。一枝斜插地，韵绝小窗阴。　　掬向绿鬟人竞戴，澹然独少尘侵。夜凉和露晕檀心。池中休更浸，宝恐月宫寻。

## 前调

秋登江亭小阁

斗酒销愁愁不尽，遣怀且去登楼。江亭风景四围收。烽烟余雉堞，歌唱起渔舟。　　万事浮云一瞬苍，天难问总悠悠。有田盍早赋归休。清闲花作友，潇洒竹封侯。

## 千秋岁

庚子秋望书感

者回奇变，果见沧桑换。波淼宇，天成线。鲸乡豪客恣，鲋辙穷官贱。凭望处，阑干搥碎霜华满。　　几度桃源羡，几辈枌间一作榆恋。忧比杜，悲逾粲。鸿归阳早向，骥老尘空绊。何日也，烟消日出风光转。

## 蓦山溪

对月

今宵明月，更比前宵好。万里绝纤云，直照得、银河澹了。门庭如水，身恍在瑶宫，况更值，暑清时，九陌尘氛扫。　　欲唤姮娥，听我吟声悄。乘兴屡徘徊，看交影，风荷露筱。山妻相劝，风露且宜眠，为报道，待更阑，此景人间少。

## 好女儿

自嘲

不作通侯。合作高流。宦久无成归又懒，笑相少鸢肩，名牵鸡肋，品愧龙头。　　满眼元规尘起，愁涴我、却拘留。算一种、心情还自异，只醉和梅溪，闲调竹屋，闷谱蘋洲。

## 烛影摇红

梅影，和伯希太史、南湖舍人原韵。

记否瑶台，当年月下相逢处。而今尘世几黄昏，认恐前身误。妙曲歌闻琼树。怎禁持、风尘雪暮。还亏修到，冰沼高临，云峰斜据。　　梦浅无痕，冷阴漠漠和云语。不教同占早春时，悴想江干步。笑煞清流夷甫。望癯仙、隔如层雾。徘徊自赏，诗魂悄引，向随香度。

## 双双燕

春夜偕监署同人宴碧玲珑馆

暮春初居，欣筵举流觞，客都来就。玲珑馆启，几点翠屏光逗。月与桃花俱秀。更映着、垂垂青柳。助人摇漾心情，水影帘阴相凑。　　邂逅。名园非偶。况天外无愁，眼前有酒。连朝休沐，刚值艳阳时候。尽着莺花消受。好歌阕、新词上口。须知一寸千金，莫管玉壶催漏。

## 水龙吟

题冯蕙襟悼沈仲懿夫人百韵诗后

古来几个钟情是，君独在钟情数。昔年叹逝，哀吟示我，悲同孙楚。料想除予，更无人解，恁般幽绪。问可称知己，凄凉独赏，者无数、缠绵句。　　应是才招天妒。又凭才、与天争诉。坚盟自守，鸾惊孤影，凰辞新侣。郁郁埋香，深深瘗玉，那人何处。想天长地久，终当比翼，化鸳鸯去。

## 沁园春

九子糉

饮罢尧樽，见有如馨，同生宛然。是彩艾绷成，绳犹系臂，香蒲浴出，褓并齐肩。龙子堪称，卢丁合贺，赢得唐宫喧笑传。棱棱甚，竞金辉玉裹，枣栗分含。　　调量几费春纤。看是处、祥光生玳筵。想缚茧功同，材俱肖虎，餐兰气叶，梦屡征燕。蓍揲占阳，芝茎合数，绝少红榴龋齿怜。分来笑，笑今朝斗草，真个宜男。

## 前调

五时花

剪彩为花，四序都工，尤工五时。爱映到榴觞，红能百日，摹来桃印，绛点千枝。帐额增妍，钗头逞丽，都似园林三月姿。迎门处，更熏风披拂，艾朵蒲丝。　　会教施遍香帷。好相对、群芳倾玉卮。胜令节成图，频夸绮绣，良辰斗草，互炫珠玑。裁锦千般，采荼一瞬，深巷浑如钿舄遗。槐庭午，看阁中帖子，正进新词。

## 前调

长命缕

采艾人归，一笑何来，言从赤松。算肘有千年，曾传篆术，臂笼五色，合伴纱封。蒲酒倾觞，术羹作馔，谁似丝丝九转工。双缠就，为闺人低祝，与驻仙容。　　如兹云烂霞烘。更何用、金绳参帝宫。喜系属仙缘，浑同月下，评衡道箓，恰近天中。只有词人，无须索赠，锦绣先蟠才子胸。行吟地，看毫挥五彩，自避蛟龙。

## 前调

辟兵符

画鼓声中，步出天街，笑闻卖符。忆走马为欢，游曾躏柳，登高辟恶，佩久囊萸。两字赤灵，五丝朱索，妙用还师抱朴书。缯垂处，定含逾圣铁，耀比文珠。　　何须更读灵枢。喜太白、光芒今渐除。只采到银蟾，万年可志，执来金虎，六甲同趋。戴值良辰，穿连刚卯，看夺龙标谈笑余。从兹后，愿天涯剑气，尽化青蒲。

## 前调

晚香玉

玉耶花耶，是玉为花，名仍玉呼。记葱岭携归，芳蕤并沐，筠篮采后，善价争沽。溽暑阳收，凉宵月上，一种幽馨来碧幮。无瑕处，讶天真夏雪，六出窗铺。　玉簪相较犹输。更俯视、凡葩同碔砆。想钩弋曾拈，翠余堕珥，夜来共侍，麝染轻襦。秀朵雕云，骈枝照水，常伴瑶台仙史娱。拈毫问，是群芳谱遍，底事遗珠。

## 高阳台

题美女拈花小影

翠暖珠香，风娇月秀，盈盈二九芳年。甚处惊鸿，翩然步出花前。桃开似锦梨如雪，都无言、羞对婵娟。出柔荑，搴到枝边，倚到栏边。
尽人私语旁相靳，只轻拈微笑，未解情牵。不是仙郎，料应难拍香肩。呼春我与殷勤嘱，愿丝萝、早结良缘。莫教他，莺也生怜，燕也生怜。

## 贺新郎

乙丑冬贺孙啸岩新婚

天半鸾箫奏。乍相迎、新妆齐见，万梅簇凑。十里灯光香街拥，喜气尘寰稀有。况金屋、才成未久时新买屋修甫工竣。江左风流真堪羡，获才人、更胜桥家妇。人得似，孙郎否。　早教腾遍香奁口。抚韶华、玉堂娇婿，璇房嘉偶。我亦多情期天合，巧结同心篆镂。恰并迓、钿车来候与予同娶。好与同时传佳话，齐眉人、都似齐年友。鸳社共、愿长守。

## 金缕曲

寿史香厓尊慈王太夫人

与佛同生日四月初八生。较光荣、佛应犹逊，请陈其说。象教西方争膜拜，无过庸流福乞。羡七宝、庄严妙质。岂比人天钦懿行，表贞蕤、竟指蟠桃实。斯可信，寿无极。　溧阳家世欣曾悉。记都由、慈闱教善，早成名阀。有子才如欧永叔，不负年时画荻。更荪砌、欢迎鸾绂。千首宫词传诵遍著有《全史宫词》传世，播琅琊、进仿才人笔。期百岁，共香溢。

## 前调

王子献同年出守大梁，以所作《墨蜕图》索题，成此。

试抚澄泓问。有谁曾、气吐元云，自流仙韵。蠹隐蟫精何足羡，要与神龙迹近。看尺沼、腾梭光迅。灵变几经尘世劫，尚涵空、苍彩弥千仞。真好者，相应认。　　琅琊妙想超凡钝。早裒成、金金镜镜，陶陶印印所辑金石四录名。尺木半存鳞甲字，未许骊渊星遁。类飞举、留踪一瞬。伫见夷门红籀涤，溉群生，更广蓬池润。辉万古，为君信。

## 前调

庚子之变，独守成均。自秋徂冬，生存幸告。感时纪事，率作此歌。

天地空高迥。立桥门、烽烟满目，自伤孤影。敢说文章驱魑力，但恃愚衷耿耿。更仰藉、威灵先圣。钟虡不移槐柏在，看依然、月上青霄顶。无恙也，共称幸。　　五畿教尚同文秉。见频番、兜鍪手脱，朝堂知敬。谁遣扬波同蜃蛤，恨煞顽民粗犷。问此际、金瓯谁整。便欲凌空超万仞，拂沉霾，再睹澄清景。长啸罢，露华冷。

## 前调

述怀

浉迹风尘久。叹浮生、倏逾半百，尚随人后。沧海桑田今历尽，晏坐匡床搔首。问蜗角、蝇头何有。放眼乾坤堪一笑，算不如、日饮中山酒。沉醉也，梦庄叟。　　白云任尔纷苍狗。醒时看、青天万里，依然如旧。好向尘霾波涨外，觅个桃源渡口。愿日与、烟霞为友。韩圃黄花香少分，更休输，靖节先生柳。安用羡，印悬肘。

## 念奴娇

月夜读同里周叔畇太史星誉《东鸥词》书后，即用其题《淮海楼词》元韵，限月字。

周郎我友，羡当年顾曲，此才无匹。自谱东鸥居士句，纸上玉箫声彻。风月闲愁，江湖浩感，催老瀛洲客。词坛帜树，几番压倒元白。　　果见淮海楼头，髯翁一去，公可参其席。我亦豪狂歌水调，欲叶龙宫仙笛。铁拨音雄，琼窗彩艳，梦里都心折。和君谁听，仰空遥驻凉月。

## 念奴娇[1]

题槐庐生《侠女记》

知音难遇，岂才人寂寞，终将老也。天为名流珍遇合，要使旁观惊诧。客尚青衫，人如红拂，联得奇姻娅。鹍弦谱出，听他当日佳话。
料想独客秦淮，炎凉满目，泪也穷途洒。忽遘仙人鸾凤友，遂定卢储声价。一第宫花，十年使节，俗子光辉借。只双俊眼，彼苍不肯轻假。

## 前调

题南湖舍人《芙蓉碣》院本

蓬蒿满眼，诧毫端飞起，幽香一片。杳杳秋江呼欲出，共语沅湘哀怨。禁到蓉城，清于蓬岛，那许凡花伴。鹃粒拔雪，当年芳烈如见。
竞说子野清才，闲浇磊块，听拍红牙遍。我欲知君孤啸处，直渺庸庸千万。身世由伦，芳馨似此，总受天心眷。肯悲风露，翠珉看炳霄汉。

## 前调

秋日登楼书感，仍用前和东鸥韵，限月字。

先生老也，恨星星绿鬓，渐添华发。万事年来都雪淡，酒熨愁肠偏热。醉倚危楼，闲提吟管，四顾乾坤窄。沧桑如梦，者番风景难说。
堪笑填海移山，无边意气，到此成愚绝。世界尘霾波涨了，甚处桃源堪觅。蓦越红羊，纷纭苍狗，鼓任三挝裂。少时回忆，曲栏曾咏风月。

## 前调

闻东南诸行省大水，感赋，三限月字。

苍生堪痛，才干戈满眼，又惊飘泊。鼍吼鲸鸣吞不尽，直塌东南半壁。吴越荆徐，三江九堰，一片云沙黑。流民思绘，戟门歌舞如织。
为想好个乾坤，谁轻覆手，酿比滔天劫。医国全无和缓技，但慕当年安

---

① 郭则沄《清词玉屑》卷九："《聊斋志异》所志侠女事，盖感养亲之德，知其无力娶妇，为生子以报，非儿女之私也。槐市生亦有《侠女记》，则风尘遇合，其迹小异。朱芷青记以《念奴娇》云云。其事别有院本传之，亦奇艳也。"

石。太息鳏生，难争世事，自忍枯鱼泣。陆沉焉往，仰天思跨明月。

## 前调

辛丑中秋赋示家人四限月字

凭轩一望，爱冰轮初上，满天秋色。正是雨晴银汉净，荷盖露珠犹湿。小院笙歌，中庭果饵，爱煞团圞节。山河万里，旧时清景无缺。
回想去岁烽烟，桥门独守，到眼愁方剧。九陌红尘今尽偃，遥听玉銮声发。但得承平，官仪再睹，发任凭唐白。妻孥欢笑，愿长共此圆月。

## 前调

重九贱辰作五限月字

萸樽劝我，爱生辰正值，登高时节。翠菊金橙香满目，画出九秋天色。送酒真来，催租不到，且作忘忧客。孺人稚子，共翩佳日裙屐。
管甚阁罢鸣鸾，台荒戏马，往代兴衰迹。长祝吟窗花影伴，冷雨疏风休入。帽恋坡头，螯持卓手，胜逐南山猎。沧桑凭换，古今共此华月。

## 满江红

题章蕺卿《比部坐禅图》

便打行包，收拾起、尘心一片。真个是、十分浓境，陡然俱淡。避俗正堪挥玉麈，参空何用抛珠串。笑年来、我自负蒲团，名缰绊。　何者事，如泡幻。何者相，夸莲见。想君身金粟，慧观能辨。欢喜园中颜可驻，病愁乡里魂无恋。只虞他、天女散花来，禅机变。

## 前调

新秋

溽暑无涯，曾几日、西风又也。深院外、井梧一叶，悄然而下。挥羽久殊入褦襶，披襟倍觉天潇洒。望银河、不见有波痕，只云泻。　琴伫月，开轩迓。车染埃，关门谢。料吴莼知我，亦相思者。箧笥讵嗟纨扇弃，渔樵自喜篷窗话。笑饱经、风露说高蝉，吟偏哑。

## 前调

感事

世事惊心，看依旧、吞刀吐火。更谁计、当年夷甫，隐干天祸。精卫罕能填渤澥，飞廉竞起扬尘堁。笑寒儒、故纸效蝇钻，谋终左。　朝市累，缰和锁。晨圃利，蔬兼芃。问谁先江上，自寻渔舸。避俗尚存彭泽菊，留仙欲乞商山果。幸一时、干缘字中人，名无我。

## 前调

重九生日，自题小影二阕，用西堂韵。

电过青春，曾几日、须眉如许。更羞说、梁园为客，侯门干主。世事唤回蕉鹿梦，文章泣尽珠鲛雨。叹天涯、无地不沧桑，归何处。　蜀洛党，难轻与。怀葛世，空遥伫。但握君手秉，座中高踞。愿了好追衡岳屐，狂来欲借渔阳鼓。幸樽前、伴我有黄花，形相语。

## 又

寿客同生，胡竟亦、衰同蒲柳。且自比、尘中傲吏，诗中聱叟。碧海涛翻旁着眼，黄粱梦觉闲骚首。问龙山、高会是何人，知余否。　难更觅，回澜手。休但信，谈天口。剩翛然凝想，鹿门携妇。称意宛挥何点麈，延龄自有陶潜酒。趁兹辰、登啸仰浮云，嗤苍狗。

## 前调

咏泰西照像为和记主人作

应是娲皇，恨抟土、成难再肖。特借尔、鬼工灵巧，教传形貌。药乞一圭颜便驻，毫添寸楮神都到。任虎头、金粟影如生，输兹妙。　谁抚石，三生较。疑印月，千潭照。算离筌镜像，古皆轻造。境好不妨云水澹，姿新更比丹青耀。且分摹、倩作百东坡，临流笑。

## 绮罗香

盘香

倒凤衔来，盘龙仿就，瑞脑微飏红雾。一线长萦，不比翠炉添炷。网圆开、络妇堪怜，楪半选、厮宾难妒。讶螺鬟、火齐宵含，佳人祝竟喜丝误。　　移来常置棐几，草结相思伴取，风晨烟暮。意可氤氲，剩却博山熏处。谶佳兆、灯蕊轻黏，留好梦、幕云深护。待交成、锦字同回，莫教成断缕。

## 水调歌头

月下放歌

今夕是何夕，仰见月当头。古往今来有几，起舞莫淹留。问甚风光暄冷，管甚云衣真假，世味总悠悠。忘候稽蓂砌，乘兴谱蕡洲。　　欹石榻，拈铁笛，倒金瓯。先生醉也，梦魂惟溯武陵舟。长笑邯郸往事，何似紫云一曲，飞入桂宫游。此景少人会，一会抵千秋。

## 摸鱼儿

九秋将谢，菊犹未花，倚徒芳丛，寓言讯答。

问黄花、九秋将过，何缘开晚。老圃应通高士讯，怪煞商飙不管。帘乍卷。记月朵、风茎往日嘘香远。清吟未懒。却野迥幽姿，庭空佳色，一任绿芜满。　　谁为伴，看助陶家诗盏。而今芳径空践。徘徊立遍东篱影，情共冷蜂旋转。缘莫浅。想晚节、弥高尚笑霜华暖。凌寒自显。待与桂荣冬，先梅傲晓，把臂入仙馆。

## 瑞仙鹤

辛丑重阳后二日作

暮凉添几许。已过了，重阳又催风雨。吟诗更无绪。看飘梧、掩砌败荷盈渚。征鸿骤语。但解说、随阳意苦。问谁知万里，清霜有客，阑干独抚。　　望处一般萧索，一种牵萦，一番凄楚。孤怀漫吐。剩自把，吴钩舞。但愁云，尽解华灯再照，许唱樽前金缕。且由他往日。红娥悴同青女。

## 满庭芳

白题填词小影

昼日挥毫，临流揽辔，少时豪气谁如。寸名未立，两鬓早萧疏。漫说云台可上，蓬门里、依旧寒儒。回头想，凭称铸错，未忍负诗书。　桑田迁变后，乱鸦犹哄，老鹤空呼。算棋难、着手强预何须。剩对一灯风雨，竹窗下、自谱秋词。狂来问，过江人物，得似此才无。

## 木兰花慢

愿溪山佳处，数椽小、筑茅斋。更旁余隙地，多栽笋竹，略点莓苔。看花。不离槛外，乍停琴即有鹤飞来。雪后常扶竹杖，云中但着棕鞋。　徘徊。此境待真。开肯复、向天涯。便紫绶、登坛黄金载舸，视等浮埃。妻孥语兹亦乐，问先生芳愿几时谐。一笑买山无力，待天为我安排。

## 百字令

初冬

霜华夜警，甫容易秋风，又更冬景。满耳寒飙声不住，铁马琤玐相应。叶脱千林，柝残四野，九月当空迥。吟窗有客，抚时暗伤蓬鬓。　遥想此际长安，销金帐弹，几辈羊羔饮。自剔莲檠枯坐处，赢得吟随漏永。凤炭谁贻，龙团正煮，好耐闲官冷。聊夸啖蔗，者番徐入佳境。《玉屑词》光绪二十七年刊本

# 张之洞（1 首）

张之洞（1837—1909），字孝达，号壶公。直隶南皮（今河北南皮）人。同治二年（1863）进士，官至体仁阁大学士。夏敬观《忍古楼词话》张之洞平生绝少作词，仅见《摸鱼儿·邺城怀古》一阕。此词陈义甚高，磅礴激楚，自饶沉雄之气。

## 摸鱼儿

邺城怀古

控中原、北方门户，袁曹旧日疆土。死狐敢啮生天子，衮衮都成呓语。谁足数？强道是、慕容拓拔如龙虎。战争辛苦。让倥偬追欢，无愁高

纬，消受闲歌舞。　荒台下，立马苍茫吊古。一条漳水如故。银枪铁错销沉尽，春草连天风雨。温飞卿诗“邺城风雨连天草”。堪激楚。可恨是、英雄不共山川住。霸才无主。剩定韵才人，赋诗公子，想像留题处。

# 赵国华（60首）

赵国华（1838—1894），字菁衫，直隶丰润（今河北唐山市丰润区）人。同治二年（1863）进士。历官知县、知州、知府，官至山东候补道署理按察史、山东盐运使。尝创办丰润心香书院，主讲济南尚志书院。赵国华擅诗古文，深受张裕钊、吴汝纶推许。古文宗韩愈、归有光，不喜宋代诸家。“其文务苦思，极幽奥深致，淬锋锷，砰雷霆，幻穷怪变，字句生造，而要以心术为本；诗则懋曲深邈，发源玉溪生，长近体而七古独胜。”（刘声木《桐城文学渊源考》卷一）林葆恒辑《词综补遗》小传谓赵国华“古文效樊、柳，自成一家，亦复兼工骈俪；诗风骨既遒，藻采足以相发。倚声取则姜、张，多斐然可诵”。著有《青草堂集》，此集第一、二、三集后均附词一卷。又辑《明湖四客词钞》，收明严廷中《麝尘词》一卷、李钧《红豆词》一卷、王荫昌《尺壶词》一卷、徐宗襄《絮月词》一卷，推崇花间词清妍婉丽的词风。

## 摸鱼儿

莫回头、柳边花外，绿波明镜春晓。可怜无限缠绵意，生被絮风吹老。心枉耗。甚十载、相思眼看能全疗。只拼长啸。剩几折朱栏，一层画槅，咫尺竟难到。　飘零燕，不想双栖玳瑁。绣帘空曳斜照。问谁解滴销魂泪，但有樱桃红掉。愁多少。恁堆向、天涯未见分毫扫。何时愿了。除柯底蝼来，茧中蛾出，知我且休要。

## 送入我门来

齐河店题壁

酒窍浇醒，烛心灰损，间尘红向天涯。莫赌歌声，宛转露犀牙。长涂若听销魂字，保不累青衫兜泪花。比江州，司马湿还容易，争奈琶琶。　况汝沾泥堕絮，多应风零浪落，飘荡无家。彀我凄然，波眼漫抬拿。说甚泠泠莺度曲，愁正是嗷嗷鸿踏沙。奈邮亭自古，征丝选竹，半戴乌纱。

## 浪淘沙

茌平早发

凉月太荧荧。斜尽窗棂。鸡声催逼五更行。上马不堪回首望，空驿残灯。　破晓出孤城。嘘气成冰。楼台深处可怜生。晴鹊未来鹦鹉睡，谁唤天明。

## 沁园春

由范旋济，行次茌平旅店，投者甚稀。壁冷窗孤，瓦灯寥绝。城内遥遥有爆竹声，天涯闻此，弥益黯然。回首桑恭，感怀匏系。凄今惓旧，羁绪横生。夙忍泪眶，青衫亦湿矣。甲子十二月二十九日也。

驿馆荒凉，对可怜宵，擎杯懒斟。叹瓜原偶印，况淹中路，腰经叠折，未办孤琴。宦海成萍，离灯似豆，苦果尝来味渐深。争堪算、到秋千时节，年半光阴。　关心乡梦遥寻。想画烛、环堂乐不禁。正慈亲盥手，呼香礼灶，娇儿总角，压岁分金。喜说板舆，戏谐纨袴齐向天涯盼好音。曾知道、只投林倦鸟，竟夕沉沉。

## 百字令

乙丑夏，邸王死事曹州，省垣戒警。余夜夜抱关，忧局横中，郁恻不去。沿街斜月，悄作憔澹之色，亦凄然苦人。

严装夜出，尖凉透、不似往宵风露。万户千门，灯火歇、但见沉沉烟树。谯柝声干，练旗影静，未识谁貔虎。迢迢孤月，晏然高照安堵。　搔首几度看天，恰银河如昨，将星何处。兀自潸焉，凝望中、料有泪痕无数。怯妇警儿，合酸巾苦宦，劳商瘁旅。扶窗失寐，一般同是凄楚。

## 满庭芳

乡景久阔，苦夏重经，回忆水园菱芰，青青娟静可念。

陂浅塘深，花明叶暗，柳枝拨住柔航。年来记得，倚醉画桥旁。也只盈盈一水，拼流尽、无数斜阳。销魂径、波平岸远，递绿相望。　　难忘。曾几度，打菱声近，说藕情长。甚蘋丝吹散，旧梦都凉。满眼天涯芳草，暮烟里、愁损王昌。空怊怅。更无消息，三十六鸳鸯。

## 虞美人

彭儿之亡，一再经年。旧伤重触，潸然不知其所以。

燕儿学舞莺雏语。岁岁清明路。黄襦碧袴旧游边。此日可怜只剩草芊芊。　　有时梦里分明在。总被残灯绐。泪痕络绎到而今。不是空庭独立不伤心。

## 祝英台近

有触于怀，薄饮辄醉，停杯望月，愁思渺然。

葛衫凉，瑶席倦。银汉渐低转。月色朦胧，云碎镜光浅。问渠夜夜楼台，美人何处，可曾见、桃花一面。　　琉璃遍。亏汝飞上栏干，他厂尽轩馆。好语姮娥，灵药更须舔。不然不解销魂，但凡晓得，独负了、梧桐深院。

## 浣溪沙

栀子青青茉莉黄。玉兰枝上水晶霜。软红蝴蝶下双双。　　早夕屏山棋槊静，嫩凉庭槛地衣方。无言独自掩纱窗。

## 鹧鸪天

浅醉深愁映玉奁。落花如梦不堪拈。掷残钗背枝枝凤，望尽江头叶叶帆。　　子规北，鹧鸪南。朱楼青壁雨帘纤。阶前一自生红豆，三日恹恹未卷帘。

## 高阳台

再抱东门之忧，皆越花朝一二日。天涯经岁，寻复进瓜，不能忘旧事矣。

驿柳回黄，邮山漏翠，鞭丝带起销魂。不道前愁，已经三五番春。双铃若是团圆在，正喁喁、同盼征轮。太依稀，小马横阶，短梦如尘。
故园寒食元多日，想芊芊细草，青人何根。几树棠梨，隔桥风再无人。旧时燕子如飞到，待新晴、休啄泥痕。莫教余，憔悴归年，没处沾巾。

## 天仙子

独屐出城，漫游竟日，留春不得。不自知其惘然于言也。

拦路垂杨搓细雪。袅娜游丝明更灭。天涯何处不魂销，波一抹。山一叠。草草相逢都是别。　　春梦飞抛轻似叶。满地瘦红交蛱蝶。楼台深掩独归人，肠断绝。东风歇。斜院溶溶二分月。

## 桂枝香

题朱丈临川《红袖添香图》

幽廊曲榭。看纱槅斜开，灯花微灺。素壁萧萧着座，屏山横架。金罅人影娉婷在，几多时、麝烟笼罢。苦吟应倦，银虬徐促，乍凉秋夜。
留一幅、风流儒雅。料旧梦匆匆，曾是无价。十五年前，记取鬓眉初画。而今渐比图中白，有当时桃叶能话。玉栏东去，紫薇花畔，梧桐树下。

## 百字令

赠徐慕云

百花桥畔，共一湖、萍影匆匆曾记。天末相逢浑似梦，真果故人能至。系马留春，停尊展夜，旧绪重兜起。道余常忆，门前无限溪水。
怕听细数流年，春明一隔，三度经寒食。今日轮蹄，犹未稳、此去况应千里。将斛论愁，呼山送别，仆仆风尘耳。柳条前路，更堪谁是知己。

## 消息

雪杪雨初，酿寒市月，索晴不得。帘外杏花，未有放意。

冻雾妨晴，翦风作态，寒食犹早。罨画湖山，冥濛院落，软织游丝袅。穿林旧燕，经年飞去，磨耐几时才到。但阴雨、嫩泥成缬，绿了池上春草。　　绵绵漠漠，湿烟吹绽，巧露一尖斜照。将暖仍寒，欲暄还暝，倏倩微云扫。瑶觞未冷，金簪故在，肠断玉楼年少。尽闲过、村垂坞角，酒旗红小。

## 忆故人

济南鹊华馆，余甲子冬侨居时，同人诗酒，每夕无间。又四年，过其处，旧游星散，比户岑索，尘楹土锉，非复当日。怳怳然今昔之感矣。

泥落梁空，门前凄绝重来燕。逢人非复旧时人，院是当年院。未想退毫零盏。尽交与、苔愁藓怨。残阳晚下，尖月宵韆，更谁去管。　　昔梦依稀，琴言茶话青瓷暖。铛铛莲漏滴成三，当怪铜壶浅。便恁横窗几扇。曾消受、华灯一片。而今空忆，断雪疏鸿，东西天半。

## 长亭怨慢

乡关寒食别五年矣，泣然成声，咽之不下。

渐寒食、梨花霜耸。促逼羁人，乱愁无缝。店舍停烟，晓风吹起故园梦。愁塘何处，未信得、功名重。多少别离心，会不被、天涯断送。　　曾共。把茶樽酒榼，滴向先人邱笼。纸钱飞遍，也分到、伤心孤冢。断不是、细草萋萋，是当日、读书雏凤。便有日重来，难剪泪痕千种。

## 金缕曲

题严秋槎《麝尘词卷》

瀛海何曾窘。单斯人、乞生斗米，江湖坐隐。泛羽流商缘底事，一阕断肠一寸。竟拼到、萧萧双鬓。当日莱阳城下住，已疲驴、破帽无人问。千古业，定谁信。　　而今春草风流尽。莫真个、廊空人去，绿肥红褪。残月晓风依旧在，未减屯田遗韵。料此卷、瓣香难烬。八品头衔尘土吏，抵一千、斗大黄金印。呼杯起，为君引。

## 减字木兰花

日融风软。花外红桥桥外岸。岸上垂杨。亚字栏干工字窗。　　珠帘映水。鬓影钗光明镜里。见说婵娟。夫婿中书美少年。

## 采桑子

东风城郭春如画，糁径芳茵。柳语山韆。踏得青青不见痕。　　黄昏酒阵潇潇雨，玉辔雕轮。分载归尘。燕子梨花各断魂。

## 采桑子

酒旗十里平陵路，垂柳青青。红杏猩猩。绕郭烟岚入画屏。　　故园旧梦回相忆，松下泉声。穿过廊亭。三面青山一面城。

## 沁园春

红绒球中安小金铃，始咸丰间，闺中靓妆也。陵州驿馆见近人写此。

一簇猩茸，褪髻分钗，盈盈动摇。想葳蕤过手，声撩镜座，团圆出髩，影弹灯梢。约粉生光，先眉作语，悄颤轻筛步步娇。堪图画，怕红尘无此，冶管情毫。　　傒侥偖大樱桃。逐何处、仙风落纸凹。莫牛郎桥窄，天孙戏溜，鹦哥户密，小玉低翘。人面圆余，香肩避后，月样珊瑚一寸高。娉婷绝、恁断肠春色，交付谁消。

## 远朝归

送张樵野武昌

古历亭边，点十里荷花，似雪衣单。露早稳称，绿浥徐拨西风。底事吹坠，销魂一叶阳关叠。奈渔洋秋柳，忽与君折。　　眼前如梦湖光，忍掷下离觞，一声长别。雕轮遥计，况近中秋时节。泠泠疏铎，正何处、驿楼明月。重回首，有人望、洞庭天末。

## 金缕曲

晚投野店中，索醉不得。遥念家居读书时，清瘁判然。旧绝句所谓“西窗灯火新秋夜”也。

日暮风蝉歇。甚邮亭、野花开遍，土墙斜裂。辔断轮稀烟铿静，点点飞来蠓蠛。早碧落、银河时节。细簸金钱闲贯醉，恰酒如梅子杯如铁。惆怅意，共谁说。　　故园庭馆青天末。记当日、秋衣乍试，露窗平揭。一水空阶凉向夕，下有田田莲叶。更上有、弓弓新月。梦里丝香无觅处，但夜深、茉莉筛成雪。羁劳后，再难接。

## 摸鱼儿

《济南府志》“城外有李易安故宅”，踪迹数年，无能道其处者。

似当时、女相如住，夕阳奚事不管。任教静冶堂边路，横破蘼芜遮遍。何处院。曾寸寸、春愁排作珍珠串。西风帘卷。除后主雕阑，屯田残月，此妙几人阐。　　伤心地，只欠卢家双燕。等间抛堕红线。人生自古难争执，最有才清命贱。君不见。尽十里、明湖流水鸳鸯满。年年肠断。向柳絮泉旁，落花踏尽，归去马蹄软。

## 解语花

何吟秋授女郎张静娘诗，绘图属题。

羽衣声散，一粒沧烟，鸾鹤踪都杳。玉咳珠啸。穷桑底、更许个谁倾倒。空山香草。休猜作、朱魔翠搅。但生成、是有心人，与读天根稿。　　画里睇君双笑。恰桃枝席半，吟颤钗爪。青莲未老。琅玕笔、手付薛涛苏小。生花梦好。有遥夜、天风吹到。待睡金、敲上银屏，不隔红云岛。

## 蕙兰芳引

宫玉甫属题其室绣谱遗卷

零粉落铅，曾当日、绣窗奁户。最纸上鸳鸯，亲见唾绒前度。洞房夫婿，忍再检、断肠遗谱。想玉床箪竟，曳尽声声春雨。　　咏雪回文，从来闺秀，一样黄土。却江北江南，赢得苏兰谢絮。红尘今世，只争媚妩。身后名、应少画楼人妒。

## 城头月

秋夜过绣江拟访全鉴三不果

平桥疏柳青犹好。水阔银盘早。绕郭凉荷，风香未断，露岸人声少。
宿鸿暗印匆匆爪。远漏黏城杪。残夜相思，女郎山畔，续飒帘灯小。

## 喜迁莺

花浅种，竹新栽。浓昼莹无埃。一奁春水镜中开。生出碧楼台。
檐箔影，丝风定。擎过酒盘端正。隔城人语乍相猜。何处玉箫来。

## 沁园春

题邹乐生稗说卷后

难得相逢，明眼婆心，标标此才。记旅窗把袂，屋如舟小，春灯射覆，酒似泉来。挽气倾虹，将名陋卿，慷慨长歌击筑哀。平生意，有主文善木，叠上签台。　徘徊。镂卷新开。便离索、天涯不异苔。或纵横铁说，灵谈鬼笑，缠绵正旨，孝蔓忠荄。别我花前，听君纸上，决足流传不用猜。纷纷者，彼沿谐踵滥，亦独何哉。

## 沁园春

题汪氏文园绿净灭两园图

帧本新开，窈窕江南，盈盈梦痕。想紫云白雪，楼边搦笛，读梅念竹，花外洗尊。才识帆归，更探绿净，不数当年水绘。存承平，日尽名流如鲫，棋夕诗晨。　销魂。萍梗难论。便坐守、山田有几人。自雍乾百载，莓苔碧瓦，沧桑一劫，灌莽朱门。画里还家，卷中觅旧，泉石萧萧景可真。南塘路，竟谁如工部，为过将军。

## 摸鱼儿

陶慰农出旧所藏双鱼洗，浑古寒莹，自然丹翠，真汉器也。为制此阕。

最凄迷、汉宫明月，玉鱼金碗都朽。鳒鳒比目知谁铸，偏二千年依旧。君信否。定一水、匀圆挽过倾城袖。和谐悠久。想长乐初钟，披香倦烛，时有缠金溜。　前梦尽，七十二鳞愁皱。绮窗无复纤手。土花蚀遍盆涡绿，巧凸珊瑚双锈。亏汝寿。便古意、婆娑已是铜中叟。铛铛重叩。莫独夜雷声，五陵秋气，却化壁龙走。

## 琵琶仙

枇杷

拥罼金门，好时节、最记樱桃红满。回数似水光阴，天涯梦都软。谁慰与、梅黄庭户，赖珍重、蜡丸初见。几日青青，凌冬花早，高叶如繖。　赌新摘、渐近是山，抵扶荔、宫中问龙眼。莫倚橘乡滋味。道北人难惯。柔橹到、清尊徐泼，颗颗儿、擎出�碗。恰待川路衔回，日边归燕。

## 洞仙歌

罗两峰画《仕女图》，旧为桂末谷藏，吴谷人谱一阕其上。王一卿购得，出示属题。

依稀梳褶，解瑶签笼取。上有娟娟断肠处。恁堆铅沥粉、箧底光阴，曾赚向，伫月楼边前度。　　香南今已尽，只管纷纷，骑象人遥画师去。怕点钗溜翠，写钏援声，兜不了、相思梦住。却一曲、吹箫凤凰台，破对宇、萍痕醉余来妒。

## 双调江南好

无锡水村

双溪北，竹树罨人家。晚获更春当户稻，新寒未断瞰波花。疏柳不禁斜。　　堤根路，两两系渔槎。遮莫无惊村渡鸟，流连未问野祠茶。过客是天涯。

## 百字令

舟泛阊门外山塘，遂登虎丘。名迹尽灰乱劫中，云严寺门仅存。草石萧萧，游屐殆绝。然喧尘正稀，此兴不浅也。

金昌亭外，是姑苏、山色最留人处。闻说楼台花树密，底事尽成前度。千里拼来，兹行不恶，肠断翻无侣。云岩何在，斜阳愁共僧语。
踟蹰莫尽销魂，三汊桥畔，窈窕山塘路。海涌孤峰，无恙好、况又碧泉如故。短薄祠空，生公石烂，一片真娘土。但能凭吊，荒凉依样千古。

## 摸鱼儿

舟行槜李西，鸳鸯、范蠡两湖，涴演相望。疏桥平岸，暧暧桑竹中，渔舍隐见。寒罾未收也。

翠萧萧、枝枝叶叶，墅塘都是修竹。一帆烟雨楼边飐，斜趁晓风轻速。湖水绿。曾出日，妆台照起西施宿。鸳鸯卅六。便采采寒澌，离离疏草，争欲说遗躅。　　千载事，泛泛橹声相逐。隔桥时见罾屋。箬蓬鸡犬全家在，锉小晨炊初熟。菰米粥。是天授、渔官消受烟波禄。奈何不足。想少伯当年，扁舟归去，亦被白鸥促。

## 浣溪沙

将至杭州，推蓬十里，夕烟渐迩，款款可人。

镜样平波故故深。晚霞来照水当心。小山如髻树如簪。　　早烛荧楼繁似豆，遥樯刺岸碎于针。酒情已满六桥阴。

## 更漏子

临别西湖，旦夜不寐。回首湖上诸峰，朝翠远来，缘人衣袂。谱此赠之。

被池宽，灯穗小。二十五声平晓。一簇簇，一弯弯。隔桥湖上山。　六分风，三寸月。肠断将烟欲雪。灵苑水，越溪纱。再来须及花。

## 水龙吟

同治甲戌，再至明湖，桂云酣出佛峪联吟卷子，为谱此解。

去年灵隐孤亭，冷筇曾曳西湖麓。平生怀许，恍疑寻着，旧游林谷，霜院铃高，响泉屐滑，一竿竿竹。但寒苔茸翳，岩花红好，句觅得、人幽独。　　历下今朝尺幅。正溪山、聚丹攒绿。欢盟戴笠，清心泛蕣，俊情说菊。画约迢迢，年光寸寸，兜舆谁续。更良携、咫尺细敲秋叶，锦屏风曲。

## 烛影摇红

黄石琴词有“一点疏灯，红入虫声里”句，清真妍窈，尝比红杏、梅子之例，欲呼为黄一点。谱此问之。

漏前年光，绣江寒夜灯花立。酒醒残月女郎山，似梦经时隔。宛转萍丝消息。更迢迢、江南江北。七桥桥畔，駛騄能同，今朝难得。　　一点疏红，新吟凉人青蛩夕。如沙上雨一声声，满地秋难觅。双杵有人绝色。但说与、夏虫谁惜。暮烟幽索，短笛携来，呼之当出。

## 一斛珠

兖州人掘土出古玉，如枣、如豆、如果核，方圆不一，皆孔其中，贯而如珠。宫玉甫市得之盖半年矣，见者未之识也。

琅玕何始。土斑啮尽琼华紫。玉鱼金碗皆如此。千古兴亡，总在泥沙里。　　鲁殿荒凉满尘市。斜阳照澈锵锵子。摩挲善识今无几。肠断当年，妙选雕人起。

## 青玉案

酬余调夫

旗亭垩壁今零损。渐前辈、风流尽。断谱遗声吾不忍。有人留意，酒分花寸。便索褰裳问。　　相逢安得能禁俊。但铜琵琶远，红牙近。杨柳天涯风正准。湖鱼味早，山莺声嫩。吟屐须同印。

## 解语花

都门什刹海，盛夏时浓旎净秀，逦逦可人。偶日暮过之，北岸一园，池荷映廊间。余家居亦所植，清妍殆不减。感两谱此，是故乡之思也。

水痕如梦，剔透横廊，寸寸清波软。藕丝花片。明镜里、兀自朵红开半。魂销肠断。却非为、人家庭院。那能堪，尽量依稀，不引天涯倦。
为底故园归缓。正芙蓉纱外，颜色深浅。珠帘细卷。好时节、一样露圆月满。汉宫罗荐。莫耽误、盈盈相见。最画屏、颤出蜻蜓，无与斜阳管。

## 添字昭君怨

当日樱桃花底。今日柳枝风里。流莺见作路人来。独徘徊。　　去去年光锦片。滴滴春愁珠串。此生勿为断知闻。不销魂。

## 隔帘听

陈观察以劳夫人《绿云山房诗草》属题

闻说人间天上，点点琼田草。绿云窗槅凄重到。会柳絮团晴，椒花斗晓。春多少。除当时，碧鸾笺扫。谁知道。　　箫声恁好。一自秦台杳。同心锦剩安仁悼。断肠赢得，分梨付枣。补琴老、多拼穗灯红小。

## 十二郎

友人示《银屏絮影图》，自题一阕，余为和而解之。甚爱余言。

最奚事渴，病不解、捻丝拍竹。便媚赖猜盐，娇柔料水，浪说横门蛾绿。画带双花青青发，认锦片、年光十六。拼宛转成冰、团圞煞月，更翻几曲。　痴叔。燕台唱柳，尽堪金屋。莫比尽红儿，镜奁如雪，只有真娘姑熟。楚楚离乡，娟娟倾国，可抵石家一斛。枉玉筵、歌罢斑骓嫁汝，那时红烛。

## 喜迁莺第二体

帘波晃，集蜘蛛。纤柳嫩莺初。红儿梳扫雪儿扶。莫问断肠无。　荔子楼，桃叶渡。水影花枝窗户。恁教窈窕似江南，栽有江南树。

## 双双燕

莫楚香由江南寄挹翠楼闺咏图索句。方余摧家结旅巢江干，曾去楚香侨宅间盈盈一曲，当日花梢屋角似依稀册之左右也。展视惓然，为谱此阕。

那从貌得，剪莲子横波，入鹅谿绢。兰根絮意，倩我别来才见。一水渟滢帘卷。正共倚、鸳鸯翠管。未期谱向琴声，弦外有人肠断。　记否。西西廊院。曾隔树雕梁，一时双燕。差池画戟，红小泥新窠软。私怪玲珑玉腕。遮不却、流年如弹。转教乞得余缣，索被小桃妒晚。

## 减兰

阴午桥装青青女史画兰一帧，女史为余故友王尺壶姬人，己卯冬，余在江南，谱此阕也。

钿车嫁了。窣地红帘丝砚小。素奈村西。曾剪春风寸寸齐。　黄冠笼袖。最是顾萱愁话旧。香草芊绵。抵似横塘有故田。

## 愁倚兰令

花阴写梦图，为倪耘劬作。

莺坠核，蝶粘杈。那时经。一霎分明荔子，逗青青。　弦柱年如锦瑟，辘轳心是银瓶。数遍珍珠凭付与，雪儿听。

## 杨柳枝

一带横塘东复东。画楼红。丝丝缕缕护当中。出屏风。　迤逦夹城才一水。终年里。何时消息绿玲珑。到梧桐。

## 霜叶飞

冷枝摇曳，微波起，秋风应到何许。关山千里梦逶迤，镇听寒蝉语。偏一抹、轻云粘处。入林籁籁靡芜雨。怅临水依然，顾影一弯青换却，嫩涡眉妩。　　回首最忆春前，芦茅犹短，三两桃花才吐。条如搭出阴如画，夹岸青骢路。曾未忍一攀负汝，天涯莫要伤迟暮。但泥人、无奈何，弱絮游丝，那时芳侣。

## 永遇乐

集禊

咸同之岁，初至山左，尝集水亭，觞咏终日。其后同人遇合不齐，风流将尽。昔之少年既已老大，每以自慨，无可与言。今遇会集，亦当世贤者，乐此不倦。群作短言，品次一一。静坐其间，欣然听之，此又一时也。感为斯曲。

曲曲临流，亭亭映日，游丝天气。有山有竹，无风无浪，大是清幽地。及时为乐，相将晤集，叙尽年年春事。知当初、长言短咏，故人今曾在未。　　和风自老，娱游未足，不管流年若水。岂得无情，兰因又倦，虚此天然会。竹林清，况群贤在目，可信向山能死。殊不期、人生修得，放怀至此。

## 玲珑玉

绿石笋径可尺余，高三尺。棱纹攒削，皴如解索，密若束竹，逾巧画工。傅以为故某大将军家百年前物。本丈有奇，断而三，此其一。盖数易主，余得焉，置诸庭落旁，砌小石，缀以疏花，斑采映蔚，似有情者，致不能无感也。

天上支机，有谁见、博望乘槎。峻峻鸭绿，却真载入中华。遥忆千钧辇到，向雕廊复榭，大戟高牙。天涯。始何年、难问女娲。　　矧把荣枯转瞬，尽亭亭无语，知在谁家。证我三生，且安排、细草纤花。偷闲携尊相对，任猜作、元章怪癖，醉倒乌纱。莫辜负，泬寥天、深院日斜。

## 踏莎美人

入夏以后，霖溽苦阴，穉女剪彩作美人，梳粉皆具，施帚袖间，粘之庭柱，檐风轻吹，翩翩如也。霁以为验，祝而送之，名曰扫晴娘。

画鬓防云，裁鞋怯露。多时绿绕红围住。相将仿佛下妆台。微见喁喁扶出绣帘开。　　铃索摇余，阑干滑处。小炉香烬花枝暮。背人央祝独徘徊。定要明朝迎得太阳来。

## 太常引

仙蝶重来，手之，以酒集观，满前，了无怖意。

露阑霜重百花疏。何白落庭除。梦觉故蘧蘧。正要恐、庄生不如。
晾豪若俊，耐间似逸，又见引杯初。咫尺即方壶。再莫问、神仙有无。

## 玉漏迟

琐闱三试后，僚佐渐稀，垣馆闭居，撤棘尚远。秋花自好，官酒独斟，愈有味也。时光绪己丑八月，山左监试院。戊子秋，曾兼充提调于此，尝题所居廨，曰琐院兰台，志其事。盖于是二次矣。

画帘清昼永，深深宛似，梧桐宫井。斗雪银窗，扶过壶中日影。乍换隐囊方褥，更检点、红香绿茗。闲只听。铜蠡不远，霓裳声定。　　忍说汗漫清游，但随意重来，蕊珠仙境。叶落花开，中有才人时命。计日西风铃索，又不觉、广寒秋冷。须且等。莫便碧苔盈径。

## 于中好

张韶舫填词处日眠琴小筑。征所知为谱，谓且将付绘师，他日按图造之，不得为竹中避也。

荔枝叶小槟榔绿。最画窗、梦痕盈掬。远帆缥缈屏山六。却围着、潇潇竹。　　锦囊不解弦如玉。且付与、红牙断续。草堂篱落花间屋。清歌里、看飞瀑。

## 荔枝香近

汤中丞以交州桂见贻，众莫能得者，洵上品也。

辛苦将携万里，交南远。香气累日氤氲，植似芳林苑。有时樵客无心，驿获中人产。最高岭孤生轻不见。　　君且慢。任教说、吴刚砍。问有渠，谁真睹、月中天半。紫殿回翔，出袖分明御炉暖。此意木瓜深浅。

以上《清代诗文集汇编》影印《青草堂集》

# 刘淮熇（15 首）

刘淮熇（1838—1903 年后），字星岑，直隶天津府盐山县（今河北盐山县）人。咸丰五年（1855）举人，官内阁中书，同治十三年（1874）擢员外郎。后出知贵州镇远、福建漳州。长于诗歌，与诗友结燕台吟社，一时有压倒“元白”之誉。其词名似被诗名所掩，张云骧《康觚词序》曰：“洋洋乎大风，绵绵乎乙思，因窃叹稼轩、玉局复在人间。”① 与端木埰、王鹏运、盛昱、唐煊等人唱和。著有《沅江稿》、《得所得庵诗草》、《康觚词》一卷。

## 一剪梅

春柳别友人

骊歌三叠起离愁。月满楼头，恨满心头。千条万缕接江邮。只送归舟，莫送离舟。　　鹅黄碧螺早盈眸。待欲勾留，怎得勾留。远山如黛水如油。不是逢秋，也是悲秋。

## 桂枝香

泊津门

一帆风送，正暑退凉生，初秋时节。迷漫平波如镜，洪涛若雪。楼台

---

① 刘淮熇：《康觚词》，民国刊本。

夹岸新晴后，是何人，笛声呜咽。青凫南下，黄龙北泛，夕阳明灭。
叹廿载，征尘一瞥。枉东涂西抹，呕出心血。知己难逢壶口，中宵击缺。万缘坌集容颜改，百年销尽轮蹄铁。至今落拓，昂首青天，伴人明月。

## 金缕曲

铁公祠

湖水真清绝。更那堪，新秋七月，雨声初歇。买得扁舟瓜样小，来访空祠明月。短墙外，青山一发，柳浪竹烟看未了，更深夜、满座荷香澈。今古事，休重说。　　将军百战心如铁。想当时，形骸碎粉，肝肠迸裂。大字金牌高堞上，誓与孤城同没。最可恨，惠皇庸劣。若使挥戈当一面，定能传、逆首悬宫阙。千载恨，长呜咽。

## 齐天乐

极乐寺看海棠

软红厌踏东华土，昨霄微闻疏雨。媚脸初匀，柔心渐暖，赢得春光如许。芳菲易去，惜点点猩红，来从西府。宝马香车，夜长谁解烧银烛。
回头嬉游暗数。记髯苏缱绻，黄州五度。笛韵飘风，茶香沦晚，曾领人间艳福。问花无语，似对镜蛾眉，幽情难诉。欲奏通明，乞轻阴永护。

## 一萼红

舟泊镇江登金山有晚眺

踏芒鞋，才寻红蓼岸，又上碧云堆。梵板停敲，塔铃罢琼，琳宫初剪蒿莱。算只有，髯苏玉带。到山门，倦眼暂时开。郭墓碑残，冢冷草没，今日谁来。　　缥缈金焦两点，经天荒地老，几度尘埋。公瑾奇谋，寄奴远略，当时多少风雷。幸留得，江山胜概。任才人，今古共低徊。为他高歌一曲，浊酒千杯。

## 前调

瑟轩丈回任南宁，作诗遥寄，清尘芊绵，诵之不已。昨霄春尽，忽梦京华，醒而重读，怅悒难遣，倚声和之，聊以代柬。

几回看，故人数行字，飞下雁来天。妙语联珠，清词屑玉，如逢旧日酡颜。一样去，都门万里，怎者般，还隔万重山。桂岭云多，柯江月满，两地情牵。　　昨夜御沟桥畔，记依稀梦影，重到长安。玉漏才停，金貂未散，阶头红叶初妍。只我辈，瘴乡深处，写相思，一字一缠绵。为问巢痕在否，同续良缘。

## 台城路

中秋日武昌对月

武昌城外豪华地，扁舟仨看明月。霁影流金，晴波泻玉，现出水精宫阙。天风吹烈，无半点浮云，凌空飞越，剪烛船窗，夜阑拟向姮娥说。　　莽莽乾坤一瞥。算雷轰电掣，多少雄杰。楚馆吴台，唐营宋垒，都向各种明灭。江山重叠，任蚁斗蜗争，何时休歇。愿挽银河，洗千年恨血。

## 金缕曲

姑苏返棹，道过丹阳，微雨骤来，吕村晚泊，挑灯不寐，遂谱新词，时重九日也。

秋气凉如许。更那堪，宵深篷被，数声秋雨。倚枕欲眠还坐起，怎奈者般凄楚。正两岸，乱虫低诉。切切凄凄听不得，说空山，一夜离魂苦。声滴滴，何曾住。　　故乡凝望知何处。数不尽亭长堠短，万重云树。多谢一灯常伴我，挑尽银花不语。况佳节重阳又误。便插茱萸。思往事，料天涯，定把归期数。含毫写，相思句。

## 贺新凉

同朱研生京兆、陈菊坪孝廉、屈师竹茂才游怡园，小憩，即赠园主人顾鹤逸，子山先生之哲嗣也。

小步苍苔径。喜当门浓青淡碧，疏篁斜映。引入横塘三尺水，环绕崇山峻岭。临小阁，泉声满听。橘绿橙黄时，正好惜残红。谁赋吴江冷。锦绣句，付公等。　　主人生就烟霞性，惯消受花天月地，沽醪啜茗。看竹不嫌佳客扰，添得西窗吟兴。我到此征尘涤净。拟向墙东分片席，到春来，共占垂杨影。长领略，清凉境。

## 高阳台

同治乙丑、丙寅间，余与慕慈鹤前辈约同人作燕台社，一时入会者甚众。光绪辛卯重到京师，已二十余年矣。慈鹤既归道山，而同人中若王子实、周菊船、董凤樵、王小铁、陈鹤溪诸君亦俱赴玉楼。侨寓圆通观，适与望云楼相望，昔子实所居，文酒流连之地，怆然有感，情见乎辞。

极乐嬉春，慈仁销夏，同游旧结欢缘。画省朝回，拈毫分占云笺。唾壶击碎高歌起，谱新词，乱拨鹍弦。好留连，露带风襟，酒地花天。
班骓犹识铜街路，讶人琴俱尽，蕙帐空烟。咫尺黄垆，无人肯着吟鞭。不平各有填胸事，怪清才，难到华颠。情无言，断絮零葩，有恨绵绵。

## 念奴娇

读南湖《红鸥集》即赠

君家何处，占燕南，赵北平湖一角，四面荷花，红锦腻，筑就才人帷幄。座上谈龙，梦中吐凤，壮志凌雕鹗。笔端风雨，一时奇气盘礴。
何意憔悴微官，秋风毰毸，泪洒青衫。四十年来行老矣，肝胆有水堪托。北走巫闾，西浮滟滪，世事共嘲谑，不如归去，钓耕中，有真乐。

## 沁园春

寄幼遐

瘦马东华，旧雨流连，欲去还停。正客程天远，崎岖箐路，故交云重，缱绻兰盟。萧寺看花，旗亭赌酒，珍重殷勤旧日情。那能够，花常伴月，树不离莺。　思量老大无成，只梗泛蓬飘过半生。羡玉堂金马，争高声价，虎头燕颔，竞奏功名。我自蹉跎，君犹抑郁，乌兔相催岁屡更。相望处，愿加餐努力，更奋鹏程。

## 南乡子

曩由沅入湘，下洞庭，刺船者多善歌，曼声促节，靡靡可听。今泛潞河，一榜发歌，声颇与湖南相仿佛，有感于中，聊写其概。

柔舻过芳洲。宛转轻圆未肯休。犹记潇湘明月夜，夷犹。触起思乡一夜愁。　妙响发清讴。欹枕难禁客里秋。和雨听不得，飕飕。不是桓伊也泪流。

## 凤凰台上忆吹箫

许鹤巢比部为题小像，并《沅江稿》，欲报未暇也。泛舟南下，诵所作《独弦词》，因作倚声一阕以答。

彩夺江花，光凝邱锦，论文旧溯齐梁。鹤巢善作六朝文字，有新诗一卷，健笔能扛。更向旗亭画壁，倩翠袖，嚼征含商。井水处，尽歌柳七，曾断人肠。　　苍茫牂牁江上，忆袂判襟分，旧雨情长。奈万山青里，有梦难翔。禁得村砧牧笛，宵深后，助我凄凉。归来早，评花载酒，莫负年光。

## 满江红

津沽早秋，买舟南迈，风物既换，离思渺然。

袅袅西风，挂一副，扁舟如叶。看两岸，风芦霜蓼，送人离别。旅雁低随流水去，哀蝉远傍斜阳咽。断肠时，柔橹两三声，添凄切。　　看不尽，关河月。销不尽，轮蹄铁。讶滔滔东去，几时休歇。祖逖着鞭心倍壮，陶公运甓肠空热。把世情交付，与云天，休重说。以上《康瓠词》

# 王增年（22首）

王增年，字逸兰，天津人。生卒年不详，活动在道光、咸丰年间，咸丰三年（1853）后，客死山东。诸生，屡应乡试不第，一生坎坷不偶，幕游南北。民国《天津县新志》有传。工诗，尤擅词曲。与泰州宫本昂最为相契，同治二年（1863），本昂为之镌板刊行《妙莲花室诗草》五卷，《诗余》二卷。民国十一年（1922）壬戌，金钺重刻《妙莲花室诗词钞》，诗一卷，诗余一卷。另著传奇《暗香媒》一种，有咸丰元年稿本传世，今人吴晓铃收藏[①]。曾连载《小说月报》民国三年第四卷第十号至十二号。友人长洲宋祖骏《妙莲华室词钞序》论其词曰：“俨然两宋之遗制，而姜张之后劲也。方为之䌷绎数四，而或者用靡曼少之。余曰‘否否，盖自抗

① 庄一拂：《古典戏曲存目汇考》，上海古籍出版社1982年版，第1405页。

声艺苑者，类皆以李、杜、韩、苏自命，而后律吕之言绌焉。虽然，言各有当也。揽江山之平远，吊风月之孤清。拿舟曳杖，悲慨交深。烛跋杯阑，情文并至。读斯编者，未尝不叹其才思之隽逸、音节之铿鲸、辞旨之哀艳也。’”① 并将王增年与以孙廷镰、戈载、秦耀曾等深受浙西词派影响的江东词社词人相提并论，谓“今有逸兰角逐其间，夫岂独不愧而已？譬诸武事，搴考叔之旗，用士鞅之剑，抑亦可谓先登者与?”

## 蝶恋花

立秋

一线斜阳檐角去，午梦回时帘卷幽庭暮。小立桐阴摇白羽，微风吹堕花无数。　似有商声生远树。亦是秋来，不见秋来处。几点芭蕉窗外雨，夜深便觉凉如许。

## 卜算子

共道到送春归，归向谁家去。试看遥空暖雪飞，便是春归处。　才过矮檐来，又傍疏帘住。嘱咐东风缓缓吹。莫误来时路。

## 念奴娇

雨中清明和震生侄韵

帘钩不止，正沉沉，红腻一庭花片。病酒伤春，过百五，人比无吴蚕还懒。榆荚烟新，木兰花老，时序怱怱换。重门深闭，客愁何处勘散。　一缕漠漠，炉香凉挽。雨气隔座，依稀辨，窗下怨。春词未就，几日清吟谁伴。翠滴球扬，红粘罥索，罗幕朝慵卷。游丝不起，这番春思难绾。

## 洞仙歌

雪夜有怀莲品七兄

愁边病里，又年华将晚。几日清寒。袭幽慢。正梁园夜雪，苦忆连枝，背银烛孤枕，怕闻归雁。　遥知今夜里，康乐吟情，把酒应悲惠连远。试折早梅，看咫尺家山。空辜负，绮窗花满。剩一缕相思，似春云，便荡尽东风，总难吹散。

---

① 王增年:《妙莲华室词钞序》，民国壬戌刊本。

## 浣溪沙

抱得琵琶不肯弹。春风微掠玉葱寒。宿醒余晕要人看。　　舞罢兜凤舄，歌成凝笑抚丫鬟。偎人不顾鬓花残。

## 鹧鸪天

浅白深红次第排。池塘昼暖水萦回。莎庭雨过龙孙长，花院春深凤子来。　　闲伫立，且徘徊。孤吟随拌白螺杯。愁怀结似丁香蕊，吹尽东风解不开。

## 扫花游

由保阳赴津门，夜泊淀中。清风吹空，碧月在水，荷香芦影，静绝无尘。倚棹延望，黯然有怀，乃赋此解。

凉波不动，正秋入平湖，水云无际。浣红濯翠。爱扁舟小舣，藕花香里。瘦月依人，满袖清光似洗。短篷底。写烟影露痕，多少幽意。　　参差渔笛脆。向鸥梦圆时，曼声吹起。芦汀蓼沚。映萧萧木叶，一灯红醉。别思苍茫，更被鸣蛙恼睡。这滋味。问今宵、那人知未？

## 喝火令

酒盏飞难住，箫声雅欲流。十分圆影照当头。便有一分欢乐，难敌九分愁。　　玉露疏还滴，银云淡不收。有人今夜在西楼。独自凭栏，独自挂帘钩。独自桂花香里，清泪晕双眸。

## 西湖月

微雪步后圃

柴门晚色沉沉，正凉逼炊烟，一痕低亙。絮云如梦，催将雪意，乍飞还住。林梢微抹白，衬几点、模糊霜叶蠹。更冻雀、飞满疏篱，点缀半园幽趣。　　平畦菜甲新开，爱斜触冰泥，嫩红初吐。故家风味，凄凉庾信，旧时曾赋。清愁无处着。合写入、云林新画谱。皴几笔、水墨荒寒，暮鸦高树。

## 齐天乐

七夕立秋

无端吹瘦桐梢月，西风暗生金井。钿盒蛛丝，画罗萤焰，小院黄昏人静。星河渐耿，想露染天衣，定增凄冷。空碧沉沉，一痕秋入鹊桥影。谁家画屏未睡，爱分瓜取果，儿女喧竞。翠杼无声，红墙有界，笑指斗回西柄。云軿路回，正林薄商音。乍傅清警，好诉相思，夜凉情话永。

## 齐天乐

夏夜与友泛湖①

兰桡乱击空明去，芦漪棹歌②轻发。柳影偎鸦，荷香醉③鹭，满眼寒光如泼。沧波数叠。爱夜静亭闲，酒阑歌阕。曲港烟轻④，露华斜闪紫菱叶。

维舟更寻古岸。葛衣轻欲折，凉浸诗骨。俯槛微吟，登台长啸，逸响遥穿林樾。疏更渐歇。剩远市残灯，一星红怯。联袂归来，满身都是月。

## 眼儿媚

绿杨池馆乍闻莺，风暖入衣轻。吹箫广市，筑球沉院，都作春声。风光渐觉归，红杏几日酿阴晴。一帘疏雨，万家烟火，又是清明。

## 踏莎行

新月纱窗，断蛩苔院。重帘不挂重门掩。梳犀慵理鬓唇偏。镜鸾长禁眉头展。　　蕙炷频添，兰灯再剪。香浓绣被眠犹懒。不愁无梦到关山。只愁梦觉关山远。

## 柳梢青

怕卷珠帘，斜阳时候，最是销魂。几片飞花，几丝飞絮，断送余春。东风不管莺嗔。便扫尽、红香翠痕。寂寞空庭，倚栏人去，又近黄昏。

---

① “与友泛湖”，《词综补遗》本作“放棹明湖”。

② “歌”，《词综补遗》本作“讴”。

③ “醉”，《词综补遗》本作“伴”。

④ “轻”，《词综补遗》本作“清”。

## 琵琶仙

湖上早春

猛一声莺。蓦地把百斛春愁惊醒。湖上几日微阴，东风尚尖冷。新水绿芦芽短短，画桥外未移烟艇。柳色朱阑，桃花碧岸，初逗春影。　　漫孤负拾翠芳辰。正浅草、微波弄烟景。几度问晴商雨，奈光阴无定。争怪得、琴樽冷落，料玉人翠鬟慵整。空对亭角，斜阳画栏孤凭。

## 琐窗寒

旅夜

乱柝敲烟，疏钟扣月，夜深如许。空房悄悄，独坐不闻人语。漾重帘，花阴满阶，渐看移过栏杆去。最无聊，茶罢香销，况是客怀凄梦。　　庭树葳蕤处，覆睡鸟双栖，怕人警寤。孤吟未就，听彻几番谯鼓。绿窗虚、瘦影横纱，一丝玉蟾留不住。倚屏山，自剪灯花，夜寒生院宇。

## 点绛唇

长昼迟迟，斜阳懒上花梢去。燕莺俦侣，竟日交相语。　　帘碧窗红，深护藏春处。春欲暮。困人时序，昨夜楼头雨。以上《妙莲花室诗词钞》

## 凤凰台上忆吹箫

二月晦日，沧浪亭探梅。

水餍琼酥。山梅翠活。东风才上南枝。甚春寒不退。误了花期。生怕玉龙吹散。做弄到、月冷烟迷。商量且寻檐一笑。慰我相思。　　清奇湖山佳处。正水竹萧疏。亭榭参差。有新香古艳点缀偏宜。欲折一枝寄远。怅陇上驿使迟。空延伫。愁怀何限。翠羽应知。

## 玲珑四犯

隔水小桃花

昨夜东风。正碧月窥帘。露井寒浅。脉脉含情。竹外数枝红短。尤记春水生时。曾几度、前溪相见。向门外。带雨无言。低映隔花人面。
自从桃叶凌波去。隔春江、相思天远。染成凰纸愁难寄。色比泪痕深浅。

也似息国人归。倚斜阳伤心无限。都不见。旧日刘郎。空把花阑偎暖。

## 月华清

九日登历山

乱叶翻红。疏萸缀紫。西风来约双屐。携酒峰头。踏破一山寒碧。看湖上、十里波光。荡历下、满城秋色。萧瑟。正斜阳衰柳。鹊华烟白。　东望青徐何极。但海岱连云。乱峰愁积。寥廓霜空。风紧雁程无力。欹破帽、短发萧骚。早孤负、樽前吟笔。今夕。且黄花醉插。蟹螯亲擘。以上《全清词钞》

## 法曲献仙音

翠箔辞寒，玉笙参暖，人在红窗深处。蝶懒愁风，莺娇怨雨，春来一样情绪。正睡起危阑倚，斜阳上高树。　漫凝伫，看蔷薇，翠摇红颤。垂满架、都是乱愁无主。楼阁绿沉沉，渐枝头、吹尽香絮。无计留春，更何堪、听着杜宇。恰空庭人静，又散一帘花雨。以上《词综补遗》卷三十八

## 念奴娇

唾壶敲碎，看宇宙，满眼苍茫何限。惆怅人间，多少事，万古愁根难断。白发填词，红牙掏谱，自把伊州按。一枝青镂，写来无数幽怨。
当日拾翠林坳，无端遥逅，笑捻寒香看。玉手一枝亲把赠。回首春风人远。千里相思，一朝佳会，楼阁空中现。梅花撮合，这椿奇事堪羡。以上《暗香媒》提纲

# 边保枢（30首）

边保枢，字竺潭，直隶任丘人，同治九年（1870）举人，现官浙江盐大使。光绪六年（1880）入西泠吟社，与秦缃业、江顺诒等人唱和。吴唐林编选《侯鲭词》，五种五卷，收边保枢《剑虹盦词》一卷。《清词综补》收其词12首。其词本色当行，赠别思人之词温厚清婉，凄凄动人处不减秦七黄九。行旅怀古之词悲慨沉郁，苍凉浑厚处，得苏、辛神采。

## 摸鱼儿

丙子春晚，偕陈小农民部、武抑齐孝廉暨家卓存兄游崇效寺，观红杏青松卷子。官浙以来，旧交星散，抑齐返蜀，旋即病殇，小农滞迹都下，与家兄均落拓不偶。偶填此解，怀人感旧，情见乎词。

记城南、胜游联袂，息息芳事刚谢。僧房绿罥凉阴悄，展卷几人清暇。陈迹写。证默坐、枯禅文杏长松下。词坛墨洒。惜梵夹虫雕，珏笙鹤去，香冷旧莲社卷中自渔洋尚书以次，名流题句甚多。　风轮劫，絮影萍踪都假。伤心邻笛吹罢。锦江天远花辞树，栩栩蝶衣初化。铅泪泻。向叶底、鹃啼几度春归也。金台整马。剩忆剪烛敲诗，看云忆弟，斗酒酹兰若。

## 柳梢青

湖上咏秋柳

烟雨秋多。愁丝恨缕，弄影婆娑。苏小坟前，段家桥畔，岁岁经过。

风流张绪如何。叹憔悴、于今恁么。写出萧疏，昏鸦乱落，夕照微拖。

## 长亭怨慢

武林北归，留别同人。

又收拾、片帆东去。草草天涯，顿悲歧路。岁晚沧江，蓬飘一样总无据。孤舟听雨，任数遍、年年羁旅。明日征程，知残月、晓风何处。

留驻。怅河桥骢马，携手故人情绪。魂销南浦。重整缆、津亭秋树。怪此身、不恋湖山，更遥踏、软红尘土。纵盼到睐来，误了早梅时序。

## 柳梢青

舟过北新关

水面红楼。晚凉天气，齐下帘钩。新月初弯，夕灯未上，人倚孤舟。

暮烟杨柳汀洲。休认取、春风旧游。白纻歌残，青衫酒满，重别杭州。

## 满江红

金陵道中

如此头颅，问何事、风尘肮脏。收拾起、囊书匣剑，一身跌宕。仙尉已甘吴市隐，浪一作壮游且溯秋江上。爱六朝山色，望中来、诗怀壮。　花月艳，空劳想。沧桑劫，休重怅。任一作叹沙沉折戟，寒涛千丈。王气金陵今日尽，后庭玉树无人唱。只夜深，潮打石城回，添悲悦。

## 清平乐

见新月有怀

授衣时节。愁对沧江月。记得早春刚赋别。经了几番圆缺。　天涯岁岁逢秋。坠欢忽上心头。知否眉痕初晕，有人盼断高楼。

## 齐天乐

得家书感赋

深闺误尽刀镮梦，关山尚留羁客。砧韵翻空，泪痕缄札，寸寸离肠凄恻。江南塞北。算两地情怀，一般萧索。拟答[①]琼瑶，朔云千里驿程隔。

平安何事足慰，只残书绣铗，随分迁谪。芳草凄迷，幽兰衰谢，岁岁他乡逼侧。茸裘缝坼。抚旧日征袍，流黄无色。三匝乌飞，欲归愁倦翮。

## 朝中措

江干野望

江云漠漠雨丝丝。风拗片帆迟。野饭烟低客艇，乱流沙没渔矶。　四围画堞，一声清角，人在天涯。隔岸霜枫几树，记侬双桨来时。

## 金缕曲

庚辰岁暮，自皖返浙，与家兄别于江上。惊涛骇目，朔吹逼人，渺渺余怀，感成此阕。

苍莽分襟处。恰连朝、风饕雪虐，攒成羁绪。漫说联床清梦，稳翻作江湖倦旅。叹岁晚、飘零谁主。最好中年兄弟乐，怕侵寻、丝鬓嗟迟暮。情脉脉，各无语。　扁舟一叶沧江路。记来时、烟杨绕岸，尚摇残缕。

---

① “答”，《剑虹庵词存》本作“畣”。

黛色遥山千万叠，也学双蛾愁聚。只惯送、征人南去。怪底幽燕豪兴减，扣舷歌、都是消魂句。谁识我，别离苦。

## 醉太平

沪上感怀

仙居碧城。浓春画屏。小楼弦索枨枨。正斜街月明。　　风尘旅情。烟波去程。驿桥杨柳青青。又来朝赠行。

## 金明池

采石矶怀古

叠浪奔一作喧腾，垂岩一作崖崩劣。天险中流堪据。叹一霎、争关夺隘，磨洗尽弓刀楼橹。尽当时、锁钥横江，截[①]不住、千里涛声东去。但夜火星微，寒潮雪卷，照见空明牛渚。　　百战勋名渺何处。忆画舸遨游，锦袍前度。曾记否、邻舟高咏，且闲觅、摩崖题句。任古今、豪杰消沉，有十笏丛祠，青莲独[②]踞。想捉月重来，骑鲸招手，犹隔仙城云雾。

## 浪淘沙

宋周晋仙有明日新年一阕，句曲外史尝戏和之，今当岁除，辄师其意。

羞数阮囊钱。随分闲眠。轻身一叶托秋蝉。梦到大罗银汉外，仙藕如船。　　放棹五湖边。休着尘缘。看花酾酒也欣然。莫道山中无甲子，明日新年。

## 前调

卧[③]闻雨声，感赋。

凉雨忽潇潇。霜叶微凋。客心闲得太无聊。解道相思如梦里，明镜春潮。　　踪迹久飘摇。被冷香销。断肠人住可怜宵。一种秋声听不惯，窗外芭蕉。[④]

---

① “截”，《清词综补》本作“载”。

② “独”，《清词综补》本作“高”。

③ “赋”，《清词综补》本作“时”。

④ 按，此词《清词综补》本作“凉雨忽潇潇。霜叶微凋。便非愁病也无聊。悔煞钱唐上住，相思如潮。　　客路尚飘摇。被冷香销。断肠人在可怜宵。一种秋声听不得，窗外芭蕉。”

## 风蝶令

武林秋思

曲渚霜波净，高楼客思孤。断桥烟柳认模糊。多少黄金销尽、向卤湖。　　斗蟀繁华歇，骑驴岁月徂。冬青零落一株株。怕听年年寒夜、怆啼乌。

## 国香慢

纪事用张玉田赠沈梅娇韵

浪暖浮堤。听绿阴门外，款语莺儿。隔帘渐通芳讯，银押低垂。畅好江南重见，偏惆怅、花落残枝。娇羞正无赖，豆蔻梢头，二月良时。欢悰频暗数，记梦回昨夜，蟢子轻飞。钗征钏逐，犹是往日心期。莫忆年年离恨，怕啼痕、还上征衣。天涯但芳草，待得侬来，又送春归。

## 转应曲

薄幸。薄幸。拚与鸳鸯共命。五更月惨霜浓。背影摇摇烛红。红烛、红烛、留唱恼侬一曲。

## 酷相思

记得年时江上住。才识遍、横塘路。指小院、樱桃花满树。春正在、无人处。人正在，伤春处。　　楼角痴云帘外雨。只好梦、和愁度。问身是、浮萍还是絮。今日逐、东风去。明日逐、东流去。

## 蝶恋花

数点梅花和月冻。斗帐香温，少个人儿共。半掩衷衣鬟翠拥。峭寒不度湘帘缝。　　多病经时双袖拢。莫倚阑干，只为春愁重。欲展衾窝寻昨梦。痴心又把相思种。

## 南浦

见新柳有怀

青青如此，荡愁心、都在画桥西。挽着水流花放，烟缕故凄迷。才是陌头春暖，惹深闺、惆怅几多时。记那人去后，一年一度，相见总依依。　欲把客程绾住，罥吟鞭、娇影不成丝。怪煞无情有恨，凉露早莺啼。直待芳魂解脱，飞絮又沾泥。叹阿侬、飘泊可容，先借一枝栖。

## 渡江云

绿阴，和江秋珊。

软红飞不到，夕阳如画，空翠落庭阴。流莺无意绪，叶底声声，闲煞惜花心。青青子满，怕重来、旧约难寻。争怪得、伤春小杜，惆怅总难禁。　愔愔。一帘蕉雨，半榻松风，把梦痕凉沁。唤起我、苔阶点屐，萝石眠琴。年光似与人俱远，自花时、盼到于今。偏隔断、碧天消息沉沉。

## 台城路

出都有作

寒林惨澹都无色，西山笑人重到。健鹘盘云，明驼卧雪，揽辔长安古道。平沙浩淼，只一线桑干，洗愁不了。冉冉车尘，俊游回首碧天渺。　昨宵犹自中酒，怎珠啼锦怨，此别难料。子夜歌声，丁帘梦影，消尽柔怀一作情多少。何戡未老。僭银烛乌丝，谱成商调。为语人间，赋情休懊恼。

## 法曲献仙音

题涿州店壁。计自甲戌以后，往来京师，信宿于此，不知凡几度矣。

冻柳垂鞍，惊沙拂帽，野饭邮亭才驻。唤起征程，一鞭斜袅，残一作斜阳断堠重数。是往日、消魂地，羁怀那堪诉。　叹歧路。甚年年、倒冠落珮，虚负了、茅屋绿杉烟雨。舌敝且归来，指星星、华发非故。半晌黄粱，更无端、梦也相误。倩何人吹笛，谱入离愁千缕。

## 促拍丑奴儿

春感

微雨掩重门。绛纱底、依约黄昏。残红乱糁蘼芜径，韶光如客，客怀如梦，梦境如尘。　小劫逐飙轮。游丝细、不绾春魂。临歧别有难忘处，风前倩影，月中花颜，露下啼痕。以上《剑虹庵词存》

## 解连环

偶憩摩诃庵，西山朝霜苍翠仆人，洒然有出尘之想。归拈此解，用周稚圭登香山北麓塔院韵。

早霞城郭。见西山一抹。翠鬟如约。趁晓色、茸毛丝鞭。指幡影石坛。梵铃高阁。渐远淄尘。有初地、清凉堪托。叹官闲似隐。便拟此间。招我猿鹤。　　黄粱霎时梦觉。对晶荧佛火。花雨争落。转傲他、煨芋年光。领青琐朝班。夜听金钥。欲证枯禅。试叩取、天亲无着。谩消凝、促人归骑。丽谯画角。《词综补遗》

## 解佩令

半生书剑。一身湖海。笑年来、江南久客。盘马呼鹰，有多少、酒人相识。怕重提、旧游京国。　　冰弦铁拨。翠尊红袖。谱妍词、偶然画壁。淡月疏花，还照我、夜凉吹笛。问豪情、可曾消得。

## 摸鱼儿

数平生、青鞋布袜，胜游历历亲试。香台旧拓莲花界，昨夜旅魂飞坠。清净地。认台绣、经幢法雨前朝寺。凉阴侣水。听落叶凄蝉，幽篁啼鸟，都是静中意。　　沧桑劫，不改寒山苍翠。三生慧业犹记。茶烟绕榻松风歇，竹外僧楼慵倚。尘境里。证半晌、蒲团尽扫闲罗绮。暮钟唤起。指坏塔斜阳，平湖暝色，归路远峰底。

## 瑞鹤仙

题江秋珊《愿为明镜图》

琐窗明月影。认匣里、双文素肩慵凭。团栾照妆靓。证前身圆相，今生薄命。粉香脂凝。摹不尽、丰姿玉映。甚痴情愿作，冰奁常与，翠鬟厮并。　　漫咏秦淮旧事，草草欢悰，雨昏烟暝。残春梦醒。昙华劫，怕重醒。只丹青描出，伤心眉妩，一样恹恹愁病。伴伊人花坞，填词鬓丝秋冷。君所居曰花坞夕阳楼。

## 金菊对芙蓉

醉芙蓉

秋水传神，明霞写艳，树枝掩映芳丛。怪沉酣风貌，翻比春浓。瑶池宴罢仙城远，悄扶归、香雾朦胧。寒江乍涉，午醒未解，半颊添红。
酿露酝酿偏工。借天天厨醽醁，幻出娇容。恰搴来太液，朵朵脂融。垂杨枉惜凌波影，有朱颜、一笑相逢。谁描粉本，伴他疏蓼，夕照微烘。

## 绮罗香

隐囊

吉被棉装，团窠锦制，徒倚以天然高座。雅称乌纱，巧样嘉名同播。伴药笼、宰相山中，配羽扇、夷吾江左。午窗闲、宜醉宜吟。饭余添了睡功课。　疏帘清簟佳处，为约庄襟老带，支颐斜坐。恍负朝暄，静里光阴轻过。未输他、鸳褥浓熏，还傲我、牛衣冷卧。隔银屏、拥背低徊，夜凉闻细唾。

## 一萼红

早春雪霁，独游皋园，南枝向荣，迎春破萼，偶成此调，用白石道人韵。

步墙阴。认旧家池馆，当日集华簪。笋径埋云，苔柯卧水，胜迹回首销沉。指几点、梅梢红萼，邀鹤伴、冰雪护仙禽。绮序收镫，清吟载酒，蹑屐初临。　省识江南春信，便重逢驿使，难寄乡心。京洛浮踪，莺花昨梦，影事空费招寻。畅好是、湖山闲住，骋豪华、一例惯销金。剩有前游未忘，忍俊情深。以上《清词综补》

# 张佩纶（1首）

张佩纶（1848—1903），字幼樵，号篑斋，直隶丰润（今河北唐山市丰润区）人，同治十年（1871）进士。与宝廷、吴大澂、陈宝琛等称清流派。中法战争中因马尾之败革职充军。后为李鸿章幕僚。著《涧于集》《涧于日记》等。

### 念奴娇

和节庵雨中同游后湖

溟濛烟雨。看练湖一片。蒲桃新酿。竟说江南佳丽地。难洗余怀怅望。幕府山孤。昆明池浅。谁戢沧溟浪。凭栏长啸。吾曹能不颓放。　　偶尔李郭同舟。角巾微垫。俗士应猜谤。回首觚棱同一梦。小海吴儿休唱。皮骨空存。姓名难变。萍絮从飘荡。蒋陵青尽。英魂招取同葬。《词综补遗》

## 谢善诒（1首）

谢善诒（1868—1935），字砚阁，号鸾心，顺天大兴（今北京市大兴区）人。校勘子史词集甚多，有《鸾心词》。

### 瑶华

白杜鹃花

千里䳇鸠，唤啭春魂，散作枝头雪。参差玉鬓，还胜似、絮雾梨云清绝。秾妆泪涤，问谁念、凄凉心结。纵未教啼血深匀，已是怨情难说。　　移根阆苑高华，算不染尘红，也帐离别。披香梦冷，犹仿佛、弦管绕梁初歇。旧家甚处，枉踯躅、猿声呜咽。伴客愁照夜无痕，一抹画阑明月。《词综补遗》

## 张云骧（142首）

张云骧（1848—?），原名毓桢，字叔某，号南湖，又号三十六鸳鸯主人。直隶顺天府文安县（今河北文安县）人。廪膳生，同治十二年

(1873)拔贡，朝考一等，授内阁中书。少以文才闻名，十七岁时作《桃花源》杂剧，词甚瑰丽，又有《芙蓉碣》传奇一本。虽然诸家褒贬不一，却都将张云骧视为晚清传奇作家的代表人物，与于当时曲坛主流。张云骧亦工文章与诗词，有《浩然堂文集》二卷、《见山楼诗稿》不分卷、《铁笛楼诗》六卷、《南湖诗集》十一卷、《箧厂笔记》五卷、《冰壶词》四卷传世。张云骧受燕赵地域文化影响，又性情恬淡，对于世俗荣利不甚介心，天生有豪宕慷慨、奇逸清雅之气。诗词学问，精深博洽，才气纵横，与他的性情和人格精神融为一体。论者谓其词“馋去尖刻，以温润为体，芊绵婉约，深得乐府之遗。其豪迈处，萧凉悲壮，风云动人”①。又谓“豪宕似稼轩，清隽似石帚，绮艳似梦窗”②“清新婉丽，无富缛之累。虽不专一家，于梦窗、玉田为近”③。实为晚清一代作手。

## 浣溪沙

镇日珠帘不上钩。碧梧桐庭院似清秋。落花时节懒登楼。　胡蝶傍人团作阵，杨花扑地滚成球。嗤他真个不知愁。

## 高阳台

秋柳

一抹荒烟，半堤流水，可怜又是销魂。回首春光，柔丝曾绾行人。而今怕过重游地，任珠帘、不卷斜曛。镇亭亭、一捻纤腰，憔悴难禁。　莺哥燕姊，知谁在、剩情丝未断，尚挂愁痕。漫倚高楼，旧时眉样无存。零星旧梦浑难觅，但凄凉、阅遍黄昏。更伤心、夜夜西风，摇荡还频。

## 菩萨蛮

画堂深处烧银烛。屏山倦倚人如玉。一见怕销魂。巫山无限云。　湘帘无半缝。宝鸭香烟重。纤手数晴阴。好春春正深。

---

① 张云骧：《冰壶词》，光绪十二年刻本，序。

② 张云骧：《冰壶词》，光绪十二年刻本，序。

③ 张云骧：《冰壶词》，光绪十二年刻本，序。

韶光婉变偏无主[①]。东风吹乱梨花雨。非是不怜春。春归易恼人。　　回廊人寂寂。欲问无消息。残梦破晨钟。离愁一万重。

间关懒听流莺舌。雕阑泪滴桃花血。别院有春风。花枝忒煞红。　　情丝千万缕。夜夜风还雨。春去复春归。海棠花乱飞。

游丝绊断群蜂队。金塘花压鸳鸯睡。镜影绚朝霞。满头珠子花。　　无端风雨閧。惊破梨云梦。情绪正凄凄。忍看双燕栖。

山茶阁子珠帘旧[②]。归来愁减腰肢瘦。惜别已经年。看花不似前。　　银釭还结蕊。泪滴铜壶水。春老雨风多。怜侬奈若何。

柳丝苦把春魂系[③]。相思尽合伤心例。花里闭重关。烛消红泪残。　　流光容易度。锦瑟年华误[④]。梦影已成烟[⑤]。星河空曙天[⑥]。

## 醉花阴

### 春思[⑦]

粉梨庭院催春暝。角枕攲还凭。无地踏歌行。情绪迷离，香瘦镇烟冷。　　阴晴天气浑难定。不放春酲醒。愁外隔帘栊。帘外花阴，花外愁来影。

## 湘春夜月

### 春夜

忒迷离，匆匆过了花朝。梁间燕子丁宁，多半为离巢。角枕几番攲遍，

---

① “韶光婉变偏无主”，光绪朱丝栏抄本作“秋千影隔阑干曲”。
② “山茶阁子珠帘旧”，光绪朱丝栏抄本作“望仙楼上珠帘旧”。
③ “柳丝苦把春魂系”，光绪朱丝栏抄本作“金猊麝冷烟无力”。
④ “误”，光绪朱丝栏抄本作“去”。
⑤ “梦影已成烟”，光绪朱丝栏抄本作“梦影不分明”。
⑥ “星河空曙天”，光绪朱丝栏抄本作“月华空复清”。
⑦ 光绪朱丝栏抄本作“春思”，据此补。

怕追寻旧梦，梦也无聊。只疏灯照影，画帘垂地，暮雨潇潇。　　天涯芳草。高楼垂柳，一样魂销。生怕东风，吹乱了、一阑红雨，溅上冰绡。啼痕珍重，叠蛮笺，莫寄迢迢。算此际、有多愁似我无眠，按谱深夜吹箫。

## 西江月

录别

红豆灯前夜话，碧桃花下春愁。一樽无计可句留。半晌背人垂手。　满袖春风粉泪，一奁秋水明眸。今宵梦逐木兰舟。莫醒别时残酒。

## 烛影摇红

秋海棠

人比花娇，可怜花也如人瘦。冷烟丝雨隔晶帘，寒凝秋痕透。窗下晚妆初就，又耐到黄昏时候。幽悰无限，碧月玲珑，销魂依旧。　　欲乞轻阴，秋心那及春情厚。更谁银烛，夜重温、寂寂听残漏。粉泪漫轻弹逗。怕扰上碧罗衫袖。重门深掩，倚遍阑干，奈伊消受。

## 菩萨蛮

晚香睡鸭红茵暖。绣床针线慵来展。微雨落花飞。卷帘双燕归。
征鸿无一字。镇日沉沉睡。早说不相思，如何梦又知。

## 南楼令

丁香

春影昼沉沉。玲珑别院深。说丁娘、消瘦而今。唾腻红绒心不展，春愁堆满香衾。　　曲槛一层阴。零香不上簪。莫年年、幽怨难禁。不信百枝千万结，一春没个同心。

## 三姝媚

白芍药画扇

睡醒扬州梦，正倦倚云屏，玉娇香怨。似水流年。怕将离、忙杀惜春莺燕。翠妒红颦，费多少、李矜桃绚。薄袖禁寒。淡妆媚晚。让伊娇艳。
　不许春光易老，恰研雪挑云，写来纨扇。瓢榼丰台，怅频年负却，雨丝风片。蓦地消魂，肯露出、珠帘半面。记得妆成，阑外那时曾见。

## 满江红

入都写怀

万感纷来，魂梦里、晓鸡声咽。更奈有，冷烟冻雨。催人离别。书剑年年京洛道，铁花碾碎轮蹄热。笑男儿、少壮不如人，休频说。　烟霞约，无妨缺。风云念，今应切。要排云献赋，九重天阙。此去但求毛义檄，也须自惜张仪舌。最惊心，回首视萱堂，盈头雪。

## 貂裘换酒

酒后柬王秀峰学博①

且倒山公酒。只而今，填胸垒块，浇余还有。匣里青萍三尺水，深夜双龙怒吼。常伴我，沉吟搔首。颇信伯鸾能自热，笑孟尝、门客真鸡狗。知我者，琅琊叟。　激昂投笔吾非后。且毋庸，追寻季主。谈辰问酉。身后但能传好句，莺嘴啄花红溜。也抵得，紫袍金绶。此志可怜还好笑，算荣名、千载天难朽。狂语也，然乎否。

## 满江红

同年陆申甫外翰谒都帅之保阳，余既有诗送之，感怀眷别，不绝于中。同伯希复填此解。

匣剑宵鸣，忽迸出、玉龙如水。须珍重，别离心事。班骓且止。襟上酒余燕市碧，马头泉挂中山紫。羡行吟，一十二连桥，烟波里。　铁笛裂，霜蹄驶。玉山倒松窗底。笑不才似我，依然居此。客兴阑珊癯鹤立，奇怀浩荡惊雕起。且高歌，击碎紫珊瑚，吾醉矣。

## 湘春夜月

忆梅

镇迷离，春愁冷到江桥。为问别后丰姿，可似旧时娇。记得水晶帘外，凭石阑欲笑，越越魂销。恰寒香满袖，幽情低诉，纸帐深宵。　云山千叠，霎时变了，春恨条条。如此天寒，应对着、月儿憔悴，泪黯冰

① 光绪朱丝栏抄本词题作“寄兴柬王秀峰”。

绡。待寻梦影，怕凝云，遮住林皋。算只有、把一襟心事，千端离恨，吹入琼箫。

## 烛影摇红

梅影同伯希赋

雪地新晴，平轩初启蛟螭钮。一团粉月忽飞来，酿得春痕透。扶上玲珑衫袖，镇厌厌、香魂僝僽。云偎帘额，烟恍檐牙，有些寒逗。　一样轻盈，玉窗伴着人儿瘦。欲寻浅梦，杳无痕、又是黄昏候。影事依稀记否？小阑干石花寒皱。迷离月底，才遇亭边，又逢廊后。

## 湘月

阑干

郁金堂后，是何人作就，春愁不断？娇懒花枝，隔不住、莺底珠帘人面。春影重重，梦痕叠叠，围住珍珠院。斜阳斜处，有人闲数花片。
碧玉十二玲珑，玉人倚处，似怯微风颤。不尽回环，恰比似、九曲柔肠同转。雾阁迷离，云廊曲折，取次行难遍。乍离又即，肯教容易相见。

## 浣溪沙

茉莉

镂雪穿丝不可揉。绣帘低控软金钩。暗香时向枕边流。　最爱情多能破睡，为怜香好更梳头。夜凉如水看牵牛。

## 好事近

萤火

笛簟坐宵凉，新雨一庭疏竹。冷焰飞来帘底，惯窥人新浴。　花阴小扇逐轻盈，溜却搔头玉。忽见碧梧树顶，闪一痕犹绿。

## 长亭怨慢

湘珠女史画兰①

又微雨、汉皋吹暝。解佩何人，那时持赠。竟体葳蕤，烟颦露笑更谁

① 光绪朱丝栏抄本词题作“题双珠女史画兰”。

问。玉兰春冷，珠箔底、妆初靓。恰宝髻簪余，捻不瘦、一分春影。重认。是画眉余黛，染出潇湘离恨。花如人意，莫悄把、梦痕吹醒。便呼来、小字珍珠，也一样、温柔情性。只嗅遍霜纨，多是沉吟不定。

## 鹧鸪天

客思①

睡起炉烟一半消。倚阑愁听紫云箫。鹦哥琐屑偏惊梦，燕子宁丁为换巢。　春寂寂，客寥寥。晓寒犹在杏花梢。不知故里春波水，绿到门前第几桥。

## 绮罗香

觅梦心情，买花天气，帘幕一重重卷。挨过轻寒，偏又日长春短。初病起、怯换春衫，刚酒醒、厌熏香篆。最缠绵，紫燕双双，梁间仍觅旧时伴。　韶光容易暗换。数到楝花风信，廿番吹遍。荡尽游丝，春比倚阑人懒。闷数着、莺嘴蜂鬓，怕换了、花心柳眼。更殷勤、吩咐杨花，莫随人去远。

## 点绛唇

客窗月落，残色悽人。徙倚回阑，春寒如水。作此以抒客怀。

雁底关河，相思何处高楼迥。宿酲初醒，翠被天涯冷。　澹月微云，作就销魂景。羁愁涌，庭深夜永，一片阑干影。

## 西江月

晓雨香云枕簟，晚凉眉月帘栊。欲将离恨诉东风。惆怅玉钗双凤。袖底江南红豆。无由寄与征鸿。年来孤负锦屏空。多少梨花凉梦。

## 江城梅花引

夜窗丝雨湿芭蕉。醒无聊。睡无聊。薄病青灯，真个可怜宵。记得当时临别处，折杨柳，系花骢，上画桥。　画桥。画桥。迢复迢。忆风

① 光绪朱丝栏抄本词题作“睡起”。

标。问风标。问也问也，问不到、红泪花梢。化作燕支，点点上冰绡。写就相思词一折，怕寄与，雁和鱼，魂也销。

## 望江南

歌筵

红灯畔，甲夜酒醒时。花底轻风温似肉，柳梢纤月小于眉。檀板唱新词。

## 水调歌头

吊翠微公主墓，在翠微山灵光寺内。

满径乱黄叶，蹑屐款松关。一抔昔日香土，长此傍烟鬟。漫说文箫台馆，便是金经钟鼓，消歇已多年。临风重搔首，一盏荐寒泉。　烟漠漠，云叠叠，景苍然。只余孤塔铃语，凄切晚风前。踏遍乱山残照，料得魂归夜月，兰麝已成烟。翠微不可见，愁杀翠微山。

## 壶中天慢

慰伯希下第

无关得失更何须，抑郁酒酣悲咤。天老斯才时故缓，且看塞翁之马。匣里干将，厩中神骏，何患知音寡。杜生血泪，项王祠畔休洒。　文章不必无凭，才人下第，自古为佳话。忍把寻常名利事，换了歌阑吟榭。豪竹哀丝，花天酒地，从我惟君者。浅斟低唱，眼前春已无价。

## 汉宫春

薇垣夜直

缥缈蓬莱，正天香风细，吹湿瑶华。禁楼钟起，飞度碧瓦云牙。翦余莲炬觅新诗，小侧乌纱。人静也，五云图画。壁间飞坠余霞直庐有华亭张温和公画紫薇一幅。　追念昔游何在，想匣中宝剑，时迸霜花。数年马蹄轮铁，烂漫天涯。薇垣此际对晴空，银汉初斜。红墙外，一钩月影，晓风啼断宫鸦。

## 满江红

送友人出使东洋

落落东华，常梦想，海天云水。恰故人，朝来别我，灵槎东指。放眼日边壶峤碧，举头天外波涛紫。羡壮游，万里是，奇男从兹始。　　销魂赋，休重拟。乘风愿，差堪喜。笑里闾不出，妇人而已。见说长崎人物好，汉唐后颇知文字。待归来，把酒话扶桑，杯重洗。

## 珍珠帘

春水

柔情不断春波溜，恰涤翠吹蓝，晓风时候。折柳河桥，犹记匆匆分手。载得行人双桨去，也解得、载人归否。溪口隔一湾，碧玉懒，烟犹瘦。　　不久心期轻负，为絮漂萍泊，也难回首。说与镜中人，莫唾他罗袖。绿到眉心都是恨，怕也被、东风吹皱。依旧泻、桃花千尺，浓情还有。

## 凤凰台上忆吹箫

席上

镜影招鸾，箫心递凤，晚风吹到花坊。恰红帱避月，紫杷笼香。浅醉碧桃花底，消不尽、子野清狂。歌云里，珠喉一串，飞出幺凰。　　思量。琵琶客舫。记暮雨萧萧，曾唱吴娘。尽眼缘眉福，又见云郎。耳语香肩斜弹，莫倚断、绣绿笙囊。须珍重，粉期钿约，花里风凉。

## 卜算子

白莲

新粉弹秋云，画桨迷香雾。风底闻歌不见人，人在花深处。　　渺渺凌波步，月冷秋江暮。水外重重叠叠云，遮不断，相思路。

## 清平乐

客窗咏灯

客窗寥落，红颤兰釭火。何苦照人深夜坐。梦也不教重作。　　轻寒吹到重门。影儿独自温存。不用秋窗风雨，凄凄已是销魂。

## 柳梢青

六幅蝉纱，一夜螺黛，几叠蛮笺。小睡初醒，眼浓水涩，髻亸云偏。

恼人好梦如烟。春去也、相思可怜。心事谁知，玉箫明月，锦瑟华年。

## 浣溪沙

午梦扶头花院深。薄寒犹带一分阴。别离滋味费沉吟。　　岂有垂杨能解恨。断无芳草不销魂。高楼无事莫登临。

## 点绛唇

燕仙画兰为璞齐将军题[1]

露叶烟蕤，墨花洒遍同心扇。美人肠断。笔笔潇湘怨。　　公子携来，云自章台畔。人如见。芳名轻唤。零落谁家燕。

## 满庭芳

都门灯夕，踏月归意园。春寒如水，景色凄黯。徘徊短吟，依依其为怀也。

铁树团霞，花灯妒月，良宵吹作轻寒。软红踏遍，人在碧云端。[2] 最是钿车罗帊，喧笑处，不许更阑。灯光里，氤氲人气，粉麝漾成澜。
归来搔鬓影，浮生曾几，短铗羞看。笑灯孤，似客茶冷于官。浪迹不堪重忆，消磨尽、坠梦尘欢。无聊赖，阑干拍遍，呼上月团圞。

## 河传

象梓臣比部嘱题梅花画扇，赠歌郎惜云。

疏影春冷夜沉沉。依约鹅屏月痕。暗香袭人。浓似云销魂。窥人双翠禽。　　画里罗浮春意逗。情如旧影，事寻红豆。倚寒香吹嫩篢。思量碧云如梦长。

---

① 光绪朱丝栏抄本词题作“燕仙校书写墨兰便面为德朴斋将军题”。

② “端”，《冰壶词》六卷本作“瑞”。

## 浣溪沙

一唱骊歌直到今。碧云天外托遥吟。鸾钗敲断玉同心。　　掩抑暮寒双袖薄，扶持纤影一灯深。多时不惯梦沉沉。

## 清平乐

粉云香雨。酿得春无主。软绿鹅屏通密语。瞒了玉笼①鹦鹉。　　尊前替拍红牙。莺喉溜出文纱。爱唱曲中折柳，不知身是杨花。

## 翠楼吟

赴济南留别伯希太史②

雁背霜浓，虫心露晚，西风渐催行李。故人无那别，只黯黯销魂而已。轻红尘里，得文字相怜，如君有几。新愁起。阳关三叠，不堪重倚。

去矣。烟水孤篷，怕晓风残月，客怀难理。归期君莫卜，且问讯断鸿双鲤。从今客邸。有秋碎心头，灯摇梦尾。骊歌驶。明朝相忆，峭帆千里。

## 南乡子

晓过杨柳青③

片月落前汀。柔橹轻摇梦乍醒。一枕迷离何处也，冥冥。柳外凉风吹晓星。　　旧地昔曾经，树里人家隔雨青。今日重来人不见，亭亭。双桨青衫唱采菱。

## 念奴娇

大明湖

明湖十里，有藕花芦叶，得秋偏早。八尺兰桡三尺水，又是一番鸿爪。雾阁栖螺，云阑潟碧，图画天然好。隔花人影，凉箫吹出烟杪。

① 光绪朱丝栏抄本作“栊”。

② 光绪朱丝栏抄本词题作“留别伯希”。

③ 光绪朱丝栏抄本词题作“晓过杨柳青”。

忽念故里秋深，萧寒柳色，也把西风恼。不是雁声听不得，刚是离乡怀抱。且自留连，湖山佳处，羁思消多少。悠然来去，淋漓双袖吟稿。

## 洞仙歌

漱玉泉在济南城西南石林精舍中，旧日柳絮泉，即李易安故宅也。秋杪游此，同梦湘同年赋之。

烟疏月澹，是销魂时候。诗径重来碧苔皱。恰寻寻觅觅，一角黄昏，只阑外，滴滴清泉依旧。　暗香渺何处，零乱青桐，犹弹玲珑旧衫袖。惆怅卷帘人，落叶西风，问几度、寒蛩僝僽。剩影事，模糊问黄花，笑客里、东阳也如花瘦。

## 菩萨蛮

题汪晓堂观察《如皋两园图》（自注：园师冒辟疆水会故基）

湘屏石槛迟迟昼。芭蕉叶大垂杨瘦。草木逐时深。年年灌溉心。　儿郎多隽望。远胜陶元亮。花里读书堂。声声雏凤凰。课子读书堂

## 谒金门

襄阳宅，几簇玲珑文石。云插玉壶花倒立。卷帘天一碧。　生怕夜来飞易。绕住回阑几尺。划破秋心苔罅窄，诗中云液滴。龙石山房

## 清平乐

石棱苔窦。曲折阑干就。树里登临天忽透。一片湿云盈袖。　林端点点栖鸦，冰棂敞了文纱。添得昨宵新雪，泉声咽冷梅花。小泉山阁

## 忆秦娥

春寒重。夜来云也和香冻。和香冻。一九碧月，伴人清梦。　是谁立遍苍苔缝。瑶台秀骨珊珊共。珊珊共。佩环归去，玉龙低弄。读梅书屋

## 浣溪沙

秋碧深深护绮栊[1]。嫩凉如水晚吟余。翠巢新有凤凰居。　水石阑

① “护绮栊”，光绪朱丝栏抄本作“画不如”。

干风细细，藓花庭院雨疏疏。冷香秋簟梦回初。碧梧深处

## 浪淘沙

亭背夕阳娇。画里人招。鸭头新涨水平桥。浪静帆收双撸缓，荡破轻绡。　乡梦逐波摇。虾菜尊瓢。江天正好趁归桡。莫待桃花开尽也，误了春潮。归帆亭

## 喝火令

石径迎秋早，苔垣拓地宽。绿云如水不生澜。卷起潇湘秋色、画中看。　风入诗心瘦，凉生鹤梦阑。离愁枨触水云端。料得西风吹上、碧阑干。料得碧阑干畔，翠袖不胜寒。竹香庵

## 醉花阴

卐字阑干红簇簇。作就藏春坞。香暖玉儿妆，一片娇云，凝得东风午。　年来孤负吟香谱。离绪从头数。莫道不相思，春老丰台，梦里风还雨。药阑

## 罗敷媚

百城坐拥牙签富，手勘丹铅。如到琅嬛。名已千秋蠹也仙。　当时水绘群贤集，池馆林泉。水月云烟。一树梅花似往年。古香书屋自注：黄梅一株，亦水绘园故物。

## 菩萨蛮

采莲

新霓裙子沙棠楫。香风日午穿莲叶。莲叶复莲花。湖干是妾家。
低头弄莲子。默默还私喜。不道是空房。藕丝如许长。①

## 望江南

归思

归去好，溪畔是吾庐。柳絮浮桥喧乳鸭，杏花深巷卖金鱼。门外水平渠。

---

① 光绪朱丝栏抄本作“新霓裙子沙棠楫。香风日午穿莲叶。莲叶渡莲花。湖干是妾家。低头弄莲子。心苦无人识。毕竟剩空房。藕丝何太长”。

归去好，春事正芳华。西淀鱼虾东淀藕，前村桑柘后村花。何事不还家。

## 点绛唇

碧玉年华，灯前画出姗姗影。琵琶自整[①]。不待黄鹂请[②]。　身世飘蓬，有恨无人省。空悲哽。歌喉唱肿。归去秋宵冷。

## 醉蓬莱

舟中读蒋绍由、王梦湘两同年赠行诗，并以志感。

竟匆匆别也，两地相思，几番依黯。又挂征帆，是湖山游倦。长物无多，故人诗句，载得归装满。试问东流，比他别意，是谁长短？　已是销凝，更添情恨，暮雨潇潇。楚兰空怨。如此归途，情绪如何遣？一派清流，一双柔橹，更一声新雁。谁共离尊，舵楼空倚，碧云天远。

## 清平乐

张船山先生摹河东君小像，为伯希供奉题。

幅巾窈窕。儒士呼来好。翻出美人新书稿。多事东川醉老。　红羊小劫须臾，虞山老却尚书。莫数江南红豆，年年恨满蘼芜。

## 点绛唇

题徐石甫农部梅花春梦看子

半晌钩帘，玉梅花底春寒嫩。为谁愁闷。总带些儿困。　蝶化青陵，此地罗浮近。寒香褪。绿窗风紧。吹满妆台粉。

## 摸鱼子

春夜被酒归来，月色低迷，清寒特甚，新愁旧梦枨触于怀，寄调成词，自摅羁屑。

又良宵、峭寒凄切，幽情都对谁说。锦书没个春鸿影，怕被冷风吹灭。心郁结。记相伴、年时同爇心香热。忍轻抛撇。乍赢得凄凉，羁楼梦

---

① “自整”，光绪朱丝栏抄本作“休拢”。

② “不待黄鹂请”，光绪朱丝栏抄本作“作了随鸦凤”。

醒，始觉碧天阔。　　匆匆也，已近花朝时节。尊前谁慰骚屑？小梅知道相思苦，不到乱飞成雪。箫自咽。怎吹到、垂杨也惜轻离别。倚阑愁绝。索下了帘旌，万千心事，坐待旧时月。

## 念奴娇

寄梦湘代简

王郎无恙，记别来半载，光阴草草。料得毫端，珠玉气、应比旧时还好。欲寄相思，为君惆怅，臣朔何时饱？冰弦休弄，中郎今世终少。
即论如仆无才，年年尘海，歌哭无人晓。三十功名惭坠地，竟作萧然病鸟。如此心怀，况兼离恨，拉杂书难了。云骧拜手，戊寅冬月之杪。

## 临江仙

渡海

十万军声喧铁马，长风直卷秋潮。灯昏浪黑酒初消。鱼龙皆不动，有客卧吹箫。　　我欲乘风问壶峤。神仙何处迢迢。与谁天外话无聊。开窗招海月，起舞影萧萧。

## 木兰花慢

登烟台山

忽长风一夜，吹我到、海天东。有乱树攒天，群山匝地，骇浪连空。雄关扼要东北，任鲸鲵不敢踏长虹。一笑身凌苍莽，狂歌气压鱼龙。
涛头帆影走艨艟。慨想济川功。正舟楫需材，珍奇却贡，声教来同。苍茫对此形胜，笑年来踪迹尚飘蓬。珍重青衫泪点，等闲莫哭秋风。

## 水调歌头

营口题壁

一笑海天外，马足乱云高。得归即便归矣，轮铁任劳劳。招手水边鸥鸟。看我胸中云梦，蒂芥已全消。肝胆任楚越，万事一鸿毛。　　风猎猎，沙漠漠，水滔滔。榆关满眼，秋草旅雁正哀号。束我匣中宝剑，检我囊中吟稿，醉我碧蒲桃。交游遍天下，快意是人豪。

## 浣溪沙

入海山关

捌戟河边猎马还。行人高唱大刀镮。明朝应见故乡山。　　翠袖红闺双粉泪，黄尘紫塞一青衫。暮笳声里度榆关。

## 沁园春

题刘星岑前辈《梅抱篯读书图》

我爱先生，如玉者神，如月者怀。早幺凰初唳，便夸仙骨，神麒甫育，已具灵胎。万卷撑肠，一身入画，米芾原从香国来。真清绝，只此间已是，玉字瑶台。　　披图一笑衔杯。问李邺侯今安在哉？况文章憎命，几人霄汉，儒冠误我，半世蒿莱。且代为谋，束之高阁，放浪云山笑口开。狂奴态，尚拈毫作达，击剑歌哀。

## 疏影

王幼霞前辈画垂柳一株，为写其意。

千丝坠露。更万丝幂雨，斜亸庭户。无限柔情，如此亭亭，最宜写入纨素。等闲莫怨东风晚，好伴取、幽人同住。恰回阑、曲院深深，也共名花珍护。　　枨触絮萍踪迹，那时正笛里，吹出离绪。燕子飞来，说到而今，未改年时眉妩。芳名低唤蘼芜字，恰一样、温柔风度。快犀帘、压住飞花，万一晓风犹妒。

## 生查子

咏灯

清夜剔兰釭。照尽孤眠状。惯作一重花，又报归人谎。　　掩却更思量。坐对还惆怅。和影诉相思，一夜春愁涨。

## 菩萨蛮

山茶阁子纱重掩。水沉拨尽灰深浅。情绪没人知。浓愁薄病时。起来慵对镜。懒整钗头凤。独睡本来难。春风昨夜寒。

## 前调

春云吹散濛濛雨。粉墙弱柳垂金缕。斜日板门中。琅钗小鬓风。　眉心山色远。婉转愁深浅。箫鼓镇喧阗。邻家嫁彩鸾。

## 减字木兰花

天然婀娜。冷艳花丛开一朵。别样丰姿。却是家常旧着衣。　回阑欲转。低弄双翅红晕浅。记得儿家。记得墙头一树花。

## 雨中花

何处销魂，那时门巷，依稀记得儿家。恰纤腰十五，学浣春纱。堂下石榴系马，门前杨柳藏鸦。正好春时节，柔情晕雨，冶态飘霞。　鹦哥帘底，秋千架畔，几度蓦地逢他。谁信道、海棠开后，回首天涯。一段梨云凉梦，匆匆锦瑟年华。从今莫问，画中人面，水上桃花。

## 念奴娇

伯希供奉招同星岑前辈、西湄昆仲极乐寺看花。

襟怀落落，笑频年踏遍，东华尘土。海样春愁消不得，只有对花堪诉。细马春城，嫩莺晴昼，重觅年时路。僧寮小坐，酒人纷集如雨。　屈指挑菜年光，俊游曾几。争忍匆匆去。不惜韶华容易老，只惜名花难遇。红粉新愁，东风旧恨，没个商量处。重扶残醉，明朝来共花语。

## 买陂塘

春日将移居阑外，梨花一树，黯然有眷别之意，感而赋此。

甚匆匆、春来几日，行踪忙似飞絮。无聊倚遍阑干角，闷对一团香玉。娇不语。待说与、离愁偏是愁难诉。一般情绪。只小阁黄昏，画帘粉月，知道此情苦。　从今也，多半玉容无主。可怜偏又春暮。东皇纵解相怜惜，怕有晓风还妒。低吟处。奈深闭、重门难觅销魂句。夜来庭户。愿缟佩云裳，溶溶月底，来识梦中路。

## 贺新郎

癸未初夏，同易实甫比部送梦湘下第赴沂州，即席联句。

送尔琅琊去。南湖荡离心、东风十里，软红成雾。梦湘青鬓天涯憔悴损，负了蘋洲笛谱。实甫惆怅煞、美人迟暮。南湖载酒江湖君莫惜，赖同舟、仙侣风萍聚。梦湘须忏尽，断肠语。实甫　此生不碍儒冠误。且高歌、蹲蹲舞我，呜呜和汝。南湖醉抚危阑看落照，多少凤城烟树。梦湘问今夜、酒醒何处。珍重晓风残月句，算才华、终赏凌云赋。南湖期再听，小楼雨。实甫

## 罗敷媚

茶蘼

浓香不入梨云梦，薄薄新妆，锦凤纱囊。月额轻留一抹黄。　是谁小试簪香手，转过回廊。因甚匆忙。故意钩他宫袖长。

## 菩萨蛮

绣球

露华软氎香萦结，雕阑一树玲珑雪。枝上乳莺啼。三郎醉似泥。　新妆攒琢巧。嫁与春风好。春好不生愁。团圞到白头。

## 减字木兰花

藤萝

浮香如海。风压紫云天欲矮。浅醉清吟，花亦多情罥客簪。　蘅烟坠梦，摘取明珠何处赠。春恨条条。吹入楼头紫玉箫。

## 蝶恋花

芍药

绀雾红烟春烂漫。小碧阑干。睡起香魂倦。惆怅花时春已殿。等闲不令东风见。　婀娜向人娇欲颤。默默无言。似解相思怨。说与玉奴愁已惯。新词又谱扬州慢。

## 天仙子

荷花

粉露蒸云浓似雨。闹红新换凌波曲。罗衫窄袖木兰桡，相思路。秋江暮。水云唱入花深处。

## 点绛唇

秋海棠

嫩粉雏香，墙阴雨过秋如水。为谁憔悴，不爱沉沉睡。　　翠袖招凉，偷揾燕支泪。西风细，冷清清地，一院苔花碎。

## 沁园春

咏蟹和彭瑟轩前辈

满径黄花，呼酒持螯，欣然举觞。恰金膏双剥，才将诗换，秋江一味，宜伴橙香。爱近清流，聚他水族，到底终无一寸肠。惊人处，只森森戈甲，作作锋芒。　　秋风一夕波凉。看苇断，纵横遍野塘 。笑爱依水母，有时共往。也随跛鳖，更解深藏。一背秋红，横行难恃，骨相由来只外强。秋灯照，剩空空螯腹，但有雌黄。

## 清平乐

题袁仲青舍人《仕女图》四幅

玉丫初展。瑞脑喷香满。妆罢湿蝉犹未敛。便手丹铅一卷。　　玲珑藕样心思，聪明月样丰姿。莫羡深深金屋，大都没字藏碑。读书

## 卜算子

独自倚阑干，划遍相思字。愁比阑干曲折多，没个消愁地。　　帘外晚风尖，凉透衫棱翠。纵使无聊独倚阑，强似无聊睡。凭阑

## 点绛唇

倦倚云屏，困人天气真无奈。春漪涩眛。重压眉山黛。　　长昼沉沉，不似春宵快。教人害。无聊情态，褪了金□带。倦绣

## 喝火令

常觉看花懒，微嫌斗草哗。晓奁绾罢鬓边鸦。何事背人无语，傍窗纱。　艳想抽情蕊，琼思长恨芽。绵绵默默脸波斜。记得那时，开了碧桃花。记得碧桃花底，影事一些些。凝思

## 祝英台近

画兰

影依依，香楚楚，花意媚春曙。翠袖招凉，爱学美人舞。分明水佩轻摇，雾鬟浓绾，不曾隔、潇湘烟雨。　意如许、几回细捻花心，心事那堪数。欲问湘娥，碧月冷无语。但呼小字真珠。香痕欲笑，仿佛见、绿烟眉妩。

## 百字令

送樊云门出宰宜川

花天酒地，怎未成欢会，便催离别。十载青衫都是泪，一样与君难说。家国恩深，海疆浪扰，倚剑霜花热。加餐努力，等闲休赋骚屑。　却忆初识荆州，君才十倍，意气秋空月。唾手可图天下事，落落眼中人杰。骏骨谁售，牛刀小试，笑付金尊凸。一声去也，玉龙风外吹裂。

## 浣溪沙

紫笋红樱早夏天。粉墙低傍绿杨烟。撩人风景似当年。　有个人儿花下立，者回情态更堪怜。人生能得几缠绵。

## 祝英台近

萍

点清波，依画橹，踪迹傍兰渚。回首杨花，旧恨那堪数。可怜两世飘零，一身清①洁，算到底、不沾尘土。　更谁主。伴他江上芙蓉，也自怨迟暮。镜里年华，容易此生误。殷勤说与东流，怜伊薄命，莫轻被、晓风吹去。

---

① “清”，《冰壶词》六卷本作“轻”。

## 江城子

娇憨碧玉可怜生。鬓云轻，眼波明。小扇单衫，花底自调鹦。说与春愁无一语，佯不睬，似无情。　短墙花影月冥冥。下帘旌，倚云屏。私弄秦箫，吹作断肠。谁识庾郎偏未睡，愁已绝，不堪听。

## 浣溪沙

谁道相思不可怜。惜春常恨雨绵绵。好花时节又今年。　鸾帕香浓题梦句，螺山云暖画眉天。旧时幽怨坠蘅烟。

## 玉连环影

春好碧月年时小。念得郎诗，便为情颠倒。启窗纱，惜韶华。容易春风开了碧桃花。

## 生查子

鸭鼎一丝云，虫烛双花泪。展得被池宽，先放猧儿睡。　闻说暂相离。便皱眉闲翠。一夜不成眠，愁压金缠臂。

## 虞美人

雨余初上黄昏月。心字炉烟灭。曲廊何处觅秋声，秋在梧桐叶底一星星。　新来病起情怀懒。小坐花阴转。罗衫犹怯晚来寒。央及西风休近碧阑干。

## 浣溪沙

锦样年华水样流。碧梧阴老画屏秋。棋奁争赌玉搔头。　刚是恹恹新病起，倚阑无力倦凝眸。惯寻闲事替人愁。

## 忆秦娥

罗衫袖。琅玕刻遍新诗就。新诗就。无人庭院，落花依旧。　倚阑坐得衫儿皱。寂寥又是黄昏候。黄昏候。碧云已合，暮寒天瘦。

## 望江东

十二屏山围楚岫。银烛底，闲消受。输到残棋无法救。揎皓腕，揉蓝袖。　　莲花滴尽沉沉漏。金鸭冷，香烟瘦。欲眠背解丁香扣。又忘了，金钗溜。

## 菩萨蛮

罗带

香罗小凤盘云绣。近来新觉腰围瘦。一捻似垂杨。花鬟渐渐长。
玉钩移尽孔。香腻拈来重。怪底最绸缪。同心结两头。

## 浣溪沙

梅花

风露瑶台玉笛凉。美人含笑试新妆。高寒出手一枝长。　　自入山来惟有雪，绝无人处但闻香。断云流水月微黄。

## 乳燕飞

丙戌二月，赴湘南留别少鹤。

早是相如倦。又匆匆、骊歌一曲，别魂依黯。薄宦东华无赖甚，赢得十年羁绊。最臣朔、饥来难遣。忽漫思量湖海去，瘦东风、也笑飘零惯。又打叠，碧湘怨。　　酒醒今夜歌尘散。叹茫茫、絮天萍海，客愁零乱。未得同听湘水瑟，君有春晖留恋。只一事、胜人千万。少鹤亦有楚南之行，未果听我晓风残月唱，剩行踪、一个张孤雁。风笛起，峭帆远。

## 江神子

珠尘巷陌雪毛䯄。柳阴遮。走香车。芳草多情，绿到玉人家。楼上凝妆人睡起，珠箔底，正盘鸦。　　销魂一曲听琵琶。按红牙。醉流霞。风月春江，梦里惜韶华。只恨年年江上水，流落尽，可怜花。

## 罗敷媚

客愁只有花能遣，白板谁家。碧玉儿家。花气分红上脸霞。　　酒阑莫诉伤心事，卿是桃花。侬是杨花。世世生生莫作他。

## 清平乐

江行咏雁

好春已半，水宿风餐惯。日落潮平江似练。才见一行新雁。　　关河回首茫茫。尺书早寄还乡。只恐迢迢江路，不知几许回肠。

## 念奴娇

登晴川阁

楚天浩渺，听江声、滚滚向人呜咽。乱石临流，高阁竦，压住奔涛如雪。千里帆樯，一身书剑，万感登临发。仙人黄鹤，隔江一笛飞越。
谁共把酒临风，古愁浩浩，倚槛高吟彻。客里不须频吊古，野老岂知英杰。楚只青山，吴惟芳草，往事谁能说。正无聊赖，天风吹上明月。

## 满江红

丙戌三月初九日，过洞庭，一帆风顺。因效白石老人过巢湖故事，以平韵《满江红》报之。

春水方生，漾一片、千顷碧湘。风前挂，布帆一幅，烟水茫茫。迎棹神鸦喧粥鼓，披萝山鬼啸丛篁。任朗吟、飞过岳阳楼，如马当。　　回头处，君试看，风浪静，水云光。向舵楼拜手，谢汝慈航。湖海我无姜老笔，一笺亲擘当心香。忽半天，环佩现云軿，双凤翔。

## 洞仙歌

风日晴霁，湘江帆影，历历如在掌上。小舟过朱张渡，循石径而西，山光动摇，凉翠万状。行吟自答，渺渺余怀也。

潇湘雨过，酿碧云如乳。烟艇摇春几枝橹。趁晓风、淡荡初日融和，吹不到，一点城中尘土。　　轻桡随处好，茶具吟毫，招手新盟野鸥鹭。如此好湖山，□□□□①，可识我、烟波旧主。看碧杜、红蘅满江皋，问琼佩、谁贻美人何所。

① 依据词谱，原本或有缺文。

## 买陂塘

蜀山壶，昔东坡先生居阳羡时，以紫砂为之，今犹传其式。丙戌客长沙宜兴，任小棠以此见赠，并媵以君山茶。赋此志谢。

正无聊、困人时节，湘帘梅雨初歇。寂寥无客消清昼，拨尽兜娄犹热。清悄绝。忽款竹、门开小瓮红丁挈。巧剜明月。更一片冰心，香砂犹腻，团就紫云屑。　　君休说，当日兵戈战血。江南寸土都裂。抟砂犹是眉山谱，一样越瓯无缺。情自切。有知己、卢仝怜我吟喉竭。竹寮香冽。只少个陶家，鸦鬟小袖，煎出一炉雪。

## 长亭怨慢

出湘春门，以小舟溯洄麓山之下。天寒水阔，湘云低昂，俯仰身世，眷怀故人，因填此词，寄小芸比部、伯希祭酒、荟生太史。

记京国，旧同游处。细马春城，醉中词赋。容易东风，吹成别恨满南浦。多情何苦，漫赢得、长羁旅。烟水渺天涯，何处觅、旧盟鸥鹭。　　日暮。笑孤吟谁答，愁满楚天云树。长沙痛哭，有谁管、少年歧路。便江上、湘瑟哀弦，早化作、冷篁烟雨。算只有相思，一点征鸿能诉。

## 沁园春

赠吴楚生

作客天涯，独居寡欢，可怜酒徒。忽打门有客，矫然一鹤，高谈惊座，唾也成珠。如此琴材，摧残爨底，打碎儒冠不读书。君知否，自古来饥朔，不及侏儒。　　年来意气消除。便索米金门梦也无。任临川寂寞，卜居清旷，司勋落拓，载酒江湖。我惯依人，君犹下第，死殉毛锥岂壮夫。都休矣，且看山秋好，买醉钱粗。

## 清平乐

赵蝯仙画梅楚生索题

冰襦月袖，小立黄昏后。的皪玉人妆半就。香比梦痕还瘦。　　楚天愁碧迢迢。冰魂画里能招。不见风流松雪，相思吹冷琼箫。

## 临江仙

客夜偶忆

深夜摊书曾唤茗。扰他娇睡垂成。越瓯亲手点红丁。灯前犹倦，秋水脉盈盈。　　不道天涯成远别，只今冷落银笙。凉宵孤馆尽秋声。百般难睡，惆怅此时情。

## 满江红

秋夜不寐，读少鹤词，慢倚此解。

一纸书来，有万叠、浓情如水。藏几折，绿笺词句，吹香嚼蕊。儿女心肠才子恨，十年往事都成悔。忽灯前，击节一高吟，跳而起。　　涸不尽，文章髓，送不去，揶揄鬼。但悲歌慷慨，未能已已。热泪挥残秋色黯，春情吹瘦箫心紫。傥琵琶，百面唱康郎，犹能死。

## 凤凰台上忆吹箫

镜暗分鸾，炉深费鸭，无聊立遍回廊。正罗衣换了，犹怯新凉。说道归来甚早，怎鱼雁、近也荒唐。尽消受，真真梦影，寸寸年光。　　难忘者番瘦也，千万遍思量，断也无肠。记碧梧桐院，红藕花房。平日剪灯清话，今才信、不是寻常。多少恨、依依至今，今更依依。

## 金缕曲

酒半红灯乱。怪琵琶，抱来不正，声声凄怨。茉莉双鬟珠落索，软语绿鹅屏畔。仿佛见，旧时团扇。诉到平生飘泊恨，便钿蝉、金雁都依黯。将进酒，泪痕泣。　　年来湖海风尘倦。算人闲，青衫翠袖，一般沦贱。我拍新词卿莫唱，多半声情凄慢。怕裂帛，一声弦断。两字惟余行乐好，问人生、几见春风面。拼醉死，莫辞劝。

## 浣溪沙

婉转眉痕一寸烟。玉箫吹瘦碧云天。镜鸾双影惜华年。　　早是闻名先缱绻，不曾相见已缠绵。今宵月也十分圆。

蜡凤双花蘸水沉。小蘋初见画楼阴。砑罗衫子两重心。　　低髻半偏新睡觉，脸霞犹带枕痕深。一樽相属意千金。

## 菩萨蛮

红樱络角流苏帐。人前故作生疏样。镜里莫回头。　　笑容娇欲流。酒阑更未定。小语防人听。亲点乳头茶。碧窗三面纱。

驼钩双控珠帘口。银筝小试红酥手。莫唱鹧鸪天。　　奈何声可怜。有时偏倚醉。压着依裙睡。睡也尽由他。知郎情恨多。

## 罗敷媚

丙戌十月将入蜀，送石梅归扬州。

无端又作青城客，濯锦江头。君昔曾游。玉女铜壶尚在不。　　匆匆半载湖湘住，明月孤舟。江上深秋。君向扬州我益州。

## 卜算子

湘江咏雁

秋水满潇湘，云黑天垂暮。时见平沙一雁来，欲傍江干①住。　　双影盼前程，尚隔迢迢路。啄罢寒芦数点霜，又向云中去。

## 东风第一枝

浣花草堂

水色皴鸥，杨丝嬲燕，江乡初过新雨。有人步屧来游，花影一潭卓午。诗人何在，念一世、风尘艰苦。只而今、流水青山，不是低颜官府。

洗不尽、牢愁千古。我亦是、天涯羁旅。万重山色愁人，一片斜阳无语。酒垆尚有，且醉觅、郫筒娇乳。听江城、画角声声，恼乱客愁无主。

## 秋千索

春日侍儿来书，题其纸尾。

沉沉春昼长如夏。刚盼到，锦鳞来乍。知道离人惯忆家。多半作，平

① “干”，原本作“千”。

安话。　　蓬蓬小印红笺砑。注蝇头，斜行再写。止道今春窗外花。开过了，荼蘼架。

## 疏影

梅花画扇，砀生嘱题。

暗香如水。正玲珑、月压一树寒碧。偏是高楼，不管人愁，一声飞出长笛。玉人正稳罗浮梦，想双佩、苔花犹湿。笑枝头、小鸟幽栖，也为相思头白。　　犹记黄昏庭院，阑前出素手，曾共攀摘。渐老何郎，孤负香盟，忘却旧时词笔。翠禽花底频低说，多管是、袖罗孤寂。隔香云一段春愁，可有绿蛾消息。

## 貂裘换酒

题金鹤俦太守丽瞩亭词

滑笏乌丝小。是青村、吹香嚼蕊，金荃新稿。戎马书生风云气，笑倚黄金騕袅。吹铁笛、关山月晓。姜老才华蘋洲谱，按新声、细摺冰丝袅。唾珠玉，落天表。　　我生若恨情丝绕。怕商量，声偷字减，月愁花恼。湖海十年青衫泪，吹入箫心凤老。问辛柳、知音多少。片石韩陵无人语，忽高歌、眼福今番饱。晓窗读，乱花鸟。

## 水调歌头

题顾幼耕绛河笙词

脱帽看天下，磊落几奇才。文章自古憎命，击剑足歌哀。千古零愁醉恨，不是哀丝豪竹，怀抱那能开。十万浣花纸，一一看君裁。　　南国梦，东风恨，久成灰。百花潭上，来往杜老尚依裴。我亦飘箫人物，爱读豪苏腻柳，一曲倒千杯。歌罢碧云暮，天际大江来。

## 消息

丁亥久客成都，鸿雁不来，碧天已秋，蜀山纵横，独吟成调。

万里关河，凭谁问讯，雁边消息。秋色西来，江声东去，岁月真堪惜。晚笛量愁，野花扶醉，第一飘零词客。对西风、暮云一片，又吹落伤心碧。　　载酒江湖，年年踪迹，秃尽樊川词笔。剑外风云，醉中歌哭，夜雨秋苔积。蛩蜡题诗，虫灯絮月，一例都成寥寂。可能把万千愁绪，一樽消得。

## 沁园春

戏题《醉钟馗图》

咄尔钟馗，两盏三蕉，颓然醉乡。看飘飘颏下，风髯猬磔，蓬蓬脑后，乱发虬张。昔本能文，今何不武，鬼物揶揄不可当。君休矣，笑玉山推到，空负昂藏。　胸中原自清凉。任蠢尔么魔懒较量。但饱须吞吐，壮堪呼伯，勇哉叱咤，愤不称王。伸脚高眠，酣声雷吼，酒气成虹作有芒。吴钩响，听醒来一啸，群魅伥伥。

## 忆秦娥

蟋蟀

秋声切。晚凉庭院真凄绝。真凄绝。水文冰簟，碧纱凉月。　分明似为相思咽。无端忆着年时别。年时别。万千心事，夜深能说。

## 祝英台近

畇红墙，遵远渚。人在苎萝住。绰约春风，日向镜中度。几番燕约莺期，玉投香热，切莫把、年华轻误。　几朝暮。盼到陌上花开，香印小莲步。扣扣香囊，低咏定情句。禁他轻语吹兰，柔情盼水，拚做到、粉围香炉。

月初圆，春正好。镜里黛螺小。轻袂纤袖，腰细不胜袅。妆成凤眼窗心，虾须[①]帘额，独占断、春风画稿。　锦屏晓。闲时来伴翻书，爱读玉台草。学写簪花，纤甲玉葱巧。安排云碧纱厨，水纹笛簟，又爇了、鹧鸪香脑。

检香篝，温露屑。密意莫轻泄。冰雪心肠，偏肯替人热。有时隐语花房，重重帘幕，留一点、窥人明月。　太痴绝。每逢偶尔相离，便锁黛眉结。欲试郎心，佯说未妨别。如何听到阳关，黯然无语，又背地、眼波红抹。

---

① “须”，原本作“鬒”。

好花残，征雁杳。愁思问多少。草草春风，深恨别离早。负他宛转蕉心，玲珑藕性，空怅望、玉楼芳草。　梦颠倒。只今梦也无聊，醒后更烦恼。归不成归，情绪那能好。不须更问蛮腰，但看沉带，已比似、旧时宽了。

忍啼珠，扶瘦玉。情忆别时苦。挑尽兰缸，夜夜夜深语。分明么凤桐花，文鸳莲叶，谁信有、别愁千斛。　漫凝伫。最怜云水茫茫，隔断梦中路。密意殷勤，总被雁鸿阻。怜伊如月年华，浮云夫婿，换几点、枕边红雨。

酷相思，长怅望。镇日两眉锁。说道能来，早上木兰舸。如何盼到双鳞，翻翻覆覆，却又把，良期相左。　甚时可。假若误了年华，真悔九州错。埋怨当初，草草出门我。几时挨到深秋，愁心瘦也，似拨剩、鸭炉残火。

## 满江红

成都重九

剑外西风，又吹起、满林秋籁。对如此、江山苍莽，客怀无赖。万里不来鸿雁字，百年难了风尘债。最关心，孤负故乡天，莼鲈脍。　黄花老，真无奈，登高兴，空豪迈。笑男儿何用，举头天外。且向百花潭上去，一龛尚有诗人在。算眼前，能使客愁开，金樽大。以上《冰壶词》六卷本

## 醉太平

放歌

莺语间关。燕影蹁跹。人生龌龊堪怜。向醉乡且眠。　歌时有弦。吟时有笺。芳情不减流年。笑书生太憨。

## 湘春夜月

帘

镇依依，湘波篆袅交流。几番花落闲庭，心事正悠悠。怕见双双蝶影，倩痴云一片，遮住闲愁。任墙外流莺，檐前燕语，做尽歌喉。　飞尘隔断，游丝漾尽，庭院深深幽。风雨无情，全不管春，心已倦犹。响银句但，只算有，月华不隔流光，分入深夜句留。

## 蝶恋花

九十韶华何太速。好梦无痕，花外寒烟绿。满眼游丝兼落絮。从新打叠愁无数。　　招手留春春不住。燕嫩莺憨，么个商量处。楼阁无人深院暮。月华飞上相思树。

凉夜沉沉花漏冻。底事连宵，雨恶风还横。无那香魂空断送。胭脂补尽苍苔空。　　旧事模糊难倦省。中酒花前，添得伤春病。自笑风情删不竟。墙根又把红蕉种。

## 南楼令

落花

梦醒画楼东。曲廊春色空。卷珠帘一片残红。自是桃花贪结子，教人错恨东风。　　愁绪比春浓。美人何处逢。镇黄昏莺燕无声。便是桃花贪结子，也应悔嫁东风。

## 山花子

题蝴蝶画扇

画底风流锦作帷。珠帘十二晓烟肥。粉翅残红团作振，拍春归。谢逸诗中添梦影，滕王画里见腰围。才上枝头栖未稳，又分飞。

## 鹊桥仙

雨后途中见桃花作

几重烟水，半堤杨柳，蓦见昙花一现。花冠不整怯春寒。多管是红惊翠泫。　　愁将梦惹，梦将愁酿，隔着深深庭院。曲阑十二绕屏山。都被那相思穿遍。

## 水调歌头

小斋岑寂，旧雨忽来，对酒征歌，不觉大醉。

醉中发狂啸，天色正冥冥。门外红尘似海，无地踏歌行。惆怅头颅如许，胜有匣中宝剑，夜夜照人明。饮此千日酒，浇我铁愁城。　　君且向醉乡里，听歌声。钟鸣鼎食虽贵，毕竟付空空。说甚春风做暖，管甚西风做冷。一例是人情。清浊那堪问，长醉不须醒。

## 南溪梅令

题画梅

溪山路远暮云封，谢东风。早又吹来香海雾蒙蒙。美人林下逢。冷云香雪缀重重。影玲珑。记得山南山北月华明。相思有梦通。

和云扶梦下瑶台。绝尘埃。寄语篱边玉蝶漫相猜。春原不速来。晓来东阁带烟开。醉新醅。知否巡檐客到正徘徊。空阶一半苔。

亭亭玉骨冷香浮。几生修。不共黄花红叶送残秋。春风第一流。金猊烟篆织成愁。漾帘钩。无那空庭惆怅暂句留。月明何处楼。

阶前只有鹤相亲。伴黄昏。可许幽人小醉倒金尊。炉烟纸帐温。雪花满地掩重门。黯销魂。试问罗浮隔着几层云。空怜碧月痕。

## 意难忘

离筵有感

酒尽离筵。怅门前车马，别泪潸潸。闲愁随月满。猛雨入秋寒。离别易，临别难。尽一霎留连。问何时重烧银烛，再擘吟笺。　　误人最是儒冠。把青衫扯烂。笔砚焚残。遨游孤剑。重放浪，酒杯宽。须大啸，任高眠。与山水为缘。从今后，钟期不遇，焦尾休弹。

## 醉太平

九日

园遥径遥。花高客高。都教写入吟毫。问花超客超。　　风萧雨萧。诗瓢酒瓢。闲情付与双螯，是诗豪酒豪。

## 行香子

纪梦

红遍樱桃。绿暗芭蕉。蓦相逢近水花桥。十分意态，搦管难描。有二分羞，三分媚，五分娇。　　梨云吹散春无聊。倩雏鸾寄恨兰翘。惜花昨日，病酒今朝。但树重重，云渺渺水迢迢。

## 卖花声

口号

屈指到花期，风软花娇。寻芳休惜路迢迢。酒杯诗囊收拾好。晓渡津桥。　　好友共招邀，红楼高柳听吹箫，对此开尊须尽醉，莫待深宵。

## 醉公子

醉后口占

何处贪杯盏。沉醉归来晚。早是盼回家。还留一盏茶。　　挑尽红灯穗。扶得和衣睡。不敢怨檀郎。声声咒杜康。

## 浣溪沙

醉里笙歌隔院闻，子规啼罢掩重门。酒醒残梦杳无痕。　　竹踏独横邀素月，湘帘不卷隔春云。落花时节又黄昏。

## 水龙吟

漫兴

离骚一卷常怀，等闲莫向西风寄。朝朝暮暮，风风雨雨，寥廖寂寂。举酒消愁，愁浓似酒，怎生成醉。拼银釭烧热，思量往事，模糊难记。更尽也，何曾寐。　　堪笑长年痴绝，谱新词，有何滋味。而今真个，豪怀壮志，都应短气。才子无时，英雄无路，美人无对，且高歌，唾壶击碎。湿透了青衫泪。

## 花非花

寒夜

月方沉，天欲曙，锦衾寒，梦难绪。晓来生怕启帘旌，雪花红上山茶树。

## 双双燕

杨花

春情无限，被几日东风，酿成飞絮。山邮水驿。携带几丝烟雨。阅尽朝朝暮暮。试问道同心何处。有时偶傍帘栊，莫作乱红无主。　凄楚。影儿如故。想金谷园中，无人爱汝。群芳开遍，谁是风流如许。莫漫入庭宇。但只向东皇自舞。他时得化青萍，好共清流来去。

## 醉太平

题董子荣前辈小照

寄兴山阿。陶情乐窝。孙枝偏喜多多。听欢呼弟哥。　琴歌棹歌。诗魔酒魔。人生行乐如何。任先生醉波。

## 蝶恋花

调友人重卺

几度花前嫌白昼，盼到黄昏。满饮同心酒。海藻帘垂风暗抖。笙歌苦向纱窗溜。　碧玉词工吟豆蔻。驾凤飞来，双敛鸳鸯袖。只恐檀郎腰近瘦。破题第一应难就。

碧海青天情未老，旧日闻园。病渴无人晓。天上人间欢会早。相思旧账今勾了。　宝帐香浓花带笑。不肯吹灯，故意将郎恼。莲漏无声私语悄。此情怎个人知道。

## 东风第一枝

自解

月底琴歌，花前酒话。惹起许多牵挂。长年负米无由，到处盲人瞎马。人情莫问，多管是炎凉可怕。只胜得一领青衫，将泪随风揩抹。
今日说意气孙刘，明日论文章董贾。何如掩笑收啼，一味装聋作哑。豪情何用，把阮籍双眸闭煞。作一个忍辱神仙，暂且在人间耍。

## 长亭怨

旅夜

甚时候风狂雨骤，搅起愁心，乱纷如抖。破晓登程。匆匆轻别怕回首。长宵怎遣，都付与眉尖紧皱。挑尽残灯更照得影儿消瘦。　知否正思量无限，寂寂罗帷倦绣。梦魂飞去，怕又被凉风吹透。便许人片刻缠绵，算只有泪成红豆。醒转五更时，万斛离怀依旧。

## 烛影摇红

生怕销魂，寂寥夜静春寒重。天涯芳草暮云凉，远梦和愁冻。旅馆凄凉谁共。料应是衾寒酒醒。思量无限，着甚心情，鬓鬟重整。　　不是伤春，难禁几日恹恹病。隔廊明月上窗纱，瘦尽梨花影。欲把归期暗证。几番被灯花欺弄。翠娥双锁，恐有啼痕，怕开鸾镜。

## 意难忘

客思

愁里人孤。怅他乡春老，烟雨模糊。情怀飞絮里，风景落花初。闲眺望，唤奚奴。高咏赏音无。碧茫茫云底远树。烟锁平芜。　　几时得逐归途。问故园春色，诗酒招呼。莺声穿树影，蝶粉腻花酥。邀盛友，共提壶。此志待何如。但无聊吟残落日，听遍啼乌。

## 烛影摇红

折枝桃花

粉腻脂浓，娇容早被东风忌。枝头一夜泣残红，零乱真容易。漫说惜春心事。伤薄命，红颜短气。残妆懒晕，带雨无言，幽思谁寄。　　湿透冰绡，背人偷揾伤心泪。天台梦断水茫茫。犬莫惊人吠。此日纵余娇态，春魂乱春心已碎。何堪夜夜，雨妒风欺，怎禁憔悴。

## 蝶恋花

绣阁慵开笼翠箔，蹙损双娥。远黛重重锁。粉怨香愁风雨恶。雕栏瘦尽胭脂朵。　　憔悴纤腰只半握。人似桃花，命比桃花薄。万斛闲愁何处着，泪痕滴碎真珠索。

## 点绛唇

一曲骊歌，等闲便作愁滋味。不堪回忆，草色伤心碧。　　风雨连宵，春老飞花里。人归未？倚栏凝睇。怕有垂杨系。

## 前调

小园独坐

暝雾刚收，月痕淡上东篱角。石床闲坐，有个孤吟客。　低咏新词，得意声还作。无人和，自家按拍。唱得千花落。

## 惜分飞

燕

燕子归来春半暮。喃喃似把春心诉。门外花如雨，怎能留得韶光住。　且莫梁间闲对语。我自殷勤嘱汝。比翼双双去，天涯飞向多情处。

## 偷声木兰花

连朝睡起无聊赖。腰围瘦减湘裙带。小立花阴，银甲纤纤剥蔻仁。　纱阁春深帘不卷，故说日长针线懒。背地偏忙，偷把鸳鸯绣彩囊。此种情态试问君从何处见得。

## 行香子

登楼

足踏云翻。衣振楼巅。快登临雅兴高骞。何须跨凤，便学飞仙。任酒怀豪，诗心远，啸声圆。　乡心一片，何处堪传。倚层楼天外雕栏，珠帘高卷。画栋长悬。看树边霞，云外鸟，雨中山。

## 渔歌子

七夕

新月黄昏淡画楼，起来纤手上帘钩。闲指点，乱星稠。笑倚檀郎问女牛。

## 意难忘

乞巧

天淡云纤，望秋河耿耿。人立雕檐，焚香罗酒果，乞巧问神仙。余本是旧青衫。疏拙性难捐。愿借取蛛丝一缕，好作针砭。　天孙笑答连连。道聪明消福，从古堪怜，文章悲屈宋，事业笑张韩。伤往事，只闲谈。还赐汝痴顽，好去向花天月地，高咏酣眠。

## 如梦令

邸壁

远树连天云坠，细雪团飞花醉。茅店上寒灯，真个凄凉难睡。如醉，如醉，细嚼相思滋味。

## 三姝媚

客窗对雪

碎剪天花巧，正一片玲珑，蓬莱春晓。白玉楼台，敞高寒记得旧时曾到。何事东风，吹没了天涯鸿爪。尽我高歌，犹是前番梦中瑶岛。　　最怕流光易度，正对景茫茫，又添烦恼。席帽京华，只匆匆便把花朝过了。春冷而今，想故里花开尚早。且取一枝铁笛，对将愁扫。

## 鹊桥仙

别情

骊歌一曲，垂杨千缕。又是销魂时节，分明去后也重来，怎禁得者番轻别。　　青山隐隐，暮云片片，并作离愁千叠，明朝相忆即天涯，听不得雁声凄绝。

## 百字谣

寿王秀峰

华堂日永，正尊开、仙酝介眉时候，莫问浮沉千古事，且喜衔杯在手。一卷南华，北窗高卧，道是羲皇叟。茫茫人海，笑看牛马徒走。
绕砌花竹重重，春风再度，会见兰芽秀。饮酒读书多岁月，供养丹颜如旧。北海宾朋，东山丝竹，仙曲随声奏。玉山一倒，碧天明月如斗。

## 垂杨碧

暮春

春归顿，飞絮游丝相混。风雨一番红又褪，倚栏情闷。　　欲把青春低问。偏是燕痴莺困。彩笔蛮笺偿不尽。年年花月恨。

## 美少年

夏夜

灯暗酒醒时，幽阁消烟缕，枕簟起微凉。一阵芭蕉雨，无梦到家山。细把更筹数，应怪寄书迟。雁影沉沙浦。

## 捣练子

立夏闺情

风乍暖，鸟争喧，花影迟迟上画帘。记得小廊初受月，昨宵犹自不禁寒。

## 宫中调笑

晚坐

明月，明月，偏是照人离别，他乡又见团圞。坐对清凉晚天。天晚，天晚，风送谁家箫管。

## 鹊桥仙

七夕

小阁帘开，回廊月上，花气重重初醒。又逢此夕会天孙，看一片星河泻影。　　晚凉人静，停杯兀坐，蓦地情怀，耿耿频年，佳节隔乡关，细数着流光自省。

## 诉衷情

落叶

长林秋老暮烟空，一片下西风。夕阳不管憔悴，何地说幽悰。　　销魂处，晓霜浓。远山青，自怜颜色不似飞红。敢怨飘零。

## 瑶台第一层

恨

猛地罡风，吹来幽恨，无绪无头，天心颠倒，云翻雨覆，欲问无由，多情真误我，拭青衫泪点长留，空回首。叹壮志怀素愿种种难酬。休。休。悲歌无用，怕招来鬼也生愁。彩毫踏烂，吴钩折断，尽我遨游。但神仙事诳，那里也蓬岛瀛洲。莽悠悠，看乌轮倒转，汉水西流。

## 苏幕遮

新秋晚坐

漏沉初，香榭乍。月艳云纤，点缀秋天画。小试蕉衫风洒洒。消受新凉，人在星河下。　　竹阴重，花枝亚。闲按红牙。告了风情假，露坐无人消茗话。一点流萤，飞上蔷薇架。

## 如梦令

幽阁一番风峭，逗起离情多少。朝暮卷帘看，盼得征鸿来了。秋老，秋老，报道归期尚杳。

## 凤凰台上忆吹箫

中秋

锦瑟年华，绮琴怀抱，空怜岁月如流。记去年今夜，醉月登楼。酒盏诗牌罗列，更尽后絮语啾啾。金台畔，者番作客，又是中秋。　　句留。他乡况味，空倚着栏儿，数尽更筹。奈关河迢递，鸿影悠悠。纵使梦魂飞去。深夜里已坠晶球。生消受，文通有恨，宋玉多愁。

## 南乡子

前题

书剑事长游，节序关心不自由。寂寞空庭偏独坐，啾啾。虫语西风满院秋。　　乡思日悠悠。瓜果年年夜不休。料得此时风月好，楼头，有个人儿相对愁。

## 蝶恋花

庭院深深春酿恨，拂罢多罗，怯与红阑近。临眺又慵拈线困。玉梅花下春寒嫩。　　帘簸冰条风阵阵。埋怨鹦哥，错报归人信。比较恹恹今更甚。裙腰瘦减纤争寸。

## 如梦令

小雪

竹撼青鸾影簸。香冷金猊篆锁。小雪忽霏霏，点缀文窗幽阁。堪可，堪可。两树梅花一我。

## 罗敷媚

都门灯夕

轻轻到了元宵也，灯泛红霞，车门文纱。绣陌香街月似花。　遨游不许金吾禁，酒肉官衙。箫管倡家。处处春宵乐事奢。

## 前调

都门客感灯下同云初兄作

年年碌碌胡为者，锦瑟光阴，忽忽而今。尚有吴钩识壮心。　浮沉万事何须问。慷慨知音。青眼黄金。愁杀成连海工琴。

一从拼作幽燕客，乡思年年。亲舍云间。怅望登楼只暮烟。　虚堂偃卧同姜被，酒盏须宽。剑铗休弹。身寄微茫海外山。

匆匆又过元宵节，灯火香罗。花月笙歌。偏是闲愁不奈何。　不如且觅消愁计，铁笛闲摩。红板轻挖。人世浮名一刹那。

当时记踏瑶阶月，尘海浮萍。沦谪无情。赢得诗狂太瘦生。　而今尚有疏豪兴。拨断银筝。习气纵横。狂醉高歌猛虎行。

## 浣溪沙

有寄

水涨溪桥没断虹。年年别恨恼文通。小楼昨夜又东风。　软泪成珠冰颗颗，春愁如梦雨濛濛。梨花燕子旧帘栊。

## 玉团儿

谢秀峰惠茗

梦回小院花阴午。凝香魂绡封簇护。瓦铫风炉云斟绿髓。雪团娇乳。芳馨细细生眉宇。爱君家神仙陆羽。消受闲春，半廊竹濑，一帘花雨。

## 鹧鸪天

白桃花

薄薄妆成曲槛东。肯随凡艳笑东风。蝶魂化去犹黏粉，人面重逢已褪红。梨瓣瘦柳花松。美人心事隔帘栊。刘郎近日头应白，便到天台梦亦慵。

## 柳梢青

有感

浅醉低吟，模糊往事，蓦地追寻。玉碎珠沉。花残月老，黯黯而今。天涯何处知音。苍莽莽山高水深。翠袖无俦，青衫有泪，一样伤心。

## 齐天乐

述怀，柬云初兄。

此生深悔儒冠误，匆匆岁华轻度。季子飘零，仲宣憔悴，不解天心何故。无情若许。问翁伯君章，而今何处。南北东西，天荆地棘多歧路。孤怀磊落谁属。任高歌一曲，大江东去，世少知音，眼多俗子，大抵云翻雨覆。苍茫万古。且说剑谈经，飞觞挝鼓。何事纠缠，黄粱炊不熟。

## 西江月

前题

碧海青天渺渺。晨鸡暮鼓朝朝。乾坤如梦莽萧萧，何地可容长啸。醉后独骑白鹤，悲来且舞并刀。悠仙任侠漫相嘲。差可抒予怀抱。

## 沁园春

题李艾圃诗集

从古诗人，穷而后工，噫乎可哀。况龙钟杜老，盈头霜雪，寂寥仲蔚，满径蒿莱。壁上花飞，毫端鹤舞，三绝唐贤未易才。真潇洒，想前身事，何处玉宇瑶台。　千金散尽还来，问石季伦今安在哉，且看花载酒，留连风雨，放歌击剑，开拓胸怀。尘海茫茫，知音有几，对此当倾千百杯。高吟起正半天松响，大海澜回。艾圃兼工书画

## 中调临江仙

春日招郑小痴、王秀峰饮都门酒楼

作客京华无赖甚，春风喜与勾留。得钱且上酒家楼。左招王逸少，右唤郑瓜州。　　百岁荣华东逝水，等闲白了人头。清风明月自无愁。醉携铁绰板，高唱少年游。

## 踏莎行

柳絮帘栊，蘼芜庭院，春痕花影和愁乱。惺忪无语炙残香，空闺独坐放心软。　　白雁音稀，黄鹂梦短，游丝无力东风懒。画屏鹦鹉唤。雏鬟卷帘，放进双飞燕。

## 行香子

月下听邻家度曲

云净银河，酒炙红螺。好风来清响徐过。倚栏侧听，不似吟哦。是东邻院，明月底，奏新歌。　　良辰美景，浅酌低唱，算抵得青琐鸣珂。寂寥子野，自惜蹉跎。只欢乐短，优游少，别离多。

## 醉花阴

新秋晚坐

雨晴月淡花痕腻，帘额香萦碧，时节又西风，几阵新凉，逗起愁消息。　　春去秋来频作客。挨尽销魂夕，鸿雁几时来，一片乡心，飞入高楼笛。

## 蝶恋花

索曹芝衫表兄秋海棠

曾约看花闲试茗，几点燕支，媚杀庭前景。无那连朝消昼永。心情懒与嵇康并。　　客舍黄昏秋思冷。生怕销魂，又觅销魂种。料得红蕤妆早靓，卷帘为待姗姗影。

## 菩萨蛮

集句

一声羌笛鸣咽孙敿。人生岂得轻离别李商隐。车马去间间王维。夕阳山外山戴复古。　　楼前芳草远康与之。独望情何限顾敻。何处是归程李白。绿杨长短亭陆游。

桐荫斜压阑干小范汭。乱红堆径无人扫何籀。睡起不胜情秦观。晚凉风露清白居易。　　卷帘新月上张耒。竹色侵虚幌叶景南。枕倚小山屏顾夐。此时无限情万俟雅言。

闲阶雨过苔花润陆龟蒙。朱紘初识孤桐韵苏轼。楼阁断霞明秦观。金铺向晚扃顾敻。　　西风吹罗幕庄宗。梦断灯花落叶允之。秋露似珠圆庾信。夜长衾枕寒温庭筠。

鲤鱼风起芙蓉老李贺。天涯何处无芳草苏轼。明月照高楼曹植。香笺难寄愁黄昇。　　恨无双翠翼韦庄。竟日空凝睇柳永。何处说相思晏几道。秋声一雁飞许浑。

右四阕兼用诗句，殊乖词律，信手拈成，未遑改作，姑录存之，知不免为大雅笑也。同治壬申九月初二日，七十二芙蓉主人自记。

## 少年游

感旧

莺花围住小园门，睡起透春痕，簸钱放蝶，曲廊连苑，芳草绿湘裙。
飘零心事谁知道，倚槛黯销魂。旧物零星，秋千断板，苔没海棠根。

## 法驾导引

莲漏滴，莲漏滴，香谢夜沉沉。波脸低徊蕉叶枕，玉肤香裹藕花衾。灯掩碧窗深。

香梦足，香梦足，鸾镜鹑鸦云。乳燕钗梁簪碧玉，文鸳裙子画泥金。人日斗春人。

## 满江红

索曹香祖桃花

嫩粉雏红。禁不过尖寒峭冷。拟作个武陵渔子，破烟泛艇。只恐狂生尘俗眼，醉游不识仙源境。镇连朝魂梦费思量姗姗影。　　黄藤酒，斟方酩。红蕤梦。春应醒。探花烦妙手，蝶围蜂拥。不使春光容易掷，怜香我辈真情种。问仙人今夜肯来么，焚香等。

## 相见欢

舟行将至津门口占

嫩凉天气新晴。独推篷。一带人家都在绿杨中。　　疏篱畔，斜阁外，水车红。恰是野花香过唤鱼亭。

## 雪梅香

癸酉嘉平初三日，得景雍斋潞河书，询余近状，词以答之。

梅花谢寒风，料峭逼貂裘。恰故人远隔。殷殷尺素频投。秋间曾接雍垒书两地停云同怅望，几时握手慰离愁。盈盈潞水，喜鳞鸿不阻星邮。
酒酣还掣剑，风雪漫天，无地优游。岁事将阑，他乡只自勾留。自笑拘牵同傀儡，漫云声价动荆州。时余客廷尉王荫堂先生邸第，来书有倚马登龙之语年来惯，江淹赋别，王粲登楼。

## 清平乐

岁暮归家，检架上书有感。

书城久隔，岁岁劳相忆。漫恃榜名称福地。（顽仙福地，余所居室名也）也被蠹凭蛛据。　　凌晨遍启纱橱，牙签细细频梳。自笑米多难索。年来偏爱藏书。

## 满江红

甲戌正月初八日赴都倚装写怀

真个行耶。魂梦里晓鸡声咽。怎禁得冻云冷雪。催人离别。书剑年年京洛道，铁花碾碎轮蹄热。笑男儿少壮不如人，羞频说。　　花月愿，今须缺。功名念，今应切。且排云献赋，九重天阙是岁应选拔朝考此去但求毛义檄。何堪久作朱门客，只惊心，回首视萱堂，盈头雪。

## 菩萨蛮

清明后二日登陶然亭

关心花事春将半。客中抛得韶光贱。忙里过清明，何如野心僧。音书鸿绝影，怅望楼头暝。烟树隔乡闾，苍茫一片无。

## 新雁过妆楼

送崔铁卿年伯归里，时新捷南宫，以知县改就教职。

住为佳耳，缘底事匆匆，竟赋归舆。风花两地，年来曾怅离居。握手东华尘土里。喜春风蕊榜名书。好襟怀，诗人作宦，仍爱冰壶。　平生知音有几。任放歌掣剑，能恕狂奴。红牙拍碎，满云腻柳豪苏。时为余词稿题辞报道一声去也。只怕向临歧听鹧鸪。频相嘱。幸别来锦字，莫惜双鱼。

## 梦江南

春日归思

归去好，正是赏春时。花底软风温似肉，柳梢纤月小于眉，檀板唱新词。

## 丑奴儿令

春夜

夜深往事思量遍，醒也无聊，睡也无聊，独对银缸细细挑。　沉沉谁道春更短，花影今宵，月影今宵，一缕羁魂尽力销。

## 满江红

甲戌，廷试后余就教职，客有以冷官笑者，赋此解嘲，兼柬同志诸子。

亦复何伤，终不碍襟怀潇洒，可曾见古今得失，塞翁之马。岁岁他乡成底事，慈亲况复年周甲。问营营槐国蚁排兵胡为者。　且给个金门假。好整顿旗亭话。爱浅酌低唱。瓜州风雅。若辈不关诗酒事，彼苍岂吝文章价。语群公，欲醉且停杯，余来也。

## 蝶恋花

秋柳

一缕情丝风外袅。自送人行，懒把双蛾扫。瘦尽纤腰风月老。为谁画出相思稿。　　盼到归期归尚杳。正倚高楼，偏是西风早。何处魂销销未了，乱鸦流水孤村小。

## 前调

秋扇

独把齐纨花底看。扇不逢时，扇也生幽怨。袖底怀闲风月满。含情忍说君恩断。　　几阵凉飙风物换。扇似秋风，依似秋风扇。一样伤心秋过半，明年好待重相见。

## 城头月

秋夜闻虫

城头明月如钩挂。孤馆寥寥夜，邻寺钟声，官街柝响，齐向心头打。
虫声撼起西风乍。陡得心儿怕。切切凄凄，喁喁唧唧，似说相思话。

## 清平乐

饮秀峰水香斋

怏然醉矣，掣剑狂歌起。落叶满庭秋似水，青眼独逢吾子。　　刘伶旷达襟怀。道旁醉倒须埋。不见燕昭旧迹，只今坏土荒苔。

## 喜迁莺

甲戌之秋，薄游京洛，客兴阑珊，乡怀拉杂，读陈迦陵凭高指顾之阕，不觉唾壶尽缺，因其韵自抒羁肩，不必有虎贲之似也。

酒酣四顾，叹莽莽乾坤。乱山云树，饥不能餐，倦仍难寝。还是不如归去，莫问茂先何在，便觅中郎何处。空草草销磨岁月，霜蹄风渡。
迟暮便作个酒伯诗豪。恐被才名误。早拟排云，更思投笔，偏是嗣宗歧路。闷把宝刀轻击。愁对枯桐低诉。浑不解，且横吹铁笛，玉龙声怒。

## 城头月

闻笛

穿云裂石来天半，何处吹湘管。远共钟摇随松响，一缕秋心颤。随风溜得声声慢，道是谁家院。仿佛凉州依稀半，半晌撺入秦王犯。

## 醉乡春

帘底香斟鹊脑，窗外绿梅开了。拈绣带，剔猩绒，刺就丁香心小。低向小姑调笑。好事明年春早。佯不理，脸波红，眉烟宛转旋成恼。

## 减字木兰花

秋夜观剧，演《邯郸梦》。

软红尘土。眼底浮名何足数。明月今宵，醉倚明童听玉箫。　　烛花风颤。傀儡当场啼笑幻。何假何真，我亦黄粱枕上人。

## 剔银灯

微雪，书所见

一阵油车声紧，蓦见雾鬟烟鬓。雪地风回，石廊苔滑。越觉鸾骅不稳。裙花低衬，恰巧把弓挛偷印。　　望眼欲穿帘近，杳杳青鸾音信。旅馆清寒，羁楼凄冷，况是归期无准。倚栏拨闷。镇摇碎一庭梅粉。

## 蝶恋花

帕

齐素轻笼花样净，一缕余香，香也和愁凝。软意缠绵抛未肯，丝丝织就销魂影。　　拨尽猊香花漏永。欲写相思，袖底春酥冷。枕压红蕤愁思重，啼痕温透珍珠性。

## 中调临江仙

阑外玉梅飞似雪，春愁引到香衾。秭归啼罢掩重门。黄昏今更早，怎地不销魂。　　镜里是谁常伴我，如何也揾啼痕。闲将双风卜同心，呆欹鸳枕看，压软辟寒金。

## 满江红

同年陆申甫谒督师之保阳，余既有诗送之，感怀眷别不绝于中，同伯希复填此解。

匣剑宵鸣，忽迸出，玉龙三尺。须珍重，别离心事，只余秋水，襟上酒沾燕市碧。马头泉挂中山紫。羡行吟，一十二连桥，烟波里。　铁笛裂，霜蹄驶，玉山倒，松窗底。笑不才似我，依然居此。客兴阑珊癯鹤立。奇怀浩荡惊雕起。且高歌，击碎紫珊瑚，吾醉矣。

## 归燕慢

留别伯希

藉甚才名。对象床按谱，珠袷弹筝。暗香姜白石，残月柳耆卿。花间招我谱瑶笙。笑烂漫狂奴太瘦生。暮天忽飞雪，簸弄起，别离情。　蝴蝶宿，迷茫影。鹧鸪叫，可怜声。乡心离绪无分晓。怅怅甚，一时并。小梅泣粉坠帘旌。似别泪凝，珠琢不成。风笛一声起，肠已断，不堪听。

## 殢人娇

有赠

海藻深帘，梅花别院。时听得佩环声缓。眉烟碧，窃鬓云香远。似记得，当时花开曾见。　道罢胜常，笑窝红浅。珠箔底，乞书纨扇。低拈罗带，同心亲绾，挽不住巫云霎时飞散。

## 醉公子

本意

春色浓于酒。乐也君知否。沉醉倚东风。花枝烂漫红。　填个销金帐。教与红儿唱。自谱白牙箫。新声别样娇。

## 鹧鸪天

乙亥新正，赴都道中口占。

枕上鸡声扰梦阑。此番真觉别离难。酒斟蕉叶心先醉，粉泣梅花泪暗弹。　情黯黯，路漫漫。断鸿声里晓云寒。吟边剩有销魂句，愁压春风碧玉鞍。

## 剔银灯

都门烟火之盛甲于天下，今年元夜枝寓宣南，适逢新禁，凄然独坐，词以遣怀。

往岁都门佳丽。灯火上元天气。梅竹街头。琉璃厂里。月下争驱钿骑。茜裙珠髻。喧笑处麝飘香醉。　今夜冷清清地。偏是凤城先闭。门掩灯昏，香消鸭冷，宝盖床。画帘风细。晚钟邻寺，作弄得百般难睡。

## 点绛唇

镜里年华，猩绵浓晕春鬟弹。笙囊斜搁。枕上红冰薄。　梦里无聊，小睡偏难妥。垂珠箔，春愁堆垛。阵阵花阴簸。

## 苏幕遮

梦里千愁万斛。懒去登楼，惆怅斜阳暮。莫种无情杨柳树。不绾征骖，偏碍离人目。　爇残香，笼浅素。待寄相思，难写相思句。燕子也知侬意绪。低骂东风，疼杀梨花雨。

## 风蝶令

蝶粉黏花醉，莺声搅梦圆。楼前弱柳不胜烟。莫遣东风搓线复措绵。
翠箔沉香篆。红冰自玉笺。桃花不管惜芳年。忍把银驱掐冷玉筝弦。

## 点绛唇

花影帘栊，一番雨过凉生润。海棠红褪，燕语低相问。　冷落纱橱，瘦了孤桐韵。香烟喷，长人困。梦里天涯近。

## 减字木兰花

潘寄禾水部知余有卢仝之癖，每过访，辄烹佳茗饷之，词以志谢。

瞑烟苔径。陆羽初醒岩下梦。客爱餐霞。花里敲门为斗茶。　细研梅粉，片脑娇馨生口吻。消受黄昏。柳外风来有月痕。

## 水调歌头

寄禾水部于休宁会邸拓小榭一楹，题曰半亭，名甚冷隽，书此补壁。

数载客京邸，哀乐总相同。几钱买得风月，此事竟输公。偏是催诗击钵，只恐枯肠探索，有也不能工。奋笔苦拉杂，莫为付玲珑。　　曲阑低，幽石古，小花红。晚凉煮茗挥尘，那减晋人风。我是狂奴故态，君是英雄本色。一笑旅愁空。好觅铁绰板，高唱大江东。

## 浣溪沙

寄云初伯兄

一纸春风碧玉笺。乡心遥寄水云边。西堂曾否梦留连。　　雁齿红桥杨柳岸。鸭头春水木兰船。系人归思暮春天。

## 浪淘沙

同宗振裘同年饮都门酒楼

好鸟唤提壶，良友招呼。高楼买醉酒钱粗。故态依然君莫笑，未改狂奴。　　推倒玉山无。花影低扶，当筵击碎紫珊瑚。若论美人凭价买，十斛明珠。

## 浣溪沙

寐寐风光的的春，粉墙偷访薛涛门。碧桃花底月黄昏。锦帐珠歌调翠管。画屏红烛劝金樽。满身香雾醉初醺。

## 风蝶令

麝脑鸳鸯带，龙文翡翠钿。金尊小劝近华筵，偏是羞眉低处可人怜。　　弄笔鸾呵管，偎人茧炷绵。红蕤真个可留仙。恰好今宵，明月十分圆。

## 西江月

忆旧

鸭鼎初熏宝篆，虾帘细袅湘纹。东风熨帖入花心。不放小桃红褪。

翠袖灯前绀雾，紫箫月底香云。愁痕春影已成尘，何事情丝不尽。

## 清平乐

重阳前二日赏菊

黄花依旧，又是重阳时候。帘卷西风添翠袖。人比去年肥瘦。　　金风玉露天高，无人独酌香醪。浅醉碧梧庭院，冷香飞上吟毫。

## 念奴娇

赋得小红低唱我吹箫

翠绡春暖，正一廊花影，香云低袅。翻出江南红豆曲，不遣莺儿知道。软溜珠喉，新词半熟，宛转声偏小。奈何时节，白牙声彻云表。　　料得跨凤萧楼，有人窃听，飞下瑶华岛。便是旗亭新乐府，可似者般娇好。紫曲迷香粉妆媚月，抵得浮名多少。及时行乐，是乡真可终老。

## 琴调相思引

湘篆如烟玉簟清。柳棉和梦不分明。晚来风雨凉到墨花屏。　　冰鉴凝妆瓜粉薄，香云浣佩藕丝轻。良宵人静闲理紫鸾笙。

## 清平乐

题桃花白头鸟卷子

阮郎归棹，恐被仙家恼。剩得刘郎今已老。化作白头青鸟。　　脂痕点点些些，天台不隔烟霞。欲问旧时娇态，只余水上桃花。

## 金缕曲

送周笠樵荟生昆仲归楚南，时余亦有山左之行，倚装志别，耿耿号余怀也。

蓦地离肠绕。甚秋虫喁喁唧唧，替人烦恼。挥手送君从此去，刚是洞庭秋好。恰趁着一帆风饱。后夜相思惟有梦，怕天涯有梦都颠倒。只两地怨啼鸟。　　明朝我亦浮烟棹。算孤篷新词唱遍，月残风晓。各自云山游兴足，还是归来宜早。好整顿旗亭吟稿。何事黄昏风苦，促登程，吹得斜阳老。离别恨，散秋草。

## 满江红

出都

回首京华，早一片暮云遮断。念数载酒樽文赋，春明游倦。笑杀凤皇池上客，仕而无禄休云宦。谢殷勤旧雨苦留连。旗亭宴。　　莫作个，登楼粲。且学个，西风翰。笑一肩行李，残书短剑。俗子莫嗤贫彻骨，乃公仍觉黄金贱。早羁愁万斛，一时抛。烟云散。

## 题如皋汪晓棠观察两园图小令四阕（园即水绘故地）

### 鹧鸪天

念竹廊

石子棱棱地半弓，紫云槎北碧梧东。便娟人影姗姗月。断续茶烟淡淡风。　　声婀娜，玉玲珑。应门瘦鹤短于通。行吟直到修朗尾，一角斜阳不肯红。

### 如梦令

紫云白雪仙槎

满目缤纷霞彩。醉得莺儿难解。小坐木兰桡，仿佛沙棠轻载。欸乃。欸乃。人在绛云香海。

### 踏莎行

一枝龛

何处招凉，小山佳境。团焦花覆黄昏静。拈得闲中半偈禅，木樨香否君须省。　　金粟前身，姮娥瘦影。广寒云水凉千顷。梦中才跨碧鸾回，天香满袖秋宵冷。

### 柳梢青

一篑亭

地枕回波，树连远岫。石挂烟罗，策杖来游。孤亭一角，点入秋螺。园林隔岸闻歌。登眺处，烟云一窠。何处移情，山巅月好，画外诗多。

## 湘春夜月

重阳后一日，旅馆浓荫，入夜成雨，黄花顾影，一灯荧然，怅触予怀，独吟成调。

忒凄迷，清寒吹到重门。可惜疏雨孤灯，心事共谁论。欲向黄花低诉，怕花心落落，不管销魂。只欹枕推愁，抛书约梦，独自温存。　　佳节匆匆，西风袅袅，瘦绝休文，画饼采名。谩赢得天涯羁旅，也自难禁，天如人意，藉并到划断愁痕。算此际有罗维香冷，寒蛩断雁，一样黄昏。

## 八犯玉交枝

戊寅仲春之初，送西湄同年回都门兼示韵莳。

草短天长，风醒云醉，蓦把别愁吹落，遍是春来君去，赢得湖山离索，宝刀金勒，记得狂醉高歌，爱君奇气吞河洛。何事一声风笛，催人听着。　　共来胜地几时，我留君去，花开谁共斟酌。剩胸次连朝作恶。且不羡锦袍宿省，羡旧雨东华行乐。意园风景应如昨。好归语王孙，道余问讯今何若。

## 满庭芳

病起寄西湄兼示都门同好

豆叶嵌篱，桐阴缀砌。病余闲凭阑干。木棉裘薄，还怯晚来寒。欲写怀人新句。笑拈毫又道无端。覆寄兴东华倩雨。应为带愁看。　　相思何处着，弯弯月小，颗颗梅酸。算诗牌酒斝，香谱茶团。付与无聊无赖。全不是旧日吟坛。空惆怅，乱山云树，千里路漫漫。

## 洞仙歌

莺品蝶睡，是盛娇庭院。情思惺忪比花懒，优湘桃门外，千尺春潭，滴不过脉脉含情娇眼。　　个依愁不得，儿女英雄，湖海青衫泪痕满。岂是不销魂，优是销魂。也只怕东风不管，莫误认当年杜樊川。只十载飘零，风怀都减。

## 法曲献仙音

晚泊

草恋霜蹄，波迟月橹，游兴一年年懒。壮愧依人，归仍做客，空怜故乡天远。剩磊落豪情在，高吟倚孤剑。　　漫依黯。只而今登场傀儡，要名任呼庄，眼须闭阮。烟水且停桡。甚多事，征鸿来聒。故意惊人，早知我乡心缭乱。更水流浩浩，说与浮沉不管。

## 清平乐

抵津门

水关鱼市，大舳如山起。七十二沽烟水里。好鲙玉盘金鲤。　　六年曾泛尊垒，模糊旧梦尘埋。两袖淋漓吟稿，新从海岳归来。

## 貂裘换酒

题王十樵先生再睡一方别墅图

醉挽溪边柳。问当年志和老子，今犹在否。万柄琼荷香似海，著个庞眉诗叟。更携得乌衣昆友，鸥鹭一家云水窟，忍微官换了花千亩，风月福，只君有。　　年年笑我风尘走。莽天涯短歌长啸，劳劳依倩，三万六千行乐耳，最好衔杯在手。算抵得印悬金斗。便欲随君图画里，醉名花风露浓于酒。吹短笛，玉龙吼。

## 双头莲

戊寅 除夕时客韵莳太史意园

弹指流光，怎偏是今宵百般难寐，筝楼爆市，向暗里唤醒倦游心事。那更新雪吹寒，恰画帘垂地，还料是梦冷罗维。梅花夜深无睡。　　算只孤客情多，向樽前犹恋冷吟滋味。雪鸿犹记，去年此夜，湖山独醉，忍把锦片光阴，付天涯孤骑。凭检点半箧红词，春愁如水。

## 点绛唇

夜醒

午夜眠醒，梦见零碎灯儿瘦。苦人时候，恼乱鸦啼骤。　　燕市重来，不让东风后。情如旧。愁根多寿。又长相思豆。

## 玲珑四犯

火判

傀儡衣冠，装点作衙官，巍然容貌。呼吸烟霞，土偶居然多窍。几队烛奴灯婢，先试了花飞竹爆。忽鬓眉现出光明，一片赤云笼罩。　　纷纷炙手皆云热，从今鬼伯休轻诮。引得喧阗香骑闹，波脸分光耀。只怕良宵灯尽，空剩得冷灰盈灶。惜炎炎弹指烟消。应被凉蟾低笑。

## 沁园春

己卯四月爽召南刺史招赴辽东，由都旋里小住两日，送吟初伯兄赴潞河，即买舟东下，晤花南仲兄于津沽，越日即附洋船杭海矣，旅舍挑灯，感而赋此。

薄宦京华，抑塞愁城，疏豪酒肠。恰故人招我，远投鲤信，奔涛骇浪。催驾鼍梁。云鸟襟怀，海萍踪迹，旅味年来亦惯尝。吾行矣，看海东日大，塞北天长。　　匆匆剑匣琴囊。算两日归家别又将。更潞河送远，伯兄碌碌，丁沽握手，仲氏凉凉。各样风尘，如斯身世，不许飞鸿作一行。伤心处，是慈萱已萎，犹殡斜阳。

## 貂裘换酒

津门赠邓文甫

向夕风帆落，看茫茫风涛九派，海天寥廓。我自黄金台畔住，珥笔凤皇池左。忽漫作辽东孤鹤。书剑天涯无赖甚，喜逢君意气迈河朔。金樽满，快酬酢。　　重来还是新秋约，且高歌蹲蹲舞我。乌乌和若。铁板铜琶君莫笑，故态狂奴犹昨。恰更有宝刀能脱。明日扬帆挥手去，下飞澜不碍天风簸，蛟龙窟，朗吟过。

## 五彩结同心

紫竹林距津门五六里有旅舍颇幽静，阶下幽兰一丛，葳蕤丰放，尤楚楚可爱，徙倚久之，词以写怀。

征帆乍卸，丁字沽头，茫茫云水连天。有竹林别馆，一径石子流泉。卷帘喜见幽兰放，才过雨，相对娟娟。重低省，名花空谷，幽芳可有人怜。　　远思临行那夜，有人如花瘦，扶病樽前。惜别心情，断魂时节，泪痕渍透红棉。梦魂不碍关山隔，也须要珍重刀环。今试问，潇湘妃子，几时并蒂开全。

## 南乡子

晓发杨柳青

片月落前汀。柔橹轻摇梦乍醒。一枕迷离何处也，冥冥。柳外凉风吹晓星。　旧地昔曾经，树里人家隔雨青。今日重来人不见，亭亭。双桨青衫唱采菱。

## 齐天乐

过青石关

群山忽让行人路，溶溶划分浓翠。蹬曲藏舆，溪清恋马，一径晓凉如水。红衫青笠，恰石气烟丝，拂人新醉。天半风来，樵歌吹出断云里。
雄关依旧无恙，算雕戈铁甲，当日谁记。莫笑书生，还携霜铗，拟向洪崖并倚。塞天云紫，想草短马嘶，弧飞雕起。猎马归来，看横捎虎子。

## 水调歌头

去复州，抵没沟营题壁。

一笑海天外，马足乱云高。得归即便归矣，轮铁任劳劳。招手水边鸥鸟，看我胸中云梦，芥蒂已全消。肝胆任楚越，万事一鸿毛。　百年事，须臾耳，水滔滔。名山料理身后，终被古人嘲。拟共僧坛说法，便向歌楼乞食，如此是人豪。且酌次公酒，不读大夫骚。

## 南浦

塞外闻雁，怀笠樵同年。

年年羁旅，向他乡、底事又难留。一夜凉飙轻换，倦羽不胜秋。满目乱山残照，镇怜伊、辛苦到营州。问我故人小溪，怎经年、尺素断星邮。
只相思两字，可能为寄楚江头。（此词下片有阙）

## 浣溪沙

坐待新妆日半斜。阿娘催唤隔屏纱。出帘犹自未簪花。　嫩绿鹅笙调火凤。生红鸳被睡银猧，旧游重忆四娘家。

## 天香

合香

榉软眠云，薇深醉露。惜香文若同病。碾麝成尘，焙笺琴蚤。不怕晓来寒凝。红瓷候火，尽揉得春酥成饼。珍重香泥窖处，留待楚娇笑捧。　　几日落江满径。惜余芳怎消春永。恰好搓酥镂某。睡金鸭醒。不待茧绵分炷，已偷展幽兰出帘影。绣被留熏，夜深未冷。

## 卜算子

冬闺

貂褡覆鸦云，冻晕梨花颊，曲阑呵手试鸾钗，自剔梅心雪。　　欹枕爇金猊，偏是狸奴黠，悄翻裙褶上檀床，也解偎人热。

## 喝火令

书兰寄内

某□碧栖春影，幽香剪绿云。无言脉脉更盈盈，别有相思□□不分明。漫解湘皋佩，曾遗洛浦琴。露寒烟（下缺）　　以上光绪朱丝栏抄本《冰壶词》①

# 王玉骥（47首）

王玉骥（1843—1895），字雪潭、又字芸泽，以宦游直隶，家于大城王口镇（今河北大城县）。任侠好施，慷慨有奇志。善诗词书画，尤以画兰竹名。刘良璧谓其词典丽骚雅，字句精工，“觉其命意也无不远，其用字也无不便，其造语也无不新，其炼字也无不响。昔人谓综四家之所长，而能脱尽宿生尘腐气者”②。“四家”指宋词人周邦彦、姜夔、史达祖、吴文

① 按：此本原为八卷。剔除与《冰壶词》六卷本重复词作，按照先后顺序排列。

② （清）刘良璧：《退一步草堂词钞序》，光绪刻本。

英。刘氏与王玉骥为挚友，论词宗张炎，与浙西词派为近，观王玉骥所作，二人旨趣相去不远。著有《退一步草堂诗》《退一步草堂词钞》各一卷。

## 浪淘沙

搔首问苍穹，谁是英雄。叫人难遣是穷通。堪笑书生无寸铁，徒自怦怦。　　陋拙有何能。成败无凭。丹心一点即干城。但愿此身为世用，不愧吾生。

## 思佳客

为惜残春耐薄寒。闲调鹦鹉倚阑干。柳花不解怀人意，时向栏杆自往还。　　纱窗静，玉钩闲。谁将妙策驻红颜。年来多少伤春梦，鹦鹉前头不敢言。

## 乌夜啼

雨过花垂曲槛。风来香透重帘。只缘巢燕时飞入，高挂玉钩闲。　　亭畔海棠带醉，门前杨柳含烟。春秋佳日无虚度，花好月长圆。

## 步蟾宫

西风又到重阳候。早吹得、人如花瘦。花开犹似去年秋，叹人生、焉能依旧。　　更深凉透罗衫袖。夜沉沉、一声残漏。瑶琴一曲解闲愁。月光来、清阴入牖。

## 鹧鸪天

雪色吴笺写旧愁。拈毫拟赋大刀头。莺声频唤春将去，花影重重上小楼。　　贪午睡，下帘钩。虚窗一梦入罗浮。此生但得常如梦，寻道庄周恨始休。

## 醉落魄

风轻云淡。小窗寂寂凉生簟。鸭炉袅袅烟浮篆。花影重重，香满闲庭院。　　春山颦蹙眉痕浅。碧云蓝整芳心乱。蝉声断续随风咽，独倚纱窗，怕见双飞燕。

## 朝中措

伤春心事与谁论。筱院夜沉沉。春恨欲随春去，春愁已比春深。菱花懒对，香销粉褪，愁锁眉痕。纵使无边风月，那堪辜负青春。

## 眼儿媚

闲窗无语怨东风。钗堕鬓云松。离衷难诉，柔心如醉，意懒神慵。　佳期已误成春梦，情绪似飘蓬。娇姿无力，腰围顿减，瘦损芳容。

## 唐多令

明月照高楼。清光似水流。静悄悄、风动帘钩。万籁无声秋寂寂，晚妆罢、更添愁。　佳节又中秋。玉人今在否。写吴笺、好句空留。纵有佳期难聚首，空白了、少年头。

## 蓦山溪

午眠乍醒，无限闲愁闷。黄菊倚东篱，舞瘦影、西风阵阵。海棠独自卧，墙阴红浅浅，绿深深，寂寞生娇晕。　早春柳絮，化作晚秋萍。春恨满天涯，又只恐、天涯难尽。惜花人远，何日到芳春，好似个，雁离群，空向天边哽。

## 杏花天

趁将明月寻芳径。好辨那、银屏金井。无端玉宇浮云映。未免心中耿耿。　醉乡醒、温柔乡冷。对残红、无心管领。几番搔首频问□①。不见嫦娥弄影。

## 浪淘沙

平舒八景

### 钓台烟水

台畔绿波环。一片云烟。渔舟小泊钓钩闲。醉里不知天色晚，高枕酣

① 依《词谱》，此句当脱漏一韵字，今以“□”补。

眠。　　落日映晴滩。飞鸟时还。遥看隐隐一归帆。岸上桃花堤外柳，风月无边。

### 文昌香雾

高阁出城头。俎豆千秋。香风袅袅篆烟浮，更有黄昏人静后，新月如钩。　　远眺放晴眸。天霁云收。飘飘烟雾满琼楼。一瓣心香虔供奉，志在瀛洲。

### 龙潭清漾

潭水净无尘。碧草如茵。骚人遣兴句偏新。遥听波心风过处，仿佛龙吟。　　清漾淡无痕。汇聚春霖。波头时见跃金鳞。最是怡情新雨后，无限烟云。

### 腊庙旷观

庙貌壮观瞻。高出陵原。游人纵目地天宽。一片斜阳遮不住，蓦见西山。　　日暮闭禅关。风静帘闲。鸭炉缥缈篆香烟。惟羡老僧甘寂寞，独坐蒲团。

### 交河春澜

云影逗春澜。柳色如烟。雨匀野圃桔槔间。渠港互交流不尽，酝酿春田。　　最好麦秋天。四野声欢。黄云收尽拥村边。又把稻秧频灌溉，来往乘船。

### 郭底夕照

村小暮云低。晚景偏宜。从来日影不临西。多少索微探妙士，难识其机。　　夕阳印沙堤。鸟语声稀。老农结伴陇头栖。遥望云山缥缈处，烟雾迷离。

### 麐窐晓霞

麟趾志祥征。甘雨和风。祥光蔼蔼逗春晴。一片早霞看不尽，红日东升。　　布谷听声声。忙煞庄农。一犁好雨快春耕。最好桑田连井邑，花柳含情。

### 凤台晴树

古树凤台边。绿色参天。青阴葱蔚淡横烟。时趁晓风凭远眺，极目云山。　　波下水如环。遥映龙潭。参差碧影印前川。最羡春晴风定后，翠接云巅。

## 七娘子

春光旖旎怀芳径。红情绿意相交并。花柳含情，楼台弄影，只将红豆殷勤种。　　销魂最是巫山境。邯郸一梦酣难醒。国色天香，碧桃红杏。韶华转瞬成春梦。

## 其二

飞花成阵迷蝴蝶。春宵几度灯明灭。到处烟花，无边风月，晚潮冷咽秦淮夜。　　更深弦管声初歇。痴心欲结同心结。万种柔肠，一腔热血。春归怎不伤离别。

## 其三

留春不住送春去。不知春去归何处。春恨难胜，春愁无数，痴情恼煞黄昏雾。　　几番翘首江天树。柔香不见迎人馥。断雨零云，残金碎玉。桃源隔断渔郎路。

## 其四

丝丝弱绿垂金线。烟云隐约桃花岸。美景堪怜，春光有限，无端风雨香魂散。　　多情羡煞梁间燕。双双朝夕时相伴。高出华堂，常依绣幔。呢喃飞舞无牵绊。

## 乌夜啼

鸟语绿杨亭畔，花飞画阁檐前。香风吹遍闲庭院，时见燕窥帘。
春暖群芳竞艳，香浓粉蝶酣眠。晴丝绊住藤花蔓，人倚玉栏杆。

## 鹧鸪天

贪看名花欲买春。花如解语更怜人。天涯芳草伤离绪，堪笑东施亦效颦。　　浓密处，唤真真。桃源隔断武陵津。几番翘首销魂处，不到巫山不看云。

## 一剪梅

莲沼风清好纳凉。水亦生香，花亦生香。连天无际水云乡。竹满潇湘，烟满潇湘。　　个个渔舟傍苇塘。泛尽苍浪，自有行藏。柳穿双鲤市斜阳。沽得琼浆，换的琼浆。

## 江城子

江干新月喜新晴。碧波澄。晚潮平。云影天光，荡漾浪花轻。羡煞湖心鸳梦稳，荷净处，晚凉生。　　人生好梦总成空。心如酲。浑难醒。天涯海角，到处觅箫声。回首光阴不似昔，频感慨，旧时情。

## 步蟾宫

虫声寂寂鸣秋夜。西风紧、梧桐落叶。千家砧杵动乡情，捣衣声、终宵不歇。　　长安客路伤离别。旅馆中、孤灯明灭。只因励志奋青云，历多少、五更残月。

## 青玉案

楚峰隔断萧郎路。望不见、销魂处。回首天涯春已暮。闲愁难遣，落花无数。愁向伊谁诉。　　苍茫无际云低树。痴对遥山赋离绪。悔把佳期空自误。梦随流水，香飘飞絮。剩有相思句。

## 一剪梅

早起遥闻野寺钟。月影玲珑。花影玲珑。风摇翠竹扣帘栊。蝶梦初醒。人梦初醒。　　香透窗纱入酒觥。玉枕斜凭。娇态犹慵。相思犹忆梦中情。恼煞春风，恨煞春风。

## 七娘子

酒痕隐隐生红晕。微风过处香成阵。娇厌春芳，香生云鬓，花光那得人丰韵。　　樽前着意探花信。妖姿媚态浑难认。月下含情，风前弄影。销魂的是桃源境。

## 醉落魄

霭云飞去。天涯芳草伤离绪。痴情空向巫山注。香雾迷离，不见云容露。　　落花满径浑无数。彩禽对对频相顾。声中雅似柔情诉。愧煞吾侪，情向何人诉。

## 踏莎行

凉夜沉沉，闲窗寂静。回廊月上移花影。隔墙忽听玉箫声，中庭叶落梧桐冷。　　恼煞西风，飞扬成性。香魂吹散悲芳径。虫吟唧唧月三更，余情转瞬成春梦。

## 两同心

同忆芳尘，懒对金樽。说甚么、三生石畔，最难挨、月夕花晨。有谁怜，陌上萧郎，翘企侯门。　　这相思海样深。几度销魂。谁知道、人言顿失，空教我、一片青心。记当年，月影临窗，促膝清吟。

## 剔银灯

恼煞昨宵风雨。吹散香魂飞去。红杏园中，碧桃树下，点点落花无数。玉人何处。这根由、谁能作主。　　忽忽心如飞絮。痴对残芳凝伫。欲问春光，缘何迅速，这等无情嫉妒。纵他无语。岂不念、花神有赋。

## 声声慢

溶溶夜月，悄悄闲庭，邯郸一梦初醒。恨满天涯微风，响扣帘栊。旧愁未曾抛掉，这新愁、意惹情萦。感昔日吴边，有女空负心青。　　转瞬重阳又到，对黄花、饮酒万籁澄清。满眼寒光萧萧，一派秋声。良宵无缘消得，恨西风、何太无情。总不怜、那落花满地，黄叶飘零。

## 行香子

环佩丁东，舞袖轻盈。凤头鞋新样如弓。柔腰动处，细柳随风。语温柔，容妩媚，态玲珑。　　云鬓蓬松。醉眼朦胧。正三更、莲幕香浓。梦回鸳枕，春满巫峰。夜沉沉，情脉脉，意慵慵。

## 柳梢青

月色清华。秦楼歌舞，弦管交加。绣幕香浓，珠帘风静，簇簇如花。　　娇声杂入琵琶。低低唱、粉面犹遮。澹澹春山，盈盈秋水，杏眼微斜。

## 伤秋梦引

玉宇澄清，银河泻影，月色明如白昼。凉夜迢迢，西风飒飒，吹得花容消瘦。翠竹弄晴声，一阵阵、清阴入牖。无何散步回廊，冷露浸襟沾袖。　　往事那堪回首。觅不得花香，但听残漏。绿意无踪，红情远逝，空剩一行弱柳。寻到旧游处，亦有些、野花如绣。终难适、相思红豆。梦断行云，望不见，巫山岫。

## 木兰花慢

玉人今在否，但只见、月光浮。忆当日分离，春山频锁，秋水凝眸。柔情并肩絮语，对青灯闷坐怕抬头。恨似春潮带雨，愁如旅雁惊秋。　　一声残漏思悠悠。岁月急如流。知何日相逢，谭心绣幕，携手高楼。顿抛闲愁万种，把相思一笔儿全勾。不见花间丰韵，难云枕上温柔。

## 瑞鹤仙

西风声瑟瑟，噫暑往寒来，重阳又过。顿觉罗衣薄，想光阴难再，别离自惹。谁怜寂寞。听黄昏、几声画角。倚栏杆、一声长叹，愁泪盈盈欲坠。　　翘企。关山迢递，驿路残更，戍楼寒柝。空言有，约鳞鸿，更向谁托。望长空、只对长空隐泣，自把春山愁锁。向南柯、惆怅转恨，南柯难得。

## 巫山一段云

金镜依香榻，珠帘下玉钩。美人独坐懒梳头。不语泪盈眸。　　顿觉腰围瘦。频添颊晕羞。箫声何事近高楼。蓦地惹人愁。

## 乳燕飞

翘企江天树。最关心、春光难驻，几番频顾。芳草天涯伤如许，陌上飞花似絮。看蛱蝶、随风对舞。堪叹离人多寂寞，思悠悠、难吐相思苦。春色远，江天暮。　　当年曾记丁宁语。却缘何、好音多阻，为谁留住。只把栏杆从头认，辜负韶光无数。奈此际、玉人何处。回首日长人面远，纵多情、难觅同心侣。恨难胜，向谁诉。

## 且坐令

心展转。未遂平生愿。光阴已去从难返。说甚英雄胆。草木同枯，春秋互换，令人伤感。　　千万言、只凭湘管。这是非、对谁辩。风尘那便逢青眼。想关我、心性褊。返躬自问多颜汗。这根由何遣。

## 定西番

画阁银灯玉漏。竹簟冷，梦初醒。月华明。　　蓦尔一声残笛。随风到耳中。惹得闲愁万种。望苍穹。

## 满江红

作客他乡，频搔首、对天长啸。说甚么、云路鹏程，雪泥鸿爪。遍地秋光警客梦，满林落叶催人老。□①人生、好景岂能多，空过了。　　悲寂寞，伤颠倒。这根由，阿谁晓。愧此生未遇，徒怀廊庙。冰炭欲除尘俗态，行藏恪守名贤教。夜沉沉、独自望长空，月光皎。

## 醉春风

举首天涯路。光阴不可负。人生难驻是年华，忽。忽。忽。黄卷青灯，春来秋去，根由谁诉。　　莫道时相误。欲把雄心树。丹忱一点是经纶。悟。悟。悟。远大前程，有谁留住，只教心固。以上《退一步草堂词钞》，光绪十四年刻本。

---

① 依《词谱》，此句当脱漏一字，今以“□”补。

# 胡薇元（2首）

胡薇元（1850—1920?），字孝博，号诗舲、石林、壶庵，别号玉居士、七十二峰隐者。大兴（今北京大兴区）人，累官西昌、华阳等知县。工诗，善书，与宋育仁、方旭、赵熙诸人结词社。著《玉津阁诗文集》《岁寒居词话》。

## 踏莎行

瓜蔓波长。枣花香罢。踏歌出过栾公社。陂塘三十六鸳鸯。冰纹笛簟凉如泻。　　取次相招。纱窗曲榭。江南词客赠增声价。阿谁消得此瀍绵。暮云落照青山下。

锁院重临。苔笺再擘。雨中不辨青山色。孤云更比客心闲。划开一角亭阴直。　　乡梦西湖。旅愁蜀国。杜鹃枝上分明说。丁冬井畔品茶人。放翁也是江南客。

## 海天阔处

人日草堂怀宗室紫蕙将军

东风春瘦梅魂。寒香万本金铃护。料应留待。酣春俊侣。对花起舞。锦水春风。年年此地。玉骢频驻。说堂成背郭。缘江路熟。是杜老。吟哦处。　　小队元戎宾主。出郊坰、怅怀严武。行厨竹里。听鹂花外。倦游都误。人日归来。分明记得。当时旧句。有雕梁春燕。乌衣门巷。自家来去。以上《全清词钞》

# 恽毓鼎（1首）

恽毓鼎（1863—1918），字薇荪，一字澄斋，顺天大兴（今北京大兴区）人，词人恽毓巽之兄。光绪八年（1882）举人，十五年进士。历任翰林院侍讲学士、侍读学士、起居注官及国史馆总纂、咸安宫总裁，为光绪皇帝近臣。光绪二十七年任《各国政艺通考全书》总校兼总纂。他熟悉晚清宫廷内幕及掌故，著有《崇陵传信录》，是记述清末史事的一部信史。宣统二年（1910）任翰林院奏设的宪政研究所总办，参与晚清新政。

## 念奴娇

以亡弟《剪红词稿》乞金淮生都转删定

霜风凄紧，正寒灯照恨，落木悲年。鸿雁归飞南浦月，断肠重展遗编。绣口如生，墨华犹莹，衰草已荒阡。残红谁剪，血斑都染啼鹃。
深感曲曲清才，分笺旧侣，情重故人绿。长吉心肝曾呕尽。苦思痴望流传。锦字镌名，绡珠增价，含泪慰黄泉。便从今日，梦魂长绕君边。《全清词钞》

# 恽毓巽（7首）

恽毓巽（1872—1904），字季龠，顺天大兴（今北京大兴区）人。光绪十九年（1893）举人，官内阁中书。自幼即喜为词，常与友人唱和。著有《春秋地名考异》《春秋卿大夫世系谱》《春秋卿大夫谥法考》。擅长诗词，其词很有造诣。《剪红词草自序》："余自弱冠即喜倚声，于南宋诸家爱玉田、梦窗词，于国朝则尤醉心《曝书亭集》。遥夜无俚，按谱拈吟。会意入神，往往独笑，盖亦足以消磨佚虑、遣荡牢愁也。"有《剪红词草》一卷，宣统二年（1910）京刻本。有恽毓鼎序，陈章、史藩、金武祥等人题词。

## 风蝶令

月夜近园泛舟

斜月银河朗。悠悠试画艭。一天凉露逗鱼矼。又听萧萧落叶，打蓬窗。　秋气涵烟树，波生激水椿。夜深人静吠村尨，今夜还须梦里，入吴江。

## 如梦令

遵陆积旬日，去京师尚三百里，行踪淹滞甚矣。日晡过河间府，黄埃蔽天，客颜为黧。口占此解。

又逐昏鸦归去。极目长安何处。鞭影忒匆忙。马踏乱尘如雨。休住。休住。不是软红香土。

## 百字令

伯亮以送春词属和。春去久矣，别有新感，依韵酬之。灯昏欲花，梦堕疑叶，碧云天际，我劳如何。

送春才了。更东风吹起、离情如絮。禁暖扶寒都不是。砌就浓愁无数。兰蜡偎烟。桃笙春梦。只盼行云住。醒来更平。断鹊炉空有香炷。

因念落日楼头。疏星帘底。软语叮咛处。准备匆匆抛撇过。偏又临歧重过。南浦波黄。西洲草绿。一例销魂路。窥檐凉月。者宵知我心绪。

## 浣溪沙

簟影摇波展夕凉。乱风吹雨入长廊。几回清梦落潇湘。　　新样帘栊嗔燕子。旧日钗股数鸳鸯。小楼银烛又昏黄。

## 醉花阴

纳凉

疏帘卷月黄如昼。柳暝花昏后。淡影欲成秋，一位新凉，沁了冰衫透。　　听残二三更后。灯堕轻红瘦。作[①]就可怜宵。梦是当年，人是当年否？

## 长亭怨慢

拚孤负、日长天气。打叠相思，镇和愁睡。单枕寒衾，醒来空忆梦中事。几木支竹影，偏解识、依心意。看密密疏疏，总写着、个人两字。

堪记。算者番寂寞，消受药炉烟里。怀人瘦损，凭认取、断魂山水。欲吩

① 原注："作"字去声。

咐、天半双鸿，把草草、同文缄穹。恨一角红楼，还比银河迢递。

## 高阳台

冬闺

啅雀争枝，蘘梅破萼，雪花卷得罗罗。深上重帏，晶屏向晓寒多。玉人生怯清眠冷，把浓香、熏到衾窝。转明灯，悄问檀郎，夜漏如何。

笼鹦底事梳头唤，忍揽衣推枕，媚眼匀搓。乱综蝉云，指尖慵贴细涡。情痴学写鸳鸯字，靠绒窗、冻笔轻呵。蓦回头、有个人来，红上眉娥。以上《全清词钞》

# 魏熊（2 首）

魏熊，字在田，直隶赵州（今河北赵县）人。有《碧窗词》。

## 南浦

春水次张叔夏韵

春暖鸭先知，傍芳洲、问彼也难分晓。吹皱怪东风。多情柳、几度纤腰低扫。拖蓝湛碧。沉浮鱼影金鳞小。长板桥头人送别。渡口斜阳烟草。

也曾流入桃源，便红潮乍起，余香[①]未了。花外橹声轻。有画舫、几处旧游重到？吟情正好。鸳鸯睡稳池塘悄。一片杨花何处去，换出青萍多少。

## 庆春泽

青社第二课题易安居士像

清韵流传，词人老去，乱离辜负才华。怒发冲冠，几人憔悴龙沙。明湖归路愁风雨，顾桑榆、梦到天涯。叹无家，冷冷清清，独守窗纱。

阛阓寡鹄悲鸣倦，奈无端蜚语，悬口瑜瑕。画影谁描？可能想象笄珈。序编金石君须记，吊湖州、杞妇咨嗟。暗香差，最是销魂，瘦比黄花。以上《全清词钞》

---

① “香”，作“情”。

# 张景昌（1首）

张景昌，字子蕃，号餐霞，顺天人。贵州同知。有《蓉蒂词》《秋江苦竹词》。

## 忆旧游

镇微熏花气。浅量灯痕。凉嫩于秋。回首嘻红处。为乡心触拨。怕按梁州。无端酒初茶半。颠倒替春愁。只凤稚零烟。鹦雏悴雨。轻把侬句。

临流。记前度。奈蛮豀漳影。玉蚌难钩。金屋谁凝盼。尽香温宝鸭。梦稳银鸥。东皇应许怜护。几夜绿章修。又一枕江南。秦淮明月人倚楼。《全清词钞》

# 张阿钱（2首）

张阿钱，字曼殊，直隶河间（今河北河间市）人，萧山翰林毛奇龄副室。幼聪慧，酷好诗词，落笔无脂粉习气。

## 减字木兰花

离怀难诉。手摘莲花心自苦。别恨还多。长日无心画翠蛾。　绮窗自省。蝴蝶蹁跹交扑影。寄语闺妆。不独熏风断我肠。

## 菩萨蛮

冬闺

酸风冷坑催人起，六花乱撒香闺里。阵阵打房檐，愁心不敢嫌。　临妆呵素手，梅蕊还依旧。插向鬓边斜，丰姿争似他。以上曹辛华、钟振振主编《民国诗词学文献珍本整理与研究》，河南文艺出版社2016年版，第291页。

# 钱瑗（4首）

钱瑗，字玉爱，顺天宛平人。钱符祚之女。有《小玲珑舫词》。

## 长亭怨慢

题《帝女花》院本

问何事、兴亡重谱。为惜琼花。惨遭风雨。几点残山。倩谁来画旧眉妩。杜鹃啼苦。家国恨、从头数。缺陷总难偿。合付予、伤心人补。
三五。算华年草草。并向乱离中度。匆匆去也。梦不到、旧时宫树、替写愁痕。又生怕、斜阳无主。只一缕情丝。还被犀帘钩住。《全清词钞》

## 清平乐

春日

柳摇花颤，吹遍东风软。好梦惊回莺百啭，天远何如人远。　　乍寒乍暖无凭，一宵几遍阴晴。猜着天公情性，算他真个聪明。

## 百字令

题《桃蹊雪》院本

余生有几，最难得挨到，收梢时节。妨命只缘才太艳，倒受千般魔劫。锦字缄情，绿华写恨用本事，泪点成红雪。至今溪畔，但闻流水呜咽。　　遥见狂虏氛中，桃花一骑，绝代倾城色。直算望夫山下殒，栀子同心先结用本事。兵气飞扬，愁云惨淡，魂冷天边月。我来题曲，冻痕冰指如铁。

## 法曲献仙音

敬次大人《题管夫人大士画像》韵

著墨句衣，吮毫添晕，腕底香留千古。竹里行吟，月中窥影，愁心问伊知否。竖一指淡禅也，天花堕如絮。　　恨难数，更谁怜、梦尘醒后。

多少事、赢得几声才女。莫再钟情根，愿来生、重转西土。满眼青莲，是鸥波、曾共游处。悔身无双翼，去伴听经鹦鹉。以上曹辛华、钟振振主编；《民国诗词学文献珍本整理与研究·徐乃昌词学整理与研究》，河南文艺出版社2016年版，第388—389页。

# 钱玉吾（1首）

钱玉吾，宛平（今北京丰台区）人，符祚女。

## 凤凰台上忆吹箫

题《抽宜园乐府五种》

修月帘栊，织云亭榭，最宜琴语缠绵。为爱拈红豆，瘦了三年。病酒伤春情绪，都付与、急管繁弦。消魂处，夕阳无限，只在愁边。　谁怜。拍中换拍，千万折柔肠，吹断还连。算一番花放，一度离天。唱到青青柳色，催梦去、梦也难圆。歌筵畔，拼将此身，化作啼鹃。曹辛华、钟振振主编《民国诗词学文献珍本整理与研究·徐乃昌词学整理与研究》，河南文艺出版社2016年版，第388—389页。

# 杨洁（114首）

杨洁（1772—1836?），号莲修，先世固安人，流寓于直隶永清（今河北永清县），遂家焉。父宦闽中，洁为闽产，父卒数载，始自闽归，途次遇湖山胜景，辄吟啸流连，人拟之铁涯子。归里后庐舍田园悉为族党侵蚀，洁孑然不与争，寄食戚旧，日以诗画自娱，晚岁构草堂数椽，仅蔽风雨，洁处之泊如也。（《永清续志》）有《碟仙词》上下卷，续集一卷。又名《藕乡词》。

## 十六字令

春秋花月辞二阕

春，烂漫花开倍恼人。深庭悄，空自斗妆新。

秋，月正团圞对画楼。休相照，呼婢下帘钩。

## 又

闺意二首

悲，望断天涯玉筋垂。妆楼晚，双燕又同归。

欢，何事抛人久不还。拼弃置，又倚玉阑干。

## 荷叶杯

四季闺词

楹外垂杨黄浅，风暖，南燕又飞来。应向关山动客怀。回么回，回么回。

独倚雕栏池畔，长叹，小婢莫撩人。报道莲开并蒂新。真么真，真么真。

怕听秋蛩吊月，凄切，故故傍寒帱。独与离人话不休。愁么愁，愁么愁。

急雪打窗骚屑，风劣，好梦思惊回。试把金钗卜别怀。来么来，来么来。

## 调笑令

题蕉叶二首

蕉叶，蕉叶，惯与愁怀作孽。偏教栽近幽窗，雨滴声声断肠。肠断，肠断，孤馆夜凉无伴。

雨滴，雨滴，偏向蕉声着急。平添一段凄清，不管离人怕听。听怕，听怕，独自小窗灯下。

## 如梦令

闻蛩二首

孤馆夜深人静，明月一庭清冷。唧唧复哝哝，叙尽伤秋情境。那更。那更。塞雁霜砧相应。

暮雀秋蝉初定，又听蛩音凄动。灯烬夜凉时，苦苦将人调弄。声众。声众。催筑愁城没缝。

## 又

秋夜不寐再赋闻蛩二首

四壁乱蛩扰扰，月向小窗低照。不许客成眠，故就枕边厮闹。如告。如告。尔我一般怀抱。

恻恻吟成楚调，生受露寒风峭。应是为秋来，早向客窗警报。谁料。谁料。客比渠先知道。

## 又

愁雨二首

辗转长宵欲晓，阵阵雨声相扰。天也太无情，又把佳期误了。凑巧。凑巧。故酿一场烦恼。

飒飒打窗声悍，阻我欢游路断。无计遣愁怀，觅句漫拈柔翰。休怨。休怨。却与词人方便。

## 又

喜霁二首

向晚泠然风善，吹得牢愁都散。疏雨歇寒皋，洗出深秋颜面。云断。

云断。微露青山一线。

泼眼晴光新嫩，村树疏疏红褪。净绿染平畴，着雨麦苗偏俊。秋尽。秋尽。独作初春身份。

## 又

戏作赠蛩二首

幽韵如闻泉涌，净洗耳根尘冗。凉夜伴骚人，声与清吟相共。劳动。劳动。破我一场愁梦。

一片草根霜影，传出杜陵吟兴。掷地作金声，改却郊寒门径。堪听。堪听。啧啧鸣秋之盛。

## 又

雨夜

小院漏深寒峭，遣闷试填单调。生怕惹愁来，却被他先知道，堪笑。堪笑。雨合芭蕉寻闹。

## 又

秋宵闻雁

倚枕惊闻雁唳，又带寒来作祟。何苦乐长征，饱尽风霜不退，无谓。无谓。怎叫异乡人睡。

## 又

十月过任新甫斋中，咏菊二首。

今岁菊开何晚，待得小阳方绽。应是避群芳，肯伍纷纷绛灌。独擅。独擅。好与岭梅为伴。

独向繁华掉首，胸次全无重九。尚不惹秋光，那顾娇春花柳。谁偶。谁偶。自是陶家良友。

## 长相思

独夜二首

风冷冷，月澄澄，风月依稀旧日情。无端惹恨生。　　听寒更，对残灯，好梦今宵又不成。更敲第五声。

悄无声，到三更，霜气棱棱夜气清。空斋孤客情。　　掩残经，步前庭，闲看天边牛女星。长宵那更明。

## 生查子

瓶中芍药

花开春欲归，好景能余几。常为号将离，懒向雕栏倚。　　客里厌春迟，红拆窑瓶蕊。昔日见花愁，今日看花喜。

## 点绛唇

责书

半世悠悠，误人苦被书拘绊。抛之宜远。任尔尘封面。　　结习偏深，又复闲开卷，真难判，一声长叹，无计辞能断。

## 又

书答

与我何干，无端苦苦遭讥讪。自家没干。枉自将吾怨。　　结习偏深，此语君尤诞。蓬游惯，年年汗漫，谁识君之面。

## 湿罗衣

水仙花

翛然泉石寄孤芳，素磁供玩芸窗。水剪幽姿，玉吐寒香。　　对渠心境清凉，静琴张。一曲花前，水仙操出，海阔天长。

## 采桑子

秋日晚眺

撩人景物增惆怅，一望萧然，平野荒寒，秋在疏林黄叶间。　　如斯怀抱从谁说，独自凭栏，寂寞无言，落日依依剩半年。

## 卜算子

瓶中丁香

谁剪紫霞绡，密密枝头缀。插向哥窑小胆瓶，免受封姨祟。　　蓦地触闲情，可奈花滋味。帘幕低垂护晚寒，寂寞灯前对。

## 菩萨蛮

丁香花

杏花帘外飘红雪，窗前才见丁香结。得免雨中愁，天晴风正柔。莫嗟春已晚，紫艳攒枝满。到底惹愁牵，凝情忆那年。

## 又

金盏花

南风着物浓如酒。此花开处欣相受。一见便陶然，终朝兴未阑。色比黄金烂，映日双眸炫。应为助诗情，迎人作盏擎。

## 又

牵牛花

竹扶织蔓柔无力。花开色夺柴窑碧。作意媚秋容。相依蓼穗红。佳晨逢巧节。凝露看尤绝。谁为取花名。偏伤孤客情。

## 谒金门

画梅一幅贺任新甫文孙合卺，时嘉平望日也。

梅开遍，写入溪藤光烂。玉吐先春名蚤坛，群花催尔冠。　　正是月华团满，月里仙娥妆倩。携得天香来桂殿，与琼枝作伴。

## 忆秦娥

蓼花

秋烂漫，垂垂红穗迎风颤。迎风颤，水天无际，蓼花一片。　偶来纵目临江岸，半江瑟瑟斜阳晚。斜阳晚，风标公子，为花作伴。

## 又

送春

春欲去，莺啼百啭留难住。留难住，落花如霰，小村薄暮。　携樽送尔东郊路，怜侬也似随风絮。随风絮，明年来日，相逢何处。

## 又

春答

忙何事，看君哪有相怜意。相怜意，千金一刻，缘何轻弃。　流光九十如弹指，而今空恨留无计。留无计，明年再见，且休如是。

## 又

过墙梅花

梅初坼，琼姿不受寒威勒。寒威勒，群芳敛避，让他奇特。　一枝横出墙头侧，临风索笑愁孤客。愁孤客，依稀相见，乡人标格。

## 更漏子

客夜

漏沉沉，风峭峭。深院闭门人悄。灯欲尽，不成眠。天寒夜似年。　愁城峻，高千仞。嵌入离心一寸。凭酒盏，洗愁衷。愁逢酒更浓。

## 清平乐

杏花

一冬寒少，红杏花开早。画出青春颜色好。掩映绿荫芳草。　溪村卖酒人家，篱边几树低斜。谁折繁枝去也，玉人醉侧乌纱。

## 清平乐

岁暮闲兴。四阕。

卖花声好，又是新年了。转眼流光一电扫。人世尘栖弱草。　随时落得逍遥，炉边几盏村醪。闲制农歌灯谜，赛他明岁元宵。

## 又

人当岁梢，都觉精神少。连日奔忙昏彻晓，只恐安排未好。　一天霜月萧萧，小窗灯火摇摇。笑我之忙更甚，新诗终夜推敲。

## 又

出门闲眺，已换桃符了。村市日斜犹扰扰。都为明朝一早。　纷纷事细如毛，由他日畔喧闹。且自拈毫把酒，明朝也只明朝。

## 又

残冬过了，便觉风光好。大块文章初换稿。尽把陈言打扫。　梅花齐展水绡，杨枝微染黄梢。已看新春来也，不嫌蓬荜萧条。

## 阮郎归

春情

闲随女伴踏晴沙。夭桃夹径斜。总饶颜色灿，朝霞休教种妾家。真薄命，漫相夸。飘零水一涯，有人常道妾如花，如花莫似他。

## 眼儿媚

客夜

疏钟残角枕边哀。乡梦唤初回，往年近日，旧愁新恨，都上心来。鸡声一片催人起。开户闭前阶。迷漫霜影，苍凉月色，异地情怀。

## 又

秋望

娟娟风露酿新寒。野涧得我偏。半林残照，一行征雁，几叠遥山。

客中说甚登临兴。逐目转凄然。可怜时节，无聊情绪，独倚阑干。

## 柳梢青

新柳二首

风日暄妍。柳梢金嫩，早报春还。远远生情，微微美色，半有无间。池边几树娟娟。映窈窕，如临镜前。额发初垂，蛾眉未扫，娇小堪怜。

## 又

一望林园。鹅儿黄染，柳色偏妍。乍惹韶光，才笼暖意，村外桥边。蛮腰无力风前。似越女，含情倚阑。欲舞还慵，将眠又起，怯雨愁烟。

## 西江月

雾凇

寒结一天雾凇，莹莹非雪非霜。别成奇景擅吾乡。几载南游梦想。　　四望迷漫雾合，晚来忽闪斜阳。穿林琼蕊乱沾裳。簌簌无风自飏。

## 浪淘沙

别南池作，在鲁村。

倚仗曲池边，吟赏流连。夕阳映水晚风寒。摇漾波光看不定，万颗珠圆。　　绕岸叶声干，柳老秋残。再来临眺是何年。历乱苇花头早白，忍照澄鲜。

## 鹧鸪天

戏题寓舍曰将就局，作一联云：是非场上早抽身，落得此心清净；将就局中闲度日，自然随境逍遥。又作小词一阕。

将就局中自在天，将将就就且随缘。若能事事都将就，便觉吾庐境界宽。　　求快乐，觅安闲。机谋枉用不相干。但来将就局中住，何必学仙去炼丹。

## 又

题白描瓶荷山石小幅

净植亭亭孰与俦，嶙峋石丈谢雕锼。天然自可称良契，本色端直处上流。　　心不染，对忘忧。素瓷对玩小窗幽。怪来君子难谐俗，虽则平和有骨头。

## 又

梅花

水驿山水挈酒游，开樽端为此花留。几枝绿萼疏而野，一种寒香淡且幽。　　韶景丽，暖风柔。当时群艳竞娇羞。今逢雪冻霜严日，看取谁还敢出头。

## 明月棹孤舟

秋晓

耿耿蟾光犹未坠，映篱根乍疑霜积。一种清芬，初含爽气，摇曳碧花红穗。　　柳外秋蝉声嘒嘒，早唤醒幽人残醉。露透梭鞋，风欺葛袂，做出新凉滋味。

## 踏莎行

简施杏船

屋覆黄茅，墀封苍藓。日长静掩双扉板。谁将屐齿印荒庭，君来一笑逢何晚。　　雪沸茶铛，香浮酒盏。清言尽日尘襟浣。卷帘新月乍窥人，绿杨枝上愁眉展。

## 惜分钗

客夜

灯花爆，栖鸦噪。好事如何长误报。月儿寒，影儿单。异乡疏柝，搅客无眠。偏偏。　　思往事，真何益。争奈此心难自系。把缥缈，卜疑肠。开编一笑，锦字征祥。双双。

# 蝶恋花

秋闺

怕见无情帘外月，盼到才圆，又复依前阙。偏尔嫦娥心似铁。广寒独守矜高洁。　　嘹唳惊鸿知落叶，搭上秋蛩，做尽声凄切。挨过一更遭一劫。五更过了肠应裂。

## 又

初春喜霁

春事今年何落寞，日结重荫，不肯轻相着。晴景朝来和梦觉。好风一扫层云却。　　妆点韶华加意作，绿染红匀，似补从前错。劝客试听林外雀。声声啼出倾杯乐。

## 又

贺任新甫文孙花烛，庚辰腊月望日。

梅吐文鸳呈异端，孔翠屏开，宝篆凝花气。恰喜琼霄蟾影丽。团圞辉映夸双璧。　　占得石麟天上至，错写璋书，公误看成例。诗酒从兹豪兴倍。曾孙玉立扶翁醉。

## 又

蝴蝶花

紫蝶花开来紫蝶，栩栩翩翩，花蝶看难别。老眼摩挲迷彩缬。摇风炫日光明灭。　　久对芳丛疑梦结，是是非非，怎掉庄生舌。蝶也花耶休浪决。倾樽且把松醪啜。

## 又

月季花

万丝成荫莺语歇，雨雨风风，送尽芳菲节。惟有此花开不辍。多情似补鬓华缺。　　一色猩红随月发，耐久心情，不为炎凉别。花下休歌薄命妾。四时长看春相接。

## 钗头凤

春雪

春才到，寒犹峭。如何树树花开了。刚一瞥，群花蝶。碧翁狡狯，妙难称说。绝。绝。绝。　　呼童归，煎来好。洗空尘垢消烦恼。心澄澈，真如雪。试拈诗笔，顿除前辙。别。别。别。

## 醉春风

对酒

晚霁花齐放。石冻倾新酿。酒酣词谱大江东，壮。壮。壮。铁板铜弦，天风海雨，一生高唱。　　落拓狂奴状。那管群儿谤。顿开尘网任逍遥，畅。畅。畅。龙性难驯，林中嵇阮，吾徒模样。

## 芭蕉雨

本意

消夏缘天幽绝。喜丛蕉叶展，云层叠。遮断人间炎热。恰着些雨声儿，听来清切。　　色含新润鲜洁。比裙腰无别。更带缕缕罗纹碎褶。碧翁未必无情，肯把叶上闲题，淋漓洗灭。

## 满江红

庚辰中秋鲁村寓斋对雨感怀作

三度中秋，都只在，异乡为客。又谁知，此番索寞，倍于畴昔。落叶萧萧风似剪，浓云黯黯天如墨。最无聊，疏雨洒窗寒，逢今夕。　　莲漏断，孤村寂。蛩声咽，长霄急。问素娥，何处渺然深匿。把盏难邀清镜影，挑灯惟听空阶滴。破愁城，借酒出奇兵，排强敌。

## 满江红

式古叔寓斋夜话

酒可浇愁，余愁剧，酒难为力。剪寒灯，小窗夜话，百端交集。抵掌不禁莞尔笑，沾襟忽复潜然泣。叹数年甘苦，共谁论，怜今夕。　　风波境，曾同历。荼蓼味，曾同食。问劳劳，何获鬓霜堆积。叔老康强犹健饭，任衰潦倒偏多疾。听邻鸡已唱，讵能眠，樽须益。

## 满江红

书《岳忠武王传》后二阕

拍案狂呼，披汗简，不禁发指。惜英雄，十年百战，大功垂济。一旦长城甘自坏，只安半壁虞倾圮。更休提君父，戴天雠，图和议。　四字尽，平生志。三字出，风波噎。恨当时，君相忍心忘耻。鄂国有祠崇奕代，思陵无土客幽隧。剩穷骑铸铁，跪阶前，击常碎。

## 又

宰木阴森，号风急，南枝猎猎。忆当年，扁舟载酒，曾教马鬣。指佞尚看余劲草，啼鹃犹为喷冤血。气不平湖浪，挟江潮，同呜咽。　方御札，褒忠裂。忽片纸，成奸孽。何朝纲，反复贻雠之悦。龙塞难迎龙驾返，金牌那顾金瓯缺。读未终老泪、湿残编，灯明灭。

## 满江红

夜雨

长夜如年，虽成寐，一灯为伴。更那堪，潇潇雨滴，倍增凄断。云黯方愁征雁失，秋寒只共哀蛩叹。隔窗儿打碎，碧芭蕉，和风战。　听欲歇，檐声慢。歇复续，更声乱。问何劳，作此冷清局面。某本恨人真自缚，谁与健者能排遣。怕明朝访菊，向陶家，泪相溅。

## 满江红

昨既赋别南池《浪淘沙》词，今复来池上，再成此阕。

某客心情，问何处，可供消遣。喜村南，清池淼淼，尘襟藉浣。翡翠平铺秋一灯，琉璃重叠风千片。更琼霄跃上，水晶球，波心转。　怜燕戏，杨花乱。惊鹭下，芦花晚。倏寒暄，四易流光抹电。逝者方深川上思，归舆又起乡园叹。笑吾身只合，老渔蓑，遍舟远。

## 满江红

将去辛陆村居，赋词留别蒋芳轩积喆园。

祖席阑珊，怕听是，一声催别。况海内，无多知己，晨星疏阔。一载淹留真似梦，片时相对将焉说。更何年剪烛，向西窗，肝肠豁。　　残叶下，纷骚屑。征雁过，同凄切。乍霜寒，风劲砭人肌骨。秋气悲哉惊判袂，吾衰甚矣增华发。叹升沉谁得，问君平，樽重设。

## 满江红

寄胡听泉

听泉名纷，字展成，桐城人，余乾隆辛亥自闽归过杭州，留数月，时听泉亦客处杭城，一见如旧识，邀余同寓，交谊不啻手足。明年，余北归，听泉送余河干，依依惜别，洒泪登舟，迄今杳无音问。兹张君敬亭南游，托寄一札，并赋此阕。

畅聚临安，记正是，早梅开候。日追随，风帆雪屐，唱酬诗酒。探胜孤山香引棹，寻幽风岭云生袖。醉留题长啸，抚青蛇，同悲吼。　　忆往事，心何有。搔短鬓，人非旧。况伤于，哀乐中年以后。迅掷双丸惊瞥眼，欢游一梦空回首。看垂垂绿萼，复盈枝，情谁剖。

## 念奴娇

又逢重九，叹年年，令节常抛客里。羞对黄花，搔短鬓，故我依然如是。处处霜砧，声声朔雁，传出秋深意。流光掣电，茱萸把看何味。
终日老屋低窗，毛锥竹简，折尽男儿气。且复登临，携浊酒，万箣尘襟一洗。云物高寒，平沙莽苍，放眼空千里。停杯一笑，人生开口能几。

## 又

振衣千仞，立高冈，一览乾坤无际。落木萧萧，风正紧，吹老秋之为气。压帽黄花，盈樽绿醑，差足云豪耳。划然长啸，吾徒狂态如是。
此地闻说燕昭，层台高筑，骏骨千金市。欲觅遗踪，何处问，乱草荒烟堆积。转瞬沧桑，回头今昔，吾鬓将华矣。置无复道，酬他佳节宜醉。

## 又

任新甫周宗源二君同居久矣，和好日深，索词为赠因成此阕。

情坚金石，问世间，交道畴能如是。吾友任公，周茂叔，少即云龙投契。既结丝萝，再联秦晋，更卜居同第。于今白首，共谙甘苦无二。

堪羡庭砌青葱，两家玉树，友爱称棠棣。郁郁丝丝，枝看秀，发珠颙兰芽奇异。让枣推藜，赋棋咏絮，尽室融和气。纷纷轻薄，闻风当复何似。

## 又

明景帝陵

金山之麓，余一抔，黄土野狐穿罅。松柏成灰，随劫火，说甚红墙碧瓦。渔洋《景帝陵怀古》诗："红墙剥尽古瓦落，莓苔溜雨生铜铺。老松离立色枯槁，但穴虫蚁遗根株。"今则墙垣俱无，唯小松数株，荒榛满径而已。乱石烟青，寒沙草白，人牧斜阳马。岁时寥落，谁来剪纸倾斝。　　遥望天寿诸陵，消沉王气，一样风霜下。田父尚知，当日事，闲说北巡返驾。固国功高，夺门赏滥，少保冤堪诧。崇祠曾谒，圣湖歌舞春社。

## 又

督亢怀古

寒原劲草，染秋霜，一似夫人短刃。易水潇潇，风正吼，犹为荆卿泻愤。倚筑悲歌，倾樽挥涕，意气凌千仞。驱车一去，田光死复何恨。
当日竟借头颅，慨然遂许，豪杰心相信。殿上绝裾，真数尔，成败讵劳深论。绕柱魂飞，举朝胆裂，气夺狂秦尽。遗踪难觅，夕阳鸦噪成阵。

## 又

咏鲁村池边秋柳

条条缕缕，蘸芳池，弱柳春曾系马。顾影临流，如自惜，好是雨收晴乍。莺织金梭，燕梢翠剪，故为增娇奼。笼烟垂露，韶华买断无价。
今值摇落秋深，谁来偢倸，一任风霜打。惟有啼鸦，相慰问，尽日枝头哑哑。我见偏怜，树犹如此，几度劳吟写。低徊难去，余晖映水西下。

## 念奴娇

题《聊斋志异》二首

破窗风雨，攒秋声，不断霄来转急。孤馆无人，寒漏悄，黯黯一灯凝碧。叶落刁骚，蛩吟酸楚，总是愁消息。凭谁驱遣，奇编籍，豁胸臆。
写尽鬼蜮人情，崄巇世路，鼎铸神奸泣。力扫沉霾，归极乐，笔作娲皇之石。八斗才雄，十分命薄，展卷增悲戚。搜神穷怪，讵堪一例同视。

## 又

枫青箐黑，听猿哀，鸱笑啾啾凄异。断陇低迷，寒月堕，深夜幽怜闪碧。鬼竟吹灯，狐知礼斗，笔吐阴森气。傲然独骋，别开生面谁丽。
何论昌谷神弦，至川月蚀，谲诡同呵壁。情若黄州，常自道，可会先生微意。君纵奇谭，我故忘听，杯酒还相酹。一编水雪，伴雪岂肯轻置。

## 念奴娇

感旧二首

小桃一树，拂文窗，灼灼雨余初放。窗里有人，新病起，花映可怜模样。翠整双鬟，紫添半臂，生怯晓寒犹壮。倚窗低语，泪华时溅蛛网。
今也人面桃花，杳然何处，往事空劳想。廿载流光，惊梦短，欲觅神香安往。老不忘情，客偏多感，怎打无头帐。帘前双燕，呢喃倍惹惆怅。

## 又

翩翩宛宛，总沉思，肠断为伊怎赋。常道红颜，原命薄，讵若斯人恁苦。月好多阴，花娇易萎，短景和愁度。荒榛野蔓，一抔谁吊黄土。
嗟我旅食京华，劳劳半载，有恨从谁诉。尔在夜台，如有识，当亦为增酸楚。剪纸难招，缄愁莫达，聊取《南华》注。浮生何味，一竿思伴鸿鹭。

## 念奴娇

季春涛雪中过访赋赠此阕

云低薄暮，听打窗，骚屑六花飘坠。孤馆寥寥，无客到，闭户自怜一个。且喜高车，忽停深巷，一笑愁城破。寒威顿失，春风快得能坐。
何怪树帜词坛，今逢挥尘，玉屑霏如挫。闻擅金徽，弦外响，古调独弹谁和。香袅博山，曲传流水，藉浣尘襟涴。不敢请耳，碎琼肯踏过我。

## 念奴娇

忆柳

风来少女，袅蛮腰，娇小雨晴眠起。刚是鹅儿黄染就，低映红窗万字。额发初齐，蛾眉未娥，曾记长千里。牵愁绾恨，多少可怜情事。回头未载流光，云烟过眼，短鬓今如是。长画小斋何意绪，独对蝉悲燕睇。摇落枝条，凄清霜露，树老那堪忆，凭谁问讯，江潭一种憔悴。

## 五福降中天

辛巳元日

高竿林立，星球映，千点灯明碧汉人家庭院中多植长竿，悬灯其上，俗名天灯。爆竹轰晴花冠。催曙绮旭卿云光烂。出门闲眺，早处处人家桃符都换。何幸躬逢盛世，正太平元旦。　　喜看生情银燕。和幡儿轻袅迎春返。怪底封姨递将芳信，取次翠舒红展明日立春，今早有东风至。从新科理，遣兴吟笺，宽怀酒盏。身外悠悠，有天公掌管。

## 水龙吟

己卯元宵感怀

看来一样水轮，如何作许凄凉意。萧条村巷，上元风景，家家门闭。回首茫茫，旧愁新恨，满心堆砌。忆繁华胜景，清狂逸兴，有多少，闲情事。　　犹记沸天箫管，把良宵，尽情吹碎。六朝梦醒，三山醉解，月明几易。讵料而今，襟怀牢落，漏长思睡。对空斋一盏、灯儿独自，冷清清地。余在闽、在杭俱经上元哉，有六桥三山句

## 瑞鹤仙

雪霁

同云收乍净。早曦轮，晃耀绮霞遥映。瑶光觑难定。蓦林端，风起乱琼交迸。琮琤堪听，惜才过元宵佳景。若衬他万盏，晶球妆点，更称奇胜。　　犹省凤凰峰梢，明圣湖头，银镕水莹。遍探灵境。说不尽清狂，真叹风流云散，欢游梦觉梦耳，何容再整。对快晴，且贳村醪，颓然酩酊。

## 沁园春

寓斋秋夜

深院愔愔，蛩语凄凄，悄焉断肠。正孤村人静。更筹寂历。空斋谁

伴，形影彷徨。残月窥檐，惊风戛牖，一碗青灯照夜凉。无聊甚，把客中滋味，种种都尝。　　回头往事堪伤，唤不醒瞢腾梦一场。忆璚宴绮榭，花颠酒恼，野航冷栈，浪白沙黄。过眼云烟，流光驹隙，赢得萧然鬓有霜。休提起，且重开古帙，更热余香。

## 沁园春

题迦陵诗集

树帜词坛，于思于思，果何人斯。有髯秦风韵，花妍莺巧，髯苏横放，雨骤风驰。正变称雄，短长造极，髯也超群孰继之。髯陈起，合两髯而一，别出新奇。　　瓣香特为君施，叹笔阵纵横靡不宜。看浪涌前朝，气腾龙马，梅交三九，香沁心脾。一卷迦陵，半生为伴，雪栈烟航肯暂离。三髯者，恂遥遥鼎足，余子林提。

## 贺新郎

寓斋冬夜

寂寂寒斋夜。忆当年，萍踪潦倒，酒场花榭。泥饮狂歌矜作达，那管群儿笑骂。气浑似，无羁怒马。蓦地盲风掀浪起，拔银山狠向孤舟打。惊瞥眼，成人鲊。　　半生落拓吾衰也。漫吟哦，荒村老屋，一灯之下。骚屑纸窗鸣急雪，恍在凄凉客舍。十载事，回头堪怕。聊把《南华》闲送日，尽逍遥让我无能者。惟袖手，装聋哑。

## 贺新郎

思兰畦秋闱获捷，喜成此阕。

闻捷秋闱矣，得佳音，輾然而笑，愀然而喟。畴昔西轩常对榻，风雨打窗声碎。更长夜，迢迢难寐。起坐披襟聊剪烛，共狂歌把酒论心事。何吾辈，寒如是。　　几回献赋偏垂翅。岂真个，文章憎命，才高遭忌。此日悲鸣凌碧汉，喜折蟾宫仙蕊。快一吐，男儿浩气。转眼芳名题雁塔，遍长安看尽花枝丽。君酌我，敢辞醉。

## 贺新郎

秋晚偶成

云黯狂飙急，蓦把这，残秋冷局。横来收拾。墙角余花留晚艳，更有阿谁怜惜。剩相伴，暗蛩霄泣。依杖徘徊揩病目，笑繁华回首能多日。嗟世事，那容执。　　村前霜叶千相赤。顿妆点，荒原改观，霞张锦集。俗眼只嫌秋落寞，奇景当前漫掷。笑我亦、过劳双屐，且复归斋新酿熟，念荣枯等尔何欣戚。浮伯雅，寒初力。

## 贺新郎

苇花

岁晚西风劣，卷黄陂，苇花凌乱，半都吹折。缘岸低垂头尽白，照影皤然如雪。更掩映，水荭枫叶。双鹭欲栖惊又起，掠寒丛一色浑无别。怜薄暮，景尤绝。　　扁舟曾向江干结。爱远远，渔灯几点，乍明乍灭。倚枕蓬窗那得寐，入耳秋声骚屑。早涌出，碧霄凉月，霜穗飘萧凝素彩，问何疏种种余之发。空相对，忆畴昔。

## 贺新郎

癸未正月移居塔营村任甥汇吉宅，忆吾新甫逝已周岁，不胜悲感，因此成阕。

竹柏看如故斋前有柏二株，竹一丛，为新甫手植，挺贞姿，撑风傲雪，岁寒何怖。忆我良朋还若此，想见矫然风度。胡一旦，修文遽赴。几次招魂徒剪纸，叫重泉声短那能寤。人事速，浑朝露。　　当年屡屡邀同寓。叹今朝，移家相就，登堂莫晤。去岁仙游当此日，瞥眼流光电骛。空泪洒，荒庭老树。设若我来君尚在，定倾怀把盏欣重聚。悲此恨，凭谁诉。

## 贺新郎

坐汇吉甥宅，展阅书册，偶得新甫见和诗章，凄然有感。

昼永愁难判，探邺架，瑶编乍启，不禁泪溅。忽得故人相和作，硬雨盘空道炼。味辞意，一何悃欵。嗟我生平交最寡，独逢君只恨逢时晚。接片语，襟尘浣。　　发言辄复蒙推赞，顾人生，得一知己，他何足怨。过我斋头常对榻，刻烛长宵忘倦。值勍敌，如君怎战。一自骑鲸人去后，总无盐貌丑从谁献。追往事，肠空断。

## 贺新郎

对酒忆新甫

五月心头起，酌琼酥，才浮三雅，牢愁顿洗。连日北风声怒吼，老屋寒如泼水。得此物，聊堪自慰。笑我枯肠非大户，到而今始悟芳醪理。樽欲竭，还需贯。　　故人当日尤耽此，每相过，狂呼剧饮，快摅胸次。黄土一抔今宿草，何意斯人竟死。叹天道，难知乃尔。把酒呼君倾一盏，问泉台遥隔能知味。抛盏卧，吾先醉。

## 贺新郎

谒三忠祠。祠在都城东便门外河南岸，三忠者诸葛忠武、岳忠武、文忠烈也，偶同张敬庭出城闲步，入祠瞻谒，因赋此词。

风卷惊涛叠，挟茫茫，三忠遗恨，崩腾呜咽。栋宇巍峨临古岸，肃肃威仪英发。犹想见，忧深愤结。鼎足一隅天半壁，伐中原呕尽心头血。崇庙祀，堪同列。　　招朋闲蹑东郊屧，谒灵祠，扣衣藓砌，共摩残碣。两表两歌垂宇宙，字字丹诚铸铁。每读罢，雄心欲裂。壮志无成悲数定，叹从来才大遭摧折。浇块垒，沽甘冽。

## 贺新郎

海淀道中

风物何潇潇，出层关，香生野气，雨余晴乍。仗策行吟忘近远，早是风烟里也。一处处，园林如画。绿树遥看疏复密，闪琉璃时露青黄瓦。亭阁外，连村舍。　　麦秋才过农多暇，羡田夫，滹沱饭饱，柳荫闲话。忆昔携樽来此熟余于丙子丁丑二年间来居此最久，瞥眼年光惊马。叹扰扰，吾何何为者。便可抽身尘网外，共山花水鸟相陶写安。安拙计，惟耕稼。

## 贺新郎

读杨忠愍公集二首

一片精诚结，看篇篇，辞严意正，霜寒日烈。两疏排阍奸魄丧，澹澍灵尾烛彻。状魑魅，丑穷毫发。自是椒山真有胆，竭孤忠肯惜苌弘血。差鼠辈，群偷活。　　崇祠忆向金容谒，仰威仪，丹心浩气，俨然昭揭。名焕缥缃荣俎豆，狱声乾坤巘嶭。笑遗臭也，同不灭，散帙挑灯惊漏促，叹经纶未了平生业。同悲啸，床头铁。

## 又

字吐奇光烂，历颠危，从容歌啸，心坚百炼。黑狱福堂同一视，松柏岁寒那变。缘定力，非矜硬汉。燕子矶头泰岳顶，偶留题道趣随机见。每吟味，俗肠浣。　　成仁志遂他何恋，看干将，不遭盘错，钢蜂谁辨。远谪弹丸曾小试，习习淳风普扇。窥豹采，一斑已绚。代死陈书悲沥血，隔层霾怎吁天心转。昭日月，同璀璨。

## 贺新郎

得家书二首

音断乡园久，对邮筒，欲开还置，忧端转凑。尽纸殷殷无别语，只问归期定否。曾说道，麦秋前后。岁歉春长那易度，尽支撑荼蓼难容口。女远嫁，儿还幼。　　炎炎暑毒侵人瘦，寄他乡，日长无绪，小斋如斗。作客早知还若此，何以贫居相守。况渐觉，精神输旧。百里非遥归易耳，叹桔槔俯仰由人手。嗟此意，应须剖。

## 又

阅讫肠回九，叹吾于，别离滋味，独赏其厚。久已倦游愁客路，讵料今番还又。人复过，中年以后。自古长安居不易，况疏狂似我何成就。对时式，状偏丑。　　故园此际诚佳候，绿荫浓，骄阳遮断，环篱槐柳。跣足科头随所适，一阵风来北牖。景历历，那堪追究。异地饥驱难自主，问人生谁肯寻杨杻。归未得，空回首。

## 贺新郎

赠友

暑毒炎长昼，果谁个，将绳系日，明轮不走。肺病未能河硕饮，然阵难冲独守。更积雨，直疑天漏。袒裼狂呼推案起，怪老颠笑破群儿口。倾旅抱，怀良友。　　高名久矣钦山斗。喜恰值，龙光在望，得清襟垢。索我涂鸦书画笔，自顾捧心态。丑眉敢向施学皱，举足只然泥滑滑，且抛砖、请为芰稂莠。聆玉屑，新凉后。

## 念奴娇

送刘文涛暨令侄俊甫归里

残灯垂烬，照离樽，黯黯此情难豁。数载追陪同管鲍，罄尽衷怀曲折。叩钵倾杯，狂呼长啸，酒力当愁怯。相看我辈，一寒至此何说。
一旦竟唱骊歌，携将小阮，判襼云同别。赠我新诗看字字，都是心头热血。笔劲难攀，调高怎和，砚冻寒兼铁。再来何日，柳梢待染春色。

## 减字木兰花

题梅花九九图

图成九九。一树寒梅冰玉剖。太极圈空。冷雪暄风现个中。　点脂增倩。日日春光生一瓣。待得涂完。红里枝头锦作团。

## 一枝春

岁暮闻卖声作二首。有序。

村居寥落，卖花人罕至，惟岁暮则街头巷曲此声不绝，然亦纸剪绣花、妆台间物耳，非鲜花也。余往日作岁暮词，每每及之。今冬客归，偶闻其声，知残年又将尽矣，感流光之易逝，怅马齿之徒增，因戏为长调以自遣，工拙所不计也。辛卯。

细雪才融，午风柔，巷陌座消晴嫩。清圆慢袅，乍听卖花声俊。春来不远，特先为，早传芳信。算无数，翠浅脂浓，都被此声相引。　惊他绣窗红粉，笑呼女伴买簪，云鬓商量捡取，要与新妆增韵。恰逢并蒂，蓦难禁，玉颜生韵。暗香起，消息佳期，看看已近。

六十衰翁，吮枯毫，漫谱卖花长调。回思曩昔，喜这声来偏早。几回歌咏，酬他会，唤将春到。到此日，入日生憎，竟把朱颜催老。　开樽且浇愁。抱笑无端，惹取蚕丝自绕。浮生修短，终伴一丘荒草。逢场作戏，真讨便宜非小。休管彼，唱彻街头，逼年去了。

## 菩萨蛮

晤竹坪

别来愁绪纷千屡，相逢却又浑无语。无语意欣欣，如兰气自熏。围炉当岁暮，坐觉流光速。再晤莫教迟，杏花春雨时。

## 浣溪沙

冬夜

风戛疏棂万字摇，撩人寒柝不停敲。小斋孤枕睡难牢。　碧黯兰釭犹未尽，红余石炭待将消。异乡情绪夜迢迢。

## 清平乐

王璞农索画，为作梅竹，并题此词。时璞农将婚。

梅红竹翠，争把韶光媚。为爱文鸳依凤尾，荡漾涟漪作对。　明玕掩映明霞，数枝窗外横斜。好待阴成芳径，生孙结子堪夸。以上《藕乡词》

# 查尔崇（76首）

查尔崇（1862—1930），字洵生，一字峻丞，号查湾、梦苏居士，顺天宛平（今北京丰台区）人。附生，光绪十一年（1885）举人，盐运使衔四川候补道，赏戴花翎。后历任四川全省保甲局总办，河南开封电报局总办，津浦铁路总公所文案，湖北全省模范大工厂督办，河南税局局长，直隶全省烟酒公卖局局长，兼任职苏州关监督。民国时期参与郭则沄主持的天津须社雅集，与南北客居津门的遗老名流交游唱和。善诗词，工画山水，《词综补遗》小序谓“性好诗画，词特婉约，能使人回肠荡气，盖天资尤胜”①。著有《查湾诗钞》，今未见。其词收入《全清词钞》《词综补遗》《烟沽渔唱》《清词玉屑》中。

---

① 林葆恒辑：《词综补遗》，书目文献出版社1992年版，第1289页。

## 玉京秋

咏残荷，依草窗体。

瑶宇阔。泠泠剪琼佩，雁翎风切。鹭点栖烟，鸥心眷水，愁敧凉叶。衣褪红云冷靓，洗秋妆、低压芦雪。恨轻别。吴娃归后，旧欢[1]谁说。　　微步凌波疑怯。碧亭亭、玉盘渐缺。色变清霜，声搀疏雨，菱讴都歇。试拍阑干，问底事、虚负藏鸳时节。露凄咽。肠断珠房夜月。

## 南楼令

待月

萧瑟白蘋洲，凉云凝不流。雁声寒、飞过西楼。斜字一行烦寄与，为唤起、玉京秋。　　盼到柳梢头。黄昏人在不。忍伶俜、谁诉闲愁。算有姮娥差解意，偏底处、弄珠游。是阕用龙州韵

凭暖旧时阑，禁他罗袜寒。露华浓、湿了云鬟。数遍瑶星浑不寐，为徙倚、到更残[2]。　　幽恨上眉弯。秋深人未还。掷金钱、暗卜团栾[3]。怕碍素娥来处路，先移却、小屏山。

## 尾犯

咏雁

缥缈隔瑶空，千里暮云，谁寄琼札。笔阵秋横，转湘波三折。忆乞米、凌霜背冷，警来禽、眠沙梦阔。最无聊是，写遍相思，羞共人人说。　　书空缘甚事，凭阑久、怎奈愁叠。荻画苍茫，着斜行天末。乍飞白、碑传碧落。更回文、词题片叶。待寻泥爪，小印戏、鸿摹快雪。

## 霜叶飞

赋[4]落叶

倦鸭啼絮黄昏后，霜林如替秋语。已凉天气可怜宵，偏又销魂雨。听

---

① “欢”，原本作“懽”。

② “残”，《词综补遗》作“阑”。

③ “栾”，《词综补遗》作“圞”。

④ 《词综补遗》本无“赋”字。

槭槭、吟商最苦。宫沟堆遍相思路。奈怨笛西风，断送忒无情，忍问旧题红处。　　何况太液波荒，巢鸾轻换，寂寞梧苑终古。辞柯心事盼春回，春也伤羁旅。甚一霎，流光过羽。江潭慵写兰成赋。任唤醒、沧桑梦，便算青青，乱愁谁主？

## 百字令

柳墅感旧

荒园一角，问倩谁替写，沧桑残稿。黄叶前朝无恙树，记否翠华曾到。辇路云埋，碑亭雨塌，山鬼修萝啸。潮声终古，河桥流恨多少。
几度检点棕鞋，商量茗碗，走马番街道。綦局长安都换尽，何况长芦地小。射雉台空，摩燕城迥，更莫闲凭吊。诗题湘绮，鹤归应傍华表。

## 庆春泽慢

咏初雪

浑不禁风，何曾是雨，并刀剪水成花。纸阁新糊，红炉兽炭应加。玉尖指缩妆慵整，蓦惊寒、翠袖谁家。正凄迷，飘麝楼台，鸳瓦微遮。
梅梢乍逗春消息，盼南枝暖处，先吐琼葩。茸帽笼头，待从驴背寻他。飞霙小试龙公手，怕长安、酒价都奢。渐销凝，冻了盟鸥，噤了拳鸦。

## 定风波

咏夕阳

斜倚西风晚笛吹。霞天水鸟带波飞。衬得江枫红更醉。鸦背。十分红处故依依。　　薄暮驱车寻旧苑。无限。销魂五字玉谿诗。便近黄昏还可意。须记。人间最重晚晴时。

## 更漏子

寒夜

玉釭凝，银箭冻。低压绣慊霜重。独抱影，暗销魂。衾香慵自熏。
天心错。人情薄。凄涩酒怀更恶。风外角，月中更。断肠三雨声。

胆瓶花，心字篆。呵手卸妆微倦。更点点，漏声声。玉笼鹦鹉惊。

狸奴懒。偎人暖。压损金泥一半。鸳枕梦，翠衾知。郎情争似伊。

## 锦缠道

### 长至

一寸砖阴，展过旧时庭院。猛思量、琯葭声换。绣床添线人微倦。斜倚熏笼，坐觉宫壶短。　　借缃奁口脂，戏图梅瓣。傍妆台、玉尖偷算。恰寒消、九九从头数，燕支匀了，赚得东君转。

## 江城子

### 忆梅

罗浮纸帐小屏山。雪漫漫。画应难。一笑飞琼，不共翠禽还。么凤音沉孤鹤冷，应瘦损，玉腰肢。　　几番嫩约总成痴。断肠时。有谁知。不见冰姿，弹指隔年期。倘使梦魂飞得到，甘化蝶，绕琼枝。

## 东风第一枝

### 咏唐花

窨聚香浓，篝熏火细，温馨一缕偷度。南檐暖透琼窗，东阁绮交绣户。轻寒不入，也算抵、春阴遮护。莫更笑、头脑冬烘，妙写岁华新谱。

人倚醉，酒边共语[1]。客问价，杖头试数。买来长费青钱[2]。移去好[3]分黛土。孳红孕绿，暗颠倒化工如许。待[4]盼到、真个花朝，天气淡云微雨。

## 瑞鹤仙

### 东坡生日

左弧辰宿斗。叹磨蝎，占星命宫厮守。才名重元祐。笑时宜，难合解嘲红袖。填词并柳。总负了、围棋赌酒。问生平第一，题诗例作，水曹郎否。　　邂逅紫裘腰笛，赤壁横舟，大江东走。南飞曲奏。山头鹤，为公

① “语”，《词综补遗》据《清词玉屑》作“抚”。

② “长费青钱”，《词综补遗》作“好载筠笼”。

③ “好”，《词综补遗》作“待”。

④ “待”，《词综补遗》作“且”。

寿。算魂招僋耳，神依奎壁，富贵何曾梦久。剩年年笠屐，风流瓣香不朽。

## 玉烛新

人日栖白庼宴集

峥嵘年事骤。又七种调羹，菜根香逗。岁朝第一，占来复、故把春心疏漏。粘鸡簇燕，问阆苑东风醒否。尽闷倚、金缕慵看，题诗草堂人瘦。

微闻笑语邻家，正鬓胜花新，额妆梅秀。这回对酒。总不似、叠鼓承平时候。停杯恨久。算几叶蓂开依旧。蓦听取、箫管声声，灵辰又奏。

## 淡黄柳

花朝

名园百舌，娇语频留客。扑蝶光阴愁寂寂，稚柳纤腰尚弱。扶向东风恨无力。　　近寒食。欢游趁今日。试罗屧、谢桥侧。问谁家、挑菜城南陌。春色三分，二分才到，芳草无言自碧。

## 蓦山溪

寒食

鹅黄软绿，风袅垂杨陌。暖彻卖饧天，又销魂、市箫吹碧。六朝金粉，草长乱莺飞。红蹴鞠，画秋千，望断江南北。　　水西何处，衰鬓长为客。菜把剩空庖，真个似、黄州寒食。旗亭唤醉，轻费沈郎钱，吟未了，酒微醺，花外鹃声急。

## 探春令

咏紫影

柳丝如梦梦如烟，画销魂天气。趁夕阳、飞入桃花里。化多少、红儿泪。　　帘波只恁濛濛地。碧阑干十二，怕一番、谷雨春痕暗，换绿了、湔裙水。

东风才斗小腰支，又搓绵成缕。倩乱愁、遮断春归路。莫容易、随春去。　　愔愔帘幕无重数。隔碧纱烟语，怕嫩晴、不定魂销一，半阑入、斜阳雨。

## 满江红

题陈季驯先生遗集

季驯先生为其年检讨之从曾孙子，万户部之曾孙，药洲中丞之子，以孝廉宰山左。户部为侯朝宗赘婿，子孙遂占籍商邱。踽公刺史则户部之六世孙也。萧绍庭得此集于济南市上，以归踽公。集分八卷，皆季驯先生手定本。己巳初夏，集栖白庼，踽公出以征题，为填是解。

湖海才名，是百尺、楼头人语。问谁把、蘘残行卷，冷摊收取。良友高情云薄汉，故家遗墨珠还浦。喜词场、秀起有孙枝，征题句。　鸿雪稿，归云谱。迦陵笔，能绳武。更阳城上考，鸣琴东鲁。兰影工吟辞剥茧，芸香辟恶书防蠹。也安排、十二砚斋无，殷勤护。

## 虞美人

咏夹竹桃

檀栾掩映春人面。根叶浑难辨。煮茶声里唤樵青。莫被渔郎容易误卿卿。　园居占断三分水，照影妆如洗。文成个字绿重重。恰衬薛涛笺样可怜红。

## 琐窗寒

蛰云病起，小集栩楼，适逢快雨，约同填是解。

留润琴衣，分凉画凳，绿阴庭户。轻雷送暝，风飐一帘斜雨。恰文园、宿痾乍蠲，药炉吟断风廊语。算俊游胜旧，飘巾佳赏，剪灯幽绪。　迟暮。凭阑处。似唱到潇潇，又翻笛谱。园林翠洗，好伴瘦筇为侣。料秋情、多在镜塘，闹红一舸君辨否。且微吟、兴寄濠堂，说与闲鸥鹭。

## 梦芙蓉[①]

荷花生日

藕丝乡甚处。正湖波孕绿，妙莲靓吐。嫩衣萍破，斜月逗眉妩。丽娃娇共语。宁馨风致如许。艳泛筒杯，祝鸳鸯并影，长伴闹红路。　点点

① “芙蓉”，《烟沽渔唱》本作“夫容”。

钱钱细数。圆碧擎珠，净浴婴盘露。鸭儿偷裹，应怕小姑妒。去来双翠羽。鸥情鹭梦同护。只恐西风，又红裳舞褪，三十六陂雨。

## 鹊桥仙

新秋

昨宵帘箔，今宵窗隔，换了旧时月色。生衣微逗一丝凉，恁偏是、依先知得。　池荷瓣卸，庭梧叶拆。消息冷蛩能觅。人家一样好阑干，又开到、牵牛花碧。

园扉烟锁，井阑风颤，梧叶飘来闲院。嫩凉消息候虫知，又帘角、灯唇絮遍。　银屏夜冷，罗衾梦换。酒醒高斋闻雁。恨渠不解带书来，却带得、离愁一段。

## 买陂塘

咏秋水

渺鱼天、凉潮一尺，梦回鸥意都懒。江湖又换秋来稿，写入碧湘清远。渔唱晚。更添段、斜阳红到枫人岸。幽怀自遣。正菡萏茎疏，慈菰叶烂，烟外钓丝卷。　津桥畔，瘦得垂杨渐短。芦花头白慵剪。一房山色空潭影，洗却旧时尘面。君试看。便草孱、捞虾也未风波惯。沙寒濑浅。胜蟹火船唇，雁行篷背，柔橹共凄断。

莽江湖、吴头楚尾，乱帆空际如马。西风断送前朝梦，呜咽涛声东下。天也怕。怕残霸、宫城寂寞寒潮打。渔樵共话。说鸥社蘋荒，鲈乡莼老，休劝季鹰驾。　情潇洒，七二丁沽如画。尚容吾辈风雅。蓼花红罥蜻蜓住，菱角鸡头盈把。双桨挂。买一舸、烟波漫问横塘价。歌翻白者。任鬲指箫凉，调唇笛脆，桑海乱愁写。

## 桂枝香

咏月牙

搓酥调粉。又妙手寒篢，圆灵偷印。粔籹堆盘金粟，香中愁損。汉家纵有汤官表，赋珑璁、更谁拈韵。旧京风物，一钱几许，者番休问。

念炊梦、光阴未准。枉桂殿分承，残牙余俊。凄绝姮娥，小字建康曾认。圃栾大好山河影，怕妖蟆容易窥近。糖霜频捣，仗他七宝，补天无恨。

## 湘月

中秋前一夕集冰丝盦

旧时月色，照须眉如水，分明何事。遥指永丰坊外柳，人在香山宅里。画展鸦义，帘垂犀押，围坐寒光里。衫轻露重，一襟浓沁兰泚。
此夕谁倚高楼，谁横短篴，谁捉迷藏戏。梧竹一庭蛩四壁，最好晚凉天气。借酒推愁，凭茶约梦，苦酿秋滋味。姮娥休笑，明宵还拟同醉。

## 声声慢

咏秋声

卷愁成阵，破睡如潮，萧萧送来何处。尽彀销魂，又着打窗梧雨。黄昏几回禁得，剪灯花、影儿同语。最怕是，那穷边断角，高城疏鼓。
漫道频惊倦枕，便凄凉、听到无声更苦。梦短更长，算有砌蛩能诉。空林叶都扫尽，恨西风、忍将蝉妒。漏渐歇，剩啼鸦、天际唤曙。

## 摊破浣溪沙

咏早菊

步屧逡巡绕画廊。鲤鱼风信盼重阳。不分东篱频劝酒，为花忙。
侧帽先簪骚客鬓，卷帘新试道家妆。青女未来先染出，蝶衣黄。
雁后花前抱瓮催。寻秋日日蹋苍苔。莫道闲园无捷径，蝶飞来。
黄木犀残栖剩馥，碧牵牛敛嘤余杯。难道东篱翻旧例，未霜开。

## 龙山会

九日集云山房

洗尽篱头雨。笑问黄花，那畔登高去。闲云谁是主。元亭外、招手旧盟鸥侣。秋更比人愁，怕故国、西风先妒。尽低徊，箫廊立遍，斜阳无语。　　天涯破帽依然，强约登楼，禁得销魂否。明年知甚处，丛菊泪、他日不堪重数。且和义熙诗，也略似、风流典午。对茱萸、者番换却，酒边情愫。

## 南乡子

咏寒衣

别梦绕金微。岭外蓬婆雪正飞。刀尺家家声断续，幽闺。呵手灯前泪共挥。　　莫便抱深悲。马革沙场更寄谁。闻道将军频破敌，同归。壮士还乡尽锦衣。

## 满江红

咏忠樟

杭州南高峰麓法相寺前古樟，纯庙南巡，累经题赏。辛亥逊位诏下，樟忽一夕而枯。过客惊叹，谥为“忠樟”。同人约填是调记之。

地老天荒，独此树、婆娑竟死。应愧煞、南山樗栎，北山杞梓。草木也怀铜牌斗恨，乾坤拼共金瓯碎。算大夫、低首拜秦封，偷生耳。　　吹不散，旃檀气。滴不尽，冬青泪。要披萝带荔，魂依山鬼。埋骨世无干净土，伤心地认前朝寺。盼孙枝、一夜动春雷，拿云起。

## 永遇乐

词社第五十集即事

笛里呼杯，灯前侧帽，影儿都瘦。锦瑟年年，铜壶夜夜，四顾销魂否。楚兰几握，海桑几见，多少墨华沾袖。又今番、玲珑记曲，数遍旧时红豆。　　银筝掩抑，钿箫凄厉，各抱闷怀僝僽。玉笥云寒，黄壚月冷，谁奠秋坟酒谓浪槃公子。空中写恨，燕钗蝉鬓，老去填词何有。更休向、歌筵倚醉，泥人问柳。

## 百字令

仞盦南归，饯集同赋。

乱笳声里，又匆匆杯酒，送君南浦。沧海片帆天万里，中有画眉俦侣。数典赢茶，凭舷听曲，那识风涛苦。归舟认偏，故应风味输汝。　　遥指几曲螺江，林峦如绣，红罨家山树。一袜双心天也妒，携手婿乡同住。梅坞簪花，苔泉调水，旧梦诗重补。麻姑笑问，蓬莱清浅曾否。

## 八声甘州

咏寒鸡

问伊谁起舞看吴钩，中宵动豪情。正灯昏古驿，人家何许，云外声声。念尔不辞风雪，瑟缩报残更。唤醒英雄梦，气挟幽并。　　漫说霸秦帝汉，只孝威一赞，写尽生平。叹者番落寞，茆店日中听。望中原、飘零黍麦，肯共他、得食鹜奴争。待旸谷、涌金轮出，锦臆长鸣。

## 清平乐

上元灯词

酽寒城阙。漏定琼签歇。转烛年华情味别。愁问旧时明月。　　药炉一榻萧然。灯花剪尽无眠。蓦听邻娃笑语，隔墙飘过秋千。

## 百字令

题栩楼词集写影

东风着力，把朋簪吹聚，小桃花底。联袂词仙余几辈，占断朱阑十二。馆爱灵芬，亭招秀野，一片销魂地。恼人春色，镜中华发如此。　　何况墨泪单衣，故怀轻换，独自怜憔悴。拂面重杨千万缕，织遍闲愁似水。瘦减腰围，慵舒眼缬，尽彀伤心矣。俊游休负，慰情聊共吟醉。

## 绿意

咏[①]绿阴

江南恨满。又[②]参差万绿。天际遮断。倒柳邮亭。无限离愁。添入梦云零乱。烟梢露叶冥濛影。早暗里、韶华偷换。恨杜鹃、啼断残春。似道谢桥人远。　　犹记危阑乍倚。画帘镇未卷。檐翠笼浅。不信流莺。青子枝头。唤得春魂能转。簪花俊约都休问。尽[③]黛色、眉痕凄怨。怕瘦黄、重试清霜。又恼感秋心眼。

---

① 《词综补遗》无“咏”字。

② “又”，《词综补遗》作“天”。

③ “尽”，《词综补遗》作“倦”。

## 临江仙

咏新荷

三十六陂人乍到，可怜点点钱钱。蝶衣翻水碧初圆。微遮鸂鶒雨，碎剪鹭鸶烟。　扇底熏风才一缕，晓来清露如铅。柳丝低蘸镜湖天。闹红曾几日，采绿又今年。

## 琵琶仙

臣厂归自滨江，集于栖白庼，酒阑同赋，用石帚韵。

榆塞人归，乍相见、叹我青衫如叶。商略箫谱重修，新词总凄绝。零落尽、烟情水梦，镇肠断、隔花啼鴂。借酒瞒愁，留灯伴影，心绪慵说。　再休问、江笔曾题，尽虚负、梅黄好时节。枨触琴边旧事，换连番蓂荚。人意比、垂杨更懒，却怕看、粉絮吹雪。况又横笛高楼，玉骢催别。

## 浣溪沙

题慧波画箑

自是轻纨易感秋。燕兰啼露一枝幽。风情重写小银钩 。　春影匆匆莺渐老。夜香寂寂蝉应愁。谁家弦管在高楼。

## 玲珑玉

夏日赋水

风送槐熏，算尘市、底物清凉。声声唤卖，担头铜盏敲双。绝爱渔洋断句，道樱桃才过，微减茶香。虚堂。垂晶帘、人在碧窗。　暗想停针午倦，正分瓜瓤脆，雪藕丝长。叠水玲珑，怕玉山、倒矣须防。檐端鹅簪犀筋，记曾被、霜娥剪取，呵手梅妆。者回却，伴壶公、消尽热肠。

## 鼓笛令

咏蛙

梦四青草池塘外。尽闲聒晚凉无赖。鼓吹官私分两派。算一作平例未经沧海。　梅雨几番频洒，聚湖塍、水环衣带。叫月喧晴晴纵快。问良夜、好天谁耐。

## 苏幕遮

咏冬柳

雪堆残，霜剪透。未尽情丝，宛转歌垂手。寂寂池台春去久。冷月惺忪，肠断黄昏后。　　损愁眉，欹舞袖。树树萧疏，处处禁回首。知否翠楼人更瘦。错占东风，暗把梅花咒。

## 凤凰台上忆吹箫

纳兰容若生日，集苍虬阁。

青琐仙郎，乌衣年少，无端占得清愁。更侠肠天付，季子绸缪。为想狂吟侧帽，风情在、明月高楼。魂销尽、羌城别路，断雁惊秋。　　休休。一尊漫荐，叹似水华年，卷里空留。问健庵题碣，底处荒邱。曾拟乘桴沧海，当时意、肯羡封侯。伶俜恨、湘兰更采，为问灵修。

## 郭郎儿近拍

赋稻孙。时蛰云得长孙，宴集索赋。

芥圃。分香砌竹留阴，鱼梦今年占好语。忻舞。虎掌初举。题楼闲煞元章，只爱柴门临水住。　　堪赋。秀到红莲，下笔定诧鹦鹉。谷似先型，禾兴异瑞，好教文褓护。待秋成、更寿渔洋，香祖他年丛记补 蛰云与渔洋同生日。

## 更漏子

赋春阴

蝴魂苏，莺梦醒。帘外妒花风紧。香半炧，酒微醺。春归才几分。
寻小睡。愁如醉。天气因人无味。钗股重，带围松。春浓愁更浓。

## 柳梢青

李阁纪游用少游韵

吹皱圆沙。一池春水，縠乱风斜。才有莺声，断无人处，开到桃花。
画阑似隔天涯。秋千外、啼残暮鸦。柳户清明，莺帘寒食，春色家家。

## 西江月

天气踏青时候，园林掩翠人家。郁金裙子卓金车。人在小桃花下。
少女风来池上，王孙草绿天涯。年时影事记些些。依旧秋千如画。

## 芭蕉雨

赋春雨和迦陵

负了芳菲冷节。杨花吹不起、风前雪。密洒草心如结。无奈杜宇声声，替人惜别。　阑干凭蠕袖褶。花落未堪折。悄不见隔枝、飘乱蝶。云黯黯、画楼寒，准拟唤起啼鸦，小窗澹月。

## 洛阳春

挹清堂畔看牡丹同赋

棐几袖罗同凭。虚堂人静。趁香蜂蝶为谁忙，尽卖弄、春风影。
长记玉肩偷并。摘花妆靓。相思一捻可怜红，剩诉与、流莺听。

## 临江仙

初夏

试问送春才几日，绿阴青子都肥。樱桃红绽楝花稀。麦光侵砚，几梅润上琴衣。　帘卷熏风池上阁，碧苔匝地芳晖。鹧鸪多事劝人归。瘦余残鬓，影轻减，旧腰围。

## 四字令

南塘泛舟

榴花未然。杨花未绵。碧桃花为谁妍。胜嫣红可怜。　杖头数钱。橛头唤船。一篷湖水湖烟。共沙鸥对眠。

## 浣溪沙

用稼轩赠子文侍人笑笑韵赠歌姬笑笑

绝代蔷薇解笑人。樱桃红绽笑频频。合欢花底可怜春。　南内荔枝妃子意，东风芍药侍儿颦。玉梅笑拜藐姑神。

## 青玉案

春暮园游用梦窗韵

蘼芜绣软横塘道。怕春去、人重到。出水圆荷钱样小。红稀绿暗，柳棉如雪，愁共秋千杳。　　莺莺燕燕东风老。鸭鸭波轻弄残照。满载双舠还恨少。金衣无语，红襟自舞，说与闲沤晓。

## 水龙吟

咏杨花用东坡韵

是谁教得轻狂，年年惯向歌筵坠。滚球成阵，吹绵作雪，动人绮思。暗惹帘衣，悄萦窗网，画楼深闭。最销魂撩乱，秋千影里，衫兜落、裙翻起。　　因念章台身世。尽飘零、乱丝难缀。前身稊小，后身萍老，被春揉碎。薄命怜伊，半淹疏雨，半随流水。更来生莫作，飞花处处，洒天涯泪。

## 春光好

折莹园酴醾数枝，供瓶吟赏，倚声写之。

冰钿小，翠屏低。隐芳蹊。云髻圆簪剪未齐，弄柔荑。　　蝶族罗裙偷罥，莺窥绣箔慵啼。劝得琼儿花底醉，玉东西。

## 沁园春

写感

开百石弓，读五车书，世无此才。叹诸君衮衮，一邱之貉，百年鼎鼎，转瞬成灰。乳臭登坛，屠沽作郡，为问从何遽集来。钧天醉，尽玉津歌吹，金谷池台。　　沧波不尽余怀。试回首、承平安在哉。看石鲸故苑，几分烟水，铜驼废陌，一片尘埃。诗卷沧桑，酒杯涕泪，遇着青山死便埋。兰成老，便江南好在，难遣心哀。

## 前调

写感再赋

汉马伏波，唐郭令公，今古几人。念玉门晚入，生班定远，蓝四夜猎，故李将军。白马横行，黄龙痛饮，成败穷通总不群。数公者，皆支撑宇宙，叱咤风云。　　等闲儿戏纷纷。彼灞上、何须笑棘门。叹登临广武，英雄安在，凭陵华夏，瓯脱轻分。大好家居，纤儿撞坏，十万莺花惨不春。都休问，怕残山剩水，无外招魂。

## 贺新凉

观剧

一片销魂地。有几处、舞衫歌扇，恣人游憩。曲谱伊凉翻变调，并入悲笳冷吹。又换却、旧时营垒。羯鼓渔阳挝欲碎，着岑牟、陡壮风云气。要洗尽，筝琶耳。　　何戡老矣龟年死。记燕南、酒酣击筑，泪随声坠。粉墨登场纷傀儡，装点参军博士。谁挽住、霓裳仙袂。唤起念奴娇更小，斗纤腰、溜了金钗矣。帘不卷，笛重倚。

## 八声甘州

露台晚饮

旧关河满眼乱沧桑，新亭泪难收。剩津桥一角，烽烟影里，人在高楼。聊共泰娘携手，借酒祓清愁。无限销魂事，一醉都休。　　况有哀时词笔，肯让他秦柳，写尽风流。倸灯唇点拍，低唱小梁州。蓦惊心、荒波残角，问倩谁、弹压万貔貅。且同倚、天涯栏槛，笛里呼秋。

## 点绛唇

咏新月

一掐眉痕，替侬画出销魂影。行云无定。悄把弓弯印。　　下拜帘前，私祝秋来信。欢期近。玉人肩并。盼得圆如饼。

## 锦堂春

咏秋海棠

换了画帘银烛，啼妆别样风流。柔肠凄断花无语，花更比人愁。霜到红时来雁，雨余碧处牵牛。泥他长伴销魂影，并作可怜秋。

## 一络索

咏草用湘雨楼韵

浅梦东风醒否。迷离烟雨。裙腰一道为谁斜，又绣遍，销魂处。

肠断绿波南浦。自温孤绪。乱愁划尽怕重生，莫更惹，流萤住。

## 卜算子

阑意

浅靥隔帘窥，微步凌波乱。倩写人人字一行，寄与归来雁。　　梅落子犹酸。藕脆丝难断。拨尽春心肯便灰，无奈东风懒。

## 小重山

和臣厂病中感怀

送尽秋光是绿阴。画栏关不住、静愔愔。绳床如水篆烟沉。帘波动、双坠斗阶禽。　　谁识爨桐音。脆丝弹隔指、听商吟。新愁未抵旧愁深。文园病、凄绝故乡心。

## 满庭芳

中秋前一夕，忉盦邀集新居飞翠轩赏月。

青粉墙低，碧苔院小，画栏轻飏茶烟。弦琴卮酒，风味尽翛然。相伴梅清鹤瘦，幽栖处、诗梦长圆。还堪羡，萱开笑口，吟到白华篇。　　藏身尘海里，明簪几聚，萍泊随缘。叹眼中，人老同阅桑田。纵有一枝可寄，还自惜、抱叶凉蝉。争销得，箫廊镜槛，花底着词仙。

## 青玉案

栩园赏月用方回韵

弯环秀野亭边路。更月底、穿花去。界断瑶绝云不度。绿阴阑槛，碧纱窗户。都是愁来处。　　疏桐瘦柳西风暮。怕写琼楼旧时句。减却前宵秋见许。暗萤飞湿，乱蛩啼絮。莎露凉如雨。

## 貂裘换酒

地近中条古。问何年、青山铲尽，更无高处。戏马台荒飙馆寂，换了六朝词赋。且乞取、闲园射圃。天与吾曹腰脚健，指浮图、侧帽斜阳度。凉踏碎，竹间露 。　　少时自负凌云趣。最流连、佳名重九，蟹螯敌虎。颇怪诗家新意少，惯写题糕残句。更怕说、满城风雨。开遍黄花篘熟酒，便白头、醉倒差无苦。君莫笑，吐狂语。

## 清平乐

夏夜

水天闲话。小阁灯凉夜。浅碧纱棂慵未下。一缕茶烟如画。　　隔花听不分明。玉人何处调笙。便掩银屏自睡，梦回怕更愁生。

## 点绛唇

南塘观荷和忉盦

晓入湖天，万荷花底清无暑。碧亭亭处。篷背堆凉雨。　　柔橹声声，伴得鸥心住。横塘路。者回归去。饱吸筒杯露。

水国凉多，一篙划断人间暑。乱蝉鸣处。似唱潇潇雨。　　风定芦梢，惯惹蜻蜓住。鸥边路。试寻伊去。花底吟风露。

## 清波引

奉和臣厂长春西园新词兼述近感

暗花缘径。峭笳去、悄传幽咏。麝煤凝镜。记笼碧纱影。一鞭度榆塞，跃马冰河愁听。黯然销尽离魂，又千感、玉龙迸。　　垂杨送暝。叹征客、栖羽未定。旧栏还凭。费孤绪频省。沧尘续清话，只我平添悲哽。一任拍祥红牙，酒边人醒。

## 蝶恋花

惠中夜饮书所见

倒泻银瓶添酒去。纤手分羹，味胜江瑶柱。叶底流莺飞又住。销魂莫作沾泥絮。　　一剪横波羞不语。偷眼灯唇，暗把萧郎顾。苏小同乡知甚处。儿家居近长①杨路。以上《烟沽渔唱》民国癸酉须社刊本

## 鹧鸪天

斜日青芜绕御亭。开边谁记旧龙城。碉依层岭沉兵气，风卷寒松动梵

① “长”，《全清词钞》本作“垂”。

声。　　捘焰落，斗东明。当时赐酣遍诸营。晚来牧笛山前过，犹作侥歌侧耳听。《词综补遗》

# 王承垣（16首）

王承垣（1865—?），字叔掖，号薇庵，直隶清苑人。光绪二十九年（1903）进士，任刑部主事，知广东新会、潮阳等地知县。民国元年（1912）任天津习艺所监督典狱长、黑龙江巡按史等。曾入北京稊园社、天津须社，与有朋交游场合。林葆恒论其词："君以名进士为令粤中，垂橐而归。沽上须社初启，君始学为词，幽渺凑婉，往往入宋人之室，盖天赋者然也。"① 其词《烟沽渔唱》《词综补遗》均有收录。

## 祝英台近

苔

小庭空，幽径窄②，夜雨涨新碧。无那残花，几点落红积。可怜一抹芳晖，深林返照，怎消遣、者般岑寂。　　俗尘涤，独自静掩重门，浓痕上阶石。愁检残题，惆怅感今昔。分明丁字帘前，香罗浅印，犹认是、别时行迹。

## 蝶恋花

百五韶光春事了。憔悴西风，腻粉腰肢小。坠叶偎帘霜信早。伶俜愁见红心草。　　瘦损玉颜秋又老。舞袖飘萧。梦候香尘杳。忆否花房双宿好。痴魂犹把空枝绕。

## 摸鱼儿

怯西风、葛衣初换，瘦梧犹恋金井。绛霄鹊驾何时过，似见云裳娟影。孤思耿。任凉露、无声悄共棲鹤警。伶俜自领。叹海水横飞，秋烽满

① 林葆恒：《词综补遗》，上海古籍出版社2005年版，第1431页。

② "窄"，《广箧中词》作"仄"。

地，谁与诉悲哽。　　江湖梦，浑似飘蓬泛梗。名心空付灰冷。银州吉语都虚望，洗甲可容重请。层碧窘。又泪雨、牵愁断续良夜永。浮生莫问，只竹管敲词，云窗检帙，聊遣此时兴。

## 齐天乐

秋灯①

铜荷黯黯笼愁夜，新凉未寒天气。锦字机边，红蕤枕畔，照彻相思两地。玉虫悄堕。正断雁声低，画帘如水。几负秋衾，一星句起萝痕碎。
榍屏残雨过后，油花还取卜，凭遣幽思。远火渔舟，疏星蟹簖，忆着江乡画意。销魂此际。纵暖到兰心，总怜憔悴。恋影窗萤，比儿时有味。

## 尾犯

冷梦落衡湘，归雁数行，妆点秋色。底恨书空，界遥天寒碧。排远阵、才看折柱。度平沙、旋疑画荻。倚楼人远，巧写来禽，谁洒题裙墨。
年年汾水上，有多少别泪空滴。漫笑鸦涂，寄江湖消息。问前路、元霜重染，趁回风、乌丝又掣。半生飘梦，剩向雪泥寻爪迹。

## 庆春泽慢

吹水生棱，凝云做冷，龙公忽戏琼瑶。鹤浯惊寒，残秋恁地萧条。絮痕错惹春前梦，笑新霜，减尽蛮腰。剩庭柯，缀玉盈盈，疑点梅梢。
经年久与飞琼别，喜仙衣缟袂，才见今朝。顷刻花开，堆阶旋集旋消。待寻驴背诗情去，指溪桥、酒望相招。又新晴，夜色交辉，纤月当霄。

## 定风波

影上帘钩澹有痕。霜林鸦背恋余温。曲录阑干闲倚处，凝伫，红楼一角最销魂。　　野水孤帆争晚渡，如骛，寒山牧笛入遥村。欲倩柳丝牢绾系，无计，恼人偏又近黄昏。

---

① 《烟沽渔唱》无“秋夜”二字，据《词综补遗》补。

## 更漏子

减炉熏，销蜡泪。纸帐梅花不睡。人寂寂，漏迟迟，峭寒生被池。　　三更月。皎如雪。此际诗心幽绝。归雁断，朔风高。挑灯读楚骚。

## 金缕曲

薄暮霜风急，望空林，偎烟瘦影，似人萧瑟。拣尽寒枝何处集，岁晚谁怜倦翮，听一曲、夜啼哀笛。枉带昭阳斜日去，只而今、憔悴无颜色。庭月皎，阵云黑。　　上林回忆浓阴碧。记当时，高枝许借，也随鹓翼。旧苑巢痕难再扫，转眼顿警头白。犯朔吹、羽毛自惜。踏折枯梢曾不堕，看纷纷、鸾凤栖荆棘。姑守拙、免矰弋。

## 江城子

美人消息隔天涯，苦相思。为怜伊。月地霜天，凝想独支颐。闻道孤山风雪冷，应瘦损，玉腰肢。　　几番嫩约总成痴。断肠时，有谁知。不见冰姿，弹指隔年期。倘使梦魂飞得到，甘化蝶，绕琼枝。

## 渡江云

群芳催谢后，花开金粟，清沁露华浓。托根依上界，子落何年，灵根最高峰。天香领略，仗晦师、参透禅宗。还忆否、瑶园旧谱，传唱向西风。　　匆匆。飘云影断，散雨香残，怅前尘如梦。休更说、枝探鹫岭，蕊撷蟾宫。赋成招引归何处，剩小山、留得霜丛。迟暮恨、人间金粉都空。

## 百字令

旧游回首，想园林画里，风流裙屐。檀板金樽豪兴在，肯负春秋佳日。逝羽年光，飘蓬身世，吟望头俱白。尘笺珍重，雪泥鸿爪留得。
无奈叹逝伤离，频年心事，百感随风笛。书剑羁迟关塞外，垂老依然为客。别绪如云，前尘若梦，聚散殊今昔。何时樽酒，与君同按歌拍。

## 霜花腴

桂丛易老，转瞬间、西风又作重阳。商略欢俦，共陪耆宿，名园小集壶觞。壮怀激昂。叹半生、消向沧桑。强俳愁、怯倚高台，冷吟添得鬓边霜。　　佳节尽多风雨，喜今朝日暖，莫负秋光。囊佩萸新，巾欹菊瘦，樽前暗惜年芳。倚阑自伤。满目中、衰草疏杨。暮烟深、兴尽归来，一钩初月凉。

## 声声慢

赋秋柳和蛰云

纤腰软舞，媚眼轻颦，当时刻意相怜。蓦地销魂离怀，飘作秋烟。柔丝好春难绾，唱阳关、无奈歌筵。天不管，任莺愁，燕恨影事凄然。　　回首章台梦远，叹风枝，漂泊絮乱吴棉。踠地霜痕，相思几缕还牵。低徊为留荷镜，镇相看、憔悴吟边。黄骢曲，渺何年重倚管弦。

## 满江红

以醉为乡，日月在，何论今昨。尽领略、饮醇情厚，啜醨风薄。俗子安知壶可隐，先生自有盘之乐。更半酣、雄辩四筵惊，天花落。　　从颠倒，山巾着。休孤负，云溪约。有佳人窈窕，赠之金错。强饭君思吴下脍，忍寒我是尧年鹤。且安排、清圣浊贤间，同斟酌。以上《烟沽渔唱》，民国癸酉须社刊本。

# 徐大镛（1首）

徐大镛（1793—1873），字序东，号兰生，直隶天津（今天津市）人。廪膳生，道光二年（1822）举人，官杞县知县，历署唐县、鹿邑、安阳、柘城等县知县，禹州知州钦加同知衔。道光己亥科河南乡试同考官。诰授奉直大夫，晋赠朝议大夫。少曾学诗于梅成栋，与宝坻高继珩互相唱和，徐大镛喜以诗纪事，填词亦然。集中所录，始于咸丰八年（1858），皆晚年之作，时徐大镛侨居杞县。有《见真吾斋诗草》十卷、《见真吾斋诗余》二卷。

### 满庭芳

水仙

搓玉成肌，镂冰作骨，藐姑仙子初逢。凌波微步，又似洛川踪。所托清泉白石，冷香浸、高洁谁同。相辉映，梅兄矾弟，晶定自涪翁。　仙风。还应藉、瑶琴弹出，雅操三终。笑银台金盏，刻意形容。底事求诸色相，清净域、色相皆空。参妙谛，前身今日，流水月明中。《词综补遗》

## 高继珩（47首）

高继珩（1798—1866?），直隶宝坻（今天津宝坻区）人。嘉庆二十三年（1818）举人，授栾城教谕，移大名。咸丰四年（1854）以军功保荐知县，官广东博茂场盐课大使。曾参与天津梅成栋所结梅花诗社，与蒋春霖等人相唱和，与边浴礼、华长卿号称“畿南三才子”。后主讲大名府天雄书院，尝穷二十余年之力，辑《畿辅诗传》，得八百余家。有《培根堂集》二十二卷，收《海天琴趣词》一卷。论词有婉丽、豪宕、清空三体，其词抒写个人情志，得姜夔、张炎之绪。

### 如梦令

题吹箫仕女小幅

手握洞箫当牖。一寸眉峰常皱。荑柳是归期，盼到丝丝垂后。知否。知否。吹得销魂人瘦。

### 沁园春

陆秋生南归，舣舟绿杨城下，梦一古墓，丰碑岿然，因题五律一首。恍惚见碑上现七律和章，墨沈淋漓，作墓中人语。既觉，二诗不遗一字，绘《邗江诗梦图》。为填此阕。

小住归帆，一觉扬州，分明夙缘。见丰碑三尺，寒萤暗点。新诗两首，墨沈犹鲜。原唱苍凉，和章凄咽，结习难忘劫后天。求妙手，把梦中梦画，梦境依然。　机关颇费寻研。何处觅春婆子细圆。叹一场幻迹，空余泥雪，百年泡影，都化云烟。他日探花，言归昼锦，扁舟绿树边。携此册，向秋坟高唱，聊慰重泉。

## 凤凰台上忆吹箫

题张问槎添香伴读小照

龙脑闲焚，乌皮净拭，亏他解事双鬟。把奇芬细散，俗虑全删。偶向邺侯架上，抽善本、宛转频看。盈鼻观，古香一缕，散作沉檀。　翩翩。者般风致，令我忆依依，张绪当年。甚茂先博物，不许追攀。较似风流京兆，持彩笔、但画眉山。争如恁，琅嬛妙云，涌出华鬘。

## 金缕曲

乙酉九月初七日同人登文昌阁远眺

高阁频搔首。况又是、风风雨雨，节临重九。难得同心人七个，闲把元关同扣。早扑去、缁尘三斗。栏外田盘山色好，斗新妆、环拱空中牖。且预饮，茱萸酒。　斫轮老将推诸舅。喜金昆、珠联璧合，非琼即玖。自愧散才同社木，也愿追随左右。倚阑干、从辰到酉。北望燕台真咫尺，盼泥金、捷足骎骎走。看谁是，夺标手。

## 前调

送崔丈晓林旭之官山右

把臂三年久。熏风里、匆匆又折，虹桥垂柳。此去中条山色好，小试栽花妙手。书善政、碑悬众口。未宴琼林休怅惘，旧青箱、况有贤郎守。终饱饮，御厨酒。　绛都自古风醇厚。愿神君、多培桃李，多芟稂莠。花落印床琴鹤静，料理簿书清后。知定有、新诗万首。回望丁沽云树渺，叹孤鸿、依旧芦中走。遣繁念，故人否。

驹隙光阴速。蓦回头、聊吟问字，宛然在目。从此公旌天样远，谁兴推敲反复。争怪我、泪珠盈掬。一段痴肠难搁起，访诗人、愿遍燕山麓。

何忍负，待征录。　　我师曾梦松生腹。宰乐阳、一钱不送，棠阴簇簇。君与同舟再共济，定卜弹冠情睦。说有个、门人尸祝。送友忆师萦别绪，逐双轮、梦绕王官谷。诗酒约，几时续。

## 前调

陈石生、陆秋生皆兰生同年生，而未谋面，介予定交。兰生将有山右之行，秋生、石生亦欲买舟南归。兰生因倩秋生写《三生图》（一名《秋风兰石图》）以存爪印，同人分咏，为谱此阕。

结契三生早。羡幽兰、石交同订，秋心同抱。写上玲珑飞白扇，永矢弗谖之好。更谁喻、此时凫藻。代作蹇修应念我，为联成、香火因缘巧。华管邴，一龙娇。　　人生聚散浮云绕。趁凉飙、孤帆匹马，各驰周道。陟屺循陔归计决，使我离愁如捣。况子又、鞭丝西袅。驿路迢迢空谷远，压行装、一扇真鸿宝。期共把，素心葆。

## 前调

贺陆秋生纳姬

姬姓田，秋生吴家姑之媵也。秋生大妇体素弱，为囊中馈汁，亟求纳焉。时吴家妨随宦沽上，秋生春间北来，因以赠之。六月既望，三五在东，戏填此解，志喜也。

篷室春生矣。又何须、桃根桃叶，江干迎止。情较鲜卑应更切，本是阮家小婢。天留待、阿咸燕尔。如母慈姑真解意，镜台缘、一笑谐鱼水。衾裯抱，大欢喜。　　士龙矫矫如龙士。又岂屑、荒耽于色，若登徒子。况有牛衣同卧侣，忍与秋纨等视。天下事、难逢双美。樛木同心能逮下，寄红丝、代系鸳鸯趾。更上秉，祖慈旨。

人隔银河久。呼小星、既明且慧，黄姑左右。不是天孙真大度，谁为联成佳偶。问此意、田田知否。夜续温香朝捧砚，小檀奴、何福能消受。情缱绻，实难负。　　燕兰吉梦浓于酒。诞明珠、较他遥集，合称琼友。指日君归符昼锦，再拜倚闾王母。携得个、清娱在后。既博高堂欢且笑，谢冰人、还向梁鸿妇。休上下，画眉手。

## 前调

金文波观察重修水西庄落成，梅丈树君招集同人于此。倚声二阕并饯秋生、兰生。

放擢烟波里。访名园、抱琴载酒，轻帆风驶。遥指红楼环绿荫，此是莲坡故址。陡换作、画梁文朾。借问山僧谁改造，道使君、分注廉泉水。功德簿，大随喜。　　废兴乘运疑天使。忆往岁、秋风送别，石生杏史。径草青芜羸马啮，凄咽蝉声聒耳。现楼阁、华严弹指。不是文星来秉节，果何人、布地黄金起。斟大白，向东筛。

把酒临风啸。喜座中、风流群屐，并皆佳妙。厉万汪杭今不作，先喆英灵常照。厉太鸿、万拓坡、汪槐塘、杭大宗皆当年莲坡坐上客算我辈、堪为同调。但有新诗能不朽，隐烟霞、且学南山豹。何世事，易吾好。　　萍逢聚散云离峤。才几日、徐陵西下，陆云返棹。安得并州双剪快，剪断离愁缭绕。叹百岁、须臾求到。知否他年诗酒彦，忆吾侪、也作闲凭吊。今不醉，后人笑。

## 壶中天

寄题王寤崖舅氏第五居

聚星光下，乍昂头、如建新居门户。十笏萧斋门额上，何意留题第五。一瓦一椽，某街某巷，屈指聊相数。填胸乔岳，随风皆化花乳。　　窃谓杜牧科名，和凝衣钵，不过同炊黍。千古文章犹若此，而况楼台亭宇。破甑旧巢，顾之何益，且作风花主。嘉名自锡，岂羞骠骑为伍。

## 金缕曲

小子萍浮惯。卅年来、寄身人海，所居十换。风雨飘零依大厦，恰似寻巢乳燕。枉费了、主人青盼。压线生涯常作客，剩羁魂、夜绕琴书案。愁梦醒，又孤馆。　　光阴忽忽真流电。叹刘义、几时得志，攫金盈万。更替先生营别墅，料理菟裘轮奂。署第六、门楣重焕。庾信园林蚊睫窄，学韩康、甥舅常相伴。知何日，毕斯愿。

## 摸鱼儿

沈五楼凤才《渔乐图》为马鹤船寿龄题

叹宾王、新丰久困，幡然思隐于钓。江南画史休文瘦，为写烟波风貌。弹古调。闲谱出、斜风细雨渔家傲。峰衔夕照。喜得鲤归来，携杆戴笠，系紧草鞋峭。　　逃尘网，春水桃花一棹。青山迎我而笑。笑君火色鸢肩状，栖雾偏同元豹。休潦倒。那便学、苕溪来往严滩老。后车将到。有大手荆关，含毫麟阁，相待写英照。

## 凤凰台上忆吹箫

沈五楼《渔乐图》为边袖石浴礼赋，并代索画幅。

试问尘寰，何人最乐，算来还是渔家。称西风得鲤，浅水捞虾。持向市头换酒，吹荻火、归卧芦花。开笑口，凫朋鸥侣，同醉流霞。　　休夸。后车事业，消磨了泱泱，表海繁华。便严滩星朗，物色频加。争似志和泛宅，楼苕霅、一叶船划。全不管、山高水长，雨细风斜。

## 沁园春

玉树亭亭，经笥便便，别样风流。道帐中有马，蹇修可托，江南瘦沈，妙画频邮。书味清醇，襟期旷朗，大笔居然逼虎头。君休懒、把鼠须墨洒，鸿爪痕留。　　开函已豁吟眸。幸纸上、从今识五楼。想寒江秋柳，胸怀洒落，风帆沙鸟，神韵夷犹。寄语文渊，致声麟士，肯赐通灵一副不。歌短调，更望深边让，代乞琳球。

## 飞雪满群山

题金朝霞文史《江山雪霁图》

六出琼花，一庭絮影，拈来糁遍江山。闲抛翠黛，轻匀铅粉，直堪夺席荆关。仲姬娴翰墨，对松雪、挥毫洒然。教人想像，神仙伴侣，纱帽与云鬟。　　思往昔、鸾闺传画史，只禽鱼沽泼，花鸟幽闲。争如妙笔，云烟万里，写将气势波澜。此中多寄托，念家山、何时得还。宦成偕隐，归程认取图画间。

## 摸鱼儿

题问红轩词，呈王青溪四丈。

叹先生、南帆北马，壮怀多少酸感。黑貂裘敝黄金尽，只剩新词一卷。休愤惋。任柳腻、辛豪几入时人眼。铜琵铁板。且按拍高歌，大江东去，声逐浪花卷。　　黄河曲，任尔旗亭传遍。个中三昧谁辩。清空一气真如话，别有庐山真面。论过片。者没缝、天衣欲带秋云浣。霜寒岁晚。拟更倩何戡，吹箫低唱，消得酒盈碗。

## 金缕曲

题王淡音夫人《环青阁诗集》

林下倾风久。为曾见、谢庭絮雪，吟成驿柳。雨载盐车嗟落寞，眯目俗尘三斗。除障翳、难寻仙手。幸得环青诗一卷，似金锟、刮去层层垢。烟火气，扫如帚。　　卅年世谊芝兰臭。怅参军、修文早去，缘悭樽酒。公子风毛垂令誉，尽出熊丸指授。倚玉树、无惭小友。待上探花樱笋宴，望纱帷、再拜宣文母。并重读，诗千首。

## 齐天乐

题边袖石浴礼《听雁听风雨图》

绿阴如水书堂静，天涯故人来访。手握新图，索题新句，难得吟身无恙。披图怅望。恰仿佛当年，豪怀跌宕。曳起羁愁，一绳秋雁共酬唱。
潇潇风雨欲暝。正不眠侧耳，音还流响。惓念分飞，季江仲海，不及烟鸿偎旁。逍遥堂上。问归去何年，对床相向。绘出张词，客怀和梦飏。

## 前调

寄怀蒋半坡春霖

荷风吹得双鱼到，回环朗吟千遍。兰讯缄云，薇香盥露，勾起闲愁无限。离情难剪。视易水滹沱，不争深浅。潘鬓霜丝，甚时容易故人见。
晴窗孤闷谁语叹。寻巢觅侣，同是梁燕。衣染缁尘，尾焦爨火，禁得风霜磨炼。流光飞电。漫轻把良时，蹉跎午倦。怅望西山，一痕天际远。

## 金缕曲

题李云生文澣《味尘轩词钞》，即以代柬。

我别云生久。喜赢得、新词一卷，置诸怀袖。轩署味尘尘味画，清比交梨雪藕。豪宕处、青萍怒吼。似此才华真绝世，压姜张、吞并辛苏柳。洵不愧，雕龙手。　　春明共贯旗亭酒。落花风、吹将萍散，扫愁无帚。自夏徂秋驹影速，君又征帆南走。拟重向、丁沽聚首。谁料君来予又去，慰门闾、归奉陶家母。两相左，云离岫。

此后鸿鱼杳。望淮南、小山丛桂，梦魂颠倒。一缕相思谁剪断，唱彻倚声袅袅。恍日对、青莲才调。莲幕东南虽尽美，算依人、心事殊难了。努力撷，科名草。　　寿椿计日家山到。问断弦、鸾胶凤喙，何时续好。花种河阳知有待，盼到铨司上考。料鸡肋、空肠难饱。五夜壮心歌伏枥，折宫花、插上欹檐帽。应再谱，旧词稿。

## 前调

寄桂丹盟超万海上练勇

天外烟鸿到。喜故人、防秋海角，不虚英抱。何物能消胸磊块，愁对南云如捣。恨蹂躏、经他多少。大树将军城万里，剪长鲸、胜算筹须早。舟一舣，电横扫。　　新诗漫绣弓衣稿。应打叠、搜岩访遍，风尘屠钓。薪胆光阴甘苦共，别试火攻神巧。看露布、建章飞报。写本幽兰聊寄远，抚刀环、人倚青萍啸。期更把，素心保。

叹先生、南帆北马。壮怀多少酸感。黑貂裘敝黄金尽，只剩新词一卷。休愤惋。任柳腻、辛豪几入时人眼。铜琶铁板。且按拍高歌，大江东去，声逐浪花卷。　　黄河曲，任尔旗亭传遍。个中三昧谁辩。清空一气真如话，别有庐山真面。论过片。者没缝、天衣欲带秋云浣。霜寒岁晚。拟更倩何戡，吹箫低唱，消得酒盈碗。

## 摸鱼儿

题陆费紫卿《鸳湖渔隐图》

念家山、湖光铺练，劈空勾起清兴。台矶滑笏垂杨绿，三尺渔竿把定。钩下稳。看泼刺、红鳞掉尾跳笭箵。斜阳半暝。杜贯酒归来，玉莲花下，有个睡鸳等。　　丝纶事，万里风云一瞬。鲈乡休学栖遁。峥嵘门第金张好，况负才华如锦。君记省。继封鲊、清风谱作烹鲜政。宦成归隐。再脱却朝衫，换将蓑笠，重向画图证。

## 疏影

梅影用红豆树馆韵

惊鸿瞥舞。恁横斜作态，明靓如许。瘦倩风扶，淡欲相偎，春在寂无人处。夜云乍启凉蟾露，恍重圆、镜中眉妩。是林家、环珮幽魂，待向段桥归去。　　长忆澄湖倒映，遍枝南枝北，欲折频误。供养铜瓶，添照银釭，点缀屏山清趣。冰姿也作低徊顾，应自叹、美人迟暮。最难忘、香梦醒时，枝上翠禽寒语。

## 买陂塘

水仙头

绍花胎、冬心醒酿，灵芽一寸常抱。渚烟秋老沙棠舣，倾出筠笼多少。临碧沼。爱净洗香泥，绮石拳同小。翻求画稿。有百合团圞，柔茎未吐，添写几岁寒照。　　苔盆供，浅水层冰微胶。春痕寒勒风峭。十三行帖临初罢，惆怅惊鸿人渺。弹雅操。倩瑶轸朱弦，重迓湘灵到。凌波娟妙。看环珮珊珊，清修无恙，长此宿根保。

## 前调

送崔丈念堂回里

怅天涯、三番相遇，匆匆旋又分手。故山梅鹤牵怀抱，不惯他乡住久。斟别酒。赠满把将离，聊当旗亭柳。先生信否。剩百结回肠，连宵旅梦，频逐去轮走。　　千秋业，扫叶何辞奉帚。编排甲乙粗就。晚香老柏须眉古，念此也应回首。风信骤。盼人共秋来，莫等黄花后。使君情厚。况竹榻高悬，金樽待洗，此意未应负。

惊鸿瞥舞。恁横斜作态，明靓如许。瘦倩风扶，淡欲相偎，春在寂无人处。夜云乍启凉蟾露，恍重圆、镜中眉妩。是林家、环珮幽魂，待向段桥归去。　　长忆澄湖倒映，遍枝南枝北，欲折频误。供养铜瓶，添照银釭，点缀屏山清趣。冰姿也作低徊顾，应自叹、美人迟暮。最难忘、香梦醒时，枝上翠禽寒语。

## 疏影

水仙和边袖石寄怀

沅云破晓。认倚风倩影，飞向琼岛。露浥珠浆，沁人檀心，幽香一线微袅。珠帘踠地垂垂护，总未识、尘根烦恼。妒芳姿、羞煞梅花，转问几生修到。　　往事如烟如梦，照湘月楚楚，同证幽抱。翠袖禁寒，罗袜生尘，不是当年花貌。安弦欲谱迎神曲，又忘却、水仙王调。只更吟、江上峰青，可奈曲终人杳。

## 金缕曲

题徐汉青桂花圆扇，即送赴京兆试。

纨扇裁明月。露樛枝、梢头缀满，琼楼黄雪。几载燕山酣雨露，老干连蜷如铁。更挺出、孙枝高洁。吹得珠英堆石臼，捣西风、化作泥金帖。重认取，旧清节。　　与君大阮经年别。见石麟、峥嵘头角，才堪夺席。参木樨禅文字悟，珍重当年手泽。努力效、郄诜射策。好借吴刚修月斧，偕竹林、同把天香折。留我醉，桂浆液。

## 陌上花

花球

红红白白偎烟，凝露暗香初逗。绝世针神，闲擘色丝轻扣。结成宛转相思络，点点春痕全露。看玲珑、逼肖楚橙黄剔，越梅青镂。　　喜笼馨袭艳，珠兰末丽，恰比筠篮装就。取次罗帏，欹枕梦回频嗅。密缄欲向天涯寄，生怕长途蔫透。只空冈、留玩幽怀孤闷，几番挼皱。

## 梅子黄时雨

梅汤

尘土东华，正红日满庭，无计销暑。记玉液时斟，翠瓶深注。市近喧传金盏子，鼎调略借糖霜谱。添酸楚、皓齿惯尝，遍微龋。　　来去。携钱沽处。怕飞蝇遽集，冰缕旋贮。问乞得琼浆，何年移住。仙酪分颁瀛馆早，凉糕同买天街午。乡思苦。熟梅又听檐雨。

## 齐天乐

莲蓬

银塘粉褪残红老，圆苞数茎凝翠。鹅项微弯，蜂房倒挂，取次云浆低坠。参差棹尾。记皓腕频搴，画船曾舣。照影离离，旧香何处渺烟水。　冰盘丝藕并贮，费春纤细擘，商烙间醉。韫玉蓬空，衔珠宝小，待到深秋余几。丝瓤留缀。谩剩得枯腔，悟来身世。墨晕青花，蘸将残沉洗。

## 月华清

萤灯

纤月濛濛，繁星点点，前身犹记芳草。寂寞兰闺，剪就碧纱笼小。闪翠袖、兜住还飞，回宝扇、扑来偏巧。褒好。向花阴挑过，竹床悬早。　斗帐低垂人悄。正玉体横陈，密灯停了。幽梦初醒，赢得余辉留照。密缬映、剔墨痕新，凉焰吐、夜珠光皎。低笑。料绡囊伴读，一般风调。

## 金缕曲

题华梅庄《黛香馆词》却寄

衣带丁沽水。有伊人、遡回宛在，苍葭之涘。彩笔一枝谁付与，定是唐家仙李。雅令胜、三湘兰芷。更向风流京兆府，蘸春山、几斛新螺子。香与艳，问谁比。　有时吐出长虹气。更一缕、柔情不断，忽悲忽喜。铁板铜琶高唱处，忽漫移宫换征。又残月、晓风盈耳。恨我病魔缠未了，待何时、重论偷声旨。知我者，画眉史。

## 琐窗寒

蕉窗听雨

绿漾纱痕，红消土气，小窗梅雨。芭蕉未剪，酿就早秋情绪。浙零零、通宵到明，瓦檐细溜如泉注。忆赏从茅屋，听来荷树，一般清趣。　亭午。晴烘处。正鹿梦惊回，乱蝉噪树。点滴声声，又被囊云留住。真清脆、腰鼓细敲，和莲漏响如送暑。折余青、为试漂摇，遍写楞严语。

## 霜叶飞[1]

秋林

缀红凝碧，寒林晚，凭空勾起秋兴。断云天半漏斜阳，欲带栖鸦暝。认几点、巢痕树顶。小桥流水相招引。有还嶂归樵，趁暮霭、肩挑冷翠，来觅霜径。　　村外过客停车，商量贳酒，玉鞭遥指帘影。爱他枫叶和人醉，一色酡颜映。恁冷艳教谁记省。新词含露吟清迥。似访来、老倪迂，皴染疏烟，写将幽境。

## 忆旧游

秋寺

现钟楼一角，内闪浮图，挂住斜阳。待拨闲云问，道枫林转处，便是红墙。倚笻入门微笑，初地最清凉。有翠竹真如，黄花般若，容我参详。　　虚堂。倩僧引，见碧黯琉璃，长对空王。镇日无人到，但成群仙鼠，旋掠回廊。剔罢断碑苔晕，山月上经幢。约八桂开齐，携金粟纸重拓将。

## 琐窗寒

秋烟

着雨成丝，搀云作絮，恁般摇漾。疏林半约，禁得晚风低飏。袅春魂、青萦绿芜，几痕又把秋光酿。哈水亭人卧，波纹如颦，乍垂罗帐。　　凝望。层楼上。看密署红栏，淡笼青嶂。缠绵不断，写出旧愁新样。太空濛、倩谁划开，一绳雁递远音响。似横江、曳舻飞来，剪破吴淞涨。

## 声声慢

秋砧

摧将玉杵，拭罢罗襟，更深欲歇还敲。惓念清寒何人，为寄征袍。层层细心熨贴，更飞来、空外音遥。天似水、正红闺力尽，白帝城高。　　望断归期没准，伴银蟾、瘦影孤负良宵。素手才停搵残，泪雨条条。霜华又催远韵，倩西风、吹渡临洮。君寝未，料听时、魂也暗消。

---

① 按，以下九首，题为“九秋词”。

## 玉漏迟

秋柝

柳梢凉月上，铜壶漏转，下帘人悄。卷入凄风，闻阁钝蛙声峭。侧耳丁冬几度，盼不到、梦回天晓。边信杳。料冲朔气，铁衣寒早。　　年来饱味风尘，怅乍卸吟鞍，又催远道。数遍更筹，历乱秋心如捣。铎语郎当笑我，和警夜、疲兵同调。颜易老。何时一关常抱。

## 疏影

秋灯

萧斋向暮。看玉釭乍上，花晕微吐。露气沉沉，亲下檐栊，青虫乱扑无数。荷盘剔罢脂还凝，莫更问、此中情绪。映鬓丝、顾影堪怜，历尽十年风雨。　　曾记儿时况味，有慈母画荻，宵断机杼。勉课书帷，声伴寒檠，小缶清油频注。光明不异当年焰，但怅望、白云何处。照泪痕、一点心孤，耿耿夜阑谁语。

## 绮罗香

秋衾

簟卷寒筠，绵装软玉，客馆凉宵如水。拥到天明，消受苦吟情味。学心画、着指曾穿，改腹稿、里头重起。更怜他、酣睡娇儿，踏来颠倒裂残里。　　池塘春梦久醒，回忆彭城旧约，时光曾几。秋雨秋风，只剩一条姜被。搴柿蒂、麝冷慵熏，卧芦花、雁孤谁倚。羡人家、夜暖香篝，满休荆影紫。

## 翠楼吟

秋蝉

抱叶黄黏，栖枝翠老，柔飔荡漾如许。身轻双翅耸，怎不向青霄冲举。金貂无据。且学坐枯禅，祓除幽绪。疏音度。五更天气，暗消余暑。　　碧树。生意婆娑，似一江潮涌，乱喧炎午。倏迎秋信早，又嘶断琴丝凉雨。斜阳怜汝。任绿鬓凋残，向谁倾吐。酣清露。羽衣重化，御风仙去。

## 月华清

秋萤

苔径低吟，莎根凉语，逗成多少凄惋。问尔何心，竟负者般幽怨。咽绪风、篱菊初开，啼晓露、海棠微泫。孤馆。伴兰釭一穗，夜深慵剪。　絮絮情怀难遣。正月映金梭，邻机宛转。芳草王孙，莫惜岁华将晚。住宣窑、缥碧盆轻，饱蜀郡、栗黄仁软。凝盼。趁天香开后，夺标酣战。《清代诗文集汇编》影印本《海天琴趣词》

# 华长卿（95首）

华长卿（1805—1881），字枚宗，晚号米斋老人，直隶天津人。幼有夙慧，工诗，与边浴礼、高继珩称“畿南三才子”。道光十一年（1831）举人，咸丰三年（1853）选奉天开原训导，在任二十六年，以病告归。奉天学政以劝学善教荐，加国子学正学录衔。博通经籍，精熟史鉴，长于小学、金石，以余事作诗古文辞，颇受时流赞誉。著有《古本周易集注》《尚书补阙》《唐宋阳秋》等。另有《梅庄诗钞》十六卷，《黛香馆词钞》二卷。其词以学养、性情驱遣词句，选声叶律，精严之至，炼字运意，新警绝伦。张云骧《题华梅庄先生黛香馆词遗集》论其词“秦柳风怀姜李心，胸次玲珑吐冰雪”①，小令缠绵清艳，长调沉郁慷壮，高遏云霄，风神跌宕，音节抗爽处，兼稼轩、龙洲、屯田之胜。

## 暗香

咏梅，追和姜白石韵。

雪天一色。听水边陡起，声声羌笛。冷蕊素馨，不许浓妆美人摘。除却广平宰相，更谁识、何郎诗笔。独自赏、万朵横斜，凉月照苔席。
香国。破岑寂。叹韵胜格高，泪痕空积。白衣掩泣。谁把山中故人忆。消

---

① 张云骧：《南湖诗集》，清刻本，卷五。

渴相如老矣，谈往事、酸心凝碧。试盼望、逢驿使，一枝赠得。

## 疏影

前题和白石原韵

空山种玉。倩一双瘦鹤，陪尔栖宿。急景凋年，谁是同心，仅有孤松寒竹。连天月色连江雪，总莫辨、枝南枝北。问几生、修到神仙，折尽者番幽独。　　曾在罗浮醉卧，恨惊觉好梦，啼鸟全绿。铁石心肠，玉魄冰魂，各占山丘华屋。空怜零落随流水，莫唱那、凄凉词曲。且吮毫、西抹东涂，画作丑枝千幅。

## 秦楼月

早春河干晚眺

春光瞥。沙堤销尽前年雪。前年雪。楼台两岸，照同寒月。　　痴云远补空林缺。尖风劲刷河冰裂。河冰裂。中流涌出，夕阳明灭。

## 桂枝香

赠杨莅生，丁酉二月。

东风狡狯。把旧雨吹来，相逢倾盖。回首青山似髻，黄河如带。贾生不作梁园客，忆鸥盟、重游沧海。故人何事，短衣射虎，长镵种菜。　　叹频年、诗坛战败。更词学辛苏，文摹崔蔡。对此亭亭，玉树愈形无赖。平原十日拼豪饮，醉胡卢、满座皆快。伫看鸿鹄，摩云插翅，高飞天外。

## 菩萨蛮

杜鹃枝上闻鹍鸩。鸳鸯枕畔惊蝴蝶。残照在帘钩。睡醒闲倚楼。　　桃花开似血。柳絮团成雪。蓦地动愁心。春光如此深。

## 如梦令

屏角纤腰故纵。帘隙星眸偷送。春到可怜宵，翠叠香衾谁共。情动。情动。只好相逢幽梦。

## 南歌子

题美女图为徐鹤臞作

生就多情种，羞填幼妇词。小姑居处问郎知。记得碧梧摇影、傍清池。　　贴鬓花千瓣，搔头玉一枝。凝眸何事动幽思。想起明年三月、嫁人时。

## 更漏子

玉钩纤，银蜡泪。同照秋娘春睡。情脉脉，意绵绵。背人空自怜。　　肌容瘦。脂痕透。无限春光暗逗。数归日，盼佳期。忆郎郎不知。

## 齐天乐

题袖石《空青词集》

几生修得江郎笔，聪明是谁亲授。情绪千条，灵光一片，尽付相思红豆。锦心绣口。兼铁板铜琶，晓风杨柳。别有丰神，俨然秦七与黄九。　才名湖海已遍，喜青年若此，老更难朽。燕赵词人，推君第一，谁向骚坛抗手。千金敝帚。拟颦效西施，捧心堪丑。问讯良工，鸳针能度否。

## 长相思

貌倾城。价连城。玉骨珊珊瘦影横。梅花定是兄。　　爱卿卿。恨卿卿。侬不怜卿卿怎生。妒侬呼小名。

## 浪淘沙

落花

春梦去无痕。蝶恼蜂嗔。五更风雨闭紫门。一片胭脂苔径腻，真个销魂。　　流水澹孤村。绿叶空存。芊绵芳草吊王孙。问尔前身谁是伴，息国夫人。

## 减兰

酒旗

茅檐一桁。雨细风斜高下飏。十里香飘。勾引行人过短桥。　　梨花初卖。太白楼前春似海。字字分明。醉眼模糊看不清。

## 十六字令

愁。万缕情丝静里浮。无人觉，故故上心头。

## 满江红

感怀

搔首风尘，何处洒、一腔热血。空把那、蒯缑弹坏，唾壶敲缺。酒国难忘金谷醉，愁肠全仗铅刀割。问词坛、今日几曹刘，分燕越。　　长安策，无人悦。长门赋，何人谒。叹祢衡怀刺，墨光磨灭。三十功名悲自弃，九千文字同谁说。愿书生、齐脱范雎袍，朝丹阙。

## 洞仙歌

王雪蕉自山左归里，喜而填此。

晨星旧雨，念乌衣王谢。难禁相思泪盈把。爱明湖、水白鹊华山青，写不尽，摩诘诗中图画。　　喜清风五两，吹送归人，绿柳红桥又牵挂。别绪诉经年、识否狂奴，可顿减、昔时声价。尽自恨、吟魂黯然销，且促拍酒边，短歌花下。

## 忆江南

儿童好，艳曲唱新歌。杨柳街头春雨腻，桃花巷口夕阳矬。沽酒唤哥哥。

## 又

儿童好，赌胜掣花签。竹管乱摇声似鼓，牙牌倒插削如簪。三扇试轻拈。

## 巫山一段云

本意

岚气终朝雨，滩声静夜秋。翠鬟十二锁峰头。何处是夔州。　　宋玉空劳赋，襄王易惹愁。仙娥曾向碧空游。底事问牵牛。

## 念奴娇

边心巢之江右，不果行，复还任丘，填此奉赠。

石尤风紧，似横江铁索，把船拦住。想像滕王高阁上，尽有残霞剩鹜。收起羁怀，且归乡里，莫被浮名误。旗亭杯酒，能浇多少愁绪。
叹我短发飘萧，雄心肮脏，耻共黄金铸。角逐名场将廿载，呕尽文章词赋。燕市良朋，青门俊侣，零落今非故。离愁万斛，几时把盏重诉。

## 霜天晓角

咏燕

一双玉剪。偷觑珠帘卷。问讯旧巢无恙，早飞到、闲庭院。　　风暖晴絮软。掠过芳草岸。碧嘴啄泥香褪，参几点、落花瓣。

## 凤凰台上忆吹箫

题《美人折梅图》为杨彦卿作

香冷琼闺，魂销锦帐，天生百种温柔。望一堆绛雪，顿惹闲愁。偷采凝脂冻粉，恰掩映、腥氅鹴裘。难消受。素馨喷鼻，血泪盈眸。　　休休。霜娥月姊，千万叠、幽情蓦上心头。问林家艳妇，底事含羞。几度临风顾影，窥醉颊、梦醒朱楼。春光逗。懒寻鹤侣，且觅莺俦。

## 苏幕遮

月无情，花有韵。蝶去蜂来，柳絮团成阵。容易伤春人瘦损。粉淡香浓，满地残红褪。　　画青蛾，堆绿鬓。怕有阮郎，重向天台引。万缕新愁勾旧恨。诉尽衷肠，无个人儿信。

## 浣溪沙

一桁浓阴拂画檐。几层香雾幂晶帘。碧阑干外雨廉纤。　　强剥花须偎粉蝶。懒铺桑叶饲新蚕。倚床犹自闷恹恹。

## 南歌子

红粉搓成雪，青蛾蹙作山。低头何事上眉端。爱道支颐无语、倚雕阑。　淡淡樱唇晕，纤纤玉腕寒。星眸顾影镇相怜。除却芙蓉镜里、有谁看。

## 柳梢青

小院潜来。纱窗人影，掩映桃腮。笑簸金钱，戏拈红豆，竞赌牙牌。　撩人玉体投怀。偎倚处、香留镜台。侧立支颐，回头掠鬓，偷眼兜鞋。

## 婆罗门令

昨夜里、抱愁闲坐。今日里、又抱愁闲坐。香汗轻盈，越显得、娇无那。花影动，恐有人偷过。　脂香渍，绒痕唾。掩窗一作疏棂、防戳纱纹破。兰汤浴罢无人见，凉竟体、似冰镇瓜果。巧将纨扇，扑杀灯火。潜放蚊帱，暗地卸却新梳裹。先自横陈卧。

## 摊破浣溪沙

小院松棚浸绿蕉。虾须帘幕隔鲛绡。玉骨冰肌偎不热，暂相抛。　紫玉一枝簪绿鬓，红纱一抹束纤腰。杀了银灯窗上月，话深宵。

## 好事近

七夕

银汉鹊桥边，携手问谁先过。笑煞痴牛呆①女，果相逢真个。　曝衣楼下罢穿针，依样设瓜果。翻羡人间今夕尽，罗帏双卧。

## 满庭芳

得高寄泉书却寄

白首交期，青云伴侣，岁华容易蹉跎。秋光千里，耿耿隔星河。一自渐离别去，有谁击筑悲歌。空嗟叹，满腔热血，汩汩上心窝。　填词聊寄兴，情长纸短，乐少愁多。向空中传恨，恨又如何。纵有青毡一片，难禁受、雪压霜磨。柔肠断，千回百结，魂梦托微波。

---

① “呆”，《黛香馆字》本作“骙”。

## 双头莲令

赤阑桥畔海棠阴。花事约同心。情痴翻悔那时深。惆怅到而今。鸳鸯绣罢懒拈针。闷坐泪沾襟。巫山好梦恨难寻。憔悴合欢衾。

## 金缕曲

李晓楼明府擢山右刺史，自黔来津，赋此代柬。

万里归飞鹤。恼风霜、黔江画艇，楚山征铎。遥望丁沽何时到，一片海云寥廓。喜重见、绿杨城郭。已种河阳花满县，更并州、竹马儿童乐。包老面，阳春脚。　　清谈捉麈犹如昨。叹鲰生、青毡株守，绨袍瓠落。两度春风红杏闹，耻乏干时权略。且由恁、埋头林壑。三载韶光弹指去，故人来、共觅长年药。期莫负，入山约。

## 买陂塘

寄怀袖石

望天雄、参军蛮语，相思珠泪千斛。早春携手河梁别，忆否草黏波蹙。灯影绿。把一盏、醇醪浇透便便腹。酣眠抵足。更对舞风前，狂歌月下，此态迥超俗。　　空搔首，自恨才真碌碌①。青年豪兴全缩。家无负郭田三亩，剩有几间破屋。谁骨肉。且学那、孙登长啸唐衢哭。中书又秃。把经史填箱，文章束阁，留待小儿读。

## 又

忆旧

问良宵、银河秋冷，清风明月谁管。多情难觅同心侣，惆怅舞裙歌扇。空缱绻。有万缕、晴丝牵挂深深院。天台路远。忆卍字栏边，水精帘下，无限紫云卷。　　销魂处，尽在灵犀一点。令人情态都软。黄金拟买颜如玉，好贮朧香词馆。珠一串。听婉转、娇喉替按红牙板。销金帐暖。抛却了浮名，浅斟低唱，肠断柳三变。

---

① “碌碌”，《黛香馆字》本作“録録”。

## 师师令

题《美人团扇》，为解又铭作。

发云颈雪。更黛香脂血。困人天气始相逢，正碧玉、破瓜时节。抱向怀中清影绝。似乍图圆明月。　　握来冰腕何曾热。恰纤纤一捻。那堪争宠妒蛾眉，情不尽、低头难说。只恐金风吹落叶，又把人抛撇。

## 南浦

用程书舟韵咏草

春色扑人来，酝酿成、心中万斛愁绪。绿到莽天涯，残阳影、摇曳柳边晴絮。菁葱满地，马嘶声断行人语。水天欲暮。记江畔孤舟，去年曾度。　　萋萋划尽还生，恨多事东风，偏吹南浦。好梦又惺忪，池塘外、曾忆对床听风雨。江郎写恨，那堪句起销魂处。者般院宇。问别后王孙，何时归去。

## 金缕曲

赠郭筠孙

独立频搔首。叹年来、名场寂寂，诗人非旧。绿蚁青蚨争驰逐，尘世那容开口。只倾倒、汾阳华胄。收拾奇才囊底贮，论淋漓著作今无偶。君是我，知心友。　　涤襟楼上神伤久。怅海滨、文章词赋，视同刍狗。前辈菁华谁相识，笑煞双瞳如豆。更何况、欧苏韩柳。风气滔滔趋日下，挽颓波全藉回澜手。问古调，独弹否。

## 摸鱼儿

莼

忆鸳湖、雨晴花暖，平添鸥外烟水。宠莲孌藕参差活，点点露葵圆翠。船乍舣。倩玉指纤纤，采向菱波里。龙髯雉尾。似锦带千条，银钗万股，绝胜笋尖美。　　流匙滑，密糁川姜越桂。浑疑鱼蟹脂髓。鲈香菰冷秋将老，谁识个中滋味。风乍起。羞把那、瓷瓯酪乳轻相比。红盐雪豉。伴几种嘉肴，一杯浓酒，嚼沁齿牙脆。

## 侍香金童

秋海棠

砌角墙根，绰约秋光满。忽一阵、风吹花欲颤。绿叶层层红点点。开到斜阳，竟无人管。　　忆当一作年时银烛，烧残春梦短。蓦地里新妆又变。洒遍胭脂经露浣。翠髻金钗，者般缘浅。

## 念奴娇

检点书笥，得袖石甲午寄怀词，原韵补和。

梁园词客，较燕台酒伴，偏饶声价。填尽空青千万叠，一管髡毫挥洒。梦里看云，愁中听雨，别又经冬夏。匆匆弹指，好花随意开谢。
羞说文阵鏖兵，诗成对垒，分占曹刘霸。傲骨崚峥坚似铁，受尽风吹霜打。白屋销魂，青灯绘影，旧曲成新话。哀丝豪竹，更添珠泪盈把。

## 天香

桂花

玉露无声，银河有色，金风倏尔凄紧。酿蜜为心，捣姜作骨，且向小山招隐。将圆素魄，照不遍、新仇旧恨。良夜魂销恍□，领略美人蝉鬓。
当年一枝不吝。愿同俦、万株攀尽。况啄粟盈斛，点苔盈寸。叹尔劳薪自贵，竟被那、姮娥暗相哂。一片丹心，揉成碎粉。

## 桃源忆故人

水蓼花

滩头摇曳新秋意。细雨乍晴天气。水国疏花旖旎。瘦尽蜻蜓翅。
经风弱影低还起。隔断败蘋残芰。簇簇冷红点缀。写入斜阳里。

## 传言玉女

沈友竹见赠刻字便面，填此寄谢。

雁信南来，屡向海边飞瞥。蛮笺温语，似霏霏玉屑。兜萤扇冷，却尽衷肠烦热。痕添湘竹，影含江月。　　刻骨铭心，纵千年、字不灭。坐中初展，喜仁风叠叠。秋光妒人，又向空箱抛撇。那堪回首，落花时节。

## 天香

菊花

送酒人来，簪花客去，重阳屈指将近。老圃遗芬，东篱增色，不数六朝金粉。残蜂冷蝶，偏省得、余香偷引。待到幽窗月上，饶他几多丰韵。

新霜骤添两鬓。叹孤芳、不知春恨。傲骨阑珊，恼煞凄风成阵。梦里相思万叠，听蟋蟀、含悲诉难尽。尽好秋容，因何受损。

## 水龙吟

秋暮登高写怀

无端秋色愁人，风吹一片寒鸦噪。登临远望，长堤衰柳，高楼残照。天际孤帆，云间哀雁，尽归微渺。只三分流水，二分明月，浑如那、扬州好。　　回首春光懊恼。莽乾坤、数声狂啸。酒边瘦骨，镜中华发，渐催人老。厌说文章，空言诗赋，羞谈廊庙。倩关西大汉，铜琶铁板，唱凄凉调。

## 青玉案

为王菊农题《抱琴访梅图》

罗浮山下溪桥路。尽有个、高人住。锦瑟年华春暗度。冷香徐领，冻枝轻折，莫向铜瓶贮。　　黄金合把钟期铸。一曲琴心共谁谱。无限相思传阿堵。山中流水，雪中香梦，定惹逋仙妒。

## 贺新凉

早春寄泉来津，谈宴累日，得读骈体文《天雄游草》并题，用寄泉见赠元韵。

交谊清于水。莽填胸、汪汪万顷，莫穷涯涘。赋骨骚肠今徐庾，兼擅河梁苏李。尽挥洒、墨华珠蕊。尘世侯封羊头烂，致公卿、安用毛锥子。谁想作，古人比。　　文章司马凌云气。笑狂奴、鸡坛倾倒，沾沾而喜。肯把新词相持赠，劝我含商嚼征。真不啻、发聋提耳。更读天雄游历草，醉醍醐、如饮醇醪旨。君且学，旧诗史。

## 又

再叠前韵，送寄泉之官栾城。

遥眄滹沱水。怅离情、绿波碧草，盈盈河涘。指点颍滨游宦处，春色一肩行李。恼村杏、无端生蕊。判袂羞为儿女态，把黄金、铸个奇男子。非管乐，莫相比。　　儒官自古多才气。对恒山、皋比坐拥，云胡不喜。脱却青衫斑衣舞，歌叶宫商角征。更执那、骚坛牛耳。吟罢栾城诗千首，冷衙中、色笑供甘旨。君且箸，老莱史。

## 长亭怨慢

题冯新斋丈《鸳湖送别图》

且饮尽、旗亭杯酒。无限离情，顿生江口。一幅征帆，满汀衰草销魂久。黯然而别，浑不禁、重回首。残月晓风中，试认取、堤边疏柳。
忆否。忆楼头烟雨，更忆青门良友。鸥盟谁续，都付与、白描高手。写不尽、宦海茫茫，胸只剩、渭川千亩。把袂再相逢，换作烟波渔叟。

## 氐州第一

题新斋丈《百粤揽胜图》

桂管千峰，梅岭万叠，齐来眼底都小。海拥蛮烟，泉蒸蜑雨，苍翠重重未了。尘世风波，尽狂客、频年看饱。廉史勋名，词人仕宦，都成颠倒。　　写入蒋侯新画稿。把当日、牢愁全扫。杜宇声中，桄榔林下，弹铗归来早。较江州、白司马，又添些、无端懊恼。矍铄精神，喜冯唐、今犹未老。

## 又

次韵答黄辟青

诗债难偿，文券易毁，欲逃两种逋负。裙屐消魂，衣冠落魄，谁是忘年良友。醉眼迷离，几失却、词坛高手。才擅苏辛，韵兼蒋赵，味饶秦柳。　　麟角声华倾慕久。且莫较、卢前王后。奇句惊人，青天试问，把盏频搔首。叹年来、名士气，销磨尽、药铛茶臼。除了钟期，又谁知、琴音可否。

## 望湘人

得解秋皋粤东书却寄

喜蛮笺乍启，螭墨喷香，写来无限情款。玉屑霏霏，恍如觌面。莫谓人遥路远。万里相思，一年离绪，全凭鱼雁。想湖边、春草方生，应念踏青游伴。　　羡尔云山过眼。望滕王阁上，越王台畔。更魂吊朝云，访到坡仙池馆。栟闾色冷，荔支香暖，底事梅花不见。恨不把、千丈罗浮，化作横斜清浅。

## 孤鸾

题亡友缪星潭同年词稿

声声呜咽。似精卫衔悲，杜鹃啼血。恼煞罡风，生把桂林摧折。前身玉楼俊侣，望蓉城、者番长别。真个璧人叔宝，被道旁看杀。　　问丁沽、词客谁优劣。便唤起幽魂，尚能同说。在日断肠，最是杏花时节。心情几多怨恨，一篇篇、晓风残月。只觉墨痕泪迹，有吉光难灭。

## 贺新凉

喜余肃斋自粤东至

旧雨天涯到。问行踪、诗囊画本，酒垆茶铫。别又三年今始见，依样昔时才貌。尽挥麈、惊筵谈笑。为我瑶琴弹一曲，恐销魂、不似当年调。除却我，问谁好。　　鲰生差幸侏儒饱。叹年来、厕身駔侩，埋名屠钓。敝帚千金何日缚，生把牢愁齐扫。绝不计、江湖廊庙。前路茫茫昏似漆，听天公、自有安排妙。遇知己，尽情告。

## 忆王孙

题美人折桂扇，为王莲溪茂才作。

似曾替我采天香。十载恩情何可忘。故故舍情絮语商。问王郎。卯岁秋风花又黄。

## 金缕曲

题《十趣图》，用梧侯师元韵。

风趣真难度。描写尽、百端丑态，痴肥瘦弱。谄笑胁肩穷伎俩，且把官场权作。都仿佛、封胡羯末。十样胚胎一样坏，假须眉、博得人人乐。藏肺腑，露头角。　　炎凉世态争酬酢。叹年来、滋味酸甜，频频咀嚼。涂粉登场多热闹，那想下场萧索。悔当日、未曾亲学。抛却庐山真面目，问衣冠、优孟谁云错。我欲向，画中择。

## 贺新凉

辛丑秋日柬徐杨芝仙

寄语钟情者。忆良宵、深闺俊侣，喁喁闲话。小妹十年占乃字，阿姊依然未嫁。空断送、青春去也。粉褪香销罗带减，恨入时、眉样同谁画。京兆笔，珊瑚架。　　钗荆裙布回文帕。爇沉檀、瓣香难奉，性姜味蔗。桃李无言谁解语，好梦几回惊怕。且由恁、伤秋过夏。旧曲求凰弹不得，抱琴心、甘守文君寡。情不尽，泪盈把。

## 台城路

过明故宫旧址

蓬莱宫阙瀛洲岛，桑田变成沧海。燕雀湖干，茱萸坞冷，仿佛荒村沟浍。砖残瓦坏。有几村枯榛，半塍寒菜。平楚苍凉，乱鸦飞趁夕阳晒。
当年阶础尚在。剩龙墀血影，忠魄韬彩。神乐观颓，熏风殿圮，一片槿篱墙矮。忽闻犬吠，在紫禁城边，午门桥外。陵寝都非，蒋山犹未改。

## 疏影

自题红白腊梅画帐额

冰魂雪魄。似美人睡起，春点眉额。索笑檐前，姿态横斜，匀添浅澹红白。冻脂艳粉偏含媚，恰星眼、窥人帘隙。隔一层、蝶幛鸳帏，认取可怜颜色。　　更有妆成宫样，贮阿娇金屋，神来姑射。憔悴癯容，磬口檀心，妒煞蜜官花贼。生香不借东风力，问良夜、千金一刻。喜林家、眷属同来，争伴眠云词客。

## 桂枝香

闰七夕雨中书闷

依然碧汉。又巧乞楼头，鹊飞桥畔。买住秋光一月，聘钱十万。痴牛骙女人间梦，怅无端、两年离散。最关情处，双星天上，一年重见。幸有那、木樨香馆。忆前月今宵，对卧同看。恼煞连朝苦雨，泪珠抛满。黄姑惹得天孙妒，恨红墙咫尺隔断。美人命薄，仙人福厚，才人缘浅。

## 拜星月慢

芳讯迟回，春心漏泄，晴了花间残雪。妒煞婵娟，剩二分明月。蓦然间、听得数声鹤唳，惊醒罗浮梦别。冻蕊飘零，更暗香销歇。　　忆清溪、画舫寻桃叶。啜佳荈、消尽相如渴。思量情绪，无端把那人抛撇。软红尘、客久心如铁。旧红袖、泪冷肠犹热。谩赢得、蜡萼虬枝，教玉人偷折。

## 减字木兰花

题云仙写兰

神来妙腕。阿侬曾侍妆台畔。软绿柔黄。国色才能写国香。　　美人风味。天生佳种超凡卉。画里知音。两地同心证素心。

## 买陂塘

题《醉判听鬼唱曲图》

问钟馗、终南不第，填胸无限愁懑。红须血染新袍带，喜作鬼中通判。冥衙散。缺少个、佳人左右常相伴。无端缱绻，把蓬发青衣，山魈野魅，权当瘦腰看。　　销魂态，不让青楼歌管。酒杯那许斟浅。蝉冠脱却乌靴褪，象笏暂为牙板。偷睛盼。亦一样、琵琶斜抱羞遮面。揶揄宛转，听魗魗娇喉，马头沟调，令我醉肠断。

## 玉楼春

题家竹楼《凤山得佩图》，用贯文元词原韵。

南朝无限伤心处。废殿荒凉羁客语。凤皇山下拾牙牌，一似东风吹堕絮。　　当年携向深宫去。曾共锁窗听暮雨。可怜一阙玉楼春，梦绕西湖桥畔路。

## 桃源忆故人

梅边有女颜如玉。似恁前身眷属。捻得纤腰一束。偎依交柯木。痴心拟贮黄金屋。笑煞鳏生无福。纸帐春光酣足。暂共名花宿。

## 金缕曲

题《鹤梅图》，为程芳墅作。

展卷香盈纸。讶何来、蹁跹瘦鹤，势将飞起。却是寒梅花万朵，古趣槎枒可喜。在相国、娄东王氏。当日南园开绿野，到于今、乔木凋零死。惟此树，仅存耳。　　枝柯偃蹇空庵里。幸遇得、诗人画叟，新安程子。错节蟠根三百载，不朽树犹如此。直仿佛、孤山高士。墨沈淋漓工写照，替麓台、烟客闲摹拟。梅与画，共传矣。

## 下水船

题郭筠孙《十友诗编》

管领林泉友。收尽才华八斗。故里诗人，齐向卷中聚首。倾心久。展读风晨月夕，宜封名花名酒。　　谈天口。各擅雕龙手。温李韩苏韦柳。大历颉颃，嘉隆七子前后。名难朽。岂只海边沽上，姓字争传某某。

## 摸鱼儿

题段文波行看子

倩何人、生绡半幅，写来尘世中散。青鞋白袷寻芳去，天气雨晴风软。春尚浅。问底事、袖中露出玲珑扇。阿谁便面。画香草王孙，海棠院落，定有玉人盼。　　传神处，尽在圆睛一点。个中风采如现。自家本有生花笔，偏要人家烜染。形影伴。似明月前身，重到餐花馆。笑容缱绻。任白面书生，红颜女子，都作画师看。

## 满江红

题邓樵香别驾湘霖《老圃晚香图》

归去田园，几不辨、旧时门巷。且喜得、绿醽初熟，黄华将放。把臂快逢江上客，知心谁识山中相。问秋来、傲骨耐风霜，花依样。　　农圃事，何人讲。琴书乐，何人赏。倩写生妙手，图成行障。跅弛扫除名士习，风流别具神仙况。待重阳、同上凤皇台，登高望。

## 销寒四咏

### 疏帘澹月　耳衣

尖风栗冽。吹肉好双轮，冻痂皴裂。制得暖衣两幅，云棉藏窟。眼前叆叇常相伴，映眉峰、劈开圆月。最难忘是，喁喁私语，怕人偷说。分左右、一绳同缬。甚酒绿灯红，腾腾渐热。懒听哀丝豪竹，几声呜咽。家翁学做痴聋样，任旁人冷语讥聒。最关情处，夜阑枕畔，把他抛撇。

### 沁园春　手炉

磨墨生棱，呵冻挥毫，晴窗砚烘。有熏炉巧制，颇堪暖手，微添活火，细琢青铜。铁箸画灰，瓷瓯焙茗，抵掌摩挲春意浓。流年换，能不因人热，惟有冬烘。　　花纹上面玲珑。用兽炭、轻烧榾柮红。问何人熨帖，偎将袖底，几番亲炙，抱向怀中。冷最惊心，热刚弹指，翻覆炎凉世态同。推炉起，向冰天雪窖，舞剑弯弓。

### 高山流水　火锅

当筵吹彻酒杯凉。剩盘飧、脂凝琼浆。炭火一锅温，偏能炙遍羹汤。风炉式、铜耳银铛。形模巧，仿佛商鬶周鼎，铭篆难详。用和盘托出，火色有余光。　　中央。相煎何太急，仅容得、大度汪洋。借箸漫调和，酸甜滋味都尝。翻笑他、热脑衷肠。消受得，百种嘉肴风味，雉鹿羔羊。把腥膻餍惯，独觉菜根香。

### 八犯玉交枝　汤壶

枕冷如冰，衾寒于铁，恼煞夜深孤馆。洗得铅壶汤满贮，被底偎人最暖。更筹频换。仿佛梦入巫阳，腰支渐觉添香汗。倘到温柔乡里，个人谁恋。　　是谁漏泄春光，相思辗转。抵足同眠最惯。熨帖处、四肢酥软。情脉脉、热中缱绻。春梦婆天生美眷。夜长翻觉时光短。恁睡味瞢腾，老夫聊作风流伴。

## 东风第一枝

题梅小树《梅花香里觅诗痕》册子

冷耸吟肩，酸含醉意，个中风味谁领。年华容易消磨，好梦亦将睡醒。群芳队里，独占取、孤山幽境。最难分、万缕柔情，写入暗香疏影。　且收起、看花游兴。莫辜负、良宵清景。招寻林下神仙，一片月华掩映。欢朋俊侣，问诗社、何时重订。趁好风、跨鹤归一作飞来，认取画中题咏。

## 三姝媚

题孙竹庲《江东词社图》

金陵游遍了。论当今词人，孙郎年少。铁板铜琶，唱大江东去，余音飘缈。雄踞骚坛，联三五、诗朋潦倒。短拍长吟，减字偷声，尽多才调。　酿得枝头春闹。将六代莺花，绘成新稿。燕子飞来，认社前社后，故人未老。二水三山，问谁是、知音怀抱。且向图中留取，鸿泥雪爪。

## 潇湘逢故人慢

送陈梅谷宦游楚南

青溪桥畔，有吟朋俊侣，邂逅初逢。都是可怜虫。叹廉吏儿孙谓孙竹庲、吴次山，落拓相同。愤思投笔，趁少年、顾盼犹雄。莫辜负、韶光冶艳，蹉跎容易秋风。　得多少伤心事，将离情、倩人写向图中。笑薄宦途穷。纵身往湘南，心恋江东。高山流水，觅知音、不在丝桐。好留取、雪泥痕迹，相思付与宾鸿。

## 念奴娇

题李玉生《夜雨醉归图》

何来酒客，趁东风吹雨，斜撑伞盖。云树冥濛灯一点，野犬向人乱吠。才子伤心，英雄失路，写尽穷途态。披图一笑，世情如此休怪。　记得俊侣偕行，良宵欢聚，香国春如海。依遇薄郎真薄幸，邂逅樱桃花外。虎阜烟波，秦淮风月，句起相思债。拈毫难画，旧游今日谁在。

## 声声慢

王竹安斋中得并头兰一枝，翦以相赠，填此奉答。

藿甘园里，春咏楼边，赏秋人坐花阴。赏到幽兰，美人香草同心。初开并头两朵，乍成双、喜气重临。好事近，似共偎凤枕，同梦鸳衾。

绝世聪明俊侣，爱花能解语，持赠知音。连理交柯，绸缪佳况难寻。携来胆瓶斜插，对银釭、把盏低吟。疏影下，尽缠绵、香远意深。

## 买陂塘

题家寅谷《竹里馆图》遗照

望鹅肫、一湖秋水，描成盈幅图卷。猗猗摇曳琅玕影，知是辋川池馆。苍翠满。甚玉树、临风暗把流年换。愁怀自遣。忆荡口停舟，清潭捉麈，问讯竹林伴谓紫屏。　　丹青事，倩得写生妙腕。传神惟有中散。长吟抱膝须眉活，认取吾家南阮。魂不返。抛却了、幽篁明月无人管。缘悭半面。倘竹里寻君，相逢蝶梦，胜似画中见。

## 望湘人

送伍幼常小仲之衡州

趁熏风鼓枻，吹到秣陵，满城江水澎湃。把袂重逢，忽经两载。尚识狂奴情态。赌酒弹棋，煮芹烧鸭，捣姜持蟹。看雁行、飞去飞来，别绪依依无奈。　　羡耳良朋友爱。正鲤鱼风紧，片帆飞快。认彭蠡湖边，又是岳阳楼外。荆高旧侣，顿增丰采。同走燕都车盖。问海酒肆、宣武城南，春色长安人海。

## 金缕曲

题王子梅尊翁海门先生《抚松图》遗照，次先生自题原韵。

诗债穷难了。莽天涯、芒鞋踏遍，不逢郊岛。梁苑无端遇枚叔，自叹相如渐老。感风木、同悲寸草。展读抚松图两册，鲁灵光、神采毫端绕。龙一现，露鳞爪。　　森森千丈东山道。问苍髯、蟠根错节，几经霜饱。劲质贞心犹未死，桃李那堪投报。绝不受、宦情相嬲。尘世知音今有几，抚瑶琴、双瓅舒襟抱。和一曲，松风操。

## 忆旧游

秋寺

现钟楼一角，闪闪浮图，挂住斜阳。待拨闲云问，道枫林转处，便是红墙。倚筇入门一笑，初地最清凉。有翠竹真如，黄花般若，容我参详。

虚堂。倩僧引，见碧黯琉璃，常对空王。镇日无人到，但成群仙鼠，旋掠回廊。剔罢断碑苔晕，残月上经幢。约八桂开齐，携金粟纸重拓将。

## 琐窗寒

秋烟

着雨成丝，挽云作絮，恁般摇漾。疏林半约，禁得晚风低飏。袅春魂、轻萦绿芜，几痕又把秋光酿。恰水亭人卧，波纹如簟，乍垂罗帐。　凝望。层楼上。看密罩红栏，淡笼青嶂。缠绵不断，写出旧愁新样。太空濛、倩谁划开，一绳雁递远音响。似横江、曳橹飞来，翦破吴淞涨。

## 声声慢

秋砧

携将玉杵，拭罢罗襟，更深欲歇还敲。惓念清寒，何人为寄征袍。层层细心熨贴，更飞来、空外音遥。天似水，正红闺力尽，白帝城高。
望断归期没准，伴银蟾瘦影，孤负良宵。素手才停，揾残泪雨条条。霜华又催远韵，倩西风吹度临洮。君寝未，料听时、魂也暗销。

## 玉漏迟

秋柝

柳梢凉月上，铜壶漏转，下帘人悄。卷入凄风，阁阁钝蛙声峭。侧耳丁冬几度，盼不到、梦回天晓。边信杳。料冲朔气，铁衣寒早。　　年来饱味风尘，帐乍卸吟鞍，又催远道。数遍更筹，历乱秋心如捣。铎语郎当笑我，和警夜、疲兵同调。颜易老。何时一关长抱。

## 疏影

秋灯

萧斋向暮。看玉釭乍上，花晕微吐。露气沉沉，亲下帘栊，青虫乱扑无数。荷盘剔罢脂还凝，莫更问、此中情绪。映鬓丝、顾影堪怜，历尽十年风雨。　　曾记儿时况味，有慈母画荻，宵断机杼。勉课书帷，声伴寒檠，小缶清油频注。光明不异当年焰，但怅望、白云何处。照泪痕、一点心孤，耿耿夜阑谁语。

## 绮罗香

秋衾

簟卷寒筠，绵装软玉，客馆凉宵如水。拥到天明，消受苦吟清味。学心画、着指曾穿，改腹稿、裹头重起。更怜他、酣睡娇儿，踏来颠倒裂残里。　　池塘春梦久醒，回忆彭城旧约，时光曾几。秋雨秋风，只剩一条姜被。搴柿蒂、麝冷慵熏，卧芦花、雁孤谁倚。羡人家、夜暖香篝，满床荆影紫。

## 翠楼吟

秋蝉

抱叶黄黏，栖枝翠老，柔飔荡漾如许。身轻双翅笋，怎不向青霄冲举。金貂无据。且学坐枯禅，袚除幽绪。疏音度。五更天气，暗销余暑。　　碧树。生意婆娑，似一江潮涌，乱喧炎午。倏迎秋信早，又嘶断琴丝凉雨。斜阳怜汝。任绿鬓凋残，向谁倾吐。酣清露。羽衣重化，御风仙去。

## 月华清

秋蛩

苔缝低吟，莎根凉语，逗成多少凄惋。问尔何心，竟负者般幽怨。咽绪风、篱菊初开，啼晓露、海棠微泫。孤馆。伴兰釭一穗，夜深慵翦。　　絮絮情怀难遣。正月映金梭，邻机宛转。芳草王孙，莫惜岁华将晚。贮宣窑、缥碧盆轻，饱蜀郡、栗黄仁软。凝盼。趁天香开后，夺标酣战。

## 贺新郎

题略志萍踪

展卷宜风雅。莽天涯、萍踪飘泊，墨光潇洒。曾向医闾山上望，又向海滨策马。喜年少、工诗善画。慨叹辽东烽火急，尽壮怀、豪兴闲描写。纸应贵，洛阳价。　　记余绮岁游华夏。遍吴楚、齐梁燕晋，为人作嫁。鸿爪雪泥随处印，角逐骚坛词社。经多少、花晨月夜。湖海交游成作梦，到边陲、冷署知音寡。今幸得，逢君话。

## 双调行香子

昭代衣冠，不便长髯。结冠缨双手齐掀。喉间纽扣，五指纠缠。衔杯慢捻，对镜轻拈。有六分白，三分黑，剩得一分蓝。　　唤余胡子，民贼同然辽东马贼俗称胡子，今之所谓良臣，将毋同。启朱唇红粉尤嫌。本来面目，俯仰何惭。学坡翁颊上毫添。改乌纱帽，素圆领，才得壮观瞻。

## 西江月

快雪时晴天气。冷斋暖意初回。熏炉香烬漏声催。尚觉余寒未退。　　名酒愿教微醉。好花开到红梅。挑灯只有影相陪。底事夜深不睡。

## 水龙吟

谢张斗南赠水仙

何来秀骨姗姗，凌波顾影菱花照。洛神玉珮，湘君罗袜，恁般窈窕。翠袖临风，缟衣步月，冷香清妙。恰有人持赠，□□[①]知音，弹一曲、瑶琴操。　　差喜春光未老。伴萧斋、梅花同调。冰肌素靥，檀心磬口，似含微笑。雅蒜呼名，山矾是弟，怜他娇小。问前身、姑射仙人，仿佛阿依玉貌。以上《清词珍本丛刊》影印《黛香馆词钞》

# 边浴礼（184首）

边浴礼，生卒年不详，约清文宗咸丰八年（1858）前后在世。字夔友，一字袖石，直隶任丘人。道光二十四年（1844）进士。官至河南布政使。博闻宏览，于书无所不读。嗜诗，年方弱冠，所作诗已数千首。与沈涛、马寿龄、杨淞、陶梁等友善，常相唱和。浴礼之诗，激昂排奡，不主故常，七古尤光气逼人，时以畿南才子目之。所著《袖石诗钞》《东郡趋庭集》《健修堂诗录》《空青馆词》等，并传于世。

① 依《词谱》，此处似脱漏两字。

# 木兰花慢

燕京八景词

## 琼岛春阴

上林韶景丽，仙籞晓，聚彤云。绕瑶笋千株，锦苔润浥，螺黛浓皴。嶙峋。数峰孕秀，尽笼烟、织暝画难真。合殿罘罳远映，瓦鸳青混鱼鳞。

寻春。绣陌无尘。缘壁沼，过雕轮。望岚翠空濛，花光蘸水，柳影随人。经旬雨晴未定，想峭寒、吹满凤城闉。只有海棠几树，护将红雪缤纷。

## 居庸叠翠

望苍然叠巘，朝绛阙，竦千层。任北翥西连，严关锁钥，直拱神京。新晴。碧尖削出，似岳莲、翠菂势孤撑。秀映银泉列笏，奥分铁壁开屏。

云扃。策杖攀登。沙塞紫，海门青。尽引睇凭虚，蜚狐倒马，无此崚嶒。承平渐忘险阻，抱雄心、谁是弃繻生。安得孟阳健笔，摩崖试勒新铭。

## 卢沟晓月

浑河东逝急，鳌背竦，驾飞梁。正画角吹残，珠杓半隐，晓色苍苍。微茫。碧空似水，挂当头、斜月一梳凉。琼晕澹摇岸影，晶辉皎射波光。

严装。倦旅携将。归梦短，客途长。渡渺渺虹腰，泥痕映雪，板迹迷霜。郎当驮铃韵远，祗素娥、无语笑人忙。茅店鸡声歇了，远林红上朝阳。

## 太液秋风

渺晴漪万顷，空与水，共澄鲜。乍一夜商声，井梧叶堕，秋信遥传。蜿蜒。石鲸横卧，满波心、鳞甲动苍烟。喷雪凉招雁浴，镕银静拥鸥眠。

洄沿。锦缆低牵。疏雨夕，晚霞天。挹爽籁泠泠，丝飘翠荇，粉坠红莲。年年水嬉肄过，看中流、箫鼓泛楼船。咫尺影娥近接，桂轮清斗婵娟。

## 金台夕照

荒陂经督亢，关树冷，塞云孤。问百尺高台，昭王去后，骏骨存无。空余。半规落照，映苍烟、乔木两三株。驿堠丹青黯淡，寺楼金碧模糊。

踟蹰。吊古停车。寻往迹，总萧疏。只一线桑干，崩涛溅雪，淘尽雄图。城隅角声送暝，渐黄昏、林际欲栖乌。隐隐。断霞鱼尾，暮沙蕃马平芜。

### 蓟门烟树

望黄沙泱漭，环雉堞，暮烟浮。正霞染丹枫，霜雕锦槲，林篦清幽。谁留。蓟门故址，被苔花、埋没几经秋。莫问慕容铜马，茸茸绿草平畴。

金沟。积水交流。波色冷，叶声稠。剩野店青帘，僧蓝白塔，招客闲游。凝眸。碧云暮合，送断鸿、天末去悠悠。只有洗妆艳迹，春风依旧高楼。

### 西山积雪

恰天花散罢，裘袂冷，朔风严，指丹凤城西，危岑叠嶂，齐擢瑶尖，巉巉。玉龙蜕骨，讶碧空、高倚剑锋铦。匼匝银封石齿，鬑鬖粉缀松髯。

珠龛。脊隐苍岩。飞瀑冻，水晶帘。想涧曲梅开，峰坳藓滑，策蹇愁探，巡檐。几番拄笏，耸山肩、粟起暮寒添。待扫琼英试茗，竹炉云液回甘。

### 玉泉趵突

澄湖潴裂帛，灵液满，注岩椒。傍石窦奔潈，烟霏雾结，雪喷云歊。周遭。练痕曳白，是骊龙、争把颔珠抛。听去闻根顿静，琅琅琴筑笙璈。

凉飙。吹度林梢。斟茗碗，漱诗瓢。伴翠涧松声，幽溪竹籁，一味清寥。滔滔。出山何事，算东华、尘土洗难消。且续沧浪妙咏，濯缨小憩僧寮。

## 高阳台

柳发霜髡。苔衣雨坼，夕阳红上孤城。风剪云罗，昨宵偷放新晴。秋光不管人肠断，断肠人，翻爱秋清。小银塘、凋了残荷，荒了枯萍。

僧楼半角苍烟织，记香迷稚蝶，絮搅雏莺。一夜凉飔，阴阴换作虫声。临流悄向沙鸥说，算萧骚、谁更如卿。怅归途，枫叶芦花，无限飘零。

## 八声甘州

背银灯、敲折玉搔头，旧曲记都讹。望娟娟一水，芙蓉老尽，秋满关河。几度夜深寻梦，凉意透衾窝。起写相思句，帕展轻罗。　欲把闲情抹去，奈金壶墨渖，不敌愁多。尽判花问柳，岁月总消磨。凭寄语、青楼俊侣，向何人、席上注横波。应否念、樊川小杜，丝鬓婆娑。

## 洞仙歌

秋晓

晓天一碧，映鸥沙无际。卷地西风响丛苇。正林枫叶冷，篱豆花疏，柴门外、乱糁丹黄紫翠。　　雁奴三五辈，结队冲烟，渺渺衔芦渡秋水。船尾老渔翁，半掩蓑针，还偎着鹭鸶同睡。渐隔渚、僧楼澹红墙，有鸦点零星，木鱼惊起。

## 满庭芳

咏长平箭头

蛟脊磨穿，狼牙敲折，焦铜径寸离奇。土花红绣，腥血冷凄凄。想见铦锋贯札，沙场上、巧诧由基。秋宵黑，摩挲旧物，忽忆锐头儿。　　当时秦赵垒，金戈雨骤，铁马风驰。笑杜邮伏剑，鸟啄残尸。欲吊长平坑卒，兴亡恨、此日谁知，休抛却、千年战鬼，重见惹悲啼。

## 西江月

闻歌

霜掣一绳白雁，烟埋十里丹枫。歌喉隔巷袅秋空，拂拂梁尘飞动。　往日诗颠酒恼，而今竹懒丝慵。檀槽脆度菊花风。宽尽沈郎带孔。

## 徵招

接友人札追感旧游有作

吴霜糁透樊川鬓，维扬旧游如昨。携手向旗亭，恋荑纤一握。音书传别后，恼春梦、无端惊觉。扇底香消，筝边歌断，镜中花落。　　梁燕纵多情，衔泥到、难认那人帘幕。尽力铸相思，聚黄金成错。朱楼高百尺，问谁觅、葳蕤仙钥。更雕笼鹦鹉，声声把、渠侬调谑。

## 唐多令

银钥响红闺。文犀镇翠帷。猛回头、前事都非。记得玉人憔悴甚，扶病起，送郎归。　　柳带绿垂垂。燕雏相对飞。倚阑干，愁窨双眉。薄命桃花春不管，禁几度，晓风吹。

## 一剪梅

小小兰房夜不扃。灯下调笙，膝上挨筝。歌喉一串玉珑玲。徐度银屏。冷迸秋星。　一别青楼万恨生。乌帽飘零。红粉玲娉。旧游回首欠分明。春去无情，花落无声。

## 洞仙歌

芭蕉

东风着力，拓仙家宝扇。五尺生绡妙裁剪，爱清阴密锁，黛色浓抽，红窗小、卍字纱棂遮暗。　含情谁似尔，露压烟啼，岁岁芳心背人卷。无计避秋宵，凉雨声声，敲遍了小亭空馆。尽署得、南洲美人名，也翠袖天寒，泪花凝茜。

## 霜叶飞

九秋词。和沈匏庐太守韵。秋林。

明霞半绕疏林隙，空山都是斜照。绿杉苍槲一株株，早被西风扫。渐几叶、江枫醉了。娇红不比春花少。甚秋色年年，算只有、长安渭水，摇落偏早。　好去陇首亭皋，揝筇背锦。携朋同事幽讨。寒鸦对语诉飘零，愁满秦川道。任行行①、凭高凝眺。暮烟凉浸参军帽。怕从今、减清阴，不庇哀蝉，夜深吟悄。

## 忆旧游

秋寺

记潭空噀雨，堂古留云，曾咒龙归。梵宇西风急，看雕甍绀瓦，都带清晖。诸天妙香吹散，寒翠径松迷。对塔影亭亭，暮烟如水，凉透僧衣。

人稀。曳芒屦，踏半廊残叶，消尽尘机。一杵疏钟响，恁发依深省，偏在招提。零落瞿昙真相，苔色绣珠眉。剩虫语空阶，青荧灯火独掩扉。

---

① “行行”，原本作“彳亍”。

## 琐窗寒

秋烟

絮雨分晴，罗云迷爽，碧空微黯。一痕飘动，知是那家楼馆。正衰阳、丝丝弄秋，暮愁迈满霜芜苑。更江枫霞抹，洲芦雪积，溟濛遮遍。　　横断疏林半。恁墟里依依，不分真面。偶然掠破，识是社前归燕。晕斜阳、长亭短亭，模糊水墨鸦阵远。望天涯、暝色消凝，惹起征人怨。

## 声声慢

秋砧

苔深画槛，叶坠瑶阶，碧空皓月刚圆。入耳悲凉，谁家玉杵惊寒。凄音乍沉还急，正霜飞、云母帘前。凭捣就、流黄成匹，锦字回环。　　知否塞垣迢递，仗余酸空外，为报平安。欲寄征袍，龙沙戍客谁怜。西风半城愁听，恍经过、婺女祠边。声更远，料琼闺生怕夜眠。

## 玉漏迟

秋柝

高城凉月满，楼笳罢奏，寺钟停转。击敲何人，繁响十分悲婉。秋冷铜街似水，认隔巷一灯红远。风刮颤。唤醒倦客，惊嗥寒犬。　　可是警夜森严，有虎旅传来，柳营桃馆。曙色关门，何限旅愁乡怨。莫误郎当征铎，总一样、长途听惯。归梦短，虾蟆六更敲断。

## 疏影

秋灯

秋阴织暝。罨画屏六扇，暮色清冷。薄炷冰荷，纤手移来，红栀闪映生晕。忍凉坐待金虫结，怕帘隙、峭风吹恁。怨天涯、归信难凭，夜夜守残孤影。　　小胆空房易怯，竟床拥翠被，尚留余烬。锦帐幽欢，罗箔星期，梦里几回追省。兰膏流剩相思泪，便挑也、何曾挑尽。渐粉蛾、飞散无踪，空拔玉钗相等。

## 绮罗香

秋衾

华羽绫纤，神丝锦腻，幅幅制先秋节。捣麝浓熏，剩喜旧香难灭。记陈宫、宝鸭温余，有蜀沼，文鸳眠歇。几多时、风雨凄清，象床独拥到今夕。　　新寒料峭依恋，忆否合欢芳会，绣池层叠。翠馆参横，盼断宵征人迹。尽玉楼、冻合频偎，任红浪、翻来慵揭。倚蚊帱、梦醒巫峰，坠欢谁共说。

## 翠楼吟

秋蝉

翠柳霞明，青芜雨过，夕阳黯淡收尽。一丝疏欲断，早勾起、离亭新恨，商飙潜引，想绡翼嘶残，琼缕啼损。林逾静。暗中催动，汉宫秋信。　　孤影。自顾翛然，念居高声远，赏音谁认。露华能几许，恁抱得、枯枝偏紧。泠泠清韵。倩玉轸冰弦，谱成幽迥。霜飞冷。仙虫社散，渐雕尘鬓。

## 月华清

秋虫

露冷琼疏，烟迷钿砌，秋声直恁凄苦。乍咽还啼，似把旧愁频诉。警节序。才谱豳诗，助叹息、如传鸥赋。幽绪。甚袅来、多在绮楼朱户。　　翠幌疏灯摇暮。想哀怨难禁，夜深风雨。半榻新凉，惆怅梦初回处。尽伤心、候馆离宫，记倾耳、豆棚瓜圃。凝伫。忆深闺人起，暗寻机杼。

## 一萼红

落梅

惹魂消。一声声翠羽，啼过段家桥。篱角春浓，楼心日暖，何来晴雪飘飘。想心恋、孤山逋客，曳缟袂、追入碧天遥。湘蒂零星，难填恨髓，已种愁苗。　　长忆苔柯竹外，逞半酣粉靥，特恁丰标。笛怨华年，波沉瘦影，仙云飞去难招。算只剩、玉鳞香径，黄昏月、冷浸碎琼瑶。谁更拾他娇姹，皴上冰绡。

## 南乡子

才见又分离。小立风前泪溅衣。记得去年曾握手，谁知。重唱阳关一曲词。　　强笑捧金卮。别后音书到恐迟。千里夕阳千里月，相思。多在灯昏被冷时。

## 金缕曲

更欲投何处。谢东风、飘然吹送，天涯愁旅。京国缁尘空染袂，重袅吟鞭南去。把荡子、头衔新署。酒冷香消旗亭夜，掏檀槽、谁唱黄河句。弦未绝，泪如雨。　　梨花寒食中原路。记琼闺、纤腰偎并，手提金缕。杨柳楼台青羃历，斜日远山无数。浑不似、那人眉妩。春入琴心声声慢，只钗盟镜约成孤负。空目断，茂陵女。

## 风蝶令

黯黯云如墨，垂垂雨似绳。残春天气思瞢腾。那更薄罗衾展、半床冰。　　梦断高楼笛，寒欺小阁灯。鱼缄香护鹤文绫。早为萧郎传恨、到东京。

## 国香慢

春兰

密叶低丛。袅翠罗裙带，娇嫮轻松。江空楚魂初返，浅笑东风。移傍杏纱橱侧，琐窗小、暗麝潜通。芳心裁一寸，何事人前，加倍蔫红。
故乡春正好，记瑶茎露孕，缥蒂酥融。盈盈啼眼，良夜端正窥侬。老去逢仙张硕，相思苦、归梦惺忪。都梁渺何许，弦罢离骚，早理烟篷。

## 尾犯

春笋

烟村篱背。努玳尖几束，轻雷扶起。芳根不用衔蝉引，渐邻墙添翠。芒鞋蹴折，孕晓露、清如水。忆家山、十亩芳塍，料春韭同味。　　雅称厨娘纤指。香苞重叠剥碎。爱箬衣削玉，松不粘唇，滑难胜齿。燕子年光，樱桃街巷，梦魂都脆。拉园丁、痴咒喃喃，暖风休展凤尾。

## 鹊踏枝

访故明周邸宫址

岸草汀蘋风簸荡。柳发千丝，黄入谁家巷。古础方花平似掌。落红如雨深深葬。　　凝碧池空停画舫。春水生时，燕子频来往。宝瑟银筝都绝响。宪王乐府无人唱。

## 高阳台

桂魄笼烟，蒲牢警夜，市楼夜火星星。倦拥香衾，薄寒侵透吴绫。故乡有梦休轻作，算今宵、犹是初程。镇无憀，曲压檀槽，酒点银瓶。
年年春色催离别，怅莺边惹恨，雁底伤情。怕折垂杨，旧愁都在长亭。清明遮莫来朝是，遍天涯、芳草青青。更堪他、飞絮飞花，随路飘零。

## 玲珑四犯

竹帘

庭院深深，讶一剪凉波，当户扶起。织恨穿愁，巧样天然丁字。楚梦远隔黄陵，恁湘女、泪痕犹渍。倚雕栊、欲卷还慵，香在博山炉里。
碧阑干影空于水。袅虾须、月尖风碎。玳钉银押都依旧，只觉心情不是。甚日重看梳头，钩遍真珠十二。听曲琼摇漾，声陡触，鸾钗坠。

## 琐窗寒

纱窗

冰璺镌红，网丝界碧。纹纱新补。筛烟罩月，隔断纤尘来路。背朱棂、嫩凉袭衣，柔飔减尽些儿暑。爱廊腰花放，看时微晕，一层香雾。　　深护消魂处。记敛息偷窥，凭肩私语。惊乌啼彻，曙色催人归去。剩金荷、无焰剔残，暗虫乱打浑似雨。想琼闺、妆罢沉吟，同此相思苦。

## 绮罗香

罗帐

蕙叶销金，莲华蹙绣，斗帐偏宜长夏。八尺宫罗贴壁，冷光新砑。延月白、雾縠空摇，映灯红、水纹低泻。控流苏、烟缕垂垂，文犀衔角玉钩挂。　　桃笙斜展睡觉，最爱枕函茉莉，暗香霏麝。分付柔飔，不许吹开微罅。怅久隔、幽梦行云，盼重诉、合欢情话。记当日、暖撒芙蓉，男钱相对洒。

## 玉漏迟

藤枕

斑珠须寸剪。方花织就，锦纹深浅。当暑横陈，温玉臂支初换。永昼北窗卧处，有纱帽、隐囊相伴。凉思满。洁偎绡幕，滑倚冰簟。　　旧日妆阁同欹，忆虎魄光凝，郁金油染，娇困瞢腾，低坠翠鬟一半。别后红蕤空设，有谁拭雪肌香汗。推又恋。清宵梦回人远。

## 月华清

萤灯

屏角风柔，廊腰露湿，一星流过芳径。薄剪蝉纱，小立桐阴潜等。觑琐碎、纨扇兜回，惊闪烁、玉纤笼定。无影。喜冰纹六幅，罩来幽靓。　　好是香闺夜永。挂茉莉梢头，折枝扶衬。碧焰玲珑，误却粉蛾飞近。窥浅梦、烛暗银床，添凉思、月沉金井。微烬。待来宵携照，柳昏花暝。

## 齐天乐

莲蓬

晓凉雨过红衣卸，涟漪绿云低护。须褪宫黄，笠翻罗翠，捧出芳苞无数。波心拗取，爱鸭嘴船轻，载来吴女。入手欹斜，覆盂浓泻早秋露。　　蕢洲记曾蘸影，照微弯象鼻，珠颗悬乳。多子牵情，空房惹恨，欲擘又还凝伫。芳心最苦。恁竟体柔丝，袅成千缕。尚忆风亭，碧筒消嫩暑。

## 长亭怨慢

秋荷

渐狼藉、银塘风露。翠盖欹斜，卧波无数。泽国寒轻，故衣零落，倩谁补。晓烟低护。遮不了、双栖鹭。只目断残阳，正三十六陂秋暮。　　前度。记芳醪满劝，折取碧筒消暑。闹红人散，怅愁满、苇汀菱溆。最无奈、酒醒乌篷，尽听遍、半湖凉雨。剩香饭新炊，包着雕胡归去。

## 八声甘州

清晖书院面城枕河，荷塘十余亩，红香冶丽，擅一郡之胜。顷因岁旱塘涸。亭台未改，游屐渐稀。余以戊戌九秋，挈桐乡劳介甫、南乐段筠坡同来访之。天空沙阔，四顾萧然，黄芦有声，髡柳余碧。因填此调，以酬寂寞并志游踪。

渺空苍、望极悄无人，高楼与云平，正烟霾敛尽，残阳倒射，绀瓦朱甍。曲径霜芜晕绿，湿叶糁渔汀。便有江湖思，画舫低横。　　一自凌波珮解，怅重寻胜引，难赋红情。任泉枯石瘦，台榭锁幽清。剩愁人、衰杨几树，袅长堤、吹老旧秋声。西风紧，一绳凉雁，瞥过荒城。

## 齐天乐

碧云界破残阳影，敲春数听疏雨。塘涩冰澌，堤回草梦，人在画楼凝伫。垂杨自舞。望千里蘅皋，旧愁来处。宝帚尘封，倚阑空索彩桃句。

年华顿成过羽。甚东风薄幸，离恨吹聚。麝帕香盟，鸾钗密约，禁得几番孤负。星邮路阻。盼不到天涯，洞箫庭户。绿涨烟深，断魂双燕语。

## 疏影

水仙花

湘皋春晓。讶宓妃出浴，步下瑶岛。袜窄凌波，靥浅含烟，霓裳舞罢犹袅。铅霜密护宫罗蕊，总不惹、蝶嗔蜂恼。占汀洲、雪冱沙昏，依约采珠人到。　　环珮空归夜月，飞琼照瘦影，幽恨同抱。欲唤冰魂，江路清寒，蹙损亭亭风貌。朱弦十五声危咽，忍重谱、怨琴凄调。剩翠裙、几褶娉婷，目断水空天渺。

## 玉漏迟

短亭攀稚柳。宫腰一捻，碧丝千绺。香絮茸茸，都是相思搓就。忍忆莺边诉别，几折赠、荑苗纤手。分携久。薄寒天气，中春时候。　　底事飘泊江潭，对此树依依，系情偏又。腮泪凝珠，滴满翠尊琼酎。天远秦楼甚处，料静夜、难干蛾袖。催人瘦。归鸦数声低咒。

## 声声慢

桐乡劳介甫暨淑配沈芷香女史，俱工为词。余来洺州，出所撰桐阴词相示，红闺雅制，亦得时窥一二，大都丁当清逸，一扫闺襜冶习。介甫词引商刻羽，尤有碧山玉田之风，雨窗独坐，循讽不已。为题此词。介甫常侨居扬州，故词中及之。

鸾绡写韵，象管围香，秦台携手飞琼。一寸琴心，都付银字双声。江南俊游天远，帐竹西、歌吹谁听。留滞处，只微云句好，画遍旗亭。
难得春灯同剪，任筹花斗酒，慰我飘零。清致翛然，蕢洲笛谱翻成。珊瑚几回击碎，怕龙吟、唤起豪情。订后约，坐桐阴、同话旧盟。

## 浪淘沙

题沈岩庄《寸草春晖图》

芳草色芊绵。绿晕湘烟。春晖晻薆北堂前。写到红心裁一寸，清泪如铅。　　往事倍凄然。霜萎庭萱。蓼莪诗废十多年。任尔卷葹都拔尽，此恨难湔。

## 高阳台

帖屋星黄，窥窗月缟，画廊十二愔愔。阖了铜龙云谯，虬点初沉。柔飔一剪凉于水，比秋光、先到园林。洗桐梢、重露无声，滴上罗襟。
阑干刻遍相思字，怅碧珰缄札，屡误佳音。冷雨疏槐，空伤节序侵寻。哀蝉啼到三更住，怕撩人、清怨难禁。梦红闺、香减银奁，尘网瑶琴。

## 清平乐

征鸿过去。抛下愁无数。静夜水沉香一缕。听尽乱蛩疏雨。　　旧家庭院红楼。画帘不卷深秋。如此凄凉天气，可曾笼上琼篝。

## 月华清

歌郎蕊仙，醒香主人侍史也，昙华猛谢，倩影空留，主人绘《清宵忆月图》，用志悲悼。石头居士读而伤之，为缀此词。

雪魄难圆，冰魂易缺，名花凋尽风雨。碧海青天，此恨怎生分付。

堕尘劫、些少年华，翻艳曲、几多愁谱。归去。怅彩云飞散，总无寻处。　　小像樱桃一树。伈熏彻沉檀，不关凄楚。憔悴潘郎，吟断鬓丝几缕。鸳牒在、泪凝红冰，麝骨冷、冢平黄土。题句。只坠欢如梦，那堪重诉。

## 望江南

忆津门旧游十五首

津门忆，最忆是河豚。玉碗光寒凝乳汁，瑶肪味腻沁牙龈。苦苣嚼同心。

津门忆，芍药最关情。金缕囊簪香枣鬓，玉盘盂插古铜瓶。首夏卖花声。

津门忆，纤手摘樱桃。黄篾篮儿红豆滚，赤瑛盘子蜡珠抛。唇样十分娇。

津门忆，消夏舀梅汤。桂蕊香浮蕉叶盏，冰丝冷泡蔗梢糖。铜盏响丁当。

津门忆，香玉掬缤纷。穿个绣球圆似月，挂来纱帐烂如银。夜拥薛灵芸。

津门忆，茉莉绽芳苞。不耐檀郎熏绿茗，潜呼小玉裹红绡。暗麝满裙腰。

津门忆，新到橘千头。剜壳点灯红夺锦，带瓤压饼簇成球。剖出洞庭秋。

津门忆，饱吃内黄侯。蜀国风情姜细糁，菊花天气酒新笃。那管有监州。

津门忆，鳞族鲙银丝。网罩水晶人样子，筐倾笔玉温尖儿。白小味输伊。

津门忆，仙卉傲残冬。旧谱有名呼雅蒜，孤芳无子类慈葱。波溅玉玲珑。

津门忆，忆煞水西庄。楼影动摇新绿水，柳丝斜搭淡红墙。僧语杂兴亡。

津门忆，小巷枕官河。漆砑板扉青悄悄，烟皴瓦屋翠罗罗。门内丽人多。

津门忆，二月斗风筝。斑竹擘分蝴蝶翅，彩绳高曳凤凰翎。彻夜响枨枨。

津门忆，记在带河门。是处画船萦锦缆，谁家飞轿逐黄尘。海气一天浑。

津门忆，风景似扬州。老去樊川春梦破，鬓丝零落不禁秋。辜负少年游。

## 贺新凉

题陈侍御庆覃悼亡册

画省弹蕉手。有蛾眉、朝衣捧着，代听清漏。生小芙蓉江上住，盛鬋丰容娟秀。称才子、金闺嘉耦。底事昙华才一现，甚罡风、吹损灵和柳。华严劫，刹那骤。　　粉郎一恸成消瘦。玉鸦叉、展来遗挂，碧纱窗牖。留下断肠花几幅，露叶风枝僝僽。都化作、相思红豆。成佛生天无是处，盼韦箫、胶合来生又。泪谩滴，豸袍透。

## 齐天乐

题戚小蓉《咬菜根图》

芳畦几棱秋容淡，嘉蔬绿萦篱背。小摘含香，微烹带汁，紫甲红丁相配。轻松叩齿。便不数江湖，藕鲜菱脆。盐豉休加，味含风露自然美。
知君托意高洁，笑人间肉食，一例堪鄙。鲑瓮封余，鲈乡梦远，添奉北堂甘旨。柴扉稳闭。话老圃心情，英雄身世。小立携锄，豆棚斜照里。

## 疏影

画芙蓉

蔫红一剪，向楚江深处，描出清怨。弱不禁愁，娇欲含颦，西风压帧吹晚。凉波浸影浑无语，晕半颊、脂痕浓淡。算汀洲、无数秋芳，不似此花幽艳。　　长忆搴来术末，含凄吊正则，骚赋吟遍。霞外银塘，梦里仙城，香雾冥冥人远。年华遮莫迟暮，尚拒得青霜无限。剩文鸳、宛颈相偎，映上画屏双扇。

## 沁园春

答陆费芝卿

路指樊兴，城郭依然，重访旧游。笑半肩行李，尘欺短剑，一天风雪，冷逼重衾。阮籍途穷，张仪舌敝，刺字消磨何处投。旗亭句，尽双鬟低唱，难拨羁愁。　　云间小陆风流。肯卧我、元龙百尺楼。喜灯前击钵，笺分蜀郡，花间洗斝，酒进凉州。仆病疏狂，君怀磊落，语不惊人死不休。生平事，试交寻爰灌，儿命融修。

## 芳草

剪难分、娇烟凝翠，望中尽是离愁。暖风南浦外，香芜绵邈，绿过汀洲。寻春更远，但粘天、芳意悠悠。试缓步，裙腰六幅，熨帖温柔。
耽游，雕鞍锦埒，王孙老、未说归休。西园蝴蝶乱，玉人携手地，弓印应留。韶华容易改，怅红心知为谁抽。暗怅惘，柳绵渐少，莫去登楼。

## 壶中天

烟深波渺，怅海天断梦，飞向何处。起拓乌篷，然绛蜡一穗，浓吹香雾。过雁惊寒，归渔唱暝，不抵清吟苦。鸾绡研损，悲春自掏新谱。　已是听水听风，凄凉百种，更潇潇夜雨。飘泊江湖，赁草草换得、鬓丝如许。燕子帘栊，柳绵池馆，俊约成孤负。回肠九折，暗潮呜咽东去。

## 齐天乐

春流碧玉微茫里，扁舟系来疏柳。绡帕围香，罗襟揾翠，记得临歧携手。离肠暗逗。分万斛相思，各天消受。犀押帘空，靓妆还似别时否。　丁沽弭棹重问，红芳歌吹远，乐事难又。巷冷铜驼，筝闲金雁，何限伤今感旧。年华水溜。只老去刘郎，不禁僝僽。试问欢场，梦中谁最久。

## 木兰花慢

天涯芳序早，才上巳，又清明。正薄暖余寒，池台黛浅，楼观烟轻，牵情柳丝万轴。织宫黄、娇靓护啼莺。翠榼连村贳酒，玉箫隔巷吹饧。　消凝。十里旗亭。鸣弱橹，趁归程。念油壁车闲，秋千索散，冷落香盟。杯行莫辞到手，只清愁、祓了又还生。倦倚东风小立，醉魂怯听瑶筝。

## 西子妆慢

花韵霏好，茶烟搁翠，寂历绿阴庭宇。枝头小鸟带酸啼，问浓春、为谁归去。东风断后，顿抛下、天涯愁绪。更撩人、是邻墙杨柳，乱吹晴絮。　缄新恨，凤纸裁香，题遍消魂语。锦袍乌帽事英游，甚年华、易成迟暮。留莺绾燕，总难忘、旧盟鸥鹭。待何时、罗帐灯昏听雨。

## 双双燕

用史梅溪韵

杏梢粉坠，糁一味春愁，画泥香冷，乌衣舞旧，怯伴晓莺飞并。自别风帘露井，便栖也、何曾栖定。几回觅遍巢痕，尘锁茜纱窗影。　花径。苔纹绿润。忍忘了卢家，玉容娇俊。海天寥阻，微雨织成新暝。何处雕梁睡稳。好盼到、社前归信。省他十二朱楼，镇日淡妆人凭。

## 庆清朝慢

友人斋中见白芍药花，清丽可念，惜其行将落也，有触于怀，爰缀此词。

琼蕾无尘，仙葩有韵，生来秀骨玲珑。绡衣表洁，一枝独占珍丛，可惜素心难托，嗟迟暮、殿却春风。真孤负，蛾眉色澹，獭髓香浓。　　倘使移栽画省，怕翻阶靓影，妒煞蔫红。芳时过了，凝酥扫地全空。狼藉玉盘新样，再无清赏似坡翁。银屏角，年年开谢，知为谁容。

## 齐天乐

题杨伯夔刺史所集蚕纸词

词坛韵事消磨久，老成半凋风雨。阁冷茶烟，楼空琴画，谁掏蕒洲遗谱。良工心苦，把碎锦零纨，拾来无数，别有深情，弁阳佳制共千古。　　蚕眠字题矮纸，香名拈獭祭，粉膻新署。花外琼箫，尊前银字，不数西泠南渡。玉台亲序。是悱恻温馨，赏音人语。珍重琅函，雉头传片羽。

## 风蝶令

题华竹席《凤山得佩图》。佩为象牙所雕，而刻宋贾昌朝《玉楼春》词一阕，有子明小印，周围约五寸有奇，制作精妙，盖北宋故物流转于南渡后者。竹席得于西湖凤凰山下，索赋。

仙佩脂同滑，香词锦不如。子明小印刻连珠。不省何年，抛掷向西湖。　　玉马朝周远，红羊换劫余。六陵风雨冷青芜。谁记旧京，当日贾姑姑。贾姑姑事见《东都事略·昌朝本传》

## 百字令

游永宁寺

绿阴多处，喜华鬘法界、房开青豆。花外风飘疏磬语，早有瞿昙招手。髣蔓藤垂。芳筠筱嫩，铺地苔茵厚。石床小憩，妙香吹下晴昼。　　迎面一桁遥山，晓来雨过，展放修眉皱。此地苍寒宜散发，扑去红尘盈斗。驯鸽飞还，定猿眠熟，云气凉吹袖。诸天金碧，佳游仿佛灵鹫。

## 洞仙歌

阑风荐爽，搅半空疏雨。点点声声洒窗户。看波凉帘押，润袅琴丝，缥晕闪、一朵釭花微吐。　　离心浇欲碎，如此深宵，不省淋浪甚时住。天远雁书沉，数尽莲筹，比往日、江湖凄苦。才梦到天涯猛惊回，忆红烛歌楼，旧曾听处。

## 水龙吟

题金亚伯廉访《大江泛月图》

水天一色空濛，大江日夜东流去。鲸波不动，鳞云乍散，兔华新吐。倒影浚虚，冰轮浴彩，练光摇雾。看朱旗画舸，文星过处，声伊轧，闻柔橹。　　招手金蕉对语。倚篷窗、锦袍凝伫。涛崩雪卷，瓜洲灯火，秣陵烟树。对此茫茫，料应只忆，琼楼玉宇。试携将铁笛，临风三弄，唤鱼龙舞。

## 摸鱼子

又题《辛夷花馆图》

占先春、绯桃秾李，公门旧种无数。耽幽别拓闲池馆，移种平泉嘉树。苞年吐。正文杏飘香、隔叶黄鹂语。倚栏凝伫。爱粉嫩含毫，脂温脱颖，艳夺辋川坞。　　薇阶静，彩笔浓沾仙露。绿章封事亲署。西京异卉传新雉，缗取元亭遗赋。临涧户。看一品宫袍、匼匝彤云护。清吟漫与。算不比年时，杜陵野客，开落怨芳序。《甘泉赋》“列新雉于林薄”，师古注：新雉即辛夷也。

## 齐天乐

赠钟崧生

十年沽上春风梦，樊川醉魂醒未。锦瑟幽悰，金荃妙笔，肯被微官羁殢。相逢笑指。恁吹老缁尘，鬓丝霜脆。泥爪重寻，蓬莱清浅旧游地。
黔阳解装隔岁，诗瓢和药裹，轻掷流水。瘴雨飘黄，蛮花织茜，不洗骚人愁髓。萧寒滋味。怕客榻孤眠，绮怀勾起。自谱香词，碧窗银烛底。

## 齐天乐

访辽后洗妆楼故址

蓟门浅草残阳路，脂香粉痕犹剩。倭鬌盘鸦，蓬松贴翠，过雨山鬟微整。遗墟暗省。记花簇琼梳，柳围珠镜。一桁晶帘，闹妆低弹绿云影。
千年玉容谁在，御沟波写怨，曾照娇靓。述律宫荒，观音院圮，鹃泪苔花红凝。繁华梦醒。只塔火宵荧，戍烟秋冷。鱼尾霞收，月眉窥夕暝。

## 木兰花慢

赠陆费端卿

朱弦絙锦瑟，弹古调，与谁听。笑蕙带荷衣，缁尘未浣，重话漂零。芳年梦中催换，怕霜林、鶗鴂怨秋鸣。花外香词银字，酒边法曲瑶笙。　　陆郎彩笔多情。比屋缔鸥盟。爱芳草吟余，梅花赋就，别样幽清。心怜故人骚屑，渺江关、愁损庾兰成。借尔衍波笺纸，晓寒同赠飞琼。

## 齐天乐

题谢信斋瓦当文拓本，用杨伯夔刺史韵。

茂陵烟蚀昆吾玉，文鸳泪珠凝片。薄埴裁云，圆规俪月，小比合欢团扇。液池波暗，怅玉叶清阳，洗余苍藓。桑海千年，椒风吹老史游篆。
华榱杏梁高揭，神君悲化去。仙梦难忏。秋冷芝房，霜凋桂榭，值得刘郎肠断。西京路远。爱栉栉银鳞，百朋新换。古色摩挲，魏台铜雀伴。

## 疏影

红梅

苔枝半亚。认春前雪后，红雨飘洒。猩色屏深，一信东风，开到夕阳庭榭。藐姑天赋餐霞貌，浑不记、粉娇香姹。比石家、金谷珊瑚，幺凤绿毛低挂。　　记否唐宫韵事，飞来脂晕小。添倍姚冶。花谱图成，合吮丹毫，皴上血罗裙衩。还教移种玄都去，便减了、夭桃声价。伴逋翁、卯酒温余，隔座玉颜微赭。

## 疏影

蜡梅

孤山春浅。傍疏篱六枳，破腊开遍。枝北枝南，照影横斜，宫罗薄縠谁剪。檀心半坼娇无语，费几日、夕阳熏染。似靓妆、涂额人归，悄立嫩寒庭院。　别有天然丰致，黄绝入道久，缟袂初换。误认春前，江路垂垂，缀树蜂脾如茧。盈盈金屋安排好，莫轻被、朔风吹卷。只月明、梦醒罗浮，惆怅寄书人远。

## 金明池

本意

城柳啼鸦，汀沙宿雁，凤艒龙旗何处。想当日、雕情恶少，草草把、河山付与。尽生平、志在燕云，便募取、十万黄头禁旅。看铁甲呼风，金笳激浪，池面鱼龙争怒。　世上英雄本无主。恁好个家居，有人偷据。陈桥变、将军袍换，韩通死、忠魂血污。算古来、青史茫茫，只寡妇孤儿，兴亡难数。剩碧甃烟昏，荒湾月白，依旧寒波东去。

## 蝶恋花

倦柳风梳憔悴影。惨淡霜芜，堤背行来永。渺渺银塘波十顷。殢人一片江南景。　舵尾渔翁眠未醒。晓露疏星，凉缀丝竿顶。昨夜商声摇不定。乱荷残雨鸥心冷。

## 卖花声

对月

皎月挂晶丸。桂影谁看。画罗衣薄倚阑干。不信琼楼高迥地，有此荒寒。　仙梦散迷漫。笛韵悲酸。人天小谪总无端。收取闲愁千万斛，交与离鸾。

## 清平乐

五张六角。往事思量着。翠烛一星风刮落。记在那家帘箔。　晓鸦啼散行云。匆匆罗袂轻分。难忘碧纱幮底，夜深手拍秋蚊。

## 金缕曲

漂泊何时了。恁年年、衣沾尘土，发摧蓬葆。琴剑依人成底事，羞煞青袍似草。算百计、还家最好。学圃学农都不惯，笑还家、依旧愁难扫。空打出，闲居稿。　　西风消息蝉知道。咽轩庭、琴丝一缕，碧窗秋晓。槛外疏桐飞似剪，一夜秋声听饱。都并入、愁人怀抱。莫上高楼频望远，断魂天、凉雁归飞渺。离别恨，倩谁表。

## 八声甘州

答金改之

洒东风、别泪湿征衫，北游挂烟帆。似灵均初放，楚吟骚屑，愁满江潭。一路沙虚月冷，风水换邮签。对诉飘零感，樯燕呢喃。　　说与侬人滋味，便侯鲭饱吃，难疗清馋。且筹花斗酒，翠管戏分拈。望扬州、夕烽传警，暗关情、十里旧珠帘。尊前意写乌丝句，分付何戡。

## 高阳台

粉萼飘琼，碧箫吹玉，故乡回首天涯。千里英游，片帆鸥外春沙。孤尊醉倚悲歧路，悔虚名、轻误才华。漫凭高、满眼秋阴，满耳边笳。

征鸿过尽书难寄，袅半襟凉思，楼月西斜。料得深闺，宝钗剔碎灯花。百年几许团圞日，甚词人、偏爱离家。暗消凝、雾阁云窗，窈窕纹纱。

## 绛都春

雁来红

芳丛旖旎。映画槛六曲，平添秋意。落叶打窗，昨夜高斋西风起。罗帏灯暗闻清唳。早凉雁、一绳飞至。晓来看取，围阶翠带，染成霞绮。　　绝似啼鹃吊月，洒枝上点点，泪痕新渍。筝柱声中，筛得空庭斜阳碎。相思欲向天涯寄。待折做，桃花笺纸。配他蓼穗萸房，艳妆休洗。

## 瑶华

白秋海棠

苔垣翠叠。栽遍秋芳，让此花幽洁。金钿宝粟，算未抵、玉骨亭亭清绝。

蛾眉淡扫，浑忘了、胭脂匀颊。抱素心一点，谁知付与，病蛩凄蝶。　　珍丛移种琼阁，有万斛相思，闲共花说。铅华净洗，珠露冷、粉泪斑斑盈睫。天寒袖薄，问谁解、柔肠千结。怕新霜点上冰绡，瘦却个人肌雪。

## 摸鱼子

秋蘋

忆春前、采芳南涧，兰舟一棹容与。水风浅掠江楼暝，吹老翠钿无数。波溅处。惩经惯、揉蓝剪绿疏疏雨。秋心凄苦。剩冷落斜阳，那回曾照，五出白花吐。　　凭栏望，叶叶零烟碎露。断肠楚客凝伫。香名纵许珍珠换，多恐美人迟暮。牵远绪。算身世漂流、此恨和谁语。柳诗慵赋。但凉罥莼丝，瘦围荷镜，愁对越溪女。

## 花犯

木芙蓉

夕波寒，秋江远涉，逶迤拨兰棹。木莲花好。渐粉怨珠啼，烟际开早。靓妆不逐霜华老。红深兼翠窈。镇寂寞、玉容微醉，霞裾风暗袅。　　年时对花结同心，冥冥踏绀雾、仙城云杪。欢梦短，嗟往事，花应知道。怜娇姹、欲搴又住，空怅望、瑶姬芳讯渺。但护取、练塘深处，眠香双鸭小。

## 石州慢

初寒

薄暝摇窗，凉吹暗喧，梧叶吹落。瓦沟霜色微明，陡觉寒生罗幕。才眠又起，厌听唧唧阴虫，哀音啼遍阑干角。瘦影一灯红，伴愁人萧索。　　芳约。麝囊粉褪，鸾帕香黦，不成抛却。伤别伤秋，此恨年年轻着。琼篝笼未，料得似水鸳衾，夜深好梦频担阁。憔悴怯添衣，渐纤腰如削。

## 齐天乐

塔铃

空心悟彻西来意，年年舌存无恙。宝柱凌虚，金绳绚彩，摇曳四禅天上。轻圆簸荡。正云敛琼觚，雾晴蛛网。夕照红边，一声声自答清响。
只林夜深人悄，风丝飘替戾，到耳偏爽。花护唐宫，雨淋蜀道，无此梵音凄亮。檐牙月朗。伴几杵疏钟，做成惆怅。尘梦惊回，佛灯残穗晃。

## 齐天乐

瓶笙

雪窗残梦初回处，清音送来娇婉。竹灶烟飘，花瓷水沸，活火一篝红暖。银簧乍展。袅空际游丝，连环不断。禅榻愔愔，夜深谁与奏鹅管。
松风飒然欲作，讶云和曲谱，宫征移换。似诉如啼，将调又住，吹彻小楼幽怨。仙经静检。记酒渴香消，旧曾听惯。倚枕呼僮，试汤斟蟹眼。

## 百字令

秋晚友人招饮，夜半始归，独坐成此，举似政之。

年华似水，问能消、几许天涯芳事。草草逢君同失路，敝到貂裘如此。断柳枯蝉，寒花病蝶，愁满斜阳底。旧游回首，僧楼寺寺闲倚。
纵使鸾扇招香，蝶裙围玉，难遣尊前意。醉击珊瑚吟古调，怨入湘娥山鬼。秋老关河，夜凉风雨，飞梦空迢递。青鞋办就，甚时商略归计。

## 点绛唇

题画

鸥雨空濛，茫茫远树青如荠。画船斜舣，渔笛风吹起。　　潮落潮生，不管人间事。乌篷底，楚天新霁。梦与秋无际。

## 洞仙歌

六首

吴中小部，有佳人绝代，秋水芙蓉出尘隘。喜芳名九畹，谱入骚经，浑不比、空谷寻常萧艾。　　蛾眉矜淡扫，宫样妆梳，妒煞唇朱与腰彩。小立试轻躯，步上香茵，俨飞燕、受风情态。怅底处、惹人剧消魂，是翠玉帘前，猛回娇睐。

## 又

兰闺丽质，惹春情挑逗。迟日寻芳后园走。镇牡丹谢了，开到荼蘼，早又是、莺老花残时候。　　巫云飞入梦，雌蝶雄蜂，随意梅边缔珍耦。

分散太匆匆，一缕离魂，便做到、粉儚香僽。算有日、云房续幽欢，认画里真真，可还依旧。

## 又

参横斗转，盼仙郎不至。青豆房空镇无俚。正月痕凉沁，瑰色袈裟，凝眄久、十二画栏频倚。　　琤玐风动竹，蓦地檀来，侧注横波杂惊喜。一笑卸头眠，百种娇嗔，尽消向、蕙花帷里。最恼是、云阶晓钟鸣，又半卷香衾，把人催起。

## 又

鱼波滑笏，载湖船三板。最爱兜娘踏摇惯。看绿蛇堆髻，绀蝶飘裙，掩映着、血色诃梨新艳。　　喉珠抛呖呖，脆煞吴音，唱到琼窗五更转。广座悄无言，风水声中，坠一朵、娇云天半。纵唤到、无情木肠儿，听暮雨潇潇，也应魂断。

## 又

尊前软语，问樱桃年纪。瓜字初分正娇稚。爱天然生就，锁骨玲珑。偎人处、无限兰情水意。　　调鹦揎小袖，一握春纤，芳泽温馨暗中递。隐谜故相嘲，薄怒佯嗔，灯影射、颊涡红腻。任并坐、殷勤劝香醪，便百罚深杯、也拚尝试。

## 又

旗亭贳酒，数狂朋俊侣。金雁筝边客三五。只相如病渴，减尽风情。蓦勾起、年少冶游心绪。　　名花容易老，分付东君，露叶烟苗好调护。一帧合欢绫，小像图成，尽熏彻、水沉香炷。待后日、重逢话相思，认傅粉何郎，旧时眉妩。

## 国香慢

效张玉田赠沈梅娇体

空谷幽芳。是乡亲苏小，同住钱塘。春宵背灯初见，绾髻涂妆，风袅留仙裙褶。偎人处、笑语生香。罗帏悄同梦，清浅银湾，不隔红墙。

相逢重话旧，甚花憔玉悴，减尽容光。坠欢天远，提起只益凄凉。惆怅樊川老去，缕金衣、孤负秋娘。含情解瑶佩，几点啼痕，弹向斜阳。

## 祝英台近

旧知名，新展觌，情话共分剖。蚪箭声沉，绛蜡爇残候。可怜媚上眯心，憨生笑靥，还作意、千拦百就。　　枕酥手。一宵浅梦浓香，回环尽消受。鸳锦犹温，无奈别离骤。恼人油壁车轻，载春归去，猛唱断、晓风杨柳。

## 忆旧游

岁暮送改之赴衡水

正珍丛款蝶，稚柳呼莺，游赏青春。风雪年华暮。甚乍成芳会，先引离尊。锦香花偷掷，无梦恋行云。剩一点柔情，酒波摇荡，随上雕轮。　　临分。写深怨，对金屑檀槽，暗恼轻颦。试绾鸳鸯结，怕艳歌十索，添倍消魂。玉楼马嘶人远，谁与拂征尘。但密约重来，琵琶树底同叩门。

## 齐天乐

缃梅催转东风信，天涯锦笺传到。鹤懒飞迟，鸥寒别苦，回首严城霜晓。吟鞭独袅。算作计输君，赋归不早。朔雪征途，飘零共惜鬓丝老。
他乡乐事最少。况尊前枨触，俊游怀抱。搓絮池台，笑桃门巷，空忆翠钿娇小。烧灯近了。写花市香词，谱成愁稿。携手何时，待将离恨扫。

## 翠楼吟

倦客心情，中年气味，花丛渐懒回顾。春风门巷小，记桃脸、初相逢处，横波偷注，正烛焰飘香，炉熏吹雾。添娇妩。瘦琼依约，袜罗微步。
念汝。粉色天然，尽画楼独占，翠蔫红妩。昔游重数遍，悔前日、寻芳多误。琴心筝语。荡酒力三分，诗愁千缕。留欢住。隔帘端正，玉蟾窥户。

## 百字令

自题听《雁听风雨小照》

朝来揽镜，叹华年似水、平头三十。岂有文章惊海内，岁岁他乡台笔。红豆新词，金荃小令，画遍旗亭壁。疏狂自笑，虚名此日非急。
最忆一雁飘然，长安索米，寒透双飞翼。身世输赢棋换劫，难保鬓丝如漆。风雨刁骚，关河牢落，今夕知何夕。故山归好，草堂赀问谁给。

## 齐天乐

碧梧池馆惊秋早，深秋异乡孤旅。灯炧帘空，香消簟冷，窗外西风吹雨。哀筝几柱，有凉雁濛濛，裂云飞度。满地江湖，平沙一曲向谁谱。
年来此声听惯，恁离心搅碎，别样凄楚。红烛歌楼，青衫酒晕，梦里旧游何处。更筹暗数。惹多少天涯，对床情绪。系足书轻，寄愁交迅羽。

## 洞仙歌

题金改之词后

江东词客，爱扬州烟月。花底匆匆悔轻别。算滹沱过了，又渡桑干，愁寂历、蕙带荷衣冲雪。　　复翁仙去后，减字偷声，一瓣心香向谁爇。剪烛话飘零，俊语消魂，怕提起、旧家时节。只梦里、晓寒赋初成，比夜雨梧桐，一般凄绝。

## 满庭芳

槽凤翻飞，筝鸾艳舞，粉尘吹满雕梁。绿幺弄罢，闹扫理新妆。隔座氍毹红暖，屏风小、护玉笼香。流连惯、深杯到手，忘却在他乡。　　欢场容易散，春随影逝，梦比云凉。剩十斛闲愁，贮满柔肠。有日维扬重到，更谁识、杜牧疏狂。虬波滴，烛花微灺，铅泪腻铜黄。

## 长亭怨慢

送陆费端卿之苏州

才吟遍、凤城秋色。糁袂尘沙，又催离别。夕照金台，西风高柳、为君折。玉箫声咽。留不住、雕鞍锦勒。马首梅开，正驿路、霜浓时节。　　凄切。对孤尊酒热，倚醉更歌新阕。茸裘卧雪，忍抛下、故人萧瑟。拼今宵、梦逐征轮，好同看、吴门烟月。待寄慰相思，莫惜瑶笺千叠。

## 八声甘州

夏日游莲亭，荷花之盛过于往日。计予不到此间已三年矣。抚今追昔，醉歌此调，呈匏翁。

绕虹梁、欹棹溯空明，芳会忆年时。自词仙去后，花零粉怨，鹭老秋丝。难得观莲佳节，选胜酒重携。卅六陂塘远，波溅胭脂。　　坐有欧苏贤守，对风裳水珮，劝酌琼卮。问红妆无语，应笑我来迟。暗惆怅、佳人天末，采幽香、谁与寄相思。新愁满，谱江南弄，唱过邪溪。

## 贺新凉

得汤子厚书赋此奉答

满纸凄凉恨。是良朋、三千里外，传来芳讯。落珮倒冠归故里，病骨崚嶒殊甚。讵料得、鸿妻先殒。烽火连天江水黑，痛匆匆、浅土藐孤榇。牛衣破，怆同殉。　　安仁泪向寒宵揾。暗消魂、文成叹逝，血痕酸沁。我为君言宜作达。看取高堂霜鬓。莫谩把、吟躯愁损。哀乐中年肠易断，遣悲怀、试效亡何饮。荣枯事，等朝菌。

## 齐天乐

不多征路千余里，年年往来都惯。野饭霜衣，城笳堠火，数尽邮签长短。东风送暖。渐草长云昏，絮飞波软。倦旅翛然，凄凉大似北归雁。垂青旧曾系马，嫩黄摇曳处，离思消暗。紫曲分花，清帘过酒，梦里愁深欢浅。乡园目断。剩扑帽尘香，玉鞭低绾。雨洗疏芜，翠塍斜照远。

## 摸鱼子

答改之

赋闲情、钗征钏逐，墨痕香溅纨素。风城小聚还分散，抖擞半襟尘土。鞭袅处。趁翠湿归轮、一角西山雨。旗亭醉舞。甚大好他乡，萸觞佳会，天意不轻许。　　琼筵侧，镇日移宫换羽。艳歌偏恼芳绪。萍踪漂转成秋蒂，凄绝燕来鸿去。留梦住。最难忘、碧纱玫烛联床语。花晨酒暮。

待手採连蜷，因风寄赠，招隐慰孤旅。

## 风入松

相逢不改旧疏狂。笑语生香。华灯红照相思字，是年时、彩笔题墙。缥缈行云楚岫。轻盈飞燕昭阳。　　珠喉一串韵飘扬。绿酒亲量。玉容半醉娇无力，偎人处、竟体芬芳。说道今宵休去，小楼残月昏黄。

## 高阳台

艳影惊鸿，香丝袅麝，十分春满窗纱。道罢胜常，娇鹦隔座呼茶。尊前低说韶年纪，正盈盈、碧玉分瓜。惹消魂，带雨嫣然，一树梨花。
胭脂巷窄重来访，怅金铺锁合，粉坠枇杷。眉月空弯，照人何处天涯。相思海样量难尽，剩夜深、孤嚼红霞。殢闲愁，雨井烟垣，飞絮天斜。

## 三姝媚

绛云楼石印

青琅玕一寸。是曾经焚余，劫灰残烬。铁线银钩，裹绿绨千卷，术泥香沁。红豆花前自什袭、团窠鸳锦。镂雪镌云，押倩蘼芜，玉纤脂晕。　　零落南朝金粉。叹缥帙烟飞，画楼难问。柳老章台，甚连环珠篆，不随同殉。着手摩挲，漫怅触，沧桑幽恨。配取河东妆镜，清光未璺。

## 摸鱼子

拥花骢、兰塘梅彴，垂鞭闲觅芳艳。珠灯半焰扶残醉，吟袖夜深同绾。街鼓紞。还恋着、碧纱玫烛歌尘暗。琼卮恨浅。任苗底筝边，酒痕醃匒，绀翠一衿染。　　嬉春会，几度云摇雨散。玳梁巢燕都换。明漪帖帖风鬟弹，似否玉娇香软。愁目断。望千里苍波、秋与人俱远。疏麻写怨。想冶习游情，也应寥落，抱影闲空馆。

## 摸鱼子

题潘顺之《西湖送春》卷子

问年年、送春归去，春归知在何处。絮尘吹满江南岸，片片落红无主。萦绮絮。甚一夜、东风荡起愁千缕。湘弦慢鼓。剩废水空烟，铅华净洗，冷涨半湖雨。　银楼角，粉鸩含凄低诉。伤春人倚朱户。两堤芳草茸茸碧，多少瘗香荃土。莺燕误。算怎不双飞，拦住春归路。韶光闷数。向浓绿阴中，铭花诔蝶，自掏断肠谱。

## 祝英台近

题郑州店壁

卸蒲帆，停桂楫，行李一车载。帽影鞭丝，红树夕阳外。到来帘字飘扬。三家店小，喜浊酒、半壶先买。　解装再。往事十七年前，光阴水流快。去燕来鸿，词客鬓颜改。剧怜垩壁重新，呼灯觅遍，已无复、旧题诗在。

## 踏莎行

香雾笼娇，锦霞围艳。翠罗屏角初相见。紫兰芽小不禁风，当时犹被春拘管。　梦短愁长，情深欢浅。俊游回首空肠断。江南江北枉相思，绿阴青子年华晚。

## 高阳台

送改之出都

刻烛邀红，呼樽款翠，酒痕浓染鹴裘。牵惹闲情，浮云西北高楼。旧时金缕当筵唱，怪朝来、忽带新愁。暗消魂，匹马轻裘，别路残秋。
西风不管分离苦，搅空林乱叶，吹满宫沟。如此关山，可怜孤负清游。对床听雨前期在，赋河梁、休怨漂流。谱妍词，彩翰香凝，题遍庾邮。

## 鹊桥仙

顾二娘手制砚

犀纹抱月，龙香滴露。出匣滑难留手。爱他柔腻紫云身，曾挨近、凤翘丹咮。　兰闺巧制，文房雅玩，往事流传人口。倾城名士尽苍凉，剩鸲眼、盈盈依旧。

## 临江仙

梅萼开时郎马去，相思直到而今。碧云千里雁书沉。泪淹宫锦字，香减画罗襟。　　鹍鸠隔花啼不住，年光转眼惊心。玉钗堕后懒重寻。紫兰香径外，秋草没鞋深。

## 瑶华

茉莉帐

琉璃质软，新掏瑶英，缀象床璀璨。匀穿巧络垂簏簌，不数辟尘绡幔。月痕凉浸，似挂起、蛟房珠串。称小怜、玉体横陈，袭衣花气难辨。　　夜深睡蝶瞢腾，任暗麝浓熏，无此芳艳。隙风吹过铅粉堕，四角流苏飘颤。青鞶素靥，祇是那、梦回人远。且消受、散雪团云，妒煞芙蓉香暖。

## 绿意

芭蕉簟

冰纹叶叶，傍阑干卍字，纤手亲折。净拭蛛丝，展代龙须，芳痕一片重叠。桃笙蕲竹浑抛却，爱贴体、香茵清绝。配亭亭、帐底青奴，冷抱半床秋色。　　忆否空阶夜寂。雨声暗滴沥，欹枕听彻。清不沾尘，凉欲成烟，消尽几多炎热。梦云飘渺归何处，认尺五、绿天幽洁。揭犀帷、卷付双鬟，掩翠罗裙褶。

## 销寒四咏

### 绣停针

补裘

检旧绣，讶手拂金箱，峭寒如水。百衲蒙茸，弹落暗尘，付与玉纤重理。断丝零毳。是客路、冰霜磨碎。试抽独茧香绒，夜窗背灯缝起。
征衣待远寄。叹线脚针头，泪痕浓渍。紫凤天吴，颠倒拆纹，谩共翠云争丽。浊醪休贳。算软美、未输羼子。麝篝熏透，篆烟更烧心字。

### 琐窗寒

糊窗

梵字镌红，冰纹界茜，旧穿罗洞。鲜焱刮隙，生怯晓来寒重。研云蓝、四围贴平，画棂不放些儿缝。任横斜粘着，半盂琼液，玉葱高捧。　　方空银光涌，称竹屋愔愔，护人幽梦。蛛尘扫尽，梅影亚枝浮动。锁金猊、温香一丝，夜深剪烛谁与共。更安排、云母玲珑，照见霜华冻。

### 玉漏迟

围炉

鼇窗搴绣幔。辟邪蹲近，镂金床畔，促膝团圞，笑语花屏春满。卧芙蓉密绕，簇活火、一锨红暖。攘皓腕。试香温酒，霎时传遍。　　拨灰分付娇鬟，莫彩袖低垂，玉梅偷捻。拥对牙笼，凤饼几麸重拣。试掏晓寒词谱，任帘外、朔风如剪。人意懒。姜芽夜深齐敛。

### 石州慢

炙砚

钿匣慵开，瑶玦罢研，鸲眼凝碧。连朝雪意风威，冻折米家山脊，金星黯黮，自笼七宝香篝，隔灰烘活松花色。春透旋涡痕，似池波新涤。　回忆琳腴垦缺，青铁磨穿，岁华虚掷。暖到冰心，剩喜石交如昔。兰闺写韵，省他檀口微呵，瓠犀自啮毚毫笔。待浅画蛾眉，点端溪云液。

## 台城路

题戴兰卿《晓风残月图》卷

大堤垂柳萧疏甚，娟娟碧丝犹袅。傍岸维舟，移篷就树，凄瑟津亭秋晓。酸风乍搅。作水样新寒，顿欺乌帽。烟影微茫，堕林残月一梳皎。长条几回欲折，露蝉声断续，都带商调。中酒心情，怀人滋味，销剩离魂多少。回肠暗恼。算游遍江湖，不如归好。底事勾留，岁华空自老。

## 长亭怨慢

甲辰初入翰林，改之亦于秋早入都应京兆试。置酒话旧，并读近作诸词，填此调奉赠。

记携手、好春刚半。雨屋深灯，对床分剪。碧树惊秋，黄金台下、又相见。杏衫香浣。禁几度、京尘染。促席引清尊，试与较别愁深浅。凄黯。理鸾笺象管，翠谱织成骚怨。莺怜蝶眷，怅回首、绣丛天远。算此日、身到蓬山，早丝鬓、江湖吟减。剩绝竹哀丝，分付当筵肠断。

## 霜叶飞

题劳介甫《霜林觅句图》

诗情缭绕秋深处，伊谁蜡屐寻到。冷枫红舞满空山，片片霜花饱。衬石径、苔痕翠老。断霞零落无人扫。听寸碧遥岑，被一夜、西风吹下，素籁多少。　　知有逸客飘然，支筇背锦，独自行入幽窈。清吟字字作商声，谱出伊凉调。又枨触、乡愁浩渺。酒船鸥梦吴江道。倩画图、为传将，千里归心，淡烟斜照。

## 鹊桥仙

前年话别，去年话别，都是早秋时候。今年又到早秋时，只无那、别离长久。　　珠啼锦怨，花憔柳困，闻说玉容消瘦。此生拚道不相逢，怎昨夜、梦中携手。

## 河传

拥被。无睡。烛花欹。漏鼓三更尽时。玉炉暗香飘一丝。凄凄。病虫窗外啼。　　十载江湖游已倦。春梦短。兰讯秋来远。画罗襟。酒痕深。伤心坠欢何处寻。

## 高阳台

友人以画兰折扇索题戏作

露眼缄愁，烟鬟袅媚，翠裙展向春阳。叶叶花花，分明相对相当。红心半坼樱桃小，谩疑他、旧院眉娘。断吟魂、一握冰纨，吹上柔香。　　有人甘殉情芽死，忍题完珠字，宝作琳琅。绣幕芙蓉，梦云几度携将。湘皋艳谱翻来惯，证芳因、恼尽疏狂。猎清风、玉骨琅玕，随意招凉。

## 百字令

题张石洲仿竹垞老人《归耕图》卷

昂藏七尺，是杜陵狂客、扶风豪士。十载金台常赁庑，落拓踪难已。雨笠烟蓑，瓜畴芋町，生计唯耽此。荷锄归好，故山禾怕生耳。　　收拾莎犊栏深，茅龙屋古，小筑临涡水。得丧浮云纷过眼，莫问江湖朝市。泛胜之书，岺然子策，粗了平生事。英雄末路，达观宜作如是。

## 江城子

咏虾

鲤鱼风急海门秋。舣菱舟。剪寒流。银篾筐轻，捞出稻花稠。绝妙水晶人样子，偏爱着，碧绡头。　　夕阳红上水边楼。酒新篘。小勾留。一笑登盘，巧配内黄侯。任尔须发张似戟，难洗尽，折腰羞。

## 江城子

去年元夕笑相逢。揞青葱，劝金钟。风尾槽新，声迸小帘栊。蜡树灯球浑不夜，都忘却，漏丁东。　　今年元夕旧情空。卷西风。梦匆匆。欲谱香词，无那寸心慵。屋角缃梅飘半萼，还错认，舞衣红。

## 百字令

秋晚客中效侧帽词体

愁丝一缕，袅将来、不断把人缠缚。况是他乡云水夜，秋雨秋风萧索。被冷鸳文，灯残凤胫，往事思量着。病蛩无力，愔愔啼近帘箔。
遥识翠闼新寒，晚妆卸罢，独下葳蕤钥。肺疾深时眠不惯，有梦也成担搁。玉子楸枰，银笺象管，怎敌情怀恶。浮名何物，赚人随地漂泊。

## 摸鱼儿

莼

抹蘋洲、柔波滑笏，湘烟一罫低绕。圆沙溶漾瑶钗影，青遍五湖三泖。春渐老。挂尺许龟髯、斜映晶奁皎。芳茎翠岛。爱枯豉堆红，鲜鲈饤碧，嫩共菜根咬。　　功名事，海水浮沉难料。江湖俊味真好。天涯回首秋风起，谁买季鹰归棹。空懊恼。让渔弟渔兄，匕箸年年饱。清馋怎疗。待菊酿篘成，菰香煮熟，点笔注葵茅。

## 风入松

题潘子慎感旧词后

暖风迟日踏青芜。立马叩铜铺。粉墙低处桃花笑，颤娇烟、一树琼酥。宛转翠帘丁字，盈盈十五当垆。　　梦云欢劫散模糊。丝泪滴红珠。锦苔绣了埋香地，盼重泉、消息都无。怕见棠梨暮雨，年年寒食啼乌。

## 唐多令

莲亭晚坐

翠露罨烟汀。柔波剪绿萍。趁花花、叶叶亭亭。一捻断霞娇不散，渐红上、鹭丝翎。　　照影惜娉婷。鸥寒梦未成。怅铜盘，铅泪零星。仿佛昨宵疏雨滴，潜倚着、画栏听。

## 唐多令

题金纤纤女史瘦吟楼砚拓本

翠墨洗烟螺。云腴腻粉涡。荡愁痕、一掬湘波。惆怅瘦吟人去远，谁着手、与摩挲。　　片石未消磨。华年瞥眼过。甚春来、依旧寒多。尽把沉香熏小像，只无计、熨双蛾。

## 鹧鸪天

半靥星痕帖额黄，绣蓉方领藕丝裳。寻常懒着闲脂粉，一种风流浅淡妆。　　斟玉斝，弄银簧。人前侧立费形相。翠帘下了移红烛，说道今宵分外凉。

## 霓裳中序第一

歌席即事

铜荷蜡泪滴。照见新词题画壁。锦字真珠密织。记酒泻翠尊，花飐瑶席。兰蕤蕙质。荡冶情、无数筝笛。都忘却、茸裘绣袂，岁暮远为客。　　幽抑。俊游重忆。共系马、朱楼绮陌。芳韶转眼过隙。渐讯渺湘红，梦断楚碧。艳歌闲趁拍。剩怨粉、凄金凝积。暗惆怅、一眉霜月，两地伴岑寂。

## 八声甘州

匏翁太守招同人小集清晖书院倚声奉酬

罨晴芜、秀色隐孤亭，丝杨弄春妍。倚屏山六曲，开帘过酒，人坐琼筵。不比张灯飞盖，清夜宴西园。桥外东风腻，新绿溅溅。　　隔水呼鸥一笑，任吟湘赋楚，幽恨都蠲。写盈盈芳思，分付薛涛笺。托微波、重申后约，拥绡衣、霞珮泛觥船。争知我，看花心事，渐近中年。

## 水龙吟

拟宋人咏英华词并步其韵

阆风瑶岛清都，仙踪缥缈疑非是。鸾裾凤带，琼纤宝咮，艳魂飞坠。湘管轻拈，半窗兰韵，一帘松吹。擅非烟才调，无双容貌，争怪得，人心醉。　卞泗柔波千里，晕檀痕、靓妆初洗。神光洛浦，行云巫峡，此情空寄。后会茫茫，尘封芗泽，泪凝铅水。剩丹崖画阁生绡淡墨，写眉山翠。

## 高阳台

题伏城驿店壁。记己亥岁同汤子厚计偕北上宿于此店。子厚被酒大醉，夜雨不止，往事已十有六年矣。子厚南归病殁。坟有宿草，感念存殁，怆然予怀，因成此调。

倦柳鸦栖，重云雁度，驿亭烟树回环。渺渺征程，旧愁吹上眉弯。风尘不恨年华促，恨故人、埋骨青山。赋招魂、楚些凄凉，枫泪红殷。当时倚醉疏狂甚，尽筝鸿啼雨，辊遍湘弦。耳熟悲歌，剑霜寒啸尊前。如虹豪气今安在，镇消磨、明镜苍颜。漫惊听、翠玉帘空，檐溜玑潺。

## 浣溪沙

罨画楼台夕照斜。琐窗尘黯杏纹纱。断金零粉缀些些。　芳径碧苔谁着屐。小桥稚柳又飞花。东风凄恻送韶华。

六曲回廊响玉弓。昔年此地见惊鸿。春魂消尽画楼东。　填海有心衔木石，涉江无路采芙蓉。片云留恨满巫峰。

## 点绛唇

小雨初收，烟郊傍晓秋容净。野花红凝。黯缀青芜径。　马首凉蝉，一路供愁听。西风劲。弄晴摇暝。几树垂杨影。

## 瑞鹤仙

题黄韵珊明府词后

玉箫声慢倚。写阻风中酒，江湖滋味。天涯莽迢递。恁闲情都付，衍波笺纸。华年似水。禁几度、吹花嚼蕊。镇无憀、伤别伤春，误了浩歌沉醉。　留殢。皖公山色，滕阁烟霞。助吟多丽。京尘染袂。樊川鬓、渐丝矣。尽檀痕细掐，流珠一串，谱入愁罗恨绮。看淡妆、舞上猩毹，绣帘隙底。

## 清平乐

题新罗山人画

嫩篁几节。湿翠苔花啮。尺五风枝扳欲折，偷眼梢头红叶。　蛾眉淡扫双痕。风流京兆前身。记听雕笼巧语，日长深院无人。

## 前调

杏青梅小。韶景无多少。榆荚漫天飞不了。心事落花知道。　烟痕轻注回塘。一双蝴蝶依依。斜日空帘独倚。春愁没个商量。

## 前调

霜前雁后。搔遍天涯瘦。乌帽青袍人似旧。篱畔黄花开又。　罗帷低护初寒。小楼眉月愁看。一霎风吹落叶，秋声先到栏杆。

## 前调

题潘绂庭秋水芙蓉画册

明霞古渡。照影花如语。千种相思无着处。朵朵翠嚬红妒。　往时锦帐凝香。而今远道回肠。勾起半江幽恨，夜深风露凄凉。

## 菩萨蛮三首

绿阴如幄围阶砌。蝶衣凉晒纱窗底。春去渐多时。夜台人未知。
相思心欲折，玉骨成冰雪。容貌见应难。恨无通替棺。

梨花寒食斜阳路。百年一样归黄土。同穴最关情。着鞭先让卿。鬓丝都雪了。此恨谁知道。揾泪对禅扉。远山颦翠眉。

纸钱风起灰如雪。乳鸽向客啼呜咽。稚子复何知。时来牵我衣。回车还却顾。梦断心离阻。鱼目夜长开。幽魂何自来。

## 蝶恋花二首

惨淡斜阳红古寺。窄径苔纹，绿遍伤心地。委蜕一棺呼不起。眼中泉路分明是。　草草今生缘尽矣。虚说他生，依旧成连理。九十春光如水逝。碧桃花落余空蒂。

镜槛妆奁尘漠漠。浮世光阴，一霎全抛却。月不长圆花易落。坠欢如梦成耽搁。　絮语伤心悲命薄。道不思量，偏又思量着。断送芳魂归夜壑。天台讵有长生乐。

## 满江红

杳杳幽魂，禁尔许、夜台风露。痛此日、厥旌柳翣，得埋浅土。鹤蜕巑岏凋玉骨，蝶裙灰减余金缕。尽春风、绿隙到空床，人何处。　庄缶击，悲难诉。潘鬓减，诗空赋。漫驰情千里，梦寻墟墓。万事终归蝼蚁穴，百年虚结鸳鸯侣。算不堪、惆怅数生平，成孤负。

## 青玉案

秋怀效乌丝词体四首

纸窗横台谁封破，寒意迸、些儿个。惨月当楼眉影堕。千堆红叶，数枝黄菊，饱受霜风挫。　狂来欲把《离骚》和。宝剑光寒虹绕座。醉掷深杯磅礴裸。埋忧无地，点金无术。屈煞平生我。

奇鹰飒爽排云起。碧眼溜、秋空紫。豪气棱棱都让尔。林中鹖鸩，草头狐兔，一霎空如洗。　昏灯挂壁翻青史。往日英雄今剩几。长忆高歌醉燕市。屠肠矐目，漆身刎颈，个是真男子。

蓬山千仞琼台陡。风雨暗、鱼龙吼。万树琪花金翠糅。凌华拊石，双成擫管，笑酌麻姑酒。　　而今难挹浮丘袖。碧海青天莽回首。种种颠毛霜染透。临风试问，旧时仙侣，同此凄凉否。

荒坟近接秋原渺。龟趺裂、龙碑倒。磷火低飞如豆小。苔钱晕碧，土花铺绣，满地红心草。　西风苍莽愁难扫。岁月无情双过鸟。惟有北邙山不老。刍灵夜舞，髑髅昼语，添了新华表。

## 踏莎行

雨断虹腰，烟迷鸦背。槲林路转前溪水。戍楼高处一丝风，暗中刮得秋心碎。　　倦旅情怀，长途滋味。玉鞭垂手浑如醉。蓼汀菱汊太荒凉，临流忍制鸳鸯诔。以上《空青馆词稿》

## 声声慢

冰簪敛艳，雾鬓凝妆，湘波润浥春娇。楚楚琼姿，载来酒舫歌桡，风尘托根未稳，抱香心、名冠《离骚》。问谁解，把金铃护取，紫蒂缃苗。

回首吴宫草暗，怅旧山何处，空谷迢遥。眉黛轻颦，分明怨意难消。尊前谩悲身世，怕经秋、玉悴花憔。试延伫，倩瑶徽、弹破寂寥。

## 一枝春

淡巴菰

异品分来，贮筠筒、尚带鲸洋云气。芬馡漱咽，捣麝熏薇难比。香消酒渴，爱吸遍、易京滋味。看鼻端、嘘出双烟，袅趁绣帘风细。　　相思旧名空记。怅情丝恨缕，渐成灰矣。尊前泥劝，怎忘玉人纤指。红潮登颊，数风韵、槟榔同醉。且支柱、雁塞冰霜，锦囊稳系。

## 风蝶令

促坐眉通语，微醺脸上潮。下帘自把凤笙调。生怕仙云，一朵见风消。　　小巷春泥滑，重城夜漏遥。欢期无准又今宵。惆怅踏花，归去马蹄骄。

### 恋绣衾

红楼西角月乍生。照愁人，孤倚绣屏。待展却、香衾卧，奈新寒、欺梦不成。　　银塘波冻芙蓉老，画帘低、风响曲琼。正无说、相思处，隔邻墙、谁弄玉筝。

### 蝶恋花

题潘星斋《鹦鹉帘栊图卷》

宛转虾鬓垂绣户。花影摇春，春影摇香雾。大好灵禽栖托处。神仙眷属中间住。　　岂为笼寒晨自诉。碧草西风，梦绕芳洲路。谁在琐窗教絮语。琼闺镂雪词新谱。以上《清名家词》本《空青馆词》第九卷，第43—44页。

## 张允言（1首）

张允言（1869—1926），字伯讷，直隶丰润（今河北唐山市丰润区）人。光绪十五年（1889）进士。官大清银行正监督。

### 暗香

用白石道和金养知

素梅一色。喜冷香供养。清宵吹笛。院宇雪霏。玉指生寒有谁摘。空记瑶天舞影。应难觅、题花仙笔。但剩却、一味高寒。无语落芳席。　　香国。恨阒寂。怎见此靓妆，更益愁积。对花漫泣。明月多情伴依忆。吟罢风前柳絮。愁冻却、衫罗新碧。奈风驭。三岛远。只应梦得。杨子才编：《民国五百家词钞》，线装书局2008年版，第58—59页。

## 白廷夔（3首）

白廷夔，字栗斋，号冰丝，直隶候补道，寄寓沽上。兼工绘事，词不多作，亦多寓黍离之感，于南宋诸家为近。

## 探芳信

飞翠轩春集观杏花，时韧盦南行有日，怅然赋别。

送芳昼，更刻烛修箫，词窗影瘦。问闹春消息，春到鬓丝否。匆匆吃罢桃花粥，又到清明后。且开轩、洗眼香云，小莺呼酒。　　娇粉晚烟逗。叹一样宫妆，冷脂红皱。怕说燕山，春色总非旧。先生去也江南雨，惜别重搔首。倚参差、唱到新声折柳。

## 湘月

中秋前一日集冰丝盦

旧情庚子，客莲池曾过，离人秋节。飘泊妻孥千里隔，泪滴家书凄咽。跋涉西行，渝州桂醑，喜解诗肠结。嘉陵江上，一尊容酹明月。　　归去偕隐荒园，春明觅梦，笑敬儿身热。垂老微之悲不寐，谁扫添薪落叶。乞借清辉，团圞无望，愁见环成玦。招邀秋士，明朝尘事休说。

## 绿意

绿荫

漫空飞絮。恨芳菲畹晚。谁送春去。众绿才生。如水凉阴。便化碧烟无数。黄昏易觉纱窗暝。醉梦里、自寻归路。更那堪、远到天涯。是处也多风雨。　　可惜芳华早歇。蓟门剩落日。肠断烟树。柳尽空堂。槐老斜街。料得词人难住。残红送断凄迷影。只旧燕、伶俜相语。抱短琴、何地堪眠。终古此情谁诉。《词综补遗》

# 白曾然（5首）

白曾然，字中磊，顺天通州（今北京通州区）人。以书画闻名，与周庆云、朱祖谋交游，入淞滨吟社、海门吟社。

## 八犯玉交枝

题庞檗子遗词

筝语哀弦，笛声悽竹，梦影月残风晓。春后莺花消泪劫，换入繁霜孤抱。天香轻袅。记取螺墨催题，琼笺尚略闲歌啸。休问影娥池畔，流红多少。　　独怜变征变宫，曲终韵渺。秋灯何处凭吊。正如望、灵均香草。竟移去、成连仙棹。算词客、清愁未了。隔花屏角窥星小。仗社酒重温，魂招远鹤归来早。《全清词钞》卷三十九

## 瑞鹤仙

《浔溪词征》题辞

梦云苕霅远。正江关摇落，伤心歌辨。词仙傥重见。问人间宫羽，几回移换。珍搜断简。尽消磨、琴边酒畔。君善鼓琴，又豪于饮。记当时、小拍红牙，定有练裙题遍。　　疏散。溪山高隐，风雪传抄，未忘文献。神皋薄晚。诗襟旧、泪痕泫。更沉沉终终古，茫茫来日，愁入哀音易乱。君先辑《诗征》，因得乡人词若干首。初病其少，拟假岁月广征之，乃慨时局纷纭，亟待名山卒业。夫词本亡国之音，知君之哀感深矣。剪梅花、共寄乡心，谱箫试按。《清词序跋汇编》

## 蝶恋花

东坡填此解为“同安生日放鱼，取《金光明经》救鱼事”，则与梦坡词丈兹举吻合，因步原韵和之。

地数先符天数五，地协天心，人系长生缕。霓羽双声开绮户，前身应是瑶台女。　　越网千丝休更举，虚说秋船，钓雪曾前度。绕水赤阑如守圉，化龙他日为霖雨。

## 浣溪沙

西溪望秋雪庵

浅水芦花好放船，西风吹梦堕鸥边。禅心莫作絮缠绵。　　选地诗龛熏佛火，移宫乐府答神弦。山灵识我况词仙。

### 瑞鹤仙

梦坡词丈重葺西溪秋雪庵，附筑浙籍词人祠堂。瘦兰词先成，同社皆有和作，因依原韵勉谱此阕。

秋塍花事了。又一夕、蘋风遍摧幽草。湖光逗霜晓。荡丛芦寒影，笛波吹悄。天机断缟。讶飞雪、冥蒙画好。映珠宫曲槛，红萦中有，鬓丝惊老。　　云缈。越山仙去，此会通灵，傥闻清啸。寻诗独到，樵歌晚、寄渔钓。凭危楼忆远，残阳难系，写人沧洲恨杳。但凉生、水国萧疏，渐忘意恼。以上《西溪秋雪庵志》卷四

## 史梦兰（2首）

史梦兰（1813—1898），字香崖，直隶乐亭（今河北唐山市）人。少孤力学，尤长于史。道光二十年（1840）举人。选山东朝城知县，以母老不赴。曾国藩总督直隶，手书招致，深器之。幕中方宗诚、吴汝纶、游智开皆折节与交。国藩留主莲池书院，辞归。总督李鸿章延修《畿辅通志》，又与王灏参纂《畿辅艺文考》。学政周德润以学行荐，旨加四品卿衔。梦兰所为诗文，以抒写性灵为主，不拘格调。著述甚富，有《尔尔书屋诗草》八卷、《文钞》二卷等。今人整理成《史梦兰集》。

### 如梦令

一曲樵柯遂烂，百岁光阴如电。傀儡上场来，说梦几多痴汉。请看。请看。富贵功名皆幻。

永昼问凭书案，帘卷熏风满院。我是睡乡侯，直把华胥游遍。休看。休看。眼底沧桑尽换。子玉孝廉自号“看梦生”，丙寅冬日，以执扇属书。爰作《如梦令》小词二阕以应之。竹素园丁梦尽（?）受（?）语。该词原无题，书于纸条之上，夹于第二页。系史梦兰手书。　　以上《史梦兰集》，天津古籍出版社2015年版，第306页。

# 王耕心（4首）

王耕心（1846—1909），原名昂霄，字穆存，一字道农，自号龙宛居士、净宗学人，直隶正定（今河北正定县）人。王荫祜子，寓居泰州。由主事改南河候补同知，官徐州府南河候补同知。肆力古文，原本经史，上窥唐宋，义法取桐城家法，为文洁净精微。工诗，好填词，情韵深远。著有《贾子次诂》十六卷和诗文集《龙宛居士集》六卷。

## 满江红

读史之四

云起风飞，我殊怪、汉高皇帝。亭长耳、居然天子，烦苛一洗。礼乐不求三代旧，文章能夺千秋气。更遭逢、三杰与陈曹，金瓯济。　人竞惜，经纶意。天独创，英雄例。嗟汉家制度，如斯而已。豁达难容淮上狗，威灵翻纵宫中雉。剧销魂、也笑楚人歌，纷垂涕。

## 满江红

下第南归，舟泊下相，客有谈项王祠故迹者，谱此为吊。

力拔山兮，问谁是、君王敌者。何为铸、六州大错，虐征涵夏。垓下风云殊惨淡。阴陵归计翻潇洒。可回头、三十一年非，凄凉也。　王与霸，均风雅。成与败，谁真假。记斜阳古道，歌风台下。知己千秋怜杜默，绘神一纪劳司马。想丛祠、暮雨飒灵旗，犹飘瓦。

## 菩萨蛮

南归省亲，晓发潞河。

鸥边黄叶争漂泊。京尘黯淡征衣薄。雨过曙烟清。秋光送我行。
心旌孤月影。波逐帆痕冷。归梦正依依。白云南向飞。

## 菩萨蛮

题宜兴蒋香谷词稿

饭牛叩角奚为者。一觞一咏殊潇洒。锦瑟比人长。风高秋叶黄。　窗痕蕉影透。灯意如红豆。漫出水云东。前途有竹翁。以上《龙宛居士集》卷六

# 史恩培（67首）

史恩培（1847—1922），字惺石，号竹孙、葵庵，河北遵化人。同治十年（1871）贡生，光绪十五年（1889）进士，初任山东知县，历署新城、滋阳、巨野、滕县知县，补鱼台县知县，保升直隶州知州。恩培博学多才，精许氏之学，工诗及骈、散文，往往标新立异，独辟蹊径。尝与修《遵化州通志》，为地方诗歌总集《遵化诗存》作跋，有稿本《葵庵全集》十六卷、《鹭藤吟舍诗钞》若干卷、《鹭藤吟尺牍》一卷传世。其词用调较少，声律精工。其连章体词《舞剑词》从剑道、剑法、剑形、剑饰等多个角度描写了剑舞的形态和神韵，颇有燕赵豪侠之风，可与杜甫《观公孙大娘弟子舞剑器行》相媲美；《遵化农歌》将美风俗、厚人伦、富民生的民本思想发挥得淋漓尽致，与欧阳修、王安中等描写地域风物的词不同，展现了一位循吏的为政之德。史恩培说"乐歌输入轨文同"，其词融入西学思想和现代的名物，长于阐说新理，叙写新事物，如写西洋乐器手风琴、自行车、电灯等事物，描写生动，事理通达，而不失词体风调，是晚清民国文人以新思想、新事物入旧格律的成功之作。

## 蝶恋花

自行车用胜石君咏电影戏自拟原韵

世界交通何最捷。忽讶铃声，响过循廊屧。双轮团似蒲葵箑。变幻后先疑叠折。　手似登舟勤握楫。圆转极玲珑。仍防涉躐。相逢晶镜遮眉睫。未宜拱晤谁欢接。

马路无尘游趁晓。前后双轮，圆转频旋绕。警耳铃声趋避早。入夜电灯明更好。　　学步尽的精诣少。坐地仅容，躯时防倾倒。每拟改良低较小。轻迅无危工益巧。

同轨文伦皆变象。劳逸匀停，别出新忍想。高踞强权归握掌。警人灯电铃声响。　　美术夸观争羡仰。帷幕无遮，风雨嘲尘壤。手足勃劬无滞像，依稀蜂蝶盘蛛纲。

## 满江红

秋雪

一片清光，错以作，落花时候。舒醉眼，新凉几许，尽人消受。对镜警人霜鬓，改披衣，笑客冰肌瘦。

## 浣溪沙

题风琴四韵

**琴心**

妙绝无弦竞学陶。外方正大内客韬。巧排牙键列檀槽。　　目送鸿飞足踏鼍。和声谱曲指爬搔。品题丝竹调逾高。

**琴舌**

运动机关妙翕张。依稀汽笛被金章。时间缓急判低昂。　　指法分明趾抑扬。纤尘不翳镜磨光。有谁并坐鼓秦簧。

**琴因**

不必桐材始制琴。牙璋檀板桉成吟。学人鼓箧耐思寻。　　颠倒宫商谱七音。外函木质内声金。未宜黑白不经心。

**琴果**

那必来熏始得风。鞴含笛撅气皆空。劳分手足运由衷。　　西法东装妙不穷。机关颤动视良工。乐歌输入轨文同。

## 如梦令

白秋海棠

容易秋风又到。惯把红颜催老。说是断肠花，偏与雪霜争皎。绝好。绝好。错被梅仙聘了。

## 粉蝶儿

白秋海棠

数遍秋芳，新凉雨褪莲花粉。木犀禅，鼻观频闻。讶无香，清高，耻与超尘□。更羡渠，淡极无痕。　洁□赛菊，篱霜癯神谁品。

## 谒金门

白秋海棠

真奇种。别样肢躯面孔。无香无色，声华迥一作重。　珠攒兼璧拱。傲骨任人讥讽。僻影厌人矜宠。菊瘦梅臞芳接踵。低伏仍高声。

## 十六字令

舞剑词　作上下平韵三十五首

空。密似团云骤似风。精神捷，取意在玲珑。惟剑之器其制最古

道。怒发冲冠冷逼眸。登瀛舞，涉想在千秋。

谙。豹雾窥斑虎穴探。□□□，抵掌作雄谈。

粘。树不离山塔合尖。同和舞，俯仰澈飞潜。

虹。似否飞行器在空。灵岩舞，越女遇袁公。

龙。破壁风雷电雨从。咸池舞，四照现芙蓉。

双。锐气横空影跃江。狮猊舞，巧力鼎兼扛。

奇。志趣一作“气”精诚气与随。凰鸾舞，角胜决雄雌。

机。那必霓裳复羽衣。阳春舞，任世赏音稀。

书。健笔雄文意所如。云天舞，俯仰契鸢鱼。

珠。宛转盘中露不濡。探骊舞，利器羡昆吾。

泥。迎刃警看玉切齐。先鞭舞。子夜孰闻鸡。

揩。拂拭尘埃镜肯埋。同文舞，干羽仿虞阶。

开。现象人间大镜台。凌风舞，运会兆云雷。

神。突卷波澜回出尘。凌云舞，光线绕全身。

文。尚武精神特不群。凌烟舞，名士亦能军。

源。法乳师传不二门。凌霄舞，杜老咏公孙。

团。脱手奔腾似弹丸。凌波舞，环转妙无端。

娴。动合腰肢健臂弯。仙衣舞，不羡老莱斑。

专。养气凝神不计年。乔柯舞，语妙状龙渊。

骁。指顾擒渠手刃枭。翔林舞，取势必精超。

教。薛烛奚曾瑟柱胶。传薪舞，起凤复腾蛟。

韬。满布氍毹彩拂绦。联翩舞，犀利凛吹毛。

科。慎重矜持倒太阿。纵横舞，拂乱笑天魔。

花。省识干将与镆耶。清芬舞，形式肖天葩。

强。口诀名词迭改良。峥嵘舞，欧冶铸鱼肠。

轻。洞澈中边似水精。光芒舞，望气识丰城。

灵。动静机成运不停。轻盈舞，点水一蜻蜓。

鹰。厉痴双眸健翮腾。翻新舞，楼俯最高层。

猴。体育天然指臂柔。争新舞，拂拭认吴钩。

深。学绣鸳鸯肯度针。怀新舞，价抵赠兼金。

谙。豹雾窥斑虎穴探。论新舞，广座引杯谈。

粘。树不离山塔合尖。登新舞，污俗快针砭。

函。礼让环球各解严。同新舞，簪笏集朝衫。

嵌。秋水澄鲜乍出函。环球舞，八表仰威严。

## 十六字令

遵化农歌

东。天然学界画图中。嘉山水，遵化古无终。

农。火烹粒食溯洄从。遵富教，文化启儒宗。

邦。先民制造本敦庞。遵法守，治化浯无庞。

时。恒从庸钝出新奇。遵国粹，理化即常师。

机。发端广大尽精微。遵地辟，风化迩效畿。

书。环球知识戒拘墟。遵民产，雨化此权舆。

儒。优先一作“精纯”比例上农夫。遵俗厚一作士伟，众一作万化岂殊途。

齐。山依铁岭水通黎。遵俗美，众化脱恒蹊。

佳。理原一贯用兼该。遵产富，雨化妙和谐。

才。风雷际会运交推。遵□□，大化若天开。

新。工从创造妙于因一作“因常证果幻于因”。遵祭义，神化重明禋。

文。斯民胞与证同群。遵友爱，合化岂差分。

源。热诚提倡比公园。遵树艺，从卜种滋蕃。

坛。先农辨识极艰难。遵穑事，进化径途宽。

山。抗怀高远必跻攀。遵仰止，感化士民间。

## 十六字令

《香痕奁影集》题辞

香。累世清芬六艺芳。浓熏处，花片扑衣裳。

痕。泪点沾襟酒溢樽。飞鸿不，印过雪泥存。

奁。镜里鸳鸯月里蟾。遥相对，心事逗眉尖。

## 疏影

《香痕奁影集》题辞

天然撮影。讶清才、怪底情肠冰冷。守辙儒宗。割席登徒，风骚妄议删定。群仙游戏无遮会，问本事、无题奚证。　尽销沉、管豹谁窥。那复绮筵重整。伟矣延陵季子。树词坛赤帜。横辟蹊径。探秘采珍，裁锦酬缣，遐迩气求声应。国朝老辈诸名作，选艳体，霓裳同咏。广流传，天籁人间，拈四字嘉名定。以上《葵庵全集》稿本

# 王树楠（3首）

王树楠（1851—1936），字晋卿，号陶庐，河北新城（今河北高碑店市）人。光绪二年（1876）中举，吴汝纶知冀州，聘为信都书院山长。十二年成进士，分户部主事，历四川青神、富顺、资阳各县。因事去职，入张之洞幕府。张之洞命解军火往甘肃，即为陕甘总督陶模所留，襄助政事。累官至新疆布政使。入民国，寓居北平，与清廷遗老诗酒唱和自娱。历任议员参政，清史馆总纂。王树楠的古文出入桐城，是晚清“莲池学派”的健将；诗歌也受张裕钊、吴汝纶等人的影响，从黄庭坚入手，入韩愈、杜甫之室。他曾入张之洞幕府，政治上得到张氏的汲引，又是张氏的同乡，诗学有服膺张氏之处，故而论者多将他列入张之洞、张佩纶主持风雅的“河北派”诗人群体。有《文莫室诗集》八卷、《陶庐诗续集》十二卷传世。王树楠以诗文余事作词，自谓“余幼学填词，先祖谓词以晓风残月一派为正宗，学之恐流于轻佻，余自是不复填词”。①（《陶庐老人随年录》）故流传词作绝少。其词本于性情，感于时事，多有悲愤不平之气。

## 金菊对芙蓉

烽火连天，鼓鼙动地。霎时城郭都非，问长城消息。风雨凄迷，苍天

① 王树楠：《陶庐老人随年录》，中华书局2007年版，第92—93页。

不管人间事，终日里如醉如痴。最堪怜是破巢卵尽，匝树无依。　　只闻屋底乌啼。奈达官走避，又陷潢池。讯主人安在，翠绕珠围，一生拚向花间死。婆娑舞、并蒂连枝。人行乐耳，江山大好，任付伊谁。

## 百字令

万红深处，看班红沓翠，一天春色。蓦地东风狂似虎，满地落英狼藉。蝶慝蜂逃，莺慈燕恨，芳思都消灭。楼空人去，好花从此长别。
伤心巽二杨威，落千助虐，处处鸣鹍鸩。恼恨东皇浑不事，一任封姨剪却。春事虽阑，欢情未歇，不管今和昔。舞裙歌扇，岁华安肯轻掷。

## 水龙吟

当年王谢堂前燕，绣阁雕栏住惯。每逢佳日，穿花织柳，芳情缱绻。蝶舞蹁跹，莺歌宛转，纷纷来伴。看翠衣颉颃，红襟灿烂。　　丹棘馆，青棠院。一夜狂风吹散。怅香闺，柔肠寸断。分飞何处，室亡鸱毁，巢空鸠占。羽尾谯修，自伤户牖，绸缪已晚。叹机心机事，更看黄雀，又逢挟弹。以上《陶庐老人随年录》

# 王照（15首）

王照（1859—1935），字小航，号水东，直隶宁河人。光绪二十年（1894）进士，任礼部主事。改良派人物，参与戊戌变法，是汉字改革的先驱者。著有《官话合声字母》《小航文存》《水东集》等。其词声韵清壮，刚健潇洒，深有辛词神髓。

## 满江红

再题《精忠柏图》，调寄满江红，步武穆韵。乙卯。

世宙无常，总万汇、终归衰歇。贯今古、精神郁勃，惟兹义烈。仇陷亚夫牵甲盾，中伤斛律歌明月。抱不平、江水咽胥涛，同凄切。　　莫须有，冤谁雪。涅背字，几埋灭。计偏安，一任方舆残缺。大厦知难支一木，痛心忍溅忠臣血。轮困姿、耻伴幕乌巢，卑廷阙。

## 西江月

赠南郑彭翼仲，调寄西江月。乙卯。

咫尺仙源有路，此中人不知秦时筹安会正热闹。数家临水自为邻。三斗俗尘扑尽。　　莫说蒹葭倚玉，忘形尔我无分。绿杨宜作两家春。沾得流风余韵。

## 如梦令

仲冬望日独坐航泊轩迎月，调寄如梦令。

林隙灯光明灭。远岸暮钟敲彻。风定碧云凝，托起一轮寒月。清绝。清绝。照见满湖澄澈。

## 鹧鸪天

闲窗遣兴，调寄鹧鸪天。丙辰。

远近鸣蜩迭送声。浮空云影弄阴晴。小斋镇日明窗启，不待迎秋气自清。　　同鹤梦，共鸥盟。坐观垂钓水盈盈。荷香趁暝来寻我，藤榻初眠未掩荆。

## 如梦令

晓色，调寄如梦令。

万树团圞笼雾。旭影彤云遮护。人起不惊鸥，负手堤边轻步。清趣。清趣。领得一湖风露。

## 西江月

新置小舟，邀友未至，调寄西江月。

雨润芭蕉叶大，凉秋百卉增妍。草堂凝望树云天。佳客空怀缱绻。　　准备烟波载酒，不须书画盈船。小航镇日自萧闲。老柳根边系缆。

## 捣练子

晚景，调寄捣练子。

新雨后，碧天长。秋入苍葭一味凉。独坐移时云水静，月钩斜挂柳梢黄。

## 忆江南

蜂雕窗纸，孔密如纱，喜而有作。调寄忆江南。

花光满，深屋隔帘重。怪底游蜂能解事，碎雕窗纸透玲珑。阵阵入香风。

## 点绛唇

雪后湖东回望，调寄点绛唇。

春雪初晴，远峰头戴斑斑白。云山开廓。高柳摇城郭。　　移棹东西，一曲穿溪彴。环湖宅。水天不隔。一点尘无着。

## 西江月

寄赠黄秀伯，调寄西江月。庚申。

二一庐前春满，先生报道迁居秀伯家于汇通祠，榜其门曰：二一庐，大有出世之致。去腊忽往大连弯，为南满铁路顾问。今遣人来移眷，持书告我。林花惨淡鸟欷歔。似怨薄情轻去。　　不是薄情轻去，先生实被饥驱。此间老友赋印须。他日能无还顾。以上《航泊轩诗余》

## 西江月

三浦一竿老人宅作，老人曾为县令，归隐高知县北郭。

彭泽当年斗米，少陵此日渔翁。北山倾黛腻波中。浓蘸一竿翠重。　　园果肥添雨雨，林花乱舞风风。老仙不醉总颜红。手摘金团如瓮。是日老人赠一柑，大径六寸

## 满江红

高知港外舟中作

数点征帆，凭栏处、海天萧瑟。试侧耳、鲸鲵鼓荡，风雷消息。蚩蠢群生谁济渡，时机万变难窥测。叹两年、髀肉暗中生，增凄恻。　　望燕阙，妖氛塞。连海岱，云头黑。为关心添几许，鬓边霜色。潭底龙囚思致雨，阱中虎伏飞无翼。待何当、奋力再腾骧，除奸慝。

## 南乡子

宇治桥作

山水气空灵。两岸林峦列画屏。倚枕滩声清刷耳，泠泠。况复深宵月下听。　芳草未流萤。对面楼帘卷水晶。几处凭栏夜无语，冥冥。高下疏灯影带青。宇治以萤名胜。宇治流萤，山城国八景之一也。然此夜尚无萤。以上《雪泥一印草》

## 临江仙

照胆台东轩赏雨

风雨满湖游未便，开轩静对荷塘。摇摇数点泣新妆。盖倾珠乱撒，蒲柳不禁凉。　枝蔓绕池杂疏密，透来一角湖光。隔湖缥缈见青苍。模糊城郭是，一抹绿烟长。

## 南乡子

由照胆台散步西行

信步绕湖边。云懒山慵近午天。柳岸荷塘度人影，萧闲。梵宇钟声宕碧烟。　几折路回环。逦迤行过竹素园。池馆亭台数不尽，绵延。鸡犬人家半是仙。以上《照胆台吟草》

# 常堉璋（7首）

常堉璋（1869—?），字稷生，号寄斋，直隶饶阳人。光绪二十年（1894）副榜贡生，后考选优贡。吴汝纶弟子，与李刚己、邓毓怡等人交游。曾任教于北京大学，中华民国第一届国会众议会直隶省议员。主持吴汝纶、廉泉等人主办的《经济丛报》，推动新思想的传播，对晚清“小说”的改良有重要贡献。1917年至1924年任刘春霖创办的畿辅中学校长。1908年与刘乃晟合编由北京华新书局出版《中国历史课本》《初等小学中国地理教科书》，有《寄斋杂著》《寄斋文草》《丙申以来诗词草》传世。

长于古文、诗词、书画精能。其词将身事之感，家国之叹融为一体，声律工稳，清丽雅健，颇能写出燕赵才士顿挫幽微的深情。

## 满庭芳

和刚己怀旧次原韵。丙申秋。

旧梦如云，流年似水，岂怀盛会都门。莲叶池上，几辈共琴尊。最是探骊诗句，刘郎外、余子纷纷。到今日，鸿来信杳，望断暮烟村。　怆魂。休更忆、惟吾与子，愁[①]病平分。纵为欢尽日，豪兴何存。又恐异时怀旧，羡今朝、月影花痕。好珍重，秋来风月，容易又黄昏。

## 满庭芳

慨念生平不免今昔之感，再依前调肖均为二阕示刚己。

一棹烟波，主家眷属，昔年道出吴门。沿江上下，醉我酒盈樽。莫问吴头楚尾，送迎处、冠履约纷。一弹指，沧桑变了，归我故山村。　梦魂。犹记归、千帆海市，九派江分。试净揩双眼，故物何存。典到肃鹴裘也，是当年、宿酒留痕。萧条杀，秋风客况，清晓又黄昏。

## 又

冠剑飘零，琴书索寞，惘惘初出柴门。逢君识面，朝夕共琴尊。少日浪游悔我，看诸君、科第纷纷。忍抱此、如云意气，归老故山村。　警魂。君见否、海波鼎沸，大地瓜分。更十年、小劫谁去谁存。可是兴亡有恨，待书生、洒墨留痕。便今日，弃书学剑，东指海云昏[②]。

## 满庭芳

刚己和词略谓盛衰无常，兴亡有数，人世之争徒为自扰，不如青灯古佛，了却尘缘，再返其意为一词。

锦俏年华，风云事业，抛去入禅门。荣枯喧寂，细论待开见。说云车风马，仙境脱尘纷纷。算只有、桃源游去，人世有仙村。蜕魂。　才一

---

① “愁”，《丙申以来诗词草》作“衰”。

② “东指海云昏”，《丙申以来诗词草》作“扫荡海天昏”。

霎、千年劫换，黑白棋分。任黄龙血战，锦豹皮存。我是铁围山外，看乾坤、指上螺痕。却试问、蒲团入定，尘世几晨昏。

## 凤凰台上忆吹箫

寄刘平西

正适中秋，瞬逢重九，题糕蓦忆刘郎。记前番明艳，衰病颓唐。几度寄书问讯，盼消息，雁杳鱼落。莫须是，病如司马，懒似嵇康。　思量，别情旧约，久遏落梅影，早又秋凉。况楼栖闲盼，锦线苏娘。真个藕丝断了，不迎接、桃叶横塘。君更比，横塘流水，情短情长。偕刚己饮于酒家。醉后，刚己欲偕访妓，坚辞不得，遂先遁。刚己觉而迹之，遂偕归，以二词为解。丁酉。

## 浪淘沙

春梦醒棠梨。沟水东西。当筵一醉笑虞兮。莫恨街头联袂去，狼藉春泥。　京洛看花期。与子相携。此情合共忍差池。安得腰①缠逾十万，白鹤重骑。

## 太常引

依心毕竟悟情禅。杀藕剩丝连。春梦卷如烟。只空谷，幽花耴怜。　花飞桃李，春来消息，有禁蝶蜂传。重泛武陵船。管教使、桃源隔天。以上《丙申以来诗词草》

# 李刚己（4首）

李刚己（1873—1914），字刚己，直隶南宫人。家世业儒。光绪二十年（1894）进士，选山西知县，历任灵丘、繁峙、五台、静乐等县。辛亥革命后，兼署大同知府。民国三年（1914），受聘于保定高等师范国文部

① “腰”，《丙申以来诗词草》本作“要”。

教席。李刚己古文受吴汝纶、贺涛指授；诗歌得范当世真传，与吴闿生等人唱和交游，是近代诗坛“河北派”诗人群体的健将，与于光宣诗坛主流。其词作寄寓身世之感，深折幽微，很有清末文人悲概忧愤的情调。著《李刚己先生遗集》五卷，民国六年刊于北京。

## 满庭芳

感旧并索济生和章，用秦少游别意韵。

绕地歌清，连天月皎，秋风又到都门。章台花下，几度共清樽。最忆天津道上，醉梦里、丝管纷纷。酒醒处，匝船蒲苇，灯火出荒村。　伤魂。才几日，胜游雨散，故侣星分。试樽前检点，几辈犹存。回首旧游何处，三年事、一梦无痕。莫惆怅，寒鸦疏木，风雨送黄昏。

## 前调

晚间济生连作二词，追悼旧游，感愤时局，凄音苦节，令人不忍卒读。仍用前调前韵，和成一首，以通其怫郁焉。

市骨何年，埋忧无地，泪落不待雍门。休谈往事，努力尽芳樽。多少故家亭阁，一弹指、荆棘纷纷。君记取，吴宫楚馆，寂寞似荒村。来篇感叹家门之零落，追诉江南旧游，有吴头楚尾等句，故此云云。　怆魂。人艳说，苏张七国，瑜亮三分。问沧桑百变，尺土谁存。可叹数行青史，模糊似、雪影沙痕。归去也，青灯古佛，经卷送晨昏。

## 前调

济生读前篇结末数语，以为古来英雄豪杰、文人学士，或功成业立，或日暮途穷，乃始遁身于此，尚非吾辈所宜言。因究极鄙说，推之至于无垠，而终以“却试问，蒲团入定，坐老几晨昏”之语相戏，乃益为荒诞不经之辞以答之。前调前韵。

世界浮沤，英雄过鸟，沧桑不到空门。熏天事业，那值水盈樽。蝼蚁侯王等耳，只赢得、恩怨纷纷。君不见，丰碑员碣，历历白杨村。　招魂。休更论、蚁宫豪贵，蜗角崩分。任茫茫大地，一粒无存。却看普施法水，洗千番、浩劫余痕。且莫问，名山片语，尘世几朝昏。

## 前调

夜读史记感事兼怀范先生，前调前韵。

稷下人归，信陵客散，曳裾更欲何门。沟中断木，时至或牺樽。南望邯郸旧道，悲风起、落木纷纷。知多少，卖浆屠狗，奇士老荒村。　　悽魂。古亦有、杜邮剑斩，秦市车分。问螳匾雀败，弋者何存。倒挽银河下泻，洗不尽、怨渍冤痕。看公等，手携皓日，照破十方昏。以上《李刚己先生遗集》卷二

# 刘世衡[①]（10首）

刘世衡（1881—1928），字鉴堂，号鉴父、燕山遗老、松坡居士、弢园老人，直隶易县（今河北易县）人。早年在直隶莲池书院攻读举业，宣统元年己酉（1909）科优贡，庚戌朝考一等，签分农工商部七品小京官、商法科科员、候题主事。曾充直隶筹款局文案。宣统二年，经直隶总督陈夔龙以异常劳绩奏奖，学习期满以主事尽先补用；三年，兼充直隶防疫局会办，事竣，复经陈夔龙奏奖花翎员外郎衔，诰授中宪大夫。民国二年（1913），充直隶行政公署秘书处科员，民政长官刘若曾秘书、后从刘若曾回京，任职大理院。1927年7月23日任司法部民事司主事。工书法，五体兼工，其行书、小楷将张裕钊书体雅健之风与个人清丽便娟的思致相结合，颇有新意。刘世衡受桐城派熏染较深，诗词倾向于抒写才情性灵，藻思丽辞，对桐城派诗古文的气韵风神也多能领略。

## 合欢带

贺赵翰香新婚

题红叶，序到重阳。菊绽秀桂飘香。银烛辉煌箫管奏，乌衣巷好赋催妆。鸾舆乍降，雀屏初展，曲谱霓裳羡檀郎。玉女人间伉俪，天上鸾凰。

① 刘世衡词得中国书法家协会吴占良先生慨允，从其收藏的刘氏手稿中辑出。

炉香篆袅，壶漏声长。芙蓉稳睡鸳鸯。料此夕谁能免俗，个中滋味饱经尝。今宵破题，才第一梦，兆熊祥。记来年，画阁重秋，浴麟初试兰汤。

## 浪淘沙

贺邵夫人七十

设帨近重阳。拜祝萱堂。麻姑恭献九霞觞。戏彩莱衣承色笑，兰桂联芳。　医世说韩康。瑶岛分香。从来积善多余庆，漫道海筹称七秩[①]，眉寿无疆。

## 满江红[②]

代唐耀昆贺邦勋仁兄与张女士合卺词

匹练方横，彩鸾恰与文箫遇。都道是、良宵正好，佳期不误。解珮曾留汉水隈，传家犹说将军树。果檀郎，恰得御沟题，红叶句。　银烛辉，兰麝炷。凰笙叶，鹊桥渡。掩芙蓉，谁识个中佳趣。娩婉低声问夫婿。鬟鬓新妆锁烟雾。遍阶前，香草卜宜男，心倾慕。夏历甲子八月初六日，为邦勋仁兄与张女士合卺之辰爰制俚词，愚弟唐耀昆。

## 南歌子[③]

杯泛延龄酒，烟分婆律香。看梧桐一叶飘飏。且喜今年又比，去年强[④]。　泉水泻文妙，旗亭檀曲长。天留逸老阅沧桑。笑说曩时[⑤]攀桂，列仙乡。

遍插千株荔，曾看一县花。归来栗里话桑麻。转觉宦家风味，逊田家。　蓬莱祥云集，莱衣瑞霭遮。漫从绛县问年华。颁到汉宫鸠杖，自堪夸。

---

① “秩”，原文作“豑”。

② 此词本无词调名，审其声律，当为《满江红》。

③ 此词及下首本无词调名，审其声律，当为《南歌子》。

④ “且喜今年又比，去年强”，原稿一作“且喜新秋腰脚，倍康强”。

⑤ “曩时”，原稿一作“当年”。

## 南歌子

膽比菱花小，眉如柳叶弯。曲栏干外万重山。略觉凤鞋兜处，有些寒。　筝弱冰遮扇，窗疏月坠丸。不知何事转心酸。只拣纤纤梅子，插云鬟。

## 齐天乐

海天满眼苍景，羁人半居穷岛。剪水情痴，堆云意懒，乱印泥边鸿爪。良辰易老。怪树垂杨，不知秋到。蟹断鱼罾，败芦深处一灯小。　倥偬戎马未息，问无家倦客，惨绿年少。感插茱萸，寒催橘柚，潮落平流斜照。重阳近了，又雨雨风风，遍兜清恼。十尺邻墙，木樨香好。

## 南歌子

雨窗夜话

夜雨潇潇落，新秋漏正长。挑灯共坐话幽窗。便觉寒风吹体，倍凄凉。　煮酒倾觞饮，高谈兴愈狂。檐前淅沥湿空廊。黄叶声声清韵，触诗肠。

## 浣溪沙

秋波几度泛春愁。底事难言懒上楼。与郎何日话温柔。　含情脉脉双眸锁，斜倚门儿半掩羞。个侬端的为谁留。

## 清平乐

泛舟西湖

湖山才见，浓淡新妆现。一脉荷香来水面，和着雨丝风片。　黄昏瓜艇轻浮，梦痕永结心头。波上彩蒲何在，依然如屋扁舟。燕京墨场——刘世衡翰墨集

# 李葆光（17 首）

李葆光（1890—1940），字子建，直隶南宫人，李刚己子。自幼随父宦游山西，1911 年肄业于保定法政学堂；1914 年考取法官，任职吉林高等审判厅，官至东省特别区域地方审判厅主任检察官；1931 年九一八事变后，挂冠去职，旋居京师；1933 年患病后，以诗书自娱。李葆光既承家学，与成多禄、祝谏、乐骏声等相唱和，复受业于吴闿生习诗古文，才思沉雄，意气俶傥，其诗文雄奇深秀。有《涵象轩集》六卷传世，词附。词并非其所长，然清壮有余韵，《虞美人·燕台怀古》《念奴娇·早雪新晴望太行有感》伤今念远，慷慨悲咽，得燕赵古风。

## 虞美人

燕台怀古

头颅一借秦关远，望古登修岅。水声呜咽荻花秋，犹似白衣相对奏离讴。　　河中战血流难尽，地下埋幽愤。十年劫影满京华，又到几星烽火自天涯。

## 水调歌头

游玉泉山

无地歌长铗，拂袖上青山。山旁清室辇道，高处入云烟。帝业于今何在，只剩残碑三五，寂寞照流泉。酹酒西风里，素月几回圆。　　月如旧，风不定，水连天。是谁千里，一棹驶入夕阳边。我自关山久客，听尽人间鼓角，故国不能还。肠断御沟水，有泪共潺湲。

## 生查子

海仓王女士玉美与蒋生剑华姻戚也。年十四以玉照贻蒋生私约为婚，父母闻而阻之，后经姊姑撮合，阅五年始定，定后四十日而玉美死，濒危语蒋生曰情缘已断，愿结来生，言讫气绝。查轶群女士悲其遇，以泣玉词征词海内，祝果忱主任填生查子一阕，予亦同赋焉。

客子念孤坟，魂梦驰荒甸。玉齿断随风，犹把芳菲荐。　既见忍轻离，离后思重见。此世且无凭，欲作他生恋。

## 浪淘沙

不见燕飞还。几度凭栏。忽闻林际晚钟残。一抹轻云无处宿，卷入高寒。　何自觅乡关。海立山攒。惊尘满地阻雕鞍。且喜松江明月好，拾上鱼竿。

## 采桑子

春寒

西风何事来相扰，卷起轻红。飘入江中，暗泻春光到海东。　罗衣未换寒威透，饮尽千盅。犹似三冬，杳杳天涯望断鸿。

## 南乡子

落花

迅雨复飘风。扫荡林花次第空。纵对一枝强留恋，何妨。依旧翩翩堕水中。　春去已无踪。赤日当头似火攻。莫说金铃能守护，唐宫。争没胡沙一万重。

## 苏幕遮

作画

雁来迟，莺语缓。指点西郊，冉冉春将晚。袅绿翩红犹在眼。作画归来，屋内青山满。　觅封侯，心已懒。掣碎唾壶，逝景何曾晚。头上霜毛搔更短。画里春归，画外人肠断。

## 卜算子

春愁

昔我出关时，只望归来早。关外归来万事非，不独容颜老。　亦有酒浇愁，酒尽愁难扫。春日郊原芳菲多，愁更多于草。

## 归塞北

何所恨，所恨是飘风。吹散庭花春事了，余威仍到画楼中。谁与诉苍公。

## 其二

何所羡，所羡是娇霞。色然群峰无寸碧，蟠桃开出万年花。红晕散天涯。

## 其三

何所惧，所惧是奔雷。叱退三光驱百怪，火龙探爪画梁摧。楼阁荡为灰。

## 其四

何所爱，所爱是瑶琴。纵使松风弹古调，岂真山水少知音。独此感人深。

## 其五

何所恋，所恋是孤灯。破浪乘风非我事，苦吟遥与雁相应。永夜澹如僧。

## 菩萨蛮

西山逭暑

连霄困暑愁无那。闲来偶到山亭坐。四面走清风。凉入万壑松。
更深人未散。处处闲芳宴。独载月明归。胜却杯盏飞。

## 字字双

江南山水清复清。楼上琵琶声复生。罗衣舞尽更复更。北来烽火星复星。

## 菩萨蛮

立秋后，泛舟昆明湖，折得晚荷一朵，归而谱之。

红蕖一朵光侵坐。折来依旧娇无那。何处起秋风。四顾萧瑟中。高楼张夜宴。不问花开散。独自辇花归。免渠波浪飞。

## 念奴娇

早雪新晴望太行有感

出门西望，问太行、色何时青起。三五英雄，垂典籍，后赵前燕朱李。跃马称王，张弓定霸，战血流千里。沉冤凝碧，入山长化晚绮。安得身效愚公，削除天险，永使干戈止。万笏依然，擎晚照，不忍阑干重倚。目倦征鸿，魂飘落叶，惆怅吾衰矣。茫茫大地，尽霾寒雪堆里。

## 长相思

山也游。水也游。几度长安作小留。春郊信马头。　花也愁。鸟也愁。一夜寒风变九秋。不堪重倚楼。

## 其二

山迢迢。水迢迢。千里寻芳到灞桥。登临兴正豪。　风萧萧。雨萧萧。门外垂杨半折腰。人归恨未消。

## 清平乐

夭桃一树。尽日喷香雾。去岁落红满山路。今又含苞无数。　人生几见春来。东风缓放花开。因恐花开易谢，更敲羯鼓相摧。

## 其二

作琳诗册中多赠予之作，喜而作答。

星迴日转。笔力千钧满。泄尽天机天不管。天意期君高远。　百年何事堪哀。等闲埋骨蒿莱。今我成名骥尾，胜他官列三台。以上《涵象轩集》卷六

# 方玉坤（1首）

方玉坤，生卒年不详，活动于清末民初，顺天人。天津监生丁宝舟（字筱舫）妻。性聪颖，能诗词。

## 雁字

叮咛嘱咐南飞雁。到衡阳与侬代笔，行些方便。不倩你报平安，不倩你报饥寒。寥寥数笔莫辞难。只写个、一人俩字碧云端。高叫客心酸。高叫客心酸。万一阿郎出见。要齐齐整整，仔细让他看。《闺秀词话》卷一

# 高毓浵（173首）

高毓浵（1877—1956），字淞泉，本名令谦，字浣卿，号东岑，别号潜子，直隶静海（今天津大港区）人。光绪二十年（1894）举人，二十九年成进士。入翰林院为庶吉士，授编修。兼任京师大学堂教习，1907年赴日本早稻田大学留学，回国后讲授西方文化、历史。清亡后南游南京、上海等地二十余年，后任伪满洲国政府治安部参事。秉儒者之行，博学多才，诗词书法俱臻妙境。然性好吟咏，词不苟作，窈思曲折，能达其状物之妙。著述丰硕，有《读左传随笔》一卷、《春秋大事表补》二卷、《潜子文钞》四卷、《潜子骈体文钞》四卷、《潜子诗钞》十六卷、《微波词》一卷，辑《燕赵词征》若干卷。

## 归自谣

题冯介眉孝廉画竹

风满幅。万个森森束寒玉。一条染出湘江绿。　　龙蛇夭矫蟠空谷。伴幽独。同心更有猗兰曲。

## 浣溪沙

苒苒芳晖下晚窗。愁痕侵脸酒难降。朦胧残梦度长江。　夜久留香凝玉鉔，春寒逗影堕银釭。怜卿怜我照成双。

## 前调

乍见云英便目成。几回重遇又娇生。沉吟不敢问前盟。　寒食频来双燕语，妆楼只隔一牛鸣。朝朝相望最关情。

## 前调

雨过闲阶有落红。梨云吹散小庭空。夕阳容易下帘栊。　好梦短长浓醉后，春光深浅薄寒中。漫将消息问东风。

## 浣溪沙

物幻八咏

擘尽红肪剩壳存。一灯照影化龙身。须髯怒拨似生嗔。　作目未甘随水母，留皮何止唤波臣。但须见首莫批鳞。虾龙

羽化成仙尚带腥。飞升全仗骨通灵。一朝变化似鲲鹏。　问字可曾翻食谱，图形雅合补禽经。泛来鱼枕也名丁。鲞鹳

一梦蠵蜞是也非。江湖历遍久忘机。横行忽地幻横飞。　点水那禁红甲润，临风宛似紫襟肥。舞筵花落不如归。蟹燕

解蜕成形貌六根。吸风饮露旧精魂。垂头抱膝立黄昏。　剑学袁公教少女，琴弹齐后怨王孙。青山绿树本同群。蝉猴

添是何妨学画蛇。嶷嶷头角漫相夸。牵来孺子笑相哗。　木制合名诸葛菜，花开可似故侯瓜。太牢风味让田家。茄牛

花落花开一梦同。六郎转眼变衰翁。独将绿鬓傲西风。　剥尽苦心

皮已皱，生来香界色原空。低眉不语太龙钟。莲蓬人

少艾无端变虎狂。当门俨似爪牙张。若论生质不如羊。　七日化时殊草草，三年蓄后尚茫茫。节逢端午便当王。艾虎

碾玉裁冰巧制成。墙同云母更盈盈。南园草绿是前生。　鬓上不离钗朵重，掌中宛试舞衣轻。梦回栩栩未分明。通草蝶

## 减字木兰花

柳絮

晴烟十里。惹草粘花飞不起。帘幕重重。吹懒东风睡正浓。　一年一度。才见春来春又去。何事飘零。便得沾泥又化萍。

浮踪无定。带雨桃花同薄命。春色三分。流水香尘各夕曛。　游丝十丈。袅向晴空都一样。却笑儿童。捉向前庭杂落红。

灞桥何处。诗思也随驴背去。月晓风残。一片团团雪不寒。　砚池频点。三月芳华惊过眼。糁遍香泥。只共飞花衬马蹄。

## 朝中措

春思

斜阳一抹下朱檐。恻恻晚寒添。夜静有时同梦，日长各自垂帘。无情有恨，多愁善病，只是恹恹。风幌却惊归燕。月钩初剪凉蟾。

## 桃源忆故人

题吴湖帆《丑簃词境图》

两三竿竹森然秀。片石卷然而瘦。居者是支离叟。名此簃为丑。山灵送爽来窥牖。良夜嫦娥相守。有客拈将红豆。一笑新词就。

## 醉花阴

消夏四咏

偷得璇玑明月样。也作团圞相。披拂妒封姨，旋转吹来，不碍茶烟飏。

七轮漫说长安匠见《西京杂记》。奇出前人上。仙骨振珊珊，透体轻罗，要倩桃花障。　电器风扇

织就情丝千万缕。怕惹巫山雨。量比五铢轻，披上香肩，似有微无处。　云霞锦绣差堪睹。绰约添眉妩。不虑湿仙衣，塘外芙蓉，一朵笼轻雾。玻璃雨衣

桃笙八尺全无用。恻恻清寒送。仙馆署招凉，玉骨冰肌，合入潇湘梦。　霜凝茉莉钗翘重。仿佛铜瓶冻。素手好相携，比翼寒禽，可是桐花凤。冷气室

裁冷镂雪争天巧。薇露甘芳搅。玉齿不胜寒，浅笑含酸，晕颊梨涡小。　清凉世界无烦恼。安用香醪扫。内热最难除，十二重楼，冷逼层层好。冰结凌

## 上林春令

楼外黏天芳草。正楼上、蛾眉慵扫。夜寒香梦依微，曾听见、落花多少。　重帘不卷人声悄。任一架、秋千闲了。可怜百啭流莺，唤不回、南飞越鸟。

花应重门虚掩。看蜂蝶、过墙飞散。辟寒金嗽仙禽，浑不识、春宵苦短。　燕支绝塞音书断。但盼得、数行归雁。金闺休梦辽阳，怕无定、河边更远。

## 浪淘沙

秋暮

风雨苦交加。又放晴霞。夕阳只挂小阑斜。几日不知霜信晚，开尽黄花。　离梦隔天涯。愁送年华。间阶立遍悄无哗。井上梧桐桐上月，秋在谁家。

## 南乡子

咏烛

罗幕锁窗寒。背影停妆忍独看。寸寸心灰红不堕，阑珊。双照愁蛾泪未干。　　织笋怯轻弹。甚事撩人细蕊攒。敲断玉钗应有恨，春残。烧尽蚖膏入梦难。

## 一斛珠

咏梅

淡烟佳月。罗俘何处仙人窟。一枝初向春前发。无语湘妃，独立寒蛟骨。　　云际冰蟾出复没。枝头冻雀飞还啄。红尘不到人幽绝。纸阁微吟，直待茶烟歇。

## 踏莎行

寿王西神同年五十

黄绡裁诗，乌巾漉酒。书生幸福良非偶。百年三万六千觞，而今日是方中候。　　桃李盈门，桑榆绕牖。光风满座濂溪叟。先生杖履自行春，依然濯濯王恭柳。

万卷坚城，千金敝帚。悠悠富贵吾何有。写经时换右军鹅，著书任覆扬云瓿。　　陬孟庚寅，辰雄乙酉。文昌照命躔南斗。红尘沦谪要归迟，上元更赐无量寿。

数马教儿，烹鲈呼妇。齐眉百岁真嘉耦。人间自有地行仙，东王公与西王母。　　墨苑张颠，词坛秦九。毫端风雨龙蛇走。策功独拜管城侯，可曾捧砚劳红袖。

南郭笙竽，东方窭薮。俳优文字庄谐口。题名原槐在卢前，论才我自居王后。　　阅遍名场，抛开利薮。春婆旧梦醒来久。当年同步桂宫秋，他时约作芝山友。

## 蝶恋花

题姚亶素《天醉楼填词图》

银汉垂垂秋漏永。欲问天翁，沉醉何时醒。破碎河山愁不整。小楼留寄词人影。　如此年华如此景。一叶梧桐，又见飘金井。红豆拈来题玉茗。凉蟾笑挂帘钩冷。

## 苏幕遮

咏竹

抱烟沉，笼月瘦。秋梦潇潇，只觉添僝僽。一缕炉香留未久。便报平安，奈是人离后。　暗湘帘，寒翠袖。疑珮抚琴，乍认风敲牖。枝上啼鹃犹在否。红泪斑斑，染得筠心透。

## 早梅芳

咏梅有忆

月衔帘，霜沁瓦。冷逼银灯灺。一枝芳意，半壁春痕倩谁写。冻蛟鳞不堕，睡鹤魂应化。记铜瓶纸阁，相伴坐良夜。　意茫然，岁暮也。幻梦真疑假。玲珑瘦骨，绰约香心散轻麝。绿衣空有讯，碧玉终须嫁。漫重看寂寥，疏影亚。

## 洞仙歌

题《红情绿意图》

凝朱[①]晕碧，对溪山佳处。试卷珠帘看眉妩。万花香、竞吐疏影横斜，向雪后，妆点春光无数。　琼闺人乍起，渲染丹青，写上新笺喜神谱。笑问赵师雄，梦醒罗浮，可怀否、朱唇翠羽。留半幅、添描海棠娇，要红烛、高烧绿章低诉。

## 迷仙引

咏避暑山庄

一角斜阳，如此江山，也隔今古。凤阁龙楼，宸游遗迹何处。剩道旁、迎辇草，尚鬖髿烟雨。休更倚长笛，苑墙偷擫，霓裳仙谱。　王气沈龙虎。神社凭狐鼠。太乙青藜，宵深愁照千门户。只叫咽、声声杜宇。等琼花一劫，金仙漫语。

---

① “朱”，一作“脂”。

## 踏青游

咏春草

芳信阑珊，王孙欲来还未。浑不识、天公心事。任绵绵，侵古道，蔓延无际。宿雨后，曾经马蹄行处，依旧绿随游骑。　　野火留痕，春风又吹生意。但行遍、长堤曲水。忆那时，饶士女，湔裙拾翠。忺再见，旧制平头鞋子，踏碎碧苔侵地。

## 江城梅花引

扁舟一叶隐芦花。傍山涯。傍湖涯。渔妇渔童，几个共浮家。昨夜西风吹浪起，任飘泊，是何乡①、是若耶。　　若耶。若耶。路非赊。雨又斜。风又斜。去也去也，去那处、浅渚平沙。只有江天，孤雁叫晴霞。便到风平波又稳，浑不识，定风波、几岁华。

## 辘轳金井

题沈醒庵《春去图》

送春归也。问春归何处，蓬山千万。弱水沉沉，比银河尤远。残英烂漫。只交付、蝶愁蜂怨。软绿成帷，娇红着地，悲欢无算。　　当年鬓丝榻畔。记茶烟轻飏，雨后风剪。过眼韶华，便流年偷换。浮生强半。似露电、也同泡幻。小风收香，哀鹃咽血，替人凄惋。

## 法曲献仙音

频闻北警，枨触予怀，拈送春为题，倚声寓意。

鸟语东风，蝶翻南圃，又是一年春去。炉惜余熏，盏留残醉，依然别离情绪。渐镜里朱颜改，霜添鬓如许。　　去何处。渺天涯、绿杨芳草。千里远、愁听五更杜宇。花事过荼蘼，怕封姨、消息无据。庭院深深，飏茶烟、帘外微冱。讶繁香尚在，一片夕阳浓树。

① “乡”，《潜子词钞》作“鄉”。

## 法曲献仙音

题刘廉生所藏李龙眠绘《大士潮音灵迹图》

龙树衣埋，鸡园灯烬，世界沉沉如梦。贝叶翻经，雨花听讲，当年御香亲捧。看孽海天魔舞，钟声觉凡众。　　白毫涌。见圆光、吉祥璎珞。垂现处、曾在潮音古洞。云护四禅天，问前身、灵叶谁种。写入丹青，付须弥、缘觉供奉。本非空非色，绢素漫论元宋。观者多人，或以为赝本。

## 法曲献仙音

挽周梦坡

白社成虚，黄垆重过，陈迹那堪回首。泪欲倾铅，酒犹沾袖，又是玄年时候。漫检点题笺在，新词淡黄柳。　　秋如旧。只晨星、故人零落。惊别讯、更有程子大潘兰史先后。弱草轻尘，几能禁、鬓霜僝僽。万卷琳琅，早期君、金石同寿。算书生事业，艺苑荣封成就。

## 满江红

吊古战场

一片荒原，送多少，死生豪杰。只满目、寒烟萧瑟，夕阳明灭。古渡乱鸦饥啄肉，长途瘦马蹄沾血。吹西风，草木有余腥，声呜咽。　　千古恨，封侯业。万人冢，无家别。看鹬蚌纷争，有何忠烈？梦里妄谈龙虎气，人间未了虫沙劫。问男儿，应事苦从军，冤难雪。

## 满江红

题王西神《十年说梦图》

一枕华胥，浑不觉，依依十年。横剑话、羽移宫换，弹指云烟。弱水孤蓬今世界，池塘春草小游仙。听鸟啼，花落镇纷纷，惊画眠。　　瓶笙沸，息俗缘。黄粱熟，悟枯禅。问独醒人醉，孰解□玄。睫上巢幎犹福地，耳中喧蚁是钧天。学杜陵，高卧冷沧江，寻钓船。

## 满江红

题林岳威《梅边读易图》

数点横斜，虚窗外，小寒时节。识个里、春光深浅，孕香含萼。冷伴尚人尘外住，静宜居士闲中说。听琅琅，金石出蘧庐，灯明灭。　　群龙战，梨花雪。孤蟾觑，松梢月。正林亭返鹤，漆园醒蝶。河洛九宫青白眚，乾坤六子玄黄玏。待拈花，一笑悟真机，参同诀。

## 浣溪沙慢

感旧

绿暗绣凤滑，红瘦含莺浅。冷香翠幕，入梦孤云懒。芳酝琥珀，未遣春宵短。微雨帘愁卷。无赖是东风，散情丝、漫天不剪。　　乍相见。便远隔仙山，忆惊鸾妒镜，睡鸭酣香，往迹都成幻。深苍寂寥，分付再来燕。一片飞花晚。惆怅怨芳时，已垂垂、枝头子满。

## 满庭芳

题俞寿田《焦岩话雨图》

云幂栊深，风摇灯小，凉夕闲话僧寮。断鸿声急，犹听雨潇潇。无限鱼龙出没，沧波阔、寂寞寒潮。清谈久，瓶笙响答，幽思转萧骚。　　迢迢吟漏永，群峦欲睡，万叶争飘。料明日，登楼更觉清寥。洗出双鬟婀娜，留佳客、聊与逍遥。重游日，山灵应识，含睇好相招。

## 梦扬州

题《停琴伫月图》

月华寒。正玉人、独凭阑干。盼断行云，竹影摇漾珊珊。整香袖、春葱耐冷，试寻瑶干轻弹。无聊夜，相思曲，冰弦欲动还难。　　几许愁堆黛鬟。问上界姮娥，应惜团圞。谱出离愁一曲，犹忆长安。天涯望断人千里，记别时、曾约刀环。情脉脉，金炉篆袅，坐待宵残。

## 凤凰台上忆吹箫

题杨铁夫《桐阴勘书图》

翠幄藏檐，丹铅满案，何人清福曾修。有艳香精舍，唤作书楼。长夏炉烟余袅，回午枕、万卷频搜。于中好，间消獭祭，懒替莺愁。　　飕飕。夜来雨过，都洗尽浮尘，新绿为流。比赋基论画，分外清幽。一任元龙高卧，把戎马、豪气全收。西风起，窗前有声，月在帘钩。

## 天香

咏桂。第二体。

碧叶裁琉，黄英缀粟，何年折自仙府。捣麝成尘，煎龙出脑，散作一庭香雾。商飙荐爽，问几日、吴刚停斧。素魄还延晓月，金精更滋秋露。

回思广寒旧梦，向蟾宫、一枝分与。才博素娥微笑，玉霄难住。此日樨[①]禅悟了，忆忉利、天宫灿金布。寄语淮南，相招漫赋[②]。

## 垣春

咏食蟹

水落渔梁矮，认曲簖、冲寒濑。菰波泛涨，苇灯明灭，村市初卖。笑林烹虎豹确何在。食指动、心先快。筮黄中，离元吉，剥之无咎无害。

拥剑据江湖，真王贵、都付菹醢。肥满富脂膏，和辛苦姜薤。正秋深、一背红熟，饶风味、尽骄银鲈脍。应惬老饕梦，醉乡陪酒海。

## 高阳台

仲炤同年招游浦滨公园[③]

帆度鸥波，楼成厚雾，曲尘吹净江干。一角斜阳，晚红犹抹回阑。万绿沈沈春立久，看垂髯、乳燕翩翻。暂徘徊、小坐芳茵[④]，听沸新蝉。

连朝梅雨摧残。正晴光拂柳，夏气熏兰。病鹤经年。出门天地皆宽。玉宇琼楼前度梦，未忘高处清寒。且归来，明烛清尊，话旧时欢。

## 扬州慢

忆旧京用白石韵

草卧铜驼，门空金马，二千里外遥程。记春郊纵辔，有柳映衫青。曾几日、兴王气换，白头遗老，辛苦谈兵。问辽东、黄鹤归来，犹识荒城。

九边夜火，到而今、鹤唳猿惊。望蓟树梳烟，关云浣月，难寄遐情。

---

① “樨”，《词综补遗》本作“穉”。

② “相招漫赋”，《词综补遗》本作“小山休赋”。

③ 词题《词综补遗》本作“仲炤、溯沂、藻汀三同年招游浦滨之园，时戊辰六月初二日”。

④ “茵”，《词综补遗》本作“荫”。

琼岛玉泉无恙，疏钟定、更续笳声。听天津桥畔，啼鹃应是三生。

## 扬州慢

题《林訒盦填词图》用原韵

寒蝶寻秋，暗蛩啼晓，万缘总是生成。算仙家贬谪，定首属文星。只赢得、三生福慧，镂冰裁月，犹忆瑶京。倘临江、高咏深宵，应有龙听。

草堂韵事，赋停云、分主齐盟。比白石吹箫，黄花漉酒，且寄闲情。待付小红低唱，清嘉话、选入词征。正幽窗吟罢，梅梢微雪声声。

## 双双燕

三水唐颂年得罗吁庭太史嘉福书屏于绍兴姚家埭。款题仙甫，因以赠其同乡陈仙甫，属余为跋。太史登第之岁为道光乙巳，去今已九十年。河山几换，烽火频经，而此屏四幅，完然无缺。以款之偶同，使妙墨得归贤主，文人好事，不争谢公之墩；良友多情，为致丰城之剑。是佳话也，不可以不记。

墨林佳话，算九十春光，几经桑海。茧绦蝇迹，大历旧人谁在。只剩芳馨堪采。更飘落、市头持卖。有灵文字相寻，触目妙如针芥。　　当日。留题锦字。问谁道他年，同名珍爱。蛮笺无恙，呵蠖应劳真宰。一纸河山屡改。独流转、金人劫外。多少巧合因缘，造物故施狡狯。

## 陌上花

花朝微雪

东君故勒春光，料峭晚风寒恻。薄雾浓云，永昼暗如将夕。绿章漫奏通明殿，望帝故乡难觅。更瑶妃、剪水镂冰飘拂，画檐屏侧。　　向南枝、有小梅齐开遍，粉殢酥凝如滴。只惜余芳，晓梦欲醒无力。去年此日还能忆，羯鼓花奴催急。诉闲愁、喜有归来新燕，似曾相识。

## 百字令

题孙子潇太史《把酒祝东风种出双红豆图》

滋兰树蕙，是灵均香草，美人心思。三十三天谁是主，第一天尊青帝。散麝成尘，凝霞作绮，幻化花同蒂。玲珑结子，同生同命同世。

纵归眼应烟云，情丝百丈，摇漾春无际。锦瑟朱弦都幻景，百岁光阴梦耳。顾曲西洲，断魂南国，湿透青衫泪。来生愿祝生天，休再生地。

乾嘉老辈，正承平遗韵，流风未坠。锦绣湖山歌舞倦，赖有文章点缀。图写鸳鸯，诗吟鹦鹉，价贵琅玕纸。绛云红蕙，人间多少佳丽。
而今物换星移，日月双丸，光景都非是。云近玉皇呈五色，我亦案前香吏。帝似啼鹃，客如秋燕，尽入兴王意。犹留一卷贞元，全盛时事。

## 桂枝香

寿汤尧丞五十

蒲觞绿映，正一曲熏风，日长山静。才过天中庭下，石榴如锦。银瓶乍试琼浆冷，袭清芬、早传玉茗。旧禽栖夜，新蝉沸晓，此时风景。
忆十载、江湖鬓影。有紫箫吹月，碧波回艇。丝竹欢踪今日，华胥初醒。年来听遍秋笳竞，喜归来依然三径。小山丛桂，鸿光偕老，百年无竟。

## 疏帘淡月

题黄荫普母柳太夫人《秋灯课子图》

梧阶叶坠，有片月衔帘，照人无寐。烧尽蚖脂滟滟，颤垂烟穗。书声断续鱼更起，别寒花、蕊珠何喜。暗蛩吟彻，冷萤飞度，夜凉如水。
忆青春、孤鸾垂翅。只入抱宁馨，慰人身世。炖了一丸红豆，未干清泪。佳儿不负贞筠志，涉沧溟早成魁士。白头重话，昔年辛苦，孝慈堪记。

## 台城路

柳絮

落花频惜年光晚，春城雪飞初满。拂帽多情，牵条无力，并作一番肠断。疏帘乍卷。看香雾吹来，空庭撩乱。鬓影潜催，丝丝渐向镜中换。
妆楼慵起望远，正眉山扫罢，春寒犹浅。飞燕衔余，游鳞唼后，暗里浮沉谁见。芳尘过眼。莫点水成萍，又添离怨。寄语东风，痴情应更剪。

## 齐天乐

咏猫

书城谁为司防护，酣眠莫同痴鼠。腊腊迎来，盐花聘得，入抱憨怜儿女。衔蝉记取。漫杀业重添，更衔鹦鹉。饱食溪鱼，喃喃苦作梵天语。花阶游戏未已，看风前摸蝶，颠狂如虎。宝鼎跳翻，寒毡偎暖，许住绣帏深处。谁摹画谱。转一线双睛，药阑亭午。为问前身，是萧妃义府。

## 齐天乐

寿夏伯瑾前辈七十

岁寒风雪流光晚，偏宜老松孤健。画烛金莲，冰衡玉尺，曾向蓬山游遍。鹏程乍转。又载石轻漕，濯缨西赣。如此江山，鸟飞鹿走暗中换。频年秣陵薄宦，喜钟淮共影，娱情文宴。五斗新篘，千金敝帚，只当王孙一饭。烟云过眼。却寂寞沧江，耐寒相伴。应识天翁，定多增鹤算。

## 上林春慢

燕

柳拂晴烟，花弹晓寒，乍过一番新雨。翠辇不来，乌衣久别，愁如上皇鹦鹉。几年春社，怅重见、画船箫鼓。向东风、齐着力剪成，满空轻絮。　　郁金堂、莫愁何处。妆台上、曾系玉京红缕。玳梁梦长，银筝响涩，呢喃更闻娇语。绣帘深掩，问前度、旧巢谁主。试双飞，又还啄、香泥重补。

## 上林春慢

题《竹洲泪点图》

苦竹园篱，凉月挂檐，寂寞此中长夜。宿鸟不鸣，更鱼欲动，寒灯一星微灺。素衣披雪，教双鹤、旧书亲把。想幽篁、有一片斑痕，染来如赭。　　晓机声、彻宵未卸。凄风里、叶叶霜华满瓦。拔心劲筠，蟠根孝笋，培成万竿潇洒。汗青不减，好留作、管彤佳话。过烟洲，定重听、箨龙涛泻。

## 花犯

风雨连天，秋声萧瑟，移家海上，孤寄白门，感序怀人，倚此自遣。

正残秋，寒烟弄暝，篱根乱蛩语。一规凉月。拌两地清辉，分照眉妩。暗愁几许禁长夜。西风吹不去。却怅得、倦魂孱懨，幽窗零细雨。　　依稀旧迹有东篱，黄花只绕略，秋光延伫。人意淡，知花意、也伤迟暮。更悲角、呜呜彻晓。梦不到、天涯相忆处。但省识、不如归去，那时闻杜宇。

## 贺新凉

题金子才《周甲诗记》

往事徘徊久。忆浮生、烟云起伏，白衣苍狗。比似间谈花甲录，更借新诗吟就。三百首、题成自寿。袭取邢表名字好，论清才、不落前人后。升沈感，复何有。　　五年聚散今非旧。只秦淮、照人明月，送秋残柳。燕去雕梁鸿印雪，落落晨星宾友。看天半、玉龙犹斗。世外桃源何处所，得逍遥、便是青牛叟。聊相慰，进尊酒。

## 貂裘换酒

咏蟹

海上秋风起。喜浮家、渔庄近舍，鳕乡入市。几日乘潮雄虎豹，自署江湖大使。却一霎、也供刀匕。黄白撑胸何用处，笑无肠、枉号佳公子。横行辈，竟如此。　　萧萧霜鬐添无已。叹文园蟛蜞虚梦，名心半死。乱世文章刍狗贱，能换尖团有几。更休论、平原斗米。枕酒姜盐聊一醉，持双螯且博儿童喜。黄花瘦，暮烟紫。

## 长相思

下罗帏。出罗帏。几日春寒透袷衣。纤腰减半围。　　爱芳菲。惜芳菲。陌上游人缓缓归。杨花扑面飞。

## 又

山悠悠。水悠悠。山水悠悠一叶舟。出门无限愁。　　风飕飕。雨飕飕。风雨飕飕夜未休。梦四春似秋。天机凑拍千古绝唱

## 醉太平

灯残漏残。衾寒枕寒。春庭长夜漫漫。堕凉蟾一丸。　　愁阑梦阑。云干雨干。心香篆袅无端。展鸾笺自看。

## 又

兰蕤髻馨。菱涵鬓青。玉楼高处三层听。谁家笑声。　银屏浸星。金钗剔灯。一方月满中庭。念伊人独醒。

## 浣溪沙

题于非闇画蝴蝶朱竹

画蝶真同化蝶玄。蘧蘧栩栩自天然。五铢颠倒彩衣鲜。　粉翅不惊纨扇里，朱篁恰称夕阳边。滕王墨本妙能传。

## 菩萨蛮

葡萄酒

明珠一架西风里。酿成芳酝凉浸齿。甘美比醍醐。来偕天马无。　琉璃倾满盏。滟滟迷人眼。晕上颊痕鲜。一般红可怜。

## 又

鸭头春水连江绿。新醅酸就桃花麹。满酌夜光杯。沙场醉几回。　百篇诗一斗。雅合呼红友。便贳鹔鹴裘。兴酣凌九州。

## 柳梢青

春思

棠睡烟痴。黎慵风懒，惆怅芳时。衣桁留香，纱窗漾碧，人在天涯。　屟廊重度迟迟。旧行处、苔痕暗滋。只有啼莺，不知春去，飞上花枝。

## 又

烘麝为煤，纫兰作鋡，自爱余芳。鬓影惊蝉，钗痕引蝶，乍整晨妆。　绿窗晴日初长。最珍重、朱阑夕阳。已忍跉竮，莫添憔悴，辜负流光。

## 南柯子

题沈越若太史《井梧感旧图》

罢鼓齐门瑟，重吟幕府秋。东阳词老是风流。二百余年往事、数从头。　　吴郡新诗本，青门旧酒俦。梧桐疏雨不胜愁。摇落光阴来去、总悠悠。

## 忆江南

金陵古迹

江南好，高岭紫金山。下瞰万家如蚁垤，远连众壑象龙蟠。一片夕阳殷。　　辽东鹤，飞去复飞还。革命废兴分二次，伟人功罪待千年。公论在人间。

## 又

江南好，古迹有台城。玄武湖莲红浴鹭，鸡鸣埭柳绿藏莺。六代寄遥情。　　荒冢遍，磷火夜深明。九眼井泉供饮马，两江校舍作连营。钟定听笳声。

## 又

江南好，北极镇浮图。万里江波长浩荡，千年壁垒久模糊。日暮有啼乌。　　龙虎歇，满地卧狼貙。僧占何如兵占恶，钟声不及炮声粗。四顾意踌躇。

## 又

江南好，最好莫愁湖。九曲画屏山对面，一奁明镜水平铺。风动飐红芙。　　棋局在，谁与判赢输。史策光荣惟粉黛，英雄胜败等摴蒱。何必论曾徐。

## 又

江南好，南上雨花台。正学目前空想像，长干里外暂徘徊。第二品泉回。　　兵火尽，乱石浸蒿莱。一将当关关对峙，万人共冢冢深埋。吊古有余哀。

## 又

江南好，明祖孝陵存。坏土已无天子气，寝宫应有美人魂。断甓望桥门。　　冬青老，石兽古坡蹲。遗像丹青犹在壁，荒祠香火不如村。谁与奉鸡豚。

## 又

江南好，山色望清凉。扫叶崚嶒连佛殿，小仓平远见山房。名迹万年长。　　洪杨后，多少劫红羊。粉壁新诗哀故国，芦拥败像礼空王。胜地小沧桑。

## 又

江南好，风月让秦淮。杨柳一溪沽酒旆，桃根双桨画船齐。良夜浩无涯。　　胭脂水，也洗劫交来。大府征租颁酒券，吏人飞禁到诗牌。寂寞钓鱼台。

## 卖花声

咏虞美人花

垓下剑光红。血染芳丛。香魂犹忆大江东。幻影亭亭娇不语，俏立春风。　　楚汉总成空。薄命谁同。兴亡难解是重瞳。湘竹斑斑多少泪，一样愁侬。

## 又

成败总荒唐。何处评量。汉宫春色更堪伤。亦有一姬能楚舞，人彘凄凉。　　顾影立斜阳。红紫芬芳。化为仙卉领韶光。得配英雄生不负，死有余香。

## 河传

闺情

明镜。相映。鬟云松。深锁双眉黛峰。水沈半熏烟未浓。朦胧。夜筹听玉龙。　　树上啼鹃声未了。天欲晓。虚白窗纱小。照流黄。残月光。象床。梦回知夜长。

## 鹧鸪天

古意

紫豆花鲜月半明。冷蛩断续近三更。心藏入抱灯前影，肠断临分笛里声。　　思往事，托遥情。天涯仿佛似重城。怜他鸿雁无凭准，修到鸳鸯定几生。

## 又

天上银河近玉京。画楼西畔记深盟。啼痕还可分新旧，履迹何能辨送迎。　　难消遣，是聪明。别离容易梦难成。那知紫凤回文锦，翻作黄莺疗妒羹。

## 踏莎行

题姜妙香画兰

带雨妖娆，迎风婉倩。更从笔下开生面。千秋香草几多愁，湘皋岂独灵均怨。　　熏艾休锄，焚芝莫叹。孤芳压尽春千万。倡条冶叶艳纷纷，挥毫总让香王冠。

## 踏莎行

题黄翎厂墨蔼高画隐图

烟雨诗禅，林峦笔阵。洞天深处客高隐。残山剩水写来难，碧翁墨墨谁能问。　　海曲梁鸿，江关庾信。白头绝望封侯分。书生事业有丹青，大痴家法传无尽。

## 踏莎行

题于非闇画黄菊螳螂

三径斜阳，一帘疏雨。东篱正见黄英吐。争心消尽看螳螂，何须执翳称雄武。　　高士蘧庐，秋容老圃。星罗棋布添眉妩。赵昌画意倩谁摹，丹青已冠群芳谱。

## 蝶恋花

题李淡如女士篮菊百幅

剪取冰绡秋一抹。秋色无多，秋意重重叠。天女散来花不着。花魂漾作东坡百。　妙手灵心工点缀。百种篮桃，百样花幽绝。试唱西风帘卷阕。君家词尽真双杰。

## 又

东篱应合携篮醉。佳色缤纷，并得渊明意。妥帖安排非易事。传神只在秋心里。　总信金闺多妙艺。以画为诗，以菊为名字。纪文达《题王菊庄画菊》诗“以菊为名字，随花入画图”，女士字淡如，亦取人淡如菊之意。百幅当年称一桂。黄花从此添知己。邹小山侍郎一桂曾画菊百幅，进呈，御题“黄花知己”。

## 临江仙

徐燕孙画醉钟馗，题曰“柴桑高致不图于钟进士见之也”，为题二阕。

酒浸茱萸香满盏，重阳聊作端阳。终南进士薄罗裳。文章无用物，歌舞学清狂。　不识渊明同志否，尊前且醉千场。白衣使者在何乡。葛巾浑欲破，无客款柴桑。

## 又

笏板朝靴谁省识，一官潦倒皇唐。当时有梦动明王。何如仙李醉，宫调进沉香。　受尽揶揄开口笑，时乖魑魅争光。司空见惯不须藏。眼中人未醒，拜跪又何妨。

## 浣纱美人

闺情

金柳丝丝拂玉栏。海棠开后尚春寒。妆成试卷绣帘看。认得眉痕颊晕一般般。　安石榴拈红粒粒，谈已菰喷白团团。水沉心字篆烟蟠。懒步香阶愁见落花残。

## 行香子

榆关苦寒戏作

斗大山城，寒色棱棱。北风吹滴水成冰。循环三日，天气尤灵。只一天阴，一天雪，一天晴。　已到春深，不见微青，却依然冻沍坚凝。角山一角，积玉层层。知是春分，是惊蛰，是清明。

## 江城子

初夏

一番梅雨半晴阴。昼沉沉。夏初临。百啭流莺、犹自弄佳音。众绿渐生阶下满，苍苔迹，更难寻。　画阑干外落花深。自清明。到而今。送得春归、偏负惜春心。窗际芭蕉遮不尽，延素月，照孤吟。

## 惜红衣

荷花生日会贤堂雅集，观什刹海荷花。

净绿栖烟，娇红盥雨，一湾清晓。暗柳深蒲，凉阴逗秋早。莲歌听罢，还记年时曾到。恰对菱花镜，拭见双蛾微笑。　金盘翠滑，泣露成珠，真仙降瑶岛。英雄儿女漫谱，作同调俗以是日为关壮缪侯诞。一盏苾蒭芳沁，且祝众香难老。正小楼骋望，遥认故宫残照。

## 雪狮儿

小白狸生于辛巳正月廿四日，雪毳金瞳，状甚神骏。逾年，上元染病，不食十七日，月蚀时化去，倚此自解。

玉毫堆雪，金眸剪月，原非凡质。小劫昙花，三百六十余日。香桃羸疾。叹捣药、返魂无术。绵惙际、却看天上，冰轮初蚀。　遥想嫦娥倦织。有长生、仙兔谪离兜率。上界罗睺，迎返广寒琼室。萱凋桂殢。要细讯、寒簧消息。归乐国。清泪蟾蜍休滴。

## 满江红

咏萍

一镜奁开，才容得、星星点缀。道前身、垂杨堕絮，子规残血。弱小自随波上下，浮沈谁识身清白。有何人掬水，肯相怜，芳踪托。　鸳鸯梦，多时结。芙蓉泪，无时灭。记三春生日，芳华未歇。香采白莲冲有迹，愁萦翠荇牵难绝。待他年、慧剑断情丝，离尘劫。

## 满江红

题三世同堂画象

高坐黄安，曾亲见、龙蛇起陆。只世外、桃源仙隐，翛然离俗。居士自调林下鹤，群雄任逐中原鹿。记当时立马，驻元戎，来空谷。　青缃业，久充腹。红蕖幕，难容足。留西园行乐，画图一幅。祖德孤鹣遗羽翮，家祥驷马森兰玉。看盈庭、和气照丹青，饶清福。

## 满江红

自题甲申润例。本调只有平入两体，兹用去声。游戏之作，不自拘也。

文字生涯，原不敢、高抬时价。不过是、寒窗压线，为人作嫁。乞米长安朋已少，抽簪宦海官初罢。仗雕虫小技，结神交，留佳话。　米薪贵，真可怕。笔墨费，也堪讶。算躬逢其盛，无方假借。买马多承知己重，涂鸦那免通人骂。略加增、稍润阮囊空，心深谢。

## 满江红

米薪腾贵，已逾桂珠。生计日穷，更增润例以自救。戏拈此调，仍用去韵。

贫瘦书生，却不道、老来运旺。刚碰着、空前绝后，物资飞涨。万贯腰缠那有分，千金敝帚差能享。比右军题扇，直还多，言姑妄。　写不了，糊涂帐。翻不尽，新花样。只空文哄鬼，浑如冥镪。一字一缣真自愧，明年明日何堪想。笑管城、食肉更无钱，休论相。

## 满江红

自题丙戌润例

卖赋千金，毕竟是、长卿落魄。又何必、锱铢计较，屡增润格。扬子解嘲须载酒，鲁公乞米还留帖。笑寒儒多取，不伤廉，穷生活。　浮生事，都看彻。浮名誉，虚忝窃。只委心泥滓，安贫守拙。老来不惊侵晓漏，饥驱剩托沿门钵。且换将、五斗馈贫粮，资饔飧。

## 满江红

归舟

海上归来，真个似、辽东黄鹤。喜无恙、山川风日，人民城郭。老去旁观戎马健，醒来错听邻鸡恶。有茫茫百感，集中肠，谁能说。　去已是，无家别。归又过，清秋节。托一航相送，海潮如雪。天醉难将离恨补，地灵未负生还约。只随缘、寂寞养残生，贫而乐。

## 满庭芳

咏西瓜

琥珀黄凝，琉璃翠滑，瓠犀点点娇红。金刀剖破，峭立小莲峰。嚼碎天浆凉沁，浑争胜、雪藕疏松。直度下、重楼十二，不用镇酥胸。　玲珑湘簟净，一杯桂露，四壁熏风。指团圆、月样美在其中。留得西方佳种，黄台蔓、莫摘唐宫。和冰冷，银牙欲怯，还引碧荷筒。

## 满庭芳

题画

晕碧琉璃，凝蓝杯斝，闲花初放牵牛。生香活色，染出一庭秋。蝴蝶也知人意，双飞处、栩栩风流。斜阳里、谁耽吟兴，人在小红楼。　悠悠深院静，凉飙乍动，宿雨初收。看晚芳、徐引时惹蜂游。何事螳螂睄立，鸣蝉远、执翳难求。清幽景，焚香读画，茶冷定瓷瓯。

## 金菊对芙蓉

寿郭啸麓太史同年六十

南极星辰，东山丝竹，几人清福能修。记少年携手，同步瀛洲。蓬山旧侣今谁健，却羡君、花甲初周。玉觥斟满，祝君八百，不慕封侯。
今日六十平头。受长生丹诀，静与天游。看启期行乐，缓带轻裘。寻仙梦已黄粱熟，更余情、梦补红楼。充箱插架，等身著作，早足春秋。

## 玉蝴蝶

秋闺

翠袖暗惊迟暮，朱楼一角，易惹斜阳。望断天涯，何处渺渺秋光。南雁哀、江枫醉紫，西风紧、篱菊翻黄。漫情伤。才书远信，初卸残妆。　思量。旧时芳径，苍苔漏雨，瘦叶飘霜。衰柳疏枝，晚蝉独抱诉凄凉。鬟云松、孤鸾对镜，眉月上、双燕归梁。引回肠。三生因果，一样苍茫。

## 换巢鸾凤

题淑园偕隐图

如此流光。问平泉草木，几度斜阳。莺巢思故树，燕垒认空梁。当时双屧绕回廊。有人咏花犹留暗香。罗浮醒，剩冷雪，一襟惆怅。　天壤。情惘惘。何处月明，环佩遥空响。争似柴桑，未荒松菊，三径归来无恙。蚊睫焦螟等闲身，真人天际劳幽想。杜鹃啼，断春愁、碧芜深巷。

## 瑶华

题沈思齐同年《维贤词草》

娇云堕砌。梦雨飘灯，问酒醒何处。吟魂幽渺，还料理、鸥外莺边听谱。豆红南国，便粒粒、拈成佳句。倘髯苏不踏黄州，辜负大江东去。　当年管领西湖，道一舸鸱夷，风月谁主。归来彭泽，好领略、酝友桐君清趣。绮情霞想，却刻玉、三年成楮。是前生、白石青门，慧业更增几许。

## 台城路

题平阳般叔祥居士《秋雪饯别图》

西溪一曲林峦好，交芦最耽幽睡。醉水宜秋，临歧载酒，望断白□红蓼。谁摹画稿。把曲曲离怀，写来多少。一叶扁舟，数声风笛弄清晓。　飘飘雪痕无际，都染上丹青，倍添锦邈。樊榭遗诗，越园新本，先后光芒相照。余怀渺渺。惜湖上游踪，此间悭到。余乙丑有西湖之游，著有《湖游小草》，未到西溪也。尺幅长留，深情逾可宝。

## 台城路

题陶谷赠词图

江南花满风光好，迷离驿亭春色。拥帚低眉，弹琶解语，无限幽怀谁识。闲情何极。帐欲绾离魂，柳丝无力。一夜缠绵，别离顷刻隔南北。
香阶手提金缕，笑孱王艳史，终负倾国。鸡唱难留，鸾膝莫续，惆怅岁华相逼。休论小节。叹诏草当年，袖中探得。燕子衔笺，更何人品骘。

## 忆旧游

题仵崇如同年墉乡会试蓝墨原批卷

访槐街桥尽，棘院尘消，一片斜阳。贡院古槐，相传为唐时故物。癸巳后自枯。庚子之役，号舍尽毁。回首青云客，只晨星磊落。饱看沧桑。慭留卌年故纸，无恙在缥缃。是荀况青蓝，和凝衣钵，一瓣心香。　　云山旧相识，话空群过冀，献艺游梁崇如与余以癸卯汴京借闱，同捷南宫。遥溯朱明制，有仙毫五色，细辨丹黄。洪武十七年始定誊录红笔，试官青笔之制。劫余曲江仙侣，应歉榜花芳。《南部新书》："唐大中后礼部放榜，姓僻者曰榜花。"剩片羽堪珍，六时常发奎壁光。

## 海天阔处龙吟曲

题张善子画虎

草堂读罢阴苻，青灯耿耿凝兰焰。披图审视，斑然白额，别开生面。劲气横撑，神威内敛，豪端涌现。更长松相对，夭矫龙蟠，疑天际、风云变。　　闻道山君亲豢。写真形、凭阑细瞰。僧繇家法，飞能破壁，睛难轻点。见齿为真，添髯欲动，经营惨淡。想深山、一啸千光辟易，壮英雄胆。

## 喜迁莺

送苏孟宾大令耀宗拣发广东

波涛如雪。望岭海南天，烟云起灭。捧檄毛公，乘风宗子，不负今生功业。报国宁论下吏，入世何妨豪杰。期有日，把桑榆，收补金瓯完缺。
握别。留片语，相赠临歧，大器须盘错。剑画五洲，杯倾三岛，令曰舞台奇绝。莫道中原气尽，终觉古人福薄。再相见，有经过胜绩，开尊重说。

## 绮罗香

题光淑绵夫人百花画卷

洗砚烘薇，然脂散桂，妆阁尽饶幽赏。晕碧凝红，都付绮情霞想。散花禅、天女前身，翻花谱、喜神真像。正雕窗、并蒂梅娇，几生修到福无量。　　唐宫嘉话多妄。艳话金轮诏下，群英齐放。争及兰闺，顷刻香生缣上。将折枝、摹出徐熙，似晓妆、描来周昉。兆他年、百和熏篝，带围开宝相。

## 惜余春慢

题陈花衷《洲园感旧图》

聘月余笙，酣云剩幔，旧梦不堪重省。橐驼种树，银鹿担书，惆怅谢池春景。终古桑海一尘，蛟蜃楼台，消沉俄顷。最难忘，携手牵萝，莳行苦凝心影。　　经几度、小劫琼花，松屏薇榭，只付蛮笺留咏。疏幌误燕，瘦树愁鹃，苔印屧痕都冷。休说浮生，几何便满百年，也如悬瘿。任无言蓝蔚，分付随缘，自然平等。

## 惜余春慢

春阴

欲暖犹寒，未昏先暝，殢就一天春色。柳眠慵起，棠醉难扶，莫问去年消息。乍见新燕双飞，软语商量，衔泥无力。拨不开，尽日愁云，成阵满空堆积。　　妆阁外、凝炷沉檀，炉熏一缕，飘思茶烟相逼。唇憎酒盏，指涩筝弦，只有梦痕堪忆。省识黄昏，几时润透窗纱，雾浓如织。只索拥香衾，倦卧还闻，夜来风急。

## 沁园春

校费日增，失学者众。男女学生丛起劝资助学。终日营营，所得无几，主持教育诸公衣鲜乘轻，过而不视，而校费之重如故也。戏成一阕。

不是奔吴，何必吹箫，乞食沿门。便索得微资，蝇营有几，诉来苦况，诘屈难伸。泣路王孙，数钱姹女，车过班班听不真。奈当轴，只空谈教育，自富薪津。　　年年号救文贫。叹多少、生徒困蔡陈。从夫子绝粮，而歌不辍，高贤灭灶，热也因人。太学举幡，卑填托钵，两事如何可比伦。君休矣，胡不停内阋，偃武修文。

## 寿星明

弁冕蓬山，春在先生，杖履之中。话访书三岛，收来琬琰，寻仙五岳，踏遍芙蓉。白鹿谈经，青牛望气，万卷应逾万户封。人间世，任海波兴伏，老子犹龙。　　而今笑挹浮洪。看七十、行年有少容。数鬓丝增减，开樽对菊，腰围肥瘦，解带量松。兴蜀文翁，归吴范子，今古三高许并同。中宵望，正寿星南极，照彻鸿蒙。

## 贺新郎

戏赠友除须

学少偷闲好。喜今朝、新添妩媚，全芟烦恼。七尺丈夫无用物，何事留他相表。看光致、便如一扫。不羡染羹骄相国，齿妃唇、更得含樱巧。休觅婿，憗王岛。　　江湖旧梦多倾倒。问当时、双飘燕尾，余香应袅。漫被东方嗤狗窦。总胜蝟毛环绕。比君子、宜逑窈窕。四十年华成幼艾，返童方、赌胜青牛老。后来福，添多少。

## 金缕曲

赠同馆友

冠盖京华热。算只余、蓬莱弱水，盈盈清绝。记逐飞仙游上界，直度金银宫阙。曾几日、琼花一劫。十万聘钱天孙嫁，剩嫦娥、孤影栖秋月。红尘事，何须说。　　冰轮自古多圆缺。悔当年、吴刚玉斧，挂枝偷折。昨夜星沉今夜梦，过眼烟云明灭。休更问、仙家丹诀。一霎西风来容易，便随缘、打叠归箱箧。再而偻，三而竭。

## 金缕曲

题黄瘿瓢画钟馗像

帝令司端午。被丹青、毫添睛点，传神阿堵。下第终南前进士，一梦能通明主。也莫是、肯靡奇遇。密耗纷纷吞不尽，怕将军、扪腹浑难贮。尘世事，□如许。　　唐宫久已成禾黍。欲重寻、香囊玉笛，飘零非故。皂帽蓝袍何气象，终傍人家堂宇。差胜似、门神马祖。蒲酒盈觞聊一醉，兴来时、待学天魔舞。凭妙笔，共千古。

## 金缕曲

题陈子衡铭鉴癸卯乡举试艺册

一卷如冰雪。记当年、高岭矮屋，才名卓荦。织就登科天孙锦，丹挂秋芳先折。传彩笔、并传衣钵。总信文章真有价，纵目迷、五色终无错。留一瓣，心香爇。　　开天往事何堪说。只几人、喜新厌旧，铸若大错。娄尾科名遨头宴，年比兰成射策。早压倒、伊时元白。四十余年江海变，剩白头、共话长安陌。何处得，解人索。

## 秋思耗

北海残荷用梦窗韵

清晓银塘侧。乍晓风、吹过坠红无色。唇褪浅脂，脸消余粉，幽渚行窄。小如叶菱航、旧踪何处觅掩抑。只乱翻、枯盖碧。记醉绿深杯，曲兰同倚，悄见断虹桥外，鬓云堪忆。　　凉夕。那堪露滴。更雨声、促卸残饰。闹红前日。轻衫相映，画圆明白。正满目团团绿云，飞度双燕翼。问故侣、谁省识。度一阕莲歌，花魂能否唤得。只付留题砚北。

## 画屏秋色

感怀

滴断空阶雨。正不眠、孤枕困人愁绪。饥鼠壁鸣，倦禽檐宿，淹淹将曙。感埋首英雄，闻鸡拔剑且起舞。世相遗、心独苦。便白骨成尘，寸心不死，终有分明恩怨，照人千古。　　延伫。天涯何处。忆旧游、飘泊无主。悄然庭宇。霜铺重瓦，月穿漏庑。渐惊起寥天远鸿。相和清夜语。触孤客、情凄楚。叹世事苍茫，任凭琴爨鹤煮。莫问余生几许。

## 多丽

听友人谈本事

莽乾坤，旧恨新愁如织。镇堪怜、柳丝踠地，长条牵引无力。几沉吟、翠绡红泪，尽消凝、孤馆哀笛。比翼轻分，双鳞枉寄，落花如雨，似曾相识。更无奈、六萌车过，凝睇怨何极。终孤负、深盟齿臂，别痕沾臆。　　记风雪兰房寂静。海山密誓今夕。执金吾、丽华并得，绝胜燕支夺颜色。万里难封，三生错认，银河清浅断消息。恼多事，鸩媒尤恶，离讯苦催逼。漫重话、鹦鹉学禅，百感横集。

## 梦扬州

春阴

更无端。阁早春、风信频番。浅逗深描，作出山意荒寒。悄难觅、莺消燕息，小梅犹吐微妍。前游处、谁家院，隔墙欢笑秋千。　　漫向东皇乞怜。只借与韶光，梦里沉酣。走马评量，不识花事阑珊。爱春谁解留春住，镇可怜，蝶老蜂残。空望见，靡芜远道，寄别情难。

## 华胥引

春雪

春光将半，寒色沉沉，碎抛素屑。古塔崚嶒，琼华顶兴云雾接。入眼虚白缤纷，向小阑徐抹。飘忽番风，已过桃蕊时节。　　梅冻花迟，尚盈盈、斗争孤洁。水晶庐外，几回繁英乱落。满盏红娇新酿，待故人同酌。门掩黄昏，破空来照明月。

## 大圣乐

冬至

如此江山，不殊云物，仲冬才半。喜朝来、红旭侵檐，兽炭炙炉，恢得蘧庐微暖。卯酒应斟葡萄酿，争敌得、中山酥一盏。轮指算。问新岁何时，旬日将满。　　初阳乍添一线。望冻萼疏枝春意浅。正水仙新浸，山茶未放，留得清宵相伴。九九画图消寒始，有人起、拈毫工点染。吹葭琯。应黄钟、早梅芳幔。

## 寿楼春

题《南岳图》。张伯驹之夫人潘素绘青绿巨幅山水，祝毛公寿，征题此调。

巍峨群峰青。是藕高峻极，衡岳真形。妙绘楼台金碧，傅粉关荆。烟态活、泉音清。带澧湘、兰茎芳馨。有九面回帆，千寻策杖，遥见老人星。　　思神禹，修山经。尊洪流顺轨，岣嵝题铭。九点齐州如画，紫暾初升。临泰华、吞沧溟。看大千、和平无争。迓南极祥晖，春光万重来洞庭。

## 绛都春

稷园芍药

天香国艳。对旧曲画阑，重看娇蒨。痴蝶乱随，还忆登台香盈担。飞英已逐残春散。几番见、啼鹃红染。夕阳犹湿，芳颜酒晕，小庭深掩。

秾淡。纷披五色，带围众、不识也遭轻贱。上苑御题，词客联吟纱笼暗。东风不拂移春槛。想天上、流光荏苒。玉人盈把胭脂，袖痕碧绀。

## 定风波

和孙正刚在疚病吟原韵

寒殢熏炉火不温。天将刍狗作灰尘。一片牢愁姑屏却。无虐。佛家最戒是痴瞋。　　有病翻欣能暂憩。双睇。思亲眄断太行云。我亦曾经衔恤里。应是。报恩身即负恩身。

刻鹄难成画虎成。最多颠倒是人生。长夜永怀愁不寐。谁记。悲笳怨笛不堪听。　　造物无情今特甚。因恁。练将铁骨愈峥嵘。唤遍鹧鸪行不得，反侧。那能太上学忘情。

## 满江红

题归善邓铁香鸿胪墨迹

铁画银钩，犹可见、浩然之气。是少师、正心正笔，遗传未替。白首名雄骢马使，赤心光耀乌台记。担千秋、道义此其余，精文艺。　　朱邱主，方骄肆。黄阁客，惟姿媚。独高骞风骨，斯真国士。识字何须讥鲜豸，奔泉尚是观神骥。信壮夫、何事不兼长，雕虫技。

## 黄鹂绕碧树

春游

杨柳争春色，迎人系马，万条葱蒨。好鸟枝头，听新簧一曲，不殊箫管。几年禊饮，絜樽酒、来寻芳伴。堪比拟、韵事兰亭曲水，流觞清宴。　绿野游骢渐满。伫芳菲、夕阳无限。望天外、有山屏掩映，云锦舒卷。烂漫凤城十里，怎禁得流光晚。依然陌上花开。乍来双燕。

## 双双燕

和陈莲痕庚寅自寿元韵

德星聚处，又皇览庚寅，秀钟天造。江山笠屐，博得虎溪三笑。休说鹏程浩渺。要省识、抽身贵早。年光正届嘉平，腊鼓催生春草。　奚恼。金车不到。有万卷精英，汗青多少。三朝香粥，借祝佛龄难老。遥望高飞众鸟。留一片、孤云飘杳。全凭福力滋培，庭下桂兰围绕。

## 前调

癸巳腊五祝莲痕寿用前韵

浩然养气，随尘世低昂，便同深造。芦帘纸阁，喜有孟光微笑。连日寒潮渺渺。看梅蕊、春来尚早。登盘嚼菜根香，自寿应添吟草。　䔄恼。纵今不到。想杜牧闻情，误人非少。相怜明镜，犹幸未增衰老。试听南飞越鸟。渐远逐、征鸿声杳。修竹更挺孙枝，玉立坐中环绕。

## 水调歌头

拟乐府春江花月夜

今古一明月，长照大江流。月圆花好，良夜春色胜中秋。万顷波光摇漾，数点星河掩映，佳趣在扁舟。几辈赏春景，此夜足勾留。　洗金粉，歌玉树，话前游。尽消六代王气，天子亦无愁。春是年来年去，花是时开时落，江月总悠悠。莫作苦吟客，客易白人头。

## 应天长

立冬日初雪

枫凋殢晚，松吹酿寒，天公试剪琼屑。砌下数枝残菊，珊珊傲秋节。檐前语，双冻雀。不再见、杜鹃啼血。翔风峭，落絮纷纭，画角呜咽。　还想隔年期，驿路霏霏，轻与故人别。乍听雁声遥度，枯条不堪折。溪梅小，山竹裂。忆往事、个中愁绝。荡今夕，酒盏诗筒，灯火明灭。

## 应天长

寒鸦用美成韵

栖烟几点，啼月半规，凄迷一片寒色。远见布帆停处，凌空尚争食。鸿和燕，宾与客。独自耐、白门岑寂。夕阳外，古塔疏林，墨痕狼藉。　　曾记早春前，五凤城楼，新绿拂萝壁。夜半小窗幽梦，惊回莫愁宅。明霞岭，衰柳陌。更点缀、画家真迹。玉类怨，日影昭阳，还似相识。

## 金缕曲

题南丰赵声伯舍人世骏典适庵书。书一通，小字密写二百余行，约七千余字。庚子八月所寄，叙北京拳乱情状最详。

一卷琅玕纸。数千言、玄黄野战，记来庚子。谶应红巾妖乱炽，王室须臾如燬。新世纪、重开元始是年为西历一千九百年。岂有神明供驱遣，莽江山、抛掷同儿戏。天下事，竟如此。　　黔驴本自无它技。只盈庭、权奸孽庶，排除异己。守汴郭京先例在，覆辙依然相似。更演出、千秋国耻。纵火城门池鱼祸，累群贤、枉堕新亭泣。存此稿，作心史。

## 满庭芳

题刘屯园词稿

鼓箧仙都，结庐人境，胜情别寄歌场。半生湖海，亲见小沧桑。世界龙争虎斗，浑不过、一晌伊凉。销魂处，天涯浩渺，知己有红妆。　　元黄犹未定，撑肠剑戟，满耳宫商。剩评花，醉月顾曲周郎。百岁为欢有几，休轻负、过客时光。新声好，瑶情绮思，对影写苍茫。

## 满庭芳

题袁督师像

万里长城，千寻天柱，一朝摧折成空。误人家国，奸佞有驽笼。不待高飞鸟尽，才赐剑、便尔藏弓。含冤血，西山枫叶，犹染夕阳红。　　怀宗原暗主，自矜明察，更甚昏庸。叹良将，无多窜逐相从。总为功高震主，入孤岛、失计屠龙。留遗像，灵威堪仰，浩气镇如虹。

## 探芳信

积两连旬郊原森绿眺望有怀

过端午。正节临黄梅，镇日风雨。看碧苔侵砌，蜗篆上墙宇。小楼目断天涯阔，新黛添眉妩。万人家、尽意诗禅，淡浓烟树。　　长夏悄忘暑。剩一桁帘垂，一缕香炷。酷吏炎威，问驱遣、何方玄去。绿章翻作祈晴奏，蓝蔚浑无语。待宵来，又照干星湿土。谚云："干星照湿土，来日依旧雨。"

## 踏莎行

题巢章甫《海天楼读书图》

云破深青，海摇空绿。坐中佳士书还读。间披手卷启巾箱，自修心史烧椽烛。　　风阁三层，烟沽九曲。鲈鱼乡味差殊俗。高吟惊起远潭龙，壮观看尽中原鹿。

## 清平乐

题汪公严画杜诗"荒村建子月，独树老夫家"册。

槎枒孤干，峭立荒江畔。茅屋柴篱村舍晚，遮住夕阳一片。　　看看律转黄钟。依然冻冱云封。莫惜杜陵衰老，诗人今古谁容。

## 高阳台

和孙正刚返津伍教留别原韵

甘八罗胸，三千鼓翼，凌云气压文园。湖海论交，町畦脱尽荠酸。新知已足倾群彦，并擅长、落纸云烟。骋词坛，诗是苏髯，字是张巅。
还乡喜得挥谈麈，信名随世出，才受天怜。帐绛毡青，不同冷落蒲团。古今文字宫商谱，辨正声、岂在多言。卜他年，著作盈箱，更富名山。

## 拜星月慢

中秋对月

桂湿凝黄，菊芳散紫，物态年光如画。一样良宵，胜千金无价。爱幽赏，正好、梅花笛谱三弄，竹叶杯倾三雅。玉宇琼楼，说高寒佳话。
夜深沉、树密花枝亚。伊人影、记立秋千架。翠袖倚偏阑干，尚香留兰麝。彩莺娇、应得文箫嫁。银蟾老、不信嫦娥化。看尽放、万丈冰轮，照水晶帘下。

## 满庭芳

乡人以嫩大麦蒸熟，去皮芒，入磨碾成细条，食之极美，名曰碾转，本名䴵䴵。

碧露初凝，黄云未老，腰镰割满筠筐。金刀剪穗，簸去粞和芒。出釜盈盈翠润，还堆上、磨石中央。盘旋处、痴顽驴子，回首正先尝。　中旁成两物，珠投粒粒，玉缀行行。试入口、沾唇齿颊生香。更拌时新蔬菜，兼脔切、蔔紫瓜黄。离乡客，不知此味，三纪感流光。

## 满庭芳

山海关居人度岁，脔切肉为细脍，和粉贮盆，调和五味，蒸熟冷凝，切而食之，呼为焖子。

斫脍霞飞，截肪雪落，粉膏溶就盈盆。匀铺散摆，搅作一团春。姜桂和成五味，松枝火、细细徐蒸。寒凝了、平圆镜面，琥珀润无痕。　炮豚那可比，调来妇手，数出家珍。要小试、金刀玉版轻分。切作零珪断璧，辛盘上、压倒诸荤。呼焖子，称名匪雅，此即五侯鲭。

## 声声慢

听雪

重帘压冷，虚牖生明，因风响来断续。淅淅零零，不是戛松敲竹。金炉兽炭正炙，和煮茗、乍调琴筑。有倦客，耸吟肩、无奈玉楼生粟。
斗室剔残红烛。初入耳、犹疑洒向邻屋。比似春宵，听雨翠帷人独。时惊一声冻雀，拂寒枝、坠落悬瀑。消永夜，却还存、盈盏鹿麹。

## 声声慢

听雪

满满似雨，飒飒因风，黄昏人在重幕。入耳分明，街上数声寒柝。无眠起整旧帙，怯银管、冷馨难搦。重拨尽、鸭炉香篆，袅一丝云鹤。
似啄檐冰冻雀。似瘦蟹、爬沙脚行郭索。隔着窗棂，断续响来盘薄。红泥乍添活火，暖新茶、玉碗独啜。待倦卧，更徐闻、庭竹错落。

## 鹧鸪天

春感

逆旅光阴近八旬。已过七十七番春。迷离幻梦三生石，偃蹇残年一病身。　　思盛宴，感良辰。前游还忆旧庚寅。登龙壮志虚今兴，附骥微名托故人。

忙里不知岁月骎。春光又到古城阴。游骢尽出联朱勒，宿燕重来认紫襟。　　梅绽玉，柳垂金。还将柳絮续前吟。拈毫漫自题蚕尾，注箭安能贯蚤心。

## 鹧鸪天

自感

我是祇林一苾刍。未能成佛堕凡夫。雪明不昧留文苑，利禄无缘困宦途。　　还孽果，慕修徒。来生来必胜今吾。宁为地下修罗道，莫作人间老腐儒。甲午之秋，尝梦至深山古刹，认为前生。所住溪桥精舍，仿佛旧游。梦中得前四句，以为诗也，醒后足成此调。或者有此因果欤。

## 破阵子

闰重三

已见金仙捧剑，再看玉女湔裙。重向山阴招禊友，依旧水边多丽人。迟音滞留光景新。　　月建讹成首夏，新历书误以闰三月为建辛己东君饯过余春。芍药阑前堪赠佩，杨柳园中更布裀。后游仍主宾。

## 朝玉阶

樱桃

朱实离离谷雨天。雨余红烂熟，滴阶圆。流莺绕树羽翩翩。偷窥人不见、啄金丸。　　枇杷黄嫩笋青鲜。蒲觞佳节近，共琼筵。芙蓉阙下赐盈盘。曲江闻喜宴、感当年。

新熟杨梅一样红。树头珠错落，散香风。摘来堆向翠盘中。黄蕉丹荔外、更玲珑。　　春生樊素口脂中。朱唇含紫玉，色相同。当年漫话大明宫。野人令赠与、满筠笼。

## 露华

春尽日园游

饯春尽日。看嫣红姹紫，犹未全开。蝶翻瘦玉，依依邻院飞来。旧倚画阑重叠，待几时携手徘徊。花事了，梨云幻雪，乱着苍苔。　　芳园乍添新绿。讶落絮成团，还染香埃。韶华过眼水边，更起楼台。满径露凝红药，驻屐观如入蓬莱。余兴引，停杯坐酌小斋。

## 钗头凤

美人踢毽子

香丝弄。仙毫综。金钱作坠无嫌重。腰支袅。鞋尖小。腾跳上下，彩霞旋绕。巧。巧。巧。　　云鬟动。星眸送。微嗔不使群儿哄。鹰翻爪。龙出脑。天花不落，汗香缥缈。了。了。了。

## 减字木兰花

美人跳绳

彩绳五色。手挽虹霓多气力。悄步凌虚。一气回旋累百徐。　　纤纤双趾。蹴动香尘飞不起。也觉微劳。两颊桃花红更娇。

## 惜秋华

夏月菊花盛开，师技进，遂夺造化，嗟赏成咏。

万紫千红，对曲廊、夏绿妆成奇景。巧胜化工，炎凉变更新品。繁英艳夺番莲，幻绛雪亭亭仙影。伊谁，望南山在目，吟同陶令。　　浑似小园径。乍夕阳照见，秋容幽靓。莫辨洞天，催发众芳交映。徘徊夜色寂寥，便当作、月明霜冷。金井。动西风、重添逸兴。

## 苏武慢

咏文姬

绝代名花，故家乔木，一旦天涯飞散。胡笳十八，朔漠三千，那望故园能返。孤愤成诗，直同身作和亲，难鸣幽怨。怅玉关迢远递，旃卢零落，年华愁晚。　　念旧时、耳辨朱弦，手摹黄绢，岂道都成前谶。神交两世，信使千金，总是英雄真面。曙后孤星，漫怜重到陈留，悲欢何限。算人间惟有，黄金能弥缺陷。

## 月边娇

秋夜露天剧场观剧

多少楼台，喜雅颂承平，欢腾歌舞。早秋容净，清宵气爽，终是广寒三五。衣香鬓色，趁暑退、招邀仙侣。惊鸿掠影，电幕展、依然眉妩。　　尽多顾曲周郎，按章徐拍，换宫移羽。绣罗围紫，圆圭漾白，仰瞩碧空牛女。良辰美景，但只怕、吹来微雨。长街靡曼，待月斜归去。以上《潜子词钞》

## 南乡子

新欢表爱饮泪如饴，诚韵事也。惜乎雀角穿屋，室家不足，言之辱也。风雅扫地矣。

春色上眉尖，话到相思恨转添。微动眼波红泪堕，阑干。线脱珍珠更可怜。　　滴粉忍轻弹。偎颊沾唇腻不妩，此味是酸还是苦，清甜。舌本余香十日含。

## 又

锦绣花丛乃生蟊贼。方稳鸳鸯之梦，旋遭鸱鸮之灾。香舌犹存，芳心几碎矣。

温软玉丁香，檀口含来气更芳。春梦浓时謦一啮，郎当。薄幸情郎真是狼。　　莺语漫调簧。权当西施异味尝海物有西施舌。昨似蜜甜今似醋，风狂。长舌从今不敢长。

## 洞仙歌

咏猫洗面

溪鱼食饱，有香尘沾汙。侵上阿奴小花面。却缺唇，徐动小爪轻抬，乍津津，眼应眉梢①洗遍。　　双肩时互换。过耳高揩，道是今朝客来验。

① “梢”，原本作“稍”。

欲罢乂回头，舌本余津，向娄尾，尻轮围转。待倦后轻轻，一伸腰，更儿度盘旋，绣茵駢。

### 洞仙歌

咏鼠偷油

幺么小丑，也生成贼脑。黑夜偷窥施乖巧。趁间中出穴，暗里呼朋人不见，便将油瓶拖倒。　　欺人酣梦后，两眼如樊，快意只图目前饱。脚迹湿模糊，飞洒淋漓，问余润得沾多少。看露尾藏头，几何时，怕狭路相逢，阿貍来了。以上《词综补遗》

## 刘云若（2 首）

### 贺新郎

天汝何无赖？任蛾眉、身流万里，魂销一代。忍见王嫱千载后，重有玉妃出塞。只马上、琵琶尚带。玉拨弹残辽海月。算难偿、梦雨离云债。春初老，花先败。　　燕支山下东风改。莫思量、长干旧里，莺花新寨。长是胡沙欺玉雪，尘土惯销粉黛。怕生入、玉关难再。七十二沽春减色，剩媚香、楼底愁成海。莺与燕，空相待。《北洋画报》1929 年 4 月 30 日第 320 期

### 水调歌头

夜撰小说慨然有作

如此人间世，且戴自家天。收拾嵇狂阮哭，歌咏好江山。月没楼栏半角，灯伴酒边一我，写破晓窗寒。腕底呼灵鬼，出与尔为欢。　　十年事，三春梦，一时残。朱颜豪气都尽，拂袖百花前。云幻白衣苍狗，人阅酰鸡腐鼠，恩怨若为传。书空原有字，琴在叹无弦。《北洋画报》1930 年 3 月 11 日第 444 期

# 孙念希（3首）

孙松龄（1880—1954），字念希，号过隙，以字行，河北蠡县人。出身书香门第，光绪年间举人，是高阳文士王士敏高足。光绪二十八年（1902），考入山东高等学堂历史科，与楼辛木、吴次风、高亦君等组织乐群学会、玫瑰诗社，抨击时弊。光绪三十年（1904），响应蔡元培、陶成章号召，发动轰动济南的反清斗争，遭到山东巡抚周馥镇压。同年，赴日本就读于日本法政大学速成科。两年后返回济南，为山东巡抚署幕僚。1916年，黎元洪任总统，丁佛言出任总统府秘书长，援孙松龄为秘书。1920年左右，任北洋大学国文教授。20世纪30年代至40年代中期，任北京师范大学国学教授。在京期间，与燕京大学瞿兑之教授（瞿鸿禨之子）组织成立"国学补修社"，推广国文。抗战胜利后，迁居济南。1949年后，任山东文史研究馆馆员，与楼辛木、秦文炳、辛铸九、左次修、吴一云等人成立"偕老会"，进行诗词唱和。

## 浣溪沙

西沽桃花节假北洋大学招待日，花前迟客题名柬去年诗友，并启诸游侣。

几度因花得会痴。花开一度一相思。花前东道不须辞。　自拣风亭供煮茗。强要云客过题词，要留名字与花知。

## 浣溪沙

看桃花花下赋

一色明霞历乱红。几株春雪淡迎风。更堪怜处碧纱笼。　梦浅只疑来日短，颜低微损去年丰。似人憔悴尽愁侬。

## 菩萨蛮

看花归赋

渡头同道看花去。春人春服盈春语。去去晚才归。归舟风浪飞。

细筹明日路。只欠消尘雨。雨起却关情。宵来数问晴。　以上《北洋画报》1928年4月14日第179期

# 苏耀宗（39首）

苏耀宗，字孟宾，号钝禅，直隶交河县（今河北泊头市）人。光绪二十三年（1897）举人，拣发广东知县。与巨鹿高月卿、津门高毓浵等人交游。著有《忏余词》一卷。除高毓浵所选之词外，又有《浣溪沙·紫箫声馆天津竹枝词题词》一首，收录于冯文洵《丙寅天津竹枝词》中。其词抒写情志，亢爽沉郁，是苏辛一脉，而少风流蕴藉。论诗、题画词知人论艺，颇有知言。

## 摸鱼儿

江南贡院改为市场，过之有感。

矗蟾宫、百寻丹桂，罡风天上吹断。江南旧说人文薮，怊怅水流云散。寻锁院。有酒肆茶寮，嘲哳间歌管。为谁凄惋。忆曲曲蜂房，当年蜕出，几许匡时彦。　荒亭畔。一阵寒鸦噪晚。古槐疏影零乱。羞他老乡秦淮月，不似素蛾槁面。歌缓缓。把文采风流，塌作香尘软。秦楼楚馆。剩解语名花，蕊珠榜里，诗意抡魁选。

## 满庭芳

游胡氏愚园

橘刺牵衣，藤梢碍帽，短杖欲步还停。芳津潋滟，倒浸小峰青。窅窱雪窗雾闺，屏山下、娇语流莺。闲消领。花香茗趣，一笑倒银瓶。　风亭吟月夜，湘妃鼓瑟，子晋吹笙。看裙腰蜡屐，图入篷瀛。懊恼游人笑语，鸳鸯梦、花底频惊。寻归径、修篁古树，烟翠丰冥冥。

## 沁园春

魔术剧场携有狐身而美人首者，一时观者如，堵莫不啧啧称异。戏填

一阕。

曼睩姱客，修尾蓬蓬，人禽不分。岂犹疑不定，行藏偶露，虎威欲假，胭粉偷匀。媚态何工，秽形莫掩，控鹤金轮是化身。惊人事，比刑天异相，记录尤新。　娇嗔送笑留颦。定魇梦春宵解泥人。识深更拜斗，粗成幻相，迅雷避劫，未敛惊魂。粥粥雌风，绥绥雄意，待付留仙志异闻。休诧问。衣冠优孟，面目谁真。

## 浣溪沙

秦淮

杨柳烟丝覆画舟。香云殢雨湿重楼。林莺都解学歌喉。　十里珠帘人似玉，一溪春水碧如油。任经千劫总风流。

## 陌上花

落叶。某公临没，遗嘱分遣其妾，故为此解，时庚申秋日也。

江城一夜秋风，生受者般憔悴。病态啼痕，纷给傍玉阶轻坠。绿窗漫忆成阴候，消尽雨酣云醉。欢而今、付与古词荒驿，乱山流水。　自茧成、赋就恹恹生意。久负芳情旖旎。争料霜凄，金井梦魂都碎。委身自分成尘土，枉冀含英拖蕊。问多情、孰与题诗沟畔，绮缘重缔。

## 忆秦娥

笳声苦。霜凄月冷江天曙。江天曙。秣陵衰柳，撩人情绪。　迢迢此去家何处。青山莫辨来时路。不堪回首，绣帘珠户。

## 满江红

燕市悲歌，问屠狗、旧游何在。剩布袜、青鞋几两，踏翻尘海。孤榻修成罗汉果，一杯宽似须弥芥。满肚皮、尽不合时宜，争嗔怪。　眼前见，沧桑改。耳边听，风涛骇。数仪秦捭阖，韩彭菹醢。尺地难寻干净土，寸衷自阙清凉界。会登高、一啸万山惊，发天籁。

## 水龙吟

题《老马恋栈图》

毛枯齿堕蹄穿，方知刍豆真滋味。长途阅尽，经年老革，渐成精魅。魂断盐车，情萦芳草，吐涎喷沫。任圉人叱咤，提缰振勒，鞭不入、辀辕内。在前曾夸骐骥。负金鞍、久无英气。官桥野店，旧停骖处，望尘先醉。断啮欺人，嘶鸣求食，力痡心诡。识为驹、难冀天闲已远，敝帷堪慰。

## 其二

顽躯耐得鞭策，余生不羡追风足。依依枥下，何心千里，但谋菽粟。见惯王良，焉知伯乐，任伊频蹙。听咻咻终夜，掀唇嚼齿，浑不肯、檐前伏。　　谬托春怀空谷。笑骅骝、任人驰逐。枯槽啮断，未临辕下，身先局促。皮散磨椿，目昏闯壁，乞怜僮仆。待鞴鞍、牵去归途偏识，欲行仍复。

## 其三

奔驰已识途穷，衰残孰与供刍秣。天留，地席豆香莝软，任伊咀啮。一饱何壮，攒胸虻蚋，没蹄波勃。趁阻人风雨，云昏月黑，客尽日，间蹂蹀。妒煞同槽龉龁。恣余生、草间偷活。鸣难适意，棰防就辔，懒循轨辙。贪似牛呞，疲同驴蹇，种非汗血。问一朝、车殆魂依故厩，几时消灭。

## 菩萨蛮

秦淮妓樊小桂者，某当道见而悦之。逢迎者强为脱籍以献，非小桂意也。戏为此解。

天风一阵飘金粟。坤灵扇应人如玉。舍笑阅檀奴。聘钱偿也无。依身非自有。何惜樱桃口。连闼洞房深。应难锁妄心。

## 金缕曲

秋柳

重负章台约。认依依、白门疏影，绮情萧索。向晚离亭三弄笛，始信西风轻薄。曾见惯、莺梢燕掠。占断风流眠不起，算而今、好梦初惊觉。衰病里，雪霜虐。　　小蛮瘦损腰肢弱。漫累得、樊家阿素，一般嘲谑。数点栖鸦流水外，万缕新愁何托。且暂把、清寒忍着。百尺柔条工缱绻。待来年、再抱阳春脚。怕回首，旧池阁。

## 浣溪沙

病中偶成

品药量茶趣亦清。小床短梦雨声声。黄花相对可怜生。　凉漏敲残孤客枕，夜风吹瘦五更檠。病魔束伴是多情。

## 柳梢青

病后寄湘荃江阴

寒菊便娟。风风雨雨，又度今年。潦倒东篱，花催人瘦，一笑相怜。
江皋忽忆游仙。凭眺处、长波杳然。云影帆遥，雁声橹远。秋到吟边。

## 卖花声

吴语小蛮娃。惯坐郎怀。闲窗故故弄牙牌。问到梳头娇不语，红了香腮。　门苳此重来。几度花开。丁香细蕊厌金钗。认取眉山双黛色，还在天涯。

## 水调歌头

揽镜嗒然笑，如川好头颅。黄金磊砢满地胡。乃作穷儒。昨夜狂风吹梦，飞越琼楼十二，濯魄向冰壶。星斗拂怀袖，探手摘明珠。　尘外看，人间世，近何如。残春尚好，黄鹂花下苦相呼。醉倚芳醪一瓮，闲掷《离骚》一卷，万事水云徂。为问风前蝶，果否是真吾。

## 念奴娇

弃妾

芳魂惊碎，蓦花舆迎到，新人如玉。七载依依临镜地，似隔万重山绿。妒眼含瞋，羞容界泪，欢去还停足。秋霜生鬓，天涯那觅金屋。
一霎短梦迷离，喃喃呓语，犹盼鸾胶续。十尺流黄亲手织，忍别凄凉机轴。解语鹦哥，多言燕子，莫漫申申讟。天寒翠袖，谁怜倚编修竹。

## 更漏子

月窥帷，风灭烛。无赖欺人幽独。调玉琯，弄银筝。隔墙闻笑声。　　花影重。云痕冻。闹解挟持残梦。罗袜窄，绣衾宽。总知今夜寒。

## 阮郎归

凄凄烟雨别江南。惟贻泪一缄。深情密意托春纤。频将红袖拈。　　花亚鬓，绿盈襜。新愁满镜奁。悔教攀书柳毵毵。无条可系骖。

## 生查子

郎是绿杨枝，妾是枝头絮。薄质寄君身，忍使轻飞去。　　飞去不飞还，魂断长亭路。安得石尤风，吹返江南树。

## 湘春夜月

萤

问王孙，可知芳草幽魂。的的数点清愁，尽留待黄昏。损向绛纱囊里，有何人辛苦，坐到宵分。恰轻罗扇座，一星飞去，堕入墙根。　　飘流何似，乱篁枯沼，踯躅青磷。妒月欺灯，空照遍、水亭烟坞，凉梦无温。宵行熠耀，惜微光、终怯朝暾。秋露冷，看乍明忽灭，沾花惹草，最是怜人。

## 十六字令

新秋

听。金井门阑边一蟀声。推窗看，眉月上帘旌。

## 玉漏迟

雀入水为蛤，伺其甫入，速网出之，时已半化。烹食，味极鲜美，淮扬间人极重之，名曰西施舌，戏为此解。

浣粉人去杳。零脂剩粉，留遗多少。网入扁舟，休说忘情鱼鸟。调得酸咸几许，只合令鸱夷倾倒。风味好。芳心捧处，玉鱼微掉。　　嫣然吐向唇边，似觑着、鸳鸯五湖春晓。莫漫轻尝，须视个侬颦笑。不信温柔半段，便为属、吴宫花草。堪醉饱。满口江蓠同调。

## 满庭芳

橘瓤作脯，昔人名为杨妃舌，并戏成此阕。

宝鼎烟销，纱橱酒醒，玉盘腻滴琼浆。莲尖一寸，微送口脂香。应是海棠睡足，窥鹦鹉、舔破红窗。还舍有，荔枝少许，风味细评量。　　芬芳。曾夜半，无人密语，一次新尝。笑浓津消领，瞒尽三郎。更睆鸡头肉滑，娇儿性、莫漫轻狂。回甘处，依稀旧梦，擘破洞庭霜。

## 齐天乐

风雪岁暮，孤馆寒灯，清愁如缕，不能已也。

冷笳吹上银檐细。严城一更初起。影藉须温，诗凭酒暖，袅袅愁丝无际。冰痕雪意，正冻破梅梢，暗抽春思。梦断红闺，有人夜月共千里。　　领会几行北雁，任四环读去，总是成字。鬓上霜华，天涯草色，久负王孙心事。风尘倦矣。况裘敝犹穿，笔投无计。烛灺寒窗，又晨光透纸。

## 凤凰台上忆吹箫

不倒翁

略具形骸，全无肺腑，岂真百折不挠。特生来倔强，老更蹊跷。任使千回跳仆，翻然起、自在逍遥。新年少，何堪一蹶，总让时髦。　　摇摇。者番独立，经众手揶揄，俯仰为劳。怕骨惊粉碎，重任人描。漫笑尻如轮转，盘踞处、也自称豪。翁休矣，寄身股掌，毕竟难牢。

## 绮罗香

汤婆子

爱许亲肌，眠容抵足，老去奚论妍丑。春梦无多，吟骨慰他寒瘦。入香衾、偏解温存，似暖玉、尽堪消受。算良缘、约定佳期，年年二九与三九。　　恋尔肝肠热久。一片云情雨意，羞难开口。熨转冬心，偎到梦圆时候。香厨下、待作羹汤，绣榻外、休操箕帚。为怜侬、抛却夫人，倚天寒翠袖。

## 一剪梅

断霞鱼尾晚晴天。笛韶悠然。帆影翘然。重重楼阁夕阳边，花是离筵，柳是征鞭。　　萧萧双鬓照清川。愁也如烟，梦也如烟。飞鸿来去笑年年，不在秋前，即在春先。

## 瑞鹤仙

钜鹿高月卿孝廉，年逾花甲，大布深衣，不合时俗。偶随人作狭斜游，有妓名鹤仙者颇垂青睐，盖能赏识于风尘外者。月卿感其意，谱《瑞鹤仙》词以志艳遇，余亦步成一阕以谑之。

笑鬓华如霰。蓦相逢，消领青青俊眼。柔肠为谁断。正玉茗，香浓冰荷灯燦。霜髭粉面。殢春宵、愁深酒浅。叹风尘身世，美人名士，一般凄惋。　　窥见。慧性玲珑，解识怜才，情丝宛转。章台纪艳。红粉泪，青衫怨。待新声，谱出香名，传入玉箫檀板。信诗人老去，犹能指点，莺莺燕燕。

## 眼儿媚

山榴颗颗火珠红。深院绿阴浓。杏黄时节，才看乳燕，飞出帘栊。　　砚池笔架无尘滓，小楷课晨功。抛书倦也，斜支角枕，睡眼惺忪。

## 壶中天慢

题同年费地山太史《怀瑜吟草》

太史名志琮，旗籍，清室贵戚也。少年读书，有侍奉几砚之婢，名瑜姐，娟慧可人。其太夫人曾有“俟汝登第，即将瑜赐汝”之言。瑜闻之，有喜色。光绪丁酉戊戌，地山果联捷成进士，入词馆。惮于家规，未敢即请。旋散馆，出仕两粤，音问日稀。有某王睨瑜美，求之，瑜誓死不奉命。盖有待也。地山浮沉宦海久，竟忌之。未几鼎革，地山以勋戚之胄，志谋复辟，奔走于军阀间者又数年。比事无成，回都，而两鬓已苍苍矣。思及瑜姐，询知已为田家妇。浼人达意，欲谋一面，而瑜不允。惟传寄小像一幅而已。盖不见所以守礼，寄与小像，示情本未绝也。地山大感悔，赋诗八首以写牢愁。四方和者亦甚夥。汇为一帙，献陵张是公名之曰《怀瑜吟草》。余既和诗，后填此调，题于卷尾云。

荒鸡初唱，正星河黯淡，吟魂惊起。已识青天无石补，忽忽梦中身世。热血枯余，尘缘忏后，剩有情丝系。湘枝未落，泪痕先已盈纸。断送碧玉华年，花飞人老，问终成应事。十载犹迟枫叶楫。遑卜他生连理。我枉怜、卿卿非负我，妒煞氤氲使。春容无恙，百声空唤名字。

## 摸鱼儿

槐南庄遇纪粒民，临别填赠。时遍地萑苻，乱象见矣。

正萧萧、满天风雨。何期今夕相聚。应怜憔悴经霜柳，不似昔年张绪。春已暮。恰君是还云，我亦沾泥絮。雄怀消沮。忆岭海风波，榆关鼓角，旧梦尚凄楚丁巳年，粒民在粤东张坚白幕。中以事变，仓卒北归。甲子岁，又随张督军福来与榆关。直奉战役被俘，以计脱，得归。　银钉畔，照见鬓丝如许。韶华苒苒将去。惊心话到红羊劫，生恨青天难补。离乱苦。便买得扁舟，那觅桃源路。销魂又赋。问石火光中，兵尘影里，后会更何处。

## 满庭芳

九日登千佛山

把酒登高，今谁健者，一筇点破苍烟。山灵笑我，腰脚似当年。石磴松风飒飒，三杯茗、飘若登仙。还自摘茱萸红叶，拾级翠微巅。　谈天休更说。齐郊甲赋，鲁壁歌弦。只河声岳色，终古依然。输彼空王法力，专占取、峰壑林泉。游人里，浑忘白发，随众看婵娟。是日山寺香火极盛，仕女如云。

## 齐天乐

题冯问田先生紫箫声馆诗存

黄钟毁弃中声歇，纷纷幺弦侧调。世岂无才，君真作者，重睹浣花神貌。纤尘净扫。向万里秋空，独抒怀抱。萧瑟江关，青云未暮共倾倒。多憾长才未竟，有芦帘缟袂，收拾残稿。开府清新，剑南潇洒，妙句每惊天造。城南再到先生为津门城南诗社健将。怅燕冀骚坛，名流更少。击节环吟，悠然余韵杳。

## 菩萨蛮

滦县贺莕忱先生有女侄需姑，秀慧工针黹，年十六，以瘵卒于乙亥岁元日。临没时，以所绣枕函贻之，留作记念。莕忱伤之，赋诗志悼，遍征和章，爰为此解应之。

方回家学灵芸慧。双蛾欲夺横山翠。知是散花身。元朝朝玉真。
天孙曾货巧。绣出双飞鸟其所绣系双鸟集花枝上。娇鸟日飞飞，香魂终不归。

## 永遇乐

保阳古莲池之东有起小楼者，能尽揽园中花木之胜。鸠盦过而赞之，且曰是楼可名远香，以其得遥挹荷芬也。偶成此解。

池北莲东，是谁偷领，湖山一曲。小阁穿云，危栏俯水，布置无尘俗。百年名胜，亭台花石，一揽不能盈掬。便三春、燕语莺声，都成座上琴筑。　　劳劳过客，诛茅无地，羡煞伊侬清福。取不伤廉，涉还成趣。珍重芳邻卜。任徊半晌，吟哦敬遍，未许敲门看竹。更莫问、晓风来处，远香佳否。

## 沁园春

题刘壁臣《跂劳精舍画卷》

目眺神仙，缥渺危峰，大崂小崂。是淮安华族，游心物外，海滨孤旅，寄兴林皋。碧落堪栖劳山有碧落岩，紫霞可饭，灵境不辞引领劳。凭栏处、对风帆沙鸟。暮暮朝朝。　　何年去作渔樵。狂意领神驰眼福消。叹沧桑劫换，空余雪瓜。萍蓬人老。胜有诗瓢。旧梦重寻，白波青嶂，耳底犹闻午夜涛。留佳话，倩徐熙濬墨，写上生绡。

## 百字令

题《槎河山庄图》

槎河山庄，东武刘氏之别墅也。文正公尝读书其中之锦秋亭。图为名手唐岱所绘，文清公曾遍征当时名辈题跋甚夥。岁久，流传佚落。余友壁臣为文清嫡系，追怀先德故物，浼温佛癯重摹一帧，索余题诗，爰为此解。

锦秋亭畔，望九仙灵峤，天然奇秀。相国门庭非昔日，满径烟萝依旧。三绝词篇，六如尽稿，零落沧桑后。参差乔木，行人几度回首。 难得奕叶文孙，守残拾坠，重觅丹青手。海色岚光明灭里，认取田园十亩。鼎鼐勋华，诗书气味，此地从来厚。叩扉欲问，居停今日归否。璧臣久寄燕都，自云半生中曾归故里一次。　以上《燕赵词征》

## 浣溪沙

紫箫声馆天津竹枝词题词

十载乘槎沂析津。海天风物逐番新。劫灰尽化软红尘。　得鹿谁醒蕉底梦，警鸿难写镜中春。浩歌一曲一伤神。①

# 李叔同（13首）

李叔同（1880—1942），初名文涛，改名岸、成蹊、广侯等，字惜霜，号叔同。祖籍浙江平湖，生于天津。清光绪二十七年（1901）就读于南洋公学经济科。以官费留学日本，在上野美术专门学校习油画。加入同盟会。于东京组织春柳社，编演戏剧。归国后，任教浙江第一师范学校、两江师范学堂。民国五年（1916）入杭州定慧寺为僧，法名演音，号弘一。多才多艺，编歌演剧、作画治印无所不擅，又通数国文字。诗词曲艺无一不精。词豪壮与缠绵两种风格兼具，有《弘一法师文钞》等。

## 清平乐

赠许幻园

城南小住。情适闲居赋。文采风流合倾慕。闭户著书自足。　阳春常驻山家。金樽酒进胡麻。篱畔菊花未老，岭头又放梅花。

## 南浦月

光绪二十七年春正月，拟赴豫省仲兄，将启行矣，填《南浦月》一阕

---

① 冯文洵：《丙寅天津竹枝词》，天津古籍出版社2018年版，第149页。

海上留别，词云：

杨柳无情，丝丝化作愁千缕。惺忪如许，萦起心头绪。　谁道销魂，尽是无凭据。离亭外，一帆风雨，只有人归去。

## 西江月

二月杪，整装南下，第一夜宿塘沽旅馆。长夜漫漫，孤灯如豆，填《西江月》一阕，词云。

残漏惊人梦里，孤灯对景成双。前尘渺渺几思量，只道人归是谎。　谁说春宵苦短，算来竟比年长。海风吹起夜潮狂，怎把新愁吹涨。

## 醉花阴

闺怨

落尽杨华红板路，无计留春住。独立玉阑干，欲诉离愁，生怕笼鹦鹉。楼头又见斜阳暮，怎奈归期误。相忆梦难成，芳草天涯，极目人何处。

## 金缕曲

赠歌郎金娃娃

秋老江南矣。忒匆匆、春余梦影，樽前眉底。陶写中年丝竹耳，走马胭脂队里。怎到眼、都成余子。片玉昆山神朗朗，紫樱桃、漫把红情系。愁万斛，来收起。　泥他粉墨登场地。领略那、英雄气宇，秋娘情味。雏凤声清清几许，销尽填胸荡气。笑我亦、布衣而已。奔走天涯无一事，问何如、声色将情寄。休怒骂，且游戏。

## 菩萨蛮

忆杨翠喜

燕支山上花如雪。燕支山下人如月。额发翠云铺。眉弯淡欲无。
夕阳微雨后。叶底秋痕瘦。生小怕言愁。言愁不耐羞。

晚风无力垂杨懒。目光忘却游丝短。酒醒月痕底。江南杜宇啼。
痴魂销一捻。愿化穿花蝶。帘外隔花阴。朝朝香梦沉。

## 金缕曲

将之日本，留别祖国，并呈同学诸子。

披发佯狂走。莽中原、暮鸦啼彻，几株衰柳。破碎河山谁收拾。零落西风依旧。便惹得、离人消瘦。行矣临流重太息，说相思、刻骨双红豆。愁黯黯，浓于酒。　　漾情不断淞波溜。恨年来、絮飘萍泊，遮难回首。二十文章惊海内，毕竟空谈何有。听匣底、苍龙狂吼。长夜凄风眠不得，度群生、那惜心肝剖。是祖国，忍孤负。

## 喝火令

哀国民之心死也

故国鸣鹎鴂，垂杨有暮鸦。江山如画日西斜。新月撩人，透入碧窗纱。　　陌上青青草，楼头艳艳花。洛阳儿女学琵琶。不管冬青一树属谁家，不管冬青树底影事一些些。

## 高阳台

忆金娃娃

十日沉愁，一声杜宇，相思啼上花梢。春隔天涯，剧怜好梦迢遥。前溪芳草经年绿，只风情、辜负良宵。最难抛、门巷依依，暮雨潇潇。
而今未改双媚妩，只江南春老，谢了樱桃。忒煞迷离，匆匆已过花朝。游丝苦挽行人驻，奈东风、冷到溪桥。镇无聊，记取离愁，吹彻琼萧。

## 满江红

民国肇造填此志感

皎皎昆仑，山顶月、有人长啸。看囊底、宝刀如雪，恩仇多少。双手裂开鼷鼠胆，寸金铸出民权脑。算此生、不负是男儿，头颅好。　　荆轲墓，咸阳道。聂政死，尸骸暴。尽大江东去，余情还绕。魂魄化成精卫鸟，血花溅作红心草。看从今、一担好山河，英雄造。

## 玉连环影

为夏丏尊题《小梅花屋图》

屋老。一树梅花小。住个诗人，添个新诗料。爱清闲，爱天然。城外西湖，湖上有青山。

## 喝火令

故国今谁主？胡天月已西。朝朝暮暮笑眯眯。记否天津桥上杜鹃啼。记否杜鹃声里几色顺民旗。以上朱兴和评注：《李叔同诗歌评注》，上海交通大学出版社 2013 年版。

# 陈云诰（29 首）

陈云诰（1877—1965），字紫纶、璜子，号蛰庐，河北易县人。光绪二十九年（1903）进士，散馆授翰林院编修。经济文章，并誉河北。宣统三年（1911）任奕匡内阁弼德院参议。辛亥革命后，课徒鬻文字自给，识者重之。陈云诰笃于师门风义，清亡后曾为座师溥良在易县修建宅第安居，颐养天年。陈云诰与溥心畬、傅增湘等交游密切。1951 年 7 月被聘任为首任中央文史馆馆员。1956 年，同张伯驹、溥心畬、郑诵先、郭风惠、章士钊等成立中国书法研究社，任社长。陈云诰长于诗词、史学、尤善书法。其书结体苍健雄壮，古朴庄重，将魏碑的某些特征融于颜书，而形成自己的艺术风格，蜚誉书坛。其词集名《筑声》，满眼兴亡，悲歌慷慨，沉郁苍凉。

## 后庭宴

丁巳秋日家居

风满户庭，日暄松竹。市声不到幽栖屋。闭门日对古人书。篝灯夜课疑见读。　　城南雪后，平林清旷，豁人心目。牧歌樵唱，招隐溪山曲。一水夕阳，多半空鸦阵簇。

## 相见欢

儒冠岂误吾曹。兴滔滔。莫问人间今日、是何朝。　　囊中砚。匣中剑。两飘萧。夜半一庐风雪、读《离骚》。

## 临江仙

北京寓宅

沉沉翔气催更柝，六街车马无声。客中坐对短灯惊檠。廿年身世，遥夜独分明。　　踯躅庭隅新月色，仰看天上流星。冰霜消尽气峥嵘。衾寒帷薄，高卧梦魂清。

## 浣溪沙

风景山河满目非。觚棱凝望泪沾衣。贞元朝士眼中稀。　　往事思量浑似梦，劳生羁旅不如归。西山猿鹤北山薇。

## 浪淘沙

口语上高邱，怅望灵修。数声画角暝生愁。西下夕阳东去水，白了人头。　　反袂泪难收。尘黯神州。天涯芳草思悠。分付白云将恨去，月又当楼。

## 满庭芳

辛未八月寄和叔掖同年辽东

槁叶辞枝，寒花吐梦，西风吹到庭除。故人天末，搔首怅离居。几度蕉窗夜雨，荡动心凉入琴书。遥空里，飞鸿隐隐，一线落双鱼。　　三间香草思，清音振玉。好语穿珠。口中天明月，慰我羁孤。觞咏清时雅集，望觚棱春梦模糊。还寻觅、瀛洲旧侣，重写草堂图。

## 曲玉管

庚午除日

雁外无书，梅边有梦，年光几换新霜鬓。久客悲歌燕市，怊怅明晨，又逢春。爆竹迎年，屠苏送暖，故乡花事迟芳讯。凝思望远，一片空际浮云。点斜曛。　　回首前游，饱领略、满身尘土，而今再到京华，依然憔悴斯人。不堪论。叹频年踪迹，萧萧门巷，冷观朝市，渴望河清，归作山民。

## 菩萨蛮

雪晴九陌无尘土。朱门霓羽调歌舞。蓦地梦魂惊。渔阳鼙鼓声。彩云容易散。蕉萃梨花面。往事怕思量。岩城更偏长。

## 浣溪沙

辛未六月小戎仙寓中作

槐院清阴似水流。东轩绳榻小于舟。扶头一枕梦沙洲。　　归燕呢喃谈旧事，乱蝉断续促新愁。斜阳红上小帘钩。

## 点绛唇

辛未六月四日曾游什刹海

柳岸莲塘，旧时觞咏招凉地。翠漪十里。遮断红尘市。　　廿载重来，风景都殊异。今何世。鹭鸥花庭，也与人回避。

## 暗香

题游梦兰女士画兰

素心玉骨。占锦春弁冕，蓉城仙箓。阆苑十州，育养灵根吐天馥。遗佩湘皋汉浦，谁珍惜、孤芳空谷。待遇得、屈宋骚人，怀抱托幽独。
华屋。照画烛。羡掩映靓妆，溯泗芳躅。送春太速。霜雪无情惨蛾绿。江上沧波远去，遗恨入、凄清琴曲。梦醒候、谁与语，晓莺断续。

## 祝英台近

感东事作

鹧鸪声，鹈鴂语。花事遽如许。狼藉残红，一夜送春雨。有人援笔题愁，心情如茧，那能续、花间新谱。　　燕斜舞。不知飞向谁家，双栖又新乳。芳意重重，垂柳一作杨万千缕。可能身似杨花，飘风拂水，更谁问、春归何处。

## 采桑子

春柳

灵和殿锁春无主，风致翩然。张绪当年。暗阅兴亡起又眠。　　龙池雨后添新绿，眼角眉边。顾口谁怜。暮带斜阳晓带烟。

## 临江仙

感东事

花落花开谁是主，年年看惯沧桑。伤春心事问东皇。残枝红数点，犹自恋斜阳。　风雨况当三月暮，绿阴渐满池塘。院门深闭惜余香。无情双燕子，衔舞过邻墙。

## 水调歌头

己丑花朝和伯驹同年

春色满天地，百卉育新胎。东皇无意将护，小劫入风霾。寐寞王城花事，欢问宣南诗老，城北访西涯。壮士剑光死，谁和筑声哀。　江南岸，芳草绿，别时怀。东山胜处，安石棋局想重开。红杏枝头春雨，深巷衔泥沽酒，屐齿破莓苔。梦绕白门柳，飞絮过江来。

## 千秋岁引

题君子长生砖拓本

劫火销沉，残编掇拾。六艺昌明汉中叶。河间诗书埒秘府，贤王好学留宾榻。与经师，董毛辈，朋簪盍。　君子馆空丛葬合。残甓一拳传墨拓。四字风规宛如接。人珍古陶惠徂谥，天留片楮榆园箧。熹平碑，未央瓦，无瓊蜡。

## 桂枝香

和王荆公

风沙蔽目。怀冀北早春，天近秋肃。俄顷香街雨散，画楼烟簇。春衫未试犹嫌冷，奈凌寒远山高矗。扫余花径，衔来燕子，旧巢泥足。　忆故国、溪山梦逐。遇寒食清明，花事相续。垂老沧桑万感，问谁荣辱。夹城茂树昆明水，又东风千里吹绿。淡云微雨。寻芳慵过，杜陵韦曲。

## 望南云慢

和沈公述

芍药阑中，映晓日帘栊。婪尾春光。烟笼露浥，正绪风甫过，已开尽群芳。瑶砌娇云堕，照画阁、时闻妙香。美人相对，镜里窗前，两斗新妆。　　情伤。旧日东郊，芳塍路曲，依依翠柳成行。天葩万种，任霞卷云舒，土润泉凉。咫尺花村香。忆坠欢、词仙断肠。洛阳声价，比似扬州，合与评量。

## 过秦楼

和李景元

霁雨芳原，良辰烟气，望中乡思悠悠。又客归春暮，怅小聚清尊，饯别无由。正是牡丹开后，斜阳静锁红愁。念天涯羁旅，思归心眼，香草芳洲。　　有万千旧感、盈怀抱，怯空斋梦醒，风送邻讴。寻五侯池馆，剩烟尘冷落，暗记前游。谁识少陵蒲柳，伤春踏遍江头。但城南买醉，消遣烦襟，时上层楼。

## 卜算子慢

和张子野

莺啼日暮，人倦昼长，一觉绮窗惊晚。独上高楼，遍倚画阑三面。遥盼。讶繁阴已换伤春眼。度蝶寻芳，忍逐残红，片片飞散。　　缅想燕王馆。市骏招贤，郭隗人远。落日台空，草树蓟门烟满。消遣。奈愁丝、竟续游丝断。便借得兰成赋笔，哀思谁见。

## 风流子

和张文潜

江南节序早，春来处、花发晓云飞。看十里朱楼，卷帘人远，秦淮晕碧，春水生时。细沙路，据鞍晨跃马，着屐晚听鹂。闻谱柳枝，长干梦绕，迎来桃叶，双桨风低。　　逶迤台城曲，江皋近、惟见柳弱梅肥。谁访胜棋往迹，高处轩眉。念眼中旧侣，山长水远，扁舟载月，来去无期。惆怅翠波烟浦，空送春归。

## 安平乐慢

和万候雅言

栋白迎风，梅黄带雨，园林拂晓尘香。循廊路转，渡水桥通。亭榭掩映，晓日遥峰。正云笼新黛，雾点暗妆。坐久玉阑旁。荷钱绿荡波光。怅客里年华，服前风景，魂梦归去吾乡。松柏浓阴处，此身便拟醉千觞。紫燕将雏，还博得、长闲暂忙。赴花时，携春载榼，不妨诗酒诸狂。

## 绿鸭歌[①]

和晁次膺

柳花飞，少年逸事如烟。倚来风、青青衫鬓，市楼灯火开筵。看冠带、坐围绣鹤，论门望、家世貂蝉。榻上闻歌，屏间顾曲，凤箫低拍和鹍弦。醉扶起、花丛罗绮，深处枉高轩。春宵乐，扬州梦中，月晕娟娟。　　奈啼鸟、飞来警夜，耳边鼙鼓骚然。闭离宫、雾迷蝶路，步上苑、坞冷龙船。彩凤随鸦，朱门易主，伤心犹听昔人传。问当日、梵沉星散，何地座依莲。恨无际，人事转移，揾泪金仙。

## 惜黄花慢

和田不伐

半空金碧。映晓日，布满葱葱佳气。太液池畔，路尘暗阅兴亡，尽付御沟流水。伤春惟见一司勋，问谁悟、高楼诗意。渐黄昏，画角数声，愁满宫际。　　春衣涴尽缁尘，忆旧雨、望极鱼传雁递。漫写幽襟，梦华泪影清歌，尚记蜀宫花蕊。者回重遇白头翁，尽饱领、铜仙滋味。卧病起、雨压落红愁悴。

## 青门饮

和曹元宠

疏雨清尘，淡云开霁。平沙细草，垂杨津渡。蔼蔼芳原，秀塍弥望，林际远山微露。径路炊烟起，聚田园犁锄耕侣。放眼青冥，飞鸟无心，云领深处。　　此地何时重到，嗟鬓染霜华，暮年行旅。易水风帆，蓟门烟树。都作白头愁绪。莺语催人醒，更春城、阳箫花鼓。几番悄倚屏山，无计梦寻归路。

---

① 此词和晁端礼《绿头鸭・锦堂深》词原韵，故词调应为《绿头鸭》。

## 应天长

和康顺庵

酒醒泪湿，笺短意深，天涯故人归路。坊巷东边，翠柏长松翳帘户。同心侣，情款语。叹往昔、岁华应负。忍遥望、日暮云深，别离情绪。　复过酒垆处。凄断山邱，华屋又更主。残句零章，空把深情寄豪素。小斋夜，空院雨。卧榻短、梦魂飞度。任消点、舞絮飞花，恨丝愁缕。

## 春从天上来

和关彦高

久客飘零。眷万点春灯，误认秋萤。听歌开宝，遥隔银屏。云遇万里苍冥。渺高寒天上，只顾兔依旧圆灵。立闲阶，条风袅袅，花雨泠泠。　蓬山玄天尺，五问海外朋簪，散落晨星。彩笔题愁，琼箫流感，斜日淡锁空庭。看人间何世，重磨洗、白眼双青。旅魂醒，薄帷明月，心境清荧。

## 长亭怨慢

和姜白石

又看到、春城飞絮。旧日楼台，锁窗朱户。列鼎朝官，堕鞭王子宴游处。漠南刁马，蓦恻怆江潭树。一晌阅兴亡，只博得、清愁为许。　薄暮。念家山入破，犹暗把归程数。猿啼鹤怨，问天际、白云谁付。悔廿载、梗泛萍飘，忍忘却、山中宾主。剩霜雪盈头，愁对风丝烟缕。

## 八声甘州

和元遗山

宴昆仑霞觞武皇来，云璈穆王传。拥列仙高会，蓬莱瑶草，太华青莲。楼阁飞金燦碧，影倒水娟娟。桃醉春光永，花实千年。　十载沧桑换劫，剩数峰青在，春晚犹妍。映湖田荷稻，绿带注时烟。更何人、伤今忆旧，感兴亡、援笔赋思玄。悲歌苦、访荆高去，击筑尊前。以上《燕赵词征》

# 王桐龄（39首）

王桐龄（1878—1953），字峄山，直隶任丘（今任丘市）人。清末秀才。1902年就读于京师大学堂师范馆。1904年留学日本，1907年毕业于东京第一高等学校；1912年毕业于东京帝国大学文学系，获文学士学位。同年回国，任北洋政府教育部参事。1923年任国立北京高等师范学校教务主任。次年起，任国立北京师范大学历史系教授，曾兼系主任。王桐龄论词贵自然，尚通俗，重趣味，别具一种朴素真挚、平易诙谐的情韵。以为诗词创作要自成机杼，不因袭古文。主张化俗语为新词，写闲情而能驰骋想象，有稚子语言的天真挚朴，多情女子的娇痴缠绵。有诙趣而寓幽思。与民国词坛推尊南宋"涩体"的词学思想形成鲜明的对照，而与新文学重天真、尚通俗的文学旨趣相通。

## 临江仙

白洋淀渔翁

十里长堤烟柳，一湖秋水蒹葭。老人垂钓足生涯。昼眠依蓼岸，夜宿傍芦花。　明月随时作伴，浮云到处为家。前村酤酒卖鱼虾。饱餐红黍饭，细品碧芽茶。

## 鹧鸪天

秋日游扬州郊外

遍野离离长稻苗。绿杨村外柳千条。梧桐着雨犹含翠，菡萏迎风尚美娇。[①]　山隐隐，水迢迢。光摇明月起寒潮[②]。荒坟到处累累是，何处当年廿四桥。

---

① "梧桐着雨犹含翠，菡萏迎风尚美娇"，《韵藻清华》本作"湖心也有清凉客，稳坐船头弄玉箫"。

② "光摇明月起寒潮"，《韵藻清华》本作"明月光中落暮潮"。

## 乌夜啼

满地落红不扫，一庭新绿成荫。海棠开罢梨花谢，知道是春深。　　过眼时光冉冉，回顾岁月骎骎。杜鹃声里韶华暮，辜负惜春心。以上《燕赵词征》

## 鹧鸪天

东京晚春

脱却棉衣换夹衣。自家冷暖自家知。柳丝低舞花含笑，都是风前得意时。　　飞紫燕，啭黄鹂，家家竿上挂鱼旗[①]。万人空巷观樱去[②]，飞鸟山头[③]落日迟。

## 巫山一段云

游颐和园

绣户笼蛛[④]网，雕梁落燕泥。野花空笑鸟空啼。庭前芳草萋。　　帝子龙舟过，仙娥宝瑟携。乘舆东幸不曾归。禾黍自离离。

## 巫山一段云[⑤]

游圆明园故址

殿址埋荒草，墙根浸绿苔。伤心满目是[⑥]蒿莱。瓦砾乱成堆。　　几度銮舆过，曾经帝后来。翠华一去不曾回。空剩[⑦]野花开。以上《韵藻清华》

## 临江仙

哭美国大总统罗斯福

天上彩鸾翔凤。人间风虎云龙。指挥谈笑气如虹。乾坤归掌握，世界在胸中。　　东土尚余魔鬼，西方遽陨明星。哲人其萎泰山崩，一声鸣霹雳，万里失长城。《乡土杂志》第1卷第3期，1945年，第4页。

---

① 作者自注："日本风俗，人家有新生女儿者，次年三月三日前后，用长竿植于院内，悬挂布制鲤鱼形之旗。"

② 作者自注："东京樱花甚多，浓艳过于桃李。每年暮春盛开，市民多成群结队，往花下开野宴。天皇亦在赤坂离宫，召集皇族，大臣及外交团开观樱会。"

③ 作者自注："山在东京市本乡区东北隅，上多樱花。"

④ "蛛"，又作"珠"。

⑤ 《韵藻清华》本此词调寄《南柯子》，误。据《辽东诗坛》1930年第53期所收词改。

⑥ "是"，又作"尽"。

⑦ "剩"，又作"余"。

## 临江仙

清明①

湖海漂流三十载，伤心一事无成。岁华逝水客心惊。一杯寒食酒，千树子规声。　　回首故园春已暮，桃红柳绿相迎。多情布谷也催耕。落花三月雨，飞絮半湖晴。

## 又

游中央公园

柳絮飞完新白，桃花落尽残红。牡丹半老海棠空。丁香初结子，芍药已成从。　　拂水双飞乳燕，彩香乱舞游蜂。今年花事太匆匆。寻春春已去，惆怅负东风。

## 又

庭前红海棠忽开白花

洗尽繁华俗态，催成浅淡新妆。美人初着素罗裳。朱颜浑似雪，鬓发半成霜。　　淡白梨花争艳，轻盈柳絮生香。耻随桃杏斗芬芳。随风飞玉屑，映月吐瑶光。

## 又

书所见

遍地英雄多似鲫，潢池竞弄刀兵。小民到处不聊生。招募至父老，征发及儿童。　　回首共和成底事，空余蛮触相争。国威日坠党权倾。豺狼当要路，狐鼠正横行。

## 又

其二

二十余年兵不解，内忧外患交乘。中原一望使人惊。沿途多饿殍，州县半空城。　　极目黄河千里域，惟余荆棘纵横。良田万顷没人耕。室如悬磬似，野少麦苗生。

---

① “清明”，又作“庚午暮春感事书怀”。

## 西江月

赠隐者

门外一渠春水，门前几树樱花。柴扉半掩夕阳斜。壁上残书一架。镇日南轩静坐，有时萧寺寻茶。无忧无虑老烟霞。爱找渔樵闲话。

## 乌夜啼

自省

愤世文章易作，趋时伎俩难工。廿年辛苦成何事，头脑太冬烘。过眼春花秋月，惊心暮鼓晨钟。一生哪有真闲日，惆怅负东风。

## 添字南柯子

别武昌[①]

驻马荒祠畔，停车古渡头。数声呜咽按凉州。平生千古恨，此日一时愁。　　转瞬八千里，销魂酒一瓯。荻花枫叶楚江秋。身如黄鹤去，心似白云留。淮海曰：离愁别绪，徘徊呜咽。绪末一转，有“曲终人不见，江上数峰青”之致。以上《文化与教育·词录》1934 年第 18 期

## 南乡子

志摩登女子

短袖瘦衣裳。欧式弓鞋六寸长。腻友赶来呼赴会，姑娘。今日宫中选女皇。　　歌舞费评章。邀着情人去捧场。博得彩声真不少，匆忙。到底天天为甚忙？

## 又

寄呈木村先生

两度坐春风。抚养栽培仗化工。一别杏坛将十载，匆匆。往事回思一梦中。　　身世叹飘蓬。南北周游少定踪。师住蓬莱余渤海，西东。一水盈盈路不通。

---

① “添字南柯子　别武昌”，《韵藻清华》本作“南柯子 自汉口北上留别武昌诸友”。

## 又

归故里志感

家住藕花庄。港曲弯深道阻长。一别故乡三十载，凄凉。游子时常恋故乡。　　尘世几沧桑。南北奔驰岁月忙。重过故乡知已少。栖皇。旧事回思枉断肠。

## 又

白洋淀边渔婆

棱角杂芙蕖，一路香风十里余。半老佳人撑小艇，轻裙。露出香肌雪不如。　　结网得双鱼。草草取纶返故居。换得黄粱充晚膳，嘉疏。自种春葱亲手除。

## 巫山一段云

清明扫故人墓

垂柳两三树，啼莺三两声。一犁烟雨正春耕。绿野编[1]纵横。　　一自美人逝，至今芳草生。落花满地不胜情。临风泪一倾。

## 其二

古墓长堤畔，荒坟绿水前。野花无际草连天，有美正长眠[2]。　　无限悲欢事，回思一怅然。西风残照落花边。清泪洒黄泉。以上《文化与教育 · 碧梧存稿（八）》第25期，1934年，第23页。

## 南柯子

渔父

结网荒矶畔，停桡古渡头。一溪烟水一渔舟。自携全眷属，与月共沉浮。　　春暖桃花浪，秋深杜若洲。数声《欸乃》故中流。得鱼能换酒，随分可忘忧。

---

① “编”字误，应为“遍”。

② “有美正长眠”，又作“有人万古眠”。

## 踏莎行

春日游达园怀李崇惠

月下同游，花前作伴，笑声长慢歌声缓。一樽浊酒送君行，三年岁月何其短。　　东亚风云，美洲歌管。一样春风分冷暖。桃花浑似旧时容，只有看花人不见。以上《清华周刊》1930 年第 3 期

## 浪淘沙

甲戌清明回家扫墓

愁雨复愁风。来去匆匆。一双短棹一孤篷。破浪行波三十里，矫若游龙。　　家住白洋东。村在湖中。一弯流水小桥通。满院落花人不扫，遍地飞红。

## 其二

榆荚散青钱。柳絮飞绵。桃花落尽杏花残。记得玉人常倚处，深院栏杆。　　往事最堪怜。几许流连。雨云散后过巫山。哭不成生泣无泪，只有心酸。

## 其三

烟锁旧妆楼。蛛网尘浮。晓风杨柳动离愁。剩粉残膏何处觅，涕泗空流。　　一别卅三秋。遗像犹留。天孙无福待牵牛。我亦蹉跎过半百，白雪盈头。

## 其四

垂柳亘长堤。野草萋萋。水流花落杜鹃啼。结发旧人安在也，无限凄其。　　寒食暮春时。把笔题诗。人间何事最相思。一住尘寰一泉下，会面无期。

## 其五

野水绕回塘。满目荒凉。累累黄土傍垂杨。昔日双亲埋骨处，新冢成行。　　白发始还乡。一望神伤。鹡鸰原上哭甘棠。荆树有花凋谢尽，枉

断人肠。以上《文化与教育·碧梧存稿（一）》1934 年第 19 期

## 长相思

别情。自代内赠。

别高堂。辞故乡。乘槎万里渡扶桑。海天道路长。　君心伤。妾心伤。一曲骊歌两断肠。匆匆话别忙。

## 其二

治行装。整行装。玉手纤纤为理裳。终宵刀尺忙。　伴灯光。借月光。钟鼓楼中漏正长。漫漫夜未央。

## 其三

行依依。影依依。形影相依两不离。匆匆三载余。　盼佳期。望佳期。后会茫茫不可知。重来是几时?

## 其四

风潇潇。雨潇潇。风雨无情破寂寥。欢娱尽此宵。　山迢迢。水迢迢。山水迢迢道路遥。相思使骨销。

## 其五

君东归。妾西归。劳燕东西各自飞。声声叫子规。　灯光微。月光微。蜡烛无心亦解悲。替人双泪垂。

## 其六

花含烟。柳含烟。花柳多情亦悄然。分离在眼前。　意恹恹。思绵绵。月色朦胧欲曙天。终宵未稳眠。

## 其七

裁诗笺。叠诗笺。絮语唠叨千万言。参差写不全。　续前缘。结后缘。今日为君开别筵。叮咛君早旋。

## 其八

鱼书稀。雁书稀。鱼雁音疏一载余。东西叹索居。　　羞画眉。懒画眉。合是归时底不归？空房独守时。

## 其九

寒蝉鸣。蟋蟀鸣。今日新秋节序更。长空雁阵横。　　盼归程。祝归程。何日乘槎返帝京？埠头相奉迎。

## 其十

发蓬瀛。就归程。满载文明还自东。功成事业成。　　诗笥盈。书笥盈。海外文章旧有名。先声震帝京。以上《清华周刊》1930年第2期

## 临江仙

研究中华学术，提倡东亚文明。搜求古史集遗经。变成新组织，加入细批评。　　鼓吹师生合作，主张世界和平。苦心孤诣去经营。改良今社会，保守旧仪型。《中大学报》1945年第1期

# 谢良佐（86首）

谢良佐（1892—1970），字稼厂，又字绍贤，天津武清人。毕业于天津法政专门学校，与李大钊同窗。1920年至1931年间，任吉林审判厅律师。九一八事变后迁居北京。1960年春，自选其词百数十首请溥僡选校并序，成《稼厂词》一卷。溥僡《稼厂词序》曰："吾友谢子稼厂，深于词者也。历数十年。即颠沛疾病，未尝暂辍。其为词主气格，严声律，无浮辞，无细响，不尚涂泽，不为矫饰。惟以词藻达性灵，不以性灵徇词藻。凡所作不必皆工，而皆有其声音形貌。方之古人，求其不似处不可见，而求其似处亦不可见也。"①

① 冯乾编校：《清词序跋汇编》，凤凰出版社2013年版，第1034页。

## 临江仙

上元日游北海，庚寅旧作。

楼阁参差仍故苑，柳边堤上春生。池根泉脉欲销水，水寒波瘦，风过縠纹平。　　天外斜阳留返照，昏鸦无数飞鸣。依稀灯火入三更。月明归路，时有踏歌声。

## 蝶恋花

乙酉前旧作

苍阙高高高几许。拱背桥边，只见双龙柱。夜醮晨晡仍此处。笙歌未散游人去。　　雪窖风狸昏欲暮。鸿雁来时，却盼催花雨。闲倚危阑独语。斜阳影断西山路。

## 贺新郎[1]

五十初度与室人话旧

醒醉由人否。只年来，胸坟五岳，怎浇杯酒。百岁光阴今已半，渐变朱颜老丑。总输与，沧桑刍狗。满目山川成过客，纵沾衣，破碎还如旧。神与貌，佯狂久。　　缁尘莫涴麻衣透。算归田，承欢白发，而今虚负，永叔表阡犹未得，何日儿孙能够。更追忆，早亡慈母。卅载饥驱谁助我，共死丧，兵火同消瘦。艰苦事，那堪剖。

## 水龙吟

丙戌旧作

盼春春又将归，风吹春去归何地。嘘寒送暖，欲行遍住，有情无思。听雨楼头，卖花声过，心惊肠碎。算河梁叙别，枫林入梦，都不抵，伤春意。　　瞥眼阑珊，花事尽，伤春春还。能几韶光，九十七分，尘土二分。桃李空惹闲愁，那堪回顾，岁华如此。看声声杜宇，啼来是血，带前身泪。

## 风流子

双凤砚。砚藏三六桥家。

苔花晕紫玉，蟠双凤，款识尽词流。看鸿爪故痕，鼠须新迹，自成孤

[1] 《燕赵词征》本词调名为《金缕曲》。

赏，如许清修。市朝换，风仍金线系，人愧玉池留。红杏不春，绿梅何在？六桥旧有红杏诗人绿梅都护之称老为齐赘，歌胜吴讴。　　玉屏曾依处，珊瑚问，旧梦影事悠悠。玉屏斋小珊瑚馆六桥姬人居处也回首更伤哀乐，空擅温柔。尽沧桑迭易，山河未改，吮毫咽泪，磨墨纡愁。风动蚁轮频传，何日初休？

## 霓裳中序第一

稊园赏桂①

风帘冷翠滴，皎洁花光香四溢。襟袖濡痕暗湿，正归雁倦鸣，吟蛩忙织。霜天月夕，且尽欢、商略丹白。清尊共、亦酬亦唱，俯仰破岑寂。
今昔好怀难掷。记壮岁、新都驻屐。湖边曾布砚席。每倚树听秋，醉花留日。此情殊耐忆。却转眼，都成故一作陈迹。凝思处，高楼灯火，淡影漾寒碧。

## 法曲献仙音

秋夜怀耕木，用草窗韵。

铃橐催寒，风灯撼幕，夜永孤蟾眉浅。晦迹东陵，绝游彭泽，头颅暗惊偷换。念诗酒情俱老，重阳看花晚。　　漫依暗，纵呕心，锦囊无句。谁更道，酺醮月明飞辇。钱笛几番吹，落梅花，声随人远。尽写乌丝趁霜鸿，归翼秋满。只歌长难和，莫谱玉龙哀愁。

## 紫萸香慢

展重阳日琼岛登高

俯层轩，关心风雨。荐花且补重阳。看秋容依旧，剩衰柳，比人黄。最是天涯羁客，到嘉辰过了，往往回肠。把茱萸，待插于细更端相。醒又醉，怕呼酒狂。　　凄凉。碧瓦红墙。还未改，旧时妆。任登山雪涕，临台试骏，都算寻常。好诗问谁能赋，怯糕字，忆刘郎。纵惊飙，已吹愁去，强宽秋兴，回首无限苍茫。须鬓自霜。

---

① 《燕赵词征》本作“稊园赏桂用草窗体”。

## 临江仙

题娄生闹红小集册子

南社风流今落寞，当年数柳推黄。鞭笼篏凤事何常。扣舷歌代哭，清浊付沧浪。　一卷闹红残集在，鬓丝尘影茫茫。兴来重理旧时狂。冷云吹不断，归梦到吴江。

## 虞美人

虞美人草

美人名曲兼名草。一样红颜好。独摇枝叶契吴声，应是珮环难忘故乡情。　当年驰突重围下，一剑酬残霸。念家山破总凄凄，花里魂归翻恨月明时。

## 石湖仙

盼雪

天寒诗苦。倚西北高楼，魂断①何许。云意费商量，几番思、梅边俊侣。浓荫还在，锁旧苑、四围烟树。凝伫。只黛鬟、隐约难数。　谁曾灞桥问讯，掩重门，壶觞自举。拨闷书灰，也当孤弦流羽。夜踏疏星，晓冲尘②雾。总添羁绪。愁怎赋。飙风但送铃语。

## 紫玉箫

颐和园紫玉兰。旧作。

根渍龙浆，花殷鹃血，梦痕依约娉婷。沧桑几度，傍瑶墀丹陛，送尽阴晴。满身铅泪，频顾影，面目堪惊。应难忘，翠华驻临，夜半歌声。　官园不锁春色，招浪蝶狂蜂，遍识佳名。巢堂旧燕，更呼雏，相认软语丁宁。奈贞元客，凋谢后，剩若晨星。寒食近，年年闭门，独哭冬青。

## 荔枝香近

荔枝

绣餍赪珠，堆积供燕喜。擘处玉乳憨凝，香雾歕织齿。罗浮久托灵根，

---

① “断”，《燕赵词征》本作“梦”。

② “尘”，《燕赵词征》本作“沉”。

疑浸蛟龙髓。争怪，驿走骊山汗飞骑。　　风味永，早莫逆，今尤最。细核团红，欲把更嵌骰子。老胜饕痴，丈八水域冷藏起，饱啖坡输三季。

## 浪淘沙

次韵和耕木夜读

漏尽且低声。默数窗棂。依稀残月不分明。四十年来长伴我，还是书灯。　　忧乐迹频更。始念休萌。醒时把盏醉时停。万卷一身今老矣，误却平生。

## 临江仙

夜坐

雨树低翻鸭脚烟，篁暗茁猫头。小园风物自清幽。夜深帘倒卷，凉月向西流。　　坐久衣添白袷兴，酣酒换新笤。醒时把盏醉时休。诗成三弄笛，歌罢一登楼。

## 踏莎行

题夏闰枝先生刻烛零笺册子①咫社课题

志托孤弦，音沉沧海。年时②梦影依稀在。天荒地变是何声，伤心人了伤心债。　　就舍哦松，无田种菜。河清千载身谁待。黄金我欲铸相思，此情却在相思外。

## 清平乐

中秋

风嘶铁马。延月东窗下。瘦却霜丝无一把，酒入愁肠难写。　　星次非雾非烟。驿程千水千山。几处断行孤雁。暮云寥落高寒。

## 八声甘州

题颍人《箕陵吊古图》

是三韩胜地一孤陵，韶年曾游。恍天风海浪，奔来眼底，我亦悠悠。

---

① “题夏闰枝先生刻烛零笺册子”，《燕赵词征》本作“题刻烛零笺册”。

② “年时”，《燕赵词征》本作“当年”。

几度潮生潮落，掌上看浮沤。无限飞腾意，还欲登楼。　　何事苍茫怀古，想昔贤去国，独抱深忧。叹空伤麦秀，洪范为谁留？恰摩西，后先辉映，故乡歌哭白沙头。重回首，可题诗处不尽神州。

## 高阳台

题吴汉槎科场冤狱证辨记

刍狗文章，书鱼事业，消磨多少英雄。特起苍头，从来不属辞宗。科场难解功名晚，老大身归也途穷。剩悲歌，百折秋茄，满鬓腥风。　　题诗旧托金陵女，问萧条荒驿，谁识吴侬。目断江南，一天飞火熊熊。漂流何限兴亡感，送虞渊，斜日残钟。料难忘，客死亭林，病卧霜红。

## 踏莎行

甲子旧作

莺织烟丝，燕捎竹泪，春深怕近高楼倚。真珠帘卷月朦胧，桃花乱落胭脂水。　　晓雾才收，东风又起，柳条西北浓荫蔽。群飞乌鹊不成行，屏山望断人千里。

## 瑶台第一层

瑶台秋望。旧作。

山抹疏林，霜信紧，昏鸦断影沉。古台残照，风芦絮乱，撩拨乡心。地偏游客少，访旧闻、空忆辽金。女墙外，但桑干如发，流到而今。　　萧森。陶然亭畔，独教醉汉①惹沾襟。塚题鹦鹉，埋香埋玉，枉费猜吟。蓼花开几度，问野老、秃鬓谁簪。待秋深。借重阳萸菊，好共登临。

## 御街行

渔洋山人有赠雁词，曹珂雪、王半塘皆和之。霜风凄厉，羁怀多感，亦拟赋一阕。甲申旧作。②

萧条极目伤平楚。雁阵冲寒去。横斜断影不成书，欲寄相思无据。关

① “汉”，《燕赵词征》本作“郭”。
② 词题《燕赵词征》本作“拟渔洋山人赠雁”。

山月黑，霜天风紧，嘹唳声凄苦。　　惊弦旧恨应难数。岁晚皆愁侣。他年休逐稻粱来，看取金笼鹦鹉。衡阳地溽，身安尽好，高处多风雨。

## 沁园春

见故家藏书论斤捆卖述感。咫社课题。

故纸堆中，几费钻研，心力枉抛。叹冷淡生涯，风随世变，婆娑老态，日逐年凋。一秤芸编，三瓶腊酒，胜寻常炉火烧。从今后，要卖书买犊，休误儿曹。　　经行晓市周遭，暗摸索丛残绳束腰。念易饼街头，当无宋椠，换鱼摊上，未必元钞。破落高门，零星旧户，估客肩抬筐又挑。堪怜处，指紫泥封识，尚说前朝。

## 陌上花

小院白杏盛开，兴至成歌。

茶喧沸鼎闹窗，蜂乱杏花开了。雪蕊堆绵，檐下几枝春早。蜗居那得梨云梦，一枕江南谁到。向东风欲问，者般偷嫁，怎禁寒峭。　　掩重门，自赏香浮宿雨，却比晴时还好。转眼青青，酸意暗含多少。也知有恨无人见，肯与梅花相较。正阑干，倚遍斜阳林外，数声啼鸟。

## 念奴娇

袁督师祠墓

茫茫今古，恨将军，有胆朝廷无计。千里营平，规战守、草木顿成坚垒。铁骑横冲，黄龙直下，目已无辽蓟。长城一坏，江山不姓朱矣。　　回想慷慨筹边，三年两捷，远略遭时忌。当日仇雠来日主，埋没英雄谁理。岳僇金骄，胥湛吴沼，凭吊伤前事。空余祠墓，阐幽还待惇史。

## 望海潮

和淮海，乙酉旧作。

榴红时候，梅黄天气，庭园晓色苍然。蛛网露垂，蜗涎雨滴，墙根碎点苔斑。幽思浩无边。叹地犹兰苑，人隔蓬山。误尽佳期，鹊弹花蕊落窗前。　　殷勤细数流年，怕频伤哀乐，换了华颠。春去夏来，葵滋麦长，刘郎再认都难。妆罢倚朱栏。奈长淮目断，不见归船。梦里心情别离，相对是团圆。

## 绿意

赋菖蒲

铅华洗净，占一湾碧渚，无限幽景。水荡风磨，槌剑参差，龙蛇都被惊醒。金樽酒泛葡萄绿，漫过了，端阳时令。想细腰，舞断回波，忘却软红凄冷。　休道天公技拙，借花纵付与，零乱难整。满目茸茸，满地青青。谁辨苇梢芦梗。抽条欲结同心带，恍踏破翠云千顷。怎奈他，叶底鸳鸯，误认采菱人影。

## 月华清

秋分良夜，迟月有怀。

秋已平分，月还端正，好天良夕难又。今年八月十六秋分倒涌清光，仿佛昨宵时候。唱水调，仍谱新词，呼醉客，更斟残酒。搔首，看一襟风露，满怀星斗。　却年重洋别久。共此夜婵娟，薄寒侵袖。几处相思，可似倚楼人瘦。甚寻常，梦被云遮，书纵达，远怀可剖。依旧，怕归期误了，雁前霜后。

## 应天长

九月廿九日展重阳江亭登高，君坦绘图题词，约余同赋。

秋深赏菊，春早看梅，闲来未觉萧瑟。最是宋家鱼好。江亭趁游屐。清凉地，吟啸客，算胜有，旧僧堪忆。寺故有盲主持游客多与之熟怕重九，错过兼旬，也成陈迹。　还记少年时，健步登临，穿荻遍南北。为觅锦墩残碣，衣沾露华湿，心情在。人世隔，恨欠写，素缣三尺。但凝想，酒底花边，如何消得。

## 瑞鹤仙

癸巳十二月为苏子瞻、陈其年、纳兰容若三词人合作生日，同赋。咫社课题。

冻梅开数点。正腊酒新笃，移尊初荐。灯花幻恩怨。慨鸾台制诰，乌台诗案。仙云近远。甚迦陵、蓬山梦短。最怜他、社主鸳鸯，解道几回肠断。　休叹。江南红豆，观物言情，自然心眼。青衫恨满。梧桐在，叶谁剪。较乌丝泪墨，荣销多少，何似行歌哨遍。一楼钟、醉醒都迷，共伤岁晚。

## 前调

自来水金笔

明霞烘翠管。似辛夷乍圻，小莲葱蒨。琼枝号流线。又丝添莺羽，光分螺钿。钩金倒绾。贮云蓝、枯肠量浅。尽彭亭、吼沫无多，止是供人方便。　　微泫。吴笺柔涩，写不成书，墨鸦堆遍。尖铓刺眼。画眉事，怎差遣。怕妆台镜下，徐娘风致，欲效殷勤未敛。倘轻心，蹙损双蛾，那时恨晚。

## 前调

从碧偕夫人游西湖买兰，归种，赋词见示，因次韵。

圣湖春共买。认气袭朱椒，色欺金艾。飘香及时采。费一船明月，与诗同载。莺捎燕带。惹吟情、浮眉影外。峭寒多、相对无言，默识湘灵微慨。　　遍在。梅花开后，落落孤芳，更谁堪赛。猗栏调废。佳人少，得难再。似苎萝村里，携回西子，岂独容华绝代。小蓬莱、韵事平添，素心替绘。

## 前调

清明游净业湖作

买春心未懒。恨年年此日，被春拘管。流光暗中换。趁枝头还未，落红吹遍。游丝暂绾。怕西涯、寻芳又晚。听饧箫、细数花期，却是海棠才见。　　贪看。梨溶碎雪，客里情怀，借谁亭馆。湖荫路转。攀新柳，画桥畔。向东风叮嘱，凌霄开后，须让重倾翠盏。恋晴波、顾影徘徊，素襟自浣。

## 木兰花

上巳禊饮分韵得看字

重三节日题襟惯。去岁诗还今岁看。有情官柳拂人头，无主落花浮水面。　　年华未觉成衰晚。每对芳尊长恨浅。酒红却少鬓霜多，醉里问春春不管。

## 黄鹂绕碧树

和清真四声，丙戌旧作。

痴立高楼望，平芜碧老，送春将去。影事凄迷，又轻丝罥蝶，乱红筛絮。曲栏悄倚，问谁劝，啼鹃声住。还怕是，逗醒荼蘼顿了，东风孤注。

满目疏烟细雨。只濛濛，翠杨摇暮。暮云外，更青山万叠，堆恨难数。燕子至今未见，待挽着谁行诉。商量梦绾春回，但愁无据。

## 拜星月慢

雨夜梦中有怀，依清真四声。

树密笼荫，城深催暮，雨脚凄迷不定。彻夜淋浪，咽无人荒径。漏声乱，仿佛横塘迭唱，剪烛篷窗曾听。枕畔凉生，引湖船游兴。　　近中秋，待月潮相迎。西陵路，处处霏烟暝。但见水腻云昏，采蘋花谁赠。画桥边，旧息惊鸿影。题巾在，世隔香犹凝。怎便道，一啖樱桃，觉风怀略胜。

## 早梅芳近

本意

炉火温，消寒夜。绿萼烘开也。笼纱红处，掩映清光胜游冶。帐深花气动，月偃苔枝挂。似罗浮梦里，襟袖暗香惹。　　雪霜姿，高士亚。不屑春晖借。年来年去，首占番风信非假。淡妆饶古趣，艳抹兼时化。细断相，更将模样写。

## 鹧鸪天

春感。庚寅词集课题。

杨柳楼台尺八箫，真珠帘卷碧天遥。无边草色愁中绿，不断莺声梦里娇。　　从别后，到今朝。最难言处最难抛。一绳归雁无消息，知在扬州第几桥。

## 声声慢

听雪。庚寅词集课题。

茶喧蟹眼，烛泫煤心，一声一番萧索。疑绽瓶梅寻去，了无踪迹。依稀但飘碎响，似檐头雀衔余粒。屈指算，正残冬，那便飞花飞叶。　　坐久沉吟欲睡。恍掺入，寒蛩向人催织。廊外灯昏，怎又满窗虚白？疏帷半开半掩，乱纷纷，风来捎雪。却不断，惹闲愁翻当是月。

## 燕山亭

琼岛艮岳石洞

丛树笼荫，蝙蝠昼飞。洞在琼华深处。灵璧太湖，斗巧争妍，形态尽饶天趣。北务南网，想费煞，人间辛苦。回顾。历几度沧桑，几番风雨。

题字苔藓模糊，算燕用，当时替他分付。三万卫边，五国城头，空留痛心言语。等是冤禽，填不尽，娲皇重补。难数。休更向铜仙凝伫。

## 烛影摇红

除夕丛碧斋守岁

灯火椒盘，百年几度今宵又。相逢休问岁如何，且尽杯中酒。春入梅心渐透，把花枝，频频更嗅。夜深不醉，醉也寻常，醒来依旧。　　刻意追欢，选官图上夸身手。居然一掷取封侯。富贵真刍狗！可是移情未久，看许多，栽桃种柳。乱鸦啼处，爆竹声稀，天明时候。

## 华胥引

和清真四声

云罗铺絮，星幕垂珠，夜痕明灭。淡薄梨花，东风冷暖欺鬓雪。续兰分箔吴蚕，正起眠时节。啼鴂声凄，料他心苦难说。　　天外空濛，荡疏烟，半钩新月。解怜人意，常圆何妨暂缺。点点惊鸿飞度，趁塞垣寥廓。山远峰高，梦尘横断千叠。

## 露华

春尽日园游作依碧山四声，是年闰三月。

好春过却，正浮花浪蕊，开遍闲墀。泼红晕碧，初看莺燕都迷。腻水暗生凉色，趁晚风轻点苔衣。残照里，松梢挂月，渐入南枝。　　寻芳最关时节。待蝶去蝉来，春影难追。荼蘼谢了，怎堪对酒吟诗。几度旧痕重觅。絮乱飘，遍逐花飞。归骑远，香尘又没马蹄。

## 摸鱼儿

咫社以西长安街晨眺怀旧命题征庭诗，先成因赋。

望长安，出门西笑，晨风吹散烟雾。楼台万户攒头动，云外竞喧箫鼓。歌又舞，趁几队、香车簇拥穿花去。霓旌翠羽。似天上仙游，人间梦境，那辨旧时路。　庄严地，前代丛林细数。兴隆在何处。空传双塔能分合，清晓问谁曾睹？相传兴隆寺双塔夜合昼分天明时往往能见君莫赋，君不见、诸王殿址无遗础。沧桑换主，但尚有多情，远山新月，相与弄眉妩。

## 踏莎行

岳忠武王晶印题咏卷子

泥血斑斓，虬螭钩带，鄂王旧印无多在。当年题咏寇方张，卷中有颖人七古一首题于庚辰年，对外患极感慨矫园义愤空时辈。　姓字嫌秦，书名讳桧。流芳遗臭同千载。至今说到岳将军，吉光片羽人争爱。

## 月边娇

秋夜赋露天观剧

西北风来，送玉笛秋声，谁家庭院。月华清里，花前饮处，多少舞衫歌扇。徐听尚远。却不似，城郊弦管。林鸦掠过，九陌上灯光一片。
少时里赛观场，万人如海，合围台畔。首攒蜂动，肩摩鹄立，每到曲终方散。评长论短。笑矮子何曾看见。而今记得，但枉添依黯。

## 一落索

饯秋

连夜霜风凋碧树。听秋声落处。萧萧黄叶马前飞，隔不断长亭路。　年光也似人来去。几迎新送故。菊花谢了看梅花，莫当做离情赋。

## 鬲溪梅令

探梅

着花时节小阳春，遍江村。照水枝枝清影，傍柴门。梦中寻旧痕。　袜罗轻惹镜波尘。翠眉频颦。坐卧香红深处，荡精魂，醒来心上扪。

## 前调

前题

乱山深处断桥南，傍高严。淡月疏烟笼照，影纤纤。一枝云外探。翠禽飞上口双衔。寄吟签。浸得心脾香透，指头尖，替他簪上簪。

## 法曲献仙音

咫社以咏填词命题，漫成此解。前后段金、挑、骚三字用平声，略参清真、白石、草窗、碧山、玉田诸家，其余悉依梦窗和宏庵阕四声，前结处字不用叶，盖取红友说也。

金碧楼台，蔽亏星月，晓色霜天痕淡。冻瑟凄弦。蠹笺枯墨，词成细敲轻染。向句里，清空处，挑灯几回看。　尽销黯，问年时，梦缘春瘦，情味苦，谁解义兼骚辨。抖擞白头，心写风怀，醒醉都晚。旧腊新正。绮窗前，梅正开遍。怕吹香嚼蕊，又惹笛声凄怨。

## 龙山会

九日琼岛登高

苑柳风吹醒，叶底凉波，断碧飘残梗。楼台争急景。湖烟外、冉冉斜阳却暝。秋老白杨哀，作风雨，不堪愁听。最惊心，流光逝水，去无回影。　谁知佳节登临，腰脚依然，又上琼华顶。诗情兼酒兴。醉歌里，帽侧何须重整？雪涕感牛山，前代事，空余悲哽。且休问，萸肥菊瘦，地高天冷。

## 花犯

别故居手植白杏依清真四声

洗朱铅，霜袍坐拥，花城据方面。信风分占。偏韵比桃秾，香胜梅淡。秀肤素颜颇离散。笼纱吹翠管，便尽得，廿年偎傍，栽培犹恨晚。　窗前醉歌费沉吟，临分徙倚再，依然凄恋。荒砌下，苍苔径，坠英飞遍。应难问，旧巢燕子，翻忘了，真珠帘漫卷。是梦也，一般桑海，春归心更远。

## 水调歌头

题何叙圃诗词卷子

烟树隐苍阙，白日淡幽州。风涛滚滚东下，一线划卢沟。放马狼牙村外，横笛金波亭上，水调唱歌头，草木岁时晚，空敝黑貂裘。　鸳鸯社，龙虎阵，两悠悠。寸心千古，得失坛坫薄封侯。杜曲桑麻半亩，水底笙歌几部，老去更何求。俯仰漫长啸，西北有高楼。

## 满江红

题《万里长征图》

写入丹青，人争说，荆关妙笔。传神到，绳行沙度，穷荒绝域。四壁丛山天一线，连边枯海泥千尺。照旌旗，孤月吐寒芒，猩红色。　前事在，堪追忆。图画里，惊魂魄。掷头颅几许，换来今日。剑戟已销兵后火，骷髅早灭沟中迹。对春风，幸作太平人，须珍惜。

## 采绿吟

和草窗声韵

暖碧笼烟渚，放桨柳陌东西。蝉鸣翼振，水皴波远，牵梦沉诗，晚霞明灭，初铺水簟，倒翻五色琉璃。只当年，吟情在，湖船游伴共谁。
长啸俯流光，风湍下，蘋梢飞橹声脆。隐约白沙头，浸淡绿苔衣翠。森森芳景无边。蓬莱杳，空忆旧时题。频回首，孤月镜天，云幕渐微。

## 水调歌头

中秋后七日游北海感事成音

烟水渺空阔，仿佛是残秋。白杨萧瑟声里，凉月照当头。几日才圆又缺，还弄一奁瘦影，寂寞向南流。遥望碧空外，孤雁下汀州。　飘零恨，离别苦，雨悠悠。联床夜语，无梦梦也惹闲愁。旧苑琼华高处，正是西风黄叶，何时此时游。岁晚故人少，今夕独登楼。

## 前调

和夬庐八月十六夜稊园赏月仍用东坡韵

天上一轮月，月外几重天。问天和月谁早，推算不知年。天是云烟烘托，月共星河旋转。何处最高寒。万古此明镜，流照渺茫间。　　倒金尊，横玉笛，且休眠。倚栏细看，今宵月比昨宵圆。吹灭空窗风蜡，莫使灯花撩乱。美景十分全，此夕不长有，人与月婵娟。

## 前调

闰中秋作用东坡中秋和子由韵

嘉节最难遇，两度过中秋。谁知早进重九，风雨替花愁。入夜吟情未减，饱看三分明月，不用到扬州。但觉岁时晚，霜露满汀州。　　湖海客，飘零久，敝貂裘。西涯烟水佳处，鱼好辄淹留。前月筵开二八，今日杯传三五，一醉百无忧。漏尽不知晓，还欲上南楼。

## 渡江云

闰八月二十四日偕莲痕钟美游香山碧云寺，钟美拈此调约同赋。

天低红树小，暮云暝合，秋老雁呼霜。一奁山色里，几度西风，衰柳比人黄。萧萧乱叶，锁双清、林外村庄。还记得，禁烟时候，沿路野花香。　　回翔。高台古塔，别院澄泉，换凋零模样。顿自喜，情随境转，兴与秋长。观枫已赴清游约，恣登临，更待重阳。归骑晚，晴岚淡影迷茫。

## 霜花腴

闰八月二十八日王渔洋生日，集稊园，分韵得衫字，依梦窗四声。

怨吟醉墨，正绮年，谁教泪洒青衫。湖柳新痕，竹枝前梦，潇潇暮雨江南。旧题尽拈，寄赋情，依约香奁。漫沉思，故国苍茫，断桥春水冷烟涵。　　袍笏半生游戏，算归来着笠，要换官衔。心逸延秋，神寒标韵，称诗味脱酸咸。藉龙细参。惹赵家，轻笑狂谈。近重阳，未老黄花，满头须更簪。

## 梦扬州

九日景山登高依淮海四声

欹秋心。趁晚晴，携酒登临。地迥自寒，漠漠云留衣襟。岛烟湖雾亭台，下映故宫，楼阁深沉。西风冷，人应健，赋诗还要狂吟。　　谈笑茱荑待簪。休忘了黄花，吊古伤今。醉眼漫开，恰有余欢堪寻。乱鸦一阵残阳里，胜断痕，红染霜林。频望远，关河倦梦，幽思难禁。

## 齐天乐

九月望日游颐和园泛舟后湖

西风吹老前朝树，纷纷叶沉沟水。殿阁排云，湖山抱月，几度繁华消逝。波澄乍洗，正晴日分烟，暮霞流绮。万顷寒漪，荡摇金碧画图里。
兰舟乘兴放桨，有诗曾未写，贪赏秋意。峭若斜川，幽如退谷，禁得荣枯弹指。鬟螺晕紫。染一苇清溪，满林荒翠。望远苍茫，雁声天外起。

## 六丑

秋尽山行红叶凋落依清真声韵

怪丹枫乍染，似蝶舞，纷纷飘掷。为谁饯秋，征鸿无片翼，一瞬陈迹。驻望山坳处，遍铺罗绮，幻锦城花国。风筛雨浸添光泽，艳晃朱楼，声飞紫陌，殷勤耐人怜惜。只情天昨梦，音信都隔。　林边荒寂，胜蔫红倦碧。尚抱枯枝里，空寄息。凋零最感游客，枉流连几度，宿缘终极。斑斓好，剪装轻帻。应莫问，竹潇湘妃泪满，化身江侧。惊飙下，却泛归汐。想篆痕，纵有虫书事，从何看得。

## 八声甘州

重修韩城司马子长祠墓怀古有作。稊园吟集课题。

耸韩原祠墓郁嵯峨，岁时走村翁。历兴亡百代，南迁北狩，旧谥新封。流落人间史册，万古一鸿蒙，谁使谤书在，谤亦辞穷。　堪笑华山道士，却安排年貌，唐突而公。把晋隋牵附，远远认华宗。据《关陇丛书》本《太史公年谱》误清娱身残未嫁，褚令碑，真似马牛风。芝川路，捧心香去，飞过云中。

## 前调

十三陵水库

古军都西北太行山，山围十三陵。傍关河故道，云桥烟坞，叠堰方城。从此地无弃土，冠盖得深耕，倒挽银潢水，人与天争。　旧日红墙碧瓦，只歌传松籁，花绕邮亭。趁春风绣陌，一片辘轳声。翠森森龙岩虎峪，变梯田，上下起沟塍。谁知道，正农忙，灯火青荧。

## 氐州第一

和清真四声

蝉咽凉飔，清露似水，江乡过雨秋早。翠幕呼灯，银舟劝醉，依约前尘缭绕。车马铜街，恍又见，梁园频笑。舞席歌筵，神酣意怯，坠钗惊晓。　　燕子堂空萦蔓草。更谁问，梦痕多少。赋恨千篇，缄愁几字，却壮怀空老。倚孤弦，情未已，征鸿外，燕云北道。目断针楼，正天孙，人间送巧。

## 木兰花慢

梯园吟集以重拟稼轩问月词命题因成此解，用乐笑翁十四韵体。

问天天不语，还问月，月无声。但曲曲如钩，团团似璧，升降难凭。晶莹。一丸直上，数行程，远度几重星。高处云帆竞发，终须尘海交盟。　　金城。玉殿峥嵘。花暖席，树飘灯。算色界情天，蟾应不没，兔要长生。纵横。九衢绛阙，耸觚棱，鼓落神京。漫说风光绮丽，人间自有蓬瀛。

## 木兰花

题邢仲采《蝶砚居斠书图》

鸳鸯楼对鸳鸯浦，浦上人曾楼上住。书伪马尾换新雠，诗束牛腰芟旧句。　　琅嬛福地神仙侣，春景春游闻笑语。鱼儿唼水逐桃花，燕子穿帘捎柳絮。

## 金缕曲

近代词家况夔笙诞生百年祭，用蕙风词八月十八夜记梦韵。

冻雨敲寒竹，夜沉沉，筝弦寸断，凤胶谁续。体格清芳神明语，此论惟公能独。却又感，西州华屋。四印斋中称前辈，掩才名，早与词人目。憔悴影，淡黄菊。　　青衫岂是宽心物。吊荒坟，莫愁羁棕，阿侯遗骨。庭院深深千行泪，泪点斑斓珠玉。家国恨，一声相属。岁晚江关销磨尽，黯无言，坐对唐衢哭。凭醉墨，换残燠。

## 曲玉管

邵次公谓填词用周柳调，须依四声，按之《扬荷集》悉合，今用柳调参邵语试赋此解，盖犹仿佛昔年空游途中倚窗临眺时也。

斗转珠垂，山移幕起，迎头咫尺云成海。瞥见微茫城郭，潮打尘埋，晚烟开。婀娜浮雕，玄黄虚景，月娥引路钱难买。雁字横斜，远远低处安排，叫声哀。　　倦羽音沉，屡回首凭窗东望，那知锦绣川原，沟通恍似秦淮！喜重来。把龙船飞马，点染红巾青鬓，蓦然神往，满目沧桑，一片楼台。

## 尾犯

寒夜和竹山声韵

半管霓红灯，光焰四垂，天亮痕灭。何处东风，来惹帘旌，牵掣传笑语，邻炉垫火，趁幽香，梅园点雪。试清凉意，片晌神游，顿感人纵绝。　　杯停诗在口，又却念纸上雄杰。瘦不关秋，耐衾水裯铁。灞桥路，年时曾到，鬓霜残，依然似缬。怪他模样，指冬日黄花细说。

## 迎春乐

和清真韵

风摇翠柳攒高屋。冻云起，饭初熟。渐春来，燕子归应速。拼醉饮，床头宿。　　灯火辉煌红一束。小屏上，浮眉沉绿。迤逦碧螺天，吹腻水，烘香玉。

## 应天长

和南唐中主韵

临妆醉卧窥奁镜，雕凤颠连浑未整。炉烟静，人声回，昨夜四更风始定。　　落红堆满径。消息瓶沉金井。不是春酲不醒，醒来翻似病。

## 玉京秋

和草窗声韵

平楚阔，残蝉送凉意，绕林声切。玉山弄黛，西园飞叶，新菊谁堪共采剪，霜枝簪鬓添雪。漫伤别，陌头归燕，向人羞说。　　昨梦寻思翻怯。夜初长，圆蟾未缺。斗韵春郊，题襟芳苑，情都衰歇。裂帛湖边，最爱那，秋日登高佳节。冷蛩咽，烟外层楼抱月。

## 庆春泽

和叔明瑞雪志喜

春去无情，春来有思，装成一片琉璃。未减轻寒，漫天琼屑先知。东风才绿垂杨岸，罩水绡绿也凄迷。最难忘，马后花开，马上花飞。　　纷纷水搅三千丈，问谁从银汉，抛下霜丝。南陌东阡，堆来都作珠玑。楼台突兀红尘外，纵英游，莫放晴时。待看他，缥瓦玲珑，玉箸参差。

## 临江仙

北海展禊分韵得林字

才觉春来春已暮，明朝谷雨将临。一年时序最惊心，重三情未减，旧苑复追寻。　　揽翠轩头回首望，湖烟湖水沉沉。飞来袖底海潮音，落花吹乱雨，归雁过高林。

## 秋霁

有怀叔明

烟水凄迷，遍上下，天光顿转晴色。何限疏芜，无边惆怅，乍凉最难将息。乱蛩四壁，催人秋思成今夕。念往日，听雨夜窗，车马坐谈客。　　相逢岁晚故苑，行吟霁景，凉飔共消闻。趁西风，瓜皮艇子，迢迢飞桨过环碧。犹恨广寒宫殿窄。旧登临处，还记一盏清灯，几丝霜鬓，夜阑吹笛。

## 玉楼春

澹园看牡丹

枝枝朵朵飘金粉，扑面香来风一阵。绛烘晴日锦缠头，碧合晚烟钗贴鬓。　　芳期过后无凭准，客满小园添旧恨。谁知花比去年多，料峭春寒能暂忍。

## 六幺令

和梅溪韵

烟光缥缈，绿树鸣鹍鸩，晴滩辘轳声远，燕乳飞无力。望去波涛汹涌，麦陇黏天碧。平畴奇迹。画罗轻扇，妙舞新歌扑蝴蝶。　村酿谁储万斗，随分邀宾客。最好一叶扁舟，淡沲山如发。柳陌香旌乱飐，镜里人纵叠。浅红深白，花花絮絮，照眼沧溟漾琼雪。

## 绕池游慢

北海公园秋禊

秋晴气爽，步沧波故苑，散策追凉。旧日荷花无处觅，空摇荡，岚影山光。阵阵蘋风起，残照里，碧瓦红墙。携将美酒，拈来险韵，细写吟肠。　迎面楼台近水，飞快艇双桨，穿过垂杨。一片诗情兼画意，最爱看，天半回廊。怕俊游倦矣，更何时，能举清觞。醉插紫萸，醒簪黄菊，休误重阳。

## 惜秋华

与客晚秋香山观红叶

雁老呼霜，俯碑亭北望，香山最高处有西山晴雪碑云霞成片。宫锦碎铺，新妆趁时匀染。浮眉暝色苍然，带醉意，螺鬟痕浅。回头，瞰东南隐约，卢沟一线。　携酒绿杨岸。记疲驴破帽，春游曾惯。那道暮秋，依旧让人生恋。天低树小翻红，最好是登高临览。休倦。把茱萸，重阳还展。以上《稼厂词》

## 贺新凉

残暑

高柳残蝉咽。转西风，天长日午，做凉翻热。手弄蒲葵煎新茗，汗湿萧骚短发，更点点、位垂双睫。欲剪吴淞江上水，洒苍冥、一洗尘烦绝。帘半卷，意寥阔。　夜堂灯暗眠还怯。向床头，冰壶竹簟，依然亲切。自笑今无南迁喜，照壁那堪见蝎。但饥鼠、窥人翻穴。漏尽钟稀浑不觉。听邻家、枥马枯萁啮。惊坐起，看明月。

## 解佩令

春草

萋萋窃窃，芸芸扰扰，遍天涯、春回多少。泛碧浮熏，疏柳外、野塘低绕。趁斜阳，几番昏晓。　　近看也好。遥看也好。怎禁他、迎风先袅。装点年华，比兔葵、荡摇还早。燕空忙，玉关人渺。

## 青玉案

用方回韵

十年梦绕乡山路。只目送、飞鸿去。头白伤春春几度。药阑梧井，水楼星户。都是怀人处。　　残阳欲下帘栊暮。肠断江南断肠句。杯酒能销愁几许。一灯心影，满怀尘絮。独听西窗雨。

## 高阳台

花朝前十日，秉之招饮市楼。

薄酒追欢，华灯印梦，几番离合经秋。鬓影霜丝，人间万事悠悠。东风又入芳菲节，到嘉辰可要登楼。更何时，月下江边，短笛轻舟。　　行藏屡卜花消息，奈风寒土燥，花也堪忧。春水先波，招来不是沙鸥。佯狂已分诗歌老，话生平，最惹闲愁。且深杯，热上眉梢，冷过心头。

## 大圣乐

演雅用玉田韵

茧约蚕眠，网随蛛结，莫非天趣。雁过时、就水听蛙，折柳贯鱼，村店提壶多处。转粪作丸蜣螂惫，又鹊噪、声声传吉语。伤杜宇。怕枝上血痕，啼向鹦鹉。　　蒲卢祝儿漫数。正促织鸣秋鸠唤雨。尽燕嗔莺倦，蛇怜鳖跛，狼狈还愁金鼓。振羽蜉蝣衣裳美，怎能比、妆台鸾镜舞。蝉谁侣。咽清商、满身风露。以上《燕赵词征》

# 顾随（544 首）

顾随（1897—1960），本名顾宝随，字羡季，笔名苦水，别号驼庵，河北清河县人。先后在河北女师学院、燕京大学、辅仁大学、中法大学、中国大学、北京师范大学、女子文理学院中法大学、河北大学及中国大学等校讲授中国古代文学。顾随提倡词的创新，在词中表现新思想，倡导白话填词。他的词以新颖的时代思想，真挚的现代人的情感，形成了词的新意境。词风清刚健举，风骨遒丽，具有鲜明的北方地域色彩。

## 蝶恋花

海上书怀寄呈屏兄

少岁诗书成自误。将近中年，有甚佳情绪。仆仆风尘衣食路。茫茫湖海来还去。　　殢酒销愁愁更苦。醉里高歌，醒后心无主。客舍怕听闲笑语。开窗又见廉纤雨。

## 生查子

当年血战踪，试问谁曾见。相对话兴衰，剩有双双燕。　　男儿白发生，挥泪肠应断。海水泣斜阳，又被风声乱。

## 南歌子

倦续黄粱梦，闲倾碧玉杯。醒来还是旧情怀。爱看斜阳沉在碧山隈。
浪软温柔海，灯明上下街。中原却被夜深埋。那更秋风秋雨逐人来。

## 临江仙

送君培北上

去岁天坛曾看雨，而今海上秋风。别离又向月明中。沙滩潮定后，戏浪与谁同。　　把酒劝君君且醉，莫言我辈终穷。中原逐鹿几英雄。文章千古事，手障万流东。

## 临江仙

三载光阴东逝水，问君事业何如。七长八短数茎须。更无真面目，负此好头颅。　　记得当年携酒处，[①] 宵深月满平湖。白莲香嫩着花初。今宵残月在，梦到济南无。

---

① “记得当年携酒处”，原稿作“犹忆当时欢乐事”。

## 少年游

自嘲

饱尝苦酒，闲成闷睡，此意自家知。[①] 海水温柔，天魔冶艳，吾愿老于斯。　　鳞伤遍体疤痕在，剩有命如丝。休矣先生，几根胡子，卖却少年时。

## 定风波

潮声入户，败叶敲窗，秋宵独坐，填此自遣。

纵酒吟诗莫说愁。晚来天气好清游。镇日西风吹碧浪。波上。长空万里几渔舟。　　树树霜枫红似锦。缘甚。满林黄叶不禁秋。腰脚中年应未老。谁道。归来已是怕登楼。

## 破阵子

寄内

飘荡满林黄叶，凄凉镇日空斋。十月霜风吹正紧，一寸眉心展不开。寒衣谁与裁。　　卖赋无聊事业。衔杯潦倒情怀。早想云中传雁信，直到而今尚自猜。雁儿来不来。

## 蝶恋花

前意不畅，再赋此即寄荫君。

仆仆风尘何所有。遍体鳞伤，直把心伤透。衣上泪痕新叠旧。愁深酒浅年年瘦。　　归去劳君为补救。一一伤痕，整理安排就。更要闲时舒玉手。熨平三缕眉心皱。

## 临江仙

石佛、樗园对神仙对。石佛出“海上一孤鸿”，樗园得“天边无伴月”。余甚爱之，因赋此阕。

无赖渐成颓废，衔杯且自从容。霜枫犹似日前红。争知林下叶，不怨

① “饱尝苦酒，闲成闷睡，此意自家知”，原稿作“鼾齁浓睡，醉尝苦酒，此意有谁知”。

夜来风。　　病酒重重新恨，布袍看看深冬。石阑干畔与谁同。天边无伴月，海上一孤鸿。

## 采桑子

重来携酒高歌地，依旧飞沙。依旧啼鸦。绕遍湖堤不见花。　　惯经作客凄凉味，便不思家。争奈天涯。醉卧醒来日又斜。

## 八声甘州

春日赋寄荫君

嫩朝阳一抹上窗纱，依然旧书斋。尽朝朝暮暮，风风雨雨，有甚情怀。记得君曾劝我，珍重瘦形骸。不怨吾衰甚，如此生涯。　　底事年年轻别，只异乡情调，逐事堪哀。看两行樱树，指日便花开。好遗君二三花朵，佐晨妆、簪上翠鸾钗。算同我、赋诗携手，共度春来。

## 钗头凤

登临废。雄心退。无聊不是愁滋味。山容秀。波纹皱。海宽天远，怎生消受。瘦。瘦。瘦。　　疏林内。猧儿吠。隔邻女卸残妆未。黄昏后。灯如豆。异乡情调，嫩寒时候。又。又。又。自注：比邻小楼一日本家族寓居，蓄犬甚多。

## 贺新凉

海上春无主。嫩杨枝、匀黄未遍，怎生飘絮。姹紫嫣红无消息，谩道美人迟暮。算只有、几行樱树。细雨初晴残照里，被春风吹落枝头露。花未放，艳如许。　　花如解恨花应语。是伊谁、东瀛取种，移栽中土。故国华魂飞不到，一片异乡情绪。便待得、嬉春游侣。十里红霞迷望眼，更香车宝马樱花路。谁会得，此心苦。

## 好事近

几日东风暖，惟有杏花偏懒。山下木兰才放，甚春深春浅。　　衔泥双燕未归来，寂寞空庭晚。谁去画梁相对，说春长春短。

## 高阳台

客里高歌，愁来善病，难忘小扇题诗。黄叶飘零，年年长怕秋时。而今更似空心柳，弄晚晴、无力垂丝。[①] 便消磨、暖日熏风，依旧枯枝。　　浮生事业真休矣，剩盈箱故纸，半卷新词。一朵空花，宵深入梦还迟。醒来眼底苍茫甚，正打窗、夜雨凄其。镇伤心、愁也无名，说与谁知。旧岁题扇诗曾有"身如黄叶不禁秋"之句。

## 浣溪沙

行尽山巅又水涯。依前毡笠与青鞋。可怜全没好情怀。　　晚汐有声随月上，夭桃无力背风开。凭阑且待燕归来。

## 木兰花慢

蓦青山翠敛，搅烟雾，渐氤氲。更一片潮声，半天风色，相与纷纭。逡巡。过山傍海，看模糊、身外总浮云。几点枝头露水，趁风滴落衣巾。

销魂。春去了无痕。花谢草如茵。记忠魂碑下，红裙倭女，三五成群。殷勤。向人笑语，又攀枝、着意共花亲。不道而今剩有，苍茫一个黄昏。

## 踏莎行

已撤冰壶，更捐秋扇。客中漫说柔肠断。故乡岂止少湖山，宵深也没流萤看。　　叶底花前，乍明还暗。随波去作寒星散。不知能有几多光，共人彻夜心撩乱。

## 忆少年

读晁无咎别历下词，不禁黯然，即步其韵。

年年西去，年年东上，年年为客。知交尽分散，叹关河阻隔。　　户户垂杨泉水碧。试重寻、旧游踪迹。何人解青眼，剩湖光山色。

---

① "而今更似空心柳，弄晚晴、无力垂丝"，原稿作"醒来满眼凄凉甚，试问天、天意如斯"。

## 一萼红

静无尘。乍湿云收雨，远树带斜曛。木槿飘零，紫薇开罢，半池秋水粼粼。西风里、金销翠贴，剩几朵、留与看花人。夜月欺风，朝阳羞露，尽够销魂。　　长记泛舟湖上，有管弦如沸，士女如云。夕照深红，远山澄碧，荷香时落芳樽。更谁教、东来海上，向此处、特地着殷勤。待共蛩吟乱草，细话酸辛。

## 望远行

寄荫君

开尽荷花夏已阑。一任红摧绿残。瑶笺寄与诉流年。语多翻觉作书难。　　神黯淡，恨无端。尽日西风画帘。思君应是湿云鬟。月弯弯处倚阑干。

## 祝英台近①

夏初阑，秋正苦。黯黯半天雨。乳燕双归，怕教岁时误。夜深忘我怀人，鸾笺一纸。问写出、几多情绪。　　月当午。梦里离合悲欢，觉来试重数。身世年华，一般似尘土。也思放下毛锥，细沉吟处。放不下，一腔酸楚。

## 婆罗门引

咏美人蕉

年年此际，湘江无处吊湘妃。招魂不见魂归。留得一丛花在，雨过湿萤飞。正魂兮月下，化作芳菲。　　遗钿剩脂。不磨灭，自葳蕤。况是香肌成土，玉骨成灰。娇红几朵，植根在、千载艳尸堆。休尽望、绿瘦红肥。

---

① 前此一年，顾随曾有两首《祝英台近》写寄友人，此首是在前二首基础上重新加工谱成，今将前二首附后：（其一）乍秋寒，成薄暮，凉雨过山去。乳燕双归，怕教岁时误。夜深我亦怀人，瑶笺一纸，问写出、几多愁绪！　　记重晤，还恨分手匆匆，梦魂没凭据。千里归来，濡毫作愁语。照窗新月纤纤，蛰吟何处？共商略、两般凄楚。（其二）夏已阑，秋未暮，潮汐自来去。忘我怀人，才情两相误。吟成几首新词，稼轩淮海，俱非我、年来情绪。　　梦中晤，话尽离合悲欢，觉来恨无据。风雨深宵，塔高响铃语。也思放下毛锥，细沉吟处，放不下，一腔酸楚。

# 蝶恋花二首

重阳寄君培[①]

一自故人从此去。诗酒登临，都觉无情趣。怕见太平山上路。苍苔蚀遍题诗处。　　客里重阳今又度。待到黄昏，依旧丝丝雨。颜上愁纹深几许。草虫相对都无语。

岁岁悲秋人渐老。越没心情，越是多烦恼。旧日酒边开口笑。而今醉后伤残照。　　竟日雨声浑未了。点点丝丝，入耳成单调。为是黄昏灯上早。蓦然又觉斜阳好。

# 丑奴儿慢

群山睡去，空际繁星临照。半山里、楼台灯火，特地无聊。立到三更，下弦月上海生潮。风来何处，飘零败叶，只是萧萧。　　尚忆去年重阳，抱病携酒登高。雨中采、黄花插鬓，踏遍蓬蒿。近日情怀，没花没酒没牢骚。文章幻梦，年华流水，剩有魂销。

# 醉花间

题叶上寄君培

说愁绝。更愁绝。愁绝天边月。十五始团圆，十六还成缺。　　野旷树声悲，楼高灯影澈。若问此时情，一片新黄叶。

# 还京乐[②]

近来苦，酷似寒天暮日归路近。况深秋天气，剪风寂雨，闲怀孤闷。看翠岚凝碧。秋林一片红黄晕。叶落处山鬼，报我天涯愁讯。　　叹凄凉甚。记京华、旧日红尘，满目飞沙，疏雨阵阵。桥边浅水琤，悄无人、漏

---

① 原词题作“寄君培，乙丑重阳”。第一首原稿有自注：“重阳前一日，登太平山，扑得草虫一，携归至所供菊花上，虫竟驯不他去。‘颜上愁纹深几许’用君培语。”

② 原稿有词序：“旧负笈京华，寓居北河沿一带。每值深秋，小桥流水，疏柳挂枝，城墙上缀路灯，点点如萤火磷光。车尘马足间，日落月升时，散步河畔，别有风趣。一别三载，梦魂萦系。海上秋夜兀坐，填此自遣。”

残灯烬。柳枝稀、还挂月含情，临风散恨。此际成惆怅，潮声撩乱方寸。

## 渡江云

去岁园西池畔霜枫如锦，今岁重阳雨过独往访之，则陨黄满地，非复昔时盛观，赋此吊之。

西园曾几日，小桃落尽，雨又打残荷。夏阑秋渐暮，似水韶光，催老嫩杨科。青枫池畔，漫纷披、苍翠枝柯。如向人、含情低语，待我醉颜酡。　如何。重阳过了，黄叶枝头，只随风婆娑。料夜来、秋魂惨淡，雨泪滂沱。妒花长是天公意，问红叶、底事多魔。枫不语，秋池时起微波。

## 蝶恋花

时序恼人秋已暮。过了重阳，莫漫登高去。白日晦冥云酿雾。黄昏黯淡风吹雨。　自倚危楼时极目。海水连天，不见风帆舞。欲觅海天交界处。悠悠一线山前路。

## 蓦山溪

述怀戏效稼轩体①

填词觅句，镇日装风雅。猛地梦醒来，是处堪愁人潇洒。樱花路上，来往不逢人，红叶底，小池边，闲杀秋千架。　新愁不断，愁不教人怕。最怕是闲来，心如叶、西风吹下。古人堪笑，寻地好埋忧，问何似、唤愁来，却共愁厮打。

## 圣无忧

以红叶两片寄屏兄，覆书以诗索词，因有君培前例，填此却寄。②

落叶东山下，殷红一似花飞。殷勤拾得殷勤寄，莫任晓风吹。③
记采西山黄叶，题词寄与君培。红黄依样秋颜色，不是向伊谁。向，俗语，偏袒、偏向之意。戏注。

---

① 原稿词题为“戏愁”。

② 原稿词序为：“既以红叶寄屏兄矣，而屏兄以诗来索词，援君培前例，不可以不作，但恨不复能题之叶上耳，却寄。”

③ “莫任晓风吹”，原稿作“休令信风吹”。

## 定风波

改旧作寄君培①

口北黄风塞北沙。三千里外是京华。那里友人情绪好。常道。风中乞丐雨中花。　　海上飘零豪气尽。休问。上楼怕见夕阳斜。不住他乡何处住。归去。可怜归去也无家。

## 望海潮

无边枯草，千山落木，黄昏一阵西风。豪兴渐衰，诗情日减，应难作个诗翁。新恨一重重，恨相思未了，绮梦无踪。万里烟波，夕阳难照海云东。　　西园落尽疏桐。见流天孤月，渡海征鸿。休怪暮潮，涛声怒吼，飞花直上遥空。长怪是初冬。有几枝桃蕊，几树丹枫。不耐凄凉，者般时候向人红。园中桃树秋深有开花者。

## 唐多令②

秋叶总堪伤。不禁风力强。水边枫，一半陨黄。红是泪珠黄是病，算依样，断人肠。　　歧路久彷徨。他乡成故乡。把无聊、并作清狂。潦倒心情秋后树，才过雨，又斜阳。

## 南乡子二首

岁暮自青岛赴济南，欲归无计，小住为佳。

记得海中央。万里烟波泛碧光。底事西来重作客，昏黄。日落青山那壁厢。　　常自恨癫狂。错认他乡作故乡。昨日鹊华桥畔过，苍茫。不见芦芽一箸长。

我亦有家园。归去真成蜀道难。年去岁来还故我，依然。羞见城南一带山。锦字寄平安。眼看残冬岁又阑。夜晚街头人独自，无言。一任雪花打帽檐。

---

① 原稿有自注云："改旧作寄君培，其实并未寄，戏注。"

② 原稿有词题"秋叶"。

## 行香子三首

三十初度自寿

陆起龙蛇。归去无家。又东风、悄换年华。已甘沦落，莫漫嗟呀。拼一支烟，一壶酒，一杯茶。　　我似乘槎，西渡流沙。走红尘、晚日朝霞。卅年岁月，廿载天涯。共愁中乐，苦中笑，梦中花。

不作超人。莫怕沉沦。一杯杯、酸酒沾唇。读书自苦，卖赋犹贫。又者般疯，者般傻，者般浑。　　莫漫殷勤，徒事纷纭。浪年华、断送闲身。倚阑强笑，回首酸辛。算十年风，十年雨，十年尘。

春日迟迟。怅怅何之。鬓星星、八字微髭。近来生活，力尽声嘶。问几人怜，几人恨，几人知。　　少岁吟诗，中岁填词。把牢骚、徒做谈资。镇常自语，待得何时。可唤愁来，鞭愁死，葬愁尸。

## 清平乐

孤眠况味。似睡还非睡。窗外几重山共水。枕上两行清泪。　　残花谢去空枝。燕来也没人知。好是黄昏微雨，垂帘整理相思。

## 鹧鸪天

午睡醒来觉嫩寒。闲庭徐步袷衣单。园花未醒三春梦，山柳才吹四月绵。　　愁不断，梦回环。共伊隔得几重山。相思谁道催人老，使我情怀更少年。

## 临江仙

君培书来，劝慰殷勤，以词答之。

拄杖掉头径去，新来常爱登临。小红楼上六弦琴。四围山隐隐，万古海沉沉。　　眼下千秋事业，生前几寸光阴。三千里外故人心。倚阑良久立，北望一沾襟。

## 蝶恋花

昨夜宿酲浑未醒。睡起凭阑，两岸青山拱。底事潮平风不定。清波难照青山影。　　阶下梧桐阴满径。开尽桐花，谁见桐花凤。莫怪新来无好梦。爱神烦恼诗神病。

## 临江仙

尽把中年哀乐事，消磨低唱微吟。晚来独自立桐阴。夏云随意幻，海水似愁深。　　时有空花来梦里，梦醒何处追寻。此身争信老浮沉。文章千古事，时叙百年心。

## 木兰花慢

又他乡聚首，试携手，赋同行。且享用今宵，班荆道故，莫话离肠。相将。海滩坐久，但时闻、草木散幽香。更喜沙平浪软，山村灯火昏黄。

斜阳。西下海茫茫。何处是吾乡。算射虎山前，放牛林下，一样收场。文章。有如爝火，只人生、到此慢凄凉。君看孤星一个，尚摇万丈光芒。

## 浣溪沙

高树吟蝉过别枝。透窗凉意一丝丝。双星别了不多时。　　也有空花来幻梦，莫将残照入新词。情怀还是自家知。

## 采桑子二首

一重山作天涯远，君住山前。侬住山间。山里花开山外残。　　红楼碧海相思地，卷起珠帘。倚遍阑干。又见山前月一弯。

清宵细数当年事，酒意阑珊。别意缠绵。月满平湖各下船。　　人生原是僧行脚，暮雨江关。晚照河山。底事徘徊歧路间。

## 归国谣

如梦里。昔我东来才廿四。湖海飘零数岁。行年三十矣。　　车上吟诗醒醉。不多闲意味。云罨群山入睡。月明无力气。

## 水调歌头

拄杖去东海，依旧客他乡。心头眼底愁思，景物共苍茫。楼外夕阳冉冉，天半黄尘滚滚，灯火渐辉煌。也没菊花看，屈指近重阳。　一杯酒，三更月，九回肠。卅年岁月，回首何事苦凄惶。低唱微吟事业，乞食吹箫生活，人世漫雌黄。试拂箧中剑，尘渍暗无光。

## 鹧鸪天①

记得飘零碧海滨。枫林霜染最相亲。而今辗转风沙里，尚有殷勤寄叶人。　真似假，假还真。常疑红叶是前身。夜深持向灯前看，怕有年时旧泪痕。

## 临江仙②

廊下风吹败叶，绕阶故故悲鸣。愁人已是不禁听。那堪灯烬后，寒柝报更声。　处处追求寂寞，时时厌恶聪明。人生原是苦修行。今宵无好梦③，攲枕数秋星。

## 踏莎行

岁暮晤君培、继韶京师。

岁暮情怀，天寒滋味。他乡又向樽前醉。路灯暗比野磷青，天风细碾黄尘碎。　炉火无温，烛光摇穗。布衾如铁难成寐。联床试共话凄凉，枕边各有酸辛泪。

## 忆秦娥

次日同至北海看雪

同为客。樽前醉后愁休说。愁休说。暂时相遇，霎时离别。　词锋

---

① 原稿有词题“屏兄寄红叶来，赋此为酬”。

② 原稿有词题“不寐口占”。

③ “今宵无好梦”，原稿作“欲眠眠不得”。

渐钝词源竭。倚阑同看西山雪。西山雪。高城一片，暮云千叠。

## 浣溪沙

恻恻轻寒似早秋。晓阴天气尚披裘。未衰筋力懒登楼。　　记得昨宵桥上立，长河冻解带冰流。春星几点月如钩。

## 鹧鸪天[①]

灯火楼台渐窈冥。长街寥落少人行。笼云月色浑疑睡，落地雪花似有声。　　思辗转，恨飘零。春宵长忆济南城。隔窗暖雨潇潇下，出水芦芽短短生。

## 夜飞鹊

津门晤樗园

他乡共樽酒，长夜漫漫。残雪在弄轻寒。阑杆东畔小窗外，半规凉月娟娟。东山旧游地，记高歌林下，戏浪沙滩。前尘几日，算而今、屈指三年。　　闻说大江东去，千古几英雄，都被催[②]残。何况词人无赖，飘零塞北，憔悴江南。青春尚在，只情怀、不似从前。任孤灯寻梦，长街踏月，我欲无言。

## 百字令

屋山起伏，正沉沉无际，黯淡如铅。向晚阴云低压处，横空几道苍烟。冻解长河，冰流春水，减得几分寒。绕廊徐步，隔窗闻弄哀弦。　　见说山水清音，楼台胜境，自古让神仙。争奈自家尘福浅，谁教偏住人间。四载明湖，三年东海，二月杏花天。眼前何物，雪花飞上阑干。

## 满江红

与樗园夜话

二月南天，便已是、绿杨城郭。雨声里、棉裘乍暖，袷衣犹薄。滚滚大江流日夜，悠悠一水分南北。且相将、同上酒家楼，樽前说。　　舟欲

---

① 原稿有词题“夜雪”。

② “催”字后原稿自注：“此特意不用‘摧’而用‘催’字。”

渡，风涛恶。君莫使，蛟龙得。挣千秋事业，半生飘泊。长夜渐消灯烛里，余寒尚在阑干角。看曈曈、旭日上窗来，东方白。

## 鹧鸪天

向晓阴阴向晚晴。又来此地过清明。黄云都带金银气，白雨还浮酒肉腥。　词不就，句难成。诗人莫怪少诗情。紫泥涨入桃花水，流过红桥不作声。

## 采桑子二首

恼人天气微吟好，雨细风斜。煮酒分茶。三月清明不见花。　故人辞我乘风去，歧路三叉。一剑天涯。道出芒砀夜斩蛇。

乍寒乍暖清明近，时序匆匆。烟霭蒙蒙。眼底长街卧雨中。　楼高偏近危栏倚，数尽征鸿。望断残虹。扑面吹来昨夜风。

## 汉宫春

梦里神游，又观潮海上，拄杖山前。天边数声画角，惊起清眠。阑干遍倚，但心伤、破碎河山。浑忘却、斜风细雨，朝来做弄新寒。　楼外长杨吐穗，任风吹雨打，权当花看。清明昨朝过了，事事堪怜。垂杨甚处，更红楼、不出秋千。君不见、堂前燕子，只今尚住江南。

## 青玉案

秾桃艳李春犹浅。踏青去、心情懒。燕子归来偏又晚。清明过了，轻寒未减。暮雨纱窗暗。　新来莫道音书断。入梦时时记重见。夜半灯花和泪剪。红楼一角，春星万点。人在江南岸。

## 雨中花慢

哀乐中年，无计安排，倚阑独自沉吟。问眼前甚处，高树鸣禽。大地风沙漠漠，长街景物沉沉。算来鸿去燕，消息全无，也到春深。　神游梦里，高歌醉后，醒来重费追寻。君便道、随时自爱，争不伤心。天气浑如旧恨，无聊直到而今。一朝轻暖，半夜轻寒，整日轻阴。

## 菩萨蛮

春江鱼浪空千里，锦书好寄愁难寄。休再上高楼，悲风生暮愁。看看三月半。不见双飞燕。楼阁印晴空，角声残照中。

## 清平乐

春归何处。偏是今年苦。未见花飞和絮舞。已道春将暮。　闲庭谁共徘徊。自家料理情怀。错把夕阳蝙蝠，当他燕子归来。

## 天仙子

万丈游丝心不定。佛国仙山空泡影。人生原自要凄凉，春暮景。年时病。无奈衣轻愁绪重。　天气恼人嫌昼永。试问春归谁饯送。江南江北起烟尘，风力猛。笳声动。落日无言天入梦。

## 御街行

春光九十成婪尾。且休洒、伤春泪。此间原不要春光，说甚留春无计。试看窗外，黄尘万丈，尽日风吹起。　楼台车马知何似。似穷塞、非人世。明驼迤逦渡平沙，衰草寒烟无际。黑山列帐，黄昏吹角，夕照苍茫里。

## 鹧鸪天

月影银灰更淡黄。深宵不寐又他乡。楼前杨叶潇潇雨，架上藤花细细香。　才小立，觉微凉。低头负手踱回廊。不知月子沉西去，却看随身影渐长。

## 临江仙

题纳兰《饮水》《侧帽》二词

笔底回肠宛转，梦中万里关山。断肠不只赋离鸾。生成应有恨，哀乐总无端。　蝶梦百花已苦，百花梦蝶堪怜。乌龙江上月初三。自开新境界，何必似《花间》。

## 青玉案

阴晴寒暖无凭准。又午夜、风声紧。坐久思眠眠不稳，窗前有个，江南燕子，没个江南信。　　月来床上灯生晕。两样清光几多恨。月影灯光谁远近。闷无人理，愁无人管，病了无人问。

## 木兰花慢

正东风送雨，急檐溜，恨楼高。更万点繁声，藤萝架底，薜荔墙腰。深宵。隔窗听取，者凄清、全不减芭蕉。何况长杨树上，平时已爱萧萧。
迢迢。断梦到江皋。愁思正如潮。恁夜半危楼，一条残烛，争禁飘摇。山遥。更兼水远，想故人、此际也魂销。两地一般听雨，不知谁最无聊。

## 临江仙

继韶屡有书来却寄

脑海时时翻滚，心苗日日干枯。昔年故我变今吾。莫言今已老，不老便何如。　　少岁没曾挣扎，中年落得空虚。斜阳冉冉下平芜。故人千里外，羞寄数行书。

## 绮罗香

旧日豪情，中年乐事，屈指已成乌有。万斛闲愁，掮起掉头而走。挣暂时、眼下安生，经多少、不堪回首。算人生、原自无聊，思量万物尽刍狗。　　年时犹记醉里，爱道高歌鼾睡，全忘昏昼。争奈醒来，又到销魂时候。惊打窗、细雨斜风，怕照眼、落花疏柳。只而今、常把凄凉，细尝权当酒。

## 高阳台

戏咏榴花

续命丝长，聚头扇小，年年此际他乡。底事今年，单衣尚觉微凉。蔷薇开老藤萝谢，只榴花、娇立东墙。祝东皇、莫便匆匆，又使飞飏。
红英几朵明如火，正才干宿雨，乍试严妆。叶叶枝枝，鲜明偏称初阳。千重芳意知何许，共朝霞、映上纱窗。暗思量、便似相思，烧断回肠。

## 水调歌头

佳节届重五，离别在他乡。回看四座无语，寸寸搅柔肠。为问先生何事，连日登台说法，意气转飞扬。尝遍人生苦，有泪且深藏。　君知否，风惨淡，云苍茫。河山破碎，斜日画角正悲凉。肩上千秋事业，眼下几条道路，纵横少年场。挥手自兹去，努力爱韶光。

## 望海潮

夕阳楼阁，无人院宇，天西一段明霞。阶下去来，阑边徙倚，似闻向日喧哗。夜半自分茶。忽潇潇飒飒，风雨横斜。不道凄凉，长杨声里又鸣笳。　年来强半天涯。惯飘零湖海，辗转风沙。还记旧游，平湖夏夜，月华浮上莲华。回首暮云遮。问此间别后，有甚堪嗟。第一难忘今宵，风雨困榴花。

## 浣溪沙

咏马缨花

一缕红丝一缕情。开时无力坠无声。如烟如梦不分明。　雨雨风风嫌寂寞，丝丝缕缕怨飘零。向人终觉太盈盈。

## 南乡子

送君培赴哈埠，继韶赴吉林。

镜里鬓星星。秋日那堪又别情。离合悲欢多少事，吞声。身是行人却送行。　迢递短长亭。拼着飘流过此生。莫似昨宵天上月，凄清。到了中元不肯明。

## 鹧鸪天

一阵潇潇正打窗。窗前独立断无肠。故人昨夜三千里，秋雨今朝第一场。　思避暑，爱追凉。天时人事尽堪伤。已判同作流离子，好认他乡是故乡。①

---

① 此词原稿下片作：“同避暑，共追凉。天时人事两堪伤。天生教作流离子，好认他乡是故乡。”

## 鹧鸪天

夏日游北海，时见空中有虫如蜻蜓而色黑。问生兄云：保定谓之黑老姆。秋雨竟日，追记前事，赋此自遣。

也是山巅与水涯。迟迟残日度楼台。一双白鹭翻空下，千朵红莲着意开。　无意绪，甚情怀。酽茶再进两三杯。忽惊黑姆当头见，莫是死神遣使来。

## 木兰花慢

卜者午夜吹笛，怆然有触予怀也。

是何人弄笛，惊旅客，使魂销。想身外茫茫，行来踽踽，深巷迢迢。尘嚣。渐随夜杳，但霏霏露湿敝缊袍。空际几声颤响，悲凉更甚饧箫。　难消。清泪如潮。空令我，酒频浇。有谁将命运，双肩担起，一手全操。徒劳。暗中摸索，奈千家闭户卧凉宵。试问一支笛子，甚时吹到明朝。

## 临江仙

君培书来，颇以寂寞为苦，赋此慰之。

自是诗人年少，世人艳说诗翁。诗心好共夜灯红。窗前山断续，门外水西东。　几个追求幻灭，何时抓住虚空。相思有路路难通。松花江上好，莫管与谁同。

## 浣溪沙

余喜朝眠，而牵牛花晨开，余兴而花萎矣。秋蝶飞来，盖与余同有苍茫之感也。

白露泠泠湿碧苔。昨宵无寐起徘徊。牵牛不向月中开。　今早起迟缘睡好，上窗红日下空阶。牵牛开罢蝶飞来。

## 玉楼春

马缨别我初生萼。今我归来花已落。剩余绿叶耐秋凉，无复红丝悲命薄。　而今悔杀当时错，理尽回肠难忘却。恰如花并不曾开，越发教人生寂寞。

## 十拍子

别京友。起二语乃出都时所得，兹足成之。

别旧暗牵旧恨。送行都是行人。也有沉江浮海志，可惜南来北去身。廿年常苦辛。　　耳畔数声珍重，城头一片黄尘。漠漠秋空无去雁，淡淡西山横断云。断肠复断魂。

## 台城路

梦中醒后迷离甚，思量不成啼笑。袅袅西风，去年送我，独上邯郸古道。中秋又到，漫静掩屏帷，防他月照。点检相思，旧来新近共多少。
当年离别恨早。相思无益处，空赚烦恼。歧路彷徨，他乡羁旅，能得几年年少。闲愁最好。且莫说消愁，合偕愁老。浊酒三杯，夜深判醉了。

## 汉宫春

底事悲秋，试倚楼闲眺，一院秋光。牵牛最无气力，引蔓偏长。疏花数朵，待开时、又怕朝阳。浑不似葵心向日，一枝带露娇黄。　　蛱蝶时时飞至，向玉簪丛里，觅取余香。青青女萝一架，不耐宵凉。凄风冻雨，倚天寒、清泪淋浪。天便道、花原薄命，忍教白露为霜。

## 浣溪沙（四首）

一日阴阴一日晴。楼前杨柳尚青青。秋深天气似清明。　　海燕来时人有信，塞鸿过尽梦无凭。小窗日午听鸡声。

一院西风彻夜吹。一窗素月映罗帏。一天凉露作霜霏。　　千里归来还卧病，三更醒后只颦眉。梦随秋雁又南飞。

莫道衣冠似沐猴。青鞋毡笠木棉裘。泥犁语业抵封侯。　　如此荒村真故土，又教凉雨送深秋。这般时地只能愁。①

① “这般时地只能愁”，原稿作“黄昏无伴独登楼”。

不是他乡胜故乡。故乡景物太荒凉。篱边空看菊花黄。　　春夏秋冬尘漠漠，东西南北路茫茫。无山无水有残阳。

## 鹧鸪天

万事消磨是此生。无聊无赖谩多情。① 今秋又断江南信，独上高楼听雁声。　　空洞洞，冷清清。朝来雨罢夜来晴。旧时庭院新明月，移过寒窗第几棂。②

## 南歌子

北上途中吟寄君培

此意无人晓，凄凉只自悲。一生断送两愁眉。忘却他乡作客，有家归。　　我又他乡去，故人何日回。一天冷雨正霏霏。怕想松花江冻，雪花飞。

## 渔家傲

楼外红桥桥下水。南来到此千余里。中有那人思我泪。霜风起。寒流一夜成冰矣。　　试问灵均缘底事。九歌当日吟山鬼。留得一分闲力气。醒还醉。愁中领略愁滋味。

## 踏莎行

放眼楼头，信非吾土。飞沙遮断来时路。黄昏待到杀风时，漫天下起蒙蒙雾。　　一片愁心，欲抛还住。梦中忘却身何处。心身先自没安排，人间甚事由人做。

## 金人捧露盘

雪漫漫，声寂寂，夜悠悠。短烛影、摇落眉头。百年人世，一丝生命一丝愁。回文织就，断肠句、却遣谁收。　　未能知，他生事，争肯信，此身休。极天南，十万貔貅。江山未改，何人谈笑觅封侯。泪痕消尽，酒痕在、试看羊裘。

---

① “万事消磨是此生。无聊无赖谩多情”，原稿作“断尽回肠是此生，词人何事要功名”。

② “旧时庭院新明月，移过寒窗第几棂”，原稿作“一庭明月无拘管，照到寒窗第几棂”。

## 水调歌头

留别

收汝眼中泪，且听我高歌。人云愁似江水，不道着愁魔。长笑避秦失计。空向桃花源里，世世老烟蓑。悲戚料应少，欢乐也无多。　　人间事，须人作，莫蹉跎。也知难得如意，如意便如何。试问倘无缺憾，难道只需温暖，岁月任消磨。歌罢我行矣，夕日照寒波。

## 瑞鹧鸪

安心还是住他乡，酸酒斟来细细尝。觅句谩诌肠子断，吸烟却看指头黄。　　也知人世欢娱少，未羡仙家日月长。我自乐生非厌世，任教两鬓渐成霜。

## 贺新凉

天远星飘渺。漏声残、月轮高挂，尘寰静悄。南北东西都何处，着我情怀懊恼。况岁暮、天寒路杳。欲织回文长万丈，问愁丝恨缕长多少。空自苦，赚人笑。　　半生真似墙头草。尽随风、纷披摇荡，东斜西倒。万岁千秋徒虚语，眼看此身将老。且点检、残篇断稿。说到文章还气馁，算个中事业词人小。清泪滴，到清晓。

## 西河

夜梦晤伯屏，颜色惨淡，作别无语，遗书案头，飘然竟去。余亦惊寤，心犹怦怦动。逾数日，梦境时时往来心目中，因倚声记之。

愁未已。思君自是憔悴。飘然入我梦魂中，泪痕似洗。向人欲语不成声，迷离君又行矣。　　遗札在，仍道是。人生难得如意。登天拟问碧翁翁，奈天又醉。世间甚处可埋愁，行看身葬江水。　　醒来汗下竟遍体。尚心疑、真也还伪。忽地披衣惊起。正重衾不暖，炉灰渐冷。夜雪沉沉敲窗纸。

## 清平乐

知交分散。尽过江南岸。夜夜梦魂飞去远。落日旌旗满眼。　　醒来布被无温。不禁对影酸辛。难道老天生我，只教作个词人。

## 踏莎行

天压楼低，夜侵日短。今年入九情怀懒。试吹玉笛倚梅花，长空黯黯飘珠霰。　弄烛羞明，味茶嫌淡。一杯浊酒教谁劝。梦回赋得小词成，可怜门掩深深院。

## 生查子

身如入定僧，心似随风草。心自甚时愁，身比年时老。　空悲眼界高，敢怨人间小。越不爱人间，越觉人生好。

## 踏莎行

与安波夜谈，赋此。

对烛长叹，我侬生小。燕南赵北都行到。欲寻屠狗卖浆游，荒山平野余衰草。　逐鹿中原，化蛇当道。鱼龙扰攘何时了。自家不肯作英雄，从今莫恨英雄少。

## 夜游宫

得伯屏书

一纸书来道苦。想人对孤灯酸楚。三缕眉心皱无语。发苍苍，鬓星星，冉缕缕。　万事从头数。只难得少年心绪。长夜无眠到天曙。问青春，竟抛人，何处去。“三缕眉心皱无语”，伯屏书中语。

## 念奴娇

读诸家词，多恨春怨春之语，因赋此解。

词人长是，恨春来又晚，春归还急。我恨从来无一个，参透个中消息。春自何来，春归何处，春亦无家客。去来全异，那轮天上明月。　容易衰老春容，韶华无几，转眼成长诀。蝴蝶穿花花落后，来岁新枝重发。试看双飞，寻桃觅柳，可是年时蝶。余怀飘渺，此情堪共谁说。

## 侧犯

赋水仙

水仙两字，品题早已安排定。更静。正玉珮姗姗弄清影。天寒翠袖薄，云卧衣裳冷。诗圣。佳句好，真堪为花诵。　　芙蓉艳冶，着色终嫌重。浑似梦。月明中，烟水浩万顷。莫是湘灵，晚妆对镜。黄浅晕薄，粉寒香冻。

## 鹧鸪天

佳人四首

绝代佳人独倚楼。薄情何处觅封侯。天连燕赵沉沉死，日下江河滚滚流。　　红袖冷，绿云秋。泪珠欲滴又还收。自从读会灵均赋，不爱欢娱只爱愁。

绝代佳人独倚阑。江头看惯去来船。当楼花似迎人笑，人笑花开似去年。　　依旧是，着春衫。看看能否耐春寒。腰肢瘦到堪怜处，不受人怜谩自怜。

绝代佳人独倚床。水沉销尽尚闻香。熏笼已爇罗衾暖，却拥云鬟懒卸妆。　　曾记得，理丝簧。曲中也爱凤求凰。而今再把罗襦绣，便绣鸳鸯不绣双。

绝代佳人独敛眉。簪花插鬓故迟迟。妆成重复看鸾镜，不是含羞欲语时。　　梁燕去，塞鸿归。熏香人自在深闺。今生判得情缘短，千转芳心尚恨谁。

## 蝶恋花

丁卯除夕过半，手抄《味辛词》上卷竣，听爆竹四起，掷笔怅然，吟此即寄伯屏。

为怕故人相慰劝。常道他乡，我已飘零惯。事事当初差一念。休寻旧梦成凄怨。　　半卷新词重点检。对影凄然，写罢从头看。爆竹向晨犹不断，声声打得心头颤。

## 蝶恋花二首

独登北海白塔

不为登高心眼放。为惜苍茫，景物无人赏。立尽黄昏灯未上。苍茫展转成惆怅。　　一霎眼前光乍亮。远市长街，都是愁模样。欲不想时能不想。休南望了还南望。

我爱天边初二月。比着初三，弄影还清绝。一缕柔痕君莫说。眉弯纤细颜苍白。　　休盼成圆休恨缺。依样清光，圆缺无分别。上见一天星历历。下看一个飘零客。

## 蓦山溪

年年客里。看得春光贱。爱读放翁诗，总觉我、比春还懒。今年何事，着意想迎春，风似剪。天犹短。偏又春来晚。　　人言南国，早已梅开遍。便拟趁长风，破浪去、大江彼岸。沉吟又怕，待我到江南，春更远。回头看。却在黄河畔。

## 临江仙

莫恨诗书自误，谁教忙里偷闲。回头三十一年间。盲人骑瞎马，落叶满空山。　　醉后长街散步，当头月影高寒。将圆毕竟未成圆。此心非我有，争共月圆圈。

## 添字采桑子

朝来方寸都何物，时似波涛。时似蓬蒿。独自行来行去好心焦。
三杯软饱偏宜睡，睡也难牢。梦也飘飖。待到黄昏睡起越无聊。

## 浣溪沙

真个今年胜去年。有人劝我莫凭阑。东风才会作春寒。　　烛影伴将人影瘦，月痕照得泪痕干。此身堪恨不堪怜。

## 浣溪沙[①]

郁郁心情打不开。旁人笑我太痴骙。那知我正费安排。　　愁要苦担休殢酒，身如醉死不须埋。且开醒眼看愁来。

## 定风波

朱敦儒词有云："谁闲如老子，不肯做神仙。"吟诵再三，觉有未尽之意，赋此聊当下一转语。

扰扰纷纷数十年。人生何处得安闲。欲做神仙无计作。偏说。安闲不肯做神仙。　　试把闲愁担负了。狂笑。看他与我甚相干。镇日黄尘飞万丈。须赏。此间此已是春天。

## 添字采桑子

劝君莫问春来未，已过元宵。又过花朝。争奈轻寒犹自不相饶。[②]　长街却在风沙里，人影寥寥。灯影摇摇。冒了黄尘独自过红桥。[③]

## 庆清朝慢

梦又还醒，醒还又梦，如环往复无端。那堪入梦，比着醒梦尤难。待到梦时又怕，者番未必胜前番。无人会，有人会了，有甚相干。　　试听街头乞丐，正饥熬夜永，冷怨宵寒。号呼惨苦，堪怜无个人怜。不是世情落寞，乞人怜处得人嫌。君休矣，不如归去，一枕高眠。

## 永遇乐

夜读《大心》不能寐，因赋。

少岁无愁，爱将愁字，说又重说。近日闻人，言愁不觉，先自扪吾舌。沙场炮火，深沟弹雨，愁也怎生愁得。试翘首、战云滚滚，江南直到江北。　　醉乡忘我，桃源避世，堪笑古人痴绝。万丈银河，可能倒挽，

① 此词原稿依新诗格式分行书写。
② "争奈轻寒犹自不相饶"，原稿作"犹自轻寒轻暖不相饶"。
③ "人影寥寥。灯影摇摇"，原稿作"灯影摇摇。人影寥寥"。

静洗平原血。家山自好，韶华未晚，君莫蹉跎悲切。浑无寐、披衣坐听，声声画角。

## 唐多令

春雨只销魂。春风不算春。甚天天、风雨黄昏。谁想雨停风住了，阴沉得，怪烦人。　　定力剪愁根。自怜无病身。下重帘、更掩重门。隔着窗儿还望见，树芽短，二三分。

## 摸鱼儿

梦游海滨，醒后遂不成眠。

又孤身、海滨游戏，飞涛直共云起。心田正恨荒芜甚，况又心苗憔悴。浇海水，应能把、心苗滋润心田洗。试浇些子。奈海水腥咸，心苗不长，留苦在心里。　　人间世，有梦已都醒矣。劝君休只挥涕。万千人事原如此，不是不如人意。真个是，打熬得、此心未死身先死，鳞伤遍体。好检点伤痕，一痕一盏，自向市楼醉。

## 木兰花慢

宵深归来，独过桥头，戍兵呵夜，冷风挟沙扑面，飒飒然疑非人世也。

又沉沉醉也，却独下，酒家楼。忽一阵风来，惊沙扑面，冷彻棉裘。街头。路灯焰小，正青磷数点乍成球。渐见幢幢暗影，似闻鬼语啁啾。　　心忧。欲去又迟留。春夜冷于秋。恨如许悲凉，全非人世，直是荒丘。悠悠。上天下地，有不知我者问何求。我问红桥春水，谁教无语东流。

## 清平乐四首

晕头涨脑。忘却天昏晓。镇日穷忙忙不了。那有工夫烦恼。　　闲言闲事闲情。而今一笔勾清。领取忙中真趣，这般就是人生。

眠迟起早。都把愁忘了。磨道驴儿来往绕。那有工夫烦恼。　　我今不恨人生。自家料理调停。难道无花无酒，不教我过清明。

鸦鸣鹊噪。妙处谁知道。听说疲牛还吃草。那有工夫烦恼。　　天公真没天良。催人两鬓成霜。愁里翻身坐起，我能享乐穷忙。

天公弄巧。捉弄闲人老。近日忙多闲苦少。真没工夫烦恼。　　任他春夜凄清。新填数首词成。唤起天公听我，仰天大笑三声。

## 最高楼

送友人南游

愁来了，一一上心头。欲说却还休。自家晓得何须说，旁人听了更添愁。怕凭阑，生怅望，又登楼。　　也莫说、醉乡滋味好。更莫说、人间天地小。闲话语，一齐收。悠悠舟载人南下，茫茫雾共水东流。看长空，鸿去了，燕来不。

## 减字木兰花

狂风甚意。越盼停时偏又起。细雨无情。越怕停时忽又停。　　杏花开了。[①] 老怕风多愁雨少。雨少风多。无奈他何一任他。

## 忆帝京

木棉袍子君休换。毕竟春深春浅。听说杏花开，却在深深院。可惜太深深，开了无人见。　　一阵阵、风儿回旋。几点点、雨儿萧散。长怪当年，道君皇帝，见了红杏肝肠断。不怨杏花红，却怨双双燕。徽宗《燕山亭·见杏花》云："凭寄离恨重重，者双燕何曾，会人言语。"

## 壶中天慢

旁人笑我，说书生、无分小楼听雨。又说江南听雨好，楼在花深深处。我只摇头，凭阑却看，镇日风吹土。长杨垂穗，看他还似花否。　　忘了今日清明，午眠醒后，闷绕回廊步。我误清明天误我，都自无凭无据。如此人生，者般人世，却要人担负。打窗撼屋，一天风势如虎。

## 朝中措

有索近作者，赋此示之。

先生觅句不寻常。一字一平章。只望保留面目，更非别有心肠。

---

① "杏花开了"，原稿作"清明到了"。

劳君催索，夜深犹自，吟诵彷徨。便不梦中说梦，也成忙上加忙。

## 鹧鸪天

点滴敲窗渐作声。棉衣犹觉夜寒生。不辞明日无花看，且喜今宵有雨听。　　新苦恼，旧心情。廿年湖海一书生。只缘我是无家客，却被人呼面壁僧。

## 清平乐

白天黑夜。黄尘如雨下。这样春天真笑话。便没有他也罢。　　昨宵细雨如麻。醒来依旧风沙。总算清明过了，虽然没看桃花。

## 贺新凉

又到三春矣。尽教他、吹开吹谢，夭桃艳李。十日九风偏无雨，好个清明天气。奈天色、沉沉欲死。河畔衰杨生意尽，看栖鸦欲落重飞起。三两点，浮空际。　　中年情调无佳思。甚时时、填词觅句，沾沾自喜。旧日空花新来梦，头上身旁眼底。小楼外、一双燕子。都道此间真不好，弃江南来住风沙里。君试问，燕何意。

## 意难忘

记梦

回首生哀。恁分襟意绪，卧病形骸。依依花落尽，点点缀苍苔。多少事，没安排。便地角天涯。记那时，残阳冉冉，正下楼台。　　清眠梦见君来。似春阳乍暖，照进空斋。嫣然才一笑，蓦地万花开。春甚处，费疑猜。敢尽在双腮。梦又醒，窗前漠漠，只见尘埃。

## 八声甘州二首

哀济南

记明湖最好是黄昏，斜阳射湖东。正春三二月，芦芽出水，燕子迎风。城外南山似幛，倒影入湖中。醉里曾高唱，声颤星空。　　此际伤心南望，有连天烽火，特地愁侬。便梦魂飞去，难觅旧游踪。绕湖边、血痕点点，更血花比着暮霞红。凭谁问、者无穷恨，到几时穷。

便将来重复到明湖，胜游总成空。任三更渔唱，数声柔橹，半夜荷风。只怕双擎泪眼，觅不到残红。点点青磷火，芦苇丛中。　　眼看春光又老，谩酿成春色，费尽春工。上九重天上，细问碧翁翁。甚年年、伤春不了，却一春、不与一春同。春归去、已匆匆了，莫再匆匆。

## 浣溪沙

因百索近作，即用其咏春枫韵却寄。

北地风高雨易晴。无人伴我下阶行。榴花红得忒鲜明。　　壮岁已成无赖贼，当年真悔太狂生。此花不称此时情。

## 浣溪沙

再和

海国秋光雨乍晴。枫林策杖记徐行。一山霜叶似花明。　　闲绪闲心成底事，此时此际为谁生。教人南望最伤情。

## 蝶恋花

飞絮随风蚁转磨。心向江南，身向床头卧。我梦君时君梦我。梦魂中道还相左。　　安石榴花开几朵。粉白朱红，一一娇无那。几日骄阳浑似火。可怜齐向阶前堕。

## 浣溪沙

赤日当头热不支。长空降火地流脂。人天鸡犬尽如痴。　　已没半星儿雨意，更无一点子风丝。这般耐到几何时。

## 八声甘州

忽忆历下是稼轩故里，因再赋。

数今来古往几词人，应推稼轩翁。望长安却被，青山遮住，抱恨无穷。不道好山好水，胡马又嘶风。地下英灵在，旧恨还重。　　不恨古人不见，恨江南才尽，冀北群空。看江河滚滚，日夜水流东。便新亭、都无涕泪，剩望空、极目送归鸿。神州事，须英雄作，谁是英雄。

## 惜分钗

熏风动。春衫重。日间作起宵来梦。海东头。水难收。几许凄凉，些许温柔。休。休。　　临歧送。临风恸。无根白发愁时种。几春秋。几沉浮。已到中年，犹赋离忧。羞。羞。

## 风入松

隔窗日影下层檐。无病也厌厌。从今莫恨江南远，一城中、远似江南。夜短两人同梦，日长各自垂帘。　　时时似见晚妆严。犹着旧时衫。中年如此无聊赖，是堪怜、还是堪嫌。索性吐丝作茧，一生直似春蚕。

## 灼灼花

旧地重来到。些子闲烦恼。楼外窗前，石榴未谢，马缨红娇。爱夏花浓艳胜春花，恨夏花太少。　　雨后长街悄。天远疏星小。瘦马衔枚，饥兵呵夜，哀笳破晓。正大旗猎猎荡长空，又乱鸦啼了。

## 浣溪沙

京津道中

未到都门先见山。好山不肯太清妍。夕阳斜照碧成丹。　　人在动中心寂寞，山于静处意缠绵。人山相看两无言。

## 采桑子

年时梦到江南岸，月也弯弯。柳也弯弯。卍字回廊卍字阑。　　从今不作年时梦，雨后青山。雨后青天。一样青青一样闲。

## 卜算子

荒草漫荒原，从没人经过。夜半谁将火种来，引起熊熊火。　　烟纵烈风吹，焰舐长天破。一个流星一点光，点点从空堕。

## 采桑子

赤栏桥畔同携手，头上春星。脚下春英。隔水楼台上下灯。　　栏杆倚到无言处，细味人生。事事无凭。月底西山似梦青。

## 采桑子

水边点点光明灭，恰似春灯。恰似繁星。恰似游魂自在行。　　细思三十年间事，如此凄清。一个流萤。自放微光暗处明。

## 鹧鸪天

说到天涯自可哀。谁知何处是天涯。已看乳燕相将去，又见征鸿次第来。　　空怅望，漫疑猜。自家情绪自安排。拼将眼泪双双落，换取心花瓣瓣开。

## 菩萨蛮

今年人比前年老。今番梦比前番好。携手逆西风。踏花行梦中。　　锦书今日至。多少关心事。命运早安排。从今休乱猜。

## 凤栖梧

我梦君时君梦我。步踏黄华，相遇秋江左。情绪安排犹未妥。别来可有新工作。　　热泪欲烧君颊破。一一晶莹，一一圆成颗。头上秋星千万个。纷纷都自青空堕。

## 清平乐

故人好意。邀我来山里。久吸大城烟雾气。到此眼明心喜。　　黄华好似前年。折来插向窗间。窗外一株红树，教他与我同看。

## 采桑子

双肩担起闲哀乐，好梦难圆。世事无端。争把人间比梦间。　　诗人自古无情甚，黄叶凋残。红叶翩翻。一样飘零两样看。

## 菩萨蛮

将去西山赋

夜来一阵潇潇雨。晨风吹得凉如许。西北有高峰。不遮西北风。

桃源难久驻。又向人间去。黄叶舞山前。似催人下山。

## 小桃红

烛焰摇摇灺，冬雪沉沉下。藐藐微躯，茫茫去路，悠悠长夜。问何时突兀眼前来，见万间广厦。　　说甚真和假，说甚冬和夏。花落花开，年华有尽，人生无价。待明晨早起上高楼，看江山如画。

## 鹧鸪天

百尺高楼万盏灯。流光似水照人行。楼头谁倚阑干立，翘首长空望月明。　　灯似月，月如星。最尘嚣处亦凄清。我来领取新诗意，踏步街头听市声。

## 踏莎行

万屋堆银，孤灯比月。天公又下初冬雪。深宵独自倚危阑，荒城何处还吹角。　　底事空虚，甚时幻灭。天南地北心分裂。此身判却似冰凉，也教熨得阑干热。

## 采桑子

如今拈得新词句，不要无聊。不要牢骚。不要伤春泪似潮。　　心苗尚有根芽在，心血频浇。心火频烧。万朵红莲未是娇。

## 鹊桥仙

早晨也雾，黄昏也雾。霰雪严霜寒露。初冬上溯到深秋，便仿佛年华几度。　　吟诗也苦，填词也苦。放下毛锥出去。街头毕竟像人间，是谁说不容人住。

## 浣溪沙

花自西飞水自东。君心正与我心同。今宵痛饮看谁雄。　　莫惜醉魂飞不起，且教没入酒杯中。好将双颊向君红。

## 踏莎行

当日桃源，那般生活。算来毕竟从头错。乐园如不在人间，尘寰何处寻天国。　平地楼台，万灯照耀。人生正自奔流着。市声如水泛春潮，茫茫淹没天边月。

## 减字木兰花

人间无路，他日伴君天上去。休恨天高，试把长虹架作桥。　风沙忽起，散发飘扬残照里。莫怨风沙，且障红霞当面纱。

## 破阵子

却笑昨宵祝祷，祈求今日晴明。不道朝来风已起，直到黄昏势未停。长空摇万星。　眼底云翳乍去，胸中块垒初平。仍旧黄尘如雨下，不是年时此际声。宵深笼被听。

## 鹊踏枝

过了花朝寒未退。不见春来，只见风沙起。乍觉棉裘生暖意，阳春原在风沙里。　哀乐中年难道是，渐渐模糊，渐渐成游戏。尊酒安排图一醉，今春没有伤春泪。

## 浣溪沙

三日春阴尚不开。薄云未雨净飞埃。被他酿造好情怀。　砌下春随芳草长，江南人寄落花来。忍教哀乐损形骸。

## 鹧鸪天

说到人生剑已鸣。血花染得战袍腥。身经大小百余阵，羞说生前死后名。　心未老，鬓犹青。尚堪鞍马事长征。秋空月落银河黯，认取明星是将星。

## 灼灼花

不是豪情废。不是雄心退。月底花前，才抽欢绪，已流清泪。只年来诅咒早心烦，也无心赞美。　　一种人间味。须在人间会。有限青春，蒲桃酿注，珊瑚盏内。待举杯一吸莫留残，更推杯还睡。

## 踏莎行

天气难凭，天心难问。清明始有花开信。才能几日不春阴，狂风又是沙成阵。　　芳草初青，柳枝还嫩。为花莫抱飘零恨。长杨穗似不成花，看他也被风吹尽。

## 临江仙

西沽看桃花

此地曾经小住，重来直似还家。紫泥新涨柳生芽。旧时春意思，浅水数声蛙。　　莫是情怀渐好，长郊远冒风沙。疏疏落落两堤花。莫嫌花太瘦，只此已亏他。

## 清平乐

怕看风色。掩户眠高阁。索索尘沙窗隙落。睡也怎生睡得。　　春来不信春来。花开不信花开。窗外绛桃一树，无言落满空阶。

## 贺新郎

赋恨终何益。算教他、黄尘淹尽，青衫泪迹。记上高楼舒望眼，常怨天宽地窄。把恨泪、灯前暗滴。窗外新桐流清露，伴月明坠下无声息。春已去，三之一。　　而今孤注休虚掷。唤天公、重燃灵焰，再添生力。心上伤痕知多少，开落心花狼藉。看心血、涓涓流溢。试把君尝君应说，甚春蜂酿得花成蜜。同一笑，莫悲泣。

## 千秋岁

独来独往，遣却闲纷攘。新意境，无惆怅。灯摇光满地，天远星如网。风已定，时时自觉心弦响。　　不是人间象。犹作人间想。留不住，消还长。悠悠流水去，袅袅炊烟上。千万劫，碧天路杳人间广。

## 渔家傲

梦里春光何澹宕。初阳清露花三两。林语低低风送浪。天乍亮，眼花消失心花放。　　眼底心头温一饷。起来又觉生惆怅。楼外潇潇时作响。褰帏望，雨丝细罥朱藤上。

## 木兰花慢

赠煤黑子

策疲驴过市，貌黧黑，颜狰狞。倘月下相逢，真疑地狱，忽见幽灵。风生。黯尘扑面，者风尘不算太无情。白尽星星双鬓，旁人只道青青。　　豪英。百炼苦修行。死去任无名。有衷心一颗，何曾灿烂，只会怦怦。堪憎。破衫裹住，似暗纱笼罩夜深灯。我便为君倾倒，从今敢怨飘零。

## 行香子

效樵歌体

不会参禅。不想骖鸾。惯飘零，岁岁年年。趁风海燕，昨夜飞还。甚盼春来，留春住，又春残。　　自辟心园。自种心田。自栽花，自耐新寒。一枝一叶，总觉鲜妍。问是仙山，是天国，是人间。

## 鹊桥仙

试舒皓腕，倒垂金盏。案上榴华照眼。将来过去俱消融，只剩下眼前一点。　　百年不短，天涯未远。沉醉高歌今晚。明朝挂起顺风帆，送君过大江南岸。

## 江神子①

去年此际两心知。幕垂垂，日迟迟。转眼流光，又到去年时。重五恰如重九日，云漠漠，雨霏霏。　　沉阴百事不相宜。且填词，且吟诗。心

① 此词原有词序：“去岁此际，曾填《风入松》一阕，有句云：‘夜短两人同梦，日长各自垂帘。’流光一瞬，又到重五。尘劳浮生，此身可虑。何必回首前尘，始兴慨叹？倚声赋此，寄之天涯。”

未成花，先已自成丝。楼外马缨才一朵，红上了，最高枝。

## 浣溪沙

享受宵来雨后凉。当窗支起小胡床。卧看风舞绿垂杨。　词意渐随乡思减，蝉声欲共夏天长。此时争忍不思量。

## 浣溪沙

一带高城一带山。孤灯四壁影萧闲。此时情味十年前。　燕近重阳犹未去，风吹落叶自回还。怀人听雨到更阑。

## 鹧鸪天

又是重阳叶落时。得风庭树各凄凄。纵教睡好原无梦，何必寒蛩彻夜啼。　天欲晓，月移西。起来还着旧秋衣。泪斑酒黦无寻处，敢向西风怨别离。

## 浣溪沙

卧病伤离次第过。相思无赖且由他。此身常健待如何。　为爱池边波影碎，却看塔上夕阳多。光阴始觉易消磨。

## 眼儿媚

拟将愁绪托杨枝。烟缕又风丝。年年岁岁，不愁春晚，只愿秋迟。[①]
茫茫人海人何地，犹自说相思。一般同在，暮山青处，霜叶红时。

## 鹧鸪天

壮岁功名两卷词。单寒骨相本无奇。临流自把清臞照，不是胡儿是汉儿。　杨吐穗，柳垂丝。轻轻过到叶飞时。高山有尽天无尽，往古来今若个痴。

---

① “不愁春晚，只愿秋迟”，原稿作“不愁秋早，只怨春迟”。

## 定风波五首

### 仿六一把酒花前之作

把酒东篱欲问公。菊黄何似牡丹红。依样看花依样醉。相对。花香沁入酒杯中。　　今日花开明日落。萧索。东风原不让西风。记得留春无好计。垂泪。秋来着意绕芳丛。

把酒东篱欲问君。十分秋比几分春。记得春花零落处。尘土。秋英未肯惹黄尘。　　莫对佳花还坠泪。无味。空教花笑有情人。镜里星星难整顿。双鬓。今年已比去年新。

把酒东篱欲问他。秋来底事着愁魔。北地晴天尘不起。千里。一轮明月澹银河。　　君道春光容易老。烦恼。送春无计奈春何。寒雨一场霜霰至。憔悴。请君起看有秋么。

把酒东篱欲问伊。忍教辜负菊花时。万物逢秋摇落尽。争信。山前尚有傲霜枝。　　明岁花如今岁好。人老。悲今吊古总成痴。尝得酒中真意味。沉醉。樽前听我唱新词。

酒醒扶头曳杖行。依依残照上高城。住得尘寰三十载。堪怪。今秋秋意恁分明。　　自笑怜花无好计。惯会。山泉汲水供银瓶。采得黄花归去后。回首。四山无语只青青。

## 临江仙二首

### 游圆明园

眼看重阳又过，难教风日晴和。晚蝉声咽抱凉柯。长天飞雁去，人世奈秋何。　　落落眼中吾土，漫漫脚下荒坡。登临还见旧山河。秋高溪水瘦，人少夕阳多。

散步闲扶短杖，正襟危坐高冈。一回眺望一牵肠。数间新草舍，几段旧宫墙。　　何处鸡声断续，无边夕照辉煌。乱山衰草下牛羊。教人争不恨，故国太荒凉。

## 临江仙

皓月光同水泄，银河澹与天长。眼前非复旧林塘。千陂荷叶露，四野藕花香。　　恍惚春宵幻梦，依稀翠羽明珰。见骑青鸟上穹苍。长眉山样碧，跣足白于霜。

## 沁园春

踏遍郊原，曳杖归来，静对琐窗。正檐端雀语，空庭残照，篱边菊笑，昨日重阳。欲坠游丝，随风又起，带着斜晖飘过墙。青山好，奈相看无语，只会苍苍。　　思量总觉堪伤。甚枫叶红时槲叶黄。叹两三飞蝶，尘寰漠漠，几行征雁，天外茫茫。制得荷衣，纫成兰佩，自向西风哀众芳。明朝起，更登楼极目，南望潇湘。

## 虞美人

更深一盏灯如豆。烟味浓于酒。青烟才起忽消沉。便觉相思飞去、不堪寻。　　晓来寻觅相思去。却见丹枫树。雨淋红叶好凄凉。难道相思真个、恁收场。

## 破阵子

南园看枫

谁道秋容消瘦，霜林煞自红肥。折得一枝枫叶子，正待思量寄与谁。满林叶乱飞。　　着甚新愁新恨，管他闲是闲非。但使今朝能饱看，霜露沾衣不忍归。西风尽浪吹。

## 破阵子二首

次日重游再赋

珠玉词中好句，人生不饮何为。争奈三杯沉醉后，逝水迢迢去不回。光阴仍似飞。　　说甚愁来不断，知他梦也还非。湖上重楼楼外柳，柳外群山碧四围。山山惟落晖。

昨日霜枫似锦，今朝败叶成堆。已自菊英同柳瘦，那更芦花作絮飞。

临风双泪垂。　　难道飘零一世，不教展放双眉。那畔青山沉暮霭，者里红墙上夕晖。今生第几回。

## 南乡子二首

游西山

三十有三年。生活劳劳碌碌间。喜煞秋来风日美，萧闲。背了朝阳去上山。　　何处是尘寰。上得高峰仔细看。四外苍苍天接地，茫然。几点霜枫在眼前。

难得是身闲。得到心闲益发难。忙里偷闲时一去，登山。莫谓凌风便上天。　　山下是人间。山上青天未可攀。摘得一枚枫叶子，萧然。归去灯前独自看。

## 贺新郎

秋来寄居西郊，时时散步圆明园废墟中。芦苇萧瑟，弥望皆是，傍晚有人持长矛立高冈上，意其逻者也。

多少萧闲意。废园中、苇塘萧瑟，鸟声细碎。微雨轻风都过了，头上青天如洗。这些事、闲人料理。见说南山曾射虎，算灞陵未短英雄气。千载下，有谁继。　　我如引火烧枯苇。想霎时、飞烟万丈，烈红十里。众鸟纷纷飞散去，火舌直腾空际。制造得、无边欢喜。蓦地回头高冈上，烂红缨正被风吹起。枪矗在，斜阳里。

## 好事近

灯火伴空斋，恰似故人亲切。无意开窗却见，好一天明月。　　欣然启户下阶行，满地古槐叶。脚底声声清脆，踏荒原积雪。

## 沁园春

涧猗以诗来索近作，适谱此调未就，后阕因述近日生活，既以自慰，且用相劝。

暮色苍茫，适自何来，悄然逾墙。看依依几缕，炊烟自卷，亭亭孤立，塔影初长。山远天低，庭空树老，小院黄昏别样黄。炉中炭，正微闻窸窣，时漏光芒。　　消除旧日情肠，也不待禅龛一炷香。有寒花数朵，向人婀娜，短檠三尺，伴我凄凉。近日何曾，市楼买醉，对酒当歌慨以慷。安心处，是风尘老大，不是清狂。

## 浣溪沙

课罢归来一盏茶。小窗红日欲西斜。披衣又上进城车。　　漠漠西风尘十丈，萧萧古木路三叉。进城且当是还家。

## 贺新郎

又是寒冬矣。也颇思、村醪取暖，市楼买醉。踽踽行来举头见，一队明驼迤逦。爱他有些儿画意。曲项高峰肉蹄软，想来从大漠风沙里。一步步，几千里。　　庞然卧息长街内。又木然、似眠似醒，非悲非喜。偶一摇头铎铃响，声落虚空无际。有谁识、此君心理。万里长城曾见否，问凋零破败今余几。驼不语，蹶然起。

## 三字令

愁塞北，忆江南。独凭阑。心上事，望中天。月朦胧，星闪烁，起炊烟。　　残雪在，四山巅。晚来寒。山下路，几人还。有谁知，前日梦，甚时圆。

## 东坡引

柔肠愁不断。回肠理还乱。一条红烛烧青焰。无风犹自颤。无风犹自颤。　　青光冉冉。长宵漫漫。案上烛，徐徐短。此生个里分明见。朱颜争不换。朱颜争不换。

## 鹧鸪天

读秋明词赋

拨得心弦不住鸣。藕花池畔若为情。西山爽气朝来满，北国秋光雨后明。　　将缱绻，作晶莹。词中今见玉溪生。薄晴催得桃开了，听到新莺第几声。

## 木兰花慢

向闲庭散步，忘今夕，是何年。听犬吠鸡鸣，始知自己，身在尘寰。苍天。黯然不语，闪万千、星眼看人间。何处琼楼玉宇，几番沧海桑田。

庄严。依旧是平凡。冬去又春还。问小立因谁，深宵露冷，不记衣单。开残。小梅数朵，剩离离、枝上着微酸。病里生机尚在，无人说似诗禅。

## 浣溪沙

案上盆梅几点花。寒香熏得梦清佳。这回午睡太亏他。　　且养闲情消永日，更抛绿酒试红茶。小斋自过病生涯。

## 鹧鸪天

赠友

小院无人日影窗。新来渐渐觉天长。计时未到春三月，何处飞来燕一双。　　千古事，九回肠。不须伤感与悲凉。相思恰似樽中酒，君若尝时细细尝。

## 浣溪沙三首①

风软杨花尚自飞。长廊深院柳丝垂。隔邻横笛为谁吹。　　楼上已看山四立，窗前又见燕双归。生涯无尽亦堪悲。

微雨新晴碧藓滋。老槐阴合最高枝。风光将近夏初时。　　少岁空怀千古志，中年颇爱晚唐诗。新来怕看自家词。

西北浮云结暮阴。四山爽气正消沉。又扶短杖过长林。　　春露秋霜鸿雁背，佳花好月少年心。年时怅望到而今。

---

① 1937 年，顾随将此《浣溪沙》之第一、二首合二为一，题于《若水作剧》之封面赠“熹也学友”，词曰：“微雨新晴碧藓滋，长廊深院柳垂丝，隔邻横笛为谁吹？　　楼上已看山四立，窗前又见燕双归，生涯无尽亦堪悲。”

## 山亭柳

古道长林。万树柳垂金。春渐老，岁时骎。卧病已疏诗卷，闲身尚懒登临。只觉几番微雨，绿遍墙阴。　　他生来世谁能卜，人间天上费追寻。尘寰事，梦中心。雁背肃霜凉露，鸡声澹月遥岑。独立斜阳影里，着意沉吟。

## 山花子

竟日潇潇雨未停。檐端心上各声声。独坐窗前天易晚，不堪听。　　往事织成连夜梦，归云闪出满天星。偏是此心阴合处，总难晴。

## 浣溪沙

漫道心湖不起波。千山落日走明驼。吹笙犹自望银河。　　飞絮浓于三月雨，城西偏是绿杨多。悲欢争奈此生何。

## 浣溪沙

豌豆荚成麦穗齐。绿杨阴合倍依依。鹧鸪林表尽情啼。　　假使此生真似梦，不知何事更堪疑。溪流东去夕阳西。

## 鹧鸪天

赠屏兄

雨后苔痕欲上阶。窗前夜合是谁栽。树犹如此垂垂老，岁不待人鼎鼎来。　　车马过，起尘埃。黄云拥日下长街。艰难寂寞都尝遍，如海燕城斗大斋。

## 鹧鸪天

知是留春是送行。一栏芍药正鲜明。剧怜万木阴阴合，又听新蝉嘒嘒鸣。　　还记得，玉溪生。诗中曾道碧无情。杜鹃啼得余春在，送尽春归是此声。

## 浣溪沙

杏子青黄半未匀。阴阴绿叶带微尘。乞花曾记到东邻。　　一带岚光凝紫雾，四郊麦浪起黄云。只应随分老闲身。

## 浣溪沙

叹息春光亦有涯。杜鹃啼得日西斜。离人犹自不思家。　　水畔移来山石竹，阶前谢了海棠花。团团飞絮扑窗纱。

## 八声甘州

怕今宵无处解雕鞍，何须问吾庐。正月尖风紧，星高露重，人在征途。张目四围望去，身外总模糊。无奈青骢马，也自踟蹰。　　渐渐星沉月落，又青磷走火，野薮鸣狐。听白杨树上，宿鸟乱相呼。隔长林、夜灯一点，蓦向人暂有暂还无。鞭摇动、马长嘶了，踏过平芜。

## 南柯子

梦好身还懒，书成墨未浓。起添新炭小炉中。窸窸声声，爆得火花红。　　心上三更雨，楼前昨夜风。相思一点意无穷。化作青星，一一入青空。

## 贺新郎

前阕词意未尽，再赋。

烛影摇虚幌。记宵来、扶头酒醒，春寒纸帐。起向炉中添新炭，霍地火花乍亮。勾引起、年时惆怅。一点相思无穷尽，化万星迸落青天上。谁为我，倚阑望。　　朝来旭日曈曈上。映初霞、红云朵朵，鱼鳞细浪。万颗青星无寻处，着甚闲思闲想。只一片、春光澹宕。百啭新莺疏林外，是和风微动心弦响。君酌酒，我低唱。

## 浣溪沙

北上途中阻兵，寓天地林赋。

豆叶黄时豆荚肥。秋阳暖似梦初回。满林红枣自生辉。　　远近村鸡齐唱午，碧空如水片云飞。可怜景物与心违。

## 浣溪沙

百岁光阴只此身。漫将无赖说销魂。漫留双泪说离分。　　去日苦多来日少，见时恰似梦时真。眼前人是意中人。

## 浣溪沙

寄涧猗

抱得秦筝为我弹。殷勤相劝惜华年。自家先已泪斑斑。　　取我鸣琴翻旧谱，为君进酒佐清欢。心弦断尽更无弦。

## 南柯子

寂寞余微笑，低吟爱独游。黄华黄叶不胜秋。岸上谁家新筑，小红楼。　　海阔天空处，都教望眼收。西风吹浪几时休。好是傍山残日，倍温柔。

## 小重山

疏雨几番菰渐黄。画船双桨里，藕华香。星明月暗过萤光。休高唱，怕扰睡鸳鸯。　　夜半觉秋凉。西风穿苇叶，泪沾裳。洞庭南下接潇湘。湘灵杳，天远碧波长。

## 临江仙

次箫和余旧作，亦再和。

小草都含微笑，远山自写春容。碧波恰衬夕阳红。衣香人影，一阵落花风。　　不恨而今不见，三春盼到三冬。相思未必两心同。新词和就，弹泪托征鸿。

## 临江仙

《乐章集》有此体，按谱用前韵赋。

夜雨住了愁倚枕，梦难工。流光酝酿衰容。想壮怀豪气，剩惨绿愁红。吾年也，自未老，已如黄叶战西风。　　知他数根精瘦骨，支撑几个秋冬。况暮天长路，问携伴谁同。闲来检点事业，付与去燕来鸿。

## 促拍满路花

萧萧叶乱鸣，暧暧霞初度。潮来侵岸石、涛声怒。望中灯火，上接疏星语。岚光迷淡雾。独自行来，更寻没个人处。　　秋怀黯淡，总被相思误。归来应自好、归无路。梁间燕子，不伴人愁苦。依旧双飞去。寂寞空巢，有时飘坠残羽。

## 风入松

次箫赋《水龙吟》题余词集，语多溢美，赋此所以报也。

燕南赵北少年身。渐老风尘。自怜生小寒酸甚，论豪情、敢比苏辛。况是铅华无分，风流说甚清真。　　东来海上共伤神。一样沉沦。如君应有千秋业，是谁教、作个词人。相伴填词觅句，消磨白日黄昏。

## 最高楼

携手去，相送亦同行。天远夜微茫。鸡声碾入轮声里，屈肱人枕小书囊。又低声，频絮语，断人肠。　　相见了、相思依旧苦。离别后、离愁何日诉。思往事，更神伤。箧中尚有残花朵，如今应没许多香。莫回头，山黯淡，海青苍。

## 浣溪沙

真是归期未有期。怀人一夕鬓成丝。心情近日遣谁知。　　好对青山温旧梦，爱将残照入新词。上潮看到落潮时。

## 鹧鸪天[①]

知到人生第几程。当前哀乐欠分明。他乡未是飘零惯，却把还家当旅行。　　判扰扰，莫惺惺。江南山比故山青。还乡梦与江南梦，可惜今宵俱不成。

---

① 此词原有词题“记返里时心情”。

## 临江仙

自题《无病词》赠因百

自古燕南游侠子，风流说到而今。谁知霸气已消沉。有时尝苦闷，无病亦呻吟。　一告君君记取，安心老向风尘。少年情绪果然真。不知多少恨，只道爱黄昏。因百有句曰："我是生成有恨爱黄昏。"

## 采桑子

题因百词集

文章事业词人小，如此华年。如此尘寰。为问君心安不安。　双肩担起闲哀乐，身上青衫。眼底青山。同上高楼再倚阑。

## 鹧鸪天

真个先生老酒狂。难消伤感与悲凉。明年花比今年好，底事今年欲断肠。　灯照眼，月当窗。闲中滋味似穷忙。长江后浪催前浪，作弄长江尔许长。

## 浣溪沙

一抹残阳一带山。城边撩乱起炊烟。北云黯黯接南天。　古道西风行客少，长林老树暮鸦还。始知萧索是萧闲。

## 诉衷情

寄涧犄

戍楼夜静角声残。何处说新欢。旧欢也莫回首，回首更凄然。　催急管，闹繁弦。又新年。想君此际，下了重帏，独抱琴弹。

## 浣溪沙

青女飞霜斗素娥。霜华重处月华多。鸳鸯瓦冷欲生波。　试把空虚装寂寞，更于矛盾觅调和。莫言此际奈愁何。

## 留春令

去年别夜，枕边涕泪，窗前风雨。却说将来再相逢，便作个长相聚。绿水滔滔东逝去。者相逢无据。风雨今宵小窗前，枕边响，当时语。

## 忆秦娥

黄昏时，窗前夜合红丝丝。红丝丝。微含清露，轻袅凉飔。　　人间无复新相知。人生只合长相思。长相思。回廊绕遍，细数花枝。

## 声声慢

与荫旧话

收寒放暖，约雨回晴，夭桃解笑东风。岁岁年年，春光总是雷同。堪叹病来不饮，漫衰颜、得酒能红。寻芳事、剩一帘芳草，几树青松。
今夕不知何夕。似青春羁旅，归去衰翁。夜幕张开，窗影逐渐朦胧。年时有谁见我，爇沉檀、独坐虚空。灯未上，话黄昏、如在梦中。

## 浣溪沙

梦未成时酒半醒。为谁重赋短歌行。会心难会浅深情。　　香印烧残心样字，霜华减尽鬓边青。隔帘依约见春星。

## 清平乐

朝阳屋角。庭树金光抹。雨后长天真自得。万里青青一色。　　可怜如梦浮生。新凉便觉怡情。风动花梢□露，向人坠地无声。

## 浣溪沙

没得相思亦可怜。夜来一雨晓来寒。出门尚觉袷衣单。　　沉絮沾泥争解舞，新荷出水未成圆。眼前又是忆人天。

## 木兰花慢

问长安甚处，人共指，夕阳边。甚上尽层楼，举头见日，不见长安。山川。自今自古，更何须、重问是何年。漠漠长空去雁，悠悠自下遥滩。

苍然。暮色上眉端。作弄晚来寒。看白日西沉，四围夜幕，逼近阑干。东南。素蟾弄影，早今宵、不似昨宵圆。收尽双眸清泪，重寻月里河山。

## 浣溪沙

千古文章一寸心。杜陵此语重千金。宵长烛短几沉吟。　　客气未除豪气减，诗情日浅世情深。当年争信有如今。

## 水龙吟

立春日自西郊入城

正嫌郊外荒凉，车行又入牢笼内。黄昏时候，暮寒乍作，阴沉沉地。尘起如云，烟飞成雾，行人似水。更万家灯火，星星点点，都包在，昏黄里。　　林下荒坟栉比。九衢中、尘嚣未已。春来春去，花开花落，有谁理会。不道人生，者般艰苦，者般容易。算不须赞美，何容诅咒，是人间世。

## 浣溪沙

日日春风似虎狂。飞沙作雨洒寒窗。未成薄暮已昏黄。　　城北城南尘漠漠，春来春去日荒荒。人间何处着思量。

## 浣溪沙

记得年时已可哀。风帘烛影自徘徊。屋梁落月费疑猜。　　底事今朝花下见，不如夙昔梦中来。空花此后为谁开。

## 凤衔杯

用《乐章集》体

见说人生真无价。多年里、敝车羸马。记行遍荒山，密林冰雪铺平野。又独自，归来也。　　梦魂中，心还怕。醒来时，成何说话。只揽镜看时、依然眼在眉毛下。算此外，都虚假。

## 好女儿

地可埋忧。酒可销愁。想人生、万事安排定，算旧曾游地，只堪做梦，莫再重游。　　一夜风吹云散，望西北、见高楼。老红尘、自有安身处，更不须重问、象牙塔里，十字街头。

## 凤衔杯

用《珠玉词》体

眼前风土又纷纷。倩谁留、天上行云。试问平生、何处最劳神。心上事，眼中人。　　愁绿鬓，惜青春。算如今、虚老红尘。爱向碧纱窗底、坐黄昏。不是为思君。

## 鹧鸪天

九陌缁尘染素襟。秋阴才了又春阴。欢情已似花零落，诗思还同酒浅深。　　长夜饮，十分斟。倩谁听我醉中吟。回肠荡气无人会，况复年来寂寞心。

## 八声甘州

白夫渠一叶一婴儿，一花一如来。正夜钟响澈，云随声远，天宇晴开。鱼没水纹徐动，月影共徘徊。谁弄临风笛，一曲生哀。　　三十余年行脚，剩半头白发，满面黄埃。尽沿门托钵，踏破几芒鞋。走平沙、绿洲何处，只依稀、空际现楼台。算今朝、到灵山了，莫再空回。

## 鹧鸪天

燕女弥月为赋此词

一片生机未可当。试看东海浴朝阳。清眸点水澄潭影，笑靥生花散乳香。　　尘满面，鬓盈霜。生身谁不有爷娘。可怜往事思量遍，不记当初似汝长。

## 浣溪沙

与屏兄夜话

二十余年定省稀。倚门常是数归期。剧怜游子芰荷衣。　　清泪眼中云漠漠，繁霜鬓上草离离。相看漫作小儿啼。

## 水调歌头

平津车上

此际小儿女，笑语夜灯红。先生今日西上，昨日始来东。左顾斜阳没落，右眄冰轮涌出，原只一虚空。旅客思沉闷，平楚夜朦胧。　人间世，问何处，不匆匆。风流云散，常事争便怨天公。酿造一场飞雪，扫尽四山黄叶，只剩满林风。四序自无语，双鬓已成翁。

## 永遇乐

西郊所见

混沌开前，此时风景，莫也如此。暮霭浓时，平原尽处，一带连山紫。彤云低压，寒枝高举，万籁沉沉声死。问山前、断碑起仆，伊谁留得名氏。　耳边隐隐，轻雷续续，只是催人眠意。千古乾坤，百年岁月，落寞人间世。饥来觅食，困来高卧，谁会人天意旨。试翘首、天边新月，素光如纸。

## 临江仙

万事都输白发，千秋不改红尘。相思两地漫平分。半生浑似梦，一念不饶人。　眉月可怜细细，眼波依旧粼粼。心花开落已缤纷。隔墙桃与李，各作一番春。

## 菩萨蛮

拥炉反复思前事。划灰写作伊名字。记得下湖船。月明水接天。　今宵窗外月。比似当年洁。簌簌北风中。青光筛碧空。

## 浣溪沙

满酌蒲桃泛夜光。可怜痛饮不能狂。空教酒力战回肠。　斜日西沉云漠漠，故园南去路茫茫。醉乡依旧是他乡。

## 减字木兰花

明灯影里。娇压眉梢抬不起。一笑生辉。颊上红霞晕欲飞。　　情怀零碎。双袖龙钟千点泪。心上残欢。只供云岚烘乱山。

## 临江仙

除夕

几处明灯艳舞，谁家急管繁弦。荒斋小院太萧闲。红炉虽自暖，白月不胜寒。　　拚取扶头一醉，消融往事千端。更阑烛灺忽茫然。此身非我有，今夕是何年。

## 浪淘沙

用周晋仙明日新年韵，与家弟六吉同作。

没得买山钱。何处高眠。吟诗也是咽残蝉。争似弟兄同一醉，玉浪金船。　　絮语小炉边。暂谢尘缘。窗前风月正凄然。可笑山妻还说向，明日新年。

## 鹧鸪天

旧作此词，稿弃故纸堆中，一夕为鼠子衔出，重吟一过，未能割弃，因复录此。

旧日郊居爱醉眠。酒醒拄杖绕湖边。春来柳发能梳月，雨后蚊雷欲沸天。　　今隐市，只随缘。尘嚣一任到窗前。东风吹尽丁香雪，一架藤萝生夏寒。

## 踏莎行

闹市人喧，暮笳声裂。楼阴尚有宵来雪。黄昏风定更清寒，天边况见新黄月。　　卷舌无言，愁怀千结。伊家不信肠如铁。层楼高处凭危阑，看人影共车尘灭。

## 满江红

夜雪飞花，更映衬、宝刀如雪。看今夕、健儿身手，立功奇绝。星斗无光天欲泣，旌旗乍卷风吹裂。只衔枚、袭近敌营时，心先爇。　鸣画角，声清越。扬白刃，光明灭。冒枪林弹雨，裹创浴血。保我版图方寸土，是谁青史千秋业。算英雄死去也无名，肠如铁。

## 踏莎行

为老兵送人出关杀敌赋

百战归来，半身瘫废。此生自分常无谓。晚来独看鸟投林，宵深相伴灯成穗。　笳鼓悲凉，河山破碎。阵前嘶马摇征辔。为君重爇少年心，为君重下青春泪。

## 浣溪沙

春事今年未寂寥。映窗垂柳一条条。紫丁香腻海棠娇。　枕畔眉痕随月瘦，炉中心篆作烟销。闲愁又到最高潮。

## 临江仙

连日阅禅宗语录，迥无入处。

春去已成首夏，秋深又到初冬。悠悠飞鸟度长空。却来杨柳岸，高唱大江东。　万事从教草草，此生且莫匆匆。共谁狭路好相逢。拈花知佛意，一笑见宗风。

## 西河

用清真韵

燕赵地。悲歌慷慨犹记。雄师故国已千年，梦酣未起。眼中落落竟谁豪，风云撩乱天际。　算天险，难仗倚。横江铁锁谁系。茫茫万里古长城，只余坏垒。凭阑极目送斜阳，滔滔东去流水。　旧京短巷更闹市。见呼朋、归去乡里。试问只今何世。甚仓皇、落魄无言相对。萧索黄天红尘里。

## 定风波

六首

旧岁秋日艺菊满院，曾仿欧公“把酒花前”之作，赋词六阕。今岁风雨无凭，春光有限，花事倏过，夏木阴阴，又是一番境界，因重拈此解再赋。

把酒高楼欲问佗。谁家庭院得春多。小白长红能几日。狼藉。残花片片落庭莎。　　一瓣花飞春已减。君看。风飘万点奈愁何。却喜宵来风雨定。波静。□□珠露滚圆荷。

把酒高楼欲问伊。对花可有不愁时。开了怕他零落尽。缘甚。未开却又怨春迟。　　人静日长台榭好。啼鸟。阴阴正在最高枝。如此风光如此酒。消受。试看清影落清卮。

把酒高楼欲问公。何妨新绿替残红。岁岁春来春去了。人老。朱颜也自换衰翁。　　枕簟胡床安顿好。醉倒。卧看杨柳舞东风。西下夕阳东逝水。谁会。人间万事太匆匆。

把酒高楼欲问君。春来春去可劳神。愁雨愁风三月尽。沉恨。花飞絮舞两销魂。　　试向青青池畔路。闲步。芦芽荷叶一时新。小院梧桐今夜月。清绝。始知夏浅胜残春。

把酒高楼更问谁。好将平淡换新奇。如梦悲欢凋落尽。方信。分明眼上是双眉。　　随处为家堪送老。多少。杜鹃犹道不如归。一笑出门谁会得。寥廓。青天不碍白云飞。

举起金杯放下愁。酒酣再上最高楼。朝日一轮沧海上。浩荡。金光碧霭亘林丘。　　莫道满怀千古意。山水。茫茫何处觅神州。却看平原天尽处。神禹。凿山曾放水东流。

## 临江仙

重向赤栏桥下过，夜深积水明楼。绿荷风里漾轻舟。依然灯上下，恰似梦沉浮。　　多少临分珍重意，此言常记心头。文章事业各千秋。从教银汉水，终古限牵牛。

## 风入松

当时冲雨下南楼。笑我泪难收。风云变色鸡声乱，便将身、耸入洪流。握手莞然一笑，临歧更不回头。　　五年音问俱沉浮。生死两悠悠。安心未得参禅力，甚金经、能破闲愁。忍说文章事业，与君分占千秋。

## 青玉案

题冯问田先生《紫箫声馆诗集》

诗豪落落人中杰。向个里、言亲切。雅志高怀谁与说。玉溪风格，剑南情绪，一瓣心香爇。　　苍天已醉河山裂。几度才人费心血。读罢新诗悲欲绝。三千里外，乌龙江上，只剩荒寒月。

## 鹧鸪天

再题

同是燕南赵北人，相逢一面亦前因。壮年豪气凌江海，老去诗篇泣鬼神。　　消白日，上青云。更无一字不清真。文章自是千秋业，肯与齐梁作后尘。

## 浣溪沙五首

和韦庄

塞北江南各一天。怀中剩得旧金钿。共谁重话十年前。　　双燕点波生绿皱，飞花如雪拂朱阑。当时已似梦初残。

拈得金针还觉慵。午窗睡起眼惺忪。院深高树不摇风。　　纤手闲扪金屈曲，绣襦犹佩玉玲珑。隔帘花映一枝红。

门外遥山一带斜。青青眉妩上窗纱。翠帘高轴是谁家。　　水曲乍飞双玉羽，楼高还见亚枝花。拂天微晕散红霞。

无那杜鹃花外啼。游人犹自唱铜鞮。暮春芳草更萋萋。　　不信长绳能系日，柳高渐渐有蝉嘶。昨宵雨滋落花泥。

鬓未残时春已残。长河南下接长干。相思争不似灰寒。　　纵有征鸿传信息，更无佳句与君看。但将衰病写平安。

## 菩萨蛮五首

和韦庄

烛光相伴生怊怅。凉风袅袅吹罗帐。昨夜梦中时。牵衣前致辞。天边鸿雁羽。曾寄叮咛语。不信不思家。霜枫红似花。

春花记似春衫好。秋华又逐秋光老。孤雁叫长天。惊人秋夜眠。疏桐筛碎月。鸳瓦霜如雪。除是不思乡。思乡应断肠。

中年莫说青年乐。当时酒味如今薄。独上赤栏桥。湘灵休见招。迢迢河几曲。莽莽来星宿。花谢去年枝。思归何处归。

玉瓶绿酒难成醉。醉时还寄醒时事。要识别离心。试看春浅深。梦中归路短。觉后愁肠满。铁砚带冰呵。词成还奈何。

别离不似相逢好。流年催得游人老。丝柳幂长堤。水深归路迷。逝波桥下渌。雨过山如浴。乱草带斜晖。愁多只自知。

## 谒金门

和韦庄

抛思忆。长日枕边偃息。袅袅炉烟新意识。遣人无处觅。　　帘卷始知风力。尘没旧时行迹。黄鸟不鸣春意寂。雨晴池水碧。

## 江城子二首

和韦庄

拈得金针还自伤。昼初长。绣鸳鸯。微风不动，日暖蕙兰香。记得酒边才识面，歌曲误，嫌周郎。

碧橱冰簟夏天长。白莲房。紫微郎。夜深同坐，银汉正茫茫。说着去年离别事，清泪滴，一行行。

## 天仙子三首

和韦庄

恰是归期未有期。相思无益且相思。一春憔悴瘦腰肢。沉水烬，画帘垂。未信梁间燕子知。

似絮晴云惹碧空。香消愁坐小房栊。门前何处觅行踪。三月暮，万山重。无数桃花映眼红。

飞絮飞花乱扑身。春云如水水如云。天教同世不同群。思往事，怨离分。一半红楼是夕曛。

## 清平乐二首

和韦庄

三春将暮。小院飞红雨。梁燕自来还自去。风散绿杨千缕。　滔滔东去春波。金樽日饮无何。愁见踏青旧迹，屐痕犹印台窠。

春风春雨。娇纵垂杨缕。花外关关黄鸟语。恰是新愁来处。　音书不付春鸿。坐看飞絮蒙蒙。自是东皇无赖，落花休怨东风。

## 梦江南二首

和温庭筠

人间世，有尽逐无涯。杯酒泥人留好梦，尘劳转眼是空花。帘外日西斜。

秋已晚，斜日小红楼。落叶辞柯浑似雨，长江槛外去悠悠。寒雁下汀洲。

## 梦江南二首

和皇甫松

花事了，犹见美人蕉。着得一双新蜡屐，任教风雨各潇潇。独上小红桥。

秋千架，风软飐双旌。树树垂杨飘坠絮，月明歌舞动春城。花底夜闻笙。

## 荷叶杯二首

和顾夐

帘外碧桃零落。索寞。慵画远山眉。摘花常是卜归期。知摩知。知摩知。

长夜自期音信。更尽。细雨湿青苔。回廊绕遍更徘徊。来摩来。来摩来。

## 虞美人四首

幽闺愁坐浑如梦。金缕盘双凤。幽香细细遣愁醒。小梅花发傍银屏。正婷婷。　　泪痕双界胭脂脸。鬓亸蛾眉敛。旧时情事莫追寻。未知天气定晴阴。况君心。

夕阳风送数声钟。水山几重重。未知情浅与情浓。踏青斗草且从容。正春慵。　　鬓云犹是夜来妆。腻粉自生光。那堪疏雨暗添塘。杏花初发去年香。梦悠扬。

今年自是春来晚。深院花犹懒。碧纱窗外列群山。朝霞初破晓来寒。乱云攒。　　敛眉愁数十年别。常负清明节。前欢已似梦无痕。清淮波涨绿迎门。带潮昏。

天公不为愁人想。碧草萋萋长。春风春雨做春妍。花如含笑柳如烟。

绮窗前。　　雨丝都共愁丝细。细细飘阶砌。游人可是不思家。年年落尽小园花。隔天涯。

## 女冠子二首

和牛峤

摘花簪髻。谁识伊人身世。两愁眉。初醒三春梦，闲吟五代词。分离含怨恨，相近怯追随。天上人间事，两难期。

莺歌蝶舞。愁听花间笑语。下空帏。香淡炉烟静，窗低日影迟。泥人金盏酒，惹恨绿杨枝。自怪新来梦，异前时。

## 玉楼春

和魏承班

愁听花间双语燕。闲掩小屏山六扇。炉中烟袅作春云，愁绪碎来成断片。　　羞傍镜奁匀粉面。慵向红窗添一线。年年春尽不归来，夜夜夜深常梦见。

## 渔歌子

和魏承班

笑花颜，垂柳发。芳梅乍谢飘春雪。酒同醒，情未歇。可可一庭明月。　　别离愁，重叠说。香闺冷落年时节。得重逢，休更别。争遣年年愁绝。

## 满宫花

和尹鹗

意深沉，人静俏。头上凤钗斜袅。眉山两点镜中春，不似旧时深扫。相见欢，离别少。一枕游仙蓬岛。落花如雨燕双飞，恰是洞天春晓。

## 浣溪沙二首

和毛熙震

一自相逢到别前。暗中常是意悬悬。已判居住奈何天。　　花下几回拈绣带，灯前一笑整金钿。此情如梦不如烟。

芳草萋萋作绿茵。年年见此忆罗裙。声声鶗鴂不堪闻。　　黄壤千年埋玉树，旧情一缕化晴云。春衫犹是麝兰熏。

## 采桑子四首

和冯延巳

小园三月花开遍，蝶乱蜂飞。镜里花枝。紫蝶黄蜂总不知。　　年年双燕归来日，伴得春归。误尽心期。肠断黄昏细雨时。

窗前种得相思树，待到花开。已是心灰。剩有闲愁上两眉。　　浮生只当春宵梦，惆怅低回。莫似前回。立向阶前数落梅。

年年江海常为客，试倚高楼。归思难收。柳外弯弯月半钩。　　物华荏苒都更换，静处生愁。目送江流。一阵霜鸿下远洲。

熏笼对倚情无限，月落灯残。旧恨新欢。乍暖春宵复乍寒。　　百年莫恨生涯短，哀乐相干。此意难判。相别相逢总一般。

## 鹊踏枝

八首

风里落花飞片片。几日芳春，一霎时光换。漫向离筵悲聚散。悠悠去路知何限。　　凭仗鲛绡遮粉面。泪眼难晴，不似金杯浅。淡日窥人时一见。四天漠漠阴云遍。

一曲高歌声欲裂。血色罗裙，舞袖双翻折。唱到阳关声渐歇。两眉细蹙肠千结。　　山下行人山上月。斑马萧萧，山水流幽咽。燕子梁间相对说。人生常是悲生别。

明月寒光疑向曙。独坐深闺，检点新情绪。香烬炉烟余淡雾。轻盈还恐随风去。　　日日愁思兼愁缕。一自分携，忘却来时路。陌上花开莺乱语。人间可有相逢处。

长夜迢迢凉露坠。砌下蛩吟，惊断中宵寐。楼外萧萧风乍起。月明倒泻银河水。　　北斗渐低临象纬。绮户朱扉，开了还重闭。一片秋声来大地。高梧黄叶新凋悴。

眼尾眉梢心共许。销得芳时，尽逐东流去。爱惜青春徒谩语。可怜早被青春误。　　垂柳一丝还一缕。每到春来，遮断门前路。莫问新来肠断处。旧时肠断君知否。

一曲高歌春日宴。花底樽前，只当寻常见。柳叶如眉花似面。今春真个天涯远。　　裁得美笺抒别怨。懒赋新词，不是心情懒。翻酒黦痕双袖满。音书未断肠先断。

盼得君来君又去。一片鹃声，响彻千山暮。依旧青青芳草路。绿荫满眼花辞树。　　两地无憀频寄语。今岁分携，明岁归来否。不用熏风吹舞絮。斜阳已到销魂处。

楼外落花深尺许。空里飞花，片片那堪数。行到前回相见处。春归便是愁来路。　　春未暮时情已暮。耐得相思，好向人间住。蝴蝶自飞莺自语。梁间燕子双双去。

## 浣溪沙二首

意懒心灰未是闲。新池春树鸟关关。别时枉自约重还。　　犹记灵风催梦雨。却披云袂上春山。当年不信在人间。

花底移灯独自归。酒醒时候梦耶非。生涯常是与心违。　　一带红墙分画阁，半钩凉月送余辉。微风吹动绣帘衣。

## 南乡子四首

争不爱秋光。树树丹枫染早霜。才待倚阑成小立，辉煌。一半高楼过夕阳。　理尽九回肠。漫写瑶笺寄远方。天路正同人世险，苍茫。一带寒云断雁行。

山色正苍苍。几杵寒钟送夕阳。我待与君同结伴，徜徉。湖畔宵深踏月光。　散发袒银裳。眇眇予怀水一方。白雁数声飞过也，凄惶。重露沾衣半是霜。

风雨正凄凄。何处胶胶午夜鸡。远梦初回残烛灺，堪疑。犹见春幡压鬓低。　高阁与云齐。那更林鸦不住啼。从此长空晴日影。无期。天北天南滑滑泥。

独自过红桥。朱夏青春影俱消。一阵金风来四野，寒条。落尽空林叶乱飘。　日日说魂销。此度秋魂不可招。万里南天人不见，长宵。谁向深宫斗舞腰。

## 鹧鸪天二首

四十光阴比似飞。芒鞋踏破又重回。依依弱柳情何限，隐隐群山碧四围。　抬望眼，对斜晖。人民城郭是耶非。撑天十丈双华表，可是无人化鹤归。

四十光阴下水船。看花饮酒自年年。夜乌啼醒钧天梦，明夕如霜到枕边。　何限恨，十分寒。披衣独自倚阑干。长安万户深宵里，露冷风高俱闭关。

## 浣溪沙三首

上尽层楼意惘然。身寒已自太无端。木棉衾暖奈心寒。　秋水半塘波滟滟，斜阳满地草芊芊。韶光虽好不堪看。

借酒消愁愁更愁。清愁无奈况沉忧。伤春才罢又悲秋。　风雨无端妨好睡，江山信美莫登楼。此身未了此生休。

开尽窗前夜合花。病来止酒剩煎茶。剧怜儿女太喧哗。　　远梦归来人落落，西风吹去柳斜斜。巢林海燕已无家。

## 鹧鸪天

落日秋风蜀道难。举头西北望长安。已教雾锁江边树，那更云低剑外山。　　逃绊锁，耐饥寒。黄昏独自掩禅关。袈裟犹是京尘染，一卷《华严》带泪看。

## 临江仙

千古六朝文物，大江日夜东流。秣陵城畔又深秋。云迷高下树，雨打去来舟。　　忆写瑶笺寄恨，更书花叶传愁。篆香消尽事全休。月明还簌簌，风起正飕飕。

## 临江仙

记向春宵熔蜡，精心肖作伊人。灯前流盼欲相亲。玉肌凉有韵，宝靥笑生痕。　　不奈朱明烈日，炎炎销尽真真。也思重试貌前身。几番终不似，放手泪沾巾。

## 蝶恋花

午夜月明同散步。人影双双，花影相回互。天上人间侬与汝。银河一任疏星渡。　　今夕独行前夕路。雁过南楼，霜打池边树。几点秋红无觅处。风来时作低低语。

## 灼灼花

日落苍茫里。夜色冥冥起。天外疏星，枝头宿鸟，楼前流水。便天公着意酿荒寒，甚荒寒如此。　　多少伤心事。放眼愁无际。一度登高，一回念远，一番垂泪。算人民城郭已全非，只江山信美。

## 浣溪沙

袅袅秋风到敝庐。□□零露下庭除。垂垂篱畔豆花疏。　　何限凭高怀远意，几行和泪寄愁书。衡阳今岁雁归无。

## 江神子

偶为学词诸子说稼轩“宝钗飞凤”一首，诸子既各有作，余亦用韵。

苍空昨夜梦骖鸾。话前欢。两心宽。淡尽银河，天外晓星残。下视蓬莱沧海际，红日上，未三竿。　　醒来枕畔泪斑斑。半窗闲。月弯环。南去征人，犹在旅途间。渡过湘江行更远，千里路，万重山。

## 虞美人

去年祖饯咸阳道。斜日明衰草。今年相送大江边。霜打一林枫叶、晓来寒。　　深情争供年年别。泪尽肠千结。明春合遣燕双飞。夹路万花如锦、伴君归。

## 鹧鸪天

不是新来怯凭栏。小红楼外万重山。自添沉水烧心篆。一任罗衣透体寒。　　凝泪眼，画眉弯。更翻旧谱待君看。黄河尚有澄清日，不信相逢尔许难。

## 南柯子

黄菊东篱下，迎霜绽一枝。衰杨依旧袅风丝。记得年时分手，泪痕滋。　　纵有重逢日，应无再少时。重逢何况更无期。漫道人间天上，两心知。

## 灼灼花

不是昏昏睡。便是沉沉醉。谁信平生，年来方识，别离滋味。更那堪酒醒梦回时，剩枕边清泪。　　此恨何时已。此意无人会。南望中原，青山一发，江湖满地。纵相逢已是鬓星星，莫相逢无计。

## 踏莎行

落日云埋，空林雾锁。十年山下长经过。眼前此景镇寻常，新来渐觉愁无那。　　几缕炊烟，数星灯火。不须更说凄凉我。人间一例付苍苍，凭教夜色冥冥裹。

## 临江仙

去岁衰于前岁，明年老似今年。镜中那更鬓斑斑。安心难仗酒，觅睡等参禅。　　极目江湖满地，遥天一发青山。春风何日约重还。好将双翠袖，倚竹耐天寒。

## 浣溪沙二首

又是人间落叶时。年年此际倍相思。乱愁空遣梦支持。　　残月无声沉远岫，飞霜如雪打枯枝。一寒惟有夜乌知。

凉雨多时病已多。登高望远奈愁何。垂杨楼外尚婆娑。　　暮霭无边粘乱草，寒风只解舞回波。悲秋试看有秋么。

## 临江仙

凉雨声中草树，夕阳影里楼台。此时怀抱向谁开。屠龙中底用，说鬼要奇才。　　多谢凋零红叶，殷勤铺遍苍苔。杖藜着意自徘徊。南归双燕子，明岁可重来。

## 临江仙

飘忽断云来去，消磨白日阴晴。竹梢露滴乱虫鸣。银河生淡雾，黄月幂中庭。　　无酒还成无寐，闲阶犹自闲行。遥天一点见孤星。不知人世改，仍作旧时明。

## 浣溪沙

露脚斜飞月似烟。叶声犹自带干寒。隔邻何事动哀弦。　　无数空花生眼底，几多往事上眉端。今宵沉醉不成眠。

## 定风波

昨夕银釭一穗金。凌晨乾鹊语高林。南国书来消息好。微笑。四山如画散秋阴。　　眉样弯弯应解语。新谱。鬟云低处月初侵。妆罢迟迟慵不起。谁会。菱花识得此时心。

## 临江仙

岁月如流才几日，匆匆又近重阳。秋宵长得十分长。对灯嫌索寞，听雨更悲凉。　　三载别来音问简，相思牵尽柔肠。蒹葭风起正苍苍。伊人知好在，留命待沧桑。

## 清平乐

无人行处都行遍。有恨无人见。一双华表立斜阳。愁似一双海燕、语雕梁。　　樽前不惜风光好。所惜人空老。飞花飞絮扑楼台。又是一年春尽、未归来。

## 蝶恋花

当日别离犹觉易。一别三年，谙尽愁滋味。欲待破除无好计。昏昏醉了和衣睡。　　睡起倚楼残照里。楼外青山，山外天无际。料得今宵应不寐。除非又是昏昏醉。

## 临江仙

又到年时重九，眼前无限风光。一林枫叶半红黄。天高初过雨，日暖欲融霜。　　旧岁花明酒酽，新来水远山长。莫教断尽九回肠。无寒侵翠袖，有泪损严妆。

## 少年游

季韶书来，言屏兄死矣，泫然赋此。

楼头风急雁声哀。愁绪苦难排。不道生离，竟成长往，犹自盼归来。
九城洒遍深秋雨。黄叶满空阶。剑阁云寒，锦江波冷，真个隔天涯。

## 思佳客

一局残棋化劫灰。千秋此别更无疑。樽前流涕惟灯见，梦里逢人亦泪垂。　　肠已断，首重回。旧游新约事全非。萋萋芳草明春绿，华表何年化鹤归。

## 思佳客

动地悲风迫岁阑。人间逼仄酒杯宽。剧怜死别生离者，都在青山红树间。　甘索寞，恨衰残。难禁哀乐是中年。经霜古木无枝叶，只有栖鸦共此寒。

## 玉楼春

秋花不似春花落。长向枝头甘索寞。九衢漠漠起黄尘，可惜儒冠无处着。　一杯绿酒临高阁。无数青山横北郭。长空镇是过飞鸿，何日归来华表鹤。

## 鹧鸪天

日日樽前赋式微。今宵景物未全非。银河徐转星无数，碧岭犹衔月半规。　山北向，雁南飞。临分曾嘱伴春回。相思不惜柔肠断，莫使芳心一寸灰。

## 思佳客

真把人间比梦间。子云亭下叶初丹。炷香纵使通三界，奠酒何曾至九泉。　辞北国，入西川。殷勤犹自寄诗篇。便教来世为兄弟，话到今生已惘然。伯屏暂厝子云亭侧。

## 鹧鸪天

莫莫休休意自甘。穷愁早与病相兼。谁同犀首无何饮，也似嵇生七不堪。　搔白首，检青衫。脂痕粉渍俱尘淹。深情会得欧公语，过尽韶光不可添。

## 鹧鸪天

少岁胸怀未肯平。中年哀乐更难胜。云山孤鹤归何晚，风雨寒鸡时一鸣。　心耿耿，意惺惺。铅华丝竹俱牵情。都将三载无穷恨，换尽先生两鬓青。

## 定风波六首

再悼伯屏

把酒灯前欲问他。悲欢争奈此身何。记得相逢情不尽。双鬓。青青恰称醉颜酡。　　花落絮飘春已半。留恋。倒垂金盏更高歌。今日死生离别处。酸楚。寒风衰柳舞回波。

把酒灯前欲问君。人间何事不酸辛。露重霜浓星月冷。谁省。逆风孤雁正离群。　　听雨联床曾笑语。眉舞。便回凉夜作春温。遥想一抔荒草里。无际。长空漠漠结寒云。

把酒灯前欲问公。水流何事各西东。北马南帆年少去。非故。樽前相看两衰翁。　　一别三年书恨少。常道。花开明岁一樽同。此际东篱应腹痛。如梦。独挥清泪对西风。

把酒灯前欲问伊。此生何日解双眉。廿载交游今已矣。来世。来生飘渺更难期。　　万事不如杯在手。醇酎。举觞不醉反生悲。那更一寒寒彻骨。矮屋。窗前夜雪正霏霏。

把酒灯前只自哀。共谁检点瘦形骸。梦里相看颜色好。烦恼。屋梁落月费疑猜。　　衮衮山川犹在眼。长叹。何年化鹤始归来。止酒非关常病酒。今后。一樽绿酒为谁开。

灯影摇摇落短窗。醉中自理九回肠。怀远伤离多少恨。无尽。三年赢得鬓如霜。　　绿水自流山不语。今古。一枝黄菊向谁黄。记得坡翁词句在。慷慨。凭将清泪洒江阳。

## 鹧鸪天

侃如自溦江来函，嘱作南游。赋此答之。

苦住谁言岁月迟。九城又到雪飞时。凄凉开府吟哀赋，憔悴安仁叹鬓丝。　　愁易了，恨难支。灯前枉是说相思。故人问我南游意，露重霜寒有雁知。

## 玉楼春

含愁坐久和衣卧。卧了无眠还起坐。相思最苦却难拼，莫怪新词添日课。　　窗前一个凄凉我，窗外阴寒天欲堕。潇潇风雨有鸡鸣，漠漠云山无雁过。

## 鹧鸪天

一半秋江雾影涵。依依残照下西崦。谁知红袖临高阁，正倚危阑看远帆。　　愁脉脉，恨厌厌。今宵无梦到江南。青天不似青山远，耿耿星河覆画檐。

## 鹧鸪天

城外遥山渐杳冥。北湖波冷欲生冰。谁家美酒犹堪醉，满市哀弦不忍听。　　添恨绪，减诗情。江南昨夜梦中行。一番雨打风吹后，尚有高枝下落英。

## 临江仙

巷陌疏疏落落，街衢悄悄冥冥。天心如此作么生。雪添双鬓白，寒结短髭冰。　　冷暖如鱼饮水，尘劳诉与谁听。层楼上到最高层。青山还似旧，还似旧眉青。

## 鹧鸪天

谁唱阳关第四声。又牵当日别离情。一生也认愁中度，此曲那堪醉里听。　　眉月小，鬓云轻。罗巾淹泪半春冰。暖香熏遍鸳鸯锦，不信今宵梦易成。

## 蝶恋花

才送春归秋已暮。今日孤游，前日同来路。欲落斜阳浑不语。青山对拱云来去。　　暗祝天公休再误。莫起霜风，莫下凄凉雨。留得红酣枫几树。伴人夜夜相思苦。

## 风入松

吐丝作茧愧春蚕。尘满旧青衫。红楼一角丹枫里，记纤手、亲破双柑。午夜青灯无语，一杯绿酒同酣。　　今年霜未十分严。重九似重三。半林黄叶明残照，问何如、衰柳毵毵。摘尽中庭红豆，所思人在江南。

## 临江仙

独坐空斋无意绪，伊人何日归来。门前去路半尘埋。映阶无碧草，落叶有高槐。　　此恨千杯消不尽，休言舞榭歌台。哀丝豪竹已伤怀。预愁歌舞罢，不似坐空斋。

## 御街行

相思便似丹枫树。烘残日，笼朝雾。一山明泛赤城霞，一抹微阳初度。此心耿耿，予怀渺渺，魂绕天涯路。　　丹枫那比相思苦。禁不起，繁霜露。天公昨夜作新寒，叶叶风前飘舞。深杯不醉，危阑遍倚，依旧愁无数。

## 醉太平二首

戏仿曲中短柱体

云寒雾寒。花残月残。数声雁起遥滩。过千山万山。　　闲眠醉眠。愁端恨端。谁知何日樽前。说人间梦间。

眉青鬓青。神清意清。月明花径调筝。写鸾声凤声。　　飞英落英。疏星澹星。生憎梦境无凭。甚他生此生。

## 江神子

秋来何事爱登楼。晚云收。暮烟浮。两过遥山，青翠上帘钩。一半夕阳人影外，风正紧，水东流。　　征鸿列阵起汀洲。去南州，肯淹留。叮嘱明春，千万伴归舟。织就回文犹未寄，鸿不语，去悠悠。

## 减字木兰花

栖鸦满树。借问行人何处去。满树栖鸦。不信行人尚有家。　云鬟雾鬓。心上眉间多少恨。雾鬓云鬟。倚遍危楼十二阑。

## 南乡子

寄家六吉弟

卷地起风沙。夕日寒空噪晚鸦。课罢归来无意趣，煎茶。烟袅先生两鬓华。　兄弟隔天涯。乱后争知尚有家。一纸书来无计说，桑麻。那有青门可种瓜。

## 浣溪沙

渐觉宵寒恻恻生。空斋独坐倍凄清。枉教灯火向人明。　霜鬓为言三载苦，病躯要与百忧争。岁阑风雪更无情。

## 临江仙

卷地风来尘漠漠，管弦声送斜阳。回肠荡气转凄凉。百忧抽乱绪，两鬓点繁霜。　城郭人民随世改，马龙车水相将。古都又是一沧桑。为谁归去晚，犹自立苍茫。

## 眼儿媚

山光薄暮欲沉烟。月影似弓弯。伤心何限，赤栏桥畔，碧瓦楼前。　严妆和泪无人见，强理旧眉残。纵翻新谱，不描新月，不画春山。

## 临江仙

幻梦连环不断，空花与蝶翩翻。忽然开眼落尘寰。今吾非故我，明日是新年。　见说小梅依旧，灯前转盼嫣然。争知人正倚屏山。一双金屈戍，十二玉阑干。

## 南歌子

澹澹新秋月，疏疏过雨星。夜深深院少人行。只有竹梢清露湿流萤。

寥落今宵意，悲欢旧岁情。学参犹未到无生。何日横担榔栎万峰青。

## 鹧鸪天

秋日晚霁有作

高树鸣蝉取次稀。新凉已解袭罗衣。一天云散惟凝碧，九陌晴初尚有泥。　　花澹澹，柳凄凄。后期无奈是佳期。今宵十二阑干外，已是秋风更莫疑。

## 浣溪沙

“后期”七字叶九以为佳，再赋。

阶下寒蛩彻夜啼。坐看窗影月西移。早知不得到辽西。　　新梦纵教同昨梦，后期无奈是佳期。高鬟亸尽翠眉低。

## 临江仙

“后期”七字意仍未尽，再赋此章。

病沉新来真个病，不堪带眼频移。薄寒欺杀旧罗衣。清秋思见月，久雨不闻雷。　　惟有秋娘眉样好，弯弯那更低低。佳期纵后是佳期。乘风来过我，飘渺载云旗。

## 南乡子

前作《南歌子》有“横担榔栎万峰青”之句，巽甫见而爱之，因复为此章。释氏谓缁衣为僧，白衣为俗人。歇拍白袷之意盖取诸此云。

秋势未渠高。菡萏红香一半销。独向会贤堂下过，条条。犹见垂杨斗舞腰。　　心绪漫如潮。爨下琴材尾欲焦。榔栎横担无分在，飘飘。白袷风吹过小桥。

## 鹧鸪天

不寐口占

老去从教壮志灰。那堪中岁已长悲。篆香不断凉先到，蜡泪成堆梦未回。　　星历落，雾霏微。遥山新月俱如眉。寒花无数西风里，抱得秋情说向谁。

## 青玉案

行行芳草湖边路。正红藕，开无数。向夕风来香满渡。画船波软，垂杨丝嫩，记得相逢处。　　一龛灯火人垂暮。案上《楞严》助参悟。未落高槐枝尚舞。秋阴不散，琐窗易晚，坐尽黄昏雨。

## 鹧鸪天

日光浴后作

暴背茅檐太早生。病腰已自喜秋晴。花间黄蝶时双至，枝上残蝉忽一声。　　经疾苦，未顽冥。几曾觉得此身轻。夕阳看下西崦去，卧诵床头一卷经。

## 浣溪沙

日读《珠玉词》及六一近体乐府，借其语成一阕。

一片西飞一片东。不随流水即随风。年年花事太匆匆。　　淡霭时时遮落照，新凉夜夜入疏桐。看看秋艳到芙蓉。

## 临江仙

巽甫寄示《八声甘州》，自嘲浅视。适谱此阕未就，因采其语足成之，却寄巽甫，同一笑也。

薄酒难消浓恨，密云唤起新愁。谁能丝竹写离忧。学参刚解夏，时序旧中秋。　　一眼还如千眼，劝君莫怨双眸。何时同过爽秋楼。苍茫烟水外，云树两悠悠。

## 破阵子

蛮触人间何世，黄昏自拥秋情。垂柳楼头风乍起，丁字帘前雨又晴。月华阑外明。　　旧梦无殊新梦，短亭遥接长亭。羌管谁家吹不澈，催换离人两鬓青。一宵白发生。

## 清平乐

早起散策戏仿樵歌体

人天欢喜。更没纤尘起。高柳拂天天映水，一样青青如洗。　　先生今日清闲。轻衫短杖悠然。要看西山爽气，直来银锭桥边。

## 破阵子

吾既选稼轩词二十首而为之说，今日复取其全集读之，觉其《鹧鸪天·徐衡仲抚干惠琴不受》一章，自为写照，极饶奇气。遗却未说，真遗珠也。因赋此章以见意云。

月落青灯无语，日高窗影初移。洄溯精魂千载上，异代萧条一泪垂。吾狂说似谁。　　已恨古人不见，后来更复难期。要识当年辛老子，千丈阴崖百丈溪。庚庚定自奇。

## 破阵子

前章既就，自诵一过，仍未见意，复成此阕。

落落真成奇特，悠悠漫说清狂。千丈阴崖凌太古，百尺孤桐荫大荒。偏宜来凤凰。　　应念楚辞山鬼，后来独立苍茫。孤愤一弹双泪堕，不和南风解愠章。先生敢自伤。

## 临江仙

可惜九城落照，被遮一带遥山。凉波澹澹欲生烟。悲风来野外，秋气满尘寰。　　早识身如传舍，未知心遣谁安。紫薇朱槿已开残。今宵明月好，休去倚阑干。

## 风流子

旧恭定二邸见红蕉作

秋色未萧骚，城闉外，气势比山高。正霞彩渐收，乌乌争噪，水纹徐漾，杨柳垂条。旧苑里，此时花事好，开到美人蕉。朱户绮窗，几重芳意，玉阑瑶砌，一倍红娇。　　东陵知何处，雕梁上、双燕剩垒新巢。谁念舞裙歌扇，霜烟蓬蒿。叹万古苍茫，盲风阑雨，几家凋悴，黛缬香销。看取数丛花在，休问前朝。

## 木兰花令

薄暮什刹海散策

晚来风定无尘土。扶杖过桥闲信步。爱他无限好斜阳，遍倚塘边垂柳树。　　山头黯黯阴云聚，天外纤纤新月吐。流波止水两悠然，要与先生商去住。

## 临江仙

过却中秋几日，看看又近重阳。晚来扶杖且彷徨。九城低晚日，双鹭起秋塘。　　尘世依然黯淡，梦华取次辉煌。诗心禅定互低昂。不辞三折臂，从断九回肠。

## 鹧鸪天

谁识先生老更狂。病来犹自事篇章。羁身北地非吾土，稽首金天向法王。　　才解夏，又重阳。红蕉缦烂转凄凉。今年都道秋光好，好似春光也断肠。

## 烛影摇红

重阳前一日赋

十里秋塘，鹭鸶孤起苍烟外。布鞋毡笠送斜阳，相伴西山在。涉水芙蓉漫采。尽荒荒、荷枯柳败。一声唤起，隔巷行来，黄华先卖。　　憔悴兰成，暮年辞赋多慷慨。看看明日是重阳，风叶生天籁。早识韶光易改。更三千、大千成坏。眼前犹自，尘满郊衢，云生关塞。

## 踏莎行

尘世多歧，蓬山有路。即今欲渡如何渡。兰桡桂楫驾天风，沧波万里生银雾。　　剪绿裁红，含香体素。春醪非蜜荼非苦。崦嵫无地落斜阳，鸿蒙一寸诗心古。

## 南歌子

雨洗新秋月，霜飞旧帝宫。何须高馆落疏桐。九陌生尘，无处不西风。　　病久诗心定，愁多道力穷。人间万事等飘蓬。二十年前我，已是衰翁。余廿六岁时曾有句曰“身如黄叶不禁秋”。

## 蓦山溪

大雪西郊道上作

年年至日，为客休言苦。烟雾古城中，甚心情、填词觅句。流光逝水，又到岁时，残风不住。云拥絮。况是天将暮。　城西一带，十载径行处。无计认青山，蝶翻飞、柳花飘舞。乾坤上下，一片白茫茫，琼铺路，银装树。送我还城去。杜诗："年年至日长为客，兀兀穷愁泥杀人。"

## 踏莎行

大雾中早行

天黯如铅，云寒似水。市声阒咽飞难起。衷怀悲感总无名，一身落寞人间世。　托钵朱门，挂单萧寺。何曾了得今生事。回看来路已茫茫，行行更入茫茫里。

## 鹧鸪天

不是销魂是断魂。漫流双泪说离分。更无巫峡堪行雨，从此萧郎是路人。　情脉脉，忆真真。危阑几度凭残曛。可怜极目高城外，只有西山倚暮云。

## 浣溪沙（三首）

城北城南一片尘。人天无处不昏昏。可怜花月要清新。　药苦堪同谁玩味，心寒不解自温存。又成虚度一番春。

自着袈裟爱闭关。《楞严》一卷懒重翻。任教春去复春还。　南浦送君才几日，东家窥玉已三年。嫌他新月似眉弯。

久别依然似暂离。当春携手凤城西。碧云飘渺柳花飞。　一片心随流水远，四围山学翠眉低。不成又是隔年期。

## 鹧鸪天

赠北河沿柳

九陌无尘静市声。红楼一角燕双轻。长条雨后留残照，飞絮风前并落英。　　谁识我，此间行。临流羞见鬓星星。可怜惟有河边树，曾伴先生客旧京。

## 浣溪沙

但得无风即好天。缊袍犹自着吴绵。花飞絮舞近春阑。　　庵结千峰人世外，草深一丈法堂前。衲僧未敢认衰残。

## 鹧鸪天

偶得“但得无风即好天”七字，意甚爱之，已谱成前阕矣，复衍成此章。

一梦钧天只惘然。旧欢新恨自萦牵。试沿流水寻芳草，但得无风即好天。　　怜此日，忆从前。为云为雨更为烟。朱楼碧瓦今犹在，犹在残霞落日边。

## 浣溪沙

极目西山返照中。离离三十六离宫。觚棱金爵郁巃嵸。　　翠辇不来人世改，凤箫声断玉楼空。上林花似旧时红。

## 清平乐

自笑

睡余饭饱，窗下临章草。学习毛书、文件了。又理野狐禅稿。　　前贤着意区分。新诗信口胡云。忙个一天到晚，这番真是闲人。

## 鹧鸪天

礼赞

朝气新生漫古城。高楼一夕起峥嵘。翩翩白鸽飞千队，飐飐红旗带五星。　　临白露，似清明。百花映日倍含情。忽然人海潮音作，汹涌“和平万岁”声。和平宾馆在金鱼胡同，乃北京最高大之新建筑。和平代表大会胜利闭幕后，京中开市民大会庆祝，此首咏之。

## 浣溪沙

礼赞之二

炉火熊熊突起烟。大田多稼又丰年。健儿勋业在辽边。　　漭漾神州春似海。辉煌汉运日行天。一星北极照人寰。冞，音导，灶突也。此三句，一句是工，一句是农，一句是兵。末一句谓毛主席。

## 鹧鸪天二首

一九五二年冬至日和正刚韵

旧岁新年又送迎。沿河几日柳青青。冻蝇自暴窗前日，奋翼难穿纸一层。　身困守，意飞腾。醒时却梦梦时醒。《楞严》一卷从头会，不会无生会有生。

自笑当年爱醉乡。于今合作别商量。试看故国江山好，方信人间意味长。　终夜想，镇天忙。心头亦自有炎凉。四十五日春来了，一任今宵万瓦霜。

## 木兰花慢

衰躯病心渐稳，觉释迦也是老臊胡。学佛直无兴趣要愁哪得功夫。雄图。飞将计全输。驰檄更分符。甚射虎南山，夜行却被，醉尉传呼。扶疏。绕檐众树，笑渊明抵死忧吾庐。驾起青牛薄笨，迢迢又上征途。

## 最高楼

廿五日写致家六吉书竟，复缕以此词。

吾衰矣，耳顺欠三年。病起鬓毛斑。如今不是东篱下，何须采菊见南山。莫休休，休莫莫，似前贤。　七十岁，叫天身段巧。六十岁，小楼功力好。犹打棍，且安天。细思吾弟年方壮，那能斗室坐偏安。一壶茶，三顿饭，两支烟。“打棍”者，《琼林宴》；“安天”者，《安天会》也。

## 最高楼

赴津期近，检点居京廿余载，了无一善可说。偶读稼轩词有云：“种花事业无人问，惜花情绪只天知。”感赋。

无边恨，所恨鬓生华，不是恨无家。夜寒萧瑟鸦栖树，秋深郭索蟹行沙。问何如，排蚁阵，闹蜂衙？　身赛过、阴晴风雨表。手写诗词歌赋稿。愚也直，大而夸。新来功课惟观海，旧时勋业是栽花。信人间，真有个，枣如瓜。

## 浣溪沙

五一节

昨夜微微雨洒街。今朝旭日上楼台。青春全逐少年回。　　处处歌声迓鼓响；飘飘云影绛旗来。万人海里万花开。“回”字音如“怀”字。第三句意思是青年男女把青春带回来了。迓鼓，腰鼓。绛，红色。

## 临江仙

四十余年钻故纸，不曾耗尽天真。高楼风雨又黄昏。梨花香漠漠，柳絮乱纷纷。　　一任黄鸡催白日，青年即是青春。万花如海更如云。一番相见了，别作一番新。

## 临江仙

连日大风，不能出户，赋此自遣。古人有坐雨之作，若此正可谓之坐风耳。岂止飞花舞絮，更来撼屋摇窗。今朝不可更禁当。昏黄天雨土，暗淡日无光。　　看取稚芽嫩叶，栽遍沙碛山冈。十年蓊郁复青苍。罡风吹不动，屹立碧铜墙。

## 木兰花慢

得命新六月廿三日书，欢喜感叹，得未曾有，不可无词以记之也。

石头非宝玉，便大观，亦虚名。甚扑朔迷离，燕娇莺姹，鬓乱钗横。西城试寻旧址，尚朱楼碧瓦映觚棱。煊赫奴才家世，飑没落阶层。　　燕京人海有人英。辛苦著书成。等慧地论文，龙门作史，高密笺经。分明去天尺五，听巨人褒语夏雷鸣。下士从教大笑，笑声一似蝇声。

## 贺新郎

得玉言书感慨不已赋此慰之

衰废何须说。任凭他、旁人指点，是翁矍铄。校中颇有人说不似有病者铩羽东归无意态，一只雨淋病鹤。甚也有、孤松堪托。见说鸣皋闻天上，更翻飞一举穷寥廓。还又似，横空鹗。　　廿年我是京华客。尽输君、如虹意气，平原入洛。挂铠出门无前境，管甚云头雨脚。且留意、千秋著作。

去日东皇拂长剑，记红旗雪卷临荒漠。何处有，闲哀乐。

## 念奴娇二首

和孙正刚韵

下楼扶杖到庭园，行去行来行遍。屈指几时开夜合，也算繁花经眼。古木西郊，清池旧邸，前事犹依恋。抛人岁月，自怜青鬓霜满。　放眼万古千秋，蠹鱼钻故纸，雄心何限。所恨新来腰脚软，不似病前强健。滚滚飞沙，茫茫雨土，幸自春归晚。少陵诗好，杜鹃不到涪万。杜诗："西川有杜鹃，东川无杜鹃。涪万无杜鹃，云安无杜鹃。"余居京寓净业湖畔，每至春暮，鹃声四彻；今岁在津，不闻此声也。

铜琶铁板唱江东，都下一时传遍。正刚唱大净，声震屋瓦。大道不曾离日用，正刚有印曰"道不离日用间"。万事常关心眼。最是莼鲈，秋风未起，已自心生恋。浩歌归去，几时功行圆满。正刚津人，暑后将来津工作。　屈指睹面匪远，京津难道是长江天限？明月未尝千里隔，彼此共同身健。但有归期，天随人意，莫怨归期晚。西川人杳，者回千万千万。西川人谓玉言也。

## 鹧鸪天

公孙龙子曾曰，飞鸟之影未尝动也。戏用其意。

真个年年岁岁情。欲风欲雨过清明。可怜树树青杨叶，已会萧萧夜雨声。　飞鸟影，不飞行。印泥鸿爪过前汀。小红楼下长河水，常保先生两鬓青。余廿余年前曾客津门，今来已老，曾见余青鬓者，只河水耳。

## 木兰花慢

学习毛主席第一次全国人民代表大会第一次会议开幕词，奋发鼓舞，因而有作。

正云开雾敛，海镜净，赤霞张。渐迤逦关河，雪山、葱岭，共浴朝阳。长江指挥若定，又大田秋熟稼云黄。霜露南天橘柚，风烟北地牛羊。

民康，物阜固金汤。百炼始成钢。看亿兆欢呼、天才领袖，万寿无疆。皇皇百年大计，总四星拱向一星光。彪炳人民事业，焜煌开国文章。

## 玉楼春

再赋全国棉粮增产，用旧所谓俳体。

河流让路山低首。人力胜天凭战斗。涝时排水旱田浇，天没良心人有手。　　最高纪录真非偶。堆积棉粮高北斗。一年高了一年高，有史以来从未有。《稼轩长短句》收《玉楼春》十七首，胡莱菔就烧酒，干脆之外更无余味，不如《六一词》中“春山”“樽前”“与翁”“雪云”诸阕之沉着痛快兼而有之也。今兹不佞步武辛老子，自当更下一等耳。

## 浣溪沙

病后体软，慨然有作。

唯物唯心岂一如。病来久废读新书。填词枉是学辛苏。　　垂老江郎才已尽，入山飞将气犹粗。阵前立马尚能无。

## 木兰花慢

病中几于日日理稼轩词，感题。

义旗南指处，突北骑，上江船。甚抚剑登楼，翻成游子，拍遍阑干。词编一十二卷，是南山射虎响惊弦。落地得辛为姓，居家以稼名轩。
村边黄犊十分闲。恰对夕阳眠。更一片蛙声，中天风露，半夜鸣蝉。堪怜此翁不见，有丰收记录达空前。更要层楼更上，明年高似今年。“高似”犹言“高于”，凡言“大似”“强似”“胜似”等，准此。“似”，上声。

## 水调歌头

一九五六年献词

南下指沧海，西上渡流沙。工农兄弟合作，变革旧生涯。岂止从无到有，更使天长地久，时刻有增加。规划到全面，领导不偏差。　　接年头，辞岁尾，望京华。分明全国心脏，红日灿朝霞。六亿人民崛起，一个巨人形体，险阻没拦遮。山岳为低首，铁树要开花。

## 浣溪沙

赠通县某农业合作社农民号“老来红”者

一自翻身气势雄。人民自做主人翁。丰收全不靠天公。　　五十娶妻家未立，三年入社运方通。老牌真正老来红。

## 乳燕飞

吾有两女在津，三女居京。除夕元旦有两女自京来津，其最少者已于去岁被吸收入党，于其行也，赋此词以送之。古有誉儿者，吾今乃誉女。

五十余年事，算何曾、胸罗万卷，路行万里。三客津沽身已老，旧学从头重理。愧伏枥、长嘶病骥。[①] 日日出门成西笑，望赤云天际峥嵘起。歌一遍，情难已。　　暮有弱女非男子，慰情怀、一堂聚首，年头岁尾。最小偏怜偏进步，加入工人队里。全压倒、老夫意气。战斗精神知何限，共春花国运韶光里。搔白首，悲回喜。

## 南歌子

荒漠乌金溢，高炉铁水翻。凿穿爆破复钻探，试看车行飞过万重山。

故国三千岁，浮生六十年，无人热火不朝天。敢惜镜中霜鬓与华颠。苏联人谓原油为乌金。

## 南乡子

题《人民日报》所载四川郫县某农业生产合作社七十一岁老农民像老人犹能参加劳动，且请人为记工分也。

岂止笑颜温。炯炯双眸更有神。试看七十零一岁，工分，犹自辛勤不让人。　　谁道老残筋。子子孙孙孙有孙。填海移山无尽业，人民，永世金刚不坏身。

## 最高楼

读宗子度《到拉萨去》，因题。

车行处，迤逦入高原。翻看雀儿山。雁飞不到猿难度，下临无地手扪天。透云层，穿雪壁，绕冰川。　　一队队、牛羊青草里。几处处、城乡平地起。添气象、布人烟。大家庭内多民族，自从解放得团栾。看仙虹，天外起，落人间。藏族谓“虹”为“仙虹”，且以之为幸福象征。

---

① “旧学从头重理。愧伏枥、长嘶病骥”，原稿作“负却当年壮志。纵长嘶、犹愁病骥”。

## 金缕曲

寒天尘霾中水仙怒放，因赋。

何处昭君里。望荆门、群山万壑，平沙远水。脂粉嫌他污颜色，眉捧宫黄额际。浑难仞、山矾是弟。零落夫容秋江外，更香销菡萏西风起。开不到，雪天里。　　明珰翠羽参差是。问何堪、黄云堆雪，风沙未已。江北江南无消息，今夕魂归环珮。浸相看、香侵衣袂。白袷青裙倘依旧，共斑斑尘黦浪浪泪。花与我，两无睡。

## 木兰花慢

鲁迅先生逝世廿周年献词

去来三十载，所爱读、大文章。有鲁迅先生，先之《呐喊》，继以《彷徨》。悠扬傍河《社戏》，驾乌篷萧索望家乡。"日记"始于何日，"狂人"信是真狂。　　荒唐礼教甚豺狼。《祝福》也悲凉。甚导致《离婚》，爱姑奋斗，枉自奔忙。茫茫一条道路，算阿Q孤独更堪伤。天上人间何恨，煌煌日出东方。

## 沁园春

再赋

大好神州，近百年来，灾难二重。有吃人礼教，铜墙铁壁，殖民主义，亚雨欧风。所向无前，冲锋陷阵，大笔如椽鲁迅翁。身当得，是文章巨子，民族英雄。　　何曾叹老悲穷。更不向当权一鞠躬。使正人君子，藏头露尾，帮闲走狗，哑口潜踪。世界流传，一篇正传，意匠回旋造化功。灵何憾，看人民六亿，丽日方中。"冲锋陷阵""民族英雄"，皆毛主席《新民主主义论》论先生语。抗战前，日本作家每称先生为"鲁迅翁"，以表敬重。

## 贺新凉

深秋大风后散策体育场，见"工"字大楼已落成，其旁其前则旧岁所建"青年""幸福""劳动""建设"诸楼。因念工部因"茅屋为秋风所破"而有"广厦千万间"之叹，余乃自幸生今之世也。

千古骚人意。问何缘、当年曾说，悲哉秋气。万里江山哀摇落，异代萧条垂泪。算只有、浣花老子，八月秋高非不好，奈三间茅屋西风里。茅卷去，凉如洗。　　床头屋漏何时已。更遥空、如麻雨脚，墨云无迹。沾湿长宵难教澈，念念心存寒士。又黄叶、纷飞飘坠。我比少陵多幸福，见千间广厦连年起。还更为，少陵喜。

## 贺新凉

以前作写似孙正刚。正刚有和作，辞意殷勤，虽曰见爱，实乃过奖，步韵成篇，所以自剖。

多少凄凉意。最难堪、病躯包裹，一团生气。早信文章传千古，懒入诗坛酒会。身兼作、雅人俗子。柴米油盐成家业，捻吟髭对影空斋里。衣可浣，恨难洗。　　大师有集名《而已》。是之先、一声《呐喊》，《彷徨》天际。闻道非迟勤行晚，三十年来“中士”。纵壮志、如今未坠。清角凌晨召前进，便闻鸡也拟中宵起。心总是，杂悲喜。“彷徨天际”指《彷徨》扉页题词所引《离骚》中“吾将上下而求索”句。

## 鹧鸪天

困苦艰难两莫辞。山川满目耀奇姿。悬江夜雨初晴后，浴海银蟾欲上时。　　将进酒，更吟诗。忙人不是不相思。明朝踏遍千峰顶，折得山花寄一枝。

## 行香子

自题所作词

故国重新，事业如云，百忙中肯做闲人。莫言衰老，且自精神。且忘风华，扫风月，走风尘。　　但是知音，都属人民，更何辞歌遍阳春。丝丝入扣，字字传真。看一番歌，一番好，一番亲。晏殊《山亭柳》“若有知音见采，不辞歌遍阳春。”

## 南乡子

衰草遍山长。出没成群兔鹿狼。八月高秋霜露降，苍茫，个是当年北大荒。　　此际下牛羊，人语歌声泛夕阳。万顷如云还似海，汪洋。禾黍黄金一样黄。

## 鹊桥仙

一九五七年元旦试笔

犯霜侵露，冲风冒雨，几见谁曾言苦。人民富贵古来无，为万里、江山做主。　大河让路，高山飞渡，更向自然索取。茫茫禹迹奋神州，到处是、黄金遍布。

## 木兰花慢

周恩来总理于去岁杪曾往访东南亚诸邻国，今岁初复赴苏联，此真所谓和平使者，岂徒外交使节而已，咏之以词，不尽万一。

使旌经动处，尊信义，睦邻邦。看夹路欢呼，彩旗飞舞，灯火辉煌。匆忙不曾席暖，划青空铁翼远翱翔。昨日南天风露，今朝北国冰霜。
冥茫朔雪任飘扬。难减热衷肠。有八亿人民，如兄如弟，非复寻常。豺狼砺牙露齿，算战争贩子漫猖狂。屹立和平堡垒，经天万丈光芒。

## 灼灼花

冬夜偶以事外出，归来得廿八字："月星银汉耿交光，霜结寒条似发长。不道青灯明镜里，新来两鬓白于霜。"嫌其无谓，因增益其辞为《灼灼花》云尔。

夜静车声悄。月出霜华皎。云气微茫，光分强弱，星无大小。亘长空一道、烂银河，直垂垂宇表。　不恨青天杳。犹爱人间好。积少成多，从无到有，人工天巧。任飘萧白发、冒寒风，也不知将老。

## 风入松

新岁喜雪

长街灯火敛余光。极目入微茫。霏霏空际如筛落，喜新岁、瑞雪飘扬。宇宙一团玉裹，河山万里银装。　寒鸦堆墨点琳琅。冻雀懒飞翔。积肥蓄水乡村里，到冬闲、也自农忙。共说丰收在望，麦田一片金黄。

## 临江仙

六十一初度自寿

六十年前丁酉，呱呱落地啼声。孩提少壮老相成。一周花甲子，两鬓粲星星。　　古国四千余载，如今日日峥嵘。老人越活越年青。八周龄未满，还似日初升。

## 小桃红

拟煤矿工人春节坚持工作写给爱人信

坐也难安坐，卧也难安卧。到底安排，完成任务，坚持工作。便结婚再一次延期，又有何不可。　　飒飒风镐过。簌簌原煤堕。墨玉乌金，人家饭熟，高炉点火。我时时念你、念人民，你时时念我。

## 踏莎行

今春沽上风雪间作，寒甚。今冬忆得十余年前困居北京时，曾有断句，兹足成之，歇拍两句是也。

昔日填词，时常叹老。如今看去真堪笑。江山别换主人公，自然白发成年少。　　柳柳梅梅，花花草草。眼前几日风光好。耐他霰雪耐他寒，纵寒也是春寒了。

## 蝶恋花

西出阳关迷望眼。衰草粘天，山共斜阳乱。一曲渭城多少怨，歌声三迭肠千断。　　风景非殊时代变。山要低头，人要埋头干。千里龙沙金不换，石油城在盐湖畔。“龙沙”即戈壁沙滩。

## 水调歌头

晨兴见树稼有感作

桥下卫河水，此际未消融。试镫早过，惊蛰将近尚冰封。前日晴天霏雪，纷似梨花飘坠，掩映夕阳红。昨夕结珠霰，瑟瑟落长空。　　幂朝烟，拖宿雾，更迷蒙。一番浪子心计，枉自号天公。俯仰琼楼玉宇，远近琼林玉树，人在玉壶中。桃李各沉默，无语待东风。

## 满江红

女子子见予《水调歌头》而笑之曰：河圻已久，爸不出户，顾未之知耳。因复赋此阕以自解。

桥下长河，冰暗坼、流澌冲击。凝望眼、草芽未绿，岸泥溶湿。桃李无言应有待，垂杨泄漏春消息。甚飘飘、霰雪下长空，犹如织。　　凭积重，存余势。惟变量，能成质。漫和平难保，风云尚急。兄弟国家兄弟党，新生气象新生力。看旧时、社会旧残余，已无日。

## 清平乐[①]

拟农业合作社中人语

说来可气。就是前年事。人叫我们穷棒子。说话不三不四。　　如今喜笑颜开。更加信心安排。旱涝总教增产，英雄不怕天灾。

## 好事近

霰雪纷无边，洒遍天南天北。正恨今年春晚，得江梅消息。　　漫山红紫映朝霞，犹自待时日。且看疏花数朵，缀斜枝百尺。

## 沁园春

五一节献词为津市广播电台作

灼灼金星，赫赫红旗，飘舞半空。况百家鸣后，云蒸霞蔚，众香国里，万紫千红。异派同归，江淮河汉，滚滚百川流向东。春深处，更光天化日，细雨和风。　　道行天下为公。正文教昌明国运隆。看和平事业，光辉万丈，工人运动，丽日方中。玉带桥边，天安门上，泰岳峰头峙两松。齐肩立，是人民领袖，反帝英雄。

## 清平乐

诗人节献词

荷衣琼珮。襟上浪浪泪。辛苦滋兰还树蕙。九死其犹未悔。　　昆仑可是高丘。美人要眇宜修。千古无穷遗恨，大江日夜东流。

① 此词有修改稿：说来可气。起首非容易。人笑我们穷棒子。成得什么大事。　　英雄不怕天灾。丰收全仗安排。一点养猪事业，也劳主席关怀。（“一点”再改“谁想”，“也劳”再改“直教”。）

## 高阳台

十月革命四十周年献词

动地奔雷，震天巨响，暴风骤雨开场。衰朽残余，翩翻落叶飘扬。如今红日晴空里，看工人，事业辉煌。四十年，万象更新，百炼成钢。
精神、物质齐飞跃，等波腾大海，潮涨春江。屹立岿然，和平堡垒坚强。战争贩子群魔舞，敛爪牙、莫漫猖狂。遍全球翘首同看，初月清光。清光，指人造卫星。

## 鹧鸪天

欢送下乡参加劳动生产同志

唐代王维孟浩然，擅名诗作写田园。高风千古陶元亮，带月荷锄陇亩间。　　当世事，异从前。更新思想复支援。试看集体农民力，土变黄金水上山。

## 雨中花慢

一千零七十万颂歌

沸沸腾腾，烈烈轰轰，人人喜喜欢欢。仗英明领导，破险摧坚。八位辉煌数字，千秋灿烂诗篇。看人民中国，万马奔腾，一马当先。　　五百万吨，加翻一倍，三百五十三天。美英日，七年乃至，三二十年。盛业从无前例；凯旋只是开端。殖民主义、战争贩子，心胆俱寒。

## 木兰花慢

龙凤呈祥。五九年元旦献词。

有人来借问：龙与凤，咋呈祥？答：城市乡村、人民公社、地上天堂。棉粮、卫星放起：炼一千八百万吨钢。这里神龙出海；那边丹凤朝阳。　　煌煌，领袖大文章，群众日坚强。正全党全民、一心一计，走上康庄。昂扬、满怀斗志，使战魔暗里自心慌。遍国龙飞凤舞；从今地久天长。

## 风入松

迎春词

岭南塞北海东西。全国一盘棋。东风浩荡春无限，看到处插遍红旗。跃进星驰电掣，翻新海立云重。　　大家庭里正熙熙。何用上天梯。天堂今在人间世，算岂止，是食丰衣。大小土洋并举，神龙天马齐飞。

## 木兰花慢

迎春跃进之歌

一盘棋局好，一着着，尽非凡。自增产丰收，棉粮似海，钢铁如山。谰言。马生翅膀，却巨龙夭矫舞云瑞。条件空前有利，英雄试看今年。　　狂澜已使变安澜，还怕甚艰难。看遍地花开，满园春色，锦绣斑斓。加翻再加跃进，驾东风快马又加鞭。处处欢声动地，人人干劲冲天。

## 南乡子

蒜酪要推陈。一曲高歌倍有神。老我今宵应无寐，欢欣，杨柳东风见俊人。　　不得孟襄身。是处郊原浩荡春。人物江山超往古，芳芬，万紫千红日日新。

## 一剪梅

朝日曈昽带早霞，笑语喧哗。无穷富贵最难夸。先看新芽，后听蛤蟆。　　耕一余三信不差。事业开花，颗粒还家。如今整到桑麻。捡了芝麻，抱起西瓜。

## 西江月

五四运动四十周年

海样英雄气概，画中祖国江山。辉煌远景属青年。敢想、敢说、敢干。　　四十年前今日，曾排队伍前边。当年事业倍空前，哪怕三年苦战。

## 连理枝

咏唐柳

当日青丝缕，此际千年树。柳发晞春，梳拢新月，膏施青露。纵霜雪都未减姿容，况一宵风雨。　　五彩光明路，神勇撑天柱。骨肉情肠，弟兄心事，并肩齐步。共大昭寺唐柳永青青，永青青万古。拉萨大昭寺前唐柳，唐文成公主手植，西藏民间传说谓是公主头发所化生。南宋史达祖《万年欢》词："如今但柳发晞春，夜来和露梳月。"

## 八声甘州

国庆献颂

万千条杨柳舞东风，江山共多娇。更神州赤县，人民群众，虞舜、唐尧。沧海桑田转眼，山要化为桥。一代新人物，不说"天骄"。　　增产棉粮钢铁，仗心如发细，志比天高。漫西风犹劲，纸虎等鸿毛。十周年，光芒万丈：听欢呼人海泛波涛。神龙现，正腾空起，直上云霄。

## 灼灼花

五首存三。国庆十周年放歌。

伟大英明党。龙在青天上。变化飞腾，风云雷雨，森罗万象。算十年超过数千年，是核心力量。　　后浪催前浪。后浪高千丈。东海汪洋，夜潮未落，早潮随涨。看弄潮人在最高潮，共放声歌唱。其一

来日应长想。旧事哪能忘？剩水残山，局天蹐地，不成模样。是苏联革命振先声，是一声炮响。　　事业人民创，领导英明党。古老青春旧邦新命，百花齐放。看十年建设彩斑斓，共放声歌唱。其四。《诗经·小雅·正月》："谓天盖高，不敢不局。谓地盖厚，不敢不蹐。"《诗经·大雅·文王》："周虽旧邦，其命维新。"

前进谁能挡。先进工人党。尘世天堂，光明远景，直前迈往。算年年气象一番新，算一年一样。　　红日无屏障，领袖光辉像。凤舞龙飞，绛云紫雾，天安门上。一声声万岁。海潮音。再放声歌唱。其五

## 减字木兰花

工人阶级，挽日回天无尽力。大会群英，献宝同时又取经。　　独行无伴，一朵花开春有限。结队成群，万紫千红浩荡春。

## 鹊桥仙

东风万里，沧波无际，海上群龙戏水。八方震地响春雷，看天桥、腾空飞起。　　冲天壮志，凌云豪气，用尽千方百计。相携跨进六〇年，要胜利、接连胜利。

## 木兰花慢

农业部最近在郑州召开会议，决定在两三年内使黄河故道千八百万亩荒滩成为果园。非总路线、“大跃进”、人民公社不能办此也。

大河常改道，最不忍，话从前。记背井离乡，抛妻弃子，颠沛流连。狂澜溃堤决岸，坏一千余万亩农田。风起黄沙蔽日，水来白浪滔天。
荒滩植树变林园。只要两三年。看地上茏葱，枝头繁茂，蝶乱蜂喧。连绵数千里内，自郑州直达海东边。从此天长地久，教他锦簇花团。

## 西江月

病中见落叶有感作

试看回天转日，不消鬼使神差。人工人力有安排。海晏河清现在。
败叶无风自落，寒梅斗雪犹开。烂下去与好起来。两个不同世界。毛泽东同志曰：“敌人一天天烂下去，我们一天天好起来。”“下”与“起”在口语中，北人皆作平读。

## 玉楼春

短松半尺栽盆内。卷石青苔生雅致。明窗净几布阳光，温室红炉春意味。　　长林老树无边际。霜干龙鳞拔地起。万牛回首栋梁材，屹立漫天风雪里。

## 木兰花慢

旧时庄稼汉，问甚日，得欢欣。算三百多天，无情现实，何限悲辛。柴门一年尽处，贴春联漫写吉祥文。爆竹一声除旧，桃符万户更新。
如今水旱斗龙神。胜利属人民。看公社家家，粮棉似海，牲畜成群。飞奔上天有路 谓共产主义是天堂，人民公社是桥梁 ，保一年春胜一年春。出色舜尧人物，得时龙虎风云。“尧舜”或改“风流”，“龙虎”或改“际会”。

## 浪淘沙

南宋周晋仙《浪淘沙》曾云：“一事最奇君听取，明日新年。”细思之，年年有个“明日新年”，此有何奇？若夫当代英雄成千上万，纷纷提前完成计划，跨进一九六〇年，新年反而姗姗来迟，此乃亘古未有之奇耳。

风雪搅成团。莫道严寒。花开不是一枝妍。姹紫嫣红齐放了，万万千千。　　快马又加鞭。捷报频传。完成计划早提前。一九六〇来得慢，明日新年。

## 西江月

为建明公社作

寄语右倾分子，何妨前去瞧瞧。人间天国假如糟。试问怎么才好。　　眼下农村四亿，当年驴腿三条。有谁再敢笑鸡毛。先笑不如后笑。“谁说鸡毛不能上天”见《中国农村的社会主义高潮》。苏联谚语：谁笑得最后，谁笑得最好。

## 临江仙

读《人民日报》社论《猪为六畜之首》

六畜旧时排次，惟猪最不称强。敬陪末座脸无光。上鸡犬在，更上马牛羊。　　今日重排席位，首先推让猪，积肥打得满仓粮。浑身都是宝，不但肉生香。

## 小桃红

灾年丰收颂

群力培田垅。加意勤浇种。水旱虫风，自然灾害，纵然严重。把老天抗得、也低头，把瘟神葬送。　　高唱丰收颂，云际鸣丹凤指农民诗人。一派谰言，说糟说早，痴人说梦。只人民公社、稳如山，任撼摇不动。

## 玉楼春

许多厂矿提前完成头十天计划（《人民日报》新闻标题）志喜

革新革命谓技术革新与技术革命 风云起。到处提高生产率。十天计划早完成，向党鸣锣来报喜。　　六十年代刚开始。万里扶摇鹏展翅。开门日日满堂红，一串红时红到底。上海各工厂凡各工序均复跃进，谓之一串红。

## 江城子①

一年好景去匆匆，绕芳丛，恨重重。昨宵寒雨，今夜落花风。我替海棠愁欲死，无计奈，可怜红。　　留春不住怨天公，梦成空，水流东。才到中年，情调似衰翁。屠狗卖浆真事业，诗酒债，误英雄！

## 浣溪沙

红是相思绿是愁，"绿肥红瘦"起离忧，相思欲说又还休。　　战垒空遗千古恨，浮生拼作一轻鸥。斜阳又上海边楼！

## 惜分飞

赞倭女肉美

如水屐声连碎步，试向裙边注目。风过裙飘处，几分娇白嫩红肉。　　闻说"人鱼"深海驻，知是甚时登陆。入海寻伊去。纵情甘被天魔误。读《苦闷的象征》后；此"亦苦闷之象征"也。

## 如此江山

青社第四次例课秋间与友人游太平湾一带，见德人所筑战垒炮台，遗迹犹有存者。欲以小令赋之，久而未就。会社课题为"咏青岛战迹"。乃

---

① 此词有另稿：留春不住怨天公。去匆匆，恨重重。昨宵寒雨，今夜落花风。我替海棠愁欲死，无计奈，可怜红！　年华二十似衰翁。梦成空，水流东。邯郸道上，仆仆老尘中。屠狗卖浆真事业，诗酒债，不英雄！

填此阕，仍书旧游所感也。

晚霞明灭疏林响，迎风浪花如霰。陌上村童，牛鞭举处，遥指山边教看。坏墙几段。道：“战垒苔荒，炮台尘满；自息烽烟，风吹雨打没人管。” 登临凭吊旧迹，尽摩挲俯仰，发为长叹。匝地枪林，惊天炮火，试问而今谁见。雄师一万？却不道秋来，寒潮侵岸。日夜涛声，鬼雄犹作战。当时德人驻青岛兵万余。

## 西江月

自题小影

尽日怀铅握卷，算来一塌糊涂。而今牛马任人呼，也自掉头不顾！ 消磨几多岁月，飘零些子眉须。休得故我证新吾，毕竟未颜难驻。

## 南梅溪令

得屏兄书，谓：“久不出门，闻人言杏花已残，桃花将放矣。”不禁怅然，赋此答之。

得书争不忆从前？绕湖边，是处夭桃初放杏初残，锦城花正酣。
济东徒自有青山，弄轻寒。不道春来此地太姗姗，可怜三月三！

## 浣溪沙

真是归期未有期。怀人一夜鬓成丝。心情近日怕人知。 好对青山温旧梦，爱将斜照入新词。上潮看到落潮时。

## 采桑子

题溥仪夫人小照

冯至自京师寄余溥仪夫人小照一纸，又题其上曰“亦是风花一代愁”，本定庵诗句。余因用其语，成此阕，即索次兄和。

风来水殿凉初透，人罢梳头，帘卷银钩，随着斜阳好下楼。 玉阶划地怀惆怅，空处凝眸，眉际生秋，“亦是风花一代愁”！后片拟改作：“铜驼荆棘铜仙泪，乡住温柔，禾黍油油，‘亦是风花一代愁’！”

## 梦扬州

旅魂惊，酿浅寒，霜叶凋零。燕子尽归，寂寞无聊闲庭。夕阳西下星星暗，甚处寻，花底飞萤？重阳后，征鸿远，只余潮落潮生。　山下林边眼明，看蝶采黄花，弱体轻盈。过往戏嬉，更有娇红蜻蜓。半宵风送无情雨，问怎生、消受凄清？应只有、穷途伴侣，衰草虫鸣。

## 促拍满路花

萧萧叶乱鸣，漫漫霞初度。潮来侵岸石，涛声怒。望中灯火，上接疏星语。岚光迷淡雾，独自行来，更寻没个人处！　秋心暗淡，总被铅华误。归来都道好，归无路。梁间燕子，不伴人愁苦，依旧双飞去。寂寞空巢，有时飘坠残羽。

## 浣溪沙二首

方寸心田火一团。更无好计使心安。焦烧情味太难堪。　早已此心非我有，不如剖腹献君前。洒君泪水作甘泉。

携手人间觅乐园。风尘行遍路三千。不知江北与江南。　无死无生心自在，何从何去意茫然。两人命运要同担。

## 鹧鸪天

说到天涯事可哀，不知何处是天涯。已看乳燕南飞去，又见征鸿自北来。　休怅望，漫疑猜。自家情绪自安排。拚将眼泪双双落，换得心花瓣瓣开。

## 玉楼春

效六一琴趣体

年时见酒心先喜，饮后扶头思假寐。不成沉醉不成眠，支枕倚床空滴泪。　双唇红似花鲜美，千日酒中无此味。请君许我接君唇，使我今宵真个醉。

## 蝶恋花

谁道聪明天也妒。谁道聪明，反被聪明误。谁道聪明无用处。聪明才好人间住。　　凭仗聪明寻出路。装得糊涂，真个糊涂否？此世不尝人世苦，今生不解人生趣。

## 思佳客

记返里时心情

知到人生第几程，眼前哀乐欠分明。他乡未是飘零惯，却把还乡当旅行。　　拼扰扰，莫惺惺，江南山比故乡青。还乡梦与江南梦，可惜今朝俱不成。

## 浣溪沙

且对西山一解颜。人生惟有笑艰难。童心老尽又何年。　　痛饮能销千古恨，同情不值半文钱。最无聊赖是尘寰。

## 浣溪沙

不是眠迟是梦迟，月明高挂老槐枝。词情漾得一丝丝。　　可惜填词忘看月，何妨看月忘填词。词成已是月西时。

## 思佳客

谁道先生是酒狂。已无伤感与悲凉。明年花比今年好，抽得新芽一尺长。　　花在眼，月当窗，闲中滋味是穷忙。长江后浪催前浪，作弄长江尔许长。

## 浣溪沙二首

人事昏昏乱似麻，纷纷何处是吾家。西望但见尽飞霞。　　万点青萤来梦里，一身黄土度年华，东西兀自冒风沙。

千里春风草又青。酸心苦恼旧心情。崎岖道路好难行。　　莫道人间无易事，水边野草尚高生。不知今又近清明。

## 卜算子

病中作

漠漠远山云，淡淡长江水。俯仰人无一动情，仍在红尘里。　　世乱几时休。吾病何时已。不是维摩谁散花，但见空花起。

## 临江仙

上得层楼穷远目，中原一发青山。当年信誓要贞坚。千秋明汉月，百二屹秦关。　　梦里神游无不可，镜中改尽朱颜。安心未借野狐禅。此身优好在，争敢怨华颠。

## 鹧鸪天

梨树花开有作

梨树花开是夏初，圆荷叶小水平湖。愁边往事知多少，春色远人定有无。　　才止酒，又摊书，先生心计已全疏。卅年学得屠龙计，惭愧旌旗拥万夫。

## 临江仙

出游见有叫卖樱桃者，纳兰容若词曰“深巷卖樱桃，雨余红更娇”，因用其意赋小艳词一章。

阶下翩翻红药，当窗绿展芭蕉，雨晴残日压林梢。一声来小巷，四月卖樱桃。　　记得当年樊素、朱唇况是蛮腰，歌阑舞罢总魂销。重来携手地，忍泪过虹桥。

## 浣溪沙

花信如今第几番。城头残日带余寒。更将轻黛写遥山。　　新柳乍舒风习习，春波才涨马关关。为谁高处倚危阑。①

## 浣溪沙

乍可垂杨斗舞腰，丁香如雪逐风飘，海棠憔悴不成娇。　　有鸟常呼

① “春波才涨马关关。为谁高处倚危阑”，后改作“春水乍生波滟滟，绿水未合鸟关关”。

泥滑滑，残灯坐对雨潇潇，今年春事太无聊。

## 踏莎行

平中春来多风，而今岁独时时阴雨，戏赋。

走石飞沙，扬尘簸土，红英飘落纷纷无数。年年此际盼春来，匆匆来了匆匆去。　　夜半才停，天明不住，今春毕竟缘何故？更无梅子要他黄，天公下甚黄梅雨！

## 鹧鸪天

拗体

玉言梁孟携五雏凤自川抵京，舍馆初定即来函告，三复诵读，喜心翻倒，走笔为小调当洗尘也。

三载西川可有情，风舲鼓浪下巴陵。游鲲振鬐离南海，彩凤将雏入上京。　　挥笔阵，破书城。万人海里见人英。西山山色年年好，长照君家四鬓青。两人两双鬓，故谓四也。

## 水调歌头

送敏如入都就师大讲席，并似敏庵晋斋都下。

七十二沽畔，无数短长亭。高楼风雨初过，天远碧云轻。昨岁我东归日，此际君西行处，矛盾实相成。一百八盘路，更上上头行。　　塔影孤，楼阴直，镜湖明。仓皇胡骑突至，堂①以上《顾随全集》，河北教育出版社2014年版。

# 寇梦碧（197首）

寇梦碧（1917—1990），名家瑞，字泰逢，天津人。曾任天津教育学院及天津大学讲师，天津崇化学会讲师，天津市文化馆特约馆员、中华诗

① 此词有缺文。

词学会顾问。有《六合小溷杂诗》《夕秀词》。其词学吴文英，自谓“予耽倚声，初师觉翁，中年而后，拟以稼轩之气，遣梦窗之辞”①。在 20 世纪 40 年代，与词友在天津结梦碧词社，任社长。1950 年，参与张伯驹庚寅词社唱和。与叶恭绰、夏枝巢、关颖人、高潜子、梁启勋、陈莼衷、汪曾武诸公交游。周汝昌许为“梦窗复出”“词心才笔，志节言馨，实过古之骚人”②。

## 菩萨蛮

樱桃落尽春无迹，望中天水依然碧。小篆吐秋心，隔纱烟语深。雁飞移玉柱，聒耳蛤蟆鼓。花梦蝶驮来，银荷红剩灰。

## 前调

莺慵蝶困春如醉，湖山渐入瞢腾里。不恨柳绵飞，只愁花又开。愿将心比月，自照肠千结。天上转参旗，夜阑人未知。

## 前调

无端错认游仙路，漆灯昏照棠梨雨。斗柄已阑干，梦中寻梦难。芙蓉淹枕泪，一夕朱颜悴。何处玉龙吹，漫天红雪飞。

## 前调

罗衣一叶难胜佩，拼教万斛珠成泪。欲问夜如何，夕阳红未矬。梦边如有路，放妾骑鱼去。空自叩灵修，九垓还九幽。

## 虞美人

一天霜讯传青女，顿觉秋如许。啼红只剩枕函花，犹说金铃十万护春华。　寸丹消尽归零落，曾是倾阳藿。隔帘消息怯笼鹦，漫道星星烟语欠分明。

---

① 寇梦碧：《夕秀词》，黄山书社 2009 年版。第 3 页。

② 寇梦碧：《夕秀词》，黄山书社 2009 年版。第 2 页。

## 前调

秋来不忍捐纨扇，留障啼兰面。鬟云黛雨散匆匆，那更好山青入画图中。　　无端弦上莺飞去，换了囚牛语。黄金费泪铸新词，偏又听风听水梦中疑。

## 鹧鸪天

自题夕秀词

自玩零香抱冷枝，疏狂强借病支持。微云不滓心头月，独茧凭缫鬓上丝。　　湘水远，禰山迷。曼魂销尽欲何归。残阳画出秋林影，夕秀孤寻未许知。

## 好事近

夏晚苦热

畏景下炎天，犹靳一丝风力。那更晚云如火，送骄阳消息。　　宵来梦入水云乡，喝月洗魂魄。还怕素娥娇面，幻郁华颜色。

## 点绛唇

失御羲和，司春无力秋偏准。老红吹尽，万绿迎霜刃。　　浪说来年，早报芳菲信。佳期近，蝶僵蝉噤，已共三秋殉。

## 蝶恋花

题陈少梅《天寒倚竹图》

翠袖天寒愁日暮。输与凡葩，曲曲雕栏护。一寸春光余几许，芳心自忍风和雨。　　本是倾城羞再顾。辗转思量，总被婵娟误。对镜妆成心更苦，蛾眉却恨无人妒。

## 浣溪沙

灯夕

不许蛾儿上鬓云，年年叠损绿罗裙。萧疏灯火又黄昏。　　芳草青回杯底梦，小梅红到笛边春。春来毕竟不由人。

## 人月圆

中秋

今宵共启灵台锁，飞梦驾三鹅。乘风直上，广寒高处，共浴金波。　荒荒古恨，运斤吴质，扬譬纤婀。徘徊云路，人间天上，一例愁多。

## 临江仙

蜡尾相思灰一寸，好春枕上阑珊。日华红到鬓云边。瞒愁愁已醒，寻梦梦应难。　睡起恹恹无意绪，晓妆慵扫双鸾。额黄涂罢镜中看。新来多少事，只爱夕阳山。

## 谒金门

梦边小集饯丛翁

灯焰白，秋入冷杯残客。别后乱愁空郁积，见翻无可说。　今日西园雅集，明日东门离席。枕路屏山俱咫尺，梦魂行不得。

## 玉楼春

题《牵牛花馆图》

朝来鹊语催愁近，蜡尾余欢和梦烬。谁将别泪染花光，强为小阑添画本。　金铃休递相思讯，早是芳兰成瘦损。且留残月熨秋心，明日霜风吹又紧。

## 临江仙

题大河集

九逝骚魂呼不应，通辞聊托微波。十年闲业此消磨。酒鸣心上语，花护梦中歌。　闻道长流东入海，乘槎欲到银河。人间天上一婵娟。金乌三返舍，玉狗九关诃。

## 鹧鸪天

天后宫灾

绣陌春灯梦不回，眼中金碧旋成灰。火催丹驭灵妃去，风送饧箫羽客来。　　空涕笑，漫惊猜。百年谁见尾闾开。血云染出鬘天影，一样红妆但可哀。

## 前调

中秋夜初晴又阴

歌外惊尘暗未收，风光何意苦瞒忧。碧沉地下三年血，玉做人间万里秋。　　回往梦，理新讴。强扶衰病一登楼。太清有意微云掩，佳节无妨着许愁。

## 卜算子

题七二钟声

酒题梦回时，花落春归后。数尽楼头百八声，一杵残钟又。　　舌底不生莲，肘左惟生柳。万马齐喑未可哀，且听蒲牢吼。

## 朝中措

重九

娇黄病绿两难留，强自做成秋。小榼唯供引梦，斜阳莫唤登楼。　　红萸乌帽，早都换了，越棘吴钩。那有些儿风雨，为君点缀闲愁。

## 鹧鸪天

饯丛碧丈

曙蜡红啼箭水忙，催人草草又离觞。偷携梦里三年泪，来试尊前半面妆。　　歌薤露，赋高唐。神光离合乍阴阳。千秋不竭心源水，颠倒从他海变桑。

## 前调

丙辰中秋闻震警

恍接豪歌九百年，乘风还拟学飞仙。黑翻地肺尘千尺，红锁天心月一环。　　惊后约，惜前欢。桃花无赖向秋妍。万家正作团焦梦，莫上高楼独倚栏。

## 南乡子

题《梦边填词图》五首

图画展，幻尘开。烛边红泪叠楼台。贪谱红腔拈翠管，腰围减，枕上新词添一卷。

初雁语，唤新词。秋窗有客斗吟卮。待得夜阑人散去，寻灯路，梦里更将残句补。

桃李下，自成蹊。霜花寂寞守东篱。春怨秋悲俱懒赋，迷离语，别有一般凄断处。

花胆小，蝶魂痴。三生愁艳病支持。只有水东风月贱，春衣典，换得一宵歌酒宴。

狮子国，鹧鸪天。此中倘许著身闲。尚有槐根容小寄，惊斗蚁，梦里已无寻梦地。

## 减兰

宫词二首

倩魂拘管，凉锁铜铺怜梦断。减尽霜容，晚日残花作病红。　　楚腰愁削，未到承恩先决绝。不似长门，犹抱余香占苦春。

未歌先咽，鹦鹉前头芳意怯。别院箫沉，织出机丝辗转心。　　带将愁去，雁背斜阳红一缕。綦涩苔青，风飐疏灯淡似萤。

## 杨柳枝

憔悴西风野水滨，才舒蛾黛又工颦。婆娑一例同摇落，解道迎春是送春。

## 前调

沾泥已分不飞绵，空忆灵和最少年。九十日春都过了，禁他三起复三眠。

## 前调

不复何戡唱渭城，雨欺烟困可怜生。更堪摇落斜阳里，时听残莺啼一声。

## 临江仙

复园忆息庵

经乱池台春不管，闭门风雨惊心。酽愁空付酒杯深。枕屏悭好梦，山水闷清音。　　闻道小园花事了，芳华过眼难寻。真香岂耐俗尘侵。飘零原自好，多事乞春阴。

## 清平乐

万雷鸣缶，闲煞谈天口。日饮亡何浇一斗，拼送流年如酒。　　短歌自答疏狂，惊尘不到鸥乡。消得晚凉滋味，不辞坐尽斜阳。

## 前调

上元小集石莲庵

试灯风起，曼衍鱼龙戏。天上梦回残醉里，拥髻寒宵滋味。　　夜蛾孤负年年，今年偶拾清欢。但得此心如月，任教灯火阑珊。

## 鹧鸪天

咫尺银湾路转迷，玉珰珍重失前期。丛衫小蝶秋为骨，紫滟金杯梦作衣。　　山黛敛，柳烟低。大千春色在蛾眉。漫天匝地鸳鸯锦，辛苦红蚕独茧时。

## 前调

题梦边《双栖图》二首

过眼湖山换笑颦，炉烟药裹与温存。十分斟酌花间泪，一半安排画里身。　休缱绻，漫殷勤。鸳鸯恩重是愁根。梦边词共湘中草，各占人间一段春。

廿四番风廿五弦，流光销与曲中弹。疏花寂寞分秋病，短烛殷勤共夜寒。　无量劫，有情天。未妨磨折是缠绵。鹈屏路在鹈溪上，画里移家到梦边。

## 鹊桥仙

七夕无雨

鸳梭织恨，鹤笙传怨，今夕绛湾无路。漫空龙战鹊惊飞，正魂怯、泪难成雨。　黄姑渚畔，素娥宫里，一样离愁谁诉。几时银浦变红桑，放星侣、朝朝来去。

## 清平乐

秋雨游颐和园

翠烟璇雾，凄酿空山雨。长乐钟沉秋不语，莽莽苍龙西去。　昆明拾得残灰，湖山只费清哀。枉把水犀十万，换他画本诗材。

## 浣溪沙

罨画湖山淡墨遮，东风刻意斗铅华。晚莺无力媚残花。　夜气暗通蒿里月，灯痕红似瘴溪霞。都将奇赏换长嗟。

## 前调

残雪新灯夜不分，花光人雾两氤氲。六街携手踏娇尘。　鬟风三千飞翠雨，烛龙十万吐红云。而今愁绪那年春。

## 蝶恋花

三蠹庵赏鸾枝花

清冷乡中春绚烂。人瘦花腴，愁与欢相半。记向女床山上见，梦痕犹带娇红浅。　命酒寻芳浑意懒。独抱秋心，怕识东风面。不恨飘零芳事暂，多情却恨春归晚。

## 鹧鸪天

感春和苏宇翁

一闰难回凤尾春，落红终古傍斜曛。雁沉筝外三千劫，虫幻钗头十二辰。　空问影，漫书尘。夜窗风细语灯唇。谷音不隔关山远，魂梦依稀见似人。

## 南乡子

世相幻于云，每把春婆梦当真。试听娇莺声细啭，香唇。腥秽宁知五脏神。　笑面绉靴纹，夜夜怀惭影对衾。独有精芒销不尽，诗魂。一点灵明不受尘。

## 点绛唇

禁惯长宵，梦回不觉曦霞吐。讨春轻误，云散还疑雨。　狐穴搜诗，且领闲中趣。君听取，塔铃风语，莫是愁来处。

## 蝶恋花

记向断桥临水见。露压烟欺，寂寞无人管。一自承恩移上苑，小眉学画宫黄浅。　踠地青青千万线。费尽春工，翻觉东风贱。明月梢头曾许伴，而今月也成秋扇。

## 惜秋华

中秋

冷拍霓裳，甚匆匆换了，喧天鼙鼓。怨极夜娥，无端又逢三五。依稀翠水琼田，渐酝酿、鞭烟恨雨。何处闪幽红，熨秋灯痕自苦。　忍泪几延伫。对阁浮清影，锁佩霞仙步。空剩有、恨茧织，镜霜新缕。惊飙卷尽苍葭，莫更寻、旧栖鸥鹭。迟暮。倚芳情、梦云深护。

## 渡江云

九日梦碧词集

镜天沉悄碧，九州雁外，风雨一危楼。登临凄万绪，节物依然，人自不宜秋。红萸乌帽，更能消、几度清游。生怕遣、惊尘移海，无地着闲鸥。　　淹留。云边闲味，劫罅欢悰，尽簪花载酒。又争知、愁深酒浅，鬓改花羞。岁寒心素怜同抱，向何日、散发扁舟。吟望苦，宵来有梦相酬。

## 倦寻芳

岁暮

雪消腊尾，春入杯心，欢迹重认。饯了残寒，早又试灯期近。燕子衔回钗底梦，梅花红递窗前讯。恣游情，看氤氲十里，翠烟珠粉。　　甚过眼、岁华如扫，万海千桑，都上衰鬓。瓜蔓风来，知是几番花信。匝地霜飞寒骨白，漫天血舞愁眉锦。伫南熏，向深宵、冻弦弹损。

## 徵招

挽择庐翁

西风唤笛江城晚，凄凉顿添秋绪。薤唱冷烟沽，问鸥盟谁主。夜台悲碎语。抵多少、断宫零羽。剪碧词怀，听风吟兴，一瞑终古。　　前度。溯追游，怜才意，题襟许陪尊俎。玄赏负深期，叹年华空误。素弦今独抚。剩依黯、云谣新谱。断魂远，拟叩灵阍，奈梦边无路。

## 台城路

戊子秋城南诗社雅集，时为择庐丈殡期后二日，自此城南遂无社集矣。

黄花冷占虫天病，登临顿惊秋晚。贯醉楼头，寻诗梦罅，劫外闲邀鸥伴。吟衷共遣。但锦句频裁，翠尊低劝。检点清愁，岁华偷向鬓边换。
寒漪将影自照，壮怀寥落意，空付杯卷。古堞传烽，危城压血，销与伤高心眼。离魂去远。对剩墨零缣，并成依黯。感逝悲秋，酒潮和泪泫。

## 百字令

题机峰《夜坐读书图》

困人夜色，对瓮天无罅，一灯红补。谁掷小楼图画里，悄把古春支住。汉戟须招，湘累莫问，坐对花虫语。霓裳惊破，鬓丝空织愁谱。
回念内库烧残，天街踏遍，金粉都尘土。边腹纵教留一笥，能贮燔灰几许。藕孔藏忧，槐根续梦，那使从容去。窗曦渐上，淡红遮断魂路。

## 玉楼春

和瞿禅翁过四印斋

残灯影事从头数，七十五年弹指去。偎花老屋托秋吟，扫叶小龛供梦语。　　白头重踏春明路，好借沧桑将恨补。宝阑春去又多时，欲剪梦痕无一缕。

## 八声甘州

饯梦边词人

正排空风雨怒于潮，金声裂危弦。历虫沙千劫，魂飞血舞，惊泪浮天。多少覆巢燕侣，零梦了西园。等是无家别，休唱阳关。　　回首梦边小驻，共心光作作，夜气漫漫。几精灵摩荡，呼唤杳冥间。送余生、箫沉月死，问烛花、何意媚宵寒。茫茫意，待乘槎去，河汉都干。

## 西子妆慢

从碧翁过津门故居

似醉还醒，欲晴又雪，凄黯情怀如许。小廊回合曲阑斜，尚依稀、梦游前路。飘零倦羽。早迷却、谢堂飞絮。溯流尘，但瓦松环兽，对人无语。　　休回顾。钟鼎山林，换了春游句。桃花贬去又梅花，算何妨、刘郎重赋。人生逆旅。总休问、故居新主。渐黄昏，绕树惊鸦乱舞。

## 减兰

京中诸老游西山和韵

千岩秀气，秋在碧云红叶里。淬苦研辛，笺梦功同证梦人。　　客尘为浣，云意淡拖峦翠远。挟去西山，欲割神都右臂难。

## 浣溪沙

悼红二首

不为寻秋为悼红，西山片石认玲珑。襟期异代许相通。　　十载泪磨脂砚血，一朝春尽楝花风。不留胜业厄诗穷。

白曈依稀认故村，烟霞无复薜萝门。笛声零落不堪闻。　黄叶满天飘客泪，西山一抹画秋魂。那知身是梦中人。

## 点绛唇

丛翁病目新愈

眇眇愁予，太清何意微云掩。平山阑槛，山色宜疏懒。　何物金篦，放出双飞电。开醒眼，海摇山眩，遮莫惊诗胆。

## 荔枝香近

荔枝

散尽鬘天璎珞，尘世换。泪颗冷迸铅红，仙梦苍梧断。孤根谁护珍腴，一例芳华贱。无那、作赋张郎故情倦。　残劫里，休更忆，红云宴。颗颗燕支，疑是血花腥染。膏火煎心，总负冰苞玉盘荐。销领古香今怨。

## 寿楼春

春暮微雨醉天来共小饮

偎孤尊闲斋。正檐花暗坠，丝雨如麈。灯晕扶魂来去，画帘低垂。炉薷冷，销香煤。一寸心、相思成灰。记饯梦高楼，寻春古苑，环兽锁葳蕤。　芳游冷，年华催。喜西泠旧侣，来共深杯。同抱吴葵身世，楚兰襟怀。今古恨，难推排。盼夕晴，姮娥奁开。又残笛江城，门前落梅红没鞋。

## 满江红

冷墨欺云，似酝酿、秋雨茂陵。都难遣，恨随天老，病与愁争。梦里故山沉黛色，吟边歌管变商声。更哀鸿，尔汝语零烟，和泪听。　梁鬼啸，如有灵。酒怀恶，总无名。奈伤高心眼，欲醉还醒。照鬓钉花相向白，偎人炉薷自然青。倩离魂、飞上小屏山，寻坠盟。

## 渡江云

酬敏庵兄

海间沉断梦，来潮去汐，流尽旧声华。荆榛迷故里，三春芳事，凄剩烛房花。摩挲蠹壁，泪香销、古墨笼纱。怜旧燕、梁倾巢覆，乔木但栖鸦。　　争夸。春晖第宅，秋爽池台，看千畦穲稏。又争知、百年胜迹，总付悲嗟。西山幻出红楼影，且梦游、休说无家。图画展，浑忘身在天涯。

## 点绛唇

秋日水上泛舟

画出秋魂，碧罗天淡残霞紫。雁沉钟死，万象都酣睡。　　渺渺予怀，一叶凌烟水。秋无际。玉壶天地，人在空明里。

## 好事近

前题

花雾郁凉襟，襟上露华犹湿。幽绝芦边舣棹，听游鱼唼喋。　　空江魂气接虚冥，弥望杳然黑。蓦地暗云明处，吐半规残月。

## 水龙吟

放歌

古愁郁勃填胸，关河纵目迷苍莽。神州一发，齐烟九点，步虚来往。雷挟山飞，风吹海立，精灵摩荡。自夸娥负去，天吴移后，空留得，声悲壮。　　谁辟太初万象。恍当年、巨灵运掌。荒茫百怪，紫扃难叩，恨留天壤。怀古奇哀，纷来眼底，浩歌休放。怕新声惊起，羲和敲日，作玻璃响。

## 前调

中秋

素娥才试啼妆，镜奁开处云初霁。秋澄万象，金波不夜，霜华满地。委辔纤阿，人天路阻，琼扉谁启。叹桂华影外，山河依旧，浑莫问，今何世。　　凄绝影娥往事。恨匆匆、羽裳难记。今生今夕，流光过眼，梦痕如水。是处高楼，危栏轻命，不辞孤倚。莫清辉敛尽，深宵点滴，赚方诸泪。

## 环佩

倚鹅屏选梦，逗万种、春愁如织。夜深露凉，红心销苣蜜。彩凤双翼。认取游仙路，漫空龙战，搅毒云飞墨。郁仪瘦损偎寒日。兜率歌雷，修罗雨戟。三山暮凝危碧。奈华鬘劫换，谁叩青霓。　　孤怀凄寂。更人间路窄。海怒天吴撼，沉旧迹。江关顿老吟客。把闲情忏尽，握兰词笔。怎销领、酒边筝笛。休更问、十里铜驼巷陌，乱尘迷棘。承平事、总付追忆。荡醉魂，一雁残星外，哀笳正急。

## 鹧鸪天

除夕

钿朵依稀驻故香，回头冷暖费思量。撑肠芒角因谁热，皱面靴纹为底忙。　　蛇赴壑，马离缰。便添一岁也寻常。残杯乱帙懵腾里，坐任春痕媚晓窗。

## 金缕曲

题庚寅词社雅集图

鸿雪留缣素。自延秋、题襟月冷，俊游重补。历劫湖山依然在，笛里光阴非故。恍再接、承平尊俎。振藻扬葩灵襟畅，但浅斟、任把浮名误。差可慰，孤弦苦。　　旗亭旧价无人顾。剩依依、心魂相守，岁寒吟侣。迹熄诗亡寻常事，何况断宫零羽。且掇拾、兰荃坠绪。莫遣绿尘移沧海，暂容他、三两闲鸥鹭。沉陆意，与终古。

## 前调

暝入登楼眼。纵斜阳、尽情怜惜，熨愁不暖。楼外浮云千万态，刻意矜奇争幻。尘世与、西风俱换。非雾非烟神州梦，甚而今、梦也和天远。禁几度，海桑变。　　华鬘弹指匆匆散。只空余，夷歌野哭，蕙愁兰怨。蒲柳先零真解事，翻惹悲秋人羡。剩孤珮、冷襟谁浣。解道好春犹须逝，问残秋、底事归偏晚。怀此恨，寄杯盏。

## 永遇乐

梦碧词集

茗眼窥愁，灯唇唤梦，邀集鸥侣。按拍寻声，分题刻烛，斟酌闲宫羽。伤高危涕，握兰芳思，且共玉尊深诉。尽抛残、鸳笺麝墨，四座竞传新句。　　词场跌宕，风尘澒洞，惊认鬓丝非故。荆棘移驼，楼台幻蜃，举目成今古。金荃绪坠，紫霞谱佚，凄换十三筝柱。但珍重、霜花俊赏，素弦自抚。

## 踏莎行

梦不瞒忧，酒难湔泪，愁来无计相回避。蕙炉香袅断肠纹，倩魂摇曳风灯里。　　冷暖心情，醉醒滋味。怨蟾孤照人无寐。起来闲绕曲阑行，万花悄悄和烟睡。

## 减兰

玉澜词社题名录

闲鸥劫外，词海玉澜分一派。学舞刑天，半壁斜阳费管弦。　　春星暂聚，杯底光阴弹指去。粉蠹笺零，旧约题襟墨尚馨。

## 霜花腴

谢丛碧翁展春园之约

素商换世，抱寸晖、忍教不当秋看。冷社依鸥，旧巢辞燕，人间去住应难。待吟楚兰。奈左徒、欲问无天。怎销凝、酒绪歌怀，万方兵气荡危弦。　　孤负展春箫管，感题襟雅宜，空托鱼笺。花院观荷，南湖延月，何时放迹林峦。梦中路宽。剩倦魂、长绕西园。但相望、共守心盟，晚芳期岁寒。

## 思佳客

和丛碧翁韵

寒燠相生迭有媒，九边风雪孕春胎。鹍弦未绝清狂种，雕辇何须侧艳才。　　花梦醒，镜尘开。画梁应喜燕归来。莫嫌池阁沧桑改，象外犹存七宝台。

## 清平乐

嫩寒新领，人与花俱病。目极残阳西去影，雁背一丝红冷。　待得香尽灯沉，小帘斜月孤寻。满地碧云如水，梦痕绿上桐阴。

## 唐多令

和岂庵

班扇向秋闲，茜帷钩暮寒。甚岁华、销与愁边。镜里蛾眉天上月，已无意，斗弯环。　尚解惜朱颜，小枫红一阑。剩黄花、自忍幽单。应有行云知恨意，将梦去，莫轻还。

## 八声甘州

残菊

正日华孕出万丛金，寒葩共谁妍。看宫黄初试，叶疏窗漏，花密珠攒。惆怅义熙人去，何计理孤欢。一点秋魂小，惯耐幽单。　等是斜阳身世，算强支傲骨，漫笑春兰。奈香凄雨冻，艳劫换人天。再休夸、东篱晚节，对落英、迟暮吊婵娟。空赢得、千虫啼梦，凉堕愁烟。

## 六州歌头

居庸关二首

凿开元气，铁峡建藩屏。称九塞，夸三险，控幽并，扼神京。一线关门窄，悬檐溜，排云磴，夹隰水，连盘岭，势峥嵘。锁钥当年，战迹依然在，霸业难凭。但千山落日，劫墨压空城。碧血犹腥，野棠生。　尽走辽后，飞闯将，松亭败，柳沟迎。虫沙劫，沧桑事，几棋枰，问谁赢。百战山河冷，空枨触，古今情。海氛急，鲸牙祸，又称兵。谁道千秋设险，只消与，驼影铃声。剩残碑十二，风雨卧荒陵，一概无名。

## 又

怒崖对峙，古塞扼咽喉。撑天骨，残地脉，锁燕幽，限中州。莽莽河山在，群峦拥，长城走，三千里，蜿蜒势，望中收。大漠萧寥，胡马窥边堠，谁扫旄头。看雄关当道，万灶宿貔貅。故垒空留，触繁忧。　叹兴亡事，争战地，纷割据，甚仇雠。建牙旆，飞羽檄，起烽楼，为谁谋。异代雄图渺，算古今，几蜉蝣。弃繻志，封侯事，等闲休。唤醒麒麟前梦，漫赢得，狐貉同丘。剩秦时明月，犹照蓟门秋，画角吹愁。

## 减兰

吟窝二首

丹枫落尽，心剩卷葹红一寸。借月留云，天许清都作散人。　　小炉微雪，拥鼻恰宜三两客。料理吟身，山走涛飞只闭门。

## 又

吟壶天阔，养得心源如水活。啸侣清疏，坐到茶烟淡欲无。　　忖晴量雨，莫把小园花事误。偶驾觥船，醉入陈芳梦也恬。

## 雨中花

寄怀柳溪翁即效其体

几日顽阴沉碧霭。过收灯、峭寒犹在。虬水丁东，莺弦尔汝，商略一灯人外。　　无那看花惊鬓改。怎偿他、酒逋诗债。梦里园林，劫余兵火，愁换故山眉黛。

## 齐天乐

过水西庄

锦鲸仙去琼箫冷，悲风替吟宫羽。髡柳经霜，寒鸦噤月，寥落名园谁主。珠歌翠舞。尽化作秋来，酿愁烟雨。泪锁荒苔，古花犹篆压帘句。
词灵应亦识我，奈云埋玉笥，归鹤迷路。金雁移筝，铜驼换世，始信繁华无据。徘徊自语。叹心力空抛，绮年轻误。寂寂湖山，素弦谁共抚。

## 金缕曲

赠牧石

土伯何饕餮。锉腥牙、霎时啖尽，楚魂湘血。花外一蝉留晚韵，剩共残阳低咽。算兰畹、流风未歇。秋雨茂陵憔悴甚，便金茎、莫疗相如渴。诗胆壮，尚如铁。　　登场叱咤行云裂。镇依稀、斗雷射日，古之虓杰。

尽有余威挥铁笔，谁道壮夫不屑。奈零落、汉砖秦碣。一奏昆刀余恸哭，甚踏天、不割蟾蜍月。肝肺冷，为君热。

## 齐天乐

两宋词人分赋得碧山二首

白翎天地红鹃泪，凄凉送春南浦。病叶辞蝉，幺花恋蝶，何计商量去住。朱幡护取。奈颠倒残英，几番风雨。夜剪龙髯，攀天犹隔梦中路。
清吟争赏赋笔，黍离君国感，谁识幽素。秋绿怀芳，冬青吊梦，凄断旧游鸥侣。纫兰坠绪。听月底吹箫，余音如缕。依约遥山，淡蛾留碧妩。

## 又

晚蝉花外沉孤韵，江山夕阳深处。春水垂杨，宝帘新月，长忆故家眉妩。沧波路阻。算梦到骊宫，素鹇沉羽。刻骨骚情，人间天上寸心苦。
神州曾几换劫，帝心胡此醉，鹑首轻付。桃扇歌尘，芦沟魅影，一例伤心南渡。于喁寸土。忍雁口光阴，补题重赋。共命危弦，半灯寻梦语。

## 解佩令

春草二首

雪痕犹沍，烟光偷聚。渐蒙茸、青无重数。千里相思，凭作出、绵绵情绪。送斜阳、几回今古。　　玉骢来去，王孙何处。镇凄断、天涯归路。拾翠人遥，谁会得、芳蘅心苦。划愁根、奈春未许。

池塘梦悄，苔裀翠小。费春人、几番吟眺。艳种愁苗，谁画出、六朝初稿。掩重关、屐痕休到。　　絮粘花绕，蜂围蝶闹。能装点、繁华多少。旧日青袍，禁几度、鬓丝催老。倚阑干、暗愁盈抱。

## 清平乐

题《海天楼读书图》

一楼人外，绝巘临沧海。眼底鱼龙千万态，来证胸中光怪。　　莫教帝遣天吴，讵容银海桑枯。招我同盟鸥鹭，泛槎还是乘桴。

## 水龙吟

题蜕庵感旧集

万尘纡结孤肠，风雷喑哑精灵闭。陆沉人外，依徊自忍，蚊巢天地。坠雨何期，停云漫赋，老无多泪。奈车轮生角，石碑衔口，深巷锁，灯魂死。　　收拾烬余骚屑，五十年、生死交谊。零春片晌，残阳一寸，白头料理。留命桑田，惊尘海角，登临何意。喜牙弦未绝，心光共展，破昏霾气。

## 百字令

赋毅然十二石山堂

湘鬟翠小，为山堂、装点云朝烟暮。玉案晶盆，凭护惜、象外自探幽趣。笔底风雷，胸中丘壑，奇气空相负。补天无术，只供描画眉妩。
堪叹磨蚁山河，研螺岁月，总把心期误。古碧冷岩闲梦遍，翻觉世途修阻。沧海蹄涔，须弥芥子，静对生禅悟。灵兮来未，夜深空作风雨。

## 洞仙歌

露兰烟柳，缀啼珠成串。做弄伤春旧池馆。对流红、别绪欲寄还休，何况又、梦里行云路断。　　隔年沉恨在，蠹壁珠丝，空锁金徽十三雁。莫漫问芳游，饾饤阴晴，怜花病、燕莺都懒。更怪雨盲风逼人来，剩一角残山，黛眉休展。

## 无闷

催雪和梦窗韵

云薄烘烟，天淡泼墨，酝酿春工剪水。倩白风迎来，素猊催起。月落玉妃频唤，看绮袖、缤纷摇珠佩。甚绿章叩遍，鸿龙叱罢，紫扃还闭。　　幽丽。酌缥蚁。正古梅绽英，冷香萦砌。奈帘悄窗昏，暗增寒意。待向鹅屏选梦，好安置、香篝温罗被。空望断、调粉妆银，滴尽蜡蕤红泪。

## 念奴娇

秋感示晋斋索和

天低树秃，甚黄昏、风峭剪愁无力。一桁遥山青不语，终古长埋瘦日。颓壁蛾僵，野塘鸥老，俯仰成今昔。露苔人去，冻萤来照荒碧。当日曾此勾留，万花扶梦，未信春如客。舞柳歌桃芳事歇，坠约不堪重拾。残籁蛩边，疏星雁外，魂去关山黑。旧游何处，暗尘空锁帘额。

## 庆宫春

读《片玉集》

汴水歌残，楚云梦冷，风流占尽才名。烟柳春词，新橙谑语，蛾眉谣诼堪惊。乐章独步，合追配、诗中少陵。霜腴四稿，一瓣心香，许撷芳馨。　　赋愁几费闲情。秦镜韩香，难慰飘零。顾曲堂空，寄闲谱佚，玉琴弦折谁听。梦游何处，杳仙乐、张筵洞庭。萧条异代，可有梅娇，解度新声。

## 摸鱼儿

小扬州、二分明月，钟声帆影非旧。才人管领江山恨，底事墨华吟瘦。天也漏。问柱折、苍黄谁是拿云手。狂名漫负。要赋梦歼妖，裁书骂鬼，百怪悄然走。　　空凝伫，几许乱尘障袖。孤怀长恁僝僽。岁寒留得推敲伴，便抵玉昆金友。沉醉久。怕壮志潜消，丝竹中年后。心期共守。待珍重骚魂，安排痛泪，日黑看麟斗。

## 阮郎归

海河逭暑

七分水色二分灯，一分微月明。橹枝伊轧夜禽惊，风来秋暗生。听坠露，坐流萤。幽花眠未醒。淡云来往月无声，心平潮也平。

## 凄凉犯

琴雪斋联句

怪禽格磔霜天冷，残魂画出昏月。夜风渐峭，髡枝曳影，淡磷明灭。潜宫路茀。更衰草、烟迷乱碣。锁千年、鱼膏焰弱，恨碧自沉血。　　休问生前事，照乘明珠，列门金戟。石麟夜语，似依稀、戍笳呜咽。坤轴惊翻，等犹是、沧桑一瞥。下幽都、恐被卷入土伯舌。

## 台城路

樊榭生日恬静斋雅集

玉津替写回肠谱，西庄寂寥谁问。雁外山河，鸥边岁月，赚取支秋吟鬓。清寒自忍。但赢得南湖，冷衔花隐。月上鱼天，二分犹似旧眉晕。
流风沽上未歇，喜蒲觞荐寿，能继高韵。草怨王孙，兰思公子，等是空中传恨。惊笳夜引。剩劫后风怀，强支豪俊。梦绕承平，碧湖留画本。

## 长亭怨慢

题大鹤山人遗札

渺吴苑、词仙何处。鹤老芝崦，睡魂无主。玉笥云埋，马塍花落自终古。少游已矣，空凄断、藤阴句。残霸旧宫城，算几费、哀弦危柱。
败楮。甚丝阑翠墨，和泪织成愁绪。红冰记曲，也都付、一抔芳土。叹劫后、华表归来，料城郭、人民非故。剩倦笛梅边，且倚樵风新谱。

## 金缕曲

题《斋毁石存图》

万颣沉沉夕。是何因、禺强一怒，猛翻鳌极。大块訇豗鸣土鼓，闪烁妖光红碧。乍惊定、尚存残息。阿阁料难巢阿凤，甚牵萝、莫补团瓢壁。犹梦阻，八飞翼。　　半楹差可留余籍。几搜寻、劫灰堆里，宛然吾石。变幻苍黄经岁事，蓦地春回紫陌。忍更吊、柏人冤魄。青玉摩挲成独往，惯长宵、那识东方白。天未补，作词客。

## 采桑子

凉云喜酿催诗雨，花木亭台，一洗尘埃，杨柳新阴着意栽。　　临风细嚼秋滋味，且放吟怀，归莫相催，明日啾啾赤帝来。

## 夜飞鹊

怀孤植南服

离巢滞残燕，秋堕山隈。凭醉袖，障狂埃。迷天蜃气杂兵气，枨枨丝管声哀。骊宫梦犹阻，想霜鹖沉羽，尚有荒台。蛮花犵鸟，甚娇春、撩乱羁怀。　　沽上旧游重省，愁外几消凝，孤笛深杯。一自题襟客散，幺弦欲断，零梦都灰。老槐孤植，肯移根、远峤蓬莱。莫危阑放眼，鱼龙风恶，涨海红栽。

## 解连环

赋杨铁崖松蜕和陈兼翁韵

伏龟何物，疑当年与寄，铁仙狂魄。弄翠影、云鬣之而，恍春老石湖，麹澜曾湿。泪泫攀条，漫谈柄、为留行客。甚盘拿雨雾，万里驷虬，岁巳犹厄。　　残山岂容古逸。奈梅花已落，还自吹笛。便几费、贯月浮槎，料难抵枯枝，玉灵光色。丽则音沉，枉汉水，梁园诗笔。更游仙、梦中路杳，蜕龙烛熄。

## 祝英台近

庚申除夕立春和梦窗韵

帖华新，炉蕙冷，芳事卜钗股。镜缕愁霜，不共旧年去。今宵道是春来，春无踪迹，听风里、绣幡红语。　　念吟俎。而今冷落辛盘，谁与话心素。千印招魂，剩觅画中路。明朝起舞闻歌，候星占政，莫忘了、岁寒风雨。

## 扬州慢

题杜牧张好好墨迹

醉墨围香，壮心销铁，旧游艳说樊川。记幺鬟绾凤，尚怯扇羞弦。自别后、莺笼玉锁，断云门馆，歌冷琴闲。只鬓丝、禅榻余情，空袅茶烟。　　洛城邂逅，奈相逢、偏是离筵。尽泪烛心枯，河桥酒窄，凄付吟篇。豆蔻嫩春依旧，浑难认、拖袖当年。剩山房清赏，古芸犹护瑶笺。

## 水龙吟

挽丛碧翁

望春已忍伶俜，余晖那更花间暝。风流顿尽，冷鸥残笛，凭谁管领。舒卷闲云，无心出处，山林钟鼎。便桃花谪去，牡丹贬后，浑难遏，春游兴。　　沽水逝波留影。记钟声、梦边同听。探芳劫罅，乱愁销与，短杯低咏。如此溪山，众醒独醉，斯人何幸。指尘寰一笑，风披麟发，上昆仑顶。

## 疏影

梦痕

巫阳路阔，渺翠鬟十二，离恨千叠。非雾非烟，疑幻疑真，欲留还又飘瞥。烛花陪泪红心炧，算照到、分襟时节。恨晓风、吹散云踪，片晌旧情都别。　犹记飘灯影事，贳春浅醉里，芳绪轻撇。帘外残莺，被底残香，那更窗前残月。觉来惝恍无寻处，剩冷蝶、画裙尘黦。对屏山、休数欢期，万一趾离能说。

## 庆宫春

瓜圃藏珍妃印拓

紫玉成烟，黄金铸泪，犀函长锁愁红。桃雪香凝，桂膏春晕，粉痕还认纤葱。镂风钤月，剩依黯、残云梦中。潇湘厘降，琬琰承恩，瞥眼都空。　人天小谪匆匆。钿甃寒泉，曾葬秋蓉。琼鬼啼箫，铜仙泣露，倩魂长闷幽宫。劫余瓜圃，漫留得、芝泥印鸿。断肠重识，篆凤依稀，冷麝尘封。

## 琐窗寒

冰花

淞雾留痕，水精弄晕，小窗微暝。琼妃剪球，暗把素尘偷凝。误归来、窃香蝶魂，几番错认梨花影。看银云炫巧，黄鱼生幻，一般清景。　人静。冰魂醒。任自赏幽姿，万妆照镜。凄寒到骨，合与瓶梅相并。奈侵晨、茜帏梦回，粉蕤落尽清泪迸。算宵阑、便抵春残，此意凭谁领。

## 天香

题瓠庐宋词集联

灵蚁穿珠，娇莺织柳，文心宛转堪拟。珊网千丝，瑶琴百衲，供与俊怀闲寄。香生九窍，算占尽，侯鲭珍味。机字抛残凤素，瑛盘乱堆鲛泪。　无多丽情笔底。感沧桑、梦华空委。认取劫波沉墨，只今何世。赖有酣红冶翠。尚解伴、禅天佛香细。蕃锦妆成，词魂唤起。

## 踏莎行

题戴亮吉《丈鹤馆得书图》

蜕羽烟霾，遗珠尘掩。博陵残本空寻遍。朝南暮北几然疑，樵风吹到孤山畔。　　冷墨犹香，幺弦未断。微云有婿能传砚。万蟫灰里叩寥音，依稀鹤背闻箫叹。

## 采桑子

斜阳一棹归来好，水面琉璃。楼角胭脂，渐霭林塘碧意迷。　　孤悰携向无人处，月堕林隈，坐久忘机。稍觉幽怀与夜移。

## 烛影摇红

题《虢国夫人素面朝天图》

影转参旗，百花春隔龙池晓。天颜咫尺认依稀，还仗灵玑照。毕竟承恩在貌。炫瑶妆、修蛾淡扫。青丝稳控，凤佩低摇，蝉云轻袅。　　阿睹传神，繁华重忆唐天宝。宣阳里外斗车风，策电千街笑。钿粉筝尘尽杳。甚匆匆、人天一觉。惟余新月，犹学宫眉，陈仓谁吊。

## 鹧鸪天

肠断斑骓不再逢，几株髡柳战西风。长堤水酿伤心碧，幽圹花开寂寞红。　　缄别恨，托归鸿。一绳遥没夕阳中。孤怀已是无多感，那更残魂堕晚钟。

## 清平乐

题蒋鹿潭戴笠持竿小像二首

少年乳虎，骨相非轻许。食肉缘何飞不去，横肋乙威空误。　　银潢兵气愁看，濯缨濯足都难。料理水云归梦，画图分付鱼竿。

土阶吟穗，未解兰骚意。独曳哀弦风雨里，支住东南秋气。　　纷纷狎客牢盆，劳劳马足车尘。魂逐芦花飞去，亏他蝶梦留痕。

## 霜叶飞

题《斜街唤梦图》

天津梦碧词社尝宴集于癸未戊子之间，三十年来，旧游零落，十二石山堂主人姜毅然先生为绘《斜街唤梦图》，爰赋此解，依梦窗韵。

飏丝牵绪。回心影、当门谁识芳树。忆从东海幻风刀，飞血迷腥雨。漫掇拾、丛宫碎羽。引杯小试骚怀古。但日压城痕，金铁颤霜弦，创雁与支吟素。　空剩碧断遥山，窗零乱梦，老去春色难赋。俊盟飘作北邙烟，笛迸残魂语。忍更织、衰杨病缕。冲寒莺燕伶俜去。且喜凭、山堂笔，唤梦斜街，烛痕深处。

## 梦芙蓉

三畫庵夜饮用梦窗韵

曛霞沉碎绮。喜闲鸥尚识，柳边旧里。撷芳莲社，春在九秋外。小楼人共醉。缃絇曾覆鸳被。贯月浮槎，逗温馨一缕，依约楚云起。　检点残香帐底。长簟空床，梦里飞环佩。蒨妆尘黦，持泪画图洗。绿房凋晚翠。谁怜菂苦深意。酩酊归来，误溪桥夜色，蟾影淡天水。

## 生查子

生小不知愁，底是愁来处。钗朵凤凰栖，裙衩鸳鸯住。　饱看脸边霞，偷吮唇中露。惊梦不成云，化作梨花雨。

## 浣溪沙

画阁依然暗绿杨，门前曲水替回肠。旧经行地忍思量。　薄雾烘帘花隐约，残灯隔雨梦微茫。便教沉醉不成狂。

## 前调

醉里灯唇当梦看，晓霞妆出獭痕鲜。流莺何苦怨朱弦。　长是歌云蒸泪雨，空将心火炙情澜。相思无分况相怜。

## 柳梢青

送尽残春，香围玉护，悄掩孤颦。裙衩鸳鸯，钗梁翡翠，未解离群。衣篝轻换蛮熏，怕叠损、年时泪痕。酒梦如潮，帘纹似水，又是黄昏。

## 鹧鸪天

杨柳楼前锁翠颦，东风不展旧眉痕。篆烟织出回肠谱，钗朵分来压鬓春。　锁面药，减篝熏。多生谁与种愁根。醉来自掩香屏卧，万叠关河一缕云。

## 渔家傲

天际骄霞横彩练，夜凉灯晕深深院。怕近黄昏芳意懒，帘半卷，绀纱低护腰肢软。　记得画堂南畔见，春心早被秋波剪。屏掩金鹅怜梦断，添凄怨，银壶漏与钗声乱。

## 祝英台近

约岩庵丈同作

脸边霞，裙底月，春在旧坊巷。屏隙窥妆，香近珮环响。便教百二秦关，三千弱水，总不抵、画帘一桁。　舞筵上。几番掩睇藏羞，别泪借愁酿。花逐春空，欢迹剩惆怅。不如料理壶觞，安排枕簟，尚赢得、梦魂来往。

## 前调

柳街烟，梨苑雪，标格共清俊。羞黛低鬟，笑语玉肩并。最怜玫烛烧残，茜帷低放，又深锁、红鸳双影。　恨重省。如今绀袖尘生，还渍唾花印。月约星期，芳信惯无定。恨他抱日痴云，飘灯梦雨，偏总被、愁人占领。

## 踏莎行

扇影轻回，弓痕微吐。含情似觉娇波度。何人解唱惜红衣，幽芳自媚莲心苦。　　谁遣巫阳，空迷楚雨。招魂索梦都无据。眼中何物可相思，古春窄到裙边路。

## 声声慢

丹唇衔雨，绛烛啼烟，欢期冷落钗丛。破帽衰颜，禁他几度秋风。曾梳鬓蝉双翅，忍重看、藕臂兰胸。十年梦，早离鸾飞雁，镜掩琴空。
强对歌筵舞席，奈临醒玉艳，酒浅愁浓。旧着香罗，唾痕犹渍花茸。沉沉翠蓬云隔，暗帘波、灯萼销红。将别恨，付今宵、孤枕乱蛩。

## 满庭芳

钗树飞香，帘花绚夜，风光特地撩人。镜流换眼，不觉岁华新。倦倚蕙炉划句，烟萼冷、还惜余薰。飘零剩、归梁旧燕，蹴损一筝尘。　　题襟乖素约，诗悭酒涩，凄抱谁温。甚柯棋残劫，犹滞吟身。向夕灯孤梦窄，宵寒酽、作弄伤春。多情有、一规皓魄，来熨两眉颦。

## 西子妆

殊庵属题《津门百美图》

颓墨栖香，古尘蠹梦，春与行云俱远。涂妆晕色总牵情，认愁痕、黛蛾深浅。迷巢旧燕。怪花底、流光悄转。惹低回、是未秋芳鬓，崔徽娇面。　　津桥畔，酒酽歌浓，浪掷韶华贱。青山黄土几沧桑，算春人、故怀都换。芙蓉谢晚。又争忍、带霜重看。理新愁，残稿偷和泪卷。

## 高阳台

翠鬓蝉轻，瑶宫风小，倚娇正要人怜。屡误芳期，好花惯被春瞒。新词付与红儿唱，啭朱樱、字字都妍。怎消他，笑晕梨涡，羞晕蛾弯。
重来空抱樊川恨，奈歌云缥缈，舞袖阑珊。凭泪量珠，青衫一倍清寒。玉箫再世浑难卜，惹离魂、长绕湘弦。更何堪，梦隔银屏，人隔银湾。

## 三姝媚

听歌

千红迷醉眼。爱征歌旗亭，暂邀吟伴。月细风沉，正烛花飘泪，粉香凝怨。一点灵犀，凭逗露、娇波双剪。谱出新声，筝雁愁移，黛蛾慵展。

天上霓裳凄断。剩旧雨残云，梦回人远。艳诔芙蓉，付雪儿低唱，倩魂应返。小劫华鬘，惊鬓底、年芳偷换。只恁龙钟双袖，青山湿遍。

## 前调

歌魂和泪洗。自探春盟寒，妒花风起。路阻银湾，倩楚云飞入，十三弦里。粉怨香愁，都付与、浅吟深醉。坐暝文窗，唯有孀娥，伴人憔悴。

重省欢丛芳事。记唤出雕栏，万花羞避。小味鸳红，惹旧情长绕，水精帘底。倚尽清吭，怜彩篁、檀樱还渍。欲把相思陶写，难凭风纸。

## 瑞鹤仙

上元

绀烟催薄暝。正春入钉蕤，小窗红映。依微梦中境。忆佳期天上，翠奁开镜。铜荷万柄。舞香尘、鱼龙照影。甚东风、偷换年华，不管酒愁花病。　　宵永。残杯孤酌，旧谱新翻，强宽吟兴。欢悰渐冷。芳信杳，楚云迥。更三山埋雾，千波沉劫，剩取心光自证。问何堪、寻蝶魂迷，丽谯又警。

## 霓裳中序第一

废园

凄风飐冻蝶。落日荒波衫雾灭。门冷金蟾暗啮。更零碧酿烟，残红飞雪。欢悰顿歇。抚旧栏、铅泪犹结。昏灯悄、彩虬欲舞，古壁凝成血。

愁切。懒歌新阕。任粉蠹、秋词半箧。孤怀何计赋别。记蕙被春温，茜帐云热。万花回笑靥。绮梦断、幽期怕说。归来剩、琴丝蛛网，冷挂一弓月。

## 霜叶飞

夕阳寒瓦，秋归路、芜城装点残画。孤吟冷趣倩谁温，分付觥船泻。念省惯、莺娇燕姹。当时风月都无价。但路钥仙源，认藓迹、相思逗入，袜罗尘罅。　　因念秀笔蛮笺，歌离赋别，绮恨为谁萦惹。一灯偎影坐更阑，陪泪香膏灺。漫检点、零钗剩衩。芙蓉早被西风嫁。算梦到、红楼角，只有幺蟾，夜深来挂。

## 齐天乐

还魂纸

花虫蠹损芙蓉粉，缤纷素云千片。凤尾销金，龙须堕屑，织出鲛宫冰练。芳名莫唤。惹书鬼还惊，纸神空怨。受尽煎熬，绿阴何似剡溪见。
重温芸阁旧梦，叹翠蕴缃囊，曾许陪伴。面目模糊，风尘肮脏，忍把精光都换。银浆捣遍。怅雪岭难登，墨池谁浣。梦客招魂，更将春蝶剪。

## 一萼红

对兰宵。正妒云初坼，眉月理新娇。钗扇欢情，袜尘游事，拚与残梦同销。记曾听、离鸾一曲，剩春心、还共爨桐焦。花外疏钟，天边去雁，魂断谁招。　　瞥眼流光过羽，奈池台柳嫩，忍折柔条。锁怨鹅屏，压愁麟带，孤负多少芳朝。念别后、筝哀笛苦，难分付、呜咽去来潮。蜜风似怜幽独，泪尽红凋。

## 高阳台

钗角分香，被池锁梦，俊寒犹带雕栊。镜怯蝉梳，新妆欲整还慵。羞痕才上啼兰面，数归期、抡遍纤葱。最消魂，酒色灯霞，都带离红。
东张西角分携后，奈鬓丝眉萼，同付飘蓬。拟托行云，如何梦也难逢。绿杨啼瘦窥春眼，悔当时、不系花骢。想今宵，明月高楼，知与谁同。

## 倦寻芳

柳烟织暝，兰雨啼香，芳绪撩乱。荼味光阴，消得薄寒轻暖。袅袅烟中双凤语，泠泠弦上流莺啭。倚危楼、怕东风梦醒，镜澜红变。　　剩恨谱、纵横蚕纸，更倚新声，银字吹遍。待觅幽欢，飘泊离巢娇燕。伤别泪凝襟上酒，嫱春人瘦灯前眼。楚云狂，料魂飞、绣丛天远。

## 清平乐

题金织织砚拓小像

春星小谪，瘦影和愁拓。帘外素馨花欲落，今日东风犹恶。　　清吟曾伴兰闺，研螺写上红梅。惆怅水天梦断，通词拟托婕妃。

## 定风波

题春蚕吟

检点残芳只自怜，被池无复浴双鸳。碧缱湘絇如有路，飞去。遁身何惜入弓天。　信是才人能解意，料理。秋灯影里小沧田。苦到莲心谁与说，赢得。吟香差可当游仙。

## 人月圆

稷园社集

碧云千里蟾华满，净洗旧林塘。名园占取，十分圆夜，一半秋光。
尊前莫问，昆池灰暗，东海尘扬。花间杯盏，笛边风月，终古携将。

## 木兰花慢

题悼兰集

驻娭光片影，忍重忆、旧欢盟。尽贯醉钗边，邀歌扇底，心迹双清。新醒漫凭泪浣，托微波、弦上有流莺。啼损幽兰露眼，护花谁系金铃。
层城一夕返云軿，愁草瘗花铭。奈梦断香销，曲终人远，空吊湘灵。星星鬓丝渐改，到中年、哀乐便无名。一样伤春身世，杨花不算飘零。

## 高阳台

吴伯之方静怡伉俪招饮，即席赋。

零碎酬春，冷吟扶梦，斜阳唤客登楼。饾饤阴晴，东风萧瑟如秋。画栏凭到愁来候，奈残山、凄引回眸。且销凝，锦句初裁，绿酒新筜。
霜腴谱共纫兰稿，羡灵根并蒂，福慧双修。同倚冰弦，题襟许附清游。乱尘休到沧波底，暂容他、三两闲鸥。莫因循，笛里光阴，还为春留。

## 鹧鸪天

题怀尘散录

翘首人天唤不应，些些往事总分明。倚残杨柳当窗月，听尽琵琶昨夜声。　淹病枕，滞香盟。鸳鸯待阙十年情。春归毕竟花同落，为问春来作么生。

## 莺啼序

用觉翁韵

夕窗坐残篆缕，荡吟情似水。唤娥月、来照黄昏，穗灯凉堕孤蕊。漫料理、筝期钗约，惊飙远逐城乌坠。正帘栊寒峭，春悭暗逗幽思。　　旧约迷鸥，乱绪络茧，托湘弦帝子。几延伫、云外归鸿，奈他空带愁至。尽纷纭、鱼龙万态，只消得、沧桑弹指。怪湖山、装梦瞒忧，问天何意。　　哀时赋笔，玩日琴丝，伴独歌瘖瘵。还记省、堕余欢迹，掩睇初见，扇凤遮羞，袖鸾藏泪。香偎箫局，春钩茜帐，脸霞肌雪温存惯，甚而今、赚得人憔悴。多情剩有，衰兰送客津亭，断肠杜鹃风里。　　三生怨骨，十载愁根，镇悼红吊翠。都付与、悲风惊鹤，古堞传烽，劫墨昆池，怨笳吹起。霜华点鬓，流尘欺梦，年光回首如转烛，费妍词、空向枯桐倚。江关萧瑟兰成，把笔凄迷，泪铅涴纸。

## 菩萨蛮

题拜菊主人《桃菊图》二首

南窗一现天人相，北窗无复羲皇上。篱畔吐黄星，恍然双靥横。
西风帘不卷，花共伊行远。何意抚无弦，在丝方解怜。

东篱不预西池会，教人枉下婵娟拜。春梦误桃花，醒来秋恨加。
菊桃堪并蒂，谁肯为青帝。栗里化仙源，海桑弹指间。

## 浣溪沙

蝉墨

吟罢玉堂春色图，补题新唱付琼姝。风多露重欲何如。　　已分余音留翠管，更拼残蜕入金壶。知他秋到砚池无。

## 沁园春

甲辰秋，张伯驹丈于福建乐安词坛得见胡蘋秋女史词，清新婉丽，曾投函于胡，倍致倾慕。双方遂相唱和，情意缠绵，积稿四巨册，名之《秋碧词》。实则胡固一丈夫，早岁工为荀派青衫，博学多通，其易弁为钗者，特词人跌宕不羁，故弄狡狯而已。陈宗枢曾为编昆戏《秋碧词》传奇，余为之序。结语云，“霓裳此日，举世惊鼙鼓之声；粉墨他年，一笑堕沧桑之泪。”孰意时逢河清，丈遽而下世，此戏亦成《广陵散》绝矣。

三千世界，十二辰虫，作如是观。甚忽南忽北，兔能营窟，时钗时弁，狐竟通天。宛转秋心，瞢腾春思，蘋末风生井底澜。千秋恨，枉惠斋才调，一例蒙冤。　　也曾爨演梨园，奈生旦相逢各暮年。笑优孟场中，虚调琴瑟，叔虞祠畔，浪配姻缘。纸上娇花，床头病骨，打碎葫芦定爽然。凭谁力，待唤醒痴梦，勘破情关。

## 齐天乐

雪声

环天戏玉琼妃舞，泠泠水花轻剪。栖睫螟惊，缘桑蚕食，巨细声来难辨。狂飙乍卷。又鳞甲琤琮，漫空龙战。驴背何人，敢吟诗句灞桥岸。
寒年休忆鹤语，集贤赓雅韵，春动梁苑。银界无尘，瑶台不夜，是处笙融箫暖。珠霙眩眼。幻兵马吟边，鸭鹅鸣乱。怕听流澌，赋情和梦浣。

## 鹧鸪天

四凶殄灭，薄海腾欢，喜招词社旧侣重阳酒会。

解愠风从落帽来，剩红都为晚晴开。快呼菊婢裁歌扇，便遣枫人晋酒杯。　　穷活计，病形骸。一闲犹自费安排。秋花总在春光里，霜讯明朝莫漫猜。

## 东风齐着力

毅老绘绣球花膺出国画展之选，为赋两首。

细缕穿珠，猩屏镂玉，唤醒春魂。人天一瞥，荣悴此花身。犹记华鬘选梦，空泪雨、湿透香云。研不尽，冷螺怨粉，残墨愁根。　　拨雾见青旻。东风拂、百花容态全新。探芳越秀，山色借丰神。更喜蓬瀛飞盖，鲸波换、麝霭氤氲。恍金镜、五云捧出，天地同春。

## 又

镜匣才开，镜屏初展，渐欲团圞。春风一线，穿得万珠圆。修月争夸妙手，喜绣出、小样河山。从今后、行云有梦，不绕巫鬟。　　芳讯载青鸾。灵飙送、任教云路腾骞。香飘四国，千里共婵娟。五彩同心密绾，丹盟缔、春到瀛寰。待凿破、大圜混沌，绣地装天。

## 减兰

贺中国韵文学会成立

春游何处，梦断京华迷故侣。诗国无诗，劫后芳菲付与谁。　　百花齐放，喜共搴兰湘水上。不竭心源，终古骚灵日月悬。

## 前调

贺夏承焘文学艺术活动六十五周年

京津酬唱，劫后枯桐存逸响。朱墨辛勤，兰畹功高六五春。　　绝伦髯也，并世词坛称四夏。弦外山河，海雨天风入浩歌。

## 前调

和周退密先生

沽河歇浦，好借琴声寻梦路。未断清愁，试问连环解得不。　　墨池如海，恨不从君舟共买。渔唱湖东，招隐他年认鄮峰。

## 清平乐

重修黄鹤楼二首

梦飞三楚，望断晴川树。下笔谁惊鹦鹉赋，漫道世无黄祖。　　千山或可支颐，一湖聊当衔卮。只要眼前有景，何关崔颢题诗。

## 又

几曾槌碎，莫是诗仙醉。飞阁檐牙天半倚，衔住苍峦龙尾。　　高楼笔会宏开，江山文藻新裁。料得瀛洲仙客，定乘黄鹤归来。

## 鹧鸪天

天后宫重修

漕运年年护客艖，传闻灵迹总虚夸。迷空飓母惊黄雾，照海神光幻紫霞。　　装宝相，荐香花。高禖那得赐仙娃。春风重绣天街路，不必东京说梦华。

## 东风第一枝

题姜毅然白描花卉画册

笔底香苏，吟边梦醒，新妆又斗娇蒨。粉衣几费云勾，素心更凭月浣。朝华夕秀，漫付与、等闲莺燕。倩画图、谱入群芳，从此绣幡须卷。

休记省、露兰泪眼。应打叠、缃桃笑面。乍惊楚峡云飞，旋移镂屏梦软。神州香国，渐次第、东风吹遍。喜今朝、画本重描，好共万红春暖。

## 采桑子

纪念吴梅诞生一百周年演出游园惊梦

茗凋梅谢春归去，唤出婵娟，重整花钿。疑是芳魂两度还。　　凭君一洗筝琶耳，雅部阑珊，未绝朱弦。香梦惊回三百年。

## 鹧鸪天

癸亥秋识叶嘉莹教授，叶治吴词，颇有新解，见似人而喜，赋此。

乱碧迷人总费猜，风骚感发本相媒。冥心结我千丝网，妙相还他七宝台。　　澄远目，扫尘埃。定知一叶报秋来。两间毕竟存真赏，三嗅馨香莫漫哀。

## 前调

和敏庵得金陵织造府遗石

腊尾春飘彩胜风，岁朝新供玉玲珑。补天应许笺双梦，对酒何堪哭万红。　　神宛在，息相通。祭芹尚与祭诗同。西园石本灵河种，云气依稀认翠蓬。

## 踏莎行

丙寅清明陪史馆诸侣游宁园

罨画楼台，霏烟院宇。一缣水墨难描取。正凭丝雨作清明，如何红旭云边吐。　　斟酌宫商，温寻尊俎。名园小驻搴芳侣。花间莫得忆春寒，东风剪短愁千缕。

## 沁园春

题海河新貌长卷

七十二沽，九派奔流，何其壮哉。溯二分明月，鱼天榔唱，千钟白粲，漕运船回。紫竹林空，红桑世换，蜃气全消卷怒雷。图画展，望澄波皛皛，镜面新揩。　　翠阴环绕楼台。是多少春工妙剪裁。喜园开月季，桥飞蝴蝶，金鳌浸雪，振羽传杯。云叶为笺，海涛作墨，大笔淋漓写壮怀。升平颂，献史诗一卷，万象宏开。

## 鹧鸪天

丁卯元日试笔

彩胜红窗飐醉痕，东风剪梦细于尘。银虹乱落湘弦雨，蜜苣轻飘楚峡云。　　迎月客，送山君。流光着意苦催人。砚冰初解瓶梅放，老笔无花也作春。

## 清平乐

天津诗词社成立

催花风好，津海飞诗到。古翠今红都醒了，天若有情须笑。　　十年青鬓双皤，烽烟愁换清歌。眼底江山多丽，秋娘无奈春何。

## 虞美人

国庆焰火

千灯炫彩鱼龙戏，歌舞欢声里。轻雷唤醒一天春，疑是月中桂子落缤纷。　　倚云和露栽桃杏，肯怨秋江冷。夜空幻出百花园，今夕乘风我欲赋游仙。

## 水调歌头

献给南极考察队勇士们

鹏翼藐沧海，飞渡向阳轮。凿开长夜混沌，人外辟乾坤。振翅企鹅鼓腹，昂首银鲸摆鬣，歌舞献嘉宾。一色皓无迹，万古炼冰魂。　　长城站，红旗拂，映朝暾。宏微世界在手，绝域建殊勋。两万里涛狂吼，十二级风怒扫，龙性岂能驯。打破八寒狱，放我浩然春。

## 高阳台

激光歌舞会

凤舞霞飞，莺歌云驻，曼声新谱霓裳。别样温馨，千虹交映瑶妆。神妃乍闪惊鸿影，漾灯漪、离合阴阳。镇销凝，万幻璇波，一瞥婘光。
今宵梦入华鬘界，散诸天花雨，香雾迷茫。世相纷纭，也应弹指沧桑。看朱成碧才经眼，又匆匆、转绿回黄。怎禁他，屏上春风，镜里秋霜。

## 满江红

贺中华诗词学会成立

易位阴阳，甚当日、柱崩维绝。空求索，扶桑揽佩，中洲捐玦。抱石何辞身九死，佩纕未抵肠千结。算萧条、异代颂《离骚》，心犹热。
铸不尽，六州铁。流不尽，三闾血。更十年刀雨，众芳都歇。京国宏开兰畹会，燕山高挺风骚骨。正双悬、日月照天中，诗人节。

## 江南好

水上八首

登临好，高处浴天风。九岛两湖收眼底，千红万紫满寰中。飞想落遥空。

湖上望，风景逐年新。翠绕一山翻柳浪，红开四面簇樱云。是处好垂纶。

宜低咏，小憩水边廊。绕座嫩波涵鸭绿，拂堤新柳吐鹅黄。梦到水西庄。

今古景，岛与琵琶同。一舸梦留湓浦月，四弦秋入荻花风。哀乐总相通。

前游地，波影荡心尘。双桨绿迷桃叶水，一亭红绕藕花云。还我那年春。

游春侣，仕女竞新妆。倚槛香留花四面，荡舟人在水中央。烟柳入微茫。

寻秋去，幽境月相宜。碧意清泠堪作画，波光潋滟好寻诗。吟答有鱼知。

心胸畅，登上畅心亭。揽月九天欣把袂，乘风万里快扬舲。何日掣长鲸。

## 虞美人

园林铺秀，放落花劫后之魂。山水传音，拾焦桐爨余之骨。况夫春工妙手，再造乾坤。涸辙枯鱼，同沾雨露。安得不鼓腹而登春台，扬葩以颂盛世者乎。乃有缓带将军，韵拈竞病。搴芳公子，志托兰荃。唯是汉上题襟，徒怀往梦。城南分咏，许接清游。汐社盟鸥犹在，雅集传笺。李园花事将阑，晚红留客。绿章奏罢，定教蜡炬迎来。锦句裁成，莫遣玉环睡去。於戏，窗零乱梦，碧断遥山。延秋已杳，展春何处。小园屐影，尊前之剩侣无多。浩劫心痕，阑畔之靓妆宛在。宁止人天之感，实深陵谷之悲。览物缘情，何能遣此。幸际天回地转，人寿河清。恰逢词客之生朝，喜并海棠之吟集。三春修禊，重赓沽水之盟。九老联吟，待续香山之会。

老来不作闲居赋，且斗旗亭句。倡条冶叶漫相夸，绝爱锦窠千凤吐云霞。　　看花雾里输年少，转是朦胧好。恐他风雨误芳时，乞取朱幡为我护琼枝。

## 鹧鸪天

贺中国女排三连冠

万彩飘扬炬火明，五环春色聚群英。腾身迅舞风雷电，奋臂高挥日月星。　　听乐奏，看旗升。那禁喜极泪如倾。体坛飞将推巾帼，三冠蝉联举世惊。

## 采桑子

魏新河小友，年甫弱冠，于两宋词家多所寝馈，风格尤近清真白石。当此举世依傍苏辛，而能不矜才使气，哀乐造端，一归醇雅，独出冠时，敻乎不可及。维素拈诚斋“小荷才露尖尖角”句为喻，因取为发端，并征社中诸子同作。或曰“君欲看杀卫玠耶。”予曰“纵被看杀，犹胜活埋。”

小荷才露尖尖角，翠嫩香柔。占断芳洲，怕有蜻蜓立上头。　　词禅参到芬陀利，无乐无忧。莫莫休休，不见春来怎见秋。

## 法驾导引

游仙四首

游仙路，游仙路，碧落浩无垠。沧海蹄涔非确喻，光年人寿漫同论。大曜等微尘。

游仙路，游仙路，玉杵不须寻。水漫蓝桥犹抱柱，火焚祆庙岂由心。最恼是青禽。

游仙路，游仙路，无奈绛河遮。当日指星如有木，而今犯斗自无槎。何用慨瓠瓜。

游仙路，游仙路，合籍羡箫鸾。如此夫妻能有几，大都骑虎下来难。灵迹杳西山。

## 金缕曲

读范曾吟草有作即以为赠

大造耽游戏。甚风雷、陶钧鼓铸，孕成此气。狂侠飞仙儒与佛，细看都无相似。让面目、还他自己。奇绝抱冲吟一卷，试扪之、字字惊芒起。因想见，范当世。　　十年大祲精灵闭。几曾经、鲸呿鳌掷，凤饥麟死。纵使清流投浊淖，身溺道能相济。喜重树、文坛新帜。画貌诗心书作骨，任挥毫、跳荡人神鬼。笺墨外，浩无际。

## 百字令

戊辰展上巳水上修禊，分韵得伴字。

振衣长啸，把花魂叱起，万枝红绽。天为南溪开霁色，浩翠来迎吟伴。画侠狂杯，词仙醉笔，斗句芙蓉馆。群真献寿，龙潭桑海惊换。堪笑结习千年，骚坛壁垒，多少闲恩怨。且趁两湖晴绿活，好洗吾曹诗眼。风虎云龙，春花秋月，雄秀谁兼擅。今宵何处，梦飞峨髻天半。

## 踏莎行

半梦庐饯新河分韵得燕字

月底箫沉，梅边笛换。独将冷拍支残艳。新红翻作殿春花，旧巢犹有衔泥燕。　饯梦杯深，题香烛短。白头惜别情无限。明朝准拟赋游仙，紫鸿双驾凌云汉。

## 清平乐

己巳初春梦碧后社成立喜而赋此

八音销歇，我自鸣孤拍。蚺蛟任他雄虺舌，夺得楚骚残魄。　春风喜绽芳华，斜街无复笼纱。何意梦中小草，而今绿到天涯。

## 减兰

己巳暮春梦碧后社诸子李园看海棠

劫余倦眼，血色花光浑莫辨。感逝怀芳，未到秋来已断肠。　有涯无限，病里春光何计遣。花却多情，乱叠红云作锦屏。以上《夕秀词》，黄山书社2009年版。

# 高怡帉（8首）

高怡帉，生卒年不详，字慧荪，静海（今天津静海县）人。潜子长女。著有《望云楼词》。

## 十六字令

秋。残照西风酿客愁。江天远，无计望归舟。

## 归国谣

飞雁过。月白天青寒露堕。满阶桐叶横琴坐。　　长歌曲尽无人和。情无那，花间时有虫声作。

## 乌夜啼

西风落日平沙。雁行斜。不带离愁归去、到天涯。　　江南路。江南树。暮云遮，只有断烟疏柳、点寒鸦。

## 浣溪沙

楼外桃花寂寞红。楼头杨柳绿濛濛。春光只在有无中。　　画栋双飞新燕雨，珠帘半卷落花风。惊回残梦一声钟。

## 采桑子

初雪

同云密布西风紧，来到深秋。雪压层楼。红树青山尽白头。　　江南日暮乡关远，何日归休。离恨难收。欲作新词怕说一作惹愁。

## 琴调相思引

玄武湖中碧水流。白门新柳万丝柔。桃花夹岸，夕照艳红楼。　　几点疏灯渔唱里，一钩新月树梢头。笛声何处，吹不尽闲愁。

## 生查子

咏雪

山似玉搓成，花似缣裁就。云重压天径，又是黄昏候。　　小楼一笛风，谁把阳春奏。莫谱落梅腔，怕惹虬枝瘦。

### 满庭芳

梦归江南

三径黄花，一林红叶，他乡几度蟾圆。欲归何处，远树起寒烟。最是思家心绪，似流水、日夜溅溅。征鸿过，音稀信断，梦渡大江船。　　绵绵。芳草岸，竹离夹道，茅舍连椽。记曲阑干外，绿水门前。此处儿时曾住，柳阴下、坐听鸣弦。声悠远，狂风乍起，寒雨破愁眠。以上《燕赵词征》

## 高洁（12 首）

高洁，生卒年不详，字静铭，静海人（今天津静海县）。潜子次女。著有《秋花馆诗词》

### 蝶恋花

深院重帘秋漠漠。吹起西风，黄叶纷纷落。小立窗前添寂寞。粉墙一抹斜阳薄。　　美酒不销情绪恶。脉脉闲愁，欲遣浑无托。几日催寒霜信迫。东篱拼负黄花约。

### 临江仙

晓雾任迷青草渡，晨行放眼空濛。小桥疏柳有无中。遥看烟缥缈，疑是雨丝浓。　　山寺不知何处在，声声闻得清钟。黄埃消处净长空。平林孤塔涌。旭日一丸红。

### 摊破浣溪沙

篆漾沉烟日转迟。恼人天气晚春时。只有多情楼畔柳，绿丝丝。
乳鸭群争新水浴，娇莺独隔暗花啼。踏遍郊原青远近，不曾知。

## 采桑子

长隄丝柳笼轻雾，树影濛濛。人影濛濛。晓日穿来一点红。　　连朝雨过清明近，昨夜东风。今日东风。春在微寒薄暖中。

## 又

爱春只惜春光速，才见青归。又见红飞。只有斜阳似旧时。　　惜春无计留春住，锦落成堆。绿暗成围。杜宇那能唤得回。

## 菩萨蛮

芳心缭乱愁千结。恹恹挨近清明节。看徧海棠枝。寒多开较迟。　　画阑相并倚。笑语深花里。一霎又东风。花时人影空。

闷来唤取狸奴伴。娇慵应是今生惯。风动绣帘低，杨花飘砚池。　　新诗才读罢。濡翰摹残画。莫更画真真，何人知笑颦。

## 卖花声

夜雨滴梧桐。无奈西风。璅窗凉意透疏栊。斜倚银釭思旧梦，梦也无踪。　　闲恨自重重。过眼成空。草根凄切诉寒蛩。待明朝池畔路，又积霜红。

## 东风齐着力

蕉榻迎风，竹帘障日，春去无痕。书帷寂静，宝篆烬余熏。绣阁沉沉独坐，消长昼、残卷重温。无聊甚，慵开奁镜，懒整鬟云。　　芳草掩闲门。空自觅、旧时印屧苔纹。玉楼醉醒，还未到黄昏。眼应脑中旧事，凭斑管、难写纷纭。纱窗外，飞来蛱蝶，带过斜曛。

## 满庭芳

北海钓鱼

露湿苔青，烟凝山翠，芰荷出水亭亭。融风乍拂，乳燕学新声。独步池边仄径，朝阳里、石磴凉生。漫寻得，小舟一叶，轻飏出前汀。　　冥冥。遥望断，几团绿树，两岸朱甍。且理就垂丝，钓艇徐横。香饵乍抛波面，却惊起、掠水蜻蜓。凝眸处，竿儿不动，默默数浮萍。

## 金缕曲

泛舟昆明湖

一片昆明水。尽苍茫、层波如练，碧连天际。小艇中流风意紧，双桨摇来如驶。渐日落、曾峦浮起。楼阁重重霄汉接，望西山、暮霭凝空翠。长忆别，信难寄。　　天边燕子争相戏。比当年、寄巢林木，便称安止。玉带桥荒苔篆浅，往事何堪重记。对满目、凄凉景致。劫后乾坤谁整顿，空留人、吊古伤今事。回首处，断霞紫。

## 摸鱼儿

映庭除一钩新月，沈沈初挂林杪。繁星明灭银河静，云敛碧空如扫。深院悄。且移向、藤阴一榻深忘晓。尘飞不到。渐露湿罗衣，润生苔罅，此地清凉早。　　深宵永，独自幽怀缥缈。新愁旧怨多少。流萤扇底频来去，花气满阶萦绕。茶烟袅。且写就、新词小字红笺稿。闲泠未了。又斗转参横，鱼更断续，宝鼎烬龙脑。以上《燕赵词征》

# 高琛（12首）

高琛，生卒年不详，字默仙，静海（今天津静海县）人。高毓淜少女。著有《默轩词》。

## 满江红

咏月

千里澄辉，照不尽、古今离别。知世上、欢愁万种，此情难说。露滴疏篁娟影动，云横碧漠秋光澈。是谁将残梦，寄天涯，空悲咽。　　红烛畔，心香结。珠帘外，冰壶洁。且放怀诗酒，消磨豪杰。萤度银屏人寂静，虫和玉漏声凄切。待夜深，一笛起高楼，声情幽绝。

## 清平乐

打窗黄叶。玉漏声初歇。风卷罗云铺似雪。掩却碧梧桐月。　　寂寥盼到清秋。依然深锁眉头。细雨声兼蟋蟀，织成一片闲愁。

## 卖花声

丝柳织愁深。顾影沉吟。最难排遣是春阴。风扫残红香染砌，料峭寒侵。　　香爇且横琴。无语停针。消凝犹是昔年心。燕子归来帘不卷，好梦难寻。

## 摊破浣溪沙

风送罗云月魄昏。闷来慵自把芳遵。一片秋声梧叶落，打重门。　　镜面分明惊瘦影，烛心深浅照啼痕。远柝沉沉和漏响，梦难温。

## 潇湘夜雨

红芍药

蕃锦争霞，香囊夺麝，教人错怨春归。东风初转绿成围。翻落照、珠丛百琲。牵别恨、金缕千丝。休回忆，红笺小字，往日新词。　　缠绵多致，镜中瘦态，还仗涂脂。问三春消息，已过荼蘼。饶艳丽、能娇命妇，占瑞应，不号将离。秾纤备、可将魏紫，窈窕比芳姿。

## 凤凰台上忆吹箫

北海忆旧

露蕊含香，烟林浮霭，无情黄叶难留。正曲阑人倚，暮雨初收。濠濮寒波欲落，苔径漫、惆怅前游。残荷畔，褰裳携酒，共泛兰舟。　　悠悠。重临琼岛，又枫红蟹紫，点染清秋。听晚蝉啼叶，断续牵愁。却怅深闺钿约，举芳盏、孤影谁酬。斜阳外，一行新雁，碧水长流。

## 虞美人

斜阳半漏桐阴薄。闲了秋千索。楼中绰绕篆烟柔。面向珠帘卷处射双眸。　　如今僝僽谁相问。落叶添离恨。黄花满径蝶交飞。却怪秋风吹送雁南归。

## 惜分飞

断简零香萦好梦。比翼休嗟彩凤。翠袖新寒重。疏篁剪月参差动。　一线蛛丝垂画栋。故一作翻惹两眉愁拥。潮信凭谁送。雁归沙冷双鱼冻。

## 其二

认取云英开软障。省记蓝桥画桨。抬眼多欢畅。盈尊美酒葡萄酿。　乍见还羞微语诳。小别翻成惆怅。脉脉情相向。三生注就千重浪。

## 其三

细柳丝丝春睡浅。依旧当年小院。蓦地惊相见。离情愁绪轻轻怨。　莫道天涯来去远。重誓鹣鹣始愿。梦觉饶悲叹。一丸凉月檐前转。

## 其四

闪闪孤灯寒夜永。盼尽闲窗月影。思苦添悲哽。凄凉往事难回省。　不恨伊人情变冷。只恨痴魂易醒。薄幸空相等。经年负尽青春景。

## 其五

几度春风香拂槛。几度凉生长簟。久客应知感，他乡霜叶猩红染。　缘续钿钗因一念。转瞬韶光电闪。露冷银河淡。三生错认从头忏。以上《燕赵词征》

# 郭昭文（14 首）

郭昭文（1907—?），字质之，直隶定兴人。1933 年毕业于国立北京师范大学研究院历史科，同年任该校研究所编辑，后赴日本东京法政大学学习，次年任河南禹县师范学校历史教员。擅长诗词。学诗从唐诗入手，宗尚王维诗歌高远的意境，对于杜甫、杜牧、李商隐的诗歌也多有领略。

昭文“重在知诗用诗，偶有所感，遂即书之，不徒为苟作强作”，[①] 故其诗歌多寓意比兴，古朴典雅，不为绮丽纤巧。所为词亦然，“清新简约，有唐五代遗风，不涉宋人堆砌之弊，故多作小令，不甚为长调也”。[②]（郭竿《习静斋诗词钞序》）著有《习静斋诗词钞》二卷、词一卷，民国二十一年铅印本，今人收入《民国词集丛刊》第十四册。

## 望江南

早起

深院里，春晓自清幽。闲堕王阶兰露重，时吹画阁柳风柔，燕语与依酬。

## 望江南

简友

风细细，吹得软尘浮。静掩柴门怜小极，怎能携手与同游。渺渺惹人愁。

## 渔歌子

题王烟客山水

峻岭岧峣曲径幽。凭将毫素写深秋。红树静白云浮。山环溪绕，两悠悠。

## 如梦令

题《谪仙玩月图》

浩月流云明媚。碧水一舟摇曳。苇动惹鸥飞。浮白相邀如醉。如醉。如醉。尝尽酒中滋味。

## 生查子

闲居

雨霁白云收，帘卷霞相映。万里碧天长。剪剪西风动。　当户思悠

① 郭昭文：《习静斋诗词钞》，民国二十一年铅印本。
② 郭昭文：《习静斋诗词钞》，民国二十一年铅印本。

然，凉透清犹静。蟋蟀隐阶除，唧唧鸣声应。

## 南浦月

自题去秋小影

偶立当秋，碧罗轻软长衫袖。骤凉初透。小院闲来走。　　真个无愁。忆去年时候。今全否。不堪回首。此际肠回九。

## 浣溪沙

秋叶

庭树萧萧弄晚风。新凉初透碧帘栊。画楼闲坐思无穷。　　露冷红蕖香欲减，月明黄叶影添重。不堪往事去匆匆。

## 菩萨蛮

芙蕖花好含清露。枫林色赤笼新雾。晓起倚雕栏。飞鸿云外看。　　风吹梧叶落。秋气添萧索。红日上窗纱。窗前桂影斜。

## 减字木兰花

石榴花

深深庭院。嫩蕊红葩遮翠馆。暮雨朝霞。湿遍枝头艳更赊。　　倚栏静赏。照眼葳蕤真秀朗。欲写芳英。费劲铅丹恐未成。

## 人月圆

有感

佳期浩荡清川渺，思系钓沧州。更堪此际，秋风袅袅，长夜悠悠。　　荆吴道计，怀燕望越，来去增忧。抚波远眺，人间可托，采药蓬丘。

## 一斛珠

遣怀

十年酌句。轻歌慢吟成幽趣。等闲事事都抛去。却未曾闻，世险难相与。　　惆怅也思良几度。怎能觅得桃源路。前途否计空多误。无那天涯，尽是愁人处。

## 蝶恋花

南海龙舟竞渡①

槐柳阴浓浓几许。漫地熏风，恰②又逢端午。万户千门悬艾虎，行人莫阻游人路。　　南海龙舟今竞渡。可是招魂，但见争歌舞。难怪瀛台非旧楚，堪怜谁续《离骚》谱。

## 声声令

檃括江文通《恨赋》

千秋伏恨，直念何言。奈留悲忿漫填膺。仰天太息，却魂断，怨难胜。孽子心、欲坠又惊。　　挥泪吞声。空吊影，远怀生。含酸茹叹向谁明。浊醪夕引，怎浇得，宿愁平。那可期、冤雪志行。

## 潇湘夜雨

檃括潘安仁《秋兴赋》

秋日堪哀，无愁不尽，登山临水增悲。叹川流一逝无归。寒气结、庭华散落，冷芳草哀萎。微阳短，新凉夜永，蟋蟀鸣帷。　　野留青燕湿，旋翔隼，鸿雁南飞。嗟岁时遒尽，俯首徘徊。思趣舍、殊同易识，将一指、天地难齐。安须计，人间世险，放旷莫先期。以上《习静斋诗词钞》

# 津门女子（1 首）

津门女子，姓名失传。

## 过秦楼

月旧愁新，宵长夜短，今夜如何能睡。灯凝泪晕，酒似心酸，一样断

---

① “南海龙舟竞渡”，《词综补遗》作“南海观竞渡”。

② “恰”，《词综补遗》作“倏”。

肠滋味。独自背这[1]窗儿，数尽寒更，懒寻鸳被。更空糟马啮，荒邮人语，嘈嘈盈耳。　　空叹息、落叶[2]沾泥，飞花堕溷，往事不堪提起。美人红拂，侠客黄衫，不信当时若此。试问茫茫大千，可有当年，昆仑奇士。提三尺青萍，访我枇杷花里。林葆恒《词综补遗》第3740页

① “这”，一作“着”。
② “叶”，一作“絮”。

# 参考文献

曾昭岷、曹济平、王兆鹏、刘尊明编撰：《全唐五代词》，中华书局 1999 年版。
唐圭璋编：《全宋词》，中华书局 1965 年版。
唐圭璋编：《全金元词》，中华书局 1979 年版。
杨镰主编：《全元词》，中华书局 2019 年版。
饶宗颐初纂，张璋总纂：《全明词》，中华书局 2004 年版。
周明初、叶晔补编：《全明词补编》，浙江大学出版社 2007 年版。
南京大学中国语言文学系《全清词》编纂研究室编：《全清词》（顺康卷），中华书局 2002 年版。
张宏生主编：《全清词》（顺康卷补编），南京大学出版社 2008 年版。
张宏生编：《全清词》（雍乾卷），南京大学出版社 2012 年版。
张宏生编：《清词珍本丛刊》，凤凰出版社 2007 年版。
《清代诗文集汇编》编纂委员会编：《清代诗文集汇编》，上海古籍出版社 2010 年版。
朱惠国编：《清词文献丛刊》，社会科学文献出版社 2018 年版。
张宏生编：《全清词》（嘉道卷），南京大学出版社 2019 年版。
王昶辑：《明词综》，中华书局 1936 年版。
黄燮清辑：《国朝词综续编》，中华书局 1936 年版。
王昶辑：《国朝词综》（初集、二集），中华书局 1936 年版。
丁绍仪辑：《国朝词综续编》，上海古籍出版社 2002 年版。
林葆恒编、张璋整理：《清词综补》，上海古籍出版社 2005 年版。
陈廷敬、王奕清辑：《康熙词谱》，岳麓书社 2000 年版。

戈载撰：《词林正韵》，上海古籍出版社 1981 年版。
陈乃乾辑：《清名家词》，上海书店 1982 年版。
叶恭绰编：《全清词钞》，中华书局 1982 年版。
唐圭璋编：《词话丛编》，中华书局 1986 年版。
赵秉文著，马振君整理：《赵秉文集》，黑龙江大学出版社 2014 年版。
刘秉忠著，李昕太等点注：《藏春集点注》，花山文艺出版社 1993 年版。
胡祗遹著，魏崇武、周思成校点：《胡祗遹集》，吉林文史出版社 2008 年版。
白朴撰，徐凌云校注：《天籁集编年校注》，安徽大学出版社 2005 年版。
张之翰著，邓瑞全、孟祥静校点：《张之翰集》，吉林文史出版社 2009 年版。
魏裔介著，魏连科点校：《兼济堂文集》，中华书局 2007 年版。
梁清标著，梁新顺点校：《棠村词》，河北人民出版社 2013 年版。
李塨著，陈山榜、邓子平编：《李塨文集》，河北教育出版社 2009 年版。
边连宝著，刘崇德主编：《边随园集》，中华书局 2007 年版。
黄彭年总纂：《畿辅通志》，上海古籍出版社 1991 年版。
史梦兰著，石向骞编：《史梦兰集》，天津古籍出版社 2015 年版。
张之洞著，庞坚校点：《张之洞诗文集》，上海古籍出版社 2015 年版。
李刚己著，于广杰点校：《李刚己集》，中国社会科学出版社 2021 年版。
史恩培：《葵庵全集》，南开大学图书馆藏稿本。
王树楠：《陶庐老人随年录》，中华书局 2007 年版。
朱祖谋辑：《烟沽渔唱》，民国二十二年刻本。
徐世昌：《大清畿辅先哲传》，北京古籍出版社 2000 年版。
徐世昌辑：《晚晴簃诗汇》，中华书局 2018 年版。
高毓浵：《潜子词钞》，民国抄本影印本。
高毓浵编：《燕赵词征》，民国抄本影印本。
郭昭文：《习静斋诗词钞》，民国二十年刊本。
李葆光：《涵象轩集》，民国二十四年刊本。
李叔同：《李叔同文集》，线装书局 2018 年版。
顾随：《顾随全集》，河北教育出版社 2014 年版。
寇梦碧著，魏新河编：《夕秀词》，黄山书社 2009 年版。

孙克强、杨传庆主编:《历代闺秀词话》,凤凰出版社 2019 年版。
上海书店出版社编:《中国地方志集成》,上海书店出版社 2006 年版。
马兴荣等:《中国词学大辞典》,浙江教育出版社 1996 年版。
田玉琪编著:《北宋词谱》,中华书局 2018 年版。
王长华主编:《河北古代文学史》,人民出版社 2019 年版。